Gotthold Ephraim Lessing (1729-1781) hat weit über seine Zeit hinaus gewirkt: Seine Hauptwerke nehmen einen festen Platz auf der heutigen Bühne ein. Denn seine nahtfest gebauten Bühnenwerke mit ihren scheinbar zeitgebundenen Konflikten sind auf einer zeitlosen Skala menschlicher Grundwerte spielbar. Dies ist um so bemerkenswerter, als Lessing schon in jungen Jahren Bleibendes schuf:
Als 18jähriger *Der junge Gelehrte, Miß Sara Sampson* ist das Werk eines 26jährigen, dann folgte die Entwicklung bis hin zum *Nathan.* Wenn auch manche äußeren Voraussetzungen seiner Stücke längst zu Staub zerfallen sind, so bleiben doch immer die inneren bestehen, ein ewiger, unspaltbarer Kern: der menschliche, der vom großen Hauch der Weisheit und des Humanismus umweht ist.

insel taschenbuch 714

Lessing

Dramen

GOTTHOLD EPHRAIM
LESSING

DRAMEN

Mit einem Nachwort
herausgegeben von Kurt Wölfel
Insel Verlag

insel taschenbuch 714
Erste Auflage 1984

Vertrieb durch den Suhrkamp Taschenbuch Verlag
Umschlag nach Entwürfen von Willy Fleckhaus
Satz: LibroSatz, Kriftel
Druck: Nomos Verlagsgesellschaft, Baden-Baden
Printed in Germany
ISBN 3-458-32414-3

7 8 9 10 11 12 – 09 08 07 06 05 04

INHALT

DER JUNGE GELEHRTE

Ein Lustspiel in drei Aufzügen
Verfertiget im Jahre 1747

PERSONEN

CHRYSANDER, *ein alter Kaufmann*
DAMIS, *der junge Gelehrte, Chrysanders Sohn*
VALER
JULIANE
ANTON, *Bedienter des Damis*
LISETTE

Der Schauplatz ist die Studierstube des Damis.

ERSTER AUFZUG

ERSTER AUFTRITT

Damis (am Tische unter Büchern). Anton.

DAMIS Die Post ist also noch nicht da?

ANTON Nein.

DAMIS Noch nicht? Hast du auch nach der rechten gefragt? Die Post von Berlin –

ANTON Nun ja doch; die Post von Berlin; sie ist noch nicht da! Wenn sie aber nicht bald kömmt, so habe ich mir die Beine abgelaufen. Tun Sie doch, als ob sie Ihnen, wer weiß was, mitbringen würde! Und ich wette, wenn's hoch kömmt, so ist es eine neue Scharteke, oder eine Zeitung, oder sonst ein Wisch. – –

DAMIS Nein, mein guter Anton; dasmal möchte es etwas mehr sein. Ah! wann du es wüßtest – –

ANTON Will ich's denn wissen? Es würde mir weiter doch nichts helfen, als daß ich einmal wieder über Sie lachen könnte. Das ist mir gewiß etwas Seltnes? – – Haben Sie mich sonst noch wohin zu schicken? Ich habe ohnedem auf dem Ratskeller eine kleine Verrichtung; vielleicht ist's ein Gang? Nu?

DAMIS *(erzürnt)* Nein, Schurke!

ANTON Da haben wir's! Er hat alles gelesen, nur kein Komplimentierbuch. – – Aber besinnen Sie sich. Etwa in den Buchladen?

DAMIS Nein, Schurke!

ANTON Ich muß das Schurke so oft hören, daß ich endlich selbst glauben werde, es sei mein Taufname. – – Aber zum Buchbinder?

DAMIS Schweig, oder – –

ANTON Oder zum Buchdrucker? Zu diesen dreien, Gott sei Dank! weiß ich mich, wie das Färbepferd um die Rolle.

DAMIS Sieht denn der Schlingel nicht, daß ich lese? Will er mich noch länger stören?

ANTON *(beiseite)* St! Er ist im Ernste böse geworden. Lenk' ein, Anton. – – Aber, sagen Sie mir nur, was lesen Sie denn da für ein Buch? Potz Stern, was das für Zeug ist! Das verstehen Sie? Solche Krakelfüße, solche fürchterliche Zickzacke, die kann ein Mensch lesen? Wann das nicht wenigstens Fausts Höllenzwang ist – – Ach, man weiß es ja wohl, wie's den Leuten geht, die alles lernen wollen. Endlich verführt sie der böse Geist, daß sie auch hexen lernen. – –

DAMIS *(nimmt sein muntres Wesen wieder an)* Du guter Anton! Das ist ein Buch in hebräischer Sprache. – Des *Ben Maimon Jad chasaka*.

ANTON Ja doch; wer's nur glauben wollte! Was Hebräisch ist, weiß ich endlich auch. Ist es nicht mit der Grundsprache, mit der Textsprache, mit der heiligen Sprache einerlei? Die warf unser Pfarr, als ich noch in die Schule ging, mehr als einmal von der Kanzel. Aber so ein Buch, wahrhaftig! hatte er nicht; ich habe alle seine Bücher beguckt; ich mußte sie ihm einmal von einem Boden auf den andern räumen helfen.

DAMIS Ha! ha! ha! das kann wohl sein. Es ist Wunders genug, wenn ein Geistlicher auf dem Lande nur den Namen davon weiß. Zwar, im Vertrauen, mein lieber Anton, die Geistlichen überhaupt sind schlechte Helden in der Gelehrsamkeit.

ANTON Nu, nu, bei allen trifft das wohl nicht ein. Der Magister in meinem Dorfe wenigstens gehört unter die Ausnahme. Versichert! der Schulmeister selber hat mir es, mehr als einmal gesagt, daß er ein sehr gelehrter Mann wäre. Und dem Schulmeister muß ich das glauben; denn wie mir der Herr Pfarr oft gesagt hat, so ist er keiner von den schlechten Schulmeistern; er versteht ein Wort Latein, und kann davon urteilen.

DAMIS Das ist lustig! Der Schulmeister also lobt den Pfarr, und der Pfarr, nicht unerkenntlich zu sein, lobt den Schulmeister. Wenn mein Vater zugegen wäre, so würde er gewiß sagen: Manus manum lavat. Hast du ihm die alberne Gewohnheit nicht angemerkt, daß er bei aller Gelegenheit ein lateinisches Sprüchelchen mit einflickt? Der alte Idiote denkt, weil er so einen gelehrten Sohn hat, müsse er doch auch zeigen, daß er einmal durch die Schule gelaufen sei.

ANTON Hab' ich's doch gedacht, daß es etwas Albernes sein müsse; denn manchmal mitten in der Rede murmelt er etwas her, wovon ich kein Wort verstehe.

DAMIS Doch schließe nur nicht daraus, daß alles albern sei, was du nicht verstehst. Ich würde sonst viel albernes Zeug wissen. – – Aber, o himmlische Gelehrsamkeit, wieviel ist dir ein Sterblicher schuldig, der dich besitzt! Und wie bejammernswürdig ist es, daß dich die wenigsten in deinem Umfange kennen! Der Theolog glaubt dich bei einer Menge heiliger Sprüche, fürchterlicher Erzählungen und einiger übel angebrachten Figuren zu besitzen. Der Rechtsgelehrte, bei einer unseligen Geschicklichkeit unbrauchbare Gesetze abgestorbner Staaten, zum Nachteile der Billigkeit und Vernunft, zu verdrehen, und die fürchterlichsten Urtel in einer noch fürchterlichern Sprache vorzutragen. Der Arzt endlich glaubt sich wirklich deiner bemächtiget zu haben, wann er durch eine Legion barbarischer Wörter die Gesunden krank und die Kranken noch kränker machen kann. Aber, o betrogene Toren! die Wahrheit läßt euch nicht lange in diesem sie schimpfenden Irrtume. Es kommen Gelegenheiten, wo ihr selbst erkennet, wie mangelhaft euer Wissen sei; voll tollen Hochmuts beurteilet ihr alsdann alle menschliche Erkenntnis nach der eurigen, und ruft wohl gar in einem Tone, welcher alle Sterbliche zu bejammern scheinet, aus: Unser Wissen ist Stückwerk! Nein, glaube mir, mein lieber Anton: der Mensch ist allerdings einer allgemeinen Erkenntnis fähig. Es leugnen, heißt ein Bekenntnis seiner Faulheit, oder seines mäßigen Genies ablegen. Wenn ich erwäge, wieviel ich schon nach meinen wenigen Jahren verstehe, so werde ich von dieser Wahrheit noch mehr überzeugt. Lateinisch, Griechisch, Hebräisch, Französisch, Englisch, Italienisch – – das sind sechs

Sprachen, die ich alle vollkommen besitze: und bin erst zwanzig Jahr alt!

ANTON Sachte! Sie haben eine vergessen; die deutsche – –

DAMIS Es ist wahr, mein lieber Anton; das sind also sieben Sprachen; und ich bin erst zwanzig Jahr alt!

ANTON Pfui doch, Herr! Sie haben mich, oder sich selbst zum besten. Sie werden doch das, daß Sie Deutsch können, nicht zu Ihrer Gelehrsamkeit rechnen? Es war ja mein Ernst nicht. – –

DAMIS Und also denkst du wohl selber Deutsch zu können?

ANTON Ich? ich? nicht Deutsch! Es wäre ein verdammter Streich, wenn ich Kalmuckisch redete, und wüßte es nicht.

DAMIS Unter können und können, ist ein Unterschied. Du kannst Deutsch, das ist: du kannst deine Gedanken mit Tönen ausdrücken, die einem Deutschen verständlich sind; das ist, die eben die Gedanken in ihm erwecken, die du bei dir hast. Du kannst aber nicht Deutsch, das ist: du weißt nicht, was in dieser Sprache gemein oder niedrig, rauh oder annehmlich, undeutlich oder verständlich, alt oder gebräuchlich ist; du weißt ihre Regeln nicht; du hast keine gelehrte Kenntnis von ihr.

ANTON Was einem die Gelehrten nicht weismachen wollen! Wenn es nur auf Ihr »das ist« ankäme, ich glaube, Sie stritten mir wohl gar noch ab, daß ich essen könnte.

DAMIS Essen? Je nun wahrhaftig, wenn ich es genau nehmen will, so kannst du es auch nicht.

ANTON Ich? ich nicht essen? Und trinken wohl auch nicht?

DAMIS Du kannst essen, das ist: du kannst die Speisen zerschneiden, in Mund stecken, kauen, herunterschlucken, und so weiter. Du kannst nicht essen, das ist: du weißt die mechanischen Gesetze nicht, nach welchen es geschiehet; du weißt nicht, welches das Amt einer jeden dabei tätigen Muskel ist; ob der Digastrikus oder der Masseter, ob der Pterygoideus internus oder externus, ob der Zygomatikus oder der Platysmamyodes, ob – –

ANTON Ach ob, ob! Das einzige Ob, worauf ich sehe, ist das, ob mein Magen etwas davon erhält, und ob mir's bekömmt. – – Aber wieder auf die Sprache zu kommen. Glauben Sie wohl, daß ich eine verstehe, die Sie nicht verstehen?

DAMIS Du, eine Sprache, die ich nicht verstünde?

ANTON Ja; raten Sie einmal.

DAMIS Kannst du etwa Koptisch?

ANTON Foptisch? Nein, das kann ich nicht.

DAMIS Chinesisch? Malabarisch? Ich wüßte nicht woher.

ANTON Wie Sie herumraten. Haben Sie meinen Vetter nicht gesehn? Er besuchte mich vor vierzehn Tagen. Der redete nichts, als diese Sprache.

DAMIS Der Rabbi, der vor kurzem zu mir kam, war doch wohl nicht dein Vetter?

ANTON Daß ich nicht gar ein Jude wäre! Mein Vetter war ein Wende; ich kann Wendisch; und das können Sie nicht.

DAMIS *(nachsinnend)* Er hat recht. – Mein Bedienter soll eine Sprache verstehen, die ich nicht verstehe? Und noch dazu eine Hauptsprache? Ich erinnere mich, daß ihre Verwandtschaft mit der hebräischen sehr groß sein soll. Wer weiß, wieviel Stammwörter, die in dieser verloren sind, ich in jener entdecken könnte! – – Das Ding fängt mir an, im Kopfe herumzugehen!

ANTON Sehen Sie! – Doch wissen Sie was? Wenn Sie mir meinen Lohn verdoppeln, so sollen Sie bald so viel davon verstehen, als ich selbst. Wir wollen fleißig miteinander wendisch parlieren, und – – Kurz, überlegen Sie es. Ich vergesse über dem verdammten Plaudern meinen Gang auf den Ratskeller ganz und gar. Ich bin gleich wieder zu Ihren Diensten.

DAMIS Bleib itzt hier; bleib hier.

ANTON Aber Ihr Herr Vater kömmt. Hören Sie? Wir könnten doch nicht weiter reden. *(Geht ab.)*

DAMIS Wenn mich doch mein Vater ungestört lassen wollte. Glaubt er denn, daß ich so ein Müßiggänger bin, wie er?

ZWEITER AUFTRITT

Damis. Chrysander.

CHRYSANDER Immer über den verdammten Büchern! Mein Sohn, zu viel ist zu viel. Das Vergnügen ist so nötig als die Arbeit.

DAMIS O Herr Vater, das Studieren ist mir Vergnügens genug. Wer neben den Wissenschaften noch andere Ergötzungen sucht, muß die wahre Süßigkeit derselben noch nicht geschmeckt haben.

CHRYSANDER Das sage nicht! Ich habe in meiner Jugend auch studiert; ich bin bis auf das Mark der Gelehrsamkeit gekommen. Aber daß ich beständig über den Büchern gelegen hätte, das ist nicht wahr. Ich ging spazieren; ich spielte; ich besuchte Gesellschaften; ich machte Bekanntschaft mit Frauenzimmern. Was der Vater in der Jugend getan hat, kann der Sohn auch tun; soll der Sohn auch tun. A bove majori discat arare minor! wie wir Lateiner reden. Besonders das Frauenzimmer laß dir, wie wir Lateiner reden, de meliori empfohlen sein! Das sind Narren, die einen jungen Menschen vor das Frauenzimmer ärger als vor Skorpionen warnen; die es ihm, wie wir Lateiner reden, cautius sanguine viperino zu fliehen befehlen. –

DAMIS Cautius sanguine viperino? Ja, das ist noch Latein! Aber wie heißt die ganze Stelle?

Cur timet flavum Tiberim tangere? cur olivum
    Sanguine viperino
Cautius vitat? – –

O, ich höre schon, Herr Vater, Sie haben auch nicht aus der Quelle geschöpft! Denn sonst würden Sie wissen, daß Horaz in eben der Ode die Liebe als eine sehr nachteilige Leidenschaft beschreibt, und das Frauenzimmer – –

CHRYSANDER Horaz! Horaz! Horaz war ein Italiener, und meinet das italienische Frauenzimmer. Ja vor dem italienischen warne ich dich auch! das ist gefährlich! Ich habe einen guten

Freund, der in seiner Jugend – – Doch still! man muß kein Ärgernis geben. – Das deutsche Frauenzimmer hingegen, o das deutsche! mit dem ist es ganz anders beschaffen. – – Ich würde der Mann nicht geworden sein, der ich doch bin, wenn mich das Frauenzimmer nicht vollends zugestutzt hätte. Ich dächte, man sähe mir's an. Du hast tote Bücher genug gelesen; guck' einmal in ein lebendiges!

DAMIS Ich erstaune – –

CHRYSANDER O du wirst noch mehr erstaunen, wenn du erst tiefer hineinsehen wirst. Das Frauenzimmer, mußt du wissen, ist für einen jungen Menschen eine neue Welt, wo man so viel anzugaffen, so viel zu bewundern findet – –

DAMIS Hören Sie mich doch! Ich erstaune, will ich sagen, Sie eine Sprache führen zu hören, in der wahrhaftig diejenigen Vorschriften nicht ausgedrückt waren, die Sie mir mit auf die hohe Schule gaben.

CHRYSANDER Quae, qualis, quanta! Jetzt und damals! Tempora mutantur! wie wir Lateiner sagen.

DAMIS Tempora mutantur? Ich bitte Sie, legen Sie doch die Vorurteile des Pöbels ab. Die Zeiten ändern sich nicht. Denn lassen Sie uns einmal sehen: was ist die Zeit? – –

CHRYSANDER Schweig! die Zeit ist ein Ding, das ich mir mit deinem unnützen Geplaudre nicht will verderben lassen. Meine damaligen Vorschriften waren nach dem damaligen Maße deiner Erfahrung und deines Verstandes eingerichtet. Nun aber traue ich dir von beiden so viel zu, daß du Ergötzlichkeiten nicht zu Beschäftigungen machen wirst. Aus diesem Grunde rate ich dir also – –

DAMIS Ihre Reden haben einigen Schein der Wahrheit. Allein ich dringe tiefer. Sie werden es gleich sehen. Der Status Controversiä ist – –

CHRYSANDER Ei, der Status Controversiä mag meinetwegen in *Barbara* oder in *Celarent* sein. Ich bin nicht hergekommen mit dir zu disputieren, sondern – –

DAMIS Die Kunstwörter des Disputierens zu lernen? Wohl! Sie

müssen also wissen, daß weder *Barbara* noch *Celarent* den Statum –

CHRYSANDER Ich möchte toll werden! Bleib' Er mir, Herr Informator, mit den Possen weg, oder – –

DAMIS Possen? diese seltsamen Benennungen sind zwar Überbleibsel der scholastischen Philosophie, das ist wahr; aber doch solche Überbleibsel – –

CHRYSANDER Über die ich die Geduld verlieren werde, wann du mich nicht bald anhörst. Ich komme in der ernsthaftesten Sache von der Welt zu dir, – – denn was ist ernsthafter als heiraten? – – und du – –

DAMIS Heiraten? Des Heiratens wegen zu mir? zu mir?

CHRYSANDER Ha! ha! Macht dich das aufmerksam? Also ausculta et perpende!

DAMIS Ausculta et perpende? ausculta et perpende? Ein glücklicher Einfall – –

CHRYSANDER O, ich habe Einfälle –

DAMIS Den ich da bekomme!

CHRYSANDER Du?

DAMIS Ja, ich. Wissen Sie, wo sich dieses ausculta et perpende herschreibt? Eben mache ich die Entdeckung; aus dem Homer. O was finde ich nicht alles in meinem Homer?

CHRYSANDER Du und dein Homer, ihr seid ein paar Narren!

DAMIS Ich und Homer? Homer und ich? wir beide? Hi! hi! hi! Gewiß, Herr Vater? O ich danke, ich danke. Ich und Homer! Homer und ich! – Aber hören Sie nur: so oft Homer – er war wirklich kein Narr, so wenig wie ich – so oft er, sag' ich, seine Helden den Soldaten zur Tapferkeit ermuntern, oder in dem Kriegsrate eine Beratschlagung anheben läßt; so oft ist auch der Anfang ihrer Rede: Höret, was ich vortragen werde, und überlegt es! Zum Exempel in der Odyssee:

Κεκλυτε δη νυν μευ 'Ιθακησιοι, ὀττι κεν εἰπω.

Und darauf folgt denn auch oft:

'Ως ἐφαθ' οἱ δ' ἀρα του μαλα μεν κλυον, ἠδ' ἐπιθοντο,

das ist: so sprach er, und sie gehorchten dem, was sie gehöret hatten.

CHRYSANDER Gehorchten sie ihm? Nu, das ist vernünftig! Homer mag doch wohl kein Narr sein. Sieh zu, daß ich von dir auch widerrufen kann. Denn wieder zur Sache: ich kenne, mein Sohn –

DAMIS Einen kleinen Augenblick Geduld, Herr Vater. Ich will mich nur hinsetzen, und diese Anmerkung aufschreiben.

CHRYSANDER Aufschreiben? was ist hier aufzuschreiben? Wem liegt daran, ob das Sprüchelchen aus dem Homer, oder aus dem Gesangbuche ist?

DAMIS Der gelehrten Welt liegt daran; meiner und Homers Ehre lieget daran! Denn ein Halbhundert solche Anmerkungen machen einen Philologen. Und sie ist neu, muß ich Ihnen sagen, sie ist ganz neu.

CHRYSANDER So schreib sie ein andermal auf.

DAMIS Wenn sie mir aber wieder entfiele? Ich würde untröstlich sein. Haben Sie wenigstens die Gütigkeit, mich wieder daran zu erinnern.

CHRYSANDER Gut, das will ich tun; höre mir nur jetzt zu. Ich kenne, mein Sohn, ein recht allerliebstes Frauenzimmer; und ich weiß, du kennst es auch. Hättest du wohl Lust – –

DAMIS Ich soll ein Frauenzimmer, ein liebenswürdiges Frauenzimmer kennen? O, Herr Vater, wenn das jemand hörte, was würde er von meiner Gelehrsamkeit denken? – – Ich ein liebenswürdiges Frauenzimmer? – –

CHRYSANDER Nun wahrhaftig; ich glaube nicht, daß ein Gastwirt so erschrecken kann, wenn man ihm schuld gibt, er kenne den oder jenen Spitzbuben, als du erschrickst, weil du ein Frauenzimmer kennen sollst. Ist denn das ein Schimpf?

DAMIS Wenigstens ist es keine Ehre, besonders für einen Gelehrten. Mit wem man umgeht, dessen Sitten nimmt man nach und nach an. Jedes Frauenzimmer ist eitel, hoffärtig, geschwätzig, zänkisch und zeitlebens kindisch, es mag so alt werden, als es will. Jedes Frauenzimmer weiß kaum, daß es eine Seele hat, um die es unendlich mehr besorgt sein sollte, als um den Körper. Sich ankleiden, auskleiden und wieder anders ankleiden; vor dem Spiegel sitzen, seinen eignen Reiz bewundern; auf ausgekünstelte Mienen sinnen; mit neugierigen Augen müßig an dem Fenster liegen: unsinnige Romane lesen, und aufs höchste zum Zeitvertreibe die Nadel zur Hand nehmen: das sind seine Beschäftigungen; das ist sein Leben. Und Sie glauben, daß ein Gelehrter, ohne Nachteil seines guten Namens, solche närrischen Geschöpfe weiter, als ihrer äußerlichen Gestalt nach, kennen dürfe?

CHRYSANDER Mensch, Mensch! deine Mutter kehrt sich im Grabe um. Bedenke doch, daß sie auch ein Frauenzimmer war! Bedenke doch, daß die Dinger von Natur nun einmal nicht anders sind! Obschon, wie wir Lateiner zu reden pflegen, nulla regula sine exceptione. Und so eine Exzeption ist sicherlich das Mädchen, das ich jetzt im Kopfe habe, und das du kennst. – –

DAMIS Nein, nein! ich schwöre es Ihnen zu; unsere Muhmen ausgenommen, und Julianen –

CHRYSANDER Und Julianen? bene! –

DAMIS Und ihr Mädchen ausgenommen, kenne ich kein einziges Weibsbild. Ja, der Himmel soll mich strafen, wenn ich mir jemals in den Sinn kommen lasse, mehrere kennen zu lernen!

CHRYSANDER Je nun, auch das! wie du willst! Genug, Julianen die kennst du.

DAMIS Leider!

CHRYSANDER Und eben Juliane ist es, über die ich deine Gedanken vernehmen möchte. – –

DAMIS Über Julianen? meine Gedanken über Julianen? O Herr Vater, wenn Sie noch meine Gedanken über Erinnen, oder Korinnen, über Telesillen oder Praxillen verlangten – –

CHRYSANDER Schocktausend! was sind das für Illen? Den Augenblick schwur er, er kenne kein Frauenzimmer, und nun nennt er ein halb Dutzend Menscher. –

DAMIS Menscher? Herr Vater!

CHRYSANDER Ja, Herr Sohn, Menscher! Die Endung gibt's gewiß nicht? Netrix, Lotrix, Meretrix. –

DAMIS Himmel, Menscher! griechische berühmte Dichterinnen Menscher zu nennen! – –

CHRYSANDER Ja, ja, Dichterinnen! das sind mir eben die rechten. Lotrix, Meretrix, Poetrix – –

DAMIS Poetrix? O wehe, meine Ohren! Poetria müßten Sie sagen: oder Poetris –

CHRYSANDER Is oder ix, Herr Buchstabenkrämer!

DRITTER AUFTRITT

Chrysander. Damis. Lisette.

LISETTE Hurtig herunter in die Wohnstube, Herr Chrysander! Man will Sie sprechen.

CHRYSANDER Nun, was für ein Narr muß mich jetzo stören? Wer ist es denn?

LISETTE Soll ich alle Narren kennen?

CHRYSANDER Was sagst du? Du hast ein unglückliches Maul, Lisette. Einen ehrlichen Mann einen Narren zu schimpfen? Denn ein ehrlicher Mann muß es doch sein; was wollte er sonst bei mir?

LISETTE Nu, nu; verzeihen Sie immer meinem Maule den Fehler des Ihrigen.

CHRYSANDER Den Fehler des meinigen?

LISETTE O gehen Sie doch! der ehrliche Mann wartet.

CHRYSANDER Laß ihn warten. Habe ich doch den Narren nicht kommen heißen. – – Ich werde gleich wieder da sein, mein Sohn.

LISETTE *(beiseite)* Ich muß doch sehen, ob ich aus dem wunderlichen Einfall meiner Jungfer etwas machen kann.

VIERTER AUFTRITT

Lisette. Damis.

DAMIS Nun? geht Lisette nicht mit?

LISETTE Ich bin Ihre gehorsamste Dienerin. Wenn Sie befehlen, so werde ich gehorchen. Aber nur eines möchte ich erst wissen. Sagen Sie mir, um des Himmels willen, wie können Sie beständig so allein sein? Was machen Sie denn den ganzen Tag auf Ihrer Studierstube? Werden Ihnen denn nicht alle Augenblicke zu Stunden?

DAMIS Ach, was nutzen die Fragen? Fort! fort!

LISETTE Über den Büchern können Sie doch unmöglich die ganze Zeit liegen. Die Bücher, die toten Gesellschafter! Nein, ich lobe mir das Lebendige; und das ist auch Mamsell Julianens Geschmack. Zwar dann und wann lesen wir auch; einen irrenden Ritter, eine Banise, und so etwas Gutes; aber länger als eine Stunde halten wir es hintereinander nicht aus. Ganze Tage damit zuzubringen, wie Sie, hilf Himmel! in den ersten dreien wären wir tot. Und vollends nicht ein Wort dabei zu reden, wie Sie; das wäre unsre Hölle. Ein Vorzug des ganzen männlichen Geschlechts kann es nicht sein, weil ich Mannspersonen kenne, die so flüchtig und noch flüchtiger sind, als wir. Es müssen nur sehr wenig große Geister diese besondere Gaben besitzen. – –

DAMIS Lisette spricht so albern eben nicht. Es ist schade, daß ein so guter Mutterwitz nicht durch die Wissenschaften ausgebessert wird.

LISETTE Sie machen mich schamrot. Bald dürfte ich mich dafür rächen, und Ihnen die Lobeserhebungen nacheinander erzählen, die Ihnen von der gestrigen Gartengesellschaft gemacht wurden. Doch ich will Ihre Bescheidenheit nicht beleidigen. Ich weiß, die Gelehrten halten auf diese Tugend allzuviel.

DAMIS Meine Lobeserhebungen? meine?

LISETTE Ja, ja, die Ihrigen.

DAMIS O besorge Sie nichts, meine liebe Lisette. Ich will sie als die Lobeserhebungen eines andern betrachten, und so kann meine Bescheidenheit zufrieden sein. Erzähle Sie mir sie nur. Bloß wegen Ihrer lebhaften und ungekünstelten Art sich auszudrücken, wünsche ich sie zu hören.

LISETTE O meine Art ist wohl keine von den besten. Es hat mir ein Lehrmeister, wie Sie, gefehlt. Doch ich will Ihrem Befehle gehorchen. Sie wissen doch wohl, wer die Herren waren, die gestern bei Ihrem Herrn Vater im Garten schmauseten?

DAMIS Nein, wahrhaftig nicht. Weil ich nicht dabei sein wollte, so habe ich mich auch nicht darum bekümmert. Hoffentlich aber werden es Leute gewesen sein, die selbst lobenswürdig sind, daß man sich also auf ihr Lob etwas einbilden kann.

LISETTE Das sind sie so ziemlich. Was würde es Ihnen aber verschlagen, wenn sie es auch nicht wären? Sie wollen ja Ihre Lobeserhebungen aus Bescheidenheit als fremde betrachten. Und hängt denn die Wahrheit von dem Munde desjenigen ab, der sie vorträgt? Hören Sie nur –

DAMIS Himmel! Ich höre meinen Vater wiederkommen. Um Gottes willen, liebe Lisette, daß er nicht merkt, daß Sie sich so lange bei mir aufgehalten hat. Geh' Sie hurtig unterdessen in das Kabinett.

FÜNFTER AUFTRITT

Damis. Chrysander.

CHRYSANDER Der verzweifelte Valer! er hätte mir zu keiner ungelegnern Zeit kommen können. Muß ihn denn der Henker eben heute von Berlin zurückführen? Und muß er sich denn eben gleich bei mir anmelden lassen? Hui daß – – Nein, Herr Valer, damit kommen Sie zu spät. – – Nun mein Sohn – *(Damis steht zerstreut, als in tiefen Gedanken)*. Hörst du, mein Sohn?

DAMIS Ich höre; ich höre alles.

CHRYSANDER Kurz, du merkst doch, wo ich vorhin hinaus wollte? Einem Klugen sind drei Worte genug. Sapienti sat! sagen wir Lateiner. – Antworte doch –

DAMIS *(noch immer als in Gedanken)*
Was ist da zu antworten? – –

CHRYSANDER Was da zu antworten ist? – Das will ich dir sagen. – Antworte, daß du mich verstanden; daß dir mein Antrag lieb ist; daß dir Juliane gefällt; daß du mir in allem gehorchen willst. – Nun, antwortest du das? –

DAMIS Ich will gleich sehn – *(indem er in der angenommenen Zerstreuung nach einem Buche greift)*.

CHRYSANDER Was kann in dem Buche davon stehen? – Antworte aus dem Herzen, und nicht aus dem Buche. – – Ex libro doctus quilibet esse potest; sagen wir Lateiner. – –

DAMIS *(als ob er in dem Buche läse)* Vollkommen recht! Aber nun wie weiter? –

CHRYSANDER Das weitere gibt sich, wie's Griechische. Du sagst Ja; sie sagt Ja; damit wird Verlöbnis; und bald darauf wird Hochzeit; und alsdenn – – Du wirst schon sehen, wie's alsdenn weiter geht. – –

DAMIS Wenn nun aber diese Voraussetzung – *(immer noch als ob er läse)*.

CHRYSANDER Ei, ich setze nichts voraus, was im geringsten zweifelhaft wäre. Juliane ist eine Waise; ich bin ihr Vormund; ich bin dein Vater; was muß mir angelegner sein, als euch beide glücklich zu machen? Ihr Vater war mein Freund und war ein ehrlicher Mann, obgleich ein Narr. Er hätte einen honetten Bankerott machen können; seine Gläubiger würden aufs Drittel mit sich haben akkordieren lassen; und er war so einfältig und bezahlte bis auf den letzten Heller. Wie ist mir denn? hast du ihn nicht gekannt?

DAMIS Von Person nicht. Aber seine Lebensumstände sind mir ganz wohl bewußt. Ich habe sie, ich weiß nicht in welcher Biographie, gelesen.

CHRYSANDER Gelesen? gedruckt gelesen?

DAMIS Ja, ja; gelesen. Er ward gegen die Mitte des vorigen Jahrhunderts geboren, und ist, etwa vor zwanzig Jahren, als Generalsuperintendent in Pommern gestorben. In orientalischen Sprachen war seine vornehmste Stärke. Allein seine Bücher sind nicht alle gleich gut. Dieses ist noch eines von den besten. Eine besondere Gewohnheit soll der Mann an sich gehabt haben – –

CHRYSANDER Von wem sprichst denn du?

DAMIS Sie fragen mich ja, ob mir der Verfasser dieses Buches bekannt wäre?

CHRYSANDER Ich glaube du träumest; oder es geht gar noch etwas Ärgers in deinem Gehirne vor. Ich frage dich, ob du Julianens Vater noch gekannt hast?

DAMIS Verzeihen Sie mir, wann ich ein wenig zerstreut geantwortet habe! Ich dachte eben nach, – – warum wohl die Rabbinen – – das Schurek M'lo Pum heißen.

CHRYSANDER Mit dem verdammten Schurek! Gib doch auf das acht, was der Vater mit dir spricht! – – *(Er nimmt ihm das Buch aus der Hand.)* Du hast ihn also nicht gekannt? Ich besinne mich; es ist auch nicht wohl möglich. Als er starb, war Juliane noch sehr jung. Ich nahm sie gleich nach seinem Tode in mein Haus, und Gott sei Dank! sie hat viel Wohltaten hier genossen. Sie ist schön, sie ist tugendhaft; wem sollte ich sie also lieber gönnen, als dir? Was meinst du? – – Antworte doch! Stehst du nicht da, als wenn du schliefest! – –

DAMIS Ja, ja, Herr Vater. Nur eins ist noch dabei zu erwägen. – –

CHRYSANDER Du hast recht; freilich ist noch eins dabei zu erwägen: ob du dich nämlich geschickt befindest, bald ein öffentliches Amt anzunehmen, weil doch – –

DAMIS Wie? geschickt? geschickt? Sie zweifeln also an meiner Geschicklichkeit? – Wie unglücklich bin ich, daß ich Ihnen nicht sogleich die unwidersprechlichsten Beweise geben kann! Doch es soll noch diesen Abend geschehen. Glauben

Sie mir, noch diesen Abend. – – Die verdammte Post! Ich weiß auch nicht, wo sie bleibt.

CHRYSANDER Beruhige dich nur, mein Sohn. Die Frage geschahe eben aus keinem Mißtrauen, sondern bloß weil ich glaube, es schicke sich nicht, eher zu heiraten, als bis man ein Amt hat; so wie es sich, sollte ich meinen, auch nicht wohl schickt, eher ein Amt anzunehmen, als bis man weiß, woher man die Frau bekommen will.

DAMIS Ach, was heiraten? was Frau? Erlauben Sie mir, daß ich Sie allein lasse. Ich muß ihn gleich wieder auf die Post schicken. Anton! Anton! Doch es ist mit dem Schlingel nichts anzufangen; ich muß nur selbst gehen.

SECHSTER AUFTRITT

Anton. Chrysander.

ANTON Rufte mich nicht Herr Damis? Wo ist er? was soll ich?

CHRYSANDER Ich weiß nicht, was ihm im Kopfe steckt. Er ruft dich; er will dich auf die Post schicken; er besinnt sich, daß mit dir Schlingel nichts anzufangen ist, und geht selber. Sage mir nur, willst du zeitlebens ein Esel bleiben?

ANTON Gemach, Herr Chrysander! ich nehme an den Torheiten Ihres Sohnes keinen Teil. Mehr als zwölfmal habe ich ihm heute schon auf die Post laufen müssen. Er verlangt Briefe von Berlin. Ist es meine Schuld, daß sie nicht kommen?

CHRYSANDER Der wunderliche Heilige! Du bist aber nun schon so lange um ihn; solltest du nicht sein Gemüt, seine Art zu denken ein wenig kennen?

ANTON Ha! ha! das kömmt darauf hinaus, was wir Gelehrten die Kenntnis der Gemüter nennen? Darin bin ich Meister; bei meiner Ehre! Ich darf nur ein Wort mit einem reden; ich darf ihn nur ansehen: husch, habe ich den ganzen Menschen weg! Ich weiß sogleich, ob er vernünftig, oder eigensinnig, ob er freigebig, oder ein Knicker – –

CHRYSANDER Ich glaube gar, du zeigst auf mich?

ANTON O kehren Sie sich an meine Hände nicht! – – Ob er – –

CHRYSANDER Du sollst deine Kunst gleich zeigen! Ich habe meinem Sohne eine Heirat vorgeschlagen: nun sage einmal, wenn du ihn kennst, was wird er tun?

ANTON Ihr Herr Sohn? Herr Damis? Verzeihen Sie mir, bei dem geht meine Kunst, meine sonst so wohl versuchte Kunst, betteln.

CHRYSANDER Nu, Schurke, so geh mit, und prahle nicht!

ANTON Die Gemütsart eines jungen Gelehrten kennen wollen, und etwas daraus schließen wollen, ist unmöglich; und was unmöglich ist, Herr Chrysander – – das ist unmöglich.

CHRYSANDER Und wieso?

ANTON Weil er gar keine hat.

CHRYSANDER Gar keine?

ANTON Nein, nicht gar keine; sondern alle Augenblicke eine andre. Die Bücher und die Exempel, die er liest, sind die Winde, nach welchen sich der Wetterhahn seiner Gedanken richtet. Nur bei dem Kapitel vom Heiraten stehen zu bleiben, weil das einmal auf dem Tapete ist, so besinne ich mich, daß – – Denn vor allen Dingen müssen Sie wissen, daß Herr Damis nie etwas vor mir verborgen hat. Ich bin von jeher sein Vertrauter gewesen, und von jeher der, mit dem er sich immer am liebsten abgegeben hat. Ganze Tage, ganze Nächte haben wir manchmal auf der Universität miteinander disputiert. Und ich weiß nicht, er muß doch so etwas an mir finden; etwa eine Eigenschaft, die er an andern nicht findet –

CHRYSANDER Ich will dir sagen, was das für eine Eigenschaft ist: deine Dummheit! Es ergötzt ihn, wenn er sieht, daß er gelehrter ist als du. Bist du nun vollends ein Schalk, und widersprichst ihm nicht, und lobst ihn ins Gesicht, und bewunderst ihn – –

ANTON Je verflucht! da verraten Sie mir ja meine ganze Politik! Wie schlau ein alter Kaufmann nicht ist!

CHRYSANDER Aber vergiß das Hauptwerk nicht! Vom Heiraten – –

ANTON Ja darüber hat er schon Teufelsgrillen im Kopfe gehabt. Zum Exempel: ich weiß die Zeit, da er gar nicht heiraten wollte.

CHRYSANDER Gar nicht? so muß *ich* noch heiraten. Ich werde doch meinen Namen nicht untergehen lassen? Der Bösewicht! Aber warum denn nicht?

ANTON Darum: weil es einmal Gelehrte gegeben hat, die geglaubt haben, der ehelose Stand sei für einen Gelehrten der schicklichste. Gott weiß, ob diese Herren allzu geistlich oder allzu fleischlich sind gesinnt gewesen! Als ein künftiger Hagestolz, hatte er sich schon auf verschiedene sinnreiche Entschuldigungen gefaßt gemacht. –

CHRYSANDER Auf Entschuldigungen? kann sich so ein ruchloser Mensch, der dieses heilige Sakrament – – Denn im Vorbeigehen zu sagen, ich bin mit unsern Theologen gar nicht zufrieden, daß sie den Ehestand für kein Sakrament wollen gelten lassen – – der, sage ich, dieses heilige Sakrament verachtet, kann der sich noch unterstehen, seine Gottlosigkeit zu entschuldigen? Aber, Kerl, ich glaube, du machst mir etwas weis; denn nur vorhin, schien er ja meinen Vorschlag zu billigen.

ANTON Das ist unmöglich richtig zugegangen. Wie stellte er sich dabei an? Lassen Sie sehen; stand er etwa da, als wenn er vor den Kopf geschlagen wäre? sahe er etwa steif auf die Erde? legte er etwa die Hand an die Stirne? griff er etwa nach einem Buche, als wenn er darin lesen wollte? ließ er Sie etwa ungestört fortreden?

CHRYSANDER Getroffen! du malst ihn, als ob du ihn gesehen hättest.

ANTON O da sieht es windig aus! Wann er es so macht, will er haben, daß man ihn für zerstreut halten soll. Ich kenne seine Mucken. Er hört alsdenn alles, was man ihm sagt; allein die Leute sollen glauben, er habe es vor vielem Nachsinnen nicht gehört. Er antwortet zuweilen auch; wenn man ihm aber seine Antwort wieder vorlegt, so wird er nimmermehr zugestehen, daß sie auf das gegangen sei, was man von ihm hat wissen wollen.

CHRYSANDER Nun, wer noch nicht gestehen will, daß zu viel Gelehrsamkeit den Kopf verwirre, der verdient es selber zu erfahren. Gott sei Dank, daß ich in meiner Jugend gleich das rechte Maß zu treffen wußte! Omne nimium vertitur in vitulum: sagen wir Lateiner sehr spaßhaft. – – Aber Gott sei dem Bösewichte gnädig, wann er auf dem Vorsatze verharret! Wann er behauptet, es sei nicht nötig zu heiraten und Kinder zu zeugen, will er mir damit nicht zu verstehn geben, es sei auch nicht nötig gewesen, daß ich ihn gezeugt habe? Der undankbare Sohn!

ANTON Es ist wahr, kein größrer Undank kann unter der Sonne sein, als wenn ein Sohn die viele Mühe nicht erkennen will, die sein Vater hat über sich nehmen müssen, um ihn in die Welt zu setzen.

CHRYSANDER Nein; gewiß, an mir soll der heilige Ehestand seinen Verteidiger finden!

ANTON Der Wille ist gut; aber lauter solche Verteidiger würden die Konsumtionsakzise ziemlich geringe machen.

CHRYSANDER Wieso?

ANTON Bedenken Sie es selbst! drei Weiber, und von der dritten kaum einen Sohn.

CHRYSANDER Kaum? was willst du mit dem kaum sagen, Schlingel?

ANTON Hui, daß Sie etwas Schlimmers darunter verstehn, als ich.

CHRYSANDER Zwar im Vertrauen, Anton: wenn die Weiber vor zwanzig Jahren so gewesen wären, wie die Weiber jetzo sind, ich würde auf wunderbare Gedanken geraten. Er hat gar zu wenig von mir! Doch die Weiber vor zwanzig Jahren waren so frech noch nicht, wie die jetzigen; so treulos noch nicht, wie sie heutzutage sind; so lüstern noch nicht – –

ANTON Ist das gewiß? Nun wahrhaftig, so hat man meiner Mutter unrecht getan, die vor 33 Jahren von ihrem Manne, der mein Vater nicht sein wollte, geschieden wurde! Doch das ist ein Punkt, woran ich nicht gern denke. Die Grillen Ihres Herrn Sohns sind lustiger.

CHRYSANDER Ärgerlicher, sprich! Aber sage mir, was waren denn seine Entschuldigungen?

ANTON Seine Entschuldigungen waren Einfälle, die auf seinem Miste nicht gewachsen waren. Er sagte zum Exempel, solange er unter vierzig Jahren sei, und ihn jemand um die Ursache fragen würde, warum er nicht heirate, wolle er antworten, er sei zum Heiraten noch zu jung. Wäre er aber über vierzig Jahr, so wolle er sprechen, nunmehr sei er zum Heiraten zu alt. Ich weiß nicht, wie der Gelehrte hieß, der auch so soll gesagt haben. – – Ein anderer Vorwand war der: er heiratete deswegen nicht, weil er alle Tage willens wäre, ein Mönch zu werden; und würde deswegen kein Mönch, weil er alle Tage gedächte zu heiraten.

CHRYSANDER Was? nun will er auch gar ein Mönch werden? Da sieht man, wohin so ein böses Gemüt, das keine Ehrfurcht für den heiligen Ehestand hat, verfallen kann! Das hätte ich nimmermehr in meinem Sohne gesucht!

ANTON Sorgen Sie nicht! bei Ihrem Sohne ist alles nur ein Übergang. Er hatte den Einfall in der Lebensbeschreibung eines Gelehrten gelesen; er hatte Geschmack daran gefunden, und sogleich beschlossen, ihn bei Gelegenheit als den seinen anzubringen. Bald aber ward die Grille von einer andern verjagt, so wie etwann, so wie etwann – – Schade, daß ich kein Gleichnis dazu finden kann! Kurz, sie ward verjagt. Er wollte nunmehr heiraten, und zwar einen rechten Teufel von einer Frau.

CHRYSANDER Wenn doch den Einfall mehr Narren haben wollten, damit andre ehrliche Männer mit bösen Weibern verschont blieben.

ANTON Ja, meinte er: es würde doch hübsch klingen, wenn es einmal von ihm heißen könnte: unter die Zahl der Gelehrten, welche der Himmel mit bösen Weibern gestraft hat, gehöret auch der berühmte Damis; gleichwohl kann sich die gelehrte Welt nicht über ihn beklagen, daß ihn dieses Hauskreuz nur im geringsten abgehalten hätte, ihr mit unzählbaren gelehrten Schriften zu dienen.

CHRYSANDER Mit Schriften! ja, die mir am teuersten zu stehen kommen. Was für Rechnungen habe ich nicht schon an die Buchdrucker bezahlen müssen! Der Bösewicht!

ANTON Geduld! er hat auch erst angefangen zu schreiben! Es wird schon besser kommen.

CHRYSANDER Besser? vielleicht damit man ihn endlich einmal auch unter die zählen kann, die ihren Vater arm geschrieben haben!

ANTON Warum nicht? wenn es ihm Ehre brächte – –

CHRYSANDER Die verdammte Ehre!

ANTON Um die tut ein junger Gelehrter alles! Wann es auch nach seinem Tode heißen sollte: unter diejenigen Gelehrten, die zum Teufel gefahren sind, gehört auch der berühmte Damis! was schadet das? Genug, er heißt gelehrt; er heißt berühmt – –

CHRYSANDER Kerl, du erschreckst mich! Aber du, der du weit älter bist als er, kannst du ihn nicht dann und wann zurechte weisen? – –

ANTON O, Herr Chrysander! Sie wissen wohl, daß ich keinen Gehalt als Hofmeister bekomme. Und dazu meine Dummheit – –

CHRYSANDER Ja, die du annimmst, um ihn desto dümmer zu machen.

ANTON *(beiseite)*

St! der kennt mich. – Aber glauben Sie, daß ihm mit der bösen Frau ein Ernst war? Nichts weniger? Eine Stunde darauf wollte er sich eine gelehrte Frau aussuchen.

CHRYSANDER Nun, das wäre doch noch etwas Kluges!

ANTON Etwas Kluges? Nach meiner unvorgreiflichen Meinung ist es gleich der dümmste Einfall, den er hat haben können. Eine gelehrte Frau! bedenken Sie doch! eine gelehrte Frau;

eine Frau wie Ihr Herr Sohn! Zittern und Entsetzen möchte einem ehrlichen Kerl ankommen. Wahrhaftig! ehe ich mir eine Gelehrte aufhängen ließ' – –

CHRYSANDER Narre, Narre! sie gehen unter andern Leuten, als du bist, reißend weg. Wann ihrer nur viel wären, wer weiß, ob ich mir nicht selbst eine wählte.

ANTON Kennen Sie Karlinen?

CHRYSANDER Karlinen? Nein.

ANTON Meinen ehemaligen Kameraden? meinen guten Freund? kennen Sie den nicht?

CHRYSANDER Nein doch, nein.

ANTON Er trug ein hechtgraues Kleid, mit roten Aufschlägen, und auf seiner Sonntagsmontur rote und blaue Achselbänder. Sie müssen ihn bei mir gesehen haben. Er hatte eine etwas lange Nase. Sie war ein Erbstück; denn er wollte aus der Geschichte wissen, daß schon sein Ururältervater, der ehedem einem gewissen Turnier als Stallknecht beigewohnt, eine ebenso lange gehabt habe. Sein einziger Fehler war, daß er etwas krumme Beine hatte. Besinnen Sie sich nun?

CHRYSANDER Soll ich denn alle das Lumpengesindel kennen, das du kennst? Und was willst du denn mit ihm?

ANTON Sie kennen ihn also im Ernste nicht? O! da kennen Sie einen sehr großen Geist weniger. Ich will Sie zu seiner Bekanntschaft verhelfen; ich gelte etwas bei ihm.

CHRYSANDER Ich glaube, du schwärmst manchmal so gut, als mein Sohn. Wie kömmst du denn auf die Possen?

ANTON Eben der Karlin, will ich sagen – – O! es ist ärgerlich, daß Sie ihn nicht kennen. – – Eben der Karlin, sage ich, hat einmal bei einem Herrn gedient, der eine gelehrte Frau hatte. Der verzweifelte Vogel – – er sah gut aus, und wie nun der Appetit sich nach dem Stande nicht richtet – – kurz, er mußte sie näher gekannt haben. Wo hätte er sonst soviel Verstand her? Endlich merkte es auch sein Herr, daß er bei der Frau in die Schule ging. Er bekam seinen Abschied, ehe er sich's versah. Die arme Frau!

CHRYSANDER Ach schweig! ich mag weder deine noch meines Sohnes Grillen länger mit anhören.

ANTON Noch eine hören Sie; und zwar die, welche zuletzt seine Leibgrille ward: er wollte mehr als eine Frau heiraten.

CHRYSANDER Aber eine nach der andern.

ANTON Nein, wenigstens ein halb Dutzend auf einmal. Der Bibel, der Obrigkeit und dem Gebrauche zum Trutze! Er las damals gleich ein Buch – –

CHRYSANDER Die verdammten Bücher! Kurz, ich will nicht weiter hören. Es soll ihm schon vergehen, mehr als eine zu nehmen, wenn er nur erst die genommen hat, die ich jetzt für ihn im Kopfe habe. Und was meinest du wohl, Anton? quid putas? wie wir Lateiner reden; wird er's tun?

ANTON Vielleicht; vielleicht nicht. Wenn ich wüßte was er für ein Buch zuletzt gelesen hätte, und wenn ich dieses Buch selbst lesen könnte, und wenn – –

CHRYSANDER Ich sehe schon, ich werde deine Hilfe nötig haben. Du bist zwar ein Gauner, aber ich weiß auch, man kömmt jetzt mit Betrügern weiter, als mit ehrlichen Leuten.

ANTON Ei, Herr Chrysander, für was halten Sie mich?

CHRYSANDER Ohne Komplimente, Herr Anton! Ich verspreche dir eine Belohnung, die deinen Verdiensten gemäß sein soll, wenn du meinen Sohn quovis modo, wie wir Lateiner reden, durch Wahrheiten oder durch Lügen, durch Ernst oder durch Schraubereien, vel sic vel aliter, wie wir Lateiner reden, Julianen zu heiraten bereden kannst.

ANTON Wen? Julianen?

CHRYSANDER Julianen; illam ipsam.

ANTON Unsere Mamsell Juliane? Ihr Mündel? Ihre Pflegetochter?

CHRYSANDER Kennst du eine andre?

ANTON Das ist unmöglich, oder das, was ich von ihr gehört habe, muß nicht wahr sein.

CHRYSANDER Gehört? so? hast du etwas von ihr gehört? doch wohl nichts Böses.

ANTON Nichts Gutes war es freilich nicht.

CHRYSANDER Ei! ich habe auf das Mädchen so große Stücken gehalten. Sie wird doch nicht etwa mit einem jungen Kerl – – he?

ANTON Wann es nichts mehr wäre! so ein klein Fehlerchen entschuldigt die Mode. Aber, es ist noch etwas weit Ärgers für eine gute Jungfer, die gerne nicht länger Jungfer sein möchte.

CHRYSANDER Noch etwas weit Ärgers? ich versteh' dich nicht.

ANTON Und Sie sind gleichwohl ein Kaufmann?

CHRYSANDER Noch etwas weit Ärgers? Ich habe immer geglaubt, Eingezogenheit und gute Sitten wären das Vornehmste – –

ANTON Nicht mehr! nicht mehr! vor zwanzig Jahren wohl, wie Sie vorher selbst weislich erinnerten.

CHRYSANDER Nun so erkläre dich deutlicher. Ich habe nicht Lust deine närrischen Gedanken zu erraten.

ANTON Und nichts ist doch leichter. Mit einem Worte: sie soll kein Geld haben. Man hat mir gesagt, in Ansehung ihres Vaters, der Ihr guter Freund gewesen wäre, hätten Sie Julianen, von ihrem neunten Jahre an, zu sich genommen, und aus Barmherzigkeit erzogen.

CHRYSANDER Da hat man dir nun wohl keine Lügen gesagt; gleichwohl aber soll sie doch kein andrer haben, als mein Sohn, wann nur er – – Denn sieh, Anton, ich muß dir das ganze Rätsel erklären. – Es liegt nur an mir, Julianen in kurzer Zeit reich zu machen.

ANTON Ja, durch Ihr eigen Geld; und auf diese Art könnten Sie auch mich wohl reich machen. Wollen Sie so gut sein?

CHRYSANDER Nein, nicht durch mein eigen Geld. – Kannst du schweigen?

ANTON Versuchen Sie es.

CHRYSANDER Höre also; mit Julianens Vermögen steht es so: ihr Vater kam durch einen Prozeß, den er endlich doch mußte liegen lassen, kurz vor seinem Tode, um alle das Seine. Jetzt nun ist mir ein gewisses Dokument in die Hände gefallen, das er lange vergebens suchte, und das dem ganzen Handel ein ander Ansehen gibt. Es kömmt nur darauf an, daß ich so viel Geld hergebe, den Prozeß wieder anzufangen. Das Dokument selbst habe ich bereits an meinen Advokaten nach Dresden geschickt. – –

ANTON Gott sei Dank! daß Sie wieder zum Kaufmanne werden! Vorhin hätte ich bald nicht gewußt, was ich aus Ihnen machen sollte. – – Aber Julianens Einwilligung haben Sie doch schon?

CHRYSANDER O! das gute Kind will mir, wie es spricht, in allem gehorchen. Unterdessen hat sich doch schon Valer auf sie gespitzt. Er hat mir vor einiger Zeit auch seine Gedanken deshalb eröffnet. Ehe ich das Dokument bekam – –

ANTON Ja, da war uns an Julianen so viel nicht gelegen. Sie machten ihm also Hoffnung?

CHRYSANDER Freilich! Er ist heute von Berlin wieder zurückgekommen, und hat sich auch schon bei mir melden lassen. Ich besorge, ich besorge – – Doch wenn mein Sohn nur will – – Und diesen, Anton, du verstehest mich – – Ein Narr ist auf viel Seiten zu fassen; und ein Mann, wie du, kann auf viel Seiten fassen. – Du wirst sehen, daß ich erkenntlich bin.

ANTON Und Sie, daß ich ganz zu Ihren Diensten bin, zumal wenn mich die Erkenntlichkeit zuerst herausfordert, und –

SIEBENTER AUFTRITT

Anton. Chrysander. Juliane.

JULIANE Kommen Sie doch, Herr Chrysander, kommen Sie doch hurtig herunter. Herr Valer ist schon da, Ihnen seine Aufwartung zu machen.

CHRYSANDER Tut sie doch ganz fröhlich, mein Jungferchen!

ANTON *(sachte zu Chrysandern)* Hui! daß Valer schon den Vogel gefangen hat.

CHRYSANDER Das wäre mir gelegen.

(Anton und Chrysander gehen ab.)

ACHTER AUFTRITT

Juliane. Lisette.

LISETTE *(guckt aus dem Kabinett)* Bst! bst! bst!

JULIANE Nun, wem gilt das? Lisette? bist du's? Was machst du denn hier?

LISETTE Ja, das werden Sie wohl nimmermehr glauben, daß ich und Damis schon so weit miteinander gekommen sind, daß er mich verstecken muß. Schon kann ich ihn um einen Finger wickeln! Noch eine Unterredung, wie vorhin, so habe ich ihn im Sacke.

JULIANE Und also hätte ich wohl, in allem Scherze, einen recht guten Einfall gehabt? Wollte doch der Himmel, daß die Verbindung, die sein Vater zwischen uns – –

LISETTE Ach, sein Vater! der Schalk, der Geizhals! Jetzt habe ich ihn kennen lernen.

JULIANE Was gibst du ihm für Titel? Seine Gütigkeit ist nur gar zu groß. Seine Wohltaten vollkommen zu machen, trägt er mir die Hand seines Sohnes, und mit ihr sein ganzes Vermögen an. Aber wie unglücklich bin ich dabei! – Dankbarkeit und Liebe, Liebe gegen den Valer, und Dankbarkeit – –

LISETTE Noch vor einer Minute, war ich in eben dem Irrtume. Aber glauben Sie mir nur, ich weiß es nunmehr aus seinem Munde: nicht aus Freundschaft für Sie, sondern aus Freundschaft für Ihr Vermögen, will er diese Verbindung treffen.

JULIANE Für mein Vermögen? du schwärmst. Was habe ich denn, das ich nicht von ihm hätte?

LISETTE Kommen Sie, kommen Sie. Hier ist der Ort nicht, viel zu schwatzen. Ich will Ihnen alles erzählen, was ich gehört habe.

Ende des ersten Aufzuges.

ZWEITER AUFZUG

ERSTER AUFTRITT

Lisette. Valer. Juliane.

LISETTE *(noch innerhalb der Szene)* Nur hier herein; Herr Damis ist ausgegangen. Sie können hier schon ein Wörtchen miteinander im Vertrauen reden.

JULIANE Ja, Valer, mein Entschluß ist gefaßt. Ich bin ihm zu viel schuldig; er hat durch seine Wohltaten das größte Recht über mich erhalten. Es koste mir was es wolle; ich muß die Heirat eingehen, weil es Chrysander verlangt. Oder soll ich etwa die Dankbarkeit der Liebe aufopfern? Sie sind selbst tugendhaft, Valer, und Ihr Umgang hat mich edler denken gelehrt. Mich Ihrer wert zu zeigen, muß ich meine Pflicht, auch mit dem Verluste meines Glückes, erfüllen.

LISETTE Eine wunderbare Moral! wahrhaftig!

VALER Aber wo bleiben Versprechung, Schwur, Treue? Ist es erlaubt, um eine eingebildete Pflicht zu erfüllen, einer andern, die uns wirklich verbindet, entgegen zu handeln?

JULIANE Ach Valer, Sie wissen es besser, was zu solchen Versprechungen gehört. Mißbrauchen Sie meine Schwäche nicht. Die Einwilligung meines Vaters war nicht dabei.

VALER Was für eines Vaters? – –

JULIANE Desjenigen, dem ich für seine Wohltaten diese Benennung schuldig bin. Oder halten Sie es für keine Wohltaten, der Armut und allen ihren unseligen Folgen entrissen zu werden? Ach Valer, ich würde Ihr Herz nicht besitzen, hätte nicht Chrysanders Sorgfalt mich zur Tugend und Anständigkeit bilden lassen.

VALER Wohltaten hören auf Wohltaten zu sein, wenn man sucht, sich für sie bezahlt zu machen. Und was tut Chrysander anders, da er Sie, allzu gewissenhafte Juliane, nur deswegen mit seinem Sohne verbinden will, weil er ein Mittel sieht,

Ihnen wieder zu dem größten Teile Ihres väterlichen Vermögens zu verhelfen?

JULIANE Fußen Sie doch auf eine so wunderbare Nachricht nicht. Wer weiß, was Lisette gehört hat?

LISETTE Nichts, als was sich vollkommen mit seiner übrigen Aufführung reimt. Ein Mann, der seine Wohltaten schon ausposaunet, der sie einem jeden auf den Fingern vorzurechnen weiß, sucht etwas mehr, als das bloße Gotteslohn. Und wäre es etwa die erste Träne, die Ihnen aus Verdruß, von einem so eigennützig freigebigen Manne abzuhangen, entfahren ist?

VALER Lisette hat recht! – – Aber ich empfinde es leider; Juliane liebt mich nicht mehr.

JULIANE Sie liebt Sie nicht mehr? Dieser Verdacht fehlte noch, ihren Kummer vollkommen zu machen. Wann Sie wüßten, wieviel es ihr, gegen die Ratschläge der Liebe taub zu sein, koste; wann Sie wüßten, Valer – – ach, die mißtrauischen Mannspersonen!

VALER Legen Sie die Furcht eines Liebhabers, dessen ganzes Glück auf dem Spiele steht, nicht falsch aus. Sie lieben mich also noch? und wollen sich einem andern überlassen?

JULIANE Ich will? Könnten Sie mich empfindlicher martern? Ich will? – – Sagen Sie: ich muß.

VALER Sie müssen? – – Noch nie ist ein Herz gezwungen worden, als dasjenige, dem es lieb ist, den Zwang zu seiner Entschuldigung machen zu können – –

JULIANE Ihre Vorwürfe sind so fein, so fein! daß ich Sie vor Verdruß verlassen werde.

VALER Bleiben Sie, Juliane; und sagen Sie mir wenigstens, was ich dabei tun soll?

JULIANE Was ich tue; dem Schicksale nachgeben.

VALER Ach, lassen Sie das unschuldige Schicksal aus dem Spiele!

JULIANE Das unschuldige? und ich werde also wohl die Schuldige sein? Halten Sie mich nicht länger – –

LISETTE Wann ich mich nun nicht bald dazwischen lege, so

werden sie sich vor lauter Liebe zanken. – Was Sie tun sollen, Herr Valer? eine große Frage! Himmel und Hölle rege machen, damit die gute Jungfer nicht muß! Den Vater auf andre Gedanken bringen; den Sohn auf Ihre Seite ziehen. – – Mit dem Sohne zwar, hat es gute Wege; den überlassen Sie nur mir. Der gute Damis! Ich bin ohne Zweifel das erste Mädchen, das ihm schmeichelt, und hoffe dadurch auch das erste zu werden, das von ihm geschmeichelt wird. Wahrhaftig; er ist so eitel, und ich bin so geschickt, daß ich mich wohl noch zu seiner Frau an ihm loben wollte, wenn der verzweifelte Vater nicht wäre! – – Sehen Sie, Herr Valer, der Einfall ist von Mamsell Julianen! Erfinden Sie nun eine Schlinge für den Vater – –

JULIANE Was sagst du, Lisette? von mir? O Valer, glauben Sie solch rasendes Zeug nicht! Habe ich dir etwas anders befohlen, als ihm einen schlechten Begriff von mir beizubringen?

LISETTE Ja, recht; einen schlechten von Ihnen – und wenn es möglich wäre, einen desto bessern von mir.

JULIANE Nein, es ist mit euch nicht auszuhalten – –

VALER Erklären Sie wenigstens, liebste Juliane – –

JULIANE Erklären? und was? Vielleicht, daß ich Ihnen in die Arme rennen will, und wann ich auch alle Tugenden beleidigen sollte? daß ich mich mit einer Begierde, mit einem Eifer die Ihrige zu werden bemühen will, die mich in Ihren Augen notwendig einmal verächtlich machen müssen? Nein, Valer – –

LISETTE Hören Sie denn nicht, daß sie uns gern freie Hand lassen will? Sie macht es wie die schöne Aspasia – – oder wie hieß die Prinzessin in dem dicken Romane? Zwei Ritter machten auf sie Anspruch. Schlagt euch miteinander, sagte die schöne Aspasia; wer den andern überwindet, soll mich haben. Gleichwohl aber war sie dem Ritter in der blauen Rüstung günstiger, als dem andern – –

JULIANE Ach, die Närrin, mit ihrem blauen Ritter – –
(reißt sich los und geht ab).

ZWEITER AUFTRITT

Lisette. Valer.

LISETTE Ha! ha! ha!

VALER Mir ist nicht lächerlich, Lisette.

LISETTE Nicht? Ha! ha! ha!

VALER Ich glaube, du lachst mich aus.

LISETTE O, so lachen Sie mit! Oder ich muß noch einmal darüber lachen, daß Sie nicht lachen wollen. Ha! ha! ha!

VALER Ich möchte verzweifeln! In der Ungewißheit, ob sie mich noch liebt –

LISETTE Ungewißheit? Sind denn alle Mannspersonen so schwer zu überreden? Werden sie denn alle zu solchen ängstlichen Zweiflern, sobald sie die Liebe ein wenig erhitzt? Lassen Sie Ihre Grillen fahren, Herr Valer, oder ich lache aufs neue. Spannen Sie vielmehr Ihren Verstand an, etwas auszusinnen, um den alten Chrysander – –

VALER Chrysander traut mir nicht, und kann mir nicht trauen. Er kennt meine Neigung zu Julianen. Alle mein Zureden würde umsonst sein; er würde den Eigennutz, die Quelle davon gar bald entdecken. Und wenn ich auch eine völlige Anwerbung tun wollte; was würde es helfen? Er ist deutsch genug, mir gerade ins Gesicht zu sagen, daß ich seinem Sohne hier nachstehen müsse, welcher wegen der Wohltaten des Vaters das größte Recht auf Julianen habe. – – Was soll ich also anfangen?

LISETTE Mit den wunderlichen Leuten, die nur überall den ebenen Weg gehen wollen! Hören Sie was mir eingefallen ist. Das Dokument, oder wie der Quark heißt, ist das einzige was Chrysandern zu dieser Heirat Lust macht, so daß er es schon an seinen Advokaten geschickt hat. Wie wenn man von diesem Advokaten einen Brief unterschieben könnte, in welchem – – in welchem – –

VALER In welchem er ihm die Gültigkeit des Dokuments verdächtig macht; willst du sagen? Der Einfall ist so unrecht nicht! Aber – wenn ihm nun einmal der Advokate ganz das Gegenteil schreibt, so ist ja unser Betrug am Tage.

LISETTE Was für ein Einwurf! Freilich müssen Sie ihn stimmen. Es ist von jeher gebräuchlich gewesen, daß es sich ein Liebhaber etwas muß kosten lassen.

VALER Wenn nun aber der Advokat ehrlich ist?

LISETTE Tun Sie doch, als ob Sie seit vier Wochen erst in der Welt wären. Wie die Geschenke, so ist der Advokat. Kommen gar keine, so ist der niederträchtigste Betrüger der redlichste Mann. Kommen welche, aber nur kleine, so hält das Gewissen noch so ziemlich das Gleichgewicht. Es steigen alsdenn wohl Versuchungen bei ihm auf; allein die kleinste Betrachtung schägt sie wieder nieder. Kommen aber nur recht ansehnliche, so ist gar bald der ehrlichste Advokat nicht mehr der ehrlichste. Er legt die Ehrlichkeit mit den geschenkten Goldstücken in den Schatz, wo jene eher zu rosten anfängt, als diese. Ich kenne die Herren!

VALER Dein Urteil ist zu allgemein. Nicht alle Personen von einerlei Stande sind auf einerlei Art gesinnet. Ich kenne verschiedene alte rechtschaffene Sachwalter – –

LISETTE Was wollen Sie mit Ihren alten? Es ist eben, als wenn Sie sagten, die großen runden Aufschläge, die kleinen spitzen Knöpfe, die erschrecklichen Halskrausen, aus welchen man Schiffssegel machen könnte, die viereckigten breiten Schuhe, die tiefen Taschen, kurz, die ganze Tracht, wie sich etwa Ihre Paten an Ehrentagen mögen ausstaffiert haben, wären noch jetzt Mode, weil man noch manchmal hier und da einige gebückte zitternde Männerchen über die Gassen so schleichen sieht. Lassen Sie nur noch die, und Ihr paar alte rechtschaffene Advokaten sterben; die Mode und die Redlichkeit werden einen Weg nehmen.

VALER Man hört doch gleich, wenn das Frauenzimmer am beredtesten ist!

LISETTE Sie meinen etwa, wenn es ans Lästern geht? O wahrhaftig! des bloßen Lästerns wegen, habe ich soviel nicht geplaudert. Meine vornehmste Absicht war, Ihnen beizubringen, wieviel überall das Geld tun könne, und was für ein vortreffliches Spiel ein Liebhaber in den Händen hat, wenn er gegen alle freigebig ist, gegen die Gebieterin, gegen den Advokaten und – – Dero Dienerin

(sie macht eine Verbeugung).

VALER Verlaß dich auf meine Erkenntlichkeit. Ich verspreche dir eine recht ansehnliche Ausstattung, wenn wir glücklich sind – –

LISETTE Ei, wie fein! Eine Ausstattung? Sie hoffen doch wohl nicht, daß ich übrig bleiben werde?

VALER Wann du das befürchtest, so verspreche ich dir den Mann dazu. – – Doch komm nur; Juliane wird ohne Zweifel auf uns warten. Wir wollen gemeinschaftlich unsre Sachen weiter überlegen.

LISETTE Gehen Sie nur voran; ich muß noch hier verziehen, um meinem jungen Gelehrten –

VALER Er wird vielleicht schon unten bei dem Vater sein.

LISETTE Wir müssen uns alleine sprechen. Gehen Sie nur! Sie haben ihn doch wohl noch nicht gesprochen?

VALER Was wollte ich nicht darum geben, wenn ich es ganz und gar überhoben sein könnte! Seinetwegen würde ich dieses Haus fliehen, ärger als ein Tollhaus, wenn nicht ein angenehmerer Gegenstand – –

LISETTE So gehen Sie doch, und lassen Sie den angenehmern Gegenstand nicht länger auf sich warten.

(Valer geht ab.)

DRITTER AUFTRITT

Anton. Lisette.

ANTON Nu? was will die! in meines Herrn Studierstube? Jetzt ging Valer heraus; vor einer Weile Juliane; und du bist noch da? Ich glaube gar, ihr habt eure Zusammenkünfte hier.

Warte, Lisette! das will ich meinem Herrn sagen. Ich will mich schon rächen; noch für das Gestrige; besinnst du dich?

LISETTE Ich glaube, du keifst? Was willst du mit deinem Gestrigen?

ANTON Eine Maulschelle vergißt sich wohl bei dem leicht, der sie gibt, aber der, dem die Zähne davon gewackelt haben, der denkt eine Zeitlang daran. Warte nur! warte!

LISETTE Wer heißt dich, mich küssen?

ANTON Potz Stern, wie gemein würden die Maulschellen sein, wenn alle die welche bekommen sollten, die euch küssen wollen. – – Jetzt soll dich mein Herr dafür wacker –

LISETTE Dein Herr? der wird mir nicht viel tun.

ANTON Nicht? Wievielmal hat er es nicht gesagt, daß so ein heiliger Ort, als eine Studierstube ist, von euch, unreinen Geschöpfen, nicht müsse entheiliget werden? Der Gott der Gelehrsamkeit – – warte, wie nennt er ihn? – – Apollo – könne kein Weibsbild leiden. Schon der Geruch davon wäre ihm zuwider. Er fliehe davor, wie der Stößer vor den Tauben. – Und du denkst, mein Herr würde es so mit ansehen, daß du ihm den lieben Gott von der Stube treibest?

LISETTE Ich glaube gar, du Narre denkst, der liebe Gott sei nur bei euch Mannspersonen? Schweig, oder – –

ANTON Ja, so eine, wie gestern vielleicht?

LISETTE Noch eine beßre! der Pinsel hätte gestern mehr, als eine verdient. Er kömmt zu mir; es ist finster; er will mich küssen; ich stoße ihn zurück, er kömmt wieder; ich schlage ihn aufs Maul, es tut ihm weh; er läßt nach; er schimpft; er geht fort – – Ich möchte dir gleich noch eine geben, wenn ich daran gedenke.

ANTON Ich hätte es also wohl abwarten sollen, wie oft du deine Karesse hättest wiederholen wollen?

LISETTE Gesetzt, es wären noch einige gefolgt, so würden sie doch immer schwächer und schwächer geworden sein. Vielleicht hätten sich die letzern gar – – doch so ein dummer Teufel verdient nichts.

ANTON Was hör' ich? ist das dein Ernst, Lisette? Bald hätte ich Lust, die Maulschelle zu vergessen, und mich wieder mit dir zu vertragen.

LISETTE Halte es, wie du willst. Was ist mir jetzt an deiner Gunst gelegen? Ich habe ganz ein ander Wildbret auf der Spur.

ANTON Ein anders? au weh, Lisette! Das war wieder eine Ohrfeige, die ich so bald nicht vergessen werde! Ein anders? Ich dächte, du hättest an einem genug, das dir selbst ins Netz gelaufen ist.

LISETTE Und drum eben ist nichts dran. – Aber sage mir, wo bleibt dein Herr?

ANTON Danke du Gott, daß er so lange bleibt; und mache, daß du hier fortkömmst. Wann er dich trifft, so bist du in Gefahr, herausgeprügelt zu werden.

LISETTE Dafür laß mich sorgen! Wo ist er denn? ist er von der Post noch nicht wieder zurück?

ANTON Woher weißt du denn, daß er auf die Post gegangen ist?

LISETTE Genug, ich weiß es. Er wollte dich erst schicken. Aber wie kam es denn, daß er selbst ging? Ha! ha! ha! »Es ist mit dem Schlingel nichts anzufangen.« Wahrhaftig, das Lob macht mich ganz verliebt in dich.

ANTON Wer Henker muß dir das gesagt haben?

LISETTE O niemand; sage mir nur, ist er wieder da?

ANTON Schon längst; unten ist er bei seinem Vater.

LISETTE Und was machen sie miteinander?

ANTON Was sie machen? sie zanken sich.

LISETTE Der Sohn will gewiß den Vater von seiner Geschicklichkeit überführen?

ANTON Ohne Zweifel muß es so etwas sein. Damis ist ganz außer sich: er läßt den Alten kein Wort aufbringen: er rechnet ihm tausend Bücher her, die er gesehen; tausend, die er gelesen hat; andere tausend, die er schreiben will, und hundert kleine Bücherchen, die er schon geschrieben hat. Bald nennt er ein Dutzend Professores, die ihm sein Lob schriftlich, mit untergedrucktem Siegel, nicht umsonst, gegeben hätten; bald ein Dutzend Zeitungsschreiber, die eine vortreffliche Posaune für einen jungen Gelehrten sind, wenn man ein silbernes Mundstück darauf steckt; bald ein Dutzend Journalisten, die ihn alle zu ihrem Mitarbeiter flehentlich erbeten haben. Der Vater sieht ganz erstaunt; er ist um die Gesundheit seines Sohnes besorgt; er ruft einmal über das andre: Sohn, erhitze dich doch nicht so! schone deine Lunge! ja doch, ich glaub' es! gib dich zufrieden! es war so nicht gemeint!

LISETTE Und Damis? – –

ANTON Und Damis läßt nicht nach. Endlich greift sich der Vater an; er überschreit ihn mit Gewalt, und besänftiget ihn mit einer Menge solcher Lobsprüche, die in der Welt niemand verdient hat, verdient, noch verdienen wird. Nun wird der Sohn wieder vernünftig, und nun – – ja nun schreiten sie zu einem andern Punkte, zu einer andern Sache, – – zu – –

LISETTE Wozu denn?

ANTON Gott sei Dank, mein Maul kann schweigen!

LISETTE Du willst mir es nicht sagen?

ANTON Nimmermehr! ich bin zwar sonst ein schlechter Kerl; aber wenn es auf die Verschwiegenheit ankömmt – –

LISETTE Lerne ich dich so kennen?

ANTON Ich dächte, das sollte dir lieb sein, daß ich schweigen kann; und besonders von Heiratssachen, oder was dem anhängig ist – –

LISETTE Weißt du nichts mehr? O das habe ich längst gewußt.

ANTON Wie schön sie mich über den Tölpel stoßen will. Also wäre es ja nicht nötig, daß ich dir es sagte? – –

LISETTE Freilich nicht! aber mich für dein schelmisches Mißtrauen zu rächen, weiß ich schon, was ich tun will. Du sollst es gewiß nicht mehr wagen, gegen ein Mädchen von meiner Profession verschwiegen zu sein! Besinnst du dich, wie du von deinem Herrn vor kurzem gesprochen hast?

ANTON Besinnen? ein Mann, der in Geschäften sitzt, der einen Tag lang so viel zu reden hat, wie ich, soll sich der auf allen Bettel besinnen?

LISETTE Seinen Herrn verleumden, ist etwas mehr, sollte ich meinen.

ANTON Was? verleumden?

LISETTE Ha, ha! Herr Mann, der in Geschäften sitzt, besinnen Sie sich nun? Was haben Sie vorhin gegen seinen Vater von ihm geredt?

ANTON Das Mädel muß den Teufel haben, oder der verzweifelte Alte hat geplaudert. Aber höre, Lisette, weißt du es gewiß, was ich gesagt habe? Was war es denn? Laß einmal hören.

LISETTE Du sollst alles hören, wenn ich es deinem Herrn erzählen werde.

ANTON O wahrhaftig, ich glaube du machst Ernst daraus. Du wirst mir doch meinen Kredit bei meinem Herrn nicht verderben wollen? Wenn du wirklich etwas weißt, so sei keine Närrin! – Daß ihr Weibsvolk doch niemals Spaß versteht! Ich habe dir eine Ohrfeige vergeben, und du willst dich, einer kleinen Neckerei wegen, rächen? Ich will dir ja alles sagen.

LISETTE Nun so sage – –

ANTON Aber du sagst doch nichts? – –

LISETTE Je mehr du sagen wirst; je weniger werde ich sagen.

ANTON Was wird es sonst viel sein, als daß der Vater dem Sohne nochmals die Heirat mit Julianen vorschlug? Damis schien ganz aufmerksam zu sein, und – – weiter kann ich dir nichts sagen.

LISETTE Weiter nichts? Gut, gut, dein Herr soll alles erfahren.

ANTON Um des Himmels willen, Lisette; ich will dir es nur gestehn.

LISETTE Nun so gesteh!

ANTON Ich will dir es nur gestehen, daß ich wahrhaftig nichts mehr gehört habe. Ich wurde eben weggeschickt. Nun weißt du wohl, wenn man nicht zugegen ist, so kann man nicht viel hören – –

LISETTE Das versteht sich. Aber was meinst du, wird Damis sich dazu entschlossen haben?

ANTON Wenn er sich noch nicht dazu entschlossen hat, so will ich mein Äußerstes anwenden, daß er es noch tut. Ich soll für meine Mühe bezahlt werden, Lisette; und du weißt wohl, wenn ich bezahlt werde, daß alsdenn auch du – –

LISETTE Ja, ja, auch ich verspreche dir's; du sollst redlich bezahlt werden! – Unterstehe dich! –

ANTON Wie?

LISETTE Habe einmal das Herz!

ANTON Was?

LISETTE Dummkopf! meine Jungfer will deinen Damis nicht haben –

ANTON Was tut das? –

LISETTE Folglich ist mein Wille, daß er sie auch nicht bekommen soll.

ANTON Folglich, wenn sie mein Herr wird haben wollen, so wird mein Wille sein müssen, daß er sie bekommen soll.

LISETTE Höre doch! du willst mein Mann werden, und einen Willen für dich haben? Bürschchen, das laß dir nicht einkommen! Dein Wille muß mein Wille sein, oder –

ANTON St! potz Element! er kömmt; hörst du? er kömmt! Nun sieh ja, wo der Zimmermann das Loch gelassen hat. Verstecke dich wenigstens; verstecke dich! Er bringt sonst mich und dich um.

LISETTE *(beiseite)* Halt, ich will beide betrügen! – – Wo denn aber hin? wohin? in das Kabinett?

ANTON Ja, ja, nur unterdessen hinein. Vielleicht geht er bald wieder fort. – – Und ich, ich will mich geschwind hieher setzen – – *(er setzt sich an den Tisch, nimmt ein Buch in die Hand und tut, als ob er den Damis nicht gewahr würde).*

VIERTER AUFTRITT

Anton. Damis.

ANTON *(vor sich)* Ja, die Gelehrten – wie glücklich sind die Leute nicht! – – Ist mein Vater nicht ein Esel gewesen, daß er mich nicht auch auf ihre Profession getan hat! Zum Henker, was muß es für eine Lust sein, wenn man alles in der Welt weiß, so wie mein Herr! – – Potz Stern, die Bücher alle zu verstehn! – – Wenn man nur darunter sitzt, man mag darin lesen, oder nicht, so ist man schon ein ganz andrer Mensch! – – Ich fühl's, wahrhaftig ich fühl's, der Verstand duftet mir recht daraus entgegen. – Gewiß, er hat recht; ohne die Gelehrsamkeit ist man nichts, als eine Bestie. – – Ich dumme Bestie! – – *(beiseite)* Nun, wie lange wird er mich noch schimpfen lassen? – – Wir sind doch närrisch gepaaret, ich und mein Herr! – – Er gibt dem Gelehrtesten, und ich dem Ungelehrtesten nichts nach. – – Ich will auch noch heute anfangen zu lesen. – – Wenn ich ein Loch von achtzig Jahren in die Welt lebe, so kann ich schon noch ein ganzer Kerl werden. – – Nur frisch angefangen! Da sind Bücher genug! – – Ich will mir das kleinste aussuchen; denn anfangs muß man sich nicht übernehmen. – – Ha! da finde ich ein allerliebstes Büchelchen. – – In so einem muß es sich mit Lust studieren lassen. – – Nur frisch angefangen, Anton! – – Es wird doch gleichviel sein, ob hinten oder vorne? – – Wahrhaftig, es wäre eine Schande für meinen so erstaunlich, so erschrecklich, so abscheulich gelehrten Herrn, wenn er länger einen so dummen Bedienten haben sollte –

DAMIS *(indem er sich ihm vollends nähert)* Ja freilich wäre es eine Schande für ihn.

ANTON Hilf Himmel! mein Herr – –

DAMIS Erschrick nur nicht! Ich habe alles gehört – –

ANTON Sie haben alles gehört? – – Ich bitte tausendmal um Verzeihung, wenn ich etwas Unrechtes gesprochen habe. – – Ich war so eingenommen, so eingenommen von der Schönheit der Gelehrsamkeit, – – verzeihen Sie mir meinen dummen Streich – – daß ich selbst noch gelehrt werden wollte.

DAMIS Schimpfe doch nicht selbst den klügsten Einfall, den du zeitlebens gehabt hast.

ANTON Vor zwanzig Jahren möchte er klug genug gewesen sein.

DAMIS Glaube mir, noch bist du zu den Wissenschaften nicht zu alt. Wir können in unsrer Republik schon mehrere aufweisen, die sich gleichfalls den Musen nicht eher in die Arme geworfen haben.

ANTON Nicht in die Arme allein, ich will mich ihnen in den Schoß werfen. – Aber in welcher Stadt sind die Leute?

DAMIS In welcher Stadt?

ANTON Ja; ich muß hin, sie kennen zu lernen. Sie müssen mir sagen, wie sie es angefangen haben. – –

DAMIS Was willst du mit der Stadt?

ANTON Sie denken etwa, ich weiß nicht, was eine Republik ist? – – Sachsen, zum Exempel – – Und eine Republik hat ja mehr wie eine Stadt? nicht?

DAMIS Was für ein Idiote! Ich rede von der Republik der Gelehrten. Was geht uns Gelehrten Sachsen, was Deutschland, was Europa an? Ein Gelehrter, wie ich bin, ist für die ganze Welt; er ist ein Kosmopolit: er ist eine Sonne, die den ganzen Erdball erleuchten muß – –

ANTON Aber sie muß doch wo liegen, die Republik der Gelehrten.

DAMIS Wo liegen? dummer Teufel! die gelehrte Republik ist überall.

ANTON Überall? und also ist sie mit der Republik der Narren an einem Orte? Die, hat man mir gesagt, ist auch überall.

DAMIS Ja freilich sind die Narren und die Klugen, die Gelehrten und die Ungelehrten überall untermengt, und zwar so, daß die letztern immer den größten Teil ausmachen. Du kannst es an unserm Hause sehen. Mit wie viel Toren und Unwissenden findest du mich nicht hier umgeben? Einige davon wissen nichts, und wissen es, daß sie nichts wissen. Unter diese gehörst du. Sie wollten aber doch gern etwas lernen, und deswegen sind sie noch die erträglichsten. Andre wissen nichts, und wollen auch nichts wissen; sie halten sich bei ihrer Unwissenheit für glücklich; sie scheuen das Licht der Gelehrsamkeit – –

ANTON Das Eulengeschlecht!

DAMIS Noch andre aber wissen nichts, und glauben doch etwas zu wissen; sie haben nichts, gar nichts gelernt, und wollen doch den Schein haben, als hätten sie etwas gelernt. Und diese sind die allerunerträglichsten Narren, worunter, die Wahrheit zu bekennen, auch mein Vater gehört.

ANTON Sie werden doch Ihren Vater, bedenken Sie doch, Ihren Vater, nicht zu einem Erznarren machen?

DAMIS Lerne distinguieren! Ich schimpfe meinen Vater nicht, insofern er mein Vater ist, sondern insofern ich ihn als einen betrachten kann, der den Schein der Gelehrsamkeit unverdienterweise an sich reißen will. Insofern verdient er meinen Unwillen. Ich habe es ihm schon oft zu verstehen gegeben, wie ärgerlich er mir ist, wenn er, als ein Kaufmann, als ein Mann, der nichts mehr, als gute und schlechte Waren, gutes und falsches Geld kennen darf, und höchstens das letzte für das erste wegzugeben wissen soll; wenn der, sage ich, mit seinen Schulbrocken, bei welchen ich doch noch immer etwas erinnern muß, so prahlen will. In dieser Absicht ist er ein Narr, er mag mein Vater sein oder nicht.

ANTON Schade! ewig schade! daß ich das *insofern* und in *Absicht* nicht als ein Junge gewußt habe. Mein Vater hätte mir gewiß nicht so viel Prügel umsonst geben sollen. Er hätte sie alle richtig wiederbekommen; nicht insofern als mein Vater, sondern insofern als einer, der mich zuerst geschlagen hätte. Es lebe die Gelehrsamkeit! – –

DAMIS Halt! ich besinne mich auf einen Grundsatz des natürlichen Rechts, der diesem Gedanken vortrefflich zu statten kömmt. Ich muß doch den Hobbes nachsehen! – – Geduld! daraus will ich gewiß eine schöne Schrift machen!

ANTON Um zu beweisen, daß man seinen Vater wieder prügeln dürfe? – –

DAMIS Certo respectu allerdings. Nur muß man sich wohl in acht nehmen, daß man, wenn man ihn schlägt, nicht den Vater, sondern den Aggressor zu schlagen sich einbildet; denn sonst – –

ANTON Aggressor? Was ist das für ein Ding?

DAMIS So heißt der, welcher ausschlägt – –

ANTON Ha, ha! nun versteh' ich's. Zum Exempel; Ihnen mein Herr stieße wieder einmal eine kleine gelehrte Raserei zu, die sich meinem Buckel durch eine Tracht Prügel empfindlich machte: so wären Sie – – wie heißt es? – – der Aggressor; und ich, ich würde berechtiget sein, mich über den Aggressor zu erbarmen, und ihm – –

DAMIS Kerl, du bist toll! – –

ANTON Sorgen Sie nicht; ich wollte meine Gedanken schon so zu richten wissen, daß der Herr unterdessen beiseite geschafft würde – –

DAMIS Nun wahrhaftig, das wäre ein merkwürdiges Exempel, in was für verderbliche Irrtümer man verfallen kann, wenn man nicht weiß, aus welcher Disziplin diese oder jene Wahrheit zu entscheiden ist. Die Prügel, die ein Bedienter von seinem Herrn bekömmt, gehören nicht in das Recht der Natur, sondern in das bürgerliche Recht. Wenn sich ein Bedienter vermietet, so vermietet er auch seinen Buckel mit. Diesen Grundsatz merke dir.

ANTON Aus dem bürgerlichen Rechte ist er? O das muß ein garstiges Recht sein. Aber ich sehe es nun schon! die verzweifelte Gelehrsamkeit, sie kann ebenso leicht zu Prügeln verhelfen, als dafür schützen. Was wollte ich nicht darum geben, wenn ich mich auf alle ihre wächserne Nasen, so gut verstünde, als Sie – – O Herr Damis, erbarmen Sie sich meiner Dummheit!

DAMIS Nun wohl, wenn es dein Ernst ist, so greife das Werk an. Es erfreut mich, der Gelehrsamkeit durch mein Exempel einen Proselyten gemacht zu haben. Ich will dich redlich mit meinem Rate und meinen Lehren unterstützen. Bringst du es zu etwas, so verspreche ich dir, dich in die gelehrte Welt selbst einzuführen, und mit einem besonderen Werke dich ihr anzukündigen. Vielleicht ergreife ich die Gelegenheit, etwas de Eruditis sero ad literas admissis, oder de Opsimathia, oder auch de studio senili zu schreiben, und so wirst du auf einmal berühmt. – – Doch laß einmal sehen, ob ich mir von deiner Lehrbegierde viel zu versprechen habe? Welch Buch hattest du vorhin in Händen?

ANTON Es war ein ganz kleines – –

DAMIS Welches denn? – –

ANTON Es war so allerliebst eingebunden, mit Golde auf dem Rücken und auf dem Schnitte. Wo legte ich's doch hin? Da! da!

DAMIS Das hattest du? das?

ANTON Ja, das!

DAMIS Das?

ANTON Bin ich an das unrechte gekommen? weil es so hübsch klein war –

DAMIS Ich hätte dir selbst kein beßres vorschlagen können.

ANTON Das dacht' ich wohl, daß es ein schön Buch sein müsse. Würde es wohl sonst einen so schönen Rock haben?

DAMIS Es ist ein Buch, das seinesgleichen nicht hat. Ich habe es selbst geschrieben. Siehst du? – – Auctore Damide!

ANTON Sie selbst? Nu, nu, habe ich's doch immer gehört, daß man die leiblichen Kinder besser in Kleidung hält, als die Stiefkinder. Das zeugt von der väterlichen Liebe.

DAMIS Ich habe mich in diesem Buche, so zu reden, selbst übertroffen. So oft ich es wieder lese, so oft lerne ich auch etwas Neues daraus.

ANTON Aus Ihrem eignen Buche?

DAMIS Wundert dich das? – – Ach verdammt! nun erinnere ich mich erst: mein Gott, das arme Mädchen! Sie wird doch nicht noch in dem Kabinette stecken? *(Er geht darauf los.)*

ANTON Um Gottes willen, wo wollen Sie hin?

DAMIS Was fehlt dir? ins Kabinett. Hast du Lisetten gesehen?

ANTON Nun bin ich verloren! – Nein, Herr Damis, nein; so wahr ich lebe, sie ist nicht drinne.

DAMIS Du hast sie also sehen herausgehen? Ist sie schon lange fort?

ANTON Ich habe sie, so wahr ich ehrlich bin, nicht sehen hereingehen. Sie ist nicht drinne; glauben Sie mir nur, sie ist nicht drinne – –

FÜNFTER AUFTRITT

Lisette. Damis. Anton.

LISETTE Allerdings ist sie noch drinne –

ANTON O das Rabenaas!

DAMIS So lange hat Sie sich hier versteckt gehalten? Arme Lisette! das war mein Wille gar nicht. Sobald mein Vater aus der Stube gewesen wäre, hätte Sie immer wieder herausgehen können.

LISETTE Ich wußte doch nicht, ob ich recht täte. Ich wollte also lieber warten, bis mich der, der mich versteckt hatte, selbst wieder hervorkommen hieß – –

ANTON Zum Henker, von was für einem Verstecken reden die? *(Sachte zu Lisetten.)* So, du feines Tierchen? hat dich mein Herr selbst schon einmal versteckt? Nun weiß ich doch, wie ich die gestrige Ohrfeige auslegen soll. Du Falsche!

LISETTE Schweig; sage nicht ein Wort, daß ich zuvor bei dir gewesen bin, oder – du weißt schon – –

DAMIS Was schwatzt ihr denn beide da zusammen? Darf ich es nicht hören?

LISETTE Es war nichts; ich sagte ihm bloß, er solle heruntergehen, daß wenn meine Jungfer nach mir fragte, er unterdessen sagen könnte, ich sei ausgegangen. Juliane ist mißtrauisch; sie suchte mich doch wohl hier, wenn sie mich brauchte.

DAMIS Das ist vernünftig. Gleich, Anton, geh!

ANTON Das verlangst du im Ernste, Lisette?

LISETTE Freilich; fort, laß uns allein.

DAMIS Wirst du bald gehen?

ANTON Bedenken Sie doch selbst, Herr Damis; wann Sie nun ihr Geplaudre werden überdrüssig sein, und das wird gar bald geschehen, wer soll sie Ihnen denn aus der Stube jagen helfen, wenn ich nicht dabei bin?

LISETTE Warte, ich will dein Lästermaul – –

DAMIS Laß dich unbekümmert! Wann sie mir beschwerlich fällt, wird sie schon selbst so vernünftig sein, und gehen.

ANTON Aber betrachten Sie nur: ein Weibsbild in Ihrer Studierstube! Was wird Ihr Gott sagen? Er kann ja das Ungeziefer nicht leiden.

LISETTE Endlich werde ich dich wohl zur Stube hinausschmeißen müssen?

ANTON Das wäre mir gelegen. – – Die verdammten Mädel! auch bei dem Teufel können sie sich einschmeicheln *(geht ab)*.

SECHSTER AUFTRITT

Lisette. Damis.

DAMIS Und wo blieben wir denn vorhin?

LISETTE Wo blieben wir? bei dem, was ich allezeit am liebsten höre, und wovon ich allezeit am liebsten rede, bei Ihrem Lobe. Wenn es nur nicht eine so gar kitzliche Sache wäre, einen ins Gesicht zu loben! – – Ich kann Ihnen unmöglich die Marter antun.

DAMIS Aber ich beteure Ihr nochmals, Lisette: es ist mir nicht um mein Lob zu tun! Ich möchte nur gern hören, auf was für verschiedene Art verschiedene Personen einerlei Gegenstand betrachtet haben.

LISETTE Jeder lobte dasjenige an Ihnen, was er an sich Lobenswürdiges zu finden glaubte. Zum Exempel, der kleine dicke Mann, mit der ernsthaften Miene, der so selten lacht, der aber, wenn er einmal zu lachen anfängt, mit dem erschütterten Bauche den ganzen Tisch über den Haufen wirft – –

DAMIS Und wer ist das? Aus Ihrer Beschreibung, Lisette, kann ich es nicht erraten – O es ist mit den Beschreibungen eine kitzliche Sache! Es gehört nicht wenig dazu, sie so einzurichten, daß man, gleich bei dem ersten Anblicke, das Beschriebene erkennen kann. Über nichts aber muß ich mehr lachen, als wenn ich bei diesem und jenem großen Philosophen, wahrhaftig bei Männern, die schon einer ganzen Sekte ihren Namen gegeben haben, öfters Beschreibungen anstatt Erklärungen antreffe. Das macht, die guten Herren haben mehr Einbildungskraft, als Beurteilung. Bei der Erklärung muß der Verstand in das Innere der Dinge eindringen; bei der Beschreibung aber darf man bloß auf die äußerlichen Merkmale, auf das – –

LISETTE Wir kommen von unsrer Sache, Herr Damis. Ihr Lob – –

DAMIS Ja wohl; fahr' Sie nur fort, Lisette. Von wem wollte Sie vorhin reden?

LISETTE Je, sollten Sie denn den kleinen Mann nicht kennen? Er bläset immer die Backen auf –

DAMIS Sie meint vielleicht den alten Ratsherrn?

LISETTE Ganz recht, aber seinen Namen –

DAMIS Was liegt an dem? – –

LISETTE »Ja, Herr Chrysander«, sagte also der Ratsherr, an dessen Namen nichts gelegen ist, »Ihr Herr Sohn kann einmal der beste Ratsherr von der Welt werden, wenn er sich nur darauf applizieren will. Es gehört ein aufgeweckter Geist dazu; den hat er: eine fixe Zunge; die hat er: eine tiefe Einsicht in die Staatskunst; die hat er: eine Geschicklichkeit, seine Gedanken zierlich auf das Papier zu bringen; die hat er: eine verschlagne Aufmerksamkeit auf die geringsten Bewegungen unruhiger Bürger; die hat er: und wenn er sie nicht hat – o die Übung – die Übung! Ich weiß ja, wie mir es anfangs ging. Freilich kann man die Geschicklichkeit zu einem so schweren Amte nicht gleich mit auf die Welt bringen –«

DAMIS Der Narr! es ist zwar wahr, daß ich alle diese Geschicklichkeiten besitze; allein mit der Hälfte derselben könnte ich Geheimter Rat werden, und nicht bloß – –

SIEBENTER AUFTRITT

Anton. Lisette. Damis.

DAMIS Nun, was willst du schon wieder?

ANTON Mamsell Juliane weiß es nun, daß Lisette ausgegangen ist. Fürchten Sie sich nur nicht; sie wird uns nicht überraschen – –

DAMIS Wer hieß dich denn wiederkommen?

ANTON Sollte ich wohl meinen Herrn allein lassen? Und dazu, es überfiel mich auf einmal so eine Angst, so eine Bangigkeit; die Ohren fingen mir an zu klingen, und besonders das linke – – Lisette! Lisette!

LISETTE Was willst du denn?

ANTON *(sachte zu Lisetten)* Was habt ihr denn beide allein gemacht? Was gilt's, es ging auf meine Unkosten!

LISETTE O pack' dich – Ich weiß nicht, was der Narre will.

DAMIS Fort, Anton! es ist die höchste Zeit; du mußt wieder auf die Post sehen. Ich weiß auch gar nicht, wo sie so lange bleibt. – – Wird's bald?

ANTON Lisette, komm mit!

DAMIS Was soll denn Lisette mit?

ANTON Und was soll sie denn bei Ihnen?

DAMIS Unwissender!

ANTON Ja freilich ist es mein Unglück, daß ich es nicht weiß. *(Sachte zu Lisetten.)* Rede nur wenigstens ein wenig laut, damit ich höre, was unter euch vorgeht – Ich werde horchen – *(gehet ab)*.

ACHTER AUFTRITT

Lisette. Damis.

LISETTE Lassen Sie uns ein wenig sachte reden. Sie wissen wohl, man ist vor dem Horcher nicht sicher.

DAMIS Jawohl; fahr' Sie also nur sachte fort.

LISETTE Sie kennen doch wohl des Herrn Chrysanders Beichtvater?

DAMIS Beichtvater? soll ich denn alle solche Handwerksgelehrte kennen?

LISETTE Wenigstens schien er Sie sehr wohl zu kennen. »Ein guter Prediger«, fiel er der dicken Rechtsgelehrsamkeit ins Wort, »sollte Herr Damis gewiß auch werden. Eine schöne Statur; eine starke deutliche Stimme; ein gutes Gedächtnis; ein feiner Vortrag; eine anständige Dreistigkeit; ein reifer Verstand, der über seine Meinungen türkenmäßig zu halten weiß: alle diese Eigenschaften glaube ich, in einem ziemlich hohen Grade, bei ihm bemerkt zu haben. Nur um einen Punkt ist mir bange. Ich fürchte, ich fürchte, er ist auch ein wenig von der Freigeisterei angesteckt.« – – »Ei, was Freigeisterei?« schrie der schon halb trunkene Medikus. »Die Freigeister sind brave Leute! Wird er deswegen keinen Kranken kurieren können? Wenn es nach mir geht, so muß er ein Medikus werden. Griechisch kann er, und Griechisch ist die halbe Medizin. *(Indem sie allmählich wieder lauter spricht.)* Freilich das Herz, das dazu gehört, kann sich niemand geben. Doch das kömmt von sich selbst, wenn man erst eine Weile praktiziert hat.« – – »Nu«, fiel ihm ein alter Kaufmann in die Rede, »so muß es mit den Herrn Medizinern wohl sein, wie mit den Scharfrichtern. Wenn die zum ersten Male köpfen, so zittern und beben sie; je öfter sie aber den Versuch wiederholen, desto frischer geht es.« – – Und auf diesen Einfall ward eine ganze Viertelstunde gelacht; in einem fort, in einem fort; sogar das Trinken ward darüber vergessen.

NEUNTER AUFTRITT

Lisette. Damis. Anton.

ANTON Herr, die Post wird heute vor neun Uhr nicht kommen. Ich habe gefragt; Sie können sich darauf verlassen.

DAMIS Mußt du uns aber denn schon wieder stören, Idiote?

ANTON Es soll mir recht lieb sein, wann ich Sie nur noch zur rechten Zeit gestört habe.

DAMIS Was willst du mit deiner rechten Zeit?

ANTON Ich will mich gegen Lisetten schon deutlicher erklären. Darf ich ihr etwas ins Ohr sagen?

LISETTE Was wirst du mir ins Ohr zu sagen haben?

ANTON Nur ein Wort. *(Sachte.)* Du denkst, ich habe nicht gehorcht? Sagtest du nicht: du hättest nicht Herz genug dazu? doch wenn du nur erst das Ding eine Weile würdest praktizieret haben – – O ich habe alles gehört – – Kurz, wir sind geschiedne Leute! Du Unverschämte, Garstige – –

LISETTE Sage nur, was du willst?

DAMIS Gleich, geh mir wieder aus den Augen! Und komme mir nicht wieder vors Gesicht, bis ich dich rufen werde, oder bis du mir Briefe von Berlin bringst! – Ich kann sie kaum erwarten. So macht es die übermäßige Freude! Zwar sollte ich Hoffnung sagen, weil jene nur auf das Gegenwärtige, und diese auf das Zukünftige geht. Doch hier ist das Zukünftige schon so gewiß, als das Gegenwärtige. Ich brauche die Sprache der Propheten, die ihrer Sachen doch unmöglich so gewiß sein konnten. – – Die ganze Akademie müßte blind sein. – – Nun, was stehst du noch da? Wirst du gehen?

ZEHNTER AUFTRITT

Lisette. Damis.

LISETTE Da sehen Sie! so lobten Sie die Leute.

DAMIS Ah, wann die Leute nicht besser loben können, so möchten sie es nur gar bleiben lassen. Ich will mich nicht rühmen, aber doch so viel kann ich mir ohne Hochmut zutrauen: ich will meiner Braut die Wahl lassen, ob sie lieber einen Doktor der Gottesgelahrtheit, oder der Rechte, oder der Arzneikunst, zu ihrem Manne haben will. In allen drei Fakultäten habe ich disputiert; in allen dreien habe ich – –

LISETTE Sie sprechen von einer Braut? heiraten Sie denn wirklich?

DAMIS Hat Sie denn auch schon davon gehört, Lisette?

LISETTE Kömmt denn wohl ohn' unser einer irgend in einem Hause eine Heirat zustande? Aber eingebildet hätte ich mir es nimmermehr, daß Sie sich für Julianen entschließen würden! für Julianen!

DAMIS Größtenteils tue ich es dem Vater zu gefallen, der auf die außerordentlichste Weise deswegen in mich dringt. Ich weiß wohl, daß Juliane meiner nicht wert ist. Allein soll ich einer solchen Kleinigkeit wegen, als eine Heirat ist, den Vater vor den Kopf stoßen? Und dazu habe ich sonst einen Einfall, der mir ganz wohl lassen wird.

LISETTE Freilich ist Juliane Ihrer nicht wert; und wenn nur alle Leute die gute Mamsell so kennten, als ich – –

EILFTER AUFTRITT

Anton. Damis. Lisette.

ANTON *(vor sich)* Ich kann die Leute unmöglich so alleine lassen. – – Herr Valer fragt, ob Sie in Ihrer Stube sind? Sind Sie noch da, Herr Damis?

DAMIS Sage mir nur, Unwissender, hast du dir es denn heute recht vorgesetzt, mir beschwerlich zu fallen?

LISETTE So lassen Sie ihn nur da, Herr Damis. Er bleibt doch nicht weg –

ANTON Ja, jetzt soll ich da bleiben; jetzt, da es schon vielleicht vorbei ist, was ich nicht hören und sehen sollte.

DAMIS Was soll denn vorbei sein?

ANTON Das werden Sie wohl wissen.

LISETTE *(sachte)* Jetzt, Anton, hilf mir, Julianen bei deinem Herrn recht schwarz machen. Willst du?

ANTON Ei ja doch! zum Danke vielleicht –

LISETTE So schweig wenigstens. – – Notwendig, Herr Damis, müssen Sie mit Julianen übel fahren. Ich bedaure Sie im voraus. Der ganze Erdboden trägt kein ärgeres Frauenzimmer – –

ANTON Glauben Sie es nicht, Herr Damis; Juliane ist ein recht gut Kind. Sie können mit keiner in der Welt besser fahren. Ich wünsche Ihnen im voraus Glück.

LISETTE Wahrhaftig! du mußt gegen deinen Herrn sehr redlich gesinnt sein, daß du ihm eine so unerträgliche Plage an den Hals schwatzen willst.

ANTON Noch weit redlicher mußt du gegen deine Mamsell sein, daß du ihr einen so guten Ehemann, als Herr Damis werden wird, mißgönnest.

LISETTE Einen guten Ehemann? Nun wahrhaftig, ein guter Ehemann, das ist auch alles, was sie sich wünscht. Ein Mann, der alles gut sein läßt – –

ANTON Ho! ho! alles? Hören Sie, Herr Damis, für was Sie Lisette ansieht? Aus der Ursache möchtest du wohl selbst gern seine Frau sein? Alles? ei! unter das alles, gehört wohl auch? – – du verstehst mich doch? –

DAMIS Aber im Ernste, Lisette; glaubt Sie wirklich, daß Ihre Jungfer eine recht böse Frau werden wird? Hat sie in der Tat viel schlimme Eigenschaften?

LISETTE Viel? Sie hat sie alle, die man haben kann; auch nicht die ausgenommen, die einander widersprechen.

DAMIS Will Sie mir nicht ein Verzeichnis davon geben?

LISETTE Wo soll ich anfangen? – Sie ist albern – –

DAMIS Kleinigkeit!

ANTON Und ich sage: Lügen!

LISETTE Sie ist zänkisch – –

DAMIS Kleinigkeit!

ANTON Und ich sage: Lügen!

LISETTE Sie ist eitel – –

DAMIS Kleinigkeit!

ANTON Lügen! sag' ich.

LISETTE Sie ist keine Wirtin – –

DAMIS Kleinigkeit!

ANTON Lügen!

LISETTE Sie wird Sie durch übertriebenen Staat, durch beständige Ergötzlichkeiten und Schmausereien, um alle das Ihrige bringen –

DAMIS Kleinigkeit!

ANTON Lügen!

LISETTE Sie wird Ihnen die Sorge um eine Herde Kinder auf den Hals laden –

DAMIS Kleinigkeit!

ANTON Das tun die besten Weiber am ersten!

LISETTE Aber um Kinder, die aus der rechten Quelle nicht geholt sind.

DAMIS Kleinigkeit!

ANTON Und zwar Kleinigkeit nach der Mode!

LISETTE Kleinigkeit? aber was denken Sie denn Herr Damis?

DAMIS Ich denke, daß Juliane nicht arg genug sein kann. Ist sie albern? ich bin desto klüger; ist sie zänkisch? ich bin desto gelassener; ist sie eitel? ich bin desto philosophischer gesinnt; vertut sie? sie wird aufhören, wenn sie nichts mehr hat; ist sie fruchtbar? so mag sie sehen, was sie vermag, wann sie es mit mir um die Wette sein will. Ein jedes mache sich ewig, womit es kann; das Weib durch die Kinder, der Mann durch Bücher.

ANTON Aber merken Sie denn nicht, daß Lisette ihre Ursachen haben muß, Julianen so zu verleumden?

DAMIS Ach freilich merk' ich es. Sie gönnt mich ihr, und beschreibt sie mir also vollkommen nach meinem Geschmacke. Sie hat es ohne Zweifel geschlossen, daß ich ihre Mamsell nur eben deswegen, weil sie das unerträglichste Frauenzimmer ist, heiraten will.

LISETTE Nur deswegen? nur deswegen? und das hätte ich geschlossen? Ich müßte Sie für irre im Kopfe gehalten haben. Überlegen Sie doch nur – –

DAMIS Das geht zu weit, Lisette! Traut Sie mir keine Überlegung zu? Was ich gesagt habe, ist die Frucht einer nur allzu scharfen Überlegung. Ja, es ist beschlossen: ich will die Zahl der unglücklich scheinenden Gelehrten, die sich mit bösen Weibern vermählt haben, vermehren. Dieser Vorsatz ist nicht von heute.

ANTON Nein, wahrhaftig! – Was aber der Teufel nicht tun kann! Wer hätte es sich jetzt sollen träumen lassen, jetzt da es Ernst werden soll? Ich muß lachen; Lisette wollte ihn von der Heirat abziehen, und hat ihn nur mehr dazu beredt; und ich, ich wollte ihn dazu bereden, und hätte ihn bald davon abgezogen.

DAMIS Einmal soll geheiratet sein. Auf eine recht gute Frau darf ich mir nicht Rechnung machen; also wähle ich mir eine recht schlimme. Eine Frau von der gemeinen Art, die weder kalt, noch warm, weder recht gut, noch recht schlimm ist, taugt für einen Gelehrten nichts, ganz und gar nichts! Wer wird sich nach seinem Tode um sie bekümmern? Gleichwohl verdient er es doch, daß sein ganzes Haus mit ihm unsterblich bleibe. Kann ich keine Frau haben, die einmal ihren Platz in einer Abhandlung de bonis Eruditorum uxoribus findet, so will ich wenigstens eine haben, mit welcher ein fleißiger Mann seine Sammlung de malis Eruditorum uxoribus vermehren kann. Ja, ja; ich bin es ohnehin meinem Vater, als der einzige Sohn, schuldig, auf die Erhaltung seines Namens mit der äußersten Sorgfalt bedacht zu sein.

LISETTE Kaum kann ich mich von meinem Erstaunen erholen – – Ich habe Sie, Herr Damis, für einen so großen Geist gehalten – –

DAMIS Und das nicht mit Unrecht. Doch eben hierdurch glaube ich den stärksten Beweis davon zu geben.

LISETTE Ich möchte platzen! – – Ja, ja, den stärksten Beweis, daß niemand schwerer zu fangen ist, als ein junger Gelehrter; nicht sowohl wegen seiner Einsicht und Verschlagenheit, als wegen seiner Narrheit.

DAMIS Wie, so naseweis, Lisette? Ein junger Gelehrter? – – ein junger Gelehrter? – –

LISETTE Ich will Ihnen die Verweise ersparen. Valer soll gleich von allem Nachricht bekommen. Ich bin Ihre Dienerin.

ZWÖLFTER AUFTRITT

Anton. Damis.

ANTON Da sehen Sie! Nun läuft sie fort, da Sie nach ihrer Pfeife nicht tanzen wollen. –

DAMIS Mulier non Homo! bald werde ich auch dieses Paradoxon für wahr halten. Wodurch zeigt man, daß man ein Mensch ist? Durch den Verstand. Wodurch zeigt man, daß man Verstand hat? Wann man die Gelehrten und die Gelehrsamkeit gehörig zu schätzen weiß. Dieses kann kein Weibsbild, und also hat es keinen Verstand, und also ist es kein Mensch. Ja, wahrhaftig ja; in diesem Paradoxo liegt mehr Wahrheit, als in zwanzig Lehrbüchern.

ANTON Wie ist mir denn? Ich habe Ihnen doch gesagt, daß Sie Herr Valer gesucht hat? Wollen Sie nicht gehen und ihn sprechen?

DAMIS Valer? ich will ihn erwarten. Die Zeiten sind vorbei, da ich ihn hochschätzte. Er hat seit einigen Jahren die Bücher beiseite gelegt; er hat sich das Vorurteil in den Kopf setzen lassen, daß man sich vollends durch den Umgang und durch die Kenntnis der Welt geschickt machen müsse, dem Staate nützliche Dienste zu leisten. Was kann ich mehr tun, als ihn bedauern? Doch ja, endlich werde ich mich auch seiner schämen müssen. Ich werde mich schämen müssen, daß ich ihn ehemals meiner Freundschaft wert geschätzt habe. O wie ekel muß man in der Freundschaft sein! Doch was hat geholfen, daß ich es bis auf den höchsten Grad gewesen bin? Umsonst habe ich mich vor der Bekanntschaft aller mittelmäßigen Köpfe gehütet; umsonst habe ich mich bestrebt, nur mit

Genies, nur mit originellen Geistern umzugehen: dennoch mußte mich Valer, unter der Larve eines solchen, hintergehen. O Valer! Valer!

ANTON Laut genug, wenn er es hören soll.

DAMIS Ich hätte über sein kaltsinniges Kompliment bersten mögen! Von was unterhielt er mich? von nichtswürdigen Kleinigkeiten. Und gleichwohl kam er von Berlin, und gleichwohl hätte er mir die allerangenehmste Neuigkeit zuerst berichten können. O Valer! Valer!

ANTON St! wahrhaftig er kömmt. Sehen Sie, daß er sich nicht dreimal rufen läßt?

DREIZEHNTER AUFTRITT

Damis. Valer. Anton.

VALER Verzeihen Sie, liebster Freund, daß ich Sie in Ihrer gelehrten Ruhe störe – –

ANTON Wenn er doch gleich sagte, Faulheit.

DAMIS Stören? Ich sollte glauben, daß Sie mich zu stören kämen? Nein, Valer, ich kenne Sie zu wohl; Sie kommen, mir die angenehmsten Neuigkeiten zu hinterbringen, die der Aufmerksamkeit eines Gelehrten, der seine Belohnung erwartet, würdig sind. – – Einen Stuhl, Anton! – – Setzen Sie sich.

VALER Sie irren sich, liebster Freund. Ich komme, Ihnen die Unbeständigkeit Ihres Vaters zu klagen; ich komme, eine Erklärung von Ihnen zu verlangen, von welcher mein ganzes Glück abhängen wird. – –

DAMIS O! ich konnte es Ihnen gleich ansehen, daß Sie vorhin die Gegenwart meines Vaters abhielt, sich mit mir vertraulicher zu besprechen, und mir Ihre Freude über die Ehre zu bezeigen, die mir der billige Ausspruch der Akademie – –

VALER Nein, allzu gelehrter Freund; lassen Sie uns einen Augenblick von etwas minder Gleichgültigem reden.

DAMIS Von etwas minder Gleichgültigem? Also ist Ihnen meine Ehre gleichgültig? Falscher Freund! – –

VALER Ihnen wird diese Benennung zukommen, wann Sie mich länger von dem, was für ein zärtliches Herz das wichtigste ist, abbringen werden. Ist es wahr, daß Sie Julianen heiraten wollen? daß Ihr Vater dieses allzu zärtliche Frauenzimmer durch Bande der Dankbarkeit binden will, in seiner Wahl minder frei zu handeln? Habe ich Ihnen jemals aus meiner Neigung gegen Julianen ein Geheimnis gemacht? Haben Sie mir nicht von jeher versprochen, meiner Liebe behilflich zu sein?

DAMIS Sie ereifern sich, Valer; und vergessen, daß ein Weibsbild die Ursache ist. Schlagen Sie sich diese Kleinigkeit aus dem Sinne – Sie müssen in Berlin gewesen sein, da die Akademie den Preis auf dieses Jahr ausgeteilet hat. Die Monaden sind die Aufgabe gewesen. Sollten Sie nicht etwa gehört haben, daß die Devise –

VALER Wie grausam sind Sie, Damis! So antworten Sie mir doch!

DAMIS Und Sie wollen mir nicht antworten? Besinnen Sie sich; sollte nicht die Devise Unum est necessarium sein gekrönt worden? Ich schmeichle mir wenigstens – –

VALER Bald schmeichle ich mir nun mit nichts mehr, da ich Sie so ausschweifend sehe. Bald werde ich nun auch glauben müssen, daß die Nachricht, die ich für eine Spötterei von Lisetten gehalten habe, gegründet sei. Sie halten Julianen für Ihrer unwert, Sie halten sie für die Schande ihres Geschlechts, und eben deswegen wollen Sie sie heiraten? Was für ein ungeheurer Einfall!

DAMIS Ha! ha! ha!

VALER Ja, lachen Sie nur, Damis, lachen Sie nur! Ich bin ein Tor, daß ich einen Augenblick solchen Unsinn von Ihnen habe glauben können. Sie haben Lisetten zum besten gehabt, oder Lisette mich. Nein, nur in ein zerrüttetes Gehirn kann ein solcher Entschluß kommen! Ihn zu verabscheuen, braucht man nur vernünftig zu denken, und lange nicht edel, wie Sie doch zu denken gewohnt sind. Aber lösen Sie mir, ich bitte Sie, dieses marternde Rätsel!

DAMIS Bald werden Sie mich, Valer, auf Ihr Geschwätze aufmerksam gemacht haben. So verlangen Sie doch in der Tat, daß ich meinen Ruhm Ihrer törichten Neigung nachsetzen soll? Meinen Ruhm! – – Doch wahrhaftig, ich will vielmehr glauben, daß Sie scherzen. Sie wollen versuchen, ob ich in meinen Entschließungen auch wankelhaft bin.

VALER Ich scherzen? der Scherz sei verflucht, der mir hier in den Sinn kommt! – –

DAMIS Desto lieber ist mir es, wann Sie endlich ernsthaft reden wollen. Was ich Ihnen sage: die Schrift mit der Devise Unum est necessarium – –

VIERZEHNTER AUFTRITT

Chrysander. Damis. Valer. Anton.

CHRYSANDER *(mit einem Zeitungsblatte in der Hand)* Nun, nicht wahr, Herr Valer? mein Sohn ist nicht von der Heirat abzubringen? Sehen Sie, daß nicht sowohl ich, als er auf diese Heirat dringt?

DAMIS Ich? ich auf die Heirat dringen?

CHRYSANDER St! st! st!

DAMIS Ei was st, st? Meine Ehre leidet hierunter. Könnte man nicht auf die Gedanken kommen, wer weiß was mir an einer Frau gelegen sei?

CHRYSANDER St! st! st!

VALER O! brauchen Sie doch keine Umstände. Ich sehe es ja wohl; Sie sind mir beide entgegen. Was für ein Unglück hat mich in dieses Haus führen müssen! Ich muß eine liebenswürdige Person antreffen; ich muß ihr gefallen, und muß doch endlich, nach vieler Hoffnung, alle Hoffnung verlieren. Damis, wenn ich jemals einiges Recht auf Ihre Freundschaft gehabt habe – –

DAMIS Aber, nicht wahr, Valer? einer Sache wegen muß man auf die berlinische Akademie recht böse sein? Bedenken Sie doch, sie will künftig die Aufgaben zu dem Preise zwei Jahre vorher bekannt machen. Warum denn zwei Jahr? war es nicht an einem genug? Hält sie denn die Deutschen für so langsame Köpfe? Seit ihrer Erneuerung habe ich jedes Jahr meine Abhandlung mit eingeschickt; aber, ohne mich zu rühmen, länger als acht Tage habe ich über keine zugebracht.

CHRYSANDER Wißt ihr denn aber auch, ihr lieben Leute, was in den Niederlanden vorgegangen ist? Ich habe hier eben die neuste Zeitung. Sie haben sich die Köpfe wacker gewaschen. Doch die Alliierten, ich bin in der Tat recht böse auf sie. Haben sie nicht wieder einen wunderbaren Streich gemacht! –

ANTON Nun, da reden alle drei etwas anders! Der spricht von der Liebe; der von seinen Abhandlungen; der vom Kriege. Wenn ich auch etwas Besonders reden soll, so werde ich vom Abendessen reden. Vom Mittage an, bis auf den Abend um sechs Uhr zu fasten, sind keine Narrenspossen.

VALER Unglückliche Liebe!

DAMIS Die unbesonnene Akademie!

CHRYSANDER Die dummen Alliierten!

ANTON Die vierte Stimme fehlt noch: die langsamen Bratenwender!

FUNFZEHNTER AUFTRITT

Lisette. Damis. Valer. Chrysander. Anton.

LISETTE Nun Herr Chrysander? ich glaubte, Sie hätten die Herren zu Tische rufen wollen? Ich sehe aber, Sie wollen selbst gerufen sein. Es ist schon aufgetragen.

ANTON Das war die höchste Zeit! dem Himmel sei Dank!

CHRYSANDER Es ist wahr; es ist wahr; ich hätte es bald vergessen. Der Zeitungsmann hielt mich auf der Treppe auf. Kommen Sie, Herr Valer; wir wollen die jetzigen Staatsgeschäfte ein wenig miteinander bei einem Gläschen überlegen. Schlagen Sie sich Julianen aus dem Kopfe. Und du, mein Sohn, du magst mit deiner Braut schwatzen. Du wirst gewiß eine wackre Frau an ihr haben; nicht so eine Xanthippe, wie – –

DAMIS Xanthippe? wie verstehen Sie das? Sind Sie etwa auch noch in dem pöbelhaften Vorurteile, daß Xanthippe eine böse Frau gewesen sei?

CHRYSANDER Willst du sie etwa für eine gute halten? Du wirst doch nicht die Xanthippe verteidigen? Pfui! das heißt einen Abcschnitzer machen. Ich glaube, ihr Gelehrten, je mehr ihr lernt, je mehr vergeßt ihr.

DAMIS Ich behaupte aber, daß man kein einzig tüchtiges Zeugnis für Ihre Meinung anführen kann. Das ist das erste, was die ganze Sache verdächtig macht; und zum andern – –

LISETTE Das ewige Geplaudre!

CHRYSANDER Lisette hat recht! Mein Sohn, contra principia negantem, non est disputandum. Kommt! Kommt!

(Chrysander, Damis und Anton gehen ab.)

VALER Nun ist alles für mich verloren, Lisette. Was soll ich anfangen?

LISETTE Ich weiß keinen Rat; wann nicht der Brief – –

VALER Dieser Betrug wäre zu arg, und Juliane will ihn nicht zugeben.

LISETTE Ei, was Betrug? Wenn der Betrug nützlich ist, so ist er auch erlaubt. Ich sehe es wohl, ich werde es selbst tun müssen. Kommen Sie nur fort, und fassen Sie wieder Mut.

Ende des zweiten Aufzuges.

DRITTER AUFZUG

ERSTER AUFTRITT

Lisette. Anton.

LISETTE So warte doch, Anton.

ANTON Ei, laß mich zufrieden. Ich mag mit dir nichts zu tun haben.

LISETTE Wollen wir uns also nicht wieder versöhnen? Willst du nicht tun, was ich dich gebeten habe?

ANTON Dir sollte ich etwas zu gefallen tun?

LISETTE Anton, lieber Anton, goldner Anton, tu es immer. Wie leicht kannst du nicht dem Alten den Brief geben, und ihm sagen, der Postträger habe ihn gebracht?

ANTON Geh! du Schlange! Wie sie nun schmeicheln kann! – – Halte mich nicht auf. Ich soll meinem Herrn ein Buch bringen. Laß mich gehen.

LISETTE Deinem Herrn ein Buch? Was will er denn mit dem Buche bei Tische?

ANTON Die Zeit wird ihm lang; und will er nicht müßige Weile haben, so muß er sich doch wohl etwas zu tun machen.

LISETTE Die Zeit wird ihm lang? bei Tische? Wenn es noch in der Kirche wäre. Reden sie denn nichts?

ANTON Nicht ein Wort. Ich bin ein Schelm, wenn es auf einem Totenmahle so stille zugehen kann.

LISETTE Wenigstens wird der Alte reden.

ANTON Der redt, ohne zu reden. Er ißt, und redt zugleich; und ich glaube, er gäbe wer weiß was darum, wenn er noch dazu trinken könnte, und das alles dreies auf einmal. Das Zeitungsblatt liegt neben dem Teller; das eine Auge sieht auf den, und das andre auf jenes. Mit dem einen Backen kaut er, und mit dem andern redt er. Da kann es freilich nun nicht anders sein, die Worte müssen auf dem Gekauten sitzen bleiben, so daß man ihn mit genauer Not noch murmeln hört.

LISETTE Was machen aber die übrigen?

ANTON Die übrigen? Valer und Juliane sind wie halb tot. Sie essen nicht und reden nicht; sie sehen einander an; sie seufzen; sie schlagen die Augen nieder; sie schielen bald nach dem Vater, bald nach dem Sohne; sie werden weiß; sie werden rot. Der Zorn und die Verzweiflung sieht beiden aus den Augen. – Aber juchhe! so recht! Siehst du, daß es nicht nach deinem Kopfe gehen muß? Mein Herr soll Julianen haben, und wenn – –

LISETTE Ja, dein Herr! Was macht aber der?

ANTON Lauter dumme Streiche. Er kritzelt mit der Gabel auf dem Teller; hängt den Kopf; bewegt das Maul, als ob er mit sich selbst redte; wackelt mit dem Stuhle; stößt einmal ein Weinglas um; läßt es liegen; tut, als wenn er nichts merkte, bis ihm der Wein auf die Kleider laufen will; nun fährt er auf, und spricht wohl gar, ich hätte es umgegossen. – Doch genug geplaudert; er wird auf mich fluchen, wo ich ihm das Buch nicht bald bringe. Ich muß es doch suchen. Auf dem Tische, zur rechten Hand, soll es liegen. Ja zur rechten Hand; welche rechte Hand meint er denn? Trete ich so, so ist das die rechte Hand; trete ich so, so ist sie das; trete ich so, so ist sie das; und das wird sie, wenn ich so trete *(tritt an alle vier Seiten des Tisches)*. Sage mir doch, Lisette, welches ist denn die rechte rechte Hand?

LISETTE Das weiß ich so wenig, als du. Schade auf das Buch; er mag es selbst holen. Aber Anton, wir vergessen das Wichtigste; den Brief –

ANTON Kömmst du mir schon wieder mit deinem Briefe? Denkt doch; deinetwegen soll ich meinen Herrn betrügen?

LISETTE Es soll aber dein Schade nicht sein.

ANTON So? ist es mein Schade nicht, wann ich das, was mir Chrysander versprochen hat, muß sitzen lassen?

LISETTE Dafür aber verspricht dich Valer schadlos zu halten.

ANTON Wo verspricht er mir es denn?

LISETTE Wunderliche Haut! ich verspreche es dir an seiner Statt.

ANTON Und wenn du es auch an seiner Statt halten sollst, so

werde ich viel bekommen. Nein, nein; ein Sperling in der Hand ist besser, als eine Taube auf dem Dache.

LISETTE Wann du die Taube gewiß fangen kannst, so wird sie doch besser sein, als der Sperling?

ANTON Gewiß fangen! als wenn sich alles fangen ließe! Nicht wahr, wann ich die Taube haschen will, so muß ich den Sperling aus der Hand fliegen lassen?

LISETTE So laß ihn fliegen.

ANTON Gut! und wann sich nun die Taube auch davonmacht? Nein, nein, Jungfer, so dumm ist Anton nicht.

LISETTE Was du für kindische Umstände machst! Bedenke doch, wie glücklich du sein kannst.

ANTON Wie denn? laß doch hören.

LISETTE Valer hat versprochen, mich auszustatten. Was sind so einem Kaptitalisten tausend Taler?

ANTON Auf die machst du dir Rechnung?

LISETTE Wenigstens. Dich würde er auch nicht leer ausgehen lassen, wann du mir behilflich wärest. Ich hätte alsdenn Geld; du hättest auch Geld: könnten wir nicht ein allerliebstes Paar werden?

ANTON Wir? ein Paar? Wenn dich mein Herr nicht versteckt hätte.

LISETTE Tust du nicht recht albern! Ich habe dir ja alles erzählt, was unter uns vorgegangen ist. Dein Herr, das Bücherwürmchen!

ANTON Ja, auch das sind verdammte Tiere, die Bücherwürmer. Es ist schon wahr, ein Mädel, wie du, mit tausend Talern, die ist wenigstens tausend Taler wert; aber nur das Kabinett – – das Kabinett – –

LISETTE Hör doch einmal auf, Anton, und laß dich nicht so lange bitten.

ANTON Warum willst du aber dem Alten den Brief nicht selbst geben?

LISETTE Ich habe dir ja gesagt, was darin steht. Wie leicht könnte Chrysander nicht argwöhnen – –

ANTON Ja, ja, mein Äffchen, ich merk' es schon; du willst die Kastanien aus der Asche haben, und brauchst Katzenpfoten dazu.

LISETTE Je nun, mein liebes Katerchen, tu es immer!

ANTON Wie sie es einem ans Herze legen kann! Liebes Katerchen! Gib nur her, den Brief; gib nur!

LISETTE Da, mein unvergleichlicher Anton –

ANTON Aber es hat doch mit der Ausstattung seine Richtigkeit? – –

LISETTE Verlaß dich drauf – –

ANTON Und mit meiner Belohnung obendrein? – –

LISETTE Desgleichen.

ANTON Nun wohl, der Brief ist übergeben!

LISETTE Aber so bald, als möglich –

ANTON Wenn du willst, jetzt gleich. Komm! – Potz Stern! wer kömmt? – – Zum Henker, es ist Damis.

ZWEITER AUFTRITT

Damis. Anton. Lisette.

DAMIS Wo bleibt denn der Schlingel mit dem Buche?

ANTON Ich wollte gleich, ich wollte – Lisette und – – Kurz, ich kann es nicht finden, Herr Damis.

DAMIS Nicht finden? Ich habe dir ja gesagt, auf welcher Hand es liegt.

ANTON Auf der rechten, haben Sie wohl gesagt; aber nicht auf welcher rechten? Und das wollte ich Sie gleich fragen kommen.

DAMIS Dummkopf, kannst du nicht so viel erraten, daß ich von der Seite rede, an welcher ich sitze?

ANTON Es ist auch wahr, Lisette; und darüber haben wir uns den Kopf zerbrochen! Herr Damis ist doch immer klüger als wir! *(Indem er ihm hinterwärts einen Mönch sticht.)* Nun will ich es wohl finden. Weiß eingebunden, roten Schnitt, nicht? Gehen Sie nur, ich will es gleich bringen.

DAMIS Ja, nun ist es Zeit, da wir schon vom Tische aufgestanden sind.

ANTON Schon aufgestanden? Zum Henker, ich bin noch nicht satt. Sind sie schon alle, alle aufgestanden?

DAMIS Mein Vater wird noch sitzen, und die Zeitung auswendig lernen, damit er morgen in seinem Kränzchen den Staatsmann spielen kann. Geh geschwind, wenn du glaubst, von seinen politischen Brocken satt zu werden. Was will aber Lisette hier?

LISETTE Bin ich jetzt nicht ebensowohl zu leiden, als vorhin?

DAMIS Nein, wahrhaftig nein. Vorhin glaubte ich, Lisette hätte wenigstens so viel Verstand, daß ihr Plaudern auf eine Viertelstunde erträglich sein könnte; aber ich habe mich geirrt. Sie ist so dumm, wie alle übrige im Hause.

LISETTE Ich habe die Ehre, mich im Namen aller übrigen zu bedanken.

ANTON Verzweifelt! das geht ja jetzt aus einem ganz andern Tone! Gott gebe, daß sie sich recht zanken! Aber zuhören mag ich nicht – – Lisette, ich will immer gehen.

LISETTE *(sachte)* Den Brief vergiß nicht; geschwind!

DAMIS So! hast du Lisetten um Urlaub zu bitten? Ich befehle dir: bleib da. Ich wüßte nicht, wohin du zu gehen hättest.

ANTON Auf die Post, Herr Damis; auf die Post!

DAMIS Doch, es ist wahr; nun so geh! geh!

DRITTER AUFTRITT

Damis. Lisette.

DAMIS Lisette kann sich nur auch gleich mit fortmachen. Will denn meine Stube heute gar nicht leer werden? Bald ist der da, bald jener; bald die, bald jene. Soll ich denn nicht einen Augenblick allein sein? *(Setzt sich an seinen Tisch.)* Die Musen verlangen Einsamkeit, und nichts verjagt sie eher, als der Tumult. Ich habe so viele und wichtige Verrichtungen, daß ich nicht weiß, wo ich zuerst anfangen soll; und gleichwohl stört man mich. Mit der Heirat, mit einer so nichtswürdigen Sache, ist der größte Teil des Nachmittags daraufgegangen; soll mir denn auch der Abend durch das ewige Hin- und Wiederlaufen entrissen werden? Ich glaube, daß in keinem Hause der Müßiggang so herrschen kann, als in diesem.

LISETTE Und besonders auf dieser Stube.

DAMIS Auf dieser Stube? Ungelehrte! Unwissende!

LISETTE Ist das geschimpft, oder gelobt?

DAMIS Was für eine niederträchtige Seele! die Unwissenheit, die Ungelehrsamkeit für keinen Schimpf zu halten! für keinen Schimpf? So möchte ich doch die Begriffe wissen, die eine so unsinnige Schwätzerin von Ehre und Schande hat. Vielleicht, daß bei ihr die Gelehrsamkeit ein Schimpf ist?

LISETTE Wahrhaftig, wann sie durchgängig von dem Schlage ist, wie bei Ihnen – –

DAMIS Nein, das ist sie nicht. Die wenigsten haben es so weit gebracht – –

LISETTE Daß man nicht unterscheiden kann, ob sie närrisch, oder gelehrt sind? – –

DAMIS Ich möchte aus der Haut fahren –

LISETTE Tun Sie das, und fahren Sie in eine klügere.

DAMIS Wie lange soll ich noch den Beleidigungen der nichtswürdigsten Kreatur ausgesetzt sein? – – Tausend würden sich glücklich preisen, wenn sie nur den zehnten Teil meiner Verdienste hätten. Ich bin erst zwanzig Jahr alt; und wie viele wollte ich finden, die dieses Alter beinahe dreimal auf sich haben, und gleichwohl mit mir – – Doch ich rede umsonst. Was kann es mir für Ehre bringen, eine Unsinnige von meiner Geschicklichkeit zu überführen? Ich verstehe sieben Sprachen vollkommen, und bin erst zwanzig Jahr alt. In dem ganzen Umfange der Geschichte, und in allen mit ihr verwandten Wissenschaften, bin ich ohne gleichem – –

LISETTE Und Sie sind erst zwanzig Jahr alt!

DAMIS Wie stark ich in der Weltweisheit bin, bezeugt die höchste Würde, die ich schon vor drei Jahren darin erhalten habe.

Noch unwidersprechlicher wird es die Welt jetzt aus meiner Abhandlung von den Monaden erkennen. – – Ach, die verwünschte Post! – –

LISETTE Und Sie sind erst zwanzig Jahr alt!

DAMIS Von meiner mehr als demosthenischen Beredsamkeit kann meine satirische Lobrede auf den Nix der Nachwelt eine ewige Probe geben.

LISETTE Und Sie sind erst zwanzig Jahr alt!

DAMIS Freilich! Auch in der Poesie darf ich meine Hand nach dem unvergänglichsten Lorbeer ausstrecken. Gegen mich kriecht Milton, und Haller ist gegen mich ein Schwätzer. Meine Freunde, welchen ich sonst zum öftern meine Versuche, wie ich sie zu nennen beliebe, vorgelesen habe, wollen jetzt gar nichts mehr davon hören, und versichern mich allezeit auf das aufrichtigste, daß sie schon genugsam von meiner mehr als göttlichen Ader überzeugt wären.

LISETTE Und Sie sind erst zwanzig Jahr alt!

DAMIS Kurz, ich bin ein Philolog, ein Geschichtskundiger, ein Weltweiser, ein Redner, ein Dichter – –

LISETTE Und Sie sind erst zwanzig Jahr alt! Ein Weltweiser ohne Bart, und ein Redner, der noch nicht mündig ist! schöne Raritäten!

DAMIS Fort! den Augenblick aus meiner Stube!

LISETTE Den Augenblick! Ich möchte gar zu gern die schöne Ausrufung: und Sie sind erst zwanzig Jahr alt! noch einmal anbringen. Haben Sie nichts mehr an sich zu rühmen? O noch etwas! Wollen Sie nicht? Nun so will ich es selbst tun. Hören Sie recht zu, Herr Damis: Sie sind noch nicht klug, und sind schon zwanzig Jahr alt!

DAMIS Was? Wie? *(Steht zornig auf.)*

LISETTE Leben Sie wohl! Leben Sie wohl!

DAMIS Himmel! was muß man von den ungelehrten Bestien erdulden! Ist es möglich von einem unwissenden Weibsbilde – –

VIERTER AUFTRITT

Chrysander. Anton. Damis.

CHRYSANDER Das ist ein verfluchter Brief, Anton! Ei! ei! mein Sohn, mein Sohn, post coenam stabis, vel passus mille meabis. Du wirst doch nicht schon wieder sitzen?

DAMIS Ein andrer, der nichts zu tun hat, mag sich um dergleichen barbarische Gesundheitsregeln bekümmern. Wichtige Beschäftigungen –

CHRYSANDER Was willst du von wichtigen Beschäftigungen reden?

DAMIS Ich nicht, Herr Vater? Die meisten von den Büchern, die Sie hier auf dem Tische sehen, warten teils auf meine Noten, teils auf meine Übersetzung, teils auf meine Widerlegung, teils auf meine Verteidigung, teils auch auf mein bloßes Urteil.

CHRYSANDER Laß sie warten! Jetzt – –

DAMIS Jetzt kann ich freilich nicht alles auf einmal verrichten. Wann ich nur erst mit dem Wichtigsten werde zustande sein. Sie glauben nicht, was mir hier eine gewisse Untersuchung für Nachschlagen und Kopfbrechen kostet. Noch eine einzige Kleinigkeit fehlt mir, so habe ich es bewiesen, daß sich Kleopatra die Schlangen an den Arm, und nicht an die Brust, gesetzt hat – –

CHRYSANDER Die Schlangen taugen nirgends viel. Mir wäre beinahe jetzt auch eine in Busen gekrochen; aber noch ist es Zeit. Höre einmal, mein Sohn; hier habe ich einen Brief bekommen, der mich – –

DAMIS Wie? einen Brief? einen Brief? Ach lieber Anton! einen Brief? Liebster Herr Vater, einen Brief? von Berlin? Lassen Sie mich nicht länger warten; wo ist er? Nicht wahr, nunmehr werden Sie aufhören an meiner Geschicklichkeit zu zweifeln? Wie glücklich bin ich! Anton, weißt du es auch schon, was darin steht?

CHRYSANDER Was schwärmst du wieder? Der Brief ist nicht von Berlin; er ist von meinem Advokaten aus Dresden, und nach dem, was er schreibt, kann aus deiner Heirat mit Julianen nichts werden.

DAMIS Nichtswürdiger Kerl! so bist du noch nicht wieder auf der Post gewesen?

ANTON Ich habe es Ihnen ja gesagt, daß vor neun Uhr für mich auf der Post nichts zu tun ist.

DAMIS Ah, verberabilissime, non fur, sed trifur! Himmel! daß ich vor Zorn sogar des Plautus Schimpfwörter brauchen muß. Wird dir denn ein vergebner Gang gleich den Hals kosten?

ANTON Schimpften Sie mich? Weil ich es nicht verstanden habe, so mag es hingehen.

CHRYSANDER Aber sage mir nur, Damis; nicht wahr, du hast doch einen kleinen Widerwillen gegen Julianen? Wenn das ist, so will ich dich nicht zwingen. Du mußt wissen, daß ich keiner von den Vätern bin – –

DAMIS Ist die Heirat schon wieder auf dem Tapete? Wann Sie doch wegen meines Widerwillens unbesorgt sein wollten. Genug, ich heirate sie – –

CHRYSANDER Das heißt so viel, du wolltest dich meinetwegen zwingen? Das will ich durchaus nicht. Wenn du gleich mein Sohn bist, so bist du doch ein Mensch; und jeder Mensch wird frei geboren; er muß machen können, was er will; und – kurz, – ich gebe dir dein Wort wieder zurück.

DAMIS Wieder zurück? und vor einigen Stunden konnte ich mich nicht hurtig genug entschließen? Wie soll ich das verstehen?

CHRYSANDER Das sollst du so verstehen, daß ich es überlegt habe, und daß, weil dir Juliane nicht gefällt, sie mir auch nicht ansteht; daß ich ihre wahren Umstände in diesem Briefe wieder gefunden habe, und daß – – Du siehst es ja, daß ich den Brief nur jetzt gleich bekommen habe. Ich weiß zwar wahrhaftig nicht, was ich davon denken soll? Die Hand meines Advokaten ist es nicht – *(Damis setzt sich wieder an den Tisch.)*

ANTON Nicht? o! die Leutchen müssen mehr als eine Hand zu schreiben wissen.

CHRYSANDER Zu geschwind ist es beinahe auch. Kaum sind es acht Tage, daß ich ihm geschrieben habe. Sollte er das Ding in der kurzen Zeit schon haben untersuchen können? Von wem hast du denn den Brief bekommen, Anton?

ANTON Von Lisetten.

CHRYSANDER Und Lisette?

ANTON Von dem Briefträger, ohne Zweifel.

CHRYSANDER Aber warum bringt denn der Kerl die Briefe nicht mir selbst?

ANTON Sie werden sich doch in den Händen, wodurch sie gehen, nicht verändern können?

CHRYSANDER Man weiß nicht – – Gleichwohl aber lassen sich die Gründe, die er anführt, hören. Ich muß also wohl den sichersten Weg nehmen, und dir, mein Sohn – – Aber, ich glaube gar, du hast dich wieder an den Tisch gesetzt, und studierst?

DAMIS Mein Gott! ich habe zu tun, ich habe sogar viel zu tun.

CHRYSANDER Drum mit einem Worte, damit ich dich nicht um die Zeit bringe: die Heirat mit Julianen war nichts, als ein Gedanke, den du wieder vergessen kannst. Wann ich es recht überlege, so hat doch Valer das größte Recht auf sie.

DAMIS Sie betrügen sich, wenn Sie glauben, daß ich nunmehr davon abgehen werde. Ich habe alles wohl überleget, und ich muß es Ihnen nur mit ganz trocknen Worten sagen, daß eine böse Frau mir helfen soll, meinen Ruhm unsterblich zu machen; oder vielmehr, daß ich eine böse Frau, an die man nicht denken würde, wann sie keinen Gelehrten gehabt hätte, mit mir zugleich unsterblich machen will. Der Charakter eines solchen Eheteufels wird auf den meinigen ein gewisses Licht werfen – –

CHRYSANDER Nun wohl, wohl; so nimm dir eine böse Frau; nur aber eine mit Gelde, weil an einer solchen die Bosheit noch erträglich ist. Von der Gattung war meine erste selige Frau. Um die zwanzigtausend Taler, die ich mit ihr bekam, hätte ich des bösen Feindes Schwester heiraten wollen – – Du mußt mich nur recht verstehen: ich meine es nicht nach den Worten. – Wann sie aber böse sein soll, deine Frau, was willst du mit Julianen? – – Höre, ich kenne eine alte Witwe, die schon vier Männer ins Grab gezankt hat; sie hat ihr feines Auskommen: ich dächte, das wäre deine Sache; nimm die! Ich habe dir das Maul einmal wäßrig gemacht, ich muß dir also doch etwas darein geben. Wann es einmal eine Xanthippe sein soll, so kannst du keine beßre finden.

DAMIS Mit ihrer Xanthippe! ich habe es Ihnen ja schon mehr als einmal gesagt, daß Xanthippe keine böse Frau gewesen ist. Haben Sie meine Beweisgründe schon wieder vergessen?

CHRYSANDER Ei was? mein Beweis ist das Abcbuch. Wer so ein Buch hat schreiben können, das so allgemein geworden ist, der muß es gewiß besser verstanden haben, als du. Und kurz, mir liegt daran, daß Xanthippe eine böse Frau gewesen ist. Ich könnte mich nicht zufrieden geben, wenn ich meine erste Frau so oft sollte gelobt haben. Schweig also mit deinen Narrenspossen; ich mag von dir nicht besser unterrichtet sein.

DAMIS So wird uns gedankt, wenn wir die Leute aus ihren Irrtümern helfen wollen.

CHRYSANDER Seit wenn ist denn das Ei klüger, als die Henne? he? Herr Doktor, vergess' Er nicht, daß ich Vater bin, und daß es auf den Vater ankömmt, wenn der Sohn heiraten soll. Ich will an Julianen nicht mehr gedacht wissen – –

DAMIS Und warum nicht?

CHRYSANDER Soll ich meinem einzigen Sohne ein armes Mädchen aufhängen? Du bist nicht wert, daß ich für dich so besorgt bin. Du weißt ja, daß sie nichts im Vermögen hat.

DAMIS Hatte sie vorhin, da ich sie heiraten sollte, mehr als jetzt?

CHRYSANDER Das verstehst du nicht. Ich wußte wohl, was ich vorhin tat: aber ich weiß auch, was ich jetzt tue.

DAMIS Gut, desto besser ist es, wann sie kein Geld hat. Man wird mir also nicht nachreden können, die böse Frau des Geldes wegen genommen zu haben; man wird es zugestehen müssen, daß ich keine andere Absicht gehabt, als die, mich in den

Tugenden zu üben, die bei Erduldung eines solchen Weibes nötig sind.

CHRYSANDER Eines solchen Weibes! Wer hat dir denn gesagt, daß Juliane eine böse Frau werden wird?

DAMIS Wenn ich nicht, wie wir Gelehrten zu reden pflegen, a priori davon überführt wäre, so würde ich es schon daraus schließen können, weil sie daran zweifeln.

CHRYSANDER Fein naseweis, mein Sohn! fein naseweis! Ich habe Julianen auferzogen; sie hat viel Wohltaten bei mir genossen; ich habe ihr alles Gute beigebracht: wer von ihr Übels spricht, der spricht es zugleich von mir. Was? ich sollte nicht ein Frauenzimmer zu ziehen wissen? Ich sollte ein Mädchen, das unter meiner Aufsicht groß geworden ist, nicht so weit gebracht haben, daß es einmal eine rechtschaffne wackre Frau würde? Reich habe ich sie freilich nicht machen können; ich bin der Wohltat selbst noch benötigt. Aber daß ich sie nicht tugendhaft, nicht verständig gemacht hätte, das kann mir nur einer nachreden, der so dumm ist, als du, mein Sohn. Nimm mir es nicht übel, daß ich mit der Sprache herausrücke. Du bist so ein eingemachter Narre, so ein Stockfisch – – nimm mir's nicht übel, mein Sohn – – so ein überstudierter Pickelhering – – aber nimm mir's nicht übel – –

DAMIS *(beiseite)* Bald sollte ich glauben, daß sein erster Handel mit eingesalznen Fischen gewesen sei. – – Schon gut, Herr Vater; von Julianens Tugend will ich nichts sagen; die Tugend ist oft eine Art von Dummheit. Aber was ihren Verstand anbelangt, von dem werden Sie mir erlauben, daß ich ihn noch immer in Zweifel ziehe. Ich bin nun schon eine ziemliche Zeit wieder hier; ich habe mir auch manchmal die Mühe genommen, ein paar Worte mit ihr zu sprechen: hat sie aber wohl jemals an meine Gelehrsamkeit gedacht? Ich mag nicht gelobt sein; so eitel bin ich nicht; nur muß man den Leuten ihr Recht widerfahren lassen – –

FÜNFTER AUFTRITT

Chrysander. Damis. Valer.

CHRYSANDER Gut, gut, Herr Valer, Sie kommen gleich zur rechten Stunde.

DAMIS Was will der unerträgliche Mensch wieder?

VALER Ich komme, Abschied von Ihnen beiden zu nehmen – –

CHRYSANDER Abschied? so zeitig? warum denn?

VALER Ich glaube nicht, daß Sie im Ernste fragen.

CHRYSANDER Gott weiß es, Herr Valer; in dem allerernstlichstem Ernste. Ich lasse Sie wahrhaftig nicht.

VALER Um mich noch empfindlicher zu martern? Sie wissen, wie lieb mir die Person allezeit gewesen ist, die Sie mir heute entreißen. Doch das Unglück wäre klein, wenn es mich nur allein träfe. Sie wollen noch dazu diese geliebte Person mit einem verbinden, der sie ebenso sehr haßt, als ich sie verehre? Meine ganze Seele ist voller Verzweiflung, und von nun an werde ich, weder hier, noch irgendswo in der Welt wieder ruhig werden. Ich gehe, um mich – –

CHRYSANDER Nicht gehen, Herr Valer, nicht gehen! Dem Übel ist vielleicht noch abzuhelfen.

VALER Abzuhelfen? Sie beschimpfen mich, wenn Sie glauben, daß ich jemals diesen Streich überwinden werde. Er würde für ein minder zärtliches Herz, als das meinige ist, tödlich sein.

DAMIS Was für ein Gewäsche! *(Setzt sich an seinen Tisch.)*

VALER Wie glücklich sind Sie, Damis! Lernen Sie wenigstens Ihr Glück erkennen; es ist der geringste Dank, den Sie dem Himmel schuldig sind. Juliane wird die Ihrige – –

CHRYSANDER Ei, wer sagt denn das? Sie soll noch zeitig genug die Ihrige werden. Herr Valer, nur Geduld!

VALER Halten Sie inne mit Ihren kalten Verspottungen – –

CHRYSANDER Verspottungen? Sie müssen mich schlecht kennen. Was ich sage, das sag' ich. Ich habe die Sache nun besser überlegt; ich sehe, Juliane schickt sich für meinen Sohn nicht, und er sich noch viel weniger für Julianen. Sie lieben sie; Sie haben längst bei mir um sie angehalten; wer am ersten kömmt, der muß am ersten mahlen. Ich habe eben mit meinem Sohne davon geredt – – Sie kennen ihn ja – –

VALER Himmel, was hör' ich? Ist es möglich? welche glückliche Veränderung! Erlauben Sie, daß ich Sie tausendmal umfange. Soll ich also doch noch glücklich sein? O Chrysander! o Damis!

CHRYSANDER Reden Sie mit ihm, und setzen Sie ihm den Kopf ein wenig zurechte. Ich will zu Julianen gehen, und ihr meinen veränderten Entschluß hinterbringen. Sie wird mir es doch nicht übel nehmen?

VALER Übel? Sie werden ihr das Leben wiedergeben, so wie Sie es mir wiedergegeben haben.

CHRYSANDER Ei, kann ich das? *(Geht ab.)*

SECHSTER AUFTRITT

Damis. Valer. Anton.

VALER Und in welchem Tone soll ich nun mit Ihnen reden, liebster Freund? Das erneuerte Versprechen Ihres Vaters berechtigte mich, Sie ganz und gar zu übergehen. Ich habe gewonnen, sobald Chrysander Julianen zu zwingen aufhört. Doch wie angenehm soll es mir sein, wann ich ihren Besitz zum Teil auch Ihnen werde verdanken können.

DAMIS Anton!

ANTON *(kömmt)* Was soll der? ist Ihnen die Post wieder eingefallen?

DAMIS Gleich geh! sie muß notwendig da sein.

ANTON Aber ich sage Ihnen, daß sie bei so übeln Wetter vor zehn Uhr nicht kommen kann.

DAMIS Gibst du abermals eine Stunde zu? Kurz, geh! und kömmst du leer wieder, so sieh dich vor!

ANTON Wenn ich diese Nacht nicht sanft schlafe, so glaube ich zeitlebens nicht mehr, daß die Müdigkeit etwas dazu helfen kann. *(Gehet ab.)*

SIEBENTER AUFTRITT

Damis. Valer.

VALER So? anstatt zu antworten, reden Sie mit dem Bedienten?

DAMIS Verzeihen Sie, Valer; Sie haben also mit mir gesprochen? Ich habe den Kopf so voll; es ist mir unmöglich, auf alles zu hören.

VALER Und Sie wollen sich auch bei mir verstellen? Ich weiß die Zeit noch sehr wohl, da ich in eben dem wunderbaren Wahne stand, es ließe gelehrt, so zerstreut als möglich, und auf nichts als auf sein Buch aufmerksam zu tun. Doch glauben Sie nur, der muß sehr einfältig sein, den Sie mit diesen Gaukeleien hintergehen wollen.

DAMIS Und Sie müssen noch einfältiger sein, daß Sie glauben können, ein jeder Kopf sei so gedankenleer, als der Ihrige. Und verdient denn Ihr Geschwätz, daß ich darauf höre? Sie haben ja gewonnen, sobald Chrysander Julianen zu zwingen aufhört; Sie sind ja berechtigt, mich zu übergehen – –

VALER Das muß doch eine besondere Art der Zerstreuung sein, in welcher man des andern Reden gleichwohl so genau höret, daß man sie von Wort zu Wort wiederholen kann.

DAMIS Ihre Spötterei ist sehr trocken. *(Sieht wieder auf sein Buch.)*

VALER Doch aber zu empfinden? – – Was für eine Marter ist es, mit einem Menschen von Ihrer Art zu tun zu haben? Es gibt deren wenige – –

DAMIS Das sollte ich selbst glauben.

VALER Es würden sich aber mehrere finden, wenn selbst – –

DAMIS Ganz recht; wenn die wahre Gelehrsamkeit nicht so schwer zu erlangen, die natürliche Fähigkeit dazu gemeiner, und ein unermüdeter Fleiß nicht so etwas Beschwerliches wären – –

VALER Ha! ha! ha!

DAMIS Das Lachen eines wahren Idioten!

VALER Sie reden von Ihrer Gelehrsamkeit, und ich, mit Vergebung, wollte von Ihrer Torheit reden. Hierin, meinte ich, würden Sie mehrere Ihresgleichen finden, wenn selbst diese Torheit ihren Sklaven nicht zur Last werden müßte.

DAMIS Verdienen Sie also, daß ich Ihnen antworte? *(Sieht wieder in sein Buch.)*

VALER Und verdienen Sie wohl, daß ich noch Freundes genug bin, mit Ihnen ohne Verstellung zu reden? Glauben Sie mir, Sie werden Ihre Torheiten bei mehrerm Verstande bereuen – –

DAMIS Bei mehrerm Verstande? *(Spöttisch.)*

VALER Werden Sie darüber ungehalten? Das ist wunderbar! Ihr Körper kann, Ihren Jahren nach, noch nicht ausgewachsen haben, und Sie glauben, daß Ihre Seele gleichwohl schon zu ihrer möglichen Vollkommenheit gelanget sei? Ich würde den für meinen Feind halten, welcher mir den Vorzug, täglich zu mehrerm Verstande zu kommen, streitig machen wollte.

DAMIS Sie!

VALER Sie werden so spöttisch, mein Herr Nebenbuhler – Doch da ist sie selbst! *(Läuft ihr entgegen.)* Ah, Juliane – –

ACHTER AUFTRITT

Juliane. Damis. Valer.

JULIANE Ach, Valer, welche glückliche Veränderung! – –

DAMIS *(indem er sich auf dem Stuhle umwendet)* Die Ehre, Sie hier zu sehen, Mademoiselle, habe ich ohne Zweifel einem Irrtume zu danken? Sie glauben vielleicht in Ihr Schlafzimmer zu kommen – –

JULIANE Dieser Irrtum wäre unvergeblich! Nein! mein Herr, es geschieht auf Befehl Ihres Herrn Vaters, daß ich diesen heiligen Ort betrete. Ich komme, Ihnen einen Kauf aufzusagen, und mich bei Ihrer Muse zu entschuldigen, daß ich beinahe in die Gefahr gekommen wäre, ihr einen so liebenswürdigen Geist abspenstig zu machen.

VALER O wie entzückt bin ich, schönste Juliane, Sie auf einmal wieder in Ihrer Heiterkeit zu sehen.

DAMIS Wenn ich das Gewäsche eines Frauenzimmers recht verstehe, so kommen Sie, ein Paktum aufzuheben, welches doch alle Requisita hat, die zu einem unumstößlichen Pakto erfordert werden.

JULIANE Und wann ich das Galimathias eines jungen Gelehrten verstehen darf, so haben Sie es getroffen.

DAMIS Mein Vater ist ein Idiote. Kömmt es denn nur auf ihn, oder auf Sie, Mademoiselle, an, einen Vertrag, der an meinem Teil fest bestehet, ungültig zu machen? – – Es wird sich alles zeigen; nur wollte ich bitten, mich jetzt ungestört zu lassen – – *(Wendet sich wieder an den Tisch.)*

VALER Was für ein Bezeigen! hat man jemals einem Frauenzimmer, auf dessen Besitz man Anspruch macht, so begegnet?

DAMIS Und ist man jemals einem beschäftigten Gelehrten so überlästig gewesen? Diese verdrießliche Gesellschaft los zu werden, muß ich nur selbst meine vier Wände verlassen. *(Geht ab.)*

NEUNTER AUFTRITT

Valer. Juliane.

JULIANE Und wir lachen ihm nicht nach?

VALER Nein, Juliane; eine bessere Freude mag uns jetzt erfüllen; und beinahe gehört eine Art von Grausamkeit dazu, sich über einen so kläglichen Toren lustig zu machen. Wie soll ich Ihnen die Regungen meines Herzens beschreiben, jetzt, da man ihm alle seine Glückseligkeit wiedergegeben hat? Ich beschwöre Sie, Juliane, wann Sie mich lieben, so verlassen Sie noch heute mit mir dieses gefährliche Haus. Setzen Sie sich nicht länger der Ungestümigkeit eines veränderlichen Alten, der Raserei eines jungen Pedanten und der Schwäche Ihrer eignen allzu zärtlichen Denkungsart aus. Sie sind mir in einem Tage genommen und wiedergegeben worden; lassen Sie ihn den ersten und den letzten sein, der so grausam mit uns spielen darf!

JULIANE Fassen Sie sich, Valer. Wir wollen lieber nichts tun, was uns einige Vorwürfe von Chrysandern zuziehen könnte. Sie sehen, er ist auf dem besten Wege, und ich liebe ihn ebensosehr, als ich den Damis verachte. Durch das Mißtrauen, wodurch ich mich auf einmal seiner Vorsorge entzöge, würde ich ihm für seine Wohltaten schlecht danken – –

VALER Noch immer reden Sie von Wohltaten? Ich werde nicht eher ruhig, als bis ich Sie von diesen gefährlichen Banden befreiet habe. Erlauben Sie mir, daß ich sie sogleich gänzlich vernichte, und dem alten Eigennützigen – –

JULIANE Nennen Sie ihn anders, Valer; er ist das nicht; und schon seine Veränderung zeigt es, daß Lisette falsch gehört oder uns hintergangen hat. Zwar weiß ich nicht, wem ich diese Veränderung zuschreiben soll – – *(nachsinnend)*.

VALER Warum auf einmal so in Gedanken? Die Ursache, die ihn bewogen hat, mag sein, welche es will; ich weiß doch gewiß, daß es eine Fügung des Himmels ist.

JULIANE Des Himmels, oder Lisettens. Auf einmal fällt mir ein, was Sie mir von einem Briefe gesagt haben. Sollte wohl Lisettens allzu große Dienstfertigkeit – –

VALER Welche Einbildung, liebste Juliane! Sie weiß es ja, daß Ihre Tugend in diesen kleinen Betrug nicht willigen wollen.

JULIANE Gleichwohl, je mehr ich nachdenke –

VALER Wenn es nun auch wäre, wollten Sie denn deswegen – –

JULIANE Wann es nun auch wäre? wie?

ZEHNTER AUFTRITT

Lisette. Valer. Juliane.

JULIANE Du kömmst als gerufen, Lisette.

LISETTE Nun, gehen meine Sachen nicht vortrefflich? Wollen Sie es nicht unten mit anhören, wie sich Damis und Chrysander zanken? »Du sollst sie nicht bekommen; ich muß sie bekommen: ich bin Vater; Sie haben mir sie versprochen: ich habe mich anders besonnen; ich aber nicht: so muß es noch geschehen; das ist unmöglich: unmöglich oder nicht; kurz ich geh' nicht ab, ich will es Ihnen aus Büchern beweisen, daß Sie mir Wort halten müssen: du kannst mit deinen Büchern an den Galgen gehen.« – – Was wiederhole ich viel ihre närrische Reden? Der Vater hat recht; er handelt klug: er würde aber gewiß nicht so klug handeln, wenn ich nicht vorher so klug gewesen wäre.

JULIANE Wie verstehst du das, Lisette?

LISETTE Ich lobe mich nicht gerne selbst. Kurz, meine liebe Mamsell, Ihr Schutzengel, der bin ich!

JULIANE Der bist du? und wie denn?

LISETTE Dadurch, daß ich einen Betrüger mit seiner Münze bezahlt habe. Der alte häßliche –

JULIANE Und also hast du Chrysandern betrogen?

LISETTE Ei, sagen Sie doch das nicht; einen Betrüger betrügt man nicht, sondern den hintergeht man nur. Hintergangen hab' ich ihn.

VALER Und wie?

LISETTE Schlecht genug, daß Sie es schon wieder vergessen haben. Ich sollte meinen, erkenntlich zu sein, brauche man ein besser Gedächtnis.

JULIANE Du hast ihm also wohl gar den falschen Brief untergeschoben?

LISETTE Behüte Gott! ich habe ihn bloß durch einen erdichteten Brief auf andere Gedanken zu bringen gesucht; und das ist mir gelungen.

JULIANE Das hast du getan? Und ich sollte mein Glück einer Betrügerin zu danken haben? Es mag mir gehen, wie es will; Chrysander soll es den Augenblick erfahren – –

LISETTE Was soll denn das heißen? Ist das mein Dank?

VALER Besinnen Sie sich, Juliane; verziehen Sie!

JULIANE Unmöglich, Valer; lassen Sie mich. *(Juliane geht ab.)*

EILFTER AUFTRITT

Valer. Lisette.

VALER Himmel, nun ist alles wieder aus!

LISETTE So mag sie es haben! Gift und Galle möchte ich speien, so toll bin ich! Für meinen guten Willen mich eine Betrügerin zu heißen? Ich hoffte, sie würde mir vor Freuden um den Hals fallen. – – Wie wird der Alte auf mich losziehen! Er jagt mich und Sie zum Hause heraus. Was wollen Sie nun anfangen?

VALER Ja, was soll ich nun anfangen, Lisette?

LISETTE Ich glaube, Sie antworten mir mit meiner eignen Frage? Das ist bequem. Mein guter Rat hat ein Ende. Ich will mich bald wieder in so etwas mengen!

VALER Zu was für einer ungelegnen Zeit kamst du aber auch, Lisette? Ich hatte dir es gesagt, daß Juliane in diesen Streich nicht willigen wollte. Hättest du nicht noch einige Zeit schweigen können?

LISETTE Konnte ich denn vermuten, daß sie so übertrieben eigensinnig sein würde? Sie können sich leicht einbilden, wie es mit unsereiner ist: ich hätte nicht wie viel nehmen und es gegen sie länger verbergen wollen, wem sie ihr Glück zu danken habe. Die Freude ist schwatzhaft, und – Ach, ich möchte gleich – –

ZWÖLFTER AUFTRITT

Anton. Valer. Lisette.

ANTON *(mit Briefen in der Hand)* Ha! ha! haltet ihr wieder Konferenz! Wenn es mein Herr wüßte, daß in seiner eignen Stube die schlimmsten Anschläge wider ihn geschmiedet werden, er würde dich, Lisette – – Aber, wie steht ihr denn da beisammen? Herr Valer scheint betrübt: du bist erhitzt, erhitzt wie ein Zinshahn. Habt ihr euch geschlagen, oder habt ihr euch sonst eine Motion gemacht? Ei, ei, Lisette! höre – – *(sachte zu*

Lisetten) du hast dich doch der Ausstattung wegen mit ihm nicht überworfen? Hat er sein Wort etwa zurückgezogen? Das wäre ein verfluchter Streich. *(Laut.)* Nein, nein, Herr Valer, was man verspricht, das muß man halten. Sie hat Ihnen redlich gedienet, und ich auch. Zum Henker! glauben Sie denn, daß es einmal einer ehrlichen Seele keine Gewissensbisse verursachen muß, wenn sie ihre Herrschaft für null und nichts betrogen hat? Ich lasse mich nicht vexieren; und meine Forderung wenigstens – – Hol' mich dieser und jener! ich nehm' einen Advokaten an, einen rechten Bullenbeißer von einem Advokaten, der Ihnen gewiß so viel soll zu schaffen machen –

LISETTE Ach Narre, schweig!

VALER Was will er denn? Mit wem sprichst du denn?

ANTON Potz Stern! mit unserm Schuldmanne sprech' ich. Das können Sie ja wohl am Tone hören.

VALER Wer ist denn dein Schuldmann?

ANTON Kommt es nun da heraus, daß Sie die Schuld leugnen wollen? Hören Sie: mein Advokat bringt Sie zum Schwur – –

VALER Lisette, weißt denn du, was er will?

LISETTE Der Schwärmer! ich brauchte ihn vorhin zu Überbringung des Briefes, und versprach ihm, wenn die Sache gut ausfallen sollte, eine Belohnung von Ihnen.

VALER Weiter ist es nichts?

ANTON Ich dächte doch, das wäre genug. Und wie hält es denn mit Lisettens Ausstattung? Ich muß mich um ihr Vermögen so gut als um das meinige bekümmern, weil es doch meine werden soll.

VALER Seid unbesorgt; wenn ich mein Glück mache, so will ich das eurige gewiß nicht vergessen.

ANTON Gesetzt aber, Sie machten es nicht? Und was versprochen ist, ist doch versprochen.

VALER Auch alsdenn will ich euern Eifer nicht unbelohnt lassen.

ANTON Ach, das sind Komplimente, Komplimente!

LISETTE So hör' einmal auf!

ANTON Bist du nicht eine Närrin; ich rede ja für dich mit.

LISETTE Es ist aber ganz unnötig.

ANTON Unnötig? habt ihr euch denn nicht gezankt?

LISETTE Warum nicht gar?

ANTON Hat er sein Versprechen nicht zurückgezogen?

LISETTE Nein doch.

ANTON O so verzeihen Sie mir, Herr Valer. Die Galle kann einem ehrlichen Manne leicht überlaufen. Ich bin ein wenig hitzig, zumal in Geldsachen. Fürchten Sie sich für den Advokaten nur nicht – –

VALER Und ich kann in einer so marternden Ungewißheit hier noch verziehen? Ich muß sie sprechen; vielleicht hat sie es noch nicht getan – –

LISETTE Hat sie es aber getan, so kommen Sie dem Alten ja nicht zu nahe!

VALER Ich habe von dem ganzen Handel nichts gewußt.

LISETTE Desto schlimmer alsdenn für mich. Gehen Sie nur.

DREIZEHNTER AUFTRITT

Anton. Lisette.

ANTON Desto schlimmer für dich? Was ist denn desto schlimmer für dich? Warum soll er denn dem Alten nicht zu nahe kommen? Was habt ihr denn wieder!

LISETTE Je, der verfluchte Brief!

ANTON Was für ein Brief?

LISETTE Den ich dir vorhin gab.

ANTON Was ist denn mit dem?

LISETTE Es ist alles umsonst; meine Mühe ist vergebens.

ANTON Wie denn so? So wahr ich lebe, ich habe ihn richtig bestellt. Mache keine Possen, und schiebe die Schuld etwa auf mich!

LISETTE Richtig übergeben ist er wohl; er tat auch schon seine Wirkung. Aber Juliane hat uns selbst einen Strich durch die Rechnung gemacht. Sie will es durchaus entdecken, daß es ein falscher Brief gewesen sei, und hat es vielleicht auch schon getan.

ANTON Was zum Henker, sie selbst? Da werden wir ankommen! Siehst du; nun ist der Sperling und die Taube weg. Und was das schlimmste ist: da ich die Taube habe fangen wollen, so bin ich darüber mit der Nase ins Weiche gefallen. Oder deutlicher, und ohne Gleichnis mit dir zu reden: die versprochene Belohnung bei dem Alten hab' ich verloren, die eingebildete bei Valeren entgeht mir auch, und aller Profit, den ich dabei machen werde, ist, nebst einem gnädigen Rippenstoße, ein Pack' dich zum Teufel! – – Will Sie mich alsdenn noch, Jungfer Lisette? – – O, Sie muß mich. Ich will Sie die Leute lehren unglücklich machen – –

LISETTE Es wird mir gewiß besser gehen? Wir wandern miteinander, und wenn wir nur einmal ein Paar sind, so magst du sehen, wie du mich ernährest.

ANTON Ich dich ernähren? bei der teuren Zeit? Wenn ich noch könnte mit dir herumziehen, wie der mit dem großen Tiere, das ein Horn auf der Nase hat.

LISETTE Sorge nicht, in ein Tier mit einem Horne will ich dich bald verwandeln. Es wird alsdenn doch wohl einerlei sein, ob du mit mir, oder ich mit dir herumziehe.

ANTON Nu wahrhaftig, mit dir weiß man doch noch, woran man ist. – – Aber, damit wir nicht eins ins andre reden, wo ist denn nun mein Herr? Da sind endlich seine verdammten Briefe!

LISETTE Siehst du ihn?

ANTON Nein; aber wo mir recht ist, jetzt hör' ich ihn.

LISETTE Laß ihn nur kommen; toll will ich ihn noch machen, zu guter Letzt.

VIERZEHNTER AUFTRITT

Anton. Lisette. Damis (kömmt ganz tiefsinnig; Lisette schleicht hinter ihm her, und macht seine Grimassen nach).

ANTON Halt! ich will ihn noch ein wenig zappeln lassen, und ihm die Briefe nicht gleich geben. *(Steckt sie ein.)* Wie so tiefsinnig, Herr Damis? was steckt Ihnen wieder im Kopfe?

DAMIS Halt dein Maul!

ANTON Kurz geantwortet! Aber soll sich denn ein Bedienter nicht um seinen Herrn bekümmern? Es wäre doch ganz billig, wann ich auch wüßte, worauf Sie dächten. Eine blinde Henne findet auch manchmal ein Körnchen, und vielleicht könnte ich Ihnen – –

DAMIS Schweig!

ANTON Die Antwort war noch kürzer. Wenn sie stufenweise so abnimmt, so will ich einmal sehen, was übrig bleiben wird. – Was zählen Sie denn an den Fingern? Was hat Ihnen denn der arme Nagel getan, daß Sie ihn so zerbeißen? *(Er wird Lisetten gewahr.)* – – Und, zum Henker, was ist denn das für ein Affe? Kömmst du von Sinnen?

LISETTE Halt dein Maul!

ANTON Um des Himmels willen geh! Wann mein Herr aus seinem Schlafe erwacht, und dich sieht – –

LISETTE Schweig!

ANTON Willst du mich oder meinen Herrn zum besten haben? So sehen Sie doch einmal hinter sich, Herr Damis!

DAMIS *(geht einigemal tiefsinnig auf und nieder; Lisette in gleichen Stellungen hinter ihm her; und wann er sich umwendet, schleicht sie sich hurtig herum, daß er sie nicht gewahr wird)*

Meiner Hochzeitfackel Brand
Sei von mir jetzt selbst gesungen!

ANTON Ho! ho! Sie machen Verse? Komm, Lisette, nun müssen wir ihn allein lassen. Bei solcher Gelegenheit hat er mich selbst schon, mehr als einmal, aus der Stube gestoßen. Komm nur; er ruft uns gewiß selbst wieder, sobald er fertig ist, und vielleicht das ganze Haus dazu.

LISETTE *(indem sich Damis umwendet, bleibt sie starr vor ihm stehen und nimmt seinen Ton an)*

Meiner Hochzeitfackel Brand
Sei von mir jetzt selbst gesungen!

(Damis tut, als ob er sie nicht gewahr würde, und stößt auf sie.)

DAMIS Was ist das?

LISETTE Was ist das?

(Beide, als ob sie zu sich selbst kämen.)

DAMIS Unwissender, niederträchtiger Kerl! habe ich dir nicht oft genug gesagt, keine Seele in meine Stube zu lassen, als aufs höchste meinen Vater? Was will denn die hier?

LISETTE Unwissender, niederträchtiger Kerl! hast du mir es nicht oft genug gesagt, daß ich mich aus der Stube fortmachen soll? Kannst du dir denn aber nicht einbilden, daß die, welche im Kabinette hat sein dürfen, auch Erlaubnis haben werde, in der Stube zu sein? Unwissender, niederträchtiger Kerl!

ANTON Wem soll ich nun antworten?

DAMIS Gleich stoße sie zur Stube hinaus!

ANTON Stoßen? mit Gewalt?

DAMIS Wenn sie nicht in gutem gehen will –

ANTON Lisette, geh immer in gutem – –

LISETTE Sobald es mir gelegen sein wird.

DAMIS Stoß sie heraus, sag' ich!

ANTON Komm Lisette, gib mir die Hand; ich will dich ganz ehrbar herausführen.

LISETTE Grobian, wer wird denn ein Frauenzimmer mit der bloßen Hand führen wollen?

ANTON O ich weiß auch zu leben! – In Ermanglung eines Handschuhs also – *(er nimmt den Zipfel von der Weste)* – werde ich die Ehre haben – –

DAMIS Ich seh' wohl, ich soll mich selbst über sie machen – – *(Geht auf sie los.)*

LISETTE Ha! ha! ha! so weit wollte ich Sie nur gern bringen. Adieu!

FÜNFZEHNTER AUFTRITT

Anton. Damis.

DAMIS Nun sind alle Gedanken wieder fort! Das Feuer ist verraucht; die Einbildungskraft ist zerstreut. Der Gott, der uns begeistern muß, hat mich verlassen – Verdammte Kreatur! was für Verdruß hat sie mir heute nicht schon gemacht! wie spöttisch ist sie mit mir umgegangen! Himmel! in meiner Tiefsinnigkeit mir alles so lächerlich nachzuäffen.

ANTON Sie sahen es ja aber nicht.

DAMIS Ich sah es nicht?

ANTON Ja? ist's möglich? und Sie stellten sich nur so?

DAMIS Schweig, Idiote! – – Ich will sehen, ob ich mich wieder in die Entzückung setzen kann – –

ANTON Tun Sie das lieber nicht; die Verse können unmöglich geraten, wobei man so finster aussieht. – Darf man aber nicht wissen, was es werden wird? ein Abendlied, oder ein Morgenlied?

DAMIS Dummkopf!

ANTON Ein Bußlied?

DAMIS Einfaltspinsel!

ANTON Ein Tischlied? auch nicht? – – Ein Sterbelied werden Sie doch nicht machen? So wahr ich ehrlich bin, wenn ich auch noch so ein großer Poet wäre, das bliebe von mir ungemacht. Sterben ist der abgeschmackteste Streich, den man sich selbst spielt. Er verdient nicht einen Vers, geschweige ein Lied.

DAMIS Ich muß Mitleiden mit deiner Unwissenheit haben. Du kennst keine andre Arten von Gedichten, als die du im Gesangbuche gefunden hat.

ANTON Es wird gewiß noch andre geben? So lassen Sie doch hören, was Sie machen.

DAMIS Ich mache – – ein Epithalamium – –

ANTON Ein Epithalamium? Potz Stern, das ist ein schwer Ding! Damit können Sie wirklich zurechte kommen? Da gehört

Kunst dazu – – Aber, Herr Damis, im Vertrauen, was ist denn das ein Epith–pitha–thlamium?

DAMIS Wie kannst du es denn schwer nennen, wenn du noch nicht weißt, was es ist?

ANTON Ei nun, das Wort ist ja schon schwer genug. Sagen Sie mir nur ein wenig mit einem andern Namen, was es ist.

DAMIS Ein Epithalamium ist ein Thalassio.

ANTON So, so! nun versteh' ich's; ein Epithalamium ist ein – – wie hieß es? –

DAMIS Thalassio.

ANTON Ein Thalassio; und das können Sie machen? Wenigstens werden Sie viel Zeit dazu brauchen – – Aber, hören Sie doch, wenn mich nun jemand fragt, was ein Thalassio ist, was muß ich ihm wohl antworten?

DAMIS Auch das weißt du nicht, was ein Thalassio ist?

ANTON Ich für mein Teil weiß es wohl. Ein Thalassio ist ein – – wie hieß das vorige Wort?

DAMIS Epithalamium.

ANTON Ist ein Epithalamium. Und ein Epithalamium ist ein Thalassio. Nicht wahr, ich habe es gut behalten? Aber das möchte nur andern Leuten nicht deutlich sein, welche beide Worte nicht verstehen.

DAMIS Je nun, so sage ihnen, Thalassio sei ein Hymenaeus.

ANTON Zum Henker! das heißt Leute vexieren. Ein Epithalamium ist ein Thalassio, und ein Thalassio ist ein Hymenaeus. Und so umgekehrt, ein Hym – – Hym – – Die Namen mag sonst einer merken!

DAMIS Recht! recht! ich sehe doch, daß du anfängst einen Begriff von Sachen zu bekommen.

ANTON Ich einen Begriff hiervon? so wahr ich ehrlich bin! Sie irren sich. Der Kobold müßte mir's eingeblasen haben, wenn ich wüßte, was die kauderwelschen Worte heißen sollen. Sagen Sie mir doch ihren deutschen Namen; oder haben sie keinen?

DAMIS Sie haben zwar einen, allein er ist lange nicht von der

Annehmlichkeit und dem Nachdrucke der griechischen oder lateinischen. Sage einmal selbst, ob ein *Hochzeitgedichte* nicht viel kahler klingt, als ein Epithalamium, ein Hymenaeus, ein Thalassio.

ANTON Mir nicht; wahrhaftig mir nicht! denn jenes versteh' ich, und dieses nicht. Ein Hochzeitgedichte haben Sie also machen wollen? Warum sagten Sie das nicht gleich? – – O! in Hochzeitgedichten habe ich eine Belesenheit, die erstaunend ist. Ich muß Ihnen nur sagen, wie ich dazu gekommen bin. Mein weiland seliger Vater hatte einen Vetter – und gewissermaßen war es also auch mein Vetter – –

DAMIS Was wird das für ein Gewäsche werden?

ANTON Sie wollen es nicht abwarten? Gut! Der Schade ist Ihre. – – Weiter also: Verse auf eine Hochzeit wollten Sie machen? aber auf was denn für eine?

DAMIS Welche Frage! auf meine eigne?

ANTON Sie heiraten also Julianen noch? Der Alte will es ja nicht? – –

DAMIS Ah der!

ANTON Es ist schon wahr; was hat sich ein Sohn um den Vater zu bekümmern? Aber sagen Sie mir doch: schickt es sich denn, daß man auf seine eigne Hochzeit Verse macht?

DAMIS Gewöhnlich ist es freilich nicht; aber desto besser! Geister, wie ich, lieben das Besondre.

ANTON *(beiseite)* St! jetzt will ich ihm einen Streich spielen! – *(Laut.)* Hören Sie nur, Herr Damis, ich werde es selbst gern sehen, wenn Sie Julianen heiraten.

DAMIS Wieso?

ANTON Ich weiß nicht, ob ich mich unterstehen darf, es Ihnen zu sagen. Ich habe – – ich habe selbst – –

DAMIS Nur heraus mit der Sprache!

ANTON Ich habe selbst versucht, Verse auf Ihre Hochzeit zu machen, und deswegen wollte ich nun nicht gern, daß meine Mühe verloren wäre.

DAMIS Das wird etwas Schönes sein!

ANTON Freilich! denn das ist mein Fehler; ich mache entweder etwas Rechtes, oder gar nichts.

DAMIS Gib doch her! vielleicht kann ich deine Reime verbessern, daß sie alsdenn mir und dir Ehre machen.

ANTON Hören Sie nur, ich will sie Ihnen vorlesen. *(Er sucht einen Zettel aus der Tasche.)* Ganz bin ich noch nicht fertig, muß ich Ihnen sagen. Der Anfang aber, aus dem auch allenfalls das Ende werden kann, klingt so – – Rücken Sie mir doch das Licht ein wenig näher! – –

Du, o edle Fertigkeit,
Zu den vorgesetzten Zwecken
Tücht'ge Mittel – –

DAMIS Halt! du bist ein elender Stümper. Ha! ha! ha! Das *du o* steht ganz vergebens. *Edle Fertigkeit* sagt nichts weniger, und *Du, o edle Fertigkeit* nichts mehr. Deleatur ergo *du o!* Damit aber nicht zwei Silben fehlen, so verstärke das Beiwort *edel,* nach Art der Griechen, und sage *überedel.* Ich weiß zwar wohl, *überedel* ist ein neues Wort; aber ich weiß auch, daß neue Wörter dasjenige sind, was die Poesie am meisten von der Prose unterscheiden muß. Solche Vorteilchen merke dir! Du mußt dich durchaus bestreben, etwas Unerhörtes, etwas Ungesagtes zu sagen. Verstehst du mich, dummer Teufel?

ANTON Ich will es hoffen.

DAMIS Also heißt dein erster Vers

Überedle Fertigkeit usw.

Nun lies weiter!

ANTON *Zu den vorgesetzten Zwecken,*
Tücht'ge Mittel zu entdecken,
Und sich dann zur rechten Zeit,
Ihrer Kräfte zu bedienen,
Wirst, so lange bis die Welt
In ihr erstes Cha-Cha-Chaos fällt,
Wie die Pappelbäume grünen.

Aber, Herr Damis, können Sie mir nicht sagen, was ich hier muß gedacht haben? Verflucht! das ist schön; ich verstehe mich selbst nicht mehr. Das erste Cha-Chaos; – ich dächte, ich hätte das Wort noch nie in meinen Mund genommen, so fürchterlich klingt es mir.

DAMIS Zeige doch – –

ANTON Warten Sie, warten Sie! ich will es Ihnen noch einmal vorlesen.

DAMIS Nein, nein; weise mir nur den Zettel her.

ANTON Sie können es unmöglich lesen. Ich habe gar zu schlecht geschrieben; kein Buchstabe steht gerade; sie hocken einer auf den andern, als ob sie Junge hecken wollten.

DAMIS O so gib her!

ANTON *(gibt ihm den Zettel mit Zittern)* Zum Henker, es ist seine eigne Hand!

DAMIS *(betrachtet ihn einige Zeit)* Was soll das heißen? *(Steht zornig auf.)* Verfluchter Verräter, wo hast du dieses Blatt her?

ANTON Nicht so zornig; nicht so zornig!

DAMIS Wo hast du es her?

ANTON Wollen Sie mich denn erwürgen?

DAMIS Wo hast du das Blatt her, frag' ich?

ANTON Lassen Sie nur erst nach.

DAMIS Gesteh!

ANTON Aus – – aus Ihrer – Westentasche.

DAMIS Ungelehrte Bestie! ist das deine Treue? Das ist ein Diebstahl; ein Plagium.

ANTON Zum Henker! des Quarks wegen mich zu einem Diebe zu machen?

DAMIS Des Quarks wegen? was? den Anfang eines philosophischen Lehrgedichts einen Quark zu nennen?

ANTON Sie sagten ja selbst, es tauge nichts.

DAMIS Ja, insofern es ein Hochzeitkarmen vorstellen sollte, und du der Verfasser davon wärest. Gleich schaffe die andern Manuskripte, die du mir sonst entwandt hast, auch herbei! Soll ich meine Arbeit in fremden Händen sehen? Soll ich zugeben, daß sich eine häßliche Dohle mit meinen prächtigen Pfauenfedern ausschmücke? Mach' bald! oder ich werde andre Maßregeln ergreifen.

ANTON Was wollen Sie denn? Ich habe nicht einen Buchstaben mehr von Ihnen.

DAMIS Gleich wende alle Taschen um!

ANTON Warum auch nicht? Wenn ich sie umwende, so fällt ja alles heraus, was ich darin habe.

DAMIS Mach', und erzürne mich nicht!

ANTON Ich will ein Schelm sein, wenn Sie nur ein Stäubchen Papier bei mir finden. Damit Sie aber doch ihren Willen haben; – hier ist die eine; da ist die andre – – Was sehen Sie? – Da ist die dritte; die ist auch leer. – Nun kömmt die vierte – *(Indem er sie umwendet, fallen die Briefe heraus.)* – – Zum Henker, die verfluchten Briefe! die hatte ich ganz vergessen – *(Er will sie geschwind wieder aufheben.)*

DAMIS Gib her, gib her! was fiel da heraus? Ganz gewiß wird es wieder etwas von mir sein.

ANTON So wahr ich lebe, es ist nichts von Ihnen. An Sie könnte es eher noch etwas sein.

DAMIS Halte mich nicht auf; ich habe mehr zu tun.

ANTON Halten Sie mich nur nicht auf. Sie wissen ja, daß ich nun bald wieder auf die Post gehen muß. Ich weiß, es sind Briefe da.

DAMIS Nun so geh, so geh! Aber durchaus zeige mir erst, was du so eilfertig aufhobst. Ich muß es sehen.

ANTON Zum Henker! wenn das ist, so brauche ich nicht auf die Post zu gehen.

DAMIS Wieso?

ANTON Nu, nu! da haben Sie es. Ich will hurtig gehen. *(Er gibt ihm den Brief und will fortlaufen.)*

DAMIS *(indem er ihn besieht)* Je, Anton, Anton! das ist ja eben der Brief aus Berlin, welchen ich erwarte. Ich kenn' ihn an der Aufschrift.

ANTON Es kann wohl sein, daß er es ist. Aber, Herr Damis, werden Sie nur – – nur nicht ungehalten. Ich hatte es, bei meiner armen Seele! ganz vergessen –

DAMIS Was hast du denn vergessen?

ANTON Daß ich den Brief, beinahe schon eine halbe Stunde, in der Tasche trage. Mit dem verdammten Plaudern! –

DAMIS Weil er nun da ist, so will ich dir den dummen Streich verzeihen. – Aber, allerliebster Anton, was müssen hierin für unvergleichliche, für unschätzbare Nachrichten stehen! Wie wird sich mein Vater freuen! Was für Ehre, was für Lobsprüche! – – O Anton! – – ich will dir ihn gleich vorlesen – – *(bricht ihn hastig auf)*.

ANTON Nur sachte, sonst zerreißen Sie ihn gar. Nun da! sagte ich's nicht?

DAMIS Es schadet nichts; er wird doch noch zu lesen sein. – – Vor allen Dingen muß ich dir sagen, was es betrifft. Du weißt, oder vielmehr du weißt nicht, daß die Preußische Akademie auf die beste Untersuchung der Lehre von den Monaden einen Preis gesetzt hat. Es kam mir noch ganz spät ein, unsern Philosophen diesen Preis vor dem Maule wegzufangen. Ich machte mich also geschwind darüber, und schrieb eine Abhandlung, die noch gleich zur rechten Zeit muß gekommen sein. – Eine Abhandlung, Anton – – ich weiß selbst nicht, wo ich sie hergenommen habe, so gelehrt ist sie. Nun hat die Akademie, vor acht Tagen, ihr Urteil über die eingeschickten Schriften bekannt gemacht, welches notwendig zu meiner Ehre muß ausgefallen sein. Ich, ich muß den Preis haben, und kein andrer. Ich habe es einem von meinen Freunden daselbst heilig eingebunden, mir sogleich Nachricht davon zu geben. Hier ist sie; nun höre zu.

»Mein Herr,

Wie nahe können Sie einem Freunde das Antworten legen! Sie drohen mir mit dem Verluste Ihrer Liebe, wenn Sie nicht von mir die erste Nachricht erhielten, ob Sie, oder ein anderer den akademischen Preis davongetragen hätten. Ich muß Ihnen also in aller Eil' melden, daß Sie ihn nicht – – *(stotternd)* bekommen haben, und auch – – *(immer furchtsamer)* nicht haben – – bekommen können. – –«

Was? ich nicht? und wer denn? und warum denn nicht? –

»Erlauben Sie mir aber, daß ich als ein Freund mit Ihnen reden darf.«

So rede, Verräter!

»Ich habe Ihnen unmöglich den schlimmen Dienst erweisen können, Ihre Abhandlung zu übergeben. – –«

Du hast sie also nicht übergeben, Treuloser? Himmel, was für ein Donnerschlag! – So soll mich deine Nachlässigkeit, unwürdiger Freund, um die verdienteste Belohnung bringen? – Wie wird er sich entschuldigen, der Nichtswürdige?

»Wenn ich es frei gestehen soll, so scheinen Sie etwas ganz anders getan zu haben, als die Akademie verlangt hat. Sie wollte nicht untersucht wissen, was das Wort Monas grammatikalisch bedeute? wer es zuerst gebraucht habe? was es bei dem Xenokrates anzeige? ob die Monaden des Pythagoras die Atomi des Moschus gewesen? usw. Was ist ihr an diesen kritischen Kleinigkeiten gelegen, und besonders alsdann, wann die Hauptsache dabei aus den Augen gesetzt wird? Wie leicht hätte man Ihren Namen mutmaßen können, und Sie würden vielleicht Spöttereien sein ausgesetzt worden, dergleichen ich nur vor wenig Tagen in einer gelehrten Zeitung über Sie gefunden habe. –«

Was lese ich? kann ich meinen Augen trauen? Ach, verfluchtes Papier! verfluchte Hand, die dich schrieb! *(Wirft den Brief auf die Erde und tritt mit den Füßen darauf).*

ANTON Der arme Brief! man muß ihn doch vollends auslesen! *(Hebt ihn auf.)* Das Beste kömmt vielleicht noch, Herr Damis. Wo blieben Sie? Da, da! hören Sie nur!

»gelehrten Zeitung gefunden habe. – – Man nennt Sie ein junges Gelehrtchen, welches überall gern glänzen möchte, und dessen Schreibesucht –«

DAMIS *(reißt ihm den Brief aus der Hand)* Verdammter Korrespondent! – Das ist der Lohn, den dein Brief verdient! *(Er zerreißt ihn.)* Du zerreißest mein Herz, und ich zerreiße deine unverschämte Neuigkeiten. Wollte Gott, daß ich ein gleiches mit deinem Eingeweide tun könnte! Aber – *(zu Anton)* du nichtswürdige, unwissende Bestie! An alledem bist du schuld!

ANTON Ich, Herr Damis?

DAMIS Ja du! wie lange hast du nicht den Brief in der Tasche behalten?

ANTON Herr, meine Tasche kann weder schreiben noch lesen: wenn Sie etwa denken, daß ihn die anders gemacht hat –

DAMIS Schweig! Und solche Beschimpfungen kann ich überleben? – – O ihr dummen Deutschen! ja freilich, solche Werke, als die meinigen sind, gehörig zu schätzen, dazu werden andre Genies erfordert! Ihr werdet ewig in eurer barbarischen Finsternis bleiben, und ein Spott eurer witzigen Nachbarn sein! – Ich aber will mich an euch rächen, und von nun an aufhören, ein Deutscher zu heißen. Ich will mein undankbares Vaterland verlassen. Vater, Anverwandte und Freunde, alle, alle verdienen es nicht, daß ich sie länger kenne, weil sie Deutsche sind; weil sie aus dem Volke sind, daß ihre größten Geister mit Gewalt von sich ausstößt. Ich weiß gewiß, Frankreich und Engeland werden meine Verdienste erkennen –

ANTON Herr Damis, Herr Damis, Sie fangen an zu rasen. Ich bin nicht sicher bei Ihnen; ich werde jemand rufen müssen.

DAMIS Sie werden es schon empfinden, die dummen Deutschen, was sie an mir verloren haben! Morgen will ich Anstalt machen, dieses unselige Land zu verlassen – –

SECHZEHNTER AUFTRITT

Chrysander. Damis. Anton.

ANTON Gott sei Dank, daß jemand kömmt!

CHRYSANDER Das verzweifelte Mädel, die Lisette! Und *(zu Anton)* du, du Spitzbube! du sollst dein Briefträgerlohn auch bekommen. Mich so zu hintergehen? schon gut! – – Mein Sohn, ich habe mich besonnen; du hast recht; ich kann dir Julianen nun nicht wieder nehmen. Du sollst sie behalten.

DAMIS Schon wieder Juliane? Jetzt, da ich ganz andre Dinge zu beschließen habe – – Hören Sie nur auf damit; ich mag sie nicht.

CHRYSANDER Es würde unrecht sein, wenn ich dir länger widerstehen wollte. Ich lasse jedem seine Freiheit; und ich sehe wohl, Juliane gefällt dir –

DAMIS Mir? eine dumme Deutsche?

CHRYSANDER Sie ist ein hübsches, tugendhaftes, aufrichtiges Mädchen; sie wird dir tausend Vergnügen machen.

DAMIS Sie mögen sie loben oder schelten; mir gilt alles gleich. Ich weiß mich nach Ihrem Willen zu richten, und dieser ist, nicht an sie zu gedenken.

CHRYSANDER Nein, nein; du sollst dich über meine Härte nicht beklagen dürfen.

DAMIS Und Sie sich noch weniger über meinen Ungehorsam.

CHRYSANDER Ich will dir zeigen, daß du einen gütigen Vater hast, der sich mehr nach deinem, als nach seinem eignen Willen richtet.

DAMIS Und ich will Ihnen zeigen, daß Sie einen Sohn haben, der Ihnen in allen die schuldige Untertänigkeit leistet.

CHRYSANDER Ja, ja; nimm Julianen! Ich gebe dir meinen Segen.

DAMIS Nein, nein; ich werde Sie nicht so erzürnen – –

CHRYSANDER Aber was soll denn das Widersprechen? Dadurch erzürnst du mich!

DAMIS Ich will doch nicht glauben, daß Sie sich im Ernste schon zum drittenmal anders besonnen haben?

CHRYSANDER Und warum das nicht?

DAMIS O, dem sei nun, wie ihm wolle! Ich habe mich gleichfalls geändert, und fest entschlossen, ganz und gar nicht zu heiraten. Ich muß auf Reisen gehen, und ich werde mich, je eher je lieber, davonmachen.

CHRYSANDER Was? du willst ohne meine Erlaubnis in die Welt laufen?

ANTON Das geht lustig! Der dritte Mann fehlt noch, und den will ich gleich holen. Damis will Julianen nicht, vielleicht fischt sie Valer. *(Gehet ab.)*

SIEBZEHNTER AUFTRITT

Chrysander. Damis.

DAMIS Ja, ja; in zweimal vierundzwanzig Stunden muß ich schon unterwegens sein.

CHRYSANDER Aber was ist dir denn in den Kopf gekommen?

DAMIS Ich bin es längst überdrüssig gewesen, länger in Deutschland zu bleiben; in diesem nordischen Sitze der Grobheit und Dummheit; wo es alle Elemente verwehren, klug zu sein; wo kaum alle hundert Jahr ein Geist meinesgleichen geboren wird – –

CHRYSANDER Hast du vergessen, daß Deutschland dein Vaterland ist?

DAMIS Was Vaterland!

CHRYSANDER Du Bösewicht, sprich doch lieber gar: was Vater! Aber ich will dir es zeigen: du mußt Julianen nehmen; du hast ihr dein Wort gegeben, und sie dir das ihrige.

DAMIS Sie hat das ihrige zurückgenommen, wie ich jetzt das meinige; also – –

CHRYSANDER Also! – also! – Kurz von der Sache zu reden, glaubst du, daß ich vermögend bin, dich zu enterben, wann du mir nicht folgest?

DAMIS Tun Sie, was Sie wollen. Nur, wann ich bitten darf, lassen Sie mich jetzt allein. Ich muß vor meiner Abreise noch zwei Schriften zustande bringen, die ich meinen Landsleuten, aus Barmherzigkeit, noch zurücklassen will. Ich bitte nochmals, lassen Sie mich – –

CHRYSANDER Willst du mich nicht lieber gar zur Tür hinausstoßen?

ACHTZEHNTER AUFTRITT

Valer. Anton. Chrysander. Damis.

VALER Wie, Damis? ist es wahr, daß Sie wieder zu sich selbst gekommen sind? – daß Sie von Julianen abstehen?

CHRYSANDER Ach, Herr Valer, Sie könnten mir nicht ungelegener kommen. Bestärken Sie ihn fein in seinem Trotze. So? Sie verdienten es wohl, daß ich mich nach Ihrem Wunsche bequemte? Mich auf eine so gottlose Art hintergehen zu wollen? – Mein Sohn, widersprich mir nicht länger, oder – –

DAMIS Ihre Drohungen sind umsonst. Ich muß mich fremden Ländern zeigen, die sowohl ein Recht auf mich haben, als das Vaterland. Und Sie verlangen doch nicht, daß ich eine Frau mit herumführen soll?

VALER Damis hat recht, daß er auf das Reisen dringt. Nichts kann ihm, in seinen Umständen, nützlicher sein. Lassen Sie ihm seinen Willen, und mir lassen Sie Julianen, die Sie mir so heilig versprochen haben.

CHRYSANDER Was versprochen? Betrügern braucht man sein Wort nicht zu halten.

VALER Ich habe es Ihnen schon beschworen, daß einzig und allein Lisette diesen Betrug hat spielen wollen, ohne die wir von dem Dokumente gar nichts wissen würden. – – Wie glücklich, wann es nie zum Vorschein gekommen wäre! Es ist das grausamste Glück, das Julianen hat treffen können. Wie gern würde sie es aufopfern, wenn sie dadurch die Freiheit über ihr Herz erhalten könnte.

CHRYSANDER Aufopfern? Herr Valer, bedenken Sie, was das sagen will. Wir Handelsleute fassen einander gern bei dem Worte.

VALER O, tun Sie es auch hier! Mit Freuden tritt Ihnen Juliane das Dokument ab. Fangen Sie den Prozeß an, wenn Sie wollen; der Vorteil davon soll ganz Ihnen gehören. Juliane hält dieses für das kleinste Zeichen ihrer Dankbarkeit. Sie glaubt Ihnen noch weit mehr schuldig zu sein. –

CHRYSANDER Nu, nu, sie ist mir immer ganz erkenntlich vorgekommen – – Aber was würden Sie denn, Valer, als ihr künft'ger Mann, zu dieser Dankbarkeit sagen?

VALER Denken Sie besser von mir. Ich habe Julianen geliebt, da sie zu nichts Hoffnung hatte. Ich liebe sie auch noch, ohne die geringste eigennützige Absicht. Und ich bitte Sie: was schenkt man denn einem ehrlichen Manne, wenn man ihm einen schweren Prozeß schenkt?

CHRYSANDER Valer, ist das Ihr Ernst?

VALER Fordern Sie noch mehr, als das Dokument; mein halbes Vermögen ist Ihre.

CHRYSANDER Da sei Gott vor, daß ich von Ihrem Vermögen einen Heller haben wollte! Sie müssen mich nicht für so eigennützig ansehen. – Wir sind gute Freunde, und es bleibt bei dem alten: Juliane ist Ihre! Und wenn das Dokument meine soll, so ist sie um so vielmehr Ihre.

VALER Kommen Sie, Herr Chrysander, bekräftigen Sie ihr dieses selbst! Wie angenehm wird es ihr sein, uns beide vergnügt machen zu können.

CHRYSANDER Wenn das ist, Damis; so kannst du meinetwegen noch heute die Nacht fortreisen. Ich will Gott danken, wenn ich dich Narren wieder aus dem Hause los bin.

DAMIS Gehen Sie doch nur, und lassen Sie mich allein.

VALER Damis, und endlich muß ich Ihnen doch noch mein Glück verdanken? Ich tue es mit der aufrichtigsten Zärtlichkeit, ob ich schon weiß, daß ich die Ursache Ihrer Veränderung nicht bin.

DAMIS Aber die wahre Ursache? – *(Zu Anton.)* Verfluchter Kerl, hast du dein Maul nicht halten können? – Gehen Sie nur, Valer –

(Indem Chrysander und Valer abgehen wollen, hält Anton Valeren zurück.)

ANTON *(sachte)* Nicht so geschwind! Wie steht es mit Lisettens Ausstattung, Herr Valer? und mit – –

VALER Seid ohne Sorgen; ich werde mehr halten, als ich versprochen habe.

ANTON Juchhe! nun war die Taube gefangen.

LETZTER AUFTRITT

Damis (an seinem Tische). Anton.

ANTON Noch ein Wort, Herr Damis, habe ich mit Ihnen zu reden.

DAMIS Und? – –

ANTON Sie wollen auf Reisen gehen? –

DAMIS Zur Sache! es ist schon mehr, als ein Wort.

ANTON Je nun! meinen Abschied.

DAMIS Deinen Abschied? Du denkst vielleicht, daß ich dich, ungelehrten Esel, mitnehmen würde?

ANTON Nicht? und ich habe also meinen Abschied? Gott sei Dank! empfangen Sie nun auch den Ihrigen, welcher in einer kleinen Lehre bestehen soll. Ich habe Ihre Torheiten nun, länger als drei Jahr, angesehen, und selber alber genug dabei getan, weil ich weiß, daß ein Bedienter, wenn sein Herr auch noch so närrisch ist – –

DAMIS Unverschämter Idiote, wirst du mir aus den Augen gehen?

ANTON Je nun! wem nicht zu raten steht, dem steht auch nicht zu helfen. Bleiben Sie zeitlebens der gelehrte Herr Damis! *(Gehet ab.)*

DAMIS Geh, sag' ich, oder! – –
(Er wirft ihm sein Buch nach, und das Theater fällt zu.)

Ende des jungen Gelehrten.

DIE JUDEN

Ein Lustspiel in einem Aufzuge
Verfertiget im Jahr 1749

PERSONEN

MICHEL STICH
MARTIN KRUMM
EIN REISENDER
CHRISTOPH, *dessen Bedienter*
DER BARON
EIN JUNGES FRÄULEIN, *dessen Tochter*
LISETTE

ERSTER AUFTRITT

Michel Stich. Martin Krumm.

MARTIN KRUMM Du dummer Michel Stich!

MICHEL STICH Du dummer Martin Krumm!

MARTIN KRUMM Wir wollen's nur gestehen, wir sind beide erzdumm gewesen. Es wäre ja auf einen nicht angekommen, den wir mehr totgeschlagen hätten!

MICHEL STICH Wie hätten wir es aber klüger können anfangen? Waren wir nicht gut vermummt? war nicht der Kutscher auf unsrer Seite? konnten wir was dafür, daß uns das Glück so einen Querstrich machte? Habe ich doch viel hundertmal gesagt: das verdammte Glücke! ohne das kann man nicht einmal ein guter Spitzbube sein.

MARTIN KRUMM Je nu, wenn ich's beim Lichte besehe, so sind wir kaum dadurch auf ein paar Tage länger dem Stricke entgangen.

MICHEL STICH Ah, es hat sich was mit dem Stricke! Wenn alle Diebe gehangen würden, die Galgen müßten dichter stehn. Man sieht ja kaum aller zwei Meilen einen; und wo auch einer steht, steht er meist leer. Ich glaube, die Herren Richter werden, aus Höflichkeit, die Dinger gar eingehen lassen. Zu was sind sie auch nütze? Zu nichts, als aufs höchste, daß unsereiner, wenn er vorbeigeht, die Augen zublinzt.

MARTIN KRUMM O! das tu' ich nicht einmal. Mein Vater und mein Großvater sind daran gestorben, was will ich's besser verlangen? Ich schäme mich meiner Eltern nicht.

MICHEL STICH Aber die ehrlichen Leute werden sich deiner schämen. Du hast noch lange nicht so viel getan, daß man dich für ihren rechten und echten Sohn halten kann.

MARTIN KRUMM O! denkst du denn, daß es deswegen unserm Herrn soll geschenkt sein? Und an dem verzweifelten Fremden, der uns so einen fetten Bissen aus dem Munde gerissen hat, will ich mich gewiß auch rächen. Seine Uhr soll er so richtig müssen da lassen – – Ha! sieh, da kömmt er gleich. Hurtig geh fort! ich will mein Meisterstück machen.

MICHEL STICH Aber halbpart! halbpart!

ZWEITER AUFTRITT

Martin Krumm. Der Reisende.

MARTIN KRUMM Ich will mich dumm stellen. – Ganz dienstwilliger Diener, mein Herr, – – ich werde Martin Krumm heißen, und werde, auf diesem Gute hier, wohlbestallter Vogt sein.

DER REISENDE Das glaube ich Euch, mein Freund. Aber habt Ihr nicht meinen Bedienten gesehen?

MARTIN KRUMM Ihnen zu dienen, nein; aber ich habe wohl von Dero preiswürdigen Person sehr viel Gutes zu hören die Ehre gehabt. Und es erfreut mich also, daß ich die Ehre habe, die Ehre Ihrer Bekanntschaft zu genießen. Man sagt, daß Sie unsern Herrn gestern Abends, auf der Reise, aus einer sehr gefährlichen Gefahr sollen gerissen haben. Wie ich nun nicht anders kann, als mich des Glücks meines Herrn zu erfreuen, so erfreu' ich mich – –

DER REISENDE Ich errate, was Ihr wollt; Ihr wollt Euch bei mir bedanken, daß ich Eurem Herrn beigestanden habe – –

MARTIN KRUMM Ja, ganz recht; eben das!

DER REISENDE Ihr seid ein ehrlicher Mann –

MARTIN KRUMM Das bin ich! Und mit der Ehrlichkeit kömmt man immer auch am weitesten.

DER REISENDE Es ist mir kein geringes Vergnügen, daß ich mir, durch eine so kleine Gefälligkeit, so viel rechtschaffne Leute verbindlich gemacht habe. Ihre Erkenntlichkeit ist eine überflüssige Belohnung dessen, was ich getan habe. Die allgemeine Menschenliebe verband mich darzu. Es war meine Schuldigkeit; und ich müßte zufrieden sein, wenn man es auch für nichts anders, als dafür, angesehen hätte. Ihr seid allzugütig, ihr lieben Leute, daß ihr euch dafür bei mir bedanket, was ihr mir, ohne Zweifel, mit ebenso vielem Eifer würdet erwiesen haben, wenn ich mich in ähnlicher Gefahr befunden hätte. Kann ich Euch sonst worin dienen, mein Freund?

MARTIN KRUMM O! mit dem Dienen, mein Herr, will ich Sie nicht beschweren. Ich habe meinen Knecht, der mich bedienen muß, wann's nötig ist. Aber – – wissen möcht' ich wohl gern, wie es doch dabei zugegangen wäre? Wo war's denn? Waren's viel Spitzbuben? Wollten sie unsern guten Herrn gar ums Leben bringen, oder wollten sie ihm nur sein Geld abnehmen? Es wäre doch wohl eins besser gewesen, als das andre.

DER REISENDE Ich will Euch mit wenigem den ganzen Verlauf erzählen. Es mag ohngefähr eine Stunde von hier sein, wo die Räuber Euren Herrn, in einem hohlen Wege, angefallen hatten. Ich reisete eben diesen Weg, und sein ängstliches Schreien um Hülfe bewog mich, daß ich nebst meinem Bedienten eilends herzuritt.

MARTIN KRUMM Ei! ei!

DER REISENDE Ich fand ihn in einem offnen Wagen – –

MARTIN KRUMM Ei! ei!

DER REISENDE Zwei vermummte Kerle – –

MARTIN KRUMM Vermummte? ei! ei!

DER REISENDE Ja! machten sich schon über ihn her.

MARTIN KRUMM Ei! ei!

DER REISENDE Ob sie ihn umbringen, oder ob sie ihn nur binden wollten, ihn alsdann desto sichrer zu plündern, weiß ich nicht.

MARTIN KRUMM Ei! ei! Ach freilich werden sie ihn wohl haben umbringen wollen: die gottlosen Leute!

DER REISENDE Das will ich eben nicht behaupten, aus Furcht ihnen zuviel zu tun.

MARTIN KRUMM Ja, ja, glauben Sie mir nur, sie haben ihn umbringen wollen. Ich weiß, ich weiß ganz gewiß – –

DER REISENDE Woher könnt Ihr das wissen? Doch es sei. Sobald mich die Räuber ansichtig wurden, verließen sie ihre Beute, und liefen über Macht dem nahen Gebüsche zu. Ich lösete das Pistol auf einen. Doch es war schon zu dunkel, und er schon zu weit entfernt, daß ich also zweifeln muß, ob ich ihn getroffen habe.

MARTIN KRUMM Nein, getroffen haben Sie ihn nicht; – –

DER REISENDE Wißt Ihr es?

MARTIN KRUMM Ich meine nur so, weil's doch schon finster gewesen ist: und im Finstern soll man, hör' ich, nicht gut zielen können.

DER REISENDE Ich kann Euch nicht beschreiben, wie erkenntlich sich Euer Herr gegen mich bezeugte. Er nannte mich hundertmal seinen Erretter und nötigte mich, mit ihm auf sein Gut zurückzukehren. Ich wollte wünschen, daß es meine Umstände zuließen, länger um diesen angenehmen Mann zu sein; so aber muß ich mich noch heute wieder auf den Weg machen – Und eben deswegen suche ich meinen Bedienten.

MARTIN KRUMM O! lassen Sie sich doch die Zeit bei mir nicht so lang werden. Verziehen Sie noch ein wenig – Ja! was wollte ich denn noch fragen? Die Räuber, – sagen Sie mir doch – wie sahen sie denn aus? wie gingen sie denn? Sie hatten sich verkleidet; aber wie?

DER REISENDE Euer Herr will durchaus behaupten, es wären Juden gewesen. Bärte hatten sie, das ist wahr; aber ihre Sprache war die ordentliche hiesige Baurensprache. Wenn sie vermummt waren, wie ich gewiß glaube, so ist ihnen die Dämmerung sehr wohl zustatten gekommen. Denn ich begreife nicht, wie Juden die Straßen sollten können unsicher machen, da doch in diesem Lande so wenige geduldet werden.

MARTIN KRUMM Ja, ja, das glaub' ich ganz gewiß auch, daß es Juden gewesen sind. Sie mögen das gottlose Gesindel noch nicht so kennen. So viel als ihrer sind, keinen ausgenommen, sind Betrüger, Diebe und Straßenräuber. Darum ist es auch ein Volk, das der liebe Gott verflucht hat. Ich dürfte nicht König sein: ich ließ' keinen, keinen einzigen am Leben. Ach!

Gott behüte alle rechtschaffne Christen vor diesen Leuten! Wenn sie der liebe Gott nicht selber haßte, weswegen wären denn nur vor kurzem, bei dem Unglücke in Breslau, ihrer bald noch einmal so viel als Christen geblieben? Unser Herr Pfarr erinnerte das sehr weislich in der letzten Predigt. Es ist, als wenn sie zugehört hätten, daß sie sich gleich deswegen an unserm guten Herrn haben rächen wollen. Ach! mein lieber Herr, wenn Sie wollen Glück und Segen in der Welt haben, so hüten Sie sich vor den Juden ärger als vor der Pest.

DER REISENDE Wollte Gott, daß das nur die Sprache des Pöbels wäre!

MARTIN KRUMM Mein Herr, zum Exempel: ich bin einmal auf der Messe gewesen – ja! wenn ich an die Messe gedenke, so möchte ich gleich die verdammten Juden alle auf einmal mit Gift vergeben, wenn ich nur könnte. Dem einen hatten sie im Gedränge das Schnupftuch, dem andern die Tobaksdose, dem dritten die Uhr, und ich weiß nicht was sonst mehr, wegstibitzt. Geschwind sind sie, ochsenmäßig geschwind, wenn es aufs Stehlen ankömmt. So behende, als unser Schulmeister nimmermehr auf der Orgel ist. Zum Exempel, mein Herr: erstlich drängen sie sich an einen heran, so wie ich mich ungefähr jetzt an sie – –

DER REISENDE Nur ein wenig höflicher, mein Freund! – –

MARTIN KRUMM O! lassen Sie sich's doch nur weisen. Wenn Sie nun so stehen, – – sehen Sie, – – wie der Blitz sind sie mit der Hand nach der Uhrtasche. *(Er fährt mit der Hand, anstatt nach der Uhr, in die Rocktasche, und nimmt ihm seine Tobaksdose heraus.)* Das können sie nun aber alles so geschickt machen, daß man schwören sollte, sie führen mit der Hand dahin, wenn sie dorthin fahren. Wenn sie von der Tobaksdose reden, so zielen sie gewiß nach der Uhr, und wenn sie von der Uhr reden, so haben sie gewiß die Tobaksdose zu stehlen im Sinne *(er will ganz sauber nach der Uhr greifen, wird aber ertappt)*.

DER REISENDE Sachte! sachte! was hat Eure Hand hier zu suchen?

MARTIN KRUMM Da können Sie sehn, mein Herr, was ich für ein ungeschickter Spitzbube sein würde. Wenn ein Jude schon so einen Griff getan hätte, so wäre es gewiß um die gute Uhr geschehn gewesen – – Doch weil ich sehe, daß ich Ihnen beschwerlich falle, so nehme ich mir die Freiheit, mich Ihnen bestens zu empfehlen, und verbleibe zeitlebens für Dero erwiesene Wohltaten, meines hochzuehrenden Herrn gehorsamster Diener, Martin Krumm, wohlbestallter Vogt auf diesem hochadeligen Rittergute.

DER REISENDE Geht nur, geht!

MARTIN KRUMM Erinnern Sie sich ja, was ich Ihnen von den Juden gesagt habe. Es ist lauter gottloses diebisches Volk.

DRITTER AUFTRITT

Der Reisende.

Vielleicht ist dieser Kerl, so dumm er ist, oder sich stellt, ein boshafterer Schelm, als je einer unter den Juden gewesen ist. Wenn ein Jude betrügt, so hat ihn, unter neun Malen, der Christ vielleicht siebenmal dazu genötiget. Ich zweifle, ob viel Christen sich rühmen können, mit einem Juden aufrichtig verfahren zu sein: und sie wundern sich, wenn er ihnen Gleiches mit Gleichem zu vergelten sucht? Sollen Treu' und Redlichkeit unter zwei Völkerschaften herrschen, so müssen beide gleich viel dazu beitragen. Wie aber, wenn es bei der einen ein Religionspunkt und beinahe ein verdienstliches Werk wäre, die andre zu verfolgen? Doch –

VIERTER AUFTRITT

Der Reisende. Christoph.

DER REISENDE Daß man Euch doch allezeit eine Stunde suchen muß, wenn man Euch haben will.

CHRISTOPH Sie scherzen, mein Herr. Nicht wahr, ich kann nicht mehr, als an einem Orte zugleich sein? Ist es also meine Schuld, daß Sie sich nicht an diesen Ort begeben? Gewiß Sie finden mich allezeit da, wo ich bin.

DER REISENDE So? und Ihr taumelt gar? Nun begreif' ich, warum Ihr so sinnreich seid. Müßt Ihr Euch denn schon frühmorgens besaufen?

CHRISTOPH Sie reden von Besaufen, und ich habe kaum zu trinken angefangen. Ein paar Flaschen guten Landwein, ein paar Gläser Branntwein, und eine Mundsemmel ausgenommen, habe ich, so wahr ich ein ehrlicher Mann bin, nicht das geringste zu mir genommen. Ich bin noch ganz nüchtern.

DER REISENDE O! das sieht man Euch an. Und ich rate Euch, als ein Freund, die Portion zu verdoppeln.

CHRISTOPH Vortrefflicher Rat! Ich werde nicht unterlassen, ihn, nach meiner Schuldigkeit, als einen Befehl anzusehen. Ich gehe, und Sie sollen sehen, wie gehorsam ich zu sein weiß.

DER REISENDE Seid klug! Ihr könnt dafür gehn, und die Pferde satteln und aufpacken. Ich will noch diesen Vormittag fort.

CHRISTOPH Wenn Sie mir im Scherze geraten haben, ein doppeltes Frühstück zu nehmen, wie kann ich mir einbilden, daß Sie jetzt im Ernste reden? Sie scheinen sich heute mit mir erlustigen zu wollen. Macht Sie etwa das junge Fräulein so aufgeräumt? O! es ist ein allerliebstes Kind. – Nur noch ein wenig älter, ein klein wenig älter sollte sie sein. Nicht wahr, mein Herr? wenn das Frauenzimmer nicht zu einer gewissen Reife gelangt ist, – –

DER REISENDE Geht, und tut, was ich Euch befohlen habe.

CHRISOPH Sie werden ernsthaft. Nichtsdestoweniger werde ich warten, bis Sie mir es das drittemal befehlen. Der Punkt ist zu wichtig! Sie könnten sich übereilt haben. Und ich bin allezeit gewohnt gewesen, meinen Herren Bedenkzeit zu gönnen. Überlegen Sie es wohl, einen Ort, wo wir fast auf den Händen getragen werden, so zeitig wieder zu verlassen? Gestern sind wir erst gekommen. Wir haben uns um den Herrn unendlich verdient gemacht, und gleichwohl bei ihm kaum eine Abendmahlzeit und ein Frühstück genossen.

DER REISENDE Eure Grobheit ist unerträglich. Wenn man sich zu dienen entschließt, sollte man sich gewöhnen, weniger Umstände zu machen.

CHRISTOPH Gut, mein Herr! Sie fangen an zu moralisieren, das ist: Sie werden zornig. Mäßigen Sie sich; ich gehe schon – –

DER REISENDE Ihr müßt wenig Überlegungen zu machen gewohnt sein. Das, was wir diesem Herrn erwiesen haben, verlieret den Namen einer Wohltat, sobald wir die geringste Erkenntlichkeit dafür zu erwarten scheinen. Ich hätte mich nicht einmal sollen mit hieher nötigen lassen. Das Vergnügen, einem Unbekannten ohne Absicht beigestanden zu haben, ist schon vor sich so groß! Und er selbst würde uns mehr Segen nachgewünscht haben, als er uns jetzt übertriebene Danksagung hält. Wen man in die Verbindlichkeit setzt, sich weitläufig, und mit dabei verknüpften Kosten zu bedanken, der erweiset uns einen Gegendienst, der ihm vielleicht saurer wird, als uns unsere Wohltat geworden. Die meisten Menschen sind zu verderbt, als daß ihnen die Anwesenheit eines Wohltäters nicht höchst beschwerlich sein sollte. Sie scheint ihren Stolz zu erniedrigen; – –

CHRISTOPH Ihre Philosophie, mein Herr, bringt Sie um den Atem. Gut! Sie sollen sehen, daß ich ebenso großmütig bin, als Sie. Ich gehe; in einer Viertelstunde sollen Sie sich aufsetzen können.

FÜNFTER AUFTRITT

Der Reisende. Das Fräulein.

DER REISENDE So wenig ich mich mit diesem Menschen gemein gemacht habe, so gemein macht er sich mit mir.

DAS FRÄULEIN Warum verlassen Sie uns, mein Herr? Warum sind Sie hier so allein? Ist Ihnen unser Umgang schon die wenigen Stunden, die Sie bei uns sind, zuwider geworden? Es sollte mir leid tun. Ich suche aller Welt zu gefallen; und Ihnen möchte ich, vor allen andern, nicht gern mißfallen.

DER REISENDE Verzeihen Sie mir, Fräulein. Ich habe nur meinem Bedienten befehlen wollen, alles zur Abreise fertig zu halten.

DAS FRÄULEIN Wovon reden Sie? von Ihrer Abreise? Wenn war denn Ihre Ankunft? Es sei noch, wenn Sie über Jahr und Tag eine melancholische Stunde auf diesen Einfall brächte. Aber wie, nicht einmal einen völligen Tag aushalten wollen? das ist zu arg. Ich sage es Ihnen, ich werde böse, wenn Sie noch einmal daran gedenken.

DER REISENDE Sie könnten mir nichts Empfindlichers drohen.

DAS FRÄULEIN Nein? im Ernst? ist es wahr, würden Sie empfindlich sein, wenn ich böse auf Sie würde?

DER REISENDE Wem sollte der Zorn eines liebenswürdigen Frauenzimmers gleichgültig sein können?

DAS FRÄULEIN Was Sie sagen, klingt zwar beinahe, als wenn Sie spotten wollten: doch ich will es für Ernst aufnehmen; gesetzt, ich irrte mich auch. Also, mein Herr, – – ich bin ein wenig liebenswürdig, wie man mir gesagt hat, – und ich sage Ihnen noch einmal, ich werde entsetzlich, entsetzlich zornig werden, wenn Sie, binnen hier und dem neuen Jahr, wieder an Ihre Abreise gedenken.

DER REISENDE Der Termin ist sehr liebreich bestimmt. Alsdann wollten Sie mir, mitten im Winter, die Türe weisen; und bei dem unbequemsten Wetter – –

DAS FRÄULEIN Ei! wer sagt das? Ich sage nur, daß Sie alsdann, des Wohlstands halber, etwa einmal an die Abreise denken können. Wir werden Sie deswegen nicht fort lassen; wir wollen Sie schon bitten – –

DER REISENDE Vielleicht auch des Wohlstands halber?

DAS FRÄULEIN Ei! seht, man sollte nicht glauben, daß ein so ehrliches Gesicht auch spotten könnte. – – Ah! da kömmt der Papa. Ich muß fort! Sagen Sie ja nicht, daß ich bei Ihnen gewesen bin. Er wirft mir so oft genug vor, daß ich gern um Mannspersonen wäre.

SECHSTER AUFTRITT

Der Baron. Der Reisende.

DER BARON War nicht meine Tochter bei Ihnen? Warum läuft denn das wilde Ding?

DER REISENDE Das Glück ist unschätzbar, eine so angenehme und muntre Tochter zu haben. Sie bezaubert durch ihre Reden, in welchen die liebenswürdigste Unschuld, der ungekünsteltste Witz herrschet.

DER BARON Sie urteilen zu gütig von ihr. Sie ist wenig unter ihresgleichen gewesen, und besitzt die Kunst zu gefallen, die man schwerlich auf dem Lande erlernen kann, und die doch oft mehr, als die Schönheit selbst vermag, in einem sehr geringen Grade. Es ist alles bei ihr noch die sich selbst gelaßne Natur.

DER REISENDE Und diese ist desto einnehmender, je weniger man sie in den Städten antrifft. Alles ist da verstellt, gezwungen und erlernt. Ja man ist schon so weit darin gekommen, daß man Dummheit, Grobheit und Natur für gleich viel bedeutende Wörter hält.

DER BARON Was könnte mir angenehmer sein, als daß ich sehe, wie unsre Gedanken und Urteile so sehr übereinstimmen? O! daß ich nicht längst einen Freund Ihresgleichen gehabt habe!

DER REISENDE Sie werden ungerecht gegen Ihre übrigen Freunde.

DER BARON Gegen meine übrigen Freunde, sagen Sie? Ich bin funfzig Jahr alt. – – Bekannte habe ich gehabt, aber noch keinen Freund. Und niemals ist mir die Freundschaft so reizend vorgekommen, als seit den wenigen Stunden, da ich nach der Ihrigen strebe. Wodurch kann ich sie verdienen?

DER REISENDE Meine Freundschaft bedeutet so wenig, daß das

bloße Verlangen darnach ein genugsames Verdienst ist, sie zu erhalten. Ihre Bitte ist weit mehr wert, als das, was Sie bitten.

DER BARON O, mein Herr, die Freundschaft eines Wohltäters – –

DER REISENDE Erlauben Sie, – – ist keine Freundschaft. Wenn Sie mich unter dieser falschen Gestalt betrachten, so kann ich Ihr Freund nicht sein. Gesetzt einen Augenblick, ich wäre Ihr Wohltäter: würde ich nicht zu befürchten haben, daß Ihre Freundschaft nichts, als eine wirksame Dankbarkeit wäre?

DER BARON Sollte sich beides nicht verbinden lassen?

DER REISENDE Sehr schwer! Diese hält ein edles Gemüt für seine Pflicht; jene erfordert lauter willkürliche Bewegungen der Seele.

DER BARON Aber wie sollte ich – – Ihr allzuzärtlicher Geschmack macht mich ganz verwirrt. – –

DER REISENDE Schätzen Sie mich nur nicht höher, als ich es verdiene. Aufs höchste bin ich ein Mensch, der seine Schuldigkeit mit Vergnügen getan hat. Die Schuldigkeit an sich selbst ist keiner Dankbarkeit wert. Daß ich sie aber mit Vergnügen getan habe, dafür bin ich genugsam durch Ihre Freundschaft belohnt.

DER BARON Diese Großmut verwirrt mich nur noch mehr. – – Aber ich bin vielleicht zu verwegen. – – Ich habe mich noch nicht unterstehen wollen, nach Ihrem Namen, nach Ihrem Stande zu fragen. – Vielleicht biete ich meine Freundschaft einem an, der – – der sie zu verachten – –

DER REISENDE Verzeihen Sie, mein Herr! – Sie – Sie machen sich – – Sie haben allzugroße Gedanken von mir.

DER BARON *(beiseite)* Soll ich ihn wohl fragen? Er kann meine Neugierde übelnehmen.

DER REISENDE *(beiseite)* Wenn er mich fragt, was werde ich ihm antworten?

DER BARON *(beiseite)* Frage ich ihn nicht, so kann er es als eine Grobheit auslegen.

DER REISENDE *(beiseite)* Soll ich ihm die Wahrheit sagen?

DER BARON *(beiseite)* Doch ich will den sichersten Weg gehen. Ich will erst seinen Bedienten ausfragen lassen.

DER REISENDE *(beiseite)* Könnte ich doch dieser Verwirrung überhoben sein! – –

DER BARON Warum so nachdenkend?

DER REISENDE Ich war gleich bereit, diese Frage an Sie zu tun, mein Herr – –

DER BARON Ich weiß es, man vergißt sich dann und wann. Lassen Sie uns von etwas andern reden – – Sehen Sie, daß es wirkliche Juden gewesen sind, die mich angefallen haben? Nur jetzt hat mir mein Schulze gesagt, daß er vor einigen Tagen ihrer drei auf der Landstraße angetroffen. Wie er sie mir beschreibt, haben sie Spitzbuben ähnlicher, als ehrlichen Leuten, gesehen. Und warum sollte ich auch daran zweifeln? Ein Volk, das auf den Gewinst so erpicht ist, fragt wenig darnach, ob es ihn mit Recht oder Unrecht, mit List oder Gewaltsamkeit erhält. – – Es scheinet auch zur Handelschaft, oder deutsch zu reden, zur Betrügerei gemacht zu sein. Höflich, frei, unternehmend, verschwiegen, sind Eigenschaften, die es schätzbar machen würden, wenn es sie nicht allzusehr zu unserm Unglück anwendete – *(Er hält etwas inne.)* – – Die Juden haben mir sonst schon nicht wenig Schaden und Verdruß gemacht. Als ich noch in Kriegsdiensten war, ließ ich mich bereden, einen Wechsel für einen meiner Bekannten mit zu unterschreiben; und der Jude, an den er ausgestellet war, brachte mich nicht allein dahin, daß ich ihn bezahlen, sondern, daß ich ihn sogar zweimal bezahlen mußte. – – O! es sind die allerboshaftesten, niederträchtigsten Leute. – Was sagen Sie dazu? Sie scheinen ganz niedergeschlagen.

DER REISENDE Was soll ich sagen? Ich muß sagen, daß ich diese Klage sehr oft gehört habe – –

DER BARON Und ist es nicht wahr, ihre Gesichtsbildung hat gleich etwas, das uns wider sie einnimmt? Das Tückische, das Ungewissenhafte, das Eigennützige, Betrug und Meineid, sollte man sehr deutlich aus ihren Augen zu lesen glauben. – Aber, warum kehren Sie sich von mir?

DER REISENDE Wie ich höre, mein Herr, so sind Sie ein großer Kenner der Physiognomie; und ich besorge, daß die meinige – –

DER BARON O! Sie kränken mich. Wie können Sie auf dergleichen Verdacht kommen? Ohne ein Kenner der Physiognomie zu sein, muß ich Ihnen sagen, daß ich nie eine so aufrichtige, großmütige und gefällige Miene gefunden habe, als die Ihrige.

DER REISENDE Ihnen die Wahrheit zu gestehn: ich bin kein Freund allgemeiner Urteile über ganze Völker – – Sie werden meine Freiheit nicht übelnehmen. – Ich sollte glauben, daß es unter allen Nationen gute und böse Seelen geben könne. Und unter den Juden – –

SIEBENTER AUFTRITT

Das Fräulein. Der Reisende. Der Baron.

DAS FRÄULEIN Ach! Papa – –

DER BARON Nu, nu! fein wild, fein wild! Vorhin liefst du vor mir: was sollte das bedeuten? – –

DAS FRÄULEIN Vor Ihnen bin ich nicht gelaufen, Papa; sondern nur vor Ihrem Verweise.

DER BARON Der Unterschied ist sehr subtil. Aber was war es denn, das meinen Verweis verdiente?

DAS FRÄULEIN O! Sie werden es schon wissen. Sie sahen es ja! Ich war bei dem Herrn –

DER BARON Nun? und –

DAS FRÄULEIN Und der Herr ist eine Mannsperson, und mit den Mannspersonen, haben Sie befohlen, mir nicht allzuviel zu tun zu machen. –

DER BARON Daß dieser Herr eine Ausnahme sei, hättest du wohl merken sollen. Ich wollte wünschen, daß er dich leiden könnte – – Ich werde es mit Vergnügen sehen, wenn du auch beständig um ihn bist.

DAS FRÄULEIN Ach! – es wird wohl das erste- und letztemal gewesen sein. Sein Diener packt schon auf – – Und das wollte ich Ihnen eben sagen.

DER BARON Was? wer? sein Diener?

DER REISENDE Ja, mein Herr, ich hab' es ihm befohlen. Meine Verrichtungen und die Besorgnis, Ihnen beschwerlich zu fallen –

DER BARON Was soll ich ewig davon denken? Soll ich das Glück nicht haben, Ihnen näher zu zeigen, daß Sie sich ein erkenntliches Herz verbindlich gemacht haben? O! ich bitte sie, fügen Sie zu Ihrer Wohltat noch die andre hinzu, die mir ebenso schätzbar, als die Erhaltung meines Lebens, sein wird; bleiben Sie einige Zeit – wenigstens einige Tage bei mir; ich würde mir es ewig vorzuwerfen haben, daß ich einen Mann, wie Sie, ungekannt, ungeehrt, unbelohnt, wenn es anders in meinem Vermögen steht, von mir gelassen hätte. Ich habe einige meiner Anverwandten auf heute einladen lassen, mein Vergnügen mit ihnen zu teilen, und ihnen das Glück zu verschaffen, meinen Schutzengel kennen zu lernen.

DER REISENDE Mein Herr, ich muß notwendig –

DAS FRÄULEIN Dableiben, mein Herr, dableiben! Ich laufe, Ihrem Bedienten zu sagen, daß er wieder abpacken soll. Doch da ist er schon.

ACHTER AUFTRITT

Christoph (in Stiefeln und Sporen, und zwei Mantelsäcke unter den Armen). Die Vorigen.

CHRISTOPH Nun! mein Herr, es ist alles fertig. Fort! kürzen Sie Ihre Abschiedsformeln ein wenig ab. Was soll das viele Reden, wenn wir nicht dableiben können?

DER BARON Was hindert euch denn, hier zu bleiben?

CHRISTOPH Gewisse Betrachtungen, mein Herr Baron, die den Eigensinn meines Herrn zum Grunde, und seine Großmut zum Vorwande haben.

DER REISENDE Mein Diener ist öfters nicht klug: verzeihen Sie ihm. Ich sehe, daß Ihre Bitten in der Tat mehr als Komplimente sind. Ich ergebe mich; damit ich nicht aus Furcht grob zu sein, eine Grobheit begehen möge.

DER BARON O! was für Dank bin ich Ihnen schuldig!

DER REISENDE Ihr könnt nur gehen, und wieder abpacken! Wir wollen erst morgen fort.

DAS FRÄULEIN Nu! hört Er nicht? Was steht Er denn da? Er soll gehn, und wieder abpacken.

CHRISTOPH Von Rechts wegen sollte ich böse werden. Es ist mir auch beinahe, als ob mein Zorn erwachen wollte; doch weil nichts Schlimmers daraus erfolgt, als daß wir hier bleiben, und zu essen und zu trinken bekommen, und wohl gepflegt werden, so mag es sein! Sonst lass' ich mir nicht gern unnötige Mühe machen: wissen Sie das?

DER REISENDE Schweigt! Ihr seid zu unverschämt.

CHRISTOPH Denn ich sage die Wahrheit.

DAS FRÄULEIN O! das ist vortrefflich, daß Sie bei uns bleiben. Nun bin ich Ihnen noch einmal so gut. Kommen Sie, ich will Ihnen unsern Garten zeigen; er wird Ihnen gefallen.

DER REISENDE Wenn er Ihnen gefällt, Fräulein, so ist es schon so gut, als gewiß.

DAS FRÄULEIN Kommen Sie nur; – – unterdessen wird es Essenszeit. Papa, Sie erlauben es doch?

DER BARON Ich werde euch sogar begleiten.

DAS FRÄULEIN Nein, nein, das wollen wir Ihnen nicht zumuten. Sie werden zu tun haben.

DER BARON Ich habe jetzt nichts Wichtigers zu tun, als meinen Gast zu vergnügen.

DAS FRÄULEIN Er wird es Ihnen nicht übelnehmen: nicht wahr mein Herr? *(sachte zu ihm)* Sprechen Sie doch Nein. Ich möchte gern mit Ihnen allein gehen.

DER REISENDE Es wird mich gereuen, daß ich mich so leicht habe bewegen lassen, hier zu bleiben, sobald ich sehe, daß ich Ihnen im geringsten verhinderlich bin. Ich bitte also – –

DER BARON O! warum kehren Sie sich an des Kindes Rede?

DAS FRÄULEIN Kind? – – Papa! – – beschämen Sie mich doch nicht so! – Der Herr wird denken, wie jung ich bin! – – Lassen Sie es gut sein; ich bin alt genug, mit Ihnen spazieren zu gehen – Kommen Sie! – – Aber sehen Sie einmal: Ihr Diener steht noch da, und hat die Mantelsäcke unter den Armen.

CHRISTOPH Ich dächte, das ginge nur den an, dem es sauer wird?

DER REISENDE Schweigt! Man erzeigt Euch zuviel Ehre – –

NEUNTER AUFTRITT

Lisette. Die Vorigen.

DER BARON *(indem er Lisetten kommen sieht)* Mein Herr, ich werde Ihnen gleich nachfolgen, wann es Ihnen gefällig ist, meine Tochter in den Garten zu begleiten.

DAS FRÄULEIN O! bleiben Sie so lange, als es Ihnen gefällt. Wir wollen uns schon die Zeit vertreiben. Kommen Sie! *(Das Fräulein und der Reisende gehen ab.)*

DER BARON Lisette, dir habe ich etwas zu sagen! – –

LISETTE Nu?

DER BARON *(sachte zu ihr)* Ich weiß noch nicht, wer unser Gast ist. Gewisser Ursachen wegen mag ich ihn auch nicht fragen. Könntest du nicht von seinem Diener – –

LISETTE Ich weiß, was Sie wollen. Dazu trieb mich meine Neugierigkeit von selbst, und deswegen kam ich hieher. –

DER BARON Bemühe dich also, – – und gib mir Nachricht davon. Du wirst Dank bei mir verdienen.

LISETTE Gehen Sie nur.

CHRISTOPH Sie werden es also nicht übelnehmen, mein Herr, daß wir es uns bei Ihnen gefallen lassen. Aber ich bitte, machen Sie sich meinetwegen keine Ungelegenheit; ich bin mit allem zufrieden, was da ist.

DER BARON Lisette, ich übergebe ihn deiner Aufsicht. Laß ihn an nichts Mangel leiden. *(Geht ab.)*

CHRISTOPH Ich empfehle mich also, Mademoisell, Dero gütigen Aufsicht, die mich an nichts wird Mangel leiden lassen *(will abgehen)*.

ZEHNTER AUFTRITT

Lisette. Christoph.

LISETTE *(hält ihn auf)* Nein, mein Herr, ich kann es unmöglich über mein Herz bringen, Sie so unhöflich sein zu lassen – Bin ich denn nicht Frauenzimmers genug, um einer kurzen Unterhaltung wert zu sein?

CHRISTOPH Der Geier! Sie nehmen die Sache genau, Mamsell. Ob Sie Frauenzimmers genug oder zuviel sind, kann ich nicht sagen. Wenn ich zwar aus ihrem gesprächigen Munde schließen sollte, so dürfte ich beinahe das letzte behaupten. Doch dem sei, wie ihm wolle; jetzt werden Sie mich beurlauben; – – Sie sehen, ich habe Hände und Arme voll. – – Sobald mich hungert oder dürstet, werde ich bei Ihnen sein.

LISETTE So macht's unser *Schirrmeister* auch.

CHRISTOPH Der Henker! das muß ein gescheuter Mann sein: er macht's wie ich!

LISETTE Wenn Sie ihn wollen kennen lernen: er liegt vor dem Hinterhause an der Kette.

CHRISTOPH Verdammt! ich glaube gar, Sie meinen den Hund. Ich merke also wohl, Sie werden den leiblichen Hunger und Durst verstanden haben. Den aber habe ich nicht verstanden; sondern den Hunger und Durst der Liebe. Den, Mamsell, den! Sind Sie nun mit meiner Erklärung zufrieden?

LISETTE Besser als mit dem Erklärten.

CHRISTOPH Ei! im Vertrauen: – – Sagen Sie etwa zugleich auch damit so viel, daß Ihnen ein Liebesantrag von mir nicht zuwider sein würde?

LISETTE Vielleicht! Wollen Sie mir einen tun? im Ernst?

CHRISTOPH Vielleicht!

LISETTE Pfui! was das für eine Antwort ist! vielleicht!

CHRISTOPH Und sie war doch nicht ein Haar anders, als die Ihrige.

LISETTE In meinem Munde will sie aber ganz etwas anders sagen. Vielleicht, ist eines Frauenzimmers größte Versicherung. Denn so schlecht unser Spiel auch ist, so müssen wir uns doch niemals in die Karte sehen lassen.

CHRISTOPH Ja, wenn das ist! – Ich dächte, wir kämen also zur Sache. – – *(Er schmeißt beide Mantelsäcke auf die Erde.)* Ich weiß nicht, warum ich mir's so sauer mache? Da liegt! – – Ich liebe Sie, Mamsell.

LISETTE Das heiß' ich, mit wenigen viel sagen. Wir wollen's zergliedern – –

CHRISTOPH Nein, wir wollen's lieber ganz lassen. Doch, – damit wir in Ruhe einander unsre Gedanken eröffnen können; – – belieben Sie sich niederzulassen! – – Das Stehn ermüdet mich. – – Ohne Umstände! – *(Er nötiget sie auf den Mantelsack zu sitzen.)* – – Ich liebe Sie, Mamsell. – –

LISETTE Aber, – – ich sitze verzweifelt hart. – – Ich glaube gar, es sind Bücher darin – –

CHRISTOPH Darzu recht zärtliche und witzige; – und gleichwohl sitzen Sie hart darauf? Es ist meines Herrn Reisebibliothek. Sie besteht aus Lustspielen, die zum Weinen, und aus Trauerspielen, die zum Lachen bewegen; aus zärtlichen Heldengedichten; aus tiefsinnigen Trinkliedern, und was dergleichen neue Siebensachen mehr sind. – – Doch wir wollen umwechseln. Setzen Sie sich auf meinen; – ohne Umstände! – – meiner ist der weichste.

LISETTE Verzeihen Sie! – – So grob werde ich nicht sein – –

CHRISTOPH Ohne Umstände, – ohne Komplimente! – Wollen Sie nicht? – So werde ich sie hintragen. – –

LISETTE Weil Sie es denn befehlen – *(Sie steht auf und will sich auf den andern setzen.)*

CHRISTOPH Befehlen? behüte Gott! – Nein! befehlen will viel sagen. – – Wenn Sie es so nehmen wollen, so bleiben Sie lieber sitzen. – *(Er setzt sich wieder auf seinen Mantelsack.)*

LISETTE *(beiseite)* Der Grobian! Doch ich muß es gut sein lassen – –

CHRISTOPH Wo blieben wir denn? – Ja, – bei der Liebe – – Ich liebe Sie also, Mamsell. Je vous aime, würde ich sagen, wenn Sie eine französische Marquisin wären.

LISETTE Der Geier! Sie sind wohl gar ein Franzose?

CHRISTOPH Nein, ich muß meine Schande gestehn: ich bin nur ein Deutscher. – Aber ich habe das Glück gehabt, mit verschiedenen Franzosen umgehen zu können, und da habe ich denn so ziemlich gelernt, was zu einem rechtschaffnen Kerl gehört. Ich glaube, man sieht mir es auch gleich an.

LISETTE Sie kommen also vielleicht mit Ihrem Herrn aus Frankreich?

CHRISTOPH Ach nein! – –

LISETTE Wo sonst her? freilich wohl! –

CHRISTOPH Es liegt noch einige Meilen hinter Frankreich, wo wir herkommen.

LISETTE Aus Italien doch wohl nicht?

CHRISTOPH Nicht weit davon.

LISETTE Aus Engeland also?

CHRISTOPH Beinahe; Engeland ist eine Provinz davon. Wir sind über funfzig Meilen von hier zu Hause. – – Aber, daß Gott! – meine Pferde, – die armen Tiere stehen noch gesattelt. Verzeihen Sie, Mamsell! – – Hurtig! stehen Sie auf! – – *(Er nimmt die Mantelsäcke wieder untern Arm.)* – – Trotz meiner inbrünstigen Liebe muß ich doch gehn, und erst das Nötige verrichten – – Wir haben noch den ganzen Tag, und, was das meiste ist, noch die ganze Nacht vor uns. Wir wollen schon noch eins werden. – Ich werde Sie wohl wieder zu finden wissen.

EILFTER AUFTRITT

Martin Krumm. Lisette.

LISETTE Von dem werde ich wenig erfahren können. Entweder, er ist zu dumm, oder zu fein. Und beides macht unergründlich.

MARTIN KRUMM So, Jungfer Lisette? Das ist auch der Kerl darnach, daß er mich ausstechen sollte!

LISETTE Das hat er nicht nötig gehabt.

MARTIN KRUMM Nicht nötig gehabt? Und ich denke, wer weiß wie fest ich in Ihrem Herzen sitze.

LISETTE Das macht, Herr Vogt, Er denkt's. Leute von Seiner Art haben das Recht, abgeschmackt zu denken. Drum ärgre ich mich auch nicht darüber, daß Er's gedacht hat; sondern, daß Er mir's gesagt hat. Ich möchte wissen, was Ihn mein Herz angeht? Mit was für Gefälligkeiten, mit was für Geschenken hat Er sich denn ein Recht darauf erworben? – Man gibt die Herzen jetzt nicht mehr, so in den Tag hinein, weg. Und glaubt Er etwa, daß ich so verlegen mit dem meinigen bin? Ich werde schon noch einen ehrlichen Mann dazu finden, ehe ich's vor die Säue werfe.

MARTIN KRUMM Der Teufel, das verschnupft! Ich muß eine Prise Tabak darauf nehmen. – – Vielleicht geht es wieder mit dem Niesen fort. – *(Er zieht die entwandte Dose hervor, spielt einige Zeit in den Händen damit, und nimmt endlich, auf eine lächerlich hochmütige Art, eine Prise.)*

LISETTE *(schielt ihn von der Seite an)* Verzweifelt! wo bekömmt der Kerl die Dose her?

MARTIN KRUMM Belieben Sie ein Prischen?

LISETTE O, Ihre untertänige Magd, mein Herr Vogt! *(Sie nimmt.)*

MARTIN KRUMM Was eine silberne Dose nicht kann! – – Könnte ein Ohrwürmchen geschmeidiger sein?

LISETTE Ist es eine silberne Dose?

MARTIN KRUMM Wann's keine silberne wäre, so würde sie Martin Krumm nicht haben.

LISETTE Ist es nicht erlaubt, sie zu besehn?

MARTIN KRUMM Ja, aber nur in meinen Händen.

LISETTE Die Fasson ist vortrefflich.

MARTIN KRUMM Ja, sie wiegt ganzer fünf Lot. –

LISETTE Nur der Fasson wegen möchte ich so ein Döschen haben.

MARTIN KRUMM Wenn ich sie zusammenschmelzen lasse, steht Ihnen die Fasson davon zu Dienste.

LISETTE Sie sind allzugütig! – Es ist ohne Zweifel ein Geschenk?

MARTIN KRUMM Ja, – – sie kostet mir nicht einen Heller.

LISETTE Wahrhaftig, so ein Geschenk könnte ein Frauenzimmer recht verblenden! Sie können Ihr Glück damit machen, Herr Vogt. Ich wenigstens würde mich, wenn man mich mit silbernen Dosen anfiele, sehr schlecht verteidigen können. Mit so einer Dose hätte ein Liebhaber gegen mich gewonnen Spiel.

MARTIN KRUMM Ich versteh's, ich versteh's! –

LISETTE Da sie Ihnen so nichts kostet, wollte ich Ihnen raten, Herr Vogt, sich eine gute Freundin damit zu machen – –

MARTIN KRUMM Ich versteh's, ich versteh's! –

LISETTE *(schmeichelnd)* Wollten Sie mir sie wohl schenken? – –

MARTIN KRUMM O um Verzeihung! – – Man gibt die silbernen Dosen jetzt nicht mehr, so in den Tag hinein, weg. Und glaubt Sie denn, Jungfer Lisette, daß ich so verlegen mit der meinigen bin? Ich werde schon noch einen ehrlichen Mann dazu finden, ehe ich sie vor die Säue werfe.

LISETTE Hat man jemals eine dümmre Grobheit gefunden! – – Ein Herz einer Schnupftabaksdose gleich zu schätzen?

MARTIN KRUMM Ja, ein steinern Herz einer silbern Schnupftabaksdose – –

LISETTE Vielleicht würde es aufhören, steinern zu sein, wenn – – Doch alle meine Reden sind vergebens – – Er ist meiner Liebe nicht wert – – Was ich für eine gutherzige Närrin bin! – *(will weinen)* beinahe hätte ich geglaubt, der Vogt wäre noch einer von den ehrlichen Leuten, die es meinen, wie sie es reden –

MARTIN KRUMM Und was ich für ein gutherziger Narre bin, daß

ich glaube, ein Frauenzimmer meine es, wie sie es redt! – Da, mein Lisettchen, weine Sie nicht! – *(Er gibt ihr die Dose.)* – Aber nun bin ich doch wohl Ihrer Liebe wert? – Zum Anfange verlange ich nichts, als nur ein Küßchen auf Ihre schöne Hand! – – *(Er küßt sie.)* Ah, wie schmeckt das! –

ZWÖLFTER AUFTRITT

Das Fräulein. Lisette. Martin Krumm.

DAS FRÄULEIN *(sie kömmt dazu geschlichen, und stößt ihn mit dem Kopfe auf die Hand)* Ei! Herr Vogt, – küss' Er mir doch meine Hand auch!

LISETTE Daß doch! – –

MARTIN KRUMM Ganz gern, gnädiges Fräulein – *(Er will ihr die Hand küssen.)*

DAS FRÄULEIN *(gibt ihm eine Ohrfeige)* Ihr Flegel, versteht Ihr denn keinen Spaß?

MARTIN KRUMM Den Teufel mag das Spaß sein!

LISETTE Ha! ha! ha! *(Lacht ihn aus.)* O ich bedaure Ihn, mein lieber Vogt – Ha! ha! ha!

MARTIN KRUMM So? und Sie lacht noch dazu? Ist das mein Dank? Schon gut, schon gut! *(Gehet ab.)*

LISETTE Ha! ha! ha!

DREIZEHNTER AUFTRITT

Lisette. Das Fräulein.

DAS FRÄULEIN Hätte ich's doch nicht geglaubt, wenn ich's nicht selbst gesehen hätte. Du läßt dich küssen? und noch dazu vom Vogt?

LISETTE Ich weiß auch gar nicht, was Sie für Recht haben, mich zu belauschen? Ich denke, Sie gehen im Garten mit dem Fremden spazieren.

DAS FRÄULEIN Ja, und ich wäre noch bei ihm, wenn der Papa nicht nachgekommen wäre. Aber so kann ich ja kein kluges Wort mit ihm sprechen. Der Papa ist gar zu ernsthaft – –

LISETTE Ei, was nennen Sie denn ein kluges Wort? Was haben Sie denn wohl mit ihm zu sprechen, das der Papa nicht hören dürfte?

DAS FRÄULEIN Tausenderlei! – Aber du machst mich böse, wo du mich noch mehr fragst. Genug, ich bin dem fremden Herrn gut. Das darf ich doch wohl gestehn?

LISETTE Sie würden wohl greulich mit dem Papa zanken, wenn er Ihnen einmal so einen Bräutigam verschaffte? Und im Ernst, wer weiß, was er tut. Schade nur, daß Sie nicht einige Jahre älter sind; es könnte vielleicht bald zustande kommen.

DAS FRÄULEIN O, wenn es nur am Alter liegt, so kann mich ja der Papa einige Jahre älter machen. Ich werde ihm gewiß nicht widersprechen.

LISETTE Nein, ich weiß noch einen bessern Rat. Ich will Ihnen einige Jahre von den meinigen geben, so ist uns allen beiden geholfen. Ich bin alsdann nicht zu alt, und Sie nicht zu jung.

DAS FRÄULEIN Das ist auch wahr; das geht ja an!

LISETTE Da kömmt des Fremden Bedienter; ich muß mit ihm sprechen. Es ist alles zu Ihrem Besten – Lassen Sie mich mit ihm allein. – Gehen Sie.

DAS FRÄULEIN Vergiß es aber nicht, wegen der Jahre – – Hörst du, Lisette?

VIERZEHNTER AUFTRITT

Lisette. Christoph.

LISETTE Mein Herr, Sie hungert oder durstet gewiß, daß Sie schon wiederkommen? nicht?

CHRISTOPH Ja freilich! – – Aber wohl gemerkt, wie ich den Hunger und Durst erklärt habe. Ihr die Wahrheit zu gestehn, meine liebe Jungfer, so hatte ich schon, sobald ich gestern vom Pferde stieg, ein Auge auf Sie geworfen. Doch weil ich nur einige Stunden hier zu bleiben vermeinte, so glaubte ich, es verlohne sich nicht der Mühe, mich mit Ihr bekannt zu machen. Was hätten wir in so kurzer Zeit können ausrichten? Wir hätten unsern Roman von hinten müssen anfangen. Allein es ist auch nicht allzusicher, die Katze bei dem Schwanze aus dem Ofen zu ziehen.

LISETTE Das ist wahr! nun aber können wir schon ordentlicher verfahren. Sie können mir Ihren Antrag tun; ich kann darauf antworten. Ich kann Ihnen meine Zweifel machen; Sie können mir sie auflösen. Wir können uns bei jedem Schritte, den wir tun, bedenken, und dürfen einander nicht den Affen im Sacke verkaufen. Hätten Sie mir gestern gleich Ihren Liebesantrag getan; es ist wahr, ich würde ihn angenommen haben. Aber überlegen Sie einmal, wie viel ich gewagt hätte, wenn ich mich nicht einmal nach Ihrem Stande, Vermögen, Vaterlande, Bedienungen und dergleichen mehr zu erkundigen Zeit gehabt hätte?

CHRISTOPH Der Geier! wäre das aber auch so nötig gewesen? So viel Umstände? Sie könnten ja bei dem Heiraten nicht mehrere machen? –

LISETTE O! wenn es nur auf eine kahle Heirat angesehen wäre, so wär' es lächerlich, wenn ich so gewissenhaft sein wollte. Allein mit einem Liebesverständnisse ist es ganz etwas anders! Hier wird die schlechteste Kleinigkeit zu einem wichtigen Punkte. Also glauben Sie nur nicht, daß Sie die geringste Gefälligkeit von mir erhalten werden, wenn Sie meiner Neugierde nicht in allen Stücken ein Gnüge tun.

CHRISTOPH Nu? Wie weit erstreckt sich denn die?

LISETTE Weil man doch einen Diener am besten nach seinem Herrn beurteilen kann, so verlange ich vor allen Dingen zu wissen – –

CHRISTOPH Wer mein Herr ist? Ha! ha! das ist lustig. Sie fragen mich etwas, das ich Sie gern selbst fragen möchte, wenn ich glaubte, daß Sie mehr wüßten, als ich.

LISETTE Und mit dieser abgedroschnen Ausflucht denken Sie durchzukommen? Kurz, ich muß wissen, wer Ihr Herr ist, oder unsre ganze Freundschaft hat ein Ende.

CHRISTOPH Ich kenne meinen Herrn nicht länger, als seit vier Wochen. So lange ist es, daß er mich in Hamburg in seine Dienste genommen hat. Von da aus habe ich ihn begleitet, niemals mir aber die Mühe genommen, nach seinem Stande oder Namen zu fragen. So viel ist gewiß, reich muß er sein; denn er hat weder mich noch sich auf der Reise notleiden lassen. Und was brauch' ich mich mehr zu bekümmern?

LISETTE Was soll ich mir von Ihrer Liebe versprechen, da Sie meiner Verschwiegenheit nicht einmal eine solche Kleinigkeit anvertrauen wollen? Ich würde nimmermehr gegen Sie so sein. Zum Exempel, hier habe ich eine schöne silberne Schnupftabaksdose – –

CHRISTOPH Ja? nu? – –

LISETTE Sie dürften mich ein klein wenig bitten, so sagte ich Ihnen, von wem ich sie bekommen habe – –

CHRISTOPH O! daran ist mir nun eben so viel nicht gelegen. Lieber möchte ich wissen, wer sie von Ihnen bekommen sollte?

LISETTE Über den Punkt habe ich eigentlich noch nichts beschlossen. Doch wenn Sie sie nicht sollten bekommen, so haben Sie es niemanden anders, als sich selbst zuzuschreiben. Ich würde Ihre Aufrichtigkeit gewiß nicht unbelohnt lassen.

CHRISTOPH Oder vielmehr meine Schwatzhaftigkeit! Doch, so wahr ich ein ehrlicher Kerl bin, wann ich dasmal verschwiegen bin, so bin ich's aus Not. Denn ich weiß nichts, was ich ausplaudern könnte. Verdammt! wie gern wollte ich meine Geheimnisse ausschütten, wann ich nur welche hätte.

LISETTE Adieu! ich will Ihre Tugend nicht länger bestürmen. Nur wünsch' ich, daß sie Ihnen bald zu einer silbernen Dose und einer Liebsten verhelfen möge, so wie sie Sie jetzt um beides gebracht hat *(will gehen)*.

CHRISTOPH Wohin? wohin? Geduld! *(beiseite)* Ich sehe mich

genötigt, zu lügen. Denn so ein Geschenk werde ich mir doch nicht sollen entgehn lassen? Was wird's auch viel schaden?

LISETTE Nun, wollen Sie es näher geben? Aber, – – ich sehe schon, es wird Ihnen sauer. Nein, nein; ich mag nichts wissen –

CHRISTOPH Ja, ja, Sie soll alles wissen! – – *(beiseite)* Wer doch recht viel lügen könnte! – Hören Sie nur! – Mein Herr ist – – ist einer von Adel. Er kömmt, – – wir kommen miteinander aus – – aus – – Holland. Er hat müssen – – gewisser Verdrüßlichkeiten wegen – – einer Kleinigkeit – – eines Mords wegen – – entfliehen –

LISETTE Was? eines Mords wegen?

CHRISTOPH Ja – – aber eines honetten Mords – – eines Duells wegen entfliehen. – Und jetzt eben – – ist er auf der Flucht – –

LISETTE Und Sie, mein Freund? – –

CHRISTOPH Ich, bin auch mit ihm auf der Flucht. Der Entleibte hat uns – – will ich sagen, die Freunde des Entleibten haben uns sehr verfolgen lassen; und dieser Verfolgung wegen – – Nun können Sie leicht das übrige erraten. – – Was Geier, soll man auch tun? Überlegen Sie es selbst; ein junger naseweiser Laffe schimpft uns. Mein Herr stößt ihn übern Haufen. Das kann nicht anders sein! – Schimpft mich jemand, so tu' ich's auch, – oder – oder schlage ihn hinter die Ohren. Ein ehrlicher Kerl muß nichts auf sich sitzen lassen.

LISETTE Das ist brav! solchen Leuten bin ich gut; denn ich bin auch ein wenig unleidlich. Aber sehen Sie einmal, da kömmt Ihr Herr! sollte man es ihm wohl ansehn, daß er so zornig, so grausam wäre?

CHRISTOPH O kommen Sie! wir wollen ihm aus dem Wege gehn. Er möchte mir es ansehn, daß ich ihn verraten habe.

LISETTE Ich bin's zufrieden – –

CHRISTOPH Aber die silberne Dose –

LISETTE Kommen Sie nur. *(beiseite)* Ich will erst sehen, was mir von meinem Herrn für mein entdecktes Geheimnis werden wird: lohnt sich das der Mühe, so soll er sie haben.

FUNFZEHNTER AUFTRITT

Der Reisende.

Ich vermisse meine Dose. Es ist eine Kleinigkeit; gleichwohl ist mir der Verlust empfindlich. Sollte mir sie wohl der Vogt? – – Doch ich kann sie verloren haben, – ich kann sie aus Unvorsichtigkeit herausgerissen haben. – – Auch mit seinem Verdachte muß man niemand beleidigen. – Gleichwohl, – er drängte sich an mich heran; – er griff nach der Uhr: – ich ertappte ihn; könnte er auch nicht nach der Dose gegriffen haben, ohne daß ich ihn ertappt hätte?

SECHZEHNTER AUFTRITT

Martin Krumm. Der Reisende.

MARTIN KRUMM *(als er den Reisenden gewahr wird, will er wieder umkehren)* Hui!

DER REISENDE Nu, nu, immer näher, mein Freund! – – *(beiseite)* Ist er doch so schüchtern, als ob er meine Gedanken wüßte! – – Nu? nur näher!

MARTIN KRUMM *(trotzig)* Ach! ich habe nicht Zeit! Ich weiß schon, Sie wollen mit mir plaudern. Ich habe wichtigere Sachen zu tun. Ich mag Ihre Heldentaten nicht zehnmal hören. Erzählen Sie sie jemanden, der sie noch nicht weiß.

DER REISENDE Was höre ich? vorhin war der Vogt einfältig und höflich, jetzt ist er unverschämt und grob. Welches ist denn Eure rechte Larve?

MARTIN KRUMM Ei! das hat Sie der Geier gelernt, mein Gesicht eine Larve zu schimpfen. Ich mag mit Ihnen nicht zanken, – sonst – – *(er will fortgehen)*.

DER REISENDE Sein unverschämtes Verfahren bestärkt mich in meinem Argwohne. – Nein, nein, Geduld! Ich habe Euch etwas Notwendiges zu fragen – –

MARTIN KRUMM Und ich werde nichts drauf zu antworten haben, es mag so notwendig sein, als es will. Drum sparen Sie nur die Frage.

DER REISENDE Ich will es wagen – Allein, wie leid würde mir es sein, wann ich ihm unrecht täte. – – Mein Freund, habt Ihr nicht meine Dose gesehn? – Ich vermisse sie. – –

MARTIN KRUMM Was ist das für eine Frage? Kann ich etwas dafür, daß man sie Ihnen gestohlen hat? – – Für was sehen Sie mich an? Für den Hehler? Oder für den Dieb?

DER REISENDE Wer redt denn vom Stehlen? Ihr verratet Euch fast selbst – –

MARTIN KRUMM Ich verrate mich selbst? Also meinen Sie, daß ich sie habe? Wissen Sie auch, was das zu bedeuten hat, wenn man einen ehrlichen Kerl dergleichen beschuldigt. Wissen Sie's?

DER REISENDE Warum müßt Ihr so schreien? Ich habe Euch noch nichts beschuldigt. Ihr seid Euer eigner Ankläger. Dazu weiß ich eben nicht, ob ich großes Unrecht haben würde? Wen ertappte ich denn vorhin, als er nach meiner Uhr greifen wollte?

MARTIN KRUMM O! Sie sind ein Mann, der gar keinen Spaß versteht. Hören Sie's! – – *(beiseite)* Wo er sie nur nicht bei Lisetten gesehen hat – Das Mädel wird doch nicht närrisch sein, und sich damit breit machen – –

DER REISENDE O! ich verstehe den Spaß so wohl, daß ich glaube, Ihr wollt mit meiner Dose auch spaßen. Allein wenn man den Spaß zu weit treibt, verwandelt er sich endlich in Ernst. Es ist mir um Euren guten Namen leid. Gesetzt, ich wäre überzeugt, daß Ihr es nicht böse gemeint hättet, würden auch andre – –

MARTIN KRUMM Ach, – andre! – andre! – andre wären es längst überdrüssig, sich so etwas vorwerfen zu lassen. Doch, wenn Sie denken, daß ich sie habe: befühlen Sie mich, – – visitieren Sie mich – –

DER REISENDE Das ist meines Amts nicht. Dazu trägt man auch nicht alles bei sich in der Tasche.

MARTIN KRUMM Nun gut! damit Sie sehen, daß ich ein ehrlicher

Kerl bin, so will ich meine Schubsäcke selber umwenden. – Geben Sie acht! – *(beiseite)* Es müßte mit dem Teufel zugehen, wenn sie herausfiele.

DER REISENDE O macht Euch keine Mühe!

MARTIN KRUMM Nein, nein: Sie sollen's sehn, Sie sollen's sehn. *(Er wendet die eine Tasche um.)* Ist da eine Dose? Brotkrümel sind drinne: das liebe Gut! *(Er wendet die andere um.)* Da ist auch nichts! Ja, – doch! ein Stückchen Kalender. – Ich hebe es der Verse wegen auf, die über den Monaten stehen. Sie sind recht schnurrig! – Nu, aber daß wir weiter kommen. Geben Sie acht: da will ich den dritten umwenden. *(Bei dem Umwenden fallen zwei große Bärte heraus.)* Der Henker! was lass' ich da fallen? *(Er will sie hurtig aufheben, der Reisende aber ist hurtiger, und erwischt einen davon.)*

DER REISENDE Was soll das vorstellen?

MARTIN KRUMM *(beiseite)* O verdammt! ich denke, ich habe den Quark lange von mir gelegt.

DER REISENDE Das ist ja gar ein Bart. *(Er macht ihn vors Kinn.)* Sehe ich bald einem Juden so ähnlich? – –

MARTIN KRUMM Ach geben Sie her! geben Sie her! Wer weiß, was Sie wieder denken? Ich schrecke meinen kleinen Jungen manchmal damit. Dazu ist er.

DER REISENDE Ihr werdet so gut sein, und mir ihn lassen. Ich will auch damit schrecken.

MARTIN KRUMM Ach! vexieren Sie sich nicht mit mir. Ich muß ihn wiederhaben. *(Er will ihn aus der Hand reißen.)*

DER REISENDE Geht, oder – –

MARTIN KRUMM *(beiseite)* Der Geier! nun mag ich sehen, wo der Zimmermann das Loch gelassen hat. – – Es ist schon gut; es ist schon gut! Ich seh's, Sie sind zu meinem Unglücke hierher gekommen. Aber, hol' mich alle Teufel, ich bin ein ehrlicher Kerl! und den will ich sehn, der mir etwas Schlimmes nachreden kann. Merken Sie sich das! Es mag kommen zu was es will, so kann ich es beschwören, daß ich den Bart zu nichts Bösem gebraucht habe. – *(Geht ab.)*

SIEBZEHNTER AUFTRITT

Der Reisende.

Der Mensch bringt mich selbst auf einen Argwohn, der ihm höchst nachteilig ist. – – Könnte er nicht einer von den verkappten Räubern gewesen sein? – Doch ich will in meiner Vermutung behutsam gehen.

ACHTZEHNTER AUFTRITT

Der Baron. Der Reisende.

DER REISENDE Sollten Sie nicht glauben, ich wäre gestern mit den jüdischen Straßenräubern ins Handgemenge gekommen, daß ich einem davon den Bart ausgerissen hätte? *(Er zeigt ihm den Bart.)*

DER BARON Wie verstehn Sie das, mein Herr? – – Allein, warum haben Sie mich so geschwind im Garten verlassen?

DER REISENDE Verzeihen Sie meine Unhöflichkeit. Ich wollte gleich wieder bei Ihnen sein. Ich ging nur meine Dose zu suchen, die ich hier herum muß verloren haben.

DER BARON Das ist mir höchst empfindlich. Sie sollten noch bei mir zu Schaden kommen?

DER REISENDE Der Schade würde so groß nicht sein – – Allein betrachten Sie doch einmal diesen ansehnlichen Bart!

DER BARON Sie haben mir ihn schon einmal gezeigt. Warum?

DER REISENDE Ich will mich Ihnen deutlicher erklären. Ich glaube – – Doch nein, ich will meine Vermutungen zurückhalten. – –

DER BARON Ihre Vermutungen? Erklären Sie sich!

DER REISENDE Nein; ich habe mich übereilt. Ich könnte mich irren – –

DER BARON Sie machen mich unruhig.

DER REISENDE Was halten Sie von Ihrem Vogt?

DER BARON Nein, nein; wir wollen das Gespräch auf nichts

anders lenken – – Ich beschwöre Sie bei der Wohltat, die Sie mir erzeigt haben, entdecken Sie mir, was Sie glauben, was Sie vermuten, worinne Sie sich könnten geirrt haben!

DER REISENDE Nur die Beantwortung meiner Frage kann mich antreiben, es Ihnen zu entdecken.

DER BARON Was ich von meinem Vogte halte? – – Ich halte ihn für einen ganz ehrlichen und rechtschaffnen Mann.

DER REISENDE Vergessen Sie also, daß ich etwas habe sagen wollen.

DER BARON Ein Bart, – Vermutungen, – der Vogt, – wie soll ich diese Dinge verbinden? – Vermögen meine Bitten nichts bei Ihnen? – Sie könnten sich geirrt haben? Gesetzt, Sie haben sich geirrt; was können Sie bei einem Freunde für Gefahr laufen?

DER REISENDE Sie dringen zu stark in mich. Ich sage Ihnen also, daß der Vogt diesen Bart aus Unvorsichtigkeit hat fallen lassen; daß er noch einen hatte, den er aber in der Geschwindigkeit wieder zu sich steckte; daß seine Reden einen Menschen verrieten, welcher glaubt, man denke von ihm ebensoviel Übels, als er tut; daß ich ihn auch sonst über einem nicht allzugewissenhaften – – wenigstens nicht allzuklugen Griffe, ertappt habe.

DER BARON Es ist als ob mir die Augen auf einmal aufgingen. Ich besorge, – Sie werden sich nicht geirrt haben. Und Sie trugen Bedenken, mir so etwas zu entdecken? – Den Augenblick will ich gehn, und alles anwenden, hinter die Wahrheit zu kommen. Sollte ich meinen Mörder in meinem eignen Hause haben?

DER REISENDE Doch zürnen Sie nicht auf mich, wenn Sie, zum Glücke, meine Vermutungen falsch befinden sollten. Sie haben mir sie ausgepreßt, sonst würde ich sie gewiß verschwiegen haben.

DER BARON Ich mag sie wahr oder falsch befinden, ich werde Ihnen allzeit dafür danken.

NEUNZEHNTER AUFTRITT

Der Reisende (und hernach) Christoph.

DER REISENDE Wo er nur nicht zu hastig mit ihm verfährt! Denn so groß auch der Verdacht ist, so könnte der Mann doch wohl noch unschuldig sein. – Ich bin ganz verlegen. – – In der Tat ist es nichts Geringes, einem Herrn seine Untergebnen so verdächtig zu machen. Wenn er sie auch unschuldig befindet, so verliert er doch auf immer das Vertrauen zu ihnen. – Gewiß, wenn ich es recht bedenke, ich hätte schweigen sollen – Wird man nicht Eigennutz und Rache für die Ursachen meines Argwohns halten, wenn man erfährt, daß ich ihm meinen Verlust zugeschrieben habe? – Ich wollte ein Vieles darum schuldig sein, wenn ich die Untersuchung noch hintertreiben könnte –

CHRISTOPH *(kömmt gelacht)* Ha! ha! ha! wissen Sie, wer Sie sind, mein Herr?

DER REISENDE Wißt Ihr, daß Ihr ein Narr seid? Was fragt Ihr?

CHRISTOPH Gut! wenn Sie es denn nicht wissen, so will ich es Ihnen sagen. Sie sind einer von Adel. Sie kommen aus Holland. Allda haben Sie Verdrüßlichkeiten und ein Duell gehabt. Sie sind so glücklich gewesen, einen jungen Naseweis zu erstechen. Die Freunde des Entleibten haben Sie heftig verfolgt. Sie haben sich auf die Flucht begeben. Und ich habe die Ehre, Sie auf der Flucht zu begleiten.

DER REISENDE Träumt Ihr, oder raset Ihr?

CHRISTOPH Keines von beiden. Denn für einen Rasenden wäre meine Rede zu klug, und für einen Träumenden zu toll.

DER REISENDE Wer hat Euch solch unsinniges Zeug weis gemacht?

CHRISTOPH O dafür ist gebeten, daß man mir's weis macht. Allein finden Sie es nicht recht wohl ausgesonnen? In der kurzen Zeit, die man mir zum Lügen ließ, hätte ich gewiß auf nichts Bessers fallen können. So sind Sie doch wenigstens vor weitrer Neugierigkeit sicher!

DER REISENDE Was soll ich mir aber aus alledem nehmen?

CHRISTOPH Nichts mehr, als was Ihnen gefällt; das übrige lassen Sie mir. Hören Sie nur, wie es zuging. Man fragte mich nach Ihrem Namen, Stande, Vaterlande, Verrichtungen; ich ließ mich nicht lange bitten, ich sagte alles, was ich davon wußte; das ist: ich sagte, ich wüßte nichts. Sie können leicht glauben, daß diese Nachricht sehr unzulänglich war, und daß man wenig Ursache hatte, damit zufrieden zu sein. Man drang also weiter in mich; allein umsonst! Ich blieb verschwiegen, weil ich nichts zu verschweigen hatte. Doch endlich brachte mich ein Geschenk, welches man mir anbot, dahin, daß ich mehr sagte, als ich wußte; das ist: ich log.

DER REISENDE Schurke! ich befinde mich, wie ich sehe, bei Euch in feinen Händen.

CHRISTOPH Ich will doch nimmermehr glauben, daß ich von ohngefähr die Wahrheit sollte gelogen haben?

DER REISENDE Unverschämter Lügner, Ihr habt mich in eine Verwirrung gesetzt, aus der – –

CHRISTOPH Aus der Sie sich gleich helfen können, sobald Sie das schöne Beiwort, das Sie mir jetzt zu geben beliebten, bekannter machen.

DER REISENDE Werde ich aber alsdann nicht genötiget sein, mich zu entdecken?

CHRISTOPH Desto besser! so lerne ich Sie bei Gelegenheit auch kennen. – Allein, urteilen Sie einmal selbst, ob ich mir wohl, mit gutem Gewissen, dieser Lügen wegen ein Gewissen machen konnte? *(Er zieht die Dose heraus.)* Betrachten Sie diese Dose! Hätte ich sie leichter verdienen können?

DER REISENDE Zeigt mir sie doch! – *(Er nimmt sie in die Hand.)* Was seh' ich?

CHRISTOPH Ha! ha! ha! Das dachte ich, daß Sie erstaunen würden. Nicht wahr, Sie lögen selber ein Gesetzchen, wenn Sie so eine Dose verdienen könnten.

DER REISENDE Und also habt Ihr mir sie entwendet?

CHRISTOPH Wie? was?

DER REISENDE Eure Treulosigkeit ärgert mich nicht so sehr, als der übereilte Verdacht, den ich deswegen einem ehrlichen Mann zugezogen habe. Und ihr könnt noch so rasend frech sein, mich überreden zu wollen, sie wäre ein, – – obgleich beinahe ebenso schimpflich erlangtes, – Geschenk? Geht! kommt mir nicht wieder vor die Augen!

CHRISTOPH Träumen Sie, oder – – aus Respekt will ich das andre noch verschweigen. Der Neid bringt Sie doch nicht auf solche Ausschweifungen? Die Dose soll Ihre sein? Ich soll sie Ihnen, salva venia, gestohlen haben? Wenn das wäre; ich müßte ein dummer Teufel sein, daß ich gegen Sie selbst damit prahlen sollte. – Gut, da kömmt Lisette! Hurtig komm Sie; helf Sie mir doch, meinen Herrn wieder zurechte bringen.

ZWANZIGSTER AUFTRITT

Lisette. Der Reisende. Christoph.

LISETTE O mein Herr, was stiften Sie bei uns für Unruhe! Was hat Ihnen denn unser Vogt getan? Sie haben den Herrn ganz rasend auf ihn gemacht. Man redt von Bärten, von Dosen, von Plündern; der Vogt weint und flucht, daß er unschuldig wäre, daß Sie die Unwahrheit redten. Der Herr ist nicht zu besänftigen, und jetzt hat er sogar nach dem Schulzen und den Gerichten geschickt, ihn schließen zu lassen. Was soll denn das alles heißen?

CHRISTOPH O! das ist alles noch nichts, hör' Sie nur, hör' Sie, was er jetzt gar mit mir vor hat – –

DER REISENDE Ja freilich, meine liebe Lisette, ich habe mich übereilt. Der Vogt ist unschuldig. Nur mein gottloser Bedienter hat mich in diese Verdrüßlichkeiten gestürzt. Er ist's, der mir meine Dose entwandt hat, derenwegen ich den Vogt im Verdacht hatte; und der Bart kann allerdings ein Kinderspiel gewesen sein, wie er sagte. Ich geh', ich will ihm Genugtuung geben, ich will meinen Irrtum gestehn, ich will ihm, was er nur verlangen kann – –

CHRISTOPH Nein, nein, bleiben Sie! Sie müssen mir erst Genugtuung geben. Zum Henker, so rede Sie doch, Lisette, und sage Sie, wie die Sache ist. Ich wollte, daß Sie mit Ihrer Dose am Galgen wäre! Soll ich mich deswegen zum Diebe machen lassen? Hat Sie mir sie nicht geschenkt?

LISETTE Ja freilich! und sie soll Ihm auch geschenkt bleiben.

DER REISENDE So ist es doch wahr? Die Dose gehört aber mir.

LISETTE Ihnen? das habe ich nicht gewußt.

DER REISENDE Und also hat sie wohl Lisette gefunden? und meine Unachtsamkeit ist an allen den Verwirrungen schuld? *(zu Christophen)* Ich habe Euch auch zu viel getan! Verzeiht mir! Ich muß mich schämen, daß ich mich so übereilen können.

LISETTE *(beiseite)* Der Geier! nun werde ich bald klug. O! er wird sich nicht übereilt haben.

DER REISENDE Kommt, wir wollen – –

EINUNDZWANZIGSTER AUFTRITT

Der Baron. Der Reisende. Lisette. Christoph.

DER BARON *(kömmt hastig herzu)* Den Augenblick, Lisette, stelle dem Herrn seine Dose wieder zu! Es ist alles offenbar; er hat alles gestanden. Und du hast dich nicht geschämt, von so einem Menschen Geschenke anzunehmen? Nun? wo ist die Dose?

DER REISENDE Es ist also doch wahr? – –

LISETTE Der Herr hat sie lange wieder. Ich habe geglaubt, von wem Sie Dienste annehmen können, von dem könne ich auch Geschenke annehmen. Ich habe ihn so wenig gekannt, wie Sie.

CHRISTOPH Also ist mein Geschenk zum Teufel? Wie gewonnen, so zerronnen!

DER BARON Wie aber soll ich, teuerster Freund, mich gegen Sie erkenntlich erzeigen? Sie reißen mich zum zweitenmal aus einer gleich großen Gefahr. Ich bin Ihnen mein Leben schuldig. Nimmermehr würde ich, ohne Sie, mein so nahes Unglück entdeckt haben. Der Schulze, ein Mann, den ich für den ehrlichsten auf allen meinen Gütern hielt, ist sein gottloser Gehilfe gewesen. Bedenken Sie also, ob ich jemals dies hätte vermuten können! Wären Sie heute von mir gereiset – –

DER REISENDE Es ist wahr – – so wäre die Hilfe, die ich Ihnen gestern zu erweisen glaubte, sehr unvollkommen geblieben. Ich schätze mich also höchst glücklich, daß mich der Himmel zu dieser unvermuteten Entdeckung ausersehen hat; und ich freue mich jetzt so sehr, als ich vorher, aus Furcht zu irren, zitterte.

DER BARON Ich bewundre Ihre Menschenliebe, wie Ihre Großmut. O möchte es wahr sein, was mir Lisette berichtet hat!

ZWEIUNDZWANZIGSTER AUFTRITT

Das Fräulein und die Vorigen.

LISETTE Nun, warum sollte es nicht wahr sein?

DER BARON Komm, meine Tochter, komm! Verbinde deine Bitte mit der meinigen: ersuche meinen Erretter, deine Hand, und mit deiner Hand mein Vermögen anzunehmen. Was kann ihm meine Dankbarkeit Kostbarers schenken, als dich, die ich eben so sehr liebe, als ihn? Wundern Sie sich nur nicht, wie ich Ihnen so einen Antrag tun könne. Ihr Bedienter hat uns entdeckt, wer Sie sind. Gönnen Sie mir das unschätzbare Vergnügen, erkenntlich zu sein! Mein Vermögen ist meinem Stande, und dieser dem Ihrigen gleich. Hier sind Sie vor Ihren Feinden sicher und kommen unter Freunde, die Sie anbeten werden. Allein Sie werden niedergeschlagen? Was soll ich denken?

DAS FRÄULEIN Sind Sie etwa meinetwegen in Sorgen? Ich versichere Sie, ich werde dem Papa mit Vergnügen gehorchen.

DER REISENDE Ihre Großmut setzt mich in Erstaunen. Aus der

Größe der Vergeltung, die Sie mir anbieten, erkenne ich erst, wie klein meine Wohltat ist. Allein, was soll ich Ihnen antworten? Mein Bedienter hat die Unwahrheit geredt, und ich –

DER BARON Wollte der Himmel, daß Sie das nicht einmal wären, wofür er Sie ausgibt! Wollte der Himmel, Ihr Stand wäre geringer, als der meinige! So würde doch meine Vergeltung etwas kostbarer, und Sie würden vielleicht weniger ungeneigt sein, meine Bitte stattfinden zu lassen.

DER REISENDE *(beiseite)* Warum entdecke ich mich auch nicht? – Mein Herr, Ihre Edelmütigkeit durchdringet meine ganze Seele. Allein schreiben Sie es dem Schicksale, nicht mir zu, daß Ihr Anerbieten vergebens ist. Ich bin – –

DER BARON Vielleicht schon verheiratet?

DER REISENDE Nein – –

DER BARON Nun? was?

DER REISENDE Ich bin ein Jude.

DER BARON Ein Jude? grausamer Zufall!

CHRISTOPH Ein Jude?

LISETTE Ein Jude?

DAS FRÄULEIN Ei, was tut das?

LISETTE St! Fräulein, st! ich will es Ihnen hernach sagen, was das tut.

DER BARON So gibt es denn Fälle, wo uns der Himmel selbst verhindert, dankbar zu sein?

DER REISENDE Sie sind es überflüssig dadurch, daß Sie es sein wollen.

DER BARON So will ich wenigstens so viel tun, als mir das Schicksal zu tun erlaubt. Nehmen Sie mein ganzes Vermögen. Ich will lieber arm und dankbar, als reich und undankbar sein.

DER REISENDE Auch dieses Anerbieten ist bei mir umsonst, da mir der Gott meiner Väter mehr gegeben hat, als ich brauche. Zu aller Vergeltung bitte ich nichts, als daß Sie künftig von meinem Volke etwas gelinder und weniger allgemein urteilen. Ich habe mich nicht vor Ihnen verborgen, weil ich mich meiner Religion schäme. Nein! Ich sahe aber, daß Sie Neigung zu mir, und Abneigung gegen meine Nation hatten. Und die Freundschaft eines Menschen, er sei wer er wolle, ist mir allezeit unschätzbar gewesen.

DER BARON Ich schäme mich meines Verfahrens.

CHRISTOPH Nun komm' ich erst von meinem Erstaunen wieder zu mir selber. Was? Sie sind ein Jude, und haben das Herz gehabt, einen ehrlichen Christen in Ihre Dienste zu nehmen? Sie hätten mir dienen sollen. So wär' es nach der Bibel recht gewesen. Potz Stern! Sie haben in mir die ganze Christenheit beleidigt – Drum habe ich nicht gewußt, warum der Herr, auf der Reise, kein Schweinfleisch essen wollte, und sonst hundert Alfanzereien machte. – Glauben Sie nur nicht, daß ich Sie länger begleiten werde! Verklagen will ich Sie noch dazu.

DER REISENDE Ich kann es Euch nicht zumuten, daß Ihr besser, als der andre christliche Pöbel, denken sollt. Ich will Euch nicht zu Gemüte führen, aus was für erbärmlichen Umständen ich Euch in Hamburg riß. Ich will Euch auch nicht zwingen, länger bei mir zu bleiben. Doch weil ich mit Euren Diensten so ziemlich zufrieden bin, und ich Euch vorhin außerdem in einem ungegründeten Verdachte hatte, so behaltet zur Vergeltung, was diesen Verdacht verursachte *(gibt ihm die Dose)*. Euren Lohn könnt Ihr auch haben. Sodann geht, wohin Ihr wollt!

CHRISTOPH Nein, der Henker! es gibt doch wohl auch Juden, die keine Juden sind. Sie sind ein braver Mann. Topp, ich bleibe bei Ihnen! Ein Christ hätte mir einen Fuß in die Rippen gegeben, und keine Dose!

DER BARON Alles was ich von Ihnen sehe, entzückt mich. Kommen Sie, wir wollen Anstalt machen, daß die Schuldigen in sichere Verwahrung gebracht werden. O wie achtungswürdig wären die Juden, wenn sie alle Ihnen glichen!

DER REISENDE Und wie liebenswürdig die Christen, wenn sie alle Ihre Eigenschaften besäßen!

(Der Baron, das Fräulein und der Reisende gehen ab.)

LETZTER AUFTRITT

Lisette. Christoph.

LISETTE Also, mein Freund, hat Er mich vorhin belogen?

CHRISTOPH Ja, und das aus zweierlei Ursachen. Erstlich, weil ich die Wahrheit nicht wußte; und anderns, weil man für eine Dose, die man wiedergeben muß, nicht viel Wahrheit sagen kann.

LISETTE Und wann's dazu kömmt, ist Er wohl gar auch ein Jude, so sehr Er sich verstellt?

CHRISTOPH Das ist zu neugierig für eine Jungfer gefragt! Komm' Sie nur!

(Er nimmt sie untern Arm, und sie gehen ab.)

Ende der Juden.

DER FREIGEIST

Ein Lustspiel in fünf Aufzügen
Verfertiget im Jahre 1749

PERSONEN

ADRAST, *der Freigeist*

THEOPHAN, *ein junger Geistlicher*

LISIDOR

JULIANE, HENRIETTE } *Töchter des Lisidor*

FRAU PHILANE

ARASPE, *Theophans Vetter*

JOHANN

MARTIN

LISETTE

EIN WECHSLER

Die Szene ist ein Saal.

ERSTER AUFZUG

ERSTER AUFTRITT

Adrast. Theophan.

THEOPHAN Werden Sie es übelnehmen, Adrast, wenn ich mich endlich über den stolzen Kaltsinn beklage, den Sie nicht aufhören, gegen mich zu äußern? Schon seit Monaten sind wir in einem Hause, und warten auf einerlei Glück. Zwei liebenswürdige Schwestern sollen es uns machen. Bedenken Sie doch, Adrast! können wir noch dringender eingeladen werden, uns zu lieben, und eine Freundschaft unter uns zu stiften, wie sie unter Brüdern sein sollte? Wie oft bin ich nicht darauf bestanden? – –

ADRAST Ebenso oft haben Sie gesehen, daß ich mich nicht einlassen will. Freundschaft? Freundschaft unter uns? – – Wissen Sie, muß ich fragen, was Freundschaft ist?

THEOPHAN Ob ich es weiß?

ADRAST Alle Fragen bestürzen, deren wir nicht gewärtig sind. Gut, Sie wissen es. Aber meine Art zu denken, und die Ihrige, diese kennen Sie doch auch?

THEOPHAN Ich verstehe Sie. Also sollen wir wohl Feinde sein?

ADRAST Sie haben mich schön verstanden! Feinde? Ist denn kein Mittel? Muß denn der Mensch eines von beiden, hassen, oder lieben? Gleichgültig wollen wir einander bleiben. Und ich weiß, eigentlich wünschen Sie dieses selbst. Lernen Sie wenigstens nur die Aufrichtigkeit von mir.

THEOPHAN Ich bin bereit. Werden Sie mich aber diese Tugend in aller ihrer Lauterkeit lehren?

ADRAST Erst fragen Sie sich selbst, ob sie Ihnen in aller ihrer Lauterkeit gefallen würde?

THEOPHAN Gewiß. Und Ihnen zu zeigen, ob Ihr künftiger Schüler einige Fähigkeit dazu hat, wollen Sie mich wohl einen Versuch machen lassen?

ADRAST Recht gern.

THEOPHAN Wo nur mein Versuch nicht ein Meisterstück wird. Hören Sie also, Adrast – – Aber erlauben Sie mir, daß ich mit einer Schmeichelei gegen mich selbst anfange. Ich habe von jeher einigen Wert auf meine Freundschaft gelegt; ich bin vorsichtig, ich bin karg damit gewesen. Sie sind der erste, dem ich sie angeboten habe; und Sie sind der einzige, dem ich sie aufdringen will. – – Umsonst sagt mir Ihr verächtlicher Blick, daß es mir nicht gelingen solle. Gewiß, es soll mir gelingen. Ihr eigen Herz ist mir Bürge; Ihr eigen Herz, Adrast, welches unendlich besser ist, als es Ihr Witz, der sich in gewisse groß scheinende Meinungen verliebt hat, vielleicht wünschet.

ADRAST Ich hasse die Lobsprüche, Theophan, und besonders die, welche meinem Herzen auf Unkosten meines Verstandes gegeben werden. Ich weiß eigentlich nicht, was das für Schwachheiten sein müssen (Schwachheiten aber müssen es sein), derentwegen Ihnen mein Herz so wohlgefällt; das aber weiß ich, daß ich nicht eher ruhen werde, als bis ich sie, durch Hülfe meines Verstandes, daraus verdrungen habe.

THEOPHAN Ich habe die Probe meiner Aufrichtigkeit kaum angefangen, und Ihre Empfindlichkeit ist schon rege. Ich werde nicht weit kommen.

ADRAST So weit als Sie wollen. Fahren Sie nur fort.

THEOPHAN Wirklich? – – Ihr Herz also ist das beste, das man finden kann. Es ist zu gut, Ihrem Geiste zu dienen, den das Neue, das Besondere geblendet hat, den ein Anschein von Gründlichkeit zu glänzenden Irrtümern dahinreißt, und der, aus Begierde bemerkt zu werden, Sie mit aller Gewalt zu etwas machen will, was nur Feinde der Tugend, was nur Bösewichter sein sollten. Nennen Sie es, wie Sie wollen: Freidenker, starker Geist, Deist; ja, wenn Sie ehrwürdige Benennungen mißbrauchen wollen, nennen Sie es Philosoph: es ist ein Ungeheuer, es ist die Schande der Menschheit. Und Sie, Adrast, den die Natur zu einer Zierde derselben bestimmte, der nur seinen eignen Empfindungen folgen dürfte, um es zu sein; Sie, mit einer solchen Anlage zu allem, was edel und groß ist, Sie entehren sich vorsätzlich. Sie stürzen sich mit Bedacht aus Ihrer Höhe herab, bei dem Pöbel der Geister einen Ruhm zu erlangen, für den ich lieber aller Welt Schande wählen wollte.

ADRAST Sie vergessen sich, Theophan, und wenn ich Sie nicht unterbreche, so glauben Sie endlich gar, daß Sie sich an dem Platze befinden, auf welchem Ihresgleichen ganze Stunden ungestört schwatzen dürfen.

THEOPHAN Nein, Adrast, Sie unterbrechen keinen überlästigen Prediger; besinnen Sie sich nur: Sie unterbrechen bloß einen Freund, – – wider Ihren Willen nenne ich mich so, – – der eine Probe seiner Freimütigkeit ablegen sollte.

ADRAST Und eine Probe seiner Schmeichelei abgeleget hat; – aber einer verdeckten Schmeichelei, einer Schmeichelei, die eine gewisse Bitterkeit annimmt, um destoweniger Schmeichelei zu scheinen. – – Sie werden machen, daß ich Sie endlich auch verachte. – – Wenn Sie die Freimütigkeit kennten, so würden Sie mir alles unter die Augen gesagt haben, was Sie in Ihrem Herzen von mir denken. Ihr Mund würde mir keine gute Seite geliehen haben, die mir Ihre innere Überzeugung nicht zugestehet. Sie würden mich geradeweg einen Ruchlosen gescholten haben, der sich der Religion nur deswegen zu entziehen suche, damit er seinen Lüsten desto sicherer nachhängen könne. Um sich pathetischer auszudrücken, würden Sie mich einen Höllenbrand, einen eingefleischten Teufel genannt haben. Sie würden keine Verwünschungen gespart, kurz, Sie würden sich so erwiesen haben, wie sich ein Theolog gegen die Verächter seines Aberglaubens, und also auch seines Ansehens, erweisen muß.

THEOPHAN Ich erstaune. Was für Begriffe!

ADRAST Begriffe, die ich von tausend Beispielen abgesondert habe. – – Doch wir kommen zu weit. Ich weiß, was ich weiß, und habe längst gelernt, die Larve von dem Gesichte zu unterscheiden. Es ist eine Karnevalserfahrung: Je schöner die erste, desto häßlicher das andere.

THEOPHAN Sie wollen damit sagen – –

ADRAST Ich will nichts damit sagen, als daß ich noch zu wenig Grund habe, die Allgemeinheit meines Urteils von den Gliedern Ihres Standes, um Ihretwillen einzuschränken. Ich habe mich nach den Ausnahmen zu lange vergebens umgesehen, als daß ich hoffen könnte, die erste an Ihnen zu finden. Ich müßte Sie länger, ich müßte Sie unter verschiedenen Umständen gekannt haben, wenn – –

THEOPHAN Wenn Sie meinem Gesichte die Gerechtigkeit widerfahren lassen sollten, es für keine Larve zu halten. Wohl! Aber wie können Sie kürzer dazu gelangen, als wenn Sie mich Ihres nähern Umganges würdigen? Machen Sie mich zu Ihrem Freunde, stellen Sie mich auf die Probe – –

ADRAST Sachte! die Probe käme zu spät, wenn ich Sie bereits zu meinem Freunde angenommen hätte. Ich habe geglaubt, sie müsse vorhergehen.

THEOPHAN Es gibt Grade in der Freundschaft, Adrast; und ich verlange den vertrautesten noch nicht.

ADRAST Kurz, auch zu dem niedrigsten können Sie nicht fähig sein.

THEOPHAN Ich kann nicht dazu fähig sein? Wo liegt die Unmöglichkeit?

ADRAST Kennen Sie, Theophan, wohl ein Buch, welches das Buch aller Bücher sein soll; welches alle unsere Pflichten enthalten, welches uns zu allen Tugenden die sichersten Vorschriften erteilen soll, und welches der Freundschaft gleichwohl mit keinem Worte gedenkt? Kennen Sie dieses Buch?

THEOPHAN Ich sehe Sie kommen, Adrast. Welchem *Collin* haben Sie diesen armseligen Einwurf abgeborgt?

ADRAST Abgeborgt, oder selbst erfunden: es ist gleich viel. Es muß ein kleiner Geist sein, der sich Wahrheiten zu borgen schämt.

THEOPHAN Wahrheiten! – – Sind Ihre übrigen Wahrheiten von gleicher Güte? Können Sie mich einen Augenblick anhören?

ADRAST Wieder predigen?

THEOPHAN Zwingen Sie mich nicht dazu? Oder wollen Sie, daß man Ihre seichten Spöttereien unbeantwortet lassen soll, damit es scheine, als könne man nicht darauf antworten?

ADRAST Und was können Sie denn darauf antworten?

THEOPHAN Dieses. Sagen Sie mir, ist die Liebe unter der Freundschaft, oder die Freundschaft unter der Liebe begriffen? Notwendig das letztere. Derjenige also, der die Liebe in ihrem allerweitesten Umfange gebietet, gebietet der nicht auch die Freundschaft? Ich sollte es glauben; und es ist so wenig wahr, daß unser Gesetzgeber die Freundschaft seines Gebotes nicht würdig geschätzt habe, daß er vielmehr seine Lehre zu einer Freundschaft gegen die ganze Welt gemacht hat.

ADRAST Sie bürden ihm Ungereimtheiten auf. Freundschaft gegen die ganze Welt? Was ist das? Mein Freund muß kein Freund der ganzen Welt sein.

THEOPHAN Und also ist Ihnen wohl nichts Freundschaft, als jene Übereinstimmung der Temperamente, jene angeborne Harmonie der Gemüter, jener heimliche Zug gegeneinander, jene unsichtbare Kette, die zwei einerlei denkende, einerlei wollende Seelen verknüpfet?

ADRAST Ja, nur dieses ist mir Freundschaft.

THEOPHAN Nur dieses? Sie widersprechen sich also selbst.

ADRAST O! daß ihr Leute doch überall Widersprüche findet, außer nur da nicht, wo sie wirklich sind!

THEOPHAN Überlegen Sie es. Wenn diese, ohne Zweifel nicht willkürliche, Übereinstimmung der Seelen, diese in uns liegende Harmonie mit einem andern einzelnen Wesen allein die wahre Freundschaft ausmacht: wie können Sie verlangen, daß sie der Gegenstand eines Gesetzes sein soll? Wo sie ist, darf sie nicht geboten werden; und wo sie nicht ist, da wird sie umsonst geboten. Und wie können Sie es unserm Lehrer zur Last legen, daß er die Freundschaft in diesem Verstande übergangen hat? Er hat uns eine edlere Freundschaft befohlen, welche jenes blinden Hanges, den auch die unvernünftigen Tiere nicht missen, entbehren kann: eine Freundschaft, die sich nach erkannten Vollkommenheiten mitteilet; welche sich nicht von der Natur lenken läßt, sondern welche die Natur selbst lenket.

ADRAST O Geschwätze!

THEOPHAN Ich muß Ihnen dieses sagen, Adrast, ob Sie es gleich ebensowohl wissen könnten, als ich; und auch wissen sollten. Was würden Sie selbst von mir denken, wenn ich den Verdacht nicht mit aller Gewalt von mir abzulenken suchte, als mache mich die Religion zu einem Verächter der Freundschaft, die Religion, die Sie nur allzugern aus einem wichtigen Grunde verachten möchten? – – Sehen Sie mich nicht so geringschätzig an; wenden Sie sich nicht auf eine so beleidigende Art von mir – –

ADRAST *(beiseite)* Das Pfaffengeschmeiß! – –

THEOPHAN Ich sehe, Sie gebrauchen Zeit, den ersten Widerwillen zu unterdrücken, den eine widerlegte Lieblingsmeinung natürlicherweise erregt. – Ich will Sie verlassen. Ich erfuhr itzt ohnedem, daß einer von meinen Anverwandten mit der Post angelangt sei. Ich gehe ihm entgegen, und werde die Ehre haben Ihnen denselben vorzustellen.

ZWEITER AUFTRITT

Adrast.

– – Daß ich ihn nimmermehr wiedersehen dürfte! Welcher von euch Schwarzröcken wäre auch kein Heuchler? – – Priestern habe ich mein Unglück zu danken. Sie haben mich gedrückt, verfolgt, so nahe sie auch das Blut mit mir verbunden hatte. Hassen will ich dich, Theophan, und alle deines Ordens! Muß ich denn auch hier in die Verwandtschaft der Geistlichkeit geraten? – – Er, dieser Schleicher, dieser blöde Verleugner seines Verstandes, soll mein Schwager werden? – – Und mein Schwager durch Julianen? – Durch Julianen? – Welch grausames Geschick verfolgt mich doch überall! Ein alter Freund meines verstorbenen Vaters trägt mir eine von seinen Töchtern an. Ich eile herbei, und muß zu spät kommen, und muß die, welche auf den ersten Anblick mein ganzes Herz hatte, die, mit der ich allein glücklich leben konnte, schon versprochen finden. Ach Juliane! So warest du mir nicht bestimmt? du, die ich liebe? Und so soll ich mich mit einer Schwester begnügen, die ich nicht liebe? – –

DRITTER AUFTRITT

Lisidor. Adrast.

LISIDOR Da haben wir's! Schon wieder allein, Adrast? Sagen Sie mir, müssen die Philosophen so zu Winkel kriechen? Ich wollte doch lieber sonst was sein – – Und, wenn ich recht gehört habe, so sprachen Sie ja wohl gar mit sich selber? Nu, nu! Es ist schon wahr: ihr Herren Grillenfänger könnt freilich mit niemand Klügerm reden, als mit euch selber. Aber gleichwohl ist unsereiner auch kein Katzenkopf. Ich schwatze eins mit, es mag sein, von was es will.

ADRAST Verzeihen Sie – –

LISIDOR Je, mit Seinem Verzeihen! Er hat mir ja noch nichts zuwider getan – – Ich habe gern, wenn die Leute lustig sind. Und ich will kein ehrlicher Mann sein, wenn ich mir nicht eine rechte Freude darauf eingebildet habe, den Wildfang, wie sie Ihn sonst zu Hause nannten, zu meinem Schwiegersohne zu haben. Freilich ist Er seitdem groß gewachsen; Er ist auf Reisen gewesen; Er hat Land und Leute gesehen. Aber, daß Er so gar sehr verändert würde wiedergekommen sein, das hätte ich mir nicht träumen lassen. Da geht Er nun, und spintisiert von dem, was ist – – und was nicht ist, – – von dem, was sein könnte, und wenn es sein könnte, warum es wieder nicht sein könnte; – – von der Notwendigkeit, der halben und ganzen, der notwendigen Notwendigkeit, und der nicht notwendigen Notwendigkeit; – – von den A – A – – wie heißen die kleinen Dingerchen, die so in den Sonnenstrahlen herumfliegen? – – von den A – A – – Sage doch, Adrast – –

ADRAST Von den Atomis, wollen Sie sagen.

LISIDOR Ja, ja, von den Atomis, von den Atomis. So heißen sie, weil man ihrer ein ganz Tausend mit einem Atem hinunter schlucken kann.

ADRAST Ha! ha! ha!

LISIDOR Er lacht, Adrast? Ja, mein gutes Bürschchen, du mußt nicht glauben, daß ich von den Sachen ganz und gar nichts verstehe. Ich habe euch, Ihn und den Theophan, ja oft genug darüber zanken hören. Ich behalte mir das Beste. Wenn ihr euch in den Haaren liegt, so fische ich im Trüben. Da fällt manche Brocke ab, die keiner von euch brauchen kann, und die ist für mich. Ihr dürft deswegen nicht neidisch auf mich sein; denn ich bereichere mich nicht von einem allein. Das nehme ich von dir, mein lieber Adrast; und das vom Theophan; und aus allen dem mache ich mir hernach ein Ganzes – –

ADRAST Das vortrefflich ungeheuer sein muß.

LISIDOR Wieso?

ADRAST Sie verbinden Tag und Nacht, wenn Sie meine mit Theophans Gedanken verbinden.

LISIDOR Je nu! so wird eine angenehme Dämmerung daraus. – – Und überhaupt ist es nicht einmal wahr, daß ihr so sehr voneinander unterschieden wäret. Einbildungen! Einbildungen! Wie vielmal habe ich nicht allen beiden zugleich recht gegeben? Ich bin es nur allzuwohl überzeugt, daß alle ehrliche Leute einerlei glauben.

ADRAST Sollten! sollten! das ist wahr.

LISIDOR Nun da sehe man! was ist nun das wieder für ein Unterscheid? Glauben, oder glauben sollen: es kömmt auf eines heraus. Wer kann alle Worte so abzirkeln? – – Und ich wette was, wenn ihr nur erst werdet Schwäger sein, kein Ei wird dem andern ähnlicher sein können. – –

ADRAST Als ich dem Theophan, und er mir?

LISIDOR Gewiß. Noch wißt ihr nicht, was das heißt, miteinander verwandt sein. Der Verwandtschaft wegen wird der einen Daumen breit, und der einen Daumen breit nachgeben. Und einen Daumen breit, und wieder einen Daumen breit, das macht zwei Daumen breit; und zwei Daumen breit – – ich bin ein Schelm, wenn ihr die auseinander seid. – Nichts aber könnte mich in der Welt wohl so vergnügen, als daß meine Töchter so vortrefflich für euch passen. Die Juliane ist eine geborne Priesterfrau; und Henriette – – in ganz Deutschland muß kein Mädchen zu finden sein, das sich für Ihn, Adrast, besser schickte. Hübsch, munter, fix; sie singt, sie tanzt, sie spielt; kurz, sie ist meine leibhafte Tochter. Juliane dargegen ist die liebe, heilige Einfalt.

ADRAST Juliane? Sagen Sie das nicht. Ihre Vollkommenheiten fallen vielleicht nur weniger in die Augen. Ihre Schönheit blendet nicht; aber sie geht ans Herz. Man läßt sich gern von ihren stillen Reizen fesseln, und man biegt sich mit Bedacht in ihr Joch, das uns andere in einer fröhlichen Unbesonnenheit überwerfen müssen. Sie redet wenig; aber auch ihr geringstes Wort hat Vernunft.

LISIDOR Und Henriette?

ADRAST Es ist wahr: Henriette weiß sich frei und witzig auszudrücken. Würde es aber Juliane nicht auch können, wenn sie nur wollte, und wenn sie nicht Wahrheit und Empfindung jenem prahlenden Schimmer vorzöge? Alle Tugenden scheinen sich in ihrer Seele verbunden zu haben – –

LISIDOR Und Henriette?

ADRAST Es sei ferne, daß ich Henrietten irgend eine Tugend absprechen sollte. Aber es gibt ein gewisses Äußeres, welches sie schwerlich vermuten ließe, wenn man nicht andre Gründe für sie hätte. Julianens gesetzte Anmut, ihre ungezwungene Bescheidenheit, ihre ruhige Freude, ihre – –

LISIDOR Und Henriettens?

ADRAST Henriettens wilde Annehmlichkeiten, ihre wohl lassende Dreustigkeit, ihre fröhlichen Entzückungen stechen mit den gründlichen Eigenschaften ihrer Schwester vortrefflich ab. Aber Juliane gewinnt dabei – –

LISIDOR Und Henriette?

ADRAST Verlieret dabei nichts. Nur daß Juliane – –

LISIDOR Ho! ho! Herr Adrast, ich will doch nicht hoffen, daß Sie auch an der Narrheit krank liegen, welche die Leute nur das für gut und schön erkennen läßt, was sie nicht bekommen können. Wer Henker hat Sie denn gedungen, Julianen zu loben?

ADRAST Fallen Sie auf nichts Widriges. Ich habe bloß zeigen wollen, daß mich die Liebe für meine Henriette gegen die Vorzüge ihrer Schwester nicht blind mache.

LISIDOR Nu, nu! wenn das ist, so mag es hingehen. Sie ist auch gewiß ein gutes Kind, die Juliane. Sie ist der Augapfel ihrer Großmutter. Und das gute, alte Weib hat tausendmal gesagt, die Freude über ihr Julchen erhielte sie noch am Leben.

ADRAST Ach!

LISIDOR Das war ja gar geseufzt. Was Geier ficht Ihn an? Pfui! Ein junger gesunder Mann, der alle Viertelstunden eine Frau nehmen will, wird seufzen? Spare Er Sein Seufzen, bis Er die Frau hat!

VIERTER AUFTRITT

Johann. Adrast. Lisidor.

JOHANN Pst! Pst!

LISIDOR Nu? Nu?

JOHANN Pst! Pst!

ADRAST Was gibt's?

JOHANN Pst! Pst!

LISIDOR Pst! Pst! Mosjeu Johann. Kann der Schurke nicht näher kommen?

JOHANN Pst, Herr Adrast! Ein Wort im Vertrauen.

ADRAST So komm her!

JOHANN Im Vertrauen, Herr Adrast.

LISIDOR *(welcher auf ihn zu geht)* Nun? was willst du?

JOHANN *(geht auf die andre Seite)* Pst! Herr Adrast, nur ein Wörtchen, ganz im Vertrauen!

ADRAST So pack' dich her, und rede.

LISIDOR Rede! rede! Was kann der Schwiegersohn haben, das der Schwiegervater nicht hören dürfte?

JOHANN Herr Adrast! *(Zieht ihn an dem Ärmel beiseite.)*

LISIDOR Du Spitzbube, willst mich mit aller Gewalt vom Platze haben. Rede nur, rede! ich gehe schon.

JOHANN O! Sie sind gar zu höflich. Wenn Sie einen kleinen Augenblick dort in die Ecke treten wollen: so können Sie immer da bleiben.

ADRAST Bleiben Sie doch! ich bitte.

LISIDOR Nu! wenn ihr meint – *(indem er auf sie zu kömmt)*.

ADRAST Nun sage, was willst du?

JOHANN *(welcher sieht, daß ihm Lisidor wieder nahe steht)* Nichts.

ADRAST Nichts?

JOHANN Nichts, gar nichts.

LISIDOR Das Wörtchen im Vertrauen, hast du es schon wieder vergessen?

JOHANN Potz Stern! sind Sie da? Ich denke, Sie stehen dort im Winkel.

LISIDOR Narre, der Winkel ist näher gerückt.

JOHANN Daran hat er sehr unrecht getan.

ADRAST Halte mich nicht länger auf, und rede.

JOHANN Herr Lisidor, mein Herr wird böse.

ADRAST Ich habe vor ihm nichts Geheimes: rede!

JOHANN So habe ich auch nichts für Sie.

LISIDOR Galgendieb, ich muß dir nur deinen Willen tun. – – Ich gehe auf meine Stube, Adrast: wenn Sie zu mir kommen wollen –

ADRAST Ich werde Ihnen gleich folgen.

FÜNFTER AUFTRITT

Johann. Adrast.

JOHANN Ist er fort?

ADRAST Was hast du mir denn zu sagen? Ich wette, es ist eine Kleinigkeit; und der Alte wird sich einbilden, daß es Halssachen sind.

JOHANN Eine Kleinigkeit? – – Mit einem Worte, Herr Adrast, wir sind verloren. Und Sie konnten verlangen, daß ich es in Gegenwart des Lisidors sagen sollte?

ADRAST Verloren? Und wie denn? Erkläre dich.

JOHANN Was ist da zu erklären? Kurz, wir sind verloren. – – Aber so unvorsichtig hätte ich mir Sie doch nimmermehr eingebildet, daß Sie es sogar Ihren künftigen Schwiegervater wollten hören lassen – –

ADRAST So laß mich es nur hören – –

JOHANN Wahrhaftig, er hätte die Lust auf einmal verlieren können, es jemals zu werden. – – So ein Streich!

ADRAST Nun? was denn für ein Streich? Wie lange wirst du mich noch martern?

JOHANN Ein ganz verdammter Streich. – – Ja, ja! wenn der Bediente nicht oft behutsamer wäre, als der Herr: es würden artige Dinge herauskommen.

ADRAST Nichtswürdiger Schlingel – –

JOHANN Ho, ho! ist das mein Dank? Wenn ich es doch nur gesagt hätte, wie der Alte da war. Wir hätten wollen sehen! wir hätten wollen sehen –

ADRAST Daß dich dieser und jener – –

JOHANN Ha, ha! nach dem diesen und jenen wird nicht mehr gefragt. Ich weiß doch wohl, daß Sie den Teufel meinen, und daß keiner ist. Ich müßte wenig von Ihnen gelernt haben, wenn ich nicht der ganzen Hölle ein Schnippchen schlagen wollte.

ADRAST Ich glaube, du spielst den Freigeist? Ein ehrlicher Mann möchte einen Ekel davor bekommen, wenn er sieht, daß es ein jeder Lumpenhund sein will. – – Aber ich verbiete dir nunmehr, mir ein Wort zu sagen. Ich weiß doch, daß es nichts ist.

JOHANN Ich sollte es Ihnen nicht sagen? Ich sollte Sie so in Ihr Unglück rennen lassen? Das wollen wir sehen.

ADRAST Gehe mir aus den Augen!

JOHANN Nur Geduld! – – Sie erinnern sich doch wohl so ohngefähr, wie Sie Ihre Sachen zu Hause gelassen haben?

ADRAST Ich mag nichts wissen.

JOHANN Ich sage Ihnen ja auch noch nichts. – – Sie erinnern sich doch wohl auch der Wechsel, die Sie an den Herrn Araspe vor Jahr und Tag ausstellten?

ADRAST Schweig, ich mag nichts davon hören.

JOHANN Ohne Zweifel, weil Sie sie vergessen wollen? Wenn sie nur dadurch bezahlt würden. – – Aber wissen Sie denn auch, daß sie verfallen sind?

ADRAST Ich weiß, daß du dich nicht darum zu bekümmern hast.

JOHANN Auch das verbeiße ich. – Sie denken freilich: weit davon, ist gut für den Schuß; und Herr Araspe hat eben nicht nötig, so sehr dahinter her zu sein. Aber, was meinen Sie, wenn ich den Herrn Araspe – –

ADRAST Nun was?

JOHANN Jetzt den Augenblick vom Postwagen hätte steigen sehen?

ADRAST Was sagst du? Ich erstaune – –

JOHANN Das tat ich auch, als ich ihn sah.

ADRAST Du, Araspen gesehen? Araspen hier?

JOHANN Mein Herr, ich habe mich auf den Fuß gesetzt, daß ich Ihre und meine Schuldner gleich auf den ersten Blick erkenne; ja ich rieche sie schon, wenn sie auch noch hundert Schritt von mir sind.

ADRAST *(nachdem er nachgedacht)* Ich bin verloren!

JOHANN Das war ja mein erstes Wort.

ADRAST Was ist anzufangen?

JOHANN Das beste wird sein: wir packen auf, und ziehen weiter.

ADRAST Das ist unmöglich.

JOHANN Nun so machen Sie sich gefaßt zu bezahlen.

ADRAST Das kann ich nicht; die Summe ist zu groß.

JOHANN O! ich sagte auch nur so. – – Sie sinnen?

ADRAST Doch wer weiß auch, ob er ausdrücklich meinetwegen hergekommen ist. Er kann andre Geschäfte haben.

JOHANN Je nu! so wird er das Geschäfte mit Ihnen so beiher treiben. Wir sind doch immer geklatscht.

ADRAST Du hast recht. – – Ich möchte rasend werden, wenn ich an alle die Streiche gedenke, die mir ein ungerechtes Schicksal zu spielen nicht aufhört. – Doch wider wen murre ich? Wider ein taubes Ohngefähr? Wider einen blinden Zufall, der uns ohne Absicht und ohne Vorsatz schwer fällt? Ha! nichtswürdiges Leben! –

JOHANN O! lassen Sie mir das Leben ungeschimpft. So einer Kleinigkeit wegen sich mit ihm zu überwerfen, das wäre was Gescheutes!

ADRAST So rate mir doch, wenn du es für eine Kleinigkeit ansiehst.

JOHANN Fällt Ihnen im Ernste kein Mittel ein? – – Bald werde ich Sie gar nicht mehr für den großen Geist halten, für den ich Sie doch immer gehalten habe. Fortgehen wollen Sie nicht; bezahlen können Sie nicht: was ist denn noch übrig?

ADRAST Mich ausklagen zu lassen.

JOHANN O pfui! Worauf ich gleich zuerst fallen würde, wenn ich auch bezahlen könnte – –

ADRAST Und was ist denn das?

JOHANN Schwören Sie den Bettel ab.

ADRAST *(mit einer bittern Verachtung)* Schurke!

JOHANN Wie? Was bin ich? So einen brüderlichen Rat – –

ADRAST Ja wohl ein brüderlicher Rat, den du nur deinen Brüdern, Leuten deinesgleichen, geben solltest.

JOHANN Sind Sie Adrast? Ich habe Sie wohl niemals über das Schwören spotten hören?

ADRAST Über das Schwören, als Schwören, nicht aber als eine bloße Beteurung seines Wortes. Diese muß einem ehrlichen

Manne heilig sein, und wenn auch weder Gott noch Strafe ist. Ich würde mich ewig schämen, meine Unterschrift geleugnet zu haben, und ohne Verachtung meiner selbst, nie mehr meinen Namen schreiben können.

JOHANN Aberglauben über Aberglauben. Zu einer Türe haben Sie ihn herausgejagt, und zu der andern lassen Sie ihn wieder herein.

ADRAST Schweig! ich mag dein lästerliches Geschwätze nicht anhören. Ich will Araspen aufsuchen. Ich will ihm Vorstellungen tun; ich will ihm von meiner Heirat sagen; ich will ihm Zinsen über Zinsen versprechen. – – Ich treffe ihn doch wohl noch in dem Posthause?

JOHANN Vielleicht. – – Da geht er, der barmherzige Schlucker. Das Maul ist groß genug an ihm; aber wenn es dazu kömmt, daß er das, was er glaubt, mit Taten beweisen soll, da zittert das alte Weib! Wohl dem, der nach seiner Überzeugung auch leben kann! So hat er doch noch etwas davon. Ich sollte an seiner Stelle sein. – – Doch ich muß nur sehen, wo er bleibt.

Ende des ersten Aufzugs.

ZWEITER AUFZUG

ERSTER AUFTRITT

Juliane. Henriette. Lisette.

LISETTE Vor allen Dingen, meine lieben Mamsells, ehe ich Ihre kleine Streitigkeit schlichte, lassen Sie uns ausmachen, welcher von Ihnen ich heute zugehöre. Sie wissen wohl, Ihre Herrschaft über mich ist umzechig. Denn weil es unmöglich sein soll, zweien Herren zu dienen, so hat Ihr wohlweiser Papa – – neigen Sie sich, Mamsells, neigen Sie sich! – – so hat, sage ich, Ihr wohlweiser Papa wohlbedächtig mich damit verschonen wollen, das Unmögliche möglich zu machen. Er hat jede von Ihnen einen Tag um den andern zu meiner hauptsächlichen Gebieterin gemacht; so daß ich den einen Tag der sanften Juliane ehrbares Mädchen, und den andern der muntern Henriette wilde Lisette sein muß. Aber jetzt, seitdem die fremden Herren im Hause sind – –

HENRIETTE Unsre Anbeter meinst du – –

LISETTE Ja, ja! Ihre Anbeter, welche bald Ihre hochbefehlenden Ehemänner sein werden – – Seitdem, sage ich, diese im Hause sind, geht alles drüber und drunter; ich werde aus einer Hand in die andere geschmissen; und ach! unsere schöne Ordnung liegt mit dem Nähzeuge, das Sie seit eben der Zeit nicht angesehen haben, unterm Nachttische. Hervor wieder damit! Ich muß wissen, woran ich mit Ihnen bin, wenn ich ein unparteiisches Urteil fällen soll.

HENRIETTE Das wollen wir bald ausrechnen. – – Du besinnst dich doch wohl auf den letzten Feiertag, da dich meine Schwester mit in die Nachmittagspredigt schleppte, so gerne du auch mit mir auf unser Vorwerk gefahren wärest? Du warst damals sehr strenge, Juliane! – – –

JULIANE Ich habe doch wohl nicht einer ehrlichen Seele einen vergeblichen Weg nach ihr hinaus gemacht?

HENRIETTE Lisette – –

LISETTE Stille, Mamsell Henriette! nicht aus der Schule geschwatzt, oder – –

HENRIETTE Mädchen drohe nicht! Du weißt wohl, ich habe ein gut Gewissen.

LISETTE Ich auch. – – Doch lassen Sie uns nicht das hundertste ins tausendste schwatzen. – – Recht! an den Feiertag will ich gedenken! Er war der letzte in unsrer Ordnung; denn noch den Abend kam Theophan an.

HENRIETTE Und also, mit Erlaubnis meiner Schwester, bist du heute meine.

JULIANE Ohne Widerrede.

LISETTE Juchhei! Mamsellchen. Ich bin also heute Ihre: Juchhei!

JULIANE Ist das dein Lösungswort unter ihrer Fahne?

LISETTE Ohne weitre Umstände: erzählen Sie mir nunmehr Ihre Streitigkeit. – – Unterdessen lege ich mein Gesicht in richterliche Falten.

JULIANE Streitigkeit? Eine wichtige Streitigkeit? Ihr seid beide Schäkerinnen. – – Ich will nichts mehr davon hören.

HENRIETTE So? Du willst keinen Richter erkennen? Ein klarer Beweis, daß du unrecht hast. – Höre nur, Lisette! wir haben über unsre Anbeter gezankt. Ich will die Dinger immer noch so nennen, mag doch zuletzt daraus werden, was da will.

LISETTE Das dachte ich. Über was könnten sich zwei gute Schwestern auch sonst zanken? Es ist freilich verdrießlich, wenn man sein künftiges Haupt verachten hört.

HENRIETTE Schwude! Mädchen; du willst ganz auf die falsche Seite. Keine hat des andern Anbeter verachtet; sondern unser Zank kam daher, weil eine des andern Anbeter – – schon wieder Anbeter! – – allzusehr erhob.

LISETTE Eine neue Art Zanks! wahrhaftig, eine neue Art!

HENRIETTE Kannst du es anders sagen, Juliane?

JULIANE O! verschone mich doch damit.

HENRIETTE Hoffe auf kein Verschonen, wenn du nicht widerrufst. – – Sage, Lisette, hast du unsre Männerchen schon einmal gegeneinander gehalten? Was dünkt dich? Juliane macht ihren armen Theophan herunter, als wenn er ein kleines Ungeheuer wäre.

JULIANE Unartige Schwester! Wann habe ich dieses getan? Mußt du aus einer flüchtigen Anmerkung, die du mir gar nicht hättest aufmutzen sollen, solche Folgen ziehen?

HENRIETTE Ich seh', man muß dich böse machen, wenn du mit der Sprache heraus sollst. – – Eine flüchtige Anmerkung nennst du es? Warum strittest du denn über ihre Gründlichkeit?

JULIANE Du hast doch närrische Ausdrücke! Fingst du nicht den ganzen Handel selbst an? Ich glaubte, wie sehr ich dir schmeicheln würde, wenn ich deinen Adrast den wohlgemachtesten Mann nennte, den ich jemals gesehen hätte. Du hättest mir für meine Gesinnungen danken, nicht aber widersprechen sollen.

HENRIETTE Sieh, wie wunderlich du bist! Was war mein Widerspruch anders, als ein Dank? Und wie konnte ich mich nachdrücklicher bedanken, als wenn ich den unverdienten Lobspruch auf deinen Theophan zurückschob? –

LISETTE Sie hat recht!

JULIANE Nein, sie hat nicht recht. Denn eben dieses verdroß mich. Muß sie auf einen so kindischen Fuß mit mir umgehen? Sahe sie mich nicht dadurch für ein kleines spielendes Mädchen an, das zu ihr gesagt hätte: Deine Puppe ist die schönste; und dem sie also, um es nicht böse zu machen, antworten müßte: Nein, deine ist die schönste?

LISETTE Nun hat sie recht!

HENRIETTE O! geh, du bist eine artige Richterin. Hast du schon vergessen, daß du mir heute angehörst?

LISETTE Desto schärfer eben werde ich gegen Sie sein, damit ich nicht parteiisch lasse.

JULIANE Glaube mir nur, daß ich bessere Eigenschaften an einer Mannsperson zu schätzen weiß, als seine Gestalt. Und es ist genug, daß ich diese bessern Eigenschaften an dem Theophan finde. Sein Geist –

HENRIETTE Von dem ist ja nicht die Rede. Jetzt kömmt es auf den Körper an, und dieser ist an dem Theophan schöner, du magst sagen, was du willst. Adrast ist besser gewachsen: gut; er hat einen schönern Fuß: ich habe nichts dawider. Aber laß uns auf das Gesicht kommen. – –

JULIANE So stückweise habe ich mich nicht eingelassen.

HENRIETTE Das ist eben dein Fehler. – Was für ein Stolz, was für eine Verachtung aller andern blickt nicht dem Adrast aus jeder Miene! Du wirst es Adel nennen; aber machst du es dadurch schön? Umsonst sind seine Gesichtszüge noch so regelmäßig: sein Eigensinn, seine Lust zum Spotten hat eine gewisse Falte hineingebracht, die ihm in meinen Augen recht häßlich läßt.

Aber ich will sie ihm gewiß herausbringen: laß nur die Flitterwochen erst vorbei sein. – – Dein Theophan hingegen hat das liebenswürdigste Gesicht von der Welt. Es herrscht eine Freundlichkeit darin, die sich niemals verleugnet. – –

JULIANE Sage mir doch nur nichts, was ich ebensogut bemerkt habe, als du. Allein eben diese seine Freundlichkeit ist nicht sowohl das Eigentum seines Gesichts, als die Folge seiner innern Ruhe. Die Schönheit der Seele bringt auch in einen ungestalteten Körper Reize; so wie ihre Häßlichkeit dem vortrefflichsten Baue und den schönsten Gliedern desselben, ich weiß nicht was eindrückt, das einen unzuerklärenden Verdruß erwecket. Wenn Adrast eben der fromme Mann wäre, der Theophan ist; wenn seine Seele von eben so göttlichen Strahlen der Wahrheit, die er sich mit Gewalt zu verkennen bestrebet, erleuchtet wäre: so würde er ein Engel unter den Menschen sein; da er jetzt kaum ein Mensch unter den Menschen ist. Zürne nicht, Henriette, daß ich so verächtlich von ihm rede. Wenn er in gute Hände fällt, kann er noch alles das werden, was er jetzt nicht ist, weil er es nie hat sein wollen. Seine Begriffe von der Ehre, von der natürlichen Billigkeit sind vortrefflich. – –

HENRIETTE *(spöttisch)* O! du machst ihn auch gar zu sehr herunter. – – Aber im Ernste, kann ich nicht sagen, daß du mich nunmehr für das kleine spielende Mädchen ansiehst? Ich mag ja nicht von dir seinetwegen zufriedengestellt sein. Er ist, wie er ist, und lange gut für mich. Du sprachst von guten Händen, in die er fallen müßte, wenn noch was aus ihm werden sollte. Da er in meine nunmehr gefallen ist, wird er wohl nicht anders werden. Mich nach ihm zu richten, wird mein einziger Kunstgriff sein, uns das Leben erträglich zu machen. Nur die verdrießlichen Gesichter muß er ablegen; und da werde ich ihm die Gesichter deines Theophans zum Muster vorschlagen.

JULIANE Schon wieder Theophan, und seine freundlichen Gesichter?

LISETTE Stille! Mamsell – –

ZWEITER AUFTRITT

Theophan. Juliane. Henriette. Lisette.

HENRIETTE *(springt dem Theophan entgegen)* Kommen Sie doch, Theophan, kommen Sie! – – Können Sie wohl glauben, daß ich Ihre Partei gegen meine Schwester habe halten müssen? Bewundern Sie meine Uneigennützigkeit. Ich habe Sie bis in den Himmel erhoben, da ich doch weiß, daß ich Sie nicht bekomme, sondern daß Sie für meine Schwester bestimmt sind, die Ihren Wert nicht kennet. Denken Sie nur, sie behauptet, daß Sie keine so schöne Person vorstellten, als Adrast. Ich weiß nicht, wie sie das behaupten kann. Ich sehe doch den Adrast mit den Augen einer Verliebten an, das ist, ich mache mir ihn noch zehnmal schöner, als er ist, und gleichwohl geben Sie ihm, meines Bedünkens, nichts nach. Sie spricht zwar, auf der Seite des Geistes hätten Sie mehr Vorzüge; aber was wissen wir Frauenzimmer denn vom Geiste?

JULIANE Die Schwätzerin! Sie kennen sie, Theophan: glauben Sie ihr nicht.

THEOPHAN Ich ihr nicht glauben, schönste Juliane? Warum wollen Sie mich nicht in der glücklichen Überzeugung lassen, daß Sie so vorteilhaft von mir gesprochen haben? – – Ich danke Ihnen, angenehmste Henriette, für Ihre Verteidigung; ich danke Ihnen umsovielmehr, je stärker ich selber überführet bin, daß Sie eine schlechte Sache haben verteidigen müssen. Allein – –

HENRIETTE O! Theophan, von Ihnen verlange ich es nicht, daß Sie mir recht geben sollen. Es ist eine andere gewisse Person – –

JULIANE Lassen Sie dieser andern Person Gerechtigkeit widerfahren, Theophan. Sie werden, hoffe ich, meine Gesinnungen kennen – –

THEOPHAN Gehen Sie nicht mit mir, als mit einem Fremden um, liebste Juliane. Brauchen Sie keine Einlenkungen; ich würde bei jeder nähern Bestimmung verlieren. – – Bei den Büchern, in einer engen staubigten Studierstube, vergißt man des Körpers sehr leicht; und Sie wissen, der Körper muß ebensowohl bearbeitet werden, als die Seele, wenn beide diejenigen Vollkommenheiten erhalten sollen, deren sie fähig sind. Adrast ist in der großen Welt erzogen worden; er hat alles, was bei derselben beliebt macht –

HENRIETTE Und wenn es auch Fehler sein sollten. – –

THEOPHAN Wenigstens habe ich diese Anmerkung nicht machen wollen. – Aber nur Geduld! ein großer Verstand kann diesen Fehlern nicht immer ergeben sein. Adrast wird das Kleine derselben endlich einsehen, welches sich nur allzusehr durch das Leere verrät, das sie in unsern Herzen zurücklassen. Ich bin seiner Umkehr so gewiß, daß ich ihn schon im voraus darum liebe. – – Wie glücklich werden Sie mit ihm leben, glückliche Henriette!

HENRIETTE So edel spricht Adrast niemals von Ihnen, Theophan. – –

JULIANE Abermals eine recht garstige Anmerkung, meine liebe Schwester. – – Was suchst du damit, daß du dem Theophan dieses sagst? Es ist allezeit besser, wenn man es nicht weiß, wer von uns übel spricht. Die Kenntnis unserer Verleumder wirkt auch in dem großmütigsten Herzen eine Art von Entfernung gegen sie, die ihre Aussöhnung mit der beleidigten Person nur noch schwerer macht.

THEOPHAN Sie entzücken mich, Juliane. Aber fürchten Sie nichts! Eben darin soll über kurz oder lang mein Triumph bestehen, daß ich den mich jetzt verachtenden Adrast besser von mir zu urteilen gezwungen habe. Würde ich aber nicht diesen ganzen Triumph zernichten, wenn ich selbst einigen Groll gegen ihn fassen wollte? Noch hat er sich nicht die Mühe genommen, mich näher kennen zu lernen. Vielleicht, daß ich ein Mittel finde, ihn dazu zu vermögen. – – Lassen Sie uns nur jetzt davon abbrechen; und erlauben Sie, daß ich einen meiner nächsten Blutsfreunde bei Ihnen anmelden darf, der sich ein Vergnügen daraus gemacht hat, mich hier zu überraschen. –

JULIANE Einen Anverwandten?

HENRIETTE Und wer ist es?

THEOPHAN Araspe.

JULIANE Araspe?

HENRIETTE Ei! das ist ja vortrefflich! Wo ist er denn?

THEOPHAN Er war eben abgestiegen, und hat mir versprochen, unverzüglich nachzufolgen.

HENRIETTE Weiß es der Papa schon?

THEOPHAN Ich glaube nicht.

JULIANE Und die Großmama?

HENRIETTE Komm, Schwesterchen! diese fröhliche Nachricht müssen wir ihnen zuerst bringen. – – Du bist doch nicht böse auf mich?

JULIANE Wer kann auf dich böse sein, Schmeichlerin? Komm nur!

THEOPHAN Erlauben Sie, daß ich ihn hier erwarte.

HENRIETTE Bringen Sie ihn aber nur bald. Hören Sie!

DRITTER AUFTRITT

Theophan. Lisette.

LISETTE Ich bleibe, Herr Theophan, um Ihnen noch ein kleines großes Kompliment zu machen. Wahrhaftig! Sie sind der glücklichste Mann von der Welt! und wenn Herr Lisidor, glaube ich, noch zwei Töchter hätte, so würden sie doch alle viere in Sie verliebt sein.

THEOPHAN Wie versteht Lisette das?

LISETTE Ich verstehe es so: daß wenn es alle viere sein würden, es jetzt alle zwei sein müssen.

THEOPHAN *(lächelnd)*
Noch dunkler!

LISETTE Das sagt Ihr Lächeln nicht. – Wenn Sie aber wirklich

Ihre Verdienste selbst nicht kennen; so sind Sie nur desto liebenswerter. Juliane liebt Sie: und das geht mit rechten Dingen zu, denn sie soll Sie lieben. Nur schade, daß ihre Liebe so ein gar vernünftiges Ansehen hat. Aber was soll ich zu Henrietten sagen? Gewiß sie liebt Sie auch, und was das Verzweifeltste dabei ist, sie liebt Sie – aus Liebe. – Wenn Sie sie doch nur alle beide auch heiraten könnten!

THEOPHAN Sie meint es sehr gut, Lisette!

LISETTE Ja, wahrhaftig! alsdann sollten Sie mich noch obendrein behalten.

THEOPHAN Noch besser! Aber ich sehe, Lisette hat Verstand. – –

LISETTE Verstand? Auf das Kompliment weiß ich, leider! nichts zu antworten. Auf ein anders: Lisette ist schön, habe ich wohl ungefähr antworten lernen: Mein Herr, Sie scherzen. Ich weiß nicht, ob sich diese Antwort hieher auch schickt.

THEOPHAN Ohne Umstände! – – Lisette kann mir einen Dienst erzeigen, wenn sie mir ihre wahre Meinung von Julianen entdeckt. Ich bin gewiß, daß sie auch in ihren Mutmaßungen nicht weit vom Ziele treffen wird. Es gibt gewisse Dinge, wo ein Frauenzimmerauge immer schärfer sieht, als hundert Augen der Mannspersonen.

LISETTE Verzweifelt! diese Erfahrung können Sie wohl nimmermehr aus Büchern haben – – Aber, wenn Sie nur acht auf meine Reden gegeben hätten; ich habe Ihnen bereits meine wahre Meinung von Julianen gesagt. Sagte ich Ihnen nicht, daß mir ihre Liebe ein gar zu vernünftiges Ansehen zu haben scheine? Darin liegt alles, was ich davon denke. Überlegung, Pflicht, vorzügliche Schönheiten der Seele – – Ihnen die Wahrheit zu sagen, gegen so vortreffliche Worte, in einem weiblichen Munde, mag ein Liebhaber immer ein wenig mißtrauisch sein. Und noch eine kleine Beobachtung gehöret hieher: diese nämlich, daß sie mit den schönen Worten weit sparsamer gewesen, als Herr Theophan allein im Hause war.

THEOPHAN Gewiß?

LISETTE *(nachdem sie ihn einen Augenblick angesehen)* Herr Theophan! Herr Theophan! Sie sagen dieses Gewiß mit einer Art, – – mit einer Art, –

THEOPHAN Mit was für einer Art?

LISETTE Ja! nun ist sie wieder weg. Die Mannspersonen! die Mannspersonen! Und wenn es auch gleich die allerfrömmsten sind – – Doch ich will mich nicht irre machen lassen. Seit Adrast im Hause ist, wollte ich sagen, fallen zwischen dem Adrast und Julianen dann und wann Blicke vor –

THEOPHAN Blicke? – Sie beunruhiget mich, Lisette.

LISETTE Und das Beunruhigen können Sie so ruhig aussprechen, so ruhig – – Ja, Blicke fallen zwischen ihnen vor; Blicke, die nicht ein Haar anders sind, als die Blicke, die dann und wann zwischen Mamsell Henrietten und dem vierten vorfallen – –

THEOPHAN Was für einem vierten?

LISETTE Werden Sie nicht ungehalten. Wenn ich Sie gleich den vierten nenne, so sind Sie eigentlich doch in aller Absicht der erste.

THEOPHAN *(die ersten Worte beiseite)* Die Schlaue! – – – Sie beschämt mich für meine Neubegierde, und ich habe es verdient. Nichtsdestoweniger aber irret Sie sich, Lisette; gewaltig irret Sie sich – –

LISETTE O pfui! Sie machten mir vorhin ein so artiges Kompliment, und nunmehr gereuet es Sie auf einmal, mir es gemacht zu haben. – Ich müßte gar nichts von dem Verstande besitzen, den Sie mir beilegten, wenn ich mich so gar gewaltig irren sollte. – –

THEOPHAN *(unruhig und zerstreut)* Aber wo bleibt er denn? – –

LISETTE Mein Verstand? – Wo er will. – So viel ist gewiß, daß Adrast bei Henrietten ziemlich schlecht steht, so sehr sie sich auch nach seiner Weise zu richten scheint. Sie kann alles leiden, nur gering geschätzt zu werden, kann sie nicht leiden. Sie weiß es allzuwohl, für was uns Adrast ansieht: für nichts, als Geschöpfchen, die aus keiner andern Absicht da sind, als den Männern ein Vergnügen zu machen. Und das ist doch sehr nichtswürdig gedacht! Aber da kann man sehen, in was für gottlose Irrtümer die ungläubigen Leute verfallen. – – Nu? Hören Sie mir nicht mehr zu, Herr Theophan? Wie so zerstreut? wie so unruhig?

THEOPHAN Ich weiß nicht, wo mein Vetter bleibt? – –

LISETTE Er wird ja wohl kommen. – –

THEOPHAN Ich muß ihm wirklich nur wieder entgegengehn. – – Adieu, Lisette!

VIERTER AUFTRITT

Lisette.

Das heiße ich kurz abgebrochen! – Er wird doch nicht verdrießlich geworden sein, daß ich ihm ein wenig auf den Zahn fühlte? Das brave Männchen! Ich will nur gerne sehen, was noch daraus werden wird. Ich gönne ihm wirklich alles Gutes, und wenn es nach mir gehen sollte, so wüßte ich schon, was ich täte. – *(Indem sie sich umsieht)* Wer kömmt denn da den Gang hervor? – Sind die es? – Ein Paar allerliebste Schlingel! Adrasts Johann, und Theophans Martin: die wahren Bilder ihrer Herren, von der häßlichen Seite! Aus Freigeisterei ist jener ein Spitzbube; und aus Frömmigkeit dieser ein Dummkopf. Ich muß mir doch die Lust machen, sie zu behorchen *(sie tritt zurück)*.

FÜNFTER AUFTRITT

Lisette, halb versteckt hinter einer Szene. Johann. Martin.

JOHANN Was ich dir sage!

MARTIN Du mußt mich für sehr dumm ansehen. Dein Herr ein Atheist? das glaube sonst einer! Er sieht ja aus, wie ich und du. Er hat Hände und Füße; er hat das Maul in der Breite und die Nase in der Länge, wie ein Mensch; er redt, wie ein Mensch; er ißt, wie ein Mensch: – – und soll ein Atheist sein?

JOHANN Nun? sind denn die Atheisten keine Menschen?

MARTIN Menschen? Ha! ha! ha! Nun höre ich, daß du selber nicht weißt, was ein Atheist ist.

JOHANN Zum Henker! du wirst es wohl besser wissen. Ei! belehre doch deinen unwissenden Nächsten.

MARTIN Hör' zu! – Ein Atheist ist – eine Brut der Hölle, die sich, wie der Teufel, tausendmal verstellen kann. Bald ist's ein listiger Fuchs, bald ein wilder Bär; – – bald ist's ein Esel, bald ein Philosoph; – – bald ist's ein Hund, bald ein unverschämter Poete. Kurz, es ist ein Untier, das schon lebendig bei dem Satan in der Hölle brennt, – – eine Pest der Erde, – – eine abscheuliche Kreatur, – – ein Vieh, das dummer ist, als ein Vieh; – – ein Seelenkannibal, – – ein Antichrist, – – ein schreckliches Ungeheuer – –

JOHANN Es hat Bocksfüße: nicht? Zwei Hörner? einen Schwanz? – –

MARTIN Das kann wohl sein. – – Es ist ein Wechselbalg, den die Hölle durch – – durch einen unzüchtigen Beischlaf mit der Weisheit dieser Welt erzeugt hat; – – es ist – – ja, sieh, das ist ein Atheist. So hat ihn unser Pfarr abgemalt; der kennt ihn aus großen Büchern.

JOHANN Einfältiger Schöps! – – Sieh mich doch einmal an.

MARTIN Nu?

JOHANN Was siehst du an mir?

MARTIN Nichts, als was ich zehnmal besser an mir sehen kann.

JOHANN Findest du denn etwas Erschreckliches, etwas Abscheuliches an mir? Bin ich nicht ein Mensch, wie du? Hast du jemals gesehen, daß ich ein Fuchs, ein Esel, oder ein Kannibal gewesen wäre?

MARTIN Den Esel laß immer weg, wenn ich dir antworten soll, wie du gerne willst. – Aber, warum fragst du das?

JOHANN Weil ich selbst ein Atheist bin; das ist, ein starker Geist, wie es jetzt jeder ehrlicher Kerl nach der Mode sein muß. Du sprichst, ein Atheist brenne lebendig in der Hölle. Nun! rieche einmal: riechst du einen Brand an mir?

MARTIN Drum eben bist du keiner.

JOHANN Ich wäre keiner? Tue mir nicht die Schande an, daran zu zweifeln, oder – – Doch wahrhaftig, das Mitleiden verhindert mich, böse zu werden. Du bist zu beklagen, armer Schelm!

MARTIN Arm? Laß einmal sehen, wer die vergangene Woche das meiste Trinkgeld gekriegt hat. *(Er greift in die Tasche.)* Du bist ein lüderlicher Teufel, du versäufst alles – –

JOHANN Laß stecken! Ich rede von einer ganz andern Armut, von der Armut des Geistes, der sich mit lauter elenden Brocken des Aberglaubens ernähren, und mit lauter armseligen Lumpen der Dummheit kleiden muß. – Aber so geht es euch Leuten, die ihr nicht weiter, als höchstens vier Meilen hinter den Backofen kommt. Wenn du gereiset wärest, wie ich – –

MARTIN Gereist bist du? Laß hören, wo bist du gewesen?

JOHANN Ich bin gewesen – in Frankreich – –

MARTIN In Frankreich? Mit deinem Herrn?

JOHANN Ja, mein Herr war mit.

MARTIN Das ist das Land, wo die Franzosen wohnen? – So wie ich einmal einen gesehen habe, – das war eine schnurrige Kröte! In einem Augenblicke konnte er sich siebenmal auf dem Absatze herumdrehen, und dazu pfeifen.

JOHANN Ja, es gibt große Geister unter ihnen! Ich bin da erst recht klug geworden.

MARTIN Hast du denn auch Frankreich'sch gelernt?

JOHANN Französisch, willst du sagen: – vollkommen.

MARTIN O! rede einmal!

JOHANN Das will ich wohl tun. – – *Quelle heure est-il, maraut? Le père et la mère une fille de coups de bâton. Comment coquin? Diantre diable carogne à vous servir.*

MARTIN Das ist schnakisch! Und das Zeug können die Leute da verstehen? Sag' einmal, was hieß das auf deutsch?

JOHANN Ja! auf deutsch! Du guter Narre, das läßt sich auf deutsch nicht so sagen. Solche feine Gedanken können nur französisch ausgedrückt werden.

MARTIN Der Blitz! – – Nu? wo bist du weiter gewesen?

JOHANN Weiter? In England – –

MARTIN In England? – – Kannst du auch Engländ'sch?

JOHANN Was werde ich nicht können?

MARTIN Sprich doch!

JOHANN Du mußt wissen, es ist eben wie das Französische. Es ist französisch, versteh mich, auf englisch ausgesprochen. Was hörst du dir dran ab? – – Ich will dir ganz andre Dinge sagen, wenn du mir zuhören willst. Dinge, die ihresgleichen nicht haben müssen. Zum Exempel, auf unsern vorigen Punkt zu kommen: sei kein Narr, und glaube, daß ein Atheist so ein schrecklich Ding ist. Ein Atheist ist nichts weiter, als ein Mensch, der keinen Gott glaubt. – –

MARTIN Keinen Gott? Je! das ist ja noch viel ärger! Keinen Gott? Was glaubt er denn?

JOHANN Nichts.

MARTIN Das ist wohl eine mächtige Mühe.

JOHANN Ei! Mühe! Wenn auch nichts glauben eine Mühe wäre, so glaubten ich und mein Herr gewiß alles. Wir sind geschworne Feinde alles dessen, was Mühe macht. Der Mensch ist in der Welt, vergnügt und lustig zu leben. Die Freude, das Lachen, das Kurtisieren, das Saufen sind seine Pflichten. Die Mühe ist diesen Pflichten hinderlich; also ist es auch notwendig seine Pflicht, die Mühe zu fliehen. – – Sieh, das war ein Schluß, der mehr Gründliches enthält, als die ganze Bibel.

MARTIN Ich wollt's. Aber sage mir doch, was hat man denn in der Welt ohne Mühe?

JOHANN Alles was man erbt, und was man erheiratet. Mein Herr erbte von seinem Vater und von zwei reichen Vettern keine kleinen Summen; und ich muß ihm das Zeugnis geben, er hat sie, als ein braver Kerl, durchgebracht. Jetzt bekömmt er ein reich Mädel, und, wenn er klug ist, so fängt er es wieder an, wo er es gelassen hat. Seit einiger Zeit ist er mir zwar ganz aus der Art geschlagen; und ich sehe wohl, auch die Freigeisterei bleibt nicht klug, wenn sie auf die Freite geht. Doch ich will ihn schon wieder in Gang bringen. – – Und höre, Martin, ich will auch dein Glück machen. Ich habe einen Einfall; aber ich glaube nicht, daß ich ihn anders wohl von mir geben kann, als – – bei einem Glase Wein. Du klimpertst vorhin mit deinen Trinkgeldern; und gewiß, du bist in Gefahr, keine mehr zu bekommen, wenn man nicht sieht, daß du sie dazu anwendest, wozu sie dir gegeben werden. Zum Trinken, guter Martin, zum Trinken: darum heißen es Trinkgelder. – –

MARTIN Still! Herr Johann, still! – Du bist mir so noch Revansche schuldig. Habe ich dich nicht jenen Abend nur noch frei gehalten? – – Doch, laß einmal hören! was ist denn das für ein Glück, das ich von dir zu hoffen habe?

JOHANN Höre, wenn mein Herr heiratet, so muß er noch einen Bedienten annehmen. – – Eine Kanne Wein, so sollst du bei mir den Vorzug haben. Du versauerst doch nur bei deinem dummen Schwarzrocke. Du sollst bei Adrasten mehr Lohn und mehr Freiheit haben; und ich will dich noch obendrein zu einem starken Geiste machen, der es mit dem Teufel und seiner Großmutter aufnimmt, wenn nur erst einer wäre.

MARTIN Was? wenn erst einer wäre? Ho! ho! Ist es nicht genug, daß du keinen Gott glaubst? willst du noch dazu keinen Teufel glauben? O! male ihn nicht an die Wand! Er läßt sich nicht so lange herumhudeln, wie der liebe Gott. Der liebe Gott ist gar zu gut, und lacht über einen solchen Narren, wie du bist. Aber der Teufel – – dem läuft gleich die Laus über die Leber; und darnach sieht's nicht gut aus. – Nein, bei dir ist kein Aushalten: ich will nur gehen. – –

JOHANN *(hält ihn zurück)* Spitzbube! Spitzbube! denkst du, daß ich deine Streiche nicht merke? Du fürchtest dich mehr für die Kanne Wein, die du geben sollst, als für den Teufel. Halt! – – Ich kann dich aber bei dem allen unmöglich in dergleichen Aberglauben stecken lassen. Überlege dir's nur: – – Der Teufel – – der Teufel – – Ha! ha! ha! – – Und dir kömmt es nicht lächerlich vor? Je! so lache doch!

MARTIN Wenn kein Teufel wäre, wo kämen denn die hin, die ihn auslachen? – – Darauf antworte mir einmal! den Knoten beiß mir auf! Siehst du, daß ich auch weiß, wie man euch Leute zuschanden machen muß?

JOHANN Ein neuer Irrtum! Und wie kannst du so ungläubig gegen meine Worte sein? Es sind die Aussprüche der Weltweisheit, die Orakel der Vernunft! Es ist bewiesen, sage ich dir, in Büchern ist es bewiesen, daß es weder Teufel noch Hölle gibt. – – Kennst du Balthasarn? Es war ein berühmter Bäcker in Holland.

MARTIN Was gehn mich die Bäcker in Holland an? Wer weiß, ob sie so gute Brezeln backen, wie der hier an der Ecke.

JOHANN Ei! das war ein gelehrter Bäcker! Seine bezauberte Welt – – ha! – das ist ein Buch! Mein Herr hat es einmal gelesen. Kurz, ich verweise dich auf das Buch, so wie man mich darauf verwiesen hat, und will dir nur im Vertrauen sagen: Der muß ein Ochse, ein Rindvieh, ein altes Weib sein, der einen Teufel glauben kann. Soll ich dir's zuschwören, daß keiner ist? – Ich will ein Hundsfott sein!

MARTIN Pah! der Schwur geht wohl mit.

JOHANN Nun, sieh, – – ich will, ich will – – auf der Stelle verblinden, wenn ein Teufel ist.

(Lisette springt geschwinde hinter der Szene hervor, und hält ihm rückwärts die Augen zu, indem sie dem Martin zugleich winkt.)

MARTIN Das wäre noch was; aber du weißt schon, daß das nicht geschieht.

JOHANN *(ängstlich)* Ach! Martin, ach!

MARTIN Was ist's?

JOHANN Martin, wie wird mir? Wie ist mir, Martin?

MARTIN Nu? was hast du denn?

JOHANN Seh' ich – oder – – ach! daß Gott – – Martin! Martin! wie wird es auf einmal so Nacht?

MARTIN Nacht? Was willst du mit der Nacht?

JOHANN Ach! so ist es nicht Nacht? Hülfe! Martin, Hülfe!

MARTIN Was denn für Hülfe? Was fehlt dir denn?

JOHANN Ach! ich bin blind, ich bin blind! Es liegt mir auf

den Augen, auf den Augen. – – Ach! ich zittere am ganzen Leibe – –

MARTIN Blind bist du? Du wirst ja nicht? – – Warte, ich will dich in die Augen schlagen, daß das Feuer herausspringt, und du sollst bald sehen – –

JOHANN Ach! ich bin gestraft, ich bin gestraft. Und du kannst meiner noch spotten? Hülfe! Martin, Hülfe! – – *(Er fällt auf die Knie.)* Ich will mich gern bekehren! Ach! was bin ich für ein Bösewicht gewesen! – –

LISETTE *(welche plötzlich gehen läßt, und, indem sie hervorspringt, ihm eine Ohrfeige gibt)*. Du Schlingel!

MARTIN Ha! ha! ha!

JOHANN Ach! ich komme wieder zu mir. *(Indem er aufsteht)* Sie Rabenaas, Lisette!

LISETTE Kann man euch Hundsfötter so ins Bockshorn jagen? Ha! ha! ha!

MARTIN Krank lache ich mich noch darüber. Ha! ha! ha!

JOHANN Lacht nur! lacht nur! – – – Ihr seid wohl albern, wenn ihr denkt, daß ich es nicht gemerkt habe. – *(Beiseite)* Das Blitzmädel, was sie mir für einen Schreck abgejagt hat! Ich muß mich wieder erholen *(geht langsam ab)*.

MARTIN Gehst du? O! lacht ihn doch aus! Je! lach' Sie doch, Lisettchen, lach' Sie doch! Ha! ha! ha! Das hat Sie vortrefflich gemacht; so schöne, so schöne, ich möchte Sie gleich küssen. – –

LISETTE O! geh, geh, dummer Martin!

MARTIN Komm Sie, wirklich! ich will Sie zu Weine führen. Ich will Sie mit der Kanne Wein traktieren, um die mich der Schurke prellen wollte. Komm Sie!

LISETTE Das fehlte mir noch. Ich will nur gehen, und meinen Mamsells den Spaß erzählen.

MARTIN Ja, und ich meinem Herrn. – Der war abgeführt! der war abgeführt!

Ende des zweiten Aufzuges.

DRITTER AUFZUG

ERSTER AUFTRITT

Theophan. Araspe.

ARASPE Was ich Ihnen sage, mein lieber Vetter. Das Vergnügen Sie zu überfallen, und die Begierde bei Ihrer Verbindung gegenwärtig zu sein, sind freilich die vornehmsten Ursachen meiner Anherkunft; nur die einzigen sind es nicht. Ich hatte den Aufenthalt des Adrast endlich ausgekundschaftet, und es war mir sehr lieb, auf diese Art, wie man sagt, zwei Würfe mit einem Steine zu tun. Die Wechsel des Adrast sind verfallen; und ich habe nicht die geringste Lust, ihm auch nur die allerkleinste Nachsicht zu gönnen. Ich erstaune zwar, ihn, welches ich mir nimmermehr eingebildet hätte, in dem Hause Ihres künftigen Schwiegervaters zu finden: ihn auf eben demselben Fuße, als Sie, Theophan, hier zu finden; aber gleichwohl, – – und wenn ihn das Schicksal auch noch näher mit mir verbinden könnte, – –

THEOPHAN Ich bitte Sie, liebster Vetter, beteuern Sie nichts.

ARASPE Warum nicht? Sie wissen wohl, Theophan, ich bin der Mann sonst nicht, welcher seine Schuldner auf eine grausame Art zu drücken fähig wäre. – –

THEOPHAN Das weiß ich, und desto eher – –

ARASPE Hier wird kein Desto eher gelten. Adrast, dieser Mann, der sich, auf eine ebenso abgeschmackte als ruchlose Art von andern Menschen zu unterscheiden sucht, verdient, daß man ihn auch wieder von andern Menschen unterscheide. Er muß die Vorrechte nicht genießen, die ein ehrlicher Mann seinen elenden Nächsten sonst gern genießen läßt. Einem spöttischem Freigeiste, welcher uns lieber das Edelste, was wir besitzen, rauben und uns alle Hoffnung eines künftigen glückseligern Lebens zu nichte machen möchte, vergilt man noch lange nicht Gleiches mit Gleichem, wenn man ihm das gegenwärtige Leben ein wenig sauer macht. – – Ich weiß, es ist der letzte Stoß, den ich dem Adrast versetze; er wird seinen Kredit nicht wieder herstellen können. Ja, ich wollte mich freuen, wenn ich sogar seine Heirat dadurch rückgängig machen könnte. Wenn mir es nur um mein Geld zu tun wäre: so sehen Sie wohl, daß ich diese Heirat lieber würde befördern helfen, weil er doch wohl dadurch wieder etwas in die Hände bekommen wird. Aber nein; und sollte ich bei dem Konkurse, welcher entstehen muß, auch ganz und gar ledig ausgehen: so will ich ihn dennoch auf das Äußerste bringen. Ja, wenn ich alles wohl erwäge, so glaube ich, ihm durch diese Grausamkeit noch eine Wohltat zu erweisen. Schlechtere Umstände werden ihn vielleicht zu ernsthaften Überlegungen bringen, die er in seinem Wohlstande zu machen, nicht wert gehalten hat; und vielleicht ändert sich, wie es fast immer zu geschehen pflegt, sein Charakter mit seinem Glücke.

THEOPHAN Ich habe Sie ausreden lassen. Ich glaube Sie werden so billig sein, und mich nunmehr auch hören.

ARASPE Das werde ich. – Aber eingebildet hätte ich mir es nicht, daß ich an meinem frommen Vetter einen Verteidiger des Adrasts finden sollte.

THEOPHAN Ich bin es weniger, als es scheinet; und es kommen hier so viel Umstände zusammen, daß ich weiter fast nichts, als meine eigne Sache führen werde. Adrast, wie ich fest überzeugt bin, ist von derjenigen Art Freigeister, die wohl etwas Besseres zu sein verdienten. Es ist auch sehr begreiflich, daß man in der Jugend so etwas gleichsam wider Willen werden kann. Man ist es aber alsdann nur so lange, bis der Verstand zu einer gewissen Reife gelangt ist, und sich das aufwallende Geblüte abgekühlt hat. Auf diesem kritischen Punkte steht jetzt Adrast; aber noch mit wankendem Fuße. Ein kleiner Wind, ein Hauch kann ihn wieder herabstürzen. Das Unglück, das Sie ihm drohen, würde ihn betäuben; er würde sich einer wütenden Verzweiflung überlassen, und Ursache zu haben glauben, sich um die Religion nicht zu bekümmern, deren strenge Anhänger sich kein Bedenken gemacht hätten, ihn zugrunde zu richten.

ARASPE Das ist etwas; aber – –

THEOPHAN Nein, für einen Mann von Ihrer Denkungsart, liebster Vetter, muß dieses nicht nur etwas, sondern sehr viel sein. Sie haben die Sache von dieser Seite noch nicht betrachtet; Sie haben den Adrast nur als einen verlornen Mann angesehen, an dem man zum Überflusse noch eine desperate Kur wagen müsse. Aus diesem Grunde ist die Heftigkeit, mit der Sie wider ihn sprachen, zu entschuldigen. Lernen Sie ihn aber durch mich nunmehr unparteiischer beurteilen. Er ist in seinen Reden jetzt weit eingezogener, als man mir ihn sonst beschrieben hat. Wenn er streitet, so spottet er nicht mehr, sondern gibt sich alle Mühe, Gründe vorzubringen. Er fängt an, auf die Beweise, die man ihm entgegensetzt, zu antworten, und ich habe es ganz deutlich gemerkt, daß er sich schämt, wenn er nur halb darauf antworten kann. Freilich sucht er diese Scham noch dann und wann unter das Verächtliche eines Schimpfworts zu verstecken; aber nur Geduld! es ist schon viel, daß er diese Schimpfworte niemals mehr auf die heiligen Sachen, die man gegen ihn verteidiget, sondern bloß auf die Verteidiger fallen läßt. Seine Verachtung der Religion löset sich allmählich in die Verachtung derer auf, die sie lehren.

ARASPE Ist das wahr, Theophan?

THEOPHAN Sie werden Gelegenheit haben, sich selbst davon zu überzeugen. – Sie werden zwar hören, daß diese seine Verachtung der Geistlichen mich jetzt am meisten trifft; allein ich bitte Sie im voraus, nicht empfindlicher darüber zu werden, als ich selbst bin. Ich habe es mir fest vorgenommen, ihn nicht mit gleicher Münze zu bezahlen; sondern ihm vielmehr seine Freundschaft abzuzwingen, es mag auch kosten, was es will.

ARASPE Wenn Sie bei persönlichen Beleidigungen so großmütig sind – –

THEOPHAN Stille! wir wollen es keine Großmut nennen. Es kann Eigennutz, es kann eine Art von Ehrgeiz sein, sein Vorurteil von den Gliedern meines Ordens durch mich zuschanden zu machen. Es sei aber, was es wolle, so weiß ich doch, daß Sie viel zu gütig sind, mir darin im Wege zu stehen. Adrast würde es ganz gewiß für ein abgekartetes Spiel halten, wenn er sähe, daß mein Vetter so scharf hinter ihm drein wäre. Seine Wut würde einzig auf mich fallen, und er würde mich überall als einen Niederträchtigen ausschreien, der ihm, unter tausend Versicherungen der Freundschaft, den Dolch ins Herz gestoßen habe. Ich wollte nicht gerne, daß er die Exempel von hämtückischen Pfaffen, wie er sie nennt, mit einigem Scheine der Wahrheit auch durch mich vermehren könnte.

ARASPE Lieber Vetter, das wollte ich noch tausendmal weniger, als Sie. – –

THEOPHAN Erlauben Sie also, daß ich Ihnen einen Vorschlag tue: – – oder nein; es wird vielmehr eine Bitte sein.

ARASPE Nur ohne Umstände, Vetter. Sie wissen ja doch wohl, daß Sie mich in Ihrer Hand haben.

THEOPHAN Sie sollen so gütig sein und mir die Wechsel ausliefern, und meine Bezahlung dafür annehmen.

ARASPE Und Ihre Bezahlung dafür annehmen? Bei einem Haare hätten Sie mich böse gemacht. Was reden Sie von Bezahlung? Wenn ich Ihnen auch nicht gesagt hätte, daß es mir jetzt gar nicht um das Geld zu tun wäre: so sollten Sie doch wenigstens wissen, daß das, was meine ist, auch Ihre ist.

THEOPHAN Ich erkenne meinen Vetter.

ARASPE Und ich erkannte ihn fast nicht. – Mein nächster Blutsfreund, mein einziger Erbe, sieht mich als einen Fremden an, mit dem er handeln kann? *(Indem er sein Taschenbuch herauszieht.)* Hier sind die Wechsel! Sie sind Ihre! machen Sie damit was Ihnen gefällt.

THEOPHAN Aber erlauben Sie, liebster Vetter: ich werde nicht so frei damit schalten dürfen, wenn ich sie nicht auf die gehörige Art an mich gebracht habe.

ARASPE Welches ist denn die gehörige Art unter uns, wenn es nicht die ist, daß ich gebe, und Sie nehmen? – – Doch damit ich alle Ihre Skrupel hebe: wohl! Sie sollen einen Revers von sich stellen, daß Sie die Summe dieser Wechsel nach meinem Tode bei der Erbschaft nicht noch einmal fodern wollen. *(Lächelnd.)* Wunderlicher Vetter! sehen Sie denn nicht, daß ich weiter nichts tue, als auf Abschlag bezahle? –

THEOPHAN Sie verwirren mich – –

ARASPE *(der noch die Wechsel in Händen hat)* Lassen Sie mich nur die Wische nicht länger halten.

THEOPHAN Nehmen Sie unterdessen meinen Dank dafür an.

ARASPE Was für verlorne Worte! *(Indem er sich umsieht.)* Stecken Sie hurtig ein; da kömmt Adrast selbst.

ZWEITER AUFTRITT

Adrast. Theophan. Araspe.

ADRAST *(erstaunend)* Himmel! Araspe hier?

THEOPHAN Adrast, ich habe das Vergnügen, Ihnen in dem Herrn Araspe meinen Vetter vorzustellen.

ADRAST Wie? Araspe Ihr Vetter?

ARASPE O! wir kennen einander schon. Es ist mir angenehm, Herr Adrast, Sie hier zu sehen.

ADRAST Ich bin bereits die ganze Stadt nach Ihnen durchgerannt. Sie wissen, wie wir miteinander stehen, und ich wollte Ihnen die Mühe ersparen, mich aufzusuchen.

ARASPE Es wäre nicht nötig gewesen. Wir wollen von unserer Sache ein andermal sprechen. Theophan hat es auf sich genommen. – –

ADRAST Theophan? Ha! nun ist es klar. – –

THEOPHAN Was ist klar, Adrast? *(Ruhig.)*

ADRAST Ihre Falschheit, Ihre List – –

THEOPHAN *(zum Araspe)* Wir halten uns zu lange hier auf. Lisidor, lieber Vetter, wird Sie mit Schmerzen erwarten. Erlauben Sie, daß ich Sie zu ihm führe. – *(Zum Adrast)* Darf ich bitten, Adrast, daß Sie einen Augenblick hier verziehen? Ich will den Araspe nur herauf begleiten; ich werde gleich wieder hier sein.

ARASPE Wenn ich Ihnen raten darf, Adrast, so sein Sie gegen meinen Vetter nicht ungerecht. – –

THEOPHAN Er wird es nicht sein. Kommen Sie nur.

(Theophan und Araspe gehen ab.)

DRITTER AUFTRITT

Adrast.

(Bitter) Nein, gewiß, ich werde es auch nicht sein! Er ist unter allen seinesgleichen, die ich noch gekannt habe, der hassenswürdigste! Diese Gerechtigkeit will ich ihm widerfahren lassen. Er hat den Araspe ausdrücklich meinetwegen kommen lassen: das ist unleugbar. Es ist mir aber doch lieb, daß ich ihm nie einen redlichen Tropfen Bluts zugetrauet, und seine süßen Reden jederzeit für das gehalten habe, was sie sind. – –

VIERTER AUFTRITT

Adrast. Johann.

JOHANN Nun? haben Sie den Araspe gefunden?

ADRAST Ja *(noch bitter)*.

JOHANN Geht's gut?

ADRAST Vortrefflich.

JOHANN Ich hätte es ihm auch raten wollen, daß er die geringste Schwierigkeit gemacht hätte! – – – Und er hat doch schon wieder seinen Abschied genommen?

ADRAST Verzieh nur: er wird uns gleich den unsrigen bringen.

JOHANN Er den unsrigen? – Wo ist Araspe? –

ADRAST Beim Lisidor.

JOHANN Araspe beim Lisidor? Araspe?

ADRAST Ja, Theophans Vetter.

JOHANN Was frage ich nach des Narren Vetter? Ich meine Araspen. – –

ADRAST Den meine ich auch.

JOHANN Aber – –

ADRAST Aber siehst du denn nicht, daß ich rasend werden möchte? Was plagst du mich noch? Du hörst ja, daß Theophan und Araspe Vettern sind.

JOHANN Zum erstenmal in meinem Leben. – – Vettern? Ei! desto besser; unsere Wechsel bleiben also in der Freundschaft, und Ihr neuer Herr Schwager wird dem alten Herrn Vetter schon zureden – –

ADRAST Du Dummkopf! – Ja, er wird ihm zureden, mich ohne Nachsicht unglücklich zu machen. – Bist du denn so albern, es für einen Zufall anzusehen, daß Araspe hier ist? Siehst du denn nicht, daß es Theophan muß erfahren haben, wie ich mit seinem Vetter stehe? daß er ihm Nachricht von meinen Umständen gegeben hat? daß er ihn gezwungen hat, über Hals über Kopf eine so weite Reise zu tun, um die Gelegenheit ja nicht zu versäumen, meinen Ruin an den Tag zu bringen, und mir dadurch die letzte Zuflucht, die Gunst des Lisidors, zu vernichten?

JOHANN Verdammt! wie gehen mir die Augen auf! Sie haben recht. Kann ich Esel denn, wenn von einem Geistlichen die Rede ist, nicht gleich auf das Allerboshafteste fallen? – Ha! wenn ich doch die Schwarzröcke auf einmal zu Pulver stampfen und in die Luft schießen könnte! Was für Streiche haben sie uns nicht schon gespielt! Der eine hat uns um manches Tausend Taler gebracht: das war der ehrwürdige Gemahl Ihrer lieben Schwester. Der andere – –

ADRAST O! fange nicht an, mir meine Unfälle vorzuzählen. Ich will sie bald geendigt sehen. Alsdann will ich es doch abwarten, was mir das Glück noch nehmen kann, wann ich nichts mehr habe.

JOHANN Was es Ihnen noch nehmen kann, wann Sie nichts mehr haben? Das will ich Ihnen gleich sagen: Mich wird es Ihnen alsdann noch nehmen.

ADRAST Ich verstehe dich, Holunke! –

JOHANN Verschwenden Sie Ihren Zorn nicht an mir. Hier kömmt der, an welchem Sie ihn besser anwenden können.

FÜNFTER AUFTRITT

Theophan. Adrast. Johann.

THEOPHAN Ich bin wieder hier, Adrast. Es entfielen Ihnen vorhin einige Worte von Falschheit und List. – –

ADRAST Beschuldigungen entfallen mir niemals. Wenn ich sie vorbringe, bringe ich sie mit Vorsatz und Überlegung vor.

THEOPHAN Aber eine nähere Erklärung – –

ADRAST Die fodern Sie nur von sich selbst.

JOHANN *(die ersten Worte beiseite)* Hier muß ich hetzen. – – Ja, ja, Herr Theophan! es ist schon bekannt, daß Ihnen mein Herr ein Dorn in den Augen ist.

THEOPHAN Adrast, haben Sie es ihm befohlen, an Ihrer Stelle zu antworten?

JOHANN So? auch meine Verteidigung wollen Sie ihm nicht gönnen? Ich will doch sehen, wer mir verbieten soll, mich meines Herrn anzunehmen.

THEOPHAN Lassen Sie es ihn doch sehen, Adrast.

ADRAST Schweig!

JOHANN Ich sollte – –

ADRAST Noch ein Wort! *(Drohend.)*

THEOPHAN Nunmehr darf ich die Bitte um eine nähere Erklärung doch wohl wiederholen? Ich weiß sie mir selbst nicht zu geben.

ADRAST Erklären Sie sich denn gerne näher, Theophan?

THEOPHAN Mit Vergnügen, sobald es verlangt wird.

ADRAST Ei! so sagen Sie mir doch, was wollte denn Araspe, bei Gelegenheit dessen, was Sie schon wissen, mit den Worten sagen: Theophan hat es auf sich genommen?

THEOPHAN Darüber sollte sich Araspe eigentlich erklären. Doch ich kann es an seiner Statt tun. Er wollte sagen, daß er mir Ihre Wechsel zur Besorgung übergeben habe.

ADRAST Auf Ihr Anliegen?

THEOPHAN Das kann wohl sein.

ADRAST Und was haben Sie beschlossen, damit zu tun?

THEOPHAN Sie sind Ihnen ja noch nicht vorgewiesen worden? Können wir etwas beschließen, ehe wir wissen, was Sie darauf tun wollen?

ADRAST Kahle Ausflucht! Ihr Vetter weiß es längst, was ich darauf tun kann.

THEOPHAN Er weiß, daß Sie ihnen Genüge tun können. Und sind Sie alsdann nicht auseinander?

ADRAST Sie spotten.

THEOPHAN Ich bin nicht Adrast.

ADRAST Setzen Sie aber den Fall, – – und Sie können ihn sicher setzen, – – daß ich nicht imstande wäre zu bezahlen: was haben Sie alsdenn beschlossen?

THEOPHAN In diesem Falle ist noch nichts beschlossen.

ADRAST Aber was dürfte beschlossen werden?

THEOPHAN Das kömmt auf Araspen an. Doch sollte ich meinen, daß eine einzige Vorstellung, eine einzige höfliche Bitte bei einem Manne, wie Araspe ist, viel ausrichten könne.

JOHANN Nach dem die Ohrenbläser sind. – –

ADRAST Muß ich es noch einmal sagen, daß du schweigen sollst?

THEOPHAN Ich würde mir ein wahres Vergnügen machen, wenn ich Ihnen durch meine Vermittelung einen kleinen Dienst dabei erzeigen könnte.

ADRAST Und Sie meinen, daß ich Sie mit einer demütigen Miene, mit einer kriechenden Liebkosung, mit einer niederträchtigen Schmeichelei darum ersuchen solle? Nein, so will ich Ihre Kitzelung über mich nicht vermehren. Wenn Sie mich mit dem ehrlichsten Gesichte versichert hätten, Ihr möglichstes zu tun, so würden Sie in einigen Augenblicken mit einer wehmütigen Stellung wiederkommen, und es bedauern, daß

Ihre angewandte Mühe umsonst sei? Wie würden sich Ihre Augen an meiner Verwirrung weiden!

THEOPHAN Sie wollen mir also keine Gelegenheit geben, das Gegenteil zu beweisen? – – Es soll Ihnen nur ein Wort kosten.

ADRAST Nein, auch dieses Wort will ich nicht verlieren. Denn kurz, – – und hier haben Sie meine nähere Erklärung: – – Araspe würde, ohne Ihr Anstiften, nicht hieher gekommen sein. Und nun, da Sie Ihre Mine, mich zu sprengen, so wohl angelegt hätten, sollten Sie durch ein einziges Wort können bewogen werden, sie nicht springen zu lassen? Führen Sie Ihr schönes Werk nur aus.

THEOPHAN Ich erstaune über Ihren Verdacht nicht. Ihre Gemütsart hat mich ihn vorhersehen lassen. Aber gleichwohl ist es gewiß, daß ich ebensowenig gewußt habe, daß Araspe Ihr Gläubiger sei, als Sie gewußt haben, daß er mein Vetter ist.

ADRAST Es wird sich zeigen.

THEOPHAN Zu Ihrem Vergnügen, hoffe ich. – Heitern Sie Ihr Gesicht nur auf, und folgen Sie mir mit zu der Gesellschaft.

ADRAST Ich will sie nicht wieder sehen.

THEOPHAN Was für ein Entschluß! Ihren Freund, Ihre Geliebte – –

ADRAST Wird mir wenig kosten, zu verlassen. Sorgen Sie aber nur nicht, daß es eher geschehen soll, als bis Sie befriediget sind. Ich will Ihren Verlust nicht, und sogleich noch das letzte Mittel versuchen. –

THEOPHAN Bleiben Sie, Adrast. – – Es tut mir leid, daß ich Sie nicht gleich den Augenblick aus aller Ihrer Unruhe gerissen habe. – – Lernen Sie meinen Vetter besser kennen, *(indem er die Wechsel hervorzieht)* und glauben Sie gewiß, wenn Sie schon von mir das Allernichtswürdigste denken wollen, daß wenigstens er ein Mann ist, der Ihre Hochachtung verdient. Er will Sie nicht anders, als mit dem sorglosesten Gesichte sehen, und gibt Ihnen deswegen Ihre Wechsel hier zurück *(er reicht sie ihm dar)*. Sie sollen sie selbst so lange verwahren, bis Sie ihn nach Ihrer Bequemlichkeit deswegen befriedigen können. Er glaubt, daß sie ihm in Ihren Händen ebenso sicher sind, als unter seinem eigenen Schlosse. Sie haben den Ruhm eines ehrlichen Mannes, wenn Sie schon den Ruhm eines frommen nicht haben.

ADRAST *(stutzig, indem er des Theophans Hand zurückstößt)* Mit was für einem neuen Fallstricke drohen Sie mir? Die Wohltaten eines Feindes – –

THEOPHAN Unter diesem Feinde verstehen Sie mich; was aber hat Araspe mit Ihrem Hasse zu tun? Er ist es, nicht ich, der Ihnen diese geringschätzige Wohltat erzeigen will; wenn anders eine armselige Gefälligkeit diesen Namen verdient. – – Was überlegen Sie noch? Hier, Adrast! nehmen Sie Ihre Handschriften zurück!

ADRAST Ich will mich wohl dafür hüten.

THEOPHAN Ich bitte Sie, lassen Sie mich nicht unverrichteter Sache zu einem Manne zurückkommen, der es mit Ihnen gewiß redlich meinet. Er würde die Schuld seines verachteten Anerbietens auf mich schieben *(indem er ihm die Wechsel aufs neue darreicht, reißt sie ihm Johann aus der Hand)*.

JOHANN Ha! ha! mein Herr, in wessen Händen sind die Wechsel nun?

THEOPHAN *(gelassen)* In den deinigen, ohne Zweifel. Immer bewahre sie, anstatt deines Herrn.

ADRAST *(geht wütend auf den Bedienten los)* Infamer! es kostet dein Leben – –

THEOPHAN Nicht so hitzig, Adrast.

ADRAST Den Augenblick gib sie ihm zurück! *(Er nimmt sie ihm weg.)* Geh mir aus den Augen!

JOHANN Nun, wahrhaftig! – –

ADRAST Wo du noch eine Minute verziehst – – *(Er stößt ihn fort.)*

SECHSTER AUFTRITT

Theophan. Adrast.

ADRAST Ich muß mich schämen, Theophan; ich glaube aber nicht, daß Sie so gar weit gehen, und mich mit meinem Bedienten vermengen werden. -- Nehmen Sie es zurück, was man Ihnen rauben wollte. --

THEOPHAN Es ist in der Hand, in der es sein soll.

ADRAST Nein. Ich verachte Sie viel zu sehr, als daß ich Sie abhalten sollte, eine niederträchtige Tat zu begehen.

THEOPHAN Das ist empfindlich! *(Er nimmt die Wechsel zurück.)*

ADRAST Es ist mir lieb, daß Sie mich nicht gezwungen, sie Ihnen vor die Füße zu werfen. Wenn sie wieder in meine Hände zurückkommen sollen, so werde ich anständigere Mittel dazu finden. Finde ich aber keine, so ist es eben das. Sie werden sich freuen, mich zugrunde zu richten, und ich werde mich freuen, Sie von ganzem Herzen hassen zu können.

THEOPHAN Es sind doch wirklich Ihre Wechsel, Adrast? *(Indem er sie aufschlägt und ihm zeigt.)*

ADRAST Sie glauben etwa, daß ich sie leugnen werde? --

THEOPHAN Das glaube ich nicht; ich will bloß gewiß sein *(er zerreißt sie gleichgültig)*.

ADRAST Was machen Sie, Theophan?

THEOPHAN Nichts *(indem er die Stücken in die Szene wirft)*. Ich vernichte eine Nichtswürdigkeit, die einen Mann, wie Adrast ist, zu so kleinen Reden verleiten kann.

ADRAST Aber sie gehören nicht Ihnen. –

THEOPHAN Sorgen Sie nicht; ich tue, was ich verantworten kann. -- Bestehet Ihr Verdacht noch? *(Geht ab.)*

SIEBENTER AUFTRITT

Adrast.

(Sieht ihm einige Augenblicke nach.) Was für ein Mann! Ich habe tausend aus seinem Stande gefunden, die unter der Larve der Heiligkeit betrogen; aber noch keinen, der es, wie dieser, unter der Larve der Großmut, getan hätte. – – Entweder er sucht mich zu beschämen, oder zu gewinnen. Keines von beiden soll ihm gelingen. Ich habe mich, zu gutem Glücke, auf einen hiesigen Wechsler besonnen, mit dem ich, bei bessern Umständen, ehemals Verkehr hatte. Er wird hoffentlich glauben, daß ich mich noch in ebendenselben befinde, und wenn das ist, mir ohne Anstand die nötige Summe vorschießen. Ich will ihn aber deswegen nicht zum Bocke machen, über dessen Hörner ich aus dem Brunnen springe. Ich habe noch liegende Gründe, die ich mit Vorteil verkaufen kann, wenn mir nur Zeit gelassen wird. Ich muß ihn aufsuchen. – –

ACHTER AUFTRITT

Henriette. Adrast.

HENRIETTE Wo stecken Sie denn, Adrast? Man hat schon zwanzigmal nach Ihnen gefragt. O! schämen Sie sich, daß ich Sie zu einer Zeit suchen muß, da Sie mich suchen sollten. Sie spielen den Ehemann zu zeitig. Doch getrost! vielleicht spielen Sie dafür den Verliebten alsdann, wann ihn andre nicht mehr spielen.

ADRAST Erlauben Sie, Mademoiselle; ich habe nur noch etwas Nötiges außer dem Hause zu besorgen.

HENRIETTE Was können Sie jetzt Nötigers zu tun haben, als um mich zu sein?

ADRAST Sie scherzen.

HENRIETTE Ich scherze? – Das war ein allerliebstes Kompliment!

ADRAST Ich mache nie welche.

HENRIETTE Was für ein mürrisches Gesicht! – – Wissen Sie, daß wir uns über diese mürrischen Gesichter zanken werden, noch ehe uns die Trauung die Erlaubnis dazu erteilt?

ADRAST Wissen Sie, daß ein solcher Einfall in Ihrem Munde nicht eben der artigste ist?

HENRIETTE Vielleicht, weil Sie glauben, daß die leichtsinnigen Einfälle nur in Ihrem Munde wohl lassen? Unterdessen haben Sie doch wohl kein Privilegium darüber?

ADRAST Sie machen Ihre Dinge vortrefflich. Ein Frauenzimmer, das so fertig antworten kann, ist sehr viel wert.

HENRIETTE Das ist wahr; denn wir schwachen Werkzeuge wissen sonst den Mund am allerwenigsten zu gebrauchen.

ADRAST Wollte Gott!

HENRIETTE Ihr treuherziges Wollte Gott! bringt mich zum Lachen, so sehr ich auch böse sein wollte. Ich bin schon wieder gut, Adrast.

ADRAST Sie sehen noch einmal so reizend aus, wenn Sie böse sein wollen; denn es kömmt doch selten weiter damit, als bis zur Ernsthaftigkeit, und diese läßt Ihrem Gesichte um so viel schöner, je fremder sie in demselben ist. Eine beständige Munterkeit, ein immer anhaltendes Lächeln wird unschmackhaft.

HENRIETTE *(ernsthaft)* O! mein guter Herr, wenn das Ihr Fall ist, ich will es Ihnen schmackhaft genug machen.

ADRAST Ich wollte wünschen, – – denn noch habe ich Ihnen nichts vorzuschreiben, – –

HENRIETTE Dieses Noch ist mein Glück. Aber was wollten Sie denn wünschen?

ADRAST Daß Sie sich ein klein wenig mehr nach dem Exempel Ihrer ältesten Mademoisell Schwester richten möchten. Ich verlange nicht, daß Sie ihre ganze sittsame Art an sich nehmen sollen; wer weiß, ob sie Ihnen so anstehen würde? – –

HENRIETTE St! die Pfeife verrät das Holz, woraus sie geschnitten ist. Lassen Sie doch hören, ob meine dazu stimmt?

ADRAST Ich höre.

HENRIETTE Es ist recht gut, daß Sie auf das Kapitel von Exempeln gekommen sind. Ich habe Ihnen auch einen kleinen Vers daraus vorzupredigen.

ADRAST Was für eine Art sich auszudrücken!

HENRIETTE Hum! Sie denken, weil Sie nichts vom Predigen halten. Sie werden finden, daß ich eine Liebhaberin davon bin. Aber hören Sie nur: – – *(In seinem vorigen Tone.)* Ich wollte wünschen, – – denn noch habe ich Ihnen nichts vorzuschreiben, – –

ADRAST Und werden es auch niemals haben.

HENRIETTE Ja so! – Streichen Sie also das weg. – – Ich wollte wünschen, daß Sie sich ein klein wenig mehr nach dem Exempel des Herrn Theophans bilden möchten. Ich verlange nicht, daß Sie seine ganze gefällige Art an sich nehmen sollen, weil ich nichts Unmögliches verlangen mag; aber so etwas davon würde Sie um ein gut Teil erträglicher machen. Dieser Theophan, der nach weit strengern Grundsätzen lebt, als die Grundsätze eines gewissen Freigeistes sind, ist allezeit aufgeräumt und gesprächig. Seine Tugend, und noch sonst etwas, worüber Sie aber lachen werden, seine Frömmigkeit – – Lachen Sie nicht?

ADRAST Lassen Sie sich nicht stören. Reden Sie nur weiter. Ich will unterdessen meinen Gang verrichten, und gleich wieder hier sein. *(Geht ab.)*

HENRIETTE Sie dürfen nicht eilen. Sie kommen, wann Sie kommen: Sie werden mich nie wieder so treffen. – Welche Grobheit! Soll ich mich wohl darüber erzürnen? – Ich will mich besinnen. *(Geht auf der andern Seite ab.)*

Ende des dritten Aufzuges.

VIERTER AUFZUG

ERSTER AUFTRITT

Juliane. Henriette. Lisette.

HENRIETTE Sage was du willst; sein Betragen ist nicht zu entschuldigen.

JULIANE Davon würde sich alsdann erst urteilen lassen, wann ich auch seine Gründe gehört hätte. Aber, meine liebe Henriette, willst du mir wohl eine kleine schwesterliche Ermahnung nicht übelnehmen?

HENRIETTE Das kann ich dir nicht voraus sagen. Wenn sie dahin abzielen sollte, wohin ich mir einbilde – –

JULIANE Ja, wenn du mit deinen Einbildungen dazu kömmst –

HENRIETTE O! ich bin mit meinen Einbildungen recht wohl zufrieden. Ich kann ihnen nicht nachsagen, daß sie mich jemals sehr irre geführt hätten.

JULIANE Was meinst du damit?

HENRIETTE Muß man denn immer etwas meinen? Du weißt ja wohl, Henriette schwatzt gerne in den Tag hinein, und sie erstaunt allezeit selber, wenn sie von ohngefähr ein Pünktchen trifft, welches das Pünktchen ist, das man nicht gerne treffen lassen möchte.

JULIANE Nun höre einmal, Lisette!

HENRIETTE Ja, Lisette, laß uns doch hören, was das für eine schwesterliche Ermahnung ist, die sie mir erteilen will.

JULIANE Ich dir eine Ermahnung?

HENRIETTE Mich deucht, du sprachst davon.

JULIANE Ich würde sehr übel tun, wenn ich dir das Geringste sagen wollte.

HENRIETTE O! ich bitte – –

JULIANE Laß mich!

HENRIETTE Die Ermahnung, Schwesterchen! – –

JULIANE Du verdienst sie nicht.

HENRIETTE So erteile sie mir ohne mein Verdienst.

JULIANE Du wirst mich böse machen.

HENRIETTE Und ich, – – ich bin es schon. Aber denke nur nicht, daß ich es über dich bin. Ich bin es über niemanden, als über den Adrast. Und was mich unversöhnlich gegen ihn macht, ist dieses, daß meine Schwester seinetwegen gegen mich ungerecht werden muß.

JULIANE Von welcher Schwester sprichst du?

HENRIETTE Von welcher? – – von der, die ich gehabt habe.

JULIANE Habe ich dich jemals so empfindlich gesehen! – Du weißt es, Lisette, was ich gesagt habe.

LISETTE Ja, das weiß ich; und es war wirklich weiter nichts, als eine unschuldige Lobrede auf den Adrast, an der ich nur das auszusetzen hatte, daß sie Mamsell Henrietten eifersüchtig machen mußte.

JULIANE Eine Lobrede auf Adrasten?

HENRIETTE Mich eifersüchtig?

LISETTE Nicht so stürmisch! – – So geht's den Leuten, die mit der Wahrheit gerade durch wollen: sie machen es niemanden recht.

HENRIETTE Mich eifersüchtig? Auf Adrasten eifersüchtig? Ich werde, von heute an, den Himmel um nichts inbrünstiger anflehen, als um die Errettung aus den Händen dieses Mannes.

JULIANE Ich? eine Lobrede auf Adrasten? Ist das eine Lobrede, wenn ich sage, daß ein Mann einen Tag nicht wie den andern aufgeräumt sein kann? Wenn ich sage, daß Adrasten die Bitterkeit, worüber meine Schwester klagt, nicht natürlich ist, und daß sie ein zugestoßener Verdruß bei ihm müsse erregt haben? Wenn ich sage, daß ein Mann, wie er, der sich mit finsterm Nachdenken vielleicht nur zu sehr beschäftiget – –

ZWEITER AUFTRITT

Adrast. Juliane. Henriette. Lisette.

HENRIETTE Als wenn Sie gerufen wären, Adrast! Sie verließen mich vorhin, unhöflich genug, mitten in der Erhebung des Theophans; aber das hindert mich nicht, daß ich Ihnen nicht die Wiederholung Ihrer eigenen anzuhören gönnen sollte. – Sie sehen sich um? Nach Ihrer Lobrednerin gewiß? Ich bin es nicht, wahrhaftig! ich bin es nicht; meine Schwester ist es. Eine Betschwester, die Lobrednerin eines Freigeistes! Was für ein Widerspruch! Entweder Ihre Bekehrung muß vor der Türe sein, Adrast; oder meiner Schwester Verführung.

JULIANE Wie ausgelassen sie wieder auf einmal ist.

HENRIETTE Stehen Sie doch nicht so hölzern da!

ADRAST Ich nehme Sie zum Zeugen, schönste Juliane, wie verächtlich sie mir begegnet.

HENRIETTE Komm nur, Lisette! wir wollen sie allein lassen. Adrast braucht ohne Zweifel unsere Gegenwart weder zu seiner Danksagung, noch zu meiner Verklagung.

JULIANE Lisette soll hier bleiben.

HENRIETTE Nein, sie soll nicht.

LISETTE Sie wissen wohl, ich gehöre heute Mamsell Henrietten.

HENRIETTE Aber bei dem allen sieh dich vor, Schwester! Wenn mir dein Theophan aufstößt, so sollst du sehen, was geschieht. Sie dürfen nicht denken, Adrast, daß ich dieses sage, um Sie eifersüchtig zu machen. Ich fühle es in der Tat, daß ich anfange, Sie zu hassen.

ADRAST Es möchte Ihnen auch schwerlich gelingen, mich eifersüchtig zu machen.

HENRIETTE O! das wäre vortrefflich, wenn Sie mir hierinne gleich wären. Alsdann, erst alsdann würde unsre Ehe eine recht glückliche Ehe werden. Freuen Sie sich, Adrast! wie verächtlich wollen wir einander begegnen! – – Du willst antworten, Schwester? Nun ist es Zeit. Fort, Lisette!

DRITTER AUFTRITT

Adrast. Juliane.

JULIANE Adrast, Sie werden Geduld mit ihr haben müssen. – Sie verdient es aber auch; denn sie hat das beste Herz von der Welt, so verdächtig es ihre Zunge zu machen sucht.

ADRAST Allzugütige Juliane! Sie hat das Glück, Ihre Schwester zu sein; aber wie schlecht macht sie sich dieses Glück zunutze? Ich entschuldige jedes Frauenzimmer, das ohne merkliche Fehler nicht hat aufwachsen können, weil es ohne Erziehung und Beispiele hat aufwachsen müssen; aber ein Frauenzimmer zu entschuldigen, das eine Juliane zum Muster gehabt hat, und eine Henriette geworden ist: bis dahin langt meine Höflichkeit nicht. – –

JULIANE Sie sind aufgebracht, Adrast: wie könnten Sie billig sein?

ADRAST Ich weiß nicht, was ich jetzo bin; aber ich weiß, daß ich aus Empfindung rede. – –

JULIANE Die zu heftig ist, als daß sie lange anhalten sollte.

ADRAST So prophezeien Sie mir mein Unglück.

JULIANE Wie? – Sie vergessen, in was für Verbindung Sie mit meiner Schwester stehen?

ADRAST Ach! Juliane, warum muß ich Ihnen sagen, daß ich kein Herz für Ihre Schwester habe?

JULIANE Sie erschrecken mich. – –

ADRAST Und ich habe Ihnen nur noch die kleinste Hälfte von dem gesagt, was ich Ihnen sagen muß.

JULIANE So erlauben Sie, daß ich mir die größre erspare. *(Sie will fortgehen.)*

ADRAST Wohin? Ich hätte Ihnen meine Veränderung entdeckt, und Sie wollten die Gründe, die mich dazu bewogen haben, nicht anhören? Sie wollten mich mit dem Verdachte verlassen, daß ich ein unbeständiger, leichtsinniger Flattergeist sei?

JULIANE Sie irren sich. Nicht ich; mein Vater, meine Schwester, haben allein auf Ihre Rechtfertigungen ein Recht.

ADRAST Allein? Ach! – –

JULIANE Halten Sie mich nicht länger –

ADRAST Ich bitte nur um einen Augenblick. Der größte Verbrecher wird gehört – –

JULIANE Von seinem Richter, Adrast; und ich bin Ihr Richter nicht.

ADRAST Aber ich beschwöre Sie, es jetzt sein zu wollen. Ihr Vater, schönste Juliane, und Ihre Schwester werden mich verdammen, und nicht richten. Ihnen allein traue ich die Billigkeit zu, die mich beruhigen kann.

JULIANE *(beiseite)* Ich glaube, er beredet mich, ihn anzuhören. – – Nun wohl! so sagen Sie denn, Adrast, was Sie wider meine Schwester so eingenommen hat?

ADRAST Sie selbst hat mich wider sich eingenommen. Sie ist zu wenig Frauenzimmer, als daß ich sie als Frauenzimmer lieben könnte. Wenn ihre Lineamente nicht ihr Geschlecht bestärkten, so würde man sie für einen verkleideten wilden Jüngling halten, der zu ungeschickt wäre, seine angenommene Rolle zu spielen. Was für ein Mundwerk! Und was muß es für ein Geist sein, der diesen Mund in Beschäftigung erhält! Sagen Sie nicht, daß vielleicht Mund und Geist bei ihr wenig oder keine Verbindung miteinander haben. Desto schlimmer. Diese Unordnung, da ein jedes von diesen zwei Stücken seinen eignen Weg hält, macht zwar die Vergehungen einer solchen Person weniger strafbar; allein sie vernichtet auch alles Gute, was diese Person noch etwa an sich haben kann. Wenn ihre beißenden Spöttereien, ihre nachteiligen Anmerkungen deswegen zu übersehen sind, weil sie es, wie man zu reden pflegt, nicht so böse meinet; ist man nicht berechtiget, aus eben diesem Grunde dasjenige, was sie Rühmliches und Verbindliches sagt, ebenfalls für leere Töne anzusehen, bei welchen sie es vielleicht nicht so gut meinet? Wie kann man eines Art zu denken beurteilen, wenn man sie nicht aus seiner Art zu reden beurteilen soll? Und wenn der Schluß von der Rede auf die Gesinnung in dem einen Falle nicht gelten soll, warum soll er in dem andern gelten? Sie spricht mit dürren Worten, daß sie mich zu hassen anfange; und ich soll glauben, daß sie mich noch liebe? So werde ich auch glauben müssen, daß sie mich hasse, wenn sie sagen wird, daß sie mich zu lieben anfange.

JULIANE Adrast, Sie betrachten ihre kleinen Neckereien zu strenge, und verwechseln Falschheit mit Übereilung. Sie kann der letztern des Tages hundertmal schuldig werden; und von der erstern doch immer entfernt bleiben. Sie müssen es aus ihren Taten, und nicht aus ihren Reden, erfahren lernen, daß sie im Grunde die freundschaftlichste und zärtlichste Seele hat.

ADRAST Ach! Juliane, die Reden sind die ersten Anfänge der Taten, ihre Elemente gleichsam. Wie kann man vermuten, daß diejenige vorsichtig und gut handeln werde, der es nicht einmal gewöhnlich ist, vorsichtig und gut zu reden? Ihre Zunge verschont nichts, auch dasjenige nicht, was ihr das Heiligste von der Welt sein sollte. Pflicht, Tugend, Anständigkeit, Religion: alles ist ihrem Spotte ausgesetzt. – –

JULIANE Stille, Adrast! Sie sollten der letzte sein, der diese Anmerkung machte.

ADRAST Wieso?

JULIANE Wieso? – Soll ich aufrichtig reden?

ADRAST Als ob Sie anders reden könnten. – –

JULIANE Wie, wenn das ganze Betragen meiner Schwester, ihr Bestreben leichtsinniger zu scheinen, als sie ist, ihre Begierde Spöttereien zu sagen, sich nur von einer gewissen Zeit herschrieben? Wie, wenn diese gewisse Zeit die Zeit Ihres Hierseins wäre, Adrast?

ADRAST Was sagen Sie?

JULIANE Ich will nicht sagen, daß Sie ihr mit einem bösen Exempel vorgegangen wären. Allein wozu verleitet uns nicht die Begierde zu gefallen? Wenn Sie Ihre Gesinnungen auch noch weniger geäußert hätten: – – und Sie haben sie oft deutlich genug geäußert: – – so würde sie Henriette doch erraten haben. Und sobald sie dieselben erriet, so bald war der

Schluß, sich durch die Annehmung gleicher Gesinnungen bei Ihnen beliebt zu machen, für ein lebhaftes Mädchen sehr natürlich. Wollen Sie wohl nun so grausam sein, und ihr dasjenige als ein Verbrechen anrechnen, wofür Sie ihr, als für eine Schmeichelei, danken sollten?

ADRAST Ich danke niemanden, der klein genug ist, meinetwegen seinen Charakter zu verlassen; und derjenige macht mir eine schlechte Schmeichelei, der mich für einen Toren hält, welchem nichts als seine Art gefalle, und der überall gern kleine Kopien und verjüngte Abschilderungen von sich selbst sehen möchte.

JULIANE Aber auf diese Art werden Sie wenig Proselyten machen.

ADRAST Was denken Sie von mir, schönste Juliane? Ich Proselyten machen? Rasendes Unternehmen! Wem habe ich meine Gedanken jemals anschwatzen oder aufdringen wollen? Es sollte mir leid tun, sie unter den Pöbel gebracht zu wissen. Wenn ich sie oft laut und mit einer gewissen Heftigkeit verteidiget habe, so ist es in der Absicht, mich zu rechtfertigen, nicht, andere zu überreden, geschehen. Wenn meine Meinungen zu gemein würden, so würde ich der erste sein, der sie verließe, und die gegenseitigen annähme.

JULIANE Sie suchen also nur das Sonderbare?

ADRAST Nein, nicht das Sonderbare, sondern bloß das Wahre; und ich kann nicht dafür, wenn jenes, leider! eine Folge von diesem ist. Es ist mir unmöglich zu glauben, daß die Wahrheit gemein sein könne; ebenso unmöglich, als zu glauben, daß in der ganzen Welt auf einmal Tag sein könne. Das, was unter der Gestalt der Wahrheit unter allen Völkern herumschleicht, und auch von den Blödsinnigsten angenommen wird, ist gewiß keine Wahrheit, und man darf nur getrost die Hand, sie zu entkleiden, anlegen, so wird man den scheußlichsten Irrtum nackend vor sich stehen sehen.

JULIANE Wie elend sind die Menschen, und wie ungerecht ihr Schöpfer, wenn Sie recht haben, Adrast! Es muß entweder gar keine Wahrheit sein, oder sie muß von der Beschaffenheit sein, daß sie von den meisten, ja von allen, wenigstens im Wesentlichsten, empfunden werden kann.

ADRAST Es liegt nicht an der Wahrheit, daß sie es nicht werden kann, sondern an den Menschen. – – Wir sollen glücklich in der Welt leben; dazu sind wir erschaffen; dazu sind wir einzig und allein erschaffen. So oft die Wahrheit diesem großen Endzwecke hinderlich ist, so oft ist man verbunden, sie beiseite zu setzen; denn nur wenig Geister können in der Wahrheit selbst ihr Glück finden. Man lasse daher dem Pöbel seine Irrtümer; man lasse sie ihm, weil sie ein Grund seines Glückes und die Stütze des Staates sind, in welchem er für sich Sicherheit, Überfluß und Freude findet. Ihm die Religion nehmen, heißt ein wildes Pferd auf der fetten Weide losbinden, das, sobald es sich frei fühlt, lieber in unfruchtbaren Wäldern herumschweifen und Mangel leiden, als durch einen gemächlichen Dienst alles, was es braucht, erwerben will. – Doch nicht für den Pöbel allein, auch noch für einen andern Teil des menschlichen Geschlechts muß man die Religion beibehalten. Für den schönsten Teil, meine ich, dem sie eine Art von Zierde, wie dort eine Art von Zaume ist. Das Religiöse stehet der weiblichen Bescheidenheit sehr wohl; es gibt der Schönheit ein gewisses edles, gesetztes und schmachtendes Ansehen – –

JULIANE Halten Sie, Adrast! Sie erweisen meinem Geschlechte ebensowenig Ehre, als der Religion. Jenes setzen Sie mit dem Pöbel in *eine* Klasse, so fein auch Ihre Wendung war; und diese machen Sie aufs höchste zu einer Art von Schminke, die das Geräte auf unsern Nachttischen vermehren kann. Nein, Adrast! die Religion ist eine Zierde für alle Menschen; und muß ihre wesentlichste Zierde sein. Ach! Sie verkennen sie aus Stolze; aber aus einem falschen Stolze. Was kann unsre Seele mit erhabenern Begriffen füllen, als die Religion? Und worin kann die Schönheit der Seele anders bestehen, als in solchen Begriffen? in würdigen Begriffen von Gott, von uns, von unsern Pflichten, von unserer Bestimmung? Was kann unser Herz, diesen Sammelplatz verderbter und unruhiger Leidenschaften, mehr reinigen, mehr beruhigen, als eben diese Religion? Was kann uns im Elende mehr aufrichten, als sie? Was kann uns zu wahrern Menschen, zu bessern Bürgern, zu aufrichtigern Freunden machen, als sie? – – Fast schäme ich mich, Adrast, mit Ihnen so ernstlich zu reden. Es ist der Ton ohne Zweifel nicht, der Ihnen an einem Frauenzimmer gefällt, ob Ihnen gleich der entgegengesetzte ebensowenig zu gefallen scheinet. Sie könnten alles dieses aus einem beredtern Munde, aus dem Munde des Theophans hören.

VIERTER AUFTRITT

Henriette. Juliane. Adrast.

HENRIETTE *(bleibt an der Szene horchend stehen)* St!

ADRAST Sagen Sie mir nichts vom Theophan. Ein Wort von Ihnen hat mehr Nachdruck, als ein stundenlanges Geplärre von ihm. Sie wundern sich? Kann es bei der Macht, die eine Person über mich haben muß, die ich einzig liebe, die ich anbete, anders sein? – – Ja, die ich liebe. – Das Wort ist hin! es ist gesagt! Ich bin mein Geheimnis los, bei dessen Verschweigung ich mich ewig gequälet hätte, von dessen Entdeckung ich aber darum nichts mehr hoffe. – – Sie entfärben sich? – –

JULIANE Was habe ich gehört? Adrast! –

ADRAST *(indem er niederfällt).* Lassen Sie mich es Ihnen auf den Knien zuschwören, daß Sie die Wahrheit gehört haben. – Ich liebe Sie, schönste Juliane, und werde Sie ewig lieben. Nun, nun liegt mein Herz klar und aufgedeckt vor Ihnen da. Umsonst wollte ich mich und andere bereden, daß meine Gleichgültigkeit gegen Henrietten die Wirkung an ihr bemerkter nachteiliger Eigenschaften sei; da sie doch nichts, als die Wirkung einer schon gebundenen Neigung war. Ach! die liebenswürdige Henriette hat vielleicht keinen andern Fehler, als diesen, daß sie eine noch liebenswürdigere Schwester hat. – –

HENRIETTE Bravo! die Szene muß ich den Theophan unterbrechen lassen – – – *(geht ab)*.

FÜNFTER AUFTRITT

Juliane. Adrast.

ADRAST *(indem er gähling aufsteht)* Wer sprach hier?

JULIANE Himmel! es war Henriettens Stimme.

ADRAST Ja, sie war es. Was für eine Neugierde! was für ein Vorwitz! Nein, nein! ich habe nichts zu widerrufen; sie hat alle die Fehler, die ich ihr beigelegt, und noch weit mehrere. Ich könnte sie nicht lieben, und wenn ich auch schon vollkommen frei, vollkommen gleichgültig gegen eine jede andere wäre.

JULIANE Was für Verdruß, Adrast, werden Sie mir zuziehen!

ADRAST Sorgen Sie nicht! Ich werde Ihnen allen diesen Verdruß durch meine plötzliche Entfernung zu ersparen wissen.

JULIANE Durch Ihre Entfernung?

ADRAST Ja, sie ist fest beschlossen. Meine Umstände sind von der Beschaffenheit, daß ich die Güte Lisidors mißbrauchen würde, wenn ich länger bliebe. Und über dieses will ich lieber meinen Abschied nehmen, als ihn bekommen.

JULIANE Sie überlegen nicht, was Sie sagen, Adrast. Von wem sollten Sie ihn bekommen?

ADRAST Ich kenne die Väter, schönste Juliane, und kenne auch die Theophane. Erlauben Sie, daß ich mich nicht näher erklären darf. Ach! wenn ich mir schmeicheln könnte, daß Juliane – – Ich sage nichts weiter. Ich will mir mit keiner Unmöglichkeit schmeicheln. Nein, Juliane kann den Adrast nicht lieben; sie muß ihn hassen. – –

JULIANE Ich hasse niemanden, Adrast. –

ADRAST Sie hassen mich; denn hier ist Hassen eben das, was Nichtlieben ist. Sie lieben den Theophan. – – Ha! hier kömmt er selbst.

SECHSTER AUFTRITT

Theophan. Adrast. Juliane.

JULIANE *(beiseite)* Was wird er sagen? was werde ich antworten?

ADRAST Ich kann mir es einbilden, auf wessen Anstiften Sie herkommen. Aber was glaubt sie damit zu gewinnen? Mich zu verwirren? mich wieder an sich zu ziehen? – – Wie wohl läßt es Ihnen, Theophan, und Ihrem ehrwürdigen Charakter, das Werkzeug einer weiblichen Eifersucht zu sein! Oder kommen Sie gar, mich zur Rede zu setzen? Ich werde Ihnen alles gestehen; ich werde noch stolz darauf sein.

THEOPHAN Wovon reden Sie, Adrast? Ich verstehe kein Wort.

JULIANE Erlauben Sie, daß ich mich entferne. Theophan, ich schmeichle mir, daß Sie einige Hochachtung für mich haben; Sie werden keine ungerechte Auslegungen machen, und wenigstens glauben, daß ich meine Pflicht kenne, und daß sie mir zu heilig ist, sie auch nur in Gedanken zu verletzen.

THEOPHAN Verziehen Sie doch. – Was sollen diese Reden? Ich verstehe Sie so wenig, als ich den Adrast verstanden habe.

JULIANE Es ist mir lieb, daß Sie aus einer unschuldigen Kleinigkeit nichts machen wollen. Aber lassen Sie mich – – *(geht ab)*.

SIEBENTER AUFTRITT

Adrast. Theophan.

THEOPHAN Ihre Geliebte, Adrast, schickte mich hierher: Ich würde hier nötig sein, sagte sie. Ich eile, und bekomme lauter Rätsel zu hören.

ADRAST Meine Geliebte? – – Ei! wie fein haben Sie dieses angebracht! Gewiß, Sie konnten Ihre Vorwürfe nicht kürzer fassen.

THEOPHAN Meine Vorwürfe? Was habe ich Ihnen denn vorzuwerfen?

ADRAST Wollen Sie etwa die Bestätigung aus meinem Munde hören?

THEOPHAN Sagen Sie mir nur, was Sie bestätigen wollen? Ich stehe ganz erstaunt hier. – –

ADRAST Das geht zu weit. Welche kriechende Verstellung! Doch damit sie Ihnen endlich nicht zu sauer wird, so will ich Sie mit Gewalt zwingen, sie abzulegen. – – Ja, es ist alles wahr, was Ihnen Henriette hinterbracht hat. Sie war niederträchtig genug, uns zu behorchen. – Ich liebe Julianen, und habe ihr meine Liebe gestanden. –

THEOPHAN Sie lieben Julianen?

ADRAST *(spöttisch)* Und was das Schlimmste dabei ist, ohne den Theophan um Erlaubnis gebeten zu haben.

THEOPHAN Stellen Sie sich deswegen zufrieden. Sie haben nur eine sehr kleine Formalität übergangen.

ADRAST Ihre Gelassenheit, Theophan, ist hier nichts Besonders. Sie glauben Ihrer Sachen gewiß zu sein. – – Und ach! wenn Sie es doch weniger wären! Wenn ich doch nur mit der geringsten Wahrscheinlichkeit hinzusetzen könnte, daß Juliane auch mich liebe. Was für eine Wollust sollte mir das Erschrecken sein, das sich in Ihrem Gesichte verraten würde! Was für ein Labsal für mich, wenn ich Sie seufzen hörte, wenn ich Sie zittern sähe! Wie würde ich mich freuen, wenn Sie Ihre ganze Wut an mir auslassen, und mich voller Verzweiflung, ich weiß nicht wohin, verwünschen müßten!

THEOPHAN So könnte Sie wohl kein Glück entzücken, wenn es nicht durch das Unglück eines andern gewürzt würde? – – Ich bedaure den Adrast! Die Liebe muß alle ihre verderbliche Macht an ihm verschwendet haben, weil er so unanständig reden kann.

ADRAST Wohl! an dieser Miene, an dieser Wendung erinnere ich mich, was ich bin. Es ist wahr, ich bin Ihr Schuldner, Theophan: und gegen seine Schuldner hat man das Recht, immer ein wenig groß zu tun; – – doch Geduld! ich hoffe es nicht lange mehr zu sein. Es hat sich noch ein ehrlicher Mann gefunden, der mich aus dieser Verlegenheit reißen will. Ich weiß nicht, wo er bleibt. Seinem Versprechen gemäß, hätte er bereits mit dem Gelde hier sein sollen. Ich werde wohltun, wenn ich ihn hole.

THEOPHAN Aber noch ein Wort, Adrast. Ich will Ihnen mein ganzes Herz entdecken. – –

ADRAST Diese Entdeckung würde mich nicht sehr belustigen. Ich gehe, und bald werde ich Ihnen mit einem kühnern Gesichte unter die Augen treten können *(geht ab)*.

THEOPHAN *(allein)* Unbiegsamer Geist! Fast verzweifle ich an meinem Unternehmen. Alles ist bei ihm umsonst. Aber was würde er gesagt haben, wenn er mir Zeit gelassen hätte, ihn für sein Geständnis, mit einem andern ähnlichen Geständnisse zu bezahlen? – – Sie kömmt.

ACHTER AUFTRITT

Henriette. Lisette. Theophan.

HENRIETTE Nun? Theophan, habe ich Sie nicht zu einem artigen Anblicke verholfen?

THEOPHAN Sie sind leichtfertig, schöne Henriette. Aber was meinen Sie für einen Anblick? Kaum daß ich die Hauptsache mit Mühe und Not begriffen habe.

HENRIETTE O schade! – Sie kamen also zu langsam? und Adrast lag nicht mehr vor meiner Schwester auf den Knieen?

THEOPHAN So hat er vor ihr auf den Knieen gelegen?

LISETTE Leider für Sie alle beide!

HENRIETTE Und meine Schwester stand da, – – ich kann es Ihnen nicht beschreiben, – – stand da, fast, als wenn sie ihn in dieser unbequemen Stellung gerne gesehen hätte. Sie dauern mich, Theophan! – –

THEOPHAN Soll ich Sie auch bedauren, mitleidiges Kind?

HENRIETTE Mich bedauren? Sie sollen mir Glück wünschen.

LISETTE Aber nein; so etwas schreit um Rache!

THEOPHAN Und wie meint Lisette denn, daß man sich rächen könne?

LISETTE Sie wollen sich also doch rächen?

THEOPHAN Vielleicht.

LISETTE Und Sie sich auch, Mamsell?

HENRIETTE Vielleicht.

LISETTE Gut! das sind zwei Vielleicht, womit sich etwas anfangen läßt.

THEOPHAN Aber es ist noch sehr ungewiß, ob Juliane den Adrast wieder liebt; und wenn dieses nicht ist, so würde ich zu zeitig auf Rache denken.

LISETTE O! die christliche Seele! Nun überlegt sie erst, daß man sich nicht rächen soll.

THEOPHAN Nicht so spöttisch, Lisette! Es würde hier von einer sehr unschuldigen Rache die Rede sein.

HENRIETTE Das meine ich auch; von einer sehr unschuldigen.

LISETTE Wer leugnet das? von einer so unschuldigen, daß man sich mit gutem Gewissen darüber beratschlagen kann. Hören Sie nur! Ihre Rache, Herr Theophan, wäre eine männliche Rache, nicht wahr? und Ihre Rache, Mamsell Henriette, wäre eine weibliche Rache: eine männliche Rache nun, und eine weibliche Rache – – Ja! wie bringe ich wohl das Ding recht gescheut herum?

HENRIETTE Du bist eine Närrin mitsamt deinen Geschlechtern.

LISETTE Helfen Sie mir doch ein wenig, Herr Theophan. – – Was meinen Sie dazu? Wenn zwei Personen einerlei Weg gehen müssen, nicht wahr? so ist es gut, daß diese zwei Personen einander Gesellschaft leisten?

THEOPHAN Jawohl; aber vorausgesetzt, daß diese zwei Personen einander leiden können.

HENRIETTE Das war der Punkt!

LISETTE *(beiseite)* Will denn keines anbeißen? Ich muß einen andern Zipfel fassen. – – Es ist schon wahr, was Herr Theophan vorhin sagte, daß es nämlich noch sehr ungewiß sei, ob Mamsell Juliane den Adrast liebe. Ich setze sogar hinzu: Es ist noch sehr ungewiß, ob Herr Adrast Mamsell Julianen wirklich liebt.

HENRIETTE O schweig, du unglückliche Zweiflerin. Es soll nun aber gewiß sein!

LISETTE Die Mannspersonen bekommen dann und wann gewisse Anfälle von einer gewissen wetterwendischen Krankheit, die aus einer gewissen Überladung des Herzens entspringt.

HENRIETTE Aus einer Überladung des Herzens? Schön gegeben!

LISETTE Ich will Ihnen gleich sagen, was das heißt. So wie Leute, die sich den Magen überladen haben, nicht eigentlich mehr wissen, was ihnen schmeckt, und was ihnen nicht schmeckt: so geht es auch den Leuten, die sich das Herz überladen haben. Sie wissen selbst nicht mehr, auf welche Seite das überladene Herz hinhängt, und da trifft es sich denn wohl, daß kleine Irrungen in der Person daraus entstehen. – – Habe ich nicht recht, Herr Theophan?

THEOPHAN Ich will es überlegen.

LISETTE Sie sind freilich eine weit bessere Art von Mannspersonen, und ich halte Sie für allzuvorsichtig, als daß Sie Ihr Herz so überladen sollten. – – Aber wissen Sie wohl, was ich für einen Einfall habe, wie wir gleichwohl hinter die Wahrheit mit dem Herrn Adrast und der Mamsell Juliane kommen wollen?

THEOPHAN Nun?

HENRIETTE Du würdest mich neugierig machen, wenn ich nicht schon hinter der Wahrheit wäre. – –

LISETTE Wie? wenn wir einen gewissen blinden Lärm machten?

HENRIETTE Was ist das wieder?

LISETTE Ein blinder Lärm ist ein Lärm wohinter nichts ist; der aber doch die Gabe hat, den Feind – – zu einer gewissen Aufmerksamkeit zu bringen. – – Zum Exempel: Um zu erfahren, ob Mamsell Juliane den Adrast liebe, müßte sich Herr Theophan in jemand anders verliebt stellen; und um zu erfahren, ob Adrast Mamsell Julianen liebe, müßten Sie sich in jemand anders verliebt stellen. Und da es nun nicht lassen würde, wenn sich Herr Theophan in mich verliebt stellte, noch viel weniger, wenn Sie sich in seinen Martin verliebt stellen wollten: so wäre, kurz und gut, mein Rat, Sie stellten sich beide ineinander verliebt. – – Ich rede nur von Stellen; merken Sie wohl, was ich sage! nur von Stellen; denn sonst könnte der blinde Lärm auf einmal Augen kriegen. – – Nun sagen Sie mir beide, ist der Anschlag nicht gut?

THEOPHAN *(beiseite)* Wo ich nicht gehe, so wird sie noch machen, daß ich mich werde erklären müssen. – – Der Anschlag ist so schlimm nicht; aber – –

LISETTE Sie sollen sich ja nur stellen. –

THEOPHAN Das Stellen eben ist es, was mir dabei nicht gefällt.

LISETTE Und Sie, Mamsell?

HENRIETTE Ich bin auch keine Liebhaberin vom Stellen.

LISETTE Besorgen Sie beide etwa, daß Sie es zu natürlich machen möchten? – Was stehen Sie so auf dem Sprunge, Herr Theophan? Was stehen Sie so in Gedanken, Mamsell?

HENRIETTE Oh! geh; es wäre in meinem Leben das erstemal.

THEOPHAN Ich muß mich auf einige Augenblicke beurlauben, schönste Henriette. –

LISETTE Es ist nicht nötig. Sie sollen mir wahrhaftig nicht nachsagen, daß ich Sie weggeplaudert habe. Kommen Sie, Mamsell! – –

HENRIETTE Es ist auch wahr, dein Plaudern ist manchmal recht ärgerlich. Komm! – – Theophan, soll ich sagen, daß Sie nicht lange weg sein werden?

THEOPHAN Wenn ich bitten darf. – –

(Henriette und Lisette gehen auf der einen Seite ab. Indem Theophan auf der andern abgehen will, begegnet ihm der Wechsler.)

NEUNTER AUFTRITT

Theophan. Der Wechsler.

DER WECHSLER Sie werden verzeihen, mein Herr. Ich möchte nur ein Wort mit dem Herrn Adrast sprechen.

THEOPHAN Eben jetzt ist er ausgegangen. Wollen Sie mir es auftragen? – –

DER WECHSLER Wenn ich so frei sein darf. – Er hat eine Summe Geldes bei mir aufnehmen wollen, die ich ihm auch anfangs versprach. Ich habe aber nunmehr Bedenklichkeiten gefunden, und ich komme, es ihm wieder abzusagen: das ist es alles.

THEOPHAN Bedenklichkeiten, mein Herr? Was für Bedenklichkeiten? doch wohl keine von seiten des Adrast?

DER WECHSLER Warum nicht?

THEOPHAN Ist er kein Mann von Kredit?

DER WECHSLER Kredit, mein Herr, Sie werden wissen, was das ist. Man kann heute Kredit haben, ohne gewiß zu sein, daß man ihn morgen haben wird. Ich habe seine jetzigen Umstände erfahren. –

THEOPHAN *(beiseite)* Ich muß mein Möglichstes tun, daß diese nicht auskommen. – – Sie müssen die falschen erfahren haben. – – Kennen Sie mich, mein Herr? –

DER WECHSLER Von Person nicht; vielleicht, wenn ich Ihren Namen hören sollte. – –

THEOPHAN Theophan.

DER WECHSLER Ein Name, von dem ich allezeit das Beste gehört habe.

THEOPHAN Wenn Sie dem Herrn Adrast die verlangte Summe nicht auf seine Unterschrift geben wollen, wollen Sie es wohl auf die meinige tun?

DER WECHSLER Mit Vergnügen.

THEOPHAN Haben Sie also die Güte, mich auf meine Stube zu begleiten. Ich will Ihnen die nötigen Versicherungen ausstellen; wobei es bloß darauf ankommen wird, diese Bürgschaft vor dem Adrast selbst geheim zu halten.

DER WECHSLER Vor ihm selbst?

THEOPHAN Allerdings; um ihm den Verdruß über Ihr Mißtrauen zu ersparen. – –

DER WECHSLER Sie müssen ein großmütiger Freund sein.

THEOPHAN Lassen Sie uns nicht länger verziehen *(gehen ab)*.

Ende des vierten Aufzuges.

FÜNFTER AUFZUG

ERSTER AUFTRITT

Der Wechsler, von der einen Seite, und von der andern Adrast.

ADRAST *(vor sich)* Ich habe meinen Mann nicht finden können. – –

DER WECHSLER *(vor sich)* So lasse ich es mir gefallen. – –

ADRAST Aber sieh da! – – Ei! mein Herr, finde ich Sie hier? So sind wir ohne Zweifel einander fehlgegangen?

DER WECHSLER Es ist mir lieb, mein Herr Adrast, daß ich Sie noch treffe.

ADRAST Ich habe Sie in Ihrer Wohnung gesucht. Die Sache leidet keinen Aufschub. Ich kann mich doch noch auf Sie verlassen?

DER WECHSLER Nunmehr, ja.

ADRAST Nunmehr? Was wollen Sie damit?

DER WECHSLER Nichts. Ja, Sie können sich auf mich verlassen.

ADRAST Ich will nicht hoffen, daß Sie einiges Mißtrauen gegen mich haben?

DER WECHSLER Im geringsten nicht.

ADRAST Oder, daß man Ihnen einiges beizubringen gesucht hat?

DER WECHSLER Noch viel weniger.

ADRAST Wir haben bereits miteinander zu tun gehabt, und Sie sollen mich auch künftig als einen ehrlichen Mann finden.

DER WECHSLER Ich bin ohne Sorgen.

ADRAST Es liegt meiner Ehre daran, diejenigen zu schanden zu machen, die boshaft genug sind, meinen Kredit zu schmälern.

DER WECHSLER Ich finde, daß man das Gegenteil tut.

ADRAST O! sagen Sie das nicht. Ich weiß wohl, daß ich meine Feinde habe –

DER WECHSLER Sie haben aber auch Ihre Freunde. – –

ADRAST Aufs höchste dem Namen nach. Ich würde auszulachen sein, wenn ich auf sie rechnen wollte. – – Und glauben Sie, mein Herr, daß es mir nicht einmal lieb ist, daß Sie, in meiner Abwesenheit, hier in diesem Hause gewesen sind?

DER WECHSLER Und es muß Ihnen doch lieb sein.

ADRAST Es ist zwar das Haus, zu welchem ich mir nichts als Gutes versehen sollte; aber eine gewisse Person darin, mein Herr, eine gewisse Person – – Ich weiß, ich würde es empfunden haben, wenn Sie mit derselben gesprochen hätten.

DER WECHSLER Ich habe eigentlich mit niemanden gesprochen; diejenige Person aber, bei welcher ich mich nach Ihnen erkundigte, hat die größte Ergebenheit gegen Sie bezeugt.

ADRAST Ich kann es Ihnen wohl sagen, wer die Person ist, vor deren übeln Nachrede ich mich einigermaßen fürchte. Es wird sogar gut sein, wenn Sie es wissen, damit Sie, wenn Ihnen nachteilige Dinge von mir zu Ohren kommen sollten, den Urheber kennen.

DER WECHSLER Ich werde nicht nötig haben, darauf zu hören.

ADRAST Aber doch – – Mit einem Worte, es ist Theophan.

DER WECHSLER *(erstaunt)* Theophan?

ADRAST Ja, Theophan. Er ist mein Feind – –

DER WECHSLER Theophan Ihr Feind?

ADRAST Sie erstaunen?

DER WECHSLER Nicht ohne die größte Ursache. –

ADRAST Ohne Zweifel weil Sie glauben, daß ein Mann von

seinem Stande nicht anders, als großmütig und edel sein könne? – –

DER WECHSLER Mein Herr – –

ADRAST Er ist der gefährlichste Heuchler, den ich unter seinesgleichen noch jemals gefunden habe.

DER WECHSLER Mein Herr – –

ADRAST Er weiß, daß ich ihn kenne, und gibt sich daher alle Mühe, mich zu untergraben. – –

DER WECHSLER Ich bitte Sie – –

ADRAST Wenn Sie etwa eine gute Meinung von ihm haben, so irren Sie sich sehr. Vielleicht zwar, daß Sie ihn nur von der Seite seines Vermögens kennen; und wider dieses habe ich nichts: er ist reich; aber eben sein Reichtum schafft ihm Gelegenheit, auf die allerfeinste Art schaden zu können.

DER WECHSLER Was sagen Sie?

ADRAST Er wendet unbeschreibliche Ränke an, mich aus diesem Hause zu bringen; Ränke, denen er ein so unschuldiges Ansehen geben kann, daß ich selbst darüber erstaune.

DER WECHSLER Das ist zu arg! Länger kann ich durchaus nicht schweigen. Mein Herr, Sie hintergehen sich auf die erstaunlichste Art. – –

ADRAST Ich mich?

DER WECHSLER Theophan kann das unmöglich sein, wofür Sie ihn ausgeben. Hören Sie alles! Ich kam hierher, mein Ihnen gegebenes Wort wieder zurückezunehmen. Ich hatte von sicherer Hand, nicht vom Theophan, Umstände von Ihnen erfahren, die mich dazu nötigten. Ich fand ihn hier, und ich glaubte, es ihm ohne Schwierigkeit sagen zu dürfen –

ADRAST Dem Theophan? Wie wird sich der Niederträchtige gekitzelt haben!

DER WECHSLER Gekitzelt? Er hat auf das nachdrücklichste für Sie gesprochen. Und kurz, wenn ich Ihnen mein erstes Versprechen halte, so geschieht es bloß in Betrachtung seiner.

ADRAST In Betrachtung seiner? – Wo bin ich?

DER WECHSLER Er hat mir schriftliche Versicherungen gegeben, die ich als eine Bürgschaft für Sie ansehen kann. Zwar hat er mir es zugleich verboten, jemanden das Geringste davon zu sagen: allein ich konnte es unmöglich anhören, daß ein rechtschaffener Mann so unschuldig verlästert würde. Sie können die verlangte Summe bei mir abholen lassen, wann es Ihnen beliebt. Nur werden Sie mir den Gefallen tun und sich nichts gegen ihn merken lassen. Er bezeugte bei dem ganzen Handel so viel Aufrichtigkeit und Freundschaft für Sie, daß er ein Unmensch sein müßte, wenn er die Verstellung bis dahin treiben könnte. – Leben Sie wohl! *(Geht ab.)*

ZWEITER AUFTRITT

Adrast.

– – Was für ein neuer Streich! – Ich kann nicht wieder zu mir selbst kommen! – – Es ist nicht auszuhalten! – Verachtungen, Beleidigungen, – Beleidigungen in dem Gegenstande, der ihm der liebste sein muß: – – alles ist umsonst; nichts will er fühlen. Was kann ihn so verhärten? Die Bosheit allein, die Begierde allein, seine Rache reif werden zu lassen. – – Wen sollte dieser Mann nicht hinter das Licht führen? Ich weiß nicht, was ich denken soll. Er dringt seine Wohltaten mit einer Art auf – – Aber verwünscht sind seine Wohltaten, und seine Art! Und wenn auch keine Schlange unter diesen Blumen läge, so würde ich ihn doch nicht anders als hassen können. Hassen werde ich ihn, und wenn er mir das Leben rettete. Er hat mir das geraubt, was kostbarer ist, als das Leben: das Herz meiner Juliane; ein Raub, den er nicht ersetzen kann, und wenn er sich mir zu eigen schenkte. Doch er will ihn nicht ersetzen; ich dichte ihm noch eine zu gute Meinung an. – –

DRITTER AUFTRITT

Theophan. Adrast.

THEOPHAN In welcher heftigen Bewegung treffe ich Sie abermal, Adrast?

ADRAST Sie ist Ihr Werk.

THEOPHAN So muß sie eines von denen Werken sein, die wir alsdann wider unsern Willen hervorbringen, wann wir uns am meisten nach ihrem Gegenteile bestreben. Ich wünsche nichts, als Sie ruhig zu sehen, damit Sie mit kaltem Blute von einer Sache mit mir reden könnten, die uns beide nicht näher angehen kann.

ADRAST Nicht wahr, Theophan? es ist der höchste Grad der List, wenn man alle seine Streiche so zu spielen weiß, daß die, denen man sie spielt, selbst nicht wissen, ob und was für Vorwürfe sie uns machen sollen?

THEOPHAN Ohne Zweifel.

ADRAST Wünschen Sie sich Glück: Sie haben diesen Grad erreicht.

THEOPHAN Was soll das wieder?

ADRAST Ich versprach Ihnen vorhin, die bewußten Wechsel zu bezahlen – *(spöttisch)* Sie werden es nicht übelnehmen, es kann nunmehr nicht sein. Ich will Ihnen, anstatt der zerrissenen, andere Wechsel schreiben.

THEOPHAN *(in eben dem Tone)* Es ist wahr, ich habe sie in keiner andern Absicht zerrissen, als neue von Ihnen zu bekommen. –

ADRAST Es mag Ihre Absicht gewesen sein, oder nicht: Sie sollen sie haben. – Wollten Sie aber nicht etwa gern erfahren, warum ich sie nunmehr nicht bezahlen kann?

THEOPHAN Nun?

ADRAST Weil ich die Bürgschaften nicht liebe.

THEOPHAN Die Bürgschaften?

ADRAST Ja; und weil ich Ihrer Rechten nichts geben mag, was ich aus Ihrer Linken nehmen müßte.

THEOPHAN *(beiseite)* Der Wechsler hat mir nicht reinen Mund gehalten!

ADRAST Sie verstehen mich doch?

THEOPHAN Ich kann es nicht mit Gewißheit sagen.

ADRAST Ich gebe mir alle Mühe, Ihnen auf keine Weise verbunden zu sein: muß es mich also nicht verdrießen, daß Sie mich in den Verdacht bringen, als ob ich es gleichwohl zu sein Ursache hätte?

THEOPHAN Ich erstaune über Ihre Geschicklichkeit, alles auf der schlimmsten Seite zu betrachten.

ADRAST Und wie Sie gehört haben, so bin ich über die Ihrige erstaunt, diese schlimme Seite so vortrefflich zu verbergen. Noch weiß ich selbst nicht eigentlich, was ich davon denken soll.

THEOPHAN Weil Sie das Natürlichste davon nicht denken wollen.

ADRAST Dieses Natürlichste, meinen Sie vielleicht, wäre das, wenn ich dächte, daß Sie diesen Schritt aus Großmut, aus Vorsorge für meinen guten Namen getan hätten? Allein, mit Erlaubnis, hier wäre es gleich das Unnatürlichste.

THEOPHAN Sie haben doch wohl recht. Denn wie wäre es immer möglich, daß ein Mann von meinem Stande nur halb so menschliche Gesinnungen haben könnte?

ADRAST Lassen Sie uns Ihren Stand einmal beiseite setzen.

THEOPHAN Sollten Sie das wohl können? –

ADRAST Gesetzt also, Sie wären keiner von den Leuten, die, den Charakter der Frömmigkeit zu behaupten, ihre Leidenschaften so geheim, als möglich, halten müssen; die anfangs aus Wohlstand heucheln lernen, und endlich die Heuchelei als eine zweite Natur beibehalten; die nach ihren Grundsätzen verbunden sind, sich ehrlicher Leute, welche sie die Kinder der Welt nennen, zu entziehen, oder wenigstens aus keiner andern Absicht Umgang mit ihnen zu pflegen, als aus der niederträchtigen Absicht, sie auf ihre Seite zu lenken; gesetzt, Sie wären keiner von diesen: sind Sie nicht wenigstens ein

Mensch, der Beleidigungen empfindet? Und auf einmal alles in allem zu sagen: – – Sind Sie nicht ein Liebhaber, welcher Eifersucht fühlen muß?

THEOPHAN Es ist mir angenehm, daß Sie endlich auf diesen Punkt herauskommen.

ADRAST Vermuten Sie aber nur nicht, daß ich mit der geringsten Mäßigung davon sprechen werde.

THEOPHAN So will ich es versuchen, desto mehrere dabei zu brauchen.

ADRAST Sie lieben Julianen, und ich – ich – was suche ich lange noch Worte? – Ich hasse Sie wegen dieser Liebe, ob ich gleich kein Recht auf den geliebten Gegenstand habe; und Sie, der Sie ein Recht darauf haben, sollten mich, der ich Sie um dieses Recht beneide, nicht auch hassen?

THEOPHAN Gewiß, ich sollte nicht. – Aber lassen Sie uns doch das Recht untersuchen, das Sie und ich auf Julianen haben.

ADRAST Wenn dieses Recht auf die Stärke unserer Liebe ankäme, so würde ich es Ihnen vielleicht noch streitig machen. Es ist Ihr Glück, daß es auf die Einwilligung eines Vaters, und auf den Gehorsam einer Tochter ankömmt. – –

THEOPHAN Hierauf will ich es durchaus nicht ankommen lassen. Die Liebe allein soll Richter sein. Aber merken Sie wohl, nicht bloß unsere, sondern vornehmlich die Liebe derjenigen, in deren Besitz Sie mich glauben. Wenn Sie mich überführen können, daß Sie von Julianen wieder geliebet werden – –

ADRAST So wollen Sie mir vielleicht Ihre Ansprüche abtreten?

THEOPHAN So muß ich.

ADRAST Wie höhnisch Sie mit mir umgehen! – – Sie sind Ihrer Sachen gewiß, und überzeugt, daß Sie bei dieser Rodomontade nichts aufs Spiel setzen.

THEOPHAN Also können Sie mir es nicht sagen, ob Sie Juliane liebet?

ADRAST Wenn ich es könnte, würde ich wohl unterlassen, Sie mit diesem Vorzuge zu peinigen?

THEOPHAN Stille! Sie machen sich unmenschlicher, als Sie sind.

– – Nun wohl! so will ich, – ich will es Ihnen sagen, daß Sie Juliane liebt.

ADRAST Was sagen Sie? – – Doch fast hätte ich über das Entzückende dieser Versicherung vergessen, aus wessen Munde ich sie höre. Recht so! Theophan, recht so! Man muß über seine Feinde spotten. Aber wollen Sie, diese Spötterei vollkommen zu machen, mich nicht auch versichern, daß Sie Julianen nicht lieben?

THEOPHAN *(verdrießlich)* Es ist unmöglich, mit Ihnen ein vernünftiges Wort zu sprechen *(er will weggehen)*.

ADRAST *(beiseite)* Er wird zornig? – Warten Sie doch, Theophan. Wissen Sie, daß die erste aufgebrachte Miene, die ich endlich von Ihnen sehe, mich begierig macht, dieses vernünftige Wort zu hören?

THEOPHAN *(zornig)* Und wissen Sie, daß ich endlich Ihres schimpflichen Betragens überdrüssig bin?

ADRAST *(beiseite)* Er macht Ernst. –

THEOPHAN *(noch zornig)* Ich will mich bestreben, daß Sie den Theophan so finden sollen, als Sie ihn sich vorstellen.

ADRAST Verziehen Sie. Ich glaube in Ihrem Trotze mehr Aufrichtigkeit zu sehen, als ich jemals in Ihrer Freundlichkeit gesehen habe.

THEOPHAN Wunderbarer Mensch! Muß man sich Ihnen gleich stellen, muß man ebenso stolz, ebenso argwöhnisch, ebenso grob sein, als Sie, um Ihr elendes Vertrauen zu gewinnen?

ADRAST Ich werde Ihnen diese Sprache, ihrer Neuigkeit wegen, vergeben müssen.

THEOPHAN Sie soll Ihnen alt genug werden!

ADRAST Aber in der Tat – – Sie machen mich vollends verwirrt. Müssen Sie mir Dinge, worauf alle mein Wohl ankömmt, mit einem fröhlichen Gesichte sagen? Ich bitte Sie, sagen Sie es jetzt noch einmal, was ich vorhin für eine Spötterei aufnehmen mußte.

THEOPHAN Wenn ich es sage, glauben Sie nur nicht, daß es um Ihretwillen geschieht.

ADRAST Desto mehr werde ich mich darauf verlassen.

THEOPHAN Aber ohne mich zu unterbrechen: das bitte ich. – –

ADRAST Reden Sie nur.

THEOPHAN Ich will Ihnen den Schlüssel zu dem, was Sie hören sollen, gleich voraus geben. Meine Neigung hat mich nicht weniger betrogen, als Sie die Ihrige. Ich kenne und bewundere alle die Vollkommenheiten, die Julianen zu einer Zierde ihres Geschlechts machen; aber – ich liebe sie nicht.

ADRAST Sie – –

THEOPHAN Es ist gleichviel, ob Sie es glauben oder nicht glauben. – – Ich habe mir Mühe genug gegeben, meine Hochachtung in Liebe zu verwandeln. Aber eben bei dieser Bemühung habe ich Gelegenheit gehabt, es oft sehr deutlich zu merken, daß sich Juliane einen ähnlichen Zwang antut. Sie wollte mich lieben, und liebte mich nicht. Das Herz nimmt keine Gründe an, und will in diesem, wie in andern Stücken, seine Unabhängigkeit von dem Verstande behaupten. Man kann es tyrannisieren, aber nicht zwingen. Und was hilft es, sich selbst zum Märtyrer seiner Überlegungen zu machen, wenn man gewiß weiß, daß man keine Beruhigung dabei finden kann? Ich erbarmte mich also Julianens, – – oder vielmehr, ich erbarmte mich meiner selbst: ich unterdrückte meine wachsende Neigung gegen eine andre Person nicht länger, und sah es mit Vergnügen, daß auch Juliane zu ohnmächtig oder zu nachsehend war, der ihrigen zu widerstehen. Diese ging auf einen Mann, der ihrer ebenso unwürdig ist, als unwürdig er ist, einen Freund zu haben. Adrast würde sein Glück in ihren Augen längst gewahr geworden sein, wenn Adrast gelassen genug wäre, richtige Blicke zu tun. Er betrachtet alles durch das gefärbte Glas seiner vorgefaßten Meinungen, und alles obenhin; und würde wohl oft lieber seine Sinne verleugnen, als seinen Wahn aufgeben. Weil Juliane ihn liebenswürdig fand, konnte ich mir unmöglich einbilden, daß er so gar verderbt sei. Ich sann auf Mittel, es beiden mit der besten Art beizubringen, daß sie mich nicht als eine gefährliche Hinderung ansehen sollten. Ich kam nur jetzt in dieser Absicht hieher; allein ließ mich Adrast, ohne die schimpflichsten Abschreckungen, darauf kommen? Ich würde ihn, ohne ein weiteres Wort, verlassen haben, wenn ich mich nicht noch derjenigen Person wegen gezwungen hätte, der ich, von Grund meiner Seelen, alles gönne, was sie sich selbst wünscht. – – Mehr habe ich ihm nicht zu sagen *(er will fortgehen)*.

ADRAST Wohin, Theophan? – – Urteilen Sie aus meinem Stilleschweigen, wie groß mein Erstaunen sein müsse! – Es ist eine menschliche Schwachheit, sich dasjenige leicht überreden zu lassen, was man heftig wünscht. Soll ich ihr nachhängen? soll ich sie unterdrücken?

THEOPHAN Ich will bei Ihrer Überlegung nicht gegenwärtig sein. – –

ADRAST Wehe dem, der mich auf eine so grausame Art aufzuziehen denkt!

THEOPHAN So räche mich denn Ihre marternde Ungewißheit an Ihnen!

ADRAST *(beiseite)* Jetzt will ich ihn fangen. – – Wollen Sie mir noch ein Wort erlauben, Theophan? – – Wie können Sie über einen Menschen zürnen, der mehr aus Erstaunen über sein Glück, als aus Mißtrauen gegen Sie, zweifelt? – –

THEOPHAN Adrast, ich werde mich schämen, nur einen Augenblick gezürnt zu haben, sobald Sie vernünftig reden wollen.

ADRAST Wenn es wahr ist, daß Sie Julianen nicht lieben, wird es nicht nötig sein, daß Sie sich dem Lisidor entdecken?

THEOPHAN Allerdings.

ADRAST Und Sie sind es wirklich gesonnen?

THEOPHAN Und zwar je eher, je lieber.

ADRAST Sie wollen dem Lisidor sagen, daß Sie Julianen nicht lieben?

THEOPHAN Was sonst?

ADRAST Daß Sie eine andere Person lieben?

THEOPHAN Vor allen Dingen; um ihm durchaus keine Ursache

zu geben, Julianen die rückgängige Verbindung zur Last zu legen.

ADRAST Wollten Sie wohl alles dieses gleich jetzo tun?

THEOPHAN Gleich jetzo? –

ADRAST *(beiseite)* Nun habe ich ihn! – Ja, gleich jetzo.

THEOPHAN Wollten Sie aber auch wohl eben diesen Schritt tun? Wollten auch Sie dem Lisidor wohl sagen, daß Sie Henrietten nicht liebten?

ADRAST Ich brenne vor Verlangen.

THEOPHAN Und daß Sie Julianen liebten?

ADRAST Zweifeln Sie?

THEOPHAN Nun wohl! so kommen Sie.

ADRAST *(beiseite)* Er will?

THEOPHAN Nur geschwind!

ADRAST Überlegen Sie es recht.

THEOPHAN Und was soll ich denn noch überlegen?

ADRAST Noch ist es Zeit. – –

THEOPHAN Sie halten sich selbst auf. Nur fort! – *(Indem er vorangehen will.)* Sie bleiben zurück? Sie stehen in Gedanken? Sie sehen mich mit einem Auge an, das Erstaunen verrät? Was soll das? –

ADRAST *(nach einer kleinen Pause)* Theophan! – –

THEOPHAN Nun? – – Bin ich nicht bereit?

ADRAST *(gerührt)* Theophan! – – Sie sind doch wohl ein ehrlicher Mann.

THEOPHAN Wie kommen Sie jetzt darauf?

ADRAST Wie ich jetzt darauf komme? Kann ich einen stärkern Beweis verlangen, daß Ihnen mein Glück nicht gleichgültig ist?

THEOPHAN Sie erkennen dieses sehr spät – aber Sie erkennen es doch noch. – – Liebster Adrast, ich muß Sie umarmen. – –

ADRAST Ich schäme mich – – lassen Sie mich allein; ich will Ihnen bald folgen. – –

THEOPHAN Ich werde Sie nicht allein lassen. – Ist es möglich, daß ich Ihren Abscheu gegen mich überwunden habe? Daß ich ihn durch eine Aufopferung überwunden habe, die mir so wenig kostet? Ach! Adrast, Sie wissen noch nicht, wie eigennützig ich dabei bin; ich werde vielleicht alle Ihre Hochachtung dadurch wieder verlieren: – – Ich liebe Henrietten.

ADRAST Sie lieben Henrietten? Himmel! so können wir ja hier noch beide glücklich sein. Warum haben wir uns nicht eher erklären müssen? O Theophan! Theophan! ich würde Ihre ganze Aufführung mit einem andern Auge angesehen haben. Sie würden der Bitterkeit meines Verdachts, meiner Vorwürfe nicht ausgesetzt gewesen sein.

THEOPHAN Keine Entschuldigungen, Adrast! Vorurteile und eine unglückliche Liebe sind zwei Stücke, deren eines schon hinreichet, einen Mann zu etwas ganz anderm zu machen, als er ist. – – Aber was verweilen wir hier länger?

ADRAST Ja, Theophan, nun lassen Sie uns eilen. – – Aber wenn uns Lisidor zuwider wäre? – – Wenn Juliane einen andern liebte? – –

THEOPHAN Fassen Sie Mut. Hier kömmt Lisidor.

VIERTER AUFTRITT

Lisidor. Theophan. Adrast.

LISIDOR Ihr seid mir feine Leute! Soll ich denn beständig mit dem fremden Vetter allein sein?

THEOPHAN Wir waren gleich im Begriff zu Ihnen zu kommen.

LISIDOR Was habt ihr nun wieder zusammen gemacht? gestritten? Glaubt mir doch nur, aus dem Streiten kömmt nichts heraus. Ihr habt alle beide, alle beide habt ihr recht. – – Zum Exempel: *(zum Theophan)* Der spricht, die Vernunft ist schwach; und der *(zum Adrast)* spricht, die Vernunft ist stark. Jener beweiset mit starken Gründen, daß die Vernunft schwach ist; und dieser mit schwachen Gründen, daß sie stark ist. Kömmt das nun nicht auf eins heraus? schwach und stark, oder, stark und schwach: was ist denn da für ein Unterscheid?

THEOPHAN Erlauben Sie, wir haben jetzt weder von der Stärke, noch von der Schwäche der Vernunft gesprochen – –

LISIDOR Nun! so war es von etwas anderm, das ebensowenig zu bedeuten hat. – Von der Freiheit etwa: Ob ein hungriger Esel, der zwischen zwei Bündeln Heu steht, die einander vollkommen gleich sind, das Vermögen hat, von dem ersten von dem besten zu fressen, oder, ob der Esel so ein Esel sein muß, daß er lieber verhungert? – –

ADRAST Auch daran ist nicht gedacht worden. Wir beschäftigten uns mit einer Sache, bei der das Vornehmste nunmehr auf Sie ankömmt.

LISIDOR Auf mich?

THEOPHAN Auf Sie, der Sie unser ganzes Glück in Händen haben.

LISIDOR O! ihr werdet mir einen Gefallen tun, wenn ihr es so geschwind, als möglich, in eure eignen Hände nehmt. – Ihr meint doch wohl das Glück in Fischbeinröcken? Schon lange habe ich es selber nicht mehr gern behalten wollen. Denn der Mensch ist ein Mensch, und eine Jungfer eine Jungfer; und Glück und Glas wie bald bricht das!

THEOPHAN Wir werden zeitlebens nicht dankbar genug sein können, daß Sie uns einer so nahen Verbindung gewürdiget haben. Allein es stößt sich noch an eine sehr große Schwierigkeit.

LISIDOR Was?

ADRAST An eine Schwierigkeit, die unmöglich vorauszusehen war.

LISIDOR Nu?

THEOPHAN *und* ADRAST Wir müssen Ihnen gestehen – –

LISIDOR Alle beide zugleich? Was wird das sein? Ich muß euch ordentlich vernehmen. – – Was gestehen Sie, Theophan? – –

THEOPHAN Ich muß Ihnen gestehen, – daß ich Julianen nicht liebe.

LISIDOR Nicht liebe? habe ich recht gehört? – Und was ist denn Ihr Geständnis, Adrast? – –

ADRAST Ich muß Ihnen gestehen, – – daß ich Henrietten nicht liebe.

LISIDOR Nicht liebe? – Sie nicht lieben, und Sie nicht lieben; das kann unmöglich sein! Ihr Streitköpfe, die ihr noch nie einig gewesen seid, solltet jetzo zum ersten Male einig sein, da es darauf ankömmt, mir den Stuhl vor die Türe zu setzen? – – Ach! ihr scherzt, nun merke ich's erst.

ADRAST Wir? scherzen?

LISIDOR Oder ihr müßt nicht klug im Kopfe sein. Ihr meine Töchter nicht lieben? die Mädel weinen sich die Augen aus dem Kopfe. – – Aber warum denn nicht? wenn ich fragen darf. Was fehlt denn Julianen, daß Sie sie nicht lieben können?

THEOPHAN Ihnen die Wahrheit zu gestehen, ich glaube, daß ihr Herz selbst für einen andern eingenommen ist.

ADRAST Und eben dieses vermute ich mit Grunde auch von Henrietten.

LISIDOR Ho! ho! dahinter muß ich kommen. – – Lisette! he! Lisette! – – Ihr seid also wohl gar eifersüchtig, und wollt nur drohen?

THEOPHAN Drohen? da wir Ihrer Güte jetzt am nötigsten haben?

LISIDOR He da! Lisette!

FÜNFTER AUFTRITT

Lisette. Lisidor. Theophan. Adrast.

LISETTE Hier bin ich ja schon! Was gibt's?

LISIDOR Sage, sie sollen gleich herkommen.

LISETTE Wer denn?

LISIDOR Beide! hörst du nicht?

LISETTE Meine Jungfern?

LISIDOR Fragst du noch?

LISETTE Gleich will ich sie holen. *(Indem sie wieder umkehrt.)* Kann ich ihnen nicht voraus sagen, was sie hier sollen?

LISIDOR Nein!

LISETTE *(geht und kömmt wieder)* Wenn sie mich nun aber fragen?

LISIDOR Wirst du gehen?

LISETTE Ich geh. – – *(Kömmt wieder.)* Es ist wohl etwas Wichtiges?

LISIDOR Ich glaube, du Maulaffe, willst es eher wissen, als sie?

LISETTE Nur sachte! ich bin so neugierig nicht.

SECHSTER AUFTRITT

Lisidor. Theophan. Adrast.

LISIDOR Ihr habt mich auf einmal ganz verwirrt gemacht. Doch nur Geduld, ich will das Ding schon wieder in seine Wege bringen. Das wäre mir gelegen, wenn ich mir ein Paar andere Schwiegersöhne suchen müßte! Ihr waret mir gleich so recht, und so ein Paar bekomme ich nicht wieder zusammen, wenn ich mir sie auch bestellen ließe.

ADRAST Sie sich andre Schwiegersöhne suchen? – – Was für ein Unglück drohen Sie uns?

LISIDOR Ihr wollt doch wohl nicht die Mädel heiraten, ohne sie zu lieben? Da bin ich auch euer Diener.

THEOPHAN Ohne sie zu lieben?

ADRAST Wer sagt das?

LISIDOR Was habt ihr denn sonst gesagt?

ADRAST Ich bete Julianen an.

LISIDOR Julianen?

THEOPHAN Ich liebe Henrietten mehr, als mich selbst.

LISIDOR Henrietten? – Uph! Wird mir doch auf einmal ganz wieder leichte. – Ist das der Knoten? Also ist es weiter nichts, als daß sich einer in des andern seine Liebste verliebt hat? Also wäre der ganze Plunder mit einem Tausche gut zu machen?

THEOPHAN Wie gütig sind Sie, Lisidor!

ADRAST Sie erlauben uns also – –

LISIDOR Was will ich tun? Es ist doch immer besser, ihr tauscht vor der Hochzeit, als daß ihr nach der Hochzeit tauscht. Wenn es meine Töchter zufrieden sind, ich bin es zufrieden.

ADRAST Wir schmeicheln uns, daß sie es sein werden. – – Aber bei der Liebe, Lisidor, die Sie gegen uns zeigen, kann ich unmöglich anders, ich muß Ihnen noch ein Geständnis tun.

LISIDOR Noch eins?

ADRAST Ich würde nicht rechtschaffen handeln, wenn ich Ihnen meine Umstände verhehlte.

LISIDOR Was für Umstände?

ADRAST Mein Vermögen ist so geschmolzen, daß ich, wenn ich alle meine Schulden bezahle, nichts übrig behalte.

LISIDOR O! schweig doch davon. Habe ich schon nach deinem Vermögen gefragt? Ich weiß so wohl, daß du ein lockrer Zeisig gewesen bist, und alles durchgebracht hast; aber eben deswegen will ich dir eine Tochter geben, damit du doch wieder etwas hast. – – Nur stille! da sind sie; laßt mich machen.

SIEBENTER AUFTRITT

Juliane. Henriette. Lisette. Lisidor. Theophan. Adrast.

LISETTE Hier bringe ich sie, Herr Lisidor. Wir sind höchstbegierig zu wissen, was Sie zu befehlen haben.

LISIDOR Seht freundlich aus, Mädchens! ich will euch etwas Fröhliches melden: Morgen soll's richtig werden. Macht euch gefaßt!

LISETTE Was soll richtig werden?

LISIDOR Für dich wird nichts mit richtig. – Lustig, Mädchens! Hochzeit! Hochzeit! – Nu? Ihr seht ja so barmherzig aus? Was fehlt dir, Juliane?

JULIANE Sie sollen mich allezeit gehorsam finden; aber nur diesesmal muß ich Ihnen vorstellen, daß Sie mich übereilen würden. – – Himmel! morgen?

LISIDOR Und du, Henriette?

HENRIETTE Ich, lieber Herr Vater? ich werde morgen krank sein, todsterbenskrank!

LISIDOR Verschieb es immer bis übermorgen.

HENRIETTE Es kann nicht sein. Adrast weiß meine Ursachen.

ADRAST Ich weiß, schönste Henriette, daß Sie mich hassen.

THEOPHAN Und Sie, liebste Juliane, Sie wollen gehorsam sein? – – Wie nahe scheine ich meinem Glücke zu sein, und wie weit bin ich vielleicht noch davon entfernt! – Mit was für einem Gesichte soll ich es Ihnen sagen, daß ich der Ehre Ihrer Hand unwert bin? daß ich mir bei aller der Hochachtung, die ich für eine so vollkommene Person hegen muß, doch nicht getraue, dasjenige für Sie zu empfinden, was ich nur für eine einzige Person in der Welt empfinden will.

LISETTE Das ist ja wohl gar ein Korb? Es ist nicht erlaubt, daß auch Mannspersonen welche austeilen wollen. Hurtig also, Julianchen, mit der Sprache heraus!

THEOPHAN Nur ein eitles Frauenzimmer könnte meine Erklärung beleidigen; und ich weiß, daß Juliane über solche Schwachheiten so weit erhaben ist, – –

JULIANE Ach Theophan! ich höre es schon: Sie haben zu scharfe Blicke in mein Herz getan. – –

ADRAST Sie sind nun frei, schönste Juliane. Ich habe Ihnen kein Bekenntnis weiter abzulegen, als das, welches ich Ihnen bereits abgelegt habe. – – Was soll ich hoffen?

JULIANE Liebster Vater! – Adrast! – Theophan! – Schwester! – –

LISETTE Nun merke ich alles. Geschwind muß das die Großmama erfahren *(Lisette läuft ab)*.

LISIDOR *(zu Julianen)* Siehst du, Mädchen, was du für Zeug angefangen hast?

THEOPHAN Aber Sie, liebste Henriette, was meinen Sie hierzu? Ist Adrast nicht ein ungetreuer Liebhaber? Ach! wenn Sie Ihre Augen auf einen getreuern werfen wollten! Wir sprachen vorhin von Rache, von einer unschuldigen Rache – –

HENRIETTE Top! Theophan: ich räche mich.

LISIDOR Fein bedächtig, Henriette! Hast du schon die Krankheit auf morgen vergessen?

HENRIETTE Gut! Ich lasse mich verleugnen, wenn sie kömmt.

LISIDOR Seid ihr aber nicht wunderliches Volk! Ich wollte jedem zu seinem Rocke egales Futter geben, aber ich sehe wohl, euer Geschmack ist bunt. Der Fromme sollte die Fromme, und der Lustige die Lustige haben: Nichts! der Fromme will die Lustige, und der Lustige die Fromme.

ACHTER AUFTRITT

Frau Philane mit Lisetten und die Vorigen.

FRAU PHILANE Kinder, was höre ich? Ist es möglich?

LISIDOR Ja, Mama; ich glaube, Sie werden nicht dawider sein. Sie wollen nun einmal so – –

FRAU PHILANE Ich sollte dawider sein? Diese Verändrung ist mein Wunsch, mein Gebet gewesen. Ach! Adrast, ach! Henriette, für euch habe ich oft gezittert! Ihr würdet ein unglückliches Paar geworden sein! Ihr braucht beide einen Gefährten, der den Weg besser kennet, als ihr. Theophan, Sie haben längst meinen Segen; aber wollen Sie mehr als diesen, wollen Sie auch den Segen des Himmels haben, so ziehen Sie eine Person aus Henrietten, die Ihrer wert ist. Und Sie, Adrast, ich habe Sie wohl sonst für einen bösen Mann gehalten; doch getrost! wer eine fromme Person lieben kann, muß selbst schon halb fromm sein. Ich verlasse mich seinetwegen auf dich, Julchen. – – Vor allen Dingen bringe ihm bei, wackern Leuten, rechtschaffnen Geistlichen, nicht so verächtlich zu begegnen, als er dem Theophan begegnet. – –

ADRAST Ach! Madame, erinnern Sie mich an mein Unrecht nicht. Himmel! wenn ich mich überall so irre, als ich mich bei Ihnen, Theophan, geirret habe: was für ein Mensch, was für ein abscheulicher Mensch bin ich! – –

LISIDOR Habe ich's nicht gesagt, daß ihr die besten Freunde

werden müßt, sobald als ihr Schwäger seid? Das ist nur der Anfang!

THEOPHAN Ich wiederhole es, Adrast: Sie sind besser, als Sie glauben; besser, als Sie zeither haben scheinen wollen.

FRAU PHILANE Nun! auch das ist mir ein Trost zu hören. – – *(Zum Lisidor)* Komm, mein Sohn, führe mich. Das Stehen wird mir zu sauer, und vor Freuden habe ich es ganz vergessen, daß ich Araspen allein gelassen.

LISIDOR Ja, wahrhaftig! da gibt's was zu erzählen! Kommen Sie, Mama. – – Aber keinen Tausch weiter! keinen Tausch weiter!

LISETTE Wie übel ist unsereines dran, das nichts zu tauschen hat!

Ende des Freigeists.

MISS SARA SAMPSON

Ein Trauerspiel in fünf Aufzügen

PERSONEN

SIR WILLIAM SAMPSON
MISS SARA, *dessen Tochter*
MELLEFONT
MARWOOD, *Mellefonts alte Geliebte*
ARABELLA, *ein junges Kind, der Marwood Tochter*
WAITWELL, *ein alter Diener des Sampson*
NORTON, *Bedienter des Mellefont*
BETTY, *Mädchen der Sara*
HANNAH, *Mädchen der Marwood*
DER GASTWIRT *und einige Nebenpersonen*

ERSTER AUFZUG

ERSTER AUFTRITT

Der Schauplatz ist ein Saal im Gasthofe.
Sir William Sampson und Waitwell treten in Reisekleidern herein.

SIR WILLIAM Hier meine Tochter? Hier in diesem elenden Wirtshause?

WAITWELL Ohne Zweifel hat Mellefont mit Fleiß das allerelendeste im ganzen Städtchen zu seinem Aufenthalte gewählt. Böse Leute suchen immer das Dunkle, weil sie böse Leute sind. Aber was hilft es ihnen, wenn sie sich auch vor der ganzen Welt verbergen könnten? Das Gewissen ist doch mehr als eine ganze uns verklagende Welt. – Ach, Sie weinen schon wieder, schon wieder, Sir! – Sir!

SIR WILLIAM Laß mich weinen, alter ehrlicher Diener. Oder verdient sie etwa meine Tränen nicht?

WAITWELL Ach! sie verdient sie, und wenn es blutige Tränen wären.

SIR WILLIAM Nun so laß mich.

WAITWELL Das beste, schönste, unschuldigste Kind, das unter der Sonne gelebt hat, das muß so verführt werden! Ach Sarchen! Sarchen! Ich habe dich aufwachsen sehen; hundertmal habe ich dich als ein Kind auf diesen meinen Armen gehabt; auf diesen meinen Armen habe ich dein Lächeln, dein Lallen bewundert. Aus jeder kindischen Miene strahlte die Morgenröte eines Verstandes, einer Leutseligkeit, einer – –

SIR WILLIAM O schweig! Zerfleischt nicht das Gegenwärtige mein Herz schon genug? Willst du meine Martern durch die Erinnerung an vergangne Glückseligkeiten noch höllischer machen? Ändre deine Sprache, wenn du mir einen Dienst tun willst. Tadle mich; mache mir aus meiner Zärtlichkeit ein Verbrechen; vergrößre das Vergehen meiner Tochter; erfülle mich, wenn du kannst, mit Abscheu gegen sie; entflamme aufs neue meine Rache gegen ihren verfluchten Verführer; sage, daß Sara nie tugendhaft gewesen, weil sie so leicht aufgehört hat, es zu sein; sage, daß sie mich nie geliebt, weil sie mich heimlich verlassen hat.

WAITWELL Sagte ich das, so würde ich eine Lüge sagen, eine unverschämte böse Lüge. Sie könnte mir auf dem Todbette wieder einfallen, und ich alter Bösewicht müßte in Verzweiflung sterben. – Nein, Sarchen hat ihren Vater geliebt, und gewiß! gewiß! sie liebt ihn noch. Wenn Sie nur davon überzeugt sein wollen, Sir, so sehe ich sie heute noch wieder in Ihren Armen.

SIR WILLIAM Ja, Waitwell, nur davon verlange ich überzeugt zu sein. Ich kann sie länger nicht entbehren; sie ist die Stütze meines Alters, und wenn sie nicht den traurigen Rest meines Lebens versüßen hilft, wer soll es denn tun? Wenn sie mich noch liebt, so ist ihr Fehler vergessen. Es war der Fehler eines zärtlichen Mädchens, und ihre Flucht war die Wirkung ihrer Reue. Solche Vergehungen sind besser als erzwungene Tugenden – Doch ich fühle es, Waitwell, ich fühle es; wenn diese Vergehungen auch wahre Verbrechen, wenn es auch vorsätzliche Laster wären: ach! ich würde ihr doch vergeben. Ich würde doch lieber von einer lasterhaften Tochter als von keiner geliebt sein wollen.

WAITWELL Trocknen Sie Ihre Tränen ab, lieber Sir! Ich höre jemanden kommen. Es wird der Wirt sein, uns zu empfangen.

ZWEITER AUFTRITT

Der Wirt. Sir William Sampson. Waitwell.

DER WIRT So früh, meine Herren, so früh? Willkommen! willkommen, Waitwell! Ihr seid ohne Zweifel die Nacht gefahren? Ist das der Herr, von dem du gestern mit mir gesprochen hast?

WAITWELL Ja, er ist es, und ich hoffe, daß du abgeredetermaßen – –

DER WIRT Gnädiger Herr, ich bin ganz zu Ihren Diensten. Was liegt mir daran, ob ich es weiß oder nicht, was Sie für eine Ursache hierher führt, und warum Sie bei mir im Verborgnen sein wollen? Ein Wirt nimmt sein Geld und läßt seine Gäste machen, was ihnen gut dünkt. Waitwell hat mir zwar gesagt, daß Sie den fremden Herrn, der sich seit einigen Wochen mit seinem jungen Weibchen bei mir aufhält, ein wenig beobachten wollen. Aber ich hoffe, daß Sie ihm keinen Verdruß verursachen werden. Sie würden mein Haus in einen übeln Ruf bringen, und gewisse Leute würden sich scheuen, bei mir abzutreten. Unsereiner muß von allen Sorten Menschen leben. – –

SIR WILLIAM Besorget nichts; führt mich nur in das Zimmer, das Waitwell für mich bestellt hat. Ich komme aus rechtschaffnen Absichten hierher.

DER WIRT Ich mag Ihre Geheimnisse nicht wissen, gnädiger Herr! Die Neugierde ist mein Fehler gar nicht. Ich hätte es, zum Exempel, längst erfahren können, wer der fremde Herr ist, auf den Sie achtgeben wollen; aber ich mag nicht. So viel habe ich wohl herausgebracht, daß er mit dem Frauenzimmer muß durchgegangen sein. Das gute Weibchen, oder was sie ist! sie bleibt den ganzen Tag in ihrer Stube eingeschlossen und weint.

SIR WILLIAM Und weint?

DER WIRT Ja, und weint – – Aber, gnädiger Herr, warum weinen Sie? Das Frauenzimmer muß Ihnen sehr nahe gehen. Sie sind doch wohl nicht – –

WAITWELL Halt ihn nicht länger auf.

DER WIRT Kommen Sie. Nur eine Wand wird Sie von dem Frauenzimmer trennen, das Ihnen so nahe geht, und die vielleicht – –

WAITWELL Du willst es also mit aller Gewalt wissen, wer – –

DER WIRT Nein Waitwell, ich mag nichts wissen.

WAITWELL Nun so mache und bringe uns an den gehörigen Ort, ehe noch das ganze Haus wach wird.

DER WIRT Wollen Sie mir also folgen, gnädiger Herr? *(Geht ab.)*

DRITTER AUFTRITT

Der mittlere Vorhang wird aufgezogen. Mellefonts Zimmer. Mellefont und hernach sein Bedienter.

MELLEFONT *(unangekleidet in einem Lehnstuhle)* Wieder eine Nacht, die ich auf der Folter nicht grausamer hätte zubringen können! – Norton! – Ich muß nur machen, daß ich Gesichter zu sehen bekomme. Bliebe ich mit meinen Gedanken länger allein: sie möchten mich zu weit führen. – He, Norton! Er schläft noch. Aber bin ich nicht grausam, daß ich den armen Teufel nicht schlafen lasse? Wie glücklich ist er! – Doch ich will nicht, daß ein Mensch um mich glücklich sei. – Norton!

NORTON *(kommend)* Mein Herr!

MELLEFONT Kleide mich an! – O mache mir keine sauern Gesichter! Wenn ich werde länger schlafen können, so erlaube ich dir, daß du auch länger schlafen darfst. Wenn du von deiner Schuldigkeit nichts wissen willst, so habe wenigstens Mitleiden mit mir.

NORTON Mitleiden, mein Herr? Mitleiden mit Ihnen? Ich weiß besser, wo das Mitleiden hingehört.

MELLEFONT Und wohin denn?

NORTON Ach, lassen Sie sich ankleiden, und fragen Sie mich nichts.

MELLEFONT Henker! So sollen auch deine Verweise mit meinem Gewissen aufwachen? Ich verstehe dich; ich weiß es, wer dein Mitleiden erschöpft. – Doch, ich lasse ihr und mir Gerechtigkeit widerfahren. Ganz recht; habe kein Mitleiden mit mir. Verfluche mich in deinem Herzen, aber – verfluche auch dich.

NORTON Auch mich?

MELLEFONT Ja; weil du einem Elenden dienest, den die Erde

nicht tragen sollte, und weil du dich seiner Verbrechen mit teilhaft gemacht hast.

NORTON Ich mich Ihrer Verbrechen teilhaft gemacht? durch was?

MELLEFONT Dadurch, daß du dazu geschwiegen.

NORTON Vortrefflich! in der Hitze Ihrer Leidenschaften würde mir ein Wort den Hals gekostet haben. – Und dazu, als ich Sie kennen lernte, fand ich Sie nicht schon so arg, daß alle Hoffnung zur Beßrung vergebens war? Was für ein Leben habe ich Sie nicht von dem ersten Augenblicke an führen sehen! In der nichtswürdigsten Gesellschaft von Spielern und Landstreichern – ich nenne sie, was sie waren, und kehre mich an ihre Titel, Ritter und dergleichen, nicht – in solcher Gesellschaft brachten Sie ein Vermögen durch, das Ihnen den Weg zu den größten Ehrenstellen hätte bahnen können. Und ihr strafbarer Umgang mit allen Arten von Weibsbildern, besonders der bösen Marwood – –

MELLEFONT Setze mich, setze mich wieder in diese Lebensart: sie war Tugend in Vergleich meiner itzigen. Ich vertat mein Vermögen; gut. Die Strafe kömmt nach, und ich werde alles, was der Mangel Hartes und Erniedrigendes hat, zeitig genug empfinden. Ich besuchte lasterhafte Weibsbilder; laß es sein. Ich ward öfter verführt, als ich verführte; und die ich selbst verführte, wollten verführt sein. – Aber – ich hatte noch keine verwahrlosete Tugend auf meiner Seele. Ich hatte noch keine Unschuld in ein unabsehliches Unglück gestürzt. Ich hatte noch keine Sara aus dem Hause eines geliebten Vaters entwendet und sie gezwungen, einem Nichtswürdigen zu folgen, der auf keine Weise mehr sein eigen war. Ich hatte – Wer kömmt schon so früh zu mir?

VIERTER AUFTRITT

Betty. Mellefont. Norton.

NORTON Es ist Betty.

MELLEFONT Schon auf, Betty? Was macht dein Fräulein?

BETTY Was macht sie? *(Schluchzend.)* Es war schon lange nach Mitternacht, da ich sie endlich bewegte, zur Ruhe zu gehen. Sie schlief einige Augenblicke, aber Gott! Gott! was muß das für ein Schlaf gewesen sein! Plötzlich fuhr sie in die Höhe, sprang auf und fiel mir als eine Unglückliche in die Arme, die von einem Mörder verfolgt wird. Sie zitterte, und ein kalter Schweiß floß ihr über das erblaßte Gesicht. Ich wandte alles an, sie zu beruhigen, aber sie hat mir bis an den Morgen nur mit stummen Tränen geantwortet. Endlich hat sie mich einmal über das andre an Ihre Türe geschickt, zu hören, ob Sie schon auf wären. Sie will Sie sprechen. Sie allein können sie trösten. Tun Sie es doch, liebster gnädiger Herr, tun Sie es doch. Das Herz muß mir springen, wenn sie sich so zu ängstigen fortfährt.

MELLEFONT Geh, Betty, sage ihr, daß ich den Augenblick bei ihr sein wolle – –

BETTY Nein, sie will selbst zu Ihnen kommen.

MELLEFONT Nun so sage ihr, daß ich sie erwarte – Ach! – – *(Betty geht ab.)*

FÜNFTER AUFTRITT

Mellefont. Norton.

NORTON Gott, die arme Miß!

MELLEFONT Wessen Gefühl willst du durch deine Ausrufung rege machen? Sieh, da läuft die erste Träne, die ich seit meiner Kindheit geweinet, die Wange herunter! – Eine schlechte Vorbereitung, eine trostsuchende Betrübte zu empfangen. Warum sucht sie ihn auch bei mir? – Doch wo soll sie ihn sonst suchen? – Ich muß mich fassen. *(Indem er sich die Augen abtrocknet.)* Wo ist die alte Standhaftigkeit, mit der ich ein schönes Auge konnte weinen sehen? Wo ist die Gabe der Verstellung hin, durch die ich sein und sagen konnte, was ich wollte? – Nun wird sie kommen, und wird unwiderstehliche Tränen weinen. Verwirrt, beschämt werde ich vor ihr stehen; als ein verurteilter Sünder werde ich vor ihr stehen. Rate mir doch, was soll ich tun? was soll ich sagen?

NORTON Sie sollen tun, was sie verlangen wird.

MELLEFONT So werde ich eine neue Grausamkeit an ihr begehen. Mit Unrecht tadelt sie die Verzögerung einer Zeremonie, die itzt ohne unser äußerstes Verderben in dem Königreiche nicht vollzogen werden kann.

NORTON So machen Sie denn, daß Sie es verlassen. Warum zaudern wir? warum vergeht ein Tag, warum vergeht eine Woche nach der andern? Tragen Sie mir es doch auf. Sie sollen morgen sicher eingeschifft sein. Vielleicht, daß ihr der Kummer nicht ganz über das Meer folgt; daß sie einen Teil desselben zurückläßt, und in einem andern Lande – –

MELLEFONT Alles das hoffe ich selbst – Still, sie kömmt. Wie schlägt mir das Herz – –

SECHSTER AUFTRITT

Sara. Mellefont. Norton.

MELLEFONT *(indem er ihr entgegengeht)* Sie haben eine unruhige Nacht gehabt, liebste Miß – –

SARA Ach, Mellefont, wenn es nichts als eine unruhige Nacht wäre – –

MELLEFONT *(zum Bedienten)* Verlaß uns!

NORTON *(im Abgehen)* Ich wollte auch nicht dableiben, und wenn mir gleich jeder Augenblick mit Golde bezahlt würde.

SIEBENTER AUFTRITT

Sara. Mellefont.

MELLEFONT Sie sind schwach, liebste Miß. Sie müssen sich setzen.

SARA *(sie setzt sich)* Ich beunruhige Sie sehr früh; und werden Sie mir es vergeben, daß ich meine Klagen wieder mit dem Morgen anfange?

MELLEFONT Teuerste Miß, Sie wollen sagen, daß Sie mir es nicht vergeben können, weil schon wieder ein Morgen erschienen ist, ohne daß ich Ihren Klagen ein Ende gemacht habe.

SARA Was sollte ich Ihnen nicht vergeben? Sie wissen, was ich Ihnen bereits vergeben habe. Aber die neunte Woche, Mellefont, die neunte Woche fängt heute an, und dieses elende Haus sieht mich noch immer auf eben dem Fuße als den ersten Tag.

MELLEFONT So zweifeln Sie an meiner Liebe?

SARA Ich, an Ihrer Liebe zweifeln? Nein, ich fühle mein Unglück zu sehr, zu sehr, als daß ich mir selbst diese letzte, einzige Versüßung desselben rauben sollte.

MELLEFONT Wie kann also meine Miß über die Verschiebung einer Zeremonie unruhig sein?

SARA Ach, Mellefont, warum muß ich einen andern Begriff von dieser Zeremonie haben? – Geben Sie doch immer der weiblichen Denkungsart etwas nach. Ich stelle mir vor, daß eine nähere Einwilligung des Himmels darin liegt. Umsonst habe ich es nur wieder erst den gestrigen langen Abend versucht, Ihre Begriffe anzunehmen und die Zweifel aus meiner Brust zu verbannen, die Sie, itzt nicht das erstemal, für Früchte meines Mißtrauens angesehen haben. Ich stritt mit mir selbst; ich war sinnreich genug, meinen Verstand zu betäuben; aber mein Herz und ein inneres Gefühl warfen auf einmal das mühsame Gebäude von Schlüssen übern Haufen. Mitten aus dem Schlafe weckten mich strafende Stimmen, mit welchen sich meine Phantasie, mich zu quälen, verband. Was für Bilder, was für schreckliche Bilder schwärmten um mich herum! Ich wollte sie gern für Träume halten – –

MELLEFONT Wie? meine vernünftige Sara sollte sie für etwas mehr halten? Träume, liebste Miß, Träume! – Wie unglücklich ist der Mensch! Fand sein Schöpfer in dem Reiche der Wirklichkeit nicht Qualen für ihn genug? Mußte er, sie zu vermehren, auch ein noch weiteres Reich von Einbildungen in ihm schaffen?

SARA Klagen Sie den Himmel nicht an! Er hat die Einbildungen in unserer Gewalt gelassen. Sie richten sich nach unsern Taten, und wenn diese unsern Pflichten und der Tugend gemäß sind, so dienen die sie begleitenden Einbildungen zur Vermehrung unserer Ruhe und unseres Vergnügens. Eine einzige Handlung, Mellefont, ein einziger Segen, der von einem Friedensboten im Namen der ewigen Güte auf uns gelegt wird, kann meine zerrüttete Phantasie wieder heilen. Stehen Sie noch an, mir zuliebe dasjenige einige Tage eher zu tun, was Sie doch einmal tun werden? Erbarmen Sie sich meiner und überlegen Sie, daß, wenn Sie mich auch dadurch nur von Qualen der Einbildung befreien, diese eingebildete Qualen doch Qualen, und für die, die sie empfindet, wirkliche Qualen sind. – Ach, könnte ich Ihnen nur halb so lebhaft die Schrecken meiner vorigen Nacht erzählen, als ich sie gefühlt habe! – Von Weinen und Klagen, meinen einzigen Beschäftigungen, ermüdet, sank ich mit halb geschlossenen Augenlidern auf das Bett zurück. Die Natur wollte sich einen Augenblick erholen, neue Tränen zu sammeln. Aber noch schlief ich nicht ganz, als ich mich auf einmal an dem schroffsten Teile des schrecklichsten Felsen sahe. Sie gingen vor mir her, und ich folgte Ihnen mit schwankenden ängstlichen Schritten, die dann und wann ein Blick stärkte, welchen Sie auf mich zurückwarfen. Schnell hörte ich hinter mir ein freundliches Rufen, welches mir still zu stehen befahl. Es war der Ton meines Vaters – Ich Elende! kann ich denn nichts von ihm vergessen? Ach! wo ihm sein Gedächtnis ebenso grausame

Dienste leistet; wo er auch mich nicht vergessen kann! – Doch er hat mich vergessen. Trost! grausamer Trost für seine Sara! – Hören Sie nur, Mellefont; indem ich mich nach dieser bekannten Stimme umsehen wollte, gleitete mein Fuß; ich wankte und sollte eben in den Abgrund herabstürzen, als ich mich, noch zur rechten Zeit, von einer mir ähnlichen Person zurückgehalten fühlte. Schon wollte ich ihr den feurigsten Dank abstatten, als sie einen Dolch aus dem Busen zog. Ich rettete dich, schrie sie, um dich zu verderben! Sie holte mit der bewaffneten Hand aus – und ach! ich erwachte mit dem Stiche. Wachend fühlte ich noch alles, was ein tödlicher Stich Schmerzhaftes haben kann; ohne das zu empfinden, was er Angenehmes haben muß: das Ende der Pein in dem Ende des Lebens hoffen zu dürfen.

MELLEFONT Ach! liebste Sara, ich verspreche Ihnen das Ende Ihrer Pein ohne das Ende Ihres Lebens, welches gewiß auch das Ende des meinigen sein würde. Vergessen Sie das schreckliche Gewebe eines sinnlosen Traumes.

SARA Die Kraft, es vergessen zu können, erwarte ich von Ihnen. Es sei Liebe oder Verführung, es sei Glück oder Unglück, das mich Ihnen in die Arme geworfen hat, ich bin in meinem Herzen die Ihrige und werde es ewig sein. Aber noch bin ich es nicht vor den Augen jenes Richters, der die geringsten Übertretungen seiner Ordnung zu strafen gedrohet hat – –

MELLEFONT So falle denn alle Strafe auf mich allein!

SARA Was kann auf Sie fallen, das mich nicht treffen sollte? – – Legen Sie aber mein dringendes Anhalten nicht falsch aus. Ein andres Frauenzimmer, das durch einen gleichen Fehltritt sich ihrer Ehre verlustig gemacht hätte, würde vielleicht durch ein gesetzmäßiges Band nichts als einen Teil derselben wieder zu erlangen suchen. Ich, Mellefont, denke darauf nicht, weil ich in der Welt weiter von keiner Ehre wissen will, als von der Ehre, Sie zu lieben. Ich will mit Ihnen, nicht um der Welt willen, ich will mit Ihnen um meiner selbst willen verbunden sein. Und wenn ich es bin, so will ich gern die

Schmach auf mich nehmen, als ob ich es nicht wäre. Sie sollen mich, wenn Sie nicht wollen, für Ihre Gattin nicht erklären dürfen; Sie sollen mich erklären können, für was Sie wollen. Ich will Ihren Namen nicht führen; Sie sollen unsere Verbindung so geheim halten, als Sie es für gut befinden; und ich will derselben ewig unwert sein, wenn ich mir in den Sinn kommen lasse, einen andern Vorteil als die Beruhigung meines Gewissens daraus zu ziehen.

MELLEFONT Halten Sie ein, Miß, oder ich muß vor Ihren Augen des Todes sein. Wie elend bin ich, daß ich nicht das Herz habe, Sie noch elender zu machen! – Bedenken Sie, daß Sie sich meiner Führung überlassen haben; bedenken Sie, daß ich schuldig bin, für uns weiter hinaus zu sehen, und daß ich itzt gegen Ihre Klagen taub sein muß, wenn ich Sie nicht, in der ganzen Folge Ihres Lebens, noch schmerzhaftere Klagen will führen hören. Haben Sie es denn vergessen, was ich Ihnen zu meiner Rechtfertigung schon oft vorgestellt?

SARA Ich habe es nicht vergessen, Mellefont. Sie wollen vorher ein gewisses Vermächtnis retten. – Sie wollen vorher zeitliche Güter retten und mich vielleicht ewige darüber verscherzen lassen.

MELLEFONT Ach Sara, wenn Ihnen alle zeitliche Güter so gewiß wären, als Ihrer Tugend die ewigen sind – –

SARA Meiner Tugend? Nennen Sie mir dieses Wort nicht! – Sonst klang es mir süße, aber itzt schallt mir ein schrecklicher Donner darin!

MELLEFONT Wie? muß der, welcher tugendhaft sein soll, keinen Fehler begangen haben? Hat ein einziger so unselige Wirkungen, daß er eine ganze Reihe unsträflicher Jahre vernichten kann? So ist kein Mensch tugendhaft; so ist die Tugend ein Gespenst, das in der Luft zerfließet, wenn man es am festesten umarmt zu haben glaubt; so hat kein weises Wesen unsere Pflichten nach unsern Kräften abgemessen; so ist die Lust, uns strafen zu können, der erste Zweck unsers Daseins; so ist – ich erschrecke vor allen den gräßlichen Folgerungen, in welche

Sie Ihre Kleinmut verwickeln muß! Nein, Miß, Sie sind noch die tugendhafte Sara, die Sie vor meiner unglücklichen Bekanntschaft waren. Wenn Sie sich selbst mit so grausamen Augen ansehen, mit was für Augen müssen Sie mich betrachten!

SARA Mit den Augen der Liebe, Mellefont.

MELLEFONT So bitte ich Sie denn um dieser Liebe, um dieser großmütigen, alle meine Unwürdigkeit übersehenden Liebe willen, zu Ihren Füßen bitte ich Sie: beruhigen Sie sich. Haben Sie nur noch einige Tage Geduld.

SARA Einige Tage! Wie ist *ein* Tag schon so lang!

MELLEFONT Verwünschtes Vermächtnis! Verdammter Unsinn eines sterbenden Vetters, der mir sein Vermögen nur mit der Bedingung lassen wollte, einer Anverwandtin die Hand zu geben, die mich ebensosehr haßt als ich sie! Euch, unmenschliche Tyrannen unserer freien Neigungen, Euch werde alle das Unglück, alle die Sünde zugerechnet, zu welchen uns Euer Zwang bringet! – Und wenn ich ihrer nur entübriget sein könnte, dieser schimpflichen Erbschaft! So lange mein väterliches Vermögen zu meiner Unterhaltung hinreichte, habe ich sie allezeit verschmähet und sie nicht einmal gewürdiget, mich darüber zu erklären. Aber itzt, itzt, da ich alle Schätze der Welt nur darum besitzen möchte, um sie zu den Füßen meiner Sara legen zu können, itzt, da ich wenigstens darauf denken muß, sie ihrem Stande gemäß in der Welt erscheinen zu lassen, itzt muß ich meine Zuflucht dahin nehmen.

SARA Mit der es Ihnen zuletzt doch wohl noch fehlschlägt.

MELLEFONT Sie vermuten immer das Schlimmste. – Nein; das Frauenzimmer, die es mit betrifft, ist nicht ungeneigt, eine Art von Vergleich einzugehen. Das Vermögen soll geteilt werden; und da sie es nicht ganz mit mir genießen kann, so ist sie es zufrieden, daß ich mit der Hälfte meine Freiheit von ihr erkaufen darf. Ich erwarte alle Stunden die letzten Nachrichten in dieser Sache, deren Verzögerung allein unsern hiesigen Aufenthalt so langwierig gemacht hat. Sobald ich sie bekommen habe, wollen wir keinen Augenblick länger hier verweilen. Wir wollen sogleich, liebste Miß, nach Frankreich übergehen, wo Sie neue Freunde finden sollen, die sich itzt schon auf das Vergnügen, Sie zu sehen und Sie zu lieben, freuen. Und diese neuen Freunde sollen die Zeugen unserer Verbindung sein – –

SARA Diese sollen die Zeugen unserer Verbindung sein? – Grausamer! so soll diese Verbindung nicht in meinem Vaterlande geschehen? So soll ich mein Vaterland als eine Verbrecherin verlassen? Und als eine solche, glauben Sie, würde ich Mut genug haben, mich der See zu vertrauen? Dessen Herz muß ruhiger oder muß ruchloser sein als meines, welcher nur einen Augenblick zwischen sich und dem Verderben mit Gleichgültigkeit nichts als ein schwankendes Brett sehen kann. In jeder Welle, die an unser Schiff schlüge, würde mir der Tod entgegenrauschen; jeder Wind würde mir von den väterlichen Küsten Verwünschungen nachbrausen, und der kleinste Sturm würde mich ein Blutgericht über mein Haupt zu sein dünken. – Nein, Mellefont, so ein Barbar können Sie gegen mich nicht sein. Wenn ich noch das Ende Ihres Vergleichs erlebe, so muß es Ihnen auf einen Tag nicht ankommen, den wir hier länger zubringen. Es muß dieser der Tag sein, an dem Sie mich die Martern aller hier verweinten Tage vergessen lehren. Es muß dieses der heilige Tag sein – Ach! welcher wird es denn endlich sein?

MELLEFONT Aber überlegen Sie denn nicht, Miß, daß unserer Verbindung hier diejenige Feier fehlen würde, die wir ihr zu geben schuldig sind?

SARA Eine heilige Handlung wird durch das Feierliche nicht kräftiger.

MELLEFONT Allein – –

SARA Ich erstaune. Sie wollen doch wohl nicht auf einem so nichtigen Vorwande bestehen? O Mellefont, Mellefont! wenn ich mir es nicht zum unverbrüchlichsten Gesetze gemacht hätte, niemals an der Aufrichtigkeit Ihrer Liebe zu zweifeln, so würde mir dieser Umstand – – Doch schon zuviel; es möchte scheinen, als hätte ich eben itzt daran gezweifelt.

MELLEFONT Der erste Augenblick Ihres Zweifels müsse der letzte meines Lebens sein! Ach, Sara, womit habe ich es verdient, daß Sie mir auch nur die Möglichkeit desselben voraussehen lassen? Es ist wahr, die Geständnisse, die ich Ihnen von meinen ehemaligen Ausschweifungen abzulegen kein Bedenken getragen habe, können mir keine Ehre machen: aber Vertrauen sollten sie mir doch erwecken. Eine buhlerische Marwood führte mich in ihren Stricken, weil ich das für sie empfand, was so oft für Liebe gehalten wird und es doch so selten ist. Ich würde noch ihre schimpflichen Fesseln tragen, hätte sich nicht der Himmel meiner erbarmt, der vielleicht mein Herz nicht für ganz unwürdig erkannte, von bessern Flammen zu brennen. Sie, liebste Sara, sehen und alle Marwoods vergessen, war eins. Aber wie teuer kam es Ihnen zu stehen, mich aus solchen Händen zu erhalten! Ich war mit dem Laster zu vertraut geworden, und Sie kannten es zu wenig – –

SARA Lassen Sie uns nicht mehr daran gedenken – –

ACHTER AUFTRITT

Norton. Mellefont. Sara.

MELLEFONT Was willst du?

NORTON Ich stand eben vor dem Hause, als mir ein Bedienter diesen Brief in die Hand gab. Die Aufschrift ist an Sie, mein Herr.

MELLEFONT An mich? Wer weiß hier meinen Namen? – *(Indem er den Brief betrachtet.)* Himmel!

SARA Sie erschrecken?

MELLEFONT Aber ohne Ursache, Miß, wie ich nun wohl sehe. Ich irrte mich in der Hand.

SARA Möchte doch der Inhalt Ihnen so angenehm sein, als Sie es wünschen können.

MELLEFONT Ich vermute, daß er sehr gleichgültig sein wird.

SARA Man braucht sich weniger Zwang anzutun, wenn man allein ist. Erlauben Sie, daß ich mich wieder in mein Zimmer begebe.

MELLEFONT Sie machen sich also wohl Gedanken?

SARA Ich mache mir keine, Mellefont.

MELLEFONT *(indem er sie bis an die Szene begleitet)* Ich werde den Augenblick bei Ihnen sein, liebste Miß.

NEUNTER AUFTRITT

Mellefont. Norton.

MELLEFONT *(der den Brief noch ansieht)* Gerechter Gott!

NORTON Weh Ihnen, wenn er nichts als gerecht ist!

MELLEFONT Kann es möglich sein? Ich sehe diese verruchte Hand wieder und erstarre nicht vor Schrecken? Ist sie's? Ist sie es nicht? Was zweifle ich noch? Sie ist's! Ah, Freund, ein Brief von der Marwood! Welche Furie, welcher Satan hat ihr meinen Aufenthalt verraten? Was will sie noch von mir? – Geh, mache sogleich Anstalt, daß wir von hier wegkommen. – Doch verzieh! Vielleicht ist es nicht nötig; vielleicht haben meine verächtlichen Abschiedsbriefe die Marwood nur aufgebracht, mir mit gleicher Verachtung zu begegnen. Hier! erbrich den Brief; lies ihn. Ich zittere, es selbst zu tun.

NORTON *(er liest)* »Es wird so gut sein, als ob ich Ihnen den längsten Brief geschrieben hätte, Mellefont, wenn Sie den Namen, den Sie am Ende der Seite finden werden, nur einer kleinen Betrachtung würdigen wollen – –«

MELLEFONT Verflucht sei ihr Name! Daß ich ihn nie gehört hätte! Daß er aus dem Buche der Lebendigen vertilgt würde!

NORTON *(liest weiter)* »Die Mühe, Sie auszuforschen, hat mir die Liebe, welche mir forschen half, versüßt.«

MELLEFONT Die Liebe? Frevlerin! Du entheiligest Namen, die nur der Tugend geweiht sind!

NORTON *(fährt fort)* »Sie hat noch mehr getan; – –«

MELLEFONT Ich bebe – –

NORTON »Sie hat mich Ihnen nachgebracht. – –«

MELLEFONT Verräter, was liest du? *(Er reißt ihm den Brief aus der Hand und liest selbst.)* »Sie hat mich Ihnen – nachgebracht. – Ich bin hier; und es stehet bei Ihnen, – ob Sie meinen Besuch erwarten – oder mir mit dem Ihrigen – zuvorkommen wollen. Marwood.« – Was für ein Donnerschlag! Sie ist hier? – Wo ist sie? Diese Frechheit soll sie mit dem Leben büßen.

NORTON Mit dem Leben? Es wird ihr einen Blick kosten, und Sie liegen wieder zu ihren Füßen. Bedenken Sie, was Sie tun! Sie müssen sie nicht sprechen, oder das Unglück Ihrer armen Miß ist vollkommen.

MELLEFONT Ich Unglücklicher! – Nein, ich muß sie sprechen. Sie würde mich bis in dem Zimmer der Sara suchen und alle ihre Wut gegen diese Unschuldige auslassen.

NORTON Aber, mein Herr – –

MELLEFONT Sage nichts! – Laß sehen, *(indem er in den Brief sieht)* ob sie ihre Wohnung angezeigt hat. Hier ist sie. Komm, führe mich. *(Sie gehen ab.)*

Ende des ersten Aufzugs.

ZWEITER AUFZUG

ERSTER AUFTRITT

Der Schauplatz stellt das Zimmer der Marwood vor, in einem andern Gasthofe. Marwood im Negligé. Hannah.

MARWOOD Belford hat den Brief doch richtig eingehändiget, Hannah?

HANNAH Richtig.

MARWOOD Ihm selbst?

HANNAH Seinem Bedienten.

MARWOOD Kaum kann ich es erwarten, was er für Wirkung haben wird. – Scheine ich dir nicht ein wenig unruhig, Hannah? Ich bin es auch. – Der Verräter! Doch gemach! Zornig muß ich durchaus nicht werden. Nachsicht, Liebe, Bitten sind die einzigen Waffen, die ich wider ihn brauchen darf, wo ich anders seine schwache Seite recht kenne.

HANNAH Wenn er sich aber dagegen verhärten sollte? –

MARWOOD Wenn er sich dagegen verhärten sollte? So werde ich nicht zürnen – ich werde rasen. Ich fühle es, Hannah; und wollte es lieber schon itzt.

HANNAH Fassen Sie sich ja. Er kann vielleicht den Augenblick kommen.

MARWOOD Wo er nur gar kömmt! Wo er sich nur nicht entschlossen hat, mich festes Fußes bei sich zu erwarten! – Aber weißt du, Hannah, worauf ich noch meine meiste Hoffnung gründe, den Ungetreuen von dem neuen Gegenstande seiner Liebe abzuziehen? Auf unsere Bella.

HANNAH Es ist wahr; sie ist sein kleiner Abgott; und der Einfall, sie mitzunehmen, hätte nicht glücklicher sein können.

MARWOOD Wenn sein Herz auch gegen die Sprache einer alten Liebe taub ist, so wird ihm doch die Sprache des Bluts vernehmlich sein. Er riß das Kind vor einiger Zeit aus meinen Armen, unter dem Vorwande, ihm eine Art von Erziehung geben zu lassen, die es bei mir nicht haben könne. Ich habe es von der Dame, die es unter ihrer Aufsicht hatte, itzt nicht anders als durch List wieder bekommen können; er hatte auf mehr als ein Jahr vorausbezahlt und noch den Tag vor seiner Flucht ausdrücklich befohlen, eine gewisse Marwood, die vielleicht kommen und sich für die Mutter des Kindes ausgeben würde, durchaus nicht vorzulassen. Aus diesem Befehle erkenne ich den Unterschied, den er zwischen uns beiden macht. Arabellen sieht er als einen kostbaren Teil seiner selbst an, und mich als eine Elende, die ihn mit allen ihren Reizen, bis zum Überdrusse, gesättiget hat.

HANNAH Welcher Undank!

MARWOOD Ach Hannah, nichts zieht den Undank so unausbleiblich nach sich als Gefälligkeiten, für die kein Dank zu groß wäre. Warum habe ich sie ihm erzeigt, diese unseligen Gefälligkeiten? Hätte ich es nicht voraussehen sollen, daß sie ihren Wert nicht immer bei ihm behalten könnten? Daß ihr Wert auf der Schwierigkeit des Genusses beruhe, und daß er mit derjenigen Anmut verschwinden müsse, welche die Hand der Zeit unmerklich, aber gewiß, aus unsern Gesichtern verlöscht?

HANNAH O, Madam, von dieser gefährlichen Hand haben Sie noch lange nichts zu befürchten. Ich finde, daß Ihre Schönheit den Punkt ihrer prächtigsten Blüte so wenig überschritten hat, daß sie vielmehr erst darauf losgeht und Ihnen alle Tage neue Herzen fesseln würde, wenn Sie ihr nur Vollmacht dazu geben wollten.

MARWOOD Schweig, Hannah! Du schmeichelst mir bei einer Gelegenheit, die mir alle Schmeichelei verdächtig macht. Es ist Unsinn, von neuen Eroberungen zu sprechen, wenn man nicht einmal Kräfte genug hat, sich im Besitze der schon gemachten zu erhalten.

ZWEITER AUFTRITT

Ein Bedienter. Marwood. Hannah.

DER BEDIENTE Madam, man will die Ehre haben, mit Ihnen zu sprechen.

MARWOOD Wer?

DER BEDIENTE Ich vermute, daß es eben der Herr ist, an welchen der vorige Brief überschrieben war. Wenigstens ist der Bediente bei ihm, der mir ihn abgenommen hat.

MARWOOD Mellefont! – Geschwind, führe ihn herauf! *(Der Bediente geht ab.)* Ach, Hannah, nun ist er da! Wie soll ich ihn empfangen? Was soll ich sagen? Welche Miene soll ich annehmen? Ist diese ruhig genug? Sieh doch!

HANNAH Nichts weniger als ruhig.

MARWOOD Aber diese?

HANNAH Geben Sie ihr noch mehr Anmut.

MARWOOD Etwa so?

HANNAH Zu traurig!

MARWOOD Sollte mir dieses Lächeln lassen?

HANNAH Vollkommen! Aber nur freier – Er kömmt.

DRITTER AUFTRITT

Mellefont. Marwood. Hannah.

MELLEFONT *(der mit einer wilden Stellung hereintritt)* Ha! Marwood –

MARWOOD *(die ihm mit offnen Armen lächelnd entgegen rennt)* Ach Mellefont –

MELLEFONT *(beiseite)*
Die Mörderin, was für ein Blick!

MARWOOD Ich muß Sie umarmen, treuloser, lieber Flüchtling! – Teilen Sie doch meine Freude! – Warum entreißen Sie sich meinen Liebkosungen?

MELLEFONT Marwood, ich vermutete, daß Sie mich anders empfangen würden.

MARWOOD Warum anders? Mit mehr Liebe vielleicht? mit mehr Entzücken? Ach ich Unglückliche, daß ich weniger ausdrücken kann als ich fühle! – Sehen Sie, Mellefont, sehen Sie, daß auch die Freude ihre Tränen hat? Hier rollen sie, diese Kinder der süßesten Wollust! – Aber ach, verlorne Tränen! seine Hand trocknet euch nicht ab.

MELLEFONT Marwood, die Zeit ist vorbei, da mich solche Reden bezaubert hätten. Sie müssen itzt in einem andern Tone mit mir sprechen. Ich komme her, Ihre letzten Vorwürfe anzuhören, und darauf zu antworten.

MARWOOD Vorwürfe? Was hätte ich Ihnen für Vorwürfe zu machen, Mellefont? Keine.

MELLEFONT So hätten Sie, sollt' ich meinen, Ihren Weg ersparen können.

MARWOOD Liebste wunderliche Seele, warum wollen Sie mich nun mit Gewalt zwingen, einer Kleinigkeit zu gedenken, die ich Ihnen in eben dem Augenblicke vergab, in welchem ich sie erfuhr? Eine kurze Untreue, die mir Ihre Galanterie, aber nicht Ihr Herz spielet, verdient diese Vorwürfe? Kommen Sie, lassen Sie uns darüber scherzen.

MELLEFONT Sie irren sich; mein Herz hat mehr Anteil daran, als es jemals an allen unsern Liebeshändeln gehabt hat, auf die ich itzt nicht ohne Abscheu zurücksehen kann.

MARWOOD Ihr Herz, Mellefont, ist ein gutes Närrchen. Es läßt sich alles bereden, was Ihrer Einbildung ihm zu bereden einfällt. Glauben Sie mir doch, ich kenne es besser als Sie. Wenn es nicht das beste, das getreuste Herz wäre, würde ich mir wohl so viel Mühe geben, es zu behalten?

MELLEFONT Zu behalten? Sie haben es niemals besessen, sage ich Ihnen.

MARWOOD Und ich sage Ihnen, ich besitze es im Grunde noch.

MELLEFONT Marwood, wenn ich wüßte, daß Sie auch nur noch eine Faser davon besäßen, so wollte ich es mir selbst, hier vor Ihren Augen, aus meinem Leibe reißen.

MARWOOD Sie würden sehen, daß Sie meines zugleich herausrissen. Und dann, dann würden diese herausgerissenen Herzen endlich zu der Vereinigung gelangen, die sie so oft auf unsern Lippen gesucht haben.

MELLEFONT *(bei Seite)* Was für eine Schlange! Hier wird das beste sein, zu fliehen. – Sagen Sie mir es nur kurz, Marwood, warum Sie mir nachgekommen sind? Was Sie noch von mir verlangen? Aber sagen Sie es nur ohne dieses Lächeln, ohne diesen Blick, aus welchem mich eine ganze Hölle von Verführung schreckt.

MARWOOD *(vertraulich)* Höre nur, mein lieber Mellefont; ich merke wohl, wie es itzt mit dir steht. Deine Begierden und dein Geschmack sind itzt deine Tyrannen. Laß es gut sein;

man muß sie austoben lassen. Sich ihnen widersetzen, ist Torheit. Sie werden am sichersten eingeschläfert und endlich gar überwunden, wenn man ihnen freies Feld läßt. Sie reiben sich selbst auf. Kannst du mir nachsagen, kleiner Flattergeist, daß ich jemals eifersüchtig gewesen wäre, wenn stärkere Reize als die meinigen dich mir auf eine Zeitlang abspenstig machten? Ich gönnte dir ja allezeit diese Veränderung, bei der ich immer mehr gewann als verlor. Du kehrtest mit neuem Feuer, mit neuer Inbrunst in meine Arme zurück, in die ich dich nur als in leichte Bande, und nie als in schwere Fesseln schloß. Bin ich nicht oft selbst deine Vertraute gewesen, wenn du mir auch schon nichts zu vertrauen hattest als die Gunstbezeigungen, die du mir entwandtest, um sie gegen andre zu verschwenden? Warum glaubst du denn, daß ich itzt einen Eigensinn gegen dich zu zeigen anfangen würde, zu welchem ich nun eben berechtiget zu sein aufhöre, oder – vielleicht schon aufgehört habe? Wenn deine Hitze gegen das schöne Landmädchen noch nicht verraucht ist; wenn du noch in dem ersten Fieber deiner Liebe gegen sie bist, wenn du ihren Genuß noch nicht entbehren kannst: wer hindert dich denn, ihr so lange ergeben zu sein, als du es für gut befindest? Mußt du deswegen so unbesonnene Anschläge machen und mit ihr aus dem Reiche fliehen wollen?

MELLEFONT Marwood, Sie reden vollkommen Ihrem Charakter gemäß, dessen Häßlichkeit ich nie so gekannt habe, als seitdem ich, in dem Umgange mit einer tugendhaften Freundin, die Liebe von der Wollust unterscheiden gelernt.

MARWOOD Ei sieh doch! Deine neue Gebieterin ist also wohl gar ein Mädchen von schönen sittlichen Empfindungen? Ihr Mannspersonen müßt doch selbst nicht wissen, was Ihr wollt. Bald sind es die schlüpfrigsten Reden, die buhlerhaftesten Scherze, die euch an uns gefallen; und bald entzücken wir euch, wenn wir nichts als Tugend reden und alle sieben Weisen auf unserer Zunge zu haben scheinen. Das Schlimmste aber ist, daß ihr das eine sowohl als das andre überdrüssig werdet. Wir mögen närrisch oder vernünftig, weltlich oder geistlich gesinnet sein: wir verlieren unsere Mühe, euch beständig zu machen, einmal wie das andre. Du wirst an deine schöne Heilige die Reihe Zeit genug kommen lassen. Soll ich wohl einen kleinen Überschlag machen? Nun eben bist du im heftigsten Paroxysmo mit ihr: und diesem geb' ich noch zwei, aufs längste drei Tage. Hierauf wird eine ziemlich geruhige Liebe folgen: der geb' ich acht Tage. Die andern acht Tage wirst du nur gelegentlich an diese Liebe denken. Die dritten wirst du dich daran erinnern lassen: und wann du dieses Erinnern satt hast, so wirst du dich zu der äußersten Gleichgültigkeit so schnell gebracht sehen, daß ich kaum die vierten acht Tage auf diese letzte Veränderung rechnen darf – Das wäre nun ungefähr ein Monat. Und diesen Monat, Mellefont, will ich dir noch mit dem größten Vergnügen nachsehen; nur wirst du erlauben, daß ich dich nicht aus dem Gesichte verlieren darf.

MELLEFONT Vergebens, Marwood, suchen Sie alle Waffen hervor, mit welchen Sie sich erinnern, gegen mich sonst glücklich gewesen zu sein. Ein tugendhafter Entschluß sichert mich gegen Ihre Zärtlichkeit und gegen Ihren Witz. Gleichwohl will ich mich beiden nicht länger aussetzen. Ich gehe und habe Ihnen weiter nichts mehr zu sagen, als daß Sie mich in wenig Tagen auf eine Art sollen gebunden wissen, die Ihnen alle Hoffnung auf meine Rückkehr in Ihre lasterhafte Sklaverei vernichten wird. Meine Rechtfertigung werden Sie genugsam aus dem Briefe ersehen haben, den ich Ihnen vor meiner Abreise zustellen lassen.

MARWOOD Gut, daß Sie dieses Briefes gedenken. Sagen Sie mir, von wem hatten Sie ihn schreiben lassen?

MELLEFONT Hatte ich ihn nicht selbst geschrieben?

MARWOOD Unmöglich! Den Anfang desselben, in welchem Sie mir, ich weiß nicht was für Summen vorrechneten, die Sie mit mir wollen verschwendet haben, mußte ein Gastwirt, sowie den übrigen theologischen Rest ein Quäker geschrieben haben. Demungeachtet will ich Ihnen itzt ernstlich darauf antworten. Was den vornehmsten Punkt anbelangt, so wissen Sie wohl, daß alle die Geschenke, welche Sie mir gemacht haben, noch da sind. Ich habe Ihre Bankozettel, Ihre Juwelen nie als mein Eigentum angesehen und itzt alles mitgebracht, um es wieder in diejenigen Hände zu liefern, die mir es anvertrauet hatten.

MELLEFONT Behalten Sie alles, Marwood.

MARWOOD Ich will nichts davon behalten. Was hätte ich ohne Ihre Person für ein Recht darauf? Wenn Sie mich auch nicht mehr lieben, so müssen Sie mir doch die Gerechtigkeit widerfahren lassen und mich für keine von den feilen Buhlerinnen halten, denen es gleich viel ist, von wessen Beute sie sich bereichern. Kommen Sie nur, Mellefont, Sie sollen den Augenblick wieder so reich sein, als Sie vielleicht ohne meine Bekanntschaft geblieben wären; und vielleicht auch nicht.

MELLEFONT Welcher Geist, der mein Verderben geschworen hat, redet itzt aus Ihnen! Eine wollüstige Marwood denkt so edel nicht.

MARWOOD Nennen Sie das edel? Ich nenne es weiter nichts als billig. Nein, mein Herr, nein; ich verlange nicht, daß Sie mir diese Wiedererstattung als etwas Besonders anrechnen sollen. Sie kostet mich nichts; und auch den geringsten Dank, den sie mir dafür sagen wollten, würde ich für eine Beschimpfung halten, weil er doch keinen andern Sinn als diesen haben könnte: »Marwood, ich hielt Euch für eine niederträchtige Betrügerin; ich bedanke mich, daß Ihr es wenigstens gegen mich nicht sein wollt.«

MELLEFONT Genug, Madame, genug! Ich fliehe, weil mich mein Unstern in einen Streit von Großmut zu verwickeln drohet, in welchem ich am ungernsten unterliegen möchte.

MARWOOD Fliehen Sie nur; aber nehmen Sie auch alles mit, was Ihr Andenken bei mir erneuern könnte. Arm, verachtet, ohne Ehre und ohne Freunde, will ich es alsdann noch einmal wagen, Ihr Erbarmen rege zu machen. Ich will Ihnen in der unglücklichen Marwood nichts als ein Elende zeigen, die Geschlecht, Ansehen, Tugend und Gewissen für Sie aufgeopfert hat. Ich will Sie an den ersten Tag erinnern, da Sie mich sahen und liebten; an den ersten Tag, da auch ich Sie sahe und liebte; an das erste stammelnde, schamhafte Bekenntnis, das Sie mir zu meinen Füßen von Ihrer Liebe ablegten; an die erste Versicherung von Gegenliebe, die Sie mir auspreßten; an die zärtlichen Blicke, an die feurigen Umarmungen, die darauf folgten; an das beredte Stillschweigen, wenn wir mit beschäftigten Sinnen einer des andern geheimste Regungen errieten und in den schmachtenden Augen die verborgensten Gedanken der Seele lasen; an das zitternde Erwarten der nahenden Wollust; an die Trunkenheit ihrer Freuden; an das süße Erstarren nach der Fülle des Genusses, in welchem sich die ermatteten Geister zu neuen Entzückungen erholten. An alles dieses will ich Sie erinnern und dann Ihre Knie umfassen und nicht aufhören, um das einzige Geschenk zu bitten, das Sie mir nicht versagen können und ich ohne zu erröten annehmen darf, – um den Tod von Ihren Händen.

MELLEFONT Grausame! noch wollte ich selbst mein Leben für Sie hingeben. Fordern Sie es; fordern Sie es; nur auf meine Liebe machen Sie weiter keinen Anspruch. Ich muß Sie verlassen, Marwood, oder mich zu einem Abscheu der ganzen Natur machen. Ich bin schon strafbar, daß ich nur hier stehe und Sie anhöre. Leben Sie wohl! Leben Sie wohl!

MARWOOD *(die ihn zurückhält)* Sie müssen mich verlassen? Und was wollen Sie denn, das aus mir werde? So wie ich itzt bin, bin ich Ihr Geschöpf; tun Sie also, was einem Schöpfer zukömmt; er darf die Hand von seinem Werke nicht eher abziehn, als bis er es gänzlich vernichten will. – Ach, Hannah, ich sehe wohl, meine Bitten allein sind zu schwach. Geh, bringe meinen Vorsprecher her, der mir vielleicht itzt auf einmal mehr wiedergeben wird, als er von mir erhalten hat. *(Hannah geht ab.)*

MELLEFONT Was für einen Vorsprecher, Marwood?

MARWOOD Ach, einen Vorsprecher, dessen Sie mich nur allzugern beraubet hätten. Die Natur wird seine Klagen auf einem kürzern Wege zu Ihrem Herzen bringen – –

MELLEFONT Ich erschrecke. Sie werden doch nicht – –

VIERTER AUFTRITT

Arabella. Hannah. Mellefont. Marwood.

MELLEFONT Was seh' ich? Sie ist es! – Marwood, wie haben Sie sich unterstehen können – –

MARWOOD Soll ich umsonst Mutter sein? – Komm, meine Bella, komm; sieh hier deinen Beschützer wieder, deinen Freund, deinen – Ach! das Herz mag es ihm sagen, was er noch mehr als dein Beschützer, als dein Freund sein kann.

MELLEFONT *(mit abgewandtem Gesichte)* Gott! wie wird es mir hier ergehen?

ARABELLA *(indem sie ihm furchtsam näher tritt)* Ach, mein Herr! Sind Sie es? Sind Sie unser Mellefont? – Nein doch, Madam, er ist es nicht. – Würde er mich nicht ansehen, wenn er es wäre? Würde er mich nicht in seine Arme schließen? Er hat es ja sonst getan. Ich unglückliches Kind! Womit hätte ich ihn denn erzürnt, diesen Mann, diesen liebsten Mann, der mir erlaubte, mich seine Tochter zu nennen?

MARWOOD Sie schweigen, Mellefont? Sie gönnen der Unschuldigen keinen Blick?

MELLEFONT Ach! – –

ARABELLA Er seufzet ja, Madam. Was fehlt ihm? Können wir ihm nicht helfen? Ich nicht? Sie auch nicht? So lassen Sie uns doch mit ihm seufzen. – Ach, nun sieht er mich an! – Nein, er sieht wieder weg! Er sieht gen Himmel! Was wünscht er? Was bittet er vom Himmel? Möchte er ihm doch alles gewähren, wenn er mir auch alles dafür versagte!

MARWOOD Geh, mein Kind, geh; fall ihm zu Füßen. Er will uns verlassen; er will uns auf ewig verlassen.

ARABELLA *(die vor ihm niederfällt)* Hier liege ich schon. Sie uns verlassen? Sie uns auf ewig verlassen? War es nicht schon eine kleine Ewigkeit, die wir Sie jetzt vermißt haben? Wir sollen Sie wieder vermissen? Sie haben ja so oft gesagt, daß Sie uns liebten. Verläßt man denn die, die man liebt? So muß ich Sie wohl nicht lieben: denn ich wünschte, Sie nie zu verlassen. Nie; und will Sie auch nie verlassen.

MARWOOD Ich will dir bitten helfen, mein Kind; hilf nur auch mir – Nun, Mellefont, sehen Sie auch mich zu Ihren Füßen – –

MELLEFONT *(hält sie zurück, indem sie sich niederwerfen will)* Marwood, gefährliche Marwood – Und auch du, meine liebste Bella, *(hebt sie auf)* auch du bist wider deinen Mellefont?

ARABELLA Ich wider Sie?

MARWOOD Was beschließen Sie, Mellefont?

MELLEFONT Was ich nicht sollte, Marwood; was ich nicht sollte.

MARWOOD *(die ihn umarmt)* Ach, ich weiß es ja, daß die Redlichkeit Ihres Herzens allezeit über den Eigensinn Ihrer Begierden gesiegt hat.

MELLEFONT Bestürmen Sie mich nicht weiter. Ich bin schon, was Sie aus mir machen wollen: ein Meineidiger, ein Verführer, ein Räuber, ein Mörder.

MARWOOD Itzt werden Sie es einige Tage in Ihrer Einbildung wieder mit uns zurück.

ARABELLA *(schmeichelnd)* O ja! tun Sie dieses.

MELLEFONT Mit euch zurückkehren? Kann ich denn?

MARWOOD Nichts ist leichter, wenn Sie nur wollen.

MELLEFONT Und meine Miß – –

MARWOOD Und Ihre Miß mag sehen, wo sie bleibt! – –

MELLEFONT Ha! barbarische Marwood, diese Rede ließ mich bis auf den Grund Ihres Herzens sehen – – Und ich Verruchter gehe doch nicht wieder in mich?

MARWOOD Wenn Sie bis auf den Grund meines Herzens gesehen hätten, so würden Sie entdeckt haben, daß es mehr warmes Erbarmen gegen Ihre Miß fühlt als Sie selbst. Ich sage, wahres Erbarmen: denn das Ihre ist ein eigennütziges, weichherziges

Erbarmen. Sie haben überhaupt diesen Liebeshandel viel zu weit getrieben. Daß Sie, als ein Mann, der bei einem langen Umgange mit unserm Geschlechte in der Kunst zu verführen ausgelernt hatte, gegen ein so junges Frauenzimmer sich Ihre Überlegenheit an Verstellung und Erfahrung zunutze machten und nicht eher ruhten, als bis Sie Ihren Zweck erreichten: das möchte noch hingehen; Sie können sich mit der Heftigkeit Ihrer Leidenschaft entschuldigen. Allein, daß Sie einem alten Vater sein einziges Kind raubten; daß Sie einem rechtschaffnen Greise die wenigen Schritte zu seinem Grabe noch so schwer und bitter machten; daß Sie, Ihrer Lust wegen, die stärksten Banden der Natur trennten: das, Mellefont, das können Sie nicht verantworten. Machen Sie also Ihren Fehler wieder gut, soweit es möglich ist, ihn gut zu machen. Geben Sie dem weinenden Alter seine Stütze wieder und schicken Sie eine leichtgläubige Tochter in ihr Haus zurück, das Sie deswegen, weil Sie es beschimpft haben, nicht auch öde machen müssen.

MELLEFONT Das fehlte noch, daß Sie auch mein Gewissen wider mich zu Hilfe riefen! Aber gesetzt, es wäre billig, was Sie sagen; müßte ich nicht eine eiserne Stirne haben, wenn ich es der unglücklichen Miß selbst vorschlagen sollte?

MARWOOD Nunmehr will ich es Ihnen gestehen, daß ich schon im voraus bedacht gewesen bin, Ihnen diese Verwirrung zu ersparen. Sobald ich Ihren Aufenthalt erfuhr, habe ich auch dem alten Sampson unter der Hand Nachricht davon geben lassen. Er ist vor Freuden darüber ganz außer sich gewesen und hat sich sogleich auf den Weg machen wollen. Ich wundre mich, daß er noch nicht hier ist.

MELLEFONT Was sagen Sie?

MARWOOD Erwarten Sie nur ruhig seine Ankunft; und lassen sich gegen die Miß nichts merken. Ich will Sie selbst jetzt nicht länger aufhalten. Gehen Sie wieder zu ihr; sie möchte Verdacht bekommen. Doch versprech' ich mir, Sie heute noch einmal zu sehen.

MELLEFONT O Marwood, mit was für Gesinnungen kam ich zu Ihnen, und mit welchen muß ich Sie verlassen! Einen Kuß, meine liebe Bella – –

ARABELLA Der war für Sie; aber nun einen für mich. Kommen Sie nur ja bald wieder; ich bitte. *(Mellefont geht ab.)*

FÜNFTER AUFTRITT

Marwood. Arabella. Hannah.

MARWOOD *(nachdem sie tief Atem geholt)* Sieg! Hannah! aber ein saurer Sieg! – Gib mir einen Stuhl; ich fühle mich ganz abgemattet – *(Sie setzt sich.)* Eben war es die höchste Zeit, als er sich ergab; noch einen Augenblick hätte er anstehen dürfen, so würde ich ihm eine ganz andre Marwood gezeigt haben.

HANNAH Ach, Madam, was sind Sie für eine Frau! Den möchte ich doch sehn, der Ihnen widerstehen könnte.

MARWOOD Er hat mir schon zu lange widerstanden. Und gewiß, gewiß, ich will es ihm nicht vergeben, daß ich ihm fast zu Fuße gefallen wäre.

ARABELLA O nein! Sie müssen ihm alles vergeben. Er ist ja so gut, so gut – –

MARWOOD Schweig, kleine Närrin!

HANNAH Auf welcher Seite wußten Sie ihn nicht zu fassen! Aber nichts, glaube ich, rührte ihn mehr, als die Uneigennützigkeit, mit welcher Sie sich erboten, alle von ihm erhaltenen Geschenke zurückzugeben.

MARWOOD Ich glaube es auch. Ha! ha! *(Verächtlich.)*

HANNAH Warum lachen Sie, Madam? Wenn es nicht Ihr Ernst war, so wagten Sie in der Tat sehr viel. Gesetzt, er hätte Sie bei Ihrem Worte gefaßt?

MARWOOD O geh! man muß wissen, wen man vor sich hat.

HANNAH Nun, das gesteh' ich! Aber auch Sie, meine schöne Bella, haben Ihre Sache vortrefflich gemacht; vortrefflich!

ARABELLA Warum das? Konnte ich sie denn anders machen? Ich hatte ihn ja so lange nicht gesehen. Sie sind doch nicht böse, Madam, daß ich ihn so lieb habe? Ich habe Sie so lieb wie ihn; ebenso lieb.

MARWOOD Schon gut; dasmal will ich dir verzeihen, daß du mich nicht lieber hast als ihn.

ARABELLA Dasmal? *(Schluchzend.)*

MARWOOD Du weinst ja wohl gar? Warum denn?

ARABELLA Ach nein! ich weine nicht. Werden Sie nur nicht ungehalten. Ich will Sie ja gern alle beide so lieb, so lieb haben, daß ich unmöglich weder Sie noch ihn lieber haben kann.

MARWOOD Je nun ja!

ARABELLA Ich bin recht unglücklich – –

MARWOOD Sei doch nur stille – Aber was ist das?

SECHSTER AUFTRITT

Mellefont. Marwood. Arabella. Hannah.

MARWOOD Warum kommen Sie schon wieder, Mellefont? *(Sie steht auf.)*

MELLEFONT *(hitzig)* Weil ich mehr nicht als einige Augenblicke nötig hatte, wieder zu mir selbst zu kommen.

MARWOOD Nun?

MELLEFONT Ich war betäubt, Marwood, aber nicht bewegt. Sie haben alle Ihre Mühe verloren; eine andre Luft als diese ansteckende Luft Ihres Zimmers gab mir Mut und Kräfte wieder, meinen Fuß aus dieser gefährlichen Schlinge noch zeitig genug zu ziehen. Waren mir Nichtswürdigem die Ränke einer Marwood noch nicht bekannt genug?

MARWOOD *(hastig)* Was ist das wieder für eine Sprache?

MELLEFONT Die Sprache der Wahrheit und des Unwillens.

MARWOOD Nur gemach, Mellefont, oder auch ich werde diese Sprache sprechen.

MELLEFONT Ich komme nur zurück, Sie keinen Augenblick länger in einem Irrtume von mir stecken zu lassen, der mich, selbst in Ihren Augen, verächtlich machen muß.

ARABELLA *(furchtsam)* Ach! Hannah –

MELLEFONT Sehen Sie mich nur so wütend an, als Sie wollen. Je wütender, je besser. War es möglich, daß ich zwischen einer Marwood und einer Sara nur einen Augenblick unentschlüssig bleiben konnte? Und daß ich mich fast für die erstere entschlossen hätte?

ARABELLA Ach Mellefont! – –

MELLEFONT Zittern Sie nicht, Bella. Auch für Sie bin ich mit zurückgekommen. Geben Sie mir die Hand, und folgen Sie mir nur getrost.

MARWOOD *(die beide zurückhält)*
Wem soll sie folgen, Verräter?

MELLEFONT Ihrem Vater.

MARWOOD Geh, Elender; und lern' erst ihre Mutter kennen.

MELLEFONT Ich kenne sie. Sie ist die Schande ihres Geschlechts – –

MARWOOD Führe sie weg, Hannah!

MELLEFONT Bleiben Sie, Bella. *(Indem er sie zurückhalten will.)*

MARWOOD Nur keine Gewalt, Mellefont, oder – –
(Hannah und Arabella gehen ab.)

SIEBENTER AUFTRITT

Mellefont. Marwood.

MARWOOD Nun sind wir allein. Nun sagen Sie es noch einmal, ob Sie fest entschlossen sind, mich einer jungen Närrin aufzuopfern?

MELLEFONT *(bitter)* Aufzuopfern? Sie machen, daß ich mich hier erinnere, daß den alten Göttern auch sehr unreine Tiere geopfert wurden.

MARWOOD *(spöttisch)* Drücken Sie sich ohne so gelehrte Anspielungen aus.

MELLEFONT So sage ich Ihnen, daß ich fest entschlossen bin, nie wieder ohne die schrecklichsten Verwünschungen an Sie zu denken. Wer sind Sie? und wer ist Sara? Sie sind eine wollüstige, eigennützige, schändliche Buhlerin, die sich itzt kaum mehr muß erinnern können, einmal unschuldig gewesen zu sein. Ich habe mir mit Ihnen nichts vorzuwerfen, als daß ich dasjenige genossen, was Sie ohne mich vielleicht die ganze Welt hätten genießen lassen. Sie haben mich gesucht, nicht ich Sie; und wenn ich nunmehr weiß, wer Marwood ist, so kömmt mir diese Kenntnis teuer genug zu stehen. Sie kostet mir mein Vermögen, meine Ehre, mein Glück – –

MARWOOD Und so wollte ich, daß sie dir auch deine Seligkeit kosten müßte! Ungeheuer! Ist der Teufel ärger als du, der schwache Menschen zu Verbrechen reizet und sie dieser Verbrechen wegen, die sein Werk sind, hernach selbst anklagt? Was geht dich meine Unschuld an, wann und wie ich sie verloren habe? Habe ich dir meine Tugend nicht preisgeben können, so habe ich doch meinen guten Namen für dich in die Schanze geschlagen. Jene ist nichts kostbarer als dieser. Was sage ich? kostbarer? Sie ist ohne ihn ein albernes Hirngespinst, das weder ruhig noch glücklich macht. Er allein gibt ihr noch einigen Wert und kann vollkommen ohne sie bestehen. Mochte ich doch sein, wer ich wollte, ehe ich dich, Scheusal, kennen lernte; genug, daß ich in den Augen der Welt für ein Frauenzimmer ohne Tadel galt. Durch dich nur hat sie es erfahren, daß ich es nicht sei; durch meine Bereitwilligkeit bloß, dein Herz, wie ich damals glaubte, ohne deine Hand anzunehmen.

MELLEFONT Eben diese Bereitwilligkeit verdammt dich, Niederträchtige.

MARWOOD Erinnerst du dich aber, welchen nichtswürdigen Kunstgriffen du sie zu verdanken hattest? Ward ich nicht von dir beredt, daß du dich in keine öffentliche Verbindung einlassen könntest, ohne einer Erbschaft verlustig zu werden, deren Genuß du mit niemand als mit mir teilen wolltest? Ist es nun

Zeit, ihrer zu entsagen? Und ihrer für eine andre als für mich zu entsagen?

MELLEFONT Es ist mir eine wahre Wollust, Ihnen melden zu können, daß diese Schwierigkeit nunmehr bald wird gehoben sein. Begnügen Sie sich also nur, mich um mein väterliches Erbteil gebracht zu haben, und lassen mich ein weit geringeres mit einer würdigern Gattin genießen.

MARWOOD Ha! nun seh' ich's, was dich eigentlich so trotzig macht. Wohl, ich will kein Wort mehr verlieren. Es sei darum! Rechne darauf, daß ich alles anwenden will, dich zu vergessen. Und das erste, was ich in dieser Absicht tun werde, soll dieses sein – Du wirst mich verstehen! Zittre für deine Bella! Ihr Leben soll das Andenken meiner verachteten Liebe auf die Nachwelt nicht bringen; meine Grausamkeit soll es tun. Sieh in mir eine neue Medea!

MELLEFONT *(erschrocken)* Marwood – –

MARWOOD Oder wenn du noch eine grausamere Mutter weißt, so sieh sie gedoppelt in mir! Gift und Dolch sollen mich rächen. Doch nein, Gift und Dolch sind zu barmherzige Werkzeuge! Sie würden dein und mein Kind zu bald töten. Ich will es nicht gestorben sehen; sterben will ich es sehen. Durch langsame Martern will ich in seinem Gesichte jeden ähnlichen Zug, den es von dir hat, sich verstellen, verzerren und verschwinden sehen. Ich will mit begieriger Hand Glied von Glied, Ader von Ader, Nerve von Nerve lösen, und das Kleinste derselben auch da noch nicht aufhören zu schneiden und zu brennen, wenn es schon nichts mehr sein wird als ein empfindungsloses Aas. Ich – ich werde wenigstens dabei empfinden, wie süß die Rache sei!

MELLEFONT Sie rasen, Marwood – –

MARWOOD Du erinnerst mich, daß ich nicht gegen den Rechten rase. Der Vater muß voran! Er muß schon in jener Welt sein, wenn der Geist seiner Tochter unter tausend Seufzern ihm nachzieht. – *(Sie geht mit einem Dolche, den sie aus dem Busen reißt, auf ihn los.)* Drum stirb, Verräter!

MELLEFONT *(der ihr in den Arm fällt und den Dolch entreißt)* Unsinniges Weibsbild! – Was hindert mich nun, den Stahl wider dich zu kehren? Doch lebe, und deine Strafe müsse einer ehrlosen Hand aufgehoben sein!

MARWOOD *(mit gerungenen Händen)* Himmel, was habe ich getan? Mellefont – –

MELLEFONT Deine Reue soll mich nicht hintergehen! Ich weiß es doch wohl, was dich reuet; nicht daß du den Stoß tun wollen, sondern daß du ihn nicht tun können.

MARWOOD Geben Sie mir ihn wieder, den verirrten Stahl! Geben Sie mir ihn wieder! und Sie sollen es gleich sehen, für wen er geschliffen ward. Für diese Brust allein, die schon längst einem Herzen zu enge ist, das eher dem Leben als Ihrer Liebe entsagen will.

MELLEFONT Hannah! – –

MARWOOD Was wollen Sie tun, Mellefont?

ACHTER AUFTRITT

Hannah (erschrocken). Marwood. Mellefont.

MELLEFONT Hast du es gehört, Hannah, welche Furie deine Gebieterin ist? Wisse, daß ich Arabellen von deinen Händen fodern werde.

HANNAH Ach Madam, wie sind Sie außer sich!

MELLEFONT Ich will das unschuldige Kind bald in völlige Sicherheit bringen. Die Gerechtigkeit wird einer so grausamen Mutter die mördrischen Hände schon zu binden wissen. *(Er will gehen.)*

MARWOOD Wohin, Mellefont? Ist es zu verwundern, daß die Heftigkeit meines Schmerzes mich des Verstandes nicht mächtig ließ? Wer bringt mich zu so unnatürlichen Ausschweifungen? Sind Sie es nicht selbst? Wo kann Bella sicherer sein als bei mir? Mein Mund tobet wider sie, und mein Herz bleibt doch immer das Herz einer Mutter. Ach, Mellefont!

vergessen Sie meine Raserei und denken zu ihrer Entschuldigung nur an die Ursache derselben.

MELLEFONT Es ist nur *ein* Mittel, welches mich bewegen kann, sie zu vergessen.

MARWOOD Welches?

MELLEFONT Wenn Sie den Augenblick nach London zurückkehren. Arabellen will ich in einer andern Begleitung wieder dahin bringen lassen. Sie müssen durchaus ferner mit ihr nichts zu tun haben.

MARWOOD Gut, ich lasse mir alles gefallen; aber eine einzige Bitte gewähren Sie mir noch. Lassen Sie mich Ihre Sara wenigstens einmal sehen.

MELLEFONT Und wozu?

MARWOOD Um in ihren Blicken mein ganzes künftiges Schicksal zu lesen. Ich will selbst urteilen, ob sie einer Untreue, wie Sie an mir begehen, würdig ist; und ob ich Hoffnung haben kann, wenigstens einmal einen Anteil an Ihrer Liebe wieder zu bekommen.

MELLEFONT Nichtige Hoffnung!

MARWOOD Wer ist so grausam, daß er einer Elenden auch nicht einmal die Hoffnung gönnen wollte? Ich will mich ihr nicht als Marwood, sondern als eine Anverwandte von Ihnen zeigen. Melden Sie mich bei ihr als eine solche; Sie sollen bei meinem Besuche zugegen sein, und ich verspreche Ihnen bei allem, was heilig ist, ihr nicht das geringste Anstößige zu sagen. Schlagen Sie mir meine Bitte nicht ab; denn sonst möchte ich vielleicht alles anwenden, in meiner wahren Gestalt vor ihr zu erscheinen.

MELLEFONT Diese Bitte, Marwood, *(nachdem er einen Augenblick nachgedacht)* – – könnte ich Ihnen gewähren. Wollen Sie aber auch alsdann gewiß diesen Ort verlassen?

MARWOOD Gewiß; ja, ich verspreche Ihnen noch mehr; ich will Sie, wo nur noch einige Möglichkeit ist, von dem Überfalle ihres Vaters befreien.

MELLEFONT Dieses haben Sie nicht nötig. Ich hoffe, daß er auch mich in die Verzeihung mit einschließen wird, die er seiner Tochter widerfahren läßt. Will er aber dieser nicht verzeihen, so werde ich auch wissen, wie ich ihm begegnen soll. – Ich gehe, Sie bei meiner Miß zu melden. Nur halten Sie Wort, Marwood! *(Geht ab.)*

MARWOOD Ach, Hannah! daß unsere Kräfte nicht so groß sind als unsere Wut! Komm, hilf mich ankleiden. Ich gebe mein Vorhaben nicht auf. Wenn ich ihn nur erst sicher gemacht habe. Komm!

Ende des zweiten Aufzugs.

DRITTER AUFZUG

ERSTER AUFTRITT

Ein Saal im erstern Gasthofe.
Sir William Sampson. Waitwell.

SIR WILLIAM Hier, Waitwell, bring' ihr diesen Brief. Es ist der Brief eines zärtlichen Vaters, der sich über nichts als über ihre Abwesenheit beklaget. Sag' ihr, daß ich dich damit vorweg geschickt, und daß ich nur noch ihre Antwort erwarten wolle, ehe ich selbst käme, sie wieder in meine Arme zu schließen.

WAITWELL Ich glaube, Sie tun recht wohl, daß Sie Ihre Zusammenkunft auf diese Art vorbereiten.

SIR WILLIAM Ich werde ihrer Gesinnungen dadurch gewiß und mache ihr Gelegenheit, alles, was ihr die Reue Klägliches und Errötendes eingeben könnte, schon ausgeschüttet zu haben, ehe sie mündlich mit mir spricht. Es wird ihr in einem Briefe weniger Verwirrung und mir vielleicht weniger Tränen kosten.

WAITWELL Darf ich aber fragen, Sir, was Sie in Ansehung Melefonts beschlossen haben?

SIR WILLIAM Ach! Waitwell, wenn ich ihn von dem Geliebten meiner Tochter trennen könnte, so würde ich etwas sehr Hartes wider ihn beschließen. Aber da dieses nicht angeht, so siehst du wohl, daß er gegen meinen Unwillen gesichert ist. Ich habe selbst den größten Fehler bei diesem Unglücke begangen. Ohne mich würde Sara diesen gefährlichen Mann nicht haben kennen lernen. Ich verstattete ihm wegen einer Verbindlichkeit, die ich gegen ihn zu haben glaubte, einen allzu freien Zutritt in meinem Hause. Es war natürlich, daß ihm die dankbare Aufmerksamkeit, die ich für ihn bezeigte, auch die Achtung meiner Tochter zuziehen mußte. Und es war ebenso natürlich, daß sich ein Mensch von seiner Denkungsart durch diese Achtung verleiten ließ, sie zu etwas Höherm zu treiben. Er hatte Geschicklichkeit genug gehabt, sie in Liebe zu verwandeln, ehe ich noch das Geringste merkte, und ehe ich noch Zeit hatte, mich nach seiner übrigen Lebensart zu erkundigen. Das Unglück war geschehen, und ich hätte wohl getan, wenn ich ihnen nur gleich alles vergeben hätte. Ich wollte unerbittlich gegen ihn sein und überlegte nicht, daß ich es gegen ihn nicht allein sein könnte. Wenn ich meine zu späte Strenge erspart hätte, so würde ich wenigstens ihre Flucht verhindert haben. – Da bin ich nun, Waitwell! Ich muß sie selbst zurückholen und mich noch glücklich schätzen, wenn ich aus dem Verführer nur meinen Sohn machen kann. Denn wer weiß, ob er seine Marwoods und seine übrigen Kreaturen eines Mädchens wegen wird aufgeben wollen, das seinen Begierden nichts mehr zu verlangen übrig gelassen hat und die fesselnden Künste einer Buhlerin so wenig versteht?

WAITWELL Nun, Sir, das ist wohl nicht möglich, daß ein Mensch so gar böse sein könnte. –

SIR WILLIAM Der Zweifel, guter Waitwell, macht deiner Tugend Ehre. Aber warum ist es gleichwohl wahr, daß sich die Grenzen der menschlichen Bosheit noch viel weiter erstrecken? – Geh nur jetzt und tue, was ich dir gesagt habe. Gib auf alle ihre Mienen acht, wenn sie meinen Brief lesen wird. In der kurzen Entfernung von der Tugend kann sie die Verstellung noch nicht gelernt haben, zu deren Larven nur das eingewurzelte Laster seine Zuflucht nimmt. Du wirst ihre ganze Seele in ihrem Gesichte lesen. Laß dir ja keinen Zug entgehen, der etwa eine Gleichgültigkeit gegen mich, eine Verschmähung ihres Vaters, anzeigen könnte. Denn wenn du diese unglückliche Entdeckung machen solltest, und wenn sie mich nicht mehr liebt: so hoffe ich, daß ich mich endlich werde überwinden können, sie ihrem Schicksale zu überlassen. Ich hoffe es, Waitwell – Ach! wenn nur hier kein Herz schlüge, das dieser Hoffnung widerspricht. *(Sie gehen beide auf verschiedenen Seiten ab.)*

ZWEITER AUFTRITT

Das Zimmer der Sara.

Miß Sara. Mellefont.

MELLEFONT Ich habe unrecht getan, liebste Miß, daß ich Sie wegen des vorigen Briefes in einer kleinen Unruhe ließ.

SARA Nein doch, Mellefont; ich bin deswegen ganz und gar nicht unruhig gewesen. Könnten Sie mich denn nicht lieben, wenn Sie gleich noch Geheimnisse vor mir hätten?

MELLEFONT Sie glauben also doch, daß es ein Geheimnis gewesen sei?

SARA Aber keines, das mich angeht. Und das muß mir genug sein.

MELLEFONT Sie sind allzu gefällig. Doch erlauben Sie mir, daß ich Ihnen dieses Geheimnis gleichwohl entdecke. Es waren einige Zeilen von einer Anverwandten, die meinen hiesigen Aufenthalt erfahren hat. Sie geht auf ihrer Reise nach London hier durch und will mich sprechen. Sie hat zugleich um die Ehre ersucht, Ihnen ihre Aufwartung machen zu dürfen.

SARA Es wird mir allezeit angenehm sein, Mellefont, die würdigen Personen Ihrer Familie kennen zu lernen. Aber überlegen

Sie es selbst, ob ich schon, ohne zu erröten, einer derselben unter die Augen sehen darf.

MELLEFONT Ohne zu erröten? Und worüber? Darüber, daß Sie mich lieben? Es ist wahr, Miß, Sie hätten Ihre Liebe einem Edlern, einem Reichern schenken können. Sie müssen sich schämen, daß sie Ihr Herz nur um ein Herz haben geben wollen, und daß Sie bei diesem Tausche Ihr Glück so weit aus den Augen gesetzt.

SARA Sie werden es selbst wissen, wie falsch Sie meine Worte erklären.

MELLEFONT Erlauben Sie, Miß; wenn ich sie falsch erkläre, so können sie gar keine Bedeutung haben.

SARA Wie heißt Ihre Anverwandte?

MELLEFONT Es ist – Lady Solmes. Sie werden den Namen von mir schon gehört haben.

SARA Ich kann mich nicht erinnern.

MELLEFONT Darf ich bitten, daß Sie ihren Besuch annehmen wollen?

SARA Bitten, Mellefont? Sie können mir es ja befehlen.

MELLEFONT Was für ein Wort! – Nein, Miß, sie soll das Glück nicht haben, Sie zu sehen. Sie wird es bedauern; aber sie muß es sich gefallen lassen. Miß Sara hat ihre Ursachen, die ich, auch ohne sie zu wissen, verehre.

SARA Mein Gott! wie schnell sind Sie, Mellefont! Ich werde die Lady erwarten; und mich der Ehre ihres Besuchs, so viel möglich, würdig zu erzeigen suchen. Sind Sie zufrieden?

MELLEFONT Ach, Miß, lassen Sie mich meinen Ehrgeiz gestehen. Ich möchte gern gegen die ganze Welt mit Ihnen prahlen. Und wenn ich auf den Besitz einer solchen Person nicht eitel wäre, so würde ich mir selbst vorwerfen, daß ich den Wert derselben nicht zu schätzen wüßte. Ich gehe und bringe die Lady sogleich zu Ihnen. *(Gehet ab.)*

SARA *(allein)* Wenn es nur keine von den stolzen Weibern ist, die, voll von ihrer Tugend, über alle Schwachheiten erhaben zu sein glauben. Sie machen uns mit einem einzigen verächtlichen Blicke den Prozeß, und ein zweideutiges Achselzucken ist das ganze Mitleiden, das wir ihnen zu verdienen scheinen.

DRITTER AUFTRITT

Waitwell. Sara.

BETTY *(zwischen der Szene)* Nur hier herein, wenn Er selbst mit ihr sprechen muß.

SARA *(die sich umsieht)* Wer muß selbst mit mir sprechen? – Wen seh' ich? Ist es möglich? Waitwell, dich?

WAITWELL Was für ein glücklicher Mann bin ich, daß ich endlich unsere Miß Sara wieder sehe!

SARA Gott! was bringst du? Ich hör' es schon, ich hör' es schon, du bringst mir die Nachricht von dem Tode meines Vaters! Er ist hin, der vortrefflichste Mann, der beste Vater! Er ist hin, und ich, ich bin die Elende, die seinen Tod beschleuniget hat.

WAITWELL Ach! Miß – –

SARA Sage mir, geschwind sage mir, daß die letzten Augenblicke seines Lebens ihm durch mein Andenken nicht schwerer wurden; daß er mich vergessen hatte; daß er ebenso ruhig starb, als er sich sonst in meinen Armen zu sterben versprach; daß er sich meiner auch nicht einmal in seinem letzten Gebete erinnerte – –

WAITWELL Hören Sie doch auf, sich mit so falschen Vorstellungen zu plagen! Er lebt ja noch, Ihr Vater; er lebt ja noch, der rechtschaffne Sir William.

SARA Lebt er noch? Ist es wahr, lebt er noch? O! daß er noch lange leben, und glücklich leben möge! O! daß ihm Gott die Hälfte meiner Jahre zulegen wolle! Die Hälfte? – Ich Undankbare, wenn ich ihm nicht mit allen, so viel mir deren bestimmt sind, auch nur einige Augenblicke zu erkaufen bereit bin! Aber nun sage mir wenigstens, Waitwell, daß es ihm nicht hart fällt, ohne mich zu leben; daß es ihm leicht geworden ist, eine Tochter aufzugeben, die ihre Tugend so leicht aufgeben können; daß ihn meine Flucht erzürnet, aber nicht gekränkt hat; daß er mich verwünschet, aber nicht bedauert.

WAITWELL Ach, Sir William ist noch immer der zärtliche Vater, sowie sein Sarchen noch immer die zärtliche Tochter ist, die sie beide gewesen sind.

SARA Was sagst du? Du bist ein Bote des Unglücks, des schrecklichsten Unglücks unter allen, die mir meine feindselige Einbildung jemals vorgestellet hat! Er ist noch der zärtliche Vater? So liebt er mich ja noch? So muß er mich ja beklagen? Nein, nein, das tut er nicht; das kann er nicht tun! Siehst du denn nicht, wie unendlich jeder Seufzer, den er um mich verlöre, meine Verbrechen vergrößern würde? Müßte mir nicht die Gerechtigkeit des Himmels jede seiner Tränen, die ich ihm auspreßte, so anrechnen, als ob ich bei jeder derselben meine Laster und meinen Undank wiederholte? Ich erstarre über diesen Gedanken. Tränen koste ich ihm? Tränen? Und es sind andre Tränen als Tränen der Freude? – Widersprich mir doch, Waitwell! Aufs höchste hat er einige leichte Regungen des Bluts für mich gefühlet; einige von den geschwind überhin gehenden Regungen, welche die kleinste Anstrengung der Vernunft besänftiget. Zu Tränen hat er es nicht kommen lassen. Nicht wahr, Waitwell, zu Tränen hat er es nicht kommen lassen?

WAITWELL *(indem er sich die Augen wischt)* Nein, Miß, dazu hat er es nicht kommen lassen.

SARA Ach! dein Mund sagt nein; und deine eignen Tränen sagen ja.

WAITWELL Nehmen Sie diesen Brief, Miß; er ist von ihm selbst.

SARA Von wem? von meinem Vater? an mich?

WAITWELL Ja, nehmen Sie ihn nur; Sie werden mehr daraus sehen können, als ich zu sagen vermag. Er hätte einem andern als mir dieses Geschäft auftragen sollen. Ich versprach mir Freude davon; aber Sie verwandeln mir diese Freude in Betrübnis.

SARA Gib nur, ehrlicher Waitwell! – Doch nein, ich will ihn

nicht eher nehmen, als bis du mir sagst, was ungefähr darin enthalten ist.

WAITWELL Was kann darin enthalten sein? Liebe und Vergebung.

SARA Liebe? Vergebung?

WAITWELL Und vielleicht ein aufrichtiges Bedauern, daß er die Rechte der väterlichen Gewalt gegen ein Kind brauchen wollen, für welches nur die Vorrechte der väterlichen Huld sind.

SARA So behalte nur deinen grausamen Brief!

WAITWELL Grausam? fürchten Sie nichts; Sie erhalten völlige Freiheit über Ihr Herz und Ihre Hand.

SARA Und das ist es eben, was ich fürchte. Einen Vater, wie ihn, zu betrüben: dazu habe ich noch den Mut gehabt. Allein ihn durch eben diese Betrübnis, ihn durch seine Liebe, der ich entsagt, dahin gebracht zu sehen, daß er sich alles gefallen läßt, wozu mich eine unglückliche Leidenschaft verleitet: das, Waitwell, das würde ich nicht ausstehen. Wenn sein Brief alles enthielte, was ein aufgebrachter Vater in solchem Falle Heftiges und Hartes vorbringen kann, so würde ich ihn zwar mit Schaudern lesen, aber ich würde ihn doch lesen können. Ich würde gegen seinen Zorn noch einen Schatten von Verteidigung aufzubringen wissen, um ihn durch diese Verteidigung, womöglich, noch zorniger zu machen. Meine Beruhigung wäre alsdann diese, daß bei einem gewaltsamen Zorne kein wehmütiger Gram Raum haben könne, und daß sich jener endlich glücklich in eine bittere Verachtung gegen mich verwandeln werde. Wen man aber verachtet, um den bekümmert man sich nicht mehr. Mein Vater wäre wieder ruhig, und ich dürfte mir nicht vorwerfen, ihn auf immer unglücklich gemacht zu haben.

WAITWELL Ach! Miß, Sie werden sich diesen Vorwurf noch weniger machen dürfen, wenn Sie jetzt seine Liebe wieder ergreifen, die ja alles vergessen will.

SARA Du irrst dich, Waitwell. Sein sehnliches Verlangen nach mir verführt ihn vielleicht, zu allem ja zu sagen. Kaum aber würde dieses Verlangen ein wenig beruhiget sein, so würde er sich, seiner Schwäche wegen, vor sich selbst schämen. Ein finsterer Unwille würde sich seiner bemeistern, und er würde mich nie ansehen können, ohne mich heimlich anzuklagen, wie viel ich ihm abzutrotzen mich unterstanden habe. Ja, wenn es in meinem Vermögen stünde, ihm bei der äußersten Gewalt, die er sich meinetwegen antut, das Bitterste zu ersparen; wenn in dem Augenblicke, da er mir alles erlauben wollte, ich ihm alles aufopfern könnte: so wäre es ganz etwas anders. Ich wollte den Brief mit Vergnügen von deinen Händen nehmen, die Stärke der väterlichen Liebe darin bewundern und, ohne sie zu mißbrauchen, mich als eine reuende und gehorsame Tochter zu seinen Füßen werfen. Aber kann ich das? Ich würde es tun müssen, was er mir erlaubte, ohne mich daran zu kehren, wie teuer ihm diese Erlaubnis zu stehen komme. Und wenn ich dann am vergnügtesten darüber sein wollte, würde es mir plötzlich einfallen, daß er mein Vergnügen äußerlich nur zu teilen scheine und in sich selbst vielleicht seufze; kurz, daß er mich mit Entsagung seiner eignen Glückseligkeit glücklich gemacht habe – Und es auf diese Art zu sein wünschen, trauest du mir das wohl zu, Waitwell?

WAITWELL Gewiß, ich weiß nicht, was ich hierauf antworten soll.

SARA Es ist nichts darauf zu antworten. Bringe deinen Brief also nur wieder zurück. Wenn mein Vater durch mich unglücklich sein muß, so will ich selbst auch unglücklich bleiben. Ganz allein ohne ihn unglücklich zu sein, das ist es, was ich jetzt stündlich von dem Himmel bitte; glücklich aber ohne ihn ganz allein zu sein, davon will ich durchaus nichts wissen.

WAITWELL *(etwas beiseite)* Ich glaube wahrhaftig, ich werde das gute Kind hintergehen müssen, damit es den Brief doch nur lieset.

SARA Was sprichst du da für dich?

WAITWELL Ich sage mir selbst, daß ich einen sehr ungeschickten

Einfall gehabt hätte, Sie, Miß, zur Lesung des Briefes desto geschwinder zu vermögen.

SARA Wieso?

WAITWELL Ich konnte so weit nicht denken. Sie überlegen freilich alles genauer, als es unsereiner kann. Ich wollte Sie nicht erschrecken; der Brief ist vielleicht nur allzu hart; und wenn ich gesagt habe, daß nichts als Liebe und Vergebung darin enthalten sei, so hätte ich sagen sollen, daß ich nichts als dieses darin enthalten zu sein wünschte.

SARA Ist das wahr? – Nun, so gib mir ihn her. Ich will ihn lesen. Wenn man den Zorn eines Vaters unglücklicherweise verdient hat, so muß man wenigstens gegen diesen väterlichen Zorn so viel Achtung haben, daß er ihn nach allen Gefallen gegen uns auslassen kann. Ihn zu vereiteln suchen, heißt Beleidigungen mit Geringschätzung häufen. Ich werde ihn nach aller seiner Stärke empfinden. Du siehst, ich zittre schon – Aber ich soll auch zittern; und ich will lieber zittern als weinen. – *(Sie erbricht den Brief.)* Nun ist er erbrochen! Ich bebe – Aber was seh' ich? *(Sie lieset.)* »Einzige, geliebteste Tochter!« – Ha! du alter Betrüger, ist das die Anrede eines zornigen Vaters? Geh, weiter werde ich nicht lesen – –

WAITWELL Ach, Miß, verzeihen Sie doch einem alten Knechte. Ja gewiß, ich glaube, es ist in meinem Leben das erstemal, daß ich mit Vorsatz betrogen habe. Wer einmal betrügt, Miß, und aus einer so guten Absicht betrügt, der ist ja deswegen noch kein alter Betrüger. Das geht mir nahe, Miß. Ich weiß wohl, die gute Absicht entschuldigt nicht immer; aber was konnte ich denn tun? Einem so guten Vater seinen Brief ungelesen wieder zu bringen? Das kann ich nimmermehr. Eher will ich gehen, soweit mich meine alten Beine tragen, und ihm nie wieder vor die Augen kommen.

SARA Wie? auch du willst ihn verlassen?

WAITWELL Werde ich denn nicht müssen, wenn Sie den Brief nicht lesen? Lesen Sie ihn doch immer. Lassen Sie doch immer den ersten vorsätzlichen Betrug, den ich mir vorzuwerfen habe, nicht ohne gute Wirkung bleiben. Sie werden ihn desto eher vergessen, und ich werde mir ihn desto eher vergeben können. Ich bin ein gemeiner, einfältiger Mann, der Ihnen Ihre Ursachen, warum Sie den Brief nicht lesen können oder wollen, freilich so muß gelten lassen. Ob sie wahr sind, weiß ich nicht; aber so recht natürlich scheinen sie mir wenigstens nicht. Ich dächte nun so, Miß: ein Vater, dächte ich, ist doch immer ein Vater; und ein Kind kann wohl einmal fehlen, es bleibt deswegen doch ein gutes Kind. Wenn der Vater den Fehler verzeiht, so kann ja das Kind sich wohl wieder so aufführen, daß er auch gar nicht mehr daran denken darf. Und wer erinnert sich denn gern an etwas, wovon er lieber wünscht, es wäre gar nicht geschehen? Es ist, Miß, als ob Sie nur immer an Ihren Fehler dächten und glaubten, es wäre genug, wenn Sie den in Ihrer Einbildung vergrößerten und sich selbst mit solchen vergrößerten Vorstellungen marterten. Aber ich sollte meinen, Sie müßten auch daran denken, wie Sie das, was geschehen ist, wieder gut machten. Und wie wollten Sie es denn wieder gut machen, wenn Sie sich selbst alle Gelegenheit dazu benehmen? Kann es Ihnen denn sauer werden, den andern Schritt zu tun, wenn so ein lieber Vater schon den ersten getan hat?

SARA Was für Schwerter gehen aus deinem einfältigen Munde in mein Herz! – Eben das kann ich nicht aushalten, daß er den ersten Schritt tun muß. Und was willst du denn? Tut er denn nur den ersten Schritt? Er muß sie alle tun: ich kann ihm keinen entgegentun. Soweit ich mich von ihm entfernet, so weit muß er sich zu mir herablassen. Wenn er mir vergibt, so muß er mein ganzes Verbrechen vergeben und sich noch dazu gefallen lassen, die Folgen desselben vor seinen Augen fortdauern zu sehen. Ist das von einem Vater zu verlangen?

WAITWELL Ich weiß nicht, Miß, ob ich dieses so recht verstehe. Aber mich deucht, Sie wollen sagen, er müsse Ihnen gar zu viel vergeben, und weil ihm das nicht anders als sehr sauer werden könne, so machten Sie sich ein Gewissen, seine Vergebung anzunehmen. Wenn Sie das meinen, so sagen Sie mir doch, ist denn nicht das Vergeben für ein gutes Herz ein Vergnügen? Ich bin in meinem Leben so glücklich nicht gewesen, daß ich dieses Vergnügen oft empfunden hätte. Aber der wenigen Male, die ich es empfunden habe, erinnere ich mich noch immer gern. Ich fühlte so etwas Sanftes, so etwas Beruhigendes, so etwas Himmlisches dabei, daß ich mich nicht entbrechen konnte, an die große, unüberschwengliche Seligkeit Gottes zu denken, dessen ganze Erhaltungen der elenden Menschen ein immerwährendes Vergeben ist. Ich wünschte mir, alle Augenblicke verzeihen zu können, und schämte mich, daß ich nur solche Kleinigkeiten zu verzeihen hatte. Recht schmerzhafte Beleidigungen, recht tödliche Kränkungen zu vergeben, sagt' ich zu mir selbst, muß eine Wollust sein, in der die ganze Seele zerfließt – Und nun, Miß, wollen Sie denn so eine große Wollust Ihrem Vater nicht gönnen?

SARA Ach! – Rede weiter, Waitwell, rede weiter!

WAITWELL Ich weiß wohl, es gibt eine Art von Leuten, die nichts ungerner als Vergebung annehmen, und zwar, weil sie keine zu erzeigen gelernt haben. Es sind stolze, unbiegsame Leute, die durchaus nicht gestehen wollen, daß sie unrecht getan. Aber von der Art, Miß, sind Sie nicht. Sie haben das liebreichste und zärtlichste Herz, das die beste Ihres Geschlechts nur haben kann. Ihren Fehler bekennen Sie auch. Woran liegt es denn nun also noch? – Doch verzeihen Sie mir nur, Miß, ich bin ein alter Plauderer und hätte es gleich merken sollen, daß Ihr Weigern nur eine rühmliche Besorgnis, nur eine tugendhafte Schüchternheit sei. Leute, die eine große Wohltat gleich, ohne Bedenken, annehmen können, sind der Wohltat selten würdig. Die sie am meisten verdienen, haben auch immer das meiste Mißtrauen gegen sich selbst. Doch muß das Mißtrauen nicht über sein Ziel getrieben werden.

SARA Lieber alter Vater, ich glaube, du hast mich überredet.

WAITWELL Ach Gott! wenn ich so glücklich gewesen bin, so

muß mir ein guter Geist haben reden helfen. Aber nein, Miß, meine Reden haben dabei nichts getan, als daß sie Ihnen Zeit gelassen, selbst nachzudenken und sich von einer so fröhlichen Bestürzung zu erholen. – Nicht wahr, nun werden Sie den Brief lesen? O! lesen Sie ihn doch gleich!

SARA Ich will es tun, Waitwell. – Welche Bisse, welche Schmerzen werde ich fühlen!

WAITWELL Schmerzen, Miß, aber angenehme Schmerzen.

SARA Sei still! *(Sie fängt an, für sich zu lesen.)*

WAITWELL *(beiseite)* O! wenn er sie selbst sehen sollte!

SARA *(nachdem sie einige Augenblicke gelesen)* Ach, Waitwell, was für ein Vater! Er nennt meine Flucht eine Abwesenheit. Wie viel sträflicher wird sie durch dieses gelinde Wort! *(Sie lieset weiter und unterbricht sich wieder.)* Höre doch! er schmeichelt sich, ich würde ihn noch lieben. Er schmeichelt sich! *(Lieset und unterbricht sich.)* Er bittet mich – Er bittet mich? Ein Vater seine Tochter? seine strafbare Tochter? Und was bittet er mich denn? – *(Lieset für sich.)* Er bittet mich, seine übereilte Strenge zu vergessen und ihn mit meiner Entfernung nicht länger zu strafen. Übereilte Strenge! – Zu strafen! – *(Lieset wieder und unterbricht sich.)* Noch mehr! Nun dankt er mir gar, und dankt mir, daß ich ihm Gelegenheit gegeben, den ganzen Umfang der väterlichen Liebe kennen zu lernen. Unselige Gelegenheit! Wenn er doch nur auch sagte, daß sie ihm zugleich den ganzen Umfang des kindlichen Ungehorsams habe kennen lernen! *(Sie lieset wieder.)* Nein, er sagt es nicht! Er gedenkt meines Verbrechens nicht mit einem Buchstaben. *(Sie fährt weiter fort, für sich zu lesen.)* Er will kommen und seine Kinder selbst zurückholen. Seine Kinder, Waitwell! Das geht über alles! – Hab' ich auch recht gelesen? *(Sie lieset wieder für sich.)* – Ich möchte vergehen! Er sagt, derjenige verdiene nur allzuwohl sein Sohn zu sein, ohne welchen er keine Tochter haben könne. – O! hätte er sie nie gehabt, diese unglückliche Tochter! – Geh, Waitwell, laß mich allein! Er verlangt eine Antwort, und ich will sie sogleich machen. Frag' in einer Stunde wieder nach. Ich danke dir unterdessen für deine Mühe. Du bist ein rechtschaffner Mann. Es sind wenig Diener die Freunde ihrer Herren!

WAITWELL Beschämen Sie mich nicht, Miß. Wenn alle Herren Sir Williams wären, so müßten die Diener Unmenschen sein, wenn sie nicht ihr Leben für sie lassen wollten. *(Geht ab.)*

VIERTER AUFTRITT

Sara.

(Sie setzet sich zum Schreiben nieder.) Wenn man mir es vor Jahr und Tag gesagt hätte, daß ich auf einen solchen Brief würde antworten müssen! Und unter solchen Umständen! – Ja, die Feder hab' ich in der Hand. – Weiß ich aber auch schon, was ich schreiben soll? Was ich denke; was ich empfinde. – Und was denkt man denn, wenn sich in einem Augenblicke tausend Gedanken durchkreuzen? Und was empfindet man denn, wenn das Herz, vor lauter Empfinden, in einer tiefen Betäubung liegt? – Ich muß doch schreiben – Ich führe ja die Feder nicht das erstemal. Nachdem sie mir schon so manche kleine Dienste der Höflichkeit und Freundschaft abstatten helfen, sollte mir ihre Hilfe wohl bei dem wichtigsten Dienste entstehen? – *(Sie denkt ein wenig nach und schreibt darauf einige Zeilen.)* Das soll der Anfang sein? Ein sehr frostiger Anfang. Und werde ich denn bei seiner Liebe anfangen wollen? Ich muß bei meinem Verbrechen anfangen. *(Sie streicht aus und schreibt anders.)* Daß ich mich ja nicht zu obenhin davon ausdrücke! – Das Schämen kann überall an seiner rechten Stelle sein, nur bei dem Bekenntnisse unserer Fehler nicht. Ich darf mich nicht fürchten, in Übertreibungen zu geraten, wenn ich auch schon die gräßlichsten Züge anwende. – Ach! warum muß ich nun gestört werden?

FÜNFTER AUFTRITT

Marwood. Mellefont. Sara.

MELLEFONT Liebste Miß, ich habe die Ehre, Ihnen Lady Solmes vorzustellen, welche eine von denen Personen in meiner Familie ist, welchen ich mich am meisten verpflichtet erkenne.

MARWOOD Ich muß um Vergebung bitten, Miß, daß ich so frei bin, mich mit meinen eignen Augen von dem Glücke eines Vetters zu überführen, dem ich das vollkommenste Frauenzimmer wünschen würde, wenn mich nicht gleich der erste Anblick überzeugt hätte, daß er es in Ihnen bereits gefunden habe.

SARA Sie erzeigen mir allzuviel Ehre, Lady. Eine Schmeichelei wie diese würde mich zu allen Zeiten beschämt haben; itzt aber sollte ich sie fast für einen versteckten Vorwurf annehmen, wenn ich Lady Solmes nicht für viel zu großmütig hielte, ihre Überlegenheit an Tugend und Klugheit eine Unglückliche fühlen zu lassen.

MARWOOD *(kalt)* Ich würde untröstlich sein, Miß, wenn Sie mir andre als die freundschaftlichsten Gesinnungen zutrauten. – *(Beiseite.)* Sie ist schön!

MELLEFONT Und wäre es denn auch möglich, Lady, gegen so viel Schönheit, gegen so viel Bescheidenheit gleichgültig zu bleiben? Man sagt zwar, daß einem reizenden Frauenzimmer selten von einem andern Gerechtigkeit erwiesen werde: allein dieses ist auf der einen Seite nur von denen, die auf ihre Vorzüge allzu eitel sind, und auf der andern nur von solchen zu verstehen, welche sich selbst keiner Vorzüge bewußt sind. Wie weit sind Sie beide von diesem Falle entfernt! – *(Zur Marwood, welche in Gedanken steht.)* Ist es nicht wahr, Lady, daß meine Liebe nichts weniger als parteiisch gewesen ist? Ist es nicht wahr, daß ich Ihnen zum Lobe meiner Miß viel, aber noch lange nicht so viel gesagt habe, als Sie selbst finden? – Aber warum so in Gedanken? – *(Sachte zu ihr.)* Sie vergessen, wer Sie sein wollen.

MARWOOD Darf ich es sagen? – Die Bewunderung Ihrer liebsten Miß führte mich auf die Betrachtung ihres Schicksals. Es ging mir nahe, daß sie die Früchte ihrer Liebe nicht in ihrem Vaterlande genießen soll. Ich erinnerte mich, daß sie einen Vater, und wie man mir gesagt hat, einen sehr zärtlichen Vater verlassen müßte, um die Ihrige sein zu können; und ich konnte mich nicht enthalten, ihre Aussöhnung mit ihm zu wünschen.

SARA Ach! Lady, wie sehr bin ich Ihnen für diesen Wunsch verbunden. Er verdient es, daß ich meine ganze Freude mit Ihnen teile. Sie können es noch nicht wissen, Mellefont, daß er erfüllt wurde, ehe Lady die Liebe für uns hatte, ihn zu tun.

MELLEFONT Wie verstehen Sie dieses, Miß?

MARWOOD *(beiseite)* Was will das sagen?

SARA Eben itzt habe ich einen Brief von meinem Vater erhalten. Waitwell brachte mir ihn. Ach, Mellefont, welch ein Brief!

MELLEFONT Geschwind reißen Sie mich aus meiner Ungewißheit. Was hab' ich zu fürchten? Was habe ich zu hoffen? Ist er noch der Vater, den wir flohen? Und wenn er es noch ist, wird Sara die Tochter sein, die mich zärtlich genug liebt, um ihn noch weiter zu fliehen? Ach! hätte ich Ihnen gefolgt, liebste Miß, so wären wir jetzt durch ein Band verknüpft, das man aus eigensinnigen Absichten zu trennen wohl unterlassen müßte. In diesem Augenblick empfinde ich alles das Unglück, das unser entdeckter Aufenthalt für mich nach sich ziehen kann. – Er wird kommen und Sie aus meinen Armen reißen. – Wie hasse ich den Nichtswürdigen, der uns ihm verraten hat! *(Mit einem zornigen Blick gegen die Marwood.)*

SARA Liebster Mellefont, wie schmeichelhaft ist diese Ihre Unruhe für mich! Und wie glücklich sind wir beide, daß sie vergebens ist! Lesen Sie hier seinen Brief. – *(Gegen die Marwood, indem Mellefont den Brief für sich lieset.)* Lady, er wird über die Liebe meines Vaters erstaunen. Meines Vaters? Ach! er ist nun auch der seinige.

MARWOOD *(betroffen)* Ist es möglich?

SARA Jawohl, Lady, haben Sie Ursache, diese Veränderung zu bewundern. Er vergibt uns alles; wir werden uns nun vor seinen Augen lieben; er erlaubt es uns; er befiehlt es uns. – Wie hat diese Gütigkeit meine ganze Seele durchdrungen! – Nun, Mellefont? *(der ihr den Brief wiedergibt)*. Sie schweigen? O nein, diese Träne, die sich aus Ihrem Auge schleicht, sagt weit mehr, als Ihr Mund ausdrücken könnte.

MARWOOD *(beiseite)* Wie sehr habe ich mir selbst geschadet! Ich Unvorsichtige!

SARA O! lassen Sie mich diese Träne von Ihrer Wange küssen!

MELLEFONT Ach Miß, warum haben wir so einen göttlichen Mann betrüben müssen? Jawohl, einen göttlichen Mann: denn was ist göttlicher als vergeben? – Hätten wir uns diesen glücklichen Ausgang nur als möglich vorstellen können: gewiß, so wollten wir ihn jetzt so gewaltsamen Mitteln nicht zu verdanken haben; wir wollten ihn allein unsern Bitten zu verdanken haben. Welche Glückseligkeit wartet auf mich! Wie schmerzlich wird mir aber auch die eigne Überzeugung sein, daß ich dieser Glückseligkeit so unwert bin!

MARWOOD *(beiseite)* Und das muß ich mit anhören!

SARA Wie vollkommen rechtfertigen Sie, durch solche Gesinnungen, meine Liebe gegen Sie.

MARWOOD *(beiseite)* Was für Zwang muß ich mir antun!

SARA Auch Sie, vortreffliche Lady, müssen den Brief meines Vaters lesen. Sie scheinen allzuviel Anteil an unserm Schicksale zu nehmen, als daß Ihnen sein Inhalt gleichgültig sein könnte.

MARWOOD Mir gleichgültig, Miß?

(Sie nimmt den Brief.)

SARA Aber, Lady, Sie scheinen noch immer sehr nachdenkend, sehr traurig. – –

MARWOOD Nachdenkend, Miß, aber nicht traurig.

MELLEFONT *(beiseite)* Himmel! wo sie sich verrät!

SARA Und warum denn?

MARWOOD Ich zittere für Sie beide. Könnte diese unvermutete Güte Ihres Vaters nicht eine Verstellung sein? eine List?

SARA Gewiß nicht, Lady, gewiß nicht. Lesen Sie nur, und Sie werden es selbst gestehen. Die Verstellung bleibt immer kalt, und eine so zärtliche Sprache ist in ihrem Vermögen nicht. *(Marwood lieset für sich.)* Werden Sie nicht argwöhnisch, Mellefont; ich bitte Sie. Ich stehe Ihnen dafür, daß mein Vater sich zu keiner List herablassen kann. Er sagt nichts, was er nicht denkt, und Falschheit ist ihm ein unbekanntes Laster.

MELLEFONT O! davon bin ich vollkommen überzeugt, liebste Miß. – Man muß der Lady den Verdacht vergeben, weil sie den Mann noch nicht kennt, den er trifft.

SARA *(indem ihr Marwood den Brief zurückgibt)* Was seh' ich, Lady? Sie haben sich entfärbt? Sie zittern? Was fehlt Ihnen?

MELLEFONT *(beiseite)* In welcher Angst bin ich! Warum habe ich sie auch hergebracht?

MARWOOD Es ist nichts, Miß, als ein kleiner Schwindel, welcher vorübergehn wird. Die Nachtluft muß mir auf der Reise nicht bekommen sein.

MELLEFONT Sie erschrecken mich, Lady – Ist es Ihnen nicht gefällig, frische Luft zu schöpfen? Man erholt sich in einem verschloßnen Zimmer nicht so leicht.

MARWOOD Wenn Sie meinen, so reichen Sie mir Ihren Arm.

SARA Ich werde Sie begleiten, Lady.

MARWOOD Ich verbitte diese Höflichkeit, Miß. Meine Schwachheit wird ohne Folgen sein.

SARA So hoffe ich denn, Lady bald wiederzusehen.

MARWOOD Wenn Sie erlauben, Miß – *(Mellefont führt sie ab.)*

SARA *(allein)* Die arme Lady! – Sie scheint die freundschaftlichste Person zwar nicht zu sein; aber mürrisch und stolz scheinet sie doch auch nicht. – Ich bin wieder allein. Kann ich die wenigen Augenblicke, die ich es vielleicht sein werde, zu etwas Besserm als zur Vollendung meiner Antwort anwenden? *(Sie will sich niedersetzen, zu schreiben.)*

SECHSTER AUFTRITT

Betty. Sara.

BETTY Das war ja wohl ein sehr kurzer Besuch.

SARA Ja, Betty. Es ist Lady Solmes; eine Anverwandte meines Mellefont. Es wandelte ihr gähling eine kleine Schwachheit an. Wo ist sie jetzt?

BETTY Mellefont hat sie bis an die Türe begleitet.

SARA So ist sie ja wohl wieder fort?

BETTY Ich vermute es. – Aber je mehr ich Sie ansehe, Miß – Sie müssen mir meine Freiheit verzeihen – je mehr finde ich Sie verändert. Es ist etwas Ruhiges, etwas Zufriednes in Ihren Blicken. Lady muß ein sehr angenehmer Besuch, oder der alte Mann ein sehr angenehmer Bote gewesen sein.

SARA Das letzte, Betty, das letzte. Er kam von meinem Vater. Was für einen zärtlichen Brief will ich dich lesen lassen! Dein gutes Herz hat so oft mit mir geweint, nun soll es sich auch mit mir freuen. Ich werde wieder glücklich sein und dich für deine guten Dienste belohnen können.

BETTY Was habe ich Ihnen in kurzen neun Wochen für Dienste leisten können?

SARA Du hättest mir ihrer in meinem ganzen andern Leben nicht mehrere leisten können als in diesen neun Wochen. – Sie sind vorüber! – Komm nur itzt, Betty; weil Mellefont vielleicht wieder allein ist, so muß ich ihn noch sprechen. Ich bekomme eben den Einfall, daß es sehr gut sein würde, wenn er zugleich mit mir an meinen Vater schriebe, dem seine Danksagung schwerlich unerwartet sein dürfte. Komm! *(Sie gehen ab.)*

SIEBENTER AUFTRITT

Der Saal.

Sir William Sampson. Waitwell.

SIR WILLIAM Was für Balsam, Waitwell, hast du mir durch deine Erzählung in mein verwundetes Herz gegossen! Ich lebe wieder neu auf; und ihre herannahende Rückkehr scheint mich ebensoweit zu meiner Jugend wieder zurückzubringen, als mich ihre Flucht näher zu dem Grabe gebracht hatte. Sie liebt mich noch! Was will ich mehr? – Geh ja bald wieder zu ihr, Waitwell. Ich kann den Augenblick nicht erwarten, da ich sie aufs neue in diese Arme schließen soll, die ich so sehnlich gegen den Tod ausgestreckt hatte. Wie erwünscht wäre er mir in den Augenblicken meines Kummers gewesen! Und wie fürchterlich wird er mir in meinem neuen Glücke sein! Ein Alter ist ohne Zweifel zu tadeln, wenn er die Bande, die ihn noch mit der Welt verbinden, so fest wieder zuziehet. Die endliche Trennung wird desto schmerzlicher. – Doch der Gott, der sich jetzt so gnädig gegen mich erzeigt, wird mir auch diese überstehen helfen. Sollte er mir wohl eine Wohltat erweisen, um sie mir zuletzt zu meinem Verderben gereichen zu lassen? Sollte er mir eine Tochter wiedergeben, damit ich über seine Abforderung aus diesem Leben murren müsse? Nein, nein; er schenkt mir sie wieder, um in der letzten Stunde nur um mich selbst besorgt sein zu dürfen. Dank sei dir, ewige Güte! Wie schwach ist der Dank eines sterblichen Mundes! Doch bald, bald werde ich in einer ihm geweihten Ewigkeit ihm würdiger danken können.

WAITWELL Wie herzlich vergnügt es mich, Sir, Sie vor meinem Ende wieder zufrieden zu wissen! Glauben Sie mir es nur, ich habe fast so viel bei Ihrem Jammer ausgestanden als Sie selbst. Fast so viel; gar so viel nicht: denn der Schmerz eines Vaters mag wohl bei solchen Gelegenheiten unaussprechlich sein.

SIR WILLIAM Betrachte dich von nun an, mein guter Waitwell, nicht mehr als meinen Diener. Du hast es schon längst um mich verdient, ein anständiges Alter zu genießen. Ich will dir es auch schaffen, und du sollst es nicht schlechter haben, als ich es noch in der Welt haben werde. Ich will allen Unterschied zwischen uns aufheben; in jener Welt, weißt du wohl, ist er ohnedies aufgehoben. – Nur dasmal sei noch der alte Diener, auf den ich mich nie umsonst verlassen habe. Geh und gib acht, daß du mir ihre Antwort sogleich bringen kannst, als sie fertig ist.

WAITWELL Ich gehe, Sir. Aber so ein Gang ist kein Dienst, den ich Ihnen tue. Er ist eine Belohnung, die Sie mir für meine Dienste gönnen. Ja gewiß, das ist er. *(Sie gehen auf verschiedenen Seiten ab.)*

Ende des dritten Aufzuges.

VIERTER AUFZUG

ERSTER AUFTRITT

Mellefonts Zimmer. Mellefont. Sara.

MELLEFONT Ja, liebste Miß, ja; das will ich tun; das muß ich tun.

SARA Wie vergnügt machen Sie mich!

MELLEFONT Ich bin es allein, der das ganze Verbrechen auf sich nehmen muß. Ich allein bin schuldig; ich allein muß um Vergebung bitten.

SARA Nein, Mellefont, nehmen Sie mir den größten Anteil, den ich an unserm Vergehen habe, nicht. Er ist mir teuer, so strafbar er auch ist: denn er muß Sie überzeugt haben, daß ich meinen Mellefont über alles in der Welt liebe. – Aber ist es denn gewiß wahr, daß ich nunmehr diese Liebe mit der Liebe gegen meinen Vater verbinden darf? Oder befinde ich mich in einem angenehmen Traume? Wie fürchte ich mich, ihn zu verlieren und in meinem alten Jammer zu erwachen! – Doch nein, ich bin nicht bloß in einem Traume, ich bin wirklich glücklicher, als ich jemals zu werden hoffen durfte; glücklicher, als es vielleicht dieses kurze Leben zuläßt. Vielleicht erscheint mir dieser Strahl von Glückseligkeit nur darum von ferne, und scheinet mir nur darum so schmeichelhaft näher zu kommen, damit er auf einmal wieder in die dickste Finsternis zerfließe und mich auf einmal in einer Nacht lasse, deren Schrecklichkeit mir durch diese kurze Erleuchtung erst recht fühlbar geworden. – Was für Ahnungen quälen mich! – Sind es wirklich Ahnungen, Mellefont, oder sind es gewöhnliche Empfindungen, die von der Erwartung eines unverdienten Glücks, und von der Furcht, es zu verlieren, unzertrennlich sind? – Wie schlägt mir das Herz, und wie unordentlich schlägt es! Wie stark itzt, wie geschwind! – Und nun, wie matt, wie bange, wie zitternd! – Itzt eilt es wieder, als ob es die letzten Schläge wären, die es gern recht schnell hintereinander tun wolle. Armes Herz!

MELLEFONT Die Wallungen des Geblüts, welche plötzliche Überraschung nicht anders als verursachen können, werden sich legen, Miß, und das Herz wird seine Verrichtungen ruhiger fortsetzen. Keiner seiner Schläge zielet auf das Zukünftige; und wir sind zu tadeln, – verzeihen Sie, liebste Sara, – wenn wir des Bluts mechanische Drückungen zu fürchterlichen Propheten machen. – Deswegen aber will ich nichts unterlassen, was Sie selbst zur Besänftigung dieses kleinen innerlichen Sturms für dienlich halten. Ich will sogleich schreiben, und Sir William, hoffe ich, soll mit den Beteurungen meiner Reue, mit den Ausdrücken meines gerührten Herzens und mit den Angelobungen des zärtlichsten Gehorsams zufrieden sein.

SARA Sir William? Ach Mellefont, fangen Sie doch nun an, sich an einen weit zärtlichern Namen zu gewöhnen. Mein Vater, Ihr Vater, Mellefont – –

MELLEFONT Nun ja, Miß, unser gütiger, unser bester Vater! –

Ich mußte sehr jung aufhören, diesen süßen Namen zu nennen; sehr jung mußte ich den ebenso süßen Namen »Mutter« verlernen – –

SARA Sie haben ihn verlernt, und mir – mir ward es so gut nicht, ihn nur einmal sprechen zu können. Mein Leben war ihr Tod. – Gott! ich ward eine Muttermörderin wider mein Verschulden. Und wie viel fehlte – wie wenig, wie nichts fehlte – so wäre ich auch eine Vatermörderin geworden! Aber nicht ohne mein Verschulden; eine vorsätzliche Vatermörderin! – Und wer weiß, ob ich es nicht schon bin? Die Jahre, die Tage, die Augenblicke, die er geschwinder zu seinem Ziele kömmt, als er ohne die Betrübnis, die ich ihm verursacht, gekommen wäre – diese hab' ich ihm, – ich habe sie ihm geraubt. Wenn ihn sein Schicksal auch noch so alt und lebenssatt sterben läßt, so wird mein Gewissen doch nichts gegen den Vorwurf sichern können, daß er ohne mich vielleicht noch später gestorben wäre. Trauriger Vorwurf, den ich mir ohne Zweifel nicht machen dürfte, wenn eine zärtliche Mutter die Führerin meiner Jugend gewesen wäre! Ihre Lehren, ihr Exempel würden mein Herz – So zärtlich blicken Sie mich an, Mellefont? Sie haben recht; eine Mutter würde mich vielleicht mit lauter Liebe tyrannisiert haben, und ich würde Mellefonts nicht sein. Warum wünsche ich mir denn also das, was mir das weisere Schicksal nur aus Güte versagte? Seine Fügungen sind immer die besten. Lassen Sie uns nur das recht brauchen, was es uns schenkt: einen Vater, der mich noch nie nach einer Mutter seufzen lassen; einen Vater, der auch Sie ungenossene Eltern will vergessen lehren. Welche schmeichelhafte Vorstellung! Ich verliebe mich selbst darein und vergesse es fast, daß in dem Innersten sich noch etwas regt, das ihm keinen Glauben beimessen will. – Was ist es, dieses rebellische Etwas?

MELLEFONT Dieses Etwas, liebste Sara, wie Sie schon selbst gesagt haben, ist die natürliche furchtsame Schwierigkeit, sich in ein großes Glück zu finden. – Ach, Ihr Herz machte weniger Bedenken, sich unglücklich zu glauben, als es jetzt, zu seiner eignen Pein macht, sich für glücklich zu halten! – Aber wie dem, der in einer schnellen Kreisbewegung drehend geworden, auch da noch, wenn er schon wieder still sitzt, die äußern Gegenstände mit ihm herumzugehen scheinen, so wird auch das Herz, das zu heftig erschüttert worden, nicht auf einmal wieder ruhig. Es bleibt eine zitternde Bebung oft noch lange zurück, die wir ihrer eignen Abschwächung überlassen müssen.

SARA Ich glaube es, Mellefont, ich glaube es: weil Sie es sagen; weil ich es wünsche. – Aber lassen Sie uns einer den andern nicht länger aufhalten. Ich will gehen, und meinen Brief vollenden. Ich darf doch auch den Ihrigen lesen, wenn ich Ihnen den meinigen werde gezeigt haben?

MELLEFONT Jedes Wort soll Ihrer Beurteilung unterworfen sein; nur das nicht, was ich zu Ihrer Rettung sagen muß: denn ich weiß es, Sie halten sich nicht für so unschuldig, als Sie sind. *(Indem er die Sara bis an die Szene begleitet.)*

ZWEITER AUFTRITT

Mellefont.

(Nachdem er einigemal tiefsinnig auf und nieder gegangen.) Was für ein Rätsel bin ich mir selbst! Wofür soll ich mich halten? Für einen Toren? oder für einen Bösewicht? – oder für beides? – Herz, was für ein Schalk bist du! – Ich liebe den Engel, so ein Teufel ich auch sein mag. – Ich lieb' ihn? Ja, gewiß, gewiß, ich lieb' ihn. Ich weiß, ich wollte tausend Leben für sie aufopfern, für sie, die mir ihre Tugend aufgeopfert hat! Ich wollt' es; jetzt gleich ohne Anstand wollt' ich es – Und doch, doch – Ich erschrecke, mir es selbst zu sagen – Und doch – Wie soll ich es begreifen? – Und doch fürchte ich mich vor dem Augenblicke, der sie auf ewig, vor dem Angesichte der Welt, zu der Meinigen machen wird. – Er ist nun nicht zu vermeiden; denn der Vater ist versöhnt. Auch weit hinaus werde ich ihn nicht

schieben können. Die Verzögerung desselben hat mir schon schmerzhafte Vorwürfe genug zugezogen. So schmerzhaft sie aber waren, so waren sie mir doch erträglicher als der melancholische Gedanke, auf zeitlebens gefesselt zu sein. – Aber bin ich es denn nicht schon? – Ich bin es freilich, und bin es mit Vergnügen. – Freilich bin ich schon ihr Gefangener. – Was will ich also? – Das! – Itzt bin ich ein Gefangener, den man auf sein Wort frei herumgehen läßt: das schmeichelt! Warum kann es dabei nicht sein Bewenden haben? Warum muß ich eingeschmiedet werden und auch sogar den elenden Schatten der Freiheit entbehren? – Eingeschmiedet? Nichts anders! – Sara Sampson, meine Geliebte! Wie viel Seligkeiten liegen in diesen Worten! Sara Sampson, meine Ehegattin! – Die Hälfte dieser Seligkeiten ist verschwunden! und die andre Hälfte – wird verschwinden. – Ich Ungeheuer! – Und bei diesen Gesinnungen soll ich an ihren Vater schreiben? – Doch es sind keine Gesinnungen; es sind Einbildungen! Vermaledeite Einbildungen, die mir durch ein zügelloses Leben so natürlich geworden! Ich will ihrer los werden, oder – nicht leben.

DRITTER AUFTRITT

Norton. Mellefont.

MELLEFONT Du störest mich, Norton!

NORTON Verzeihen Sie also, mein Herr – *(Indem er wieder zurückgehen will.)*

MELLEFONT Nein, nein, bleib da. Es ist ebensogut, daß du mich störest. Was willst du?

NORTON Ich habe von Betty eine sehr freudige Neuigkeit gehört, und ich komme, Ihnen dazu Glück zu wünschen.

MELLEFONT Zur Versöhnung des Vaters doch wohl? Ich danke dir.

NORTON Der Himmel will Sie also noch glücklich machen.

MELLEFONT Wenn er es will – du siehst, Norton, ich lasse mir

Gerechtigkeit widerfahren – so will er es meinetwegen gewiß nicht.

NORTON Nein, wenn Sie dieses erkennen, so will er es auch Ihretwegen.

MELLEFONT Meiner Sara wegen, einzig und allein meiner Sara wegen. Wollte seine schon gerüstete Rache eine ganze sündige Stadt, weniger Gerechten wegen, verschonen, so kann er ja wohl auch *einen* Verbrecher dulden, wenn eine ihm gefällige Seele an dem Schicksale desselben Anteil nimmt.

NORTON Sie sprechen sehr ernsthaft und rührend. Aber drückt sich die Freude nicht etwas anders aus?

MELLEFONT Die Freude, Norton? Sie ist nun für mich dahin.

NORTON Darf ich frei reden? *(Indem er ihn scharf ansieht.)*

MELLEFONT Du darfst.

NORTON Der Vorwurf, den ich an dem heutigen Morgen von Ihnen hören mußte, daß ich mich Ihrer Verbrechen teilhaftig gemacht, weil ich dazu geschwiegen, mag mich bei Ihnen entschuldigen, wenn ich von nun an seltner schweige.

MELLEFONT Nur vergiß nicht, wer du bist.

NORTON Ich will es nicht vergessen, daß ich ein Bedienter bin: ein Bedienter, der auch etwas Bessers sein könnte, wenn er, leider! darnach gelebt hätte. Ich bin Ihr Bedienter, ja; aber nicht auf dem Fuße, daß ich mich gern mit Ihnen möchte verdammen lassen.

MELLEFONT Mit mir? Und warum sagst du das itzt?

NORTON Weil ich nicht wenig erstaune, Sie anders zu finden, als ich mir vorstellte.

MELLEFONT Willst du mich nicht wissen lassen, was du dir vorstelltest?

NORTON Sie in lauter Entzückung zu finden.

MELLEFONT Nur der Pöbel wird gleich außer sich gebracht, wenn ihn das Glück einmal anlächelt.

NORTON Vielleicht, weil der Pöbel noch sein Gefühl hat, das bei Vornehmen durch tausend unnatürliche Vorstellungen verderbt und geschwächt wird. Allein in Ihrem Gesichte ist noch etwas anders als Mäßigung zu lesen. Kaltsinn, Unentschlossenheit, Widerwille – –

MELLEFONT Und wenn auch? Hast du es vergessen, wer noch außer der Sara hier ist? Die Gegenwart der Marwood – –

NORTON Könnte Sie wohl besorgt, aber nicht niedergeschlagen machen. – Sie beunruhiget etwas anders. Und ich will mich gern geirret haben, wenn Sie es nicht lieber gesehen hätten, der Vater wäre noch nicht versöhnt. Die Aussicht in einen Stand, der sich so wenig zu Ihrer Denkungsart schickt – –

MELLEFONT Norton! Norton! du mußt ein erschrecklicher Bösewicht entweder gewesen sein oder noch sein, daß du mich so erraten kannst. Weil du es getroffen hast, so will ich es nicht leugnen. Es ist wahr; so gewiß es ist, daß ich meine Sara ewig lieben werde, so wenig will es mir ein, daß ich sie ewig lieben soll, – soll! – Aber besorge nichts; ich will über diese närrische Grille siegen. Oder meinst du nicht, daß es eine Grille ist? Wer heißt mich die Ehe als einen Zwang ansehen? Ich wünsche es mir ja nicht, freier zu sein, als sie mich lassen wird.

NORTON Diese Betrachtungen sind sehr gut. Aber Marwood, Marwood wird Ihren alten Vorurteilen zu Hilfe kommen, und ich fürchte, ich fürchte, – –

MELLEFONT Was nie geschehen wird. Du sollst sie noch heute nach London zurückreisen sehen. Da ich dir meine geheimste – Narrheit will ich es nur unterdessen nennen – gestanden habe, so darf ich dir auch nicht verbergen, daß ich die Marwood in solche Furcht gejagt habe, daß sie sich durchaus nach meinem geringsten Winke bequemen muß.

NORTON Sie sagen mir etwas Unglaubliches.

MELLEFONT Sieh, dieses Mördereisen riß ich ihr aus der Hand *(er zeigt ihm den Dolch, den er der Marwood genommen)*, als sie mir in der schrecklichsten Wut das Herz damit durchstoßen wollte. Glaubst du es nun bald, daß ich ihr festen Obstand gehalten habe? Anfangs zwar fehlte es nicht viel, sie hätte mir ihre Schlinge wieder um den Hals geworfen. Die Verräterin hat Arabellen bei sich.

NORTON Arabellen?

MELLEFONT Ich habe es noch nicht untersuchen können, durch welche List sie das Kind wieder in ihre Hände bekommen. Genug, der Erfolg fiel für sie nicht so aus, als sie es ohne Zweifel gehofft hatte.

NORTON Erlauben Sie, daß ich mich über Ihre Standhaftigkeit freuen und Ihre Besserung schon für halb geborgen halten darf. Allein – da Sie mich doch alles wollen wissen lassen – was hat sie unter dem Namen der Lady Solmes hier gesollt?

MELLEFONT Sie wollte ihre Nebenbuhlerin mit aller Gewalt sehen. Ich willigte in ihr Verlangen, teils aus Nachsicht, teils aus Übereilung, teils aus Begierde, sie durch den Anblick der Besten ihres Geschlechts zu demütigen. – Du schüttelst den Kopf, Norton? – –

NORTON Das hätte ich nicht gewagt.

MELLEFONT Gewagt? Eigentlich wagte ich nichts mehr dabei, als ich im Falle der Weigerung gewagt hätte. Sie würde als Marwood vorzukommen gesucht haben; und das Schlimmste, was bei ihrem unbekannten Besuche zu besorgen steht, ist nichts Schlimmers.

NORTON Danken Sie dem Himmel, daß es so ruhig abgelaufen.

MELLEFONT Es ist noch nicht ganz vorbei, Norton. Es stieß ihr eine kleine Unpäßlichkeit zu, daß sie sich, ohne Abschied zu nehmen, wegbegeben mußte. Sie will wiederkommen. – Mag sie doch! Die Wespe, die den Stachel verloren hat *(indem er auf den Dolch weiset, den er wieder in den Busen steckt)*, kann doch weiter nichts als summen. Aber auch das Summen soll ihr teuer werden, wenn sie zu überlästig damit wird. – Hör' ich nicht jemand kommen? Verlaß mich, wenn sie es ist. – Sie ist es. Geh! *(Norton geht ab.)*

VIERTER AUFTRITT

Mellefont. Marwood.

MARWOOD Sie sehen mich ohne Zweifel sehr ungern wiederkommen.

MELLEFONT Ich sehe es sehr gern, Marwood, daß Ihre Unpäßlichkeit ohne Folgen gewesen ist. Sie befinden sich doch besser?

MARWOOD So, so!

MELLEFONT Sie haben also nicht wohl getan, sich wieder hieher zu bemühen.

MARWOOD Ich danke Ihnen, Mellefont, wenn Sie dieses aus Vorsorge für mich sagen. Und ich nehme es Ihnen nicht übel, wenn Sie etwas anders damit meinen.

MELLEFONT Es ist mir angenehm, Sie so ruhig zu sehen.

MARWOOD Der Sturm ist vorüber. Vergessen Sie ihn, bitte ich nochmals.

MELLEFONT Vergessen Sie nur Ihr Versprechen nicht, Marwood, und ich will gern alles vergessen. – Aber, wenn ich wüßte, daß Sie es für keine Beleidigung annehmen wollten, so möchte ich wohl fragen – –

MARWOOD Fragen Sie nur, Mellefont. Sie können mich nicht mehr beleidigen. – Was wollten Sie fragen?

MELLEFONT Wie Ihnen meine Miß gefallen habe.

MARWOOD Die Frage ist natürlich. Meine Antwort wird so natürlich nicht scheinen, aber sie ist gleichwohl nichts weniger wahr. – Sie hat mir sehr wohl gefallen.

MELLEFONT Diese Unparteilichkeit entzückt mich. Aber wär' es auch möglich, daß der, welcher die Reize einer Marwood zu schätzen wußte, eine schlechte Wahl treffen könnte?

MARWOOD Mit dieser Schmeichelei, Mellefont, wenn es anders eine ist, hätten Sie mich verschonen sollen. Sie will sich mit meinem Vorsatze, Sie zu vergessen, nicht vertragen.

MELLEFONT Sie wollen doch nicht, daß ich Ihnen diesen Vorsatz durch Grobheiten erleichtern soll? Lassen Sie unsere Trennung nicht von der gemeinen Art sein. Lassen Sie uns miteinander brechen wie Leute von Vernunft, die der Notwendigkeit weichen. Ohne Bitterkeit, ohne Groll und mit Beibehaltung eines Grades von Hochachtung, wie er sich zu unserer ehmaligen Vertraulichkeit schickt.

MARWOOD Ehmaligen Vertraulichkeit? – Ich will nicht daran erinnert sein. Nichts mehr davon! Was geschehen muß, muß geschehen; und es kömmt wenig auf die Art an, mit welcher es geschieht. – Aber ein Wort noch von Arabellen. Sie wollen mir sie nicht lassen?

MELLEFONT Nein, Marwood.

MARWOOD Es ist grausam, da Sie ihr Vater nicht bleiben können, daß Sie ihr auch die Mutter nehmen wollen.

MELLEFONT Ich kann ihr Vater bleiben; und will es auch bleiben.

MARWOOD So beweisen Sie es gleich itzt.

MELLEFONT Wie?

MARWOOD Erlauben Sie, daß Arabella die Reichtümer, welche ich von Ihnen in Verwahrung habe, als ihr Vaterteil besitzen darf. Was ihr Mutterteil anbelangt, so wollte ich wohl wünschen, daß ich ihr ein beßres lassen könnte als die Schande, von mir geboren zu sein.

MELLEFONT Reden Sie nicht so. – Ich will für Arabellen sorgen, ohne ihre Mutter wegen eines anständigen Auskommens in Verlegenheit zu setzen. Wenn sie mich vergessen will, so muß sie damit anfangen, daß sie etwas von mir zu besitzen vergißt. Ich habe Verbindlichkeiten gegen sie und werde es nie aus der Acht lassen, daß sie mein wahres Glück, obschon wider ihren Willen, befördert hat. Ja, Marwood, ich danke Ihnen in allem Ernste, daß Sie unsern Aufenthalt einem Vater verrieten, den bloß die Unwissenheit desselben verhinderte, uns nicht eher wieder anzunehmen.

MARWOOD Martern Sie mich nicht mit einem Danke, den ich niemals habe verdienen wollen. Sir William ist ein zu guter alter Narr: er muß anders denken, als ich an seiner Stelle würde gedacht haben. Ich hätte der Tochter vergeben, und ihrem Verführer hätt' ich – –

MELLEFONT Marwood! – –

MARWOOD Es ist wahr; Sie sind es selbst. Ich schweige. – Werde ich der Miß mein Abschiedskompliment bald machen dürfen?

MELLEFONT Miß Sara würde es Ihnen nicht übelnehmen können, wenn sie auch wegreiseten, ohne sie wieder zu sprechen.

MARWOOD Mellefont, ich spiele meine Rollen nicht gern halb, und ich will, auch unter keinem fremden Namen, für ein Frauenzimmer ohne Lebensart gehalten werden.

MELLEFONT Wenn Ihnen Ihre eigne Ruhe lieb ist, so sollten Sie sich selbst hüten, eine Person nochmals zu sehen, die gewisse Vorstellungen bei Ihnen rege machen muß – –

MARWOOD *(spöttisch lächelnd)* Sie haben eine bessere Meinung von sich selbst als von mir. Wenn Sie es aber auch glaubten, daß ich Ihrentwegen untröstlich sein müßte, so sollten Sie es doch wenigstens ganz in der Stille glauben. – Miß Sara soll gewisse Vorstellungen bei mir rege machen? Gewisse? O ja – aber keine gewisser als diese, daß das beste Mädchen oft den nichtswürdigsten Mann lieben kann.

MELLEFONT Allerliebst, Marwood, allerliebst! Nun sind Sie gleich in der Verfassung, in der ich Sie längst gern gewünscht hätte: ob es mir gleich, wie ich schon gesagt, fast lieber gewesen wäre, wenn wir einige gemeinschaftliche Hochachtung für einander hätten behalten können. Doch vielleicht findet sich diese noch, wenn nur das gärende Herz erst ausgebrauset hat. – Erlauben Sie, daß ich Sie einige Augenblicke allein lasse. Ich will Miß Sampson zu Ihnen holen.

FÜNFTER AUFTRITT

Marwood

(Indem sie um sich herumsieht) Bin ich allein? – Kann ich unbemerkt einmal Atem schöpfen und die Muskeln des Gesichts in ihre natürliche Lage fahren lassen? – Ich muß geschwind einmal in allen Mienen die wahre Marwood sein, um den

Zwang der Verstellung wieder aushalten zu können. – Wie hasse ich dich, niedrige Verstellung! Nicht, weil ich die Aufrichtigkeit liebe, sondern weil du die armseligste Zuflucht der ohnmächtigen Rachsucht bist. Gewiß würde ich mich zu dir nicht herablassen, wenn mir ein Tyrann seine Gewalt, oder der Himmel seinen Blitz anvertrauen wollte. – Doch wann du mich nur zu meinem Zwecke bringst! – Der Anfang verspricht es; und Mellefont scheinet noch sichrer werden zu wollen. Wenn mir meine List gelingt, daß ich mit seiner Sara allein sprechen kann: so – Ja, so ist es doch noch sehr ungewiß, ob es mir etwas helfen wird. Die Wahrheiten von dem Mellefont werden ihr vielleicht nichts Neues sein; die Verleumdungen wird sie vielleicht nicht glauben; und die Drohungen vielleicht verachten. Aber doch soll sie Wahrheit, Verleumdung und Drohungen von mir hören. Es wäre schlecht, wenn sie in ihrem Gemüte ganz und gar keinen Stachel zurückließen. – Still! sie kommen. Ich bin nun nicht mehr Marwood; ich bin eine nichtswürdige Verstoßene, die durch kleine Kunstgriffe die Schande von sich abzuwehren sucht; ein getretner Wurm, der sich krümmet und dem, der ihn getreten hat, wenigstens die Ferse gern verwunden möchte.

SECHSTER AUFTRITT

Sara. Mellefont. Marwood.

SARA Ich freue mich, Lady, daß meine Unruhe vergebens gewesen ist.

MARWOOD Ich danke Ihnen, Miß. Der Zufall war zu klein, als daß er Sie hätte beunruhigen sollen.

MELLEFONT Lady will sich Ihnen empfehlen, liebste Sara.

SARA So eilig, Lady?

MARWOOD Ich kann es für die, denen an meiner Gegenwart in London gelegen ist, nicht genug sein.

SARA Sie werden doch heute nicht wieder aufbrechen?

MARWOOD Morgen mit dem Frühsten.

MELLEFONT Morgen mit dem Frühsten, Lady? Ich glaubte, noch heute.

SARA Unsere Bekanntschaft, Lady, fängt sich sehr im Vorbeigehen an. Ich schmeichle mir, in Zukunft eines nähern Umgangs mit Ihnen gewürdiget zu werden.

MARWOOD Ich bitte um Ihre Freundschaft, Miß.

MELLEFONT Ich stehe Ihnen dafür, liebste Sara, daß diese Bitte der Lady aufrichtig ist, ob ich Ihnen gleich voraussagen muß, daß Sie einander ohne Zweifel lange nicht wiedersehen werden. Lady wird sich mit uns sehr selten an einem Orte aufhalten können – –

MARWOOD *(beiseite)* Wie fein!

SARA Mellefont, das heißt mir eine sehr angenehme Hoffnung rauben.

MARWOOD Ich werde am meisten dabei verlieren, glückliche Miß.

MELLEFONT Aber in der Tat, Lady, wollen Sie erst morgen früh wieder fort?

MARWOOD Vielleicht auch eher. *(Bei Seite.)* Es will noch niemand kommen!

MELLEFONT Auch wir wollen uns nicht lange mehr hier aufhalten. Nicht wahr, liebste Miß, es wird gut sein, wenn wir unserer Antwort ungesäumt nachfolgen? Sir William kann unsere Eilfertigkeit nicht übelnehmen.

SIEBENTER AUFTRITT

Betty. Mellefont. Sara. Marwood.

MELLEFONT Was willst du, Betty?

BETTY Man verlangt Sie unverzüglich zu sprechen.

MARWOOD *(bei Seite)* Ha! nun kömmt es drauf an – –

MELLEFONT Mich? unverzüglich? Ich werde gleich kommen. – Lady, ist es Ihnen gefällig, Ihren Besuch abzukürzen?

SARA Warum das, Mellefont? – Lady wird so gütig sein und bis zu Ihrer Zurückkunft warten.

MARWOOD Verzeihen Sie, Miß; ich kenne meinen Vetter Mellefont und will mich lieber mit ihm wegbegeben.

BETTY Der Fremde, mein Herr – Er will Sie nur auf ein Wort sprechen. Er sagt, er habe keinen Augenblick zu versäumen – –

MELLEFONT Geh nur; ich will gleich bei ihm sein – Ich vermute, Miß, daß es eine endliche Nachricht von dem Vergleiche sein wird, dessen ich gegen Sie gedacht habe.
(Betty gehet ab.)

MARWOOD *(bei Seite)* Gute Vermutung!

MELLEFONT Aber doch, Lady – –

MARWOOD Wenn Sie es denn befehlen – Miß, so muß ich mich Ihnen – –

SARA Nein doch, Mellefont: Sie werden mir ja das Vergnügen nicht mißgönnen, Lady Solmes so lange unterhalten zu dürfen?

MELLEFONT Sie wollen es, Miß? – –

SARA Halten Sie sich nicht auf, liebster Mellefont, und kommen Sie nur bald wieder. Aber mit einem freudigern Gesichte, will ich wünschen! Sie vermuten ohne Zweifel eine unangenehme Nachricht. Lassen Sie sich nichts anfechten; ich bin begieriger, zu sehen, ob Sie allenfalls auf eine gute Art mich einer Erbschaft vorziehen können, als ich begierig bin, Sie in dem Besitze derselben zu wissen. – –

MELLEFONT Ich gehorche. *(Warnend.)* Lady, ich bin ganz gewiß den Augenblick wieder hier.
(Geht ab.)

MARWOOD *(bei Seite)* Glücklich!

ACHTER AUFTRITT

Sara. Marwood.

SARA Mein guter Mellefont sagte seine Höflichkeiten manchmal mit einem ganz falschen Tone. Finden Sie es nicht auch, Lady? – –

MARWOOD Ohne Zweifel bin ich seiner Art schon allzu gewohnt, als daß ich so etwas bemerken könnte.

SARA Wollen sich Lady nicht setzen?

MARWOOD Wenn Sie befehlen, Miß – *(Bei Seite, indem sie sich setzen)* Ich muß diesen Augenblick nicht ungebraucht vorbeistreichen lassen.

SARA Sagen Sie mir, Lady, werde ich nicht das glücklichste Frauenzimmer mit meinem Mellefont werden?

MARWOOD Wenn sich Mellefont in sein Glück zu finden weiß, so wird ihn Miß Sara zu der beneidenswürdigsten Mannsperson machen. Aber – –

SARA Ein Aber, und eine so nachdenkliche Pause, Lady – –

MARWOOD Ich bin offenherzig, Miß – –

SARA Und dadurch unendlich schätzbarer –

MARWOOD Offenherzig – nicht selten bis zur Unbedachtsamkeit. Mein *Aber* ist der Beweis davon. Ein sehr unbedächtiges Aber!

SARA Ich glaube nicht, daß mich Lady durch diese Ausweichung noch unruhiger machen wollen. Es mag wohl eine grausame Barmherzigkeit sein, ein Übel, das man zeigen könnte, nur argwohnen zu lassen.

MARWOOD Nicht doch, Miß; Sie denken bei meinem Aber viel zu viel. Mellefont ist mein Anverwandter – –

SARA Desto wichtiger wird die geringste Einwendung, die Sie wider ihn zu machen haben.

MARWOOD Aber wenn Mellefont auch mein Bruder wäre, so muß ich Ihnen doch sagen, daß ich mich ohne Bedenken einer Person meines Geschlechts gegen ihn annehmen würde, wenn ich bemerkte, daß er nicht rechtschaffen genug an ihr handle.

Wir Frauenzimmer sollten billig jede Beleidigung, die einer einzigen von uns erwiesen wird, zu Beleidigungen des ganzen Geschlechts und zu einer allgemeinen Sache machen, an der auch die Schwester und Mutter des Schuldigen Anteil zu nehmen sich nicht bedenken müßten.

SARA Diese Anmerkung – – –

MARWOOD Ist schon dann und wann in zweifelhaften Fällen meine Richtschnur gewesen.

SARA Und verspricht mir – Ich zittere –

MARWOOD Nein, Miß; wenn Sie zittern wollen – Lassen Sie uns von etwas anderm sprechen – –

SARA Grausame Lady!

MARWOOD Es tut mir leid, daß ich verkannt werde. Ich wenigstens, wenn ich mich in Gedanken an Miß Sampsons Stelle setze, würde jede nähere Nachricht, die man mir von demjenigen geben wollte, mit dessen Schicksale ich das meinige auf ewig zu verbinden bereit wäre, als eine Wohltat ansehen.

SARA Was wollen Sie, Lady? Kenne ich meinen Mellefont nicht schon? Glauben Sie mir, ich kenne ihn wie meine eigne Seele. Ich weiß, daß er mich liebt – –

MARWOOD Und andre – –

SARA Geliebt hat. Auch das weiß ich. Hat er mich lieben sollen, ehe er von mir etwas wußte? Kann ich die einzige zu sein verlangen, die für ihn Reize genug gehabt hat? Muß ich mir es nicht selbst gestehen, daß ich mich, ihm zu gefallen, bestrebt habe? Ist er nicht liebenswürdig genug, daß er bei mehrern dieses Bestreben hat erwecken müssen? Und ist es nicht natürlich, wenn mancher dieses Bestreben gelungen ist?

MARWOOD Sie verteidigen ihn mit eben der Hitze, und fast mit eben den Gründen, mit welchen ich ihn schon oft verteidiget habe. Es ist kein Verbrechen, geliebt haben; noch viel weniger ist es eines, geliebet worden sein. Aber die Flatterhaftigkeit ist ein Verbrechen.

SARA Nicht immer; denn oft, glaube ich, wird sie durch die

Gegenstände der Liebe entschuldiget, die es immer zu bleiben selten verdienen.

MARWOOD Miß Sampsons Sittenlehre scheinet nicht die strengste zu sein.

SARA Es ist wahr; die, nach der ich diejenigen zu richten pflege, welche es selbst gestehen, daß sie auf Irrwegen gegangen sind, ist die strengste nicht. Sie muß es auch nicht sein. Denn hier kömmt es nicht darauf an, die Schranken zu bestimmen, die uns die Tugend bei der Liebe setzt; sondern bloß darauf, die menschliche Schwachheit zu entschuldigen, wenn sie in diesen Schranken nicht geblieben ist, und die daraus entstehenden Folgen nach den Regeln der Klugheit zu beurteilen. Wenn, zum Exempel, ein Mellefont eine Marwood liebt und sie endlich verläßt: so ist dieses Verlassen, in Vergleichung mit der Liebe selbst, etwas sehr Gutes. Es wäre ein Unglück, wenn er eine Lasterhafte deswegen, weil er sie einmal geliebt hat, ewig lieben müßte.

MARWOOD Aber, Miß, kennen Sie denn diese Marwood, welche Sie so getrost eine Lasterhafte nennen?

SARA Ich kenne sie aus der Beschreibung des Mellefont.

MARWOOD Des Mellefont? Ist es Ihnen denn nie beigefallen, daß Mellefont in seiner eigenen Sache nichts anders als ein sehr ungültiger Zeuge sein könne?

SARA – Nun merke ich es erst, Lady, daß Sie mich auf die Probe stellen wollen. Mellefont wird lächeln, wenn Sie es ihm wieder sagen werden, wie ernsthaft ich mich seiner angenommen.

MARWOOD Verzeihen Sie, Miß: von dieser Unterredung muß Mellefont nichts wieder erfahren. Sie denken zu edel, als daß Sie, zum Danke für eine wohlgemeinte Warnung, eine Anverwandte mit ihm entzweien wollten, die sich nur deswegen wider ihn erklärt, weil sie sein unwürdiges Verfahren gegen mehr als eine der liebenswürdigsten Personen unsers Geschlechts so ansieht, als ob sie selbst darunter gelitten hätte.

SARA Ich will niemand entzweien, Lady; und ich wünschte, daß es andre ebensowenig wollten.

MARWOOD Soll ich Ihnen die Geschichte der Marwood in wenig Worten erzählen?

SARA Ich weiß nicht – Aber doch ja, Lady; nur mit dem Beding, daß Sie davon aufhören, sobald Mellefont zurückkömmt. Er möchte denken, ich hätte mich aus eignem Triebe darnach erkundiget; und ich wollte nicht gern, daß er mir eine ihm so nachteilige Neubegierde zutrauen könnte.

MARWOOD Ich würde Miß Sampson um gleiche Vorsicht gebeten haben, wenn sie mir nicht zuvorgekommen wäre. Er muß es auch nicht argwohnen können, daß Marwood unser Gespräch gewesen ist; und Sie werden so behutsam sein, Ihre Maßregeln ganz in der Stille darnach zu nehmen. – Hören Sie nunmehr! – Marwood ist aus einem guten Geschlechte. Sie war eine junge Witwe, als sie Mellefont bei einer ihrer Freundinnen kennen lernte. Man sagt, es habe ihr weder an Schönheit noch an derjenigen Anmut gemangelt, ohne welche die Schönheit tot sein würde. Ihr guter Name war ohne Flecken. Ein einziges fehlte ihr: – Vermögen. Alles, was sie besessen hatte, – und es sollen ansehnliche Reichtümer gewesen sein, – hatte sie für die Befreiung eines Mannes aufgeopfert, dem sie nichts in der Welt vorenthalten zu dürfen glaubte, nachdem sie ihm einmal ihr Herz und ihre Hand schenken wollen.

SARA Wahrlich ein edler Zug, Lady, von dem ich wollte, daß er in einem bessern Gemälde prangte!

MARWOOD Des Mangels an Vermögen ungeachtet ward sie von Personen gesucht, die nichts eifriger wünschten, als sie glücklich zu machen. Unter diesen reichen und vornehmen Anbetern trat Mellefont auf. Sein Antrag war ernstlich, und der Überfluß, in welchen er die Marwood zu setzen versprach, war das geringste, worauf er sich stützte. Er hatte es bei der ersten Unterredung weg, daß er mit keiner Eigennützigen zu tun habe, sondern mit einem Frauenzimmer, voll des zärtlichsten Gefühls, welches eine Hütte einem Palaste würde vorgezogen haben, wenn sie in jener mit einer geliebten und in diesem mit einer gleichgültigen Person hätte leben sollen.

SARA Wieder ein Zug, den ich der Marwood nicht gönne. Schmeicheln Sie ihr ja nicht mehr, Lady; oder ich möchte sie am Ende bedauern müssen.

MARWOOD Mellefont war eben im Begriffe, sich auf die feierlichste Art mit ihr zu verbinden, als er Nachricht von dem Tode eines Vetters bekam, welcher ihm sein ganzes Vermögen mit der Bedingung hinterließ, eine weitläuftige Anverwandte zu heiraten. Hatte Marwood seinetwegen reichere Verbindungen ausgeschlagen, so wollte er ihr nunmehr an Großmut nichts nachgeben. Er war willens, ihr von dieser Erbschaft eher nichts zu sagen, als bis er sich derselben durch sie würde verlustig gemacht haben. – Nicht wahr, Miß, das war groß gedacht?

SARA O Lady, wer weiß es besser als ich, daß Mellefont das edelste Herz besitzt?

MARWOOD Was aber tat Marwood? Sie erfuhr es unter der Hand, noch spät an einem Abende, wozu sich Mellefont ihrentwegen entschlossen hätte. Mellefont kam des Morgens, sie zu besuchen, und Marwood war fort.

SARA Wohin? Warum?

MARWOOD Er fand nichts als einen Brief von ihr, worin sie ihm entdeckte, daß er sich keine Rechnung machen dürfe, sie jemals wieder zu sehen. Sie leugne es zwar nicht, daß sie ihn liebe; aber eben deswegen könne sie sich nicht überwinden, die Ursache einer Tat zu sein, die er notwendig einmal bereuen müsse. Sie erlasse ihn seines Versprechens und ersuche ihn, ohne weiteres Bedenken, durch die Vollziehung der in dem Testamente vorgeschriebnen Verbindung, in den Besitz eines Vermögens zu treten, welches ein Mann von Ehre zu etwas Wichtigerm brauchen könne, als einem Frauenzimmer eine unüberlegte Schmeichelei damit zu machen.

SARA Aber, Lady, warum leihen Sie der Marwood so vortreffliche Gesinnungen? Lady Solmes kann derselben wohl fähig sein, aber nicht Marwood. Gewiß Marwood nicht.

MARWOOD Es ist nicht zu verwundern, Miß, daß Sie wider sie

eingenommen sind. – Mellefont wollte über den Entschluß der Marwood von Sinnen kommen. Er schickte überall Leute aus, sie wieder aufzusuchen; und endlich fand er sie.

SARA Weil sie sich finden lassen wollte, ohne Zweifel.

MARWOOD Keine bittere Glossen, Miß! Sie geziemen einem Frauenzimmer von einer sonst so sanften Denkungsart nicht. – Er fand sie, sag' ich; und fand sie unbeweglich. Sie wollte seine Hand durchaus nicht annehmen; und alles, was er von ihr erhalten konnte, war dieses, daß sie nach London zurückzukommen versprach. Sie wurden eins, ihre Vermählung so lange auszusetzen, bis die Anverwandte, des langen Verzögerns überdrüssig, einen Vergleich vorzuschlagen gezwungen sei. Unterdessen konnte sich Marwood nicht wohl der täglichen Besuche des Mellefont entbrechen, die eine lange Zeit nichts als ehrfurchtsvolle Besuche eines Liebhabers waren, den man in die Grenzen der Freundschaft zurückgewiesen hat. Aber wie unmöglich ist es, daß ein hitziges Temperament diese engen Grenzen nicht überschreiten sollte! Mellefont besitzt alles, was uns eine Mannsperson gefährlich machen kann. Niemand kann hiervon überzeugter sein als Miß Sampson selbst.

SARA Ach!

MARWOOD Sie seufzen? Auch Marwood hat über ihre Schwachheit mehr als einmal geseufzet und seufzet noch.

SARA Genug, Lady, genug; diese Wendung, sollte ich meinen, war mehr als eine bittere Glosse, die Sie mir zu untersagen beliebten.

MARWOOD Ihre Absicht war nicht, zu beleidigen, sondern bloß die unglückliche Marwood Ihnen in einem Lichte zu zeigen, in welchem Sie am richtigsten von ihr urteilen könnten. – Kurz, die Liebe gab dem Mellefont die Rechte eines Gemahls; und Mellefont hielt es länger nicht für nötig, sie durch die Gesetze gültig machen zu lassen. Wie glücklich wäre Marwood, wenn sie, Mellefont und der Himmel nur allein von ihrer Schande wüßten! Wie glücklich, wenn nicht eine jammernde Tochter dasjenige der ganzen Welt entdeckte, was sie vor sich selbst verbergen zu können wünschte!

SARA Was sagen Sie, Lady? Eine Tochter – –

MARWOOD Ja, Miß, eine unglückliche Tochter verlieret durch die Darzwischenkunft der Sara Sampson alle Hoffnung, ihre Eltern jemals ohne Abscheu nennen zu können.

SARA Schreckliche Nachricht! Und dieses hat mir Mellefont verschwiegen? – – Darf ich es auch glauben, Lady?

MARWOOD Sie dürfen sicher glauben, Miß, daß Ihnen Mellefont vielleicht noch mehr verschwiegen hat.

SARA Noch mehr? Was könnte er mir noch mehr verschwiegen haben?

MARWOOD Dieses, daß er die Marwood noch liebt.

SARA Sie töten mich, Lady!

MARWOOD Es ist unglaublich, daß sich eine Liebe, welche länger als zehn Jahr gedauert hat, so geschwind verlieren könne. Sie kann zwar eine kurze Verfinsterung leiden, weiter aber auch nichts als eine kurze Verfinsterung, aus welcher sie hernach mit neuem Glanze wieder hervorbricht. Ich könnte Ihnen eine Miß Oklaff, eine Miß Dorkas, eine Miß Moor und mehrere nennen, welche, eine nach der andern, der Marwood einen Mann abspenstig zu machen drohten, von welchem sie sich am Ende auf das grausamste hintergangen sahen. Er hat einen gewissen Punkt, über welchen er sich nicht bringen läßt, und sobald er diesen scharf in das Gesicht bekömmt, springt er ab. Gesetzt aber, Miß, Sie wären die einzige Glückliche, bei welcher sich alle Umstände wider ihn erklärten; gesetzt, Sie brächten ihn dahin, daß er seinen nunmehr zur Natur gewordenen Abscheu gegen ein förmliches Joch überwinden müßte: glaubten Sie wohl dadurch seines Herzens versichert zu sein?

SARA Ich Unglückliche! Was muß ich hören!

MARWOOD Nichts weniger. Alsdann würde er eben am allerersten in die Arme derjenigen zurückeilen, die auf seine Freiheit so eifersüchtig nicht gewesen. Sie würden seine Gemahlin heißen, und jene würde es sein.

SARA Martern Sie mich nicht länger mit so schrecklichen Vorstellungen! Raten Sie mir vielmehr, Lady, ich bitte Sie, raten Sie mir, was ich tun soll. Sie müssen ihn kennen. Sie müssen es wissen, durch was es etwa noch möglich ist, ihm ein Band angenehm zu machen, ohne welches auch die aufrichtigste Liebe eine unheilige Leidenschaft bleibet.

MARWOOD Daß man einen Vogel fangen kann, Miß, das weiß ich wohl. Aber daß man ihm seinen Käfig angenehmer als das freie Feld machen könne, das weiß ich nicht. Mein Rat wäre also, ihn lieber nicht zu fangen und sich den Verdruß über die vergebne Mühe zu ersparen. Begnügen Sie sich, Miß, an dem Vergnügen, ihn sehr nahe an Ihrer Schlinge gesehen zu haben; und weil Sie voraussehen können, daß er die Schlinge ganz gewiß zerreißen werde, wenn Sie ihn vollends hineinlockten, so schonen Sie Ihre Schlinge und locken ihn nicht herein.

SARA Ich weiß nicht, ob ich dieses tändelnde Gleichnis recht verstehe, Lady –

MARWOOD Wenn Sie verdrießlich darüber geworden sind, so haben Sie es verstanden. – Mit einem Worte, Ihr eigner Vorteil sowohl als der Vorteil einer andern, die Klugheit sowohl als die Billigkeit können und sollen Miß Sampson bewegen, ihre Ansprüche auf einen Mann aufzugeben, auf den Marwood die ersten und stärksten hat. Noch stehen Sie, Miß, mit ihm so, daß Sie, ich will nicht sagen mit vieler Ehre, aber doch ohne öffentliche Schande von ihm ablassen können. Eine kurze Verschwindung mit einem Liebhaber ist zwar ein Fleck; aber doch ein Fleck, den die Zeit ausbleichet. In einigen Jahren ist alles vergessen, und es finden sich für eine reiche Erbin noch immer Mannspersonen, die es so genau nicht nehmen. Wenn Marwood in diesen Umständen wäre, und sie brauchte, weder für ihre im Abzuge begriffene Reize einen Gemahl, noch für ihre hilflose Tochter einen Vater, so weiß ich gewiß, Marwood würde gegen Miß Sampson großmütiger handeln, als Miß Sampson gegen die Marwood zu handeln schimpfliche Schwierigkeiten macht.

SARA *(indem sie unwillig aufsteht)* Das geht zu weit! Ist dieses die Sprache einer Anverwandten des Mellefont? – Wie unwürdig verrät man Sie, Mellefont! – Nun merke ich es, Lady, warum er Sie so ungern bei mir allein lassen wollte. Er mag es schon wissen, wie viel man von Ihrer Zunge zu fürchten habe. Eine giftige Zunge! – Ich rede dreist! Denn Lady haben lange genug unanständig geredet. Wodurch hat Marwood sich eine solche Vorsprecherin erwerben können, die alle ihre Erfindungskraft aufbietet, mir einen blendenden Roman von ihr aufzudringen; und alle Ränke anwendet, mich gegen die Redlichkeit eines Mannes argwöhnisch zu machen, der ein Mensch, aber kein Ungeheuer ist? Ward es mir nur deswegen gesagt, daß sich Marwood einer Tochter von ihm rühme; ward mir nur deswegen diese und jene betrogene Miß genannt, damit man mir am Ende auf die empfindlichste Art zu verstehen geben könne, ich würde wohl tun, wenn ich mich selbst einer verhärteten Buhlerin nachsetzte?

MARWOOD Nur nicht so hitzig, mein junges Frauenzimmer. Eine verhärtete Buhlerin? – Sie brauchen wahrscheinlicherweise Worte, deren Kraft Sie nicht überleget haben.

SARA Erscheint sie nicht als eine solche, selbst in der Schilderung der Lady Solmes? – Gut, Lady; Sie sind ihre Freundin, ihre vertrauteste Freundin vielleicht. Ich sage dieses nicht als einen Vorwurf; denn es kann leicht in der Welt nicht wohl möglich sein, nur lauter tugendhafte Freunde zu haben. Allein wie komme ich dazu, dieser Ihrer Freundschaft wegen so tief herabgestoßen zu werden? Wenn ich der Marwood Erfahrung gehabt hätte, so würde ich den Fehltritt gewiß nicht getan haben, der mich mit ihr in eine so erniedrigende Parallel setzt. Hätte ich ihn aber doch getan, so würde ich wenigstens nicht zehn Jahr darin verharret sein. Es ist ganz etwas anders, aus Unwissenheit auf das Laster treffen; und ganz etwas anders, es kennen und demungeachtet mit ihm vertraulich werden. – Ach, Lady, wenn Sie es wüßten, was für Reue, was für Gewissensbisse, was für Angst mich mein Irrtum gekostet!

Mein Irrtum, sag' ich; denn warum soll ich länger so grausam gegen mich sein und ihn als ein Verbrechen betrachten? Der Himmel selbst hört auf, ihn als ein solches anzusehen; er nimmt die Strafe von mir und schenkt mir einen Vater wieder – Ich erschrecke, Lady; wie verändern sich auf einmal die Züge Ihres Gesichts? Sie glühen; aus dem starren Auge schreckt Wut, und des Mundes knirschende Bewegung – Ach! wo ich Sie erzürnt habe, Lady, so bitte ich um Verzeihung. Ich bin eine empfindliche Närrin; was Sie gesagt haben, war ohne Zweifel so böse nicht gemeint. Vergessen Sie meine Übereilung. Wodurch kann ich Sie besänftigen? Wodurch kann auch ich mir eine Freundin an Ihnen erwerben, so wie sie Marwood an Ihnen gefunden hat? Lassen Sie mich, Lady, lassen Sie mich fußfällig darum bitten – *(indem sie niederfällt)* Um Ihre Freundschaft, Lady – Und wo ich diese nicht erhalten kann, um die Gerechtigkeit wenigstens, mich und Marwood nicht in einen Rang zu setzen.

MARWOOD *(die einige Schritte stolz zurücktritt und die Sara liegen läßt)* Diese Stellung der Sara Sampson ist für Marwood viel zu reizend, als daß sie nur unerkannt darüber frohlocken sollte – Erkennen Sie, Miß, in mir die Marwood, mit der Sie nicht verglichen zu werden die Marwood selbst fußfällig bitten.

SARA *(die voller Erschrecken aufspringt und sich zitternd zurückzieht)* Sie Marwood? – Ha! Nun erkenn' ich sie – nun erkenn' ich sie, die mördrische Retterin, deren Dolche mich ein warnender Traum preisgab. Sie ist es! Flieh, unglückliche Sara! Retten Sie mich, Mellefont; retten Sie Ihre Geliebte! Und du, süße Stimme meines geliebten Vaters, erschalle! Wo schallt sie? wo soll ich auf sie zueilen? – hier? – da? – Hilfe, Mellefont! Hilfe, Betty! – Itzt dringt sie mit tötender Faust auf mich ein! Hilfe! *(Eilt ab.)*

NEUNTER AUFTRITT

Marwood.

Was will die Schwärmerin? – O daß sie wahr redte, und ich mit tötender Faust auf sie eindränge! Bis hieher hätte ich den Stahl sparen sollen, ich Törichte! Welche Wollust, eine Nebenbuhlerin in der freiwilligen Erniedrigung zu unsern Füßen durchbohren zu können! – Was nun? – Ich bin entdeckt. Mellefont kann den Augenblick hier sein. Soll ich ihn fliehen? Soll ich ihn erwarten? Ich will ihn erwarten, aber nicht müßig. Vielleicht, daß ihn die glückliche List meines Bedienten noch lange genug aufhält! – Ich sehe, ich werde gefürchtet. Warum folge ich ihr also nicht? Warum versuche ich nicht noch das letzte, das ich wider sie brauchen kann? Drohungen sind armselige Waffen: doch die Verzweiflung verschmäht keine, so armselig sie sind. Ein schreckhaftes Mädchen, das betäubt und mit zerrütteten Sinnen schon vor meinem Namen flieht, kann leicht fürchterliche Worte für fürchterliche Taten halten. Aber Mellefont? – Mellefont wird ihr wieder Mut machen und sie über meine Drohungen spotten lehren. Er wird? Vielleicht wird er auch nicht. Es wäre wenig in der Welt unternommen worden, wenn man nur immer auf den Ausgang gesehen hätte. Und bin ich auf den unglücklichsten nicht schon vorbereitet? – Der Dolch war für andre, das Gift ist für mich! – Das Gift für mich! Schon längst mit mir herumgetragen, wartet es hier, dem Herzen bereits nahe, auf den traurigen Dienst; hier, wo ich in bessern Zeiten die geschriebenen Schmeicheleien der Anbeter verbarg; für uns ein ebenso gewisses, aber nur langsamres Gift. – Wenn es doch nur bestimmt wäre, in meinen Adern nicht allein zu toben! Wenn es doch einem Ungetreuen – Was halte ich mich mit Wünschen auf? – Fort! Ich muß weder mich noch sie zu sich selbst kommen lassen. Der will sich nichts wagen, der sich mit kaltem Blute wagen will. *(Gehet ab.)*

Ende des vierten Aufzuges.

FÜNFTER AUFZUG

ERSTER AUFTRITT

Das Zimmer der Sara.
Sara (schwach in einem Lehnstuhle). Betty.

BETTY Fühlen Sie nicht, Miß, daß Ihnen ein wenig besser wird?

SARA Besser, Betty? – Wenn nur Mellefont wieder kommen wollte. Du hast doch nach ihm ausgeschickt?

BETTY Norton und der Wirt suchen ihn.

SARA Norton ist ein guter Mensch, aber er ist hastig. Ich will durchaus nicht, daß er seinem Herrn meinetwegen Grobheiten sagen soll. Wie er es selbst erzählte, so ist Mellefont ja an allem unschuldig. – Nicht wahr, Betty, du hältst ihn auch für unschuldig? – Sie kömmt ihm nach; was kann er dafür? Sie tobt, sie raset, sie will ihn ermorden. Siehst du, Betty? dieser Gefahr habe ich ihn ausgesetzt. Wer sonst als ich? – Und endlich will die böse Marwood mich sehen, oder nicht eher nach London zurückkehren. Konnte er ihr diese Kleinigkeit abschlagen? Bin ich doch auch oft begierig gewesen, die Marwood zu sehen. Mellefont weiß wohl, daß wir neugierige Geschöpfe sind. Und wenn ich nicht selbst darauf gedrungen hätte, daß sie bis zu seiner Zurückkunft bei mir verziehen sollte, so würde er sie wieder mit weggenommen haben. Ich würde sie unter einem falschen Namen gesehen haben, ohne zu wissen, daß ich sie gesehen hätte. Und vielleicht würde mir dieser kleine Betrug einmal angenehm gewesen sein. Kurz, alle Schuld ist mein. – Je nun, ich bin erschrocken; weiter bin ich ja nichts? Die kleine Ohnmacht wollte nicht viel sagen. Du weißt wohl, Betty, ich bin dazu geneigt.

BETTY Aber in so tiefer hatte ich Miß noch nie gesehen.

SARA Sage es mir nur nicht. Ich werde dir gutherzigen Mädchen freilich zu schaffen gemacht haben.

BETTY Marwood selbst schien durch die Gefahr, in der Sie sich befanden, gerühret zu sein. So stark ich ihr auch anlag, daß sie sich nur fortbegeben möchte, so wollte sie doch das Zimmer nicht eher verlassen, als bis Sie die Augen ein wenig wieder aufschlugen und ich Ihnen die Arzenei einflößen konnte.

SARA Ich muß es wohl gar für ein Glück halten, daß ich in Ohnmacht gefallen bin. Denn wer weiß, was ich noch von ihr hätte hören müssen. Umsonst mochte sie mir gewiß nicht in mein Zimmer gefolgt sein. Du glaubst nicht, wie außer mir ich war. Auf einmal fiel mir der schreckliche Traum von voriger Nacht ein, und ich flohe als eine Unsinnige, die nicht weiß, warum und wohin sie flieht. – Aber Mellefont kömmt noch nicht. – Ach! –

BETTY Was für ein Ach, Miß? Was für Zuckungen? –

SARA Gott! was für eine Empfindung war dieses – –

BETTY Was stößt Ihnen wieder zu?

SARA Nichts, Betty. – Ein Stich! nicht *ein* Stich, tausend feurige Stiche in einem! – Sei nur ruhig; es ist vorbei.

ZWEITER AUFTRITT

Norton. Sara. Betty.

NORTON Mellefont wird den Augenblick hier sein.

SARA Nun das ist gut, Norton. Aber wo hast du ihn noch gefunden?

NORTON Ein Unbekannter hat ihn bis vor das Tor mit sich gelockt, wo ein Herr auf ihn warte, der in Sachen von der größten Wichtigkeit mit ihm sprechen müsse. Nach langem Herumführen hat sich der Betrüger ihm von der Seite geschlichen. Es ist sein Unglück, wo er sich ertappen läßt; so wütend ist Mellefont.

SARA Hast du ihm gesagt, was vorgegangen?

NORTON Alles.

SARA Aber mit einer Art – –

NORTON Ich habe auf die Art nicht denken können. Genug er

weiß es, was für Angst Ihnen seine Unvorsichtigkeit wieder verursacht hat.

SARA Nicht doch, Norton; ich habe mir sie selbst verursacht. – –

NORTON Warum soll Mellefont niemals unrecht haben? – Kommen Sie nur, mein Herr; die Liebe hat Sie bereits entschuldiget.

DRITTER AUFTRITT

Mellefont. Norton. Sara. Betty.

MELLEFONT Ach, Miß, wenn auch diese Ihre Liebe nicht wäre –

SARA So wäre ich von uns beiden gewiß die Unglücklichste. Ist Ihnen in Ihrer Abwesenheit nur nichts Verdrießlichers zugestoßen, als mir, so bin ich vergnügt.

MELLEFONT So gütig empfangen zu werden, habe ich nicht verdient.

SARA Verzeihen Sie es meiner Schwachheit, daß ich Sie nicht zärtlicher empfangen kann. Bloß Ihrer Zufriedenheit wegen wünschte ich, mich weniger krank zu fühlen.

MELLEFONT Ha, Marwood, diese Verräterei war noch übrig! Der Nichtswürdige, der mich mit der geheimnisvollsten Miene aus einer Straße in die andre, aus einem Winkel in den andern führte, war gewiß nichts anders als ein Abgeschickter von ihr. Sehen Sie, liebste Miß, diese List wandte sie an, mich von Ihnen zu entfernen. Eine plumpe List, ohne Zweifel; aber eben weil sie plump war, war ich weit davon entfernt, sie dafür zu halten. Umsonst muß sie so treulos nicht gewesen sein! Geschwind, Norton, geh in ihre Wohnung; laß sie nicht aus den Augen und halte sie so lange auf, bis ich nachkomme.

SARA Wozu dieses, Mellefont? Ich bitte für Marwood.

MELLEFONT Geh! *(Norton geht ab.)*

VIERTER AUFTRITT

Sara. Mellefont. Betty.

SARA Lassen Sie doch einen abgematteten Feind, der den letzten fruchtlosen Sturm gewagt hat, ruhig abziehen. Ich würde ohne Marwood vieles nicht wissen – –

MELLEFONT Vieles? Was ist das Viele?

SARA Was Sie mir selbst nicht gesagt hätten, Mellefont. – Sie werden stutzig? – Nun wohl, ich will es wieder vergessen, weil Sie doch nicht wollen, daß ich es wissen soll.

MELLEFONT Ich will nicht hoffen, daß Sie etwas zu meinem Nachteile glauben werden, was keinen andern Grund hat als die Eifersucht einer aufgebrachten Verleumderin.

SARA Auf ein andermal hiervon! – Warum aber lassen Sie es nicht das erste sein, mir von der Gefahr zu sagen, in der sich Ihr kostbares Leben befunden hat? Ich, Mellefont, ich würde den Stahl geschliffen haben, mit dem Sie Marwood durchstoßen hätte – –

MELLEFONT Diese Gefahr war so groß nicht. Marwood ward von einer blinden Wut getrieben, und ich war bei kaltem Blute. Ihr Angriff also mußte mißlingen – Wenn ihr ein andrer, auf der Miß Sara gute Meinung von ihrem Mellefont, nur nicht besser gelungen ist! Fast muß ich es fürchten – Nein, liebste Miß, verschweigen Sie mir es nicht länger, was Sie von ihr wollen erfahren haben.

SARA Nun wohl. – Wenn ich noch den geringsten Zweifel an Ihrer Liebe gehabt hätte, Mellefont, so würde mir ihn die tobende Marwood benommen haben. Sie muß es gewiß wissen, daß sie durch mich um das Kostbarste gekommen sei; denn ein ungewisser Verlust würde sie bedächtiger haben gehen lassen.

MELLEFONT Bald werde ich also auf ihre blutdürstige Eifersucht, auf ihre ungestüme Frechheit, auf ihre treulose List einigen Wert legen müssen! – Aber, Miß, Sie wollen mir wieder ausweichen und mir dasjenige nicht entdecken – – –

SARA Ich will es; und was ich sagte, war schon ein näherer Schritt dazu. Daß mich Mellefont also liebt, ist unwidersprechlich gewiß. Wenn ich nur nicht entdeckt hätte, daß seiner Liebe ein gewisses Vertrauen fehle, welches mir ebenso schmeichelhaft sein würde als die Liebe selbst. Kurz, liebster Mellefont – Warum muß mir eine plötzliche Beklemmung das Reden so schwer machen? Ich werde es schon sagen müssen, ohne viel die behutsamste Wendung zu suchen, mit der ich es Ihnen sagen sollte. – Marwood erwähnte eines Pfandes, und der schwatzhafte Norton – vergeben Sie es ihm nur – nannte mir einen Namen, einen Namen, Mellefont, welcher eine andre Zärtlichkeit bei Ihnen rege machen muß, als Sie gegen mich empfinden –

MELLEFONT Ist es möglich? Hat die Unverschämte ihre eigne Schande bekannt? – Ach, Miß, haben Sie Mitleiden mit meiner Verwirrung. – Da Sie schon alles wissen, warum wollen Sie es auch noch aus meinem Munde hören? Sie soll nie vor Ihre Augen kommen, die kleine Unglückliche, der man nichts vorwerfen kann als ihre Mutter.

SARA Sie lieben sie also doch? –

MELLEFONT Zu sehr, Miß, zu sehr, als daß ich es leugnen sollte.

SARA Wohl! Mellefont. – Wie sehr liebe ich Sie, auch um dieser Liebe willen! Sie würden mich empfindlich beleidiget haben, wenn Sie die Sympathie Ihres Bluts, aus mir nachteiligen Bedenklichkeiten, verleugnet hätten. Schon haben Sie mich dadurch beleidiget, daß Sie mir drohen, sie nicht vor meine Augen kommen zu lassen. Nein, Mellefont; es muß eine von den Versprechungen sein, die Sie mir vor den Augen des Höchsten angeloben, daß Sie Arabellen nicht von sich lassen wollen. Sie läuft Gefahr, in den Händen ihrer Mutter ihres Vaters unwürdig zu werden. Brauchen Sie Ihre Rechte über beide, und lassen Sie mich an die Stelle der Marwood treten. Gönnen Sie mir das Glück, mir eine Freundin zu erziehen, die Ihnen ihr Leben zu danken hat; einen Mellefont meines Geschlechts. Glückliche Tage, wenn mein Vater, wenn Sie, wenn

Arabella meine kindliche Ehrfurcht, meine vertrauliche Liebe, meine sorgsame Freundschaft um die Wette beschäftigen werden! Glückliche Tage! Aber ach! – sie sind noch fern in der Zukunft. – Doch vielleicht weiß auch die Zukunft nichts von ihnen, und sie sind bloß in meiner Begierde noch Glück! – Empfindungen, Mellefont, nie gefühlte Empfindungen wenden meine Augen in eine andre Aussicht! Eine dunkle Aussicht in ehrfurchtsvolle Schatten! – Wie wird mir? – *(Indem sie die Hand vors Gesicht hält.)*

MELLEFONT Welcher plötzliche Übergang von Bewundrung zum Schrecken! – Eile doch, Betty! Schaffe doch Hilfe! – Was fehlt Ihnen, großmütige Miß! Himmlische Seele! Warum verbirgt mir diese neidische Hand *(indem er sie wegnimmt)* so holde Blicke? – Ach, es sind Mienen, die den grausamsten Schmerz, aber ungern, verraten! – Und doch ist die Hand neidisch, die mir diese Mienen verbergen will. Soll ich Ihre Schmerzen nicht mitfühlen, Miß? Ich Unglücklicher, daß ich sie nur mitfühlen kann! – Daß ich sie nicht allein fühlen soll! – So eile doch, Betty – –

BETTY Wohin soll ich eilen? –

MELLEFONT Du siehst und fragst? – nach Hilfe!

SARA Bleib nur! – Es geht vorüber. Ich will Sie nicht wieder erschrecken, Mellefont.

MELLEFONT Betty, was ist ihr geschehen? – Das sind nicht bloße Folgen einer Ohnmacht. –

FÜNFTER AUFTRITT

Norton. Mellefont. Sara. Betty.

MELLEFONT Du kömmst schon wieder, Norton? Recht gut! Du wirst hier nötiger sein.

NORTON Marwood ist fort – –

MELLEFONT Und meine Flüche eilen ihr nach! – Sie ist fort? – Wohin? – Unglück und Tod, und wo möglich, die ganze Hölle möge sich auf ihrem Wege finden! Verzehrend Feuer donnre der Himmel auf sie herab, und unter ihr breche die Erde ein, der weiblichen Ungeheuer größtes zu verschlingen! – –

NORTON Sobald sie in ihre Wohnung zurückgekommen, hat sie sich mit Arabellen und ihrem Mädchen in den Wagen geworfen und die Pferde mit verhängtem Zügel davoneilen lassen. Dieser versiegelte Zettel ist von ihr an Sie zurückgeblieben.

MELLEFONT *(indem er den Zettel nimmt)* Er ist an mich. – – Soll ich ihn lesen, Miß?

SARA Wenn Sie ruhiger sein werden, Mellefont.

MELLEFONT Ruhiger? Kann ich es werden, ehe ich mich an Marwood gerächet, und Sie, teuerste Miß, außer Gefahr weiß?

SARA Lassen Sie mich nichts von Rache hören. Die Rache ist nicht unser! – Sie erbrechen ihn doch? – Ach, Mellefont, warum sind wir zu gewissen Tugenden bei einem gesunden und seine Kräfte fühlenden Körper weniger, als bei einem siechen und abgematteten aufgelegt? Wie sauer werden Ihnen Gelassenheit und Sanftmut, und wie unnatürlich scheint mir des Affekts ungeduldige Hitze! – – Behalten Sie den Inhalt nur für sich.

MELLEFONT Was ist es für ein Geist, der mich Ihnen ungehorsam zu sein zwinget? Ich erbrach ihn wider Willen, – wider Willen muß ich ihn lesen.

SARA *(indem Mellefont für sich lieset)* Wie schlau weiß sich der Mensch zu trennen und aus seinen Leidenschaften ein von sich unterschiedenes Wesen zu machen, dem er alles zur Last legen könne, was er bei kaltem Blute selbst nicht billiget – Mein Salz, Betty! Ich besorge einen neuen Schreck und werde es nötig haben. – Siehst du, was der unglückliche Zettel für einen Eindruck auf ihn macht! – Mellefont! – Sie geraten außer sich! – Mellefont! – Gott! er erstarrt! – Hier, Betty! Reiche ihm das Salz! – Er hat es nötiger, als ich.

MELLEFONT *(der die Betty damit zurückstößt)* Nicht näher, Unglückliche! – Deine Arzeneien sind Gift! –

SARA Was sagen Sie? – Besinnen Sie sich! – Sie verkennen sie!

BETTY Ich bin Betty, nehmen Sie doch.

MELLEFONT Wünsche dir, Elende, daß du es nicht wärest! – Eile! fliehe! ehe du in Ermanglung des Schuldigern das schuldige Opfer meiner Wut wirst!

SARA Was für Reden! – Mellefont, liebster Mellefont – –

MELLEFONT Das letzte »liebster Mellefont« aus diesem göttlichen Munde, und dann ewig nicht mehr! – Zu Ihren Füßen, Sara – – *(indem er sich niederwirft)* – – Aber was will ich zu Ihren Füßen? *(und wieder aufspringt)* Entdecken? Ich Ihnen entdecken? – Ja, ich will Ihnen entdecken, Miß, daß Sie mich hassen werden, daß Sie mich hassen müssen. – Sie sollen den Inhalt nicht erfahren; nein, von mir nicht! – Aber Sie werden ihn erfahren. – Sie werden – Was steht ihr noch hier, müßig und angeheftet? Lauf, Norton, bring' alle Ärzte zusammen! Suche Hilfe, Betty! Laß die Hilfe so wirksam sein als deinen Irrtum! – Nein! bleibt hier! Ich gehe selbst. –

SARA Wohin, Mellefont? Nach was für Hilfe? Von welchem Irrtume reden Sie?

MELLEFONT Göttliche Hilfe, Sara; oder unmenschliche Rache! – Sie sind verloren, liebste Miß! Auch ich bin verloren! – Daß die Welt mit uns verloren wäre! –

SECHSTER AUFTRITT

Sara. Norton. Betty.

SARA Er ist weg? – Ich bin verloren? Was will er damit? Verstehest du ihn, Norton? – Ich bin krank, sehr krank; aber setze das Äußerste, daß ich sterben müsse: bin ich darum verloren? Und was will er denn mit dir, arme Betty? – Du ringst die Hände? Betrübe dich nicht; du hast ihn gewiß nicht beleidiget; er wird sich wieder besinnen. – Hätte er mir doch gefolgt und den Zettel nicht gelesen! Er konnte es ja wohl denken, daß er das letzte Gift der Marwood enthalten müsse. –

BETTY Welche schreckliche Vermutung! – Nein; es kann nicht sein; ich glaube es nicht. –

NORTON *(welcher nach der Szene zugegangen)* Der alte Bediente Ihres Vaters, Miß –

SARA Laß ihn hereinkommen, Norton!

SIEBENTER AUFTRITT

Waitwell. Sara. Betty. Norton.

SARA Es wird dich nach meiner Antwort verlangen, guter Waitwell. Sie ist fertig, bis auf einige Zeilen. – Aber warum so bestürzt? Man hat es dir gewiß gesagt, daß ich krank bin.

WAITWELL Und noch mehr!

SARA Gefährlich krank? – Ich schließe es mehr aus der ungestümen Angst des Mellefont, als daß ich es fühle. – Wenn du mit dem unvollendeten Briefe der unglücklichen Sara an den unglücklichern Vater abreisen müßtest, Waitwell? – Laß uns das Beste hoffen! Willst du wohl bis morgen warten? Vielleicht finde ich einige gute Augenblicke, dich abzufertigen. Itzo möchte ich es nicht imstande sein. Diese Hand hängt wie tot an der betäubten Seite. – Wenn der ganze Körper so leicht dahin stirbt wie diese Glieder – Du bist ein alter Mann, Waitwell, und kannst von deinem letzten Auftritte nicht weit mehr entfernet sein – Glaube mir, wenn das, was ich empfinde, Annäherungen des Todes sind, – so sind die Annäherungen des Todes so bitter nicht. – Ach! – Kehre dich nicht an dieses Ach! Ohne alle unangenehme Empfindung kann es freilich nicht abgehen. Unempfindlich konnte der Mensch nicht sein; unleidlich muß er nicht sein – Aber, Betty, warum hörst du noch nicht auf, dich so untröstlich zu bezeigen?

BETTY Erlauben Sie mir, Miß, erlauben Sie mir, daß ich mich aus Ihren Augen entfernen darf.

SARA Geh nur; ich weiß wohl, es ist nicht eines jeden Sache, um Sterbende zu sein. Waitwell soll bei mir bleiben. Auch du,

Norton, wirst mir einen Gefallen erweisen, wenn du dich nach deinem Herrn umsiehst. Ich sehne mich nach seiner Gegenwart.

BETTY *(im Abgehn)* Ach! Norton, ich nahm die Arzenei aus den Händen der Marwood! – –

ACHTER AUFTRITT

Waitwell. Sara.

SARA Waitwell, wenn du mir die Liebe erzeigen und bei mir bleiben willst, so laß mich kein so wehmütiges Gesicht sehen. Du verstummst? – Sprich doch! Und wenn ich bitten darf, sprich von meinem Vater. Wiederhole mir alles, was du mir vor einigen Stunden Tröstliches sagtest. Wiederhole mir, daß mein Vater versöhnt ist, und mir vergeben hat. Wiederhole es mir, und füge hinzu, daß der ewige himmlische Vater nicht grausamer sein könne. – Nicht wahr, ich kann hierauf sterben? Wenn ich vor deiner Ankunft in diese Umstände gekommen wäre, wie würde es mit mir ausgesehen haben! Ich würde verzweifelt sein, Waitwell. Mit dem Hasse desjenigen beladen aus der Welt zu gehen, der wider seine Natur handelt, wenn er uns hassen muß – Was für ein Gedanke! Sag' ihm, daß ich in den lebhaftesten Empfindungen der Reue, Dankbarkeit und Liebe gestorben sei. Sag' ihm – Ach! daß ich es ihm nicht selbst sagen soll, wie voll mein Herz von seinen Wohltaten ist! Das Leben war das Geringste derselben. Wie sehr wünschte ich, den schmachtenden Rest zu seinen Füßen aufgeben zu können!

WAITWELL Wünschen Sie wirklich, Miß, ihn zu sehen?

SARA Endlich sprichst du, um an meinem sehnlichsten Verlangen, an meinem letzten Verlangen zu zweifeln.

WAITWELL Wo soll ich die Worte finden, die ich schon so lange suche? Eine plötzliche Freude ist so gefährlich als ein plötzlicher Schreck. Ich fürchte mich nur vor dem allzu gewaltsamen Eindrucke, den sein unvermuteter Anblick auf einen so zärtlichen Geist machen möchte.

SARA Wie meinst du das? Wessen unvermuteter Anblick? –

WAITWELL Der gewünschte, Miß! – Fassen Sie sich!

NEUNTER AUFTRITT

Sir William Sampson. Sara. Waitwell.

SIR WILLIAM Du bleibst mir viel zu lange, Waitwell. Ich muß sie sehen.

SARA Wessen Stimme – – –

SIR WILLIAM Ach, meine Tochter!

SARA Ach, mein Vater! – Hilf mir auf, Waitwell, hilf mir auf, daß ich mich zu seinen Füßen werfen kann. *(Sie will aufstehen, und fällt aus Schwachheit in den Lehnstuhl zurück.)* Er ist es doch? Oder ist es eine erquickende Erscheinung, vom Himmel gesandt, gleich jenem Engel, der den Starken zu stärken kam? – Segne mich, wer du auch seist, ein Bote des Höchsten, in der Gestalt meines Vaters, oder selbst mein Vater!

SIR WILLIAM Gott segne dich, meine Tochter! – Bleib ruhig. *(Indem sie es nochmals versuchen will, vor ihm niederzufallen.)* Ein andermal, bei mehrern Kräften, will ich dich nicht ungern mein zitterndes Knie umfassen sehen.

SARA Jetzt, mein Vater, oder niemals. Bald werde ich nicht mehr sein! Zu glücklich, wenn ich noch einige Augenblicke gewinne, Ihnen die Empfindungen meines Herzens zu entdecken. Doch nicht Augenblicke, lange Tage, ein nochmaliges Leben würde erfodert, alles zu sagen, was eine schuldige, eine reuende, eine gestrafte Tochter einem beleidigten, einem großmütigen, einem zärtlichen Vater sagen kann. Mein Fehler, Ihre Vergebung – –

SIR WILLIAM Mache dir aus einer Schwachheit keinen Vorwurf, und mir aus einer Schuldigkeit kein Verdienst. Wenn du mich an mein Vergeben erinnerst, so erinnerst du mich auch daran, daß ich damit gezaudert habe. Warum vergab ich dir nicht gleich? Warum setzte ich dich in die Notwendigkeit, mich zu fliehen? Und noch heute, da ich dir schon vergeben hatte, was zwang mich, erst eine Antwort von dir zu erwarten? Itzt könnte ich doch schon einen Tag wieder genossen haben, wenn ich sogleich deinen Umarmungen zugeeilet wäre. Ein heimlicher Unwille mußte in einer der verborgensten Falten des betrogenen Herzens zurückgeblieben sein, daß ich vorher deiner fortdauernden Liebe gewiß sein wollte, ehe ich dir die meinige wiederschenkte. Soll ein Vater so eigennützig handeln? Sollen wir nur die lieben, die uns lieben? Tadle mich, liebste Sara, tadle mich; ich sahe mehr auf meine Freude an dir als auf dich selbst. – Und wenn ich sie verlieren sollte, diese Freude? – Aber wer sagt es denn, daß ich sie verlieren soll? Du wirst leben; du wirst noch lange leben! Entschlage dich aller schwarzen Gedanken. Mellefont macht die Gefahr größer, als sie ist. Er brachte das ganze Haus in Aufruhr und eilte selbst, Ärzte aufzusuchen, die er in diesem armseligen Flecken vielleicht nicht finden wird. Ich sahe seine stürmische Angst, seine hoffnungslose Betrübnis, ohne von ihm gesehen zu werden. Nun weiß ich es, daß er dich aufrichtig liebet; nun gönne ich dich ihm. Hier will ich ihn erwarten, und deine Hand in seine Hand legen. Was ich sonst nur gedrungen getan hätte, tue ich nun gern, da ich sehe, wie teuer du ihm bist. – Ist es wahr, daß es Marwood selbst gewesen ist, die dir dieses Schrecken verursacht hat? So viel habe ich aus den Klagen deiner Betty verstehen können, und mehr nicht. – Doch was forsche ich nach den Ursachen deiner Unpäßlichkeit, da ich nur auf die Mittel, ihr abzuhelfen, bedacht sein sollte. Ich sehe, du wirst von Augenblicke zu Augenblick schwächer, ich seh' es und bleibe hilflos stehen. Was soll ich tun, Waitwell? Wohin soll ich laufen? Was soll ich daran wenden? mein Vermögen? mein Leben? Sage doch!

SARA Bester Vater, alle Hilfe würde vergebens sein. Auch die unschätzbarste würde vergebens sein, die Sie mit Ihrem Leben für mich erkaufen wollten.

ZEHNTER AUFTRITT

Mellefont. Sara. Sir William. Waitwell.

MELLEFONT Ich wag' es, den Fuß wieder in dieses Zimmer zu setzen? Lebt sie noch?

SARA Treten Sie näher, Mellefont.

MELLEFONT Ich sollt' Ihr Angesicht wiedersehen? Nein, Miß; ich komme ohne Trost, ohne Hilfe zurück. Die Verzweiflung allein bringt mich zurück – Aber wen seh' ich? Sie, Sir? Unglücklicher Vater! Sie sind zu einer schrecklichen Szene gekommen. Warum kamen Sie nicht eher? Sie kommen zu spät, Ihre Tochter zu retten! Aber – nur getrost! – sich gerächet zu sehen, dazu sollen Sie nicht zu spät gekommen sein.

SIR WILLIAM Erinnern Sie sich, Mellefont, in diesem Augenblicke nicht, daß wir Feinde gewesen sind! Wir sind es nicht mehr und wollen es nie wieder werden. Erhalten Sie mir nur eine Tochter, und Sie sollen sich selbst eine Gattin erhalten haben.

MELLEFONT Machen Sie mich zu Gott, und wiederholen Sie dann Ihre Forderung. – Ich habe Ihnen, Miß, schon zu viel Unglück zugezogen, als daß ich mich bedenken dürfte, Ihnen auch das letzte anzukündigen: Sie müssen sterben. Und wissen Sie, durch wessen Hand Sie sterben?

SARA Ich will es nicht wissen, und es ist mir schon zu viel, daß ich es argwöhnen kann.

MELLEFONT Sie müssen es wissen; denn wer könnte mir dafür stehen, daß Sie nicht falsch argwöhnten? Dies schreibet Marwood. *(Er lieset.)* »Wenn Sie diesen Zettel lesen werden, Mellefont, wird Ihre Untreue in dem Anlasse derselben schon bestraft sein. Ich hatte mich ihr entdeckt, und vor Schrecken war sie in Ohnmacht gefallen. Betty gab sich alle Mühe, sie wieder zu sich selbst zu bringen. Ich ward gewahr, daß sie ein Kordialpulver bei Seite legte, und hatte den glücklichen Einfall, es mit einem Giftpulver zu vertauschen. Ich stellte mich gerührt und dienstfertig, und machte es selbst zurechte. Ich sah es ihr geben, und ging triumphierend fort. Rache und Wut haben mich zu einer Mörderin gemacht; ich will aber keine von den gemeinen Mörderinnen sein, die sich ihrer Tat nicht zu rühmen wagen. Ich bin auf dem Wege nach Dover: Sie können mich verfolgen, und meine eigne Hand wider mich zeugen lassen. Komme ich unverfolgt in den Hafen, so will ich Arabellen unverletzt zurücklassen. Bis dahin aber werde ich sie als einen Geisel betrachten. Marwood.« – Nun wissen Sie alles, Miß. Hier, Sir, verwahren Sie dieses Papier. Sie müssen die Mörderin zur Strafe ziehen lassen, und dazu ist es Ihnen unentbehrlich. – Wie erstarrt er da steht!

SARA Geben Sie mir dieses Papier, Mellefont. Ich will mich mit meinen Augen überzeugen. *(Er gibt es ihr, und sie sieht es einen Augenblick an.)* Werde ich so viel Kräfte noch haben? *(Zerreißt es.)*

MELLEFONT Was machen Sie, Miß!

SARA Marwood wird ihrem Schicksale nicht entgehen; aber weder Sie noch mein Vater sollen ihre Ankläger werden. Ich sterbe und vergeb' es der Hand, durch die mich Gott heimsucht. – Ach mein Vater, welcher finstere Schmerz hat sich Ihrer bemächtiget? – Noch liebe ich Sie, Mellefont, und wenn Sie lieben ein Verbrechen ist, wie schuldig werde ich in jener Welt erscheinen! – Wenn ich hoffen dürfte, liebster Vater, daß Sie einen Sohn anstatt einer Tochter annehmen wollten! Und auch eine Tochter wird Ihnen mit ihm nicht fehlen, wenn Sie Arabellen dafür erkennen wollen. Sie müssen sie zurückholen, Mellefont; und die Mutter mag entfliehen. – Da mich mein Vater liebt, warum soll es mir nicht erlaubt sein, mit seiner Liebe als mit einem Erbteile umzugehen? Ich vermache diese väterliche Liebe Ihnen und Arabellen. Reden Sie dann und wann mit ihr von einer Freundin, aus deren Beispiele sie gegen alle Liebe auf ihrer Hut zu sein lerne. – Den letzten Segen, mein Vater! – Wer wollte die Fügungen des Höchsten zu richten wagen? – Tröste deinen Herrn, Waitwell. Doch auch du stehst in einem trostlosen Kummer vergraben, der du in mir weder Geliebte noch Tochter verlierest? –

SIR WILLIAM Wir sollten dir Mut einsprechen, und dein sterbendes Auge spricht ihn uns ein. Nicht mehr meine irdische Tochter, schon halb ein Engel, was vermag der Segen eines wimmernden Vaters auf einen Geist, auf welchen alle Segen des Himmels herabströmen? Laß mir einen Strahl des Lichtes, welches dich über alles Menschliche so weit erhebt. Oder bitte Gott, den Gott, der nichts so gewiß als die Bitten eines frommen Sterbenden erhört, bitte ihn, daß dieser Tag auch der letzte meines Lebens sei.

SARA Die bewährte Tugend muß Gott der Welt lange zum Beispiele lassen, und nur die schwache Tugend, die allzu vielen Prüfungen vielleicht unterliegen würde, hebt er plötzlich aus den gefährlichen Schranken – Wem fließen diese Tränen, mein Vater? Sie fallen als feurige Tropfen auf mein Herz; und doch – doch sind sie mir minder schrecklich als die stumme Verzweiflung. Entreißen Sie sich ihr, Mellefont! – Mein Auge bricht – Dies war der letzte Seufzer! – Noch denke ich an Betty, und verstehe nun ihr ängstliches Händeringen. Das arme Mädchen! Daß ihr ja niemand eine Unvorsichtigkeit vorwerfe, die durch ihr Herz ohne Falsch, und also auch ohne Argwohn der Falschheit, entschuldiget wird. – Der Augenblick ist da! Mellefont – mein Vater –

MELLEFONT Sie stirbt! – Ach! diese kalte Hand noch einmal zu küssen, *(indem er zu ihren Füßen fällt)* – Nein, ich will es nicht wagen, sie zu berühren. Die gemeine Sage schreckt mich, daß der Körper eines Erschlagenen durch die Berührung seines Mörders zu bluten anfange. Und wer ist ihr Mörder? Bin ich es nicht mehr als Marwood? *(Steht auf.)* – Nun ist sie tot, Sir; nun hört sie uns nicht mehr: nun verfluchen Sie mich! Lassen Sie Ihren Schmerz in verdiente Verwünschungen aus! Es müsse keine mein Haupt verfehlen, und die gräßlichste derselben müsse gedoppelt erfüllt werden! – Was schweigen Sie noch? Sie ist tot; sie ist gewiß tot! Nun bin ich wieder nichts, als Mellefont. Ich bin nicht mehr der Geliebte einer zärtlichen Tochter, die Sie in ihm zu schonen Ursach' hätten. – Was ist das? Ich will nicht, daß Sie einen barmherzigen Blick auf mich werfen sollen! Das ist Ihre Tochter! Ich bin ihr Verführer! Denken Sie nach, Sir! – Wie soll ich Ihre Wut besser reizen? Diese blühende Schönheit, über die Sie allein ein Recht hatten, ward wider Ihren Willen mein Raub! Meinetwegen vergaß sich diese unerfahrne Tugend! Meinetwegen riß sie sich aus den Armen eines geliebten Vaters! Meinetwegen mußte sie sterben! – Sie machen mich mit Ihrer Langmut ungeduldig, Sir! Lassen Sie mich es hören, daß Sie Vater sind.

SIR WILLIAM Ich bin Vater, Mellefont, und bin es zu sehr, als daß ich den letzten Willen meiner Tochter nicht verehren sollte. – Laß dich umarmen, mein Sohn, den ich teurer nicht erkaufen konnte!

MELLEFONT Nicht so, Sir! Diese Heilige befahl mehr, als die menschliche Natur vermag! Sie können mein Vater nicht sein. – Sehen Sie, Sir, *(indem er den Dolch aus dem Busen zieht)* dieser ist der Dolch, den Marwood heute auf mich zuckte. Zu meinem Unglücke mußte ich sie entwaffnen. Wenn ich als das schuldige Opfer ihrer Eifersucht gefallen wäre, so lebte Sara noch. Sie hätten Ihre Tochter noch, und hätten sie ohne Mellefont. Es stehet bei mir nicht, das Geschehene ungeschehen zu machen; aber mich wegen des Geschehenen zu strafen – das steht bei mir! *(Er ersticht sich, und fällt an dem Stuhle der Sara nieder.)*

SIR WILLIAM Halt ihn, Waitwell! – Was für ein neuer Streich auf mein gebeugtes Haupt! – O! wenn das dritte hier erkaltende Herz das meine wäre!

MELLEFONT *(sterbend)* Ich fühl' es, – daß ich nicht fehl gestoßen habe! – Wollen Sie mich nun Ihren Sohn nennen, Sir, und mir als diesem die Hand drücken, so sterb' ich zufrieden. *(Sir William umarmt ihn.)* – Sie haben von einer Arabella gehört, für die die sterbende Sara Sie bat. Ich würde auch für sie bitten – aber sie ist der Marwood Kind sowohl als meines – Was für fremde Empfindungen ergreifen mich! – Gnade! o Schöpfer, Gnade!

SIR WILLIAM Wenn fremde Bitten itzt kräftig sind, Waitwell, so laßt uns ihm diese Gnade erbitten helfen! Er stirbt! Ach, er war mehr unglücklich als lasterhaft. – –

EILFTER AUFTRITT

Norton. Die Vorigen.

NORTON Ärzte, Sir. –

SIR WILLIAM Wenn sie Wunder tun können, so laß sie hereinkommen! – Laß mich nicht länger, Waitwell, bei diesem tötenden Anblicke verweilen. Ein Grab soll beide umschließen. Komm, schleunige Anstalt zu machen, und dann laß uns auf Arabellen denken. Sie sei, wer sie sei: sie ist ein Vermächtnis meiner Tochter. *(Sie gehen ab, und das Theater fällt zu.)*

Ende des Trauerspiels.

D. FAUST

I

VORSPIEL

In einem alten Dome. Der Küster und sein Sohn, welche eben zu Mitternacht geläutet oder läuten wollen.

Die Versammlung der Teufel, unsichtbar auf den Altären sitzend und sich über ihre Angelegenheiten beratschlagend. Verschiedne ausgeschickte Teufel erscheinen vor dem Beelzebub, Rechenschaft von ihren Verrichtungen zu geben. Einer, der eine Stadt in Flammen gesetzt, ein andrer, der in einem Sturme eine ganze Flotte begraben, werden von einem dritten verlacht, daß sie sich mit solchen Armseligkeiten abgegeben. Er rühmt sich, einen Heiligen verführt zu haben, den er beredet, sich zu betrinken, und der im Trunke einen Ehebruch und einen Mord begangen. Dieses gibt Gelegenheit, von Fausten zu sprechen, der so leicht nicht zu verführen sein möchte. Dieser dritte Teufel nimmt es auf sich, und zwar, ihn in vier und zwanzig Stunden der Hölle zu überliefern.

»Itzt«, sagt der eine Teufel, »sitzt er noch bei der nächtlichen Lampe und forschet in den Tiefen der Wahrheit.

›Zuviel Wißbegierde ist ein Fehler; und aus einem Fehler können alle Laster entspringen, wenn man ihm zu sehr nachhänget‹«.

Nach diesem Satze entwirft der Teufel, der ihn verführen will, seinen Plan.

ERSTER AUFZUG

ERSTER AUFTRITT

Dauer des Stückes: von Mitternacht zu Mitternacht.

Faust unter seinen Büchern bei der Lampe. Schlägt sich mit verschiednen Zweifeln aus der scholastischen Weltweisheit. Erinnert sich, daß ein Gelehrter den Teufel über des Aristoteles Entelechie zitiert haben soll. Auch er hat es schon vielfältigemal versucht, aber vergebens. Er versucht es nochmals (eben ist die rechte Stunde) und lieset eine Beschwörung.

ZWEITER AUFTRITT

Ein Geist steigt aus dem Boden, mit langem Barte, in einen Mantel gehüllet.

G. Wer beunruhiget mich? Wo bin ich? Ist das nicht Licht, was ich empfinde?

Faust erschrickt, fasset sich aber und redet den Geist an.

Wer bist du? Woher kömmst du? Auf wessen Befehl erscheinest du?

G. Ich lag und schlummerte und träumte, mir war nicht wohl, nicht übel; da rauschte, so träumte ich, von weitem eine Stimme daher; sie kam näher und näher; »Bahall!« »Bahall!« hörte ich und mit einem dritten »Bahall« stehe ich hier!

F. Aber wer bist du?

G. Wer ich bin? Laß mich besinnen! Ich bin – ich bin nur erst kürzlich, was ich bin. Dieses Körpers, dieser Glieder war ich mir dunkel bewußt; itzt etc.

F. Aber wer warst du?

G. Warst du?

F. Ja; wer warst du sonst, ehedem?

G. Sonst? ehedem?

F. Erinnerst du dich keiner Vorstellungen, die diesem gegenwärtigen und jenem deinem hinbrütenden Stande vorhergegangen? –

G. Was sagst du mir? Ja, nun schießt es mir ein – Ich habe schon einmal ähnliche Vorstellungen gehabt. Warte, warte, ob ich den Faden zurückfinden kann.

F. Ich will dir zu helfen suchen. Wie hießest du?

G. Ich hieß – Aristoteles. Ja, so hieß ich. Wie ist mir?

Er tut, als ob er sich nun völlig erinnerte, und antwortet dem Faust auf seine spitzigsten Fragen. Dieser Geist ist der Teufel selbst, der den Faust zu verführen unternommen.

Doch, sagt er endlich, ich bin es müde, meinen Verstand in die vorigen Schranken zurückzuzwingen. Von allem, was du mich fragest, mag ich nicht länger reden als ein Mensch, und kann nicht mit dir reden als ein Geist. Entlaß mich; ich fühl' es, daß ich wieder entschlummre etc.

DRITTER AUFTRITT

Er verschwindet, und Faust, voller Erstaunen und Freude, daß die Beschwörung ihre Kraft gehabt, schreitet zu einer andern, einen Dämon heraufzubringen.

VIERTER AUFTRITT

Ein Teufel erscheinet.

Wer ist der Mächtige, dessen Rufe ich gehorchen muß! Du? Ein Sterblicher? Wer lehrte dich diese gewaltige Worte?

II

DRITTE SZENE DES ZWEITEN AUFZUGS

Faust und sieben Geister.

FAUST Ihr? Ihr seid die schnellesten Geister der Hölle?

DIE GEISTER ALLE Wir.

FAUST Seid ihr alle sieben gleich schnell?

DIE GEISTER ALLE Nein.

FAUST Und welcher von euch ist der schnelleste?

DIE GEISTER ALLE Der bin ich!

FAUST Ein Wunder! daß unter sieben Teufel nur sechs Lügner sind. – Ich muß euch näher kennen lernen.

DER ERSTE GEIST Das wirst du! Einst!

FAUST Einst! Wie meinst du das? Predigen die Teufel auch Buße?

DER ERSTE GEIST Jawohl, den Verstockten. – Aber halte uns nicht auf.

FAUST Wie heißest du? Und wie schnell bist du?

DER ERSTE GEIST Du könntest eher eine Probe als eine Antwort haben.

FAUST Nun wohl. Sieh her; was mache ich?

DER ERSTE GEIST Du fährst mit deinem Finger schnell durch die Flamme des Lichts –

FAUST Und verbrenne mich nicht. So geh auch du und fahre siebenmal ebenso schnell durch die Flamme der Hölle, und verbrenne dich nicht. – Du verstummst? Du bleibst? – So prahlen auch die Teufel? Ja, ja; keine Sünde ist so klein, daß ihr sie euch nehmen ließet. – Zweiter, wie heißest du?

DER ZWEITE GEIST Chil; das ist in eurer langweiligen Sprache: Pfeil der Pest.

FAUST Und wie schnell bist du?

DER ZWEITE GEIST Denkest du, daß ich meinen Namen vergebens führe? – Wie die Pfeile der Pest.

FAUST Nun so geh und diene einem Arzte! Für mich bist du viel zu langsam. – Du dritter, wie heißest du?

DER DRITTE GEIST Ich heiße Dilla; denn mich tragen die Flügel der Winde.

FAUST Und du vierter?

DER VIERTE GEIST Mein Name ist Jutta, denn ich fahre auf den Strahlen des Lichts.

FAUST O ihr, deren Schnelligkeit in endlichen Zahlen auszudrücken, ihr Elenden –

DER FÜNFTE GEIST Würdige sie deines Unwillens nicht. Sie sind nur Satans Boten in der Körperwelt. Wir sind es in der Welt der Geister; uns wirst du schneller finden.

FAUST Und wie schnell bist du?

DER FÜNFTE GEIST So schnell als die Gedanken des Menschen.

FAUST Das ist etwas! – Aber nicht immer sind die Gedanken des Menschen schnell. Nicht da, wenn Wahrheit und Tugend sie auffordern. Wie träge sind sie alsdann! – Du kannst schnell sein, wenn du schnell sein willst; aber wer steht mir dafür, daß du es allezeit willst? Nein, dir werde ich so wenig trauen, als ich mir selbst hätte trauen sollen. Ach! – *(zum sechsten Geiste)* Sage du, wie schnell bist du? –

DER SECHSTE GEIST So schnell als die Rache des Rächers.

FAUST Des Rächers? Welches Rächers?

DER SECHSTE GEIST Des Gewaltigen, des Schrecklichen, der sich allein die Rache vorbehielt, weil ihn die Rache vergnügte. –

FAUST Teufel! du lästerst, denn ich sehe, du zitterst. – Schnell, sagst du, wie die Rache des – Bald hätte ich ihn genannt! Nein, er werde nicht unter uns genannt! – Schnell wäre seine Rache? Schnell? – Und ich lebe noch? Und ich sündige noch? –

DER SECHSTE GEIST Daß er dich noch sündigen läßt, ist schon Rache!

FAUST Und daß ein Teufel mich dieses lehren muß! – Aber doch erst heute! Nein, seine Rache ist nicht schnell, und wenn du nicht schneller bist als seine Rache, so geh nur. *(Zum siebenten Geiste.)* – Wie schnell bist du?

DER SIEBENTE GEIST Unzuvergnügender Sterbliche, wo auch ich dir nicht schnell genug bin – –

FAUST So sage; wie schnell?

DER SIEBENTE GEIST Nicht mehr und nicht weniger, als der Übergang vom Guten zum Bösen. –

FAUST Ha! du bist mein Teufel! So schnell als der Übergang vom Guten zum Bösen! – Ja, der ist schnell; schneller ist nichts als der! – Weg von hier, ihr Schnecken des Orkus! Weg! – Als der Übergang vom Guten zum Bösen! Ich habe es erfahren, wie schnell er ist! Ich habe es erfahren! etc. – –

III

SCHREIBEN ÜBER LESSINGS VERLOREN GEGANGENEN FAUST

Vom Hauptmann von Blankenburg

Sie wünschen, mein teurester Freund, eine Nachricht von dem verloren gegangenen Faust des verstorbenen Lessing zu erhalten; was ich davon weiß, teile ich Ihnen um desto lieber mit, da, mit meinem Willen, nicht eine Zeile, nicht eine Idee dieses großen, und immer noch nicht genug gekannten, ja oft sogar mutwillig verkannten Mannes verloren gehen sollte. Verloren, gänzlich verloren könnte zwar vielleicht sein Faust nicht sein; – – und zu fürchten ist denn auch nicht, daß, wenn ein anderer mit dieser Feder sich sollte schmücken wollen, der Betrug nicht entdeckt werden würde; denn was man von den Versen des Homer und den Ideen des Shakespeare sagt, gilt mit ebenso vielem Rechte von den Arbeiten Lessings, und der verloren gegangene Faust gehört zu diesen; aber wer weiß, wann und wie, und ob das Publikum jemals etwas von diesem Werke zu Gesichte bekömmt? und so teilen Sie ihm denn einstweilig mit, was ich weiß.

Daß Lessing vor vielen Jahren schon an einem Faust gearbeitet hatte, wissen wir aus den Literaturbriefen. Aber, soviel mir bekannt ist, unternahm er die Umarbeitung – vielleicht auch nur die Vollendung – seiner Arbeit zu einer Zeit, wo aus allen Zipfeln Deutschlands Fauste angekündigt wurden, und sein Werk war, meines Wissens, fertig. Man hat mir mit Gewißheit erzählt, daß er, um es herauszugeben, nur auf die Erscheinung der übrigen Fauste gewartet habe. – Er hatte es bei sich, da er von Wolfenbüttel eine Reise nach Dresden machte; hier übergab er es in einem Kästchen, in welchem noch mehrere Papiere und andere Sachen waren, einem Fuhrmann, der dieses Kästchen einem seiner Verwandten in Leipzig, dem Kaufmann Hrn. Lessing, einliefern, und dieser sollte es dann weiter nach Wolfenbüttel besorgen. Aber das Kästchen kam nicht; der würdige Mann, an welchen es geschickt werden sollte, erkundigte sich sorgfältig, schrieb selbst deswegen an Lessing usw. Aber das Kästchen blieb aus – und der Himmel weiß, in welche Hände es geraten, oder wo es noch versteckt ist? – Es sei, wo es wolle, hier ist mindestens das Skelett von seinem Faust!

Die Szene eröffnet sich mit einer Konferenz der höllischen Geister, in welcher die Subalternen dem Obersten der Teufel Rechenschaft von ihren auf der Erde unternommenen und ausgeführten Arbeiten ablegen. Denken Sie, was ein Mann, wie Lessing, von diesem Stoffe zu machen weiß! – Der letzte, welcher von den Unterteufeln erscheint, berichtet: daß er wenigstens einen Mann auf der Erde gefunden habe, welchem nun gar nicht beizukommen sei; er habe keine Leidenschaft, keine Schwachheit; in der nähern Untersuchung dieser Nachricht wird Fausts Charakter immer mehr entwickelt; und auf die Nachfragen nach allen seinen Trieben und Neigungen antwortet endlich der Geist: er hat nur einen Trieb, nur eine Neigung; einen unauslöschlichen Durst nach Wissenschaften und Kenntnis – »Ha!« ruft der Oberste der Teufel aus, »dann ist er mein, und auf immer mein, und sicherer mein, als bei jeder andern Leidenschaft!« – Sie werden ohne mein Zutun fühlen, was alles in dieser Idee liegt; vielleicht wäre sie ein wenig zu bösartig, wenn die

Auflösung des Stückes nicht die Menschheit beruhigte. Aber urteilen Sie selbst, wieviel dramatisches Interesse dadurch in das Stück gebracht, wie sehr der Leser bis zur Angst beunruhigt werden müsse. – Nun erhält Mephistophiles Auftrag und Anweisung, was und wie er es anzufangen habe, um den armen Faust zu fangen; in den folgenden Akten beginnt – und vollendet er, dem Scheine nach, sein Werk; hier kann ich Ihnen keinen bestimmten Punkt angeben; aber die Größe, der Reichtum des Feldes, besonders für einen Mann wie Lessing, ist unübersehlich. – – Genug, die höllischen Heerscharen glauben ihre Arbeit vollbracht zu haben; sie stimmen im fünften Akte Triumphlieder an – wie eine Erscheinung aus der Oberwelt sie auf die unerwartetste und doch natürlichste und doch für jeden beruhigendste Art unterbricht: »Triumphiert nicht«, ruft ihnen der Engel zu, »ihr habt nicht über Menschheit und Wissenschaft gesiegt; die Gottheit hat dem Menschen nicht den edelsten der Triebe gegeben, um ihn ewig unglücklich zu machen; was ihr sahet und jetzt zu besitzen glaubt, war nichts als ein Phantom. –«

So wenig, mein teuerster Freund, dies auch, was ich Ihnen mitteilen kann, immer ist, so sehr verdient es, meines Bedünkens, denn doch aufbewahrt zu werden. Machen Sie nach Belieben Gebrauch davon! – etc.

Leipzig, *v. Blankenburg.*
am 14ten Mai 1784.

IV

AN DEN HERAUSGEBER DES THEATRALISCHEN NACHLASSES

Es ist ganz wahr, liebster Freund, daß Ihr seliger vortrefflicher Bruder mir verschiedene seiner Ideen zu theatralischen Stücken mitgeteilt hat. Aber das ist nun schon so lange her; die Pläne selbst waren so wenig ausgeführt oder wurden mir doch so unvollständig erzählt, daß ich nichts mehr in meinem Gedächtnis davon zusammenfinde, was des Niederschreibens, geschweige denn des öffentlichen Bekanntmachens, wert wäre. Von seinem *Faust* indessen, um den Sie mich vorzüglich fragen, weiß ich noch dieses und jenes; wenigstens erinnere ich mich im allgemeinen der Anlage der ersten Szene und der letzten Hauptwendung derselben.

Das Theater stellt in dieser Szene eine zerstörte gotische Kirche vor, mit einem Hauptaltar und sechs Nebenaltären. Zerstörung der Werke Gottes ist Satans Wollust; Ruinen eines Tempels, wo ehemals der Allgütige verehrt ward, sind seine Lieblingswohnung. Eben hier also ist der Versammlungsort der höllischen Geister zu ihren Beratschlagungen. Satan selbst hat seinen Sitz auf dem Hauptaltar; auf die Nebenaltäre sind die übrigen Teufel zerstreut. Alle aber bleiben dem Auge unsichtbar; nur ihre rauhen mißtönenden Stimmen werden gehört. Satan fordert Rechenschaft von den Taten, welche die übrigen Teufel ausgeführt haben; ist mit diesen zufrieden, mit jenen unzufrieden. – Da das wenige, dessen ich mich aus dieser Szene erinnere, so einzeln und abgerissen, ohne alle Wirkung sein würde, so wage ich's, die Lücken dazwischen zu füllen und die ganze Szene hieherzuwerfen. –

SATAN Rede, du erster! Gib uns Bericht, was du getan hast!

ERSTER TEUFEL Satan! Ich sah eine Wolke am Himmel; die trug Zerstörung in ihrem Schoß: da schwang ich mich auf zu ihr, barg mich in ihr schwärzestes Dunkel und trieb sie und hielt mit ihr über der Hütte eines frommen Armen, der bei seinem Weibe im ersten Schlummer ruhte. Hier zerriß ich die Wolke und schüttete all' ihre Glut auf die Hütte, daß die lichte Lohe emporschlug und alle Habe des Elenden ihr Raub ward. – Das war alles, was ich vermochte, Satan. Denn ihn selbst, seine jammernden Kinder, sein Weib: die riß Gottes Engel noch aus dem Feuer, und als ich den sah – entfloh ich.

SATAN Elender! Feiger! – Und du sagst, es war eines Armen, es war eines Frommen Hütte?

ERSTER TEUFEL Eines Frommen und eines Armen, Satan. Jetzt ist er nackt und bloß und verloren.

SATAN Für uns! Ja, das ist er auf ewig. Nimm dem Reichen sein Gold, daß er verzweifle, und schütt' es auf den Herd des Armen, daß es sein Herz verführe: dann haben wir zwiefachen Gewinn! Den frommen Armen noch ärmer machen, das knüpft ihn nur desto fester an Gott. – – Rede, du zweiter! Gib uns bessern Bericht!

ZWEITER TEUFEL Das kann ich, Satan. – Ich ging aufs Meer und suchte mir einen Sturm, mit dem ich verderben könnte, und fand ihn: da schallten, indem ich dem Ufer zuflog, wilde Flüche zu mir hinauf, und als ich niedersah, fand ich eine Flotte mit Wuchrern segeln. Schnell wühlt' ich mich mit dem Orkan in die Tiefe, kletterte an der schäumenden Woge wieder gen Himmel – –

SATAN Und ersäuftest sie in der Flut?

ZWEITER TEUFEL Daß nicht einer entging! Die ganze Flotte zerriß ich, und alle Seelen, die sie trug, sind nun dein.

SATAN Verräter! Diese waren schon mein. Aber sie hätten des Fluchs und Verderbens noch mehr über die Erde gebracht; hätten an den fremden Küsten geraubt, geschändet, gemordet; hätten neue Reize zu Sünden von Weltteil zu Weltteil geführt: und das alles – das ist nun hin und verloren! – O, du sollst mir zurück in die Hölle, Teufel: du zerstörst nur mein Reich. – – Rede, du dritter! Fuhrst auch du in Wolken und Stürmen?

DRITTER TEUFEL So hoch fliegt mein Geist nicht, Satan: ich liebe das Schreckliche nicht. Mein ganzes Dichten ist Wollust.

SATAN Da bist du nur um so schrecklicher für die Seelen!

DRITTER TEUFEL Ich sah eine Buhlerin schlummern; die wälzte sich, halb träumend, halb wachend in ihren Begierden, und ich schlich hin an ihr Lager. Aufmerksam lauscht' ich auf jeden Zug ihres Atems, horcht' ihr in die Seele auf jede wollüstige Phantasie; und endlich – da erhascht' ich glücklich das Lieblingsbild, das ihren Busen am höchsten schwellte.

Aus diesem Bilde schuf ich mir eine Gestalt, eine schlanke, nervigte, blühende Jünglingsgestalt: und in der – –

SATAN *(schnell)* Raubtest du einem Mädchen die Unschuld?

DRITTER TEUFEL Raubt' ich einer noch unberührten Schönheit – den ersten Kuß. Weiter trieb ich sie nicht. – Aber sei gewiß! Ich hab' ihr nun eine Flamme ins Blut gehaucht; die gibt sie dem ersten Verführer preis, und diesem spart' ich die Sünde. Ist dann erst *sie* verführt – –

SATAN So haben wir Opfer auf Opfer; denn sie wird wieder verführen. – Ha, gut! In deiner Tat ist doch Absicht. – Da lernt, ihr ersten! ihr Elenden, die ihr nur Verderben in der Körperwelt stiftet! Dieser hier stiftet Verderben in der Welt der Seelen; das ist der bessere Teufel. – – Sag' an, du vierter! Was hast du für Taten getan?

VIERTER TEUFEL Keine, Satan. – Aber einen Gedanken gedacht, der, wenn er Tat würde, alle jene Taten zu Boden schlüge.

SATAN Der ist? –

VIERTER TEUFEL Gott seinen Liebling zu rauben. – Einen denkenden, einsamen Jüngling, ganz der Weisheit ergeben; ganz nur für sie atmend, für sie empfindend; jeder Leidenschaft absagend, außer der einzigen für die Wahrheit; dir und uns allen gefährlich, wenn er einst Lehrer des Volks würde – den ihm zu rauben, Satan!

SATAN Trefflich! Herrlich! Und dein Entwurf? –

VIERTER TEUFEL Sieh, ich knirsche; ich habe keinen. – Ich schlich von allen Seiten um seine Seele; aber ich fand keine Schwäche, bei der ich ihn fassen könnte.

SATAN Tor! hat er nicht Wißbegierde?

VIERTER TEUFEL Mehr als irgendein Sterblicher.

SATAN So laß ihn nur mir über! Das ist genug zum Verderben. – – Und nun ist Satan viel zu voll von seinem Entwurfe, als daß er noch den Bericht der übrigen Teufel sollte hören wollen. Er bricht mit der ganzen Versammlung auf; alle sollen ihm zur Ausführung seiner großen Absichten beistehn. Des Erfolgs hält er bei den Hilfsmitteln, die ihm Macht und List geben, sich völlig versichert. Aber der Engel der Vorsehung, der unsichtbar über den Ruinen geschwebt hat, verkündiget uns die Fruchtlosigkeit der Bestrebungen Satans, mit den feierlich, aber sanft gesprochenen Worten, die aus der Höhe herabschallen: *»Ihr sollt nicht siegen!«* – –

So sonderbar, wie der Entwurf dieser ersten Szene, ist der Entwurf des ganzen Stücks. Der Jüngling, den Satan zu verführen sucht, ist, wie Sie gleich werden erraten haben, *Faust;* diesen *Faust* begräbt der Engel in einen tiefen Schlummer und erschafft an seiner Stelle ein Phantom, womit die Teufel so lange ihr Spiel treiben, bis es in dem Augenblick, da sie sich seiner völlig versichern wollen, verschwindet. Alles, was mit diesem Phantome vorgeht, ist Traumgesicht für den schlafenden wirklichen *Faust:* dieser erwacht, da schon die Teufel sich schamvoll und wütend entfernt haben, und dankt der Vorsehung für die Warnung, die sie durch einen so lehrreichen Traum ihm hat geben wollen. – Er ist jetzt fester in Wahrheit und Tugend als jemals. Von der Art, wie die Teufel den Plan der Verführung anspinnen und fortführen, müssen Sie keine Nachricht von mir erwarten: ich weiß nicht, ob mich hier mehr die Erzählung ihres Bruders oder mehr mein Gedächtnis verläßt; aber wirklich liegt alles, was mir davon vorschwebt, zu tief im dunkeln, als daß ich hoffen dürfte, es wieder ans Licht zu ziehen.

Ich bin usw. *J. J. Engel.*

KLEONNIS

Ein Trauerspiel in fünf Aufzügen

PERSONEN

EUPHAES, *König der Messenier*

ARISTODEMUS, PHILÄUS } *Freunde und Feldherren des Euphaes*

DORYSSUS, TELLES } *zwei gefangene Spartaner*

TISIS, *ein Prophet*

ERSTER AUFZUG

ERSTER AUFTRITT

Euphaes allein, und hernach die Wache.

EUPHAES Die träge Zeit! Kein Jahr ward mir so lang
Als dieser Morgen. He, Soldat!
DIE WACHE Befiehl!
EUPHAES Noch nicht zurück?
DIE WACHE Wer?
EUPHAES Träumer! fragst du, wer?
Mein Sohn und sein Geschwader.
DIE WACHE König, nein!
Es war schon Tag, da brachen sie erst auf.
EUPHAES Erst! – Geh! – Daß die Natur zum Vater mich
Mehr als zum König schuf! Manns zwar genug
Für dich, mein Volk, an jeder Ader gern
Zu bluten; nur nicht Helds genug, für dich
In meinem Sohne – teurer, einz'ger Sohn! – –
Zu bluten. Einz'ger! – Ach, einst war er nicht
Der einzige! Nebst ihm war einst – – Zurück,
Gedanke voller Qual! Ist's nicht genug,
Für einen zittern, wenn ich nicht zugleich
Auch um den andern weine? – Weine? Ja!
Ich wein' aus Wut; aus Wut, die Tränen liebt,
Bis sie befriedigt höhnisch lächeln kann.
Noch kann ich's nicht! Denn noch siegt Sparta! Noch
Ist mein entvölkert Land ein leichter Raub
Der Unterdrücker! Noch gebiet' ich hier,
Hier auf *Ithomens* rauhen Felsen, hier,
Ins zwölfte Jahr von überlegner Macht,
Die besser schlau und kalt zu trotzen als
Zu fechten weiß, umsetzt; – gebiet' ich – wem?
Zwar einer Handvoll frommer Helden; doch

Sind Helden Götter? O Messenier!
(Beschützt vom Recht; bekriegt von Hunger, Pest,)
Das Recht und wir! Wir; gegen Hunger, Pest
Und Feind und Götter. Götter wären wir,
Wenn wir noch siegten; beßre Götter als
Die ungerechten – – – Unsinn! Raserei!
Ersticke Lästerung! Empörer! Staub!
Bin ich ein Heraklide? Bin ich's? – Wenn
Hat Herkules – Sieh nicht im Zorn auf mich
Herab, du meines Bluts vergötterter
Quell! Wenn hast du, der du im ruhigsten
Der Augenblicke deines Lebens mehr,
Unendlich mehr, mehr tatst, mehr littst, als ich
In Jahren nicht gelitten und getan,
Nicht tun nicht leiden werde; wenn hast du
Ein rasches Wort des Murrens dir vergönnt?
Und ich, dein schlechter Enkel, murre? – He,
Philäus!

ZWEITER AUFTRITT

Euphaes. Philäus.

Komm! Du bist der glückliche
Gewünschte Bote doch? Mein Sohn ist da?
Wo ist er? Sprich! Du schweigst? Verwundet? Tot?
Er ist's! Die Ahndung –

PHILÄUS Werde nimmer wahr!
Sei ruhig, Herr! Sei ruhig! Siegen ist
Kein Werk des Augenblicks. Noch kann er nicht,
Dein junger kühner Demarat, den Feind
Gesucht, gefunden, angegriffen und
Geschlagen haben.

EUPHAES Daß ich ihn so leicht
Aus meinen Augen ließ! Zu stürm'scher Jüngling, nur

Noch wenig Tage, dann hätt' ich dich selbst
In ersten Kampf, zur Probe deines Muts,
Begleiten können! – Schande! – Wenn nunmehr
Der junge Leu aus seiner Höhle tritt,
Wer führt ihn an? Wer lehret ihn dem Bär
Die neuen Klauen, unversucht doch keck,
In Nacken schlagen und den Tiger an
Der Gurgel fassen? Ist's der alte Leu
Nicht selbst? Und ich, beschimpfter Vater! Ich, – –

PHILÄUS Herr, deine Wunden hindern – –

EUPHAES Warum sind
Des Kriegers Wunden nicht sobald geheilt,
Als bald sein Mut nach neuen dürstet! Schon
Der neunte Tag, daß der zerschmetterte
Verteid'gungsarm, des schweren Schilds entwöhnt,
Und die vom Speer durchstochne Seite nicht
Den Panzer leiden will! Der neunte Tag!
Zuviel der aufgedrungnen Rast! Zuviel
Auf *eine* Schlacht, die dennoch – – Hätte mir
Ein holdres Schicksal diese Wunden bis
Zur letzten tödlichen geborgt! Wie gern
Wollt' ich alsdenn, ich ganz Gefühl, ganz Schmerz
Für eine sieben bluten; wenn ich heut
Nur meiner Glieder Herr und meines Sohns
Gefährte wäre! Meines Sohns! – Vielleicht
Daß eben jetzt – –

PHILÄUS Nun reißt sie zügellos,
Die kranke Phantasie, ihn fort! Mich schmerzt
Der Zärtliche –

EUPHAES Des Todes kalter Schaur
Durchläuft mich; starrendes Entsetzen sträubt
Das wilde Haar zu Berge –

PHILÄUS Höre mich!

EUPHAES Dich hören? – Kann ich? – Sieh! Er ist umringt!
Wo nunmehr durch? Sich Wege hauen, Kind,

Erfordert andre Nerven! Wage nichts!
Doch wag' es! Hinter dich! Bedecke schnell
Die offne Lende! Hoch den Schild! – Umsonst!
In diesem Streiche rauscht der Tod auf ihn
Herab. Erbarmung, Götter! – Ströme Bluts
Entschießen der gespaltnen Stirn; er wankt;
Er fällt; er stirbt! – Und ungerächet? Nein.
Philäus, fort! Ich kenn' den Mörder! Komm!

PHILÄUS Wenn wird die kalte, ruhige Vernunft
Die sanfte Stimm' erheben dürfen? Ich,
Dein Untertan, doch jetzo mehr dein Freund,
Weil leicht den tadelsücht'gen Untertan
Des Königs Schwachheit ärgert – Ich, dein Freund,
Der dein zur Liebe so geschaffnes Herz
Zu schätzen weiß, verlange –

EUPHAES Was du willst!
Nur das verlange nicht, zu strenger Freund,
Daß auf der Furcht und Hoffnung Wogen ich
Mich unerschüttert halten soll.

PHILÄUS Das nicht!
Doch wenn's in deinem mächt'gern Willen steht,
Daß diese Wogen, dieser innre Sturm
Sich folgsam legt; dann kann ich doch von dir
Verlangen, nicht dein eigner Peiniger
Zu sein?

EUPHAES Mein eigner Peiniger?

PHILÄUS Gewiß!
Jetzt wäge sie, die Gründe deiner Furcht
Mit deiner Hoffnung Gründen ab! Wie leicht
Steigt jene Schal' empor! Wie schwer drückt die
Hernieder!

EUPHAES Wenn er bleibt, wenn ihn so jung – –

PHILÄUS So jung? Wen liebt das Glück verbuhlter als
Den dreisten und von seiner Tücke noch
Unabgeschreckten Jüngling?

EUPHAES Nein; das Glück
Ist mir zu feind; zu feind, als daß es mich
Im Sohne lieben sollte.
PHILÄUS Finstrer Wahn!
Das Glück ist treulos, um das Glück zu sein
Und nicht uns zu verfolgen. Doch gesetzt:
Es hasse dich, dich mehr als andre. Sprich!
Ist das der Fall, die Wirkung seines Grolls
Zu fürchten? Wer begleitet ihn? Wer ist's,
In dessen Schirm, als unterm breiten Schutz
Der göttlichen Ägide, Demarat
Jetzt ficht, jetzt siegt? Ist's nicht Aristodem?
EUPHAES Wen nennst du mir? O wär' er's nicht! Er nicht!
PHILÄUS So macht dich deine Furcht auch ungerecht?
Das geht zu weit! – Herr! an der Tapferkeit
Und Treu' Aristodems verzweifeln, ist
Beleidigung der Tugend! Wen von uns
Fürcht' der Spartaner mehr als ihn? Dich selbst
Nicht ausgenommen. Dich; sein Schrecken; sein
Verderben! Wie ein Wetterstrahl, mit dem
Der Donner Felsen spaltet, so brachst du
In seinen eisern Phalanx ein; dein Schwert
Fraß ganze Reihen. Endlich von der Zahl
Unschimpflich übermannt, da du, mit dir
Messenens Heil zu sinken drohte: wer,
Wer drang dir nach? Wer hielt rund um dich her
Der Rachsucht wilden Wirbel ab? Wer lud
Dich auf Atlant'sche Schultern, teure Last,
Und trug dich hoch durch den erstaunten Feind
Hindurch? – Das tat Aristodem! Da sah
Der Feind, mit grimmiger Bewundrung, starr
Ihm nach! Die Wunder, Herr, die er für dich
Getan, die kann er auch für deinen Sohn
Tun. – Stammt er nicht vom Herkules, wie du? –
EUPHAES Hör' auf! Wenn rief ich seine Tapferkeit

In Zweifel? Ebendiese Tapferkeit
Die ist's, vor der ich zittre. So wie sie
Dem Tode trotzt, soll jeder neben ihr
Dem Tode trotzen. Weniger als sie
Zu leisten wagt, soll niemand leisten. Ihr
Ist Demarat nicht der geliebte Sohn
Des jammernden, verwaisten Vaters; ihr
Ist Demarat Soldat und weiter nichts! –
Wie anders? Denn was weiß Aristodem
Von jenen zärtern, bessern, menschlichern
Empfindungen? der sanften Macht des Bluts?
Dem süßen Recht der Sympathie? Er? Er?
Der kalte Mörder seiner Tochter.

PHILÄUS Sprich:
Der Tochter frommer Opfrer. Das Gebot
Des deutlichen Orakels –

EUPHAES Das Gebot
Der deutlichen Natur war älter! – Ich
Unglücklicher! Dem, der so wenig weiß,
Was Vater ist, dem meinen Sohn vertraun!

PHILÄUS Herr! Tisis kömmt uns näher. Fasse dich
Und ruf geschwind die heitre Majestät
Zurück in deine Miene –

EUPHAES Tisis! Was
Will Tisis? Der prophet'sche Tisis!

PHILÄUS Jetzt
Nicht Tisis, der Prophet. Kein Purpur fließt
Ihm von der Schulter ab; kein Lorbeer kränzt
Das braune Haar; kein goldner Szepter blitzt
Aus seiner Rechten. Sieh! Er tritt einher
Im Panzer und im offnen Helme; ganz
Der Krieger!

DRITTER AUFTRITT

Tisis. Euphaes. Philäus.

TISIS König! –
Dein Heer hört mitleidsvoll die bange Furcht
Der väterlichen Liebe. Uns sowohl
Als dir verweilt dein Sohn zu lange. Nur
Ein Wort, so eilt mit mir ein fert'ger Trupp
Der Tapfersten ihm nach. Dies ist's, warum
Ich kam.

EUPHAES Messenier! O bestes Volk,
Der Menschen und der Griechen würdigstes!

PHILOTAS

Ein Trauerspiel

PERSONEN

ARIDÄUS, *König*
STRATO, *Feldherr des Aridäus*
PHILOTAS, *gefangen*
PARMENIO, *Soldat*

Die Szene ist ein Zelt in dem Lager des Aridäus.

ERSTER AUFTRITT

Philotas.

So bin ich wirklich gefangen? – Gefangen! – Ein würdiger Anfang meiner kriegerischen Lehrjahre! – O Ihr Götter! O mein Vater! – Wie gern überredte ich mich, daß alles ein Traum sei! Meine frühste Kindheit hat nie etwas anders, als Waffen, und Läger, und Schlachten und Stürme geträumet. Könnte der Jüngling nicht von Verlust und Entwaffnung träumen? – Schmeichle dir nur, Philotas! Wenn ich sie nicht sähe, nicht fühlte, die Wunde, durch die der erstarrten Hand das Schwert entsank! – Man hat sie mir wider Willen verbunden. O der grausamen Barmherzigkeit eines listigen Feindes! Sie ist nicht tödlich, sagte der Arzt, und glaubte mich zu trösten! – Nichtswürdiger, sie sollte tödlich sein! – Und nur eine Wunde, nur eine! – Wüßte ich, daß ich sie tödlich machte, wenn ich sie wieder aufriss', und wieder verbinden ließ', und wieder aufriss' – Ich rase, ich Unglücklicher! – Und was für ein höhnisches Gesicht – itzt fällt mir es ein – mir der alte Krieger machte, der mich vom Pferde riß! Er nannte mich: Kind! – Auch sein König muß mich für ein Kind, für ein verzärteltes Kind halten. In was für ein Zelt hat er mich bringen lassen! Aufgeputzt, mit allen Bequemlichkeiten versehen! Es muß einer von seinen Beischläferinnen gehören. Ein ekler Aufenthalt für einen Soldaten! Und anstatt bewacht zu werden, werde ich bedient. Hohnsprechende Höflichkeit! –

ZWEITER AUFTRITT

Strato. Philotas.

STRATO Prinz –
PHILOTAS Schon wieder ein Besuch? Alter, ich bin gern allein.
STRATO Prinz, ich komme auf Befehl des Königs –

PHILOTAS Ich verstehe dich! Es ist wahr, ich bin deines Königs Gefangener, und es stehet bei ihm, wie er mir will begegnen lassen – Aber höre, wenn du der bist, dessen Miene du trägst – bist du ein alter ehrlicher Kriegsmann, so nimm dich meiner an, und bitte den König, daß er mir als einem Soldaten, und nicht als einem Weibe begegnen lasse.

STRATO Er wird gleich bei dir sein; ich komme, ihn zu melden.

PHILOTAS Der König bei mir? und du kömmst, ihn zu melden? – Ich will nicht, daß er mir eine von den Erniedrigungen erspare, die sich ein Gefangener muß gefallen lassen. – Komm, führe mich zu ihm! Nach dem Schimpfe, entwaffnet zu sein, ist mir nichts mehr schimpflich.

STRATO Prinz, deine Bildung, voll jugendlicher Anmut, verspricht ein sanftres Gemüt.

PHILOTAS Laß meine Bildung unverspottet! Dein Gesicht voll Narben ist freilich ein schöners Gesicht – –

STRATO Bei den Göttern! eine große Antwort! Ich muß dich bewundern und lieben.

PHILOTAS Möchtest du doch, wenn du mich nur erst gefürchtet hättest.

STRATO Immer heldenmütiger! Wir haben den schrecklichsten Feind vor uns, wenn unter seiner Jugend der Philotas viel sind.

PHILOTAS Schmeichle mir nicht! – Euch schrecklich zu werden, müssen sie mit meinen Gesinnungen größre Taten verbinden. – – Darf ich deinen Namen wissen?

STRATO Strato.

PHILOTAS Strato? Der tapfre Strato, der meinen Vater am Lykus schlug? –

STRATO Gedenke mir dieses zweideutigen Sieges nicht! Und wie blutig rächte sich dein Vater in der Ebene Methymna! So ein Vater muß so einen Sohn haben.

PHILOTAS O dir darf ich es klagen, du würdigster der Feinde meines Vaters, dir darf ich mein Schicksal klagen. – Nur du kannst mich ganz verstehen; denn auch dich, auch dich hat das herrschende Feuer der Ehre, der Ehre fürs Vaterland zu bluten, in deiner Jugend verzehrt. Wärest du sonst, was du bist? – Wie habe ich ihn nicht, meinen Vater, seit sieben Tagen – denn erst sieben Tage kleidet mich die männliche Toga – wie habe ich ihn nicht gebeten, gefleht, beschworen, siebenmal alle sieben Tage auf den Knien beschworen, zu verstatten, daß ich nicht umsonst der Kindheit entwachsen sei, und mich mit seinen Streitern ausziehen zu lassen, die mir schon längst so manche Träne der Nacheiferung gekostet. Gestern bewegte ich ihn, den besten Vater, denn Aristodem half mir bitten. – Du kennst ihn, den Aristodem; er ist meines Vaters Strato. – »Gib mir, König, den Jüngling morgen mit«, sprach Aristodem; »ich will das Gebirge durchstreifen, um den Weg nach Cäsena offen zu halten.« – *»Wenn ich euch nur begleiten könnte«,* seufzte mein Vater. – Er liegt noch an seinen Wunden krank. – *»Doch es sei!«* und hiermit umarmte mich mein Vater. O was fühlte der glückliche Sohn in dieser Umarmung! – Und die Nacht, die darauf folgte! Ich schloß kein Auge; doch verweilten mich Träume der Ehre und des Sieges bis zur zweiten Nachtwache auf dem Lager. – Da sprang ich auf, warf mich in den neuen Panzer, strich die ungelockten Haare unter den Helm, wählte unter den Schwertern meines Vaters, dem ich gewachsen zu sein glaubte, stieg zu Pferde; und hatte ein Roß schon müde gespornt, noch ehe die silberne Drommete die befohlne Mannschaft weckte. Sie kamen, und ich sprach mit jedem meiner Begleiter, und da drückte mich mancher wackere Krieger an seine narbigte Brust! Nur mit meinem Vater sprach ich nicht; denn ich zitterte, wenn er mich noch einmal sähe, er möchte sein Wort widerrufen. – Nun zogen wir aus! An der Seite der unsterblichen Götter kann man nicht glücklicher sein, als ich an der Seite Aristodems mich fühlte! Auf jeden seiner anfeuernden Blicke hätte ich, ich allein, ein Heer angegriffen und mich in der feindlichen Eisen gewissesten Tod gestürzet. In stiller Entschlossenheit freute ich mich auf jeden Hügel, von dem ich in der Ebene Feinde zu entdecken hoffte; auf jede Krümmung des Tals, hinter der ich auf sie zu stoßen mir schmeichelte. Und da ich sie endlich von der waldigten Höhe auf uns stürzen sahe; sie mit der Spitze des Schwerts meinen Gefährten zeigte; ihnen bergan entgegen floh – rufe dir, ruhmvoller Greis, die seligste deiner jugendlichen Entzückungen zurück – du konntest nie entzückter sein! – Aber nun, nun sieh mich, Strato, sieh mich von dem Gipfel meiner hohen Erwartungen schimpflich herabstürzen! O wie schaudert mich, diesen Fall in Gedanken noch einmal zu stürzen! – Ich war zu weit vorausgeeilt; ich ward verwundet und – gefangen! Armseliger Jüngling, nur auf Wunden hieltest du dich, nur auf den Tod gefaßt, – und wirst gefangen. So schicken die strengen Götter, unsere Fassung zu vereiteln, nur immer unvorhergesehenes Übel? – Ich weine; ich muß weinen, ob ich mich schon, von dir darum verachtet zu werden, scheue. Aber verachte mich nicht! – Du wendest dich weg?

STRATO Ich bin unwillig; du hättest mich nicht so bewegen sollen. – Ich werde mit dir zum Kinde –

PHILOTAS Nein; höre, warum ich weine! Es ist kein kindisches Weinen, das du mit deiner männlichen Träne zu begleiten würdigest – Was ich für mein größtes Glück hielt, die zärtliche Liebe, mit der mich mein Vater liebt, wird mein größtes Unglück. Ich fürchte, ich fürchte; er liebt mich mehr, als er sein Reich liebt! Wozu wird er sich nicht verstehen, was wird ihm dein König nicht abdringen, mich aus der Gefangenschaft zu retten! Durch mich Elenden wird er an einem Tage mehr verlieren, als er in drei langen mühsamen Jahren, durch das Blut seiner Edlen, durch sein eignes Blut gewonnen hat. Mit was für einem Angesichte soll ich wieder vor ihm erscheinen; ich, sein schlimmster Feind? Und meines Vaters Untertanen – künftig einmal die meinigen, wenn ich sie zu regieren mich würdig gemacht hätte – wie werden sie den ausgelösten Prinzen ohne die spöttischste Verachtung unter sich dulden können? Wann ich denn vor Scham sterbe und unbedauert hinab zu den Schatten schleiche, wie finster und stolz werden die Seelen der Helden bei mir vorbeiziehen, die dem Könige die Vorteile mit ihrem Leben erkaufen mußten, deren er sich als Vater für einen unwürdigen Sohn begibt. – O das ist mehr, als eine fühlende Seele ertragen kann!

STRATO Fasse dich, lieber Prinz! Es ist der Fehler des Jünglings, sich immer für glücklicher, oder unglücklicher zu halten, als er ist. Dein Schicksal ist so grausam noch nicht; der König nähert sich, und du wirst aus seinem Munde mehr Trost hören.

DRITTER AUFTRITT

König Aridäus. Philotas. Strato.

ARIDÄUS Kriege, die Könige unter sich zu führen gezwungen werden, sind keine persönliche Feindschaften. – Laß dich umarmen, mein Prinz! O welcher glücklichen Tage erinnert mich deine blühende Jugend! So blühte die Jugend deines Vaters! Dies war sein offenes, sprechendes Auge; dies seine ernste, redliche Miene; dies sein edler Anstand! – Noch einmal laß dich umarmen; ich umarme deinen jüngeren Vater in dir. – Hast du es nie von ihm gehört, Prinz, wie vertraute Freunde wir in deinem Alter waren? Das war das selige Alter, da wir uns noch ganz unserm Herzen überlassen durften. Bald aber wurden wir beide zum Throne gerufen, und der sorgende König, der eifersüchtige Nachbar unterdrückte, leider! den gefälligen Freund. –

PHILOTAS Verzeih, o König, wenn du mich in Erwiderung so süßer Worte zu kalt findest. Man hat meine Jugend denken, aber nicht reden gelehrt. – Was kann es mir itzt helfen, daß du und mein Vater einst Freunde waren? Waren: so sagst du selbst. Der Haß, den man auf verloschne Freundschaft pfropfet, muß, unter allen, die tödlichsten Früchte bringen; – oder ich kenne das menschliche Herz noch zu wenig. – Verzögere daher, König, verzögere meine Verzweiflung nur nicht. Du hast als der höfliche Staatsmann gesprochen; sprich nun als der Monarch, der den Nebenbuhler seiner Größe ganz in seiner Gewalt hat.

STRATO O laß ihn, König, die Ungewißheit seines Schicksals nicht länger peinigen. –

PHILOTAS Ich danke, Strato! – Ja, laß mich es nur gleich hören, wie verabscheuungswürdig du einen unglücklichen Sohn seinem Vater machen willst. Mit welchem schimpflichen Frieden, mit wieviel Ländern soll er ihn erkaufen? Wie klein und verächtlich soll er werden, um nicht verwaist zu bleiben? – O mein Vater! –

ARIDÄUS Auch diese frühe, männliche Sprache, Prinz, war deines Vaters! So höre ich dich gern! Und möchte, meiner nicht minder würdig, auch mein Sohn itzt vor deinem Vater so sprechen! –

PHILOTAS Wie meinst du das? –

ARIDÄUS Die Götter – ich bin es überzeugt – wachen für unsere Tugend, wie sie für unser Leben wachen. Die so lang als mögliche Erhaltung beider ist ihr geheimes, ewiges Geschäft. Wo weiß ein Sterblicher, wie böse er im Grunde ist, wie schlecht er handeln würde, ließen sie jeden verführerischen Anlaß, sich durch kleine Taten zu beschimpfen, ganz auf ihn wirken? – Ja, Prinz, vielleicht wäre ich der, den du mich glaubst; vielleicht hätte ich nicht edel genug gedacht, das wunderliche Kriegesglück, das dich mir in die Hände liefert, bescheiden zu nützen; vielleicht würde ich durch dich ertrotzt haben, was ich zu erfechten nicht länger wagen mögen; vielleicht – Doch fürchte nichts; allen diesen »Vielleicht« hat eine höhere Macht vorgebauet; ich kann deinen Vater seinen Sohn nicht teurer erkaufen lassen als – durch den meinigen.

PHILOTAS Ich erstaune! Du gibst mir zu verstehen –

ARIDÄUS Daß mein Sohn deines Vaters Gefangener ist, wie du meiner. –

PHILOTAS Dein Sohn meines Vaters? Dein Polytimet? – Seit wenn? Wie? Wo?

ARIDÄUS So wollt' es das Schicksal! Aus gleichen Waagschalen nahm es auf einmal gleiche Gewichte, und die Schalen blieben noch gleich.

STRATO Du willst nähere Umstände wissen. – Eben dasselbe Geschwader, dem du zu hitzig entgegen eiltest, führte Polytimet; und als dich die Deinigen verloren erblickten, erhob sie Wut und Verzweiflung über alle menschliche Stärke. Sie brachen ein, und alle stürmten sie auf den einen, in welchem sie ihres Verlustes Ersetzung sahen. Das Ende weißt du. – Nun nimm noch von einem alten Soldaten die Lehre an: Der Angriff ist kein Wettrennen; nicht der, welcher zuerst, sondern welcher zum sichersten auf den Feind trifft, hat sich dem Siege genähert. Das merke dir, zu feuriger Prinz; sonst möchte der werdende Held im ersten Keime ersticken.

ARIDÄUS Strato, du machst den Prinzen durch deine, zwar freundschaftliche, Warnung verdrießlich. Wie finster er da steht! –

PHILOTAS Nicht das! Aber laßt mich; in tiefe Anbetung der Vorsicht verloren –

ARIDÄUS Die beste Anbetung, Prinz, ist dankende Freude. Ermuntere dich! Wir Väter wollen uns unsere Söhne nicht lange vorenthalten. Mein Herold hält sich bereits fertig; er soll gehen und die Auswechselung beschleunigen. Aber du weißt wohl, freudige Nachrichten, die wir allein vom Feinde erfahren, scheinen Fallstricke. Man könnte argwohnen, du seist vielleicht an deiner Wunde gestorben. Es wird daher nötig sein, daß du selbst mit dem Herolde einen unverdächtigen Boten an deinen Vater sendest. Komm mit mir! Suche dir einen unter den Gefangenen, den du deines Vertrauens würdigen kannst. –

PHILOTAS So willst du, daß ich mich vervielfältiget verabscheuen soll? In jedem der Gefangenen werde ich mich selbst erblicken. – Schenke mir diese Verwirrung.

ARIDÄUS Aber –

PHILOTAS Unter den Gefangenen muß sich Parmenio befinden. Den schicke mir her; ich will ihn abfertigen.

ARIDÄUS Wohl; auch so! Komm, Strato! Prinz wir sehen uns bald wieder.

VIERTER AUFTRITT

Philotas.

Götter! Näher konnte der Blitz, ohne mich ganz zu zerschmettern, nicht vor mir niederschlagen. Wunderbare Götter! Die Flamme kehrt zurück; der Dampf verfliegt, und ich war nur betäubt. – So war das mein ganzes Elend, zu sehen, wie elend ich hätte werden können? Wie elend mein Vater durch mich! – Nun darf ich wieder vor dir erscheinen, mein Vater! Zwar noch mit niedergeschlagenen Augen; doch nur die Scham wird sie niederschlagen, nicht das brennende Bewußtsein, dich mit mir ins Verderben gerissen zu haben. Nun darf ich nichts von dir fürchten, als einen Verweis mit Lächeln; kein stummes Trauren; keine, durch die stärkere Gewalt der väterlichen Liebe erstickte Verwünschungen. –

Aber – ja, bei dem Himmel! ich bin zu gütig gegen mich. Darf ich mir alle Fehler vergeben, die mir die Vorsicht zu vergeben scheinet? Soll ich mich nicht strenger richten, als sie und mein Vater mich richten? Die allzugütigen! – Sonst jede der traurigen Folgen meiner Gefangenschaft konnten die Götter vernichten; nur eine konnten sie nicht: die Schande! Zwar jene leicht verfliegende wohl, die von der Zunge des Pöbels strömt; aber nicht die wahre daurende Schande, die hier der innere Richter, mein unparteiisches Selbst, über mich ausspricht! –

Und wie leicht ich mich verblende! Verlieret mein Vater durch mich nichts? Der Ausschlag, den der gefangene Polytimet, – wenn ich nicht gefangen wäre, – auf seine Seite brächte, der ist nichts! – Nur durch mich wird er nichts! – Das Glück hätte sich erkläret, für wen es sich erklären sollte; das Recht meines

Vaters triumphierte, wäre Polytimet, nicht Philotas und Polytimet gefangen! –

Und nun – welcher Gedanke war es, den ich itzt dachte? Nein; den ein Gott in mir dachte – Ich muß ihm nachhängen! Laß dich fesseln, flüchtiger Gedanke! – Itzt denke ich ihn wieder! Wie weit er sich verbreitet, und immer weiter; und nun durchstrahlt er meine ganze Seele! –

Was sagte der König? Warum wollte er, daß ich zugleich selbst einen unverdächtigen Boten an meinen Vater schicken sollte? Damit mein Vater nicht argwohne – so waren ja seine eigne Worte –, ich sei bereits an meiner Wunde gestorben. – Also meint er doch, wenn ich bereits an meiner Wunde gestorben wäre, so würde die Sache ein ganz anders Ansehn gewinnen? Würde sie das? Tausend Dank für diese Nachricht! Tausend Dank! – Und freilich! Denn mein Vater hätte alsdenn einen gefangenen Prinzen, für den er sich alles bedingen könnte; und der König, sein Feind, hätte – den Leichnam eines gefangenen Prinzen, für den er nichts fordern könnte; den er – müßte begraben oder verbrennen lassen, wenn er ihm nicht zum Abscheu werden sollte.

Gut! das begreif' ich! Folglich, wenn ich, ich elender Gefangener, meinem Vater den Sieg noch in die Hände spielen will, worauf kömmt es an? Aufs Sterben. Auf weiter nichts? – O fürwahr; der Mensch ist mächtiger, als er glaubt, der Mensch, der zu sterben weiß!

Aber ich? ich, der Keim, die Knospe eines Menschen, weiß ich zu sterben? Nicht der Mensch, der vollendete Mensch allein, muß es wissen; auch der Jüngling, auch der Knabe; oder er weiß gar nichts. Wer zehn Jahr gelebt hat, hat zehn Jahr Zeit gehabt, sterben zu lernen; und was man in zehn Jahren nicht lernt, das lernt man auch in zwanzig, in dreißig und mehrern nicht.

Alles, was ich werden können, muß ich durch das zeigen, was ich schon bin. Und was könnte ich, was wollte ich werden? Ein Held. – Wer ist ein Held? – O mein abwesender vortrefflicher

Vater, itzt sei ganz in meiner Seele gegenwärtig! – Hast du mich nicht gelehrt, ein Held sei ein Mann, der höhere Güter kenne, als das Leben? Ein Mann, der sein Leben dem Wohle des Staats geweihet; sich, den einzeln, dem Wohle vieler? Ein Held sei ein Mann – Ein Mann? Also kein Jüngling, mein Vater? – Seltsame Frage! Gut, daß sie mein Vater nicht gehöret hat! Er müßte glauben, ich sähe es gern, wenn er *Nein* darauf antwortete. – Wie alt muß die Fichte sein, die zum Maste dienen soll? Wie alt? Sie muß hoch genug, und muß stark genug sein.

Jedes Ding, sagte der Weltweise, der mich erzog, ist vollkommen, wenn es seinen Zweck erfüllen kann. Ich kann meinen Zweck erfüllen, ich kann zum Besten des Staats sterben: ich bin vollkommen also, ich bin ein Mann. Ein Mann, ob ich gleich noch vor wenig Tagen ein Knabe war.

Welch Feuer tobt in meinen Adern? Welche Begeisterung befällt mich? Die Brust wird dem Herzen zu eng! – Geduld, mein Herz! Bald will ich dir Luft machen! Bald will ich dich deines einförmigen langweiligen Dienstes erlassen! Bald sollst du ruhen, und lange ruhen –

Wer kömmt? Es ist Parmenio. – Geschwind entschlossen! – Was muß ich zu ihm sagen? Was muß ich durch ihn meinem Vater sagen lassen? – Recht! das muß ich sagen, das muß ich sagen lassen.

FÜNFTER AUFTRITT

Parmenio. Philotas.

PHILOTAS Tritt näher, Parmenio. – Nun? warum so schüchtern? So voller Scham? Wessen schämst du dich? Deiner, oder meiner?

PARMENIO Unser beider, Prinz.

PHILOTAS Immer sprich, wie du denkst. Freilich, Parmenio, müssen wir beide nicht viel taugen, weil wir uns hier befinden. Hast du meine Geschichte bereits gehöret?

PARMENIO Leider!

PHILOTAS Und als du sie hörtest? –

PARMENIO Ich bedauerte dich, ich bewunderte dich, ich verwünschte dich, ich weiß selbst nicht, was ich alles tat.

PHILOTAS Ja, ja! Nun aber, da du doch wohl auch erfahren, daß das Unglück so groß nicht ist, weil gleich darauf Polytimet von den Unserigen – –

PARMENIO Ja nun; nun möchte ich fast lachen. Ich finde, daß das Glück zu einem kleinen Schlage, den es uns versetzen will, oft erschrecklich weit ausholt. Man sollte glauben, es wolle uns zerschmettern, und hat uns am Ende nichts, als eine Mücke auf der Stirne totgeschlagen.

PHILOTAS Zur Sache! – Ich soll dich mit dem Herolde des Königs zu meinem Vater schicken.

PARMENIO Gut! So wird deine Gefangenschaft der meinigen das Wort sprechen. Ohne die gute Nachricht, die ich ihm von dir bringen werde, und die eine freundliche Miene wohl wert ist, hätte ich mir eine ziemlich frostige von ihm versprechen müssen.

PHILOTAS Nein, ehrlicher Parmenio; nun im Ernst! Mein Vater weiß es, daß dich der Feind verblutet und schon halb erstarrt von der Walstatt aufgehoben. Laß prahlen, wer prahlen will; der ist leicht gefangen zu nehmen, den der nahende Tod schon entwaffnet hat. – Wie viel Wunden hast du nun, alter Knecht? –

PARMENIO O, davon konnte ich sonst eine lange Liste hersagen. Itzt aber habe ich sie um ein gut Teil verkürzt.

PHILOTAS Wie das?

PARMENIO Ha! Ich rechne nun nicht mehr die Glieder, an welchen ich verwundet bin; Zeit und Atem zu ersparen, zähle ich die, an welchen ich es nicht bin. – Kleinigkeiten bei dem allem! Wozu hat man die Knochen anders, als daß sich die feindlichen Eisen darauf schartig hauen sollen?

PHILOTAS Das ist wacker! – Aber nun – was willst du meinem Vater sagen?

PARMENIO Was ich sehe; daß du dich wohl befindest. Denn deine Wunde, wenn man mir anders die Wahrheit gesagt hat, –

PHILOTAS Ist so gut als keine.

PARMENIO Ein kleines liebes Andenken. Dergleichen uns ein inbrünstiges Mädchen in die Lippe beißt. Nicht wahr, Prinz?

PHILOTAS Was weiß ich davon?

PARMENIO Nu, nu; kömmt Zeit, kömmt Erfahrung. – Ferner will ich deinem Vater sagen, was ich glaube, daß du wünschest – –

PHILOTAS Und was ist das?

PARMENIO Je eher, je lieber wieder bei ihm zu sein. Deine kindliche Sehnsucht, deine bange Ungeduld –

PHILOTAS Mein Heimweh lieber gar. Schalk! warte, ich will dich anders denken lehren!

PARMENIO Bei dem Himmel, das mußt du nicht! Mein lieber frühzeitiger Held, laß dir das sagen: Du bist noch Kind! Gib nicht zu, daß der rauhe Soldat das zärtliche Kind so bald in dir ersticke. Man möchte sonst von deinem Herzen nicht zum besten denken; man möchte deine Tapferkeit für angeborne Wildheit halten. Ich bin auch Vater, Vater eines einzigen Sohnes, der nur wenig älter als du, mit gleicher Hitze – du kennst ihn ja.

PHILOTAS Ich kenne ihn. Er verspricht alles, was sein Vater geleistet hat.

PARMENIO Aber wüßte ich, daß sich der junge Wildfang nicht in allen Augenblicken, die ihm der Dienst frei läßt, nach seinem Vater sehnte, und sich nicht so nach ihm sehnte, wie sich ein Lamm nach seiner Mutter sehnet: so möchte ich ihn gleich – siehst du! – nicht erzeugt haben. Itzt muß er mich noch mehr lieben, als ehren. Mit dem Ehren werde ich mich so Zeit genug müssen begnügen lassen; wenn nämlich die Natur den Strom seiner Zärtlichkeit einen andern Weg leitet; wenn er selbst Vater wird. – Werde nicht ungehalten, Prinz.

PHILOTAS Wer kann auf dich ungehalten werden? – Du hast recht! Sage meinem Vater alles, was du glaubest, daß ihm ein zärtlicher Sohn bei dieser Gelegenheit muß sagen lassen. Entschuldige meine jugendliche Unbedachtsamkeit, die ihn und sein Reich fast ins Verderben gestürzt hätte. Bitte ihn, mir meinen Fehler zu vergeben. Versichere ihn, daß ich ihn nie durch einen ähnlichen Fehler wieder daran erinnern will; daß ich alles tun will, damit er ihn auch vergessen kann. Beschwöre ihn –

PARMENIO Laß mich nur machen! So etwas können wir Soldaten recht gut sagen. – Und besser als ein gelehrter Schwätzer; denn wir sagen es treuherziger. – Laß mich nur machen! Ich weiß schon alles. – Lebe wohl, Prinz; ich eile –

PHILOTAS Verzieh!

PARMENIO Nun? – Und welch feierliches Ansehen gibst du dir auf einmal?

PHILOTAS Der Sohn hat dich abgefertiget, aber noch nicht der Prinz. – Jener mußte fühlen; dieser muß überlegen. Wie gern wollte der Sohn gleich itzt, wie gern wollte er noch eher, als möglich, wieder um seinen Vater, um seinen geliebten Vater sein; aber der Prinz – der Prinz kann nicht. – Höre!

PARMENIO Der Prinz kann nicht?

PHILOTAS Und will nicht.

PARMENIO Will nicht?

PHILOTAS Höre!

PARMENIO Ich erstaune – –

PHILOTAS Ich sage, du sollst hören und nicht erstaunen. Höre!

PARMENIO Ich erstaune, weil ich höre. Es hat geblitzt, und ich erwarte den Schlag. – Rede! – Aber, junger Prinz, keine zweite Übereilung! –

PHILOTAS Aber, Soldat, kein Vernünfteln! – Höre! Ich habe meine Ursachen, nicht eher ausgelöset zu sein, als morgen. Nicht eher als morgen! Hörst du? – Sage also unserm Könige, daß er sich an die Eilfertigkeit des feindlichen Herolds nicht kehre. Eine gewisse Bedenklichkeit, ein gewisser Anschlag nötige den Philotas zu dieser Verzögerung. – Hast du mich verstanden?

PARMENIO Nein!

PHILOTAS Nicht? Verräter! –

PARMENIO Sachte, Prinz! Ein Papagei versteht nicht, aber er behält, was man ihm vorsagt. Sei unbesorgt. Ich will deinem Vater alles wieder herplappern, was ich von dir höre.

PHILOTAS Ha! ich untersagte dir, zu vernünfteln, und das verdreußt dich. Aber wie bist denn du so verwöhnt? Haben dir alle deine Befehlshaber Gründe gesagt? –

PARMENIO Alle, Prinz; ausgenommen die jungen.

PHILOTAS Vortrefflich! Parmenio, wenn ich so empfindlich wäre, als du – –

PARMENIO Und doch kann nur derjenige meinen blinden Gehorsam heischen, dem die Erfahrung doppelte Augen gegeben.

PHILOTAS Bald werde ich dich also um Verzeihung bitten müssen. – Nun wohl, ich bitte dich um Verzeihung, Parmenio. Murre nicht, Alter! Sei wieder gut, alter Vater! – Du bist freilich klüger, als ich. Aber nicht die Klügsten allein haben die besten Einfälle. Gute Einfälle sind Geschenke des Glückes; und das Glück, weiß du wohl, beschenkt den Jüngling oft lieber, als den Greis. Denn das Glück ist blind. Blind, Parmenio; stockblind gegen alles Verdienst. Wenn es das nicht wäre, müßtest du nicht schon lange Feldherr sein?

PARMENIO Sieh, wie du zu schmeicheln weißt, Prinz – Aber im Vertrauen, lieber Prinz! Willst du mich nicht etwa bestechen? mit Schmeicheleien bestechen?

PHILOTAS Ich, schmeicheln! Und dich bestechen! Du bist der Mann, der sich bestechen läßt!

PARMENIO Wenn du so fortfährest, so kann ich es werden. Schon traue ich mir selbst nicht mehr recht!

PHILOTAS Was wollte ich also sagen? – So einen guten Einfall nun, wollte ich sagen, als das Glück oft in das albernste Gehirn wirft, so einen habe ich itzo ertappt. Bloß ertappt; von dem Meinigen ist nicht das geringste dazugekommen. Denn hätte mein Verstand, meine Erfindungskraft einigen Anteil daran; würde ich ihn nicht gern mit dir überlegen wollen?

Aber so kann ich ihn nicht mit dir überlegen; er verschwindet, wenn ich ihn mitteile; so zärtlich, so fein ist er, ich getraue mir ihn nicht in Worte zu kleiden; ich denke ihn nur, wie mich der Philosoph Gott zu denken gelehrt hat, und aufs höchste könnte ich dir nur sagen, was er nicht ist – Möglich zwar genug, daß es im Grunde ein kindischer Einfall ist; ein Einfall, den ich für einen glücklichen Einfall halte, weil ich noch keinen glücklichern gehabt habe. Aber mag er doch; kann er nichts nützen, so kann er doch auch nichts schaden. Das weiß ich gewiß; es ist der unschädlichste Einfall von der Welt; so unschädlich als – als ein Gebet. Wirst du deswegen zu beten unterlassen, weil du nicht ganz gewiß weißt, ob dir das Gebet helfen wird? – Verdirb mir immer also meine Freude nicht, Parmenio, ehrlicher Parmenio! Ich bitte dich, ich umarme dich – Wenn du mich nur ein klein wenig lieb hast – Willst du? Kann ich mich darauf verlassen? Willst du machen, daß ich erst morgen ausgewechselt werde? Willst du?

PARMENIO Ob ich will? Muß ich nicht? muß ich nicht? – Höre, Prinz, wenn du einmal König wirst, gib dich nicht mit dem Befehlen ab. Befehlen ist ein unsicheres Mittel, befolgt zu werden. Wem du etwas recht Schweres aufzuerlegen hast, mit dem mache es, wie du es itzt mit mir gemacht hast, und wenn er dir alsdenn seinen Gehorsam verweigert – Unmöglich! Er kann dir ihn nicht verweigern! Ich muß auch wissen, was ein Mann verweigern kann.

PHILOTAS Was Gehorsam? Was hat die Freundschaft, die du mir erweisest, mit dem Gehorsame zu tun? Willst du, mein Freund? –

PARMENIO Hör' auf! hör' auf! Du hast mich schon ganz. Ja doch, ich will alles. Ich will es, ich will es deinem Vater sagen, daß er dich erst morgen auslösen soll. Warum zwar erst morgen, – das weiß ich nicht! Das brauch' ich nicht zu wissen! Das braucht auch er nicht zu wissen. Genug, ich weiß, daß du es willst. Und ich will alles, was du willst. Willst du sonst nichts? Soll ich sonst nichts tun? Soll ich für dich durchs Feuer rennen? Mich für dich vom Felsen herabstürzen? Befiehl nur, mein lieber kleiner Freund, befiehl! Itzt tu' ich dir alles! Sogar – sage ein Wort, und ich will für dich ein Verbrechen, ein Bubenstück begehen! Die Haut schaudert mir zwar; aber doch Prinz, wenn du willst, ich will, ich will –

PHILOTAS O mein bester, feuriger Freund! O du – wie soll ich dich nennen? – du Schöpfer meines künftigen Ruhmes! Dir schwöre ich bei allem, was mir am heiligsten ist, bei der Ehre meines Vaters, bei dem Glücke seiner Waffen, bei der Wohlfahrt seines Landes schwöre ich dir, nie in meinem Leben diese deine Bereitwilligkeit, deinen Eifer zu vergessen! Möchte ich ihn auch würdig genug belohnen können! – Höret, ihr Götter, meinen Schwur! – Und nun Parmenio, schwöre auch du! Schwöre mir, dein Wort treulich zu halten. –

PARMENIO Ich schwören? Ich bin zu alt zum Schwören.

PHILOTAS Und ich bin zu jung, dir ohne Schwur zu trauen. Schwöre mir! Ich habe dir bei meinem Vater geschworen, schwöre du mir bei deinem Sohne. Du liebst ihn doch, deinen Sohn? Du liebst ihn doch recht herzlich?

PARMENIO So herzlich, wie dich! – Du willst es, und ich schwöre. Ich schwöre dir, bei meinem einzigen Sohne, bei meinem Blute, das in seinen Adern wallet, bei dem Blute, das ich gern für deinen Vater geblutet, das auch er gern für dich einst bluten wird, bei diesem Blute schwöre ich dir, mein Wort zu halten! Und wenn ich es nicht halte, so falle mein Sohn in seiner ersten Schlacht, und erlebe sie nicht, die glorreichen Tage deiner Regierung! – Höret, ihr Götter, meinen Schwur –

PHILOTAS Höret ihn noch nicht, ihr Götter! – Du hast mich zum besten, Alter. In der ersten Schlacht fallen; meine Regierung nicht erleben: ist das ein Unglück? Ist früh sterben ein Unglück?

PARMENIO Das sag' ich nicht. Doch nur deswegen, um dich auf dem Throne zu sehen, um dir zu dienen, möchte ich – was ich sonst durchaus nicht möchte – noch einmal jung werden – Dein Vater ist gut; aber du wirst besser, als er.

PHILOTAS Kein Lob zum Nachteile meines Vaters! – Ändere deinen Schwur! Komm, ändere ihn so: Wenn du dein Wort nicht hältst, so möge dein Sohn ein Feiger, ein Nichtswürdiger werden; er möge, wenn er zwischen Tod und Schande zu wählen hat, die Schande wählen; er möge neunzig Jahr ein Spott der Weiber leben, und noch im neunzigsten Jahre ungern sterben.

PARMENIO Ich entsetze mich – doch schwöre ich: das mög' er! – Höret den gräßlichsten der Schwüre, ihr Götter!

PHILOTAS Höret ihn! – Nun gut, nun kannst du gehen, Parmenio. Wir haben einander lange genug aufgehalten, und fast zu viel Umstände über eine Kleinigkeit gemacht. Denn ist es nicht eine wahre Kleinigkeit, meinem Vater zu sagen, ihn zu überreden, daß er mich nicht eher als morgen auswechsle? Und wenn er ja die Ursache wissen will; wohl, so erdenke dir unter Weges eine Ursache.

PARMENIO Das will ich auch! Ich habe zwar, so alt ich geworden bin, noch nie auf eine Unwahrheit gesonnen. Aber doch, dir zuliebe, Prinz – Laß mich nur; das Böse lernt sich auch noch im Alter. – Lebe wohl!

PHILOTAS Umarme mich! – Geh!

SECHSTER AUFTRITT

Philotas.

Es soll so viele Betrüger in der Welt geben, und das Betrügen ist doch so schwer, wenn es auch in der besten Absicht geschieht. – Habe ich mich nicht wenden und winden müssen! – Mache nur, guter Parmenio, daß mich mein Vater erst morgen auslöset, und er soll mich gar nicht auszulösen brauchen. – Nun habe ich Zeit genug gewonnen! Zeit genug, mich in meinem Vorsatze zu bestärken – Zeit genug, die sichersten

Mittel zu wählen. – Mich in meinem Vorsatze zu bestärken? – Wehe mir, wenn ich dessen bedarf! – Standhaftigkeit des Alters, wenn du mein Teil nicht bist, o so stehe du mir bei, Hartnäckigkeit des Jünglings!

Ja, es bleibt dabei! es bleibt fest dabei! – Ich fühl' es, ich werde ruhig, – ich bin ruhig! – Der du itzt da stehest, Philotas – *(indem er sich selbst betrachtet)* – Ha! es muß ein trefflicher, ein großer Anblick sein: ein Jüngling gestreckt auf den Boden, das Schwert in der Brust! –

Das Schwert? Götter! O ich Elender! ich Ärmster! – Und itzt erst werde ich es gewahr? Ich habe kein Schwert; ich habe nichts! Es ward die Beute des Kriegers, der mich gefangen nahm. – Vielleicht hätte er es mir gelassen, aber Gold war der Heft. – Unseliges Gold, bist du denn immer das Verderben der Tugend!

Kein Schwert? Ich kein Schwert? – Götter, barmherzige Götter, dies einzige schenket mir! Mächtige Götter, die ihr Erde und Himmel erschaffen, ihr könntet mir kein Schwert schaffen, – wenn ihr wolltet? – Was ist nun mein großer, schimmernder Entschluß? Ich werde mir selbst ein bitteres Gelächter –

Und da kömmt er auch schon wieder, der König. – Still! Wenn ich das Kind spielte? – Dieser Gedanke verspricht etwas. – Ja! Vielleicht bin ich glücklich –

SIEBENTER AUFTRITT

Aridäus. Philotas.

ARIDÄUS Nun sind die Boten fort, mein Prinz. Sie sind auf den schnellesten Pferden abgegangen, und das Hauptlager deines Vaters ist so nahe, daß wir in wenig Stunden Antwort erhalten können.

PHILOTAS Du bist also, König, wohl sehr ungeduldig, deinen Sohn wieder zu umarmen?

ARIDÄUS Wird es dein Vater weniger sein, dich wieder an seine Brust zu drücken? – Laß mich aber, liebster Prinz, deine Gesellschaft genießen. In ihr wird mir die Zeit schneller verschwinden; und vielleicht, daß es auch sonst glückliche Folgen hat, wenn wir uns näher kennen. Liebenswürdige Kinder sind schon oft die Mittelspersonen zwischen verunei-nigten Vätern gewesen. Folge mir also in mein Zelt, wo die besten meiner Befehlshaber deiner warten. Sie brennen vor Begierde, dich zu sehen und zu bewundern.

PHILOTAS Männer, König, müssen kein Kind bewundern. Laß mich also nur immer hier. Scham und Ärgernis würden mich eine sehr einfältige Person spielen lassen. Und was deine Unterredung mit mir anbelangt – da seh' ich vollends nicht, was daraus kommen könnte. Ich weiß weiter nichts, als daß du und mein Vater in Krieg verwickelt sind; und das Recht – das Recht, glaub' ich, ist auf seiten meines Vaters. Das glaub' ich, König, und will es nun einmal glauben – wenn du mir auch das Gegenteil unwidersprechlich zeigen könntest. Ich bin Sohn und Soldat, und habe weiter keine Einsicht, als die Einsicht meines Vaters und meines Feldherrn.

ARIDÄUS Prinz, es zeiget einen großen Verstand, seinen Verstand so zu verleugnen. Doch tut es mir leid, daß ich mich also auch vor dir nicht soll rechtfertigen können. – Unseliger Krieg! –

PHILOTAS Jawohl, unseliger Krieg! – Und wehe seinem Urheber!

ARIDÄUS Prinz! Prinz! erinnere dich, daß dein Vater das Schwert zuerst gezogen. Ich mag in deine Verwünschung nicht einstimmen. Er hatte sich übereilt, er war zu argwöhnisch –

PHILOTAS Nun ja; mein Vater hat das Schwert zuerst gezogen. Aber entsteht die Feuersbrunst erst dann, wenn die lichte Flamme durch das Dach schlägt? Wo ist das geduldige, gall-lose, unempfindliche Geschöpf, das durch unaufhörliches Necken nicht zu erbittern wäre? – Bedenke, – denn du zwingst mich mit aller Gewalt von Dingen zu reden, die mir nicht zukommen – bedenke, welch eine stolze, verächtliche Antwort du ihm erteiltest, als er – Doch du sollst mich nicht zwingen; ich will nicht davon sprechen! Unsere Schuld und Unschuld sind unendlicher Mißdeutungen, unendlicher Beschönigungen fähig. Nur dem untrüglichen Auge der Götter erscheinen wir, wie wir sind; nur das kann uns richten. Die Götter aber, du weißt es, König, sprechen ihr Urteil durch das Schwert des Tapfersten. Laß uns den blutigen Spruch aushören! Warum wollen wir uns kleinmütig von diesem höchsten Gerichte wieder zu den niedrigern wenden? Sind unsere Fäuste schon so müde, daß die geschmeidige Zunge sie ablösen müsse?

ARIDÄUS Prinz, ich höre dich mit Erstaunen –

PHILOTAS Ach! – Auch ein Weib kann man mit Erstaunen hören!

ARIDÄUS Mit Erstaunen, Prinz, und nicht ohne Jammer! – Dich hat das Schicksal zur Krone bestimmt, dich! – Dir will es die Glückseligkeit eines ganzen, mächtigen, edeln Volkes anvertrauen; dir! – Welch eine schreckliche Zukunft enthüllt sich mir! Du wirst dein Volk mit Lorbeern und mit Elend überhäufen. Du wirst mehr Siege, als glückliche Untertanen zählen. – Wohl mir, daß meine Tage in die deinigen nicht reichen werden! Aber wehe meinem Sohne, meinem redlichen Sohne! Du wirst es ihm schwerlich vergönnen, den Harnisch abzulegen –

PHILOTAS Beruhige den Vater, o König! Ich werde deinem Sohne weit mehr vergönnen! weit mehr!

ARIDÄUS Weit mehr? Erkläre dich –

PHILOTAS Habe ich ein Rätsel gesprochen? – O verlange nicht, König, daß ein Jüngling, wie ich, alles mit Bedachte und Absichten sprechen soll. – Ich wollte nur sagen: Die Frucht ist oft ganz anders, als die Blüte sie verspricht. Ein weibischer Prinz, hat mich die Geschichte gelehret, ward oft ein kriegerischer König. Könnte mit mir sich nicht das Gegenteil zutragen? – Oder vielleicht war auch dieses meine Meinung, daß ich noch einen weiten und gefährlichen Weg zum Throne habe. Wer weiß, ob die Götter mich ihn vollenden lassen? – Und laß mich ihn nicht vollenden, Vater der Götter und Menschen, wenn du in der Zukunft mich als einen Verschwender des Kostbarsten, was du mir anvertrauet, des Blutes meiner Untertanen, siehest! –

ARIDÄUS Ja, Prinz; was ist ein König, wenn er kein Vater ist! Was ist ein Held ohne Menschenliebe! Nun erkenne ich auch diese in dir, und bin wieder ganz dein Freund! – Aber komm, komm; wir müssen hier nicht allein bleiben. Wir sind einer dem andern zu ernsthaft. Folge mir!

PHILOTAS Verzeih, König –

ARIDÄUS Weigere dich nicht!

PHILOTAS So wie ich bin, mich vor vielen sehen zu lassen? – –

ARIDÄUS Warum nicht?

PHILOTAS Ich kann nicht, König; ich kann nicht.

ARIDÄUS Und die Ursache?

PHILOTAS O die Ursache! – Sie würde dich zum Lachen bewegen.

ARIDÄUS Um so viel lieber laß sie mich hören. Ich bin ein Mensch, und weine und lache gern.

PHILOTAS Nun so lache denn! – Sieh, König, ich habe kein Schwert, und ich möchte nicht gern, ohne dieses Kennzeichen des Soldaten, unter Soldaten erscheinen.

ARIDÄUS Mein Lachen wird zur Freude. Ich habe in voraus hierauf gedacht, und du wirst sogleich befriediget werden. Strato hat Befehl, dir dein Schwert wieder zu schaffen.

PHILOTAS Also laß uns ihn hier erwarten.

ARIDÄUS Und alsdenn begleitest du mich doch? –

PHILOTAS Alsdenn werde ich dir auf dem Fuße nachfolgen.

ARIDÄUS Gewünscht! da kömmt er! Nun, Strato –

ACHTER AUFTRITT

Strato (mit einem Schwerte in der Hand). Aridäus. Philotas.

STRATO König, ich kam zu dem Soldaten, der den Prinzen gefangen genommen, und forderte des Prinzen Schwert in deinem Namen von ihm zurück. Aber höre, wie edel sich der Soldat weigerte. »Der König«, sprach er, »muß mir das Schwert nicht nehmen. Es ist ein gutes Schwert, und ich werde es für ihn brauchen. Auch muß ich ein Andenken von dieser meiner Tat behalten. Bei den Göttern, sie war keine von meinen geringsten! Der Prinz ist ein kleiner Dämon. Vielleicht aber ist es euch nur um den kostbaren Heft zu tun –« Und hiermit, ehe ich es verhindern konnte, hatte seine starke Hand den Heft abgewunden, und warf mir ihn verächtlich zu Füßen – »Da ist er!« fuhr er fort. »Was kümmert mich euer Gold?«

ARIDÄUS O Strato, mache mir den Mann wieder gut!–

STRATO Ich tat es. Und hier ist eines von deinen Schwertern!

ARIDÄUS Gib her! – Willst du es, Prinz, für das deinige annehmen?

PHILOTAS Laß sehen! – Ha! – *(Beiseite.)* Habet Dank, ihr Götter! *(Indem er es lange und ernsthaft betrachtet.)* – Ein Schwert!

STRATO Habe ich nicht gut gewählet, Prinz?

ARIDÄUS Was findest du deiner tiefsinnigen Aufmerksamkeit so wert daran?

PHILOTAS Daß es ein Schwert ist! – *(Indem er wieder zu sich kömmt.)* Und ein schönes Schwert! Ich werde bei diesem Tausche nichts verlieren. – Ein Schwert!

ARIDÄUS Du zitterst, Prinz.

PHILOTAS Vor Freuden! – Ein wenig zu kurz scheinet es mir bei alledem. Aber was zu kurz? Ein Schritt näher auf den Feind ersetzt, was ihm am Eisen abgehet. – Liebes Schwert! Welch eine schöne Sache ist ein Schwert, zum Spiele und zum Gebrauche! Ich habe nie mit etwas andern gespielt. –

ARIDÄUS *(zum Strato)* O der wunderbaren Vermischung von Kind und Held!

PHILOTAS *(beiseite)* Liebes Schwert! Wer doch bald mit dir allein wäre! – Aber, gewagt!

ARIDÄUS Nun lege das Schwert an, Prinz; und folge mir.

PHILOTAS Sogleich! – Doch seinen Freund und sein Schwert muß man nicht bloß von außen kennen. *(Er zieht es, und Strato tritt zwischen ihn und den König.)*

STRATO Ich verstehe mich mehr auf den Stahl, als auf die Arbeit. Glaube mir, Prinz; der Stahl ist gut. Der König hat, in seinen männlichen Jahren, mehr als einen Helm damit gespalten.

PHILOTAS So stark werde ich nicht werden! Immerhin! – Tritt mir nicht so nahe, Strato.

STRATO Warum nicht?

PHILOTAS So! *(Indem er zurückspringt, und mit dem Schwerte einen Streich durch die Luft tut.)* Es hat den Zug, wie es ihn haben muß.

ARIDÄUS Prinz, schone deines verwundeten Armes! Du wirst dich erhitzen! –

PHILOTAS Woran erinnerst du mich, König? – An mein Unglück; nein, an meine Schande! Ich ward verwundet und gefangen! Ja! Aber ich will es nie wieder werden! Bei diesem meinem Schwerte, ich will es nie wieder werden! Nein, mein Vater, nein! Heut sparet dir ein Wunder das schimpfliche Lösegeld für deinen Sohn; künftig spar' es dir sein Tod! Sein gewisser Tod, wenn er sich wieder umringt siehet! – Wieder umringt? – Entsetzen! – Ich bin es! Ich bin umringt! Was nun? Gefährte! Freunde! Brüder! Wo seid ihr? Alle tot? Überall Feinde? – Überall! – Hier durch, Philotas! Ha! Nimm das, Verwegner! – Und du das! – Und du das! *(um sich hauend.)*

STRATO Prinz! was geschieht dir? Fasse dich! *(Geht auf ihn zu.)*

PHILOTAS *(sich von ihm entfernend)* Auch du, Strato? auch du? – O Feind, sei großmütig! Töte mich! Nimm mich nicht gefangen! – Nein, ich gebe mich nicht gefangen! Und wenn ihr alle Stratos wäret, die ihr mich umringet! Doch will ich mich gegen euch alle, gegen eine Welt will ich mich wehren! – Tut euer Bestes, Feinde! – Aber ihr wollt nicht? Ihr wollt mich nicht töten, Grausame? Ihr wollt mich mit Gewalt lebendig? – Ich lache nur! Mich lebendig gefangen? Mich? – Eher will ich dieses mein Schwert, will ich – in diese meine Brust – eher – *(Er durchsticht sich.)*

ARIDÄUS Götter! Strato!

STRATO König!

PHILOTAS Das wollt' ich! *(Zurücksinkend.)*

ARIDÄUS Halt ihn, Strato! – Hilfe! dem Prinzen zur Hilfe! – Prinz, welche wütende Schwermut –

PHILOTAS Vergib mir, König! ich habe dir einen tödlichern Streich versetzt, als mir! – Ich sterbe; und bald werden beruhigte Länder die Frucht meines Todes genießen. – Dein Sohn, König, ist gefangen; und der Sohn meines Vaters ist frei –

ARIDÄUS Was hör' ich?

STRATO So war es Vorsatz, Prinz? – Aber als unser Gefangener hattest du kein Recht über dich selbst.

PHILOTAS Sage das nicht, Strato! – Sollte die Freiheit zu sterben, die uns die Götter in allen Umständen des Lebens gelassen haben, sollte diese ein Mensch dem andern verkümmern können? –

STRATO O König! – Das Schrecken hat ihn versteinert! – König!

ARIDÄUS Wer ruft?

STRATO König!

ARIDÄUS Schweig!

STRATO Der Krieg ist aus, König!

ARIDÄUS Aus? Das leugst du, Strato! – Der Krieg ist nicht aus, Prinz! – Stirb nur! stirb! Aber nimm das mit, nimm den quälenden Gedanken mit: Als ein wahrer unerfahrner Knabe hast du geglaubt, daß die Väter alle von einer Art, alle von der weichlichen, weibischen Art deines Vaters sind. – Sie sind es nicht alle! Ich bin es nicht! Was liegt mir an meinem Sohne? Und denkst du, daß er nicht ebensowohl zum Besten seines Vaters sterben kann, als du zum Besten des deinigen? – Er sterbe! Auch sein Tod erspare mir das schimpfliche Lösegeld! – Strato, ich bin nun verwaiset, ich armer Mann! – Du hast einen Sohn; er sei der meinige! – Denn einen Sohn muß man doch haben. – Glücklicher Strato!

PHILOTAS Noch lebt auch dein Sohn, König! Und wird leben! Ich hör' es!

ARIDÄUS Lebt er noch? – So muß ich ihn wieder haben. Stirb du nur! Ich will ihn doch wieder haben! Und für dich! – Oder ich will deinen toten Körper so viel Unehre, so viel Schmach erzeigen lassen! – Ich will ihn –

PHILOTAS Den toten Körper! – Wenn du dich rächen willst, König, so erwecke ihn wieder! –

ARIDÄUS Ach! – Wo gerat' ich hin!

PHILOTAS Du daurest mich! – Lebe wohl, Strato! Dort, wo alle Tugendhafte Freunde, und alle Tapfere Glieder *eines* seligen Staates sind, im Elysium sehen wir uns wieder! – Auch wir, König, sehen uns wieder –

ARIDÄUS Und versöhnt! – Prinz! –

PHILOTAS O so empfanget meine triumphierende Seele, ihr Götter; und dein Opfer, Göttin des Friedens! –

ARIDÄUS Höre mich, Prinz! –

STRATO Er stirbt! – Bin ich ein Verräter, König, wenn ich deinen Feind beweine? Ich kann mich nicht halten. Ein wunderbarer Jüngling!

ARIDÄUS Beweine ihn nur! – Auch ich! – Komm! Ich muß meinen Sohn wieder haben! Aber rede mir nicht ein, wenn ich ihn zu teuer erkaufe! – Umsonst haben wir Ströme Bluts vergossen; umsonst Länder erobert. Da zieht er mit unserer Beute davon, der größere Sieger! – Komm! Schaffe mir meinen Sohn! Und wenn ich ihn habe, will ich nicht mehr König sein. Glaubt ihr Menschen, daß man es nicht satt wird? – *(Gehen ab.)*

Ende des Philotas.

MINNA VON BARNHELM

oder

DAS SOLDATENGLÜCK

Ein Lustspiel in fünf Aufzügen
Verfertiget im Jahre 1763

PERSONEN

MAJOR VON TELLHEIM, *verabschiedet*
MINNA VON BARNHELM
GRAF VON BRUCHSALL, *ihr Oheim*
FRANZISKA, *ihr Mädchen*
JUST, *Bedienter des Majors*
PAUL WERNER, *gewesener Wachtmeister des Majors*
DER WIRT
EINE DAME IN TRAUER
EIN FELDJÄGER
RICCAUT DE LA MARLINIÈRE

Die Szene ist abwechselnd in dem Saale eines Wirtshauses und einem daranstoßenden Zimmer.

ERSTER AUFZUG

ERSTER AUFTRITT

JUST *(sitzet in einem Winkel, schlummert und redet im Traume)* Schurke von einem Wirte! Du, uns? – Frisch, Bruder! – Schlag zu, Bruder! *(Er holt aus, und erwacht durch die Bewegung.)* Heda! schon wieder? Ich mache kein Auge zu, so schlag ich mich mit ihm herum. Hätte er nur erst die Hälfte von allen den Schlägen! – – Doch sieh, es ist Tag! Ich muß nur bald meinen armen Herrn aufsuchen. Mit meinem Willen soll er keinen Fuß mehr in das vermaledeite Haus setzen. Wo wird er die Nacht zugebracht haben?

ZWEITER AUFTRITT

Der Wirt. Just.

DER WIRT Guten Morgen, Herr Just, guten Morgen! Ei, schon so früh auf? Oder soll ich sagen: noch so spät auf?

JUST Sage Er, was Er will.

DER WIRT Ich sage nichts, als »guten Morgen«; und das verdient doch wohl, daß Herr Just »großen Dank« darauf sagt?

JUST Großen Dank!

DER WIRT Man ist verdrießlich, wenn man seine gehörige Ruhe nicht haben kann. Was gilt's, der Herr Major ist nicht nach Hause gekommen, und Er hat auf ihn gelauert?

JUST Was der Mann nicht alles erraten kann!

DER WIRT Ich vermute, ich vermute.

JUST *(kehrt sich um, und will gehen)* Sein Diener!

DER WIRT *(hält ihn)* Nicht doch, Herr Just!

JUST Nun gut; nicht Sein Diener!

DER WIRT Ei, Herr Just! ich will doch nicht hoffen, Herr Just, daß Er noch von gestern her böse ist? Wer wird seinen Zorn über Nacht behalten?

JUST Ich; und über alle folgende Nächte.

DER WIRT Ist das christlich?

JUST Ebenso christlich, als einen ehrlichen Mann, der nicht gleich bezahlen kann, aus dem Hause stoßen, auf die Straße werfen.

DER WIRT Pfui, wer könnte so gottlos sein?

JUST Ein christlicher Gastwirt. – Meinen Herrn! so einen Mann! so einen Offizier!

DER WIRT Den hätte ich aus dem Hause gestoßen? auf die Straße geworfen? Dazu habe ich viel zu viel Achtung für einen Offizier, und viel zu viel Mitleid mit einem abgedankten! Ich habe ihm aus Not ein ander Zimmer einräumen müssen. – Denke Er nicht mehr daran, Herr Just. *(Er ruft in die Szene.)* Holla! – Ich will's auf andere Weise wieder gut machen. *(Ein Junge kömmt.)* Bring' ein Gläschen; Herr Just will ein Gläschen haben; und was Gutes!

JUST Mache Er sich keine Mühe, Herr Wirt. Der Tropfen soll zu Gift werden, den – Doch ich will nicht schwören; ich bin noch nüchtern!

DER WIRT *(zu dem Jungen, der eine Flasche Likör und ein Glas bringt)* Gib her; geh! – Nun, Herr Just; was ganz Vortreffliches; stark, lieblich, gesund. *(Er füllt und reicht ihm zu.)* Das kann einen überwachten Magen wieder in Ordnung bringen!

JUST Bald dürfte ich nicht! – – Doch warum soll ich meiner Gesundheit seine Grobheit entgelten lassen? – *(Er nimmt und trinkt.)*

DER WIRT Wohl bekomm's, Herr Just!

JUST *(indem er das Gläschen wieder zurückgibt)* Nicht übel! – Aber Herr Wirt, Er ist doch ein Grobian!

DER WIRT Nicht doch, nicht doch! – Geschwind noch eins; auf einem Beine ist nicht gut stehen.

JUST *(nachdem er getrunken)* Das muß ich sagen: gut, sehr gut! – Selbst gemacht, Herr Wirt? –

DER WIRT Behüte! veritabler Danziger! echter, doppelter Lachs!

JUST Sieht Er, Herr Wirt; wenn ich heucheln könnte, so würde ich für so was heucheln; aber ich kann nicht; es muß raus: – Er ist doch ein Grobian, Herr Wirt!

DER WIRT In meinem Leben hat mir das noch niemand gesagt. – Noch eins, Herr Just; aller guten Dinge sind drei!

JUST Meinetwegen! *(Er trinkt.)* Gut Ding, wahrlich gut Ding! – Aber auch die Wahrheit ist gut Ding. – Herr Wirt, Er ist doch ein Grobian!

DER WIRT Wenn ich es wäre, würde ich das wohl so mit anhören?

JUST O ja, denn selten hat ein Grobian Galle.

DER WIRT Nicht noch eins, Herr Just? Eine vierfache Schnur hält desto besser.

JUST Nein, zu viel ist zu viel! Und was hilft's Ihn, Herr Wirt? Bis auf den letzten Tropfen in der Flasche würde ich bei meiner Rede bleiben. Pfui, Herr Wirt; so guten Danziger zu haben, und so schlechte Mores! – Einem Manne, wie meinem Herrn, der Jahr und Tag bei Ihm gewohnt, von dem Er schon so manchen schönen Taler gezogen, der in seinem Leben keinen Heller schuldig geblieben ist; weil er ein paar Monate her nicht prompt bezahlt, weil er nicht mehr so viel aufgehen läßt, – in der Abwesenheit das Zimmer auszuräumen!

DER WIRT Da ich aber das Zimmer notwendig brauchte? da ich voraussahe, daß der Herr Major es selbst gutwillig würde geräumt haben, wenn wir nur lange auf seine Zurückkunft hätten warten können? Sollte ich denn so eine fremde Herrschaft wieder von meiner Türe wegfahren lassen? Sollte ich einem andern Wirte so einen Verdienst mutwillig in den Rachen jagen? Und ich glaube nicht einmal, daß sie sonst wo unterkommen wäre. Die Wirtshäuser sind jetzt alle stark besetzt. Sollte eine so junge, schöne, liebenswürdige Dame auf der Straße bleiben? Dazu ist Sein Herr viel zu galant! Und was verliert er denn dabei? Habe ich ihm nicht ein anderes Zimmer dafür eingeräumt?

JUST Hinten an dem Taubenschlage; die Aussicht zwischen des Nachbars Feuermauern – –

DER WIRT Die Aussicht war wohl sehr schön, ehe sie der verzweifelte Nachbar verbaute. Das Zimmer ist doch sonst galant, und tapeziert –

JUST Gewesen!

DER WIRT Nicht doch, die eine Wand ist es noch. Und Sein Stübchen darneben, Herr Just; was fehlt dem Stübchen? Es hat einen Kamin; der zwar im Winter ein wenig raucht – –

JUST Aber doch im Sommer recht hübsch läßt. – Herr, ich glaube gar, Er vexiert uns noch obendrein? –

DER WIRT Nu, nu, Herr Just, Herr Just –

JUST Mache Er Herr Justen den Kopf nicht warm, oder –

DER WIRT Ich macht' ihn warm? der Danziger tut's! –

JUST Einen Offizier, wie meinen Herrn! Oder meint Er, daß ein abgedankter Offizier nicht auch ein Offizier ist, der Ihm den Hals brechen kann? Warum waret ihr im Kriege so geschmeidig, ihr Herren Wirte? Warum war denn da jeder Offizier ein würdiger Mann, und jeder Soldat ein ehrlicher, braver Kerl? Macht euch das bißchen Friede schon so übermütig?

DER WIRT Was ereifert Er sich nun, Herr Just? –

JUST Ich will mich ereifern. – –

DRITTER AUFTRITT

v. Tellheim. Der Wirt. Just.

V. TELLHEIM *(im Hereintreten)* Just!

JUST *(in der Meinung, daß ihn der Wirt nenne)* Just? – So bekannt sind wir? –

V. TELLHEIM Just!

JUST Ich dächte, ich wäre wohl Herr Just für Ihn!

DER WIRT *(der den Major gewahr wird)* St! st! Herr, Herr, Herr Just, – seh' Er sich doch um; Sein Herr – –

V. TELLHEIM Just, ich glaube, du zankst? Was habe ich dir befohlen?

DER WIRT O, Ihro Gnaden! zanken? da sei Gott vor! Ihr untertänigster Knecht sollte sich unterstehen, mit einem, der die Gnade hat, Ihnen anzugehören, zu zanken?

JUST Wenn ich ihm doch eins auf den Katzenbuckel geben dürfte! – –

DER WIRT Es ist wahr, Herr Just spricht für seinen Herrn, und ein wenig hitzig. Aber daran tut er recht; ich schätze ihn um so viel höher; ich liebe ihn darum. –

JUST Daß ich ihm nicht die Zähne austreten soll!

DER WIRT Nur schade, daß er sich umsonst erhitzt. Denn ich bin gewiß versichert, daß Ihro Gnaden keine Ungnade deswegen auf mich geworfen haben, weil – die Not – mich notwendig –

V. TELLHEIM Schon zu viel, mein Herr! Ich bin Ihnen schuldig; Sie räumen mir, in meiner Abwesenheit, das Zimmer aus; Sie müssen bezahlt werden; ich muß wo anders unterzukommen suchen. Sehr natürlich! –

DER WIRT Wo anders? Sie wollen ausziehen, gnädiger Herr? Ich unglücklicher Mann! ich geschlagner Mann! Nein, nimmermehr! Eher muß die Dame das Quartier wieder räumen. Der Herr Major kann ihr, will ihr sein Zimmer nicht lassen; das Zimmer ist sein; sie muß fort; ich kann ihr nicht helfen. – Ich gehe, gnädiger Herr – –

V. TELLHEIM Freund, nicht zwei dumme Streiche für einen! Die Dame muß in dem Besitze des Zimmers bleiben. – –

DER WIRT Und Ihro Gnaden sollten glauben, daß ich aus Mißtrauen, aus Sorge für meine Bezahlung? – – Als wenn ich nicht wüßte, daß mich Ihro Gnaden bezahlen können, sobald Sie nur wollen. – – Das versiegelte Beutelchen, – fünfhundert Taler Louisdor stehet drauf, – welches Ihro Gnaden in dem Schreibepulte stehen gehabt; – – ist in guter Verwahrung. –

V. TELLHEIM Das will ich hoffen; so wie meine übrige Sachen. – Just soll sie in Empfang nehmen, wenn er Ihnen die Rechnung bezahlt hat. – –

DER WIRT Wahrhaftig, ich erschrak recht, als ich das Beutelchen fand. – Ich habe immer Ihro Gnaden für einen ordentlichen und vorsichtigen Mann gehalten, der sich niemals ganz ausgibt. – – Aber dennoch, – – wenn ich bar Geld in dem Schreibepulte vermutet hätte – –

V. TELLHEIM Würden Sie höflicher mit mir verfahren sein. Ich verstehe Sie. – Gehen Sie nur, mein Herr; lassen Sie mich; ich habe mit meinem Bedienten zu sprechen. – –

DER WIRT Aber gnädiger Herr – –

V. TELLHEIM Komm, Just, der Herr will nicht erlauben, daß ich dir in seinem Hause sage, was du tun sollst. – –

DER WIRT Ich gehe ja schon, gnädiger Herr! – Mein ganzes Haus ist zu Ihren Diensten.

VIERTER AUFTRITT

v. Tellheim. Just.

JUST *(der mit dem Fuße stampft und dem Wirte nachspuckt)* Pfui!

V. TELLHEIM Was gibt's?

JUST Ich ersticke vor Bosheit.

V. TELLHEIM Das wäre so viel als an Vollblütigkeit.

JUST Und Sie, – Sie erkenne ich nicht mehr, mein Herr. Ich sterbe vor Ihren Augen, wenn Sie nicht der Schutzengel dieses hämischen, unbarmherzigen Rackers sind! Trotz Galgen und Schwert und Rad, hätte ich ihn – hätte ich ihn mit diesen Händen erdrosseln, mit diesen Zähnen zerreißen wollen. –

V. TELLHEIM Bestie!

JUST Lieber Bestie, als so ein Mensch!

V. TELLHEIM Was willst du aber?

JUST Ich will, daß Sie es empfinden sollen, wie sehr man Sie beleidiget.

V. TELLHEIM Und dann?

JUST Daß Sie sich rächten, – Nein, der Kerl ist Ihnen zu gering. –

V. TELLHEIM Sondern, daß ich es dir auftrüge, mich zu rächen?

Das war von Anfang mein Gedanke. Er hätte mich nicht wieder mit Augen sehen, und seine Bezahlung aus deinen Händen empfangen sollen. Ich weiß, daß du eine Handvoll Geld mit einer ziemlich verächtlichen Miene einem hinwerfen kannst. –

JUST So? eine vortreffliche Rache! –

V. TELLHEIM Aber die wir noch verschieben müssen. Ich habe keinen Heller bares Geld mehr; ich weiß auch keines aufzutreiben.

JUST Kein bares Geld? Und was ist denn das für ein Beutel, mit fünfhundert Taler Louisdor, den der Wirt in Ihrem Schreibpulte gefunden?

V. TELLHEIM Das ist Geld, welches mir aufzuheben gegeben worden.

JUST Doch nicht die hundert Pistolen, die Ihnen Ihr alter Wachtmeister vor vier oder fünf Wochen brachte?

V. TELLHEIM Die nämlichen, von Paul Wernern. Warum nicht?

JUST Diese haben Sie noch nicht gebraucht? Mein Herr, mit diesen können Sie machen, was Sie wollen. Auf meine Verantwortung –

V. TELLHEIM Wahrhaftig?

JUST Werner hörte von mir, wie sehr man Sie mit Ihren Forderungen an die Generalkriegskasse aufzieht. Er hörte –

V. TELLHEIM Daß ich sicherlich zum Bettler werden würde, wenn ich es nicht schon wäre. – Ich bin dir sehr verbunden, Just. – Und diese Nachricht vermochte Wernern, sein bißchen Armut mit mir zu teilen. – Es ist mir doch lieb, daß ich es erraten habe. – Höre, Just, mache mir zugleich auch deine Rechnung; wir sind geschiedene Leute. – –

JUST Wie? was?

V. TELLHEIM Kein Wort mehr; es kömmt jemand. –

FÜNFTER AUFTRITT

Eine Dame in Trauer. v. Tellheim. Just.

DIE DAME Ich bitte um Verzeihung, mein Herr! –

V. TELLHEIM Wen suchen Sie, Madame? –

DIE DAME Eben den würdigen Mann, mit welchem ich die Ehre habe zu sprechen. Sie kennen mich nicht mehr? Ich bin die Witwe Ihres ehemaligen Stabsrittmeisters –

V. TELLHEIM Um des Himmels willen, gnädige Frau! welche Veränderung! –

DIE DAME Ich stehe von dem Krankenbette auf, auf das mich der Schmerz über den Verlust meines Mannes warf. Ich muß Ihnen früh beschwerlich fallen, Herr Major. Ich reise auf das Land, wo mir eine gutherzige, aber eben auch nicht glückliche Freundin eine Zuflucht vors erste angeboten. –

V. TELLHEIM *(zu Just)* Geh, laß uns allein. –

SECHSTER AUFTRITT

Die Dame. v. Tellheim.

V. TELLHEIM Reden Sie frei, gnädige Frau! Vor mir dürfen Sie sich Ihres Unglücks nicht schämen. Kann ich Ihnen worin dienen?

DIE DAME Mein Herr Major –

V. TELLHEIM Ich beklage Sie, gnädige Frau! Worin kann ich Ihnen dienen? Sie wissen, Ihr Gemahl war mein Freund; mein Freund, sage ich; ich war immer karg mit diesem Titel.

DIE DAME Wer weiß es besser, als ich, wie wert Sie seiner Freundschaft waren, wie wert er der Ihrigen war? Sie würden sein letzter Gedanke, Ihr Name der letzte Ton seiner sterbenden Lippen gewesen sein, hätte nicht die stärkere Natur dieses traurige Vorrecht für seinen unglücklichen Sohn, für seine unglückliche Gattin gefordert –

V. TELLHEIM Hören Sie auf, Madame! Weinen wollte ich mit Ihnen gern; aber ich habe heute keine Tränen. Verschonen Sie mich! Sie finden mich in einer Stunde, wo ich leicht zu verleiten wäre, wider die Vorsicht zu murren. – O mein rechtschaffner Marloff! Geschwind, gnädige Frau, was haben Sie zu befehlen? Wenn ich Ihnen zu dienen imstande bin, wenn ich es bin –

DIE DAME Ich darf nicht abreisen, ohne seinen letzten Willen zu vollziehen. Er erinnerte sich kurz vor seinem Ende, daß er als Ihr Schuldner sterbe, und beschwor mich, diese Schuld mit der ersten Barschaft zu tilgen. Ich habe seine Equipage verkauft, und komme, seine Handschrift einzulösen. –

V. TELLHEIM Wie, gnädige Frau? darum kommen Sie?

DIE DAME Darum. Erlauben Sie, daß ich das Geld aufzähle.

V. TELLHEIM Nicht doch, Madame! Marloff mir schuldig? das kann schwerlich sein. Lassen Sie doch sehen. *(Er ziehet sein Taschenbuch heraus und sucht.)* Ich finde nichts.

DIE DAME Sie werden seine Handschrift verlegt haben, und die Handschrift tut nichts zur Sache. – Erlauben Sie –

V. TELLHEIM Nein, Madame! so etwas pflege ich nicht zu verlegen. Wenn ich sie nicht habe, so ist es ein Beweis, daß ich nie eine gehabt habe, oder daß sie getilgt, und von mir schon zurückgegeben worden.

DIE DAME Herr Major! –

V. TELLHEIM Ganz gewiß, gnädige Frau. Nein, Marloff ist mir nichts schuldig geblieben. Ich wüßte mich auch nicht zu erinnern, daß er mir jemals etwas schuldig gewesen wäre. Nicht anders, Madame; er hat mich vielmehr als seinen Schuldner hinterlassen. Ich habe nie etwas tun können, mich mit einem Manne abzufinden, der sechs Jahre Glück und Unglück, Ehre und Gefahr mit mir geteilet. Ich werde es nicht vergessen, daß ein Sohn von ihm da ist. Er wird mein Sohn sein, sobald ich sein Vater sein kann. Die Verwirrung, in der ich mich jetzt selbst befinde –

DIE DAME Edelmütiger Mann! Aber denken Sie auch von mir

nicht zu klein! Nehmen Sie das Geld, Herr Major; so bin ich wenigstens beruhiget. –

V. TELLHEIM Was brauchen Sie zu Ihrer Beruhigung weiter, als meine Versicherung, daß mir dieses Geld nicht gehöret? Oder wollen Sie, daß ich die unerzogene Waise meines Freundes bestehlen soll? Bestehlen, Madame; das würde es in dem eigentlichsten Verstande sein. Ihm gehört es, für ihn legen Sie es an! –

DIE DAME Ich verstehe Sie; verzeihen Sie nur, wenn ich noch nicht recht weiß, wie man Wohltaten annehmen muß. Woher wissen es denn aber auch Sie, daß eine Mutter mehr für ihren Sohn tut, als sie für ihr eigen Leben tun würde? Ich gehe –

V. TELLHEIM Gehen Sie, Madame, gehen Sie! Reisen Sie glücklich! Ich bitte Sie nicht, mir Nachricht von Ihnen zu geben. Sie möchte mir zu einer Zeit kommen, wo ich sie nicht nutzen könnte. Aber noch eines, gnädige Frau; bald hätte ich das Wichtigste vergessen. Marloff hat noch an der Kasse unsers ehemaligen Regiments zu fodern. Seine Foderungen sind so richtig wie die meinigen. Werden meine bezahlt, so müssen auch die seinigen bezahlt werden. Ich hafte dafür. –

DIE DAME O! mein Herr – Aber ich schweige lieber. – Künftige Wohltaten so vorbereiten, heißt sie in den Augen des Himmels schon erwiesen haben. Empfangen Sie seine Belohnung und meine Tränen! *(Geht ab.)*

SIEBENTER AUFTRITT

v. Tellheim.

Armes, braves Weib! Ich muß nicht vergessen, den Bettel zu vernichten. *(Er nimmt aus seinem Taschenbuche Briefschaften, die er zerreißt.)* Wer steht mir dafür, daß eigner Mangel mich nicht einmal verleiten könnte, Gebrauch davon zu machen?

ACHTER AUFTRITT

Just. v. Tellheim.

V. TELLHEIM Bist du da?

JUST *(indem er sich die Augen wischt)* Ja!

V. TELLHEIM Du hast geweint?

JUST Ich habe in der Küche meine Rechnung geschrieben, und die Küche ist voll Rauch. Hier ist sie, mein Herr!

V. TELLHEIM Gib her.

JUST Haben Sie Barmherzigkeit mit mir, mein Herr. Ich weiß wohl, daß die Menschen mit Ihnen keine haben; aber –

V. TELLHEIM Was willst du?

JUST Ich hätte mir ehr den Tod, als meinen Abschied vermutet.

V. TELLHEIM Ich kann dich nicht länger brauchen; ich muß mich ohne Bedienten behelfen lernen. *(Schlägt die Rechnung auf und lieset.)* »Was der Herr Major mir schuldig: Drei und einen halben Monat Lohn, den Monat 6 Taler, macht 21 Taler. Seit dem Ersten dieses, an Kleinigkeiten ausgelegt, 1 Taler 7 Gr. 9 Pf. Summa Summarum, 22 Taler 7 Gr. 9 Pf.« – Gut, und es ist billig, daß ich diesen laufenden Monat ganz bezahle.

JUST Die andere Seite, Herr Major –

V. TELLHEIM Noch mehr? *(Lieset.)* »Was dem Herrn Major ich schuldig: An den Feldscher für mich bezahlt, 25 Taler. Für Wartung und Pflege, während meiner Kur, für mich bezahlt, 39 Taler. Meinem abgebrannten und geplünderten Vater, auf meine Bitte, vorgeschossen, ohne die zwei Beutepferde zu rechnen, die er ihm geschenkt, 50 Taler. Summa Summarum 114 Taler. Davon abgezogen vorstehende 22 Taler 7 Gr. 9 Pf., bleibe dem Herrn Major schuldig 91 Taler 16 Gr. 3 Pf.« – Kerl, du bist toll! –

JUST Ich glaube es gern, daß ich Ihnen weit mehr koste. Aber es wäre verlorne Tinte, es dazuzuschreiben. Ich kann Ihnen das nicht bezahlen, und wenn Sie mir vollends die Liverei nehmen, die ich auch noch nicht verdient habe, – so wollte ich lieber, Sie hätten mich in dem Lazarette krepieren lassen.

V. TELLHEIM Wofür siehst du mich an? Du bist mir nichts schuldig, und ich will dich einem von meinen Bekannten empfehlen, bei dem du es besser haben sollst als bei mir.

JUST Ich bin Ihnen nichts schuldig, und doch wollen Sie mich verstoßen?

V. TELLHEIM Weil ich dir nichts schuldig werden will.

JUST Darum? nur darum? – So gewiß ich Ihnen schuldig bin, so gewiß Sie mir nichts schuldig werden können, so gewiß sollen Sie mich nun nicht verstoßen. – Machen Sie, was Sie wollen, Herr Major; ich bleibe bei Ihnen; ich muß bei Ihnen bleiben. –

V. TELLHEIM Und deine Hartnäckigkeit, dein Trotz, dein wildes ungestümes Wesen gegen alle, von denen du meinest, daß sie dir nichts zu sagen haben, deine tückische Schadenfreude, deine Rachsucht – –

JUST Machen Sie mich so schlimm, wie Sie wollen; ich will darum doch nicht schlechter von mir denken, als von meinem Hunde. Vorigen Winter ging ich in der Dämmerung an dem Kanale, und hörte etwas winseln. Ich stieg herab, und griff nach der Stimme, und glaubte ein Kind zu retten, und zog einen Pudel aus dem Wasser. Auch gut; dachte ich. Der Pudel kam mir nach; aber ich bin kein Liebhaber von Pudeln. Ich jagte ihn fort, umsonst; ich prügelte ihn von mir, umsonst. Ich ließ ihn des Nachts nicht in meine Kammer; er blieb vor der Türe auf der Schwelle. Wo er mir zu nahe kam, stieß ich ihn mit dem Fuße; er schrie, sahe mich an, und wedelte mit dem Schwanze. Noch hat er keinen Bissen Brot aus meiner Hand bekommen; und doch bin ich der einzige, dem er hört, und der ihn anrühren darf. Er springt vor mir her, und macht mir seine Künste unbefohlen vor. Es ist ein häßlicher Pudel, aber ein gar zu guter Hund. Wenn er es länger treibt, so höre ich endlich auf, den Pudeln gram zu sein.

V. TELLHEIM

(beiseite) So wie ich ihm! Nein, es gibt keine völligen Unmenschen! – – Just, wir bleiben beisammen.

JUST Ganz gewiß! – Sie wollten sich ohne Bedienten behelfen? Sie vergessen Ihrer Blessuren, und daß Sie nur eines Armes mächtig sind. Sie können sich ja nicht allein ankleiden. Ich bin Ihnen unentbehrlich; und bin, – – ohne mich selbst zu rühmen, Herr Major – und bin ein Bedienter, der – wenn das Schlimmste zum Schlimmen kömmt, – für seinen Herrn betteln und stehlen kann.

V. TELLHEIM Just, wir bleiben nicht beisammen.

JUST Schon gut!

NEUNTER AUFTRITT

Ein Bedienter. v. Tellheim. Just.

DER BEDIENTE Bst! Kamerad!

JUST Was gibt's?

DER BEDIENTE Kann Er mir nicht den Offizier nachweisen, der gestern noch in diesem Zimmer *(auf eines an der Seite zeigend, von welcher er herkömmt)* gewohnt hat?

JUST Das dürfte ich leicht können. Was bringt Er ihm?

DER BEDIENTE Was wir immer bringen, wenn wir nichts bringen: ein Kompliment. Meine Herrschaft hört, daß er durch sie verdrängt worden. Meine Herrschaft weiß zu leben, und ich soll ihn deshalb um Verzeihung bitten.

JUST Nun, so bitte Er ihn um Verzeihung; da steht er.

DER BEDIENTE Was ist er? Wie nennt man ihn?

V. TELLHEIM Mein Freund, ich habe Euern Auftrag schon gehört. Es ist eine überflüssige Höflichkeit von Eurer Herrschaft, die ich erkenne, wie ich soll. Macht ihr meinen Empfehl. – Wie heißt Eure Herrschaft? –

DER BEDIENTE Wie sie heißt? Sie läßt sich gnädiges Fräulein heißen.

V. TELLHEIM Und ihr Familienname?

DER BEDIENTE Den habe ich noch nicht gehört, und darnach zu fragen, ist meine Sache nicht. Ich richte mich so ein, daß ich, meistenteils alle sechs Wochen, eine neue Herrschaft habe. Der Henker behalte alle ihre Namen! –

JUST Bravo, Kamerad!

DER BEDIENTE Zu dieser bin ich erst vor wenig Tagen in Dresden gekommen. Sie sucht, glaube ich, hier ihren Bräutigam. –

V. TELLHEIM Genug, mein Freund. Den Namen Eurer Herrschaft wollte ich wissen; aber nicht ihre Geheimnisse. Geht nur!

DER BEDIENTE Kamerad, das wäre kein Herr für mich!

ZEHNTER AUFTRITT

v. Tellheim. Just.

V. TELLHEIM Mache, Just, mache, daß wir aus diesem Hause kommen! Die Höflichkeit der fremden Dame ist mir empfindlicher, als die Grobheit des Wirts. Hier nimm diesen Ring, die einzige Kostbarkeit, die mir übrig ist; von der ich nie geglaubt hätte, einen solchen Gebrauch zu machen! – Versetze ihn! laß dir achtzig Friedrichsd'or darauf geben; die Rechnung des Wirts kann keine dreißig betragen. Bezahle ihn, und räume meine Sachen – Ja, wohin? – Wohin du willst. Der wohlfeilste Gasthof der beste. Du sollst mich hier nebenan, auf dem Kaffeehause, treffen. Ich gehe, mache deine Sache gut. –

JUST Sorgen Sie nicht, Herr Major! –

V. TELLHEIM *(kömmt wieder zurück)* Vor allen Dingen, daß meine Pistolen, die hinter dem Bette gehangen, nicht vergessen werden.

JUST Ich will nichts vergessen.

V. TELLHEIM *(kömmt nochmals zurück)* Noch eins: nimm mir auch deinen Pudel mit; hörst du, Just! –

EILFTER AUFTRITT

Just.

Der Pudel wird nicht zurückbleiben. Dafür lass' ich den Pudel sorgen. – Hm! auch den kostbaren Ring hat der Herr noch gehabt? Und trug ihn in der Tasche, anstatt am Finger? – Guter Wirt, wir sind so kahl noch nicht, als wir scheinen. Bei ihm, bei ihm selbst will ich dich versetzen, schönes Ringelchen! Ich weiß, er ärgert sich, daß du in seinem Hause nicht ganz sollst verzehrt werden! – Ah –

ZWÖLFTER AUFTRITT

Paul Werner. Just.

JUST Sieh da, Werner! guten Tag, Werner! willkommen in der Stadt!

WERNER Das verwünschte Dorf! Ich kann's unmöglich wieder gewohnt werden. Lustig, Kinder, lustig; ich bringe frisches Geld! Wo ist der Major?

JUST Er muß dir begegnet sein; er ging eben die Treppe herab.

WERNER Ich komme die Hintertreppe herauf. Nun wie geht's ihm? Ich wäre schon vorige Woche bei euch gewesen, aber –

JUST Nun? Was hat dich abgehalten? –

WERNER – Just, – hast du von dem Prinzen Heraklius gehört?

JUST Heraklius? Ich wüßte nicht.

WERNER Kennst du den großen Helden im Morgenlande nicht?

JUST Die Weisen aus dem Morgenlande kenn' ich wohl, die ums Neujahr mit dem Sterne herumlaufen. – –

WERNER Mensch, ich glaube, du liesest ebensowenig die Zeitung, als die Bibel? – Du kennst den Prinzen Heraklius nicht? den braven Mann nicht, der Persien weggenommen, und nächster Tage die ottomanische Pforte einsprengen wird? Gott sei Dank, daß doch noch irgendwo in der Welt Krieg ist!

Ich habe lange genug gehofft, es sollte hier wieder losgehen. Aber da sitzen sie, und heilen sich die Haut. Nein, Soldat war ich, Soldat muß ich wieder sein! Kurz, – *(indem er sich schüchtern umsieht, ob ihn jemand behorcht)* im Vertrauen, Just: ich wandere nach Persien, um unter Sr. Königlichen Hoheit, dem Prinzen Heraklius, ein paar Feldzüge wider den Türken zu machen.

JUST Du?

WERNER Ich, wie du mich hier siehst! Unsere Vorfahren zogen fleißig wider den Türken; und das sollten wir noch tun, wenn wir ehrliche Kerls, und gute Christen wären. Freilich begreife ich wohl, daß ein Feldzug wider den Türken nicht halb so lustig sein kann, als einer wider den Franzosen; aber dafür muß er auch desto verdienstlicher sein, in diesem und in jenem Leben. Die Türken haben dir alle Säbels, mit Diamanten besetzt –

JUST Um mir von so einem Säbel den Kopf spalten zu lassen, reise ich nicht eine Meile. Du wirst doch nicht toll sein, und dein schönes Schulzengerichte verlassen? –

WERNER O, das nehme ich mit! – Merkst du was? – Das Gütchen ist verkauft –

JUST Verkauft?

WERNER St! – hier sind hundert Dukaten, die ich gestern auf den Kauf bekommen; die bring' ich dem Major –

JUST Und was soll der damit?

WERNER Was er damit soll? Verzehren soll er sie; verspielen, vertrinken, ver – wie er will. Der Mann muß Geld haben, und es ist schlecht genug, daß man ihm das Seinige so sauer macht! Aber ich wüßte schon, was ich täte, wenn ich an seiner Stelle wäre! Ich dächte: hol' euch hier alle der Henker; und ginge mit Paul Wernern, nach Persien! – Blitz! – der Prinz Heraklius muß ja wohl von dem Major Tellheim gehört haben; wenn er auch schon seinen gewesenen Wachtmeister, Paul Wernern, nicht kennt. Unsere Affäre bei den Katzenhäusern –

JUST Soll ich dir die erzählen? –

WERNER Du mir? – Ich merke wohl, daß eine schöne Disposition über deinen Verstand geht. Ich will meine Perlen nicht vor die Säue werfen. – Da nimm die hundert Dukaten; gib sie dem Major. Sage ihm, er soll mir auch die aufheben. Ich muß jetzt auf den Markt; ich habe zwei Winspel Roggen hereingeschickt; was ich daraus löse, kann er gleichfalls haben. –

JUST Werner, du meinest es herzlich gut; aber wir mögen dein Geld nicht. Behalte deine Dukaten, und deine hundert Pistolen kannst du auch unversehrt wieder bekommen, sobald als du willst. –

WERNER So? hat denn der Major noch Geld?

JUST Nein.

WERNER Hat er sich wo welches geborgt?

JUST Nein.

WERNER Und wovon lebt ihr denn?

JUST Wir lassen anschreiben, und wenn man nicht mehr anschreiben will, und uns zum Hause hinauswirft, so versetzen wir, was wir noch haben, und ziehen weiter. – Höre nur, Paul; dem Wirte hier müssen wir einen Possen spielen.

WERNER Hat er dem Major was in den Weg gelegt? – Ich bin dabei! –

JUST Wie wär's, wenn wir ihm des Abends, wenn er aus der Tabagie kömmt, aufpaßten, und ihn brav durchprügelten? –

WERNER Des Abends? – aufpaßten? – ihre zwei, einem? – Das ist nichts. –

JUST Oder, wenn wir ihm das Haus über dem Kopf ansteckten? –

WERNER Sengen und brennen? – Kerl, man hört's, daß du Packknecht gewesen bist, und nicht Soldat; – pfui!

JUST Oder, wenn wir ihm seine Tochter zur Hure machten? Sie ist zwar verdammt häßlich –

WERNER O, da wird sie's lange schon sein! Und allenfalls brauchst du auch hierzu keinen Gehilfen. Aber was hast du denn? Was gibt's denn?

JUST Komm nur, du sollst dein Wunder hören!

WERNER So ist der Teufel wohl hier gar los?
JUST Jawohl; komm nur!
WERNER Desto besser! Nach Persien also, nach Persien!

Ende des ersten Aufzugs.

ZWEITER AUFZUG

ERSTER AUFTRITT

(Die Szene ist in dem Zimmer des Fräuleins.)
Minna von Barnhelm. Franziska.

DAS FRÄULEIN *(im Negligé nach ihrer Uhr sehend)* Franziska, wir sind auch sehr früh aufgestanden. Die Zeit wird uns lang werden.

FRANZISKA Wer kann denn in den verzweifelten großen Städten schlafen? Die Karossen, die Nachtwächter, die Trommeln, die Katzen, die Korporals – das hört nicht auf zu rasseln, zu schreien, zu wirbeln, zu mauen, zu fluchen; gerade, als ob die Nacht zu nichts weniger wäre, als zur Ruhe. – Eine Tasse Tee, gnädiges Fräulein? –

DAS FRÄULEIN Der Tee schmeckt mir nicht. –

FRANZISKA Ich will von unserer Schokolade machen lassen.

DAS FRÄULEIN Laß machen, für dich!

FRANZISKA Für mich? Ich wollte eben so gern für mich allein plaudern, als für mich allein trinken. – Freilich wird uns die Zeit so lang werden. – Wir werden, vor langer Weile, uns putzen müssen, und das Kleid versuchen, in welchem wir den ersten Sturm geben wollen.

DAS FRÄULEIN Was redest du von Stürmen, da ich bloß herkomme, die Haltung der Kapitulation zu fordern?

FRANZISKA Und der Herr Offizier, den wir vertrieben, und dem wir das Kompliment darüber machen lassen; er muß auch nicht die feinste Lebensart haben; sonst hätte er wohl um die Ehre können bitten lassen, uns seine Aufwartung machen zu dürfen. –

DAS FRÄULEIN Es sind nicht alle Offiziere Tellheims. Die Wahrheit zu sagen, ich ließ ihm das Kompliment auch bloß machen, um Gelegenheit zu haben, mich nach diesem bei ihm zu erkundigen. – Franziska, mein Herz sagt es mir, daß meine Reise glücklich sein wird, daß ich ihn finden werde. –

FRANZISKA Das Herz, gnädiges Fräulein? Man traue doch ja seinem Herzen nicht zu viel. Das Herz redet uns gewaltig gern nach dem Maule. Wenn das Maul ebenso geneigt wäre, nach dem Herzen zu reden, so wäre die Mode längst aufgekommen, die Mäuler unterm Schlosse zu tragen.

DAS FRÄULEIN Ha! ha! mit deinen Mäulern unterm Schlosse! Die Mode wäre mir eben recht!

FRANZISKA Lieber die schönsten Zähne nicht gezeigt, als alle Augenblicke das Herz darüber springen lassen!

DAS FRÄULEIN Was? bist du so zurückhaltend? –

FRANZISKA Nein, gnädiges Fräulein; sondern ich wollte es gern mehr sein. Man spricht selten von der Tugend, die man hat; aber desto öftrer von der, die uns fehlt.

DAS FRÄULEIN Siehst du, Franziska? da hast du eine sehr gute Anmerkung gemacht. –

FRANZISKA Gemacht? macht man das, was einem so einfällt? –

DAS FRÄULEIN Und weißt du, warum ich eigentlich diese Anmerkung so gut finde? Sie hat viel Beziehung auf meinen Tellheim.

FRANZISKA Was hätte bei Ihnen nicht auch Beziehung auf ihn?

DAS FRÄULEIN Freund und Feind sagen, daß er der tapferste Mann von der Welt ist. Aber wer hat ihn von Tapferkeit jemals reden hören? Er hat das rechtschaffenste Herz, aber Rechtschaffenheit und Edelmut sind Worte, die er nie auf die Zunge bringt.

FRANZISKA Von was für Tugenden spricht er denn?

DAS FRÄULEIN Er spricht von keiner; denn ihm fehlt keine.

FRANZISKA Das wollte ich nur hören.

DAS FRÄULEIN Warte, Franziska; ich besinne mich. Er spricht sehr oft von Ökonomie. Im Vertrauen, Franziska; ich glaube, der Mann ist ein Verschwender.

FRANZISKA Noch eins, gnädiges Fräulein. Ich habe ihn auch sehr oft der Treue und Beständigkeit gegen Sie erwähnen hören. Wie, wenn der Herr auch ein Flattergeist wäre?

DAS FRÄULEIN Du Unglückliche! – Aber meinst du das im Ernste, Franziska?

FRANZISKA Wie lange hat er Ihnen nun schon nicht geschrieben?

DAS FRÄULEIN Ach! seit dem Frieden hat er mir nur ein einziges Mal geschrieben.

FRANZISKA Auch ein Seufzer wider den Frieden! Wunderbar! der Friede sollte nur das Böse wieder gutmachen, das der Krieg gestiftet, und er zerrüttet auch das Gute, was dieser sein Gegenpart etwa noch veranlasset hat. Der Friede sollte so eigensinnig nicht sein! – Und wie lange haben wir schon Friede? Die Zeit wird einem gewaltig lang, wenn es so wenig Neuigkeiten gibt. – Umsonst gehen die Posten wieder richtig; niemand schreibt; denn niemand hat was zu schreiben.

DAS FRÄULEIN Es ist Friede, schrieb er mir, und ich nähere mich der Erfüllung meiner Wünsche. Aber, daß er mir dieses nur einmal, nur ein einziges Mal geschrieben –

FRANZISKA Daß er uns zwingt, dieser Erfüllung der Wünsche selbst entgegenzueilen: finden wir ihn nur; das soll er uns entgelten! – Wenn indes der Mann doch Wünsche erfüllt hätte, und wir erführen hier –

DAS FRÄULEIN *(ängstlich und hitzig)* Daß er tot wäre?

FRANZISKA Für Sie, gnädiges Fräulein; in den Armen einer andern. –

DAS FRÄULEIN Du Quälgeist! Warte, Franziska, er soll dir es gedenken! – Doch schwatze nur; sonst schlafen wir wieder ein. – Sein Regiment ward nach dem Frieden zerrissen. Wer weiß, in welche Verwirrung von Rechnungen und Nachweisungen er dadurch geraten? Wer weiß, zu welchem andern Regimente, in welche entlegne Provinz er versetzt worden? Wer weiß, welche Umstände – Es pocht jemand.

FRANZISKA Herein!

ZWEITER AUFTRITT

Der Wirt. Die Vorigen.

DER WIRT *(den Kopf voransteckend)* Ist es erlaubt, meine gnädige Herrschaft? –

FRANZISKA Unser Herr Wirt? – Nur vollends herein.

DER WIRT *(mit einer Feder hinter dem Ohre, ein Blatt Papier und ein Schreibezeug in der Hand)* Ich komme, gnädiges Fräulein, Ihnen einen untertänigen guten Morgen zu wünschen, – *(zur Franziska)* und auch Ihr, mein schönes Kind, –

FRANZISKA Ein höflicher Mann!

DAS FRÄULEIN Wir bedanken uns.

FRANZISKA Und wünschen Ihm auch einen guten Morgen.

DER WIRT Darf ich mich unterstehen zu fragen, wie Ihro Gnaden diese erste Nacht unter meinem schlechten Dache geruhet? –

FRANZISKA Das Dach ist so schlecht nicht, Herr Wirt; aber die Betten hätten besser sein können.

DER WIRT Was höre ich? Nicht wohl geruht? Vielleicht, daß die gar zu große Ermüdung von der Reise –

DAS FRÄULEIN Es kann sein.

DER WIRT Gewiß, gewiß! denn sonst – Indes sollte etwas nicht vollkommen nach Ihro Gnaden Bequemlichkeit gewesen sein, so geruhen Ihro Gnaden, nur zu befehlen.

FRANZISKA Gut, Herr Wirt, gut! Wir sind auch nicht blöde; und am wenigsten muß man im Gasthofe blöde sein. Wir wollen schon sagen, wie wir es gern hätten.

DER WIRT Hiernächst komme ich zugleich – *(Indem er die Feder hinter dem Ohr hervorzieht.)*

FRANZISKA Nun? –

DER WIRT Ohne Zweifel kennen Ihro Gnaden schon die weisen Verordnungen unserer Polizei.

DAS FRÄULEIN Nicht im geringsten, Herr Wirt –

DER WIRT Wir Wirte sind angewiesen, keinen Fremden, wes Standes und Geschlechts er auch sei, vierundzwanzig Stunden zu behausen, ohne seinen Namen, Heimat, Charakter, hiesige Geschäfte, vermutliche Dauer des Aufenthalts, und so weiter, gehörigen Orts schriftlich einzureichen.

DAS FRÄULEIN Sehr wohl.

DER WIRT Ihro Gnaden werden also sich gefallen lassen – *(Indem er an einen Tisch tritt und sich fertig macht, zu schreiben.)*

DAS FRÄULEIN Sehr gern – Ich heiße –

DER WIRT Einen kleinen Augenblick Geduld! – *(Er schreibt.)* »Dato, den 22. August a. c. allhier zum Könige von Spanien angelangt« – Nun Dero Namen, gnädiges Fräulein?

DAS FRÄULEIN Das Fräulein von Barnhelm.

DER WIRT *(schreibt)* »von Barnhelm« – Kommend? woher, gnädiges Fräulein?

DAS FRÄULEIN Von meinen Gütern aus Sachsen.

DER WIRT *(schreibt)* »Gütern aus Sachsen« – Aus Sachsen! Ei, ei, aus Sachsen, gnädiges Fräulein? aus Sachsen?

FRANZISKA Nun? warum nicht? Es ist doch wohl hierzulande keine Sünde, aus Sachsen zu sein?

DER WIRT Eine Sünde? behüte! das wäre ja eine ganz neue Sünde! – Aus Sachsen also? Ei, ei! aus Sachsen! das liebe Sachsen! – Aber wo mir recht ist, gnädiges Fräulein, Sachsen ist nicht klein, und hat mehrere, – wie soll ich es nennen? – Distrikte, Provinzen. – Unsere Polizei ist sehr exakt, gnädiges Fräulein. –

DAS FRÄULEIN Ich verstehe: von meinen Gütern aus Thüringen also.

DER WIRT Aus Thüringen! Ja, das ist besser, gnädiges Fräulein, das ist genauer. – *(Schreibt und liest.)* »Das Fräulein von Barnhelm, kommend von ihren Gütern aus Thüringen, nebst einer Kammerfrau und zwei Bedienten« –

FRANZISKA Einer Kammerfrau? das soll ich wohl sein?

DER WIRT Ja, mein schönes Kind. –

FRANZISKA Nun, Herr Wirt, so setzen Sie anstatt Kammerfrau, Kammerjungfer. – Ich höre, die Polizei ist sehr exakt; es möchte ein Mißverständnis geben, welches mir bei meinem Aufgebote einmal Händel machen könnte. Denn ich bin wirklich noch Jungfer, und heiße Franziska; mit dem Geschlechtsnamen Willig; Franziska Willig. Ich bin auch aus Thüringen. Mein Vater war Müller auf einem von den Gütern des gnädigen Fräuleins. Es heißt Klein-Rammsdorf. Die Mühle hat jetzt mein Bruder. Ich kam sehr jung auf den Hof, und ward mit dem gnädigen Fräulein erzogen. Wir sind von *einem* Alter; künftige Lichtmeß einundzwanzig Jahr. Ich habe alles gelernt, was das gnädige Fräulein gelernt hat. Es soll mir lieb sein, wenn mich die Polizei recht kennt.

DER WIRT Gut, mein schönes Kind; das will ich mir auf weitere Nachfrage merken. – Aber nunmehr, gnädiges Fräulein, Dero Verrichtungen allhier?

DAS FRÄULEIN Meine Verrichtungen?

DER WIRT Suchen Ihro Gnaden etwas bei des Königs Majestät?

DAS FRÄULEIN O, nein!

DER WIRT Oder bei unsern hohen Justizkollegiis?

DAS FRÄULEIN Auch nicht.

DER WIRT Oder –

DAS FRÄULEIN Nein, nein. Ich bin lediglich in meinen eigenen Angelegenheiten hier.

DER WIRT Ganz wohl, gnädiges Fräulein; aber wie nennen sich diese eigne Angelegenheiten?

DAS FRÄULEIN Sie nennen sich – Franziska, ich glaube wir werden vernommen.

FRANZISKA Herr Wirt, die Polizei wird doch nicht die Geheimnisse eines Frauenzimmers zu wissen verlangen?

DER WIRT Allerdings, mein schönes Kind: die Polizei will alles, alles wissen; und besonders Geheimnisse.

FRANZISKA Ja nun, gnädiges Fräulein; was ist zu tun? – So hören Sie nur, Herr Wirt; – aber daß es ja unter uns und der Polizei bleibt! –

DAS FRÄULEIN Was wird ihm die Närrin sagen?

FRANZISKA Wir kommen, dem Könige einen Offizier wegzukapern –

DER WIRT Wie? was? Mein Kind! mein Kind! –

FRANZISKA Oder uns von dem Offiziere kapern zu lassen. Beides ist eins.

DAS FRÄULEIN Franziska, bist du toll? – Herr Wirt, die Nasenweise hat Sie zum besten. –

DER WIRT Ich will nicht hoffen! Zwar mit meiner Wenigkeit kann sie scherzen so viel, wie sie will; nur mit einer hohen Polizei –

DAS FRÄULEIN Wissen Sie was, Herr Wirt? – Ich weiß mich in dieser Sache nicht zu nehmen. Ich dächte, Sie ließen die ganze Schreiberei bis auf die Ankunft meines Oheims. Ich habe Ihnen schon gestern gesagt, warum er nicht mit mir zugleich angekommen. Er verunglückte, zwei Meilen von hier, mit seinem Wagen; und wollte durchaus nicht, daß mich dieser Zufall eine Nacht mehr kosten sollte. Ich mußte also voran. Wenn er vierundzwanzig Stunden nach mir eintrifft, so ist es das Längste.

DER WIRT Nun ja, gnädiges Fräulein, so wollen wir ihn erwarten.

DAS FRÄULEIN Er wird auf Ihre Fragen besser antworten können. Er wird wissen, wem, und wie weit er sich zu entdecken hat; was er von seinen Geschäften anzeigen muß, und was er davon verschweigen darf.

DER WIRT Desto besser! Freilich, freilich kann man von einem jungen Mädchen *(die Franziska mit einer bedeutenden Miene ansehend)* nicht verlangen, daß es eine ernsthafte Sache, mit ernsthaften Leuten, ernsthaft traktiere –

DAS FRÄULEIN Und die Zimmer für ihn, sind doch in Bereitschaft, Herr Wirt?

DER WIRT Völlig, gnädiges Fräulein, völlig; bis auf das eine –

FRANZISKA Aus dem Sie vielleicht auch noch erst einen ehrlichen Mann vertreiben müssen?

DER WIRT Die Kammerjungfern aus Sachsen, gnädiges Fräulein, sind wohl sehr mitleidig. –

DAS FRÄULEIN Doch, Herr Wirt; das haben Sie nicht gut gemacht. Lieber hätten Sie uns nicht einnehmen sollen.

DER WIRT Wie so, gnädiges Fräulein, wie so?

DAS FRÄULEIN Ich höre, daß der Offizier, welcher durch uns verdrängt worden –

DER WIRT Ja nur ein abgedankter Offizier ist, gnädiges Fräulein. –

DAS FRÄULEIN Wenn schon! –

DER WIRT Mit dem es zu Ende geht. –

DAS FRÄULEIN Desto schlimmer! Es soll ein sehr verdienter Mann sein.

DER WIRT Ich sage Ihnen ja, daß er abgedankt ist.

DAS FRÄULEIN Der König kann nicht alle verdiente Männer kennen.

DER WIRT O gewiß, er kennt sie, er kennt sie alle. –

DAS FRÄULEIN So kann er sie nicht alle belohnen.

DER WIRT Sie wären alle belohnt, wenn sie darnach gelebt hätten. Aber so lebten die Herren, währendes Krieges, als ob ewig Krieg bleiben würde; als ob das Dein und Mein ewig aufgehoben sein würde. Jetzt liegen alle Wirtshäuser und Gasthöfe von ihnen voll; und ein Wirt hat sich wohl mit ihnen in acht zu nehmen. Ich bin mit diesem noch so ziemlich weggekommen. Hatte er gleich kein Geld mehr, so hatte er doch noch Geldeswert; und zwei, drei Monate hätte ich ihn freilich noch ruhig können sitzen lassen. Doch besser ist besser. – Apropos, gnädiges Fräulein; Sie verstehen sich doch auf Juwelen? –

DAS FRÄULEIN Nicht sonderlich.

DER WIRT Was sollten Ihro Gnaden nicht? – Ich muß Ihnen einen Ring zeigen, einen kostbaren Ring. Zwar gnädiges Fräulein haben da auch einen sehr schönen am Finger, und je mehr ich ihn betrachte, je mehr muß ich mich wundern, daß er dem meinigen so ähnlich ist – O! sehen Sie doch, sehen Sie doch! *(Indem er ihn aus dem Futteral herausnimmt, und dem Fräulein zureicht.)* Welch ein Feuer! der mittelste Brillant allein wiegt über fünf Karat.

DAS FRÄULEIN *(ihn betrachtend)* Wo bin ich? was seh' ich? Dieser Ring –

DER WIRT Ist seine funfzehnhundert Taler unter Brüdern wert.

DAS FRÄULEIN Frankziska! – Sieh doch! –

DER WIRT Ich habe mich auch nicht einen Augenblick bedacht, achtzig Pistolen darauf zu leihen.

DAS FRÄULEIN Erkennst du ihn nicht, Franziska?

FRANZISKA Der nämliche! – Herr Wirt, wo haben Sie diesen Ring her? –

DER WIRT Nun, mein Kind? Sie hat doch wohl kein Recht daran?

FRANZISKA Wir kein Recht an diesem Ringe? – Inwärts auf dem Kasten muß des Fräuleins verzogener Name stehn. – Weisen Sie doch, Fräulein.

DAS FRÄULEIN Er ist's, er ist's! – Wie kommen Sie zu diesem Ringe, Herr Wirt?

DER WIRT Ich? auf die ehrlichste Weise von der Welt. – Gnädiges Fräulein, gnädiges Fräulein, Sie werden mich nicht in Schaden und Unglück bringen wollen? Was weiß ich, wo sich der Ring eigentlich herschreibt? Währendes Krieges hat manches seinen Herrn, sehr oft, mit und ohne Vorbewußt des Herrn, verändert. Und Krieg war Krieg. Es werden mehr Ringe aus Sachsen über die Grenze gegangen sein. – Geben Sie mir ihn wieder, gnädiges Fräulein, geben Sie mir ihn wieder!

FRANZISKA Erst geantwortet: von wem haben Sie ihn?

DER WIRT Von einem Manne, dem ich so was nicht zutrauen kann; von einem sonst guten Manne –

DAS FRÄULEIN Von dem besten Manne unter der Sonne, wenn Sie ihn von seinem Eigentümer haben. – Geschwind bringen Sie mir den Mann! Er ist es selbst, oder wenigstens muß er ihn kennen.

DER WIRT Wer denn? wen denn, gnädiges Fräulein?

FRANZISKA Hören Sie denn nicht? unsern Major.

DER WIRT Major? Recht, er ist Major, der dieses Zimmer vor Ihnen bewohnt hat, und von dem ich ihn habe.

DAS FRÄULEIN Major von Tellheim.

DER WIRT Von Tellheim, ja! Kennen Sie ihn?

DAS FRÄULEIN Ob ich ihn kenne? Er ist hier? Tellheim ist hier? Er? er hat in diesem Zimmer gewohnt? Er, er hat Ihnen diesen Ring versetzt? Wie kommt der Mann in diese Verlegenheit? Wo ist er? Er ist Ihnen schuldig? – – Franziska, die Schatulle her! Schließ auf! *(Indem sie Franziska auf den Tisch setzet, und öffnet.)* Was ist er Ihnen schuldig? Wem ist er mehr schuldig? Bringen Sie mir alle seine Schuldner. Hier ist Geld. Hier sind Wechsel. Alles ist sein!

DER WIRT Was höre ich?

DAS FRÄULEIN Wo ist er? wo ist er?

DER WIRT Noch vor einer Stunde war er hier.

DAS FRÄULEIN Häßlicher Mann, wie konnten Sie gegen ihn so unfreundlich, so hart, so grausam sein?

DER WIRT Ihro Gnaden verzeihen –

DAS FRÄULEIN Geschwind, schaffen Sie mir ihn zur Stelle.

DER WIRT Sein Bedienter ist vielleicht noch hier. Wollen Ihro Gnaden, daß er ihn aufsuchen soll?

DAS FRÄULEIN Ob ich will? Eilen Sie, laufen Sie; für diesen Dienst allein will ich es vergessen, wie schlecht Sie mit ihm umgegangen sind. –

FRANZISKA Fix, Herr Wirt, hurtig, fort, fort!

(Stößt ihn heraus.)

DRITTER AUFTRITT

Das Fräulein. Franziska.

DAS FRÄULEIN Nun habe ich ihn wieder, Franziska! Siehst du, nun habe ich ihn wieder! Ich weiß nicht, wo ich vor Freuden bin! Freue dich doch mit, liebe Franziska. Aber freilich, warum du? Doch du sollst dich, du mußt dich mit mir freuen. Komm, Liebe, ich will dich beschenken, damit du dich mit mir freuen kannst. Sprich, Franziska, was soll ich dir geben? Was steht dir von meinen Sachen an? Was hättest du gern? Nimm, was du willst; aber freue dich nur. Ich sehe wohl, du wirst dir nichts nehmen. Warte! *(sie faßt in die Schatulle)* da, liebe Franziska; *(und gibt ihr Geld)*, kaufe dir, was du gern hättest. Fordere mehr, wenn es nicht zulangt. Aber freue dich nur mit mir. Es ist so traurig, sich allein zu freuen. Nun, so nimm doch –

FRANZISKA Ich stehle es Ihnen, Fräulein; Sie sind trunken, von Fröhlichkeit trunken. –

DAS FRÄULEIN Mädchen, ich habe einen zänkischen Rausch, nimm, oder – *(Sie zwingt ihr das Geld in die Hand.)* Und wenn du dich bedankest! – Warte; gut, daß ich daran denke. *(Sie greift nochmals in die Schatulle nach Geld.)* Das, liebe Franziska, stecke beiseite; für den ersten blessierten armen Soldaten, der uns anspricht. –

VIERTER AUFTRITT

Der Wirt. Das Fräulein. Franziska.

DAS FRÄULEIN Nun? wird er kommen?

DER WIRT Der widerwärtige, ungeschliffene Kerl!

DAS FRÄULEIN Wer?

DER WIRT Sein Bedienter. Er weigert sich, nach ihm zu gehen.

FRANZISKA Bringen Sie doch den Schurken her. – Des Majors Bediente kenne ich ja wohl alle. Welcher wäre denn das?

DAS FRÄULEIN Bringen Sie ihn geschwind her. Wenn er uns sieht, wird er schon gehen.

(Der Wirt geht ab.)

FÜNFTER AUFTRITT

Das Fräulein. Franziska.

DAS FRÄULEIN Ich kann den Augenblick nicht erwarten. Aber, Franziska, du bist noch immer so kalt? Du willst dich noch nicht mit mir freuen?

FRANZISKA Ich wollte von Herzen gern; wenn nur –

DAS FRÄULEIN Wenn nur?

FRANZISKA Wir haben den Mann wiedergefunden; aber wie haben wir ihn wiedergefunden? Nach allem, was wir von ihm hören, muß es ihm übel gehn. Er muß unglücklich sein. Das jammert mich.

DAS FRÄULEIN Jammert dich? – Laß dich dafür umarmen, meine liebste Gespielin! Das will ich dir nie vergessen! – Ich bin nur verliebt, und du bist gut. –

SECHSTER AUFTRITT

Der Wirt. Just. Die Vorigen.

DER WIRT Mit genauer Not bring' ich ihn.

FRANZISKA Ein fremdes Gesicht! Ich kenne ihn nicht.

DAS FRÄULEIN Mein Freund, ist Er bei dem Major von Tellheim?

JUST Ja.

DAS FRÄULEIN Wo ist Sein Herr?

JUST Nicht hier.

DAS FRÄULEIN Aber Er weiß ihn zu finden?

JUST Ja.

DAS FRÄULEIN Will Er ihn nicht geschwind herholen?

JUST Nein.

DAS FRÄULEIN Er erweiset mir damit einen Gefallen. –

JUST Ei!

DAS FRÄULEIN Und Seinem Herrn einen Dienst. –

JUST Vielleicht auch nicht. –

DAS FRÄULEIN Woher vermutet Er das?

JUST Sie sind doch die fremde Herrschaft, die ihn schon diesen Morgen komplimentieren lassen?

DAS FRÄULEIN Ja.

JUST So bin ich schon recht.

DAS FRÄULEIN Weiß Sein Herr meinen Namen?

JUST Nein; aber er kann die allzu höflichen Damen ebensowenig leiden, als die allzu groben Wirte.

DER WIRT Das soll wohl mit auf mich gehn?

JUST Ja.

DER WIRT So lass' Er es doch dem gnädigen Fräulein nicht entgelten; und hole Er ihn geschwind her.

DAS FRÄULEIN *(leise zur Franziska)* Franziska, gib ihm etwas –

FRANZISKA *(die dem Just Geld in die Hand drücken will)* Wir verlangen Seine Dienste nicht umsonst. –

JUST Und ich Ihr Geld nicht ohne Dienste.

FRANZISKA Eines für das andere.

JUST Ich kann nicht. Mein Herr hat mir befohlen, auszuräumen. Das tu' ich jetzt, und daran, bitte ich, mich nicht weiter zu verhindern. Wenn ich fertig bin, so will ich es ihm ja wohl sagen, daß er herkommen kann. Er ist nebenan auf dem Kaffeehause; und wenn er da nichts Bessers zu tun findet, wird er auch wohl kommen. *(Will fortgehen.)*

FRANZISKA So warte Er doch. – Das gnädige Fräulein ist des Herrn Majors – Schwester. –

DAS FRÄULEIN Ja, ja, seine Schwester.

JUST Das weiß ich besser, daß der Major keine Schwestern hat. Er hat mich in sechs Monaten zweimal an seine Familie nach Kurland geschickt. – Zwar es gibt mancherlei Schwestern –

FRANZISKA Unverschämter!

JUST Muß man es nicht sein, wenn einen die Leute sollen gehn lassen? *(Geht ab.)*

FRANZISKA Das ist ein Schlingel!

DER WIRT Ich sagt' es ja. Aber lassen Sie ihn nur! Weiß ich doch nunmehr, wo sein Herr ist. Ich will ihn gleich selbst holen. – Nur, gnädiges Fräulein, bitte ich untertänigst, sodann ja mich bei dem Herrn Major zu entschuldigen, daß ich so unglücklich gewesen, wider meinen Willen, einen Mann von seinen Verdiensten –

DAS FRÄULEIN Gehen Sie nur geschwind, Herr Wirt. Das will ich alles wieder gut machen. *(Der Wirt geht ab, und hierauf)* Franziska, lauf ihm nach: er soll ihm meinen Namen nicht nennen!

(Franziska, dem Wirte nach.)

SIEBENTER AUFTRITT

Das Fräulein und hierauf Franziska.

DAS FRÄULEIN Ich habe ihn wieder. – Bin ich allein? – Ich will nicht umsonst allein sein. *(Sie faltet die Hände)* Auch bin ich nicht allein! *(und blickt aufwärts.)* Ein einziger dankbarer Gedanke gen Himmel ist das willkommenste Gebet! – Ich hab' ihn, ich hab' ihn! *(Mit ausgebreiteten Armen.)* Ich bin glücklich! und fröhlich! Was kann der Schöpfer lieber sehen, als ein fröhliches Geschöpf! – *(Franziska kömmt.)* Bist du wieder da, Franziska? – Er jammert dich? Mich jammert er nicht. Unglück ist auch gut. Vielleicht, daß ihm der Himmel alles nahm, um ihm in mir alles wiederzugeben!

FRANZISKA Er kann den Augenblick hier sein. – Sie sind noch in Ihrem Negligé, gnädiges Fräulein. Wie, wenn Sie sich geschwind ankleideten?

DAS FRÄULEIN Geh! ich bitte dich. Er wird mich von nun an öftrer so, als geputzt sehen.

FRANZISKA O, Sie kennen sich, mein Fräulein.

DAS FRÄULEIN *(nach einem kurzen Nachdenken)* Wahrhaftig, Mädchen, du hast es wiederum getroffen.

FRANZISKA Wenn wir schön sind, sind wir ungeputzt am schönsten.

DAS FRÄULEIN Müssen wir denn schön sein? – Aber, daß wir uns schön glauben, war vielleicht notwendig. – Nein, wenn ich ihm, ihm nur schön bin! – Franziska, wenn alle Mädchen so sind, wie ich mich jetzt fühle, so sind wir – sonderbare Dinger. – Zärtlich und stolz, tugendhaft und eitel, wollüstig und fromm – Du wirst mich nicht verstehen. Ich verstehe mich wohl selbst nicht. – Die Freude macht drehend, wirblicht. –

FRANZISKA Fassen Sie sich, mein Fräulein; ich höre kommen –

DAS FRÄULEIN Mich fassen? Ich sollte ihn ruhig empfangen?

ACHTER AUFTRITT

v. Tellheim. Der Wirt. Die Vorigen.

V. TELLHEIM *(tritt herein, und indem er sie erblickt, flieht er auf sie zu)* Ah! meine Minna! –

DAS FRÄULEIN *(ihm entgegenfliehend)* Ah! mein Tellheim! –

V. TELLHEIM *(stutzt auf einmal, und tritt wieder zurück)* Verzeihen Sie, gnädiges Fräulein, – das Fräulein von Barnhelm hier zu finden –

DAS FRÄULEIN Kann Ihnen doch so gar unerwartet nicht sein? – *(Indem sie ihm näher tritt, und er mehr zurückweicht.)* Verzeihen? Ich soll Ihnen verzeihen, daß ich noch Ihre Minna bin? Verzeih' Ihnen der Himmel, daß ich noch das Fräulein von Barnhelm bin! –

V. TELLHEIM Gnädiges Fräulein – *(Sieht starr auf den Wirt, und zuckt die Schultern.)*

DAS FRÄULEIN *(wird den Wirt gewahr, und winkt der Franziska)* Mein Herr, –

V. TELLHEIM Wenn wir uns beiderseits nicht irren –

FRANZISKA Je, Herr Wirt, wen bringen Sie uns denn da? Geschwind kommen Sie, lassen Sie uns den Rechten suchen.

DER WIRT Ist es nicht der Rechte? Ei ja doch!

FRANZISKA Ei nicht doch! Geschwind kommen Sie; ich habe Ihrer Jungfer Tochter noch keinen guten Morgen gesagt.

DER WIRT O! viel Ehre – *(Doch ohne von der Stelle zu gehn.)*

FRANZISKA *(faßt ihn an)* Kommen Sie, wir wollen den Küchenzettel machen. – Lassen Sie sehen, was wir haben werden –

DER WIRT Sie sollen haben; vors erste –

FRANZISKA Still, ja stille! Wenn das Fräulein jetzt schon weiß, was sie zu Mittag speisen soll, so ist es um ihren Appetit geschehen. Kommen Sie, das müssen Sie mir allein sagen. *(Führet ihn mit Gewalt ab.)*

NEUNTER AUFTRITT

v. Tellheim. Das Fräulein.

DAS FRÄULEIN Nun? irren wir uns noch?

V. TELLHEIM Daß es der Himmel wollte! – Aber es gibt nur *eine,* und Sie sind es. –

DAS FRÄULEIN Welche Umstände! Was wir uns zu sagen haben, kann jedermann hören.

V. TELLHEIM Sie hier? Was suchen Sie hier, gnädiges Fräulein?

DAS FRÄULEIN Nichts suche ich mehr. *(Mit offnen Armen auf ihn zugehend.)* Alles, was ich suchte, habe ich gefunden.

V. TELLHEIM *(zurückweichend)* Sie suchten einen glücklichen, einen Ihrer Liebe würdigen Mann; und finden – einen Elenden.

DAS FRÄULEIN So lieben Sie mich nicht mehr? – Und lieben eine andere?

V. TELLHEIM Ah! der hat Sie nie geliebt, mein Fräulein, der eine andere nach Ihnen lieben kann.

DAS FRÄULEIN Sie reißen nur *einen* Stachel aus meiner Seele. – Wenn ich Ihr Herz verloren habe, was liegt daran, ob mich

Gleichgültigkeit oder mächtigere Reize darum gebracht? – Sie lieben mich nicht mehr: und lieben auch keine andere? – Unglücklicher Mann, wenn Sie gar nichts lieben! –

V. TELLHEIM Recht, gnädiges Fräulein; der Unglückliche muß gar nichts lieben. Er verdient sein Unglück, wenn er diesen Sieg nicht über sich selbst zu erhalten weiß; wenn er es sich gefallen lassen kann, daß die, welche er liebt, an seinem Unglück Anteil nehmen dürfen. – Wie schwer ist dieser Sieg! – Seitdem mir Vernunft und Notwendigkeit befehlen, Minna von Barnhelm zu vergessen: was für Mühe habe ich angewandt! Eben wollte ich anfangen zu hoffen, daß diese Mühe nicht ewig vergebens sein würde: – und Sie erscheinen, mein Fräulein! –

DAS FRÄULEIN Versteh' ich Sie recht? – Halten Sie, mein Herr; lassen Sie sehen, wo wir sind, ehe wir uns weiter verirren! – Wollen Sie mir die einzige Frage beantworten?

V. TELLHEIM Jede, mein Fräulein –

DAS FRÄULEIN Wollen Sie mir auch ohne Wendung, ohne Winkelzug antworten? Mit nichts, als einem trockenen Ja oder Nein?

V. TELLHEIM Ich will es, – wenn ich kann.

DAS FRÄULEIN Sie können es. – Gut: ohngeachtet der Mühe, die Sie angewendet, mich zu vergessen, – lieben Sie mich noch, Tellheim?

V. TELLHEIM Mein Fräulein, diese Frage –

DAS FRÄULEIN Sie haben versprochen, mit nichts, als Ja oder Nein zu antworten.

V. TELLHEIM Und hinzugesetzt: wenn ich kann.

DAS FRÄULEIN Sie können; Sie müssen wissen, was in Ihrem Herzen vorgeht. – Lieben Sie mich noch, Tellheim? – Ja, oder nein.

V. TELLHEIM Wenn mein Herz –

DAS FRÄULEIN Ja, oder nein!

V. TELLHEIM Nun, ja!

DAS FRÄULEIN Ja?

V. TELLHEIM Ja, ja! – Allein –

DAS FRÄULEIN Geduld! – Sie lieben mich noch: genug für mich. – In was für einen Ton bin ich mit Ihnen gefallen! Ein widriger, melancholischer, ansteckender Ton. – Ich nehme den meinigen wieder an. – Nun, mein lieber Unglücklicher, Sie lieben mich noch, und haben Ihre Minna noch, und sind unglücklich? Hören Sie doch, was Ihre Minna für ein eingebildetes, albernes Ding war, – ist. Sie ließ, sie läßt sich träumen, Ihr ganzes Glück sei sie. – Geschwind, kramen Sie Ihr Unglück aus. Sie mag versuchen, wieviel sie dessen aufwiegt. – Nun?

V. TELLHEIM Mein Fräulein, ich bin nicht gewohnt zu klagen.

DAS FRÄULEIN Sehr wohl. Ich wüßte auch nicht, was mir an einem Soldaten, nach dem Prahlen, weniger gefiele, als das Klagen. Aber es gibt eine gewisse kalte, nachlässige Art, von seiner Tapferkeit und von seinem Unglücke zu sprechen –

V. TELLHEIM Die im Grunde doch auch geprahlt und geklagt ist.

DAS FRÄULEIN O, mein Rechthaber, so hätten Sie sich auch gar nicht unglücklich nennen sollen. – Ganz geschwiegen, oder ganz mit der Sprache heraus. – Eine Vernunft, eine Notwendigkeit, die Ihnen mich zu vergessen befiehlt? – Ich bin eine große Liebhaberin von Vernunft, ich habe sehr viel Ehrerbietung für die Notwendigkeit. – Aber lassen Sie doch hören, wie vernünftig diese Vernunft, wie notwendig diese Notwendigkeit ist.

V. TELLHEIM Wohl denn; so hören Sie, mein Fräulein. – Sie nennen mich Tellheim; der Name trifft ein. – Aber Sie meinen, ich sei der Tellheim, den Sie in Ihrem Vaterlande gekannt haben; der blühende Mann, voller Ansprüche, voller Ruhmbegierde; der seines ganzen Körpers, seiner ganzen Seele mächtig war; vor dem die Schranken der Ehre und des Glücks eröffnet standen; der Ihres Herzens und Ihrer Hand, wenn er schon Ihrer noch nicht würdig war, täglich würdiger zu werden hoffen durfte. – Dieser Tellheim bin ich ebensowenig, – als ich mein Vater bin. Beide sind gewesen. – Ich bin

Tellheim, der verabschiedete, der an seiner Ehre gekränkte, der Krüppel, der Bettler. – Jenem, mein Fräulein, versprachen Sie sich: wollen Sie diesem Wort halten? –

DAS FRÄULEIN Das klingt sehr tragisch! – Doch, mein Herr, bis ich jenen wiederfinde, – in die Tellheims bin ich nun einmal vernarret, – dieser wird mir schon aus der Not helfen müssen. – Deine Hand, lieber Bettler! *(Indem sie ihn bei der Hand ergreift.)*

V. TELLHEIM *(der die andere Hand mit dem Hute vor das Gesicht schlägt, und sich von ihr abwendet)* Das ist zu viel! – Wo bin ich? – Lassen Sie mich, Fräulein! Ihre Güte foltert mich! – Lassen Sie mich.

DAS FRÄULEIN Was ist Ihnen? wo wollen Sie hin?

V. TELLHEIM Von Ihnen! –

DAS FRÄULEIN Von mir? *(Indem sie seine Hand an ihre Brust zieht.)* Träumer!

V. TELLHEIM Die Verzweiflung wird mich tot zu Ihren Füßen werfen.

DAS FRÄULEIN Von mir?

V. TELLHEIM Von Ihnen. – Sie nie, nie wieder zu sehen. – Oder doch so entschlossen, so fest entschlossen, – keine Niederträchtigkeit zu begehen, – Sie keine Unbesonnenheit begehen zu lassen. – Lassen Sie mich, Minna! *(Reißt sich los, und ab.)*

DAS FRÄULEIN *(ihm nach)* Minna Sie lassen? Tellheim! Tellheim!

Ende des zweiten Aufzuges.

DRITTER AUFZUG

ERSTER AUFTRITT

Die Szene, der Saal.
Just (einen Brief in der Hand).

Muß ich doch noch einmal in das verdammte Haus kommen! – Ein Briefchen von meinem Herrn an das gnädige Fräulein, das seine Schwester sein will. – Wenn sich nur da nichts anspinnt! – Sonst wird des Brieftragens kein Ende werden. – Ich wär' es gern los; aber ich möchte auch nicht gern ins Zimmer hinein. – Das Frauenszeug fragt so viel; und ich antworte so ungern! – Ha, die Türe geht auf. Wie gewünscht! das Kammerkätzchen!

ZWEITER AUFTRITT

Franziska. Just.

FRANZISKA *(zur Türe herein, aus der sie kömmt)* Sorgen Sie nicht; ich will schon aufpassen. – Sieh! *(Indem sie Justen gewahr wird)* da stieße mir ja gleich was auf. Aber mit dem Vieh ist nichts anzufangen.

JUST Ihr Diener, Jungfer –

FRANZISKA Ich wollte so einen Diener nicht –

JUST Nu, nu; verzeih' Sie mir die Redensart! – Da bring' ich ein Briefchen von meinem Herrn an Ihre Herrschaft, das gnädige Fräulein – Schwester. – War's nicht so? Schwester.

FRANZISKA Geb' Er her! *(Reißt ihm den Brief aus der Hand.)*

JUST Sie soll so gut sein, läßt mein Herr bitten, und es übergeben. Hernach soll Sie so gut sein, läßt mein Herr bitten – daß Sie nicht etwa denkt, ich bitte was! –

FRANZISKA Nun denn?

JUST Mein Herr versteht den Rummel. Er weiß, daß der Weg zu

den Fräuleins durch die Kammermädchen geht: – bild' ich mir ein! – Die Jungfer soll also so gut sein, – läßt mein Herr bitten, – und ihm sagen lassen, ob er nicht das Vergnügen haben könnte, die Jungfer auf ein Viertelstündchen zu sprechen.

FRANZISKA Mich?

JUST Verzeih' Sie mir, wenn ich Ihr einen unrechten Titel gebe. – Ja, Sie! – Nur auf ein Viertelstündchen: aber allein, ganz allein, insgeheim, unter vier Augen. Er hätte Ihr was sehr Notwendiges zu sagen.

FRANZISKA Gut! Ich habe ihm auch viel zu sagen. – Er kann nur kommen, ich werde zu seinem Befehle sein.

JUST Aber, wenn kann er kommen? Wenn ist es Ihr am gelegensten, Jungfer? So in der Dämmerung? –

FRANZISKA Wie meint Er das? – Sein Herr kann kommen, wenn er will; – und damit packe Er sich nur!

JUST Herzlich gern! *(Will fortgehen.)*

FRANZISKA Hör' Er doch; noch auf ein Wort. – Wo sind denn die andern Bedienten des Majors?

JUST Die andern? Dahin, dorthin, überallhin.

FRANZISKA Wo ist Wilhelm?

JUST Der Kammerdiener? den läßt der Major reisen.

FRANZISKA So? Und Philipp, wo ist der?

JUST Der Jäger? den hat der Herr aufzuheben gegeben.

FRANZISKA Weil er jetzt keine Jagd hat, ohne Zweifel. – Aber Martin?

JUST Der Kutscher? der ist weggeritten.

FRANZISKA Und Fritz?

JUST Der Läufer? der ist avanciert.

FRANZISKA Wo war Er denn, als der Major bei uns in Thüringen im Winterquartiere stand? Er war wohl noch nicht bei ihm?

JUST O ja; ich war Reitknecht bei ihm; aber ich lag im Lazarett.

FRANZISKA Reitknecht? und jetzt ist Er?

JUST Alles in allem; Kammerdiener und Jäger, Läufer und Reitknecht.

FRANZISKA Das muß ich gestehen! So viele gute, tüchtige Leute von sich zu lassen, und gerade den Allerschlechtesten zu behalten! Ich möchte doch wissen, was Sein Herr an Ihm fände!

JUST Vielleicht findet er, daß ich ein ehrlicher Kerl bin.

FRANZISKA O, man ist auch verzweifelt wenig, wenn man weiter nichts ist, als ehrlich. – Wilhelm war ein andrer Mensch – Reisen läßt ihn der Herr?

JUST Ja, er läßt ihn; – da er's nicht hindern kann.

FRANZISKA Wie?

JUST O, Wilhelm wird sich alle Ehre auf seinen Reisen machen. Er hat des Herrn ganze Garderobe mit.

FRANZISKA Was? er ist doch nicht damit durchgegangen?

JUST Das kann man nun eben nicht sagen; sondern, als wir von Nürnberg weggingen, ist er uns nur nicht damit nachgekommen.

FRANZISKA O der Spitzbube!

JUST Es war ein ganzer Mensch! er konnte frisieren, und rasieren, und parlieren, – und scharmieren – Nicht wahr?

FRANZISKA Sonach hätte ich den Jäger nicht von mir getan, wenn ich wie der Major gewesen wäre. Konnte er ihn schon nicht als Jäger nützen, so war es doch sonst ein tüchtiger Bursche. – Wem hat er ihn denn aufzuheben gegeben?

JUST Dem Kommandanten von Spandau.

FRANZISKA Der Festung? Die Jagd auf den Wällen kann doch da auch nicht groß sein.

JUST O, Philipp jagt auch da nicht.

FRANZISKA Was tut er denn?

JUST Er karrt.

FRANZISKA Er karrt?

JUST Aber nur auf drei Jahre. Er machte ein kleines Komplott unter des Herrn Kompagnie, und wollte sechs Mann durch die Vorposten bringen. –

FRANZISKA Ich erstaune; der Bösewicht!

JUST O, es ist ein tüchtiger Kerl! Ein Jäger, der funfzig Meilen in der Runde, durch Wälder und Moräste, alle Fußsteige, alle Schleifwege kennt. Und schießen kann er!

FRANZISKA Gut, daß der Major nur noch den braven Kutscher hat!

JUST Hat er ihn noch?

FRANZISKA Ich denke, Er sagte, Martin wäre weggeritten? So wird er doch wohl wiederkommen?

JUST Meint Sie?

FRANZISKA Wo ist er denn hingeritten?

JUST Es geht nun in die zehnte Woche, da ritt er mit des Herrn einzigem und letztem Reitpferde – nach der Schwemme.

FRANZISKA Und ist noch nicht wieder da? O, der Galgenstrick!

JUST Die Schwemme kann den braven Kutscher auch wohl verschwemmt haben! – Es war gar ein rechter Kutscher! Er hatte in Wien zehn Jahre gefahren. So einen kriegt der Herr gar nicht wieder. Wenn die Pferde im vollen Rennen waren, so durfte er nur machen: burr! und auf einmal standen sie, wie die Mauern. Dabei war er ein ausgelernter Roßarzt!

FRANZISKA Nun ist mir für das Avancement des Läufers bange.

JUST Nein, nein; damit hat's seine Richtigkeit. Er ist Trommelschläger bei einem Garnisonregimente geworden.

FRANZISKA Dacht' ich's doch!

JUST Fritz hing sich an ein liederliches Mensch, kam des Nachts niemals nach Hause, machte auf des Herrn Namen überall Schulden, und tausend infame Streiche. Kurz, der Major sahe, daß er mit aller Gewalt höher wollte: *(das Hängen pantomimisch anzeigend)* er brachte ihn also auf guten Weg.

FRANZISKA O der Bube!

JUST Aber ein perfekter Läufer ist er, das ist gewiß. Wenn ihm der Herr funfzig Schritte vorgab, so konnte er ihn mit seinem besten Renner nicht einholen. Fritz hingegen kann dem Galgen tausend Schritte vorgeben, und ich wette mein Leben, er holt ihn ein. – Es waren wohl alles Ihre guten Freunde, Jungfer? Der Wilhelm und der Philipp, der Martin und der Fritz? – Nun, Just empfiehlt sich! *(Geht ab.)*

DRITTER AUFTRITT

Franziska und hernach der Wirt.

FRANZISKA *(die ihm ernsthaft nachsieht)* Ich verdiene den Biß! – Ich bedanke mich, Just. Ich setzte die Ehrlichkeit zu tief herab. Ich will die Lehre nicht vergessen. – Ah! der unglückliche Mann! *(Kehrt sich um, und will nach dem Zimmer des Fräuleins gehen, indem der Wirt kömmt.)*

DER WIRT Warte Sie doch, mein schönes Kind.

FRANZISKA Ich habe jetzt nicht Zeit, Herr Wirt –

DER WIRT Nur ein kleines Augenblickchen! – Noch keine Nachricht weiter von dem Herrn Major? Das konnte doch unmöglich sein Abschied sein! –

FRANZISKA Was denn?

DER WIRT Hat es Ihr das gnädige Fräulein nicht erzählt? – Als ich Sie, mein schönes Kind, unten in der Küche verließ, so kam ich von ungefähr wieder hier in den Saal –

FRANZISKA Von ungefähr, in der Absicht, ein wenig zu horchen.

DER WIRT Ei, mein Kind, wie kann Sie das von mir denken? Einem Wirte läßt nichts übler, als Neugierde. – Ich war nicht lange hier, so prellte auf einmal die Türe bei dem gnädigen Fräulein auf. Der Major stürzte heraus; das Fräulein ihm nach; beide in einer Bewegung, mit Blicken, in einer Stellung – so was läßt sich nur sehen. Sie ergriff ihn; er riß sich los; sie ergriff ihn wieder. »Tellheim!« – »Fräulein, lassen Sie mich!« – »Wohin?« – So zog er sie bis an die Treppe. Mir war schon bange, er würde sie mit herabreißen. Aber er wand sich noch los. Das Fräulein blieb an der obersten Schwelle stehn; sah ihm nach; rief ihm nach; rang die Hände. Auf einmal wandte sie sich um, lief nach dem Fenster, von dem Fenster wieder zur Treppe, von der Treppe in dem Saale hin und wieder. Hier stand ich; hier ging sie dreimal bei mir vorbei, ohne mich zu sehen. Endlich war es, als ob sie mich sähe; aber, Gott sei bei uns! ich glaube, das Fräulein sahe mich für Sie an, mein Kind. »Franziska«, rief sie, die Augen auf mich gerichtet, »bin ich nun glücklich?« Darauf sahe sie steif an die Decke, und wiederum: »bin ich nun glücklich?« Darauf wischte sie sich Tränen aus dem Auge, und lächelte, und fragte mich wiederum: »Franziska, bin ich nun glücklich?« – Wahrhaftig, ich wußte nicht, wie mir war. Bis sie nach ihrer Türe lief; da kehrte sie sich nochmals nach mir um: »So komm doch, Franziska; wer jammert dich nun?« – Und damit hinein.

FRANZISKA O, Herr Wirt, das hat Ihnen geträumt.

DER WIRT Geträumt? Nein, mein schönes Kind; so umständlich träumt man nicht. – Ja, ich wollte wieviel drum geben, – ich bin nicht neugierig, – aber ich wollte wieviel drum geben, wenn ich den Schlüssel dazu hätte.

FRANZISKA Den Schlüssel? zu unsrer Türe? Herr Wirt, der steckt innerhalb; wir haben ihn zur Nacht hereingezogen; wir sind furchtsam.

DER WIRT Nicht so einen Schlüssel; ich will sagen, mein schönes Kind, den Schlüssel; die Auslegung gleichsam; so den eigentlichen Zusammenhang von dem, was ich gesehen. –

FRANZISKA Ja so! – Nun, adieu, Herr Wirt. Werden wir bald essen, Herr Wirt?

DER WIRT Mein schönes Kind, nicht zu vergessen, was ich eigentlich sagen wollte.

FRANZISKA Nun? aber nur kurz –

DER WIRT Das gnädige Fräulein hat noch meinen Ring; ich nenne ihn meinen –

FRANZISKA Er soll Ihnen unverloren sein.

DER WIRT Ich trage darum auch keine Sorge; ich will's nur erinnern. Sieht Sie; ich will ihn gar nicht einmal wiederhaben. Ich kann mir doch wohl an den Fingern abzählen, woher sie den Ring kannte, und woher er dem ihrigen so ähnlich sah. Er ist in ihren Händen am besten aufgehoben. Ich mag ihn gar nicht mehr, und will indes die hundert Pistolen, die ich darauf gegeben habe, auf des gnädigen Fräuleins Rechnung setzen. Nicht so recht, mein schönes Kind?

VIERTER AUFTRITT

Paul Werner. Der Wirt. Franziska.

WERNER Da ist er ja!

FRANZISKA Hundert Pistolen? Ich meinte, nur achtzig.

DER WIRT Es ist wahr, nur neunzig, nur neunzig. Das will ich tun, mein schönes Kind, das will ich tun.

FRANZISKA Alles das wird sich finden, Herr Wirt.

WERNER *(der ihnen hinterwärts näher kömmt und auf einmal der Franziska auf die Schulter klopft)* Frauenzimmerchen! Frauenzimmerchen!

FRANZISKA *(erschrickt)* He!

WERNER Erschrecke Sie nicht! – Frauenzimmerchen, Frauenzimmerchen, ich sehe, Sie ist hübsch, und ist wohl gar fremd – Und hübsche fremde Leute müssen gewarnet werden – Frauenzimmerchen, Frauenzimmerchen, nehm' Sie sich vor dem Manne in acht! *(Auf den Wirt zeigend.)*

DER WIRT Je, unvermutete Freude! Herr Paul Werner! Willkommen bei uns, willkommen! – Ah, es ist doch immer noch der lustige, spaßhafte, ehrliche Werner! – Sie soll sich vor mir in acht nehmen, mein schönes Kind! Ha, ha, ha!

WERNER Geh' Sie ihm überall aus dem Wege!

DER WIRT Mir! mir! – Bin ich denn so gefährlich? – Ha, ha, ha! – Hör' Sie doch, mein schönes Kind! Wie gefällt Ihr der Spaß?

WERNER Daß es doch immer seinesgleichen für Spaß erklären, wenn man ihnen die Wahrheit sagt.

DER WIRT Die Wahrheit! ha, ha, ha! – Nicht wahr, mein schönes Kind, immer besser! Der Mann kann spaßen! Ich gefährlich? – ich? – So vor zwanzig Jahren war was dran. Ja, ja, mein schönes Kind, da war ich gefährlich; da wußte manche davon zu sagen; aber jetzt –

WERNER O über den alten Narrn!

DER WIRT Da steckt's eben! Wenn wir alt werden, ist es mit unsrer Gefährlichkeit aus. Es wird Ihm auch nicht besser gehen, Herr Werner!

WERNER Potz Geck, und kein Ende! – Frauenzimmerchen, so viel Verstand wird Sie mir wohl zutrauen, daß ich von *der* Gefährlichkeit nicht rede. Der eine Teufel hat ihn verlassen, aber es sind dafür sieben andre in ihn gefahren –

DER WIRT O, hör' Sie doch, hör' Sie doch! Wie er das nun wieder so herumzubringen weiß! – Spaß über Spaß, und immer was Neues! O, es ist ein vortrefflicher Mann, der Herr Paul Werner! – *(Zur Franziska, als ins Ohr.)* Ein wohlhabender Mann, und noch ledig. Er hat drei Meilen von hier ein schönes Freischulzengerichte. Der hat Beute gemacht im Kriege! – Und ist Wachtmeister bei unserm Herrn Major gewesen. O, das ist ein Freund von unserm Herrn Major! das ist ein Freund! der sich für ihn totschlagen ließe! –

WERNER Ja! und das ist ein Freund von meinem Major! das ist ein Freund! – den der Major sollte totschlagen lassen.

DER WIRT Wie? was? – Nein, Herr Werner, das ist nicht guter Spaß. – Ich kein Freund vom Herrn Major? – Nein, den Spaß versteh' ich nicht.

WERNER Just hat mir schöne Dinge erzählt.

DER WIRT Just? Ich dacht's wohl, daß Just durch Sie spräche. Just ist ein böser, garstiger Mensch. Aber hier ist ein schönes Kind zur Stelle; das kann reden; das mag sagen, ob ich kein Freund von dem Herrn Major bin? ob ich ihm keine Dienste erwiesen habe? Und warum sollte ich nicht sein Freund sein? Ist er nicht ein verdienter Mann? Es ist wahr; er hat das Unglück gehabt, abgedankt zu werden: aber was tut das? Der König kann nicht alle verdiente Männer kennen; und wenn er sie auch alle kennte, so kann er sie nicht alle belohnen.

WERNER Das heißt Ihn Gott sprechen! – Aber Just – freilich ist an Justen auch nicht viel Besonders; doch ein Lügner ist Just nicht; und wenn das wahr wäre, was er mir gesagt hat –

DER WIRT Ich will von Justen nichts hören! Wie gesagt: das schöne Kind hier mag sprechen! *(Zu ihr ins Ohr.)* Sie weiß, mein Kind; den Ring! – Erzähl' Sie es doch Herr Wernern. Da wird er mich besser kennen lernen. Und damit es nicht herauskömmt, als ob Sie mir nur zu Gefallen rede: so will ich nicht einmal dabei sein. Ich will nicht dabei sein; ich will gehn; aber Sie sollen mir es wiedersagen, Herr Werner, Sie sollen mir es wiedersagen, ob Just nicht ein garstiger Verleumder ist.

FÜNFTER AUFTRITT

Paul Werner. Franziska.

WERNER Frauenzimmerchen, kennt Sie denn meinen Major?

FRANZISKA Den Major von Tellheim? Ja wohl kenn' ich den braven Mann.

WERNER Ist es nicht ein braver Mann? Ist Sie dem Manne wohl gut? –

FRANZISKA Vom Grund meines Herzens.

WERNER Wahrhaftig? Sieht Sie, Frauenzimmerchen; nun kömmt Sie mir noch einmal so schön vor. – Aber was sind denn das für Dienste, die der Wirt unserm Major will erwiesen haben?

FRANZISKA Ich wüßte eben nicht; es wäre denn, daß er sich das Gute zuschreiben wollte, welches glücklicherweise aus seinem schurkischen Betragen entstanden.

WERNER So wäre es ja wahr, was mir Just gesagt hat? – *(Gegen die Seite, wo der Wirt abgegangen.)* Dein Glück, daß du gegangen bist! – Er hat ihm wirklich die Zimmer ausgeräumt? – So einem Manne, so einen Streich zu spielen, weil sich das Eselsgehirn einbildet, daß der Mann kein Geld mehr habe! Der Major kein Geld?

FRANZISKA So? Hat der Major Geld?

WERNER Wie Heu! Er weiß nicht, wieviel er hat. Er weiß nicht, wer ihm alles schuldig ist. Ich bin ihm selber schuldig, und bringe ihm hier ein altes Restchen. Sieht Sie, Frauenzimmerchen, hier in diesem Beutelchen *(das er aus der einen Tasche zieht)* sind hundert Louisdor; und in diesem Röllchen *(das er aus der andern zieht)* hundert Dukaten. Alles sein Geld!

FRANZISKA Wahrhaftig? Aber warum versetzt denn der Major? Er hat ja einen Ring versetzt –

WERNER Versetzt! Glaub' Sie doch so was nicht. Vielleicht, daß er den Bettel hat gern wollen los sein.

FRANZISKA Es ist kein Bettel! es ist ein sehr kostbarer Ring, den er wohl noch dazu von lieben Händen hat.

WERNER Das wird's auch sein. Von lieben Händen; ja, ja! So was erinnert einen manchmal, woran man nicht gern erinnert sein will. Drum schafft man's aus den Augen.

FRANZISKA Wie?

WERNER Dem Soldaten geht's in Winterquartieren wunderlich. Da hat er nichts zu tun, und pflegt sich, und macht vor langer Weile Bekanntschaften, die er nur auf den Winter meinet, und die das gute Herz, mit dem er sie macht, für zeitlebens annimmt. Husch ist ihm denn ein Ringelchen an den Finger praktiziert; er weiß selbst nicht, wie es dran kömmt. Und nicht selten gäb' er gern den Finger mit drum, wenn er es nur wieder los werden könnte.

FRANZISKA Ei! und sollte es dem Major auch so gegangen sein?

WERNER Ganz gewiß. Besonders in Sachsen; wenn er zehn Finger an jeder Hand gehabt hätte, er hätte sie alle zwanzig voller Ringe gekriegt.

FRANZISKA *(beiseite)* Das klingt ja ganz besonders, und verdient untersucht zu werden. – Herr Freischulze, oder Herr Wachtmeister –

WERNER Frauenzimmerchen, wenn's Ihr nichts verschlägt: – Herr Wachtmeister, höre ich am liebsten.

FRANZISKA Nun, Herr Wachtmeister, hier habe ich ein Briefchen von dem Herrn Major an meine Herrschaft. Ich will es nur geschwind hereintragen, und bin gleich wieder da. Will Er wohl so gut sein, und so lange hier warten? Ich möchte gar zu gern mehr mit Ihm plaudern.

WERNER Plaudert Sie gern, Frauenzimmerchen? Nun meinetwegen; geh' Sie nur; ich plaudre auch gern; ich will warten.

FRANZISKA O, warte Er doch ja! *(Geht ab.)*

SECHSTER AUFTRITT

Paul Werner.

Das ist kein unebenes Frauenzimmerchen! – Aber ich hätte ihr doch nicht versprechen sollen, zu warten. – Denn das Wichtigste wäre wohl, ich suchte den Major auf. – Er will mein Geld nicht, und versetzt lieber? – Daran kenn' ich ihn. – Es fällt mir ein Schneller ein. – Als ich vor vierzehn Tagen in der Stadt war, besuchte ich die Rittmeisterin Marloff. Das arme Weib lag krank, und jammerte, daß ihr Mann dem Major vierhundert Taler schuldig geblieben wäre, die sie nicht wüßte, wie sie sie bezahlen sollte. Heute wollte ich sie wieder besuchen; – ich wollte ihr sagen, wenn ich das Geld für mein Gütchen ausgezahlt kriegte, daß ich ihr fünfhundert Taler leihen könnte. – Denn ich muß ja wohl was davon in Sicherheit bringen, wenn's in Persien nicht geht. – Aber sie war über alle Berge. Und ganz gewiß wird sie dem Major nicht haben bezahlen können. – Ja, so will ich's machen; und das je eher, je lieber. – Das Frauenzimmerchen mag mir's nicht übelnehmen; ich kann nicht warten. *(Geht in Gedanken ab, und stößt fast auf den Major, der ihm entgegenkömmt.)*

SIEBENTER AUFTRITT

v. Tellheim. Paul Werner.

V. TELLHEIM So in Gedanken, Werner?

WERNER Da sind Sie ja! ich wollte eben gehen, und Sie in Ihrem neuen Quartiere besuchen, Herr Major.

V. TELLHEIM Um mir auf den Wirt des alten die Ohren vollzufluchen. Gedenke mir nicht daran.

WERNER Das hätte ich beiher getan; ja. Aber eigentlich wollte ich mich nur bei Ihnen bedanken, daß Sie so gut gewesen und mir die hundert Louisdor aufgehoben. Just hat mir sie wiedergegeben. Es wäre mir wohl freilich lieb, wenn Sie mir sie noch länger aufheben könnten. Aber Sie sind in ein neu Quartier gezogen, das weder Sie, noch ich kennen. Wer weiß, wie's da ist. Sie könnten Ihnen da gestohlen werden; und Sie müßten mir sie ersetzen; da hülfe nichts davor. Also kann ich's Ihnen freilich nicht zumuten.

V. TELLHEIM *(lächelnd)* Seit wenn bist du so vorsichtig, Werner?

WERNER Es lernt sich wohl. Man kann, heutezutage, mit seinem Gelde nicht vorsichtig genug sein. – Darnach hatte ich noch was an Sie zu bestellen, Herr Major; von der Rittmeisterin Marloff; ich kam eben von ihr her. Ihr Mann ist Ihnen ja vierhundert Taler schuldig geblieben; hier schickt sie Ihnen auf Abschlag hundert Dukaten. Das übrige will sie künftige Woche schicken. Ich mochte wohl selber Ursache sein, daß sie die Summe nicht ganz schickt. Denn sie war mir auch ein Taler achtzig schuldig; und weil sie dachte, ich wäre gekommen, sie zu mahnen, – wie's denn auch wohl wahr war; – so gab sie mir sie, und gab sie mir aus dem Röllchen, das sie für Sie schon zurechtgelegt hatte. – Sie können auch schon eher Ihre hundert Taler ein acht Tage noch missen, als ich meine paar Groschen. – Da nehmen Sie doch! *(Reicht ihm die Rolle Dukaten.)*

V. TELLHEIM Werner!

WERNER Nun? warum sehen Sie mich so starr an? – So nehmen Sie doch, Herr Major! –

V. TELLHEIM Werner!

WERNER Was fehlt Ihnen? Was ärgert Sie?

V. TELLHEIM *(bitter, indem er sich vor die Stirne schlägt, und mit dem Fuße auftritt)* Daß es – die vierhundert Taler nicht ganz sind!

WERNER Nun, nun, Herr Major! Haben Sie mich denn nicht verstanden?

V. TELLHEIM Eben weil ich dich verstanden habe! – Daß mich doch die besten Menschen heut am meisten quälen müssen!

WERNER Was sagen Sie?

V. TELLHEIM Es geht dich nur zur Hälfte an! – Geh, Werner!

(Indem er die Hand, mit der ihm Werner die Dukaten reichet, zurückstößt.)

WERNER Sobald ich das los bin!

V. TELLHEIM Werner, wenn du nun von mir hörst, daß die Marloffin, heute ganz früh, selbst bei mir gewesen ist?

WERNER So?

V. TELLHEIM Daß sie mir nichts mehr schuldig ist?

WERNER Wahrhaftig?

V. TELLHEIM Daß sie mich bei Heller und Pfennig bezahlt hat: was wirst du denn sagen?

WERNER *(der sich einen Augenblick besinnt)* Ich werde sagen, daß ich gelogen habe, und daß es eine hundsfött'sche Sache ums Lügen ist, weil man drüber ertappt werden kann.

V. TELLHEIM Und wirst dich schämen?

WERNER Aber er, der mich so zu lügen zwingt, was sollte der? Sollte der sich nicht auch schämen? Sehen Sie, Herr Major; wenn ich sagte, daß mich Ihr Verfahren nicht verdrösse, so hätte ich wieder gelogen, und ich will nicht mehr lügen. –

V. TELLHEIM Sei nicht verdrießlich, Werner! Ich erkenne dein Herz und deine Liebe zu mir. Aber ich brauche dein Geld nicht.

WERNER Sie brauchen es nicht? Und verkaufen lieber, und versetzen lieber, und bringen sich lieber in der Leute Mäuler?

V. TELLHEIM Die Leute mögen es immer wissen, daß ich nichts mehr habe. Man muß nicht reicher scheinen wollen, als man ist.

WERNER Aber warum ärmer? – Wir haben, so lange unser Freund hat.

V. TELLHEIM Es ziemt sich nicht, daß ich dein Schuldner bin.

WERNER Ziemt sich nicht? – Wenn an einem heißen Tage, den uns die Sonne und der Feind heiß machte, sich Ihr Reitknecht mit den Kantinen verloren hatte; und Sie zu mir kamen und sagten: Werner, hast du nichts zu trinken? und ich Ihnen meine Feldflasche reichte, nicht wahr, Sie nahmen und tranken? – Ziemte sich das? – Bei meiner armen Seele, wenn ein

Trunk faules Wasser damals nicht oft mehr wert war, als alle der Quark! *(Indem er auch den Beutel mit den Louisdoren herauszieht, und ihm beides hinreicht.)* Nehmen Sie, lieber Major! Bilden Sie sich ein, es ist Wasser. Auch das hat Gott für alle geschaffen.

V. TELLHEIM Du marterst mich; du hörst es ja, ich will dein Schuldner nicht sein.

WERNER Erst ziemte es sich nicht; nun wollen Sie nicht? Ja, das ist was anders. *(Etwas ärgerlich.)* Sie wollen mein Schuldner nicht sein? Wenn Sie es denn aber schon wären, Herr Major? Oder sind Sie dem Manne nichts schuldig, der einmal den Hieb auffing, der Ihnen den Kopf spalten sollte, und ein andermal den Arm vom Rumpfe hieb, der eben losdrücken und Ihnen die Kugel durch die Brust jagen wollte? – Was können Sie diesem Manne mehr schuldig werden? Oder hat es mit meinem Halse weniger zu sagen, als mit meinem Beutel? – Wenn das vornehm gedacht ist, bei meiner armen Seele, so ist es auch sehr abgeschmackt gedacht!

V. TELLHEIM Mit wem sprichst du so, Werner? Wir sind allein; jetzt darf ich es sagen; wenn uns ein dritter hörte, so wäre es Windbeutelei. Ich bekenne es mit Vergnügen, daß ich dir zweimal mein Leben zu danken habe. Aber, Freund, woran fehlte mir es, daß ich bei Gelegenheit nicht ebensoviel für dich würde getan haben? He!

WERNER Nur an der Gelegenheit! Wer hat daran gezweifelt, Herr Major? Habe ich Sie nicht hundertmal für den gemeinsten Soldaten, wenn er ins Gedränge gekommen war, Ihr Leben wagen sehen?

V. TELLHEIM Also!

WERNER Aber –

V. TELLHEIM Warum verstehst du mich nicht recht? Ich sage: es ziemt sich nicht, daß ich dein Schuldner bin; ich will dein Schuldner nicht sein. Nämlich in den Umständen nicht, in welchen ich mich jetzt befinde.

WERNER So, so. Sie wollen es versparen, bis auf beßre Zeiten;

Sie wollen ein andermal Geld von mir borgen, wenn Sie keines brauchen, wenn Sie selbst welches haben, und ich vielleicht keines.

V. TELLHEIM Man muß nicht borgen, wenn man nicht wiederzugeben weiß.

WERNER Einem Manne, wie Sie, kann es nicht immer fehlen.

V. TELLHEIM Du kennst die Welt! – Am wenigsten muß man sodann von einem borgen, der sein Geld selbst braucht.

WERNER O ja, so einer bin ich! Wozu braucht' ich's denn? – Wo man einen Wachtmeister nötig hat, gibt man ihm auch zu leben.

V. TELLHEIM Du brauchst es, mehr als Wachtmeister zu werden; dich auf einer Bahn weiter zu bringen, auf der, ohne Geld, auch der Würdigste zurückbleiben kann.

WERNER Mehr als Wachtmeister zu werden? daran denke ich nicht. Ich bin ein guter Wachtmeister; und dürfte leicht ein schlechter Rittmeister, und sicherlich noch ein schlechtrer General werden. Die Erfahrung hat man.

V. TELLHEIM Mache nicht, daß ich etwas Unrechtes von dir denken muß, Werner! Ich habe es nicht gern gehört, was mir Just gesagt hat. Du hast dein Gut verkauft, und willst wieder herumschwärmen. Laß mich nicht von dir glauben, daß du nicht sowohl das Metier, als die wilde, liederliche Lebensart liebest, die unglücklicherweise damit verbunden ist. Man muß Soldat sein, für sein Land; oder aus Liebe zu der Sache, für die gefochten wird. Ohne Absicht heute hier, morgen da dienen: heißt wie ein Fleischerknecht reisen, weiter nichts.

WERNER Nun ja doch, Herr Major; ich will Ihnen folgen. Sie wissen besser, was sich gehört. Ich will bei Ihnen bleiben. – Aber, lieber Major, nehmen Sie doch auch derweile mein Geld. Heut oder morgen muß Ihre Sache aus sein. Sie müssen Geld die Menge bekommen. Sie sollen mir es sodann mit Interessen wiedergeben. Ich tu' es ja nur der Interessen wegen.

V. TELLHEIM Schweig davon!

WERNER Bei meiner armen Seele, ich tu' es nur der Interessen wegen! – Wenn ich manchmal dachte: wie wird es mit dir aufs Alter werden? wenn du zu Schanden gehauen bist? wenn du nichts haben wirst? wenn du wirst betteln gehen müssen? so dachte ich wieder: Nein, du wirst nicht betteln gehn; du wirst zum Major Tellheim gehn; der wird seinen letzten Pfennig mit dir teilen; der wird dich zu Tode füttern; bei dem wirst du als ein ehrlicher Kerl sterben können.

V. TELLHEIM *(indem er Werners Hand ergreift)* Und, Kamerad, das denkst du nicht noch?

WERNER Nein, das denk' ich nicht mehr. – Wer von mir nichts nehmen will, wenn er's bedarf, und ich's habe; der will mir auch nichts geben, wenn er's hat, und ich's bedarf. – Schon gut! *(Will gehen.)*

V. TELLHEIM Mensch, mache mich nicht rasend! Wo willst du hin? *(Hält ihn zurück.)* Wenn ich dich nun auf meine Ehre versichere, daß ich noch Geld habe; wenn ich dir auf meine Ehre verspreche, daß ich dir es sagen will, wenn ich keines mehr habe; daß du der erste und einzige sein sollst, bei dem ich mir etwas borgen will: – bist du dann zufrieden?

WERNER Muß ich nicht? – Geben Sie mir die Hand darauf, Herr Major.

V. TELLHEIM Da, Paul! – Und nun genug davon. Ich kam hieher, um ein gewisses Mädchen zu sprechen –

ACHTER AUFTRITT

Franziska (aus dem Zimmer des Fräuleins). v. Tellheim. Paul Werner.

FRANZISKA *(im Hereintreten)* Sind Sie noch da, Herr Wachtmeister? – *(Indem sie den Tellheim gewahr wird.)* Und Sie sind auch da, Herr Major? – Den Augenblick bin ich zu Ihren Diensten. *(Geht geschwind wieder in das Zimmer.)*

NEUNTER AUFTRITT

v. Tellheim. Paul Werner.

V. TELLHEIM Das war sie! – Aber ich höre ja, du kennst sie, Werner?

WERNER Ja, ich kenne das Frauenzimmerchen. –

V. TELLHEIM Gleichwohl, wenn ich mich recht erinnere, als ich in Thüringen Winterquartier hatte, warst du nicht bei mir?

WERNER Nein, da besorgte ich in Leipzig Mundierungsstücke.

V. TELLHEIM Woher kennst du sie denn also?

WERNER Unsere Bekanntschaft ist noch blutjung. Sie ist von heute. Aber junge Bekanntschaft ist warm.

V. TELLHEIM Also hast du ihr Fräulein wohl auch schon gesehen?

WERNER Ist ihre Herrschaft ein Fräulein? Sie hat mir gesagt, Sie kennten ihre Herrschaft.

V. TELLHEIM Hörst du nicht? aus Thüringen her.

WERNER Ist das Fräulein jung?

V. TELLHEIM Ja.

WERNER Schön?

V. TELLHEIM Sehr schön.

WERNER Reich?

V. TELLHEIM Sehr reich.

WERNER Ist Ihnen das Fräulein auch so gut, wie das Mädchen? Das wäre ja vortrefflich!

V. TELLHEIM Wie meinst du?

ZEHNTER AUFTRITT

Franziska (wieder heraus, mit einem Brief in der Hand). v. Tellheim. Paul Werner.

FRANZISKA Herr Major –

V. TELLHEIM Liebe Franziska, ich habe dich noch nicht willkommen heißen können.

FRANZISKA In Gedanken werden Sie es doch schon getan haben. Ich weiß, Sie sind mir gut. Ich Ihnen auch. Aber das ist gar nicht artig, daß Sie Leute, die Ihnen gut sind, so ängstigen.

WERNER *(vor sich)* Ha, nun merk' ich. Es ist richtig!

V. TELLHEIM Mein Schicksal, Franziska! – Hast du ihr den Brief übergeben?

FRANZISKA Ja, und hier übergebe ich Ihnen – *(Reicht ihm den Brief.)*

V. TELLHEIM Eine Antwort? –

FRANZISKA Nein, Ihren eignen Brief wieder.

V. TELLHEIM Was? Sie will ihn nicht lesen?

FRANZISKA Sie wollte wohl; aber – wir können Geschriebenes nicht gut lesen.

V. TELLHEIM Schäkerin!

FRANZISKA Und wir denken, daß das Briefschreiben für die nicht erfunden ist, die sich mündlich miteinander unterhalten können, sobald sie wollen.

V. TELLHEIM Welcher Vorwand! Sie muß ihn lesen. Er enthält meine Rechtfertigung, – alle die Gründe und Ursachen –

FRANZISKA Die will das Fräulein von Ihnen selbst hören, nicht lesen.

V. TELLHEIM Von mir selbst hören? Damit mich jedes Wort, jede Miene von ihr verwirre; damit ich in jedem ihrer Blicke die ganze Größe meines Verlusts empfinde? –

FRANZISKA Ohne Barmherzigkeit! – Nehmen Sie! *(Sie gibt ihm den Brief.)* Sie erwartet Sie um drei Uhr. Sie will ausfahren, und die Stadt besehen. Sie sollen mit ihr fahren.

V. TELLHEIM Mit ihr fahren?

FRANZISKA Und was geben Sie mir, so lass' ich Sie beide ganz allein fahren? Ich will zu Hause bleiben.

V. TELLHEIM Ganz allein?

FRANZISKA In einem schönen verschloßnen Wagen.

V. TELLHEIM Unmöglich!

FRANZISKA Ja, ja; im Wagen muß der Herr Major Katz aushalten; da kann er uns nicht entwischen. Darum geschieht es eben. – Kurz, Sie kommen, Herr Major; und Punkte drei. – Nun? Sie wollten mich ja auch allein sprechen. Was haben Sie mir denn zu sagen? – Ja so, wir sind nicht allein. *(Indem sie Wernern ansieht.)*

V. TELLHEIM Doch Franziska; wir wären allein. Aber da das Fräulein den Brief nicht gelesen hat, so habe ich dir noch nichts zu sagen.

FRANZISKA So? wären wir doch allein? Sie haben vor dem Herrn Wachtmeister keine Geheimnisse?

V. TELLHEIM Nein, keine.

FRANZISKA Gleichwohl, dünkt mich, sollten Sie welche vor ihm haben.

V. TELLHEIM Wie das?

WERNER Warum das, Frauenzimmerchen?

FRANZISKA Besonders Geheimnisse von einer gewissen Art. – Alle zwanzig, Herr Wachtmeister? *(Indem sie beide Hände mit gespreizten Fingern in die Höhe hält.)*

WERNER St! st! Frauenzimmerchen, Frauenzimmerchen!

V. TELLHEIM Was heißt das?

FRANZISKA Husch ist's am Finger, Herr Wachtmeister? *(Als ob sie einen Ring geschwind ansteckte.)*

V. TELLHEIM Was habt ihr?

WERNER Frauenzimmerchen, Frauenzimmerchen, Sie wird ja wohl Spaß verstehn?

V. TELLHEIM Werner, du hast doch nicht vergessen, was ich dir mehrmals gesagt habe; daß man über einen gewissen Punkt mit dem Frauenzimmer nie scherzen muß?

WERNER Bei meiner armen Seele, ich kann's vergessen haben! – Frauenzimmerchen, ich bitte –

FRANZISKA Nun, wenn es Spaß gewesen ist; dasmal will ich es Ihm verzeihen.

V. TELLHEIM Wenn ich denn durchaus kommen muß, Franziska: so mache doch nur, daß das Fräulein den Brief vorher noch lieset. Das wird mir die Peinigung ersparen, Dinge noch einmal zu denken, noch einmal zu sagen, die ich so gern vergessen möchte. Da, gib ihr ihn! *(Indem er den Brief umkehrt, und ihr ihn zureichen will, wird er gewahr, daß er erbrochen ist.)* Aber sehe ich recht? Der Brief, Franziska, ist ja erbrochen.

FRANZISKA Das kann wohl sein. *(Besieht ihn.)* Wahrhaftig er ist erbrochen. Wer muß ihn denn erbrochen haben? Doch gelesen haben wir ihn wirklich nicht, Herr Major, wirklich nicht. Wir wollen ihn auch nicht lesen, denn der Schreiber kömmt selbst. Kommen Sie ja; und wissen Sie was, Herr Major? Kommen Sie nicht so, wie Sie da sind; in Stiefeln, kaum frisiert. Sie sind zu entschuldigen; Sie haben uns nicht vermutet. Kommen Sie in Schuhen, und lassen Sie sich frisch frisieren. – So sehen Sie mir gar zu brav, gar zu preußisch aus!

V. TELLHEIM Ich danke dir, Franziska.

FRANZISKA Sie sehen aus, als ob Sie vorige Nacht kampiert hätten.

V. TELLHEIM Du kannst es erraten haben.

FRANZISKA Wir wollen uns gleich auch putzen, und sodann essen. Wir behielten Sie gern zum Essen, aber Ihre Gegenwart möchte uns an dem Essen hindern; und sehen Sie, so gar verliebt sind wir nicht, daß uns nicht hungerte.

V. TELLHEIM Ich geh'! Franziska, bereite sie indes ein wenig vor; damit ich weder in ihren, noch in meinen Augen verächtlich werden darf. – Komm, Werner, du sollst mit mir essen.

WERNER An der Wirtstafel, hier im Hause? Da wird mir kein Bissen schmecken.

V. TELLHEIM Bei mir auf der Stube.

WERNER So folge ich Ihnen gleich. Nur noch ein Wort mit dem Frauenzimmerchen.

V. TELLHEIM Das gefällt mir nicht übel! *(Geht ab.)*

EILFTER AUFTRITT

Paul Werner. Franziska.

FRANZISKA Nun, Herr Wachtmeister? –

WERNER Frauenzimmerchen, wenn ich wiederkomme, soll ich auch geputzter kommen?

FRANZISKA Komm' Er, wie Er will, Herr Wachtmeister; meine Augen werden nichts wider Ihn haben. Aber meine Ohren werden desto mehr auf ihrer Hut gegen Ihn sein müssen. – Zwanzig Finger, alle voller Ringe! Ei, ei, Herr Wachtmeister!

WERNER Nein, Frauenzimmerchen; eben das wollt' ich Ihr noch sagen: die Schnurre fuhr mir nun so heraus! Es ist nichts dran. Man hat ja wohl an *einem* Ringe genug. Und hundert- und aber hundertmal, habe ich den Major sagen hören: Das muß ein Schurke von einem Soldaten sein, der ein Mädchen anführen kann! – So denk' ich auch, Frauenzimmerchen. Verlass' Sie sich darauf! – Ich muß machen, daß ich ihm nachkomme. – Guten Appetit, Frauenzimmerchen! *(Geht ab.)*

FRANZISKA Gleichfalls, Herr Wachtmeister! – Ich glaube, der Mann gefällt mir! *(Indem sie hineingehen will, kömmt ihr das Fräulein entgegen.)*

ZWÖLFTER AUFTRITT

Das Fräulein. Franziska.

DAS FRÄULEIN Ist der Major schon wieder fort? – Franziska, ich glaube, ich wäre jetzt schon wieder ruhig genug, daß ich ihn hätte hier behalten können.

FRANZISKA Und ich will Sie noch ruhiger machen.

DAS FRÄULEIN Desto besser! Sein Brief, o sein Brief! Jede Zeile sprach den ehrlichen, edlen Mann. Jede Weigerung, mich zu besitzen, beteuerte mir seine Liebe. – Er wird es wohl gemerkt haben, daß wir den Brief gelesen. – Mag er doch; wenn er nur kömmt. Er kömmt doch gewiß? – Bloß ein wenig zu viel

Stolz, Franziska, scheint mir in seiner Aufführung zu sein. Denn auch seiner Geliebten sein Glück nicht wollen zu danken haben, ist Stolz, unverzeihlicher Stolz! Wenn er mir diesen zu stark merken läßt, Franziska –

FRANZISKA So wollen Sie seiner entsagen?

DAS FRÄULEIN Ei, sieh doch! Jammert er dich nicht schon wieder? Nein, liebe Närrin, *eines* Fehlers wegen entsagt man keinem Manne. Nein; aber ein Streich ist mir beigefallen, ihn wegen dieses Stolzes mit ähnlichem Stolze ein wenig zu martern.

FRANZISKA Nun da müssen Sie ja recht sehr ruhig sein, mein Fräulein, wenn Ihnen schon wieder Streiche beifallen.

DAS FRÄULEIN Ich bin es auch; komm nur. Du wirst deine Rolle dabei zu spielen haben. *(Sie gehen herein.)*

Ende des dritten Aufzugs.

VIERTER AUFZUG

ERSTER AUFTRITT

(Die Szene, das Zimmer des Fräuleins.)

Das Fräulein (völlig und reich, aber mit Geschmack gekleidet). Franziska. Sie stehen vom Tische auf, den ein Bedienter abräumt.

FRANZISKA Sie können unmöglich satt sein, gnädiges Fräulein.

DAS FRÄULEIN Meinst du, Franziska? Vielleicht, daß ich mich nicht hungrig niedersetzte.

FRANZISKA Wir hatten ausgemacht, seiner währender Mahlzeit nicht zu erwähnen. Aber wir hätten uns auch vornehmen sollen, an ihn nicht zu denken.

DAS FRÄULEIN Wirklich, ich habe an nichts als an ihn gedacht.

FRANZISKA Das merkte ich wohl. Ich fing von hundert Dingen an zu sprechen, und Sie antworteten mir auf jedes verkehrt.

(Ein andrer Bedienter trägt Kaffee auf.) Hier kömmt eine Nahrung, bei der man eher Grillen machen kann. Der liebe melancholische Kaffee!

DAS FRÄULEIN Grillen? Ich mache keine. Ich denke bloß der Lektion nach, die ich ihm geben will. Hast du mich recht begriffen, Franziska?

FRANZISKA O ja; am besten aber wäre es, er ersparte sie uns.

DAS FRÄULEIN Du wirst sehen, daß ich ihn von Grund aus kenne. Der Mann, der mich jetzt mit allen Reichtümern verweigert, wird mich der ganzen Welt streitig machen, sobald er hört, daß ich unglücklich und verlassen bin.

FRANZISKA *(sehr ernsthaft)* Und so was muß die feinste Eigenliebe unendlich kitzeln.

DAS FRÄULEIN Sittenrichterin! Seht doch! vorhin ertappte sie mich auf Eitelkeit; jetzt auf Eigenliebe. – Nun, laß mich nur, liebe Franziska. Du sollst mit deinem Wachtmeister auch machen können, was du willst.

FRANZISKA Mit meinem Wachtmeister?

DAS FRÄULEIN Ja, wenn du es vollends leugnest, so ist es richtig. – Ich habe ihn noch nicht gesehen; aber aus jedem Worte, das du mir von ihm gesagt hast, prophezeie ich dir deinen Mann.

ZWEITER AUFTRITT

Riccaut de la Marlinière. Das Fräulein. Franziska.

RICCAUT *(noch innerhalb der Szene)* Est-il permis, Monsieur le Major?

FRANZISKA Was ist das? Will das zu uns? *(Gegen die Türe gehend.)*

RICCAUT Parbleu! Ik bin unriktig. – Mais non – Ik bin nit unriktig – C'est sa chambre –

FRANZISKA Ganz gewiß, gnädiges Fräulein, glaubt dieser Herr, den Major von Tellheim noch hier zu finden.

RICCAUT Iß so! – Le Major de Tellheim; juste, ma belle enfant, c'est lui que je cherche. Où est-il?

FRANZISKA Er wohnt nicht mehr hier.

RICCAUT Comment? nok vor vier un swanzik Stund hier logier? Und logier nit mehr hier? Wo logier er denn?

DAS FRÄULEIN *(die auf ihn zukömmt)* Mein Herr, –

RICCAUT Ah, Madame, – Mademoiselle, – Ihro Gnad verzeih –

DAS FRÄULEIN Mein Herr, Ihre Irrung ist sehr zu vergeben, und Ihre Verwunderung sehr natürlich. Der Herr Major hat die Güte gehabt, mir, als einer Fremden, die nicht unterzukommen wußte, sein Zimmer zu überlassen.

RICCAUT Ah, voilà de ses politesses! C'est un tres̀ galant-homme que ce Major!

DAS FRÄULEIN Wo er indes hingezogen, – wahrhaftig, ich muß mich schämen, es nicht zu wissen.

RICCAUT Ihro Gnad nit wiß? C'est dommage; j'en suis fâché.

DAS FRÄULEIN Ich hätte mich allerdings darnach erkundigen sollen. Freilich werden ihn seine Freunde noch hier suchen.

RICCAUT Ik bin sehr von seine Freund, Ihro Gnad –

DAS FRÄULEIN Franziska, weißt du es nicht?

FRANZISKA Nein, gnädiges Fräulein.

RICCAUT Ik hätt ihn zu sprek sehr notwendik. Ik komm ihm bringen eine Nouvelle, davon er sehr frölik sein wird.

DAS FRÄULEIN Ich bedauere um so viel mehr. – Doch hoffe ich, vielleicht bald, ihn zu sprechen. Ist es gleichviel, aus wessen Munde er diese gute Nachricht erfährt, so erbiete ich mich, mein Herr –

RICCAUT Ik versteh. – Mademoiselle parle français? Mais sans doute; telle que je la vois! – La demande était bien impolie; Vous me pardonnerez, Mademoiselle. –

DAS FRÄULEIN Mein Herr –

RICCAUT Nit? Sie sprek nit Französisch, Ihro Gnad?

DAS FRÄULEIN Mein Herr, in Frankreich würde ich es zu sprechen suchen. Aber warum hier? Ich höre ja, daß Sie mich verstehen, mein Herr. Und ich, mein Herr, werde Sie gewiß auch verstehen; sprechen Sie, wie es Ihnen beliebt.

RICCAUT Gutt, gutt! Ik kann auk mik auf Deutsch explizier. –

Sachez donc, Mademoiselle, – Ihro Gnad soll also wiß, daß ik komm von die Tafel bei der Minister – Minister von – Minister von – wie heiß der Minister da drauß? – in der lange Straß? – auf die breite Platz? –

DAS FRÄULEIN Ich bin hier noch völlig unbekannt.

RICCAUT Nun, die Minister von der Kriegsdepartement. – Da haben ik zu Mittag gespeisen; – ik speisen à l'ordinaire bei ihm, – und da iß man gekommen reden auf der Major Tellheim; et le ministre m'a dit en confidence, car Son Excellence est de mes amis, et il n'y a point de mystères entre nous – Se. Exzellenz, will ik sag, haben mir vertrau, daß die Sak von unserm Major sei auf den Point zu enden, und gutt zu enden. Er habe gemakt ein Rapport an den Könik, und der Könik habe darauf resolvier, tout-à-fait en faveur du Major. – Monsieur, m'a dit Son Excellence, Vous comprenez bien, que tout dépend de la manière, dont on fait envisager les choses au roi, et Vous me connaissez. Cela fait un très joli garçon que ce Tellheim, et ne sais-je pas que Vous l'aimez? Les amis de mes amis sont aussi les miens. Il coute un peu cher au roi ce Tellheim, mais est-ce que l'on sert les rois pour rien? Il faut s'entr'aider en ce monde; et quand il s'agit de pertes, que ce soit le roi, qui en fasse, et non pas un honnête-homme de nous autres. Voilà le principe, dont je ne me dépars jamais. – Was sag Ihro Gnad hierzu? Nit wahr, das iß ein brav Mann? Ah que Son Excellence a le cœur bien placé! Er hat mir au reste versiker, wenn der Major nit schon bekommen habe une Lettre de la main – eine Könikliken Handbrief, daß er heut infailliblement müsse bekommen einen.

DAS FRÄULEIN Gewiß, mein Herr, diese Nachricht wird dem Major von Tellheim höchst angenehm sein. Ich wünschte nur, ihm den Freund zugleich mit Namen nennen zu können, der so viel Anteil an seinem Glücke nimmt –

RICCAUT Mein Namen wünscht Ihro Gnad? – Vous voyez en moi – Ihro Gnad seh in mik le Chevalier Riccaut de la Marlinière, Seigneur de Pret-au-val, de la branche de Prensd'or. – Ihro Gnad steh verwundert, mik aus so ein groß, groß Familie zu hören, qui est véritablement du sang Royal. – Il faut le dire; je suis sans doute le cadet le plus avantureux, que la maison a jamais eu – Ik dien von meiner elfte Jahr. Ein Affaire d'honneur makte mik fliehen. Darauf haben ik gedienet Sr. Päpstliken Eilikheit, der Republik St. Marino, der Kron Polen, und den Staaten-General, bis ik endlik bin worden gezogen hierher. Ah, Mademoiselle, que je voudrais n'avoir jamais vu ce pays-là! Hätte man mik gelaß im Dienst von den Staaten-General, so müßt ik nun sein aufs wenikst Oberst. Aber so hier immer und ewik Capitaine geblieben, und nun gar sein ein abgedankte Capitaine –

DAS FRÄULEIN Das ist viel Unglück.

RICCAUT Oui, Mademoiselle, me voilà réformé, et par-là mis sur le pavé!

DAS FRÄULEIN Ich beklage sehr.

RICCAUT Vous êtes bien bonne, Mademoiselle – Nein, man kenn sik hier nit auf den Verdienst. Einen Mann, wie mik, su reformir! Einen Mann, der sik nok dasu in diesem Dienst hat rouinir! – Ik haben dabei sugesetzt, mehr als swansik tausend Livres. Was hab ik nun? Tranchons le mot; je n'ai pas le sou, et me voilà exactement vis-à-vis du rien. –

DAS FRÄULEIN Es tut mir ungemein leid.

RICCAUT Vous êtes bien bonne, Mademoiselle. Aber wie man pfleg su sagen: ein jeder Unglück schlepp nak sik seine Bruder; qu'un malheur ne vient jamais seul: so mit mir arrivir. Was ein Honnête-homme von mein Extraction kann anders haben für Ressource, als das Spiel? Nun hab ik immer gespielen mit Glück, so lang ik hatte nit vonnöten der Glück. Nun ik ihr hätte vonnöten, Mademoiselle, je joue avec un guignon, qui surpasse toute croyance. Seit funfsehn Tag iß vergangen keine, wo sie mik nit hab gesprenkt. Nok gestern hab sie mik gesprenkt dreimal. Je sais bien, qu'il y avait quelque chose de plus que le jeu. Car parmi mes pontes se trouvaient certaines dames – Ik will niks weiter sag. Man muß sein galant gegen die Damen. Sie haben auk mik heut invitir, mir su geben revanche; mais – Vous m'entendez, Mademoiselle – Man muß erst wiß, wovon leben; ehe man haben kann, wovon su spielen –

DAS FRÄULEIN Ich will nicht hoffen, mein Herr –

RICCAUT Vous êtes bien bonne, Mademoiselle –

DAS FRÄULEIN *(nimmt die Franziska beiseite)* Franziska, der Mann dauert mich im Ernste. Ob er mir es wohl übelnehmen würde, wenn ich ihm etwas anböte?

FRANZISKA Der sieht mir nicht darnach aus.

DAS FRÄULEIN Gut! – Mein Herr, ich höre, – daß Sie spielen; daß Sie Bank machen; ohne Zweifel an Orten, wo etwas zu gewinnen ist. Ich muß Ihnen bekennen, daß ich – gleichfalls das Spiel sehr liebe, –

RICCAUT Tant mieux, Mademoiselle, tant mieux! Tous les gens d'esprit aiment le jeu à la fureur.

DAS FRÄULEIN Daß ich sehr gern gewinne; sehr gern mein Geld mit einem Manne wage, der – zu spielen weiß. – Wären Sie wohl geneigt, mein Herr, mich in Gesellschaft zu nehmen? mir einen Anteil an Ihrer Bank zu gönnen?

RICCAUT Comment, Mademoiselle, Vous voulez être de moitié avec moi? De tout mon cœur.

DAS FRÄULEIN Vors erste, nur mit einer Kleinigkeit – *(Geht und langt Geld aus ihrer Schatulle.)*

RICCAUT Ah, Mademoiselle, que Vous êtes charmante! –

DAS FRÄULEIN Hier habe ich, was ich ohnlängst gewonnen; nur zehn Pistolen – ich muß mich zwar schämen, so wenig –

RICCAUT Donnez toujours, Mademoiselle, donnez. *(Nimmt es.)*

DAS FRÄULEIN Ohne Zweifel, daß Ihre Bank, mein Herr, sehr ansehnlich ist –

RICCAUT Ja wohl, sehr ansehnlik. Sehn Pistol? Ihr Gnad soll sein dafür interessir bei meiner Bank auf ein Dreiteil, pour le tiers. Swar auf ein Dreiteil sollen sein – etwas mehr. Dok mit einer schöne Damen muß man es nehmen nit so genau. Ik gratulir mik, su kommen dadurk in liaison mit Ihro

Gnad, et de ce moment je recommence à bien augurer de ma fortune.

DAS FRÄULEIN Ich kann aber nicht dabei sein, wenn Sie spielen, mein Herr.

RICCAUT Was brauk Ihro Gnad dabei su sein? Wir andern Spieler sind ehrlike Leut untereinander.

DAS FRÄULEIN Wenn wir glücklich sind, mein Herr, so werden Sie mir meinen Anteil schon bringen. Sind wir aber unglücklich –

RICCAUT So komm ik holen Rekruten. Nit wahr, Ihro Gnad?

DAS FRÄULEIN Auf die Länge dürften die Rekruten fehlen. Verteidigen Sie unser Geld daher ja wohl, mein Herr.

RICCAUT Wofür seh mik Ihro Gnad an? Für ein Einfalspinse? für ein dumme Teuf?

DAS FRÄULEIN Verzeihen Sie mir –

RICCAUT Je suis des bons, Mademoiselle. Savez-vous ce que cela veut dire? Ik bin von die Ausgelernt –

DAS FRÄULEIN Aber doch wohl, mein Herr –

RICCAUT Je sais monter un coup –

DAS FRÄULEIN *(verwundernd)* Sollten Sie?

RICCAUT Je file la carte avec une adresse –

DAS FRÄULEIN Nimmermehr!

RICCAUT Je fais sauter la coupe avec une dextérité –

DAS FRÄULEIN Sie werden doch nicht, mein Herr? –

RICCAUT Was nit? Ihro Gnad, was nit? Donnez-moi un pigeonneau à plumer, et –

DAS FRÄULEIN Falsch spielen? betrügen?

RICCAUT Comment, Mademoiselle? Vous appellez cela betrügen? Corriger la fortune, l'enchaîner sous ses doigts, être sûr de son fait, das nenn die Deutsch betrügen? Betrügen! O, was ist die deutsch Sprak für ein arm Sprak! für ein plump Sprak!

DAS FRÄULEIN Nein, mein Herr, wenn Sie so denken –

RICCAUT Laissez-moi faire, Mademoiselle, und sein Sie ruhik! Was gehn Sie an, wie ik spiel? – Gnug, morgen entweder sehn mik wieder Ihro Gnad mit hundert Pistol, oder seh mik wieder gar nit – Votre très-humble, Mademoiselle, votre très-humble – *(Eilends ab.)*

DAS FRÄULEIN *(die ihm mit Erstaunen und Verdruß nachsieht)* Ich wünsche das letzte, mein Herr, das letzte!

DRITTER AUFTRITT

Das Fräulein. Franziska.

FRANZISKA *(erbittert)* Kann ich noch reden? O schön! o schön!

DAS FRÄULEIN Spotte nur; ich verdiene es. *(Nach einem kleinen Nachdenken, und gelassener.)* Spotte nicht, Franziska; ich verdiene es nicht.

FRANZISKA Vortrefflich! da haben Sie etwas Allerliebstes getan; einem Spitzbuben wieder auf die Beine geholfen.

DAS FRÄULEIN Es war einem Unglücklichen zugedacht.

FRANZISKA Und was das beste dabei ist: der Kerl hält Sie für seinesgleichen. – O ich muß ihm nach und ihm das Geld wieder abnehmen. *(Will fort.)*

DAS FRÄULEIN Franziska, laß den Kaffee nicht vollends kalt werden; schenk' ein.

FRANZISKA Er muß es Ihnen wiedergeben; Sie haben sich anders besonnen; Sie wollen mit ihm nicht in Gesellschaft spielen. Zehn Pistolen! Sie hörten ja, Fräulein, daß es ein Bettler war! *(Das Fräulein schenkt indes selbst ein.)* Wer wird einem Bettler so viel geben? Und ihm noch dazu die Erniedrigung, es erbettelt zu haben, zu ersparen suchen? Den Mildtätigen, der den Bettler aus Großmut verkennen will, verkennt der Bettler wieder. Nun mögen Sie es haben, Fräulein, wenn er Ihre Gabe, ich weiß nicht wofür ansieht. – *(und reicht der Franziska eine Tasse.)* Wollen Sie mir das Blut noch mehr in Wallung bringen? Ich mag nicht trinken. *(Das Fräulein setzt sie wieder weg.)* »Parbleu, Ihro Gnad, man kenn sik hier nit auf den Verdienst.« *(In dem Tone des Franzosen.)* Freilich nicht, wenn man die Spitzbuben so ungehangen herumlaufen läßt.

DAS FRÄULEIN *(kalt und nachdenkend, indem sie trinkt)* Mädchen, du verstehst dich so trefflich auf die guten Menschen: aber, wenn willst du die schlechten ertragen lernen? – Und sie sind doch auch Menschen. – Und öfters bei weitem so schlechte Menschen nicht, als sie scheinen. – Man muß ihre gute Seite nur aufsuchen. – Ich bilde mir ein, dieser Franzose ist nichts als eitel. Aus bloßer Eitelkeit macht er sich zum falschen Spieler; er will mir nicht verbunden scheinen; er will sich den Dank ersparen. Vielleicht, daß er nun hingeht, seine kleine Schulden bezahlt, von dem Reste, so weit er reicht, still und sparsam lebt, und an das Spiel nicht denkt. Wenn das ist, liebe Franziska, so laß ihn Rekruten holen, wenn er will. – *(Gibt ihr die Tasse.)* Da, setz' weg! – Aber, sage mir, sollte Tellheim nicht schon da sein?

FRANZISKA Nein, gnädiges Fräulein; ich kann beides nicht; weder an einem schlechten Menschen die gute, noch an einem guten Menschen die böse Seite aufsuchen.

DAS FRÄULEIN Er kömmt doch ganz gewiß? –

FRANZISKA Er sollte wegbleiben! – Sie bemerken an ihm, dem besten Manne, ein wenig Stolz, und darum wollen Sie ihn so grausam necken?

DAS FRÄULEIN Kömmst du da wieder hin? – Schweig, das will ich nun einmal so. Wo du mir diese Lust verdirbst; wo du nicht alles sagst und tust, wie wir es abgeredet haben! – Ich will dich schon allein mit ihm lassen; und dann – – Jetzt kömmt er wohl.

VIERTER AUFTRITT

Paul Werner (der in einer steifen Stellung, gleichsam im Dienste, hereintritt). Das Fräulein. Franziska.

FRANZISKA Nein, es ist nur sein lieber Wachtmeister.

DAS FRÄULEIN Lieber Wachtmeister? Auf wen bezieht sich dieses Lieber?

FRANZISKA Gnädiges Fräulein, machen Sie mir den Mann nicht verwirrt. – Ihre Dienerin, Herr Wachtmeister; was bringen Sie uns?

WERNER *(geht, ohne auf die Franziska zu achten, an das Fräulein)* Der Major von Tellheim läßt an das gnädige Fräulein von Barnhelm durch mich, den Wachtmeister Werner, seinen untertänigen Respekt vermelden, und sagen, daß er sogleich hier sein werde.

DAS FRÄULEIN Wo bleibt er denn?

WERNER Ihro Gnaden werden verzeihen; wir sind, noch vor dem Schlage drei, aus dem Quartier gegangen; aber da hat ihn der Kriegszahlmeister unterwegens angeredt; und weil mit dergleichen Herren des Redens immer kein Ende ist: so gab er mir einen Wink, dem gnädigen Fräulein den Vorfall zu rapportieren.

DAS FRÄULEIN Recht wohl, Herr Wachtmeister. Ich wünsche nur, daß der Kriegszahlmeister dem Major etwas Angenehmes möge zu sagen haben.

WERNER Das haben dergleichen Herren den Offizieren selten. – Haben Ihro Gnaden etwas zu befehlen? *(Im Begriffe wieder zu gehen.)*

FRANZISKA Nun, wo denn schon wieder hin, Herr Wachtmeister? Hätten wir denn nichts miteinander zu plaudern?

WERNER *(sachte zur Franziska, und ernsthaft)* Hier nicht, Frauenzimmerchen. Es ist wider den Respekt, wider die Subordination. – Gnädiges Fräulein –

DAS FRÄULEIN Ich danke für Seine Bemühung, Herr Wachtmeister. – Es ist mir lieb gewesen, Ihn kennen zu lernen. Franziska hat mir viel Gutes von Ihm gesagt. *(Werner macht eine steife Verbeugung, und geht ab.)*

FÜNFTER AUFTRITT

Das Fräulein. Franziska.

DAS FRÄULEIN Das ist dein Wachtmeister, Franziska?

FRANZISKA Wegen des spöttischen Tones habe ich nicht Zeit, dieses dein nochmals aufzumutzen. – – Ja, gnädiges Fräulein, das ist mein Wachtmeister. Sie finden ihn, ohne Zweifel, ein wenig steif und hölzern. Jetzt kam er mir fast auch so vor. Aber ich merke wohl; er glaubte, vor Ihro Gnaden, auf die Parade ziehen zu müssen. Und wenn die Soldaten paradieren, – ja freilich scheinen sie da mehr Drechslerpuppen, als Männer. Sie sollten ihn hingegen nur sehen und hören, wenn er sich selbst gelassen ist.

DAS FRÄULEIN Das müßte ich denn wohl!

FRANZISKA Er wird noch auf dem Saale sein. Darf ich nicht gehn, und ein wenig mit ihm plaudern?

DAS FRÄULEIN Ich versage dir ungern dieses Vernügen. Du mußt hier bleiben, Franziska. Du mußt bei unserer Unterredung gegenwärtig sein! – Es fällt mir noch etwas bei. *(Sie zieht ihren Ring vom Finger.)* Da, nimm meinen Ring, verwahre ihn, und gib mir des Majors seinen dafür.

FRANZISKA Warum das?

DAS FRÄULEIN *(indem Franziska den andern Ring holt)* Recht weiß ich es selbst nicht; aber mich dünkt, ich sehe so etwas voraus, wo ich ihn brauchen könnte. – Man pocht – Geschwind gib her! *(Sie steckt ihn an.)* Er ist's!

SECHSTER AUFTRITT

v. Tellheim (in dem nämlichen Kleide, aber sonst so, wie es Franziska verlangt). Das Fräulein. Franziska.

V. TELLHEIM Gnädiges Fräulein, Sie werden mein Verweilen entschuldigen –

DAS FRÄULEIN O, Herr Major, so gar militärisch wollen wir es miteinander nicht nehmen. Sie sind ja da! Und ein Vergnügen erwarten, ist auch ein Vergnügen. – Nun? *(indem sie ihm lächelnd ins Gesicht sieht)* lieber Tellheim, waren wir nicht vorhin Kinder?

V. TELLHEIM Ja wohl Kinder, gnädiges Fräulein; Kinder, die sich sperren, wo sie gelassen folgen sollten.

DAS FRÄULEIN Wir wollen ausfahren, lieber Major, – die Stadt ein wenig zu besehen, – und hernach, meinem Oheim entgegen.

V. TELLHEIM Wie?

DAS FRÄULEIN Sehen Sie; auch das Wichtigste haben wir einander noch nicht sagen können. Ja, er trifft noch heut hier ein. Ein Zufall ist Schuld, daß ich, einen Tag früher, ohne ihn angekommen bin.

V. TELLHEIM Der Graf von Bruchsall? Ist er zurück?

DAS FRÄULEIN Die Unruhen des Krieges verscheuchten ihn nach Italien; der Friede hat ihn wieder zurückgebracht. – Machen Sie sich keine Gedanken, Tellheim. Besorgten wir schon ehemals das stärkste Hindernis unsrer Verbindung von seiner Seite –

V. TELLHEIM Unserer Verbindung?

DAS FRÄULEIN Er ist Ihr Freund. Er hat von zu vielen, zu viel Gutes von Ihnen gehört, um es nicht zu sein. Er brennet, den Mann von Antlitz zu kennen, den seine einzige Erbin gewählt hat. Er kömmt als Oheim, als Vormund, als Vater, mich Ihnen zu übergeben.

V. TELLHEIM Ah, Fräulein, warum haben Sie meinen Brief nicht gelesen? Warum haben Sie ihn nicht lesen wollen?

DAS FRÄULEIN Ihren Brief? Ja, ich erinnere mich, Sie schickten mir einen. Wie war es denn mit diesem Briefe, Franziska? Haben wir ihn gelesen, oder haben wir ihn nicht gelesen? Was schrieben Sie mir denn, lieber Tellheim? –

V. TELLHEIM Nichts, als was mir die Ehre befiehlt.

DAS FRÄULEIN Das ist, ein ehrliches Mädchen, die Sie liebt, nicht sitzen zu lassen. Freilich befiehlt das die Ehre. Gewiß ich hätte den Brief lesen sollen. Aber was ich nicht gelesen habe, das höre ich ja.

V. TELLHEIM Ja, Sie sollen es hören –

DAS FRÄULEIN Nein, ich brauch' es auch nicht einmal zu hören. Es versteht sich von selbst. Sie könnten eines so häßlichen Streiches fähig sein, daß Sie mich nun nicht wollten? Wissen Sie, daß ich auf Zeit meines Lebens beschimpft wäre? Meine Landsmänninnen würden mit Fingern auf mich weisen. – »Das ist sie«, würde es heißen, »das ist das Fräulein von Barnhelm, die sich einbildete, weil sie reich sei, den wackern Tellheim zu bekommen: als ob die wackern Männer für Geld zu haben wären!« So würde es heißen: denn meine Landsmänninnen sind alle neidisch auf mich. Daß ich reich bin, können sie nicht leugnen; aber davon wollen sie nichts wissen, daß ich auch sonst noch ein ziemlich gutes Mädchen bin, das seines Mannes wert ist. Nicht wahr, Tellheim?

V. TELLHEIM Ja, ja, gnädiges Fräulein, daran erkenne ich Ihre Landsmänninnen. Sie werden Ihnen einen abgedankten, an seiner Ehre gekränkten Offizier, einen Krüppel, einen Bettler, trefflich beneiden.

DAS FRÄULEIN Und das alles wären Sie? Ich hörte so was, wenn ich mich nicht irre, schon heute vormittage. Da ist Böses und Gutes untereinander. Lassen Sie uns doch jedes näher beleuchten. – Verabschiedet sind Sie? So höre ich. Ich glaubte, Ihr Regiment sei bloß untergesteckt worden. Wie ist es gekommen, daß man einen Mann von Ihren Verdiensten nicht beibehalten?

V. TELLHEIM Es ist gekommen, wie es kommen müssen. Die Großen haben sich überzeugt, daß ein Soldat aus Neigung für sie ganz wenig; aus Pflicht nicht viel mehr: aber alles seiner eignen Ehre wegen tut. Was können sie ihm also schuldig zu sein glauben? Der Friede hat ihnen mehrere meinesgleichen entbehrlich gemacht; und am Ende ist ihnen niemand unentbehrlich.

DAS FRÄULEIN Sie sprechen, wie ein Mann sprechen muß, dem

die Großen hinwiederum sehr entbehrlich sind. Und niemals waren sie es mehr, als jetzt. Ich sage den Großen meinen großen Dank, daß sie ihre Ansprüche auf einen Mann haben fahren lassen, den ich doch nur sehr ungern mit ihnen geteilet hätte. – Ich bin Ihre Gebieterin, Tellheim; Sie brauchen weiter keinen Herrn. – Sie verabschiedet zu finden, das Glück hätte ich mir kaum träumen lassen! – Doch Sie sind nicht bloß verabschiedet: Sie sind noch mehr. Was sind Sie noch mehr? Ein Krüppel: sagten Sie? Nun, *(indem sie ihn von oben bis unten betrachtet)* der Krüppel ist doch noch ziemlich ganz und gerade; scheinet doch noch ziemlich gesund und stark. – Lieber Tellheim, wenn Sie auf den Verlust Ihrer gesunden Gliedmaßen betteln zu gehen denken: so prophezeihe ich Ihnen voraus, daß Sie vor den wenigsten Türen etwas bekommen werden; ausgenommen vor den Türen der gutherzigen Mädchen, wie ich.

V. TELLHEIM Jetzt höre ich nur das mutwillige Mädchen, liebe Minna.

DAS FRÄULEIN Und ich höre in Ihrem Verweise nur das Liebe Minna – Ich will nicht mehr mutwillig sein. Denn ich besinne mich, daß Sie allerdings ein kleiner Krüppel sind. Ein Schuß hat Ihnen den rechten Arm ein wenig gelähmt. – Doch alles wohl überlegt: so ist auch das so schlimm nicht. Um so viel sichrer bin ich vor Ihren Schlägen.

V. TELLHEIM Fräulein!

DAS FRÄULEIN Sie wollen sagen: Aber Sie um so viel weniger vor meinen. Nun, nun, lieber Tellheim, ich hoffe, Sie werden es nicht dazu kommen lassen.

V. TELLHEIM Sie wollen lachen, mein Fräulein. Ich beklage nur, daß ich nicht mitlachen kann.

DAS FRÄULEIN Warum nicht? Was haben Sie denn gegen das Lachen? Kann man denn auch nicht lachend sehr ernsthaft sein? Lieber Major, das Lachen erhält uns vernünftiger, als der Verdruß. Der Beweis liegt vor uns. Ihre lachende Freundin beurteilet Ihre Umstände weit richtiger, als Sie selbst. Weil Sie verabschiedet sind, nennen Sie sich an Ihrer Ehre gekränkt; weil Sie einen Schuß in dem Arme haben, machen Sie sich zu einem Krüppel. Ist das so recht? Ist das keine Übertreibung? Und ist es meine Einrichtung, daß alle Übertreibungen des Lächerlichen so fähig sind? Ich wette, wenn ich Ihren Bettler nun vornehme, daß auch dieser ebensowenig Stich halten wird. Sie werden einmal, zweimal, dreimal Ihre Equipage verloren haben; bei dem oder jenem Bankier werden einige Kapitale jetzt mit schwinden; Sie werden diesen und jenen Vorschuß, den Sie im Dienste getan, keine Hoffnung haben, wiederzuerhalten: aber sind Sie darum ein Bettler? Wenn Ihnen auch nichts übriggeblieben ist, als was mein Oheim für Sie mitbringt –

V. TELLHEIM Ihr Oheim, gnädiges Fräulein, wird für mich nichts mitbringen.

DAS FRÄULEIN Nichts, als die zweitausend Pistolen, die Sie unsern Ständen so großmütig vorschossen.

V. TELLHEIM Hätten Sie doch nur meinen Brief gelesen, gnädiges Fräulein!

DAS FRÄULEIN Nun ja, ich habe ihn gelesen. Aber was ich über diesen Punkt darin gelesen, ist mir ein wahres Rätsel. Unmöglich kann man Ihnen aus einer edlen Handlung ein Verbrechen machen wollen. – Erklären Sie mir doch, lieber Major –

V. TELLHEIM Sie erinnern sich, gnädiges Fräulein, daß ich Ordre hatte, in den Ämtern Ihrer Gegend die Kontribution mit der äußersten Strenge bar beizutreiben. Ich wollte mir diese Strenge ersparen, und schoß die fehlende Summe selbst vor. –

DAS FRÄULEIN Jawohl erinnere ich mich. – Ich liebte Sie um dieser Tat willen, ohne Sie noch gesehen zu haben.

V. TELLHEIM Die Stände gaben mir ihren Wechsel, und diesen wollte ich, bei Zeichnung des Friedens, unter die zu ratihabierende Schulden eintragen lassen. Der Wechsel ward für gültig erkannt, aber mir ward das Eigentum desselben streitig gemacht. Man zog spöttisch das Maul, als ich versicherte, die Valute bar hergegeben zu haben. Man erklärte ihn für eine

Bestechung, für das Gratial der Stände, weil ich so bald mit ihnen auf die niedrigste Summe einig geworden war, mit der ich mich nur im äußersten Notfalle zu begnügen, Vollmacht hatte. So kam der Wechsel aus meinen Händen, und wenn er bezahlt wird, wird er sicherlich nicht an mich bezahlt. – Hierdurch, mein Fräulein, halte ich meine Ehre für gekränkt; nicht durch den Abschied, den ich gefordert haben würde, wenn ich ihn nicht bekommen hätte. – Sie sind ernsthaft, mein Fräulein? Warum lachen Sie nicht? Ha, ha, ha! Ich lache ja.

DAS FRÄULEIN O, ersticken Sie dieses Lachen, Tellheim! Ich beschwöre Sie! Es ist das schreckliche Lachen des Menschenhasses! Nein, Sie sind der Mann nicht, den eine gute Tat reuen kann, weil sie üble Folgen für ihn hat. Nein, unmöglich können diese üble Folgen dauren! Die Wahrheit muß an den Tag kommen. Das Zeugnis meines Oheims, aller unsrer Stände –

V. TELLHEIM Ihres Oheims! Ihrer Stände! Ha, ha, ha!

DAS FRÄULEIN Ihr Lachen tötet mich, Tellheim! Wenn Sie an Tugend und Vorsicht glauben, Tellheim, so lachen Sie so nicht! Ich habe nie fürchterlicher fluchen hören, als Sie lachen. – Und lassen Sie uns das Schlimmste setzen! Wenn man Sie hier durchaus verkennen will: so kann man Sie bei uns nicht verkennen. Nein, wir können, wir werden Sie nicht verkennen, Tellheim. Und wenn unsere Stände die geringste Empfindung von Ehre haben, so weiß ich was sie tun müssen. Doch ich bin nicht klug: was wäre das nötig? Bilden Sie sich ein, Tellheim, Sie hätten die zweitausend Pistolen an einem wilden Abende verloren. Der König war eine unglückliche Karte für Sie: die Dame *(auf sich weisend)* wird Ihnen desto günstiger sein. – Die Vorsicht, glauben Sie mir, hält den ehrlichen Mann immer schadlos; und öfters schon im voraus. Die Tat, die Sie einmal um zweitausend Pistolen bringen sollte, erwarb mich Ihnen. Ohne diese Tat, würde ich nie begierig gewesen sein, Sie kennen zu lernen. Sie wissen, ich kam uneingeladen in die erste Gesellschaft, wo ich Sie zu finden glaubte. Ich kam bloß Ihrentwegen. Ich kam in dem festen Vorsatze, Sie zu lieben, – ich liebte Sie schon! – in dem festen Vorsatze, Sie zu besitzen, wenn ich Sie auch so schwarz und häßlich finden sollte, als den Mohr von Venedig. Sie sind so schwarz und häßlich nicht; auch so eifersüchtig werden Sie nicht sein. Aber Tellheim, Tellheim, Sie haben doch noch viel Ähnliches mit ihm! O, über die wilden, unbiegsamen Männer, die nur immer ihr stieres Auge auf das Gespenst der Ehre heften! für alles andere Gefühl sich verhärten! – Hierher Ihr Auge! auf mich, Tellheim! *(Der indes vertieft, und unbeweglich, mit starren Augen immer auf eine Stelle gesehen.)* Woran denken Sie? Sie hören mich nicht?

V. TELLHEIM *(zerstreut)* O ja! Aber sagen Sie mir doch, mein Fräulein: wie kam der Mohr in venetianische Dienste? Hatte der Mohr kein Vaterland? Warum vermietete er seinen Arm und sein Blut einem fremden Staate? –

DAS FRÄULEIN *(erschrocken)* Wo sind Sie, Tellheim? – Nun ist es Zeit, daß wir abbrechen; – Kommen Sie! *(Indem sie ihn bei der Hand ergreift.)* – Franziska, laß den Wagen vorfahren.

V. TELLHEIM *(der sich von dem Fräulein losreißt, und der Franziska nachgeht)* Nein, Franziska; ich kann nicht die Ehre haben, das Fräulein zu begleiten. – Mein Fräulein, lassen Sie mir noch heute meinen gesunden Verstand, und beurlauben Sie mich. Sie sind auf dem besten Wege, mich darum zu bringen. Ich stemme mich, soviel ich kann. – Aber weil ich noch bei Verstande bin: so hören Sie, mein Fräulein, was ich fest beschlossen habe; wovon mich nichts in der Welt abbringen soll. – Wenn nicht noch ein glücklicher Wurf für mich im Spiele ist, wenn sich das Blatt nicht völlig wendet, wenn –

DAS FRÄULEIN Ich muß Ihnen ins Wort fallen, Herr Major. – Das hätten wir ihm gleich sagen sollen, Franziska. Du erinnerst mich auch an gar nichts. – Unser Gespräch würde ganz anders gefallen sein, Tellheim, wenn ich mit der guten Nachricht angefangen hätte, die Ihnen der Chevalier de la Marlinière nur eben zu bringen kam.

V. TELLHEIM Der Chevalier de la Marlinière? Wer ist das?

FRANZISKA Es mag ein ganz guter Mann sein, Herr Major, bis auf –

DAS FRÄULEIN Schweig, Franziska! – Gleichfalls ein verabschiedeter Offizier, der aus holländischen Diensten –

V. TELLHEIM Ha! der Leutnant Riccaut!

DAS FRÄULEIN Er versicherte, daß er Ihr Freund sei.

V. TELLHEIM Ich versichere, daß ich seiner nicht bin.

DAS FRÄULEIN Und daß ihm, ich weiß nicht welcher Minister vertrauet habe, Ihre Sache sei dem glücklichsten Ausgange nahe. Es müsse ein königliches Handschreiben an Sie unterwegens sein –

V. TELLHEIM Wie kämen Riccaut und ein Minister zusammen? – Etwas zwar muß in meiner Sache geschehen sein. Denn nur jetzt erklärte mir der Kriegszahlmeister, daß der König alles niedergeschlagen habe, was wider mich urgieret worden; und daß ich mein schriftlich gegebenes Ehrenwort, nicht eher von hier zu gehen, als bis man mich völlig entladen habe, wieder zurücknehmen könne. – Das wird es aber auch alles sein. Man wird mich wollen laufen lassen. Allein man irrt sich; ich werde nicht laufen. Eher soll mich hier das äußerste Elend, vor den Augen meiner Verleumder, verzehren –

DAS FRÄULEIN Hartnäckiger Mann!

V. TELLHEIM Ich brauche keine Gnade; ich will Gerechtigkeit. Meine Ehre –

DAS FRÄULEIN Die Ehre eines Mannes, wie Sie –

V. TELLHEIM *(hitzig)* Nein, mein Fräulein, Sie werden von allen Dingen recht gut urteilen können, nur hierüber nicht. Die Ehre ist nicht die Stimme unsers Gewissen, nicht das Zeugnis weniger Rechtschaffnen – –

DAS FRÄULEIN Nein, nein, ich weiß wohl. – Die Ehre ist – die Ehre.

V. TELLHEIM Kurz, mein Fräulein, – Sie haben mich nicht ausreden lassen. – Ich wollte sagen: wenn man mir das Meinige so schimpflich vorenthält, wenn meiner Ehre nicht die vollkommenste Genugtuung geschieht; so kann ich, mein Fräulein, der Ihrige nicht sein. Denn ich bin es in den Augen der Welt nicht wert, zu sein. Das Fräulein von Barnhelm verdienet einen unbescholtenen Mann. Es ist eine nichtswürdige Liebe, die kein Bedenken trägt, ihren Gegenstand der Verachtung auszusetzen. Es ist ein nichtswürdiger Mann, der sich nicht schämet, sein ganzes Glück einem Frauenzimmer zu verdanken, dessen blinde Zärtlichkeit –

DAS FRÄULEIN Und das ist Ihr Ernst, Herr Major? – *(Indem sie ihm plötzlich den Rücken wendet.)* Franziska!

V. TELLHEIM Werden Sie nicht ungehalten, mein Fräulein –

DAS FRÄULEIN *(bei Seite zur Franziska)* Jetzt wäre es Zeit! Was rätst du mir, Franziska? –

FRANZISKA Ich rate nichts. Aber freilich macht er es Ihnen ein wenig zu bunt. –

V. TELLHEIM *(der sie zu unterbrechen kömmt)* Sie sind ungehalten, mein Fräulein –

DAS FRÄULEIN *(höhnisch)* Ich? im geringsten nicht.

V. TELLHEIM Wenn ich Sie weniger liebte, mein Fräulein –

DAS FRÄULEIN *(noch in diesem Tone)* O gewiß, es wäre mein Unglück! – Und sehen Sie, Herr Major, ich will Ihr Unglück auch nicht. – Man muß ganz uneigennützig lieben. – Ebensogut, daß ich nicht offenherziger gewesen bin! Vielleicht würde mir Ihr Mitleid gewähret haben, was mir Ihre Liebe versagt. – *(Indem sie den Ring langsam vom Finger zieht.)*

V. TELLHEIM Was meinen Sie damit, Fräulein?

DAS FRÄULEIN Nein, keines muß das andere, weder glücklicher noch unglücklicher machen. So will es die wahre Liebe! Ich glaube Ihnen, Herr Major; und Sie haben zu viel Ehre, als daß Sie die Liebe verkennen sollten.

V. TELLHEIM Spotten Sie, mein Fräulein?

DAS FRÄULEIN Hier! Nehmen Sie den Ring wieder zurück, mit dem Sie mir Ihre Treue verpflichtet. *(Überreicht ihm den Ring.)* Es sei drum! Wir wollen einander nicht gekannt haben!

V. TELLHEIM Was höre ich?

DAS FRÄULEIN Und das befremdet Sie? – Nehmen Sie, mein Herr. – Sie haben sich doch wohl nicht bloß gezieret?

V. TELLHEIM *(indem er den Ring aus ihrer Hand nimmt)* Gott! So kann Minna sprechen! –

DAS FRÄULEIN Sie können der Meinige in *einem* Falle nicht sein: ich kann die Ihrige in *keinem* sein. Ihr Unglück ist wahrscheinlich; meines ist gewiß. – Leben Sie wohl! *(Will fort.)*

V. TELLHEIM Wohin, liebste Minna?

DAS FRÄULEIN Mein Herr, Sie beschimpfen mich jetzt mit dieser vertraulichen Benennung.

V. TELLHEIM Was ist Ihnen, mein Fräulein? Wohin?

DAS FRÄULEIN Lassen Sie mich. – Meine Tränen vor Ihnen zu verbergen, Verräter! *(Geht ab.)*

SIEBENTER AUFTRITT

v. Tellheim. Franziska.

V. TELLHEIM Ihre Tränen? Und ich sollte sie lassen? *(Will ihr nach.)*

FRANZISKA *(die ihn zurückhält)* Nicht doch, Herr Major! Sie werden ihr ja nicht in ihr Schlafzimmer folgen wollen?

V. TELLHEIM Ihr Unglück? Sprach sie nicht von Unglück?

FRANZISKA Nun freilich; das Unglück, Sie zu verlieren, nachdem –

V. TELLHEIM Nachdem? was nachdem? Hierhinter steckt mehr. Was ist es, Franziska? Rede, sprich –

FRANZISKA Nachdem sie, wollte ich sagen, – Ihnen so vieles aufgeopfert.

V. TELLHEIM Mir aufgeopfert?

FRANZISKA Hören Sie nur kurz. – Es ist für Sie recht gut, Herr Major, daß Sie auf diese Art von ihr losgekommen sind. – Warum soll ich es Ihnen nicht sagen? Es kann doch länger kein Geheimnis bleiben. – Wir sind entflohen! – Der Graf von Bruchsall hat das Fräulein enterbt, weil sie keinen Mann von seiner Hand annehmen wollte. Alles verließ, alles verachtete sie hierauf. Was sollten wir tun? Wir entschlossen uns denjenigen aufzusuchen, dem wir –

V. TELLHEIM Ich habe genug! – Komm, ich muß mich zu ihren Füßen werfen.

FRANZISKA Was denken Sie? Gehen Sie vielmehr, und danken Ihrem guten Geschicke –

V. TELLHEIM Elende! für wen hältst du mich? – Nein, liebe Franziska, der Rat kam nicht aus deinem Herzen. Vergib meinem Unwillen!

FRANZISKA Halten Sie mich nicht länger auf. Ich muß sehen, was sie macht. Wie leicht könnte ihr etwas zugestoßen sein. – Gehen Sie! Kommen Sie lieber wieder, wenn Sie wiederkommen wollen. *(Geht dem Fräulein nach.)*

ACHTER AUFTRITT

v. Tellheim

Aber Franziska! – O, ich erwarte euch hier! – Nein, das ist dringender! – Wenn sie Ernst sieht, kann mir ihre Vergebung nicht entstehen. – Nun brauch' ich dich, ehrlicher Werner! – Nein, Minna, ich bin kein Verräter! *(Eilends ab.)*

Ende des vierten Aufzuges.

FÜNFTER AUFZUG

ERSTER AUFTRITT

(Die Szene: der Saal.)

v. Tellheim von der einen und Werner von der andern Seite.

V. TELLHEIM Ha, Werner! ich suche dich überall. Wo steckst du?

WERNER Und ich habe Sie gesucht, Herr Major; so geht's mit dem Suchen. – Ich bringe Ihnen gar eine gute Nachricht.

V. TELLHEIM Ah, ich brauche jetzt nicht deine Nachrichten: ich brauche dein Geld. Geschwind, Werner, gib mir, soviel du hast; und denn suche so viel aufzubringen, als du kannst.

WERNER Herr Major? – Nun, bei meiner armen Seele, habe ich's doch gesagt: er wird Geld von mir borgen, wenn er selber welches zu verleihen hat.

V. TELLHEIM Du suchst doch nicht Ausflüchte?

WERNER Damit ich ihm nichts vorzuwerfen habe, so nimmt er mir's mir der Rechten, und gibt mir's mit der Linken wieder.

V. TELLHEIM Halte mich nicht auf, Werner! – Ich habe den guten Willen, dir es wiederzugeben; aber wenn und wie? – Das weiß Gott!

WERNER Sie wissen es also noch nicht, daß die Hofstaatskasse Ordre hat, Ihnen Ihre Gelder zu bezahlen? Eben erfuhr ich es bei –

V. TELLHEIM Was plauderst du? Was lässest du dir weismachen? Begreifst du denn nicht, daß, wenn es wahr wäre, ich es doch wohl am ersten wissen müßte? – Kurz, Werner, Geld! Geld!

WERNER Je nu, mit Freuden! hier ist was! – Das sind die hundert Louisdor, und das die hundert Dukaten. – *(Gibt ihm beides.)*

V. TELLHEIM Die hundert Louisdor, Werner, geh und bringe Justen. Er soll sogleich den Ring wieder einlösen, den er heute früh versetzt hat. – Aber wo wirst du mehr hernehmen, Werner? – Ich brauche weit mehr.

WERNER Dafür lassen Sie mich sorgen. – Der Mann, der mein

Gut gekauft hat, wohnt in der Stadt. Der Zahlungstermin wäre zwar erst in vierzehn Tagen; aber das Geld liegt parat, und ein halb Prozentchen Abzug –

V. TELLHEIM Nun ja, lieber Werner! – Siehst du, daß ich meine einzige Zuflucht zu dir nehme? – Ich muß dir auch alles vertrauen. Das Fräulein hier, – du hast sie gesehn, – ist unglücklich –

WERNER O Jammer!

V. TELLHEIM Aber morgen ist sie meine Frau –

WERNER O Freude!

V. TELLHEIM Und übermorgen geh' ich mit ihr fort. Ich darf fort; ich will fort. Lieber hier alles im Stiche gelassen! Wer weiß, wo mir sonst ein Glück aufgehoben ist. Wenn du willst, Werner, so komm mit. Wir wollen wieder Dienste nehmen.

WERNER Wahrhaftig? – Aber doch wo's Krieg gibt, Herr Major?

V. TELLHEIM Wo sonst? – Geh, lieber Werner, wir sprechen davon weiter.

WERNER O Herzensmajor! – Übermorgen? Warum nicht lieber morgen? – Ich will schon alles zusammenbringen – In Persien, Herr Major, gibt's einen trefflichen Krieg; was meinen Sie?

V. TELLHEIM Wir wollen das überlegen; geh nur, Werner! –

WERNER Juchhe! es lebe der Prinz Heraklius! *(Geht ab.)*

ZWEITER AUFTRITT

v. Tellheim.

Wie ist mir? – Meine ganze Seele hat neue Triebfedern bekommen. Mein eignes Unglück schlug mich nieder; machte mich ärgerlich, kurzsichtig, schüchtern, lässig: ihr Unglück hebt mich empor, ich sehe wieder frei um mich, und fühle mich willig und stark, alles für sie zu unternehmen – Was verweile ich? *(Will nach dem Zimmer des Fräuleins, aus dem ihm Franziska entgegenkömmt.)*

DRITTER AUFTRITT

Franziska. v. Tellheim.

FRANZISKA Sind Sie es doch? – Es war mir, als ob ich Ihre Stimme hörte. – Was wollen Sie, Herr Major?

V. TELLHEIM Was ich will? – Was macht dein Fräulein? – Komm! –

FRANZISKA Sie will den Augenblick ausfahren.

V. TELLHEIM Und allein? ohne mich? wohin?

FRANZISKA Haben Sie vergessen, Herr Major? –

V. TELLHEIM Bist du nicht klug, Franziska? – Ich habe sie gereizt, und sie ward empfindlich: ich werde sie um Vergebung bitten, und sie wird mir vergeben.

FRANZISKA Wie? – Nachdem Sie den Ring zurückgenommen, Herr Major?

V. TELLHEIM Ha! – das tat ich in der Betäubung. – Jetzt denk' ich erst wieder an den Ring. – Wo habe ich ihn hingesteckt? – *(Er sucht ihn.)* Hier ist er.

FRANZISKA Ist er das? *(Indem er ihn wieder einsteckt, beiseite.)* Wenn er ihn doch genauer besehen wollte!

V. TELLHEIM Sie drang mir ihn auf, mit einer Bitterkeit – Ich habe diese Bitterkeit schon vergessen. Ein volles Herz kann die Worte nicht wägen. – Aber sie wird sich auch keinen Augenblick weigern, den Ring wieder anzunehmen. – Und habe ich nicht noch ihren?

FRANZISKA Den erwartet sie dafür zurück. – Wo haben Sie ihn denn, Herr Major? Zeigen Sie mir ihn doch.

V. TELLHEIM *(etwas verlegen)* Ich habe – ihn anzustecken vergessen. – Just – Just wird mir ihn gleich nachbringen.

FRANZISKA Es ist wohl einer ziemlich wie der andere; lassen Sie mich doch diesen sehen; ich sehe so was gar zu gern.

V. TELLHEIM Ein andermal, Franziska. Jetzt komm –

FRANZISKA *(beiseite)* Er will sich durchaus nicht aus seinem Irrtume bringen lassen.

I V. TELLHEIM Was sagst du? Irrtume?

FRANZISKA Es ist ein Irrtum, sag' ich, wenn Sie meinen, daß das Fräulein doch noch eine gute Partie sei. Ihr eigenes Vermögen ist gar nicht beträchtlich; durch ein wenig eigennützige Rechnungen können es ihr die Vormünder völlig zu Wasser machen. Sie erwartete alles von dem Oheim; aber dieser grausame Oheim –

V. TELLHEIM Laß ihn doch! – Bin ich nicht Manns genug, ihr einmal alles zu ersetzen? –

FRANZISKA Hören Sie? Sie klingelt; ich muß herein.

V. TELLHEIM Ich gehe mit dir.

FRANZISKA Um des Himmels willen nicht! Sie hat mir ausdrücklich verboten, mit Ihnen zu sprechen. Kommen Sie wenigstens mir erst nach. – *(Geht herein.)*

VIERTER AUFTRITT

v. Tellheim (ihr nachrufend).

Melde mich ihr! – Sprich für mich, Franziska! – Ich folge dir sogleich! – Was werde ich ihr sagen? – Wo das Herz reden darf, braucht es keine Vorbereitung. – Das einzige möchte eine studierte Wendung bedürfen: ihre Zurückhaltung, ihre Bedenklichkeit, sich als unglücklich in meine Arme zu werfen; ihre Beflissenheit, mir ein Glück vorzuspiegeln, das sie durch mich verloren hat. Dieses Mißtrauen in meine Ehre, in ihren eigenen Wert vor ihr selbst zu entschuldigen, vor ihr selbst – Vor mir ist es schon entschuldiget! – Ha! hier kömmt sie. –

FÜNFTER AUFTRITT

Das Fräulein. Franziska. v. Tellheim.

DAS FRÄULEIN *(im Heraustreten, als ob sie den Major nicht gewahr würde)* Der Wagen ist doch vor der Türe, Franziska? – Meinen Fächer!

V. TELLHEIM *(auf sie zu)* Wohin, mein Fräulein?

DAS FRÄULEIN *(mit einer affektierten Kälte)* Aus, Herr Major. – Ich errate, warum Sie sich nochmals herbemühet haben: mir auch meinen Ring wieder zurückzugeben. – Wohl, Herr Major; haben Sie nur die Güte, ihn der Franziska einzuhändigen. – Franziska, nimm dem Herrn Major den Ring ab! – Ich habe keine Zeit zu verlieren. *(Will fort.)*

V. TELLHEIM *(der ihr vortritt)* Mein Fräulein! – Ah, was habe ich erfahren, mein Fräulein! Ich war so vieler Liebe nicht wert.

DAS FRÄULEIN So, Franziska? Du hast dem Herrn Major –

FRANZISKA Alles entdeckt.

V. TELLHEIM Zürnen Sie nicht auf mich, mein Fräulein. Ich bin kein Verräter. Sie haben um mich in den Augen der Welt viel verloren, aber nicht in den meinen. In meinen Augen haben Sie unendlich durch diesen Verlust gewonnen. Er war Ihnen noch zu neu; Sie fürchteten, er möchte einen allzunachteiligen Eindruck auf mich machen; Sie wollten mir ihn vors erste verbergen. Ich beschwere mich nicht über dieses Mißtrauen. Es entsprang aus dem Verlangen, mich zu erhalten. Dieses Verlangen ist mein Stolz! Sie fanden mich selbst unglücklich; und Sie wollten Unglück nicht mit Unglück häufen. Sie konnten nicht vermuten, wie sehr mich Ihr Unglück über das meinige hinaussetzen würde.

DAS FRÄULEIN Alles recht gut, Herr Major! Aber es ist nun einmal geschehen. Ich habe Sie Ihrer Verbindlichkeit erlassen; Sie haben durch Zurücknehmung des Ringes –

V. TELLHEIM In nichts gewilliget! – Vielmehr halte ich mich jetzt für gebundener, als jemals. – Sie sind die Meinige, Minna, auf ewig die Meinige. *(Zieht den Ring heraus.)* Hier, empfangen Sie es zum zweiten Male, das Unterpfand meiner Treue –

DAS FRÄULEIN Ich diesen Ring wiedernehmen? diesen Ring?

V. TELLHEIM Ja, liebste Minna, ja!

DAS FRÄULEIN Was muten Sie mir zu? diesen Ring?

V. TELLHEIM Diesen Ring nahmen Sie das erstemal aus meiner Hand, als unser beider Umstände einander gleich, und glücklich waren. Sie sind nicht mehr glücklich, aber wiederum einander gleich. Gleichheit ist immer das festeste Band der Liebe. – Erlauben Sie, liebste Minna! – *(Ergreift ihre Hand, um ihr den Ring anzustecken.)*

DAS FRÄULEIN Wie? mit Gewalt, Herr Major? – Nein, da ist keine Gewalt in der Welt, die mich zwingen soll, diesen Ring wieder anzunehmen! – – Meinen Sie etwa, daß es mir an einem Ringe fehlt? – O, Sie sehen ja wohl *(auf ihren Ring zeigend)*, daß ich hier noch einen habe, der Ihrem nicht das geringste nachgibt? –

FRANZISKA Wenn er es noch nicht merkt! –

V. TELLHEIM *(indem er die Hand des Fräuleins fahren läßt)* Was ist das? – Ich sehe das Fräulein von Barnhelm, aber ich höre es nicht. – Sie zieren sich, mein Fräulein. – Vergeben Sie, daß ich Ihnen dieses Wort nachbrauche.

DAS FRÄULEIN *(in ihrem wahren Tone)* Hat Sie dieses Wort beleidiget, Herr Major?

V. TELLHEIM Es hat mir wehgetan.

DAS FRÄULEIN *(gerührt)* Das sollte es nicht, Tellheim. – Verzeihen Sie mir, Tellheim.

V. TELLHEIM Ha, dieser vertrauliche Ton sagt mir, daß Sie wieder zu sich kommen, mein Fräulein, daß Sie mich noch lieben, Minna. –

FRANZISKA *(herausplatzend)* Bald wäre der Spaß auch zu weit gegangen. –

DAS FRÄULEIN *(gebieterisch)* Ohne dich in unser Spiel zu mengen, Franziska, wenn ich bitten darf!

FRANZISKA *(bei Seite und betroffen)* Noch nicht genug?

DAS FRÄULEIN Ja, mein Herr; es wäre weibliche Eitelkeit, mich kalt und höhnisch zu stellen. Weg damit! Sie verdienen es, mich eben so wahrhaft zu finden, als Sie selbst sind. – Ich liebe Sie noch, Tellheim, ich liebe Sie noch; aber demohngeachtet –

V. TELLHEIM Nicht weiter, liebste Minna, nicht weiter! *(Ergreift ihre Hand nochmals, ihr den Ring anzustecken.)*

DAS FRÄULEIN *(die ihre Hand zurückzieht)* Demohngeachtet, – um so viel mehr werde ich dieses nimmermehr geschehen lassen; nimmermehr! – Wo denken Sie hin, Herr Major? – Ich meinte, Sie hätten an Ihrem eigenen Unglücke genug. – Sie müssen hier bleiben; Sie müssen sich die allervollständigste Genugtuung – ertrotzen. Ich weiß in der Geschwindigkeit kein ander Wort. – Ertrotzen, – und sollte Sie auch das äußerste Elend, vor den Augen ihrer Verleumder, darüber verzehren!

V. TELLHEIM So dacht' ich, so sprach ich, als ich nicht wußte, was ich dachte und sprach. Ärgernis und verbissene Wut hatten meine ganze Seele umnebelt; die Liebe selbst, in dem vollesten Glanze des Glückes, konnte sich darin nicht Tag schaffen. Aber sie sendet ihre Tochter, das Mitleid, die, mit dem finstern Schmerze vertrauter, die Nebel zerstreuet und alle Zugänge meiner Seele den Eindrücken der Zärtlichkeit wiederum öffnet. Der Trieb der Selbsterhaltung erwacht, da ich etwas Kostbarers zu erhalten habe, als mich, und es durch mich zu erhalten habe. Lassen Sie mich, mein Fräulein, das Wort Mitleid nicht beleidigen. Von der unschuldigen Ursache unsers Unglücks können wir es ohne Erniedrigung hören. Ich bin diese Ursache; durch mich, Minna, verlieren Sie Freunde und Anverwandte, Vermögen und Vaterland. Durch mich, in mir müssen Sie alles dieses wiederfinden, oder ich habe das Verderben der Liebenswürdigsten Ihres Geschlechts auf meiner Seele. Lassen Sie mich keine Zukunft denken, wo ich mich selbst hassen müßte. – Nein, nichts soll mich hier länger halten. Von diesem Augenblicke an, will ich dem Unrechte, das mir hier widerfährt, nichts als Verachtung entgegensetzen. Ist dieses Land die Welt? Geht hier allein die Sonne auf? Wo darf ich nicht hinkommen? Welche Dienste wird man mir verweigern? Und müßte ich sie unter dem entferntesten Himmel suchen: folgen Sie mir nur getrost, liebste Minna; es soll uns an nichts fehlen. – Ich habe einen Freund, der mich gern unterstützet. –

SECHSTER AUFTRITT

Ein Feldjäger. v. Tellheim. Das Fräulein. Franziska.

FRANZISKA *(indem sie den Feldjäger gewahr wird)* St! Herr Major –

V. TELLHEIM *(gegen den Feldjäger)* Zu wem wollen Sie?

DER FELDJÄGER Ich suche den Herrn Major von Tellheim. – Ah, Sie sind es ja selbst. Mein Herr Major, dieses königliche Handschreiben *(das er aus seiner Brieftasche nimmt)* habe ich an Sie zu übergeben.

V. TELLHEIM An mich?

DER FELDJÄGER Zufolge der Aufschrift –

DAS FRÄULEIN Franziska, hörst du? – Der Chevalier hat doch wahr geredet!

DER FELDJÄGER *(indem Tellheim den Brief nimmt)* Ich bitte um Verzeihung, Herr Major; Sie hätten es bereits gestern erhalten sollen; aber es ist mir nicht möglich gewesen, Sie auszufragen. Erst heute, auf der Parade habe ich Ihre Wohnung von dem Leutnant Riccaut erfahren.

FRANZISKA Gnädiges Fräulein, hören Sie? – Das ist des Chevaliers Minister. – »Wie heißen der Minister, da drauß, auf die breite Platz?« –

V. TELLHEIM Ich bin Ihnen für Ihre Mühe sehr verbunden.

DER FELDJÄGER Es ist meine Schuldigkeit, Herr Major. *(Geht ab.)*

SIEBENTER AUFTRITT

v. Tellheim. Das Fräulein. Franziska.

V. TELLHEIM Ah, mein Fräulein, was habe ich hier? Was enthält dieses Schreiben?

DAS FRÄULEIN Ich bin nicht befugt, meine Neugierde so weit zu erstrecken.

V. TELLHEIM Wie? Sie trennen mein Schicksal noch von dem Ihrigen? – Aber warum steh' ich an, es zu erbrechen? – Es kann mich nicht unglücklicher machen, als ich bin; nein, liebste Minna, es kann uns nicht unglücklicher machen; – wohl aber glücklicher! – Erlauben Sie, mein Fräulein! *(Erbricht und lieset den Brief, indes daß der Wirt an die Szene geschlichen kömmt.)*

ACHTER AUFTRITT

Der Wirt. Die Vorigen.

DER WIRT *(gegen die Franziska)* Bst! mein schönes Kind! auf ein Wort!

FRANZISKA *(die sich ihm nähert)* Herr Wirt? – Gewiß, wir wissen selbst noch nicht, was in dem Briefe steht.

DER WIRT Wer will vom Briefe wissen? – Ich komme des Ringes wegen. Das gnädige Fräulein muß mir ihn gleich wiedergeben. Just ist da, er soll ihn wieder einlösen.

DAS FRÄULEIN *(das sich indes gleichfalls dem Wirte genähert)* Sagen Sie Justen nur, daß er schon eingelöset sei; und sagen Sie ihm nur von wem; von mir.

DER WIRT Aber –

DAS FRÄULEIN Ich nehme alles auf mich; gehen Sie doch! *(Der Wirt geht ab.)*

NEUNTER AUFTRITT

v. Tellheim. Das Fräulein. Franziska.

FRANZISKA Und nun, gnädiges Fräulein, lassen Sie es mit dem armen Major gut sein.

DAS FRÄULEIN O, über die Vorbitterin! Als ob der Knoten sich nicht von selbst bald lösen müßte.

V. TELLHEIM *(nachdem er gelesen, mit der lebhaftesten Rührung)* Ha! er hat sich auch hier nicht verleugnet! – O, mein Fräulein, welche Gerechtigkeit! – Welche Gnade! – Das ist mehr, als ich erwartet! – Mehr, als ich verdiene! – Mein Glück, meine Ehre, alles ist wiederhergestellt! – Ich träume doch nicht? *(Indem er wieder in den Brief sieht, als um sich nochmals zu überzeugen.)* Nein, kein Blendwerk meiner Wünsche! – Lesen Sie selbst, mein Fräulein; lesen Sie selbst!

DAS FRÄULEIN Ich bin nicht so unbescheiden, Herr Major.

V. TELLHEIM Unbescheiden? Der Brief ist an mich; an Ihren Tellheim, Minna. Er enthält, – was Ihnen Ihr Oheim nicht nehmen kann. Sie müssen ihn lesen; lesen Sie doch!

DAS FRÄULEIN Wenn Ihnen ein Gefalle damit geschieht, Herr Major – *(Sie nimmt den Brief und lieset.)*

»Mein lieber Major von Tellheim!

Ich tue Euch zu wissen, daß der Handel, der mich um Eure Ehre besorgt machte, sich zu Eurem Vorteil aufgekläret hat. Mein Bruder war des Nähern davon unterrichtet, und sein Zeugnis hat Euch für mehr als unschuldig erkläret. Die Hofstaatskasse hat Ordre, Euch den bewußten Wechsel wieder auszuliefern, und die getanen Vorschüsse zu bezahlen; auch habe ich befohlen, daß alles, was die Feldkriegskassen wider Eure Rechnungen urgieren, niedergeschlagen werde. Meldet mir, ob Euch Eure Gesundheit erlaubet, wieder Dienste zu nehmen. Ich möchte nicht gern einen Mann von Eurer Bravour und Denkungsart entbehren. Ich bin Euer wohlaffektionierter König« etc.

V. TELLHEIM Nun, was sagen Sie hierzu, mein Fräulein?

DAS FRÄULEIN *(indem sie den Brief wieder zusammenschlägt, und zurückgibt)* Ich? nichts.

V. TELLHEIM Nichts?

DAS FRÄULEIN Doch ja: daß Ihr König, der ein großer Mann ist, auch wohl ein guter Mann sein mag. – Aber was geht mich das an? Er ist nicht mein König.

V. TELLHEIM Und sonst sagen Sie nichts? Nichts in Rücksicht auf uns selbst?

DAS FRÄULEIN Sie treten wieder in seine Dienste; der Herr

Major wird Oberstleutnant, Oberster vielleicht. Ich gratuliere von Herzen.

V. TELLHEIM Und Sie kennen mich nicht besser? – Nein, da mir das Glück so viel zurückgibt, als genug ist, die Wünsche eines vernünftigen Mannes zu befriedigen, soll es einzig von meiner Minna abhangen, ob ich sonst noch jemanden wieder zugehören soll, als ihr. Ihrem Dienste allein sei mein ganzes Leben gewidmet! Die Dienste der Großen sind gefährlich, und lohnen der Mühe, des Zwanges, der Erniedrigung nicht, die sie kosten. Minna ist keine von den Eiteln, die in ihren Männern nichts als den Titel und die Ehrenstelle lieben. Sie wird mich um mich selbst lieben; und ich werde um sie die ganze Welt vergessen. Ich ward Soldat, aus Parteilichkeit, ich weiß selbst nicht für welche politische Grundsätze, und aus der Grille, daß es für jeden ehrlichen Mann gut sei, sich in diesem Stande eine Zeitlang zu versuchen, um sich mit allem, was Gefahr heißt, vertraulich zu machen, und Kälte und Entschlossenheit zu lernen. Nur die äußerste Not hätte mich zwingen können, aus diesem Versuche eine Bestimmung, aus dieser gelegentlichen Beschäftigung ein Handwerk zu machen. Aber nun, da mich nichts mehr zwingt, nun ist mein ganzer Ehrgeiz wiederum einzig und allein, ein ruhiger und zufriedener Mensch zu sein. Der werde ich mit Ihnen, liebste Minna, unfehlbar werden; der werde ich in Ihrer Gesellschaft unveränderlich bleiben. – Morgen verbinde uns das heiligste Band; und sodann wollen wir um uns sehen, und wollen in der ganzen weiten bewohnten Welt den stillsten, heitersten, lachendsten Winkel suchen, dem zum Paradiese nichts fehlt, als ein glückliches Paar. Da wollen wir wohnen; da soll jeder unserer Tage – Was ist Ihnen, mein Fräulein? *(die sich unruhig hin und her wendet, und ihre Rührung zu verbergen sucht.)*

DAS FRÄULEIN *(sich fassend)* Sie sind sehr grausam, Tellheim, mir ein Glück so reizend darzustellen, dem ich entsagen muß. Mein Verlust –

V. TELLHEIM Ihr Verlust? – Was nennen Sie Ihren Verlust? Alles, was Minna verlieren konnte, ist nicht Minna. Sie sind noch das süßeste, lieblichste, holdseligste, beste Geschöpf unter der Sonne; ganz Güte und Großmut, ganz Unschuld und Freude! – Dann und wann ein kleiner Mutwille; hier und da ein wenig Eigensinn – Desto besser! desto besser! Minna wäre sonst ein Engel, den ich mit Schaudern verehren müßte, den ich nicht lieben könnte. *(Ergreift ihre Hand, sie zu küssen.)*

DAS FRÄULEIN *(die ihre Hand zurückzieht)* Nicht so, mein Herr! – Wie auf einmal so verändert? – Ist dieser schmeichelnde, stürmische Liebhaber der kalte Tellheim? – Konnte nur sein wiederkehrendes Glück ihn in dieses Feuer setzen? – Er erlaube mir, daß ich, bei seiner fliegenden Hitze, für uns beide Überlegung behalte. – Als er selbst überlegen konnte, hörte ich ihn sagen, es sei eine nichtswürdige Liebe, die kein Bedenken trage, ihren Gegenstand der Verachtung auszusetzen. – Recht; aber ich bestrebe mich einer ebenso reinen und edeln Liebe, als er. – Jetzt, da ihn die Ehre ruft, da sich ein großer Monarch um ihn bewirbt, sollte ich zugeben, daß er sich verliebten Träumereien mit mir überließe? daß der ruhmvolle Krieger in einen tändelnden Schäfer ausarte? – Nein, Herr Major, folgen Sie dem Wink Ihres bessern Schicksals –

V. TELLHEIM Nun wohl! Wenn Ihnen die große Welt reizender ist, Minna, – wohl! so behalte uns die große Welt! – Wie klein, wie armselig ist diese große Welt! – Sie kennen sie nur erst von ihrer Flitterseite. Aber gewiß, Minna, Sie werden – Es sei! Bis dahin, wohl! Es soll Ihren Vollkommenheiten nicht an Bewundrern fehlen, und meinem Glücke wird es nicht an Neidern gebrechen.

DAS FRÄULEIN Nein, Tellheim, so ist es nicht gemeint! Ich weise Sie in die große Welt, auf die Bahn der Ehre zurück, ohne Ihnen dahin folgen zu wollen. – Dort braucht Tellheim eine unbescholtene Gattin! Ein sächsisches verlaufenes Fräulein, das sich ihm an den Kopf geworfen –

V. TELLHEIM *(auffahrend und wild um sich sehend)* Wer darf so sprechen? – Ah, Minna, ich erschrecke vor mir selbst, wenn ich mir vorstelle, daß jemand anders dieses gesagt hätte, als Sie. Meine Wut gegen ihn würde ohne Grenzen sein.

DAS FRÄULEIN Nun da! Das eben besorge ich. Sie würden nicht die geringste Spötterei über mich dulden, und doch würden Sie täglich die bittersten einzunehmen haben. – Kurz; hören Sie also, Tellheim, was ich fest beschlossen, wovon mich nichts in der Welt abbringen soll –

V. TELLHEIM Ehe Sie ausreden, Fräulein, – ich beschwöre Sie, Minna! – überlegen Sie es noch einen Augenblick, daß Sie mir das Urteil über Leben und Tod sprechen! –

DAS FRÄULEIN Ohne weitere Überlegung! – So gewiß ich Ihnen den Ring zurückgegeben, mit welchem Sie mir ehemals Ihre Treue verpflichtet, so gewiß Sie diesen nämlichen Ring zurückgenommen: so gewiß soll die unglückliche Barnhelm die Gattin des glücklichern Tellheims nie werden!

V. TELLHEIM Und hiermit brechen Sie den Stab, Fräulein?

DAS FRÄULEIN Gleichheit ist allein das feste Band der Liebe. – Die glückliche Barnhelm wünschte, nur für den glücklichen Tellheim zu leben. Auch die unglückliche Minna hätte sich endlich überreden lassen, das Unglück ihres Freundes durch sich, es sei zu vermehren, oder zu lindern – Er bemerkte es ja wohl, ehe dieser Brief ankam, der alle Gleichheit zwischen uns wieder aufhebt, wie sehr zum Schein ich mich nur noch weigerte.

V. TELLHEIM Ist das wahr, mein Fräulein? – Ich danke Ihnen, Minna, daß Sie den Stab noch nicht gebrochen. – Sie wollen nur den unglücklichen Tellheim? Er ist zu haben. *(Kalt.)* Ich empfinde eben, daß es mir unanständig ist, diese späte Gerechtigkeit anzunehmen; daß es besser sein wird, wenn ich das, was man durch einen so schimpflichen Verdacht entehrt hat, gar nicht wiederverlange. – Ja; ich will den Brief nicht bekommen haben. Das sei alles, was ich darauf antworte und tue! *(Im Begriffe, ihn zu zerreißen.)*

DAS FRÄULEIN *(das ihm in die Hände greift)* Was wollen Sie, Tellheim?

V. TELLHEIM Sie besitzen.

DAS FRÄULEIN Halten Sie!

V. TELLHEIM Fräulein, er ist unfehlbar zerrissen, wenn Sie nicht bald sich anders erklären. – Alsdann wollen wir doch sehen, was Sie noch wider mich einzuwenden haben!

DAS FRÄULEIN Wie? in diesem Tone? – So soll ich, so muß ich in meinen eigenen Augen verächtlich werden? Nimmermehr! Es ist eine nichtswürdige Kreatur, die sich nicht schämet, ihr ganzes Glück der blinden Zärtlichkeit eines Mannes zu verdanken!

V. TELLHEIM Falsch, grundfalsch!

DAS FRÄULEIN Wollen Sie es wagen, Ihre eigene Rede in meinem Munde zu schelten?

V. TELLHEIM Sophistin! So entehrt sich das schwächere Geschlecht durch alles, was dem stärkern nicht ansteht? So soll sich der Mann alles erlauben, was dem Weibe geziemet? Welches bestimmte die Natur zur Stütze des andern?

DAS FRÄULEIN Beruhigen Sie sich, Tellheim! – Ich werde nicht ganz ohne Schutz sein, wenn ich schon die Ehre des Ihrigen ausschlagen muß. So viel muß mir immer noch werden, als die Not erfordert. Ich habe mich bei unserm Gesandten melden lassen. Er will mich noch heute sprechen. Hoffentlich wird er sich meiner annehmen. Die Zeit verfließt. Erlauben Sie, Herr Major. –

V. TELLHEIM Ich werde Sie begleiten, gnädiges Fräulein. –

DAS FRÄULEIN Nicht doch, Herr Major; lassen Sie mich –

V. TELLHEIM Eher soll Ihr Schatten Sie verlassen! Kommen Sie nur, mein Fräulein, wohin Sie wollen; zu wem Sie wollen. Überall, an Bekannte und Unbekannte, will ich es erzählen, in Ihrer Gegenwart des Tages hundertmal erzählen, welche Bande Sie an mich verknüpfen, aus welchem grausamen Eigensinne Sie diese Bande trennen wollen –

ZEHNTER AUFTRITT

Just. Die Vorigen.

JUST *(mit Ungestüm)* Herr Major! Herr Major!

V. TELLHEIM Nun?

JUST Kommen Sie doch geschwind, geschwind!

V. TELLHEIM Was soll ich? Zu mir her! Sprich, was ist's?

JUST Hören Sie nur –
(Redet ihm heimlich ins Ohr.)

DAS FRÄULEIN *(indes beiseite zur Franziska)* Merkst du was, Franziska?

FRANZISKA O, Sie Unbarmherzige! Ich habe hier gestanden, wie auf Kohlen!

V. TELLHEIM *(zu Justen)* Was sagst du? – Das ist nicht möglich! – Sie? *(Indem er das Fräulein wild anblickt.)* – Sag' es laut; sag' es ihr ins Gesicht! – Hören Sie doch, mein Fräulein! –

JUST Der Wirt sagt, das Fräulein von Barnhelm habe den Ring, welchen ich bei ihm versetzt, zu sich genommen; sie habe ihn für den ihrigen erkannt, und wolle ihn nicht wieder herausgeben. –

V. TELLHEIM Ist das wahr, mein Fräulein? – Nein, das kann nicht wahr sein!

DAS FRÄULEIN *(lächelnd)* Und warum nicht, Tellheim? – Warum kann es nicht wahr sein?

V. TELLHEIM *(heftig)* Nun, so sei es wahr! – Welch schreckliches Licht, das mir auf einmal aufgegangen! – Nun erkenne ich Sie, die Falsche, die Ungetreue!

DAS FRÄULEIN *(erschrocken)* Wer? wer ist diese Ungetreue?

V. TELLHEIM Sie, die ich nicht mehr nennen will!

DAS FRÄULEIN Tellheim!

V. TELLHEIM Vergessen Sie meinen Namen! – Sie kamen hierher, mit mir zu brechen. Es ist klar! – Daß der Zufall so gern dem Treulosen zustatten kömmt! Er führte Ihnen Ihren Ring in die Hände. Ihre Arglist wußte mir den meinigen zuzuschanzen.

DAS FRÄULEIN Tellheim, was für Gespenster sehen Sie! Fassen Sie sich doch, und hören Sie mich.

FRANZISKA *(vor sich)* Nun mag sie es haben!

EILFTER AUFTRITT

Werner (mit einem Beutel Gold). v. Tellheim. Das Fräulein. Franziska. Just.

WERNER Hier bin ich schon, Herr Major! –

V. TELLHEIM *(ohne ihn anzusehen)* Wer verlangt dich? –

WERNER Hier ist Geld! tausend Pistolen!

V. TELLHEIM Ich will sie nicht!

WERNER Morgen können Sie, Herr Major, über noch einmal soviel befehlen.

V. TELLHEIM Behalte dein Geld!

WERNER Es ist ja Ihr Geld, Herr Major. – Ich glaube, Sie sehen nicht, mit wem Sie sprechen?

V. TELLHEIM Weg damit! sag' ich.

WERNER Was fehlt Ihnen? – Ich bin Werner.

V. TELLHEIM Alle Güte ist Verstellung; alle Dienstfertigkeit Betrug.

WERNER Gilt das mir?

V. TELLHEIM Wie du willst!

WERNER Ich habe ja nur Ihren Befehl vollzogen. –

V. TELLHEIM So vollziehe auch den, und packe dich!

WERNER Herr Major! *(ärgerlich)* ich bin ein Mensch –

V. TELLHEIM Da bist du was Rechts!

WERNER Der auch Galle hat –

V. TELLHEIM Gut! Galle ist noch das Beste, was wir haben.

WERNER Ich bitte Sie, Herr Major, –

V. TELLHEIM Wievielmal soll ich dir es sagen? Ich brauche dein Geld nicht!

WERNER *(zornig)* Nun, so brauch' es, wer da will! *(Indem er ihm den Beutel vor die Füße wirft, und beiseite geht.)*

DAS FRÄULEIN *(zur Franziska)* Ah, liebe Franziska, ich hätte dir folgen sollen. Ich habe den Scherz zu weit getrieben. – Doch er darf mich ja nur hören – *(Auf ihn zugehend.)*

FRANZISKA *(die, ohne dem Fräulein zu antworten, sich Wernern nähert)* Herr Wachtmeister! –

WERNER *(mürrisch)* Geh' Sie! –

FRANZISKA Hu! was sind das für Männer!

DAS FRÄULEIN Tellheim! – Tellheim! *(Der vor Wut an den Fingern naget, das Gesicht wegwendet und nichts höret.)* – Nein, das ist zu arg! – Hören Sie mich doch! – Sie betrügen sich! – Ein bloßes Mißverständnis, – Tellheim! – Sie wollen Ihre Minna nicht hören? – Können Sie einen solchen Verdacht fassen? – Ich mit Ihnen brechen wollen? – Ich darum hergekommen? – Tellheim!

ZWÖLFTER AUFTRITT

Zwei Bediente, nacheinander, von verschiedenen Seiten über den Saal laufend. Die Vorigen.

DER EINE BEDIENTE Gnädiges Fräulein, Ihro Exzellenz, der Graf! –

DER ANDERE BEDIENTE Er kömmt, gnädiges Fräulein! –

FRANZISKA *(die ans Fenster gelaufen)* Er ist es! er ist es!

DAS FRÄULEIN Ist er's? – O nun geschwind, Tellheim –

V. TELLHEIM *(auf einmal zu sich selbst kommend)* Wer? wer kömmt? Ihr Oheim, Fräulein? dieser grausame Oheim? – Lassen Sie ihn nur kommen; lassen Sie ihn nur kommen! – Fürchten Sie nichts! Er soll Sie mit keinem Blicke beleidigen dürfen! Er hat es mit mir zu tun. – Zwar verdienen Sie es um mich nicht –

DAS FRÄULEIN Geschwind umarmen Sie mich, Tellheim, und vergessen Sie alles –

V. TELLHEIM Ha, wenn ich wüßte, daß Sie es bereuen könnten! –

DAS FRÄULEIN Nein, ich kann es nicht bereuen, mir den Anblick Ihres ganzen Herzens verschafft zu haben! – Ah, was sind Sie für ein Mann! – Umarmen Sie Ihre Minna, Ihre glückliche Minna; aber durch nichts glücklicher, als durch Sie! *(Sie fällt ihm in die Arme.)* Und nun, ihm entgegen! –

V. TELLHEIM Wem entgegen?

DAS FRÄULEIN Dem besten Ihrer unbekannten Freunde.

V. TELLHEIM Wie?

DAS FRÄULEIN Dem Grafen, meinem Oheim, meinem Vater, Ihrem Vater – – Meine Flucht, sein Unwille, meine Enterbung; – hören Sie denn nicht, daß alles erdichtet ist? – Leichtgläubiger Ritter!

V. TELLHEIM Erdichtet? – Aber der Ring? der Ring?

DAS FRÄULEIN Wo haben Sie den Ring, den ich Ihnen zurückgegeben?

V. TELLHEIM Sie nehmen ihn wieder? – O, so bin ich glücklich! – Hier Minna! – *(Ihn herausziehend.)*

DAS FRÄULEIN So besehen Sie ihn doch erst! – O über die Blinden, die nicht sehen wollen! – Welcher Ring ist es denn? Den ich von Ihnen habe, oder den Sie von mir? – Ist es denn nicht eben der, den ich in den Händen des Wirts nicht lassen wollen?

V. TELLHEIM Gott! was seh' ich? was hör' ich?

DAS FRÄULEIN Soll ich ihn nun wiedernehmen? soll ich? – Geben Sie her, geben Sie her! *(Reißt ihn ihm aus der Hand, und steckt ihn ihm selbst an den Finger.)* Nun? ist alles richtig?

V. TELLHEIM Wo bin ich? – *(Ihre Hand küssend.)* O boshafter Engel! – mich so zu quälen!

DAS FRÄULEIN Dieses zur Probe, mein lieber Gemahl, daß Sie mir nie einen Streich spielen sollen, ohne daß ich Ihnen nicht gleich darauf wieder einen spiele. – Denken Sie, daß Sie mich nicht auch gequälet hatten?

V. TELLHEIM O Komödiantinnen, ich hätte euch doch kennen sollen.

FRANZISKA Nein, wahrhaftig; ich bin zur Komödiantin verdorben. Ich habe gezittert und gebebt, und mir mit der Hand das Maul zuhalten müssen.

DAS FRÄULEIN Leicht ist mir meine Rolle auch nicht geworden. – Aber so kommen Sie doch!

V. TELLHEIM Noch kann ich mich nicht erholen. – Wie wohl, wie ängstlich ist mir! So erwacht man plötzlich aus einem schreckhaften Traume!

DAS FRÄULEIN Wir zaudern. – Ich höre ihn schon.

DREIZEHNTER AUFTRITT

Der Graf von Bruchsall, von verschiedenen Bedienten und dem Wirte begleitet. Die Vorigen.

DER GRAF *(im Hereintreten)* Sie ist doch glücklich angelangt?

DAS FRÄULEIN *(die ihm entgegenspringt)* Ah, mein Vater! –

DER GRAF Da bin ich, liebe Minna! *(Sie umarmend.)* Aber was, Mädchen? *(Indem er den Tellheim gewahr wird.)* Vierundzwanzig Stunden erst hier, und schon Bekanntschaft, und schon Gesellschaft?

DAS FRÄULEIN Raten Sie, wer es ist? –

DER GRAF Doch nicht dein Tellheim?

DAS FRÄULEIN Wer sonst, als er? – Kommen Sie, Tellheim! *(Ihn dem Grafen zuführend.)*

DER GRAF Mein Herr, wir haben uns nie gesehen; aber bei dem ersten Anblicke glaubte ich, Sie zu erkennen. Ich wünschte, daß Sie es sein möchten. – Umarmen Sie mich. – Sie haben meine völlige Hochachtung. Ich bitte um Ihre Freundschaft. – Meine Nichte, meine Tochter liebet Sie. –

DAS FRÄULEIN Das wissen Sie, mein Vater! – Und ist sie blind, meine Liebe?

DER GRAF Nein, Minna; deine Liebe ist nicht blind; aber dein Liebhaber – ist stumm.

V. TELLHEIM *(sich ihm in die Arme werfend)* Lassen Sie mich zu mir selbst kommen, mein Vater! –

DER GRAF So recht, mein Sohn! Ich höre es; wenn dein Mund nicht plaudern kann, so kann dein Herz doch reden. – Ich bin sonst den Offizieren von dieser Farbe *(auf Tellheims Uniform weisend)* eben nicht gut. Doch Sie sind ein ehrlicher Mann, Tellheim; und ein ehrlicher Mann mag stecken, in welchem Kleide er will, man muß ihn lieben.

DAS FRÄULEIN O, wenn Sie alles wüßten! –

DER GRAF Was hindert's, daß ich nicht alles erfahre? – Wo sind meine Zimmer, Herr Wirt?

DER WIRT Wollen Ihro Exzellenz nur die Gnade haben, hier hereinzutreten.

DER GRAF Komm, Minna! Kommen Sie, Herr Major! *(Geht mit dem Wirte und den Bedienten ab.)*

DAS FRÄULEIN Kommen Sie, Tellheim!

V. TELLHEIM Ich folge Ihnen den Augenblick, mein Fräulein. Nur noch ein Wort mit diesem Manne! *(Gegen Wernern sich wendend.)*

DAS FRÄULEIN Und ja ein recht gutes; mich dünkt, Sie haben es nötig. – Franziska, nicht wahr?
(Dem Grafen nach.)

VIERZEHNTER AUFTRITT

v. Tellheim. Werner. Just. Franziska.

V. TELLHEIM *(auf den Beutel weisend, den Werner weggeworfen)* Hier, Just! – hebe den Beutel auf, und trage ihn nach Hause. Geh! – *(Just damit ab.)*

WERNER *(der noch immer mürrisch im Winkel gestanden, und an nichts teilzunehmen geschienen; indem er das hört)* Ja, nun!

V. TELLHEIM *(vertraulich, auf ihn zugehend)* Werner, wann kann ich die andern tausend Pistolen haben?

WERNER *(auf einmal wieder in seiner guten Laune)* Morgen, Herr Major, morgen. –

V. TELLHEIM Ich brauche dein Schuldner nicht zu werden; aber ich will dein Rentmeister sein. Euch gutherzigen Leuten sollte man allen einen Vormund setzen. Ihr seid eine Art Verschwender. – Ich habe dich vorhin erzürnt, Werner! –

WERNER Bei meiner armen Seele, ja! – Ich hätte aber doch so ein Tölpel nicht sein sollen. Nun seh' ich's wohl. Ich verdiente hundert Fuchtel. Lassen Sie mir sie auch schon geben; nur weiter keinen Groll, lieber Major! –

V. TELLHEIM Groll? – *(Ihm die Hand drückend.)* Lies es in meinen Augen, was ich dir nicht alles sagen kann. – Ha! wer ein besseres Mädchen, und einen redlichern Freund hat, als ich, den will ich sehen! – Franziska, nicht wahr? *(Geht ab.)*

FUNFZEHNTER AUFTRITT

Werner. Franziska.

FRANZISKA *(vor sich)* Ja gewiß, es ist ein gar zu guter Mann! – So einer kömmt mir nicht wieder vor. – Es muß heraus! *(Schüchtern und verschämt sich Wernern nähernd.)* Herr Wachtmeister! –

WERNER *(der sich die Augen wischt)* Nu? –

FRANZISKA Herr Wachtmeister –

WERNER Was will Sie denn, Frauenzimmerchen?

FRANZISKA Seh' Er mich einmal an, Herr Wachtmeister. –

WERNER Ich kann noch nicht; ich weiß nicht, was mir in die Augen gekommen.

FRANZISKA So seh' Er mich doch an!

WERNER Ich fürchte, ich habe Sie schon zu viel angesehen, Frauenzimmerchen! – Nun, da seh' ich Sie ja! Was gibt's denn?

FRANZISKA Herr Wachtmeister, – – braucht Er keine Frau Wachtmeisterin?

WERNER Ist das Ihr Ernst, Frauenzimmerchen?

FRANZISKA Mein völliger!

WERNER Zöge Sie wohl auch mit nach Persien?

FRANZISKA Wohin Er will!

WERNER Gewiß? – Holla! Herr Major! nicht groß getan! Nun hab' ich wenigstens ein ebenso gutes Mädchen, und einen ebenso redlichen Freund, als Sie! – Geb' Sie mir Ihre Hand, Frauenzimmerchen! Topp! – Über zehn Jahre ist Sie Frau Generalin, oder Witwe!

Ende der Minna von Barnhelm,
oder des Soldatenglücks.

DIE MATRONE VON EPHESUS

Ein Lustspiel in einem Aufzuge

PERSONEN

ANTIPHILA

MYSIS

PHILOKRATES

DROMO

Die Szene ist ein Grabmal, in dessen Vertiefung zwei Särge; der eine verdeckt, der andere offen; von einer aus der Mitte des Gewölbes herabhängenden Lampe nur kaum erleuchtet.

ERSTER AUFTRITT

Antiphila und Mysis;
beide schlafend; Antiphila auf dem offenen Sarge, den Kopf gegen den verdeckten Sarg gelehnet; Mysis zum Fuße des offenen Sarges, auf einem niedrigen Steine, die Arme auf die Knie gestützet, das Gesicht zwischen beiden Händen.

MYSIS *(indem sie erwacht)* Wo bin ich? *(und um sich sieht.)* Ah! noch in dem verwünschten Grabe! – Ich war eingeschlafen. *(gegen die Antiphila sich wendend.)* Und sie schläft auch – Schlafen Sie, werte Frau? – Nein, ich will sie nicht wecken – – Wenn sie doch so in jenes Leben herüberschlummerte und meiner und ihrer Qual ein Ende machte! – Hu! wie schaudert mich! – Die Nächte werden schon kalt. Es muß schlimmes Wetter über uns sein. Wie der Wind durch die Luftlöcher pfeift! Wie der Regen auf das kupferne Dach schlägt! Welche Höhlung! welche Feuchtigkeit hier! – Wenn sie den Schnupfen bekömmt, so mag sie es haben! Ja so, sie will sterben. Ob man mit oder ohne Schnupfen stirbt; sterben ist sterben. – Aber ich, die ich nicht sterben will – *(indem sie aufspringt)* – O, eine Sklavin ist wohl sehr unglücklich! – Horch, welch Geräusch? –

ZWEITER AUFTRITT

Dromo. Mysis. Antiphila.

DROMO *(noch von draußen)* Holla!

MYSIS Was ist das? Eine Stimme?

DROMO Holla! niemand da?

MYSIS Wer sucht hier lebendige Menschen?

DROMO Will niemand hören?

MYSIS Es kömmt näher.

DROMO Gleichwohl sehe ich Licht schimmern. – – Ho, ho! das geht in die Tiefe.

MYSIS Wer muß das sein?

DROMO *(indem er hereintritt)* Ha! wo komm' ich hin?

MYSIS Ich dacht' es wohl, daß Er sich müßte verirrt haben.

DROMO *(erschrocken)* Wo bin ich?

MYSIS *(die auf ihn zugeht)* Im Grabe!

DROMO Was? Grabe? – Da habe ich nicht hingewollt.

MYSIS Bei Toten!

DROMO Toten? – Gott behüte die Toten! Ich will gern niemand stören. *(indem er zurückgehen will.)*

MYSIS Nein, guter Freund – der arme Tropf fürchtet sich – so kömmt Er hier nicht wieder weg. *(ihn aufhaltend.)* Was will Er?

DROMO Blitz! ein weiblicher Geist gar! der wird mich quälen!

MYSIS Was will Er?

DROMO Nichts, gute Geistin, nichts; – soviel wie nichts. – Der Wind blies mir oben meine Laterne aus; fremd bin ich; stockpechfinster ist's; ich wußte nicht, wohin; da schimmerte mir hier so was; da ging ich dem Schimmer nach; und ging und ging, und auf einmal führt mich mein Unglück dir in die Klauen. – Tu mir nichts, liebes Gespenst. Ich habe es wirklich nicht gewußt, daß du hier dein Wesen hast.

MYSIS Also will Er nichts, wie sein Licht wieder anzünden?

DROMO Weiter nichts; so wahr ich lebe! – Wenn ich anders noch lebe –

MYSIS Nun da! *(ihn auf die Lampe weisend.)* Zünde Er an!

DROMO Ei ja doch! Wie spaßhaft die Gespenster sind! Das ist keine rechte Flamme; das sieht nur aus, wie eine Flamme! Das brennt nicht; das scheint nur zu brennen! Das scheint nicht, das scheint nur zu scheinen. Von so einem Gespensterlichte ist ein recht Licht nicht anzuzünden.

MYSIS Geb' Er her! *(nimmt ihm die Laterne und geht, das Licht darin bei der Lampe anzuzünden.)*

DROMO Das bin ich begierig zu sehn! – Wahrhaftig, es brennt: ja, mir würde es so nicht gebrannt haben.

MYSIS Hier! *(indem sie ihm die angezündete Laterne wieder zurückgibt.)*

DROMO Ein dienstfertiges Gespenst! Es mag wohl auch eine gute Art geben. – Ich danke, ich danke recht sehr.

MYSIS Wie ich nun sehe, so ist Er wohl gar ein Soldat.

DROMO Zu dienen, mein freundliches Gespenst – –

MYSIS Aber für einen Soldaten ist Er auch verzweifelt furchtsam.

DROMO Ja, ich bin nicht Soldat, mich mit dem Teufel zu balgen – Dies gesagt, ohne dich erzürnen zu wollen, lieber Geist –

MYSIS Er ist nicht klug mit Seinem Geiste! Noch leib' ich und leb' ich.

DROMO Wie? im Ernst? – Mit Erlaubnis! *(indem er sie mit der flachen Hand hier und da behutsam betastet.)* Gewiß, das Ding ist doch ziemlich kompakt. *(geht mit der Laterne rund um sie herum und leuchtet ihr endlich ins Gesicht.)* Ei! ein allerliebstes Gesichtchen! Nein, das Gesichtchen gehört wohl keinem Gespenste. Welch ein Paar Augen! Was für ein Mündchen! Was für ein Paar Bäckchen! *(indem er sie in den einen Backen kneift.)*

MYSIS Nun? was soll das? – Weg doch!

DROMO Ich muß mich ja wohl überzeugen, daß es wirkliches Fleisch ist. – Wahrhaftig, wirkliches Fleisch! Und gesundes, derbes Fleisch. *(indem er sie auch in den andern kneift.)* – Wird mir doch wieder ganz wohl ums Herze! – Was sagte Sie denn, mein schönes Kind, ich wäre im Grabe? bei Toten?

MYSIS Das ist er demohngeachtet doch!

DROMO Doch? *(sieht sich mit der Laterne um.)* – Ah! Särge? – Und was sitzt denn auf dem einen?

MYSIS St! geh Er nicht zu nahe! Er möchte sie aufwecken.

DROMO Schläft's nur? Was ist es denn?

MYSIS Es ist meine arme Frau; eine unglückliche junge Witwe.

DROMO Junge Witwe? Und was macht ihr denn hier zusammen?

MYSIS Ist das noch zu fragen? Sie hat ihren Gatten verloren.

DROMO So muß sie sich einen andern nehmen. Aber hier wird sie ihn schwerlich finden.

MYSIS Einen andern? Sein Glück, mein Freund, daß sie schläft und diese Lästerung nicht hört. Einen zweiten Gatten! O Gott, über die Weiber, die einen zweiten Mann nehmen können!

DROMO Nun? warum nicht? Einen zweiten, einen dritten, einen vierten – Nur nicht alle auf einmal! –

MYSIS Weil ihr Männer es mit den Weibern so haltet? – Nein, weiß Er, daß meine Frau eine tugendhafte Frau ist?

DROMO Welche Frau wäre das nicht!

MYSIS Sie ist keine von denen, die ihr Herz verschenken und wieder nehmen und wieder verschenken –

DROMO Gibt es dergleichen?

MYSIS Wer es einmal besessen, soll es ewig besitzen.

DROMO Ei!

MYSIS Sie hat ihren Mann über alles in der Welt geliebt –

DROMO Das ist viel!

MYSIS Und liebt ihn noch über alles!

DROMO Das ist gar zuviel! – Er ist ja gestorben.

MYSIS Drum will sie auch sterben.

DROMO O geh' Sie, Kind; mach' Sie mir nichts weis.

MYSIS Wie könnte sie einen solchen Verlust auch ertragen? Ihre Verzweiflung ist aufs äußerste gestiegen. Wenn Gram und Hunger töten können, so wird sie es nicht lange mehr machen. Hier, neben dem Sarge ihres geliebten Mannes, will sie den Geist aufgeben. Schon haben sie alle Kräfte verlassen. Nachdem sie zweimal vierundzwanzig Stunden nichts als gejammert und geweint und geschrien und die Hände gerungen und die Haare zerrissen, ist sie vor Ermüdung eingeschlafen –

DROMO Und schläft ziemlich fest. Gut; Schlaf bringt auf bessere Gedanken. Wenn sie wieder aufwacht, wird alles vorbei sein. Ich kenne das!

MYSIS *(bitter)* Ich kenne das! Was kennt Er denn, Herr Soldat? Er mag viel kennen! – So? Ist der Herr auch von den abgeschmackten Spöttern, die an die Treue der Frauen nicht glauben?

DROMO Ich? behüte! Ich glaube ja an Gespenster – wie Sie gesehen hat, mein Kind –, warum sollte ich an die Treue der Frauen nicht glauben? Ich glaube an alles, was nicht so recht glaublich ist.

MYSIS O, wenn Er in diesem Tone sprechen will, so gehe Er nur wieder! Er war es nicht wert, an diese heilige Stätte zu kommen, wo sich nun bald ein Beispiel der ehelichen Liebe ereignen wird, dergleichen die Welt noch nie gesehen.

DROMO Noch nie? Sieht Sie; so gibt Sie mir ja gewonnen Spiel. Denn ich denke immer, was nie geschehen ist, das wird auch nie geschehen, das kann gar nicht geschehen. – Ha! was hör' ich! *(Man hört draußen, als in der Entfernung, von verschiednen Stimmen rufen:* Wer da? – Patrouille! – Steh, Patrouille! *–)*

MYSIS Was ist das?

DROMO Die Patrouille; und ich bin nicht da. – Ich muß fort; ich muß fort – – Mein Hauptmann ist ein Teufel –

MYSIS Wo ist sein Hauptmann?

DROMO Nicht weit – Leb' Sie wohl, mein Kind, leb' Sie wohl! Denn Sie will doch nicht etwa auch sterben? – Pfui, sterbe Sie nicht. – *(geht eilig ab und ruft noch zurück.)* Wenn ich wieder abkommen kann –

MYSIS O, bemüh' Er sich nicht! –

DRITTER AUFTRITT

Mysis. Antiphila, noch schlafend.

MYSIS Es müssen Truppen in der Gegend eingetroffen sein. – Was es für Männer gibt? Die meisten sind keine Träne wert; geschweige, daß man mit ihnen sterben wollte. – Aber es ist doch sonderbar, daß die Frau über den Besuch nicht aufgewacht ist! *(sich ihr nähernd.)* Wenn sie gar tot wäre! – Nein, das ist sie nicht! – Liebste Frau! *(stößt sie an.)*

ANTIPHILA *(im Schlafe)* Ah – Nein, nein – weg, weg!

MYSIS Beste Frau! –

ANTIPHILA Bester Mann! – Wo? wo denn? –

MYSIS Sie redet im Schlafe. – – Erlauben Sie; Sie liegen so nicht gut; der Kopf muß Ihnen so noch wüster werden –

ANTIPHILA Ich liege gut; recht gut – Bei ihm – auf ihm – recht gut! – O, mein Arm – *(indem sie den Kopf erhebt.)*

MYSIS Er muß Ihnen ja wohl schmerzen; so verwandt Sie damit gelegen. Sie haben ihn ganz wund gedrückt.

ANTIPHILA O mein Arm! mein Nacken! –*(sie erwacht vollends.)* Ah, Mysis, bist du es? – Ist er nicht bei uns?

MYSIS Wer, meine werte Frau?

ANTIPHILA Er! er! – Ah, dieser Sarg – *(indem sie aufspringt)* dieses schaudernde Gewölbe – diese verlöschende Lampe – sie erinnern mich, wo ich bin! wer ich bin! – Und mein Unglück stehet ganz wieder vor mir! – Mysis, Zeugin meiner Verzweiflung – *(sie bei der Hand ergreifend.)*

MYSIS Lassen Sie mich, ehe die Lampe verlöscht. Ich will Öl aufgießen – *(welches sie tut.)*

ANTIPHILA Laß sie verlöschen! – Laß die Sonne und alle Gestirne des Himmels mit ihr verlöschen! – Alles werde um mich so dunkel und Nacht, als es in mir ist! – Sieh, Mysis! Es wird heller; die Flamme lodert neu auf! – Komm her, wie hast du das gemacht?

MYSIS Ich habe Öl zugegossen und den Docht gereiniget –

ANTIPHILA Kannst du das? – O, so wirst du mehr können. –

Kannst du eine sterbende Flamme erwecken – komm, so mußt du mir auch meinen Mann erwecken! – Komm, – gieß neues Leben in seine Adern, – reinige seine Nerven von dem Moder der Verwesung – Komm! *(zieht sie gegen den Sarg.)* Du mußt, du mußt! – *(sie wieder loslassend.)* O ich Wahnsinnige!

MYSIS Wie jammern Sie mich!

ANTIPHILA Aus den eisernen Armen des Todes ist keine Rettung. Er ist dahin, unwiederbringlich dahin! – Und doch, je öftrer ich mir es sage, je unglaublicher wird es mir. – Er, er, mein Telamon tot? – Sage, Mysis, blühte er nicht noch vor sieben Tagen gleich einer Rose? Als ich ihn vor sieben Tagen verließ, wie verließ ich ihn? Rede, wie du es weißt! Und gestern, wie fand ich ihn wieder? – Reime mir das zusammen, wenn du kannst! Wie ich ihn verließ, und wie ich ihn wiederfand! – Nein, da ist Betrug dahinter! Er ist nicht tot; er ist nicht tot! – Gesteh es mir, Mysis, daß er nicht tot ist! Sage: »Er lebt!« und nimm deine Freiheit dafür und nimm mein Geschmeide, nimm alles, was ich habe!

MYSIS Und wenn ich es sagte? –

ANTIPHILA So wäre es darum doch nicht wahr? So wäre er doch tot? – Wo bin ich denn indes gewesen? Fern über Land und Meer? Warum holte man mich nicht? – Bin ich weiter als in der Stadt gewesen? Hätte ich nicht den Augenblick hier sein können? Er hätte in meiner Abwesenheit sterben wollen? – Das macht die ganze Sache verdächtig. – Sage, habe ich ihn sterben sehen?

MYSIS Freilich nicht.

ANTIPHILA Aber ich hätte ihn sehen können? Sage –

MYSIS Allerdings.

ANTIPHILA So? Ich hätte ihn können sterben sehen? und habe ihn nicht gesehen? – O, so ist er auch nicht gestorben! – Und wo war ich in der Stadt? – Ein neuer Beweis, daß ihr mich betrügt, daß ihr mich zum besten habt! – Wo war ich? In dem Wirbel der leichtsinnigen Welt? Jugendlichen Zerstreuungen, verführerischen Ergötzlichkeiten überlassen? Ich nehme dich selbst zum Zeugen, Göttin Diana, ob mich etwas anders als dein Fest da beschäftigte? Täglich und stündlich in deinem Tempel, wo ich zu dir betete, dir Hymnen sang, dir opferte und deine Priester beschenkte – Und du hättest indes dies Unglück von mir nicht abgewandt? Du hättest ihn sterben lassen? – O, so wärest du nicht die große Diana von Ephesus –

MYSIS Wo geraten Sie hin, meine Frau? –

ANTIPHILA Nein, so ist sie es nicht! So will ich nie mehr zu ihr beten, nie mehr ihr Hymnen singen, nie mehr ihr opfern, nie mehr ihre Priester beschenken!

MYSIS Die Göttin wird Ihren Schmerz ansehen und Ihnen verzeihen.

ANTIPHILA Und laß auch die Göttin nichts beweisen! Sie mag nicht gewollt oder nicht gekonnt haben! – Was hier, hier noch klopft *(auf ihr Herz)*, ist mir glaubwürdiger als alle Götter. Mein Herz, das mit seinem Herzen so innig verwandt, so gleichgestimmt, so völlig nur ein Herz mit ihm war, dies Herz wäre nicht zugleich mit seinem gebrochen? Reiße die Blume am Bache von ihrem Stengel, und ihr Bild im Wasser verschwindet zugleich. Verdunkle die Sonne, und der Mond hört auf zu scheinen – Nein, nichts kann sich selbst überleben. Und nur mein Herz überlebte sich selbst? überlebte das Herz, in welchem es lebte, durch das allein es lebte? – Widersprich mir das, wenn du kannst! Widersprich mir das, Mysis! – Wie stumm und beschämt du da stehst! Habe ich dich ertappt? – Nun gut, ihr habt mich aufgezogen, grausam aufgezogen. Aber macht auch einmal dem unmenschlichen Scherze ein Ende! – Komm, hilf mir den Sarg aufmachen. Ich wette mit dir, der Sarg ist leer – Telamon ist nicht darin; oder wenn er darin ist, so wird er plötzlich auffahren und mir lachend in die Arme fallen. – Ich werde auch lachen wollen, aber das Weinen wird mir näher sein. – Nun, komm doch, Mysis; wenn er allzulange so liegt, sich allzulange so zwingt und verstellt – es könnte ihm schaden.

MYSIS O lassen Sie dem Leichname seine Ruhe! Wie oft haben

Sie den Sarg schon aufgerissen! – Sie werden ihn sehen und zu Boden sinken. – Wenn ich Ihnen raten dürfte? –

ANTIPHILA Warum darfst du nicht? – Ja, liebe Mysis, rate mir! Ich weiß mir selbst nicht zu raten. – Wie soll ich es machen, daß ich ihn zurückrufe? daß ich ihm nachkomme?

MYSIS Keines von beiden! Jenes ist unmöglich, und dieses –

ANTIPHILA So bleibt mir nur dieses! – Ja, ich will ihm nach! – Nichts soll mich halten! –

MYSIS Verlassen Sie diesen traurigen Ort, meine Frau! Kehren Sie in Ihre Wohnung zurück! Hängen Sie dort Ihrem Schmerze nach!

ANTIPHILA Kehre du nur zurück, wenn du willst. Mein Geschäft hier kann deines Dienstes entbehren. Ich erwartete von einer feilen Sklavin nichts anders – Aber ich? ich sollte diesen Ort verlassen? Bei allem, was in jener Welt schrecklich und heilig ist, bei ihm, bei dem die Götter zu schwören sich scheuen, – schwöre ich, daß ich nie, nie diesen Ort ohne den Geliebten meiner Seele verlassen will.

MYSIS Ich darf Ihnen nichts verhehlen. Ich besorge, wir werden hier nicht lange ruhig sein. Es müssen Truppen in der Nähe stehen. Eben, als Sie schliefen, kam ein Soldat, sein Licht hier anzuzünden. Er sprach von einem Hauptmanne, nicht weit von hier; er sprach von Wiederkommen –

ANTIPHILA Was sagst du? – Ich will niemand sehen. Ich will mich von niemand sehen lassen. – Was wollen sie hier? Ihre Augen an meiner Verzweiflung weiden?

MYSIS Stille! horchen Sie doch, meine Frau! – Hören Sie nichts?

ANTIPHILA Ich höre reden über uns. – Geschwind, Mysis, lauf, verschließ, verriegle den Eingang.

MYSIS Was würde das helfen? Es sind Soldaten. Kehren sich Soldaten an Schloß und Riegel?

ANTIPHILA Eile, halte sie ab!

MYSIS Ich?

ANTIPHILA Sage ihnen, ich sei nicht mehr hier.

MYSIS Werden sie es glauben?

ANTIPHILA Sage ihnen, ich sei außer mir, ich tobe, ich rase –

MYSIS Desto neugieriger werden sie sein.

ANTIPHILA Sage ihnen, ich sei schon tot –

MYSIS So wird noch ihr Mitleid zur Neugierde kommen. – Mir fällt was ein – – Gehen Sie geschwind, werfen Sie sich auf Ihren Sarg; tun Sie, als ob Sie noch schliefen – So dürfen Sie doch nicht mit ihnen sprechen – Ich will suchen, sie sobald als möglich wieder los zu werden.

ANTIPHILA Das will ich, ja – Aber laß dich nicht mit ihnen ein. – Und laß mir keinen zu nahe kommen! – *(Sie wirft sich auf den Sarg; in einer nachlässigen, aber vorteilhaften Stellung.)*

VIERTER AUFTRITT

Philokrates. Dromo. Antiphila. Mysis.

DROMO *(noch draußen)* Nun kommen Sie nur. Sie werden es sehen!

MYSIS *(indem sie ihnen entgegengeht)* Liegen Sie nur ganz stille –

DROMO *(im Hereintreten, mit einer brennenden Fackel)* Sehen Sie! Fürchten Sie sich nur nicht, Herr Hauptmann –

PHILOKRATES O, den tapfern Dromo an seiner Seite, wer sollte sich fürchten? – Gib her die Fackel – *(nimmt sie ihm.)*

MYSIS Wer sind Sie? Was wollen Sie hier, meine Herren?

DROMO Kennt Sie mich nicht mehr, mein schönes Kind? – Sieht Sie; ich bin geschwind wieder da. – Das ist mein Hauptmann. Ich mußte es ja wohl meinem Hauptmanne sagen, wo ich so lange gewesen, und was für ein Abenteuer mir hier aufgestoßen. – Nun ist mein Hauptmann, wie Sie ihn da sieht, sehr neugierig; und noch mitleidiger als neugierig. Weil er also hörte, daß eine junge Witwe hier für Betrübnis aus der Haut fahren wollte –

PHILOKRATES Ja – so komme ich, sie zu trösten.

MYSIS Sehr viel Ehre, Herr Hauptmann! – Aber sie will nicht getröstet sein.

PHILOKRATES O, wenn sie getröstet sein wollte, so wäre sie schon getröstet! Die nicht getröstet sein wollen, denen ist eben der Trost am nötigsten. Die andern trösten sich selbst – Wo ist sie?

MYSIS Sie schläft.

DROMO Noch?

PHILOKRATES Desto besser! So kann ich erst sehen, ob sie des Tröstens wert ist. – Wo schläft sie? –

MYSIS Kommen Sie ihr nicht näher. Sie möchten sie aufwecken.

PHILOKRATES Ich will sie ruhig wieder einschlafen lassen, wenn sie meine Erwartung betrügt. – Laß mich! –

DROMO Kind, Sie wird einem Hauptmanne doch nicht den Paß verlegen wollen? Komm' Sie hierher, zu mir. *(zieht sie beiseite, und Philokrates gehet in die Vertiefung nach den Särgen.)*

MYSIS Das sind Gewalttätigkeiten! – Herr Hauptmann, haben Sie Achtung gegen eine Unglückliche. – Und Er, Herr Soldat – *(sie liebkosend)* was soll das?

DROMO Närrchen, laß dich umarmen, laß dich küssen –

MYSIS Herr Hauptmann, dieser Unverschämte –

DROMO Ich will ja weiter nichts, als mich nochmals überzeugen, daß du kein Geist bist.

PHILOKRATES *(voller Erstaunen über den Anblick der Antiphila)* Götter! Was erblicke ich! – Dromo! –

DROMO *(ohne hinzusehen, und nur mit der Mysis beschäftiget)* Ist sie hübsch? Hübsche Sklavin, hübsche Frau: das habe ich immer gehört. Häßliche Frauen können nichts Hübsches um sich leiden.

PHILOKRATES *(ohne ein Auge von ihr zu verwenden)* Dromo! –

DROMO Bewundern Sie nur, Herr Hauptmann! – Ich habe hier auch mein Teilchen zu bewundern.

PHILOKRATES *(noch so)* Dromo! –

MYSIS Sie wird unfehlbar über dieses Geschrei aufwachen.

DROMO Das ist, ohne Zweifel, sein Wille.

PHILOKRATES Wirst du herkommen und mir die Fackel halten!

DROMO *(geht)* Als wenn ich hier zu sonst nichts gut wäre –

MYSIS Aber Herr Hauptmann, ich bitte Sie – Es wird mir hernach alles zur Last fallen. Wenn sie erwacht, so bin ich unglücklich.

PHILOKRATES Da, Dromo, nimm die Fackel! – Tritt ein wenig damit zurück! – Seitwärts! So! – Nun, übersehe ich die ganze göttliche Form! – Sieh doch, Dromo! *(der sich nähern will.)* Nein, nein, bleib nur stehen! – Venus, als sie ihren Adonis beweinte, war nicht rührender!

MYSIS Nun haben Sie Ihre Neugierde gestillt, Herr Hauptmann! – – Nun entfernen Sie sich wieder! Verlassen Sie uns.

PHILOKRATES Was sagst du? – Komm her, glückliche, beneidenswürdige Sklavin! Denn du gehörst ihr zu. – Komm her; wie heißt deine Gebieterin?

MYSIS Antiphila.

PHILOKRATES Antiphila? Ein lieblicher, schmeichelnder Name! – Wie alt ist sie?

MYSIS Vierundzwanzig Jahr –

PHILOKRATES Nicht doch; das weiß ich besser. Aber meine Frage war auch so abgeschmackt. Es ist Hebe, die Göttin der Jugend, die keine Jahre zählt. – Und hier, neben ihr, in diesem Sarge? –

MYSIS Ruht ihr entseelter Gemahl.

PHILOKRATES Wie lange hat er sie gehabt?

MYSIS Ins fünfte Jahr.

PHILOKRATES Wie alt starb er?

MYSIS Im dreißigsten.

PHILOKRATES Und er liebte sie? Verstehe mich recht; es ist eine Unmöglichkeit, sie nicht zu lieben. – Ich frage: er liebte sie doch so sehr, so innig, mit der Liebe, der inbrünstigen Liebe? –

MYSIS O ja; wie Sie aus ihrer Trostlosigkeit leicht schließen können.

PHILOKRATES Hat sie Kinder von ihm?

MYSIS Nein.

PHILOKRATES Nein? *(Antiphila wendet sich hier, um ihr Gesicht zu verbergen.)* Sieh, sie regt sich! Itzt wird sie erwachen. – Ich zittere vor Erwartung. – Nein, sie legt sich nur anders – und entzieht uns ihr Antlitz. Das holdseligste Antlitz! – Aber unendliche Reize sind über den ganzen Körper verbreitet. Auch so könnte ich ein Jahr hier stehen und sie anstaunen. – Dieses Haar, so lockicht und wild! – Dieser Hals, mit seiner abfallenden Schulter! – Diese Brust! Diese Hüfte! – Dieser Fuß, so frei über den andern geschlagen! – Dieser Arm, so weiß, so rund! – Diese Hand, so nachlässig im Schoße! – Diese ganze Stellung, so malerisch hingeworfen! – Ah, diese Hand – meinen Mund auf diese Hand zu drücken, – da sie noch schläft – *(Er ergreift sie.)*

ANTIPHILA *(die auffährt, und ihre Hand zurückzieht)* Ha! – Wie geschieht mir? *(sich die Augen reibend, als ob sie wirklich erwache.)*

PHILOKRATES *(indem er zurückspringt, zur Mysis)* Ich bin zu kühn gewesen; verrate mich nicht –

ANTIPHILA Mysis, wo bist du? – Wer war das? – Wer sprach hier? – Wer faßte mich bei der Hand? Warst du es? – Oder träumte ich? – Was ist das für Licht? – Wer ist hier, Mysis?

PHILOKRATES *(der ihr wieder näher tritt)* Verzeihen Sie, schöne Leidtragende –

ANTIPHILA *(springt auf)* Götter! –

PHILOKRATES Erschrecken Sie nicht, fromme Witwe –

ANTIPHILA *(auf Mysis zufliehend)* Mysis, wo bist du? – Wer darf uns hier stören? – Unglückliche, wen hast du hereingelassen?

PHILOKRATES Zürnen Sie nicht, großmütige Frau! Die Sklavin ist unschuldig.

MYSIS Gewiß, das bin ich.

PHILOKRATES Ein glücklicher Zufall hat uns hieher gebracht –

ANTIPHILA *(mit niedergeschlagnen Augen)* Mein Herr, wer Sie auch sind – Gönnen Sie einer Sterbenden die Ruhe, die man Gestorbenen verstattet!

PHILOKRATES Besorgen Sie nichts, Beste Ihres Geschlechts. – Ich weiß Ihren Schmerz und die Ursache desselben. Ich verehre Ihre Betrübnis und – teile sie. Ich bin ein Soldat, aber ich weine gern mit Unglücklichen –

ANTIPHILA Mitleid bringt jedem Ehre. – Aber zum Beweise dieses Mitleids – mein Herr, unterbrechen Sie nicht länger die Totenstille dieser geweihten Stätte – verlassen Sie uns!

PHILOKRATES Ich hätte gehofft, da mich der Zufall so wohl geleitet, daß ich mich seiner würde bedienen dürfen. – Ich hoffe es noch. Nein, Madame, Sie können so grausam nicht sein, mich in dieser stürmischen Nacht auszustoßen.

ANTIPHILA Wie? Auszustoßen? Man stößt niemanden aus, den man nicht eingenommen. – Wo kommen Sie her? Wer sind Sie? – Nicht, daß ich dieses alles zu wissen verlangte. Ich will nur sagen, daß ich Sie nicht kenne, daß ich Sie nicht kommen heißen –

PHILOKRATES Nein, Madame; ich habe nicht das Glück, Ihnen bekannt zu sein. Aber Werke der Barmherzigkeit muß man auch nicht bloß an Bekannten ausüben. – Ich suche Schirm vor Wind und Wetter. – Das schlechteste Dach ist besser als ein Zelt. – Ich bin von dem Korps des Kritolaus, welches einen Einfall in das Gebiete der Kolophonier getan. Sie wissen, Madame, wie heftig unser Staat vor kurzem von den Kolophoniern beleidiget worden. Wir haben ihr plattes Land geplündert, ihre Flecken gebrandschatzet und alles, was sich von Vornehmern auf seinen Gärten und Lustschlössern ergreifen lassen, mit uns weggeführt. Gestern sind wir über den Kayster zurückgegangen und haben in der Aue von Larissa das Lager bezogen. Wir hatten Befehl, sobald wir den ephesischen Boden wieder betreten, drei von den mit weggeführten Kolophoniern hinrichten zu lassen. Es ist geschehen. Sie sind vor dem Lager aufgeknüpft worden, und mich hat es getroffen, den Richtplatz zu bewachen. Er ist ganz in der Nähe. Morgen mit dem frühesten brechen wir wieder auf – Erlauben Sie, daß ich den Morgen hier erwarte.

ANTIPHILA Wie, mein Herr? Sie wollten die Nacht hier zubringen? Die ganze Nacht?

PHILOKRATES Ah, sie wird mir kurz genug werden!

ANTIPHILA Sie bedenken nicht, wo Sie sind.

PHILOKRATES In einem Grabmale. Aber Grabmal oder nicht Grabmal; es ist ein bedeckter trockner Ort; weiter verlange ich nichts. Ich kann unmöglich in der freien Luft länger dauern. Es würde mir das Leben kosten. – Haben Sie Mitleid mit mir, Madame. Sie haben zwar aufgehört, es mit sich selbst zu haben: aber auch so noch haben es edle Seelen mit andern!

ANTIPHILA Und wenn Sie doch nur um sich sehen wollten! – Ein finstrer Ort, ohne alle Bequemlichkeit: da ist weder Erleuchtung, noch Sitz –

PHILOKRATES Erleuchtung? Wenn diese Fackel nur *einen* Gegenstand erleuchtet! – Und Sitz? – Zu Ihren Füßen, Madame – *(feurig)*.

ANTIPHILA *(sehr ernsthaft)* Mein Herr –

PHILOKRATES *(auf einmal kalt)* Keine Mißdeutung, Krone der Frauen! – Zu Ihren Füßen – will sagen, auf der Erde. – Die nackte, harte Erde war von je des Kriegers Sitz und Lager. – – Auch wäre dem abzuhelfen. – Geschwind, Dromo, spring in mein Zelt; hole Feldstühle, Tisch, Lichter – Lauf! laß dir helfen! – Die Fackel laß da! – Oder nimm sie nur mit. – Nein, laß sie da! gib her! – Lauf! lauf! *(Dromo gibt ihm die Fackel und läuft ab.)*

FÜNFTER AUFTRITT

Philokrates. Antiphila. Mysis.

ANTIPHILA Nimmermehr, mein Herr; ich geb' es nimmermehr zu. – Es geschieht ohne meine Einwilligung – Das heißt Gewalt brauchen; mit Gewalt Besitz nehmen. – Aber Gewalt wider eine Schwache, Unglückliche; – ein Mann sollte sich dieser Gewalt schämen.

PHILOKRATES Ich beschwöre Sie, Madame –

ANTIPHILA Ich Sie hinwiederum! Entfernen Sie sich, mein Herr;

verlassen Sie mich! – Was würde die Welt sagen! Meine Ehre, mein Name – –

PHILOKRATES Ihr Name, Madame? – Als ob dieser nicht schon durch Ihren grausamen Entschluß über alle Verleumdung erhaben wäre! – Wer wird es wagen, die Tugend zu lästern, der an dem Sarge des Ewiggeliebten das Herz brach! – Ihr gewisser Tod, Madame – bei diesem unmäßigen Schmerze, bei dieser gänzlichen Versäumung aller Pflichten der Selbsterhaltung ist er so nahe als gewiß – Ihr gewisser Tod drückt bald ein Siegel auf Ihre Ehre, das – Kurz, Madame, ich habe Ihre Erlaubnis; ich kann nicht anders als sie haben. Daran zweifeln, würde an Ihrer Entschlossenheit ebensosehr als an Ihrer Lebensart, an Ihrer Menschlichkeit zweifeln heißen. – Sie wollen sterben: und ich muß leben, für das Vaterland leben, dessen Knecht ich bin. Ein jedes gehe seinen Weg, ohne das andere zu irren. – Ja, Madame; Sie erlauben mir, diese Nacht hier zu bleiben; Sie erlauben mir, alles hier zu tun, was mir die Sorge für mein Leben befiehlt; essen, trinken, schlafen – Ich bedarf der Pflege. – Aber wie war es denn? Davon habe ich ja dem Dromo nichts befohlen. Ich muß ihm nach. – Können Sie glauben, Madame, daß ich heute noch den ersten Bissen in meinen Mund nehmen soll? So geht es uns armen Soldaten. – *(eilig ab.)*

SECHSTER AUFTRITT

Antiphila. Mysis.

ANTIPHILA Mysis, Mysis, das alles ist deine Schuld! Unglückliche! –

MYSIS Meine Schuld? – Warum erwachten Sie? Konnten Sie nicht fortschlafen?

ANTIPHILA Sollte ich mich seinen verliebten Erdreistungen noch mehr aussetzen?

MYSIS Freilich verlohnte es sich der Mühe, die Augen auf einen

Mann aufzuschlagen, den man so entzückt. Die möchte ich sehen, die es hätte unterlassen können. Auch noch am Rande des Grabes ist es gut, einen Anbeter kennen zu lernen, von dessen Aufrichtigkeit man so versichert ist. Er glaubte, Sie schliefen wirklich.

ANTIPHILA Was spricht die Närrin? – Fort! Diesen Augenblick muß ich nicht versäumen. – Laß uns fliehen, Mysis. Er muß uns nicht mehr finden, wenn er zurückkömmt.

MYSIS Fliehen? Ist die Gefahr so groß?

ANTIPHILA Was ist dir? Was für Unsinn sprichst du? – Gefahr! Ich sehe keine Gefahr: aber nichts soll meine Betrübnis unterbrechen. – Ohne ein Wort weiter, folge mir!

MYSIS Liebste, beste Frau, in dieser späten, finstern Nacht, außer den Toren der Stadt, wo wollen wir hin?

ANTIPHILA Es sind mehr Gräber in der Nähe – uns in das erste beste verbergen, bis das Heer aufgebrochen und die Gegend wieder ruhig ist. *(gegen den Sarg gewendet.)* – Geliebter Schatten, verzeihe dieser kurzen Trennung! – Und nun, Mysis –

MYSIS Aber er wird uns nachfolgen; er kann nicht weit sein; wir werden ihm schwerlich entkommen; er wird uns zurückbringen. Und sich zurückbringen lassen, wenn man fliehen wollen: wie boshaft wissen Männer das auszulegen! – Fliehen Sie ja nicht, beste Frau! –

ANTIPHILA So bleib, Nichtswürdige! *(geht.)*

MYSIS O, allein habe ich hier nichts zu schaffen! *(im Begriffe, ihr zu folgen.)*

ANTIPHILA *(auf den Stufen des Ausganges)* Götter, es ist zu spät! – Er kömmt schon.

SIEBENTER AUFTRITT

Philokrates. Antiphila. Mysis.

PHILOKRATES Wohin, Madame? wo wollen Sie hin, Schönste? *(Antiphila, ohne ihm zu antworten, steigt die Stufen wieder herab und geht nach den Särgen in der Vertiefung.)* – Rede du, Mysis: wo wollte deine Gebieterin hin?

MYSIS Sie fliehen, Herr Hauptmann.

PHILOKRATES Mich fliehen! mich fliehen! Was sagst du?

ANTIPHILA *(die sich kurz umwendet)* Nein, mein Herr; nicht Sie fliehen; bloß Ihnen Platz machen: das wollt' ich – das will ich. *(indem sie sich wieder dem Ausgange nähert.)* Sie bestehen darauf, hier zu übernachten; ich kann es nicht wehren; meine Bitten sind vergebens. Es sei: was Sie tun sollten, will ich tun.

PHILOKRATES Madame! – Mysis!

MYSIS Geben Sie mir die Fackel, Herr Hauptmann. Sie ist Ihnen hinderlich.

PHILOKRATES *(der ihr die Fackel gibt und die Antiphila bei der Hand ergreift)* Und das sollte ich verstatten?

ANTIPHILA *(die ihre Hand loswindet)* Ich will es hoffen, mein Herr –

PHILOKRATES Ah, so verzeihen Sie meinem Irrtume, Madame! – Ich hätte nie geglaubt, daß so viel Härte bei so viel Empfindung sein könne. Man ist sonst so mitleidig, wenn man sich selbst unglücklich fühlt. – Ich sehe, Madame, Sie sind bestimmt, in allen Dingen eine Ausnahme zu machen. – Ich bescheide mich: so nachgeben wollen, heißt auf seinem Rechte mehr als jemals bestehen. – Ich gehe, beschämt, gekränkt, aller Rechte der Gastfreiheit verweigert, auch der verweigert, die der Tiger einem verirrten müden Wanderer, der in seine Höhle schlafen kömmt, nicht immer versagt – Aber genug, ich gehe – und gehe voll Bewunderung –

ANTIPHILA Ich erlasse Sie, mein Herr, der Bewunderung; erweisen Sie mir dafür nur Gerechtigkeit.

PHILOKRATES Hier ist Gerechtigkeit und Bewunderung eines.

ANTIPHILA Ich fühle alles Beleidigende dieser *(etwas höhnisch)* verbindlichen Wendung. – Und doch *(sanft)* schmerzt es mich, so verkannt zu werden. Ich bitte: treten Sie an meine Stelle –

PHILOKRATES Nein, Madame; ich gehorche Ihrem Befehle, ohne mich selbst zu fragen, was ich an Ihrer Stelle tun würde.

ANTIPHILA Die Götter wissen es, wie gern immer unser Dach den Fremdling, den Schutzlosen aufgenommen? Ganz Ephesus nannte Kassandern den Gastfreien! – Aber wer fordert in einem Grabmale das Gastrecht?

PHILOKRATES Kassander? – Wen nennen Sie da, Madame?

ANTIPHILA Wen sonst, als ihn?

PHILOKRATES Ihren Gemahl? – Aber doch nicht Kassandern, des Metrophanes Sohn?

ANTIPHILA Des Metrophanes Sohn.

PHILOKRATES Des Metrophanes Sohn, den Phylarchen?

ANTIPHILA Den Phylarchen.

PHILOKRATES Den Phylarchen? den großmütigen bei allen Bedürfnissen des Staats sich selbst erbietenden Liturgen?

ANTIPHILA Ihn! eben ihn!

PHILOKRATES Und dieser Kassander ist tot? Und dieser Kassander war Ihr Gemahl?

ANTIPHILA Und Sie haben ihn gekannt?

PHILOKRATES Ob ich ihn gekannt habe? Diesen tapfersten, edelsten, besten aller Männer von Ephesus!

ANTIPHILA Besten aller Männer! Dies war er! – war er! *(indem sie sich wendet und mit gerungnen Händen nach den Särgen geht.)*

PHILOKRATES *(der ihr folgen will)* Ob ich ihn gekannt?

MYSIS *(ihn zurückhaltend)* Ein Wort, Herr Hauptmann –

PHILOKRATES Was willst du, Mysis?

MYSIS Im Vertrauen, Herr Hauptmann – Sie können doch lesen?

PHILOKRATES Warum nicht?

MYSIS Geschriebnes und in Stein Gehauenes?

PHILOKRATES Beides.

MYSIS Und haben ein gutes Gedächtnis, Herr Hauptmann?

PHILOKRATES So ziemlich. Aber mach' ein Ende: was willst du? –

MYSIS Nun so wette ich, daß Sie unsern Toten nicht gekannt haben –

PHILOKRATES Aber du hörst es ja –

MYSIS Sondern daß Sie, bei dem Scheine Ihrer Fackel, das Epitaph draußen über dem Eingange gelesen haben.

PHILOKRATES Verleumderin! – Aber, liebe Mysis, wette was du willst; du sollst alles gewinnen: nur sei mir nicht zuwider – Unterstütze mich –

MYSIS Nur frisch! Das Eisen glüht; folgen Sie ihr –

PHILOKRATES *(der ihr in der Vertiefung nachgeht)* Ob ich Kassandern gekannt? – Wir taten zusammen unsern ersten Feldzug. In so feurigen Jahren knüpft gemeinschaftliche Gefahr die zärtlichsten Freundschaften. Die unsere ward durch meinen Aufenthalt an dem persischen Hofe unterbrochen. Darauf entstand dieser Krieg mit den Kolophoniern. Ich mußte zu meinem Phalanx, ohne Kassandern vorher umarmen zu dürfen. Und indes – indes hat ihn die grausame Parze abgefordert! O ich Unglücklicher ! – Doch mein Schmerz, Madame, hat kein Recht, sich neben dem Ihrigen zu äußern.

ANTIPHILA *(sich langsam mit Empfindung gegen ihn wendend)* Ah! Sie waren sein Freund! – Ich kenne die Rechte der Freundschaft sowie die Rechte der Liebe. Liebe ist nichts als die innigste Gattung der Freundschaft. Welcher Empfindung könnte sich die Freundschaft vor den Augen der Liebe zu schämen haben? – Nein, mein Herr, ersticken Sie nichts, bergen Sie nichts, was Ihrem Herzen so rühmlich ist: nicht diese Träne *(indem Philokrates die Hand vor die Augen führet und das Gesicht von ihr abwendet)*, die Sie dem Andenken eines Mannes opfern, der uns beiden so wert war. –

MYSIS O, liebste Frau, nun dulden Sie den Herrn ja nicht länger! Sein Betrübnis würde der Ihrigen nur mehr Nahrung geben. Wir brauchen niemand, der uns noch wehmütiger macht, als wir schon sind.

PHILOKRATES Woran erinnerst du deine Gebieterin? – Doch ich kann dir nicht unrecht geben. – Ich gehe –

ANTIPHILA Ah, mein Herr, entziehen Sie mir den Freund des Geliebten meiner Seele nicht so schnell. – Diesem geht nichts an, was ich dem Unbekannten sagte. – Er war Ihr Freund! Sie allein können meinen Verlust schätzen: wie ich allein den Ihrigen. –

ACHTER AUFTRITT

Dromo (mit einigen Stücken von dem Befohlenen). Antiphila. Philokrates. Mysis.

DROMO Hier bin ich, Herr Hauptmann. Das andere ist droben vor dem Eingange, wo ich es niedersetzen lassen. Komm, Mysis, hilf mir es herunterbringen.

MYSIS Nicht so schnell, Herr Landsknecht. Es streitet sich noch, ob ihr werdet Quartier hier machen dürfen.

PHILOKRATES O Dromo, welche Entdeckung habe ich gemacht! – Der Entseelte, der hier ruhet, den diese Göttliche beweinet – war mein Freund, der erste Freund meiner Jugend.

DROMO Was plaudert denn die also? – So ein Freund wird uns doch nicht die Türe weisen? – Komm, komm, laß dich die Mühe nicht verdrießen. *(Er zieht sie mit fort, und nach und nach bringen sie das Befohlene herunter und in Ordnung.)*

PHILOKRATES O Sie, noch kürzlich die Wonne meines Freundes! O schönste, beste – wie kann ich die Freundin meines Freundes anders nennen als meine Freundin! – Wenn und wo ich auch seinen Tod vernommen hätte, würde er mir das Herz durchbohrt haben. Aber hier, aber itzt – da ich es sehe, mit diesen glücklichen Augen selbst sehe, wieviel er verloren, in Ihnen verloren –

ANTIPHILA Wenigstens zu verlieren geglaubt. Denn seine Liebe zu mir war so groß, so unsäglich – –

PHILOKRATES Nicht größer, nicht unsäglicher als Ihr Wert! – In welcher Verzweiflung muß er gestorben sein! Ich durfte sicher sein Herz nach dem meinigen beurteilen. Was ich empfinde, das in meinem vorgehen würde, das ging alles in seinem vor. Das Licht des Tages verlassen, ist schmerzlich; schmerzlich ist es, sich vielleicht selbst verlassen müssen, aufhören sich zu fühlen, sich sagen zu können: das bist du! das gilt dir! – Aber was ist alles das gegen den Schmerz, ein Wesen zu verlassen, das wir mehr als das Licht des Tages, mehr als uns selbst lieben? – Doch welche Reden, die ich führe! Ist das die Zusprache, die Sie, Schönste, von mir erwarten? Ich sollte Öl in Ihre Wunden gießen und reiße sie von neuem auf. – Ich Unbesonnener!

ANTIPHILA Nein, mein Herr, nein: – solche Wunden weigern sich aller Linderung. Nur in ihnen wühlen ist Wollust.

PHILOKRATES Allerdings, allerdings! – Doch mir, mir verbieten Geschlecht und Stand und Bestimmung, so wollüstigen Schmerzen nachzuhängen. Allen ziemt nicht alles. Dem Mann, dem Krieger ist eine Träne vergönnt, aber kein Strom von Tränen, der unverkleinerlich nur aus so schönen Augen über so zärtliche Wangen rollt. – Wo denkt er hin, der Soldat, der sich durch Bejammerung eines verstorbnen Freundes weichherzig macht? Er soll gefaßt sein, jeden Augenblick ihm zu folgen; er soll gefaßt sein, dem Tode unter allen Gestalten, auch den gräßlichsten, entgegenzugehen, und er weinet ob der sanftesten dieser Gestalten, die seinen Freund in die Arme nahm und ihn vorantrug? – Nicht der Tod, sondern der Tod mit Unehre ist das einzige, was ihm schrecklich sein soll. Dort durfte es mich schaudern, bei den schimpflichen Pfählen, an welchen die unglücklichen Kolophonier hangen.

EMILIA GALOTTI

Ein Trauerspiel in fünf Aufzügen

PERSONEN

EMILIA GALOTTI
ODOARDO *und* CLAUDIA GALOTTI } *Eltern der Emilia*
HETTORE GONZAGA, *Prinz von Guastalla*
MARINELLI, *Kammerherr des Prinzen*
CAMILLO ROTA, *einer von des Prinzen Räten*
CONTI, *Maler*
GRAF APPIANI
GRÄFIN ORSINA
ANGELO, *und einige Bediente*

ERSTER AUFZUG

Die Szene: ein Kabinett des Prinzen.

ERSTER AUFTRITT

Der Prinz (an einem Arbeitstische voller Briefschaften und Papiere, deren einige er durchläuft)

Klagen, nichts als Klagen! Bittschriften, nichts als Bittschriften! – Die traurigen Geschäfte; und man beneidet uns noch! – Das glaub' ich; wenn wir allen helfen könnten: dann wären wir zu beneiden. – Emilia? *(Indem er noch eine von den Bittschriften aufschlägt, und nach dem unterschriebenen Namen sieht.)* Eine Emilia? – Aber eine Emilia Bruneschi – nicht Galotti. Nicht Emilia Galotti! – Was will sie, diese Emilia Bruneschi? *(Er lieset.)* Viel gefordert; sehr viel. – Doch sie heißt Emilia. Gewährt! *(Er unterschreibt und klingelt; worauf ein Kammerdiener hereintritt.)* Er ist wohl noch keiner von den Räten in dem Vorzimmer?

DER KAMMERDIENER Nein.

DER PRINZ Ich habe zu früh Tag gemacht. – Der Morgen ist so schön. Ich will ausfahren. Marchese Marinelli soll mich begleiten. Laßt ihn rufen. *(Der Kammerdiener geht ab.)* – Ich kann doch nicht mehr arbeiten. – Ich war so ruhig, bild' ich mir ein, so ruhig – Auf einmal muß eine arme Bruneschi Emilia heißen: – weg ist meine Ruhe, und alles! –

DER KAMMERDIENER *(welcher wieder hereintritt)* Nach dem Marchese ist geschickt. Und hier, ein Brief von der Gräfin Orsina.

DER PRINZ Der Orsina? Legt ihn hin.

DER KAMMERDIENER Ihr Läufer wartet.

DER PRINZ Ich will die Antwort senden; wenn es einer bedarf. – Wo ist sie? In der Stadt? oder auf ihrer Villa?

DER KAMMERDIENER Sie ist gestern in die Stadt gekommen.

DER PRINZ Desto schlimmer – besser; wollt' ich sagen. So braucht der Läufer um so weniger zu warten. *(Der Kammer-*

diener geht ab.) Meine teure Gräfin! *(Bitter, indem er den Brief in die Hand nimmt)* So gut, als gelesen! *(und ihn wieder wegwirft.)* – Nun ja; ich habe sie zu lieben geglaubt! Was glaubt man nicht alles? Kann sein, ich habe sie auch wirklich geliebt. Aber – ich habe!

DER KAMMERDIENER *(der nochmals hereintritt)* Der Maler Conti will die Gnade haben – –

DER PRINZ Conti? Recht wohl; laßt ihn hereinkommen. – Das wird mir andere Gedanken in den Kopf bringen. – *(Steht auf.)*

ZWEITER AUFTRITT

Conti. Der Prinz.

DER PRINZ Guten Morgen, Conti. Wie leben Sie? Was macht die Kunst?

CONTI Prinz, die Kunst geht nach Brot.

DER PRINZ Das muß sie nicht; das soll sie nicht, – in meinem kleinen Gebiete gewiß nicht. – Aber der Künstler muß auch arbeiten wollen.

CONTI Arbeiten? Das ist seine Lust. Nur zu viel arbeiten müssen, kann ihn um den Namen Künstler bringen.

DER PRINZ Ich meine nicht vieles, sondern viel: ein weniges; aber mit Fleiß. – Sie kommen doch nicht leer, Conti?

CONTI Ich bringe das Porträt, welches Sie mir befohlen haben, gnädiger Herr. Und bringe noch eines, welches Sie mir nicht befohlen: aber weil es gesehen zu werden verdient –

DER PRINZ Jenes ist? – Kann ich mich doch kaum erinnern –

CONTI Die Gräfin Orsina.

DER PRINZ Wahr! – Der Auftrag ist nur ein wenig von lange her.

CONTI Unsere schönen Damen sind nicht alle Tage zum Malen. Die Gräfin hat, seit drei Monaten, gerade *ein*mal sich entschließen können, zu sitzen.

DER PRINZ Wo sind die Stücke?

CONTI In dem Vorzimmer: ich hole sie.

DRITTER AUFTRITT

Der Prinz.

Ihr Bild! – mag! – Ihr Bild, ist sie doch nicht selber. – Und vielleicht find' ich in dem Bilde wieder, was ich in der Person nicht mehr erblicke. – Ich will es aber nicht wiederfinden. – Der beschwerliche Maler! Ich glaube gar, sie hat ihn bestochen. – Wär' es auch! Wenn ihr ein anderes Bild, das mit andern Farben, auf einen andern Grund gemalet ist, – in meinem Herzen wieder Platz machen will: – Wahrlich, ich glaube, ich wär' es zufrieden. Als ich dort liebte, war ich immer so leicht, so fröhlich, so ausgelassen. – Nun bin ich von allem das Gegenteil. – Doch nein; nein, nein! Behäglicher, oder nicht behäglicher: ich bin so besser.

VIERTER AUFTRITT

Der Prinz: Conti (mit den Gemälden, wovon er das eine verwandt gegen einen Stuhl lehnet).

CONTI *(indem er das andere zurechtstellet)* Ich bitte, Prinz, daß Sie die Schranken unserer Kunst erwägen wollen. Vieles von dem Anzüglichsten der Schönheit liegt ganz außer den Grenzen derselben. – Treten Sie so! –

DER PRINZ *(nach einer kurzen Betrachtung)* Vortrefflich, Conti; – ganz vortrefflich! – Das gilt Ihrer Kunst, Ihrem Pinsel. – Aber geschmeichelt, Conti; ganz unendlich geschmeichelt!

CONTI Das Original schien dieser Meinung nicht zu sein. Auch ist es in der Tat nicht mehr geschmeichelt, als die Kunst schmeicheln muß. Die Kunst muß malen, wie sich die plastische Natur, – wenn es eine gibt – das Bild dachte: ohne den Abfall, welchen der widerstrebende Stoff unvermeidlich macht; ohne den Verderb, mit welchem die Zeit dagegen ankämpfet.

DER PRINZ Der denkende Künstler ist noch eins so viel wert. – Aber das Original, sagen Sie, fand demungeachtet –

CONTI Verzeihen Sie, Prinz. Das Original ist eine Person, die meine Ehrerbietung fodert. Ich habe nichts Nachteiliges von ihr äußern wollen.

DER PRINZ So viel als Ihnen beliebt! – Und was sagte das Original?

CONTI Ich bin zufrieden, sagte die Gräfin, wenn ich nicht häßlicher aussehe.

DER PRINZ Nicht häßlicher? – O das wahre Original!

CONTI Und mit einer Miene sagte sie das, – von der freilich dieses ihr Bild keine Spur, keinen Verdacht zeiget.

DER PRINZ Das meint' ich ja; das ist es eben, worin ich die unendliche Schmeichelei finde. – O! ich kenne sie, jene stolze höhnische Miene, die auch das Gesicht einer Grazie entstellen würde! – Ich leugne nicht, daß ein schöner Mund, der sich ein wenig spöttisch verziehet, nicht selten um so viel schöner ist. Aber, wohl gemerkt, ein wenig: die Verziehung muß nicht bis zur Grimasse gehen, wie bei dieser Gräfin. Und Augen müssen über den wollüstigen Spötter die Aufsicht führen, – Augen, wie sie die gute Gräfin nun gerade gar nicht hat. Auch nicht einmal hier im Bilde hat.

CONTI Gnädiger Herr, ich bin äußerst betroffen –

DER PRINZ Und worüber? Alles, was die Kunst aus den großen, hervorragenden, stieren, starren Medusenaugen der Gräfin Gutes machen kann, das haben Sie, Conti, redlich daraus gemacht. – Redlich, sag' ich? – Nicht so redlich, wäre redlicher. Denn sagen Sie selbst, Conti, läßt sich aus diesem Bilde wohl der Charakter der Person schließen? Und das sollte doch. Stolz haben Sie in Würde, Hohn in Lächeln, Ansatz zu trübsinniger Schwärmerei in sanfte Schwermut verwandelt.

CONTI *(etwas ärgerlich)* Ah, mein Prinz, – wir Maler rechnen darauf, daß das fertige Bild den Liebhaber noch ebenso warm findet, als warm er es bestellte. Wir malen mit Augen der Liebe: und Augen der Liebe müßten uns auch nur beurteilen.

DER PRINZ Je nun, Conti; – warum kamen Sie nicht einen Monat früher damit? – Setzen Sie weg. – Was ist das andere Stück?

CONTI *(indem er es holt, und noch verkehrt in der Hand hält)* Auch ein weibliches Porträt.

DER PRINZ So möcht' ich es bald – lieber gar nicht sehen. Denn dem Ideal hier, *(mit dem Finger auf die Stirne)* – oder vielmehr hier, *(mit dem Finger auf das Herz)* kömmt es doch nicht bei. – Ich wünschte, Conti, Ihre Kunst in andern Vorwürfen zu bewundern.

CONTI Eine bewundernswürdigere Kunst gibt es; aber sicherlich keinen bewundernswürdigern Gegenstand, als diesen.

DER PRINZ So wett' ich, Conti, daß es des Künstlers eigene Gebieterin ist. – *(Indem der Maler das Bild umwendet.)* Was seh' ich? Ihr Werk, Conti? oder das Werk meiner Phantasie? – Emilia Galotti!

CONTI Wie, mein Prinz? Sie kennen diesen Engel?

DER PRINZ *(indem er sich zu fassen sucht, aber ohne ein Auge von dem Bilde zu verwenden)* So halb! – um sie eben wieder zu kennen. – Es ist einige Wochen her, als ich sie mit ihrer Mutter in einer Vegghia traf. – Nachher ist sie mir nur an heiligen Stätten wieder vorgekommen, – wo das Angaffen sich weniger ziemet. – Auch kenn' ich ihren Vater. Er ist mein Freund nicht. Er war es, der sich meinen Ansprüchen auf Sabionetta am meisten widersetzte. – Ein alter Degen; stolz und rauh; sonst bieder und gut! –

CONTI Der Vater! Aber hier haben wir seine Tochter. –

DER PRINZ Bei Gott! wie aus dem Spiegel gestohlen! *(Noch immer die Augen auf das Bild geheftet.)* O, Sie wissen es ja wohl, Conti, daß man den Künstler dann erst recht lobt, wenn man über sein Werk sein Lob vergißt.

CONTI Gleichwohl hat mich dieses noch sehr unzufrieden mit mir gelassen. – Und doch bin ich wiederum sehr zufrieden mit meiner Unzufriedenheit mit mir selbst. – Ha! daß wir nicht unmittelbar mit den Augen malen! Auf dem langen Wege, aus dem Auge durch den Arm in den Pinsel, wie viel geht da verloren! – Aber, wie ich sage, daß ich es weiß, was hier verloren gegangen, und wie es verloren gegangen, und warum es verloren gehen müssen: darauf bin ich ebenso stolz, und stolzer, als ich auf alles das bin, was ich nicht verloren gehen lassen. Denn aus jenem erkenne ich, mehr als aus diesem, daß ich wirklich ein großer Maler bin; daß es aber meine Hand nur nicht immer ist. – Oder meinen Sie, Prinz, daß Raffael nicht das größte malerische Genie gewesen wäre, wenn er unglücklicherweise ohne Hände wäre geboren worden? Meinen Sie, Prinz?

DER PRINZ *(indem er nur eben von dem Bilde wegblickt)* Was sagen Sie, Conti? Was wollen Sie wissen?

CONTI O nichts, nichts! – Plauderei! Ihre Seele, merk' ich, war ganz in Ihren Augen. Ich liebe solche Seelen, und solche Augen.

DER PRINZ *(mit einer erzwungenen Kälte)* Also, Conti, rechnen Sie doch wirklich Emilia Galotti mit zu den vorzüglichsten Schönheiten unserer Stadt?

CONTI Also? mit? mit zu den vorzüglichsten? und den vorzüglichsten unserer Stadt? – Sie spotten meiner, Prinz. Oder Sie sahen, die ganze Zeit, ebensowenig, als Sie hörten.

DER PRINZ Lieber Conti, – *(die Augen wieder auf das Bild gerichtet)* wie darf unsereiner seinen Augen trauen? Eigentlich weiß doch nur allein ein Maler von der Schönheit zu urteilen.

CONTI Und eines jeden Empfindung sollte erst auf den Ausspruch eines Malers warten? – Ins Kloster mit dem, der es von uns lernen will, was schön ist! Aber das muß ich Ihnen doch als Maler sagen, mein Prinz: eine von den größten Glückseligkeiten meines Lebens ist es, daß Emilia Galotti mir gesessen. Dieser Kopf, dieses Antlitz, diese Stirne, diese Augen, diese Nase, dieser Mund, dieses Kinn, dieser Hals, diese Brust, dieser Wuchs, dieser ganze Bau, sind, von der Zeit an, mein einziges Studium der weiblichen Schönheit. – Die Schilderei selbst, wovor sie gesessen, hat ihr abwesender Vater bekommen. Aber diese Kopie –

DER PRINZ *(der sich schnell gegen ihn kehret)* Nun, Conti? ist doch nicht schon versagt?

CONTI Ist für Sie, Prinz; wenn Sie Geschmack daran finden.

DER PRINZ Geschmack! – *(Lächelnd.)* Dieses Ihr Studium der weiblichen Schönheit, Conti, wie könnt' ich besser tun, als es auch zu dem meinigen zu machen? – Dort, jenes Porträt nehmen Sie nur wieder mit, – einen Rahmen darum zu bestellen.

CONTI Wohl!

DER PRINZ So schön, so reich, als ihn der Schnitzer nur machen kann. Es soll in der Galerie aufgestellet werden. – Aber diese bleibt hier. Mit einem Studio macht man so viel Umstände nicht: auch läßt man das nicht aufhängen; sondern hat es gern bei der Hand. – Ich danke Ihnen, Conti; ich danke Ihnen recht sehr. – Und wie gesagt: in meinem Gebiete soll die Kunst nicht nach Brot gehen; – bis ich selbst keines habe. – Schicken Sie, Conti, zu meinem Schatzmeister, und lassen Sie, auf Ihre Quittung, für beide Porträte sich bezahlen, – was Sie wollen. Soviel Sie wollen, Conti.

CONTI Sollte ich doch nun bald fürchten, Prinz, daß Sie so, noch etwas anders belohnen wollen, als die Kunst.

DER PRINZ O des eifersüchtigen Künstlers! Nicht doch! – Hören Sie, Conti; soviel Sie wollen. *(Conti geht ab.)*

FÜNFTER AUFTRITT

Der Prinz.

Soviel er will – *(Gegen das Bild.)* Dich hab' ich für jeden Preis noch zu wohlfeil. – Ah! schönes Werk der Kunst, ist es wahr, daß ich dich besitze? – Wer dich auch besäße, schönres Meisterstück der Natur! – Was Sie dafür wollen, ehrliche Mutter! Was du willst, alter Murrkopf! Fodre nur! Fodert nur! – Am liebsten kauft' ich dich, Zauberin, von dir selbst! – Dieses Auge voll Liebreiz und Bescheidenheit! Dieser Mund! – Und wenn er sich zum Reden öffnet! wenn er lächelt! Dieser Mund! – Ich höre kommen. – Noch bin ich mit dir zu neidisch.

(Indem er das Bild gegen die Wand drehet.) Es wird Marinelli sein. Hätt' ich ihn doch nicht rufen lassen! Was für einen Morgen könnt' ich haben!

SECHSTER AUFTRITT

Marinelli. Der Prinz.

MARINELLI Gnädiger Herr, Sie werden verzeihen. – Ich war mir eines so frühen Befehls nicht gewärtig.

DER PRINZ Ich bekam Lust, auszufahren. Der Morgen war so schön. – Aber nun ist er ja wohl verstrichen; und die Lust ist mir vergangen. – *(Nach einem kurzen Stillschweigen.)* Was haben wir Neues, Marinelli?

MARINELLI Nichts von Belang, das ich wüßte. – Die Gräfin Orsina ist gestern zur Stadt gekommen.

DER PRINZ Hier liegt auch schon ihr guter Morgen, *(auf ihren Brief zeigend)* oder was es sonst sein mag! Ich bin gar nicht neugierig darauf. – Sie haben sie gesprochen?

MARINELLI Bin ich, leider, nicht ihr Vertrauter? – Aber, wenn ich es wieder von einer Dame werde, der es einkömmt, Sie in gutem Ernste zu lieben, Prinz: so —

DER PRINZ Nichts verschworen, Marinelli!

MARINELLI Ja? In der Tat, Prinz? Könnt' es doch kommen? – O! so mag die Gräfin auch so unrecht nicht haben.

DER PRINZ Allerdings, sehr unrecht! – Meine nahe Vermählung mit der Prinzessin von Massa, will durchaus, daß ich alle dergleichen Händel fürs erste abbreche.

MARINELLI Wenn es nur das wäre, so müßte freilich Orsina sich in ihr Schicksal ebensowohl zu finden wissen, als der Prinz in seines.

DER PRINZ Das unstreitig härter ist, als ihres. Mein Herz wird das Opfer eines elenden Staatsinteresse. Ihres darf sie nur zurücknehmen: aber nicht wider Willen verschenken.

MARINELLI Zurücknehmen? Warum zurücknehmen? fragt die

Gräfin: wenn es weiter nichts, als eine Gemahlin ist, die dem Prinzen nicht die Liebe, sondern die Politik zuführet? Neben so einer Gemahlin sieht die Geliebte noch immer ihren Platz. Nicht so einer Gemahlin fürchtet sie aufgeopfert zu sein, sondern – –

DER PRINZ Einer neuen Geliebten. – Nun denn? Wollten Sie mir daraus ein Verbrechen machen, Marinelli?

MARINELLI Ich? – O! vermengen Sie mich ja nicht, mein Prinz, mit der Närrin, deren Wort ich führe, – aus Mitleid führe. Denn gestern, wahrlich, hat sie mich sonderbar gerühret. Sie wollte von ihrer Angelegenheit mit Ihnen gar nicht sprechen. Sie wollte sich ganz gelassen und kalt stellen. Aber mitten in dem gleichgültigsten Gespräche entfuhr ihr eine Wendung, eine Beziehung über die andere, die ihr gefoltertes Herz verriet. Mit dem lustigsten Wesen sagte sie die melancholischsten Dinge: und wiederum die lächerlichsten Possen mit der allertraurigsten Miene. Sie hat zu den Büchern ihre Zuflucht genommen; und ich fürchte, die werden ihr den Rest geben.

DER PRINZ So wie sie ihrem armen Verstande auch den ersten Stoß gegeben. – Aber was mich vornehmlich mit von ihr entfernt hat, das wollen Sie doch nicht brauchen, Marinelli, mich wieder zu ihr zurückzubringen? – Wenn sie aus Liebe närrisch wird, so wäre sie es, früher oder später, auch ohne Liebe geworden – Und nun, genug von ihr. – Von etwas andern! – Geht denn gar nichts vor, in der Stadt? –

MARINELLI So gut, wie gar nichts. – Denn daß die Verbindung des Grafen Appiani heute vollzogen wird, – ist nicht viel mehr, als gar nichts.

DER PRINZ Der Graf Appiani? und mit wem denn? – Ich soll ja noch hören, daß er versprochen ist.

MARINELLI Die Sache ist sehr geheim gehalten worden. Auch war nicht viel Aufhebens davon zu machen. – Sie werden lachen, Prinz. – Aber so geht es den Empfindsamen! Die Liebe spielet ihnen immer die schlimmsten Streiche. Ein Mädchen ohne Vermögen und ohne Rang, hat ihn in ihre Schlinge zu ziehen gewußt, – mit ein wenig Larve; aber mit vielem Prunke von Tugend und Gefühl und Witz, – und was weiß ich?

DER PRINZ Wer sich den Eindrücken, die Unschuld und Schönheit auf ihn machen, ohne weitere Rücksicht, so ganz überlassen darf; – ich dächte, der wäre eher zu beneiden, als zu belachen. – Und wie heißt denn die Glückliche? – Denn bei alledem ist Appiani – ich weiß wohl, daß Sie, Marinelli, ihn nicht leiden können; ebensowenig als er Sie – bei alledem ist er doch ein sehr würdiger junger Mann, ein schöner Mann, ein reicher Mann, ein Mann voller Ehre. Ich hätte sehr gewünscht, ihn mir verbinden zu können. Ich werde noch darauf denken.

MARINELLI Wenn es nicht zu spät ist. – Denn soviel ich höre, ist sein Plan gar nicht, bei Hofe sein Glück zu machen. – Er will mit seiner Gebieterin nach seinen Tälern von Piemont: – Gemsen zu jagen, auf den Alpen; und Murmeltiere abzurichten. – Was kann er Besseres tun? Hier ist es durch das Mißbündnis, welches er trifft, mit ihm doch aus. Der Zirkel der ersten Häuser ist ihm von nun an verschlossen – –

DER PRINZ Mit euren ersten Häusern! – in welchen das Zeremoniell, der Zwang, die Langeweile, und nicht selten die Dürftigkeit herrschet. – Aber so nennen Sie mir sie doch, der er dieses so große Opfer bringt.

MARINELLI Es ist eine gewisse Emilia Galotti.

DER PRINZ Wie, Marinelli? eine gewisse –

MARINELLI Emilia Galotti.

DER PRINZ Emilia Galotti? – Nimmermehr!

MARINELLI Zuverlässig, gnädiger Herr.

DER PRINZ Nein, sag' ich; das ist nicht, das kann nicht sein. – Sie irren sich in dem Namen. Das Geschlecht der Galotti ist groß. – Eine Galotti kann es sein: aber nicht Emilia Galotti; nicht Emilia!

MARINELLI Emilia – Emilia Galotti!

DER PRINZ So gibt es noch eine, die beide Namen führt. – Sie sagten ohnedem, eine gewisse Emilia Galotti – eine gewisse. Von der rechten kann nur ein Narr so sprechen –

MARINELLI Sie sind außer sich, gnädiger Herr. – Kennen Sie denn diese Emilia?

DER PRINZ Ich habe zu fragen, Marinelli, nicht Er. – Emilia Galotti? Die Tochter des Obersten Galotti, bei Sabionetta?

MARINELLI Eben die.

DER PRINZ Die hier in Guastalla mit ihrer Mutter wohnet?

MARINELLI Eben die.

DER PRINZ Unfern der Kirche Allerheiligen?

MARINELLI Eben die.

DER PRINZ Mit einem Worte – *(Indem er nach dem Portraite springt, und es dem Marinelli in die Hand gibt.)* Da! – Diese? Diese Emilia Galotti? – Sprich dein verdammtes »Eben die« noch einmal, und stoß mir den Dolch ins Herz!

MARINELLI Eben die!

DER PRINZ Henker! – Diese? – Diese Emilia Galotti wird heute – –

MARINELLI Gräfin Appiani! – *(Hier reißt der Prinz dem Marinelli das Bild wieder aus der Hand, und wirft es beiseite.)* Die Trauung geschiehet in der Stille, auf dem Landgute des Vaters bei Sabionetta. Gegen Mittag fahren Mutter und Tochter, der Graf und vielleicht ein paar Freunde dahin ab.

DER PRINZ *(der sich voll Verzweiflung in einen Stuhl wirft)* So bin ich verloren! – So will ich nicht leben!

MARINELLI Aber was ist Ihnen, gnädiger Herr?

DER PRINZ *(der gegen ihn wieder aufspringt)* Verräter! – was mir ist? – Nun ja, ich liebe sie; ich bete sie an. Mögt Ihr es doch wissen! Mögt Ihr es doch längst gewußt haben, alle Ihr, denen ich der tollen Orsina schimpfliche Fesseln lieber ewig tragen sollte! – Nur daß Sie, Marinelli, der Sie so oft mich Ihrer innigsten Freundschaft versicherten – O ein Fürst hat keinen Freund! kann keinen Freund haben! – daß Sie, Sie, so treulos, so hämisch mir bis auf diesen Augenblick die Gefahr verhehlen dürfen, die meiner Liebe drohte: wenn ich Ihnen jemals das vergebe, – so werde mir meiner Sünden keine vergeben!

MARINELLI Ich weiß kaum Worte zu finden, Prinz – wenn Sie mich auch dazu kommen ließen – Ihnen mein Erstaunen zu bezeigen. – Sie lieben Emilia Galotti! – Schwur dann gegen Schwur: Wenn ich von dieser Liebe das Geringste gewußt, das Geringste vermutet habe; so möge weder Engel noch Heiliger von mir wissen! – Eben das wollt' ich in die Seele der Orsina schwören. Ihr Verdacht schweift auf einer ganz andern Fährte.

DER PRINZ So verzeihen Sie mir, Marinelli, – *(indem er sich ihm in die Arme wirft)* und bedaueren Sie mich.

MARINELLI Nun da, Prinz! Erkennen Sie da die Frucht Ihrer Zurückhaltung! – »Fürsten haben keinen Freund! können keinen Freund haben!« – Und die Ursache, wenn dem so ist? – Weil sie keinen haben wollen. – Heute beehren sie uns mit ihrem Vertrauen, teilen uns ihre geheimsten Wünsche mit, schließen uns ihre ganze Seele auf: und morgen sind wir ihnen wieder so fremd, als hätten sie nie ein Wort mit uns gewechselt.

DER PRINZ Ah! Marinelli, wie konnt' ich Ihnen vertrauen, was ich mir selbst kaum gestehen wollte?

MARINELLI Und also wohl noch weniger der Urheberin Ihrer Qual gestanden haben?

DER PRINZ Ihr? – Alle meine Mühe ist vergebens gewesen, sie ein zweites Mal zu sprechen. –

MARINELLI Und das erstemal –

DER PRINZ Sprach ich sie – O, ich komme von Sinnen! Und ich soll Ihnen noch lange erzählen? – Sie sehen mich einen Raub der Wellen: was fragen Sie viel, wie ich es geworden? Retten Sie mich, wenn Sie können: und fragen Sie dann.

MARINELLI Retten? ist da viel zu retten? – Was Sie versäumt haben, gnädiger Herr, der Emilia Galotti zu bekennen, das bekennen Sie nun der Gräfin Appiani. Waren, die man aus der ersten Hand nicht haben kann, kauft man aus der zweiten: –

und solche Waren nicht selten aus der zweiten um so viel wohlfeiler.

DER PRINZ Ernsthaft, Marinelli, ernsthaft, oder –

MARINELLI Freilich, auch um so viel schlechter – –

DER PRINZ Sie werden unverschämt!

MARINELLI Und dazu will der Graf damit aus dem Lande. – Ja, so müßte man auf etwas anders denken. –

DER PRINZ Und auf was? – Liebster, bester Marinelli, denken Sie für mich. Was würden Sie tun, wenn Sie an meiner Stelle wären?

MARINELLI Vor allen Dingen, eine Kleinigkeit als eine Kleinigkeit ansehen; – und mir sagen, daß ich nicht vergebens sein wolle, was ich bin – Herr!

DER PRINZ Schmeicheln Sie mir nicht mit einer Gewalt, von der ich hier keinen Gebrauch absehe. – Heute, sagen Sie? schon heute?

MARINELLI Erst heute – soll es geschehen. Und nur geschehenen Dingen ist nicht zu raten. – *(Nach einer kurzen Überlegung.)* Wollen Sie mir freie Hand lassen, Prinz? Wollen Sie alles genehmigen, was ich tue?

DER PRINZ Alles, Marinelli, alles, was diesen Streich abwenden kann.

MARINELLI So lassen Sie uns keine Zeit verlieren. – Aber bleiben Sie nicht in der Stadt. Fahren Sie sogleich nach Ihrem Lustschlosse, nach Dosalo. Der Weg nach Sabionetta geht da vorbei. Wenn es mir nicht gelingt, den Grafen augenblicklich zu entfernen: so denk' ich – Doch, doch; ich glaube, er geht in diese Falle gewiß. Sie wollen ja, Prinz, wegen Ihrer Vermählung einen Gesandten nach Massa schicken? Lassen Sie den Grafen dieser Gesandte sein; mit dem Bedinge, daß er noch heute abreiset. – Verstehen Sie?

DER PRINZ Vortrefflich! – Bringen Sie ihn zu mir heraus. Gehen Sie, eilen Sie. Ich werfe mich sogleich in den Wagen. *(Marinelli geht ab.)*

SIEBENTER AUFTRITT

Der Prinz.

Sogleich! sogleich – Wo blieb es? – *(Sich nach dem Portraite umsehend.)* Auf der Erde? das war zu arg! *(Indem er es aufhebt.)* Doch betrachten? betrachten mag ich dich fürs erste nicht mehr. – Warum sollt' ich mir den Pfeil noch tiefer in die Wunde drücken? *(Setzt es beiseite.)* – Geschmachtet, geseufzet hab' ich lange genug, – länger als ich gesollt hätte: aber nichts getan! und über die zärtliche Untätigkeit bei einem Haar alles verloren! – Und wenn nun doch alles verloren wäre? Wenn Marinelli nichts ausrichtete? – Warum will ich mich auch auf ihn allein verlassen? Es fällt mir ein, – um diese Stunde, *(nach der Uhr sehend)* um diese nämliche Stunde pflegt das fromme Mädchen alle Morgen bei den Dominikanern die Messe zu hören. – Wie, wenn ich sie da zu sprechen suchte? – Doch heute, heut' an ihrem Hochzeittage, – heute werden ihr andere Dinge am Herzen liegen, als die Messe. – Indes, wer weiß? – Es ist ein Gang. – *(Er klingelt, und indem er einige von den Papieren auf dem Tische hastig zusammenrafft, tritt der Kammerdiener herein.)* Laßt vorfahren! – Ist noch keiner von den Räten da?

EIN KAMMERDIENER Camillo Rota.

DER PRINZ Er soll hereinkommen. *(Der Kammerdiener geht ab.)* Nur aufhalten muß er mich nicht wollen. Dasmal nicht! – Ich stehe gern seinen Bedenklichkeiten ein andermal um so viel länger zu Diensten. – Da war ja noch die Bittschrift einer Emilia Bruneschi. – *(Sie suchend.)* Die ist's. – Aber, gute Bruneschi, wo deine Vorsprecherin – –

ACHTER AUFTRITT

Camillo Rota, Schriften in der Hand. Der Prinz.

DER PRINZ Kommen Sie, Rota, kommen Sie. – Hier ist, was ich diesen Morgen erbrochen. Nicht viel Tröstliches! – Sie werden von selbst sehen, was darauf zu verfügen. – Nehmen Sie nur.

CAMILLO ROTA Gut, gnädiger Herr.

DER PRINZ Noch ist hier eine Bittschrift einer Emilia Galot ... Bruneschi will ich sagen. – Ich habe meine Bewilligung zwar schon beigeschrieben. Aber doch – die Sache ist keine Kleinigkeit. – Lassen Sie die Ausfertigung noch anstehen. – Oder auch nicht anstehen: wie Sie wollen.

CAMILLO ROTA Nicht wie ich will, gnädiger Herr.

DER PRINZ Was ist sonst? Etwas zu unterschreiben?

CAMILLO ROTA Ein Todesurteil wäre zu unterschreiben.

DER PRINZ Recht gern. – Nur her! geschwind.

CAMILLO ROTA *(stutzig und den Prinzen starr ansehend)* Ein Todesurteil, – sagt' ich.

DER PRINZ Ich höre ja wohl. – Es könnte schon geschehen sein. Ich bin eilig.

CAMILLO ROTA *(seine Schriften nachsehend)* Nun hab' ich es doch wohl nicht mitgenommen! – – Verzeihen Sie, gnädiger Herr. – Es kann Anstand damit haben bis morgen.

DER PRINZ Auch das! – Packen Sie nur zusammen: ich muß fort – Morgen, Rota, ein Mehres! *(Geht ab.)*

CAMILLO ROTA *(den Kopf schüttelnd, indem er die Papiere zu sich nimmt und abgeht)* Recht gern? – Ein Todesurteil recht gern? – Ich hätt' es ihn in diesem Augenblicke nicht mögen unterschreiben lassen, und wenn es den Mörder meines einzigen Sohnes betroffen hätte. – Recht gern! Recht gern! – Es geht mir durch die Seele dieses gräßliche Recht gern!

ZWEITER AUFZUG

Die Szene: ein Saal in dem Hause der Galotti.

ERSTER AUFTRITT

Claudia Galotti. Pirro.

CLAUDIA *(im Heraustreten zu Pirro, der von der andern Seite hereintritt)* Wer sprengte da in den Hof?

PIRRO Unser Herr, gnädige Frau.

CLAUDIA Mein Gemahl? Ist es möglich?

PIRRO Er folgt mir auf dem Fuße.

CLAUDIA So unvermutet? – *(Ihm entgegeneilend.)* Ach! mein Bester! –

ZWEITER AUFTRITT

Odoardo Galotti und die Vorigen.

ODOARDO Guten Morgen, meine Liebe! – Nicht wahr, das heißt überraschen?

CLAUDIA Und auf die angenehmste Art! – Wenn es anders nur eine Überraschung sein soll.

ODOARDO Nichts weiter! Sei unbesorgt. – Das Glück des heutigen Tages weckte mich so früh; der Morgen war so schön; der Weg ist so kurz; ich vermutete euch hier so geschäftig – Wie leicht vergessen sie etwas: fiel mir ein. – Mit einem Worte: ich komme, und sehe, und kehre sogleich wieder zurück. – Wo ist Emilia? Unstreitig beschäftigt mit dem Putze? –

CLAUDIA Ihrer Seele! – Sie ist in der Messe. – »Ich habe heute, mehr als jeden andern Tag, Gnade von oben zu erflehen«, sagte sie, und ließ alles liegen, und nahm ihren Schleier, und eilte –

ODOARDO Ganz allein?

CLAUDIA Die wenigen Schritte – –

ODOARDO Einer ist genug zu einem Fehltritt! –

CLAUDIA Zürnen Sie nicht, mein Bester; und kommen Sie herein, – einen Augenblick auszuruhen, und, wann Sie wollen, eine Erfrischung zu nehmen.

ODOARDO Wie du meinest, Claudia. – Aber sie sollte nicht allein gegangen sein. –

CLAUDIA Und Ihr, Pirro, bleibt hier in dem Vorzimmer, alle Besuche auf heute zu verbitten.

DRITTER AUFTRITT

Pirro und bald darauf Angelo.

PIRRO Die sich nur aus Neugierde melden lassen. – Was bin ich seit einer Stunde nicht alles ausgefragt worden! – Und wer kömmt da?

ANGELO *(noch halb hinter der Szene, in einem kurzen Mantel, den er über das Gesicht gezogen, den Hut in die Stirne.)* Pirro! – Pirro!

PIRRO Ein Bekannter? – *(Indem Angelo vollends hereintritt und den Mantel auseinander schlägt.)* Himmel! Angelo? – Du?

ANGELO Wie du siehst. – Ich bin lange genug um das Haus herumgegangen, dich zu sprechen. – Auf ein Wort! –

PIRRO Und du wagst es, wieder ans Licht zu kommen? – Du bist seit deiner letzten Mordtat vogelfrei erkläret; auf deinen Kopf steht eine Belohnung –

ANGELO Die doch du nicht wirst verdienen wollen? –

PIRRO Was willst du? – Ich bitte dich, mache mich nicht unglücklich.

ANGELO Damit etwa? *(Ihm einen Beutel mit Gelde zeigend.)* – Nimm! Es gehöret dir!

PIRRO Mir?

ANGELO Hast du vergessen? Der Deutsche, dein voriger Herr, – –

PIRRO Schweig davon!

ANGELO Den du uns, auf dem Wege nach Pisa, in die Falle führtest –

PIRRO Wenn uns jemand hörte!

ANGELO Hatte ja die Güte, uns auch einen kostbaren Ring zu hinterlassen. – Weißt du nicht? – Er war zu kostbar, der Ring, als daß wir ihn sogleich ohne Verdacht hätten zu Gelde machen können. Endlich ist mir es damit gelungen. Ich habe hundert Pistolen dafür erhalten: und das ist dein Anteil. Nimm!

PIRRO Ich mag nichts, – behalt alles.

ANGELO Meinetwegen! – wenn es dir gleichviel ist, wie hoch du deinen Kopf feil trägst – *(als ob er den Beutel wieder einstecken wollte.)*

PIRRO So gib nur! *(Nimmt ihn.)*

– Und was nun? Denn daß du bloß deswegen mich aufgesucht haben solltest – –

ANGELO Das kömmt dir nicht so recht glaublich vor? – Halunke! Was denkst du von uns? – daß wir fähig sind, jemand seinen Verdienst vorzuenthalten? Das mag unter den sogenannten ehrlichen Leuten Mode sein: unter uns nicht. – Leb' wohl! – *(Tut als ob er geben wollte, und kehrt wieder um.)* Eins muß ich doch fragen. – Da kam ja der alte Galotti so ganz allein in die Stadt gesprengt. Was will der?

PIRRO Nichts will er: ein bloßer Spazierritt. Seine Tochter wird, heut abend, auf dem Gute, von dem er herkömmt, dem Grafen Appiani angetrauet. Er kann die Zeit nicht erwarten –

ANGELO Und reitet bald wieder hinaus?

PIRRO So bald, daß er dich hier trifft, wo du noch lange verziehest. – Aber du hast doch keinen Anschlag auf ihn? Nimm dich in acht: Er ist ein Mann –

ANGELO Kenn' ich ihn nicht? Hab' ich nicht unter ihm gedienet? – Wenn darum bei ihm nur viel zu holen wäre! – Wenn fahren die jungen Leute nach?

PIRRO Gegen Mittag.

ANGELO Mit viel Begleitung?

PIRRO In einem einzigen Wagen: die Mutter, die Tochter und der Graf. Ein paar Freunde kommen aus Sabionetta als Zeugen.

ANGELO Und Bediente?

PIRRO Nur zwei; außer mir, der ich zu Pferde vorauf reiten soll.

ANGELO Das ist gut. – Noch eins: wessen ist die Equipage? Ist es eure? oder des Grafen?

PIRRO Des Grafen.

ANGELO Schlimm! Da ist noch ein Vorreiter, außer einem handfesten Kutscher. Doch! –

PIRRO Ich erstaune. Aber was willst du? – Das bißchen Schmuck, das die Braut etwa haben dürfte, wird schwerlich der Mühe lohnen. –

ANGELO So lohnt ihrer die Braut selbst!

PIRRO Und auch bei diesem Verbrechen soll ich dein Mitschuldiger sein?

ANGELO Du reitest vorauf. Reite doch, reite! und kehre dich an nichts!

PIRRO Nimmermehr!

ANGELO Wie? ich glaube gar, du willst den Gewissenhaften spielen. Bursche! ich denke, du kennst mich. – Wo du plauderst! Wo sich ein einziger Umstand anders findet, als du mir ihn angegeben! –

PIRRO Aber, Angelo, um des Himmels willen! –

ANGELO Tu, was du nicht lassen kannst! *(Geht ab.)*

PIRRO Ha! Laß dich den Teufel bei *einem* Haare fassen; und du bist sein auf ewig! Ich Unglücklicher!

VIERTER AUFTRITT

Odoardo und Claudia Galotti. Pirro.

ODOARDO Sie bleibt mir zu lange aus –

CLAUDIA Noch einen Augenblick, Odoardo! Es würde sie schmerzen, deines Anblicks so zu verfehlen.

ODOARDO Ich muß auch bei dem Grafen noch einsprechen. Kaum kann ich's erwarten, diesen würdigen jungen Mann meinen Sohn zu nennen. Alles entzückt mich an ihm. Und vor allem der Entschluß, in seinen väterlichen Tälern sich selbst zu leben.

CLAUDIA Das Herz bricht mir, wenn ich hieran gedenke. – So ganz sollen wir sie verlieren, diese einzige geliebte Tochter?

ODOARDO Was nennst du, sie verlieren? Sie in den Armen der Liebe zu wissen? Vermenge dein Vergnügen an ihr nicht mit ihrem Glücke. – Du möchtest meinen alten Argwohn erneuern: – daß es mehr das Geräusch und die Zerstreuung der Welt, mehr die Nähe des Hofes war, als die Notwendigkeit, unserer Tochter eine anständige Erziehung zu geben, was dich bewog, hier in der Stadt mit ihr zu bleiben; – fern von einem Manne und Vater, der euch so herzlich liebet.

CLAUDIA Wie ungerecht, Odoardo! Aber laß mich heute nur ein einziges Wort für diese Stadt, für diese Nähe des Hofes sprechen, die deiner strengen Tugend so verhaßt sind. – Hier, nur hier konnte die Liebe zusammenbringen, was für einander geschaffen war: Hier nur konnte der Graf Emilien finden; und fand sie.

ODOARDO Das räum' ich ein. Aber, gute Claudia, hattest du darum recht, weil dir der Ausgang recht gibt? – Gut, daß es mit dieser Stadterziehung so abgelaufen! Laß uns nicht weise sein wollen, wo wir nichts als glücklich gewesen! Gut, daß es so damit abgelaufen! – Nun haben sie sich gefunden, die für einander bestimmt waren: nun laß sie ziehen, wohin Unschuld und Ruhe sie rufen. – Was sollte der Graf hier? Sich bücken, schmeicheln und kriechen, und die Marinellis auszustechen suchen? um endlich ein Glück zu machen, dessen er nicht bedarf? um endlich einer Ehre gewürdiget zu werden, die für ihn keine wäre? – Pirro!

PIRRO Hier bin ich.

ODOARDO Geh und führe mein Pferd vor das Haus des Grafen. Ich komme nach, und will mich da wieder aufsetzen. *(Pirro geht ab.)* – Warum soll der Graf hier dienen, wenn er dort selbst befehlen kann? – Dazu bedenkest du nicht, Claudia, daß durch unsere Tochter er es vollends mit dem Prinzen verderbt. Der Prinz haßt mich –

CLAUDIA Vielleicht weniger, als du besorgest.

ODOARDO Besorgest! Ich besorg' auch so was!

CLAUDIA Denn hab' ich dir schon gesagt, daß der Prinz unsere Tochter gesehen hat?

ODOARDO Der Prinz? Und wo das?

CLAUDIA In der letzten Vegghia, bei dem Kanzler Grimaldi, die er mit seiner Gegenwart beehrte. Er bezeigte sich gegen sie so gnädig – –

ODOARDO So gnädig?

CLAUDIA Er unterhielt sich mit ihr so lange – –

ODOARDO Unterhielt sich mit ihr?

CLAUDIA Schien von ihrer Munterkeit und ihrem Witze so bezaubert – –

ODOARDO So bezaubert? –

CLAUDIA Hat von ihrer Schönheit mit so vielen Lobeserhebungen gesprochen – –

ODOARDO Lobeserhebungen? Und das alles erzählst du mir in einem Tone der Entzückung? O Claudia! eitle, törichte Mutter!

CLAUDIA Wieso?

ODOARDO Nun gut, nun gut! Auch das ist so abgelaufen. – Ha! wenn ich mir einbilde – Das gerade wäre der Ort, wo ich am tödlichsten zu verwunden bin! – Ein Wollüstling, der bewundert, begehrt. – Claudia! Claudia! der bloße Gedanke setzt mich in Wut! – Du hättest mir das sogleich sollen gemeldet haben. – Doch, ich möchte dir heute nicht gern etwas Unangenehmes sagen. Und ich würde, *(indem sie ihn bei der Hand ergreift)* wenn ich länger bliebe. – Drum laß mich! laß mich! – Gott befohlen, Claudia! – Kommt glücklich nach!

FÜNFTER AUFTRITT

Claudia Galotti.

Welch ein Mann! – O, der rauhen Tugend! – wenn anders sie diesen Namen verdienet. – Alles scheint ihr verdächtig, alles strafbar! – Oder, wenn das die Menschen kennen heißt: – wer sollte sich wünschen, sie zu kennen? – Wo bleibt aber auch Emilia? – Er ist des Vaters Feind: folglich – folglich, wenn er ein Auge für die Tochter hat, so ist es einzig, um ihn zu beschimpfen? –

SECHSTER AUFTRITT

Emilia und Claudia Galotti.

EMILIA *(stürzet in einer ängstlichen Verwirrung herein)* Wohl mir! wohl mir! – Nun bin ich in Sicherheit. Oder ist er mir gar gefolgt? *(Indem sie den Schleier zurückwirft und ihre Mutter erblicket.)* Ist er, meine Mutter? ist er? – Nein, dem Himmel sei Dank!

CLAUDIA Was ist dir, meine Tochter? was ist dir?

EMILIA Nichts, nichts –

CLAUDIA Und blickest so wild um dich? Und zitterst an jedem Gliede?

EMILIA Was hab' ich hören müssen? Und wo, wo hab' ich es hören müssen?

CLAUDIA Ich habe dich in der Kirche geglaubt –

EMILIA Eben da! Was ist dem Laster Kirch' und Altar? – Ach, meine Mutter!

(Sich ihr in die Arme werfend.)

CLAUDIA Rede, meine Tochter! – Mach' meiner Furcht ein Ende. – Was kann dir da, an heiliger Stätte, so Schlimmes begegnet sein?

EMILIA Nie hätte meine Andacht inniger, brünstiger sein sollen, als heute: nie ist sie weniger gewesen, was sie sein sollte.

CLAUDIA Wir sind Menschen, Emilia. Die Gabe zu beten ist nicht immer in unserer Gewalt. Dem Himmel ist beten wollen, auch beten.

EMILIA Und sündigen wollen, auch sündigen.

CLAUDIA Das hat meine Emilia nicht wollen!

EMILIA Nein, meine Mutter; so tief ließ mich die Gnade nicht sinken. – Aber daß fremdes Laster uns, wider unsern Willen, zu Mitschuldigen machen kann!

CLAUIDA Fasse dich! – Sammle deine Gedanken, soviel dir möglich. – Sag' es mir mit eins, was dir geschehen.

EMILIA Eben hatt' ich mich – weiter von dem Altare, als ich sonst pflege, – denn ich kam zu spät – auf meine Knie gelassen. Eben fing ich an, mein Herz zu erheben: als dicht hinter mir etwas seinen Platz nahm. So dicht hinter mir! – Ich konnte weder vor, noch zur Seite rücken, – so gern ich auch wollte; aus Furcht, daß eines andern Andacht mich in meiner stören möchte. – Andacht! das war das Schlimmste, was ich besorgte. – Aber es währte nicht lange, so hört' ich, ganz nah' an meinem Ohre, – nach einem tiefen Seufzer, – nicht den Namen einer Heiligen, – den Namen, – zürnen Sie nicht, meine Mutter – den Namen Ihrer Tochter! – Meinen Namen! – O daß laute Donner mich verhindert hätten, mehr zu hören! – Es sprach von Schönheit, von Liebe – Es klagte, daß dieser Tag, welcher mein Glück mache, – wenn er es anders mache – sein Unglück auf immer entscheide. – Es beschwor mich – hören mußt' ich dies alles. Aber ich blickte nicht um; ich wollte tun, als ob ich es nicht hörte. – Was konnt' ich sonst? – Meinen guten Engel bitten, mich mit Taubheit zu schlagen; und wann auch, wenn auch auf immer! – Das bat ich; das war das einzige, was ich beten konnte. – Endlich ward es Zeit, mich wieder zu erheben. Das heilige Amt ging zu Ende. Ich zitterte, mich umzukehren. Ich zitterte, ihn zu erblicken, der sich den Frevel erlauben dürfen. Und da ich mich umwandte, da ich ihn erblickte –

CLAUDIA Wen, meine Tochter?

EMILIA Raten Sie, meine Mutter, raten Sie – Ich glaubte in die Erde zu sinken – Ihn selbst.

CLAUDIA Wen, ihn selbst?

EMILIA Den Prinzen.

CLAUDIA Den Prinzen! – O gesegnet sei die Ungeduld deines Vaters, der eben hier war, und dich nicht erwarten wollte!

EMILIA Mein Vater hier? – und wollte mich nicht erwarten?

CLAUDIA Wenn du in deiner Verwirrung auch ihn das hättest hören lassen!

EMILIA Nun, meine Mutter? – Was hätt' er an mir Strafbares finden können?

CLAUDIA Nichts; ebensowenig, als an mir. Und doch, doch – Ha, du kennest deinen Vater nicht! In seinem Zorne hätt' er den unschuldigen Gegenstand des Verbrechens mit dem Verbrecher verwechselt. In seiner Wut hätt' ich ihm geschienen, das veranlaßt zu haben, was ich weder verhindern, noch vorhersehen können. – Aber weiter, meine Tochter, weiter! Als du den Prinzen erkanntest – Ich will hoffen, daß du deiner mächtig genug warest, ihm in *einem* Blicke alle die Verachtung zu bezeigen, die er verdienet.

EMILIA Das war ich nicht, meine Mutter! Nach dem Blicke, mit dem ich ihn erkannte, hatt' ich nicht das Herz, einen zweiten auf ihn zu richten. Ich floh' –

CLAUDIA Und der Prinz dir nach –

EMILIA Was ich nicht wußte, bis ich in der Halle mich bei der Hand ergriffen fühlte. Und von ihm! Aus Scham mußt' ich standhalten: mich von ihm loszuwinden, würde die Vorbeigehenden zu aufmerksam auf uns gemacht haben. Das war die einzige Überlegung, deren ich fähig war – oder deren ich nun mich wieder erinnere. Er sprach; und ich hab' ihm geantwortet. Aber was er sprach, was ich ihm geantwortet; – fällt mir es noch bei, so ist es gut, so will ich es Ihnen sagen, meine Mutter. Jetzt weiß ich von dem allen nichts. Meine Sinne hatten mich verlassen. – Umsonst denk' ich nach, wie ich von ihm weg, und aus der Halle gekommen. Ich finde mich erst auf der Straße wieder; und höre ihn hinter mir herkommen; und höre ihn mit mir zugleich in das Haus treten, mit mir die Treppe hinaufsteigen – –

CLAUDIA Die Furcht hat ihren besondern Sinn, meine Tochter! Ich werde es nie vergessen, mit welcher Gebärde du hereinstürztest. – Nein, so weit durfte er nicht wagen, dir zu folgen. – Gott! Gott! wenn dein Vater das wüßte! – Wie wild er schon war, als er nur hörte, daß der Prinz dich jüngst nicht ohne Mißfallen gesehen! – Indes, sei ruhig, meine Tochter! Nimm es für einen Traum, was dir begegnet ist. Auch wird es noch weniger Folgen haben, als ein Traum. Du entgehest heute mit eins allen Nachstellungen.

EMILIA Aber, nicht, meine Mutter? Der Graf muß das wissen. Ihm muß ich es sagen.

CLAUDIA Um alle Welt nicht! – Wozu? warum? Willst du für nichts, und wieder für nichts ihn unruhig machen? Und wann er es auch itzt nicht würde: wisse, mein Kind, daß ein Gift, welches nicht gleich wirket, darum kein minder gefährliches Gift ist. Was auf den Liebhaber keinen Eindruck macht, kann ihn auf den Gemahl machen. Den Liebhaber könnt' es sogar schmeicheln, einem so wichtigen Mitbewerber den Rang abzulaufen. Aber wenn er ihm den nun einmal abgelaufen hat: ah! mein Kind, – so wird aus dem Liebhaber oft ein ganz anderes Geschöpf. Dein gutes Gestirn behüte dich vor dieser Erfahrung.

EMILIA Sie wissen, meine Mutter, wie gern ich Ihren bessern Einsichten mich in allem unterwerfe. – Aber, wenn er es von einem andern erführe, daß der Prinz mich heute gesprochen? Würde mein Verschweigen nicht, früh oder spät, seine Unruhe vermehren? – Ich dächte doch, ich behielte lieber vor ihm nichts auf dem Herzen.

CLAUDIA Schwachheit! verliebte Schwachheit! – Nein, durchaus nicht, meine Tochter! Sag' ihm nichts. Laß ihn nichts merken!

EMILIA Nun ja, meine Mutter! Ich habe keinen Willen gegen den Ihrigen. – Aha! *(Mit einem tiefen Atemzuge.)* Auch wird mir wieder ganz leicht! – Was für ein albernes, furchtsames Ding ich bin! – Nicht, meine Mutter? – Ich hätte mich noch wohl anders dabei nehmen können, und würde mir ebensowenig vergeben haben.

CLAUDIA Ich wollte dir das nicht sagen, meine Tochter, bevor dir es dein eigner gesunder Verstand sagte. Und ich wußte, er würde dir es sagen, sobald du wieder zu dir selbst gekommen. – Der Prinz ist galant. Du bist die unbedeutende Sprache der Galanterie zu wenig gewohnt. Eine Höflichkeit wird in ihr zur Empfindung; eine Schmeichelei zur Beteurung; ein Einfall zum Wunsche; ein Wunsch zum Vorsatze. Nichts klingt in dieser Sprache wie alles: und alles ist in ihr so viel als nichts.

EMILIA O meine Mutter! – so müßte ich mir mit meiner Furcht vollends lächerlich vorkommen! – Nun soll er gewiß nichts davon erfahren, mein guter Appiani! Er könnte mich leicht für mehr eitel, als tugendhaft, halten. – Hui! daß er da selbst kömmt! Es ist sein Gang.

SIEBENTER AUFTRITT

Graf Appiani. Die Vorigen.

APPIANI *(tritt tiefsinnig, mit vor sich hingeschlagenen Augen herein, und kömmt näher, ohne sie zu erblicken; bis Emilia ihm entgegenspringt)* Ah, meine Teuerste! – Ich war mir Sie in dem Vorzimmer nicht vermutend.

EMILIA Ich wünschte Sie heiter, Herr Graf, auch wo Sie mich nicht vermuten. – So feierlich? so ernsthaft? – Ist dieser Tag keiner freudigern Aufwallung wert?

APPIANI Er ist mehr wert, als mein ganzes Leben. Aber schwanger mit so viel Glückseligkeit für mich – mag es wohl diese Glückseligkeit selbst sein, die mich so ernst, die mich, wie Sie es nennen, mein Fräulein, so feierlich macht. – *(Indem er die Mutter erblickt.)* Ha! auch Sie hier, meine gnädige Frau! – nun bald mir mit einem innigern Namen zu verehrende!

CLAUDIA Der mein größter Stolz sein wird! – Wie glücklich bist du, meine Emilia! – Warum hat dein Vater unsere Entzückung nicht teilen wollen?

APPIANI Eben habe ich mich aus seinen Armen gerissen: – oder vielmehr, er sich aus meinen. – Welch ein Mann, meine Emilia, Ihr Vater! Das Muster aller männlichen Tugend! Zu was für Gesinnungen erhebt sich meine Seele in seiner Gegenwart! Nie ist mein Entschluß, immer gut, immer edel zu sein, lebendiger, als wenn ich ihn sehe – wenn ich ihn mir denke. Und womit sonst, als mit der Erfüllung dieses Entschlusses kann ich mich der Ehre würdig machen, sein Sohn zu heißen, – der Ihrige zu sein, meine Emilia?

EMILIA Und er wollte mich nicht erwarten!

APPIANI Ich urteile, weil ihn seine Emilia, für diesen augenblicklichen Besuch, zu sehr erschüttert, zu sehr sich seiner ganzen Seele bemächtiget hätte.

CLAUDIA Er glaubte dich mit deinem Brautschmucke beschäftiget zu finden: und hörte –

APPIANI Was ich mit der zärtlichsten Bewunderung wieder von ihm gehört habe. – So recht, meine Emilia! Ich werde eine fromme Frau an Ihnen haben; und die nicht stolz auf ihre Frömmigkeit ist.

CLAUDIA Aber, meine Kinder, eines tun, und das andere nicht lassen! – Nun ist es hohe Zeit; nun mach', Emilia!

APPIANI Was? meine gnädige Frau.

CLAUDIA Sie wollen sie doch nicht so, Herr Graf, – so wie sie da ist, zum Altare führen?

APPIANI Wahrlich, das werd' ich nun erst gewahr. – Wer kann Sie sehen, Emilia, und auch auf Ihren Putz achten? – Und warum nicht so, so wie sie da ist?

EMILIA Nein, mein lieber Graf, nicht so; nicht ganz so. Aber auch nicht viel prächtiger; nicht viel. – Husch, husch, und ich bin fertig! – Nichts, gar nichts von dem Geschmeide, dem letzten Geschenke Ihrer verschwenderischen Großmut! Nichts, gar nichts, was sich nur zu solchem Geschmeide schickte! – Ich könnte ihm gram sein, diesem Geschmeide, wenn es nicht von Ihnen wäre. Denn dreimal hat mir von ihm geträumet –

CLAUDIA Nun! davon weiß ich ja nichts.

EMILIA Als ob ich es trüge, und als ob plötzlich sich jeder Stein desselben in eine Perle verwandele. – Perlen aber, meine Mutter, Perlen bedeuten Tränen.

CLAUDIA Kind! – Die Bedeutung ist träumerischer, als der Traum. – Warest du nicht von jeher eine größere Liebhaberin von Perlen, als von Steinen? –

EMILIA Freilich, meine Mutter, freilich –

APPIANI *(nachdenkend und schwermütig)* Bedeuten Tränen – bedeuten Tränen!

EMILIA Wie? Ihnen fällt das auf? Ihnen?

APPIANI Jawohl; ich sollte mich schämen. – Aber, wenn die Einbildungskraft einmal zu traurigen Bildern gestimmt ist –

EMILIA Warum ist sie das auch? – Und was meinen Sie, das ich mir ausgedacht habe? – Was trug ich, wie sah ich, als ich Ihnen zuerst gefiel? – Wissen Sie es noch?

APPIANI Ob ich es noch weiß? Ich sehe Sie in Gedanken nie anders, als so; und sehe Sie so, auch wenn ich Sie nicht so sehe.

EMILIA Also, ein Kleid von der nämlichen Farbe, von dem nämlichen Schnitte; fliegend und frei –

APPIANI Vortrefflich!

EMILIA Und das Haar –

APPIANI In seinem eignen braunen Glanze; in Locken, wie sie die Natur schlug –

EMILIA Die Rose darin nicht zu vergessen! Recht! recht! – Eine kleine Geduld, und ich stehe so vor Ihnen da!

ACHTER AUFTRITT

Graf Appiani. Glaudia Galotti.

APPIANI *(indem er ihr mit einer niedergeschlagenen Miene nachsieht)* Perlen bedeuten Tränen! – Eine kleine Geduld! – Ja, wenn die Zeit nur außer uns wäre! – Wenn eine Minute am Zeiger, sich in uns nicht in Jahre ausdehnen könnte! –

CLAUDIA Emiliens Beobachtung, Herr Graf, war so schnell, als richtig. Sie sind heut' ernster als gewöhnlich. Nur noch einen Schritt von dem Ziele Ihrer Wünsche, – sollt' es Sie reuen, Herr Graf, daß es das Ziel Ihrer Wünsche gewesen?

APPIANI Ah, meine Mutter, und Sie können das von Ihrem Sohne argwohnen? – Aber, es ist wahr; ich bin heut ungewöhnlich trübe und finster. – Nur sehen Sie, gnädige Frau: – noch *einen* Schritt vom Ziele, oder noch gar nicht ausgelaufen sein, ist im Grunde eines. – Alles was ich sehe, alles was ich höre, alles was ich träume, prediget mir seit gestern und ehegestern diese Wahrheit. Dieser *eine* Gedanke kettet sich an jeden andern, den ich haben muß und haben will. – Was ist das? Ich versteh' es nicht. –

CLAUDIA Sie machen mich unruhig, Herr Graf –

APPIANI Eines kömmt dann zum andern! – Ich bin ärgerlich, ärgerlich über meine Freunde, über mich selbst –

CLAUDIA Wieso?

APPIANI Meine Freunde verlangen schlechterdings, daß ich dem Prinzen von meiner Heirat ein Wort sagen soll, ehe ich sie vollziehe. Sie geben mir zu, ich sei es nicht schuldig; aber die Achtung gegen ihn woll' es nicht anders. – Und ich bin schwach genug gewesen, es ihnen zu versprechen. Eben wollt' ich noch bei ihm vorfahren.

CLAUDIA *(stutzig)* Bei dem Prinzen?

NEUNTER AUFTRITT

Pirro, gleich darauf Marinelli und die Vorigen.

PIRRO Gnädige Frau, der Marchese Marinelli hält vor dem Hause, und erkundiget sich nach dem Herrn Grafen.

APPIANI Nach mir?

PIRRO Hier ist er schon. *(Öffnet ihm die Türe und gehet ab.)*

MARINELLI Ich bitt' um Verzeihung, gnädige Frau. – Mein Herr Graf, ich war vor Ihrem Hause, und erfuhr, daß ich Sie hier treffen würde. Ich hab' ein dringendes Geschäft an Sie – Gnädige Frau, ich bitte nochmals um Verzeihung; es ist in einigen Minuten geschehen.

CLAUDIA Die ich nicht verzögern will. *(Macht ihm eine Verbeugung und geht ab.)*

ZEHNTER AUFTRITT

Marinelli. Appiani.

APPIANI Nun, mein Herr?

MARINELLI Ich komme von des Prinzen Durchlaucht.

APPIANI Was ist zu seinem Befehle?

MARINELLI Ich bin stolz, der Überbringer einer so vorzüglichen Gnade zu sein. – Und wenn Graf Appiani nicht mit Gewalt einen seiner ergebensten Freunde in mir verkennen will – –

APPIANI Ohne weitere Vorrede, wenn ich bitten darf.

MARINELLI Auch das! – Der Prinz muß sogleich an den Herzog von Massa, in Angelegenheit seiner Vermählung mit dessen Prinzessin Tochter, einen Bevollmächtigten senden. Er war lange unschlüssig, wen er dazu ernennen sollte. Endlich ist seine Wahl, Herr Graf, auf Sie gefallen.

APPIANI Auf mich?

MARINELLI Und das, – wenn die Freundschaft ruhmredig sein darf – nicht ohne mein Zutun –

APPIANI Wahrlich, Sie setzen mich wegen eines Dankes in Verlegenheit. – Ich habe schon längst nicht mehr erwartet, daß der Prinz mich zu brauchen geruhen werde. –

MARINELLI Ich bin versichert, daß es ihm bloß an einer würdigen Gelegenheit gemangelt hat. Und wenn auch diese so eines Mannes, wie Graf Appiani, noch nicht würdig genug sein sollte: so ist freilich meine Freundschaft zu voreilig gewesen.

APPIANI Freundschaft und Freundschaft, um das dritte Wort! – Mit wem red' ich denn? Des Marchese Marinelli Freundschaft hätt' ich mir nie träumen lassen. –

MARINELLI Ich erkenne mein Unrecht, Herr Graf, mein unverzeihliches Unrecht, daß ich, ohne Ihre Erlaubnis, Ihr Freund sein wollen. – Bei dem allen: was tut das? Die Gnade des Prinzen, die Ihnen angetragene Ehre bleiben, was sie sind: und ich zweifle nicht, Sie werden sie mit Begierd' ergreifen.

APPIANI *(nach einiger Überlegung)* Allerdings.

MARINELLI Nun so kommen Sie.

APPIANI Wohin?

MARINELLI Nach Dosalo, zu dem Prinzen. – Es liegt schon alles fertig; und Sie müssen noch heut' abreisen.

APPIANI Was sagen Sie? – Noch heute?

MARINELLI Lieber noch in dieser nämlichen Stunde, als in der folgenden. Die Sache ist von der äußersten Eil'.

APPIANI In Wahrheit? – So tut es mir leid, daß ich die Ehre, welche mir der Prinz zugedacht, verbitten muß.

MARINELLI Wie?

APPIANI Ich kann heute nicht abreisen; – auch morgen nicht; – auch übermorgen noch nicht. –

MARINELLI Sie scherzen, Herr Graf.

APPIANI Mit Ihnen?

MARINELLI Unvergleichlich! Wenn der Scherz dem Prinzen gilt, so ist er um so viel lustiger. – Sie können nicht?

APPIANI Nein, mein Herr, nein. – Und ich hoffe, daß der Prinz selbst meine Entschuldigung wird gelten lassen.

MARINELLI Die bin ich begierig, zu hören.

APPIANI O, eine Kleinigkeit! – Sehen Sie; ich soll noch heut' eine Frau nehmen.

MARINELLI Nun? und dann?

APPIANI Und dann? – und dann? – Ihre Frage ist auch verzweifelt naiv.

MARINELLI Man hat Exempel, Herr Graf, daß sich Hochzeiten aufschieben lassen. – Ich glaube freilich nicht, daß der Braut oder dem Bräutigam immer damit gedient ist. Die Sache mag ihr Unangenehmes haben. Aber doch, dächt' ich, der Befehl des Herrn –

APPIANI Der Befehl des Herrn? – des Herrn? Ein Herr, den man sich selber wählt, ist unser Herr so eigentlich nicht – Ich gebe zu, daß Sie dem Prinzen unbedingtern Gehorsam schuldig wären. Aber nicht ich. – Ich kam an seinen Hof als ein Freiwilliger. Ich wollte die Ehre haben, ihm zu dienen: aber nicht sein Sklave werden. Ich bin der Vasall eines größern Herrn –

MARINELLI Größer oder kleiner: Herr ist Herr.

APPINAI Daß ich mit Ihnen darüber stritte! – Genug, sagen Sie dem Prinzen, was Sie gehört haben: – daß es mir leid tut, seine Gnade nicht annehmen zu können; weil ich eben heut' eine Verbindung vollzöge, die mein ganzes Glück ausmache.

MARINELLI Wollen Sie ihm nicht zugleich wissen lassen, mit wem?

APPIANI Mit Emilia Galotti.

MARINELLI Der Tochter aus diesem Hause.

APPIANI Aus diesem Hause.

MARINELLI Hm! Hm!

APPIANI Was beliebt?

MARINELLI Ich sollte meinen, daß es sonach um so weniger Schwierigkeiten haben könne, die Zeremonie bis zu Ihrer Zurückkunft auszusetzen.

APPIANI Die Zeremonie? Nur die Zeremonie?

MARINELLI Die guten Eltern werden es so genau nicht nehmen.

APPIANI Die guten Eltern?

MARINELLI Und Emilia bleibt Ihnen ja wohl gewiß.

APPIANI Ja wohl gewiß? – Sie sind mit Ihrem ja wohl – ja wohl ein ganzer Affe!

MARINELLI Mir das, Graf?

APPIANI Warum nicht?

MARINELLI Himmel und Hölle! – Wir werden uns sprechen.

APPIANI Pah! Hämisch ist der Affe; aber –

MARINELLI Tod und Verdammnis! – Graf, ich fordere Genugtuung.

APPIANI Das versteht sich.

MARINELLI Und würde sie gleich itzt nehmen: – nur daß ich dem zärtlichen Bräutigam den heutigen Tag nicht verderben mag.

APPIANI Gutherziges Ding! Nicht doch! Nicht doch! *(Indem er ihn bei der Hand ergreift.)* Nach Massa freilich mag ich mich heute nicht schicken lassen: aber zu einem Spaziergange mit Ihnen hab' ich Zeit übrig. – Kommen Sie, kommen Sie!

MARINELLI *(der sich losreißt, und abgeht)* Nur Geduld, Graf, nur Geduld!

EILFTER AUFTRITT

Appiani. Claudia Galotti.

APPIANI Geh, Nichtswürdiger! – Ha! das hat gut getan. Mein Blut ist in Wallung gekommen. Ich fühle mich anders und besser.

CLAUDIA *(eiligst und besorgt)* Gott! Herr Graf – Ich hab' einen heftigen Wortwechsel gehört. – Ihr Gesicht glühet. Was ist vorgefallen?

APPIANI Nichts, gnädige Frau, gar nichts. Der Kammerherr Marinelli hat mir einen großen Dienst erwiesen. Er hat mich des Ganges zum Prinzen überhoben.

CLAUDIA In der Tat?

APPIANI Wir können nun um so viel früher abfahren. Ich gehe, meine Leute zu treiben, und bin sogleich wieder hier. Emilia wird indes auch fertig.

CLAUDIA Kann ich ganz ruhig sein, Herr Graf?

APPIANI Ganz ruhig, gnädige Frau. *(Sie geht herein und er fort.)*

DRITTER AUFZUG

Die Szene: ein Vorsaal auf dem Lustschlosse des Prinzen.

ERSTER AUFTRITT

Der Prinz. Marinelli.

MARINELLI Umsonst; er schlug die angetragene Ehre mit der größten Verachtung aus.

DER PRINZ Und so bleibt es dabei? So geht es vor sich? so wird Emilia noch heute die Seinige?

MARINELLI Allem Ansehen nach.

DER PRINZ Ich versprach mir von Ihrem Einfalle so viel! – Wer weiß, wie albern Sie sich dabei genommen. – Wenn der Rat eines Toren einmal gut ist, so muß ihn ein gescheiter Mann ausführen. Das hätt' ich bedenken sollen.

MARINELLI Da find' ich mich schön belohnt!

DER PRINZ Und wofür belohnt?

MARINELLI Daß ich noch mein Leben darüber in die Schanze schlagen wollte. – Als ich sahe, daß weder Ernst noch Spott den Grafen bewegen konnte, seine Liebe der Ehre nachzusetzen: versucht' ich es, ihn in Harnisch zu jagen. Ich sagte ihm Dinge, über die er sich vergaß. Er stieß Beleidigungen gegen mich aus: und ich forderte Genugtuung, – und forderte sie gleich auf der Stelle. – Ich dachte so: entweder er mich; oder ich ihn. Ich ihn: so ist das Feld ganz unser. Oder er mich: nun, wenn auch; so muß er fliehen, und der Prinz gewinnt wenigstens Zeit.

DER PRINZ Das hätten Sie getan, Marinelli?

MARINELLI Ha! man sollt' es voraus wissen, wenn man so töricht bereit ist, sich für die Großen aufzuopfern – man sollt' es voraus wissen, wie erkenntlich sie sein würden –

DER PRINZ Und der Graf? – Er stehet in dem Rufe, sich so etwas nicht zweimal sagen zu lassen.

MARINELLI Nachdem es fällt, ohne Zweifel. – Wer kann es ihm verdenken? – Er versetzte, daß er auf heute doch noch etwas Wichtigers zu tun habe, als sich mit mir den Hals zu brechen. Und so beschied er mich auf die ersten acht Tage nach der Hochzeit.

DER PRINZ Mit Emilia Galotti! Der Gedanke macht mich rasend! – Darauf ließen Sie es gut sein, und gingen: – und kommen und prahlen, daß Sie Ihr Leben für mich in die Schanze geschlagen, sich mir aufgeopfert –

MARINELLI Was wollen Sie aber, gnädiger Herr, das ich weiter hätte tun sollen?

DER PRINZ Weiter tun? – Als ob er etwas getan hätte!

MARINELLI Und lassen Sie doch hören, gnädiger Herr, was Sie für sich selbst getan haben. – Sie waren so glücklich, sie noch in der Kirche zu sprechen. Was haben Sie mit ihr abgeredet?

DER PRINZ *(höhnisch)* Neugierde zur Genüge! – Die ich nur befriedigen muß. – O, es ging alles nach Wunsch. – Sie brauchen sich nicht weiter zu bemühen, mein allzu dienstfertiger Freund! – Sie kam meinem Verlangen, mehr als halbes Weges, entgegen. Ich hätte sie nur gleich mitnehmen dürfen. *(Kalt und befehlend.)* Nun wissen Sie, was Sie wissen wollen; – und können gehn!

MARINELLI Und können gehn! – Ja, ja; das ist das Ende vom Liede! und würd' es sein, gesetzt auch, ich wollte noch das Unmögliche versuchen. – Das Unmögliche sag' ich? – So unmöglich wär' es nun wohl nicht: aber kühn! – Wenn wir die Braut in unserer Gewalt hätten: so stünd' ich dafür, daß aus der Hochzeit nichts werden sollte.

DER PRINZ Ei! wofür ein Mann nicht alles stehen will! Nun dürft' ich ihm nur noch ein Kommando von meiner Leibwache geben, und er legte sich an der Landstraße damit in Hinterhalt, und fiele selbst funfziger einen Wagen an, und riss' ein Mädchen heraus, das er im Triumphe mir zubrächte.

MARINELLI Es ist eher ein Mädchen mit Gewalt entführt worden, ohne daß es einer gewaltsamen Entführung ähnlich gesehen.

DER PRINZ Wenn Sie das zu machen wüßten: so würden Sie nicht erst lange davon schwatzen.

MARINELLI Aber für den Ausgang müßte man nicht stehen sollen. – Es könnten sich Unglücksfälle dabei ereignen –

DER PRINZ Und es ist meine Art, daß ich Leute Dinge verantworten lasse, wofür sie nicht können!

MARINELLI Also, gnädiger Herr – *(Man hört von weitem einen Schuß.)* Ha! was war das? – Hört' ich recht? – Hörten Sie nicht auch, gnädiger Herr, einen Schuß fallen? – Und da noch einen!

DER PRINZ Was ist das? was gibt's?

MARINELLI Was meinen Sie wohl? – Wie, wann ich tätiger wäre, als Sie glauben?

DER PRINZ Tätiger? – So sagen Sie doch –

MARINELLI Kurz: wovon ich gesprochen, geschieht.

DER PRINZ Ist es möglich?

MARINELLI Nur vergessen Sie nicht, Prinz, wessen Sie mich eben versichert. – Ich habe nochmals Ihr Wort – –

DER PRINZ Aber die Anstalten sind doch so –

MARINELLI Als sie nur immer sein können! – Die Ausführung ist Leuten anvertrauet, auf die ich mich verlassen kann. Der Weg geht hart an der Planke des Tiergartens vorbei. Da wird ein Teil den Wagen angefallen haben; gleichsam, um ihn zu plündern. Und ein anderer Teil, wobei einer von meinen Bedienten ist, wird aus dem Tiergarten gestürzt sein; den Angefallenen gleichsam zur Hülfe. Während des Handgemenges, in das beide Teile zum Schein geraten, soll mein Bedienter Emilien ergreifen, als ob er sie retten wolle, und durch den Tiergarten in das Schloß bringen. – So ist die Abrede. – Was sagen Sie nun, Prinz?

DER PRINZ Sie überraschen mich auf eine sonderbare Art. – Und eine Bangigkeit überfällt mich – *(Marinelli geht an das Fenster.)* Wornach sehen Sie?

MARINELLI Dahinaus muß es sein! – Recht! – und eine Maske kömmt bereits um die Planke gesprengt; – ohne Zweifel, mir den Erfolg zu berichten. – Entfernen Sie sich, gnädiger Herr.

DER PRINZ Ah, Marinelli –

MARINELLI Nun? Nicht wahr, nun hab' ich zu viel getan; und vorhin zu wenig?

DER PRINZ Das nicht. Aber ich sehe bei alledem nicht ab – –

MARINELLI Absehn? – Lieber alles mit eins! – Geschwind entfernen Sie sich. – Die Maske muß Sie nicht sehen. *(Der Prinz gehet ab.)*

ZWEITER AUFTRITT

Marinelli und bald darauf Angelo.

MARINELLI *(der wieder nach dem Fenster geht)* Dort fährt der Wagen langsam nach der Stadt zurück. – So langsam? Und in jedem Schlage ein Bedienter? – Das sind Anzeichen, die mir nicht gefallen; – daß der Streich wohl nur halb gelungen ist: – daß man einen Verwundeten gemächlich zurückführet, – und keinen Toten. – Die Maske steigt ab. – Es ist Angelo selbst. Der Tolldreiste! – Endlich, hier weiß er die Schliche. – Er winkt mir zu. Er muß seiner Sache gewiß sein. – Ha, Herr Graf, der Sie nicht nach Massa wollten, und nun noch einen weitern Weg müssen! – Wer hatte Sie die Affen so kennen gelehrt? *(Indem er nach der Türe zugeht.)* Jawohl sind sie hämisch. – Nun, Angelo?

ANGELO *(der die Maske abgenommen)* Passen Sie auf, Herr Kammerherr! Man muß sie gleich bringen.

MARINELLI Und wie lief es sonst ab?

ANGELO Ich denke ja, recht gut.

MARINELLI Wie steht es mit dem Grafen?

ANGELO Zu dienen! So, so! – Aber er muß Wind gehabt haben. Denn er war nicht so ganz unbereitet.

MARINELLI Geschwind sage mir, was du mir zu sagen hast! – Ist er tot?

ANGELO Es tut mir leid um den guten Herrn.

MARINELLI Nun da, für dein mitleidiges Herz! *(Gibt ihm einen Beutel mit Gold.)*

ANGELO Vollends mein braver Nicolo! der das Bad mit bezahlen müssen.

MARINELLI So? Verlust auf beiden Seiten?

ANGELO Ich könnte weinen um den ehrlichen Jungen! Ob mir sein Tod schon das *(indem er den Beutel in der Hand wieget)* um ein Vierteil verbessert. Denn ich bin sein Erbe; weil ich ihn gerächet habe. Das ist so unser Gesetz: ein so gutes, mein' ich, als für Treu' und Freundschaft je gemacht worden. Dieser Nicolo, Herr Kammerherr –

MARINELLI Mit deinem Nicolo! – Aber der Graf, der Graf –

ANGELO Blitz! Der Graf hatte ihn gut gefaßt. Dafür faßt' ich auch wieder den Grafen! – Er stürzte; und wenn er noch lebendig zurück in die Kutsche kam: so steh' ich dafür, daß er nicht lebendig wieder herauskömmt.

MARINELLI Wenn das nur gewiß ist, Angelo.

ANGELO Ich will Ihre Kundschaft verlieren, wenn es nicht gewiß ist! – Haben Sie noch was zu befehlen? denn mein Weg ist der weiteste: wir wollen heute noch über die Grenze.

MARINELLI So geh.

ANGELO Wenn wieder was vorfällt, Herr Kammerherr, – Sie wissen, wo ich zu erfragen bin. Was sich ein andrer zu tun getrauet, wird für mich auch keine Hexerei sein. Und billiger bin ich, als jeder andere. *(Geht ab.)*

MARINELLI Gut das! – Aber doch nicht so recht gut. – Pfui, Angelo! so ein Knicker zu sein! Einen zweiten Schuß wäre er ja wohl noch wert gewesen. – Und wie er sich vielleicht nun martern muß, der arme Graf! – Pfui, Angelo! Das heißt sein Handwerk sehr grausam treiben; – und verpfuschen. – Aber davon muß der Prinz noch nichts wissen. Er muß erst selbst finden, wie zuträglich ihm dieser Tod ist. – Dieser Tod! – Was gäb' ich um die Gewißheit! –

DRITTER AUFZUG

Der Prinz. Marinelli.

DER PRINZ Dort kömmt sie die Allee herauf. Sie eilet vor dem Bedienten her. Die Furcht, wie es scheinet, beflügelt ihre Füße. Sie muß noch nichts argwohnen. Sie glaubt sich nur vor Räubern zu retten. – Aber wie lange kann das dauren?

MARINELLI So haben wir sie doch fürs erste.

DER PRINZ Und wird die Mutter sie nicht aufsuchen? Wird der Graf ihr nicht nachkommen? Was sind wir alsdenn weiter? Wie kann ich sie ihnen vorenthalten?

MARINELLI Auf das alles weiß ich freilich noch nichts zu antworten. Aber wir müssen sehen. Gedulden Sie sich, gnädiger Herr. Der erste Schritt mußte doch getan sein. –

DER PRINZ Wozu? wenn wir ihn zurücktun müssen.

MARINELLI Vielleicht müssen wir nicht. – Da sind tausend Dinge, auf die sich weiter fußen läßt. – Und vergessen Sie denn das Vornehmste?

DER PRINZ Wie kann ich vergessen, woran ich sicher noch nicht gedacht habe? – Das Vornehmste? was ist das?

MARINELLI Die Kunst zu gefallen, zu überreden, – die einem Prinzen, welcher liebt, nie fehlet.

DER PRINZ Nie fehlet? Außer, wo er sie gerade am nötigsten brauchte. – Ich habe von dieser Kunst schon heut' einen zu schlechten Versuch gemacht. Mit allen Schmeicheleien und Beteuerungen konnt' ich ihr auch nicht ein Wort auspressen. Stumm und niedergeschlagen und zitternd stand sie da; wie eine Verbrecherin, die ihr Todesurteil höret. Ihre Angst steckte mich an, ich zitterte mit, und schloß mit einer Bitte um Vergebung. Kaum getrau' ich mir, sie wieder anzureden. – Bei ihrem Eintritte wenigstens wag' ich es nicht zu sein. Sie, Marinelli, müssen sie empfangen. Ich will hier in der Nähe hören, wie es abläuft; und kommen, wenn ich mich mehr gesammelt habe.

VIERTER AUFTRITT

Marinelli, und bald darauf dessen Bedienter Battista mit Emilien.

MARINELLI Wenn sie ihn nicht selbst stürzen gesehen – Und das muß sie wohl nicht; da sie so fortgeeilet – Sie kömmt. Auch ich will nicht das erste sein, was ihr hier in die Augen fällt. *(Er zieht sich in einen Winkel des Saales zurück.)*

BATTISTA Nur hier herein, gnädiges Fräulein!

EMILIA *(außer Atem)* Ah! – Ah! – Ich danke Ihm, mein Freund; – ich dank' Ihm. – Aber Gott, Gott! wo bin ich? – Und so ganz allein? Wo bleibt meine Mutter? Wo blieb der Graf? – Sie kommen doch nach? mir auf dem Fuße nach?

BATTISTA Ich vermute.

EMILIA Er vermutet? Er weiß es nicht? Er sah' sie nicht? – Ward nicht gar hinter uns geschossen? –

BATTISTA Geschossen? – Das wäre! –

EMILIA Ganz gewiß! Und das hat den Grafen oder meine Mutter getroffen. –

BATTISTA Ich will gleich nach ihnen ausgehen.

EMILIA Nicht ohne mich. – Ich will mit; ich muß mit: komm' Er, mein Freund!

MARINELLI *(der plötzlich herzutritt, als ob er eben hereinkäme)* Ah, gnädiges Fräulein! Was für ein Unglück, oder vielmehr, was für ein Glück, – was für ein glückliches Unglück verschafft uns die Ehre –

EMILIA *(stutzend)* Wie? Sie hier, mein Herr? – Ich bin also wohl bei Ihnen? – Verzeihen Sie, Herr Kammerherr. Wir sind von Räubern ohnfern überfallen worden. Da kamen uns gute Leute zu Hilfe; – und dieser ehrliche Mann hob mich aus dem

Wagen, und brachte mich hierher. – Aber ich erschrecke, mich allein gerettet zu sehen. Meine Mutter ist noch in der Gefahr. Hinter uns ward sogar geschossen. Sie ist vielleicht tot; – und ich lebe? – Verzeihen Sie. Ich muß fort; ich muß wieder hin, – wo ich gleich hätte bleiben sollen.

MARINELLI Beruhigen Sie sich, gnädiges Fräulein. Es stehet alles gut; sie werden bald bei Ihnen sein, die geliebten Personen, für die Sie so viel zärtliche Angst empfinden. – Indes, Battista, geh, lauf: sie dürften vielleicht nicht wissen, wo das Fräulein ist. Sie dürften sie vielleicht in einem von den Wirtschaftshäusern des Gartens suchen. Bring sie unverzüglich hierher. *(Battista geht ab.)*

EMILIA Gewiß? Sind sie alle geborgen? Ist ihnen nichts widerfahren? – Ah, was ist dieser Tag für ein Tag des Schreckens für mich! – Aber ich sollte nicht hier bleiben; – ich sollte ihnen entgegeneilen –

MARINELLI Wozu das, gnädiges Fräulein? Sie sind ohnedem schon ohne Atem und Kräfte. Erholen Sie sich vielmehr, und geruhen in ein Zimmer zu treten, wo mehr Bequemlichkeit ist. – Ich will wetten, daß der Prinz schon selbst um Ihre teure, ehrwürdige Mutter ist, und sie Ihnen zuführet.

EMILIA Wer, sagen Sie?

MARINELLI Unser gnädigster Prinz selbst.

EMILIA *(äußerst bestürzt)* Der Prinz?

MARINELLI Er floh, auf die erste Nachricht Ihnen zu Hilfe. – Er ist höchst ergrimmt, daß ein solches Verbrechen ihm so nahe, unter seinen Augen gleichsam, hat dürfen gewagt werden. Er läßt den Tätern nachsetzen, und ihre Strafe, wenn sie ergriffen werden, wird unerhört sein.

EMILIA Der Prinz! – Wo bin ich denn also?

MARINELLI Auf Dosalo, dem Lustschlosse des Prinzen.

EMILIA Welch ein Zufall! – Und Sie glauben, daß er gleich selbst erscheinen könne? – Aber doch in Gesellschaft meiner Mutter?

MARINELLI Hier ist er schon.

FÜNFTER AUFTRITT

Der Prinz. Emilia. Marinelli.

DER PRINZ Wo ist sie? wo? – Wir suchen Sie überall, schönstes Fräulein. – Sie sind doch wohl? – Nun so ist alles wohl! Der Graf, Ihre Mutter, –

EMILIA Ah, gnädigster Herr! wo sind sie? Wo ist meine Mutter?

DER PRINZ Nicht weit; hier ganz in der Nähe.

EMILIA Gott, in welchem Zustande werde ich die eine, oder den andern, vielleicht treffen! Ganz gewiß treffen! – denn Sie verhehlen mir, gnädiger Herr – ich seh' es, Sie verhehlen mir –

DER PRINZ Nicht doch, bestes Fräulein. – Geben Sie mir Ihren Arm, und folgen Sie mir getrost.

EMILIA *(unentschlossen)* Aber – wenn ihnen nichts widerfahren – wenn meine Ahnungen mich trügen: – warum sind sie nicht schon hier? Warum kamen sie nicht mit Ihnen, gnädiger Herr?

DER PRINZ So eilen Sie doch, mein Fräulein, alle diese Schreckenbilder mit eins verschwinden zu sehen. –

EMILIA Was soll ich tun? *(Die Hände ringend.)*

DER PRINZ Wie, mein Fräulein? Sollten Sie einen Verdacht gegen mich hegen? –

EMILIA *(die vor ihm niederfällt)* Zu Ihren Füßen, gnädiger Herr –

DER PRINZ *(sie aufhebend)* Ich bin äußerst beschämt. – Ja, Emilia, ich verdiene diesen stummen Vorwurf. – Mein Betragen diesen Morgen, ist nicht zu rechtfertigen: – zu entschuldigen höchstens. Verzeihen Sie meiner Schwachheit. – Ich hätte Sie mit keinem Geständnisse beunruhigen sollen, von dem ich keinen Vorteil zu erwarten habe. Auch ward ich durch die sprachlose Bestürzung, mit der Sie es anhörten, oder vielmehr nicht anhörten, genugsam bestraft. – Und könnt' ich schon diesen Zufall, der mir nochmals, ehe alle meine Hoffnung auf ewig verschwindet, – mir nochmals das Gück Sie zu sehen und zu sprechen verschafft; könnt' ich schon diesen Zufall für den Wink eines günstigen Glückes erklären, – für den wunderbarsten Aufschub meiner endlichen Verurteilung erklären, um nochmals um Gnade flehen zu dürfen: so will ich doch – beben Sie nicht, mein Fräulein – einzig und allein von Ihrem Blicke abhangen. Kein Wort, kein Seufzer, soll Sie beleidigen. – Nur kränke mich nicht Ihr Mißtrauen. Nur zweifeln Sie keinen Augenblick an der unumschränktesten Gewalt, die Sie über mich haben. Nur falle Ihnen nie bei, daß Sie eines andern Schutzes gegen mich bedürfen. – Und nun kommen Sie, mein Fräulein, – kommen Sie, wo Entzückungen auf Sie warten, die Sie mehr billigen. *(Er führt sie, nicht ohne Sträuben, ab.)* Folgen Sie uns, Marinelli. –

MARINELLI Folgen Sie uns, – das mag heißen: folgen Sie uns nicht! – Was hätte ich ihnen auch zu folgen? Er mag sehen, wie weit er es unter vier Augen mit ihr bringt. – Alles, was ich zu tun habe, ist, – zu verhindern, daß sie nicht gestöret werden. Von dem Grafen zwar, hoffe ich nun wohl nicht. Aber von der Mutter; von der Mutter! Es sollte mich sehr wundern, wenn die so ruhig abgezogen wäre, und ihre Tochter im Stiche gelassen hätte. – Nun, Battista? was gibt's?

SECHSTER AUFTRITT

Battista. Marinelli.

BATTISTA *(eiligst)* Die Mutter, Herr Kammerherr –

MARINELLI Dacht' ich's doch! – Wo ist sie?

BATTISTA Wann Sie ihr nicht zuvorkommen, so wird sie den Augenblick hier sein. – Ich war gar nicht willens, wie Sie mir zum Schein geboten, mich nach ihr umzusehen: als ich ihr Geschrei von weitem hörte. Sie ist der Tochter auf der Spur, und wo nur nicht – unserm ganzen Anschlage! Alles, was in dieser einsamen Gegend von Menschen ist, hat sich um sie versammelt; und jeder will der sein, der ihr den Weg weiset. Ob man ihr schon gesagt, daß der Prinz hier ist, daß Sie hier sind, weiß ich nicht. – Was wollen Sie tun?

MARINELLI Laß sehen! – *(Er überlegt.)* Sie nicht einlassen, wenn sie weiß, daß die Tochter hier ist? – Das geht nicht. – Freilich, sie wird Augen machen, wenn sie den Wolf bei dem Schäfchen sieht. – Augen? Das möchte noch sein. Aber der Himmel sei unsern Ohren gnädig! – Nun was? die beste Lunge erschöpft sich; auch sogar eine weibliche. Sie hören alle auf zu schreien, wenn sie nicht mehr können. – Dazu, es ist doch einmal die Mutter, die wir auf unserer Seite haben müssen. – Wenn ich die Mütter recht kenne: – so etwas von einer Schwiegermutter eines Prinzen zu sein, schmeichelt die meisten. – Laß sie kommen, Battista, laß sie kommen!

BATTISTA Hören Sie! hören Sie!

CLAUDIA GALOTTI *(innerhalb)* Emilia! Emilia! Mein Kind, wo bist du?

MARINELLI Geh, Battista, und suche nur ihre neugierigen Begleiter zu entfernen.

SIEBENTER AUFTRITT

Claudia Galotti. Battista. Marinelli.

CLAUDIA *(die in die Tür tritt, indem Battista herausgehen will)* Ha! der hob sie aus dem Wagen! Der führte sie fort! Ich erkenne dich. Wo ist sie? Sprich, Unglücklicher!

BATTISTA Das ist mein Dank?

CLAUDIA O, wenn du Dank verdienest: *(in einem gelinden Tone)* – so verzeihe mir, ehrlicher Mann – Wo ist sie? – Laßt mich sie nicht länger entbehren. Wo ist sie?

BATTISTA O, Ihre Gnaden, sie könnte in dem Schoße der Seligkeit nicht aufgehobner sein. – Hier mein Herr wird Ihre Gnaden zu ihr führen. *(Gegen einige Leute, die nachdringen wollen.)* Zurück da! ihr!

ACHTER AUFTRITT

Claudia Galotti. Marinelli.

CLAUDIA Dein Herr? – *(Erblickt den Marinelli und fährt zurück.)* Ha! – Das dein Herr? – Sie hier, mein Herr? Und hier meine Tochter? Und Sie, Sie sollen mich zu ihr führen?

MARINELLI Mit vielem Vergnügen, gnädige Frau.

CLAUDIA Halten Sie! – Eben fällt mir es bei – Sie waren es ja – nicht? – der den Grafen diesen Morgen in meinem Hause aufsuchte? mit dem ich ihn allein ließ? mit dem er Streit bekam?

MARINELLI Streit? – Was ich nicht wüßte: ein unbedeutender Wortwechsel in herrschaftlichen Angelegenheiten –

CLAUDIA Und Marinelli heißen Sie?

MARINELLI Marchese Marinelli.

CLAUDIA So ist es richtig. – Hören Sie doch, Herr Marchese. – Marinelli war – der Name Marinelli war – begleitet mit einer Verwünschung – Nein, daß ich den edeln Mann nicht verleumde! – begleitet mit keiner Verwünschung – Die Verwünschung denk' ich hinzu – Der Name Marinelli war das letzte Wort des sterbenden Grafen.

MARINELLI Des sterbenden Grafen? Grafen Appiani? – Sie hören, gnädige Frau, was mir in Ihrer seltsamen Rede am meisten auffällt. – Des sterbenden Grafen? – Was Sie sonst sagen wollen, versteh' ich nicht.

CLAUDIA *(bitter und langsam)* Der Name Marinelli war das letzte Wort des sterbenden Grafen! – Verstehen Sie nun? – Ich verstand es erst auch nicht: obschon mit einem Tone gesprochen – mit einem Tone! – Ich höre ihn noch! Wo waren meine Sinne, daß sie diesen Ton nicht sogleich verstanden?

MARINELLI Nun, gnädige Frau? – Ich war von jeher des Grafen Freund; sein vertrautester Freund. Also, wenn er mich noch im Sterben nannte –

CLAUDIA Mit dem Tone? – Ich kann ihn nicht nachmachen; ich

kann ihn nicht beschreiben: aber er enthielt alles! alles! – Was? Räuber wären es gewesen, die uns anfielen? – Mörder waren es; erkaufte Mörder! – Und Marinelli, Marinelli war das letzte Wort des sterbenden Grafen! Mit einem Tone!

MARINELLI Mit einem Tone? – Ist es erhört, auf einen Ton, in einem Augenblicke des Schreckens vernommen, die Anklage eines rechtschaffnen Mannes zu gründen?

CLAUDIA Ha, könnt' ich ihn nur vor Gerichte stellen, diesen Ton! – Doch, weh mir! Ich vergesse darüber meine Tochter. – Wo ist sie? – Wie? auch tot? – Was konnte meine Tochter dafür, daß Appiani dein Feind war?

MARINELLI Ich verzeihe der bangen Mutter. – Kommen Sie, gnädige Frau – Ihre Tochter ist hier; in einem von den nächsten Zimmern: und hat sich hoffentlich von ihrem Schrecken schon völlig erholt. Mit der zärtlichsten Sorgfalt ist der Prinz selbst um sie beschäftiget –

CLAUDIA Wer? – Wer selbst?

MARINELLI Der Prinz.

CLAUDIA Der Prinz? – Sagen Sie wirklich der Prinz? – Unser Prinz?

MARINELLI Welcher sonst?

CLAUDIA Nun dann! – Ich unglückselige Mutter! – Und ihr Vater! ihr Vater! – Er wird den Tag ihrer Geburt verfluchen. Er wird mich verfluchen.

MARINELLI Um des Himmels willen, gnädige Frau! Was fällt Ihnen nun ein?

CLAUDIA Es ist klar! – Ist es nicht? – Heute im Tempel! vor den Augen der Allerreinesten! in der nähern Gegenwart des Ewigen! – begann das Bubenstück; da brach es aus! *(Gegen den Marinelli.)* Ha, Mörder! feiger, elender Mörder! Nicht tapfer genug, mit eigner Hand zu morden: aber nichtswürdig genug, zu Befriedigung eines fremden Kitzels zu morden! – morden zu lassen! – Abschaum aller Mörder! – Was ehrliche Mörder sind, werden dich unter sich nicht dulden! Dich! Dich! – Denn warum soll ich dir nicht alle meine Galle, allen meinen Geifer mit einem einzigen Worte ins Gesicht speien? – Dich! Dich Kuppler!

MARINELLI Sie schwärmen, gute Frau. – Aber mäßigen Sie wenigstens Ihr wildes Geschrei, und bedenken Sie, wo Sie sind.

CLAUDIA Wo ich bin? Bedenken, wo ich bin? – Was kümmert es die Löwin, der man die Jungen geraubt, in wessen Walde sie brüllet?

EMILIA *(innerhalb)* Ha, meine Mutter! Ich höre meine Mutter!

CLAUDIA Ihre Stimme? Das ist sie! Sie hat mich gehört; sie hat mich gehört. Und ich sollte nicht schreien? – Wo bist du, mein Kind? Ich komme, ich komme! *(Sie stürzt in das Zimmer, und Marinelli ihr nach.)*

VIERTER AUFZUG

Die Szene bleibt.

ERSTER AUFTRITT

Der Prinz. Marinelli.

DER PRINZ *(als aus dem Zimmer von Emilien kommend)* Kommen Sie, Marinelli! Ich muß mich erholen – und muß Licht von Ihnen haben.

MARINELLI O der mütterlichen Wut! Ha! ha! ha!

DER PRINZ Sie lachen?

MARINELLI Wenn Sie gesehen hätten, Prinz, wie toll sich hier, hier im Saale, die Mutter gebärdete – Sie hörten sie ja wohl schreien! – und wie zahm sie auf einmal ward, bei dem ersten Anblicke von Ihnen – – Ha! ha! – Das weiß ich ja wohl, daß keine Mutter einem Prinzen die Augen auskratzt, weil er ihre Tochter schön findet.

DER PRINZ Sie sind ein schlechter Beobachter! – Die Tochter stürzte der Mutter ohnmächtig in die Arme. Darüber vergaß die Mutter ihre Wut: nicht über mir. Ihre Tochter schonte sie, nicht mich; wenn sie es nicht lauter, nicht deutlicher sagte, – was ich lieber selbst nicht gehört, nicht verstanden haben will.

MARINELLI Was, gnädiger Herr?

DER PRINZ Wozu die Verstellung? – Heraus damit. Ist es wahr? oder ist es nicht wahr?

MARINELLI Und wenn es denn wäre!

DER PRINZ Wenn es denn wäre? – Also ist es? – Er ist tot? tot? – *(Drohend)* Marinelli! Marinelli!

MARINELLI Nun?

DER PRINZ Bei Gott! bei dem allgerechten Gott! ich bin unschuldig an diesem Blute. – Wenn Sie mir vorher gesagt hätten, daß es dem Grafen das Leben kosten werde – Nein, nein! und wenn es mir selbst das Leben gekostet hätte! –

MARINELLI Wenn ich Ihnen vorher gesagt hätte? – Als ob sein Tod in meinem Plane gewesen wäre! Ich hatte es dem Angelo auf die Seele gebunden, zu verhüten, daß niemanden Leides geschähe. Es würde auch ohne die geringste Gewalttätigkeit abgelaufen sein, wenn sich der Graf nicht die erste erlaubt hätte. Er schoß Knall und Fall den einen nieder.

DER PRINZ Wahrlich; er hätte sollen Spaß verstehen!

MARINELLI Daß Angelo sodann in Wut kam, und den Tod seines Gefährten rächte –

DER PRINZ Freilich, das ist sehr natürlich!

MARINELLI Ich hab' es ihm genug verwiesen.

DER PRINZ Verwiesen? Wie freundschaftlich! – Warnen Sie ihn, daß er sich in meinem Gebiete nicht betreten läßt. Mein Verweis möchte so freundschaftlich nicht sein.

MARINELLI Recht wohl! – Ich und Angelo; Vorsatz und Zufall: alles ist eins. – Zwar ward es voraus bedungen, zwar ward es voraus versprochen, daß keiner der Unglücksfälle, die sich dabei ereignen könnten, mir zuschulden kommen solle –

DER PRINZ Die sich dabei ereignen – könnten, sagen Sie? oder sollten?

MARINELLI Immer besser! – Doch, gnädiger Herr, – ehe Sie mir es mit dem trocknen Worte sagen, wofür Sie mich halten – eine einzige Vorstellung! Der Tod des Grafen ist mir nichts weniger, als gleichgültig. Ich hatte ihn ausgefodert; er war mir Genugtuung schuldig, er ist ohne diese aus der Welt gegangen; und meine Ehre bleibt beleidiget. Gesetzt, ich verdiente unter jeden andern Umständen den Verdacht, den Sie gegen mich hegen: aber auch unter diesen? – *(Mit einer angenommenen Hitze.)* Wer das von mir denken kann! –

DER PRINZ *(nachgebend)* Nun gut, nun gut –

MARINELLI Daß er noch lebte! O daß er noch lebte! Alles, alles in der Welt wollte ich darum geben – *(bitter)* selbst die Gnade meines Prinzen, – diese unschätzbare, nie zu verscherzende Gnade – wollt' ich drum geben!

DER PRINZ Ich verstehe. – Nun gut, nun gut. Sein Tod war Zufall, bloßer Zufall. Sie versichern es; und ich, ich glaub' es. – Aber wer mehr? Auch die Mutter? Auch Emilia? – Auch die Welt?

MARINELLI *(kalt)* Schwerlich.

DER PRINZ Und wenn man es nicht glaubt, was wird man denn glauben? – Sie zucken die Achsel? – Ihren Angelo wird man für das Werkzeug, und mich für den Täter halten –

MARINELLI *(noch kälter)*
Wahrscheinlich genug.

DER PRINZ Mich! mich selbst! – Oder ich muß von Stund' an alle Absicht auf Emilien aufgeben –

MARINELLI *(höchst gleichgültig)* Was Sie auch gemußt hätten – wenn der Graf noch lebte. –

DER PRINZ *(heftig, aber sich gleich wieder fassend)* Marinelli! – Doch, Sie sollen mich nicht wild machen. – Es sei so – Es ist so! Und das wollen Sie doch nur sagen: der Tod des Grafen ist für mich ein Glück – das größte Glück, was mir begegnen konnte, – das einzige Glück, was meiner Liebe zustatten kommen konnte. Und als dieses, – mag er doch geschehen sein, wie er will! – Ein Graf mehr in der Welt, oder weniger! Denke ich Ihnen so recht? – Topp! auch ich erschrecke vor einem kleinen Verbrechen nicht. Nur, guter Freund, muß es ein kleines Verbrechen, ein kleines stilles heilsames Verbrechen sein. Und sehen Sie, unseres da, wäre nun gerade weder stille noch heilsam. Es hätte den Weg zwar gereiniget, aber zugleich gesperrt. Jedermann würde es uns auf den Kopf zusagen, – und leider hätten wir es gar nicht einmal begangen! – Das liegt doch wohl nur bloß an Ihren weisen, wunderbaren Anstalten?

MARINELLI Wenn Sie so befehlen –

DER PRINZ Woran sonst? – Ich will Rede!

MARINELLI Es kömmt mehr auf meine Rechnung, was nicht darauf gehört.

DER PRINZ Rede will ich!

MARINELLI Nun dann! Was läge an meinen Anstalten? daß den Prinzen bei diesem Unfalle ein so sichtbarer Verdacht trifft? – An dem Meisterstreiche liegt das, den er selbst meinen Anstalten mit einzumengen die Gnade hatte.

DER PRINZ Ich?

MARINELLI Er erlaube mir, ihm zu sagen, daß der Schritt, den er heute morgen in der Kirche getan, – mit so vielem Anstande er ihn auch getan, – so unvermeidlich er ihn auch tun mußte – daß dieser Schritt dennoch nicht in den Tanz gehörte.

DER PRINZ Was verdarb er denn auch?

MARINELLI Freilich nicht den ganzen Tanz: aber doch voritzo den Takt.

DER PRINZ Hm! Versteh' ich Sie?

MARINELLI Also, kurz und einfältig. Da ich die Sache übernahm, nicht wahr, da wußte Emilia von der Liebe des Prinzen noch nichts? Emiliens Mutter noch weniger. Wenn ich nun auf diesen Umstand baute? und der Prinz indes den Grund meines Gebäudes untergrub? –

DER PRINZ *(sich vor die Stirne schlagend)* Verwünscht!

MARINELLI Wenn er es nun selbst verriet, was er im Schilde führe?

DER PRINZ Verdammter Einfall!

MARINELLI Und wenn er es nicht selbst verraten hätte? – Traun! Ich möchte doch wissen, aus welcher meiner Anstalten Mutter oder Tochter den geringsten Argwohn gegen ihn schöpfen könnte?

DER PRINZ Daß Sie recht haben!

MARINELLI Daran tu' ich freilich sehr unrecht – Sie werden verzeihen, gnädiger Herr –

ZWEITER AUFTRITT

Battista. Der Prinz. Marinelli.

BATTISTA *(eiligst)* Eben kömmt die Gräfin an.

DER PRINZ Die Gräfin? Was für eine Gräfin?

BATTISTA Orsina.

DER PRINZ Orsina? – Marinelli! – Orsina? – Marinelli!

MARINELLI Ich erstaune darüber, nicht weniger als Sie selbst.

DER PRINZ Geh, lauf, Battista: sie soll nicht aussteigen. Ich bin nicht hier. Ich bin für sie nicht hier. Sie soll augenblicklich wieder umkehren. Geh, lauf! – *(Battista geht ab.)* Was will die Närrin? Was untersteht sie sich? Wie weiß sie, daß wir hier sind? Sollte sie wohl auf Kundschaft kommen? Sollte sie wohl schon etwas vernommen haben? – Ah, Marinelli! So reden Sie, so antworten Sie doch! – Ist er beleidiget der Mann, der mein Freund sein will? Und durch einen elenden Wortwechsel beleidiget? Soll ich ihn um Verzeihung bitten?

MARINELLI Ah, mein Prinz, sobald Sie wieder Sie sind, bin ich mit ganzer Seele wieder der Ihrige! – Die Ankunft der Orsina ist mir ein Rätsel, wie Ihnen. Doch abweisen wird sie schwerlich sich lassen. Was wollen Sie tun?

DER PRINZ Sie durchaus nicht sprechen; mich entfernen –

MARINELLI Wohl! und nur geschwind. Ich will sie empfangen –

DER PRINZ Aber bloß, um sie gehen zu heißen. – Weiter geben Sie mit ihr sich nicht ab. Wir haben andere Dinge hier zu tun –

MARINELLI Nicht doch, Prinz! Diese andern Dinge sind getan. Fassen Sie doch Mut! Was noch fehlt, kömmt sicherlich von selbst. – Aber hör' ich sie nicht schon? – Eilen Sie, Prinz! – Da, *(auf ein Kabinett zeigend, in welches sich der Prinz begibt)* wenn Sie wollen, werden Sie uns hören können. – Ich fürchte, ich fürchte, sie ist nicht zu ihrer besten Stunde ausgefahren.

DRITTER AUFTRITT

Die Gräfin Orsina. Marinelli.

ORSINA *(ohne den Marinelli anfangs zu erblicken)* Was ist das? – Niemand kömmt mir entgegen, außer ein Unverschämter, der mir lieber gar den Eintritt verweigert hätte? – Ich bin doch zu Dosalo? Zu dem Dosalo, wo mir sonst ein ganzes Heer geschäftiger Augendiener entgegenstürzte? wo mich sonst Liebe und Entzücken erwarteten? – Der Ort ist es: aber, aber! – Sieh da, Marinelli! – Recht gut, daß der Prinz Sie mitgenommen. – Nein, nicht gut! Was ich mit ihm auszumachen hätte, hätte ich nur mit ihm auszumachen. – Wo ist er?

MARINELLI Der Prinz, meine gnädige Gräfin?

ORSINA Wer sonst?

MARINELLI Sie vermuten ihn also hier? wissen ihn hier? – Er wenigstens ist der Gräfin Orsina hier nicht vermutend.

ORSINA Nicht? So hat er meinen Brief heute morgen nicht erhalten?

MARINELLI Ihren Brief? Doch ja; ich erinnere mich, daß er eines Briefes von Ihnen erwähnte.

ORSINA Nun? habe ich ihn nicht in diesem Briefe auf heute um eine Zusammenkunft hier auf Dosalo gebeten? – Es ist wahr, es hat ihm nicht beliebet, mir schriftlich zu antworten. Aber ich erfuhr, daß er eine Stunde darauf wirklich nach Dosalo abgefahren. Ich glaubte, das sei Antworts genug; und ich komme.

MARINELLI Ein sonderbarer Zufall!

ORSINA Zufall? – Sie hören ja, daß es verabredet worden. So gut, als verabredet. Von meiner Seite, der Brief: von seiner, die Tat. – Wie er dasteht, der Herr Marchese! Was er für Augen macht! Wundert sich das Gehirnchen? und worüber denn?

MARINELLI Sie schienen gestern so weit entfernt, dem Prinzen jemals wieder vor die Augen zu kommen.

ORSINA Beßrer Rat kömmt über Nacht. – Wo ist er? wo ist er? – Was gilt's, er ist in dem Zimmer, wo ich das Gequieke, das Gekreische hörte? – Ich wollte herein, und der Schurke von Bedienten trat vor.

MARINELLI Meine liebste, beste Gräfin –

ORSINA Es war ein weibliches Gekreische. Was gilt's, Marinelli? – O sagen Sie mir doch, sagen Sie mir – wenn ich anders Ihre liebste, beste Gräfin bin – Verdammt, über das Hofgeschmeiß! Soviel Worte, so viel Lügen! Nun, was liegt daran, ob Sie mir es voraussagen, oder nicht? Ich werd' es ja wohl sehen. *(Will gehen.)*

MARINELLI *(der sie zurückhält)* Wohin?

ORSINA Wo ich längst sein sollte. – Denken Sie, daß es schicklich ist, mit Ihnen hier in dem Vorgemache einen elenden Schnickschnack zu halten, indes der Prinz in dem Gemache auf mich wartet?

MARINELLI Sie irren sich, gnädige Gräfin. Der Prinz erwartet Sie nicht. Der Prinz kann Sie hier nicht sprechen, – will Sie nicht sprechen.

ORSINA Und wäre doch hier? und wäre doch auf meinen Brief hier?

MARINELLI Nicht auf Ihren Brief –

ORSINA Den er ja erhalten, sagen Sie –

MARINELLI Erhalten, aber nicht gelesen.

ORSINA *(heftig)* Nicht gelesen? – *(Minder heftig.)* Nicht gelesen? – *(Wehmütig, und eine Träne aus dem Auge wischend.)* Nicht einmal gelesen?

MARINELLI Aus Zerstreuung, weiß ich. – Nicht aus Verachtung.

ORSINA *(stolz)* Verachtung? – Wer denkt daran? – Wem brauchen Sie das zu sagen? – Sie sind ein unverschämter Tröster, Marinelli! – Verachtung! Verachtung! Mich verachtet man auch! mich! – *(Gelinder, bis zum Tone der Schwermut.)* Freilich liebt er mich nicht mehr. Das ist ausgemacht. Und an die Stelle der Liebe trat in seiner Seele etwas anders. Das ist natürlich. Aber warum denn eben Verachtung? Es braucht ja nur Gleichgültigkeit zu sein. Nicht wahr, Marinelli?

MARINELLI Allerdings, allerdings.

ORSINA *(höhnisch)* Allerdings? – O des weisen Mannes, den man sagen lassen kann, was man will! – Gleichgültigkeit! Gleichgültigkeit an die Stelle der Liebe? – Das heißt, nichts an die Stelle von etwas. Denn lernen Sie, nachplauderndes Hofmännchen, lernen Sie von einem Weibe, daß Gleichgültigkeit ein leeres Wort, ein bloßer Schall ist, dem nichts, gar nichts entspricht. Gleichgültig ist die Seele nur gegen das, woran sie nicht denkt; nur gegen ein Ding, das für sie kein Ding ist. Und nur gleichgültig für ein Ding, das kein Ding ist, – das ist so viel, als gar nicht gleichgültig. – Ist dir das zu hoch, Mensch?

MARINELLI *(vor sich)* O weh! wie wahr ist es, was ich fürchtete!

ORSINA Was murmeln Sie da?

MARINELLI Lauter Bewunderung! – Und wem ist es nicht bekannt, gnädige Gräfin, daß Sie eine Philosophin sind?

ORSINA Nicht wahr? – Ja, ja; ich bin eine. – Aber habe ich mir es itzt merken lassen, daß ich eine bin? – O pfui, wenn ich mir es habe merken lassen; und wenn ich mir es öfterer habe merken lassen! Ist es wohl noch Wunder, daß mich der Prinz verachtet? Wie kann ein Mann ein Ding lieben, das, ihm zum Trotze, auch denken will? Ein Frauenzimmer, das denkt, ist ebenso ekel als ein Mann, der sich schminket. Lachen soll es, nichts als lachen, um immerdar den gestrengen Herrn der Schöpfung bei guter Laune zu erhalten. – Nun, worüber lach' ich denn gleich, Marinelli? – Ach, jawohl! Über den Zufall! daß ich dem Prinzen schreibe, er soll nach Dosalo kommen; daß der Prinz meinen Brief nicht lieset, und daß er doch nach

Dosalo kömmt. Ha! ha! ha! Wahrlich ein sonderbarer Zufall! Sehr lustig, sehr närrisch! – Und Sie lachen nicht mit, Marinelli? – Mitlachen kann ja wohl der gestrenge Herr der Schöpfung, ob wir arme Geschöpfe gleich nicht mitdenken dürfen. – *(Ernsthaft und befehlend.)* So lachen Sie doch!

MARINELLI Gleich, gnädige Gräfin, gleich!

ORSINA Stock! Und darüber geht der Augenblick vorbei. Nein, nein, lachen Sie nur nicht. – Denn sehen Sie, Marinelli, *(nachdenkend bis zur Rührung)* was mich so herzlich zu lachen macht, das hat auch seine ernsthafte – sehr ernsthafte Seite. Wie alles in der Welt! – Zufall? Ein Zufall wär' es, daß der Prinz nicht daran gedacht, mich hier zu sprechen, und mich doch hier sprechen muß? Ein Zufall? – Glauben Sie mir, Marinelli: das Wort Zufall ist Gotteslästerung. Nichts unter der Sonne ist Zufall; – am wenigsten das, wovon die Absicht so klar in die Augen leuchtet. – Allmächtige, allgütige Vorsicht, vergib mir, daß ich mit diesem albernen Sünder einen Zufall genennet habe, was so offenbar dein Werk, wohl gar dein unmittelbares Werk ist! – *(Hastig gegen Marinelli.)* Kommen Sie mir, und verleiten Sie mich noch einmal zu so einem Frevel!

MARINELLI *(vor sich)* Das geht weit! – Aber gnädige Gräfin –

ORSINA Still mit dem Aber! Die Aber kosten Überlegung; – und mein Kopf! mein Kopf! *(Sich mit der Hand die Stirne haltend.)* – Machen Sie, Marinelli, machen Sie, daß ich ihn bald spreche, den Prinzen; sonst bin ich es wohl gar nicht imstande. – Sie sehen, wir sollen uns sprechen; wir müssen uns sprechen –

VIERTER AUFTRITT

Der Prinz. Orsina. Marinelli.

DER PRINZ *(indem er aus dem Kabinette tritt, vor sich)* Ich muß ihm zu Hilfe kommen –

ORSINA *(die ihn erblickt, aber unentschlüssig bleibt, ob sie auf ihn zugehen soll)* Ha! da ist er.

DER PRINZ *(geht quer über den Saal, bei ihr vorbei, nach den andern Zimmern, ohne sich im Reden aufzuhalten)* Sieh da! unsere schöne Gräfin. – Wie sehr bedaure ich, Madame, daß ich mir die Ehre Ihres Besuchs für heute so wenig zunutze machen kann! Ich bin beschäftiget. Ich bin nicht allein. – Ein andermal, meine liebe Gräfin! Ein andermal. – Itzt halten Sie länger sich nicht auf. Ja nicht länger! – Und Sie, Marinelli, ich erwarte Sie. –

FÜNFTER AUFTRITT

Orsina. Marinelli.

MARINELLI Haben Sie es, gnädige Gräfin, nun von ihm selbst gehört, was Sie mir nicht glauben wollen?

ORSINA *(wie betäubt)* Hab' ich? hab' ich wirklich?

MARINELLI Wirklich.

ORSINA *(mit Rührung)* »Ich bin beschäftiget. Ich bin nicht allein.« Ist das die Entschuldigung ganz, die ich wert bin? Wen weiset man damit nicht ab? Jeden Überlästigen, jeden Bettler. Für mich keine einzige Lüge mehr? Keine einzige kleine Lüge mehr, für mich? – Beschäftiget? womit denn? Nicht allein? wer wäre denn bei ihm? – Kommen Sie, Marinelli; aus Barmherzigkeit, lieber Marinelli! Lügen Sie mir eines auf eigene Rechnung vor. Was kostet Ihnen denn eine Lüge? – Was hat er zu tun? Wer ist bei ihm? – Sagen Sie mir; sagen Sie mir, was Ihnen zuerst in den Mund kömmt, – und ich gehe.

MARINELLI *(vor sich)*
Mit dieser Bedingung kann ich ihr ja wohl einen Teil der Wahrheit sagen.

ORSINA Nun? Geschwind, Marinelli; und ich gehe. – Er sagte ohnedem, der Prinz: »Ein andermal, meine liebe Gräfin!« Sagte er nicht so? – Damit er mir Wort hält, damit er keinen Vorwand hat, mir nicht Wort zu halten: geschwind, Marinelli, Ihre Lüge; und ich gehe.

MARINELLI Der Prinz, liebe Gräfin, ist wahrlich nicht allein. Es sind Personen bei ihm, von denen er sich keinen Augenblick abmüßigen kann; Personen, die eben einer großen Gefahr entgangen sind. Der Graf Appiani –

ORSINA Wäre bei ihm? – Schade, daß ich über diese Lüge Sie ertappen muß. Geschwind eine andere. – Denn Graf Appiani, wenn Sie es noch nicht wissen, ist eben von Räubern erschossen worden. Der Wagen mit seinem Leichname begegnete mir kurz vor der Stadt. – Oder ist er nicht? Hätte es mir bloß geträumet?

MARINELLI Leider nicht bloß geträumet! – Aber die andern, die mit dem Grafen waren, haben sich glücklich hieher nach dem Schlosse gerettet: seine Braut nämlich, und die Mutter der Braut, mit welchen er nach Sabionetta zu seiner feierlichen Verbindung fahren wollte.

ORSINA Also die? Die sind bei dem Prinzen? Die Braut? und die Mutter der Braut? – Ist die Braut schön?

MARINELLI Dem Prinzen geht ihr Unfall ungemein nahe.

ORSINA Ich will hoffen; auch wenn sie häßlich wäre. Denn ihr Schicksal ist schrecklich. – Armes gutes Mädchen, eben da er dein auf immer werden sollte, wird er dir auf immer entrissen! – Wer ist sie denn, diese Braut? Kenn' ich sie gar? – Ich bin so lange aus der Stadt, daß ich von nichts weiß.

MARINELLI Es ist Emilia Galotti.

ORSINA Wer? – Emilia Galotti? – Marinelli! daß ich diese Lüge nicht für Wahrheit nehme!

MARINELLI Wie so?

ORSINA Emilia Galotti?

MARINELLI Die Sie schwerlich kennen werden –

ORSINA Doch! doch! Wenn es auch nur von heute wäre. – Im Ernst, Marinelli? Emilia Galotti? – Emilia Galotti wäre die unglückliche Braut, die der Prinz tröstet?

MARINELLI *(vor sich)* Sollte ich ihr schon zuviel gesagt haben?

ORSINA Und Graf Appiani war der Bräutigam dieser Braut? der eben erschossene Appiani?

MARINELLI Nicht anders.

ORSINA Bravo! o bravo! bravo! *(In die Hände schlagend.)*

MARINELLI Wie das?

ORSINA Küssen möcht' ich den Teufel, der ihn dazu verleitet hat!

MARINELLI Wen? verleitet? wozu?

ORSINA Ja, küssen, küssen, möcht' ich ihn – Und wenn Sie selbst dieser Teufel wären, Marinelli.

MARINELLI Gräfin!

ORSINA Kommen Sie her! Sehen Sie mich an! steif an! Aug' in Auge.

MARINELLI Nun?

ORSINA Wissen Sie nicht, was ich denke?

MARINELLI Wie kann ich das?

ORSINA Haben Sie keinen Anteil daran?

MARINELLI Woran?

ORSINA Schwören Sie! – Nein, schwören Sie nicht. Sie möchten eine Sünde mehr begehen. – Oder ja; schwören Sie nur. Eine Sünde mehr oder weniger für einen, der doch verdammt ist! – Haben Sie keinen Anteil daran?

MARINELLI Sie erschrecken mich, Gräfin.

ORSINA Gewiß? – Nun, Marinelli, argwohnet Ihr gutes Herz auch nichts?

MARINELLI Was? worüber?

ORSINA Wohl, – so will ich Ihnen etwas vertrauen; – etwas, das Ihnen jedes Haar auf dem Kopfe zu Berge sträuben soll. – Aber hier, so nahe an der Türe, möchte uns jemand hören. Kommen Sie hierher! – Und! *(indem sie den Finger auf den Mund legt)* Hören Sie! ganz in geheim! ganz in geheim! *(und ihren Mund seinem Ohre nähert, als ob sie ihm zuflüstern wollte, was sie aber sehr laut ihm zuschreiet.)* Der Prinz ist ein Mörder!

MARINELLI Gräfin, – Gräfin – sind Sie ganz von Sinnen?

ORSINA Von Sinnen? Ha! ha! ha! *(aus vollem Halse lachend.)* Ich bin selten, oder nie, mit meinem Verstande so wohl zufrieden gewesen, als eben itzt. – Zuverlässig, Marinelli; – aber es bleibt unter uns – *(leise)* der Prinz ist ein Mörder! des Grafen

Appiani Mörder! – Den haben nicht Räuber, den haben Helfershelfer des Prinzen, den hat der Prinz umgebracht!

MARINELLI Wie kann Ihnen so eine Abscheulichkeit in den Mund, in die Gedanken kommen?

ORSINA Wie? – Ganz natürlich. – Mit dieser Emilia Galotti, – die hier bei ihm ist, – deren Bräutigam so über Hals über Kopf sich aus der Welt trollen müssen, – mit dieser Emilia Galotti hat der Prinz heute morgen, in der Halle bei den Dominikanern, ein Langes und Breites gesprochen. Das weiß ich; das haben meine Kundschafter gesehen. Sie haben auch gehört, was er mit ihr gesprochen. – Nun, guter Herr? Bin ich von Sinnen? Ich reime, dächt' ich, doch noch ziemlich zusammen, was zusammen gehört. – Oder trifft auch das nur so von ungefähr zu? Ist Ihnen auch das Zufall? O, Marinelli, so verstehen Sie auf die Bosheit der Menschheit sich ebenso schlecht, als auf die Vorsicht.

MARINELLI Gräfin, Sie würden sich um den Hals reden –

ORSINA Wenn ich das mehrern sagte? – Desto besser, desto besser! – Morgen will ich es auf dem Markte ausrufen. – Und wer mir widerspricht – wer mir widerspricht, der war des Mörders Spießgeselle. – Leben Sie wohl. *(Indem sie fortgehen will, begegnet sie an der Türe dem alten Galotti, der eiligst hereintritt.)*

SECHSTER AUFTRITT

Odoardo Galotti. Die Gräfin. Marinelli.

ODOARDO GALOTTI Verzeihen Sie, gnädige Frau –

ORSINA Ich habe hier nichts zu verzeihen. Denn ich habe hier nichts übel zu nehmen – An diesen Herrn wenden Sie sich. *(Ihn nach dem Marinelli weisend.)*

MARINELLI *(indem er ihn erblicket, vor sich)* Nun vollends! der Alte! –

ODOARDO Vergeben Sie, mein Herr, einem Vater, der in der

äußersten Bestürzung ist, – daß er so unangemeldet hereintritt.

ORSINA Vater? *(Kehrt wieder um.)* Der Emilia, ohne Zweifel. – Ha, willkommen!

ODOARDO Ein Bedienter kam mir entgegengesprengt, mit der Nachricht, daß hierherum die Meinigen in Gefahr wären. Ich fliege herzu und höre, daß der Graf Appiani verwundet worden; daß er nach der Stadt zurückgekehret; daß meine Frau und Tochter sich in das Schloß gerettet. – Wo sind sie, mein Herr? wo sind sie?

MARINELLI Sein Sie ruhig, Herr Oberster. Ihrer Gemahlin und Ihrer Tochter ist nichts Übels widerfahren; den Schreck ausgenommen. Sie befinden sich beide wohl. Der Prinz ist bei ihnen. Ich gehe sogleich, Sie zu melden.

ODOARDO Warum melden? erst melden?

MARINELLI Aus Ursachen – von wegen – Von wegen des Prinzen. Sie wissen, Herr Oberster, wie Sie mit dem Prinzen stehen. Nicht auf dem freundschaftlichsten Fuße. So gnädig er sich gegen Ihre Gemahlin und Tochter bezeiget: – es sind Damen – Wird darum auch Ihr unvermuteter Anblick ihm gelegen sein?

ODOARDO Sie haben recht, mein Herr; Sie haben recht.

MARINELLI Aber, gnädige Gräfin, – kann ich vorher die Ehre haben, Sie nach Ihrem Wagen zu begleiten?

ORSINA Nicht doch, nicht doch.

MARINELLI *(sie bei der Hand nicht unsanft ergreifend)* Erlauben Sie, daß ich meine Schuldigkeit beobachte. –

ORSINA Nur gemach! – Ich erlasse Sie deren, mein Herr! Daß doch immer Ihresgleichen Höflichkeit zur Schuldigkeit machen; um was eigentlich ihre Schuldigkeit wäre, als die Nebensache betreiben zu dürfen! – Diesen würdigen Mann je eher je lieber zu melden, das ist Ihre Schuldigkeit.

MARINELLI Vergessen Sie, was Ihnen der Prinz selbst befohlen?

ORSINA Er komme, und befehle mir es noch einmal. Ich erwarte ihn.

MARINELLI *(leise zu dem Obersten, den er beiseite ziehet)* Mein Herr, ich muß Sie hier mit einer Dame lassen, die – der – mit deren Verstande – Sie verstehen mich. Ich sage Ihnen dieses, damit Sie wissen, was Sie auf ihre Reden zu geben haben, – deren sie oft sehr seltsame führet. Am besten, Sie lassen sich mit ihr nicht ins Wort.

ODOARDO Recht wohl. – Eilen Sie nur, mein Herr.

SIEBENTER AUFTRITT

Die Gräfin Orsina. Odoardo Galotti.

ORSINA *(nach einigem Stillschweigen, unter welchem sie den Obersten mit Mitleid betrachtet, so wie er sie mit einer flüchtigen Neugierde)* Was er Ihnen auch da gesagt hat, unglücklicher Mann! –

ODOARDO *(halb vor sich, halb gegen sie)* Unglücklicher?

ORSINA Eine Wahrheit war es gewiß nicht; – am wenigsten eine von denen, die auf Sie warten.

ODOARDO Auf mich warten? – Weiß ich nicht schon genug? – Madame! – Aber, reden Sie nur, reden Sie nur.

ORSINA Sie wissen nichts.

ODOARDO Nichts?

ORSINA Guter, lieber Vater! – Was gäbe ich darum, wenn Sie auch mein Vater wären! – Verzeihen Sie! Die Unglücklichen ketten sich so gern aneinander. – Ich wollte treulich Schmerz und Wut mit Ihnen teilen.

ODOARDO Schmerz und Wut? Madame! – Aber ich vergesse – Reden Sie nur.

ORSINA Wenn es gar Ihre einzige Tochter – Ihr einziges Kind wäre! – Zwar einzig, oder nicht. Das unglückliche Kind ist immer das einzige.

ODOARDO Das unglückliche? – Madame! – Was will ich von ihr? – Doch, bei Gott, so spricht keine Wahnwitzige!

ORSINA Wahnwitzige? Das war es also, was er Ihnen von mir

vertraute? – Nun, nun; es mag leicht keine von seinen gröbsten Lügen sein. – Ich fühle so was! – Und glauben Sie, glauben Sie mir: wer über gewisse Dinge den Verstand nicht verlieret, der hat keinen zu verlieren. –

ODOARDO Was soll ich denken?

ORSINA Daß Sie mich also ja nicht verachten! – Denn auch Sie haben Verstand, guter Alter; auch Sie – Ich seh' es an dieser entschlossenen, ehrwürdigen Miene. Auch Sie haben Verstand; und es kostet mich ein Wort, – so haben Sie keinen.

ODOARDO Madame! – Madame! – Ich habe schon keinen mehr, noch ehe Sie mir dieses Wort sagen, wenn Sie mir es nicht bald sagen. – Sagen Sie es! sagen Sie es! Oder es ist nicht wahr, – es ist nicht wahr, daß Sie von jener guten, unsers Mitleids, unserer Hochachtung so würdigen Gattung der Wahnwitzigen sind – Sie sind eine gemeine Törin. Sie haben nicht, was Sie nie hatten.

ORSINA So merken Sie auf! – Was wissen Sie, der Sie schon genug wissen wollen? Daß Appiani verwundet worden? Nur verwundet? – Appiani ist tot!

ODOARDO Tot? tot? – Ha, Frau, das ist wider die Abrede. Sie wollten mich um den Verstand bringen: und Sie brechen mir das Herz.

ORSINA Das beiher! – Nur weiter. – Der Bräutigam ist tot, und die Braut – Ihre Tochter – schlimmer als tot.

ODOARDO Schlimmer? schlimmer als tot? – Aber doch zugleich auch tot? – Denn ich kenne nur *ein* Schlimmeres –

ORSINA Nicht zugleich auch tot. Nein, guter Vater, nein! – Sie lebt, sie lebt. Sie wird nun erst recht anfangen zu leben. – Ein Leben voll Wonne! Das schönste, lustigste Schlaraffenleben, – so lang' es dauert.

ODOARDO Das Wort, Madame; das einzige Wort, das mich um den Verstand bringen soll! heraus damit! – Schütten Sie nicht Ihren Tropfen Gift in einen Eimer. – Das einzige Wort! geschwind.

ORSINA Nun da; buchstabieren Sie es zusammen! – Des Morgens, sprach der Prinz Ihre Tochter in der Messe; des Nachmittags, hat er sie auf seinem Lust – Lustschlosse.

ODOARDO Sprach sie in der Messe? Der Prinz meine Tochter?

ORSINA Mit einer Vertraulichkeit! mit einer Inbrunst! – Sie hatten nichts Kleines abzureden. Und recht gut, wenn es abgeredet worden; recht gut, wenn Ihre Tochter freiwillig sich hierher gerettet! Sehen Sie: so ist es doch keine gewaltsame Entführung; sondern bloß ein kleiner – kleiner Meuchelmord.

ODOARDO Verleumdung! verdammte Verleumdung! Ich kenne meine Tochter. Ist es Meuchelmord: so ist es auch Entführung. – *(Blickt wild um sich, und stampft und schäumet.)* Nun, Claudia? Nun, Mütterchen? – Haben wir nicht Freude erlebt! O des gnädigen Prinzen! O der ganz besondern Ehre!

ORSINA Wirkt es, Alter! wirkt es?

ODOARDO Da steh' ich nun vor der Höhle des Räubers – *(indem er den Rock von beiden Seiten auseinander schlägt, und sich ohne Gewehr sieht.)* Wunder, daß ich aus Eilfertigkeit nicht auch die Hände zurückgelassen! – *(An alle Schubsäcke fühlend, als etwas suchend.)* Nichts! gar nichts! nirgends!

ORSINA Ha, ich verstehe! – Damit kann ich aushelfen! – Ich hab' einen mitgebracht. *(Einen Dolch hervorziehend.)* Da nehmen Sie! Nehmen Sie geschwind, eh' uns jemand sieht! – Auch hätte ich noch etwas, – Gift. Aber Gift ist nur für uns Weiber; nicht für Männer. – Nehmen Sie ihn! *(Ihm den Dolch aufdringend.)* Nehmen Sie!

ODOARDO Ich danke, ich danke. – Liebes Kind, wer wieder sagt, daß du eine Närrin bist, der hat es mit mir zu tun.

ORSINA Stecken Sie beiseite! geschwind beiseite! – Mir – wird die Gelegenheit versagt, Gebrauch davon zu machen, Ihnen wird sie nicht fehlen, diese Gelegenheit: und Sie werden sie ergreifen, die erste, die beste, – wenn Sie ein Mann sind. – Ich, ich bin nur ein Weib: aber so kam ich her! fest entschlossen! – Wir, Alter, wir können uns alles vertrauen. Denn wir sind beide beleidiget; von dem nämlichen Verführer beleidiget. –

Ah, wenn Sie wüßten, – wenn Sie wüßten, wie überschwenglich, wie unaussprechlich, wie unbegreiflich ich von ihm beleidiget worden, und noch werde: – Sie könnten, Sie würden Ihre eigene Beleidigung darüber vergessen. – Kennen Sie mich? Ich bin Orsina; die betrogene, verlassene Orsina. – Zwar vielleicht nur um Ihre Tochter verlassen. – Doch was kann Ihre Tochter dafür? – Bald wird auch sie verlassen sein. – Und dann wieder eine! – Und wieder eine! – Ha! *(wie in der Entzückung)* welch eine himmlische Phantasie! Wann wir einmal alle, – wir, das ganze Heer der Verlassenen, – wir alle in Bacchantinnen, in Furien verwandelt, wenn wir alle ihn unter uns hätten, ihn unter uns zerrissen, zerfleischten, sein Eingeweide durchwühlten, – um das Herz zu finden, das der Verräter einer jeden versprach, und keiner gab! Ha! das sollte ein Tanz werden! das sollte!

ACHTER AUFTRITT

Claudia Galotti. Die Vorigen.

CLAUDIA *(die im Hereintreten sich umsiehet und, sobald sie ihren Gemahl erblickt, auf ihn zuflieget)* Erraten! – Ah, unser Beschützer, unser Retter! Bist du da, Odoardo? Bist du da? – Aus ihrem Wispern, aus ihren Mienen schloß ich es. – Was soll ich dir sagen, wenn du noch nichts weißt? – Was soll ich dir sagen, wenn du schon alles weißt? – Aber wir sind unschuldig. Ich bin unschuldig. Deine Tochter ist unschuldig. Unschuldig, in allem unschuldig!

ODOARDO *(der sich bei Erblickung seiner Gemahlin zu fassen gesucht)* Gut, gut. Sei nur ruhig, nur ruhig, – und antworte mir. *(Gegen die Orsina.)* Nicht, Madame, als ob ich noch zweifelte – Ist der Graf tot?

CLAUDIA Tot.

ODOARDO Ist es wahr, daß der Prinz heute morgen Emilien in der Messe gesprochen?

CLAUDIA Wahr. Aber wenn du wüßtest, welchen Schreck es ihr verursacht, in welcher Bestürzung sie nach Hause kam –

ORSINA Nun, hab' ich gelogen?

ODOARDO *(mit einem bittern Lachen)* Ich wollt' auch nicht, Sie hätten! Um wie vieles nicht!

ORSINA Bin ich wahnwitzig?

ODOARDO *(wild hin und her gehend)* O, – noch bin ich es auch nicht. –

CLAUDIA Du gebotest mir ruhig zu sein; und ich bin ruhig. – Bester Mann, darf auch ich – ich dich bitten –

ODOARDO Was willst du? Bin ich nicht ruhig? Kann man ruhiger sein, als ich bin? *(Sich zwingend.)* Weiß es Emilia, daß Appiani tot ist?

CLAUDIA Wissen kann sie es nicht. Aber ich fürchte, daß sie es argwohnet, weil er nicht erscheinet. –

ODOARDO Und sie jammert und winselt. –

CLAUDIA Nicht mehr. – Das ist vorbei: nach ihrer Art, die du kennest. Sie ist die Furchtsamste und Entschlossenste unsers Geschlechts. Ihrer ersten Eindrücke nie mächtig; aber nach der geringsten Überlegung, in alles sich findend, auf alles gefaßt. Sie hält den Prinzen in einer Entfernung, sie spricht mit ihm in einem Tone – Mache nur, Odoardo, daß wir wegkommen.

ODOARDO Ich bin zu Pferde. – Was zu tun? – Doch, Madame, Sie fahren ja nach der Stadt zurück?

ORSINA Nicht anders.

ODOARDO Hätten Sie wohl die Gewogenheit, meine Frau mit sich zu nehmen?

ORSINA Warum nicht? Sehr gern.

ODOARDO Claudia, – *(ihr die Gräfin bekannt machend)* die Gräfin Orsina; eine Dame von großem Verstande; meine Freundin, meine Wohltäterin. – Du mußt mit ihr herein; um uns sogleich den Wagen herauszuschicken. Emilia darf nicht wieder nach Guastalla. Sie soll mit mir.

CLAUDIA Aber – wenn nur – Ich trenne mich ungern von dem Kinde.

ODOARDO Bleibt der Vater nicht in der Nähe? Man wird ihn endlich doch vorlassen. Keine Einwendung! – Kommen Sie, gnädige Frau. *(Leise zu ihr.)* Sie werden von mir hören. – Komm, Claudia. *(Er führt sie ab.)*

FÜNFTER AUFZUG

Die Szene bleibt.

ERSTER AUFTRITT

Marinelli. Der Prinz.

MARINELLI Hier, gnädiger Herr, aus diesem Fenster können Sie ihn sehen. Er geht die Arkade auf und nieder. – Eben biegt er ein; er kömmt. – Nein, er kehrt wieder um. – Ganz einig ist er mit sich noch nicht. Aber um ein Großes ruhiger ist er, – oder scheinet er. Für uns gleichviel! – Natürlich! Was ihm auch beide Weiber in den Kopf gesetzt haben, wird er es wagen zu äußern? – Wie Battista gehört, soll ihm seine Frau den Wagen sogleich heraussenden. Denn er kam zu Pferde. – Geben Sie acht, wenn er nun vor Ihnen erscheinet, wird er ganz untertänigst Eurer Durchlaucht für den gnädigen Schutz danken, den seine Familie bei diesem so traurigen Zufalle hier gefunden; wird sich, mitsamt seiner Tochter, zu fernerer Gnade empfehlen; wird sie ruhig nach der Stadt bringen, und es in tiefster Unterwerfung erwarten, welchen weitern Anteil Euer Durchlaucht an seinem unglücklichen, lieben Mädchen zu nehmen geruhen wollen.

DER PRINZ Wenn er nun aber so zahm nicht ist? Und schwerlich, schwerlich wird er es sein. Ich kenne ihn zu gut. – Wenn er höchstens seinen Argwohn erstickt, seine Wut verbeißt: aber Emilien, anstatt sie nach der Stadt zu führen, mit sich nimmt?

bei sich behält? oder wohl gar in ein Kloster, außer meinem Gebiete, verschließt? Wie dann?

MARINELLI Die fürchtende Liebe sieht weit. Wahrlich! – Aber er wird ja nicht –

DER PRINZ Wenn er nun aber! Wie dann? Was wird es uns dann helfen, daß der unglückliche Graf sein Leben darüber verloren?

MARINELLI Wozu dieser traurige Seitenblick? Vorwärts! denkt der Sieger: es falle neben ihm Feind oder Freund. – Und wenn auch! Wenn er es auch wollte, der alte Neidhart, was Sie von ihm fürchten, Prinz: – *(Überlegend.)* Das geht! Ich hab' es! – Weiter als zum Wollen soll er es gewiß nicht bringen. Gewiß nicht! – Aber daß wir ihn nicht aus dem Gesichte verlieren. – *(Tritt wieder ans Fenster.)* Bald hätt' er uns überrascht! Er kömmt. – Lassen Sie uns ihm noch ausweichen: und hören Sie erst, Prinz, was wir auf den zu befürchtenden Fall tun müssen.

DER PRINZ *(drohend)* Nur, Marinelli! –

MARINELLI Das Unschuldigste von der Welt!

ZWEITER AUFTRITT

Odoardo Galotti.

Noch niemand hier? – Gut; ich soll noch kälter werden. Es ist mein Glück. – Nichts verächtlicher, als ein brausender Jünglingskopf mit grauen Haaren! Ich hab' es mir so oft gesagt. Und doch ließ ich mich fortreißen: und von wem? Von einer Eifersüchtigen; von einer für Eifersucht Wahnwitzigen. – Was hat die gekränkte Tugend mit der Rache des Lasters zu schaffen? Jene allein hab' ich zu retten. – Und deine Sache, – mein Sohn! mein Sohn! – Weinen konnt' ich nie; – und will es nun nicht erst lernen – Deine Sache wird ein ganz anderer zu seiner machen! Genug für mich, wenn dein Mörder die Frucht seines Verbrechens nicht genießt. – Dies martere ihn mehr, als das Verbrechen! Wenn nun bald ihn Sättigung und Ekel von Lüsten zu

Lüsten treiben; so vergälle die Erinnerung, diese eine Lust nicht gebüßet zu haben, ihm den Genuß aller! In jedem Traume führe der blutige Bräutigam ihm die Braut vor das Bette; und wann er dennoch den wollüstigen Arm nach ihr ausstreckt: so höre er plötzlich das Hohngelächter der Hölle, und erwache!

DRITTER AUFTRITT

Marinelli. Odoardo Galotti.

MARINELLI Wo blieben Sie, mein Herr? wo blieben Sie?

ODOARDO War meine Tochter hier?

MARINELLI Nicht sie: aber der Prinz.

ODOARDO Er verzeihe. – Ich habe die Gräfin begleitet.

MARINELLI Nun?

ODOARDO Die gute Dame!

MARINELLI Und Ihre Gemahlin?

ODOARDO Ist mit der Gräfin; – um uns den Wagen sogleich herauszusenden. Der Prinz vergönne nur, daß ich mich so lange mit meiner Tochter noch hier verweile.

MARINELLI Wozu diese Umstände? Würde sich der Prinz nicht ein Vergnügen daraus gemacht haben, sie beide, Mutter und Tochter, selbst nach der Stadt zu bringen?

ODOARDO Die Tochter wenigstens würde diese Ehre haben verbitten müssen.

MARINELLI Wieso?

ODOARDO Sie soll nicht mehr nach Guastalla.

MARINELLI Nicht? und warum nicht?

ODOARDO Der Graf ist tot.

MARINELLI Um so viel mehr –

ODOARDO Sie soll mit mir.

MARINELLI Mit Ihnen?

ODOARDO Mit mir. Ich sage Ihnen ja, der Graf ist tot. – Wenn Sie es noch nicht wissen – Was hat sie nun weiter in Guastalla zu tun? – Sie soll mit mir.

MARINELLI Allerdings wird der künftige Aufenthalt der Tochter einzig von dem Willen des Vaters abhangen. Nur vors erste –

ODOARDO Was vors erste?

MARINELLI Werden Sie wohl erlauben müssen, Herr Oberster, daß sie nach Guastalla gebracht wird.

ODOARDO Meine Tochter? nach Guastalla gebracht wird? und warum?

MARINELLI Warum? Erwägen Sie doch nur –

ODOARDO *(hitzig)* Erwägen! erwägen! Ich erwäge, daß hier nichts zu erwägen ist. – Sie soll, sie muß mit mir.

MARINELLI O mein Herr, – was brauchen wir uns hierüber zu ereifern? Es kann sein, daß ich mich irre; daß es nicht nötig ist, was ich für nötig halte. – Der Prinz wird es am besten zu beurteilen wissen. Der Prinz entscheide. – Ich geh' und hole ihn.

VIERTER AUFTRITT

Odoardo Galotti.

Wie? – Nimmermehr! – Mir vorschreiben, wo sie hin soll? – Mir sie vorenthalten? – Wer will das? Wer darf das? – Der hier alles darf, was er will? Gut, gut; so soll er sehen, wie viel auch ich darf, ob ich es schon nicht dürfte! Kurzsichtiger Wüterich! Mit dir will ich es wohl aufnehmen. Wer kein Gesetz achtet, ist ebenso mächtig, als wer kein Gesetz hat. Das weißt du nicht? Komm an! komm an! – – Aber, sieh da! Schon wieder; schon wieder rennet der Zorn mit dem Verstande davon. – Was will ich? Erst müßt' es doch geschehen sein, worüber ich tobe. Was plaudert nicht eine Hofschranze! Und hätte ich ihn doch nur plaudern lassen! Hätte ich seinen Vorwand, warum sie wieder nach Guastalla soll, doch nur angehört! – So könnte ich mich itzt auf eine Antwort gefaßt machen. – Zwar auf welchen kann mir eine fehlen? – Sollte sie mir aber fehlen; sollte sie – Man kömmt. Ruhig, alter Knabe, ruhig!

FÜNFTER AUFTRITT

Der Prinz. Marinelli. Odoardo Galotti.

DER PRINZ Ah, mein lieber, rechtschaffner Galotti, – so etwas muß auch geschehen, wenn ich Sie bei mir sehen soll. Um ein Geringeres tun Sie es nicht. Doch keine Vorwürfe!

ODOARDO Gnädiger Herr, ich halte es in allen Fällen für unanständig, sich zu seinem Fürsten zu drängen. Wen er kennt, den wird er fodern lassen, wenn er seiner bedarf. Selbst itzt bitte ich um Verzeihung –

DER PRINZ Wie manchem andern wollte ich diese stolze Bescheidenheit wünschen! – Doch zur Sache. Sie werden begierig sein, Ihre Tochter zu sehen. Sie ist in neuer Unruhe, wegen der plötzlichen Entfernung einer so zärtlichen Mutter. – Wozu auch diese Entfernung? Ich wartete nur, daß die liebenswürdige Emilie sich völlig erholet hätte, um beide im Triumphe nach der Stadt zu bringen. Sie haben mir diesen Triumph um die Hälfte verkümmert; aber ganz werde ich mir ihn nicht nehmen lassen.

ODOARDO Zu viel Gnade! – Erlauben Sie, Prinz, daß ich meinem unglücklichen Kinde alle die mannigfaltigen Kränkungen erspare, die Freund und Feind, Mitleid und Schadenfreude in Guastalla für sie bereit halten.

DER PRINZ Um die süßen Kränkungen des Freundes und des Mitleids, würde es Grausamkeit sein, sie zu bringen. Daß aber die Kränkungen des Feindes und der Schadenfreude sie nicht erreichen sollen; dafür, lieber Galotti, lassen Sie mich sorgen.

ODOARDO Prinz, die väterliche Liebe teilet ihre Sorgen nicht gern. – Ich denke, ich weiß es, was meiner Tochter in ihren itzigen Umständen einzig ziemet – Entfernung aus der Welt; – ein Kloster, – sobald als möglich.

DER PRINZ Ein Kloster?

ODOARDO Bis dahin weine sie unter den Augen ihres Vaters.

DER PRINZ So viel Schönheit soll in einem Kloster verblühen? – Darf eine einzige fehlgeschlagene Hoffnung uns gegen die

Welt so unversöhnlich machen? – Doch allerdings: dem Vater hat niemand einzureden. Bringen Sie Ihre Tochter, Galotti, wohin Sie wollen.

ODOARDO *(gegen Marinelli)* Nun, mein Herr?

MARINELLI Wenn Sie mich sogar auffodern! –

ODOARDO O mitnichten, mitnichten.

DER PRINZ Was haben Sie beide?

ODOARDO Nichts, gnädiger Herr, nichts. – Wir erwägen bloß, welcher von uns sich in Ihnen geirret hat.

DER PRINZ Wieso? – Reden Sie, Marinelli.

MARINELLI Es geht mir nahe, der Gnade meines Fürsten in den Weg zu treten. Doch wenn die Freundschaft gebietet, vor allem in ihm den Richter aufzufodern –

DER PRINZ Welche Freundschaft? –

MARINELLI Sie wissen, gnädiger Herr, wie sehr ich den Grafen Appiani liebte; wie sehr unser beider Seelen ineinander verwebt schienen –

ODOARDO Das wissen Sie, Prinz? So wissen Sie es wahrlich allein.

MARINELLI Von ihm selbst zu seinem Rächer bestellet –

ODOARDO Sie?

MARINELLI Fragen Sie nur Ihre Gemahlin. Marinelli, der Name Marinelli war das letzte Wort des sterbenden Grafen: und in einem Tone! in einem Tone! – Daß er mir nie aus dem Gehöre komme dieser schreckliche Ton, wenn ich nicht alles anwende, daß seine Mörder entdeckt und bestraft werden!

DER PRINZ Rechnen Sie auf meine kräftigste Mitwirkung.

ODOARDO Und meine heißesten Wünsche! – Gut, gut! – Aber was weiter?

DER PRINZ Das frag' ich, Marinelli.

MARINELLI Man hat Verdacht, daß es nicht Räuber gewesen, welche den Grafen angefallen.

ODOARDO *(höhnisch)* Nicht? Wirklich nicht?

MARINELLI Daß ein Nebenbuhler ihn aus dem Wege räumen lassen.

ODOARDO *(bitter)* Ei! Ein Nebenbuhler?

MARINELLI Nicht anders.

ODOARDO Nun dann, – Gott verdamm' ihn, den meuchelmörder'schen Buben!

MARINELLI Ein Nebenbuhler, und ein begünstigter Nebenbuhler –

ODOARDO Was? ein begünstigter? – Was sagen Sie?

MARINELLI Nichts, als was das Gerüchte verbreitet.

ODOARDO Ein begünstigter? von meiner Tochter begünstiget?

MARINELLI Das ist gewiß nicht. Das kann nicht sein. Dem widersprech' ich, trotz Ihnen. – Aber bei dem allen, gnädiger Herr, – denn das gegründetste Vorurteil wieget auf der Waage der Gerechtigkeit so viel als nichts – bei dem allen wird man doch nicht umhin können, die schöne Unglückliche darüber zu vernehmen.

DER PRINZ Jawohl, allerdings.

MARINELLI Und wo anders? wo kann das anders geschehen, als in Guastalla?

DER PRINZ Da haben Sie recht, Marinelli; da haben Sie recht. – Ja so: das verändert die Sache, lieber Galotti. Nicht wahr? Sie sehen selbst –

ODOARDO O ja, ich sehe – Ich sehe, was ich sehe. – Gott! Gott!

DER PRINZ Was ist Ihnen? was haben Sie mit sich?

ODOARDO Daß ich es nicht vorausgesehen, was ich da sehe. Das ärgert mich: weiter nichts. – Nun ja; sie soll wieder nach Guastalla. Ich will sie wieder zu ihrer Mutter bringen: und bis die strengste Untersuchung sie freigesprochen, will ich selbst aus Guastalla nicht weichen. Denn wer weiß, – *(mit einem bittern Lachen)* wer weiß, ob die Gerechtigkeit nicht auch nötig findet, mich zu vernehmen.

MARINELLI Sehr möglich! In solchen Fällen tut die Gerechtigkeit lieber zu viel, als zu wenig. – Daher fürchte ich sogar –

DER PRINZ Was? was fürchten Sie?

MARINELLI Man werde vor der Hand nicht verstatten können, daß Mutter und Tochter sich sprechen.

ODOARDO Sich nicht sprechen?

MARINELLI Man werde genötiget sein, Mutter und Tochter zu trennen.

ODOARDO Mutter und Tochter zu trennen?

MARINELLI Mutter und Tochter und Vater. Die Form des Verhörs erfodert diese Vorsichtigkeit schlechterdings. Und es tut mir leid, gnädiger Herr, daß ich mich gezwungen sehe, ausdrücklich darauf anzutragen, wenigstens Emilien in eine besondere Verwahrung zu bringen.

ODOARDO Besondere Verwahrung? – Prinz! Prinz! – Doch ja; freilich, freilich! Ganz recht: in eine besondere Verwahrung! Nicht, Prinz? nicht? – O wie fein die Gerechtigkeit ist! Vortrefflich! *(Fährt schnell nach dem Schubsacke, in welchem er den Dolch hat.)*

DER PRINZ *(schmeichelhaft auf ihn zutretend)* Fassen Sie sich, lieber Galotti –

ODOARDO *(beiseite, indem er die Hand leer wieder herauszieht)* Das sprach sein Engel!

DER PRINZ Sie sind irrig; Sie verstehen ihn nicht. Sie denken bei dem Worte Verwahrung wohl gar an Gefängnis und Kerker.

ODOARDO Lassen Sie mich daran denken: und ich bin ruhig!

DER PRINZ Kein Wort von Gefängnis, Marinelli! Hier ist die Strenge der Gesetze mit der Achtung gegen unbescholtene Tugend leicht zu vereinigen. Wenn Emilia in besondere Verwahrung gebracht werden muß: so weiß ich schon – die alleranständigste. Das Haus meines Kanzlers – Keinen Widerspruch, Marinelli! – Da will ich sie selbst hinbringen, da will ich sie der Aufsicht einer der würdigsten Damen übergeben. Die soll mir für sie bürgen, haften. – Sie gehen zu weit, Marinelli, wirklich zu weit, wenn Sie mehr verlangen. – Sie kennen doch, Galotti, meinen Kanzler Grimaldi, und seine Gemahlin?

ODOARDO Was sollt' ich nicht? Sogar die liebenswürdigen Töchter dieses edeln Paares kenn' ich. Wer kennt sie nicht? – *(Zu Marinelli.)* Nein, mein Herr, geben Sie das nicht zu. Wenn

Emilia verwahrt werden muß: so müsse sie in dem tiefsten Kerker verwahret werden. Dringen Sie darauf; ich bitte Sie. – Ich Tor, mit meiner Bitte! ich alter Geck! – Jawohl hat sie recht die gute Sibylle: »Wer über gewisse Dinge seinen Verstand nicht verlieret, der hat keinen zu verlieren!«

DER PRINZ Ich verstehe Sie nicht. – Lieber Galotti, was kann ich mehr tun? – Lassen Sie es dabei: ich bitte Sie. – Ja, ja, in das Haus meines Kanzlers! da soll sie hin; da bring' ich sie selbst hin; und wenn ihr da nicht mit der äußersten Achtung begegnet wird, so hat mein Wort nichts gegolten. Aber sorgen Sie nicht. – Dabei bleibt es! dabei bleibt es! – Sie selbst, Galotti, mit sich, können es halten, wie Sie wollen. Sie können uns nach Guastalla folgen; Sie können nach Sabionetta zurückkehren: wie Sie wollen. Es wäre lächerlich, Ihnen vorzuschreiben. – Und nun, auf Wiedersehen, lieber Galotti! – Kommen Sie, Marinelli: es wird spät.

ODOARDO *(der in tiefen Gedanken gestanden)* Wie? so soll ich sie gar nicht sprechen, meine Tochter? Auch hier nicht? – Ich lasse mir ja alles gefallen; ich finde ja alles ganz vortrefflich. Das Haus eines Kanzlers ist natürlicherweise eine Freistatt der Tugend. O, gnädiger Herr, bringen Sie ja meine Tochter dahin; nirgends anders als dahin. – Aber sprechen wollt' ich sie doch gerne vorher. Der Tod des Grafen ist ihr noch unbekannt. Sie wird nicht begreifen können, warum man sie von ihren Eltern trennet. Ihr jenen auf gute Art beizubringen; sie dieser Trennung wegen zu beruhigen: – muß ich sie sprechen, gnädiger Herr, muß ich sie sprechen.

DER PRINZ So kommen Sie denn –

ODOARDO O, die Tochter kann auch wohl zu dem Vater kommen. – Hier, unter vier Augen, bin ich gleich mit ihr fertig. Senden Sie mir sie nur, gnädiger Herr.

DER PRINZ Auch das! – O Galotti, wenn Sie mein Freund, mein Führer, mein Vater sein wollten!

(Der Prinz und Marinelli gehen ab.)

SECHSTER AUFTRITT

Odoardo Galotti.

(Ihm nachsehend; nach einer Pause) Warum nicht? – Herzlich gern. – Ha! ha! ha! – *(Blickt wild umher.)* Wer lacht da? – Bei Gott, ich glaub', ich war es selbst. – Schon recht! Lustig, lustig! Das Spiel geht zu Ende. So, oder so! – Aber – *(Pause)* wenn sie mit ihm sich verstünde? Wenn es das alltägliche Possenspiel wäre? Wenn sie es nicht wert wäre, was ich für sie tun will? – *(Pause.)* Für sie tun will? Was will ich denn für sie tun? – Hab' ich das Herz, es mir zu sagen? – Da denk' ich so was: So was, was sich nur denken läßt. – Gräßlich! Fort, fort! Ich will sie nicht erwarten. Nein! – *(Gegen den Himmel.)* Wer sie unschuldig in diesen Abgrund gestürzt hat, der ziehe sie wieder heraus. Was braucht er meine Hand dazu? Fort! *(Er will gehen und sieht Emilien kommen.)* Zu spät! Ah! er will meine Hand; er will sie!

SIEBENTER AUFTRITT

Emilia. Odoardo.

EMILIA Wie? Sie hier, mein Vater? – Und nur Sie? – Und meine Mutter? nicht hier? – Und der Graf? nicht hier? – Und Sie so unruhig, mein Vater?

ODOARDO Und du so ruhig, meine Tochter? –

EMILIA Warum nicht, mein Vater? – Entweder ist nichts verloren: oder alles. Ruhig sein können, und ruhig sein müssen: kömmt es nicht auf eines?

ODOARDO Aber, was meinest du, daß der Fall ist?

EMILIA Daß alles verloren ist; – und daß wir wohl ruhig sein müssen, mein Vater.

ODOARDO Und du wärest ruhig, weil du ruhig sein mußt? – Wer bist du? Ein Mädchen? und meine Tochter? So sollte der Mann, und der Vater sich wohl vor dir schämen? – Aber laß doch hören: was nennest du, alles verloren? – Daß der Graf tot ist?

EMILIA Und warum er tot ist! Warum! Ha, so ist es wahr, mein Vater? So ist sie wahr, die ganze schreckliche Geschichte, die ich in dem nassen und wilden Auge meiner Mutter las? – Wo ist meine Mutter? Wo ist sie hin, mein Vater?

ODOARDO Voraus; – wenn wir anders ihr nachkommen.

EMILIA Je eher, je besser. Denn wenn der Graf tot ist; wenn er darum tot ist – darum! was verweilen wir noch hier? Lassen Sie uns fliehen, mein Vater!

ODOARDO Fliehen? – Was hätt' es dann für Not? – Du bist, du bleibst in den Händen deines Räubers.

EMILIA Ich bleibe in seinen Händen?

ODOARDO Und allein; ohne deine Mutter; ohne mich.

EMILIA Ich allein in seinen Händen? – Nimmermehr, mein Vater. – Oder Sie sind nicht mein Vater. – Ich allein in seinen Händen? – Gut, lassen Sie mich nur; lassen Sie mich nur. – Ich will doch sehn, wer mich hält, – wer mich zwingt, – wer der Mensch ist, der einen Menschen zwingen kann.

ODOARDO Ich meine, du bist ruhig, mein Kind.

EMILIA Das bin ich. Aber was nennen Sie ruhig sein? Die Hände in den Schoß legen? Leiden, was man nicht sollte? Dulden, was man nicht dürfte?

ODOARDO Ha! wenn du so denkest! – Laß dich umarmen, meine Tochter! – Ich hab' es immer gesagt: das Weib wollte die Natur zu ihrem Meisterstücke machen. Aber sie vergriff sich im Tone; sie nahm ihn zu fein. Sonst ist alles besser an euch, als an uns. – Ha, wenn das deine Ruhe ist: so habe ich meine in ihr wiedergefunden! Laß dich umarmen, meine Tochter! – Denke nur: unter dem Vorwande einer gerichtlichen Untersuchung, – o des höllischen Gaukelspieles! – reißt er dich aus unsern Armen, und bringt dich zur Grimaldi.

EMILIA Reißt mich? bringt mich? – Will mich reißen; will mich bringen: will! will! – Als ob wir, wir keinen Willen hätten, mein Vater!

ODOARDO Ich ward auch so wütend, daß ich schon nach diesem Dolche griff, *(ihn herausziehend)* um einem von beiden – beiden! – das Herz zu durchstoßen.

EMILIA Um des Himmels willen nicht, mein Vater! – Dieses Leben ist alles, was die Lasterhaften haben. – Mir, mein Vater, mir geben Sie diesen Dolch.

ODOARDO Kind, es ist keine Haarnadel.

EMILIA So werde die Haarnadel zum Dolche! – Gleichviel.

ODOARDO Was? Dahin wäre es gekommen? Nicht doch; nicht doch! Besinne dich. – Auch du hast nur *ein* Leben zu verlieren.

EMILIA Und nur *eine* Unschuld!

ODOARDO Die über alle Gewalt erhaben ist. –

EMILIA Aber nicht über alle Verführung. – Gewalt! Gewalt! wer kann der Gewalt nicht trotzen? Was Gewalt heißt, ist nichts: Verführung ist die wahre Gewalt. – Ich habe Blut, mein Vater; so jugendliches, so warmes Blut, als eine. Auch meine Sinne, sind Sinne. Ich stehe für nichts. Ich bin für nichts gut. Ich kenne das Haus der Grimaldi. Es ist das Haus der Freude. Eine Stunde da, unter den Augen meiner Mutter; – und es erhob sich so mancher Tumult in meiner Seele, den die strengsten Übungen der Religion kaum in Wochen besänftigen konnten! – Die Religion! Und welcher Religion! – Nichts Schlimmers zu vermeiden, sprangen Tausende in die Fluten, und sind Heilige! – Geben Sie mir, mein Vater, geben Sie mir diesen Dolch.

ODOARDO Und wenn du ihn kenntest, diesen Dolch! –

EMILIA Wenn ich ihn auch nicht kenne! – Ein unbekannter Freund, ist auch ein Freund. – Geben Sie mir ihn, mein Vater; geben Sie mir ihn.

ODOARDO Wenn ich dir ihn nun gebe – da! *(Gibt ihr ihn.)*

EMILIA Und da! *(Im Begriffe, sich damit zu durchstoßen, reißt der Vater ihr ihn wieder aus der Hand.)*

ODOARDO Sieh, wie rasch! – Nein, das ist nicht für deine Hand.

EMILIA Es ist wahr, mit einer Haarnadel soll ich – *(Sie fährt mit der Hand nach dem Haare, eine zu suchen, und bekommt die Rose zu fassen.)* Du noch hier? – Herunter mit dir! Du gehörest nicht in das Haar einer, – wie mein Vater will, daß ich werden soll!

ODOARDO O, meine Tochter! –

EMILIA O, mein Vater, wenn ich Sie erriete! – Doch nein; das wollen Sie auch nicht. Warum zauderten Sie sonst? – *(In einem bittern Tone, während daß sie die Rose zerpflückt.)* Ehedem wohl gab es einen Vater, der seine Tochter von der Schande zu retten, ihr den ersten den besten Stahl in das Herz senkte – ihr zum zweiten Male das Leben gab. Aber alle solche Taten sind von ehedem! Solcher Väter gibt es keinen mehr!

ODOARDO Doch, meine Tochter, doch! *(Indem er sie durchsticht.)* – Gott, was hab' ich getan! *(Sie will sinken, und er faßt sie in seine Arme.)*

EMILIA Eine Rose gebrochen, ehe der Sturm sie entblättert. – Lassen Sie mich sie küssen, diese väterliche Hand.

ACHTER AUFTRITT

Der Prinz. Marinelli. Die Vorigen.

DER PRINZ *(im Hereintreten)* Was ist das? – Ist Emilien nicht wohl?

ODOARDO Sehr wohl; sehr wohl!

DER PRINZ *(indem er näher kömmt)* Was seh' ich? – Entsetzen!

MARINELLI Weh mir!

DER PRINZ Grausamer Vater, was haben Sie getan!

ODOARDO Eine Rose gebrochen, ehe der Sturm sie entblättert. – War es nicht so, meine Tochter?

EMILIA Nicht Sie, mein Vater – Ich selbst – ich selbst –

ODOARDO Nicht du, meine Tochter; – nicht du! – Gehe mit keiner Unwahrheit aus der Welt. Nicht du, meine Tochter! Dein Vater, dein unglücklicher Vater.

EMILIA Ah – mein Vater – *(Sie stirbt, und er legt sie sanft auf den Boden.)*

ODOARDO Zieh hin! – Nun da, Prinz! Gefällt sie Ihnen noch?

Reizt sie noch Ihre Lüste? Noch, in diesem Blute, das wider Sie um Rache schreiet? *(Nach einer Pause.)* Aber Sie erwarten, wo das alles hinaus soll? Sie erwarten vielleicht, daß ich den Stahl wider mich selbst kehren werde, um meine Tat wie eine schale Tragödie zu beschließen? – Sie irren sich. Hier! *(Indem er ihm den Dolch vor die Füße wirft.)* Hier liegt er, der blutige Zeuge meines Verbrechens! Ich gehe und liefere mich selbst in das Gefängnis. Ich gehe, und erwarte Sie, als Richter – Und dann dort – erwarte ich Sie vor dem Richter unser aller!

DER PRINZ *(nach einigem Stillschweigen, unter welchem er den Körper mit Entsetzen und Verzweiflung betrachtet, zu Marinelli)* Hier! heb' ihn auf. – Nun? Du bedenkst dich? – Elender! – *(Indem er ihm den Dolch aus der Hand reißt.)* Nein, dein Blut soll mit diesem Blute sich nicht mischen. – Geh, dich auf ewig zu verbergen! – Geh! sag' ich. – Gott! Gott! – Ist es, zum Unglücke so mancher, nicht genug, daß Fürsten Menschen sind: müssen sich auch noch Teufel in ihren Freund verstellen?

Ende des Trauerspiels.

NATHAN DER WEISE

Ein dramatisches Gedicht in fünf Aufzügen

Introite, nam et heic Dii sunt.
Apud Gellium.

PERSONEN

SULTAN SALADIN
SITTAH, *dessen Schwester*
NATHAN, *ein reicher Jude in Jerusalem*
RECHA, *dessen angenommene Tochter*
DAJA, *eine Christin, aber in dem Hause des Juden, als Gesellschafterin der Recha*
Ein junger TEMPELHERR
Ein DERWISCH
Der PATRIARCH *von Jerusalem*
Ein KLOSTERBRUDER
Ein EMIR *nebst verschiednen* MAMELUCKEN *des Saladin*

Die Szene ist in Jerusalem.

ERSTER AUFZUG

ERSTER AUFTRITT

Szene: Flur in Nathans Hause.
Nathan von der Reise kommend. Daja ihm entgegen.

DAJA Er ist es! Nathan! – Gott sei ewig Dank,
Daß Ihr doch endlich einmal wiederkommt.
NATHAN Ja, Daja; Gott sei Dank! Doch warum *endlich?*
Hab' ich denn eher wiederkommen wollen?
Und wiederkommen können? Babylon
Ist von Jerusalem, wie ich den Weg,
Seitab bald rechts, bald links, zu nehmen bin
Genötigt worden, gut zweihundert Meilen;
Und Schulden einkassieren, ist gewiß
Auch kein Geschäft, das merklich födert, das
So von der Hand sich schlagen läßt.
DAJA O Nathan,
Wie elend, elend hättet Ihr indes
Hier werden können! Euer Haus . . .
NATHAN Das brannte.
So hab' ich schon vernommen. – Gebe Gott,
Daß ich nur alles schon vernommen habe!
DAJA Und wäre leicht von Grund aus abgebrannt.
NATHAN Dann, Daja, hätten wir ein neues uns
Gebaut; und ein bequemeres.
DAJA Schon wahr! –
Doch *Recha* wär' bei einem Haare mit
Verbrannt.
NATHAN Verbrannt? Wer? meine Recha? sie? –
Das hab' ich nicht gehört. – Nun dann! So hätte
Ich keines Hauses mehr bedurft. – Verbrannt
Bei einem Haare! – Ha! sie ist es wohl!
Ist wirklich wohl verbrannt! – Sag' nur heraus!

Heraus nur! – Töte mich: und martre mich
Nicht länger. – Ja, sie ist verbrannt.

DAJA Wenn sie
Es wäre, würdet Ihr von mir es hören?

NATHAN Warum erschreckest du mich denn? – O Recha!
O meine Recha!

DAJA Eure? Eure Recha?

NATHAN Wenn ich mich wieder je entwöhnen müßte,
Dies Kind mein Kind zu nennen!

DAJA Nennt Ihr alles,
Was Ihr besitzt, mit ebensoviel Rechte
Das Eure?

NATHAN Nichts mit größerm! Alles, was
Ich sonst besitze, hat Natur und Glück
Mir zugeteilt. Dies Eigentum allein
Dank' ich der Tugend.

DAJA O wie teuer laßt
Ihr Eure Güte, Nathan, mich bezahlen!
Wenn Güt', in solcher Absicht ausgeübt,
Noch Güte heißen kann!

NATHAN In solcher Absicht?
In welcher?

DAJA Mein Gewissen . . .

NATHAN Daja, laß
Vor allen Dingen dir erzählen . . .

DAJA Mein
Gewissen, sag' ich . . .

NATHAN Was in Babylon
Für einen schönen Stoff ich dir gekauft.
So reich, und mit Geschmack so reich! Ich bringe
Für Recha selbst kaum einen schönern mit.

DAJA Was hilft's? Denn mein Gewissen, muß ich Euch
Nur sagen, läßt sich länger nicht betäuben.

NATHAN Und wie die Spangen, wie die Ohrgehenke,
Wie Ring und Kette dir gefallen werden,

Die in Damaskus ich dir ausgesucht:
Verlanget mich zu sehn.

DAJA So seid Ihr nun!
Wenn Ihr nur schenken könnt! nur schenken könnt!

NATHAN Nimm du so gern, als ich dir geb': – und schweig!

DAJA Und schweig! Wer zweifelt, Nathan, daß Ihr nicht
Die Ehrlichkeit, die Großmut selber seid?
Und doch . . .

NATHAN Doch bin ich nur ein Jude. – Gelt,
Das willst du sagen?

DAJA Was ich sagen will,
Das wißt Ihr besser.

NATHAN Nun so schweig!

DAJA Ich schweige.
Was Sträfliches vor Gott hierbei geschieht,
Und ich nicht hindern kann, nicht ändern kann, –
Nicht kann, – komm' über Euch!

NATHAN Komm' über mich! –
Wo aber ist sie denn? wo bleibt sie? – Daja,
Wenn du mich hintergehst! – Weiß sie es denn,
Daß ich gekommen bin?

DAJA Das frag' ich Euch!
Noch zittert ihr der Schreck durch jede Nerve.
Noch malet Feuer ihre Phantasie
Zu allem, was sie malt. Im Schlafe wacht,
Im Wachen schläft ihr Geist: bald weniger
Als Tier, bald mehr als Engel.

NATHAN Armes Kind!
Was sind wir Menschen!

DAJA Diesen Morgen lag
Sie lange mit verschloßnem Aug', und war
Wie tot. Schnell fuhr sie auf, und rief: »Horch! horch!
Da kommen die Kamele meines Vaters!
Horch! seine sanfte Stimme selbst!« – Indem
Brach sich ihr Auge wieder: und ihr Haupt,

Dem seines Armes Stütze sich entzog,
Stürzt auf das Kissen. – Ich, zur Pfort' hinaus!
Und sieh: da kommt Ihr wahrlich! kommt Ihr wahrlich! –
Was Wunder! ihre ganze Seele war
Die Zeit her nur bei Euch – und ihm. –

NATHAN Bei ihm?
Bei welchem Ihm?

DAJA Bei ihm, der aus dem Feuer
Sie rettete.

NATHAN Wer war das? wer? – Wo ist er?
Wer rettete mir meine Recha? wer?

DAJA
Ein junger Tempelherr, den, wenig Tage
Zuvor, man hier gefangen eingebracht,
Und Saladin begnadigt hatte.

NATHAN Wie?
Ein Tempelherr, dem Sultan Saladin
Das Leben ließ? Durch ein geringres Wunder
War Recha nicht zu retten? Gott!

DAJA Ohn' ihn,
Der seinen unvermuteten Gewinst
Frisch wieder wagte, war es aus mit ihr.

NATHAN Wo ist er, Daja, dieser edle Mann? –
Wo ist er? Führe mich zu seinen Füßen.
Ihr gabt ihm doch vors erste, was an Schätzen
Ich euch gelassen hatte? gabt ihm alles?
Verspracht ihm mehr? weit mehr?

DAJA Wie konnten wir?

NATHAN Nicht? nicht?

DAJA Er kam, und niemand weiß woher.
Er ging, und niemand weiß wohin. – Ohn' alle
Des Hauses Kundschaft, nur von seinem Ohr
Geleitet, drang, mit vorgespreiztem Mantel,
Er kühn durch Flamm' und Rauch der Stimme nach,
Die uns um Hilfe rief. Schon hielten wir

Ihn für verloren, als aus Rauch und Flamme
Mit eins er vor uns stand, im starken Arm
Empor sie tragend. Kalt und ungerührt
Vom Jauchzen unsers Danks, setzt seine Beute
Er nieder, drängt sich unters Volk und ist –
Verschwunden!

NATHAN Nicht auf immer, will ich hoffen.

DAJA Nachher die ersten Tage sahen wir
Ihn untern Palmen auf und nieder wandeln,
Die dort des Auferstandnen Grab umschatten.
Ich nahte mich ihm mit Entzücken, dankte,
Erhob, entbot, beschwor, – nur einmal noch
Die fromme Kreatur zu sehen, die
Nicht ruhen könne, bis sie ihren Dank
Zu seinen Füßen ausgeweinet.

NATHAN Nun?

DAJA Umsonst! Er war zu unsrer Bitte taub;
Und goß so bittern Spott auf mich besonders . . .

NATHAN Bis dadurch abgeschreckt . . .

DAJA Nichts weniger!
Ich trat ihn jeden Tag von neuem an;
Ließ jeden Tag von neuem mich verhöhnen.
Was litt ich nicht von ihm! Was hätt' ich nicht
Noch gern ertragen! – Aber lange schon
Kommt er nicht mehr, die Palmen zu besuchen,
Die unsers Auferstandnen Grab umschatten;
Und niemand weiß, wo er geblieben ist. –
Ihr staunt? Ihr sinnt?

NATHAN Ich überdenke mir,
Was das auf einen Geist, wie Rechas, wohl
Für Eindruck machen muß. Sich so verschmäht
Von dem zu finden, den man hochzuschätzen
Sich so gezwungen fühlt; so weggestoßen,
Und doch so angezogen werden; – Traun,
Da müssen Herz und Kopf sich lange zanken,

Ob Menschenhaß, ob Schwermut siegen soll.
Oft siegt auch keines; und die Phantasie,
Die in den Streit sich mengt, macht Schwärmer,
Bei welchen bald der Kopf das Herz, und bald
Das Herz den Kopf muß spielen. – Schlimmer Tausch! –
Das letztere, verkenn' ich Recha nicht,
Ist Rechas Fall: sie schwärmt.

DAJA Allein so fromm,
So liebenswürdig!

NATHAN Ist doch auch geschwärmt!

DAJA Vornehmlich *eine* – Grille, wenn Ihr wollt,
Ist ihr sehr wert. Es sei ihr Tempelherr
Kein irdischer und keines irdischen;
Der Engel einer, deren Schutze sich
Ihr kleines Herz, von Kindheit auf, so gern
Vertrauet glaubte, sei aus seiner Wolke,
In die er sonst verhüllt, auch noch im Feuer,
Um sie geschwebt, mit eins als Tempelherr
Hervorgetreten. – Lächelt nicht! – Wer weiß?
Laßt lächelnd wenigstens ihr einen Wahn,
In dem sich Jud' und Christ und Muselmann
Vereinigen; – so einen süßen Wahn!

NATHAN Auch mir so süß! – Geh, wackre Daja, geh;
Sieh, was sie macht; ob ich sie sprechen kann. –
Sodann such' ich den wilden, launigen
Schutzengel auf. Und wenn ihm noch beliebt,
Hienieden unter uns zu wallen; noch
Beliebt, so ungesittet Ritterschaft
Zu treiben: find' ich ihn gewiß; und bring'
Ihn her.

DAJA Ihr unternehmet viel.

NATHAN Macht dann
Der süße Wahn der süßern Wahrheit Platz: –
Denn, Daja, glaube mir; dem Menschen ist
Ein Mensch noch immer lieber, als ein Engel –

So wirst du doch auf mich, auf mich nicht zürnen,
Die Engelschwärmerin geheilt zu sehn?

DAJA Ihr seid so gut, und seid zugleich so schlimm!
Ich geh'! – Doch hört! doch seht! – Da kommt sie selbst.

ZWEITER AUFTRITT

Recha und die Vorigen.

RECHA So seid Ihr es doch ganz und gar, mein Vater?
Ich glaubt', Ihr hättet Eure Stimme nur
Vorausgeschickt. Wo bleibt Ihr? Was für Berge,
Für Wüsten, was für Ströme trennen uns
Denn noch? Ihr atmet Wand an Wand mit ihr,
Und eilt nicht, Eure Recha zu umarmen?
Die arme Recha, die indes verbrannte! –
Fast, fast verbrannte! Fast nur. Schaudert nicht!
Es ist ein garst'ger Tod, verbrennen. O!

NATHAN Mein Kind! mein liebes Kind!

RECHA Ihr mußtet über
Den Euphrat, Tigris, Jordan; über – wer
Weiß was für Wasser all? – Wie oft hab' ich
Um Euch gezittert, eh' das Feuer mir
So nahe kam! Denn seit das Feuer mir
So nahe kam: dünkt mich im Wasser sterben
Erquickung, Labsal, Rettung. – Doch Ihr seid
Ja nicht ertrunken: ich, ich bin ja nicht
Verbrannt. Wie wollen wir uns freun, und Gott,
Gott loben! Er, er trug Euch und den Nachen
Auf Flügeln seiner *unsichtbaren* Engel
Die ungetreuen Ström' hinüber. Er,
Er winkte meinem Engel, daß er *sichtbar*
Auf seinem weißen Fittiche, mich durch
Das Feuer trüge –

NATHAN (Weißem Fittiche!
Ja, ja! der weiße vorgespreizte Mantel
Des Tempelherrn.)
RECHA Er sichtbar, sichtbar mich
Durchs Feuer trüg', von seinem Fittiche
Verweht. – Ich also, ich hab' einen Engel
Von Angesicht zu Angesicht gesehn;
Und *meinen* Engel.
NATHAN Recha wär' es wert;
Und würd' an ihm nichts Schönres sehn, als er
An ihr.
RECHA *(lächelnd)* Wem schmeichelt Ihr, mein Vater? wem?
Dem Engel, oder Euch?
NATHAN Doch hätt' auch nur
Ein Mensch – ein Mensch, wie die Natur sie täglich
Gewährt, dir diesen Dienst erzeigt: er müßte
Für dich ein Engel sein. Er müßt' und würde.
RECHA Nicht so ein Engel; nein! ein wirklicher;
Es war gewiß ein wirklicher! – Habt Ihr,
Ihr selbst die Möglichkeit, daß Engel sind,
Daß Gott zum Besten derer, die ihn lieben,
Auch Wunder könne tun, mich nicht gelehrt?
Ich lieb' ihn ja.
NATHAN Und er liebt dich; und tut
Für dich, und deinesgleichen, stündlich Wunder;
Ja, hat sie schon von aller Ewigkeit
Für euch getan.
RECHA Das hör' ich gern.
NATHAN Wie? weil
Es ganz natürlich, ganz alltäglich klänge,
Wenn dich ein eigentlicher Tempelherr
Gerettet hätte: sollt' es darum weniger
Ein Wunder sein? – Der Wunder höchstes ist,
Daß uns die wahren, echten Wunder so
Alltäglich werden können, werden sollen.

Ohn' dieses allgemeine Wunder, hätte
Ein Denkender wohl schwerlich Wunder je
Genannt, was Kindern bloß so heißen müßte,
Die gaffend nur das Ungewöhnlichste,
Das Neuste nur verfolgen.

DAJA *(zu Nathan)* Wollt Ihr denn
Ihr ohnedem schon überspanntes Hirn
Durch solcherlei Subtilitäten ganz
Zersprengen?

NATHAN Laß mich! – Meiner Recha wär'
Es Wunders nicht genug, daß sie ein *Mensch*
Gerettet, welchen selbst kein kleines Wunder
Erst retten müssen? Ja, kein kleines Wunder!
Denn wer hat schon gehört, daß Saladin
Je eines Tempelherrn verschont? daß je
Ein Tempelherr von ihm verschont zu werden
Verlangt? gehofft? ihm je für seine Freiheit
Mehr als den ledern Gurt geboten, der
Sein Eisen schleppt; und höchstens seinen Dolch?

RECHA Das schließt für mich, mein Vater. – Darum eben
War das kein Tempelherr; er schien es nur. –
Kömmt kein gefangner Tempelherr je anders
Als zum gewissen Tode nach Jerusalem;
Geht keiner in Jerusalem so frei
Umher: wie hätte mich des Nachts freiwilig
Denn einer retten können?

NATHAN Sieh! wie sinnreich.
Jetzt, Daja, nimm das Wort. Ich hab' es ja
Von dir, daß er gefangen hergeschickt
Ist worden. Ohne Zweifel weißt du mehr.

DAJA Nun ja. – So sagt man freilich; – doch man sagt
Zugleich, daß Saladin den Tempelherrn
Begnadigt, weil er seiner Brüder einem,
Den er besonders lieb gehabt, so ähnlich sehe.
Doch da es viele zwanzig Jahre her,

Daß dieser Bruder nicht mehr lebt, – er hieß,
Ich weiß nicht wie; – er blieb, ich weiß nicht wo: –
So klingt das ja so gar – so gar unglaublich,
Daß an der ganzen Sache wohl nichts ist.

NATHAN Ei, Daja! Warum wäre denn das so
Unglaublich? Doch wohl nicht – wie's wohl geschieht –
Um lieber etwas noch Unglaublichers
Zu glauben? – Warum hätte Saladin,
Der sein Geschwister insgesamt so liebt,
In jüngern Jahren einen Bruder nicht
Noch ganz besonders lieben können? – Pflegen
Sich zwei Gesichter nicht zu ähneln? – Ist
Ein alter Eindruck ein verlorner? – Wirkt
Das Nämliche nicht mehr das Nämliche? –
Seit wenn? – Wo steckt hier das Unglaubliche? –
Ei freilich, weise Daja, wär's für dich
Kein Wunder mehr; und *deine* Wunder nur
Bedürf . . . verdienen, will ich sagen, Glauben.

DAJA Ihr spottet.

NATHAN Weil du meiner spottest. – Doch
Auch so noch, Recha, bleibet deine Rettung
Ein Wunder, dem nur möglich, der die strengsten
Entschlüsse, die unbändigsten Entwürfe
Der Könige, sein Spiel – wenn nicht sein Spott –
Gern an den schwächsten Fäden lenkt.

RECHA Mein Vater!
Mein Vater, wenn ich irr', Ihr wißt, ich irre
Nicht gern.

NATHAN Vielmehr, du läßt dich gern belehren. –
Sieh! eine Stirn, so oder so gewölbt;
Der Rücken einer Nase, so vielmehr
Als so geführet; Augenbraunen, die
Auf einem scharfen oder stumpfen Knochen
So oder so sich schlängeln; eine Linie,
Ein Bug, ein Winkel, eine Falt', ein Mal,

Ein Nichts, auf eines wilden Europäers
Gesicht: – und du entkömmst dem Feur, in Asien!
Das wär' kein Wunder, wundersücht'ges Volk?
Warum bemüht ihr denn noch einen Engel?

DAJA Was schadet's – Nathan, wenn ich sprechen darf –
Bei alledem, von einem Engel lieber
Als einem Menschen sich gerettet denken?
Fühlt man der ersten unbegreiflichen
Ursache seiner Rettung nicht sich so
Viel näher?

NATHAN Stolz! und nichts als Stolz! Der Topf
Von Eisen will mit einer silbern Zange
Gern aus der Glut gehoben sein, um selbst
Ein Topf von Silber sich zu dünken. – Pah! –
Und was es schadet, fragst du? was es schadet?
Was hilft es? dürft' ich nur hinwieder fragen. –
Denn dein »Sich Gott um so viel näher fühlen«
Ist Unsinn oder Gotteslästerung. –
Allein es schadet; ja, es schadet allerdings. –
Kommt! hört mir zu. – Nicht wahr? dem Wesen, das
Dich rettete, – es sei ein Engel oder
Ein Mensch, – dem möchtet ihr, und du besonders,
Gern wieder viele große Dienste tun? –
Nicht wahr? – Nun, einem Engel, was für Dienste,
Für große Dienste könnt ihr dem wohl tun?
Ihr könnt ihm danken; zu ihm seufzen, beten;
Könnt in Entzückung über ihn zerschmelzen;
Könnt an dem Tage seiner Feier fasten,
Almosen spenden. – Alles nichts. – Denn mich
Deucht immer, daß ihr selbst und euer Nächster
Hierbei weit mehr gewinnt, als er. Er wird
Nicht fett durch euer Fasten; wird nicht reich
Durch eure Spenden; wird nicht herrlicher
Durch eur Entzücken; wird nicht mächtiger
Durch eur Vertraun. Nicht wahr? Allein ein Mensch!

DAJA Ei freilich hätt' ein Mensch, etwas für ihn
Zu *tun,* uns mehr Gelegenheit verschafft.
Und Gott weiß, wie bereit wir dazu waren!
Allein er wollte ja, bedurfte ja
So völlig nichts; war in sich, mit sich so
Vergnügsam, als nur Engel sind, nur Engel
Sein können.

RECHA Endlich, als er gar verschwand ...

NATHAN Verschwand? – Wie denn verschwand? – Sich untern Palmen
Nicht ferner sehen ließ? – Wie? oder habt
Ihr wirklich schon ihn weiter aufgesucht?

DAJA Das nun wohl nicht.

NATHAN Nicht, Daja? nicht? – Da sieh
Nun was es schad't! – Grausame Schwärmerinnen! –
Wenn dieser Engel nun – nun krank geworden! ...

RECHA Krank!

DAJA Krank! Er wird doch nicht!

RECHA Welch kalter Schauer
Befällt mich! – Daja! – Meine Stirne, sonst
So warm, fühl'! ist auf einmal Eis.

NATHAN Er ist
Ein Franke, dieses Klimas ungewohnt;
Ist jung; der harten Arbeit seines Standes,
Des Hungerns, Wachens ungewohnt.

RECHA Krank! krank!

DAJA Das wäre möglich, meint ja Nathan nur.

NATHAN Nun liegt er da! hat weder Freund, noch Geld
Sich Freunde zu besolden.

RECHA Ah, mein Vater!

NATHAN Liegt ohne Wartung, ohne Rat und Zusprach,
Ein Raub der Schmerzen und des Todes da!

RECHA Wo? wo?

NATHAN Er, der für eine, die er nie
Gekannt, gesehn – genug, es war ein Mensch –
Ins Feu'r sich stürzte ...

DAJA Nathan, schonet ihrer!

NATHAN Der, was er rettete, nicht näher kennen,
Nicht weiter sehen mocht', – um ihm den Dank
Zu sparen . . .

DAJA Schonet ihrer, Nathan!

NATHAN Weiter
Auch nicht zu sehn verlangt', – es wäre denn,
Daß er zum zweitenmal es retten sollte –
Denn gnug, es ist ein Mensch . . .

DAJA Hört auf, und seht!

NATHAN Der, der hat sterbend sich zu laben, nichts –
Als das Bewußtsein dieser Tat!

DAJA Hört auf!
Ihr tötet sie!

NATHAN Und du hast ihn getötet! –
Hättst so ihn töten können. – Recha! Recha!
Es ist Arznei, nicht Gift, was ich dir reiche.
Er lebt! – komm zu dir! – ist auch wohl nicht krank:
Nicht einmal krank!

RECHA Gewiß? – nicht tot? nicht krank?

NATHAN Gewiß, nicht tot! Denn Gott lohnt Gutes, hier
Getan, auch hier noch. – Geh! – Begreifst du aber,
Wie viel *andächtig schwärmen* leichter, als
Gut handeln ist? wie gern der schlaffste Mensch
Andächtig schwärmt, um nur, – ist er zu Zeiten
Sich schon der Absicht deutlich nicht bewußt –
Um nur gut handeln nicht zu dürfen?

RECHA Ah,
Mein Vater! laßt, laßt Eure Recha doch
Nie wiederum allein! – Nicht wahr, er kann
Auch wohl verreist nur sein? –

NATHAN Geht! – Allerdings. –
Ich seh', dort mustert mit neugier'gem Blick
Ein Muselmann mir die beladenen
Kamele. Kennt Ihr ihn?

DAJA Ha! Euer Derwisch.

NATHAN Wer?

DAJA Euer Derwisch; Euer Schachgesell!

NATHAN Al-Hafi? das Al-Hafi?

DAJA Itzt des Sultans
Schatzmeister.

NATHAN Wie? Al-Hafi? Träumst du wieder? –
Er ist's! – wahrhaftig, ist's! – kömmt auf uns zu.
Hinein mit Euch, geschwind! – Was werd' ich hören!

DRITTER AUFTRITT

Nathan und der Derwisch.

DERWISCH Reißt nur die Augen auf, so weit Ihr könnt!

NATHAN Bist du's? Bist du es nicht? – In dieser Pracht,
Ein Derwisch! . . .

DERWISCH Nun? warum denn nicht? Läßt sich
Aus einem Derwisch denn nichts, gar nichts machen?

NATHAN Ei wohl, genug! – Ich dachte mir nur immer,
Der Derwisch – so der rechte Derwisch – woll'
Aus sich nichts machen lassen.

DERWISCH Beim Propheten!
Daß ich kein rechter bin, mag auch wohl wahr sein.
Zwar wenn man muß –

NATHAN Muß! Derwisch! – Derwisch muß?
Kein Mensch muß müssen, und ein Derwisch müßte?
Was müßt' er denn?

DERWISCH Warum man ihn recht bittet,
Und er für gut erkennt: das muß ein Derwisch.

NATHAN Bei unserm Gott! da sagst du wahr. – Laß dich
Umarmen, Mensch. – Du bist doch noch mein Freund?

DERWISCH Und fragt nicht erst, was ich geworden bin?

NATHAN Trotz dem, was du geworden!

DERWISCH Könnt' ich nicht

Ein Kerl im Staat geworden sein, des Freundschaft
Euch ungelegen wäre?

NATHAN Wenn dein Herz
Noch Derwisch ist, so wag' ich's drauf. Der Kerl
Im Staat, ist nur dein Kleid.

DERWISCH Das auch geehrt
Will sein. – Was meint Ihr? ratet! – Was wär' ich
An Eurem Hofe?

NATHAN Derwisch; weiter nichts.
Doch nebenher, wahrscheinlich – Koch.

DERWISCH Nun ja!
Mein Handwerk bei Euch zu verlernen. – Koch!
Nicht Kellner auch? – Gesteht, daß Saladin
Mich besser kennt. – Schatzmeister bin ich bei –
Ihm worden.

NATHAN Du? – bei ihm?

DERWISCH Versteht:
Des kleinern Schatzes, – denn des größern waltet
Sein Vater noch – des Schatzes für sein Haus.

NATHAN Sein Haus ist groß.

DERWISCH Und größer, als Ihr glaubt;
Denn jeder Bettler ist von seinem Hause.

NATHAN Doch ist den Bettlern Saladin so feind –

DERWISCH Daß er mit Strumpf und Stiel sie zu vertilgen
Sich vorgesetzt, – und sollt' er selbst darüber
Zum Bettler werden.

NATHAN Brav! – So mein' ich's eben.

DERWISCH Er ist's auch schon, trotz einem! – Denn sein Schatz
Ist jeden Tag mit Sonnenuntergang
Viel leerer noch, als leer. Die Flut, so hoch
Sie morgens eintritt, ist des Mittags längst
Verlaufen –

NATHAN Weil Kanäle sie zum Teil
Verschlingen, die zu füllen oder zu
Verstopfen, gleich unmöglich ist.

DERWISCH Getroffen!
NATHAN Ich kenne das!
DERWISCH Es taugt nun freilich nichts,
Wenn Fürsten Geier unter Äsern sind.
Doch sind sie Äser unter Geiern, taugt's
Noch zehnmal weniger.
NATHAN O nicht doch, Derwisch!
Nicht doch!
DERWISCH Ihr habt gut reden, Ihr! – Kommt an:
Was gebt Ihr mir? so tret' ich meine Stell'
Euch ab.
NATHAN Was bringt dir deine Stelle?
DERWISCH Mir?
Nicht viel. Doch Euch, Euch kann sie trefflich wuchern.
Denn ist es Ebb' im Schatz, – wie öfters ist, –
So zieht Ihr Eure Schleusen auf: schießt vor,
Und nehmt an Zinsen, was Euch nur gefällt.
NATHAN Auch Zins vom Zins der Zinsen?
DERWISCH Freilich!
NATHAN Bis
Mein Kapital zu lauter Zinsen wird.
DERWISCH
Das lockt Euch nicht? – So schreibet unsrer Freundschaft
Nur gleich den Scheidebrief! Denn wahrlich hab'
Ich sehr auf Euch gerechnet.
NATHAN Wahrlich? Wie
Denn so? wieso denn?
DERWISCH Daß Ihr mir mein Amt
Mit Ehren würdet führen helfen; daß
Ich allzeit offne Kasse bei Euch hätte. –
Ihr schüttelt?
NATHAN Nun, verstehn wir uns nur recht!
Hier gibt's zu unterscheiden. – Du? warum
Nicht du? Al-Hafi Derwisch ist zu allem,
Was ich vermag, mir stets willkommen. – Aber

Al-Hafi Defterdar des Saladin,
Der – dem –
DERWISCH Erriet ich's nicht? Daß Ihr doch immer
So gut als klug, so klug als weise seid! –
Geduld! Was Ihr am Hafi unterscheidet,
Soll bald geschieden wieder sein. – Seht da
Das Ehrenkleid, das Saladin mir gab.
Eh' es verschossen ist, eh' es zu Lumpen
Geworden, wie sie einen Derwisch kleiden,
Hängt's in Jerusalem am Nagel, und
Ich bin am Ganges, wo ich leicht und barfuß
Den heißen Sand mit meinen Lehrern trete.
NATHAN Dir ähnlich gnug!
DERWISCH Und Schach mit ihnen spiele.
NATHAN Dein höchstes Gut!
DERWISCH Denkt nur, was mich verführte! –
Damit ich selbst nicht länger betteln dürfte?
Den reichen Mann mit Bettlern spielen könnte?
Vermögend wär' im Hui den reichsten Bettler
In einen armen Reichen zu verwandeln?
NATHAN Das nun wohl nicht.
DERWISCH Weit etwas Abgeschmackters!
Ich fühlte mich zum erstenmal geschmeichelt;
Durch Saladins gutherz'gen Wahn geschmeichelt –
NATHAN Der war?
DERWISCH »Ein Bettler wisse nur, wie Bettlern
Zumute sei; ein Bettler habe nur
Gelernt, mit guter Weise Bettlern geben.
Dein Vorfahr, sprach er, war mir viel zu kalt,
Zu rauh. Er gab so unhold, wenn er gab;
Erkundigte so ungestüm sich erst
Nach dem Empfänger; nie zufrieden, daß
Er nur den Mangel kenne, wollt' er auch
Des Mangels Ursach' wissen, um die Gabe
Nach dieser Ursach' filzig abzuwägen.

Das wird Al-Hafi nicht! So unmild mild
Wird Saladin im Hafi nicht erscheinen!
Al-Hafi gleicht verstopften Röhren nicht,
Die ihre klar und still empfangnen Wasser
So unrein und so sprudelnd wiedergeben.
Al-Hafi denkt; Al-Hafi fühlt wie ich!« –
So lieblich klang des Voglers Pfeife, bis
Der Gimpel in dem Netze war. – Ich Geck!
Ich eines Gecken Geck!

NATHAN Gemach, mein Derwisch,
Gemach!

DERWISCH Ei was! – Es wär' nicht Geckerei,
Bei Hunderttausenden die Menschen drücken,
Ausmergeln, plündern, martern, würgen; und
Ein Menschenfreund an einzeln scheinen wollen?
Es wär' nicht Geckerei, des Höchsten Milde,
Die sonder Auswahl über Bös' und Gute
Und Flur und Wüstenei, in Sonnenschein
Und Regen sich verbreitet, – nachzuäffen,
Und nicht des Höchsten immer volle Hand
Zu haben? Was? es wär' nicht Geckerei . . .

NATHAN Genug! hör' auf!

DERWISCH Laßt *meiner* Geckerei
Mich doch nur auch erwähnen! – Was? es wäre
Nicht Geckerei, an solchen Geckereien
Die gute Seite dennoch auszuspüren,
Um Anteil, dieser guten Seite wegen,
An dieser Geckerei zu nehmen? He?
Das nicht?

NATHAN Al-Hafi, mache, daß du bald
In deine Wüste wieder kömmst. Ich fürchte,
Grad' unter Menschen möchtest du ein Mensch
Zu sein verlernen.

DERWISCH Recht, das fürcht' ich auch.
Lebt wohl!

NATHAN So hastig? – Warte doch, Al-Hafi.
Entläuft dir denn die Wüste? – Warte doch! –
Daß er mich hörte! – He, Al-Hafi! hier! –
Weg ist er; und ich hätt' ihn noch so gern
Nach unserm Tempelherrn gefragt. Vermutlich,
Daß er ihn kennt.

VIERTER AUFTRITT

Daja eilig herbei. Nathan.

DAJA O Nathan, Nathan!
NATHAN Nun?
Was gibt's?
DAJA Er läßt sich wieder sehn! Er läßt
Sich wieder sehn!
NATHAN Wer, Daja? wer?
DAJA Er! er!
NATHAN
Er? Er? – Wann läßt sich *der* nicht sehn! – Ja so,
Nur euer Er heißt er. – Das sollt' er nicht!
Und wenn er auch ein Engel wäre, nicht!
DAJA Er wandelt untern Palmen wieder auf
Und ab; und bricht von Zeit zu Zeit sich Datteln.
NATHAN Sie essend? – und als Tempelherr?
DAJA Was quält
Ihr mich? – Ihr gierig Aug' erriet ihn hinter
Den dicht verschränkten Palmen schon; und folgt
Ihm unverrückt. Sie läßt Euch bitten, – Euch
Beschwören, – ungesäumt ihn anzugehn.
O eilt! Sie wird Euch aus dem Fenster winken,
Ob er hinaufgeht oder weiter ab
Sie schlägt. O eilt!
NATHAN So wie ich vom Kamele
Gestiegen? – Schickt sich das? – Geh, eile du

Ihm zu; und meld' ihm meine Wiederkunft.
Gib acht, der Biedermann hat nur mein Haus
In meinem Absein nicht betreten wollen;
Und kömmt nicht ungern, wenn der Vater selbst
Ihn laden läßt. Geh, sag', ich lass' ihn bitten,
Ihn herzlich bitten . . .

DAJA All umsonst! Er kömmt
Euch nicht. – Denn kurz; er kömmt zu keinem Juden.

NATHAN So geh, geh wenigstens ihn anzuhalten;
Ihn wenigstens mit deinen Augen zu
Begleiten. – Geh, ich komme gleich dir nach.
(Nathan eilet hinein, und Daja heraus.)

FÜNFTER AUFTRITT

Szene: ein Platz mit Palmen, unter welchen der Tempelherr auf und nieder geht. Ein Klosterbruder folgt ihm in einiger Entfernung von der Seite, immer als ob er ihn anreden wolle.

TEMPELHERR Der folgt mir nicht vor langer Weile! – Sieh,
Wie schielt er nach den Händen! – Guter Bruder, . . .
Ich kann Euch auch wohl Vater nennen; nicht?

KLOSTERBRUDER Nur Bruder – Laienbruder nur; zu dienen.

TEMPELHERR Ja, guter Bruder, wer nur selbst was hätte!
Bei Gott! bei Gott! Ich habe nichts –

KLOSTERBRUDER Und doch
Recht warmen Dank! Gott geb' Euch tausendfach,
Was Ihr gern geben wolltet. Denn der Wille
Und nicht die Gabe macht den Geber. – Auch
Ward ich dem Herrn Almosens wegen gar
Nicht nachgeschickt.

TEMPELHERR Doch aber nachgeschickt?

KLOSTERBRUDER Ja; aus dem Kloster.

TEMPELHERR Wo ich eben jetzt
Ein kleines Pilgermahl zu finden hoffte?

KLOSTERBRUDER Die Tische waren schon besetzt; komm' aber
Der Herr nur wieder mit zurück.
TEMPELHERR Wozu?
Ich habe Fleisch wohl lange nicht gegessen:
Allein was tut's? Die Datteln sind ja reif.
KLOSTERBRUDER Nehm' sich der Herr in acht mit dieser Frucht.
Zu viel genossen taugt sie nicht; verstopft
Die Milz; macht melancholisches Geblüt.
TEMPELHERR Wenn ich nun melancholisch gern mich fühlte? –
Doch dieser Warnung wegen wurdet Ihr
Mir doch nicht nachgeschickt?
KLOSTERBRUDER O Nein! – Ich soll
Mich nur nach Euch erkunden; auf den Zahn
Euch fühlen.
TEMPELHERR Und das sagt Ihr mir so selbst?
KLOSTERBRUDER Warum nicht?
TEMPELHERR (Ein verschmitzter Bruder!) – Hat
Das Kloster Euresgleichen mehr?
KLOSTERBRUDER Weiß nicht.
Ich muß gehorchen, lieber Herr.
TEMPELHERR Und da
Gehorcht Ihr denn auch ohne viel zu klügeln?
KLOSTERBRUDER Wär's sonst gehorchen, lieber Herr?
TEMPELHERR (Daß doch
Die Einfalt immer Recht behält!) – Ihr dürft
Mir doch auch wohl vertrauen, wer mich gern
Genauer kennen möchte? – Daß Ihr's selbst
Nicht seid, will ich wohl schwören.
KLOSTERBRUDER Ziemte mir's?
Und frommte mir's?
TEMPELHERR Wem ziemt und frommt es denn,
Daß er so neubegierig ist? Wem denn?
KLOSTERBRUDER Dem Patriarchen; muß ich glauben. – Denn
Der sandte mich Euch nach.
TEMPELHERR Der Patriarch?

Kennt der das rote Kreuz auf weißem Mantel
Nicht besser?

KLOSTERBRUDER Kenn' ja ich's!

TEMPELHERR Nun, Bruder? nun? –
Ich bin ein Tempelherr; und ein gefangner. –
Setz' ich hinzu: gefangen bei Tebnin,
Der Burg, die mit des Stillstands letzter Stunde
Wir gern erstiegen hätten, um sodann
Auf Sidon loszugehn; – setz' ich hinzu:
Selbzwanzigster gefangen und allein
Vom Saladin begnadiget: so weiß
Der Patriarch, was er zu wissen braucht; –
Mehr, als er braucht.

KLOSTERBRUDER Wohl aber schwerlich mehr,
Als er schon weiß. – Er wüßt' auch gern, warum
Der Herr vom Saladin begnadigt worden;
Er ganz allein.

TEMPELHERR Weiß ich das selber? – Schon
Den Hals entblößt, kniet' ich auf meinem Mantel,
Den Streich erwartend: als mich schärfer Saladin
Ins Auge faßt, mir näher springt, und winkt.
Man hebt mich auf; ich bin entfesselt; will
Ihm danken; seh' sein Aug' in Tränen: stumm
Ist er, bin ich; er geht, ich bleibe. – Wie
Nun das zusammenhängt, enträts'le sich
Der Patriarche selbst.

KLOSTERBRUDER Er schließt daraus,
Daß Gott zu großen, großen Dingen Euch
Müss' aufbehalten haben.

TEMPELHERR Ja, zu großen!
Ein Judenmädchen aus dem Feur zu retten;
Auf Sinai neugier'ge Pilger zu
Geleiten; und dergleichen mehr.

KLOSTERBRUDER Wird schon
Noch kommen! – Ist inzwischen auch nicht übel. –

Vielleicht hat selbst der Patriarch bereits
Weit wicht'gere Geschäfte für den Herrn.

TEMPELHERR So? meint Ihr, Bruder? – Hat er gar Euch schon
Was merken lassen?

KLOSTERBRUDER Ei, jawohl! – Ich soll
Den Herrn nur erst ergründen, ob er so
Der Mann wohl ist.

TEMPELHERR Nun ja; ergründet nur!
(Ich will doch sehn, wie der ergründet!) – Nun?

KLOSTERBRUDER
Das Kürzste wird wohl sein, daß ich dem Herrn
Ganz gradezu des Patriarchen Wunsch
Eröffne.

TEMPELHERR Wohl!

KLOSTERBRUDER Er hätte durch den Herrn
Ein Briefchen gern bestellt.

TEMPELHERR Durch mich? Ich bin
Kein Bote. – Das, das wäre das Geschäft,
Das weit glorreicher sei, als Judenmädchen
Dem Feur entreißen?

KLOSTERBRUDER Muß doch wohl! Denn – sagt
Der Patriarch – an diesem Briefchen sei
Der ganzen Christenheit sehr viel gelegen.
Dies Briefchen wohl bestellt zu haben, – sagt
Der Patriarch, – werd' einst im Himmel Gott
Mit einer ganz besondern Krone lohnen.
Und dieser Krone, – sagt der Patriarch, –
Sei niemand würd'ger, als mein Herr.

TEMPELHERR Als ich?

KLOSTERBRUDER Denn diese Krone zu verdienen, – sagt
Der Patriarch, – sei schwerlich jemand auch
Geschickter, als mein Herr.

TEMPELHERR Als ich?

KLOSTERBRUDER Er sei
Hier frei; könn' überall sich hier besehn;

Versteh', wie eine Stadt zu stürmen und
Zu schirmen; könne, – sagt der Patriarch, –
Die Stärk' und Schwäche der von Saladin
Neu aufgeführten, innern, zweiten Mauer
Am besten schätzen, sie am deutlichsten
Den Streitern Gottes, – sagt der Patriarch, –
Beschreiben.

TEMPELHERR Guter Bruder, wenn ich doch
Nun auch des Briefchens nähern Inhalt wüßte.

KLOSTERBRUDER Ja den, – den weiß ich nun wohl nicht so recht.
Das Briefchen aber ist an König Philipp. –
Der Patriarch . . . Ich hab' mich oft gewundert,
Wie doch ein Heiliger, der sonst so ganz
Im Himmel lebt, zugleich so unterrichtet
Von Dingen dieser Welt zu sein herab
Sich lassen kann. Es muß ihm sauer werden.

TEMPELHERR Nun dann? der Patriarch? –

KLOSTERBRUDER Weiß ganz genau,
Ganz zuverlässig, wie und wo, wie stark,
Von welcher Seite Saladin, im Fall
Es völlig wieder losgeht, seinen Feldzug
Eröffnen wird.

TEMPELHERR Das weiß er?

KLOSTERBRUDER Ja, und möcht'
Es gern dem König Philipp wissen lassen:
Damit der ungefähr ermessen könne,
Ob die Gefahr denn gar so schrecklich, um
Mit Saladin den Waffenstillestand,
Den Euer Orden schon so brav gebrochen,
Es koste was es wolle, wieder her
Zu stellen.

TEMPELHERR Welch ein Patriarch! – Ja so!
Der liebe tapfre Mann will mich zu keinem
Gemeinen Boten; will mich – zum Spion. –
Sagt Euerm Patriarchen, guter Bruder,

Soviel Ihr mich ergründen können, wär'
Das meine Sache nicht. – Ich müsse mich
Noch als Gefangenen betrachten; und
Der Tempelherren einziger Beruf
Sei mit dem Schwerte dreinzuschlagen, nicht
Kundschafterei zu treiben.

KLOSTERBRUDER Dacht' ich's doch! –
Will's auch dem Herrn nicht eben sehr verübeln. –
Zwar kömmt das Beste noch. – Der Patriarch
Hiernächst hat ausgegattert, wie die Feste
Sich nennt, und wo auf Libanon sie liegt,
In der die ungeheuern Summen stecken,
Mit welchen Saladins vorsicht'ger Vater
Das Heer besoldet, und die Zurüstungen
Des Kriegs bestreitet. Saladin verfügt
Von Zeit zu Zeit auf abgelegnen Wegen
Nach dieser Feste sich, nur kaum begleitet. –
Ihr merkt doch?

TEMPELHERR Nimmermehr!

KLOSTERBRUDER Was wäre da
Wohl leichter, als des Saladins sich zu
Bemächtigen? den Garaus ihm zu machen? –
Ihr schaudert? – O es haben schon ein paar
Gottsfürcht'ge Maroniten sich erboten,
Wenn nur ein wackrer Mann sie führen wolle,
Das Stück zu wagen.

TEMPELHERR Und der Patriarch
Hätt' auch zu diesem wackern Manne mich
Ersehn?

KLOSTERBRUDER Er glaubt, daß König Philipp wohl
Von Ptolemais aus die Hand hierzu
Am besten bieten könne.

TEMPELHERR Mir? mir, Bruder?
Mir? Habt Ihr nicht gehört? nur erst gehört,
Was für Verbindlichkeit dem Saladin
Ich habe?

KLOSTERBRUDER Wohl hab' ich's gehört.

TEMPELHERR Und doch?

KLOSTERBRUDER Ja, – meint der Patriarch, – das wär' schon gut:
Gott aber und der Orden . . .

TEMPELHERR Ändern nichts!
Gebieten mir kein Bubenstück!

KLOSTERBRUDER Gewiß nicht! –
Nur, – meint der Patriarch, – sei Bubenstück
Vor Menschen, nicht auch Bubenstück vor Gott.

TEMPELHERR
Ich wär' dem Saladin mein Leben schuldig:
Und raubt' ihm seines?

KLOSTERBRUDER Pfui! – Doch bliebe, – meint
Der Patriarch, – noch immer Saladin
Ein Feind der Christenheit, der Euer Freund
Zu sein, kein Recht erwerben könne.

TEMPELHERR Freund?
An dem ich bloß nicht will zum Schurken werden;
Zum undankbaren Schurken?

KLOSTERBRUDER Allerdings! –
Zwar, – meint der Patriarch, – des Dankes sei
Man quitt, vor Gott und Menschen quitt, wenn uns
Der Dienst um unsertwillen nicht geschehen.
Und da verlauten wolle, – meint der Patriarch, –
Daß Euch nur darum Saladin begnadet,
Weil ihm in Eurer Mien', in Euerm Wesen
So was von seinem Bruder eingeleuchtet . . .

TEMPELHERR Auch dieses weiß der Patriarch; und doch? –
Ah! wäre das gewiß! Ah, Saladin! –
Wie? die Natur hätt' auch nur *einen* Zug
Von mir in deines Bruders Form gebildet:
Und dem entspräche nichts in meiner Seele?
Was dem entspräche, könnt' ich unterdrücken,
Um einem Patriarchen zu gefallen? –
Natur, so leugst du nicht! So widerspricht

Sich Gott in seinen Werken nicht! – Geht, Bruder! –
Erregt mir meine Galle nicht! – Geht! geht!
KLOSTERBRUDER Ich geh'; und geh' vergnügter, als ich kam.
Verzeihe mir der Herr. Wir Klosterleute
Sind schuldig, unsern Obern zu gehorchen.

SECHSTER AUFTRITT

Der Tempelherr und Daja, die den Tempelherrn schon eine Zeitlang von weiten beobachtet hatte und sich nun ihm nähert.

DAJA Der Klosterbruder, wie mich dünkt, ließ in
Der besten Laun' ihn nicht. – Doch muß ich mein
Paket nur wagen.
TEMPELHERR Nun, vortrefflich! – Lügt
Das Sprichwort wohl: daß Mönch und Weib, und Weib
Und Mönch des Teufels beide Krallen sind?
Er wirft mich heut aus einer in die andre.
DAJA Was seh' ich? – Edler Ritter, Euch? – Gott Dank!
Gott tausend Dank! – Wo habt Ihr denn
Die ganze Zeit gesteckt? – Ihr seid doch wohl
Nicht krank gewesen?
TEMPELHERR Nein.
DAJA Gesund doch?
TEMPELHERR Ja.
DAJA Wir waren Euertwegen wahrlich ganz
Bekümmert.
TEMPELHERR So?
DAJA Ihr wart gewiß verreist?
TEMPELHERR Erraten!
DAJA Und kamt heut erst wieder?
TEMPELHERR Gestern.
DAJA Auch Rechas Vater ist heut angekommen.
Und nun darf Recha doch wohl hoffen?
TEMPELHERR Was?

DAJA Warum sie Euch so öfters bitten lassen.
Ihr Vater ladet Euch nun selber bald
Aufs dringlichste. Er kömmt von Babylon.
Mit zwanzig hochbeladenen Kamelen,
Und allem, was an edeln Spezereien,
An Steinen und an Stoffen, Indien
Und Persien und Syrien, gar Sina,
Kostbares nur gewähren.
TEMPELHERR Kaufe nichts.
DAJA Sein Volk verehret ihn als einen Fürsten.
Doch daß es ihn den Weisen Nathan nennt
Und nicht vielmehr den Reichen, hat mich oft
Gewundert.
TEMPELHERR Seinem Volk ist reich und weise
Vielleicht das Nämliche.
DAJA Vor allen aber
Hätt's ihn den Guten nennen müssen. Denn
Ihr stellt Euch gar nicht vor, wie gut er ist.
Als er erfuhr, wie viel Euch Recha schuldig:
Was hätt', in diesem Augenblicke, nicht
Er alles Euch getan, gegeben!
TEMPELHERR Ei!
DAJA Versucht's und kommt und seht!
TEMPELHERR Was denn? wie schnell
Ein Augenblick vorüber ist?
DAJA Hätt' ich,
Wenn er so gut nicht wär', es mir so lange
Bei ihm gefallen lassen? Meint Ihr etwa,
Ich fühle meinen Wert als Christin nicht?
Auch mir ward's vor der Wiege nicht gesungen,
Daß ich nur darum meinem Ehgemahl
Nach Palästina folgen würd', um da
Ein Judenmädchen zu erziehn. Es war
Mein lieber Ehgemahl ein edler Knecht
In Kaiser Friedrichs Heere –

TEMPELHERR Von Geburt
Ein Schweizer, dem die Ehr' und Gnade ward,
Mit Seiner Kaiserlichen Majestät
In einem Flusse zu ersaufen. – Weib!
Wie vielmal habt Ihr mir das schon erzählt?
Hört Ihr denn gar nicht auf mich zu verfolgen?
DAJA Verfolgen! lieber Gott!
TEMPELHERR Ja, ja, verfolgen.
Ich will nun einmal Euch nicht weiter sehn!
Nicht hören! Will von Euch an eine Tat
Nicht fort und fort erinnert sein, bei der
Ich nichts gedacht; die, wenn ich drüber denke,
Zum Rätsel von mir selbst mir wird. Zwar möcht'
Ich sie nicht gern bereuen. Aber seht;
Ereignet so ein Fall sich wieder: Ihr
Seid schuld, wenn ich so rasch nicht handle; wenn
Ich mich vorher erkund' – und brennen lasse,
Was brennt.
DAJA Bewahre Gott!
TEMPELHERR Von heut' an tut
Mir den Gefallen wenigstens, und kennt
Mich weiter nicht. Ich bitt' Euch drum. Auch laßt
Den Vater mir vom Halse. Jud' ist Jude.
Ich bin ein plumper Schwab. Des Mädchens Bild
Ist längst aus meiner Seele; wenn es je
Da war.
DAJA Doch Eures ist aus ihrer nicht.
TEMPELHERR Was soll's nun aber da? was soll's?
DAJA Wer weiß?
Die Menschen sind nicht immer, was sie scheinen.
TEMPELHERR Doch selten etwas Bessers. *(Er geht.)*
DAJA Wartet doch!
Was eilt Ihr?
TEMPELHERR Weib, macht mir die Palmen nicht
Verhaßt, worunter ich so gern sonst wandle.

DAJA So geh, du deutscher Bär! so geh! – Und doch
Muß ich die Spur des Tieres nicht verlieren.
(Sie geht ihm von weiten nach.)

ZWEITER AUFZUG

ERSTER AUFTRITT

Die Szene: des Sultans Palast.
Saladin und Sittah spielen Schach.

SITTAH Wo bist du, Saladin? Wie spielst du heut?
SALADIN Nicht gut? Ich dächte doch.
SITTAH Für mich; und kaum.
Nimm diesen Zug zurück.
SALADIN Warum?
SITTAH Der Springer
Wird unbedeckt.
SALADIN Ist wahr. Nun so!
SITTAH So zieh'
Ich in die Gabel.
SALADIN Wieder wahr. – Schach dann!
SITTAH Was hilft dir das? Ich setze vor: und du
Bist, wie du warst.
SALADIN Aus dieser Klemme seh'
Ich wohl, ist ohne Buße nicht zu kommen.
Mag's! nimm den Springer nur.
SITTAH Ich will ihn nicht.
Ich geh' vorbei.
SALADIN Du schenkst mir nichts. Dir liegt
An diesem Plane mehr, als an dem Springer.
SITTAH Kann sein.
SALADIN Mach' deine Rechnung nur nicht ohne

Den Wirt. Denn sieh! Was gilt's, das warst du nicht
Vermuten?

SITTAH Freilich nicht. Wie konnt' ich auch
Vermuten, daß du deiner Königin
So müde wärst?

SALADIN Ich meiner Königin?

SITTAH Ich seh' nun schon: ich soll heut meine tausend
Dinar', kein Naserinchen mehr gewinnen.

SALADIN Wie so?

SITTAH Frag' noch! – Weil du mit Fleiß, mit aller
Gewalt verlieren willst. – Doch dabei find'
Ich meine Rechnung nicht. Denn außer, daß
Ein solches Spiel das unterhaltendste
Nicht ist: gewann ich immer nicht am meisten
Mit dir, wenn ich verlor? Wenn hast du mir
Den Satz, mich des verlornen Spieles wegen
Zu trösten, doppelt nicht hernach geschenkt?

SALADIN Ei sieh! so hättest *du* ja wohl, wenn du
Verlorst, mit Fleiß verloren, Schwesterchen?

SITTAH Zum wenigsten kann gar wohl sein, daß deine
Freigebigkeit, mein liebes Brüderchen,
Schuld ist, daß ich nicht besser spielen lernen.

SALADIN Wir kommen ab vom Spiele. Mach' ein Ende!

SITTAH So bleibt es? Nun dann: Schach! und doppelt Schach!

SALADIN Nun freilich; dieses Abschach hab' ich nicht
Gesehn, das meine Königin zugleich
Mit niederwirft.

SITTAH War dem noch abzuhelfen?
Laß sehn.

SALADIN Nein, nein; nimm nur die Königin.
Ich war mit diesem Steine nie recht glücklich.

SITTAH Bloß mit dem Steine?

SALADIN Fort damit! – Das tut
Mir nichts. Denn so ist alles wiederum
Geschützt.

SITTAH Wie höflich man mit Königinnen
Verfahren müsse: hat mein Bruder mich
Zu wohl gelehrt.
(Sie läßt sie stehen.)
SALADIN Nimm, oder nimm sie nicht!
Ich habe keine mehr.
SITTAH Wozu sie nehmen?
Schach! – Schach!
SALADIN Nur weiter.
SITTAH Schach! – und Schach! – und Schach! –
SALADIN Und matt!
SITTAH Nicht ganz; du ziehst den Springer noch
Dazwischen; oder was du machen willst
Gleichviel!
SALADIN Ganz recht! – Du hast gewonnen: und
Al-Hafi zahlt. – Man lass' ihn rufen! gleich! –
Du hattest, Sittah, nicht so unrecht; ich
War nicht so ganz beim Spiele; war zerstreut.
Und dann: wer gibt uns denn die glatten Steine
Beständig? die an nichts erinnern, nichts
Bezeichnen. Hab' ich mit dem Iman denn
Gespielt? – Doch was? Verlust will Vorwand. Nicht
Die ungeformten Steine, Sittah, sind's,
Die mich verlieren machten: deine Kunst,
Dein ruhiger und schneller Blick . . .
SITTAH Auch so
Willst du den Stachel des Verlusts nur stumpfen.
Genug, du warst zerstreut; und mehr als ich.
SALADIN Als du? Was hätte *dich* zerstreuet?
SITTAH Deine
Zerstreuung freilich nicht! – O Saladin,
Wenn werden wir so fleißig wieder spielen.
SALADIN So spielen wir um so viel gieriger! –
Ah! weil es wieder losgeht, meinst du? – Mag's! –

Nur zu! – Ich habe nicht zuerst gezogen;
Ich hätte gern den Stillestand aufs neue
Verlängert; hätte meiner Sittah gern,
Gern einen guten Mann zugleich verschafft.
Und das muß Richards Bruder sein: er ist
Ja Richards Bruder.

SITTAH Wenn du deinen Richard
Nur loben kannst!

SALADIN Wenn unserm Bruder Melek
Dann Richards Schwester wär' zu Teile worden:
Ha! welch ein Haus zusammen! Ha, der ersten,
Der besten Häuser in der Welt das beste! –
Du hörst, ich bin mich selbst zu loben, auch
Nicht faul. Ich dünk' mich meiner Freunde wert. –
Das hätte Menschen geben sollen! das!

SITTAH Hab' ich des schönen Traums nicht gleich gelacht?
Du kennst die Christen nicht, willst sie nicht kennen.
Ihr Stolz ist: Christen sein; nicht Menschen. Denn
Selbst das, was, noch von ihrem Stifter her,
Mit Menschlichkeit den Aberglauben würzt,
Das lieben sie, nicht weil es menschlich ist:
Weil's Christus lehrt; weil's Christus hat getan. –
Wohl ihnen, daß er so ein guter Mensch
Noch war! Wohl ihnen, daß sie seine Tugend
Auf Treu' und Glaube nehmen können! – Doch
Was Tugend? – Seine Tugend nicht; sein Name
Soll überall verbreitet werden; soll
Die Namen aller guten Menschen schänden,
Verschlingen. Um den Namen, um den Namen
Ist ihnen nur zu tun.

SALADIN Du meinst: warum
Sie sonst verlangen würden, daß auch ihr,
Auch du und Melek, Christen hießet, eh'
Als Ehgemahl ihr Christen lieben wolltet?

SITTAH Jawohl! Als wär' von Christen nur, als Christen,

Die Liebe zu gewärtigen, womit
Der Schöpfer Mann und Männin ausgestattet.

SALADIN Die Christen glauben mehr Armseligkeiten,
Als daß sie *die* nicht auch noch glauben könnten! –
Und gleichwohl irrst du dich. – Die Tempelherren,
Die Christen nicht, sind schuld: sind nicht, als Christen,
Als Tempelherren schuld. Durch die allein
Wird aus der Sache nichts. Sie wollen Acca,
Das Richards Schwester unserm Bruder Melek
Zum Brautschatz bringen müßte, schlechterdings
Nicht fahren lassen. Daß des Ritters Vorteil
Gefahr nicht laufe, spielen sie den Mönch,
Den albern Mönch. Und ob vielleicht im Fluge
Ein guter Streich gelänge: haben sie
Des Waffenstillestandes Ablauf kaum
Erwarten können. – Lustig! Nur so weiter!
Ihr Herren, nur so weiter! – Mir schon recht! –
Wär' alles sonst nur, wie es müßte.

SITTAH Nun?
Was irrte dich denn sonst? Was könnte sonst
Dich aus der Fassung bringen?

SALADIN Was von je
Mich immer aus der Fassung hat gebracht. –
Ich war auf Libanon, bei unserm Vater.
Er unterliegt den Sorgen noch . . .

SITTAH O weh!

SALADIN Er kann nicht durch; es klemmt sich allerorten;
Es fehlt bald da, bald dort –

SITTAH Was klemmt? was fehlt?

SALADIN Was sonst, als was ich kaum zu nennen würd'ge?
Was, wenn ich's habe, mir so überflüssig,
Und hab' ich's nicht, so unentbehrlich scheint. –
Wo bleibt Al-Hafi denn? Ist niemand nach
Ihm aus? – Das leidige, verwünschte Geld! –
Gut, Hafi, daß du kömmst.

ZWEITER AUFTRITT

Der Derwisch Al-Hafi. Saladin. Sittah.

AL-HAFI Die Gelder aus
Aegypten sind vermutlich angelangt.
Wenn's nur fein viel ist.

SALADIN Hast du Nachricht?

AL-HAFI Ich?
Ich nicht. Ich denke, daß ich hier sie in
Empfang soll nehmen.

SALADIN Zahl' an Sittah tausend
Dinare!
(In Gedanken hin und her gehend.)

AL-HAFI Zahl'! anstatt empfang! O schön!
Das ist für Was noch weniger als Nichts. –
An Sittah? – wiederum an Sittah? Und
Verloren? – wiederum im Schach verloren? –
Da steht es noch das Spiel!

SITTAH Du gönnst mir doch
Mein Glück?

AL-HAFI *(das Spiel betrachtend)*
Was gönnen? Wenn – Ihr wißt ja wohl.

SITTAH *(ihm winkend)*
Bst! Hafi! bst!

AL-HAFI *(noch auf das Spiel gerichtet)*
Gönnt's Euch nur selber erst!

SITTAH Al-Hafi; bst!

AL-HAFI *(zu Sittah)* Die Weißen waren Euer?
Ihr bietet Schach?

SITTAH Gut, daß er nichts gehört.

AL-HAFI Nun ist der Zug an ihm?

SITTAH *(ihm nähertretend)* So sage doch,
Daß ich mein Geld bekommen kann.

AL-HAFI *(noch auf das Spiel geheftet)* Nun ja;
Ihr sollt's bekommen, wie Ihr's stets bekommen.

SITTAH Wie? bist du toll?

AL-HAFI Das Spiel ist ja nicht aus.
Ihr habt ja nicht verloren, Saladin.

SALADIN *(kaum hinhörend)* Doch! doch! Bezahl'! bezahl'!

AL-HAFI Bezahl'! bezahl'!
Da steht ja Eure Königin.

SALADIN *(noch so)* Gilt nicht;
Gehört nicht mehr ins Spiel.

SITTAH So mach' und sag',
Daß ich das Geld mir nur kann holen lassen.

AL-HAFI *(noch immer in das Spiel vertieft)*
Versteht sich, so wie immer. – Wenn auch schon;
Wenn auch die Königin nichts gilt: Ihr seid
Doch darum noch nicht matt.

SALADIN *(tritt hinzu und wirft das Spiel um)* Ich bin es; will
Es sein.

AL-HAFI Ja so! – Spiel wie Gewinst! So wie
Gewonnen, so bezahlt.

SALADIN *(zu Sittah)* Was sagt er? was?

SITTAH *(von Zeit zu Zeit dem Hafi winkend)*
Du kennst ihn ja. Er sträubt sich gern; läßt gern
Sich bitten; ist wohl gar ein wenig neidisch. –

SALADIN Auf dich doch nicht? Auf meine Schwester nicht? –
Was hör' ich, Hafi? Neidisch? du?

AL-HAFI Kann sein!
Kann sein! – Ich hätt' ihr Hirn wohl lieber selbst;
Wär' lieber selbst so gut, als sie.

SITTAH Indes
Hat er doch immer richtig noch bezahlt.
Und wird auch heut bezahlen. Laß ihn nur! –
Geh nur, Al-Hafi, geh! Ich will das Geld
Schon holen lassen.

AL-HAFI Nein; ich spiele länger
Die Mummerei nicht mit. Er muß es doch
Einmal erfahren.

SALADIN Wer? und was?

SITTAH Al-Hafi!
Ist dieses dein Versprechen? Hältst du so
Mir Wort?

AL-HAFI Wie konnt' ich glauben, daß es so
Weit gehen würde.

SALADIN Nun? erfahr' ich nichts?

SITTAH Ich bitte dich, Al-Hafi; sei bescheiden.

SALADIN Das ist doch sonderbar! Was könnte Sittah
So feierlich, so warm bei einem Fremden,
Bei einem Derwisch lieber, als bei mir,
Bei ihrem Bruder sich verbitten wollen.
Al-Hafi, nun befehl' ich. – Rede, Derwisch!

SITTAH Laß eine Kleinigkeit, mein Bruder, dir
Nicht näher treten, als sie würdig ist.
Du weißt, ich habe zu verschiednen Malen
Dieselbe Summ' im Schach von dir gewonnen.
Und weil ich itzt das Geld nicht nötig habe;
Weil itzt in Hafis Kasse doch das Geld
Nicht eben allzuhäufig ist: so sind
Die Posten stehn geblieben. Aber sorgt
Nur nicht! Ich will sie weder dir, mein Bruder,
Noch Hafi, noch der Kasse schenken.

AL-HAFI Ja,
Wenn's das nur wäre! das!

SITTAH Und mehr dergleichen. –
Auch das ist in der Kasse stehn geblieben,
Was du mir einmal ausgeworfen; ist
Seit wenigen Monden stehn geblieben.

AL-HAFI Noch
Nicht alles.

SALADIN Noch nicht? – Wirst du reden?

AL-HAFI Seit aus Aegypten wir das Geld erwarten,
Hat sie . . .

SITTAH *(zu Saladin)* Wozu ihn hören?

AL-HAFI Nicht nur nichts
Bekommen . . .
SALADIN Gutes Mädchen! – Auch beiher
Mit vorgeschossen. Nicht?
AL-HAFI Den ganzen Hof
Erhalten; Euren Aufwand ganz allein
Bestritten.
SALADIN Ha! das, das ist meine Schwester! *(Sie umarmend.)*
SITTAH Wer hatte, dies zu können, mich so reich
Gemacht, als du, mein Bruder?
AL-HAFI Wird schon auch
So bettelarm sie wieder machen, als
Er selber ist.
SALADIN Ich arm? der Bruder arm?
Wenn hab' ich mehr? wenn weniger gehabt? –
Ein Kleid, Ein Schwert, Ein Pferd, – und Einen Gott!
Was brauch' ich mehr? Wenn kann's an dem mir fehlen?
Und doch, Al-Hafi, könnt' ich mit dir schelten.
SITTAH Schilt nicht, mein Bruder. Wenn ich unserm Vater
Auch seine Sorgen so erleichtern könnte!
SALADIN Ah! Ah! Nun schlägst du meine Freudigkeit
Auf einmal wieder nieder! – Mir, für mich
Fehlt nichts, und kann nichts fehlen. Aber ihm,
Ihm fehlet; und in ihm uns allen. – Sagt,
Was soll ich machen? – Aus Aegypten kommt
Vielleicht noch lange nichts. Woran das liegt,
Weiß Gott. Es ist doch da noch alles ruhig. –
Abbrechen, einziehn, sparen, will ich gern,
Mir gern gefallen lassen; wenn es mich,
Bloß mich betrifft; bloß mich, und niemand sonst
Darunter leidet. – Doch was kann das machen?
Ein Pferd, Ein Kleid, Ein Schwert, muß ich doch haben.
Und meinem Gott ist auch nichts abzudingen.
Ihm gnügt schon so mit wenigem genug;
Mit meinem Herzen. – Auf den Überschuß

Von deiner Kasse, Hafi, hatt' ich sehr
Gerechnet.

AL-HAFI Überschuß? – Sagt selber, ob
Ihr mich nicht hättet spießen, wenigstens
Mich drosseln lassen, wenn auf Überschuß
Ich von Euch wär' ergriffen worden. Ja,
Auf Unterschleif! das war zu wagen.

SALADIN Nun,
Was machen wir denn aber? – Konntest du
Vorerst bei niemand andern borgen, als
Bei Sittah?

SITTAH Würd' ich dieses Vorrecht, Bruder,
Mir haben nehmen lassen? Mir von ihm?
Auch noch besteh' ich drauf. Noch bin ich auf
Dem Trocknen völlig nicht.

SALADIN Nur völlig nicht!
Das fehlte noch! – Geh gleich, mach' Anstalt, Hafi!
Nimm auf bei wem du kannst! und wie du kannst!
Geh, borg', versprich. – Nur, Hafi, borge nicht
Bei denen, die ich reich gemacht. Denn borgen
Von diesen, möchte wiederfodern heißen.
Geh zu den Geizigsten; die werden mir
Am liebsten leihen. Denn sie wissen wohl,
Wie gut ihr Geld in meinen Händen wuchert.

AL-HAFI Ich kenne deren keine.

SITTAH Eben fällt
Mir ein, gehört zu haben, Hafi, daß
Dein Freund zurückgekommen.

AL-HAFI *(betroffen)* Freund? mein Freund?
Wer wär' denn das?

SITTAH Dein hochgepriesner Jude.

AL-HAFI Gepriesner Jude? hoch von mir?

SITTAH Dem Gott, –
Mich denkt des Ausdrucks noch recht wohl, des einst
Du selber dich von ihm bedientest, – dem

Sein Gott von allen Gütern dieser Welt
Das Kleinst' und Größte so in vollem Maß
Erteilet habe. –

AL-HAFI Sagt' ich so? – Was meint'
Ich denn damit?

SITTAH Das Kleinste: Reichtum. Und
Das Größte: Weisheit.

AL-HAFI Wie? von einem Juden?
Von einem Juden hätt' ich das gesagt?

SITTAH Das hättest du von deinem Nathan nicht
Gesagt?

AL-HAFI Ja so! von dem! vom Nathan! – Fiel
Mir der doch gar nicht bei. – Wahrhaftig? Der
Ist endlich wieder heim gekommen? Ei!
So mag's doch gar so schlecht mit ihm nicht stehn. –
Ganz recht: den nannt' einmal das Volk den Weisen!
Den Reichen auch.

SITTAH Den Reichen nennt es ihn
Itzt mehr als je. Die ganze Stadt erschallt,
Was er für Kostbarkeiten, was für Schätze
Er mitgebracht.

AL-HAFI Nun, ist's der Reiche wieder:
So wird's auch wohl der Weise wieder sein.

SITTAH Was meinst du, Hafi, wenn du diesen angingst?

AL-HAFI Und was bei ihm? – Doch wohl nicht borgen? – Ja,
Da kennt Ihr ihn. – Er borgen! – Seine Weisheit
Ist eben, daß er niemand borgt.

SITTAH Du hast
Mir sonst doch ganz ein ander Bild von ihm
Gemacht.

AL-HAFI Zur Not wird er Euch Waren borgen.
Geld aber, Geld? Geld nimmermehr. – Es ist
Ein Jude freilich übrigens, wie's nicht
Viel Juden gibt. Er hat Verstand; er weiß
Zu leben; spielt gut Schach. Doch zeichnet er

Im Schlechten sich nicht minder, als im Guten
Von allen andern Juden aus. – Auf den,
Auf den nur rechnet nicht. – Den Armen gibt
Er zwar; und gibt vielleicht trotz Saladin.
Wenn schon nicht ganz so viel; doch ganz so gern;
Doch ganz so sonder Ansehn. Jud' und Christ
Und Muselmann und Parsi, alles ist
Ihm eins.

SITTAH Und so ein Mann ...

SALADIN Wie kommt es denn,
Daß ich von diesem Manne nie gehört? ...

SITTAH Der sollte Saladin nicht borgen? nicht
Dem Saladin, der nur für andre braucht,
Nicht sich?

AL-HAFI Da seht nun gleich den Juden wieder;
Den ganz gemeinen Juden! – Glaubt mir's doch! –
Er ist aufs Geben Euch so eifersüchtig,
So neidisch! Jedes *Lohn von Gott,* das in
Der Welt gesagt wird, zög' er lieber ganz
Allein. Nur darum eben leiht er keinem,
Damit er stets zu geben habe. Weil
Die Mild' ihm im Gesetz geboten; die
Gefälligkeit ihm aber nicht geboten: macht
Die Mild' ihn zu dem ungefälligsten
Gesellen auf der Welt. Zwar bin ich seit
Geraumer Zeit ein wenig übern Fuß
Mit ihm gespannt; doch denkt nur nicht, daß ich
Ihm darum nicht Gerechtigkeit erzeige.
Er ist zu allem gut: bloß dazu nicht;
Bloß dazu wahrlich nicht. Ich will auch gleich
Nur gehn, an andre Türen klopfen ... Da
Besinn' ich mich soeben eines Mohren,
Der reich und geizig ist. – Ich geh'; ich geh'.

SITTAH Was eilst du, Hafi?

SALADIN Laß ihn! laß ihn!

DRITTER AUFTRITT

Sittah. Saladin.

SITTAH Eilt
Er doch, als ob er mir nur gern entkäme!
Was heißt das? – Hat er wirklich sich in ihm
Betrogen, oder – möcht' er uns nur gern
Betrügen?
SALADIN Wie? das fragst du mich? Ich weiß
Ja kaum, von wem die Rede war; und höre
Von euerm Juden, euerm Nathan heut
Zum erstenmal.
SITTAH Ist's möglich? daß ein Mann
Dir so verborgen blieb, von dem es heißt,
Er habe Salomons und Davids Gräber
Erforscht, und wisse deren Siegel durch
Ein mächtiges geheimes Wort zu lösen?
Aus ihnen bring' er dann von Zeit zu Zeit
Die unermeßlichen Reichtümer an
Den Tag, die keinen mindern Quell verrieten.
SALADIN Hat seinen Reichtum dieser Mann aus Gräbern,
So waren's sicherlich nicht Salomons,
Nicht Davids Gräber. Narren lagen da
Begraben!
SITTAH Oder Bösewichter! – Auch
Ist seines Reichtums Quelle weit ergiebiger,
Weit unerschöpflicher, als so ein Grab
Voll Mammon.
SALADIN Denn er handelt; wie ich hörte.
SITTAH Sein Saumtier treibt auf allen Straßen, zieht
Durch alle Wüsten; seine Schiffe liegen
In allen Häfen. Das hat mir wohl eh'
Al-Hafi selbst gesagt; und voll Entzücken
Hinzugefügt, wie groß, wie edel dieser
Sein Freund anwende, was so klug und emsig

Er zu erwerben für zu klein nicht achte:
Hinzugefügt, wie frei von Vorurteilen
Sein Geist; sein Herz wie offen jeder Tugend,
Wie eingestimmt mit jeder Schönheit sei.

SALADIN Und itzt sprach Hafi doch so ungewiß,
So kalt von ihm.

SITTAH Kalt nun wohl nicht; verlegen.
Als halt' er's für gefährlich, ihn zu loben,
Und woll' ihn unverdient doch auch nicht tadeln. –
Wie? oder wär' es wirklich so, daß selbst
Der Beste seines Volkes seinem Volke
Nicht ganz entfliehen kann? daß wirklich sich
Al-Hafi seines Freunds von dieser Seite
Zu schämen hätte? – Sei dem, wie ihm wolle! –
Der Jude sei mehr oder weniger
Als Jud', ist er nur reich: genug für uns!

SALADIN Du willst ihm aber doch das Seine mit
Gewalt nicht nehmen, Schwester?

SITTAH Ja, was heißt
Bei dir Gewalt? Mit Feur und Schwert? Nein, nein,
Was braucht es mit den Schwachen für Gewalt,
Als ihre Schwäche? – Komm vor itzt nur mit
In meinen Haram, eine Sängerin
Zu hören, die ich gestern erst gekauft.
Er reift indes bei mir vielleicht ein Anschlag,
Den ich auf diesen Nathan habe. – Komm!

VIERTER AUFTRITT

Szene: vor dem Hause des Nathan, wo es an die Palmen stößt.
Recha und Nathan kommen heraus. Zu ihnen Daja.

RECHA Ihr habt Euch sehr verweilt, mein Vater. Er
Wird kaum noch mehr zu treffen sein.

NATHAN Nun, nun;

Wenn hier, hier untern Palmen schon nicht mehr:
Doch anderwärts. – Sei itzt nur ruhig. – Sieh!
Kömmt dort nicht Daja auf uns zu?

RECHA Sie wird
Ihn ganz gewiß verloren haben.

NATHAN Auch
Wohl nicht.

RECHA Sie würde sonst geschwinder kommen.

NATHAN Sie hat uns wohl noch nicht gesehn . . .

RECHA Nun sieht
Sie uns.

NATHAN Und doppelt ihre Schritte. Sieh! –
Sei doch nur ruhig! ruhig!

RECHA Wolltet Ihr
Wohl eine Tochter, die hier ruhig wäre?
Sich unbekümmert ließe, wessen Wohltat
Ihr Leben sei? Ihr Leben, – das ihr nur
So lieb, weil sie es Euch zuerst verdanket.

NATHAN Ich möchte dich nicht anders, als du bist:
Auch wenn ich wüßte, daß in deiner Seele
Ganz etwas anders noch sich rege.

RECHA Was,
Mein Vater?

NATHAN Fragst du mich? so schüchtern mich?
Was auch in deinem Innern vorgeht, ist
Natur und Unschuld. Laß es keine Sorge
Dir machen. Mir, mir macht es keine. Nur
Versprich mir: wenn dein Herz vernehmlicher
Sich einst erklärt, mir seiner Wünsche keinen
Zu bergen.

RECHA Schon die Möglichkeit, mein Herz
Euch lieber zu verhüllen, macht mich zittern.

NATHAN Nichts mehr hiervon! Das ein für allemal
Ist abgetan. – Da ist ja Daja. – Nun?

DAJA Noch wandelt er hier untern Palmen; und

Wird gleich um jene Mauer kommen. – Seht,
Da kömmt er!

RECHA Ah! und scheinet unentschlossen,
Wohin? ob weiter? ob hinab? ob rechts?
Ob links?

DAJA Nein, nein; er macht den Weg ums Kloster
Gewiß noch öfter; und dann muß er hier
Vorbei. – Was gilt's?

RECHA Recht! recht! – Hast du ihn schon
Gesprochen? Und wie ist er heut?

DAJA Wie immer.

NATHAN So macht nur, daß er Euch hier nicht gewahr
Wird. Tretet mehr zurück. Geht lieber ganz
Hinein.

RECHA Nur einen Blick noch! – Ah! die Hecke,
Die mir ihn stiehlt.

DAJA Kommt! kommt! Der Vater hat
Ganz recht. Ihr lauft Gefahr, wenn er Euch sieht,
Daß auf der Stell' er umkehrt.

RECHA Ah! die Hecke!

NATHAN Und kömmt er plötzlich dort aus ihr hervor:
So kann er anders nicht, er muß Euch sehn.
Drum geht doch nur!

DAJA Kommt! kommt! Ich weiß ein Fenster,
Aus dem wir sie bemerken können.

RECHA Ja? *(Beide hinein.)*

FÜNFTER AUFTRITT

Nathan und bald darauf der Tempelherr.

NATHAN Fast scheu' ich mich des Sonderlings. Fast macht
Mich seine rauhe Tugend stutzen. Daß
Ein Mensch doch einen Menschen so verlegen
Soll machen können! – Ha! er kömmt. – Bei Gott!

Ein Jüngling wie ein Mann. Ich mag ihn wohl
Den guten, trotz'gen Blick! den prallen Gang!
Die Schale kann nur bitter sein: der Kern
Ist's sicher nicht. – Wo sah ich doch dergleichen? –
Verzeihet, edler Franke . . .

TEMPELHERR Was?

NATHAN Erlaubt . . .

TEMPELHERR Was, Jude? was?

NATHAN Daß ich mich untersteh',
Euch anzureden.

TEMPELHERR Kann ich's wehren? Doch
Nur kurz.

NATHAN Verzieht, und eilet nicht so stolz,
Nicht so verächtlich einem Mann vorüber,
Den Ihr auf ewig Euch verbunden habt.

TEMPELHERR Wie das? – Ah, fast errat' ich's. Nicht? Ihr seid . . .

NATHAN Ich heiße Nathan; bin des Mädchens Vater,
Das Eure Großmut aus dem Feur gerettet;
Und komme . . .

TEMPELHERR Wenn zu danken: – spart's! Ich hab'
Um diese Kleinigkeit des Dankes schon
Zu viel erdulden müssen. – Vollends Ihr,
Ihr seid mir gar nichts schuldig. Wußt' ich denn,
Daß dieses Mädchen Eure Tochter war?
Es ist der Tempelherren Pflicht, dem ersten
Dem besten beizuspringen, dessen Not
Sie sehn. Mein Leben war mir ohnedem
In diesem Augenblicke lästig. Gern,
Sehr gern ergriff ich die Gelegenheit,
Es für ein andres Leben in die Schanze
Zu schlagen: für ein andres – wenn's auch nur
Das Leben einer Jüdin wäre.

NATHAN Groß!
Groß und abscheulich! – Doch die Wendung läßt
Sich denken. Die bescheidne Größe flüchtet

Sich hinter das Abscheuliche, um der
Bewundrung auszuweichen. – Aber wenn
Sie so das Opfer der Bewunderung
Verschmäht: was für ein Opfer denn verschmäht
Sie minder? – Ritter, wenn Ihr hier nicht fremd
Und nicht gefangen wäret, würd' ich Euch
So dreist nicht fragen. Sagt, befehlt: womit
Kann man Euch dienen?

TEMPELHERR Ihr? Mit nichts.

NATHAN Ich bin
Ein reicher Mann.

TEMPELHERR Der reichre Jude war
Mir nie der beßre Jude.

NATHAN Dürft Ihr denn
Darum nicht nützen, was demungeachtet
Er Beßres hat? nicht seinen Reichtum nützen?

TEMPELHERR Nun gut, das will ich auch nicht ganz verreden;
Um meines Mantels willen nicht. Sobald
Der ganz und gar verschlissen; weder Stich
Noch Fetze länger halten will: komm' ich
Und borge mir bei Euch zu einem neuen,
Tuch oder Geld. – Seht nicht mit eins so finster!
Noch seid Ihr sicher; noch ist's nicht so weit
Mit ihm. Ihr seht; er ist so ziemlich noch
Im Stande. Nur der eine Zipfel da
Hat einen garst'gen Fleck; er ist versengt.
Und das bekam er, als ich Eure Tochter
Durchs Feuer trug.

NATHAN *(der nach dem Zipfel greift und ihn betrachtet)*
Es ist doch sonderbar,
Daß so ein böser Fleck, daß so ein Brandmal
Dem Mann ein beßres Zeugnis redet, als
Sein eigner Mund. Ich möcht' ihn küssen gleich –
Den Flecken! – Ah, verzeiht! – Ich tat es ungern.

TEMPELHERR Was?

NATHAN Eine Träne fiel darauf.
TEMPELHERR Tut nichts!
Er hat der Tropfen mehr. – (Bald aber fängt
Mich dieser Jud' an zu verwirren.)
NATHAN Wärt
Ihr wohl so gut, und schicktet Euern Mantel
Auch einmal meinem Mädchen?
TEMPELHERR Was damit?
NATHAN Auch ihren Mund an diesen Fleck zu drücken.
Denn Eure Kniee selber zu umfassen,
Wünscht sie nun wohl vergebens.
TEMPELHERR Aber, Jude –
Ihr heißet Nathan? – Aber, Nathan – Ihr
Setzt Eure Wort sehr – sehr gut – sehr spitz –
Ich bin betreten – Allerdings – ich hätte . . .
NATHAN Stellt und verstellt Euch, wie Ihr wollt. Ich find'
Auch hier Euch aus. Ihr wart zu gut, zu bieder,
Um höflicher zu sein. – Das Mädchen, ganz
Gefühl; der weibliche Gesandte, ganz
Dienstfertigkeit; der Vater weit entfernt –
Ihr trugt für ihren guten Namen Sorge;
Floht ihre Prüfung; floht, um nicht zu siegen.
Auch dafür dank' ich Euch –
TEMPELHERR Ich muß gestehn,
Ihr wißt, wie Tempelherren denken sollten.
NATHAN Nur Tempelherren? *sollten* bloß? und bloß
Weil es die Ordensregeln so gebieten?
Ich weiß, wie gute Menschen denken; weiß,
Daß alle Länder gute Menschen tragen.
TEMPELHERR Mit Unterschied, doch hoffentlich?
NATHAN Jawohl;
An Farb', an Kleidung, an Gestalt verschieden.
TEMPELHEER Auch hier bald mehr, bald weniger, als dort.
NATHAN Mit diesem Unterschied ist's nicht weit her.
Der große Mann braucht überall viel Boden;

Um mehrere, zu nah gepflanzt, zerschlagen
Sich nur die Äste. Mittelgut, wie wir,
Find't sich hingegen überall in Menge.
Nur muß der eine nicht den andern mäkeln.
Nur muß der Knorr den Knuppen hübsch vertragen.
Nur muß ein Gipfelchen sich nicht vermessen,
Daß es allein der Erde nicht entschossen.

TEMPELHERR Sehr wohl gesagt! – Doch kennt Ihr auch das Volk,
Das diese Menschenmäkelei zuerst
Getrieben? Wißt Ihr, Nathan, welches Volk
Zuerst das auserwählte Volk sich nannte?
Wie? wenn ich dieses Volk nun, zwar nicht haßte,
Doch wegen seines Stolzes zu verachten,
Mich nicht entbrechen könnte? Seines Stolzes;
Den es auf Christ und Muselmann vererbte,
Nur sein Gott sei der rechte Gott! – Ihr stutzt,
Daß ich, ein Christ, ein Tempelherr, so rede?
Wenn hat, und wo die fromme Raserei,
Den bessern Gott zu haben, diesen bessern
Der ganzen Welt als besten aufzudringen,
In ihrer schwärzesten Gestalt sich mehr
Gezeigt, als hier, als itzt? Wem hier, wem itzt
Die Schuppen nicht vom Auge fallen . . . Doch
Sei blind, wer will! – Vergeßt, was ich gesagt;
Und laßt mich! *(Will gehen.)*

NATHAN Ha! Ihr wißt nicht, wie viel fester
Ich nun mich an Euch drängen werde. – Kommt,
Wir müssen, müssen Freunde sein! – Verachtet
Mein Volk so sehr Ihr wollt. Wir haben beide
Uns unser Volk nicht auserlesen. Sind
Wir unser Volk? Was heißt denn Volk?
Sind Christ und Jude eher Christ und Jude,
Als Mensch? Ah! wenn ich einen mehr in Euch
Gefunden hätte, dem es gnügt, ein Mensch
Zu heißen!

TEMPELHERR Ja, bei Gott, das habt Ihr, Nathan!
Das habt Ihr! – Eure Hand! – Ich schäme mich,
Euch einen Augenblick verkannt zu haben.

NATHAN Und ich bin stolz darauf. Nur das Gemeine
Verkennt man selten.

TEMPELHERR Und das Seltene
Vergißt man schwerlich. – Nathan, ja;
Wir müssen, müssen Freunde werden.

NATHAN Sind
Es schon. – Wie wird sich meine Recha freuen! –
Und ah! welch eine heitre Ferne schließt
Sich meinen Blicken auf! – Kennt sie nur erst.

TEMPELHERR Ich brenne vor Verlangen – Wer stürzt dort
Aus Euerm Hause? Ist's nicht ihre Daja?

NATHAN Jawohl. So ängstlich?

TEMPELHERR Unsrer Recha ist
Doch nichts begegnet?

SECHSTER AUFTRITT

Die Vorigen und Daja eilig.

DAJA Nathan! Nathan!

NATHAN Nun?

DAJA Verzeihet, edler Ritter, daß ich Euch
Muß unterbrechen.

NATHAN Nun, was ist's?

TEMPELHERR Was ist's?

DAJA Der Sultan hat geschickt. Der Sultan will
Euch sprechen. Gott, der Sultan!

NATHAN Mich? der Sultan?
Er wird begierig sein, zu sehen, was
Ich Neues mitgebracht. Sag' nur, es sei
Noch wenig oder gar nichts ausgepackt.

DAJA Nein, nein; er will nichts sehen; will Euch sprechen,
Euch in Person, und bald; sobald Ihr könnt.

NATHAN Ich werde kommen. – Geh nur wieder, geh!

DAJA Nehmt ja nicht übel auf, gestrenger Ritter –
Gott, wir sind so bekümmert, was der Sultan
Doch will.

NATHAN Das wird sich zeigen. Geh nur, geh!

SIEBENTER AUFTRITT

Nathan und der Tempelherr.

TEMPELHERR So kennt Ihr ihn noch nicht? – ich meine, von
Person.

NATHAN Den Saladin? Noch nicht. Ich habe
Ihn nicht vermieden, nicht gesucht zu kennen.
Der allgemeine Ruf sprach viel zu gut
Von ihm, daß ich nicht lieber glauben wollte,
Als sehn. Doch nun, – wenn anders dem so ist, –
Hat er durch Sparung Eures Lebens . . .

TEMPELHERR Ja;
Dem allerdings ist so. Das Leben, das
Ich leb', ist sein Geschenk.

NATHAN Durch das er mir
Ein doppelt, dreifach Leben schenkte. Dies
Hat alles zwischen uns verändert; hat
Mit eins ein Seil mir umgeworfen, das
Mich seinem Dienst auf ewig fesselt. Kaum,
Und kaum, kann ich es nun erwarten, was
Er mir zuerst befehlen wird. Ich bin
Bereit zu allem; bin bereit ihm zu
Gestehn, daß ich es Euertwegen bin.

TEMPELHERR Noch hab' ich selber ihm nicht danken können:
So oft ich auch ihm in den Weg getreten.
Der Eindruck, den ich auf ihn machte, kam

So schnell, als schnell er wiederum verschwunden.
Wer weiß, ob er sich meiner gar erinnert.
Und dennoch muß er, einmal wenigstens,
Sich meiner noch erinnern, um mein Schicksal
Ganz zu entscheiden. Nicht genug, daß ich
Auf sein Geheiß noch bin, *mit* seinem Willen
Noch leb': ich muß nun auch von ihm erwarten,
Nach wessen Willen ich zu leben habe.

NATHAN Nicht anders; um so mehr will ich nicht säumen. –
Es fällt vielleicht ein Wort, das mir, auf Euch
Zu kommen, Anlaß gibt. – Erlaubt, verzeiht –
Ich eile – Wenn, wenn aber sehn wir Euch
Bei uns?

TEMPELHERR Sobald ich darf.

NATHAN Sobald Ihr wollt.

TEMPELHERR Noch heut.

NATHAN Und Euer Name? – muß ich bitten.

TEMPELHERR Mein Name war – ist Curd von Stauffen. – Curd!

NATHAN Von Stauffen? – Stauffen? – Stauffen?

TEMPELHERR Warum fällt
Euch das so auf?

NATHAN Von Stauffen? – Des Geschlechts
Sind wohl noch mehrere . . .

TEMPELHERR O ja! hier waren,
Hier faulen des Geschlechts schon mehrere.
Mein Oheim selbst, – mein Vater will ich sagen, –
Doch warum schärft sich Euer Blick auf mich
Je mehr und mehr?

NATHAN O nichts! o nichts! Wie kann
Ich Euch zu sehn ermüden?

TEMPELHERR Drum verlass'
Ich Euch zuerst. Der Blick des Forschers fand
Nicht selten mehr, als er zu finden wünschte.
Ich fürcht' ihn, Nathan. Laßt die Zeit allmählich,
Und nicht die Neugier, unsre Kundschaft machen. *(Er geht.)*

NATHAN *(der ihm mit Erstaunen nachsieht)*
»Der Forscher fand nicht selten mehr, als er
Zu finden wünschte.« –Ist es doch, als ob
In meiner Seel' er lese! – Wahrlich ja;
Das könnt' auch mir begegnen. – Nicht allein
Wolfs Wuchs, Wolfs Gang: auch seine Stimme. So,
Vollkommen so, warf Wolf sogar den Kopf;
Trug Wolf sogar das Schwert im Arm'; strich Wolf
Sogar die Augenbraunen mit der Hand,
Gleichsam das Feuer seines Blicks zu bergen. –
Wie solche tiefgeprägte Bilder doch
Zu Zeiten in uns schlafen können, bis
Ein Wort, ein Laut sie weckt. – Von Stauffen! –
Ganz recht, ganz recht; Filnek und Stauffen. –
Ich will das bald genauer wissen; bald.
Nur erst zum Saladin. – Doch wie? lauscht dort
Nicht Daja? – Nun so komm nur näher, Daja.

ACHTER AUFTRITT

Daja. Nathan.

NATHAN Was gilt's? nun drückt's euch beiden schon das Herz,
Noch ganz was anders zu erfahren, als
Was Saladin mir will.
DAJA Verdenkt Ihr's ihr?
Ihr fingt soeben an, vertraulicher
Mit ihm zu sprechen: als des Sultans Botschaft
Uns von dem Fenster scheuchte.
NATHAN Nun, so sag'
Ihr nur, daß sie ihn jeden Augenblick
Erwarten darf.
DAJA Gewiß? gewiß?
NATHAN Ich kann
Mich doch auf dich verlassen, Daja? Sei

Auf deiner Hut; ich bitte dich. Es soll
Dich nicht gereuen. Dein Gewissen selbst
Soll seine Rechnung dabei finden. Nur
Verdirb mir nichts in meinem Plane. Nur
Erzähl' und frage mit Bescheidenheit,
Mit Rückhalt . . .

DAJA Daß Ihr doch noch erst so was
Erinnern könnt! – Ich geh'; geht Ihr nur auch.
Denn seht! ich glaube gar, da kömmt vom Sultan
Ein zweiter Bot', Al-Hafi, Euer Derwisch. *(Geht ab.)*

NEUNTER AUFTRITT

Nathan. Al-Hafi.

AL-HAFI Ha! ha! zu Euch wollt' ich nun eben wieder.

NATHAN Ist's denn so eilig? Was verlangt er denn
Von mir?

AL-HAFI Wer?

NATHAN Saladin. – Ich komm', ich komme.

AL-HAFI Zu wem? Zum Saladin?

NATHAN Schickt Saladin
Dich nicht?

AL-HAFI Mich? nein. Hat er denn schon geschickt?

NATHAN Ja freilich hat er.

AL-HAFI Nun, so ist es richtig.

NATHAN Was? was ist richtig?

AL-HAFI Daß . . . ich bin nicht schuld;
Gott weiß, ich bin nicht schuld. – Was hab' ich nicht
Von Euch gesagt, gelogen, um es abzuwenden!

NATHAN Was abzuwenden? Was ist richtig?

AL-HAFI Daß
Nun Ihr sein Defterdar geworden. Ich
Bedaur' Euch. Doch mit ansehn will ich's nicht.
Ich geh' von Stund' an; geh'. Ihr habt es schon

Gehört, wohin; und wißt den Weg. – Habt Ihr
Des Wegs was zu bestellen, sagt: ich bin
Zu Diensten. Freilich muß es mehr nicht sein,
Als was ein Nackter mit sich schleppen kann.
Ich geh', sagt bald.

NATHAN Besinn' dich doch, Al-Hafi.
Besinn' dich, daß ich noch von gar nichts weiß.
Was plauderst du denn da?

AL-HAFI Ihr bringt sie doch
Gleich mit, die Beutel?

NATHAN Beutel?

AL-HAFI Nun, das Geld,
Das Ihr dem Saladin vorschießen sollt.

NATHAN Und weiter ist es nichts?

AL-HAFI Ich sollt' es wohl
Mit ansehn, wie er Euch von Tag zu Tag
Aushöhlen wird bis auf die Zehen? Sollt'
Es wohl mit ansehn, daß Verschwendung aus
Der weisen Milde sonst nie leeren Scheuern
So lange borgt, und borgt und borgt, bis auch
Die armen eingebornen Mäuschen drin
Verhungern? – Bildet Ihr vielleicht Euch ein,
Wer Euers Gelds bedürftig sei, der werde
Doch Euerm Rate wohl auch folgen? – Ja;
Er Rate folgen! Wenn hat Saladin
Sich raten lassen? – Denkt nur Nathan, was
Mir eben itzt mit ihm begegnet.

NATHAN Nun?

AL-HAFI Da komm' ich zu ihm, eben daß er Schach
Gespielt mit seiner Schwester. Sittah spielt
Nicht übel; und das Spiel, das Saladin
Verloren glaubte, schon gegeben hatte,
Das stand noch ganz so da. Ich seh' Euch hin,
Und sehe, daß das Spiel noch lange nicht
Verloren.

NATHAN Ei! das war für dich ein Fund!

AL-HAFI Er durfte mit dem König an den Bauer
Nur rücken, auf ihr Schach. – Wenn ich's Euch gleich
Nur zeigen könnte!

NATHAN O ich traue dir!

AL-HAFI Denn so bekam der Roche Feld: und sie
War hin. – Das alles will ich ihm nun weisen
Und ruf' ihn. – Denkt! . . .

NATHAN Er ist nicht deiner Meinung?

AL-HAFI Er hört mich gar nicht an, und wirft verächtlich
Das ganze Spiel in Klumpen.

NATHAN Ist das möglich?

AL-HAFI Und sagt: er wolle matt nun einmal sein;
Er wolle! Heißt das spielen?

NATHAN Schwerlich wohl;
Heißt mit dem Spielen spielen.

AL-HAFI Gleichwohl galt
Es keine taube Nuß.

NATHAN Geld hin, Geld her!
Das ist das wenigste. Allein dich gar
Nicht anzuhören! über einen Punkt
Von solcher Wichtigkeit dich nicht einmal
Zu hören! deinen Adlerblick nicht zu
Bewundern! das, das schreit um Rache; nicht?

AL-HAFI
Ach was! Ich sag' Euch das nur so, damit
Ihr sehen könnt, was für ein Kopf er ist.
Kurz, ich, ich halt's mit ihm nicht länger aus.
Da lauf' ich nun bei allen schmutz'gen Mohren
Herum, und frage, wer ihm borgen will.
Ich, der ich nie für mich gebettelt habe,
Soll nun für andre borgen. Borgen ist
Viel besser nicht als betteln: so wie leihen,
Auf Wucher leihen, nicht viel besser ist,
Als stehlen. Unter meinen Ghebern, an

Dem Ganges, brauch' ich beides nicht, und brauche
Das Werkzeug beider nicht zu sein. Am Ganges,
Am Ganges nur gibt's Menschen. Hier seid Ihr
Der einzige, der noch so würdig wäre,
Daß er am Ganges lebte. – Wollt Ihr mit? –
Laßt ihm mit eins den Plunder ganz im Stiche,
Um den es ihm zu tun. Er bringt Euch nach
Und nach doch drum. So wär' die Plackerei
Auf einmal aus. Ich schaff' Euch einen Delk.
Kommt! kommt!

NATHAN Ich dächte zwar, das blieb' uns ja
Noch immer übrig. Doch, Al-Hafi, will
Ich's überlegen. Warte . . .

AL-HAFI Überlegen?
Nein, so was überlegt sich nicht.

NATHAN Nur bis
Ich von dem Sultan wiederkomme; bis
Ich Abschied erst . . .

AL-HAFI Wer überlegt, der sucht
Bewegungsgründe, nicht zu dürfen. Wer
Sich Knall und Fall, ihm selbst zu leben, nicht
Entschließen kann, der lebet andrer Sklav'
Auf immer. – Wie Ihr wollt! – Lebt wohl! wie's Euch
Wohl dünkt. – Mein Weg liegt dort; und Eurer da.

NATHAN Al-Hafi! Du wirst selbst doch erst das Deine
Berichtigen?

AL-HAFI Ach Possen! Der Bestand
Von meiner Kass' ist nicht des Zählens wert;
Und meine Rechnung bürgt – Ihr oder Sittah.
Lebt wohl! *(Ab.)*

NATHAN *(ihm nachsehend)* Die bürg' ich! – Wilder, guter, edler –
Wie nenn' ich ihn? – Der wahre Bettler ist
Doch einzig und allein der wahre König!
(Von einer andern Seite ab.)

DRITTER AUFZUG

ERSTER AUFTRITT

Szene: in Nathans Hause.
Recha und Daja.

RECHA Wie, Daja, drückte sich mein Vater aus?
»Ich dürf' ihn jeden Augenblick erwarten?«
Das klingt – nicht wahr? – als ob er noch so bald
Erscheinen werde. – Wie viel Augenblicke
Sind aber schon vorbei! – Ah nun: wer denkt
An die verflossenen? – Ich will allein
In jedem nächsten Augenblicke leben.
Er wird doch einmal kommen, der ihn bringt.
DAJA O der verwünschten Botschaft von dem Sultan!
Denn Nathan hätte sicher ohne sie
Ihn gleich mit hergebracht.
RECHA Und wenn er nun
Gekommen, dieser Augenblick; wenn denn
Nun meiner Wünsche wärmster, innigster
Erfüllet ist: was dann? – was dann?
DAJA Was dann?
Dann hoff' ich, daß auch meiner Wünsche wärmster
Soll in Erfüllung gehen.
RECHA Was wird dann
In meiner Brust an dessen Stelle treten,
Die schon verlernt, ohn' einen herrschenden
Wunsch aller Wünsche sich zu dehnen? – Nichts?
Ah, ich erschrecke! . . .
DAJA Mein, mein Wunsch wird dann
An des erfüllten Stelle treten; meiner.
Mein Wunsch, dich in Europa, dich in Händen
Zu wissen, welche deiner würdig sind.
RECHA Du irrst. – Was diesen Wunsch zu deinem macht,

Das nämliche verhindert, daß er meiner
Je werden kann. Dich zieht dein Vaterland:
Und meines, meines sollte mich nicht halten?
Ein Bild der Deinen, das in deiner Seele
Noch nicht verloschen, sollte mehr vermögen,
Als die ich sehn, und greifen kann, und hören,
Die Meinen?

DAJA Sperre dich, soviel du willst!
Des Himmels Wege sind des Himmels Wege.
Und wenn es nun dein Retter selber wäre,
Durch den sein Gott, für den er kämpft, dich in
Das Land, dich zu dem Volke führen wollte,
Für welche du geboren wurdest?

RECHA Daja!
Was sprichst du da nun wieder, liebe Daja!
Du hast doch wahrlich deine sonderbaren
Begriffe! »Sein, sein Gott! für den er kämpft!«
Wem eignet Gott? was ist das für ein Gott,
Der einem Menschen eignet? der für sich
Muß kämpfen lassen? – Und wie weiß
Man denn, *für* welchen Erdkloß man geboren,
Wenn man's für den nicht ist, *auf* welchem man
Geboren? – Wenn mein Vater dich so hörte! –
Was tat er dir, mir immer nur mein Glück
So weit von ihm als möglich vorzuspiegeln?
Was tat er dir, den Samen der Vernunft,
Den er so rein in meine Seele streute,
Mit deines Landes Unkraut oder Blumen
So gern zu mischen? – Liebe, liebe Daja,
Er will nun deine bunten Blumen nicht
Auf meinem Boden! – Und ich muß dir sagen,
Ich selber fühle meinen Boden, wenn
Sie noch so schön ihn kleiden, so entkräftet,
So ausgezehrt durch deine Blume; fühle
In ihrem Dufte, sauersüßen Dufte,

Mich so betäubt, so schwindelnd! – Dein Gehirn
Ist dessen mehr gewohnt. Ich tadle drum
Die stärkern Nerven nicht, die ihn vertragen.
Nur schlägt er mir nicht zu; und schon dein Engel,
Wie wenig fehlte, daß er mich zur Närrin
Gemacht? – Noch schäm' ich mich vor meinem Vater
Der Posse!

DAJA Posse! – Als ob der Verstand
Nur hier zu Hause wäre! Posse! Posse!
Wenn ich nur reden dürfte!

RECHA Darfst du nicht?
Wenn war ich nicht ganz Ohr, so oft es dir
Gefiel, von deinen Glaubenshelden mich
Zu unterhalten? Hab' ich ihren Taten
Nicht stets Bewunderung; und ihren Leiden
Nicht immer Tränen gern gezollt? Ihr Glaube
Schien freilich mir das Heldenmäßigste
An ihnen nie. Doch so viel tröstender
War mir die Lehre, daß Ergebenheit
In Gott von unserm Wähnen über Gott
So ganz und gar nicht abhängt. – Liebe Daja,
Das hat mein Vater uns so oft gesagt;
Darüber hast du selbst mit ihm so oft
Dich einverstanden: warum untergräbst
Du denn allein, was du mit ihm zugleich
Gebauet? – Liebe Daja, das ist kein
Gespräch, womit wir unserm Freund' am besten
Entgegensehn. Für mich zwar, ja! Denn mir,
Mir liegt daran unendlich, ob auch er . . .
Horch, Daja! – Kommt es nicht an unsre Türe?
Wenn Er es wäre! horch!

ZWEITER AUFTRITT

Recha, Daja und der Tempelherr, dem jemand von außen die Türe öffnet, mit den Worten:

Nur hier herein!

RECHA *(fährt zusammen, faßt sich und will ihm zu Füßen fallen)*
Er ist's! – Mein Retter, ah!

TEMPELHERR Dies zu vermeiden
Erschien ich bloß so spät: und doch –

RECHA Ich will
Ja zu den Füßen dieses stolzen Mannes
Nur Gott noch einmal danken; nicht dem Manne.
Der Mann will keinen Dank; will ihn so wenig
Als ihn der Wassereimer will, der bei
Dem Löschen so geschäftig sich erwiesen.
Der ließ sich füllen, ließ sich leeren, mir
Nichts, dir nichts: also auch der Mann. Auch der
Ward nur so in die Glut hineingestoßen;
Da fiel ich ungefähr ihm in den Arm;
Da blieb ich ungefähr, so wie ein Funken
Auf seinem Mantel, ihm in seinen Armen;
Bis wiederum, ich weiß nicht was, uns beide
Herausschmiß aus der Glut. – Was gibt es da
Zu danken? – In Europa treibt der Wein
Zu noch weit andern Taten. – Tempelherren,
Die müssen einmal nun so handeln; müssen
Wie etwas besser zugelernte Hunde,
Sowohl aus Feuer, als aus Wasser holen.

TEMPELHERR *(der sie mit Erstaunen und Unruhe die Zeit über betrachtet)*
O Daja, Daja! Wenn in Augenblicken
Des Kummers und der Galle, meine Laune
Dich übel anließ, warum jede Torheit,
Die meiner Zung' entfuhr, ihr hinterbringen?
Das hieß sich zu empfindlich rächen, Daja!

Doch wenn du nur von nun an besser mich
Bei ihr vertreten willst.

DAJA Ich denke, Ritter,
Ich denke nicht, daß diese kleinen Stacheln,
Ihr an das Herz geworfen, Euch da sehr
Geschadet haben.

RECHA Wie? Ihr hattet Kummer?
Und wart mit Euerm Kummer geiziger
Als Euerm Leben?

TEMPELHERR Gutes, holdes Kind! –
Wie ist doch meine Seele zwischen Auge
Und Ohr geteilt! – Das war das Mädchen nicht,
Nein, nein, das war es nicht, das aus dem Feuer
Ich holte. – Denn wer hätte die gekannt,
Und aus dem Feuer nicht geholt? Wer hätte
Auf mich gewartet? – Zwar – verstellt – der Schreck.
(Pause, unter der er, in Anschauung ihrer, sich wie verliert.)

RECHA Ich aber find' Euch noch den nämlichen. –
(Dergleichen; bis sie fortfährt, um ihn in seinem Anstaunen zu unterbrechen.)
Nun, Ritter, sagt uns doch, wo Ihr so lange
Gewesen? – Fast dürft' ich auch fragen: wo
Ihr itzo seid?

TEMPELHERR Ich bin, – wo ich vielleicht
Nicht sollte sein. –

RECHA Wo Ihr gewesen? – Auch
Wo Ihr vielleicht nicht solltet sein gewesen?
Das ist nicht gut.

TEMPELHERR Auf – auf – wie heißt der Berg?
Auf Sinai.

RECHA Auf Sinai? – Ah schön!
Nun kann ich zuverlässig doch einmal
Erfahren, ob es wahr . . .

TEMPELHERR Was? was? Ob's wahr,
Daß noch daselbst der Ort zu sehn, wo Moses
Vor Gott gestanden, als . . .

RECHA Nun das wohl nicht.
Denn wo er stand, stand er vor Gott. Und davon
Ist mir zur Gnüge schon bekannt. – Ob's wahr,
Möcht' ich nur gern von Euch erfahren, daß –
Daß es bei weitem nicht so mühsam sei,
Auf diesen Berg hinauf zu steigen, als
Herab? – Denn seht; soviel ich Berge noch
Gestiegen bin, war's just das Gegenteil. –
Nun, Ritter? – Was? – Ihr kehrt Euch von mir ab?
Wollt mich nicht sehn?
TEMPELHERR Weil ich Euch hören will.
RECHA Weil Ihr mich nicht wollt merken lassen, daß
Ihr meiner Einfalt lächelt; daß Ihr lächelt,
Wie ich Euch doch so gar nichts Wichtigers
Von diesem heiligen Berg' aller Berge
Zu fragen weiß? Nicht wahr?
TEMPELHERR So muß
Ich doch Euch wieder in die Augen sehn. –
Was? Nun schlagt Ihr sie nieder? nun verbeißt
Das Lächeln Ihr? wie ich noch erst in Mienen,
In zweifelhaften Mienen lesen will,
Was ich so deutlich hör', Ihr so vernehmlich
Mir sagt – verschweigt? – Ah Recha! Recha! Wie
Hat er so wahr gesagt: »Kennt sie nur erst!«
RECHA Wer hat? – von wem? – Euch das gesagt?
TEMPELHERR »Kennt sie
Nur erst!« hat Euer Vater mir gesagt;
Von Euch gesagt.
DAJA Und ich nicht etwa auch?
Ich denn nicht auch?
TEMPELHERR Allein wo ist er denn?
Wo ist denn Euer Vater? Ist er noch
Beim Sultan?
RECHA Ohne Zweifel.
TEMPELHERR Noch, noch da? –

O mich Vergeßlichen! Nein, nein; da ist
Er schwerlich mehr. – Er wird dort unten bei
Dem Kloster meiner warten; ganz gewiß.
So redten, mein' ich, wir es ab. Erlaubt!
Ich geh', ich hol' ihn . . .

DAJA Das ist meine Sache.
Bleibt, Ritter, bleibt. Ich bring' ihn unverzüglich.

TEMPELHERR Nicht so, nicht so! Er sieht mir selbst entgegen;
Nicht Euch. Dazu, er könnte leicht . . . wer weiß? . . .
Er könnte bei dem Sultan leicht, . . . Ihr kennt
Den Sultan nicht! . . . leicht in Verlegenheit
Gekommen sein. – Glaubt mir; es hat Gefahr,
Wenn ich nicht geh'.

RECHA Gefahr? was für Gefahr?

TEMPELHERR Gefahr für mich, für Euch, für ihn: wenn ich
Nicht schleunig, schleunig geh'.
(Ab.)

DRITTER AUFTRITT

Recha und Daja.

RECHA Was ist das, Daja? –
So schnell? – Was kömmt ihm an? Was fiel ihm auf?
Was jagt ihn?

DAJA Laßt nur, laßt. Ich denk', es ist
Kein schlimmes Zeichen.

RECHA Zeichen? und wovon?

DAJA Daß etwas vorgeht innerhalb. Es kocht,
Und soll nicht überkochen. Laßt ihn nur.
Nun ist's an Euch.

RECHA Was ist an mir? Du wirst,
Wie er, mir unbegreiflich.

DAJA Bald nun könnt
Ihr ihm die Unruh' all vergelten, die

Er Euch gemacht hat. Seid nur aber auch
Nicht allzu streng, nicht allzu rachbegierig.
RECHA Wovon du sprichst, das magst du selber wissen.
DAJA Und seid denn Ihr bereits so ruhig wieder?
RECHA Das bin ich; ja das bin ich . . .
DAJA Wenigstens
Gesteht, daß Ihr Euch seiner Unruh' freut;
Und seiner Unruh' danket, was Ihr itzt
Von Ruh' genießt.
RECHA Mir völlig unbewußt!
Denn was ich höchstens dir gestehen könnte,
Wär', daß es mich – mich selbst befremdet, wie
Auf einen solchen Sturm in meinem Herzen
So eine Stille plötzlich folgen können.
Sein voller Anblick, sein Gespräch, sein Ton
Hat mich . . .
DAJA Gesättigt schon?
RECHA Gesättigt, will
Ich nun nicht sagen; nein – bei weitem nicht –
DAJA Den heißen Hunger nur gestillt.
RECHA Nun ja;
Wenn du so willst.
DAJA Ich eben nicht.
RECHA Er wird
Mir ewig wert; mir ewig werter, als
Mein Leben bleiben: wenn auch schon mein Puls
Nicht mehr bei seinem bloßen Namen wechselt;
Nicht mehr mein Herz, so oft ich an ihn denke,
Geschwinder, stärker schlägt. – Was schwatz' ich? Komm,
Komm, liebe Daja, wieder an das Fenster,
Das auf die Palmen sieht.
DAJA So ist er doch
Wohl noch nicht ganz gestillt, der heiße Hunger.
RECHA Nun werd' ich auch die Palmen wieder sehn:
Nicht ihn bloß untern Palmen.

DAJA Diese Kälte
Beginnt auch wohl ein neues Fieber nur.
RECHA Was Kält'? Ich bin nicht kalt. Ich sehe wahrlich
Nicht minder gern, was ich mit Ruhe sehe.

VIERTER AUFTRITT

(Szene: ein Audienzsaal in dem Palaste des Saladin.)
Saladin und Sittah.

SALADIN *(im Hereintreten, gegen die Türe)*
Hier bringt den Juden her, sobald er kömmt.
Er scheint sich eben nicht zu übereilen.
SITTAH Er war auch wohl nicht bei der Hand; nicht gleich
Zu finden.
SALADIN Schwester! Schwester!
SITTAH Tust du doch,
Als stünde dir ein Treffen vor.
SALADIN Und das
Mit Waffen, die ich nicht gelernt zu führen.
Ich soll mich stellen; soll besorgen lassen;
Soll Fallen legen; soll auf Glatteis führen.
Wenn hätt' ich das gekonnt? Wo hätt' ich das
Gelernt? – Und soll das alles, ah, wozu?
Wozu? – Um Geld zu fischen; Geld! – Um Geld,
Geld einem Juden abzubangen; Geld!
Zu solchen kleinen Listen wär' ich endlich
Gebracht, der Kleinigkeiten kleinste mir
Zu schaffen?
SITTAH Jede Kleinigkeit, zu sehr
Verschmäht, die rächt sich, Bruder.
SALADIN Leider wahr. –
Und wenn nun dieser Jude gar der gute,
Vernünft'ge Mann ist, wie der Derwisch dir
Ihn ehedem beschrieben?

SITTAH O nun dann!
Was hat es dann für Not! Die Schlinge liegt
Ja nur dem geizigen, besorglichen,
Furchtsamen Juden: nicht dem guten, nicht
Dem weisen Manne. Dieser ist ja so
Schon unser, ohne Schlinge. Das Vergnügen,
Zu hören, wie ein solcher Mann sich ausred't;
Mit welcher dreisten Stärk' entweder er
Die Stricke kurz zerreißet; oder auch
Mit welcher schlauen Vorsicht er die Netze
Vorbei sich windet: dies Vergnügen hast
Du obendrein.

SALADIN Nun, das ist wahr. Gewiß;
Ich freue mich darauf.

SITTAH So kann dich ja
Auch weiter nichts verlegen machen. Denn
Ist's einer aus der Menge bloß; ist's bloß
Ein Jude, wie ein Jude: gegen den
Wirst du dich doch nicht schämen, so zu scheinen,
Wie er die Menschen all sich denkt? Vielmehr;
Wer sich ihm besser zeigt, der zeigt sich ihm
Als Geck, als Narr.

SALADIN So muß ich ja wohl gar
Schlecht handeln, daß von mir der Schlechte nicht
Schlecht denke?

SITTAH Traun! wenn du schlecht handeln nennst,
Ein jedes Ding nach seiner Art zu brauchen.

SALADIN Was hätt' ein Weiberkopf erdacht, das er
Nicht zu beschönen wüßte!

SITTAH Zu beschönen!

SALADIN Das feine, spitze Ding, besorg' ich nur,
In meiner plumpen Hand zerbricht! – So was
Will ausgeführt sein, wie's erfunden ist:
Mit aller Pfiffigkeit, Gewandtheit. – Doch,
Mag's doch nur, mag's! Ich tanze, wie ich kann;

Und könnt' es freilich lieber – schlechter noch
Als besser.

SITTAH Trau' dir auch nur nicht zu wenig!
Ich stehe dir für dich! Wenn du nur willst. –
Daß uns die Männer deinesgleichen doch
So gern bereden möchten, nur ihr Schwert,
Ihr Schwert nur habe sie so weit gebracht.
Der Löwe schämt sich freilich, wenn er mit
Dem Fuchse jagt: – des Fuchses, nicht der List.

SALADIN Und daß die Weiber doch so gern den Mann
Zu sich herunter hätten! – Geh nur, geh! –
Ich glaube meine Lektion zu können.

SITTAH Was? ich soll gehn?

SALADIN Du wolltest doch nicht bleiben?

SITTAH Wenn auch nicht bleiben . . . im Gesicht euch bleiben –
Doch hier im Nebenzimmer –

SALADIN Da zu horchen?
Auch das nicht, Schwester; wenn ich soll bestehn. –
Fort, fort! der Vorhang rauscht; er kömmt! – doch daß
Du ja nicht da verweilst! Ich sehe nach.
Indem sie sich durch eine Türe entfernt, tritt Nathan zu der andern herein; und Saladin hat sich gesetzt.

FÜNFTER AUFTRITT

Saladin und Nathan.

SALADIN Tritt näher, Jude! – Näher! – Nur ganz her! –
Nur ohne Furcht!

NATHAN Die bleibe deinem Feinde!

SALADIN Du nennst dich Nathan?

NATHAN Ja.

SALADIN Den weisen Nathan?

NATHAN Nein.

SALADIN Wohl! nennst du dich nicht; nennt dich das Volk.

NATHAN Kann sein; das Volk!

SALADIN Du glaubst doch nicht, daß ich
Verächtlich von des Volkes Stimme denke? –
Ich habe längst gewünscht, den Mann zu kennen,
Den es den Weisen nennt.

NATHAN Und wenn es ihn
Zum Spott so nennte? Wenn dem Volke weise
Nichts weiter wär' als klug? und klug nur der,
Der sich auf seinen Vorteil gut versteht?

SALADIN Auf seinen wahren Vorteil, meinst du doch?

NATHAN Dann freilich wär' der Eigennützigste
Der Klügste. Dann wär' freilich klug und weise
Nur eins.

SALADIN Ich höre dich erweisen, was
Du widersprechen willst. – Des Menschen wahre
Vorteile, die das Volk nicht kennt, kennst du.
Hast du zu kennen wenigstens gesucht;
Hast drüber nachgedacht: das auch allein
Macht schon den Weisen.

NATHAN Der sich jeder dünkt
Zu sein.

SALADIN Nun der Bescheidenheit genug!
Denn sie nur immerdar zu hören, wo
Man trockene Vernunft erwartet, ekelt. *(Er springt auf.)*
Laß uns zur Sache kommen! Aber, aber
Aufrichtig, Jud', aufrichtig!

NATHAN Sultan, ich
Will sicherlich dich so bedienen, daß
Ich deiner fernern Kundschaft würdig bleibe.

SALADIN Bedienen? wie?

NATHAN Du sollst das Beste haben
Von allem; sollst es um den billigsten
Preis haben.

SALADIN Wovon sprichst du? doch wohl nicht
Von deinen Waren? – Schachern wird mit dir

Schon meine Schwester. (Das der Horcherin!) –
Ich habe mit dem Kaufmann nichts zu tun.

NATHAN So wirst du ohne Zweifel wissen wollen,
Was ich auf meinem Wege von dem Feinde,
Der allerdings sich wieder reget, etwa
Bemerkt, getroffen? – Wenn ich unverhohlen . . .

SALADIN Auch darauf bin ich eben nicht mit dir
Gesteuert. Davon weiß ich schon, so viel
Ich nötig habe. – Kurz; –

NATHAN Gebiete, Sultan.

SALADIN Ich heische deinen Unterricht in ganz
Was anderm; ganz was anderm. – Da du nun
So weise bist: so sage mir doch einmal –
Was für ein Glaube, was für ein Gesetz
Hat dir am meisten eingeleuchtet?

NATHAN Sultan,
Ich bin ein Jud'.

SALADIN Und ich ein Muselmann.
Der Christ ist zwischen uns. – Von diesen drei
Religionen kann doch eine nur
Die wahre sein. – Ein Mann, wie du, bleibt da
Nicht stehen, wo der Zufall der Geburt
Ihn hingeworfen: oder wenn er bleibt,
Bleibt er aus Einsicht, Gründen, Wahl des Bessern.
Wohlan! so teile deine Einsicht mir
Dann mit. Laß mich die Gründe hören, denen
Ich selber nachzugrübeln, nicht die Zeit
Gehabt. Laß mich die Wahl, die diese Gründe
Bestimmt, – versteht sich, im Vertrauen – wissen,
Damit ich sie zu meiner mache. Wie?
Du stutzest? wägst mich mit dem Auge? – Kann
Wohl sein, daß ich der erste Sultan bin,
Der eine solche Grille hat; die mich
Doch eines Sultans eben nicht so ganz
Unwürdig dünkt. – Nicht wahr? – So rede doch!

Sprich! – Oder willst du einen Augenblick,
Dich zu bedenken? Gut, ich geb' ihn dir. –
(Ob sie wohl horcht? Ich will sie doch belauschen;
Will hören, ob ich's recht gemacht. –) Denk' nach.
Geschwind denk' nach! Ich säume nicht, zurück
Zu kommen.
(Er geht in das Nebenzimmer, nach welchem sich Sittah begeben.)

SECHSTER AUFTRITT

Nathan allein.

Hm! hm! – wunderlich! – Wie ist
Mir denn? – Was will der Sultan? was? – Ich bin
Auf Geld gefaßt; und er will – Wahrheit. Wahrheit!
Und will sie so, – so bar, so blank, – als ob
Die Wahrheit Münze wäre! – Ja, wenn noch
Uralte Münze, die gewogen ward! –
Das ginge noch! Allein so neue Münze,
Die nur der Stempel macht, die man aufs Brett
Nur zählen darf, das ist sie doch nun nicht!
Wie Geld in Sack, so striche man in Kopf
Auch Wahrheit ein? Wer ist denn hier der Jude?
Ich oder er? – Doch wie? Sollt' er auch wohl
Die Wahrheit nicht in Wahrheit fodern? – Zwar,
Zwar der Verdacht, daß er die Wahrheit nur
Als Falle brauche, wär' auch gar zu klein! –
Zu klein? – Was ist für einen Großen denn
Zu klein? – Gewiß, gewiß: er stürzte mit
Der Türe so ins Haus! Man pocht doch, hört
Doch erst, wenn man als Freund sich naht. – Ich muß
Behutsam gehn! – Und wie? wie das? – So ganz
Stockjude sein zu wollen, geht schon nicht. –
Und ganz und gar nicht Jude, geht noch minder.
Denn, wenn kein Jude, dürft' er mich nur fragen,

Warum kein Muselmann? – Das war's! Das kann
Mich retten! – Nicht die Kinder bloß, speist man
Mit Märchen ab. – Er kömmt. Er komme nur!

SIEBENTER AUFTRITT

Saladin und Nathan.

SALADIN (So ist das Feld hier rein!) – Ich komm' dir doch
Nicht zu geschwind zurück? Du bist zu Rande
Mit deiner Überlegung. – Nun so rede!
Es hört uns keine Seele.

NATHAN Möcht' auch doch
Die ganze Welt uns hören.

SALADIN So gewiß
Ist Nathan seiner Sache? Ha! das nenn'
Ich einen Weisen! Nie die Wahrheit zu
Verhehlen! für sie alles auf das Spiel
Zu setzen! Leib und Leben! Gut und Blut!

NATHAN Ja! ja! wann's nötig ist und nutzt.

SALADIN Von nun
An darf ich hoffen, einen meiner Titel,
Verbesserer der Welt und des Gesetzes,
Mit Recht zu führen.

NATHAN Traun, ein schöner Titel!
Doch, Sultan, eh' ich mich dir ganz vertraue,
Erlaubst du wohl, dir ein Geschichtchen zu
Erzählen?

SALADIN Warum das nicht? Ich bin stets
Ein Freund gewesen von Geschichtchen, gut
Erzählt.

NATHAN Ja, *gut* erzählen, das ist nun
Wohl eben meine Sache nicht.

SALADIN Schon wieder
So stolz bescheiden? – Mach'! erzähl', erzähle!

NATHAN Vor grauen Jahren lebt' ein Mann in Osten,
Der einen Ring von unschätzbarem Wert
Aus lieber Hand besaß. Der Stein war ein
Opal, der hundert schöne Farben spielte,
Und hatte die geheime Kraft, vor Gott
Und Menschen angenehm zu machen, wer
In dieser Zuversicht ihn trug. Was Wunder,
Daß ihn der Mann in Osten darum nie
Vom Finger ließ; und die Verfügung traf,
Auf ewig ihn bei seinem Hause zu
Erhalten? Nämlich so. Er ließ den Ring
Von seinen Söhnen dem geliebtesten;
Und setzte fest, daß dieser wiederum
Den Ring von seinen Söhnen dem vermache,
Der ihm der liebste sei; und stets der liebste,
Ohn' Ansehn der Geburt, in Kraft allein
Des Rings, das Haupt, der Fürst des Hauses werde. –
Versteh mich, Sultan.
SALADIN Ich versteh' dich. Weiter!
NATHAN So kam nun dieser Ring, von Sohn zu Sohn,
Auf einen Vater endlich von drei Söhnen;
Die alle drei ihm gleich gehorsam waren,
Die alle drei er folglich gleich zu lieben
Sich nicht entbrechen konnte. Nur von Zeit
Zu Zeit schien ihm bald der, bald dieser, bald
Der dritte, – sowie jeder sich mit ihm
Allein befand, und sein ergießend Herz
Die andern zwei nicht teilten, – würdiger
Des Ringes; den er denn auch einem jeden
Die fromme Schwachheit hatte, zu versprechen.
Das ging nun so, solang es ging. – Allein
Es kam zum Sterben, und der gute Vater
Kömmt in Verlegenheit. Es schmerzt ihn, zwei
Von seinen Söhnen, die sich auf sein Wort
Verlassen, so zu kränken. – Was zu tun? –

Er sendet in geheim zu einem Künstler,
Bei dem er, nach dem Muster seines Ringes,
Zwei andere bestellt, und weder Kosten
Noch Mühe sparen heißt, sie jenem gleich,
Vollkommen gleich zu machen. Das gelingt
Dem Künstler. Da er ihm die Ringe bringt,
Kann selbst der Vater seinen Musterring
Nicht unterscheiden. Froh und freudig ruft
Er seine Söhne, jeden insbesondre;
Gibt jedem insbesondre seinen Segen, –
Und seinen Ring, – und stirbt. – Du hörst doch, Sultan?

SALADIN *(der sich betroffen von ihm gewandt)*
Ich hör', ich höre! – Komm mit deinem Märchen
Nur bald zu Ende. – Wird's?

NATHAN Ich bin zu Ende.
Denn was noch folgt, versteht sich ja von selbst. –
Kaum war der Vater tot, so kömmt ein jeder
Mit seinem Ring, und jeder will der Fürst
Des Hauses sein. Man untersucht, man zankt,
Man klagt. Umsonst; der rechte Ring war nicht
Erweislich; –
(nach einer Pause, in welcher er des Sultans Antwort erwartet)
Fast so unerweislich, als
Uns itzt – der rechte Glaube.

SALADIN Wie? das soll
Die Antwort sein auf meine Frage? . . .

NATHAN Soll
Mich bloß entschuldigen, wenn ich die Ringe
Mir nicht getrau' zu unterscheiden, die
Der Vater in der Absicht machen ließ,
Damit sie nicht zu unterscheiden wären.

SALADIN Die Ringe! – Spiele nicht mit mir! – Ich dächte,
Daß die Religionen, die ich dir
Genannt, doch wohl zu unterscheiden wären.
Bis auf die Kleidung, bis auf Speis' und Trank!

NATHAN Und nur von seiten ihrer Gründe nicht. –
Denn gründen alle sich nicht auf Geschichte?
Geschrieben oder überliefert! – Und
Geschichte muß doch wohl allein auf Treu'
Und Glauben angenommen werden? – Nicht? –
Nun, wessen Treu' und Glauben zieht man denn
Am wenigsten in Zweifel? Doch der Seinen?
Doch deren Blut wir sind? doch deren, die
Von Kindheit an uns Proben ihrer Liebe
Gegeben? die uns nie getäuscht, als wo
Getäuscht zu werden uns heilsamer war? –
Wie kann ich meinen Vätern weniger
Als du den deinen glauben? Oder umgekehrt. –
Kann ich von dir verlangen, daß du deine
Vorfahren Lügen strafst, um meinen nicht
Zu widersprechen? Oder umgekehrt.
Das nämliche gilt von den Christen. Nicht? –

SALADIN (Bei dem Lebendigen! Der Mann hat recht.
Ich muß verstummen.)

NATHAN Laß auf unsre Ring'
Uns wieder kommen. Wie gesagt: die Söhne
Verklagten sich; und jeder schwur dem Richter,
Unmittelbar aus seines Vaters Hand
Den Ring zu haben. – Wie auch wahr! – Nachdem
Er von ihm lange das Versprechen schon
Gehabt, des Ringes Vorrecht einmal zu
Genießen. – Wie nicht minder wahr! – Der Vater,
Beteuerte jeder, könne gegen ihn
Nicht falsch gewesen sein; und eh' er dieses
Von ihm, von einem solchen lieben Vater,
Argwohnen lass': eh' müss' er seine Brüder,
So gern er sonst von ihnen nur das Beste
Bereit zu glauben sei, des falschen Spiels
Bezeihen; und er wolle die Verräter
Schon auszufinden wissen; sie schon rächen.

SALADIN Und nun, der Richter? – Mich verlangt zu hören,
Was du den Richter sagen lässest. Sprich!
NATHAN Der Richter sprach: Wenn ihr mir nun den Vater
Nicht bald zur Stelle schafft, so weis' ich euch
Von meinem Stuhle. Denkt ihr, daß ich Rätsel
Zu lösen da bin? Oder harret ihr,
Bis daß der rechte Ring den Mund eröffne? –
Doch halt! Ich höre ja, der rechte Ring
Besitzt die Wunderkraft beliebt zu machen;
Vor Gott und Menschen angenehm. Das muß
Entscheiden! Denn die falschen Ringe werden
Doch das nicht können! – Nun; wen lieben zwei
Von Euch am meisten? – Macht, sagt an! Ihr schweigt?
Die Ringe wirken nur zurück? und nicht
Nach außen? Jeder liebt sich selber nur
Am meisten? – O, so seid ihr alle drei
Betrogene Betrüger! Eure Ringe
Sind alle drei nicht echt. Der echte Ring
Vermutlich ging verloren. Den Verlust
Zu bergen, zu ersetzen, ließ der Vater
Die drei für einen machen.
SALADIN Herrlich! herrlich!
NATHAN Und also, fuhr der Richter fort, wenn ihr
Nicht meinen Rat, statt meines Spruches, wollt:
Geht nur! – Mein Rat ist aber der: ihr nehmt
Die Sache völlig wie sie liegt. Hat von
Euch jeder seinen Ring von seinem Vater:
So glaube jeder sicher seinen Ring
Den echten. – Möglich; daß der Vater nun
Die Tyrannei des *einen* Rings nicht länger
In seinem Hause dulden wollen! – Und gewiß;
Daß er euch alle drei geliebt, und gleich
Geliebt: indem er zwei nicht drücken mögen,
Um einen zu begünstigen. – Wohlan!
Es eifre jeder seiner unbestochnen

Von Vorurteilen freien Liebe nach!
Es strebe von euch jeder um die Wette,
Die Kraft des Steins in seinem Ring' an Tag
Zu legen! komme dieser Kraft mit Sanftmut,
Mit herzlicher Verträglichkeit, mit Wohltun,
Mit innigster Ergebenheit in Gott
Zu Hilf'! Und wenn sich dann der Steine Kräfte
Bei euern Kindes-Kindeskindern äußern:
So lad' ich über tausend tausend Jahre
Sie wiederum vor diesen Stuhl. Da wird
Ein weisrer Mann auf diesem Stuhle sitzen
Als ich; und sprechen. Geht! – So sagte der
Bescheidne Richter.

SALADIN Gott! Gott!

NATHAN Saladin,
Wenn du dich fühlest, dieser weisere
Versprochne Mann zu sein: . . .

SALADIN *(der auf ihn zustürzt und seine Hand ergreift, die er bis zu Ende nicht wieder fahren läßt)* Ich Staub? Ich Nichts?
O Gott!

NATHAN Was ist dir, Sultan?

SALADIN Nathan, lieber Nathan! –
Die tausend tausend Jahre deines Richters
Sind noch nicht um. – Sein Richterstuhl ist nicht
Der meine. – Geh! – Geh! – Aber sei mein Freund.

NATHAN Und weiter hätte Saladin mir nichts
Zu sagen?

SALADIN Nichts.

NATHAN Nichts?

SALADIN Gar nichts. – Und warum?

NATHAN Ich hätte noch Gelegenheit gewünscht,
Dir eine Bitte vorzutragen.

SALADIN Braucht's
Gelegenheit zu einer Bitte? – Rede!

NATHAN Ich komm' von einer weiten Reis', auf welcher

Ich Schulden eingetrieben. – Fast hab' ich
Des baren Gelds zuviel. – Die Zeit beginnt
Bedenklich wiederum zu werden; – und
Ich weiß nicht recht, wo sicher damit hin. –
Da dacht' ich, ob nicht du vielleicht, – weil doch
Ein naher Krieg des Geldes immer mehr
Erfodert, – etwas brauchen könntest.

SALADIN *(ihm steif in die Augen sehend)* Nathan! –
Ich will nicht fragen, ob Al-Hafi schon
Bei dir gewesen; – will nicht untersuchen,
Ob dich nicht sonst ein Argwohn treibt, mir dieses
Erbieten freierdings zu tun: . . .

NATHAN Ein Argwohn?

SALADIN Ich bin ihn wert. – Verzeih mir! – Denn was hilft's?
Ich muß dir nur gestehen, – daß ich im
Begriffe war –

NATHAN Doch nicht, das Nämliche
An mich zu suchen?

SALADIN Allerdings.

NATHAN So wär'
Uns beiden ja geholfen! – Daß ich aber
Dir alle meine Barschaft nicht kann schicken,
Das macht der junge Tempelherr. Du kennst
Ihn ja. Ihm hab' ich eine große Post
Vorher noch zu bezahlen.

SALADIN Tempelherr?
Du wirst doch meine schlimmsten Feinde nicht
Mit deinem Geld auch unterstützen wollen?

NATHAN Ich spreche von dem einen nur, dem du
Das Leben spartest . . .

SALADIN Ah! woran erinnerst
Du mich! – Hab' ich doch diesen Jüngling ganz
Vergessen! – Kennst du ihn? – Wo ist er?

NATHAN Wie?
So weißt du nicht, wie viel von deiner Gnade

Für ihn, durch ihn auf mich geflossen? Er,
Er mit Gefahr des neu erhaltnen Lebens,
Hat meine Tochter aus dem Feur gerettet.

SALADIN Er? Hat er das? – Ha! darnach sah er aus.
Das hätte traun mein Bruder auch getan,
Dem er so ähnelt! – Ist er denn noch hier?
So bring' ihn her! – Ich habe meiner Schwester
Von diesem ihren Bruder, den sie nicht
Gekannt, so viel erzählet, daß ich sie
Sein Ebenbild doch auch muß sehen lassen! –
Geh, hol' ihn! – Wie aus *einer* guten Tat,
Gebar sie auch schon bloße Leidenschaft,
Doch so viel andre gute Taten fließen!
Geh, hol' ihn!

NATHAN *(indem er Saladins Hand fahren läßt)*
Augenblicks! Und bei dem andern
Bleibt es doch auch? *(Ab.)*

SALADIN Ah! daß ich meine Schwester
Nicht horchen lassen! – Zu ihr! zu ihr! – Denn
Wie soll ich alles das ihr nun erzählen?
(Ab von der andern Seite.)

ACHTER AUFTRITT

Die Szene: unter den Palmen, in der Nähe des Klosters, wo der Tempelherr Nathans wartet.

TEMPELHERR *(geht, mit sich selbst kämpfend, auf und ab; bis er losbricht)*
– Hier hält das Opfertier ermüdet still. –
Nun gut! Ich mag nicht, mag nicht näher wissen,
Was in mir vorgeht; mag voraus nicht wittern,
Was vorgehn wird. – Genug, ich bin umsonst
Geflohn! umsonst. – Und weiter *konnt'* ich doch
Auch nichts, als fliehn! – Nun komm', was kommen soll! –

Ihm auszubeugen, war der Streich zu schnell
Gefallen; unter den zu kommen, ich
So lang und viel mich weigerte. – Sie sehn,
Die ich zu sehn so wenig lüstern war, –
Sie sehn, und der Entschluß, sie wieder aus
Den Augen nie zu lassen – Was Entschluß?
Entschluß ist Vorsatz, Tat: und ich, ich litt',
Ich litte bloß. – Sie sehn, und das Gefühl
An sie verstrickt, in sie verwebt zu sein,
War eins. – Bleibt eins. – Von ihr getrennt
Zu leben, ist mir ganz undenkbar; wär'
Mein Tod, – und wo wir immer nach dem Tode
Noch sind, auch da mein Tod. – Ist das nun Liebe:
So – liebt der Tempelritter freilich, – liebt
Der Christ das Judenmädchen freilich. – Hm!
Was tut's? Ich hab' in dem gelobten Lande –
Und drum auch mir *gelobt* auf immerdar! –
Der Vorurteile mehr schon abgelegt. –
Was will mein Orden auch? Ich Tempelherr
Bin tot; war von dem Augenblick ihm tot,
Der mich zu Saladins Gefangnen machte.
Der Kopf, den Saladin mir schenkte, wär'
Mein alter? – Ist ein neuer; der von allem
Nichts weiß, was jenem eingeplaudert ward,
Was jenen band. – Und ist ein beßrer; für
Den väterlichen Himmel mehr gemacht.
Das spür' ich ja. Denn erst mit ihm beginn'
Ich so zu denken, wie mein Vater hier
Gedacht muß haben; wenn man Märchen nicht
Von ihm mir vorgelogen. – Märchen? – doch
Ganz glaubliche; die glaublicher mir nie,
Als itzt geschienen, da ich nur Gefahr
Zu straucheln laufe, wo er fiel. – Er fiel?
Ich will mit Männern lieber fallen, als
Mit Kindern stehn. – Sein Beispiel bürget mir

Für seinen Beifall. Und an wessen Beifall
Liegt mir denn sonst? – An Nathans? – O an dessen
Ermuntrung mehr, als Beifall, kann es mir
Noch weniger gebrechen. – Welch ein Jude! –
Und der so ganz nur Jude scheinen will!
Da kömmt er; kömmt mit Hast; glüht heitre Freude.
Wer kam vom Saladin je anders? – He!
He, Nathan!

NEUNTER AUFTRITT

Nathan und der Tempelherr.

NATHAN Wie? seid Ihr's?
TEMPELHERR Ihr habt
Sehr lang' Euch bei dem Sultan aufgehalten.
NATHAN So lange nun wohl nicht. Ich ward im Hingehn
Zu viel verweilt. – Ah, wahrlich, Curd; der Mann
Steht seinen Ruhm. Sein Ruhm ist bloß sein Schatten. –
Doch laßt vor allen Dingen Euch geschwind
Nur sagen . . .
TEMPELHERR Was?
NATHAN Er will Euch sprechen; will,
Daß ungesäumt Ihr zu ihm kommt. Begleitet
Mich nur nach Hause, wo ich noch für ihn
Erst etwas anders zu verfügen habe:
Und dann, so gehn wir!
TEMPELHERR Nathan, Euer Haus
Betret' ich wieder eher nicht . . .
NATHAN So seid
Ihr doch indes schon da gewesen? habt
Indes sie doch gesprochen? – Nun? – Sagt: wie
Gefällt Euch Recha?
TEMPELHERR Über allen Ausdruck!
Allein! – sie wiedersehn – das werd' ich nie!

Nie! nie! – Ihr müßtet mir zur Stelle denn
Versprechen: – daß ich sie auf immer, immer –
Soll können sehn.

NATHAN Wie wollt Ihr, daß ich das
Versteh'?

TEMPELHERR *(nach einer kurzen Pause ihm plötzlich um den Hals fallend)* Mein Vater!

NATHAN – Junger Mann!

TEMPELHERR *(ihn ebenso plötzlich wieder lassend)* Nicht Sohn? –
Ich bitt' Euch, Nathan! –

NATHAN Lieber junger Mann!

TEMPELHERR
Nicht Sohn? – Ich bitt' Euch, Nathan! – Ich beschwör'
Euch bei den ersten Banden der Natur! –
Zieht ihnen spätre Fesseln doch nicht vor! –
Begnügt Euch doch ein Mensch zu sein! – Stoßt mich
Nicht von Euch!

NATHAN Lieber, lieber Freund! . . .

TEMPELHERR Und Sohn?
Sohn nicht? – Auch dann nicht, dann nicht einmal, wenn
Erkenntlichkeit zum Herzen Eurer Tochter
Der Liebe schon den Weg gebahnet hätte?
Auch dann nicht einmal, wenn in eins zu schmelzen,
Auf Euern Wink nur beide warteten? –
Ihr schweigt?

NATHAN Ihr überrascht mich, junger Ritter.

TEMPELHERR Ich überrasch' Euch? – überrasch' Euch, Nathan,
Mit Euern eigenen Gedanken? – Ihr
Verkennt sie doch in meinem Munde nicht? –
Ich überrasch' Euch?

NATHAN Eh' ich einmal weiß,
Was für ein Stauffen Euer Vater denn
Gewesen ist!

TEMPELHERR Was sagt Ihr, Nathan? was? –
In diesem Augenblicke fühlt Ihr nichts
Als Neubegier?

NATHAN Denn seht! Ich habe selbst
Wohl einen Stauffen ehedem gekannt,
Der Conrad hieß.
TEMPELHERR Nun, – wenn mein Vater denn
Nun ebenso geheißen hätte?
NATHAN Wahrlich?
TEMPELHERR Ich heiße selber ja nach meinem Vater: Curd
Ist Conrad.
NATHAN Nun – so war mein Conrad doch
Nicht Euer Vater. Denn mein Conrad war,
Was Ihr; war Tempelherr; war nie vermählt.
TEMPELHERR O darum!
NATHAN Wie?
TEMPELHERR O darum könnt' er doch
Mein Vater wohl gewesen sein.
NATHAN Ihr scherzt.
TEMPELHERR Und Ihr nehmt's wahrlich zu genau! – Was wär's
Denn nun? So was von Bastard oder Bankert!
Der Schlag ist auch nicht zu verachten. – Doch
Entlaßt mich immer meiner Ahnenprobe.
Ich will Euch Eurer wiederum entlassen.
Nicht zwar, als ob ich den geringsten Zweifel
In Euern Stammbaum setzte. Gott behüte!
Ihr könnt ihn Blatt vor Blatt bis Abraham
Hinauf belegen. Und von da so weiter,
Weiß ich ihn selbst; will ich ihn selbst beschwören.
NATHAN Ihr werdet bitter. – Doch verdien' ich's? – Schlug
Ich denn Euch schon was ab? – Ich will Euch ja
Nur bei dem Worte nicht den Augenblick
So fassen. – Weiter nichts.
TEMPELHERR Gewiß? – Nichts weiter?
O so vergebt! . . .
NATHAN Nun kommt nur, kommt!
TEMPELHERR Wohin?
Nein! – Mit in Euer Haus? – Das nicht! das nicht! –

Da brennt's! – Ich will Euch hier erwarten. Geht! –
Soll ich sie wiedersehn: so seh' ich sie
Noch oft genug. Wo nicht: so sah ich sie
Schon viel zu viel . . .

NATHAN Ich will mich möglichst eilen.

ZEHNTER AUFTRITT

Der Tempelherr und bald darauf Daja.

TEMPELHERR Schon mehr als gnug! – Des Menschen Hirn faßt so
Unendlich viel; und ist doch manchmal auch
So plötzlich voll! von einer Kleinigkeit
So plötzlich voll! – Taugt nichts, taugt nichts; es sei
Auch voll wovon es will. – Doch nur Geduld!
Die Seele wirkt den aufgedunsnen Stoff
Bald ineinander, schafft sich Raum, und Licht
Und Ordnung kommen wieder. – Lieb' ich denn
Zum ersten Male? – Oder war, was ich
Als Liebe kenne, Liebe nicht? – Ist Liebe
Nur was ich itzt empfinde? . . .

DAJA *(die sich von der Seite herbeigeschlichen)* Ritter! Ritter!

TEMPELHERR Wer ruft? – Ja, Daja, Ihr?

DAJA Ich habe mich
Bei ihm vorbeigeschlichen. Aber noch
Könnt' er uns sehn, wo Ihr da steht. – Drum kommt
Doch näher zu mir, hinter diesen Baum.

TEMPELHERR Was gibt's denn? – So geheimnisvoll? – Was ist's?

DAJA Ja wohl betrifft es ein Geheimnis, was
Mich zu Euch bringt; und zwar ein doppeltes.
Das eine weiß nur ich; das andre wißt
Nur Ihr. – Wie wär' es, wenn wir tauschten?
Vertraut mir Euers: so vertrau' ich Euch
Das meine.

TEMPELHERR Mit Vergnügen. – Wenn ich nur

Erst weiß, was Ihr für meines achtet. Doch
Das wird aus Euerm wohl erhellen. – Fangt
Nur immer an.

DAJA Ei denkt doch! – Nein, Herr Ritter:
Erst Ihr; ich folge. – Denn versichert, mein
Geheimnis kann Euch gar nichts nutzen, wenn
Ich nicht zuvor das Eure habe. – Nur
Geschwind! – Denn frag' ich's Euch erst ab: so habt
Ihr nichts vertrauet. Mein Geheimnis dann
Bleibt mein Geheimnis; und das Eure seid
Ihr los. – Doch armer Ritter! – Daß Ihr Männer
Ein solch Geheimnis vor uns Weibern haben
Zu können, auch nur glaubt!

TEMPELHERR Das wir zu haben
Oft selbst nicht wissen.

DAJA Kann wohl sein. Drum muß
Ich freilich erst, Euch selbst damit bekannt
Zu machen, schon die Freundschaft haben. – Sagt;
Was hieß denn das, daß Ihr so Knall und Fall
Euch aus dem Staube machtet? daß Ihr uns
So sitzen ließet? – daß Ihr nun mit Nathan
Nicht wiederkommt? – Hat Recha denn so wenig
Auf Euch gewirkt? wie? oder auch, so viel? –
So viel! so viel! – Lehrt Ihr des armen Vogels,
Der an der Rute klebt, Geflattre mich
Doch kennen! – Kurz: gesteht es mir nur gleich,
Daß Ihr sie liebt, liebt bis zum Unsinn; und
Ich sag' Euch was . . .

TEMPELHERR Zum Unsinn? Wahrlich; Ihr
Versteht Euch trefflich drauf.

DAJA Nun gebt mir nur
Die Liebe zu; den Unsinn will ich Euch
Erlassen.

TEMPELHERR Weil er sich von selbst versteht? –
Ein Tempelherr ein Judenmädchen lieben! . . .

DAJA Scheint freilich wenig Sinn zu haben. – Doch
Zuweilen ist des Sinns in einer Sache
Auch mehr, als wir vermuten; und es wäre
So unerhört doch nicht, daß uns der Heiland
Auf Wegen zu sich zöge, die der Kluge
Von selbst nicht leicht betreten würde.

TEMPELHERR Das
So feierlich? – (Und setz' ich statt des Heilands
Die Vorsicht: hat sie denn nicht recht? –) Ihr macht
Mich neubegieriger, als ich wohl sonst
Zu sein gewohnt bin.

DAJA O! das ist das Land
Der Wunder!

TEMPELHERR (Nun! – des Wunderbaren. Kann
Es auch wohl anders sein? Die ganze Welt
Drängt sich ja hier zusammen.) – Liebe Daja,
Nehmt für gestanden an, was Ihr verlangt:
Daß ich sie liebe; daß ich nicht begreife,
Wie ohne sie ich leben werde; daß . . .

DAJA Gewiß? gewiß? – So schwört mir, Ritter, sie
Zur Eurigen zu machen; sie zu retten:
Sie zeitlich hier, sie ewig dort zu retten.

TEMPELHERR
Und wie? – Wie kann ich? – Kann ich schwören, was
In meiner Macht nicht steht?

DAJA In Eurer Macht
Steht es. Ich bring' es durch ein einzig Wort
In Eure Macht.

TEMPELHERR Daß selbst der Vater nichts
Dawider hätte?

DAJA Ei, was Vater! Vater!
Der Vater soll schon müssen.

TEMPELHERR Müssen, Daja? –
Noch ist er unter Räuber nicht gefallen. –
Er muß nicht müssen.

DAJA Nun, so muß er wollen;
Muß gern am Ende wollen.
TEMPELHERR Muß und gern! –
Doch, Daja, wenn ich Euch nun sage, daß
Ich selber diese Sait' ihm anzuschlagen
Bereits versucht?
DAJA Was? und er fiel nicht ein?
TEMPELHERR Er fiel mit einem Mißlaut ein, der mich –
Beleidigte.
DAJA Was sagt Ihr? – Wie? Ihr hättet
Den Schatten eines Wunsches nur nach Recha
Ihm blicken lassen: und er wär' vor Freuden
Nicht aufgesprungen? hätte frostig sich
Zurückgezogen? hätte Schwierigkeiten
Gemacht?
TEMPELHERR So ungefähr.
DAJA So will ich denn
Mich länger keinen Augenblick bedenken –
(Pause.)
TEMPELHERR Und Ihr bedenkt Euch doch?
DAJA Der Mann ist sonst
So gut! – Ich selber bin so viel ihm schuldig! –
Daß er doch gar nicht hören will! – Gott weiß,
Das Herz blutet mir, ihn so zu zwingen.
TEMPELHERR Ich bitt' Euch, Daja, setzt mich kurz und gut
Aus dieser Ungewißheit. Seid Ihr aber
Noch selber ungewiß; ob, was Ihr vorhabt,
Gut oder böse, schändlich oder löblich
Zu nennen: – schweigt! Ich will vergessen, daß
Ihr etwas zu verschweigen habt.
DAJA Das spornt
Anstatt zu halten. Nun; so wißt denn: Recha
Ist keine Jüdin; ist – ist eine Christin.
TEMPELHERR *(kalt)*
So? Wünsch' Euch Glück! Hat's schwer gehalten? Laßt

Euch nicht die Wehen schrecken! – Fahret ja
Mit Eifer fort, den Himmel zu bevölkern:
Wenn Ihr die Erde nicht mehr könnt!

DAJA Wie, Ritter?
Verdienet meine Nachricht diesen Spott?
Daß Recha eine Christin ist: das freuet
Euch, einen Christen, einen Tempelherrn,
Der Ihr sie liebt, nicht mehr?

TEMPELHERR Besonders, da
Sie eine Christin ist von Eurer Mache.

DAJA Ah! so versteht Ihr's? So mag's gelten! – Nein!
Den will ich sehn, der die bekehren soll!
Ihr Glück ist, längst zu sein, was sie zu werden
Verdorben ist.

TEMPELHERR Erklärt Euch, oder – geht!

DAJA Sie ist ein Christenkind, von Christeneltern
Geboren; ist getauft . . .

TEMPELHERR *(hastig)* Und Nathan?

DAJA Nicht
Ihr Vater!

TEMPELHERR Nathan nicht ihr Vater? – Wißt
Ihr, was Ihr sagt?

DAJA Die Wahrheit, die so oft
Mich blut'ge Tränen weinen machen. – Nein,
Er ist ihr Vater nicht . . .

TEMPELHERR Und hätte sie
Als seine Tochter nur erzogen? hätte
Das Christenkind als eine Jüdin sich
Erzogen?

DAJA Ganz gewiß.

TEMPELHERR Sie wüßte nicht,
Was sie geboren sei? – Sie hätt' es nie
Von ihm erfahren, daß sie eine Christin
Geboren sei, und keine Jüdin?

DAJA Nie!

TEMPELHERR Er hätt' in diesem Wahne nicht das Kind
Bloß auferzogen? ließ das Mädchen noch
In diesem Wahne?

DAJA Leider!

TEMPELHERR Nathan – Wie? –
Der weise gute Nathan hätte sich
Erlaubt, die Stimme der Natur so zu
Verfälschen? – Die Ergießung eines Herzens
So zu verlenken, die, sich selbst gelassen,
Ganz andre Wege nehmen würde? – Daja,
Ihr habt mir allerdings etwas vertraut –
Von Wichtigkeit, – was Folgen haben kann, –
Was mich verwirrt, – worauf ich gleich nicht weiß,
Was mir zu tun. – Drum laßt mir Zeit. – Drum geht!
Er kömmt hier wiederum vorbei. Er möcht'
Uns überfallen. Geht!

DAJA Ich wär' des Todes!

TEMPELHERR Ich bin ihn itzt zu sprechen ganz und gar
Nicht fähig. Wenn Ihr ihm begegnet, sagt
Ihm nur, daß wir einander bei dem Sultan
Schon finden würden.

DAJA Aber laßt Euch ja
Nichts merken gegen ihn. – Das soll nur so
Den letzten Druck dem Dinge geben; soll
Euch, Rechas wegen, alle Skrupel nur
Benehmen! – Wenn Ihr aber dann sie nach
Europa führt: so laßt Ihr doch mich nicht
Zurück?

TEMPELHERR Das wird sich finden. Geht nur, geht!

VIERTER AUFZUG

ERSTER AUFTRITT

(Szene: in den Kreuzgängen des Klosters.)
Der Klosterbruder und bald darauf der Tempelherr.

KLOSTERBRUDER Ja, ja! er hat schon recht, der Patriarch!
Es hat mir freilich noch von alledem
Nicht viel gelingen wollen, was er mir
So aufgetragen. – Warum trägt er mir
Auch lauter solche Sachen auf? – Ich mag
Nicht fein sein; mag nicht überreden; mag
Mein Näschen nicht in alles stecken; mag
Mein Händchen nicht in allem haben. – Bin
Ich darum aus der Welt geschieden, ich
Für mich; um mich für andre mit der Welt
Noch erst recht zu verwickeln?

TEMPELHERR *(mit Hast auf ihn zukommend)* Guter Bruder!
Da seid Ihr ja. Ich hab' Euch lange schon
Gesucht.

KLOSTERBRUDER Mich, Herr?

TEMPELHERR Ihr kennt mich schon nicht mehr?

KLOSTERBRUDER Doch, doch! ich glaubte nur, daß ich den Herrn
In meinem Leben wieder nie zu sehn
Bekommen würde. Denn ich hofft' es zu
Dem lieben Gott. – Der liebe Gott, der weiß,
Wie sauer mir der Antrag ward, den ich
Dem Herrn zu tun verbunden war. Er weiß,
Ob ich gewünscht, ein offnes Ohr bei Euch
Zu finden; weiß, wie sehr ich mich gefreut,
Im Innersten gefreut, daß Ihr so rund
Das alles, ohne viel Bedenken, von
Euch wies't, was einem Ritter nicht geziemt. –
Nun kommt Ihr doch; nun hat's doch nachgewirkt!

TEMPELHERR Ihr wißt es schon, warum ich komme? Kaum
Weiß ich es selbst.
KLOSTERBRUDER Ihr habt's nun überlegt;
Habt nun gefunden, daß der Patriarch
So unrecht doch nicht hat; daß Ehr' und Geld
Durch seinen Anschlag zu gewinnen; daß
Ein Feind ein Feind ist, wenn er unser Engel
Auch siebenmal gewesen wäre. Das,
Das habt Ihr nun mit Fleisch und Blut erwogen,
Und kommt, und tragt Euch wieder an. – Ach Gott!
TEMPELHERR
Mein frommer, lieber Mann! gebt Euch zufrieden.
Deswegen komm' ich nicht; deswegen will
Ich nicht den Patriarchen sprechen. Noch,
Noch denk' ich über jenen Punkt, wie ich
Gedacht, und wollt' um alles in der Welt
Die gute Meinung nicht verlieren, deren
Mich ein so grader, frommer, lieber Mann
Einmal gewürdiget. – Ich komme bloß,
Den Patriarchen über eine Sache
Um Rat zu fragen . . .
KLOSTERBRUDER Ihr den Patriarchen?
Ein Ritter, einen – Pfaffen? *(sich schüchtern umsehend.)*
TEMPELHERR Ja; – die Sach'
Ist ziemlich pfäffisch.
KLOSTERBRUDER Gleichwohl fragt der Pfaffe
Den Ritter nie, die Sache sei auch noch
So ritterlich.
TEMPELHERR Weil er das Vorrecht hat,
Sich zu vergehn; das unsereiner ihm
Nicht sehr beneidet. – Freilich, wenn ich nur
Für mich zu handeln hätte; freilich, wenn
Ich Rechenschaft nur mir zu geben hätte:
Was braucht' ich Euers Patriarchen? Aber
Gewisse Dinge will ich lieber schlecht,

Nach andrer Willen, machen; als allein
Nach meinem, gut. – Zudem, ich seh' nun wohl,
Religion ist auch Partei; und wer
Sich drob auch noch so unparteiisch glaubt,
Hält, ohn' es selbst zu wissen, doch nur seiner
Die Stange. Weil das einmal nun so ist:
Wird's so wohl recht sein.

KLOSTERBRUDER Dazu schweig' ich lieber.
Denn ich versteh' den Herrn nicht recht.

TEMPELHERR Und doch! –
(Laß sehn, warum mir eigentlich zu tun!
Um Machtspruch oder Rat? – Um lautern, oder
Gelehrten Rat?) – Ich dank' Euch, Bruder; dank'
Euch für den guten Wink. – Was Patriarch? –
Seid Ihr mein Patriarch! Ich will ja doch
Den Christen mehr im Patriarchen, als
Den Patriarchen in dem Christen fragen. –
Die Sach' ist die . . .

KLOSTERBRUDER Nicht weiter, Herr, nicht weiter!
Wozu? – Der Herr verkennt mich. – Wer viel weiß,
Hat viel zu sorgen; und ich habe ja
Mich *einer* Sorge nur gelobt. – O gut!
Hört! seht! Dort kömmt, zu meinem Glück, er selbst.
Bleibt hier nur stehn. Er hat Euch schon erblickt.

ZWEITER AUFTRITT

Der Patriarch, welcher mit allem geistlichen Pomp den einen Kreuzgang heraufkömmt, und die Vorigen.

TEMPELHERR
Ich wich' ihm lieber aus. – Wär' nicht mein Mann! –
Ein dicker, roter, freundlicher Prälat!
Und welcher Prunk!

KLOSTERBRUDER Ihr solltet ihn erst sehn

Nach Hofe sich erheben. Itzo kömmt
Er nur von einem Kranken.

TEMPELHERR Wie sich da
Nicht Saladin wird schämen müssen!

PATRIARCH *(indem er näherkömmt, winkt dem Bruder)* Hier! –
Das ist ja wohl der Tempelherr. Was will
Er?

KLOSTERBRUDER Weiß nicht.

PATRIARCH *(auf ihn zugehend, indem der Bruder und das Gefolge zurücktreten)* Nun, Herr Ritter! – Sehr erfreut,
Den braven jungen Mann zu sehn! – Ei, noch
So gar jung! – Nun, mit Gottes Hilfe, daraus
Kann etwas werden.

TEMPELHERR Mehr, ehrwürd'ger Herr,
wohl schwerlich, als schon ist. Und eher noch,
Was weniger.

PATRIARCH Ich wünsche wenigstens,
Daß so ein frommer Ritter lange noch
Der lieben Christenheit, der Sache Gottes
Zu Ehr' und Frommen blühn und grünen möge!
Das wird denn auch nicht fehlen, wenn nur fein
Die junge Tapferkeit dem reifen Rate
Des Alters folgen will! – Womit wär' sonst
Dem Herrn zu dienen?

TEMPELHERR Mit dem nämlichen,
Woran es meiner Jugend fehlt: mit Rat.

PATRIARCH Recht gern! – Nur ist der Rat auch anzunehmen.

TEMPELHERR Doch blindlings nicht?

PATRIARCH Wer sagt denn das? – Ei freilich
Muß niemand die Vernunft, die Gott ihm gab,
Zu brauchen unterlassen, – wo sie hin
Gehört. – Gehört sie aber überall
Denn hin? – O nein! – Zum Beispiel: wenn uns Gott
Durch einen seiner Engel, – ist zu sagen,

Durch einen Diener seines Worts, – ein Mittel
Bekannt zu machen würdiget, das Wohl
Der ganzen Christenheit, das Heil der Kirche,
Auf irgend eine ganz besondre Weise
Zu fördern, zu befestigen: wer darf
Sich da noch unterstehn, die Willkür des,
Der die Vernunft erschaffen, nach Vernunft
Zu untersuchen? und das ewige
Gesetz der Herrlichkeit des Himmels, nach
Den kleinen Regeln einer eiteln Ehre
Zu prüfen? – Doch hiervon genug. – Was ist
Es denn, worüber unsern Rat für itzt
Der Herr verlangt?

TEMPELHERR Gesetzt, ehrwürd'ger Vater,
Ein Jude hätt' ein einzig Kind, – es sei
Ein Mädchen, – das er mit der größten Sorgfalt
Zu allem Guten auferzogen, das
Er liebe mehr als seine Seele, das
Ihn wieder mit der frömmsten Liebe liebt.
Und nun würd' unsereinem hinterbracht,
Dies Mädchen sei des Juden Tochter nicht;
Er hab' es in der Kindheit aufgelesen,
Gekauft, gestohlen, – was Ihr wollt; man wisse,
Das Mädchen sei ein Christenkind, und sei
Getauft; der Jude hab' es nur als Jüdin
Erzogen; lass' es nur als Jüdin und
Als seine Tochter so verharren: – sagt,
Ehrwürd'ger Vater, was wär' hierbei wohl
Zu tun?

PATRIARCH Mich schaudert! – Doch zu allererst
Erkläre sich der Herr, ob so ein Fall
Ein Faktum oder eine Hypothes'.
Das ist zu sagen: ob der Herr sich das
Nur bloß so dichtet, oder ob's geschehn,
Und fortfährt zu geschehn.

TEMPELHERR Ich glaubte, das
Sei eins, um Euer Hochehrwürden Meinung
Bloß zu vernehmen.

PATRIARCH Eins? – Da seh' der Herr
Wie sich die stolze menschliche Vernunft
Im Geistlichen doch irren kann. – Mit nichten!
Denn ist der vorgetragne Fall nur so
Ein Spiel des Witzes: so verlohnt es sich
Der Mühe nicht, im Ernst ihn durchzudenken.
Ich will den Herrn damit auf das Theater
Verwiesen haben, wo dergleichen pro
Et contra sich mit vielem Beifall könnte
Behandeln lassen. – Hat der Herr mich aber
Nicht bloß mit einer theatral'schen Schnurre
Zum besten; ist der Fall ein Faktum; hätt'
Er sich wohl gar in unsrer Diözes',
In unsrer lieben Stadt Jerusalem
Ereignet: – ja alsdann –

TEMPELHERR Und was alsdann?

PATRIARCH Dann wäre an dem Juden fördersamst
Die Strafe zu vollziehn, die päpstliches
Und kaiserliches Recht so einem Frevel,
So einer Lastertat bestimmen.

TEMPELHERR So?

PATRIARCH Und zwar bestimmen obbesagte Rechte
Dem Juden, welcher einen Christen zur
Apostasie verführt, – den Scheiterhaufen, –
Den Holzstoß –

TEMPELHERR So?

PATRIARCH Und wie vielmehr dem Juden,
Der mit Gewalt ein armes Christenkind
Dem Bunde seiner Tauf' entreißt! Denn ist
Nicht alles, was man Kindern tut, Gewalt? –
Zu sagen: – ausgenommen, was die Kirch'
An Kindern tut.

TEMPELHERR Wenn aber nun das Kind,
Erbarmte seiner sich der Jude nicht,
Vielleicht im Elend umgekommen wäre?

PATRIARCH Tut nichts! der Jude wird verbrannt! – Denn besser,
Es wäre hier im Elend umgekommen,
Als daß zu seinem ewigen Verderben
Es so gerettet ward. – Zudem, was hat
Der Jude Gott denn vorzugreifen? Gott
Kann, wen er retten will, schon ohn' ihn retten.

TEMPELHERR Auch trotz ihm, sollt' ich meinen, – selig machen.

PATRIARCH Tut nichts! der Jude wird verbrannt.

TEMPELHERR Das geht
Mir nah'! Besonders, da man sagt, er habe
Das Mädchen nicht sowohl in seinem, als
Vielmehr in keinem Glauben auferzogen,
Und sie von Gott nicht mehr nicht weniger
Gelehrt, als der Vernunft genügt.

PATRIARCH Tut nichts!
Der Jude wird verbrannt ... Ja, wär' allein
Schon dieserwegen wert, dreimal verbrannt
Zu werden! – Was? ein Kind ohn' allen Glauben
Erwachsen lassen? – Wie? die große Pflicht
Zu glauben, ganz und gar ein Kind nicht lehren?
Das ist zu arg! Mich wundert sehr, Herr Ritter,
Euch selbst ...

TEMPELHERR Ehrwürd'ger Herr, das übrige,
Wenn Gott will, in der Beichte. *(Will gehn.)*

PATRIARCH Was? mir nun
Nicht einmal Rede stehn? – Den Bösewicht,
Den Juden mir nicht nennen? – mir ihn nicht
Zur Stelle schaffen? – O da weiß ich Rat!
Ich geh' sogleich zum Sultan. – Saladin,
Vermöge der Kapitulation,
Die er beschworen, muß uns, muß uns schützen;
Bei allen Rechten, allen Lehren schützen,

Die wir zu unsrer allerheiligsten
Religion nur immer rechnen dürfen!
Gottlob! wir haben das Original.
Wir haben seine Hand, sein Siegel. Wir! –
Auch mach' ich ihm gar leicht begreiflich, wie
Gefährlich selber für den Staat es ist,
Nichts glauben! Alle bürgerliche Bande
Sind aufgelöset, sind zerrissen, wenn
Der Mensch nichts glauben darf. – Hinweg! hinweg
Mit solchem Frevel! . . .

TEMPELHERR Schade, daß ich nicht
Den trefflichen Sermon mit beßrer Muße
Genießen kann! Ich bin zum Saladin
Gerufen.

PATRIARCH Ja? – Nun so – Nun freilich – Dann –

TEMPELHERR Ich will den Sultan vorbereiten, wenn
Es Eurer Hochehrwürden so gefällt.

PATRIARCH O, oh! – Ich weiß, der Herr hat Gnade funden
Vor Saladin! – Ich bitte meiner nur
Im Besten bei ihm eingedenk zu sein. –
Mich treibt der Eifer Gottes lediglich.
Was ich zuviel tu', tu' ich ihm. – Das wolle
Doch ja der Herr erwägen! – Und nicht wahr,
Herr Ritter? das vorhin Erwähnte von
Dem Juden, war nur ein Problema? – ist
Zu sagen –

TEMPELHERR Ein Problema. *(Geht ab.)*

PATRIARCH (Dem ich tiefer
Doch auf den Grund zu kommen suchen muß.
Das wär' so wiederum ein Auftrag für
Den Bruder Bonafides.) – Hier, mein Sohn!
(Er spricht im Abgehn mit dem Klosterbruder.)

DRITTER AUFTRITT

Szene: ein Zimmer im Palaste des Saladin, in welches von Sklaven eine Menge Beutel getragen, und auf dem Boden neben einander gestellt werden. Saladin und bald darauf Sittah.

SALADIN *(der dazu kömmt)*
Nun wahrlich! das hat noch kein Ende. – Ist
Des Dings noch viel zurück?

EIN SKLAVE Wohl noch die Hälfte.

SALADIN So tragt das übrige zu Sittah. – Und
Wo bleibt Al-Hafi? Das hier soll sogleich
Al-Hafi zu sich nehmen. – Oder ob
Ich's nicht vielmehr dem Vater schicke? Hier
Fällt mir es doch nur durch die Finger. – Zwar
Man wird wohl endlich hart; und nun gewiß
Soll's Künste kosten, mir viel abzuzwacken.
Bis wenigstens die Gelder aus Aegypten
Zur Stelle kommen, mag das Armut sehn,
Wie's fertig wird! – Die Spenden bei dem Grabe,
Wenn die nur fortgehn! Wenn die Christenpilger
Mit leeren Händen nur nicht abziehn dürfen!
Wenn nur –

SITTAH Was soll nun das? Was soll das Geld
Bei mir?

SALADIN Mach' dich davon bezahlt; und leg'
Auf Vorrat, wenn was übrig bleibt.

SITTAH Ist Nathan
Noch mit dem Tempelherrn nicht da?

SALADIN Er sucht
Ihn aller Orten.

SITTAH Sieh doch, was ich hier,
Indem mir so mein alt Geschmeide durch
Die Hände geht, gefunden.
(Ihm ein kleines Gemälde zeigend.)

SALADIN Ha! mein Bruder!

Das ist er, ist er! – War er! war er! ah! –
Ah wackrer lieber Junge, daß ich dich
So früh verlor! Was hätt' ich erst mit dir,
An deiner Seit' erst unternommen! – Sittah,
Laß mir das Bild. Auch kenn' ich's schon: er gab
Es deiner ältern Schwester, seiner Lilla,
Die eines Morgens ihn so ganz und gar
Nicht aus den Armen lassen wollt'. Es war
Der letzte, den er ausritt. – Ah, ich ließ
Ihn reiten, und allein! – Ah, Lilla starb
Vor Gram, und hat mir's nie vergeben, daß
Ich so allein ihn reiten lassen. – Er
Blieb weg!

SITTAH Der arme Bruder!

SALADIN Laß nur gut
Sein! – Einmal bleiben wir doch alle weg! –
Zudem, – wer weiß? Der Tod ist's nicht allein,
Der einem Jüngling seiner Art das Ziel
Verrückt. Er hat der Feinde mehr; und oft
Erliegt der Stärkste gleich dem Schwächsten. – Nun,
Sei wie ihm sei! – Ich muß das Bild doch mit
Dem jungen Tempelherrn vergleichen; muß
Doch sehn, wieviel mich meine Phantasie
Getäuscht.

SITTAH Nur darum bring' ich's. Aber gib
Doch, gib! Ich will dir das wohl sagen; das
Versteht ein weiblich Aug' am besten.

SALADIN
(zu einem Türsteher, der hereintritt)
Wer Ist da? – der Tempelherr? – Er komm'!

SITTAH Euch nicht
Zu stören: ihn mit meiner Neugier nicht
Zu irren –
(Sie setzt sich seitwärts auf einen Sofa und läßt den Schleier fallen.)

SALADIN Gut so! gut! – (Und nun sein Ton!
Wie der wohl sein wird! – Assads Ton
Schläft auch wohl wo in meiner Seele noch!)

VIERTER AUFTRITT

Der Tempelherr und Saladin.

TEMPELHERR Ich, dein Gefangner, Sultan ...
SALADIN Mein Gefangner?
Wem ich das Leben schenke, werd' ich dem
Nicht auch die Freiheit schenken?
TEMPELHERR Was dir ziemt
Zu tun, ziemt mir, erst zu vernehmen, nicht
Vorauszusetzen. Aber, Sultan, – Dank,
Besondern Dank dir für mein Leben zu
Beteuern, stimmt mit meinem Stand und meinem
Charakter nicht. – Es steht in allen Fällen
Zu deinen Diensten wieder.
SALADIN Brauch' es nur
Nicht wider mich! – Zwar ein paar Hände mehr,
Die gönnt' ich meinem Feinde gern. Allein
Ihm so ein Herz auch mehr zu gönnen, fällt
Mir schwer. – Ich habe mich mit dir in nichts
Betrogen, braver junger Mann! Du bist
Mit Seel' und Leib mein Assad. Sieh! ich könnte
Dich fragen: wo du denn die ganze Zeit
Gesteckt? in welcher Höhle du geschlafen?
In welchem Ginnistan, von welcher guten
Div diese Blume fort und fort so frisch
Erhalten worden? Sieh! ich könnte dich
Erinnern wollen, was wir dort und dort
Zusammen ausgeführt. Ich könnte mit
Dir zanken, daß du *ein* Geheimnis doch
Vor mir gehabt! *Ein* Abenteuer mir

Doch unterschlagen: – Ja, das könnt' ich; wenn
Ich dich nur säh', und nicht auch mich. – Nun, mag's!
Von dieser süßen Träumerei ist immer
Doch so viel wahr, daß mir in meinem Herbst
Ein Assad wieder blühen soll. – Du bist
Es doch zufrieden, Ritter?

TEMPELHERR Alles, was
Von dir mir kömmt, – sei was es will – das lag
Als Wunsch im meiner Seele.

SALADIN Laß uns das
Sogleich versuchen. – Bliebst du wohl bei mir?
Um mir? – Als Christ, als Muselmann: gleichviel!
Im weißen Mantel, oder Jamerlonk;
Im Tulban, oder deinem Filze: wie
Du willst! Gleichviel! Ich habe nie verlangt,
Daß allen Bäumen *eine* Rinde wachse.

TEMPELHERR Sonst wärst du wohl auch schwerlich, der du bist:
Der Herr, der lieber Gottes Gärtner wäre.

SALADIN Nun dann; wenn du nicht schlechter von mir denkst:
So wären wir ja halb schon richtig?

TEMPELHERR Ganz!

SALADIN *(ihm die Hand bietend)* Ein Wort?

TEMPELHERR *(einschlagend)*
Ein Mann! – Hiermit empfange mehr
Als du mir nehmen konntest. Ganz der Deine!

SALADIN Zuviel Gewinn für einen Tag! zuviel! –
Kam er nicht mit?

TEMPELHERR Wer?

SALADIN Nathan.

TEMPELHERR *(frostig)* Nein. Ich kam
Allein.

SALADIN Welch eine Tat von dir! Und welch
Ein weises Glück, daß eine solche Tat
Zum Besten eines solchen Mannes ausschlug.

TEMPELHERR Ja, ja!

SALADIN So kalt? – Nein, junger Mann! wenn Gott
Was Gutes durch uns tut, muß man so kalt
Nicht sein! – selbst aus Bescheidenheit so kalt
Nicht scheinen wollen!

TEMPELHERR Daß doch in der Welt
Ein jedes Ding so manche Seiten hat! –
Von denen oft sich gar nicht denken läßt,
Wie sie zusammenpassen!

SALADIN Halte dich
Nur immer an die best', und preise Gott!
Wenn du so schwierig sein willst, junger Mann:
So werd' auch ich ja wohl auf meiner Hut
Mich mit dir halten müssen? Leider bin
Auch ich ein Ding von vielen Seiten, die
Oft nicht so recht zu passen scheinen mögen.

TEMPELHERR Das schmerzt! – Denn Argwohn ist so wenig sonst
Mein Fehler –

SALADIN Nun, so sage doch, mit wem
Du's hast? – Es schien ja gar, mit Nathan. Wie?
Auf Nathan Argwohn? du? – Erklär' dich! sprich!
Komm, gibt mir deines Zutrauns erste Probe.

TEMPELHERR Ich habe wider Nathan nichts. Ich zürn'
Allein mit mir –

SALADIN Und über was?

TEMPELHERR Daß mir
Geträumt, ein Jude könn' auch wohl ein Jude
Zu sein verlernen; daß mir wachend so
Geträumt.

SALADIN Heraus mit diesem wachen Traume!

TEMPELHERR Du weißt von Nathans Tochter, Sultan. Was
Ich für sie tat, das tat ich, – weil ich's tat.
Zu stolz, Dank einzuernten, wo ich ihn
Nicht säete, verschmäht' ich Tag für Tag,
Das Mädchen noch einmal zu sehn. Der Vater
War fern; er kömmt; er hört; er sucht mich auf;

Er dankt; er wünscht, daß seine Tochter mir
Gefallen möge; spricht von Aussicht, spricht
Von heitern Fernen. – Nun, ich lasse mich
Beschwatzen, komme, sehe, finde wirklich
Ein Mädchen . . . Ah, ich muß mich schämen, Sultan! –
SALADIN Dich schämen? – daß ein Judenmädchen auf
Dich Eindruck machte: doch wohl nimmermehr?
TEMPELHERR Daß diesem Eindruck, auf das lieblichste
Geschwätz des Vaters hin, mein rasches Herz
So wenig Widerstand entgegensetzte! –
Ich Tropf! ich sprang zum zweitenmal ins Feuer. –
Denn nun warb *ich,* und nun ward *ich* verschmäht.
SALADIN Verschmäht?
TEMPELHERR Der weise Vater schlägt nun wohl
Mich platterdings nicht aus. Der weise Vater
Muß aber doch sich erst erkunden, erst
Besinnen. Allerdings! Tat ich denn das
Nicht auch? Erkundete, besann ich denn
Mich erst nicht auch, als sie im Feuer schrie? –
Fürwahr! bei Gott! Es ist doch gar was Schönes,
So weise, so bedächtig sein!
SALADIN Nun, nun!
So sieh doch einem Alten etwas nach!
Wie lange können seine Weigerungen
Denn dauern? Wird er denn von dir verlangen,
Daß du erst Jude werden sollst?
TEMPELHERR Wer weiß!
SALADIN Wer weiß? – der diesen Nathan besser kennt.
TEMPELHERR Der Aberglaub', in dem wir aufgewachsen,
Verliert, auch wenn wir ihn erkennen, darum
Doch seine Macht nicht über uns. – Es sind
Nicht alle frei, die ihrer Ketten spotten.
SALADIN Sehr reif bemerkt! Doch Nathan wahrlich, Nathan . . .
TEMPELHERR Der Aberglauben schlimmster ist, den seinen
Für den erträglichern zu halten . . .

SALADIN Mag
Wohl sein! Doch Nathan . . .
TEMPELHERR Dem allein
Die blöde Menschheit zu vertrauen, bis
Sie hellern Wahrheitstag gewöhne; dem
Allein . . .
SALADIN Gut! Aber Nathan! – Nathans Los
Ist diese Schwachheit nicht.
TEMPELHERR So dacht' ich auch! . . .
Wenn gleichwohl dieser Ausbund aller Menschen
So ein gemeiner Jude wäre, daß
Er Christenkinder zu bekommen suche,
Um sie als Juden aufzuziehn: – wie dann?
SALADIN Wer sagt ihm so was nach?
TEMPELHERR Das Mädchen selbst,
Mit welcher er mich körnt, mit deren Hoffnung
Er gern mir zu bezahlen schiene, was
Ich nicht umsonst für sie getan soll haben: –
Dies Mädchen selbst ist seine Tochter – nicht;
Ist ein verzettelt Christenkind.
SALADIN Das er
Dem ungeachtet dir nicht geben wollte?
TEMPELHERR *(heftig)* Woll' oder wolle nicht! Er ist entdeckt.
Der tolerante Schwätzer ist entdeckt!
Ich werde hinter diesen jüd'schen Wolf
Im philosoph'schen Schafpelz Hunde schon
Zu bringen wissen, die ihn zausen sollen!
SALADIN *(ernst)* Sei ruhig, Christ!
TEMPELHERR Was? ruhig Christ? – Wenn Jud'
Und Muselmann, auf Jud', auf Muselmann
Bestehen: soll allein der Christ den Christen
Nicht machen dürfen?
SALADIN *(noch ernster)* Ruhig, Christ!
TEMPELHERR *(gelassen)* Ich fühle
Des Vorwurfs ganze Last, – die Saladin

In diese Silbe preßt! Ah, wenn ich wüßte,
Wie Assad, – Assad sich an meiner Stelle
Hierbei genommen hätte!

SALADIN Nicht viel besser! –
Vermutlich ganz so brausend! – Doch, wer hat
Denn dich auch schon gelehrt, mich so wie er
Mit *einem* Worte zu bestechen? Freilich
Wenn alles sich verhält, wie du mir sagest:
Kann ich mich selber kaum in Nathan finden. –
Indes, er ist mein Freund, und meiner Freunde
Muß keiner mit dem andern hadern. – Laß
Dich weisen! Geh behutsam! Gib ihn nicht
Sofort den Schwärmern deines Pöbels preis!
Verschweig, was deine Geistlichkeit, an ihm
Zu rächen, mir so nahe legen würde!
Sei keinem Juden, keinem Muselmanne
Zum Trotz ein Christ!

TEMPELHERR Bald wär's damit zu spät!
Doch dank der Blutbegier des Patriarchen,
Des Werkzeug mir zu werden graute!

SALADIN Wie?
Du kamst zum Patriarchen eher, als
Zu mir?

TEMPELHERR Im Sturm der Leidenschaft, im Wirbel
Der Unentschlossenheit! – Verzeih! – Du wirst
Von deinem Assad, fürcht' ich, ferner nun
Nichts mehr in mir erkennen wollen.

SALADIN Wär'
Es diese Furcht nicht selbst! Mich dünkt, ich weiß,
Aus welchen Fehlern unsre Tugend keimt.
Pfleg' diese ferner nur, und jene sollen
Bei mir dir wenig schaden. – Aber geh!
Such' du nun Nathan, wie er dich gesucht;
Und bring' ihn her. Ich muß euch doch zusammen
Verständigen. – Wär' um das Mädchen dir

Im Ernst zu tun: sei ruhig. Sie ist dein!
Auch soll es Nathan schon empfinden, daß
Er ohne Schweinefleisch ein Christenkind
Erziehen dürfen! – Geh!
(Der Tempelherr geht ab, und Sittah verläßt den Sofa.)

FÜNFTER AUFTRITT

Saladin und Sittah.

SITTAH Ganz sonderbar!
SALADIN Gelt, Sittah? Muß mein Assad nicht ein braver,
Ein schöner junger Mann gewesen sein?
SITTAH Wenn er so war, und nicht zu diesem Bilde
Der Tempelherr vielmehr gesessen! – Aber
Wie hast du doch vergessen können dich
Nach seinen Eltern zu erkundigen?
SALADIN Und insbesondre wohl nach seiner Mutter?
Ob seine Mutter hierzulande nie
Gewesen sei? – Nicht wahr?
SITTAH Das machst du gut!
SALADIN O, möglicher wär' nichts! Denn Assad war
Bei hübschen Christendamen so willkommen,
Auf hübsche Christendamen so erpicht,
Daß einmal gar die Rede ging – nun, nun;
Man spricht nicht gern davon. – Genug; ich hab'
Ihn wieder! – will mit allen seinen Fehlern,
Mit allen Launen seines weichen Herzens
Ihn wieder haben! – Oh! das Mädchen muß
Ihm Nathan geben. Meinst du nicht?
SITTAH Ihm geben?
Ihm lassen!
SALADIN Allerdings! Was hätte Nathan,
Sobald er nicht ihr Vater ist, für Recht
Auf sie? Wer ihr das Leben so erhielt,

Tritt einzig in die Rechte des, der ihr
Es gab.

SITTAH Wie also, Saladin? wenn du
Nur gleich das Mädchen zu dir nähmst? Sie nur
Dem unrechtmäßigen Besitzer gleich
Entzögest?

SALADIN Täte das wohl not?

SITTAH Not nun
Wohl eben nicht! – Die liebe Neubegier
Treibt mich allein, dir diesen Rat zu geben.
Denn von gewissen Männern mag ich gar
Zu gern, so bald wie möglich, wissen, was
Sie für ein Mädchen lieben können.

SALADIN Nun,
So schick' und laß sie holen.

SITTAH Darf ich, Bruder?

SALADIN Nur schone Nathans! Nathan muß durchaus
Nicht glauben, daß man mit Gewalt ihn von
Ihr trennen wolle.

SITTAH Sorge nicht.

SALADIN Und ich,
Ich muß schon selbst sehn, wo Al-Hafi bleibt.

SECHSTER AUFTRITT

Szene: die offne Flur in Nathans Hause, gegen die Palmen zu; wie im ersten Auftritte des ersten Aufzuges. Ein Teil der Waren und Kostbarkeiten liegt ausgekramt, deren ebendaselbst gedacht wird.
Nathan und Daja.

DAJA O, alles herrlich! alles auserlesen!
O, alles – wie nur Ihr es geben könnt.
Wo wird der Silberstoff mit goldnen Ranken
Gemacht? Was kostet er? – Das nenn' ich noch

Ein Brautkleid! Keine Königin verlangt
Es besser.

NATHAN Brautkleid? Warum Brautkleid eben?

DAJA Je nun! Ihr dachtet daran freilich nicht,
Als Ihr ihn kauftet. – Aber wahrlich, Nathan,
Der und kein andrer muß es sein! Er ist
Zum Brautkleid wie bestellt. Der weiße Grund;
Ein Bild der Unschuld: und die goldnen Ströme,
Die allerorten diesen Grund durchschlängeln;
Ein Bild des Reichtums. Seht Ihr? Allerliebst!

NATHAN Was witzelst du mir da? Von wessen Brautkleid
Sinnbilderst du mir so gelehrt? – Bist du
Denn Braut?

DAJA Ich?

NATHAN Nun wer denn?

DAJA Ich? – lieber Gott!

NATHAN Wer denn? Von wessen Brautkleid sprichst du denn? –
Das alles ist ja dein, und keiner andern.

DAJA Ist mein? Soll mein sein? – Ist für Recha nicht?

NATHAN Was ich für Recha mitgebracht, das liegt
In einem andern Ballen. Mach'! nimm weg!
Trag deine Siebensachen fort!

DAJA Versucher!
Nein, wären es die Kostbarkeiten auch
Der ganzen Welt! Nicht rühr' an! wenn Ihr mir
Vorher nicht schwört, von dieser einzigen
Gelegenheit, dergleichen Euch der Himmel
Nicht zweimal schicken wird, Gebrauch zu machen.

NATHAN Gebrauch? von was? – Gelegenheit? wozu?

DAJA O stellt Euch nicht so fremd! – Mit kurzen Worten!
Der Tempelherr liebt Recha: gebt sie ihm,
So hat doch einmal Eure Sünde, die
Ich länger nicht verschweigen kann, ein Ende.
So kömmt das Mädchen wieder unter Christen;
Wird wieder, was sie ist; ist wieder, was

Sie ward: und Ihr, Ihr habt mit all dem Guten,
Das wir Euch nicht genug verdanken können,
Nicht Feuerkohlen bloß auf Euer Haupt
Gesammelt.

NATHAN Doch die alte Leier wieder? –
Mit einer neuen Saite nur bezogen,
Die, fürcht' ich, weder stimmt noch hält.

DAJA Wieso?

NATHAN Mir wär' der Tempelherr schon recht. Ihm gönnt'
Ich Recha mehr als einem in der Welt.
Allein . . . Nun, habe nur Geduld.

DAJA Geduld?
Geduld ist Eure alte Leier nun
Wohl nicht?

NATHAN Nur wenige Tage noch Geduld! . . .
Sieh doch! – Wer kömmt denn dort? Ein Klosterbruder?
Geh, frag' ihn was er will.

DAJA Was wird er wollen?
(Sie geht auf ihn zu und fragt.)

NATHAN So gib! – und eh' er bittet. – (Wüßt' ich nur
Dem Tempelherrn erst beizukommen, ohne
Die Ursach' meiner Neugier ihm zu sagen!
Denn wenn ich sie ihm sag', und der Verdacht
Ist ohne Grund: so hab' ich ganz umsonst
Den Vater auf das Spiel gesetzt.) – Was ist's?

DAJA Er will Euch sprechen.

NATHAN Nun, so laß ihn kommen;
Und geh indes.

SIEBENTER AUFTRITT

Nathan und der Klosterbruder.

NATHAN (Ich bliebe Rechas Vater
Doch gar zu gern! – Zwar kann ich's denn nicht bleiben,

Auch wenn ich aufhör', es zu heißen? – Ihr,
Ihr selbst werd' ich's doch immer auch noch heißen,
Wenn sie erkennt, wie gern ich's wäre.) – Geh! –
Was ist zu Euern Diensten, frommer Bruder?

KLOSTERBRUDER
Nicht eben viel. – Ich freue mich, Herr Nathan,
Euch annoch wohl zu sehn.

NATHAN So kennt Ihr mich?

KLOSTERBRUDER
Je nu; wer kennt Euch nicht? Ihr habt so manchem
Ja Euern Namen in die Hand gedrückt.
Er steht in meiner auch, seit vielen Jahren.

NATHAN *(nach seinem Beutel langend)*
Kommt, Bruder, kommt; ich frisch' ihn auf.

KLOSTERBRUDER Habt Dank!
Ich würd' es Ärmern stehlen; nehme nichts. –
Wenn Ihr mir nur erlauben wollt, ein wenig
Euch *meinen* Namen aufzufrischen. Denn
Ich kann mich rühmen, auch in *Eure* Hand
Etwas gelegt zu haben, was nicht zu
Verachten war.

NATHAN Verzeiht! – Ich schäme mich –
Sagt, was? – und nehmt zur Buße siebenfach
Den Wert desselben von mir an.

KLOSTERBRUDER Hört doch
Vor allen Dingen, wie ich selber nur
Erst heut an dies mein Euch vertrautes Pfand
Erinnert worden.

NATHAN Mir vertrautes Pfand?

KLOSTERBRUDER Vor kurzem saß ich noch als Eremit
Auf Quarantana, unweit Jericho.
Da kam arabisch Raubgesindel, brach
Mein Gotteshäuschen ab und meine Zelle
Und schleppte mich mit fort. Zum Glück entkam
Ich noch und floh hierher zum Patriarchen,

Um mir ein ander Plätzchen auszubitten,
Allwo ich meinem Gott in Einsamkeit
Bis an mein selig Ende dienen könne.

NATHAN Ich steh' auf Kohlen, guter Bruder. Macht
Es kurz. Das Pfand! das mir vertraute Pfand!

KLOSTERBRUDER
Sogleich, Herr Nathan. – Nun, der Patriarch
Versprach mir eine Siedelei auf Tabor,
Sobald als eine leer; und hieß inzwischen
Im Kloster mich als Laienbruder bleiben.
Da bin ich itzt, Herr Nathan; und verlange
Des Tags wohl hundertmal auf Tabor. Denn
Der Patriarch braucht mich zu allerlei,
Wovor ich großen Ekel habe. Zum
Exempel:

NATHAN Macht, ich bitt' Euch!

KLOSTERBRUDER Nun, es kömmt! –
Da hat ihm jemand heut ins Ohr gesetzt:
Es lebe hier herum ein Jude, der
Ein Christenkind als seine Tochter sich
Erzöge.

NATHAN Wie? *(betroffen.)*

KLOSTERBRUDER Hört mich nur aus! – Indem
Er mir nun aufträgt, diesem Juden stracks,
Wo möglich, auf die Spur zu kommen, und
Gewaltig sich ob eines solchen Frevels
Erzürnt, der ihm die wahre Sünde wider
Den heil'gen Geist bedünkt; – das ist, die Sünde,
Die aller Sünden größte Sünd' uns gilt,
Nur daß wir, Gott sei Dank, so recht nicht wissen,
Worin sie eigentlich besteht: – da wacht
Mit einmal mein Gewissen auf; und mir
Fällt bei, ich könnte selber wohl vor Zeiten
Zu dieser unverzeihlich großen Sünde
Gelegenheit gegeben haben. – Sagt:

Hat Euch ein Reitknecht nicht vor achtzehn Jahren
Ein Töchterchen gebracht von wenig Wochen?
NATHAN Wie das? – Nun freilich – allerdings –
KLOSTERBRUDER Ei, seht
Mich doch recht an! – Der Reitknecht, der bin ich.
NATHAN Seid Ihr?
KLOSTERBRUDER Der Herr, von welchem ich's Euch brachte,
War – ist mir recht – ein Herr von Filnek. – Wolf
Von Filnek.
NATHAN Richtig!
KLOSTERBRUDER Weil die Mutter kurz
Vorher gestorben war; und sich der Vater
Nach – mein' ich – Gazza plötzlich werfen mußte,
Wohin das Würmchen ihm nicht folgen konnte:
So sandt' er's Euch. Und traf ich Euch damit
Nicht in Darun?
NATHAN Ganz recht!
KLOSTERBRUDER Es wär' kein Wunder,
Wenn mein Gedächtnis mich betrög'. Ich habe
Der braven Herrn so viel gehabt; und diesem
Hab' ich nur gar zu kurze Zeit gedient.
Er blieb bald drauf bei Askalon; und war
Wohl sonst ein lieber Herr.
NATHAN Ja wohl! ja wohl!
Dem ich so viel, so viel zu danken habe!
Der mehr als einmal mich dem Schwert entrissen!
KLOSTERBRUDER O schön! So werd't Ihr seines Töchterchens
Euch um so lieber angenommen haben.
NATHAN Das könnt Ihr denken.
KLOSTERBRUDER Nun, wo ist es denn?
Es ist doch wohl nicht etwa gar gestorben? –
Laßt's lieber nicht gestorben sein! – Wenn sonst
Nur niemand um die Sache weiß: so hat
Es gute Wege.
NATHAN Hat es?

KLOSTERBRUDER Traut mir, Nathan!
Denn seht, ich denke so! Wenn an das Gute,
Das ich zu tun vermeine, gar zu nah
Was gar zu Schlimmes grenzt: so tu' ich lieber
Das Gute nicht; weil wir das Schlimme zwar
So ziemlich zuverlässig kennen, aber
Bei weiten nicht das Gute. – War ja wohl
Natürlich; wenn das Christentöchterchen
Recht gut von Euch erzogen werden sollte:
Daß Ihr's als Euer eigen Töchterchen
Erzögt. – Das hättet Ihr mit aller Lieb'
Und Treue nun getan, und müßtet so
Belohnet werden? Das will mir nicht ein.
Ei freilich, klüger hättet Ihr getan;
Wenn Ihr die Christin durch die zweite Hand
Als Christin auferziehen lassen: aber
So hättet Ihr das Kindchen Eures Freunds
Auch nicht geliebt. Und Kinder brauchen Liebe,
Wär's eines wilden Tieres Lieb' auch nur,
In solchen Jahren mehr, als Christentum.
Zum Christentume hat's noch immer Zeit.
Wenn nur das Mädchen sonst gesund und fromm
Vor Euern Augen aufgewachsen ist,
So blieb's vor Gottes Augen, was es war.
Und ist denn nicht das ganze Christentum
Aufs Judentum gebaut? Es hat mich oft
Geärgert, hat mir Tränen g'nug gekostet,
Wenn Christen gar so sehr vergessen konnten,
Daß unser Herr ja selbst ein Jude war.
NATHAN Ihr, guter Bruder, müßt mein Fürsprach sein,
Wenn Haß und Gleisnerei sich gegen mich
Erheben sollten, – wegen einer Tat –
Ah, wegen einer Tat! – Nur Ihr, Ihr sollt
Sie wissen! – Nehmt sie aber mit ins Grab!
Noch hat mich nie die Eitelkeit versucht,

Sie jemand andern zu erzählen. Euch
Allein erzähl' ich sie. Der frommen Einfalt
Allein erzähl' ich sie. Weil die allein
Versteht, was sich der gottergebne Mensch
Für Taten abgewinnen kann.

KLOSTERBRUDER Ihr seid
Gerührt, und Euer Auge steht voll Wasser?

NATHAN Ihr traft mich mit dem Kinde zu Darun.
Ihr wißt wohl aber nicht, daß wenig Tage
Zuvor, in Gath die Christen alle Juden
Mit Weib und Kind ermordet hatten; wißt
Wohl nicht, daß unter diesen meine Frau
Mit sieben hoffnungsvollen Söhnen sich
Befunden, die in meines Bruders Hause,
Zu dem ich sie geflüchtet, insgesamt
Verbrennen müssen.

KLOSTERBRUDER Allgerechter!

NATHAN Als
Ihr kamt, hatt' ich drei Tag' und Nächt' in Asch'
Und Staub vor Gott gelegen, und geweint. –
Geweint? Beiher mit Gott auch wohl gerechtet,
Gezürnt, getobt, mich und die Welt verwünscht;
Der Christenheit den unversöhnlichsten
Haß zugeschworen –

KLOSTERBRUDER Ach! Ich glaub's Euch wohl!

NATHAN Doch nun kam die Vernunft allmählich wieder.
Sie sprach mit sanfter Stimm': »und doch ist Gott!
Doch war auch Gottes Ratschluß das! Wohlan!
Komm! übe, was du längst begriffen hast,
Was sicherlich zu üben schwerer nicht,
Als zu begreifen ist, wenn du nur willst.
Steh auf!« – Ich stand! und rief zu Gott: ich will!
Willst du nur, daß ich will! – Indem stiegt Ihr
Vom Pferd, und überreichtet mir das Kind,
In Euern Mantel eingehüllt. – Was Ihr

Mir damals sagtet; was ich Euch: hab' ich
Vergessen. Soviel weiß ich nur; ich nahm
Das Kind, trug's auf mein Lager, küßt' es, warf
Mich auf die Knie und schluchzte: Gott! auf Sieben
Doch nun schon Eines wieder!

KLOSTERBRUDER Nathan! Nathan!
Ihr seid ein Christ! – Bei Gott, Ihr seid ein Christ!
Ein beßrer Christ war nie!

NATHAN Wohl uns! Denn was
Mich Euch zum Christen macht, das macht Euch mir
Zum Juden! – Aber laßt uns länger nicht
Einander nur erweichen. Hier braucht's Tat!
Und ob mich siebenfache Liebe schon
Bald an dies einz'ge fremde Mädchen band,
Ob der Gedanke mich schon tötet, daß
Ich meine sieben Söhn' in ihr aufs neue
Verlieren soll: – wenn sie von meinen Händen
Die Vorsicht wieder fodert, – ich gehorche!

KLOSTERBRUDER
Nun vollends! – Eben das bedacht' ich mich
So viel, Euch anzuraten! Und so hat's
Euch Euer guter Geist schon angeraten!

NATHAN Nur muß der erste beste mir sie nicht
Entreißen wollen!

KLOSTERBRUDER Nein, gewiß nicht!

NATHAN Wer
Auf sie nicht größre Rechte hat, als ich,
Muß frühere zum mind'sten haben –

KLOSTERBRUDER Freilich!

NATHAN Die ihm Natur und Blut erteilen.

KLOSTERBRUDER So
Mein' ich es auch!

NATHAN Drum nennt mir nur geschwind
Den Mann, der ihr als Bruder oder Ohm,
Als Vetter oder sonst als Sipp' verwandt:

Ihm will ich sie nicht vorenthalten – Sie,
Die jedes Hauses, jedes Glaubens Zierde
Zu sein erschaffen und erzogen ward. –
Ich hoff', Ihr wißt von diesem Euern Herrn
Und dem Geschlechte dessen, mehr als ich.

KLOSTERBRUDER
Das, guter Nathan, wohl nun schwerlich! – Denn
Ihr habt ja schon gehört, daß ich nur gar
Zu kurze Zeit bei ihm gewesen.

NATHAN Wißt
Ihr denn nicht wenigstens, was für Geschlechts
Die Mutter war? – War sie nicht eine Stauffin?

KLOSTERBRUDER Wohl möglich! – Ja, mich dünkt.

NATHAN Hieß nicht
ihr Bruder
Conrad von Stauffen? – und war Tempelherr?

KLOSTERBRUDER
Wenn mich's nicht trügt. Doch halt! Da fällt mir ein,
Daß ich vom sel'gen Herrn ein Büchelchen
Noch hab'. Ich zog's ihm aus dem Busen, als
Wir ihn bei Askalon verscharrten.

NATHAN Nun?

KLOSTERBRUDER Es sind Gebete drin. Wir nennen's ein
Brevier. – Das, dacht' ich, kann ein Christenmensch
Ja wohl noch brauchen. – Ich nun freilich nicht –
Ich kann nicht lesen –

NATHAN Tut nichts! – Nur zur Sache.

KLOSTERBRUDER In diesem Büchelchen stehn vorn und hinten,
Wie ich mir sagen lassen, mit des Herrn
Selbsteigner Hand, die Angehörigen
Von ihm und ihr geschrieben.

NATHAN O erwünscht!
Geht! lauft! holt mir das Büchelchen. Geschwind!
Ich bin bereit mit Gold es aufzuwiegen;
Und tausend Dank dazu! Eilt! lauft!

KLOSTERBRUDER Recht gern!
Es ist Arabisch aber, was der Herr
Hineingeschrieben. *(Ab.)*
NATHAN Einerlei! Nur her! –
Gott! wenn ich doch das Mädchen noch behalten,
Und einen solchen Eidam mir damit
Erkaufen könnte! – Schwerlich wohl! – Nun, fall'
Es aus, wie's will! – Wer mag es aber denn
Gewesen sein, der bei dem Patriarchen
So etwas angebracht? Das muß ich doch
Zu fragen nicht vergessen. – Wenn es gar
Von Daja käme?

ACHTER AUFTRITT

Daja und Nathan.

DAJA *(eilig und verlegen)* Denkt doch, Nathan!
NATHAN Nun?
DAJA Das arme Kind erschrak wohl recht darüber!
Da schickt . . .
NATHAN Der Patriarch?
DAJA Des Sultans Schwester,
Prinzessin Sittah . . .
NATHAN Nicht der Patriarch?
DAJA Nein, Sittah! – Hört Ihr nicht! – Prinzessin Sittah
Schickt her, und läßt sie zu sich holen?
NATHAN Wen?
Läßt Recha holen? – Sittah läßt sie holen? –
Nun; wenn sie Sittah holen läßt, und nicht
Der Patriarch . . .
DAJA Wie kommt Ihr denn auf den?
NATHAN So hast du kürzlich nichts von ihm gehört?
Gewiß nicht? Auch ihm nichts gesteckt?
DAJA Ich? ihm?

NATHAN Wo sind die Boten?

DAJA Vorn.

NATHAN Ich will sie doch
Aus Vorsicht selber sprechen. Komm! – Wenn nur
Vom Patriarchen nichts dahinter steckt. *(Ab.)*

DAJA Und ich – ich fürchte ganz was anders noch.
Was gilt's? die einzige vermeinte Tochter
So eines reichen Juden wär' auch wohl
Für einen Muselmann nicht übel? – Hui,
Der Tempelherr ist drum. Ist drum: wenn ich
Den zweiten Schritt nicht auch noch wage; nicht
Auch ihr noch selbst entdecke, wer sie ist! –
Getrost! Laß mich den ersten Augenblick,
Den ich allein sie habe, dazu brauchen!
Und der wird sein – vielleicht nun eben, wenn
Ich sie begleite. So ein erster Wink
Kann unterwegens wenigstens nicht schaden.
Ja, ja! Nur zu! Itzt oder nie! Nur zu! *(Ihm nach.)*

FÜNFTER AUFZUG

ERSTER AUFTRITT

Szene: das Zimmer in Saladins Palaste, in welches die Beutel mit Geld getragen worden, die noch zu sehen. Saladin und bald darauf verschiedne Mamelucken.

SALADIN *(im Hereintreten)*
Da steht das Geld nun noch! Und niemand weiß
Den Derwisch aufzufinden, der vermutlich
Ans Schachbrett irgendwo geraten ist,
Das ihn wohl seiner selbst vergessen macht; –
Warum nicht meiner? – Nun, Geduld! Was gibt's?

EIN MAMELUCK
Erwünschte Nachricht, Sultan! Freude, Sultan! . . .
Die Karawane von Kahira kömmt,
Ist glücklich da! mit siebenjährigem
Tribut des reichen Nils.

SALADIN Brav, Ibrahim!
Du bist mir wahrlich ein willkommner Bote! –
Ha! endlich einmal! endlich! – Habe Dank
Der guten Zeitung.

DER MAMELUCK *(wartend)* (Nun? nur her damit!)

SALADIN Was wartst du? – Geh nur wieder.

DER MAMELUCK Dem Willkommnen
Sonst nichts?

SALADIN Was denn noch sonst?

DER MAMELUCK Dem guten Boten
Kein Botenbrot? – So wär' ich ja der erste,
Den Saladin mit Worten abzulohnen
Doch endlich lernte? – Auch ein Ruhm! – der erste,
Mit dem er knickerte.

SALADIN So nimm dir nur
Dort einen Beutel.

DER MAMELUCK Nein, nun nicht! Du kannst
Mir sie nun alle schenken wollen.

SALADIN Trotz! –
Komm her! Da hast du zwei. – Im Ernst? er geht?
Tut mir's an Edelmut zuvor? – Denn sicher
Muß ihm es saurer werden, auszuschlagen,
Als mir zu geben. – Ibrahim! – Was kömmt
Mir denn auch ein, so kurz vor meinem Abtritt
Auf einmal ganz ein andrer sein zu wollen? –
Will Saladin als Saladin nicht sterben? –
So muß' er auch als Saladin nicht leben.

EIN ZWEITER MAMELUCK Nun, Sultan! . . .

SALADIN Wenn du mir zu melden kömmst . . .

ZWEITER MAMELUCK Daß aus Aegypten der Transport nun da!

SALADIN Ich weiß schon.

ZWEITER MAMELUCK Kam ich doch zu spät!

SALADIN Warum

Zu spät? – Da nimm für deinen guten Willen
Der Beutel einen oder zwei.

ZWEITER MAMELUCK Macht drei!

SALADIN Ja, wenn du rechnen kannst! – So nimm sie nur.

ZWEITER MAMELUCK

Es wird wohl noch ein Dritter kommen, – wenn
Er anders kommen kann.

SALADIN Wie das?

ZWEITER MAMELUCK Je nu;

Er hat auch wohl den Hals gebrochen! Denn
Sobald wir drei der Ankunft des Transports
Versichert waren, sprengte jeder frisch
Davon. Der Vorderste, der stürzt'; und so
Komm' ich nun vor, und bleib' auch vor bis in
Die Stadt; wo aber Ibrahim, der Lecker
Die Gassen besser kennt.

SALADIN O, der gestürzte!

Freund, der gestürzte! – Reit ihm doch entgegen.

ZWEITER MAMELUCK

Das werd' ich ja wohl tun! – Und wenn er lebt:
So ist die Hälfte dieser Beutel sein.
(Geht ab.)

SALADIN

Sieh, welch ein guter edler Kerl auch das! –
Wer kann sich solcher Mamelucken rühmen?
Und wär' mir denn zu denken nicht erlaubt,
Daß sie mein Beispiel bilden helfen? – Fort
Mit dem Gedanken, sie zu guter Letzt
Noch an ein anders zu gewöhnen! . . .

EIN DRITTER MAMELUCK Sultan, . . .

SALADIN Bist du's, der stürzte?

DRITTER MAMELUCK Nein. Ich melde nur, –

Daß Emir Mansor, der die Karawane
Geführt, vom Pferde steigt . . .

SALADIN Bring' ihn! geschwind! –
Da ist er ja! –

ZWEITER AUFTRITT

Emir Mansor und Saladin.

SALADIN Willkommen, Emir! Nun,
Wie ist's gegangen? – Mansor, Mansor, hast
Uns lange warten lassen!

MANSOR Dieser Brief
Berichtet, was dein Abulkassem erst
Für Unruh' in Thebais dämpfen müssen:
Eh' wir es wagen durften abzugehen.
Den Zug darauf hab' ich beschleuniget
So viel, wie möglich war.

SALADIN Ich glaube dir! –
Und nimm nur, guter Mansor, nimm sogleich . . .
Du tust es aber doch auch gern? . . . nimm frische
Bedeckung nur sogleich. Du mußt sogleich
Noch weiter; mußt der Gelder größern Teil
Auf Libanon zum Vater bringen.

MANSOR Gern!
Sehr gern!

SALADIN Und nimm dir die Bedeckung ja
Nur nicht zu schwach. Es ist um Libanon
Nicht alles mehr so sicher. Hast du nicht
Gehört? Die Tempelherrn sind wieder rege.
Sei wohl auf deiner Hut! – Komm nur! Wo hält
Der Zug? Ich will ihn sehn; und alles selbst
Betreiben. – Ihr! ich bin sodann bei Sittah.

DRITTER AUFTRITT

Szene: die Palmen vor Nathans Hause, wo der Tempelherr auf- und niedergeht.

Ins Haus nun will ich einmal nicht. – Er wird
Sich endlich doch wohl sehen lassen! – Man
Bemerkte mich ja sonst so bald, so gern! –
Will's noch erleben, daß er sich's verbittet,
Vor seinem Hause mich so fleißig finden
Zu lassen. – Hm! – ich bin doch aber auch
Sehr ärgerlich. – Was hat mich denn nun so
Erbittert gegen ihn? – Er sagte ja:
Noch schlüg' er mir nichts ab. Und Saladin
Hat's über sich genommen, ihn zu stimmen. –
Wie? sollte wirklich wohl in mir der Christ
Noch tiefer nisten, als in ihm der Jude? –
Wer kennt sich recht? Wie könnt' ich ihm denn sonst
Den kleinen Raub nicht gönnen wollen, den
Er sich's zu solcher Angelegenheit
Gemacht, den Christen abzujagen? – Freilich;
Kein kleiner Raub, ein solch Geschöpf! – Geschöpf?
Und wessen? – Doch des Sklaven nicht, der auf
Des Lebens öden Strand den Block geflößt,
Und sich davon gemacht? Des Künstlers doch
Wohl mehr, der in dem hingeworfnen Blocke
Die göttliche Gestalt sich dachte, die
Er dargestellt? – Ach! Rechas wahrer Vater
Bleibt, trotz dem Christen, der sie zeugte, – bleibt
In Ewigkeit der Jude. – Wenn ich mir
Sie lediglich als Christendirne denke,
Sie sonder alles das mir denke, was
Allein ihr so ein Jude geben konnte: –
Sprich, Herz, – was wär' an ihr, das dir gefiel?
Nichts! Wenig! Selbst ihr Lächeln, wär' es nichts
Als sanfte schöne Zuckung ihrer Muskeln;

Wär', was sie lächeln macht, des Reizes unwert,
In den es sich auf ihrem Munde kleidet: –
Nein; selbst ihr Lächeln nicht! Ich hab' es ja
Wohl schöner noch an Aberwitz, an Tand,
An Höhnerei, an Schmeichler und an Buhler
Verschwenden sehn! – Hat's da mich auch bezaubert?
Hat's da mir auch den Wunsch entlockt, mein Leben
In seinem Sonnenscheine zu verflattern? –
Ich wüßte nicht. Und bin auf den doch launisch,
Der diesen höhern Wert allein ihr gab?
Wie das? warum? – Wenn ich den Spott verdiente,
Mit dem mich Saladin entließ! Schon schlimm
Genug, daß Saladin es glauben konnte!
Wie klein ich ihm da scheinen mußte! wie
Verächtlich! – Und das alles um ein Mädchen? –
Curd! Curd! das geht so nicht. Lenk' ein! Wenn vollends
Mir Daja nur was vorgeplaudert hätte,
Was schwerlich zu erweisen stünde? – Sieh,
Da tritt er endlich, im Gespräch vertieft,
Aus seinem Hause! – Ha! mit wem! – Mit ihm?
Mit meinem Klosterbruder? – Ha! so weiß
Er sicherlich schon alles! ist wohl gar
Dem Patriarchen schon verraten! – Ha!
Was hab' ich Querkopf nun gestiftet! – Daß
Ein einz'ger Funken dieser Leidenschaft
Doch unsers Hirns so viel verbrennen kann! –
Geschwind entschließ dich, was nunmehr zu tun!
Ich will hier seitwärts ihrer warten; – ob
Vielleicht der Klosterbruder ihn verläßt.

VIERTER AUFTRITT

Nathan und der Klosterbruder.

NATHAN *(im Näherkommen)*
Habt nochmals, guter Bruder, vielen Dank!
KLOSTERBRUDER Und Ihr desgleichen!
NATHAN Ich? von Euch? wofür?
Für meinen Eigensinn, Euch aufzudringen,
Was Ihr nicht braucht? – Ja, wenn ihm Eurer nur
Auch nachgegeben hätt'; Ihr mit Gewalt
Nicht wolltet reicher sein, als ich.
KLOSTERBRUDER Das Buch
Gehört ja ohnedem nicht mir; gehört
Ja ohnedem der Tochter; ist ja so
Der Tochter ganzes väterliches Erbe. –
Je nu, sie hat ja Euch. – Gott gebe nur,
Daß Ihr es nie bereuen dürft, so viel
Für sie getan zu haben!
NATHAN Kann ich das?
Das kann ich nie. Seid unbesorgt!
KLOSTERBRUDER Nu, nu!
Die Patriarchen und die Tempelherren . . .
NATHAN Vermögen mir des Bösen nie so viel
Zu tun, daß irgend was mich reuen könnte:
Geschweige, das! – Und seid Ihr denn so ganz
Versichert, daß ein Tempelherr es ist,
Der Euern Patriarchen hetzt?
KLOSTERBRUDER Es kann
Beinah' kein andrer sein. Ein Tempelherr
Sprach kurz vorher mit ihm; und was ich hörte,
Das klang darnach.
NATHAN Es ist doch aber nur
Ein einziger itzt in Jerusalem.
Und diesen kenn' ich. Dieser ist mein Freund.
Ein junger, edler, offner Mann!

KLOSTERBRUDER Ganz recht;
Der nämliche! – Doch was man ist, und was
Man sein muß in der Welt, das paßt ja wohl
Nicht immer.

NATHAN Leider nicht. – So tue, wer's
Auch immer ist, sein Schlimmstes oder Bestes!
Mit Euerm Buche, Bruder, trotz' ich allen;
Und gehe graden Wegs damit zum Sultan.

KLOSTERBRUDER
Viel Glücks! Ich will Euch denn nur hier verlassen.

NATHAN Und habt sie nicht einmal gesehn? – Kommt ja
Doch bald, doch fleißig wieder. – Wenn nur heut
Der Patriarch noch nichts erfährt! – Doch was?
Sagt ihm auch heute, was Ihr wollt.

KLOSTERBRUDER Ich nicht.
Lebt wohl! *(Geht ab.)*

NATHAN Vergeßt uns ja nicht, Bruder! – Gott!
Daß ich nicht hier gleich unter freiem Himmel
Auf meine Kniee sinken kann! Wie sich
Der Knoten, der so oft mir bange machte,
Nun von sich selber löset! – Gott! wie leicht
Mir wird, daß ich nun weiter auf der Welt
Nichts zu verbergen habe! daß ich vor
Den Menschen nun so frei kann wandeln, als
Vor dir, der du allein den Menschen nicht
Nach seinen Taten brauchst zu richten, die
So selten seine Taten sind, o Gott! –

FÜNFTER AUFTRITT

Nathan und der Tempelherr,
der von der Seite auf ihn zu kömmt.

TEMPELHERR He! wartet, Nathan; nehmt mich mit!

NATHAN Wer ruft? –

Seid Ihr es, Ritter? Wo gewesen, daß
Ihr bei dem Sultan Euch nicht treffen lassen?

TEMPELHERR Wir sind einander fehlgegangen. Nehmt's
Nicht übel.

NATHAN Ich nicht; aber Saladin ...

TEMPELHERR Ihr wart nur eben fort ...

NATHAN Und spracht ihn doch?
Nun, so ist's gut.

TEMPELHERR Er will uns aber beide
Zusammen sprechen.

NATHAN Desto besser. Kommt
Nur mit. Mein Gang stand ohnehin zu ihm. –

TEMPELHERR Ich darf ja wohl fragen, Nathan, wer
Euch da verließ?

NATHAN Ihr kennt ihn doch wohl nicht?

TEMPELHERR War's nicht die gute Haut, der Laienbruder,
Des sich der Patriarch so gern zum Stöber
Bedient?

NATHAN Kann sein! Beim Patriarchen ist
Er allerdings.

TEMPELHERR Der Pfiff ist gar nicht übel:
Die Einfalt vor der Schurkerei voraus
Zu schicken.

NATHAN Ja, die dumme; – nicht die fromme.

TEMPELHERR An fromme glaubt kein Patriarch.

NATHAN Für den
Nun steh' ich. Der wird seinem Patriarchen
Nichts Ungebührliches vollziehen helfen.

TEMPELHERR
So stellt er wenigstens sich an. – Doch hat
Er Euch von mir denn nichts gesagt?

NATHAN Von Euch?
Von Euch nun namentlich wohl nichts. – Er weiß
Ja wohl auch schwerlich Euern Namen?

TEMPELHERR Schwerlich.

NATHAN Von einem Tempelherren freilich hat
Er mir gesagt . . .

TEMPELHERR Und was?

NATHAN Womit er Euch
Doch ein für allemal nicht meinen kann!

TEMPELHERR Wer weiß? Laßt doch nur hören.

NATHAN Daß mich einer
Bei seinem Patriarchen angeklagt . . .

TEMPELHERR Euch angeklagt? – Das ist, mit seiner Gunst –
Erlogen. – Hört mich, Nathan! – Ich bin nicht
Der Mensch, der irgend etwas abzuleugnen
Imstande wäre. Was ich tat, das tat ich!
Doch bin ich auch nicht der, der alles, was
Er tat, als wohlgetan verteid'gen möchte.
Was sollt' ich eines Fehls mich schämen? Hab'
Ich nicht den festen Vorsatz ihn zu bessern?
Und weiß ich etwa nicht, wie weit mit dem
Es Menschen bringen können? – Hört mich, Nathan! –
Ich bin des Laienbruders Tempelherr,
Der Euch verklagt soll haben, allerdings. –
Ihr wißt ja, was mich wurmisch machte! was
Mein Blut in allen Adern sieden machte!
Ich Gauch! – ich kam, so ganz mit Leib und Seel'
Euch in die Arme mich zu werfen. Wie
Ihr mich empfingt – wie kalt – wie lau – denn lau
Ist schlimmer noch als kalt; wie abgemessen
Mir auszubeugen Ihr beflissen wart;
Mit welchen aus der Luft gegriffnen Fragen
Ihr Antwort mir zu geben scheinen wolltet:
Das darf ich kaum mir itzt noch denken, wenn
Ich soll gelassen bleiben. – Hört mich, Nathan! –
In dieser Gärung schlich mir Daja nach,
Und warf mir ihr Geheimnis an den Kopf,
Das mir den Aufschluß Euers rätselhaften
Betragens zu enthalten schien.

NATHAN Wie das?
TEMPELHERR Hört mich nur aus! – Ich bildete mir ein,
Ihr wolltet, was Ihr einmal nun den Christen
So abgejagt, an einen Christen wieder
Nicht gern verlieren. Und so fiel mir ein,
Euch kurz und gut das Messer an die Kehle
Zu setzen.
NATHAN Kurz und gut? und gut? – Wo steckt
Das Gute?
TEMPELHERR Hört mich, Nathan! – Allerdings:
Ich tat nicht recht! – Ihr seid wohl gar nicht schuldig. –
Die Närrin Daja weiß nicht was sie spricht –
Ist Euch gehässig – sucht Euch nur damit
In einen bösen Handel zu verwickeln –
Kann sein! kann sein! – Ich bin ein junger Laffe,
Der immer nur an beiden Enden schwärmt;
Bald viel zu viel, bald viel zu wenig tut –
Auch das kann sein! Verzeiht mir, Nathan.
NATHAN Wenn
Ihr so mich freilich fasset –
TEMPELHERR Kurz, ich ging
Zum Patriarchen! – hab' Euch aber nicht
Genannt. Das ist erlogen, wie gesagt!
Ich hab' ihm bloß den Fall ganz allgemein
Erzählt, um seine Meinung zu vernehmen. –
Auch das hätt' unterbleiben können: ja doch! –
Denn kannt' ich nicht den Patriarchen schon
Als einen Schurken? Konnt' ich Euch nicht selber
Nur gleich zur Rede stellen? – Mußt' ich der
Gefahr, so einen Vater zu verlieren,
Das arme Mädchen opfern? – Nun, was tut's?
Die Schurkerei des Patriarchen, die
So ähnlich immer sich erhält, hat mich
Des nächsten Weges wieder zu mir selbst
Gebracht. – Denn hört mich, Nathan; hört mich aus! –

Gesetzt; er wüßt' auch Euern Namen: was
Nun mehr, was mehr? – Er kann Euch ja das Mädchen
Nur nehmen, wenn sie niemands ist, als Euer.
Er kann sie doch aus *Euerm* Hause nur
Ins Kloster schleppen. – Also – gebt sie mir!
Gebt sie nur mir; und laßt ihn kommen. Ha!
Er soll's wohl bleiben lassen, mir mein Weib
Zu nehmen. – Gebt sie mir; geschwind! – Sie sei
Nun Eure Tochter, oder sei es nicht!
Sei Christin, oder Jüdin, oder keines!
Gleichviel! gleichviel! Ich werd' Euch weder itzt
Noch jemals sonst in meinem ganzen Leben
Darum befragen. Sei, wie's sei!

NATHAN Ihr wähnt
Wohl gar, daß mir die Wahrheit zu verbergen
Sehr nötig?

TEMPELHERR Sei, wie's sei!

NATHAN Ich hab' es ja
Euch – oder wem es sonst zu wissen ziemt –
Noch nicht geleugnet, daß sie eine Christin,
Und nichts als meine Pflegetochter ist. –
Warum ich's aber ihr noch nicht entdeckt? –
Darüber brauch' ich nur bei ihr mich zu
Entschuldigen.

TEMPELHERR Das sollt Ihr auch bei ihr
Nicht brauchen. – Gönnt's ihr doch, daß sie Euch nie
Mit andern Augen darf betrachten! Spart
Ihr die Entdeckung doch! – Noch habt Ihr ja,
Ihr ganz allein, mit ihr zu schalten. Gebt
Sie mir! Ich bitt' Euch, Nathan; gebt sie mir!
Ich bin's allein, der sie zum zweiten Male
Euch retten kann – ich will.

NATHAN Ja – konnte! konnte!
Nun auch nicht mehr. Es ist damit zu spät.

TEMPELHERR Wieso? zu spät?

NATHAN Dank sei dem Patriarchen . . .

TEMPELHERR Dem Patriarchen? Dank? ihm Dank? wofür?
Dank hätte *der* bei uns verdienen wollen?
Wofür? wofür?

NATHAN Daß wir nun wissen, wem
Sie anverwandt; nun wissen, wessen Händen
Sie sicher ausgeliefert werden kann.

TEMPELHERR Das dank' ihm – wer für mehr ihm danken wird!

NATHAN Aus diesen müßt Ihr sie nun auch erhalten;
Und nicht aus meinen.

TEMPELHERR Arme Recha! Was
Dir alles zustößt, arme Recha! Was
Ein Glück für andre Waisen wäre, wird
Dein Unglück! – Nathan! – Und wo sind sie, diese
Verwandte?

NATHAN Wo sie sind?

TEMPELHERR Und wer sie sind?

NATHAN Besonders hat ein Bruder sich gefunden,
Bei dem Ihr um sie werben müßt.

TEMPELHERR Ein Bruder?
Was ist er, dieser Bruder? Ein Soldat?
Ein Geistlicher? – Laßt hören, was ich mir
Versprechen darf.

NATHAN Ich glaube, daß er keines
Von beiden – oder beides ist. Ich kenn'
Ihn noch nicht recht.

TEMPELHERR Und sonst?

NATHAN Ein braver Mann!
Bei dem sich Recha gar nicht übel wird
Befinden.

TEMPELHERR Doch ein Christ! – Ich weiß zuzeiten
Auch gar nicht, was ich von Euch denken soll: –
Nehmt mir's nicht ungut, Nathan. – Wird sie nicht
Die Christin spielen müssen, unter Christen?
Und wird sie, was sie lange gnug gespielt,

Nicht endlich werden? Wird den lautern Weizen,
Den Ihr gesät, das Unkraut endlich nicht
Ersticken? – Und das kümmert Euch so wenig?
Dem ungeachtet könnt Ihr sagen – Ihr? –
Daß sie bei ihrem Bruder sich nicht übel
Befinden werde?

NATHAN Denk' ich! hoff' ich! – Wenn
Ihr ja bei ihm was mangeln sollte, hat
Sie Euch und mich denn nicht noch immer? –

TEMPELHERR Oh!
Was wird bei ihm ihr mangeln können? Wird
Das Brüderchen mit Essen und mit Kleidung,
Mit Naschwerk und mit Putz, das Schwesterchen
Nicht reichlich gnug versorgen? Und was braucht
Ein Schwesterchen denn mehr? – Ei freilich: auch
Noch einen Mann! – Nun, nun, auch den, auch den
Wird ihr das Brüderchen zu seiner Zeit
Schon schaffen; wie er immer nur zu finden!
Der Christlichste der Beste! – Nathan, Nathan!
Welch einen Engel hattet Ihr gebildet,
Den Euch nun andre so verhunzen werden!

NATHAN Hat keine Not! Er wird sich unsrer Liebe
Noch immer wert genug behaupten.

TEMPELHERR Sagt
Das nicht! Von *meiner* Liebe sagt das nicht!
Denn die läßt nichts sich unterschlagen; nichts.
Es sei auch noch so klein! Auch keinen Namen! –
Doch halt! – Argwohnt sie wohl bereits, was mit
Ihr vorgeht?

NATHAN Möglich; ob ich schon nicht wüßte,
Woher?

TEMPELHERR Auch eben viel; sie soll – sie muß
In beiden Fällen, was ihr Schicksal droht,
Von mir zuerst erfahren. Mein Gedanke,
Sie eher wieder nicht zu sehn, zu sprechen,

Als bis ich sie die Meine nennen dürfte,
Fällt weg. Ich eile . . .

NATHAN Bleibt! wohin?

TEMPELHERR Zu ihr!
Zu sehn, ob diese Mädchenseele Manns genug
Wohl ist, den einzigen Entschluß zu fassen,
Der ihrer würdig wäre!

NATHAN *Welchen?*

TEMPELHERR Den:
Nach Euch und ihrem Bruder weiter nicht
Zu fragen –

NATHAN Und?

TEMPELHERR Und mir zu folgen; – wenn
Sie drüber eines Muselmannes Frau
Auch werden müßte.

NATHAN Bleibt! Ihr trefft sie nicht.
Sie ist bei Sittah, bei des Sultans Schwester.

TEMPELHERR Seit wenn? warum?

NATHAN Und wollt Ihr da bei ihnen
Zugleich den Bruder finden: kommt nur mit.

TEMPELHERR Den Bruder? welchen? Sittahs oder Rechas?

NATHAN Leicht beide. Kommt nur mit! Ich bitt' Euch, kommt!
(Er führt ihn fort.)

SECHSTER AUFTRITT

(Szene: In Sittahs Harem.)
Sittah und Recha in Unterhaltung begriffen.

SITTAH Was freu' ich mich nicht deiner, süßes Mädchen! –
Sei so beklemmt nur nicht! so angst! so schüchtern! –
Sei munter! sei gesprächiger! vertrauter!

RECHA Prinzessin . . .

SITTAH Nicht doch! nicht Prinzessin! Nenn'
Mich Sittah, – deine Freundin, – deine Schwester.

Nenn' mich dein Mütterchen! – Ich könnte das
Ja schier auch sein. – So jung! so klug! so fromm!
Was du nicht alles weißt! nicht alles mußt
Gelesen haben!

RECHA Ich gelesen? – Sittah,
Du spottest deiner kleinen albern Schwester.
Ich kann kaum lesen.

SITTAH Kannst kaum, Lügnerin!

RECHA Ein wenig meines Vaters Hand! – Ich meinte,
Du sprächst von Büchern.

SITTAH Allerdings! von Büchern.

RECHA
Nun, Bücher wird mir wahrlich schwer zu lesen! –

SITTAH Im Ernst?

RECHA In ganzem Ernst. Mein Vater liebt
Die kalte Buchgelehrsamkeit, die sich
Mit toten Zeichen ins Gehirn nur drückt,
Zu wenig.

SITTAH Ei, was sagst du! – Hat indes
Wohl nicht sehr unrecht! – Und so manches, was
Du weißt . . .?

RECHA Weiß ich allein aus seinem Munde
Und könnte bei dem meisten dir noch sagen,
Wie? wo? warum? er mich's gelehrt.

SITTAH So hängt
Sich freilich alles besser an. So lernt
Mit eins die ganze Seele.

RECHA Sicher hat
Auch Sittah wenig oder nichts gelesen!

SITTAH Wieso? – Ich bin nicht stolz aufs Gegenteil. –
Allein wieso? Dein Grund! Sprich dreist. Dein Grund?

RECHA Sie ist so schlecht und recht; so unverkünstelt;
So ganz sich selbst nur ähnlich . . .

SITTAH Nun?

RECHA Das sollen

Die Bücher uns nur selten lassen! sagt
Mein Vater.

SITTAH O was ist dein Vater für
Ein Mann!

RECHA Nicht wahr?

SITTAH Wie nah er immer doch
Zum Ziele trifft!

RECHA Nicht wahr? – Und diesen Vater –

SITTAH Was ist dir, Liebe?

RECHA Dieser Vater –

SITTAH Gott!
Du weinst?

RECHA Und diesen Vater – Ah! es muß
Heraus! Mein Herz will Luft, will Luft . . .
(Wirft sich, von Tränen überwältiget, zu ihren Füßen.)

SITTAH Kind, was
Geschieht dir? Recha?

RECHA Diesen Vater soll –
Soll ich verlieren!

SITTAH Du? verlieren? ihn?
Wie das? – Sei ruhig! – Nimmermehr! – Steh auf!

RECHA Du sollst vergebens dich zu meiner Freundin,
Zu meiner Schwester nicht erboten haben!

SITTAH Ich bin's ja! bin's! – Steh doch nur auf! Ich muß
Sonst Hilfe rufen.

RECHA *(die sich ermannt und aufsteht)*
Ah! verzeih! vergib! –
Mein Schmerz hat mich vergessen machen, wer
Du bist. Vor Sittah gilt kein Winseln, kein
Verzweifeln. Kalte, ruhige Vernunft
Will alles über sie allein vermögen.
Wes Sache diese bei ihr führt, der siegt!

SITTAH Nun dann?

RECHA Nein; meine Freundin, meine Schwester
Gibt das nicht zu! Gibt nimmer zu, daß mir

Ein andrer Vater aufgedrungen werde!
SITTAH Ein andrer Vater? aufgedrungen? dir?
Wer kann das? kann das auch nur wollen, Liebe?
RECHA Wer? Meine gute böse Daja kann
Das wollen, – will das können. – Ja; du kennst
Wohl diese gute böse Daja nicht?
Nun, Gott vergeb' es ihr! – belohn' es ihr!
Sie hat mir so viel Gutes, – so viel Böses
Erwiesen!
SITTAH Böses dir? – So muß sie Gutes
Doch wahrlich wenig haben.
RECHA Doch! recht viel,
Recht viel!
SITTAH Wer ist sie?
RECHA Eine Christin, die
In meiner Kindheit mich gepflegt; mich so
Gepflegt! – Du glaubst nicht! – Die mir eine Mutter
So wenig missen lassen! – Gott vergelt'
Es ihr! – Die aber mich auch so geängstet!
Mich so gequält!
SITTAH Und über was? warum?
Wie?
RECHA Ach! die arme Frau – ich sag' dir's ja –
Ist eine Christin; – muß aus Liebe quälen; –
Ist eine von den Schwärmerinnen, die
Den allgemeinen, einzig wahren Weg
Nach Gott zu wissen wähnen!
SITTAH Nun versteh' ich!
RECHA Und sich gedrungen fühlen, einen jeden,
Der dieses Wegs verfehlt, darauf zu lenken. –
Kaum können sie auch anders. Denn ist's wahr,
Daß dieser Weg allein nur richtig führt:
Wie sollen sie gelassen ihre Freunde
Auf einem andern wandeln sehn, – der ins
Verderben stürzt, ins ewige Verderben?

Es müßte möglich sein, denselben Menschen
Zur selben Zeit zu lieben und zu hassen. –
Auch ist's das nicht, was endlich laute Klagen
Mich über sie zu führen zwingt. Ihr Seufzen,
Ihr Warnen, ihr Gebet, ihr Drohen hätt'
Ich gern noch länger ausgehalten; gern!
Es brachte mich doch immer auf Gedanken,
Die gut und nützlich. Und wem schmeichelt's doch
Im Grunde nicht, sich gar so wert und teuer,
Von wem's auch sei, gehalten fühlen, daß
Er den Gedanken nicht ertragen kann,
Er müss' einmal auf ewig uns entbehren!

SITTAH Sehr wahr!

RECHA Allein – allein – das geht zu weit!
Dem kann ich nichts entgegensetzen; nicht
Geduld, nicht Überlegung; nichts!

SITTAH Was? wem?

RECHA
Was sie mir eben itzt entdeckt will haben.

SITTAH Entdeckt? und eben itzt?

RECHA Nur eben itzt!
Wir nahten, auf dem Weg hierher, uns einem
Verfallnen Christentempel. Plötzlich stand
Sie still; schien mit sich selbst zu kämpfen; blickte
Mit nassen Augen bald gen Himmel, bald
Auf mich. Komm, sprach sie endlich, laß uns hier
Durch diesen Tempel in die Richte gehn!
Sie geht; ich folg' ihr, und mein Auge schweift
Mit Graus die wankenden Ruinen durch.
Nun steht sie wieder; und ich sehe mich
An den versunknen Stufen eines morschen
Altars mit ihr. Wie ward mir? als sie da
Mit heißen Tränen, mit gerungnen Händen
Zu meinen Füßen stürzte ...

SITTAH Gutes Kind!

RECHA Und bei der Göttlichen, die da wohl sonst
So manch Gebet erhört, so manches Wunder
Verrichtet habe, mich beschwor; – mit Blicken
Des wahren Mitleids mich beschwor, mich meiner
Doch zu erbarmen! – Wenigstens, ihr zu
Vergeben, wenn sie mir entdecken müsse,
Was ihre Kirch' auf mich für Anspruch habe.
SITTAH (Unglückliche! – Es ahnte mir!)
RECHA Ich sei
Aus christlichem Geblüte; sei getauft;
Sei Nathans Tochter nicht; er nicht mein Vater! –
Gott! Gott! Er nicht mein Vater! – Sittah! Sittah!
Sieh mich aufs neu' zu deinen Füßen . . .
SITTAH Recha!
Nicht doch! steh auf! – Mein Bruder kömmt! steh auf!

SIEBENTER AUFTRITT

Saladin und die Vorigen.

SALADIN Was gibt's hier, Sittah?
SITTAH Sie ist von sich! Gott!
SALADIN Wer ist's?
SITTAH Du weißt ja . . .
SALADIN Unsers Nathans Tochter?
Was fehlt ihr?
SITTAH Komm doch zu dir, Kind! – Der Sultan . . .
RECHA *(die sich auf den Knien zu Saladins Füßen schleppt, den Kopf zur Erde gesenkt)*
Ich steh' nicht auf! nicht eher auf! – mag eher
Des Sultans Antlitz nicht erblicken! – eher
Den Abglanz ewiger Gerechtigkeit
Und Güte nicht in seinen Augen, nicht
Auf seiner Stirn bewundern . . .
SALADIN Steh . . . steh auf!

RECHA Eh' er mir nicht verspricht . . .

SALADIN Komm! ich verspreche . . .
Sei was es will!

RECHA Nicht mehr, nicht weniger,
Als meinen Vater mir zu lassen; und
Mich ihm! – Noch weiß ich nicht, wer sonst mein Vater
Zu sein verlangt; – verlangen kann. Will's auch
Nicht wissen. Aber macht denn nur das Blut
Den Vater? nur das Blut?

SALADIN *(der sie aufhebt)*
Ich merke wohl! –
Wer war so grausam denn, dir selbst – dir selbst
Dergleichen in den Kopf zu setzen? Ist
Es denn schon völlig ausgemacht? erwiesen?

RECHA Muß wohl! Denn Daja will von meiner Amm'
Es haben.

SALADIN Deiner Amme!

RECHA Die es sterbend
Ihr zu vertrauen sich verbunden fühlte.

SALADIN
Gar sterbend! – Nicht auch faselnd schon? – Und wär's
Auch wahr! – Jawohl: das Blut, das Blut allein
Macht lange noch den Vater nicht! macht kaum
Den Vater eines Tieres! gibt zum höchsten
Das erste Recht, sich diesen Namen zu
Erwerben! – Laß dir doch nicht bange sein! –
Und weißt du was? Sobald der Väter zwei
Sich um dich streiten: – laß sie beide; nimm
Den dritten! – Nimm dann mich zu deinem Vater!

SITTAH O tu's! o tu's!

SALADIN Ich will ein guter Vater,
Recht guter Vater sein! – Doch halt! mir fällt
Noch viel was Bessers bei. – Was brauchst du denn
Der Väter überhaupt? Wenn sie nun sterben?
Beizeiten sich nach einem umgesehn,

Der mit uns um die Wette leben will!
Kennst du noch keinen? . . .

SITTAH Mach' sie nicht erröten!

SALADIN
Das hab' ich allerdings mir vorgesetzt.
Erröten macht die Häßlichen so schön:
Und sollte Schöne nicht noch schöner machen? –
Ich habe deinen Vater Nathan; und
Noch einen – einen noch hierher bestellt.
Errätst du ihn? – Hierher! Du wirst mir doch
Erlauben, Sittah?

SITTAH Bruder!

SALADIN Daß du ja
Vor ihm recht sehr errötest, liebes Mädchen!

RECHA Vor wem? erröten? . . .

SALADIN Kleine Heuchlerin!
Nun, so erblasse lieber! – Wie du willst
Und kannst! –
(Eine Sklavin tritt herein und nahet sich Sittah.)
Sie sind doch etwa nicht schon da?

SITTAH *(zur Sklavin)*
Gut! laß sie nur herein. – Sie sind es, Bruder!

LETZTER AUFTRITT

Nathan und der Tempelherr zu den Vorigen.

SALADIN Ah, meine guten lieben Freunde! – Dich,
Dich, Nathan, muß ich nur vor allen Dingen
Bedeuten, daß du nun, sobald du willst,
Dein Geld kannst wieder holen lassen! . . .

NATHAN Sultan! . . .

SALADIN Nun steh' ich auch zu deinen Diensten . . .

NATHAN Sultan! . . .

SALADIN Die Karawan' ist da. Ich bin so reich

Nun wieder, als ich lange nicht gewesen. –
Komm, sag' mir, was du brauchst, so recht was Großes
Zu unternehmen! Denn auch ihr, auch ihr,
Ihr Handelsleute, könnt des baren Geldes
Zuviel nie haben!

NATHAN Und warum zuerst
Von dieser Kleinigkeit? – Ich sehe dort
Ein Aug' in Tränen, das zu trocknen, mir
Weit angelegner ist. *(Geht auf Recha zu.)* Du hast geweint?
Was fehlt dir? – bist doch meine Tochter noch?

RECHA Mein Vater! . . .

NATHAN Wir verstehen uns. Genug! –
Sei heiter! Sei gefaßt! Wenn sonst dein Herz
Nur dein noch ist! Wenn deinem Herzen sonst
Nur kein Verlust nicht droht! – Dein Vater ist
Dir unverloren!

RECHA Keiner, keiner sonst!

TEMPELHERR
Sonst keiner? – Nun! so hab' ich mich betrogen.
Was man nicht zu verlieren fürchtet, hat
Man zu besitzen nie geglaubt, und nie
Gewünscht. – Recht wohl! recht wohl! – Das ändert, Nathan,
Das ändert alles! – Saladin, wir kamen
Auf dein Geheiß. Allein, ich hatte dich
Verleitet; itzt bemüh' dich nur nicht weiter!

SALADIN Wie gach nun wieder, junger Mann! – Soll alles
Dir denn entgegenkommen? Alles dich
Erraten?

TEMPELHERR Nun du hörst ja! siehst ja, Sultan!

SALADIN Ei wahrlich! – Schlimm genug, daß deiner Sache
Du nicht gewisser warst!

TEMPELHERR So bin ich's nun.

SALADIN Wer so auf irgend eine Wohltat trotzt,
Nimmt sie zurück. Was du gerettet, ist
Deswegen nicht dein Eigentum. Sonst wär'

Der Räuber, den sein Geiz ins Feuer jagt,
So gut ein Held wie du!
(Auf Recha zugehend, um sie dem Tempelherrn zuzuführen.)
Komm, liebes Mädchen,
Komm! Nimm's mit ihm nicht so genau. Denn wär'
Er anders; wär' er minder warm und stolz:
Er hätt' es bleiben lassen, dich zu retten.
Du mußt ihm eins fürs andre rechnen. – Komm!
Beschäm' ihn! tu, was ihm zu tun geziemte!
Bekenn' ihm deine Liebe! trage dich ihm an!
Und wenn er dich verschmäht; dir's je vergißt,
Wie ungleich mehr in diesem Schritte du
Für ihn getan, als er für dich . . . Was hat
Er denn für dich getan? Ein wenig sich
Beräuchern lassen! ist was Rechts! – so hat
Er meines Bruders, meines Assad, nichts!
So trägt er seine Larve, nicht sein Herz.
Komm, Liebe . . .

SITTAH Geh! geh, Liebe, geh! Es ist
Für deine Dankbarkeit noch immer wenig;
Noch immer nichts.

NATHAN Halt Saladin! halt Sittah!

SALADIN Auch du?

NATHAN Hier hat noch einer mitzusprechen . . .

SALADIN Wer leugnet das? – Unstreitig, Nathan, kömmt
So einem Pflegevater eine Stimme
Mit zu! Die erste, wenn du willst. – Du hörst,
Ich weiß der Sache ganze Lage.

NATHAN Nicht so ganz! –
Ich rede nicht von mir. Es ist ein andrer;
Weit, weit ein andrer, den ich, Saladin,
Doch auch vorher zu hören bitte.

SALADIN Wer?

NATHAN Ihr Bruder!

SALADIN Rechas Bruder?

NATHAN Ja!

RECHA Mein Bruder?
So hab' ich einen Bruder?

TEMPELHERR *(aus seiner wilden, stummen Zerstreuung auffahrend)* Wo? wo ist
Er, dieser Bruder? Noch nicht hier? Ich sollt'
Ihn hier ja treffen.

NATHAN Nur Geduld!

TEMPELHERR *(äußerst bitter)* Er hat
Ihr einen Vater aufgebunden: – wird
Er keinen Bruder für sie finden?

SALADIN Das
Hat noch gefehlt! Christ! ein so niedriger
Verdacht wär' über Assads Lippen nicht
Gekommen. – Gut! fahr nur so fort!

NATHAN Verzeih
Ihm! – Ich verzeih' ihm gern. – Wer weiß, was wir,
An seiner Stell', in seinem Alter dächten!
(Freundschaftlich auf ihn zugehend.)
Natürlich, Ritter! – Argwohn folgt auf Mißtraun! –
Wenn Ihr mich Eures *wahren* Namens gleich
Gewürdigt hättet . . .

TEMPELHERR Wie?

NATHAN Ihr seid kein Stauffen!

TEMPELHERR Wer bin ich denn?

NATHAN Heißt Curd von Stauffen nicht!

TEMPELHERR Wie heiß' ich denn?

NATHAN Heißt Leu von Filnek.

TEMPELHERR Wie?

NATHAN Ihr stutzt?

TEMPELHERR Mit Recht! Wer sagt das?

NATHAN Ich; der mehr,
Noch mehr Euch sagen kann. Ich straf' indes
Euch keiner Lüge.

TEMPELHERR Nicht?

NATHAN Kann doch wohl sein,
Daß jener Nam' Euch ebenfalls gebührt.

TEMPELHERR
Das sollt' ich meinen! – (Das hieß Gott ihn sprechen!)

NATHAN Denn Eure Mutter – die war eine Stauffin.
Ihr Bruder, Euer Ohm, der Euch erzogen,
Dem Eure Eltern Euch in Deutschland ließen,
Als, von dem rauhen Himmel dort vertrieben,
Sie wieder hierzulande kamen: – Der
Hieß Curd von Stauffen; mag an Kindesstatt
Vielleicht Euch angenommen haben! – Seid
Ihr lange schon mit ihm nun auch herüber
Gekommen? Und er lebt doch noch?

TEMPELHERR Was soll
Ich sagen? – Nathan! – Allerdings! So ist's!
Er selbst ist tot. Ich kam erst mit der letzten
Verstärkung unsers Ordens. – Aber, aber –
Was hat mit diesem allen Rechas Bruder
Zu schaffen?

NATHAN Euer Vater . . .

TEMPELHERR Wie? auch den
Habt Ihr gekannt? Auch den?

NATHAN Er war mein Freund.

TEMPELHERR
War Euer Freund? Ist's möglich, Nathan! . . .

NATHAN Nannte
Sich Wolf von Filnek; aber war kein Deutscher . . .

TEMPELHERR Ihr wißt auch das?

NATHAN War einer Deutschen nur
Vermählt; war Eurer Mutter nur nach Deutschland
Auf kurze Zeit gefolgt . . .

TEMPELHERR Nicht mehr! Ich bitt'
Euch! – Aber Rechas Bruder? Rechas Bruder . . .

NATHAN Seid Ihr!

TEMPELHERR Ich? ich ihr Bruder?

RECHA Er mein Bruder?
SITTAH Geschwister!
SALADIN Sie Geschwister!
RECHA *(will auf ihn zu)* Ah! mein Bruder!
TEMPELHERR *(tritt zurück)* Ihr Bruder!
RECHA *(hält an, und wendet sich zu Nathan)*
Kann nicht sein! Sein Herz
Weiß nichts davon! – Wir sind Betrüger! Gott!
SALADIN *(zum Tempelherrn)*
Betrüger? wie? Das denkst du? kannst du denken?
Betrüger selbst! Denn alles ist erlogen
An dir: Gesicht und Stimm' und Gang! Nichts dein!
So eine Schwester nicht erkennen wollen! Geh!
TEMPELHERR *(sich demütig ihm nahend)*
Mißdeut' auch du nicht mein Erstaunen, Sultan!
Verkenn' in einem Augenblick', in dem
Du schwerlich deinen Assad je gesehen,
Nicht ihn und mich!
(Auf Nathan zueilend.)
Ihr nehmt und gebt mir, Nathan!
Mit vollen Händen beides! – Nein! Ihr gebt
Mir mehr, als Ihr mir nehmt! unendlich mehr!
(Recha um den Hals fallend.)
Ah! meine Schwester! meine Schwester!
NATHAN Blanda
Von Filnek.
TEMPELHERR Blanda? Blanda? – Recha nicht?
Nicht Eure Recha mehr? – Gott! Ihr verstoßt
Sie! gebt ihr ihren Christennamen wieder!
Verstoßt sie meinetwegen! – Nathan! Nathan!
Warum es sie entgelten lassen? sie!
NATHAN
Und was? – O meine Kinder! meine Kinder! –
Denn meiner Tochter Bruder wär' mein Kind
Nicht auch, – sobald er will?

(Indem er sich ihren Umarmungen überläßt, tritt Saladin mit unruhigem Erstaunen zu seiner Schwester.)

SALADIN Was sagst du, Schwester?

SITTAH Ich bin gerührt . . .

SALADIN Und ich, – ich schaudere
Vor einer größern Rührung fast zurück!
Bereite dich nur drauf, so gut du kannst.

SITTAH Wie?

SALADIN Nathan, auf ein Wort! ein Wort! –
(Indem Nathan zu ihm tritt, tritt Sittah zu dem Geschwister, ihm ihre Teilnahme zu bezeigen; und Nathan und Saladin sprechen leiser.)
Hör'! hör' doch, Nathan! Sagtest du vorhin
Nicht –?

NATHAN Was?

SALADIN Aus Deutschland sei ihr Vater nicht
Gewesen; ein geborner Deutscher nicht.
Was war er denn? Wo war er sonst denn her?

NATHAN Das hat er selbst mir nie vertrauen wollen.
Aus seinem Munde weiß ich nichts davon.

SALADIN Und war auch sonst kein Frank? kein Abendländer?

NATHAN O! daß er der nicht sei, gestand er wohl. –
Er sprach am liebsten Persisch . . .

SALADIN Persisch? Persisch?
Was will ich mehr? – Er ist's! Er war es!

NATHAN Wer?

SALADIN Mein Bruder! ganz gewiß! Mein Assad! ganz
Gewiß!

NATHAN Nun, wenn du selbst darauf verfällst: –
Nimm die Versichrung hier in diesem Buche!
(Ihm das Brevier überreichend.)

SALADIN *(es begierig aufschlagend)*
Ah! seine Hand! Auch die erkenn' ich wieder!

NATHAN
Noch wissen sie von nichts! Noch steht's bei dir
Allein, was sie davon erfahren sollen!

SALADIN *(indes er darin geblättert)*
Ich meines Bruders Kinder nicht erkennen?
Ich meine Neffen – meine Kinder nicht?
Sie nicht erkennen? ich? Sie dir wohl lassen?
(Wieder laut.)
Sie sind's! sie sind es, Sittah, sind's! Sie sind's!
Sind beide meines . . . deines Bruders Kinder!
(Er rennt in ihre Umarmungen.)

SITTAH *(ihm folgend)*
Was hör' ich! – Konnt's auch anders, anders sein! –

SALADIN *(zum Tempelherrn)*
Nun mußt du doch wohl, Trotzkopf, mußt mich lieben!
(Zu Recha.)
Nun bin ich doch, wozu ich mich erbot?
Magst wollen, oder nicht!

SITTAH Ich auch! ich auch!

SALADIN *(zum Tempelherrn zurück)*
Mein Sohn! mein Assad! meines Assads Sohn!

TEMPELHERR Ich deines Bluts! – So waren jene Träume,
Womit man meine Kindheit wiegte, doch –
Doch mehr als Träume! *(Ihm zu Füßen fallend.)*

SALADIN *(ihn aufhebend)* Seht den Bösewicht!
Er wußte was davon, und konnte mich
Zu seinem Mörder machen wollen! Wart'!
(Unter stummer Wiederholung allseitiger Umarmungen fällt der Vorhang.)

ANHANG

ZU DIESER AUSGABE

Die Texte sind folgender Ausgabe entnommen:
Lessings Werke. Vollständige Ausgabe in fünfundzwanzig Teilen. Herausgegeben mit Einleitungen und Anmerkungen sowie einem Gesamtregister versehen von Julius Petersen und Waldemar v. Olshausen in Verbindung mit Karl Borinski, Fritz Budde, Albert Hirsch, Waldemar Oehlke, Walther Riezler, Alfred Schöne, Eduard Stemplinger und Leopold Zscharnack. Berlin – Leipzig – Wien – Stuttgart (Deutsches Verlagshaus Bong & Co.) 1925-1935.
Diese Ausgabe sucht »in der sprachlichen Behandlung des Textes ... einen Mittelweg zwischen buchstabengetreuer Wiedergabe der Lessingschen Orthographie und vollständiger Modernisierung. War auch eine konsequente Beachtung der 1902 vereinbarten Rechtschreibung geboten, so mußte doch Lessings Sprache vor Verletzung ihrer grammatischen Eigenheit und ihres Kolorits möglichst bewahrt werden. Der Lautbestand veralteter Formen (z. B. itzt, eilfe, funfzehn) ist deshalb nicht angetastet worden, während orthographische Eigentümlichkeiten, mit denen Lessing teilweise einen, nicht immer richtigen, etymologischen Gedanken verband (z. B. Eräugnis, abgefäumt, betauern, schleidern, streiben), aufgegeben werden mußten, sobald sich für den heutigen Leser die Gefahr eines Mißverstehens herausstellte. In derselben Weise ist auch Lessings Interpunktion, soweit sie für den Satzrhythmus charakteristisch ist, erhalten und, soweit sie dem Verständnis des Sinnes gefährlich werden konnte, verändert worden.«
Aus drucktechnischen Gründen mußte auf die Akzentsetzung in den griechischen Zitaten verzichtet werden.

Eine Reihe von Ausdrücken, die ständig wiederkehren und seit Lessing ihre Form oder ihre Bedeutung verändert haben, wurde in den fortlaufenden *Erläuterungen* nicht immer berücksichtigt. Es handelt sich um Wörter wie z. B.

als = wie.
ekel = wählerisch, empfindlich.
gemein = gewöhnlich, allgemein.
zärtlich = zart, empfindsam; von moral. Delikatesse (zarter Empfindung); auch: von empfindlichem Herzen.

vergnügt = froh, fröhlich, zufrieden etc.
verziehen = warten, (noch) bleiben.
dürfen (hauptsächlich bei Verneinungen) = brauchen.
müssen (hauptsächlich bei Verneinungen) = dürfen.
das Schrecken = der Schrecken.
Zeit genug = zeitig genug.
födern = fördern.
fodern = fordern.
Gewinst = Gewinn.
Vorsicht = Vorsehung.
Skribent = Schriftsteller.
Witz = frz. esprit; Scharfsinn, Verstand, Kombinationsgabe.
Einbildung = Einbildungskraft, Phantasie, Vorstellung.
Bemerkung = Erkenntnis, Erfahrung.
Empfindlichkeit = Empfindung, Gefühl, Gekränktheit.
anzüglich = anziehend.
bequem = passend, geeignet.
Wohlstand = Anstand, Benehmen.
anständig = angemessen, schicklich.
lassen = stehen: es läßt ihm gut s. v. w. es steht ihm gut (an).

Als Textgrundlage der *Dokumente* wurden noch folgende Ausgaben und Sammlungen benutzt:
Gotthold Ephraim Lessings Gespräche nebst sonstigen Zeugnissen aus seinem Umgang. Zum erstenmal gesammelt und herausgegeben von Julius W. Braun. In zwei [richtig: 3!] Bänden, Berlin 1884, 1893, 1897.
Lessing. Gesammelte Werke. Herausgegeben von Robert Boxberger [u. a.]. Kürschners Deutsche National-Literatur, Bd. 58-71. 14 Bde.; Berlin, Stuttgart 1883-1890.
Lessing. Sämtliche Schriften. Hg. von Karl Lachmann. 3. durchgesehene und verm. Auflage, besorgt durch Franz Muncker. 23 Bde. Stuttgart, Leipzig, Berlin 1886-1924. – Bd. 17-21: Briefe von und an Lessing.

Für die Notizen über *Entstehung* und *Überlieferung* sowie für die *Erläuterungen* und *Übersetzungen* wurden alle verfügbaren Ausgaben und Darstellungen benutzt.

ERLÄUTERUNGEN

Der junge Gelehrte

Entstehung

Der Plan zu diesem Jugenddrama stammt schon aus den Meißener Schuljahren, die Ausführung fällt in die Studienzeit in Leipzig (1747), wo das Stück im Januar 1748 von der Schauspieltruppe der Caroline Neuber aufgeführt wird.

Quellen

Die Komödien der römischen Lustspieldichter Plautus und Terenz. Die Charakterkomödien von Molière, Regnard, Destouches, Marivaux, Gherardi, Gellert, J. E. Schlegel.
Ludwig Frhr. von Holberg, »Erasmus Montanus«, 1731.
Luise Adelgunde Gottschedin, »Der Witzling«, 1745.
Die »Charaktere« des Theophrast; La Bruyères »Les caractères ou les mœurs de ce siècle« (1688); die »characters« in den englischen Moralischen Wochenschriften [z. B. »The Tatler« (1709); »The Spectator« (1711) von Addison und Steele] und ihre zahlreichen Nachahmungen in Deutschland.

Überlieferung

1. Erstdruck in: G. E. Leßings Schrifften. Vierter Theil, Berlin 1754.
2. In leichter stilistischer Überarbeitung in: Lustspiele von G. E. Lessing. Erster Theil, Berlin, 1767; 2. Auflage 1770.
3. G. E. Lessings Sämmtliche Schriften, 20. Theil, Berlin 1794.

Dokumente

Lessing, Vorrede zu: Schrifften. Dritter / Vierter Theil, 1754
Ich komme vielmehr sogleich auf den vierten Teil, von dessen Inhalte sich mehr sagen läßt, weil er niemanden oder, welches einerlei ist, weil er alle und jede angeht. Er enthält Lustspiele.
Ich muß es, der Gefahr belacht zu werden unbeachtet, gestehen, daß

unter allen Werken des Witzes die Komödie dasjenige ist, an welches ich mich am ersten gewagt habe. Schon in Jahren, da ich nur die Menschen aus Büchern kannte -- beneidenswürdig ist der, der sie niemals näher kennen lernt! -- beschäftigten mich die Nachbildungen von Toren, an deren Dasein mir nichts gelegen war. Theophrast, Plautus und Terenz waren meine Welt, die ich in dem engen Bezirke einer klostermäßigen Schule mit aller Bequemlichkeit studierte -- Wie gerne wünschte ich mir diese Jahre zurück; die einzigen, in welchen ich glücklich gelebt habe.

Von diesen ersten Versuchen schreibt sich, zum Teil, *»Der junge Gelehrte«* her, den ich, als ich nach Leipzig kam, ernstlicher auszuarbeiten mir die Mühe gab. Diese Mühe ward mir durch das dasige Theater, welches in sehr blühenden Umständen war, ungemein versüßt. Auch ungemein erleichtert, muß ich sagen, weil ich vor demselben hundert wichtige Kleinigkeiten lernte, die ein dramatischer Dichter lernen muß und aus der bloßen Lesung seiner Muster nimmermehr lernen kann.

Ich glaubte etwas zu Stande gebracht zu haben und zeigte meine Arbeit einem Gelehrten, dessen Unterricht ich in wichtigern Dingen zu genießen das Glück hatte. Wird man sich nicht wundern, als den Kunstrichter eines Lustspiels einen tiefsinnigen Weltweisen und Meßkünstler genennt zu finden? Vielleicht, wenn es ein andrer als der Hr. Prof. Kästner wäre. Er würdigte mich einer Beurteilung, die mein Stück zu einem Meisterstücke würde gemacht haben, wenn ich die Kräfte gehabt hätte, ihr durchgängig zu folgen.

Mit so vielen Verbesserungen unterdessen, als ich nur immer hatte anbringen können, kam mein »Junger Gelehrter« in die Hände der Frau *Neuberin*. Auch ihr Urteil verlangte ich; aber anstatt des Urteils erwies sie mir die Ehre, die sie sonst einem angehenden Komödienschreiber nicht leicht zu erweisen pflegte; sie ließ ihn aufführen. Wann nach dem Gelächter der Zuschauer und ihrem Händeklatschen die Güte eines Lustspiels abzumessen ist, so hatte ich hinlängliche Ursache, das meinige für keines von den schlechtesten zu halten. Wann es aber ungewiß ist, ob diese Zeichen des Beifalls mehr für den Schauspieler oder für den Verfasser gehören; wenn es wahr ist, daß der Pöbel ohne Geschmack am lautesten lacht, daß er oft da lacht, wo Kenner weinen möchten: so will ich gerne nichts aus einem Erfolge schließen, aus welchem sich nichts schließen läßt.

Dieses aber glaube ich, daß mein Stück sich auf dem Theater gewiß würde erhalten haben, wenn es nicht mit in den Ruin der Frau Neuberin wäre verwickelt worden. Es verschwand mit ihr aus Leipzig und folglich gleich aus demjenigen Orte, wo es sich, ohne Widerrede, in ganz Deutschland am besten ausnehmen kann.

Ich wollte hierauf mit ihm den Weg des Drucks versuchen. Aber was liegt dem Leser an der Ursache, warum sich dieser bis jetzt verzögert hat? Ich werde beschämt genug sein, wenn er finden sollte, daß ich gleichwohl noch zu zeitig damit hervorrückte.

Das war doch noch einmal eine Wendung, wie sie sich für einen bescheidnen Schriftsteller schickt! Aber man gebe acht, ob ich nicht gleich wieder alles verderben werde. -- Man nenne mir doch diejenigen Geister, auf welche die komische Muse Deutschlands stolz sein könnte? Was herrscht auf unsern gereinigten Theatern? Ist es nicht lauter ausländischer Witz, der, so oft wir ihn bewundern, eine Satire über den unsrigen macht? Aber wie kommt es, daß nur hier die deutsche Nacheiferung zurückbleibt? Sollte wohl die Art selbst, wie man unsre Bühne hat verbessern wollen, daran schuld sein? Sollte wohl die Menge von Meisterstücken, die man auf einmal, besonders den Franzosen, abborgte, unsre ursprünglichen Dichter niedergeschlagen haben? Man zeigte ihnen auf einmal, so zu reden, alles erschöpft und setzte sie auf einmal in die Notwendigkeit, nicht bloß etwas Gutes, sondern etwas Besseres zu machen. Dieser Sprung war ohne Zweifel zu arg; die Herren Kunstrichter konnten ihn wohl befehlen, aber die, die ihn wagen sollten, blieben aus.

Was soll aber diese Anmerkung? Vielleicht meine Leser zu einer gelindern Beurteilung bewegen? -- Gewiß nicht; sie können es halten wie sie wollen. Sie mögen mich gegen meine Landsleute oder gegen Ausländer aufwägen; ich habe ihnen nichts vorzuschreiben. Aber das werden sie doch wohl nicht vergessen, wenn die Kritik den »Jungen Gelehrten« insbesondere angeht, ihn nur immer gegen solche Stücke zu halten, an welchen die Verfasser ihre Kräfte versucht haben?

Ich glaube, die Wahl des Gegenstandes hat viel dazu beigetragen, daß ich nicht ganz damit verunglückt bin. Ein junger Gelehrte war die einzige Art von Narren, die mir auch damals schon unmöglich unbekannt sein konnte. Unter diesem Ungeziefer aufgewachsen, war es ein Wunder, daß ich meine ersten satirischen Waffen wider dasselbe wandte?

Erläuterungen

11 *Komplimentierbuch:* Lehrbuch des guten Benehmens, in der Tradition der Anstandsbücher seit den mittelalterlichen »Tischzuchten«.

weiß ich mich: weiß ich mich zu finden.

wie das Färberpferd um die Rolle: im übertrag. Sinne s. v. w. blind im Kreis herumlaufen, heftig arbeiten – wie das Pferd, das mit verbundenen Augen im Kreis geht, um die Walk- oder Farbmühle anzutreiben.

Fausts Höllenzwang: das Zauberbuch, mit dessen Hilfe Faust sich die Mächte der Hölle untertan gemacht haben soll.

12 *Ben Maimon:* Maimonides (Rabbi Moses ben Maimum), 1135-1204. Einer der größten jüdischen Gelehrten des Mittelalters. Leibarzt des Sultans Saladin. Eines seiner Hauptwerke, urspr. »Mischme Thora« (Wiederholung des Gesetzes) benannt, erhielt später den Titel »Jad chasaka« (Starke Hand). Es enthält in 14 Büchern eine Übersicht der gesamten jüdischen Gesetze.

Manus manum lavat: Eine Hand wäscht die andere.

der alte Idiote: im wörtl. Sinne s. v. w. der Unwissende, Ungelehrte.

13 *Figuren:* sprachliche Mittel und Wendungen der Kunstrede (Rhetorik).

unser Wissen ist Stückwerk: I. Kor. 13,9.

14 *Kalmukisch:* von: Kalmücken (türk. »die Zurückgebliebenen«), einem sprichwörtl. unzivilisierten Nomadenstamm in der westmongolischen Steppe.

gemein oder niedrig: die Rede ist von der Sprachreinheit; dem üblichen – und Damis meint damit: gebildeten – Sprachgebrauch zugehörig oder unter diesen hinab ins »Ungebildete« sinkend.

Digastricus; Masseter; Pterygoideus internus (externus): verschiedene Muskeln, die beim Kauen und Schlucken betätigt werden.

Zygomaticus; Platysmamyoides: s. o. Der junge Lessing hatte sich dieses Wissen in Leipzig angeeignet, weil er ja »Medicinam studiren« wollte (Brief an die Mutter, 20. 1. 1749).

15 *Koptisch:* im 3. Jh. n. Chr. aus ägyptischen Mundarten geschaffene Literatursprache mit altgriechischem Alphabet. Hauptsächlich im theologischen Schrifttum verwendet. – Die Kopten sind die christlichen Nachkommen der alten Ägypter, hauptsächlich in Oberägypten ansässig.

Malabrisch: Sprache der an der SW-Küste Vorderindiens ansässigen Hindus.

Wendisch: die noch heute in Lessings Heimat, der Lausitz, lebendige Sprache der Wenden, eines slawischen Stammes.

ihre Verwandtschaft mit der hebräischen: Damis erinnert sich natürlich an einen Unsinn. Das – mehr spekulative als wissenschaftliche – Aufspüren von Sprachverwandtschaften ist noch im 18. Jh. eine Lieblingsbeschäftigung der Gelehrten.

Stammwörter: Wörter mit eigenem Stamm, von denen andere Wörter abgeleitet werden können.

16 *A bove . . .:* von dem älteren Ochsen lerne der jüngere pflügen.

de meliori: vor allem, aufs Beste, von einem besseren Gesichtspunkt aus.

cautius . . .: vorsichtiger als Vipernblut.

Cur timet . . .: warum fürchtet er sich, im gelben Tiber zu baden? Warum meidet er das Öl vorsichtiger als Vipernblut? (Horaz, carm. I, 8, Vs. 8-10.)

Horaz: Quintus Horatius Flaccus, 65-8 v. Chr. Römischer Dichter zur Zeit des Kaisers Augustus.

17 *quae . . .:* was, wie beschaffen, wie groß.

Tempora mutantur: die Zeiten ändern sich.

Status Controversiä: der Punkt, um den sich der Streit dreht.

18 *Barbara; Celarent:* Merkworte für die 1. und 2. Schlußfigur der Logik.

Informator: Hauslehrer, Hofmeister.

scholastische Philosophie: Philosophie des Mittelalters in der Tradition des Aristoteles.

ausculta . . .: höre und erwäge!

Κεκλυτε . . .: höret mich nun, ihr Ithaker, was ich sage.

20 *nulla regula . . .:* keine Regel ohne Ausnahme.

Erinnen . . .: vier griechische Dichterinnen. Erinna aus Tellos (um 600 v. Chr.), lebte als Freundin der Sappho in Mytilene. Corinna aus Tanagra (um 500 v. Chr.), die Lehrerin Pindars. Telesilla aus Argos (um 500 v. Chr.). Praxilla aus Sikyon (um 450 v. Chr.).

Netrix . . .: Näherin, Wäscherin, Dirne.

Lotrix . . .: Wäscherin, Dirne, Dichterin.

21 *Poetrix:* kein lat. Wort; es kommen nur die Formen »poetria« und »poetris« vor.

22 *irrender Ritter:* d. h. einen Ritterroman von der Art, wie er sich seit dem 15. Jh. (Amadisroman) bis ins 18. Jh. als Lieblingslektüre von Adel und Bürgertum am Leben erhält.

Banise: »Die asiatische Banise«, 1689 zuerst erschienen. Ein bis ins 18. Jh. hinein immer wieder gedruckter, viel gelesener abenteuerlicher Liebes- und Heldenroman des Barock von Heinrich Anselm von Ziegler und Kliphausen (1663-96).

24 *Sapienti sat:* das genügt dem Verständigen.

Ex libro . . .: aus einem Buche kann jeder gelehrt sein.

akkordieren: einen Vergleich eingehen.

25 *Schurek:* im hebr. Alphabet der Vokal u, den die Rabbiner wegen seiner Aussprache »voller Mund« nannten.

29 *Omne nimium . . .:* alles Übermaß verwandelt sich in ein Kalb (vitulum = das Kalb scherzhaft statt: vitium = der Fehler.

Konsumtionsakzise: im besonderen Sinne: die bei der bevorstehenden Geburt eines Kindes zu entrichtende Steuer.

31 *Gelehrten, die zum Teufel gefahren:* wie Faust, Theophilus u. a., die sich dem Teufel verschrieben, um dadurch Ruhm und höheres Wissen zu erlangen.

Hofmeister: Hauslehrer.

32 *Karlin:* Bedientenfigur des franz. Lustspieldichters Jean François Regnard (1655-1709).

33 *quid putas?:* was meinst du?

quovis modo: auf irgendeine Art.

Schraubereien: Neckereien, Späße.

vel sic . . .: so oder so.

illam ipsam: sie selbst.

36 *Hier ist der Ort nicht . . .:* vgl. aber die ersten Sätze des folgenden Aktes: da taugt derselbe Ort für eine noch vertraulichere Unterredung.

37 *innerhalb der Szene:* zwischen den Kulissen, hinter der Bühne. Vgl. den Schluß von Akt III.

40 *Anwerbung:* förmliche Bewerbung.

deutsch: hier s. v. w. aufrichtig, grob.

41 *stimmen:* günstig stimmen, bestechen.

42 *übrig bleiben:* sitzen bleiben

43 *Apollo:* Gott der Künste.

Stößer: der unter die Tauben »stoßende« Raubvogel.

Karesse: Zärtlichkeit, Liebkosung.

45 *über den Tölpel stoßen:* überlisten.

50 *distinguieren:* unterscheiden.

Hobbes, Thomas: 1588-1679. Englischer Philosoph. Besonders durch seine Werke zur Rechtsphilosophie und Staatslehre (»Leviathan«, 1651) bekannt.

Certo respectu: unter gewissen Gesichtspunkten.

51 *Aggressor:* Angreifer.

ausschlägt: zuerst schlägt.

Proselyten: Neubekehrte. Die zu einer Religionsgemeinschaft, urspr. dem Judentum, neu Hinzukommenden.

de Eruditis . . .: über die Gelehrten, die spät zur Wissenschaft gelangten.

de Opsimathia: über die späte Gelehrsamkeit.

de studio senili: über das Studium im Alter.

52 *Auctore Damide:* verfaßt von Damis.

55 *applizieren:* verlegen.

57 *der über seine Meinungen türkenmäßig zu halten weiß:* der sie aufs schärfste zu kontrollieren weiß.

59 *ganz wohl lassen:* gut stehen.

62 *de bonis . . .:* über die guten Eheweiber von Gelehrten.

de malis . . .: über die schlechten Eheweiber von Gelehrten.

63 *Mulier non Homo:* eine Frau ist kein Mensch.

ekel: wählerisch, vorsichtig.

64 *Kompliment:* allgemein für Formen und Formeln des gesellschaftlichen Umgangs; hier: Begrüßung.

65 *allzu zärtlich:* von allzu zarter moralischer Empfindung.

Monaden: einfache Wesenheiten; von griech. μοναζ = Einheit. Ein Hauptbegriff der Philosophie Leibniz': nichtkörperliche, einfache Wesen als letzte metaphysische Einheiten alles Seins.

Devise: Kennwort, unter dem bei den Preisaufgaben die Arbeiten ohne Nennung des Verfassers eingereicht werden mußten.

Unum est necessarium: eines ist notwendig (Luk. 10, 42).

ausschweifend: phantastisch, unvernünftig.

67 *in den Niederlanden:* Während des Österreichischen Erbfolgekrieges fielen die Franzosen 1747 in die Niederlande ein.

Alliierten: die verbündeten Mächte im Österreichischen Erbfolgekrieg. Die Österreicher und ihre Alliierten wurden von den Franzosen unter Marschall Moritz von Sachsen besiegt (1745 bei Fontenoy, 1746 bei Rocoux, 1747 bei Laveld).

68 *Xanthippe:* Frau des griechischen Philosophen Sokrates. Galt als zänkisch.

Abc-Schnitzer: In den alten Abc-Büchern (Fibeln) gab es zum Buchstaben x einen bekannten Merkvers über Xanthippe. Jean Paul zitiert ihn im Anhang zum »Leben Fibels« in der Form: »Xanthippe war eine arge Hur, / die X mal X macht hundert nur.«

contra principia negantem: mit einem, der die Prinzipien bestreitet, läßt sich nicht diskutieren.

71 *Kapitalist:* (seit dem 17. Jh.) im Gegensatz zum Grundbesitzer der Besitzer von Kapital, d. h. Geld; also Kaufmann.

72 *Katzenpfoten:* nach der Fabel von Lafontaine, Buch 9, Nr. 17.

einen Mönch sticht: »die Faust weisen, daß der Daumen zwischen den vördern Fingern heraussieht«. (J. L. Frisch, »Teutsch-lat. Wörter-Buch«, Berlin 1741, S. 668.)

74 *Weltweisheit:* Philosophie.

75 *demosthenisch:* wie Demosthenes, der als der größte Redner der griechischen Antike gilt.

Nix: Kurzform für Nikolaus. Figur des rohen und tölpelhaften Bauern. Die ironische Lobrede auf einen nichtigen oder unwerten Gegenstand ist seit den antiken Rhetoren eine beliebte Form der satirischen Literatur (z. B. das »Lob der Torheit« von Erasmus).

kriecht: drückt sich in platter, phantasieloser Sprache aus. Im Gegensatz zum erhabenen »Gedankenflug« und Bilderreichtum – Eigenschaften, die gerade der Dichtung Miltons von der Kritik zugeschrieben werden.

Milton, John: 1608-1674. Engl. Dichter und Staatsmann. Berühmt vor allem durch seine biblischen Epen: »Paradise lost«. 1667; »Paradise regained«, 1671.

Haller, Albrecht von: 1708-1777. Berühmter Schweizer Arzt, Gelehrter und Dichter. Vgl. auch »Laokoon« (Bd. 3).

ein Schwätzer: Haller galt als exemplarischer Vertreter eines »körnigten«, d. h. gedrängten, knappen und energischen Stils.

76 *post coenam . . .:* nach der Mahlzeit sollst du ruhn, / oder tausend Schritte tun.

Noten: Anmerkungen.

Kleopatra: bei ihrem Freitod.

schwärmst: phantasierst.

77 *Ah, verberabilissime . . .:* »Du prügelwürdigster, nicht Spitzbube, sondern Erzspitzbube.« (Plautus, »Aulularia«, IV, 4).

Plautus, Titus Maecius: aus Sarsina, 254-184 v. Chr. Römischer Lustspieldichter.

vergebner: vergeblicher.

nur jetzt gleich: soeben erst.

80 *a priori:* von vornherein.

Pickelhering: komische Person, entspr. dem Arlecchino der ital. Stegreifkomödie (commedia dell' arte) und dem Hanswurst des deutschen Lustspiels.

83 *ließe gelehrt:* mache den Eindruck von Gelehrsamkeit.

84 *unvergeblich:* unverzeihlich.

aufzusagen: rückgängig zu machen.

85 *Paktum:* Vertrag.

Requisita: Erfordernisse.

Galimathias: unverständliches Gerede, Kauderwelsch.

88 *ich hätte nicht wie viel . . .:* ich hätte es ihr für noch so viel nicht länger verbergen wollen.

wie ein Zinshahn: aufgebracht; urspr.: ein Hahn als Steuerabgabe.

Motion: Bewegung.

89 *vexieren:* zum besten haben.

Schuldmann: Schuldner.

Komplimente: hier s. v. w. leere Höflichkeiten.

91 *Tier, das ein Horn auf der Nase hat:* ein Nashorn wurde auf der Leipziger Messe 1747 gezeigt; auch von Gellert in der Fabel »Der arme Greis« erwähnt.

94 *Epithalamium:* Hochzeitslied.

95 *Thalassio:* hochzeitlicher Zuruf, Hochzeitslied.

Hymenaeus: Hochzeitslied. Von Hymen = Gott der ehelichen Liebe.

97 *Deleatur ergo:* es ist also zu streichen.

98 *Plagium:* geistiger Diebstahl.

Hochzeitkarmen: Hochzeitslied.

häßliche Dohle: aesop. Fabel; vgl. Lessings Nachbildung in »Die Pfauen und die Krähe«.

100 *eingebunden:* auf die Seele gebunden.

101 *Xenokrates:* 397-314 v. Chr. Griechischer Philosoph.
Pythagoras: um 600 v. Chr. Griechischer Philosoph und Mathematiker.
Atomi: Atome.
Moschus: 4. Jh. v. Chr. Griechischer Philosoph der Elischen Schule.

107 *Das Theater fällt zu:* der Vorhang fällt – im Unterschied zu den Aktschlüssen, wo die Bühne offen bleibt. Deshalb die zur Entstehungszeit des »Jungen Gelehrten« geltende dramaturgische Vorschrift, daß das Abtreten aller Sprecher von der Bühne das Ende eines Aktes markiere, und die andere, daß während eines Aktes die Bühne niemals von Personen leer sein dürfe – Vorschriften, die zusammen mit dem Gebot von der Einheit des Ortes, d. h. dem gleichbleibenden Schauplatz der Handlung, beim jungen Lessing ebenso wie bei den etwa gleichzeitig geschriebenen Stücken Gellerts zu manchen Schwerfälligkeiten und Gewaltsamkeiten führen. (Vgl. Ende Akt I / Anfang Akt II.)

Die Juden

Entstehung

Nach Lessings eigener Auskunft im 4. Theil der »Schrifften« wurde das Stück »verfertiget im Jahr 1749«.

Quellen

Verschiedene Motive und einzelne Züge aus französischen und italienischen Komödien.
Beonders: Gandini, »Arlequin et Scaramouche Voleurs«.
Ferner: Delisle, »Les Caprices du Cœur et de l'Esprit«. Regnard, »La Critique du Légataire«. Molière, »Le Misanthrope«.
Die Ähnlichkeit des Helden mit Moses Mendelssohn ist von Lessing nachträglich gegenüber seinem Rezensenten J. D. Michaelis hervorgehoben worden.

Überlieferung

1. Erstdruck: 1754 im 4. Theil der »Schrifften«.
2. Im I. Theil der »Lustspiele«, Berlin 1767; 2. Auflage 1770.
3. Sämmtliche Schriften, Bd. 20, 1794.

Dokumente

Lessing, Vorrede zu: Schrifften. Dritter / Vierter Theil, 1754
Das zweite Lustspiel, welches man in dem vierten Teile finden wird, heißt *»Die Juden«*. Es war das Resultat einer sehr ernsthaften Betrachtung über die schimpfliche Unterdrückung, in welcher ein Volk seufzen muß, das ein Christ, sollte ich meinen, nicht ohne eine Art von Ehrerbietung betrachten kann. Aus ihm, dachte ich, sind ehedem soviel Helden und Propheten aufgestanden, und jetzo zweifelt man, ob ein ehrlicher Mann unter ihm anzutreffen sei? Meine Lust zum Theater war damals so groß, daß sich alles, was mir in den Kopf kam, in eine Komödie verwandelte. Ich bekam also gar bald den Einfall, zu versuchen, was es für eine Wirkung auf der Bühne haben werde, wenn man dem Volke die Tugend da zeigte, wo es sie ganz und gar nicht vermutet. Ich bin begierig mein Urteil zu hören.
Noch begieriger aber bin ich zu erfahren, ob diese zwei Proben einige Begierde nach meinen übrigen dramatischen Arbeiten erwecken werden. Ich schließe davon alle diejenigen aus, welche hier und da unglücklicher Weise schon das Licht gesehen haben. Ein beßrer Vorrat, bei welchem ich mehr Kräfte und Einsicht habe anwenden können, erwartet nichts als die Anlegung der letzten Hand. Diese aber wird lediglich von meinen Umständen abhangen. Ein ehrlicher Mann, der nur einigermaßen gelernt hat, sich von dem Äußerlichen nicht unterdrücken zu lassen, kann zwar fast immer aufgelegt sein, etwas Ernsthaftes zu arbeiten, besonders wann mehr Anstrengung des Fleißes als des Genies dazu erfordert wird; aber nicht immer etwas Witziges, welches eine gewisse Heiterkeit des Geistes verlangt, die oft in einer ganz andern Gewalt, als in der unsrigen stehet. – – Es rufen mir ohnedem fast versäumte wichtigere Wissenschaften zu: *Satis est potuisse videre!*

Lessing, Über das Lustspiel »Die Juden«, im vierten Theile der Lessingschen Schrifften, 1754

[Die Schrift ist Lessings Theaterzeitschrift »Theatralische Bibliothek« (I. Stück; 1754), Berlin 1754-1758, entnommen. Sie antwortet auf die Rezension des Göttinger Orientalisten J. D. Michaelis, der in den »Göttingischen Anzeigen von gelehrten Sachen« die Darstellung des jüdischen Reisenden kritisiert hatte. Der zitierte Brief stammt von Moses Mendelssohn und war an den jüdischen Arzt Aaron Samuel Gumpertz in Berlin gerichtet.]

Unter den Beifall, welchen die zwei Lustspiele in dem vierten Teile meiner Schriften gefunden haben, rechne ich mit Recht die Anmerkungen, deren man das eine, »*Die Juden*«, wertgeschätzt hat. Ich bitte sehr, daß man es keiner Unleidlichkeit des Tadels zuschreibe, wenn ich mich eben jetzt gefaßt mache, etwas darauf zu antworten. Daß ich sie nicht mit Stillschweigen übergehe, ist vielmehr ein Zeichen, daß sie mir nicht zuwider gewesen sind, daß ich sie überlegt habe und daß ich nichts mehr wünsche, als billige Urteile der Kunstrichter zu erfahren, die ich auch alsdenn, wenn sie mich unglücklicherweise nicht überzeugen sollten, mit Dank erkennen werde.

Es sind diese Anmerkungen in dem 70ten Stücke der »Göttingschen Anzeigen von gelehrten Sachen«, dieses Jahres, gemacht worden, und in den »Jenaischen gelehrten Zeitungen« hat man ihnen beigepflichtet. Ich muß sie notwendig hersetzen, wenn ich denjenigen von meinen Lesern, welchen sie nicht zu Gesichte gekommen sind, nicht undeutlich sein will. »Der Endzweck dieses Lustspiels«, hat mein Hr. Gegner die Gütigkeit zu sagen, »ist eine sehr ernsthafte Sittenlehre, nämlich die Torheit und Unbilligkeit des Hasses und der Verachtung zu zeigen, womit wir den Juden meistenteils begegnen. Man kann daher dieses Lustspiel nicht lesen, ohne daß einem die mit gleichem Endzweck gedichtete Erzählung von einem ehrlichen Juden, die in Hrn. Gellerts ›Schwedischer Gräfin‹ stehet, beifallen muß. Bei Lesung beider aber ist uns stets das Vergnügen, so wir reichlich empfunden haben, durch etwas unterbrochen worden, das wir entweder zu Hebung des Zweifels oder zu künftiger Verbesserung der Erdichtungen dieser Art bekannt machen wollen. Der unbekannte Reisende ist in allen Stücken so vollkommen gut, so edelmütig, so besorgt, ob er auch etwan seinem Nächsten unrecht tun und ihn durch ungegründeten Verdacht beleidigen möchte, gebildet, daß es zwar nicht unmöglich, aber doch allzu unwahrscheinlich ist, daß unter einem Volke von den Grundsätzen, Lebensart und Erziehung, das wirklich die üble Begegnung der Christen auch zu sehr mit Feindschaft, oder wenigstens mit Kaltsinnigkeit gegen die Christen erfüllen muß, ein solches edles Gemüt sich gleichsam selbst bilden könne. Diese Unwahrscheinlichkeit stört unser Vergnügen desto mehr, jemehr wir dem edeln und schönen Bilde Wahrheit und Dasein wünscheten. Aber auch die mittelmäßige Tugend und Redlichkeit findet sich unter diesem Volke so selten, daß die wenigen Beispiele davon den Haß gegen dasselbe nicht so sehr mindern, als man wünschen möchte. Bei den Grundsätzen der Sittenlehre, welche zum wenigsten der größte Teil derselben angenommen hat, ist auch eine allgemeine Redlichkeit kaum möglich, sonderlich da fast das ganze Volk von der Handlung leben muß, die mehr Gelegenheit und Versuchung zum Betruge gibt, als andre Lebensarten.«

Man sieht leicht, daß es bei diesen Erinnerungen auf zwei Punkte ankömmt. Erstlich darauf, ob ein rechtschaffner und edler Jude an und vor sich selbst etwas Unwahrscheinliches sei; zweitens ob die Annehmung eines solchen Juden in meinem Lustspiele unwahrscheinlich sei. Es ist offenbar, daß der eine Punkt den andern hier nicht nach sich zieht; und es ist ebenso offenbar, daß ich mich eigentlich nur des letztern wegen in Sicherheit setzen dürfte, wenn ich die Menschenliebe nicht meiner Ehre vorzöge, und nicht lieber eben bei diesem, als bei dem erstern verlieren wollte. Gleichwohl aber muß ich mich über den letztern zuerst erklären.

Habe ich in meinem Lustspiele einen rechtschaffnen und edlen Juden wider die Wahrscheinlichkeit angenommen? – – Noch muß ich dieses nur bloß nach den eignen Begriffen meines Gegners untersuchen. Er gibt zur Ursache der Unwahrscheinlichkeit eines solchen Juden die Verachtung und Unterdrückung, in welcher dieses Volk seufzet, und die Notwendigkeit an, in welcher es sich befindet, bloß und allein von der Handlung zu leben. Es sei; folgt aber also nicht notwendig, daß die Unwahrscheinlichkeit wegfalle, sobald diese Umstände sie zu verursachen aufhören? Wenn hören sie aber auf, dieses zu tun? Ohne Zweifel alsdann, wenn sie von andern Umständen vernichtet werden, das ist, wenn sich ein Jude imstande befindet, die Verachtung und Unterdrückung der Christen weniger zu fühlen, und sich nicht gezwungen sieht, durch die Vorteile eines kleinen nichtswürdigen Handels ein elendes Leben zu unterhalten. Was aber wird mehr hierzu erfordert, als Reichtum? Doch ja, auch die richtige Anwendung dieses Reichtums

wird dazu erfordert. Man sehe nunmehr, ob ich nicht beides bei dem Charakter meines Juden angebracht habe. Er ist reich; er sagt es selbst von sich, daß ihm der Gott seiner Väter mehr gegeben habe, als er brauche; ich lasse ihn auf Reisen sein; ja, ich setze ihn sogar aus derjenigen Unwissenheit, in welcher man ihn vermuten könnte; er lieset, und ist auch nicht einmal auf der Reise ohne Bücher. Man sage mir, ist es also nun noch wahr, daß sich mein Jude hätte selbst bilden müssen? Besteht man aber darauf, daß Reichtum, bessere Erfahrung und ein aufgeklärterer Verstand nur bei einem Juden keine Wirkung haben könnten: so muß ich sagen, daß dieses eben das Vorurteil ist, welches ich durch mein Lustspiel zu schwächen gesucht habe; ein Vorurteil, das nur aus Stolz oder Haß fließen kann und die Juden nicht bloß zu rohen Menschen macht, sondern sie in der Tat weit unter die Menschheit setzt. Ist dieses Vorurteil nun bei meinen Glaubensgenossen unüberwindlich, so darf ich mir nicht schmeicheln, daß man mein Stück jemals mit Vergnügen sehen werde. Will ich sie denn aber bereden, einen jeden Juden für rechtschaffen und großmütig zu halten, oder auch nur die meisten dafür gelten zu lassen? Ich sage es gerade heraus: noch alsdenn, wenn mein Reisender ein Christ wäre, würde sein Charakter sehr selten sein, und wenn das Seltene bloß das Unwahrscheinliche ausmacht, auch sehr unwahrscheinlich. – –
Ich bin schon allmählich auf den ersten Punkt gekommen. Ist denn ein Jude, wie ich ihn angenommen habe, vor sich selbst unwahrscheinlich? Und warum ist er es? Man wird sich wieder auf die obigen Ursachen berufen. Allein, können denn diese nicht wirklich im gemeinen Leben ebensowohl wegfallen, als sie in meinem Spiele wegfallen? Freilich muß man, dieses zu glauben, die Juden näher kennen, als aus dem lüderlichen Gesindel, welches auf den Jahrmärkten herumschweift. – –
Doch ich will lieber hier einen andern reden lassen, dem dieser Umstand näher an das Herz gehen muß; einen aus dieser Nation selbst. Ich kenne ihn zu wohl, als daß ich ihm hier das Zeugnis eines ebenso witzigen, als gelehrten und rechtschaffnen Mannes versagen könnte. Folgenden Brief hat er bei Gelegenheit der Göttingischen Erinnerung an einen Freund in seinem Volke, der ihm an guten Eigenschaften völlig gleich ist, geschrieben. Ich sehe es voraus, daß man es schwerlich glauben, sondern vielmehr diesen Brief für eine Erdichtung von mir halten wird; allein ich erbiete mich, denjenigen, dem daran gelegen ist, unwidersprechlich von der Authentizität desselben zu überzeugen. Hier ist er.

Mein Herr,

»Ich überschicke Ihnen hier das 70 Stück der Göttingschen gelehrten Anzeigen. Lesen Sie den Artikel von Berlin. Die Herren Anzeiger recensiren den 4ten Theil der Lessingschen Schriften, die wir so oft mit Vergnügen gelesen haben. Was glauben Sie wohl, daß sie an dem Lustspiele *»Die Juden«* aussetzen? Den Hauptcharakter, welcher, wie sie sich ausdrücken, viel zu edel und viel zu großmütig ist. Das Vergnügen, sagen sie, das wir über die Schönheit eines solchen Charakters empfinden, wird durch dessen Unwahrscheinlichkeit unterbrochen, und endlich bleibt in unsrer Seele nichts, als der bloße Wunsch für sein Dasein übrig. Diese Gedanken machten mich schamrot. Ich bin nicht imstande alles auszudrücken, was sie mich haben empfinden lassen. Welche Erniedrung für unsere bedrängte Nation! Welche übertriebene Verachtung! Das gemeine Volk der Christen hat uns von jeher als den Auswurf der Natur, als Geschwüre der menschlichen Gesellschaft angesehen. Allein von gelehrten Leuten erwartete ich jederzeit eine billigere Beurteilung; von diesen vermutete ich die uneingeschränkte Billigkeit, deren Mangel uns insgemein vorgeworfen zu werden pflegt. Wie sehr habe ich mich geirrt, als ich einem jeden christlichen Schriftsteller so viel Aufrichtigkeit zutrauete, als er von andern fordert.

In Wahrheit! mit welcher Stirne kann ein Mensch, der noch ein Gefühl der Redlichkeit in sich hat, einer ganzen Nation die Wahrscheinlichkeit absprechen, einen einzigen ehrlichen Mann aufweisen zu können? Einer Nation, aus welcher, wie sich der Verfasser der »Juden« ausdrückt, alle Propheten und die grössesten Könige aufstanden? Ist sein grausamer Richterspruch gegründet? Welche Schande für das menschliche Geschlecht! Ungegründet? Welche Schande für ihn!

Ist es nicht genug, daß wir den bittersten Haß der Christen auf so manche grausame Art empfinden müssen; sollen auch diese Ungerechtigkeiten wider uns durch Verleumdungen gerechtfertiget werden?

Man fahre fort, uns zu unterdrücken, man lasse uns beständig mitten unter freien und glückseligen Bürgern eingeschränkt leben, ja man setze uns ferner dem Spotte und der Verachtung aller Welt aus; nur die Tugend, den einzigen Trost bedrängter Seelen, die einzige Zuflucht der Verlassenen, suche man uns nicht gänzlich abzusprechen.

Jedoch man spreche sie uns ab, was gewinnen die Herren Rezensenten dabei? Ihre Kritik bleibet dennoch unverantwortlich. Eigentlich soll der Charakter des reisenden Juden (ich schäme mich, wann ich ihn von

dieser Seite betrachte) das Wunderbare, das Unerwartete in der Komödie sein. Soll nun der Charakter eines hochmütigen Bürgers, der sich zum türkischen Fürsten machen läßt, so unwahrscheinlich nicht sein, als eines Juden, der großmütig ist? Laßt einen Menschen, dem von der Verachtung der jüdischen Nation nichts bekannt ist, der Aufführung dieses Stückes beiwohnen; er wird gewiß, während des ganzen Stückes für lange Weile gähnen, ob es gleich für uns sehr viele Schönheiten hat. Der Anfang wird ihn auf die traurige Betrachtung leiten, wie weit der Nationalhaß getrieben werden könne, und über das Ende wird er lachen müssen. Die guten Leute, wird er bei sich denken, haben doch endlich die große Entdeckung gemacht, daß Juden auch Menschen sind. So menschlich denkt ein Gemüt, das von Vorurteilen gereinigt ist.
Nicht daß ich durch diese Betrachtung dem Lessingschen Schauspiele seinen Wert entziehen wollte; keinesweges! Man weiß, daß sich der Dichter überhaupt, und insbesondere, wenn er für die Schaubühne arbeitet, nur nach der unter dem Volke herrschenden Meinung zu richten habe. Nach dieser aber muß der unvermutete Charakter des Juden eine sehr rührende Wirkung auf die Zuschauer tun. Und insoweit ist ihm die ganze jüdische Nation viele Verbindlichkeit schuldig, daß er sich Mühe gibt, die Welt von einer Wahrheit zu überzeugen, die für sie von großer Wichtigkeit sein muß.
Sollte diese Rezension, diese grausame Seelenverdammung nicht aus der Feder eines Theologen geflossen sein? Diese Leute denken der christlichen Religion einen großen Vorschub zu tun, wenn sie alle Menschen, die keine Christen sind, für Meuchelmörder und Straßenräuber erklären. Ich bin weit entfernt, von der christlichen Religion so schimpflich zu denken; das wäre ohnstreitig der stärkste Beweis wider ihre Wahrhaftigkeit, wenn man sie festzustellen alle Menschlichkeit aus den Augen setzen müßte.
Was können uns unsere strengen Beurteiler, die nicht selten ihre Urteile mit Blute versiegeln, Erhebliches vorrücken? Laufen nicht alle ihre Vorwürfe auf den unersättlichen Geiz hinaus, den sie vielleicht durch ihre eigene Schuld, bei dem gemeinen jüdischen Haufen zu finden, frohlocken? Man gebe ihnen diesen zu; wird es denn deswegen aufhören wahrscheinlich zu sein, daß ein Jude einem Christen, der in räuberische Hände gefallen ist, das Leben gerettet haben sollte? Oder wenn er es getan, muß er sich notwendig das edle Vergnügen, seine Pflicht in einer so wichtigen Sache beobachtet zu haben, mit niederträchtigen Beloh-

nungen versalzen lassen? Gewiß nicht! Zuvoraus wenn er in solchen Umständen ist, in welche der Jude im Schauspiele gesetzt worden.
Wie aber, soll dieses unglaublich sein, daß unter einem Volke von solchen Grundsätzen und Erziehung ein so edles und erhabenes Gemüt sich gleichsam selbst bilden sollte? Welche Beleidigung! so ist alle unsere Sittlichkeit dahin! so regt sich in uns kein Trieb mehr für die Tugend! so ist die Natur stiefmütterlich gegen uns gewesen, als sie die edelste Gabe unter den Menschen ausgeteilt, die natürliche Liebe zum Guten! Wie weit bist du, gütiger Vater, über solche Grausamkeit erhaben!
Wer Sie näher kennt, teuerster Freund! und Ihre Talente zu schätzen weiß, dem kann es gewiß an keinem Exempel fehlen, wie leicht sich glückliche Geister ohne Vorbild und Erziehung empor schwingen, ihre unschätzbaren Gaben ausarbeiten, Geist und Herz bessern und sich in den Rang der größten Männer erheben können. Ich gebe einem jeden zu bedenken, ob Sie, großmütiger Freund! nicht die Rolle des Juden im Schauspiel übernommen hätten, wenn Sie auf Ihrer gelehrten Reise in seine Umstände gesetzt worden wären. Ja ich würde unsere Nation erniedrigen, wenn ich fortfahren wollte, einzelne Exempel von edlen Gemütern anzufügen. Nur das Ihrige konnte ich nicht übergehen, weil es so sehr in die Augen leuchtet, und weil ich es allzuoft bewundere.
Überhaupt sind gewisse menschliche Tugenden den Juden gemeiner, als den meisten Christen. Man bedenke den gewaltigen Abscheu, den sie für eine Mordtat haben. Kein einziges Exempel wird man anführen können, daß ein Jude, (ich nehme die Diebe von Profession aus) einen Menschen ermordet haben sollte. Wie leicht wird es aber nicht manchem sonst redlichen Christen, seinem Nebenmenschen für ein bloßes Schimpfwort das Leben zu rauben? Man sagt, es sei Niederträchtigkeit bei den Juden. Wohl! wenn Niederträchtigkeit Menschenblut verschont; so ist Niederträchtigkeit eine Tugend.
Wie mitleidig sind sie nicht gegen alle Menschen, wie milde gegen die Armen beider Nationen? Und wie hart verdient das Verfahren der meisten Christen gegen ihre Arme genennt zu werden? Es ist wahr, sie treiben diese beiden Tugenden fast zu weit. Ihr Mitleiden ist allzu empfindlich und hindert beinah die Gerechtigkeit, und ihre Mildigkeit ist beinah Verschwendung. Allein, wenn doch alle, die ausschweifen, auf der guten Seite ausschweifeten.
Ich könnte noch vieles von ihrem Fleiße, von ihrer bewunderungswür-

digen Mäßigkeit, von ihrer Heiligkeit in den Ehen hinzusetzen. Doch schon ihre gesellschaftliche Tugenden sind hinreichend genug, die Göttingsche Anzeigen zu widerlegen; und ich bedaure den, der eine so allgemeine Verurteilung ohne Schauern lesen kann. Ich bin etc.«

Ich habe auch die Antwort auf diesen Brief vor mir. Allein ich mache mir ein Bedenken, sie hier drucken zu lassen. Sie ist mit zuviel Hitze geschrieben, und die Retorsionen sind gegen die Christen ein wenig zu lebhaft gebraucht. Man kann es mir aber gewiß glauben, daß beide Korrespondenten, auch ohne Reichtum, Tugend und Gelehrsamkeit zu erlangen gewußt haben, und ich bin überzeugt, daß sie unter ihrem Volke mehr Nachfolger haben würden, wenn ihnen die Christen nur vergönnten, das Haupt ein wenig mehr zu erheben. – –
Der übrige Teil der Göttingschen Erinnerungen, worinne man mich zu einem andern ähnlichen Lustspiele aufmuntert, ist zu schmeichelhaft für mich, als daß ich ihn ohne Eitelkeit wiederholen könnte. Es ist gewiß, daß sich nach dem daselbst angegebnen Plane ein sehr einnehmendes Stück machen ließe. Nur muß ich erinnern, daß die Juden alsdenn bloß als ein unterdrücktes Volk und nicht als Juden betrachtet werden, und die Absichten, die ich bei Verfertigung meines Stücks gehabt habe, größtenteils wegfallen würden.

Lessing an J. D. Michaelis. Berlin, 16. Oktober 1754
Ich bin . . so frey gewesen, etwas auf diejenigen Erinnerungen zu erwiedern, die Sie über meine *Juden* zu machen die Gütigkeit gehabt haben . . . Nur des eingerückten Briefes wegen bin ich einigermaßen in Sorgen . . . Es ist wirklich ein Jude, ein Mensch von etlichen zwanzig Jahren, welcher ohne alle Anweisung, in Sprachen, in der Mathematik, in der Weltweisheit, in der Poesie, eine grosse Stärke erlangt hat. Ich sehe ihn im voraus als eine Ehre seiner Nation an, wenn ihn anders seine eigne Glaubensgenossen zur Reife kommen lassen, die alle Zeit ein unglücklicher Verfolgungsgeist wider Leute seines gleichen getrieben hat. Seine Redlichkeit und sein philosophischer Geist läßt mich ihn im voraus als einen zweyten Spinoza betrachten, dem zur völligen Gleichheit mit dem ersten nichts, als seine Irrthümer, fehlen werden.

Erläuterungen

110 *Martin Krumm; Michel Stich:* solche Namen, die einen charakteristischen Zug ihrer Träger in karikaturenhafter Zuspitzung herausstellen, waren in den volkstümlichen Lustspielen der verschiedensten Völker und Zeiten üblich. Ein Diebesstück im Stile des Martin Krumm schildert bereits Gandini in: »Arlequin et Scaramouche Voleurs«.

Der Reisende: mit ihm wollte Lessing Moses Mendelssohn darstellen, wie er am 16. Oktober 1754 an seinen Göttinger Rezensenten J. D. Michaelis schreibt (s. *Dokumente*).

Lisette: Name aus der französischen Typenkomödie. Bezeichnet die stehende Figur der Bedienten bzw. Vertrauten (confidente) in den Jugendkomödien Lessings. Vgl. auch die Lisette im »Jungen Gelehrten«.

112 *halbpart:* jeder der beiden Gauner bekommt die Hälfte der Beute.

Vogt: von lat. (ad)vocatus; Verwalter.

114 *über Macht:* aus allen Kräften.

115 *mit Gift vergeben:* vergiften. – Das Wortspiel beruht auf der ursprünglichen Bedeutung von Gift = Gabe.

sauber: vorsichtig.

119 *nichts Empfindlichers:* nichts Schmerzhafteres.

Wohlstand: Anstand.

121 *allzuzärtlich:* sehr feinfühlend.

122 *Nur jetzt:* soeben erst.

Schulze: vertritt die gutsherrliche Gerichtsbarkeit und das Bürgermeisteramt im Dorf.

Physiognomie: Gesichtszüge.

123 *fein wild:* (ironisch) recht wild.

subtil: fein.

124 *ewig:* nur.

128 *zärtlich und witzig:* etwa s. v. w. feinfühlend und geistreich.

Lustspiele, die zum Weinen; Trauerspiele, die zum Lachen; zärtliche Heldengedichte; tiefsinnige Trinklieder: also: widersinnige Dichtungen. Die Attribute legen ihnen jeweils das Gegenteil der Eigenschaft zu, die die Dichtungen ihrem Gattungswesen nach haben sollen. Lessing greift hier einen Einfall des frz. Lustspieldichters Regnard auf (»La Critique du Légataire«, sc. IV).

129 *Der Geier:* Fluch.
nur ein Deutscher: ironisch gemeint. – Die Überschätzung des franz. Geschmacks in Literatur, Kunst und Mode wird von Lessing vielfach kritisiert.
131 *Fasson:* von frz. façon; hier s. v. w. Machart, Form.
fünf Lot: als Handelsgewichtsmaß war das Lot (= $^1/_{32}$ bzw. $^1/_{30}$ Pfd. = $16\frac{2}{3}$ g) üblich.
134 *den Affen im Sacke:* vgl. die Redensart »die Katze im Sack«. Etwas kaufen, ohne Klarheit über seinen Wert zu haben.
schlechteste: geringfügigste.
136 *honett:* ehrbar.
137 *Larve:* Maske.
138 *visitieren:* durchsuchen.
139 *vexieren:* irreführen, necken, sich belustigen über.
140 *empfindlich:* schmerzlich, peinlich.
142 *dafür ist gebeten:* das wird unterbleiben.
144 *salva venia:* mit Verlaub.
schließen: verhaften, einsperren.
147 *ein Jude:* der Göttinger Orientalist Michaelis wirft Lessing in einer Rezension vor (vgl. dazu *Dokumente*), der Reisende sei zu sehr idealisiert worden. Lessing beruft sich dagegen auf das Beispiel Moses Mendelssohns.
überflüssig: überreichlich.
148 *Alfanzereien:* närrisches Gebaren.

Der Freigeist

Entstehung

Nach Lessings eigener Angabe wurde ›Der Freygeist‹ »verfertiget im Jahre 1749«.

In Lessings ›Theatralischen Nachlass‹ ist ein Entwurf erhalten, der teils Skizzen zu einzelnen Auftritten, teils Dialogfragmente enthält; einleitend werden bereits fast alle Personen des späteren Stückes genannt und kurz charakterisiert.

Quellen

Delisle: »Les Caprices du Cœur et de l'Esprit«. Lessing gibt einen »Auszug« dieses im Juni 1739 uraufgeführten Stückes in der ›Theatralischen Biliothek‹ (4. Stück) und weist selbst auf die Gleichartigkeit der Fabel in seinem Freigeist hin: »Die Fabel dieses Stückes hat mit der Fabel meines ›Freigeistes‹ so viel Gleichheit, daß es mir die Leser schwerlich glauben werden, daß ich den gegenwärtigen Auszug nicht dabei sollte genutzt haben. Ich will mich also ganz in der Stille verwundern, in der Hoffnung, daß sie mir wenigstens, eine fremde Erfindung auf eine eigene Art genutzt zu haben, zugestehen werden.«

Überlieferung

1. Erstdruck: 1755 im 5. Theil der »Schrifften«.
2. Im zweiten Theil der »Lustspiele«, Berlin 1767; 2. Auflage 1770.
3. Sämmtliche Schriften, 21. Theil, Berlin 1794.

Dokumente

Lessing an seinen Vater, 28. April 1749
Den Beweis, warum ein Komödienschreiber kein guter Christ sein könne, kann ich nicht ergründen. Ein Komödienschreiber ist ein Mensch, der die Laster auf ihrer lächerlichen Seite schildert. Darf denn ein Christ über die Laster nicht lachen? Verdienen die Laster so viel Hochachtung? Und wenn ich Ihnen nun gar verspräche eine Komödie zu machen, die nicht nur die H. Theologen lesen sondern auch loben sollen? Halten Sie mein Versprechen für unmöglich? Wie wenn ich eine auf die Freigeister und auf die Verächter Ihres Standes machte? Ich weiß gewiß, Sie würden vieles von Ihrer Schärfe fahren lassen . . .

Hamburgische Dramaturgie, 14. Stück
Den funfzehnten Abend (Dienstags, den 12. Mai) ward Lessings »Freigeist« vorgestellt.
Man kennt ihn hier unter dem Titel des »Beschämten Freigeistes«, weil man ihn von dem Trauerspiele des Hrn. von Brawe, das eben diese Aufschrift führet, unterscheiden wollen. Eigentlich kann man wohl nicht sagen, daß derjenige beschämt wird, welcher sich bessert. Adrast

ist auch nicht einzig und allein der Freigeist; sondern es nehmen mehrere Personen an diesem Charakter teil. Die eitle unbesonnene Henriette, der für Wahrheit und Irrtum gleichgültige Lisidor, der spitzbübische Johann sind alles Arten von Freigeistern, die zusammen den Titel des Stücks erfüllen müssen. Doch was liegt an dem Titel? Genug, daß die Vorstellung alles Beifalls würdig war. Die Rollen sind ohne Ausnahme wohl besetzt; und besonders spielt Herr Boek den Theophan mit alle dem freundlichen Anstande, den dieser Charakter erfordert, um dem endlichen Unwillen über die Hartnäckigkeit, mit der ihn Adrast verkennet, und auf dem die ganze Katastrophe beruhet, dagegen abstechen zu lassen.

Aus: *Göttingische Anzeigen von Gelehrten Sachen, Göttingen, 1755, 31. May*
Von Herrn Leßings kleinen Schriften ist in vergangener Messe der fünfte und sechste Theil in Voßischen Verlage herausgekommen. Der fünfte enthält auf 296 Seiten, 1) den Freygeist ein Lustspiel, so 1749 verfertiget ist. Wir haben längstens etwas gutes von der Art gewünschet, und wir müssen gestehen, daß Herr L. hier unsere Hoffnung und Wunsch übertroffen hat, und wir auch von ihm nichts prosaisches mit gleichem Vergnügen gelesen haben. Es ist so aufgeweckt und reitzend, daß es ungeachtet seines ernsthaften Inhalts eines der angenehmsten Lustspiele ist: es stellet den Freygeist nicht auf der verhaßten, ja nicht einmahl eigentlich auf der lächerlichen Seite vor, die bey den meisten Leuten dieser Art doch die ganze auswendige Seite, und das Inwendige dazu ist, sondern es bildet nur seine ungerechten Vorurtheile so ab, daß vielleicht ein Freygeist, der es lieset, sie an sich erkennen und ablegen wird. Vor der Auflösung des Knotens, die wir in gewisser Massen von Anfang an erriethen, haben wir uns unter dem Lesen immer gefurcht: denn wir sahen einen Tausch der Geliebten entgegen, von dem wir vermutheten, daß er unnatürlich, und unglaublich sey, und dabey im Gemüthe des Lesers ein Misvergnügen zurück lassen möchte. Allein Herr L. hat uns sehr angenehm betrogen: der Tausch hatte gerade das Gegentheil von dem an sich, was wir befürchten. Es sind dabey einige gar ernsthafte und gründliche Anmerckungen eingestreuet, z. B. S. 13. 14. über Collins Einwurf wider das Christenthum, daß es die Pflichten der Freundschaft nicht einschärfe. Unterscheidet man die Freundschaft von der Liebe des Nächsten, und setzt sie in der Zuneigung, die aus Uebereinstimmung der Temperamente entstehet: so ist es keine Pflicht, die von allen geleistet, und also vom Gesetzgeber und Sittenlehrer anbefohlen werden kann.

Wenn wir bey einer solchen Geschichte, und einer solchen Aufführung eines Geistlichen, als hier erdichtet wird, gegenwärtig wären, so würde sie uns ungemein erbauen: dürften wir es aber wol wagen, selbst dis Lustspiel im strengeren Verstande erbaulich zu nennen? oder ist der Ausdruck zu kühn, und deshalb anstößig? Welchem Liebhaber der Religion er es ist, der verwandele dies Gedichte, so wie es sich zu seinen Umständen schickt, und er dazu Gelegenheit hat, in eine wahre Geschichte!

Aus: *Berlinische privilegirte Zeitung, Berlin, 1767, 14. May*
... Die Bekanntschaft mit den Sitten einer grossen Stadt gab Gelegenheit, den Freygeist zu verfertigen. Dieses charakterisirte Stück schildert mehr als Einen Freygeist, nemlich einen unwissenden Freygeist aus dem Pöbel, eine flatterhafte weibliche Art von Freygeist, und endlich einen durch allzufrühes Lesen gewisser Bücher, Neigung zum Sonderbaren, Verfolgungen einiger Ordenspersonen zum Freygeist gewordenen nicht unedeln Weltmann. Eben so viel Grade des Religiösen wird man einem dummen Bedienten, einer frommen Großmama, und endlich einer tugendhaften Tochter und einem menschenfreundlichen Gottesgelehrten bemerken. Durch eine gute Besetzung der Rollen des alten Lisidors, seiner muntern Tochter, ihres lustigen Kammermädchens, der beyden lächerlichen Bedienten, wird dieses Stück in einem hohen Grade komisch; auch ist es allemal auf dem Berlinischen Theater mit dem lautesten Beyfall aufgeführet worden. Die nützliche Moral dieses Stückes fällt in die Augen: man würde weniger Adraste finden, wenn mehr Theophane wären.

Erläuterungen

154 *Deist:* Anhänger der in der Aufklärung entstandenen Glaubensform (Deismus), in der zwar ein Gott als Schöpfer der Welt angenommen, seine Offenbarung jedoch geleugnet wird.

156 *Collin:* Anthony Collins (1676-1729), englischer Freidenker und Deist.

164 *Halssache:* »eine Sache, welche den Hals, d. i. das Leben und Tod ... betrifft« (Adelung).

166 *geklatscht sein:* volkstümlich im Sinne von in Verlegenheit, verloren sein.

167 *umzechig:* wechselweise, umschichtig.

168 *Vorwerk:* vor einem Landgut gelegene, abgesonderte Ländereien mit Wirtschaftsgebäuden.

169 *Schwude!:* Fuhrmannsruf, die Pferde sollen sich nach links wenden.
aufmutzen: vorhalten, tadelnd erwähnen.

171 *natürliche Billigkeit:* »dem Rechte der Natur, oder der im Innern, im Gewissen, empfundenen Verbindlichkeit gemäß« (Adelung).

179 *Quelle heure:* Wie spät ist es, Schlingel?
Vater und Mutter eine Tochter von Prügeln.
Wie, Schuft? Potz Teufel altes Aas, Ihr Diener.

180 *Kurtisieren:* den Hof machen.

182 *Balthasar:* Balthasar Bekker, reformierter Prediger in Amsterdam. Richtete sich mit »De betoverde Weereld« (1691-1693) gegen den Aberglauben.

188 *Revers:* schriftliche Willenserklärung, in der sich jemand ausdrücklich zu einer Verbindlichkeit bekennt.
verziehen: warten, bleiben.

203 *Lineamente:* Züge eines Menschen, besonders Gesichtszüge.

205 *Proselyten:* Neubekehrte.

222 *Rodomontade:* (aus dem Span.) Aufschneiderei.

228 *Fischbeinrock:* ein durch Fischbein erweiterter und angesteifter Unterrock.

Miss Sara Sampson

Entstehung

Im Februar 1755 beginnt Lessing in Potsdam die Arbeit an seinem ersten »bürgerlichen Trauerspiel«, zugleich dem ersten seiner Art in Deutschland, das er in nur 7 Wochen niederschreibt. So kommt es bereits zur Ostermesse 1755 im 6. Teil der »Schrifften« heraus. Am 10. Juli 1755 wird es in Anwesenheit Lessings von der Ackermannschen Truppe in Frankfurt/Oder mit nachhaltigem Erfolg uraufgeführt.

Quellen

Thomas Shadwell, »The Squire of Alsatia«.
Charles Johnson, »Caelia or the perjured lover«.

Susanna Centlivres, »The Perjur'd Husband«.
Die »Medea«-Dramen von Euripides, Seneca, Corneille.
Ob Lessing das vielfach als Hauptquelle genannte Stück »The Merchant of London« (1731) von George Lillo überhaupt vorher gelesen hat, ist nicht eindeutig festgestellt.
Beträchtlichen allgemeinen Einfluß muß man jedenfalls der sentimentalen Komödie (»weinerliches Lustspiel«), die in Deutschland vor allem durch Gellert vertreten wurde, zuerkennen, sowie den Romanen des englischen Erzählers Samuel Richardson: »Pamela or virtue rewarded« (1741), »Clarissa Harlowe« (1746).

Überlieferung

1. Erstdruck: im 6. Theil der »Schrifften«, Berlin 1755.
2. Eine Einzelausgabe erscheint noch 1757 ohne Angaben von Verfasser, Jahr, Verleger und Ort (bei Voß in Berlin).
3./4. Ein fast unveränderter Neudruck erscheint im Jahre 1772, einmal als Einzelausgabe und dann im Rahmen der »Trauerspiele«.
5. Sämmtliche Schriften, 19. Theil, 1794.

Dokumente

Ramler an Gleim, 25. Juli 1755
Herr Lessing hat seine Tragödie in Frankfurt spielen lassen und die Zuschauer haben 3 ½ Stunde zugehört, stille gesessen wie Statuen und geweint.

Lessing in: Berlinische privilegirte Zeitung, 3. Mai 1755
Der sechste Theil [der »Schrifften«, 1755] fängt mit einem bürgerlichen Trauerspiele an, welches Miß Sara Sampson heißt. – Ein bürgerliches Trauerspiel! Mein Gott! Findet man in Gottscheds critischer Dichtkunst ein Wort von so einem Dinge? Dieser berühmte Lehrer hat nun länger als 20 Jahre seinem lieben Deutschland die drey Einheiten vorgeprediget, und dennoch wagt man es auch hier die Einheit des Orts recht mit Willen zu übertreten.

Vgl. auch *»Hamb. Dramaturgie«*, 14. Stück

Erläuterungen

237 *kindisch:* kindlich.
Miene: Gebärde, Blick.

238 *Fehler:* Fehltritt.

239 *abzutreten:* abzusteigen, einzukehren.

240 *der mittlere Vorhang wird aufgezogen:* er schloß die Vorderbühne nach rückwärts ab. Wurde er hochgezogen, so gab er den Blick auf einen anderen Raum frei, ohne daß die beiden Kulissen der Vorderbühne verändert wurden.

241 *verwahrlosete:* verführte.

243 *Zeremonie:* die Trauung.
Königreich: England.

245 *wo ihm:* wenn ihm.

246 *das schreckliche Gewebe eines sinnlosen Traumes:* Den dramaturgischen Kunstgriff, ein drohendes Schicksal durch einen Traum ankündigen zu lassen und dadurch Spannung und Furcht beim Zuschauer zu wecken, empfiehlt Lessing selbst in seiner Abhandlung über Senecas Tragödien (»Von den lateinischen Trauerspielen, welche unter dem Namen des Seneca bekannt sind«). Der Traum muß Platz und Funktion einnehmen, die in der antiken Tragödie das Orakel oder ein Götterspruch innehatten.

247 *erklären dürfen:* zu erklären brauchen.
Vermächtnis: die ganze Mitteilung über die Erbschaftsangelegenheit wie die in II, 1 und III, 1 berichteten Einzelheiten der Vorgeschichte, Arabella und Saras Verführung und Entführung durch Mellefont betreffend, dienen ausschließlich der Unterrichtung des Publikums: den Personen des Spiels, denen diese Züge mitgeteilt werden, müssen sie längst bekannt sein. In seinen späteren Dramen wird Lessing solche dramaturgischen Unzulänglichkeiten peinlich vermeiden, ja die Art, wie er zur Vorgeschichte Gehöriges in den Gang der sich entwickelnden Handlung einbaut, gehört zu den bewundernswertesten Zügen seiner dramatischen Baukunst.

248 *wenn ich ihrer nur entübriget . . .:* wenn ich ihrer nur entbehren könnte.

251 *bis an die Szene:* an die Seitenkulisse, durch die sie abgeht.
Marwood: in Lillos »Merchant of London« heißt die verruchte Verführerin des Helden *Milwood.* Kurz nach der »Miss Sara Sampson« veröffentlicht J. G. B. Pfeil (1756) ein bürgerliches Trauer-

spiel, dessen Titelheldin, ebenfalls durch Buhlerei zum Verbrechen getrieben, *Woodvil* heißt. Und über ein Vierteljahrhundert später tritt noch einmal eine englische Buhlerin in einem deutschen Drama auf, deren Name auf den hier angedeuteten Stammbaum verweist: Lady *Milford* in Schillers »Kabale und Liebe«. Die Linie zeigt eine fortschreitende Aufwärtsbewegung bis zur inneren und äußeren Nobilitierung dieser Figur.

253 *gar:* überhaupt.

256 *bereden:* einreden, überreden.

258 *Zeit genug:* zeitig genug.

im Paroxysmo: im Fieber, d. h. in einem Zustand fieberhaft gesteigerter Leidenschaft.

259 *Quäker:* von to quake = zittern (»zittert vor dem Worte des Herrn«). Religiöse Sekte, 1647 in England von dem Schuhmacher George Fox gegründet.

Bankozettel: Zahlungsanweisungen.

260 *Vorsprecher:* Fürsprecher.

261 *Arabella:* eine der ersten Sprechrollen für ein Kind, dessen Charakter – nach Lessing – aus »Zärtlichkeit und Unschuld« zusammengesetzt sein sollte. Angeregt durch die stummen Kinderrollen in den Medea-Dramen und Houdart de la Mottes »Ines de Castro«.

263 *versprech' ich mir:* ich rechne mit Bestimmtheit darauf.

268 *Medea:* Gestalt der griechischen Mythologie. Von ihrem Gatten Jason verlassen, tötete sie aus Rache ihre Kinder und dessen Braut Kreusa. Ihr Schicksal wurde in der Geschichte des abendländischen Dramas häufig gestaltet, u. a. von Euripides, Seneca, Corneille, Cherubini, Grillparzer, Jahnn, Anouilh.

oder wenn du . . .: vgl. zu dieser Stelle Lessings Brief an Mendelssohn vom 14. 9. 1757 über die Hilfe, die der dramatische Dichter mittels der Worte, die er den Schauspieler sprechen läßt, dem mimisch-gestischen Spiel desselben angedeihen lassen muß: »Sie sehen also, wenn diese Stelle tadelhaft ist, daß sie es vielmehr dadurch geworden, weil ich zu viel als weil ich zu wenig für die Schauspieler gearbeitet.« Speziell über die Verknüpfung von Sprech- und Handlungsweise bei der Gestaltung des Mellefont heißt es im selben Brief zu einer Stelle in Akt III, 5. Szene: »Es ist wahr, Mellefont würde hier geschwinder nach dem Briefe haben greifen können, wenn ich ihn nicht so viel sagen ließe. Aber ich raube ihm hier mit Fleiß einen gemeinen Gestum, und lasse ihn schwatzhafter werden, als er bey seiner Ungeduld sollte, blos um ihm Gelegenheit zu geben, diese Ungeduld mit einem feinern Spiele auszudrücken ... diese Stellen sind so wenig untheatralisch, daß sie vielmehr tadelhaft geworden sind, weil ich sie allzutheatralisch zu machen gesucht habe.«

269 *Weibsbild:* ohne verächtlichen Nebensinn in der Bedeutung von Frau (oder »Frauenzimmer«) üblich.

275 *zwischen der Szene:* in den Kulissen.

276 *Aufs höchste:* höchstens.

280 *darf:* braucht.
andern: zweiten.

281 *mich nicht entbrechen:* mich nicht enthalten.

283 *entstehen:* fehlen.

286 *diese Veränderung zu bewundern:* hier, wie oft noch im 18. Jh., im Sinne von: sich verwundern über.

287 *Ich verbitte diese Höflichkeit:* wie oft im 18. Jh. in der Bedeutung von: bittend ablehnen.

288 *gähling:* jählings, plötzlich.

289 *gar:* ganz.

293 *Schalk:* hier s. v. w. trügerisches Ding. Urspr. got. skalks = Knecht, daher in Luthers Bibelübersetzung »Schalksknecht«. Seit dem Mittelalter mit der Nebenbedeutung schalkhaft = scherzhaft.

295 *ganze sündige Stadt, weniger Gerechter wegen, verschonen:* I. Mos. 18, 20-33. Anspielung auf Abrahams Bitte, die Stadt Sodom »weniger Gerechter wegen« vor Strafe zu schonen. (»...Er aber sprach: Ich will sie nicht verderben um der zehn willen.«)

296 *Obstand:* Widerstand.

301 *Wurm ... Ferse:* I. Mos. 3, 15.
Zufall: Anfall, Unwohlsein.

312 *unanständig:* unpassend, unangemessen.

314 *sich ... wagen:* als Reflexivum für: sich getrauen, erkühnen.

318 *gehen:* hier s. v. w. vorgehen, handeln.

320 *Übergang von Bewundrung zum Schrecken:* zu beziehen auf Sara, die aus einem Gegenstand der Bewunderung plötzlich zum Gegenstand des Schreckens wird. Zwei Grundbegriffe der abendländischen Dramaturgie zur Bezeichnung der Wirkung der Tragödie, die in Lessings Briefwechsel über das Trauerspiel mit Mendelssohn und Nicolai (1756/57) und dann endgültig in der »Hamb. Dramaturgie«

von Lessing analysiert und zugunsten der Begriffe »Furcht« und »Mitleid« zurückgewiesen werden.

321 *Mein Salz:* Riechsalz zur Beruhigung der Nerven, das man bei Ohnmachtsanfällen anzuwenden pflegte.

323 *nach der Szene:* auf die Kulisse zu.

unleidlich . . .: der Mensch soll empfänglich für das Leid sein.

325 *Engel . . . zu stärken kam:* Anspielung auf Luk. 22, 43: »Es erschien ihm aber ein Engel vom Himmel und stärkte ihn.«

327 *Kordialpulver:* herzstärkendes Pulver.

329 *gemeine Sage:* die allgemein verbreitete Meinung.

zu bluten anfange: nach der Sage fangen die Wunden des Erschlagenen von neuem zu bluten an, wenn sich der Mörder der Bahre nähert (vgl. Nibelungenlied XVII, 1057 f.).

331 *das Theater fällt zu:* vgl. den Schluß des »Jungen Gelehrten« und die Erläuterung dazu.

D. Faust

Entstehung

Lessings Plan einer Faustdichtung wird erstmals 1755 in einem Brief Mendelssohns erwähnt. Am 8. 7. 1758 schreibt Lessing aus Berlin an Gleim, er werde »ehestens« seinen »Doktor Faust hier spielen lassen«. Aus dieser Zeit stammt das im 17. Literaturbrief (16. 2. 1759) veröffentlichte Fragment. In den Breslauer Jahren (1760-1765) sind angeblich 12 Bogen im Manuskript fertiggestellt worden. 1767 soll in Hamburg das Stück »noch diesen Winter« (Brief vom 21. 9. 1767 an Karl Lessing) aufgeführt werden. Oktober 1768, Januar 1769 und 1770 ist in Briefen Eberts an Lessing vom »Dr. Faust« die Rede. Zu dieser Zeit hat Lessing aber bereits mit einem neuen – zweiten – Entwurf begonnen. Auf seiner Italienreise (1775) schickt er aus Dresden eine Kiste zurück, die unterwegs verlorengeht. Nach dem Bericht seines Bruders Karl Lessing soll sie u. a. auch 40 Fabeln und 12 Bogen des Faust-Fragments enthalten haben. Diesen Entwurf hat Lessing vielleicht aber selbst vernichtet. Den Berichten von Blanckenburg und Engel ist gemeinsam, daß sie nur über den Anfang ausführlichere Angaben enthalten; über den Ausgang des Dramas sagen sie weniger Bestimmtes; über das extensive Ganze wissen sie kaum etwas Genaues mitzuteilen. Diese Tatsache könnte die Meinung bestätigen, daß Lessing zu einer konkreten Ausarbeitung des Dramas überhaupt nie gelangt sei. – In Lessings Nachlaß fand sich das Expositionsschema zu den ersten vier Auftritten des I. Aktes und das Vorspiel.

Quellen

Die Faust-Puppenspiele.
Christopher Marlowe, »The Tragicall Historie of Doctor Faustus«, 1588. (Vgl. dazu: Gottschedin, »Briefe, die Einführung des engländischen Geschmacks in Schauspielen betreffend, wo zugleich auf den 17. der ›Briefe, die neueste Literatur betreffend‹, geantwortet wird«).
Die sog. Volksbücher (Faust-Bücher).
Das Volksschauspiel (am 14. Juni 1754 auf der Schuchischen Bühne in Berlin aufgeführt).
Franz Noël, »Lucifer« (In: Opera poetica, Frankfurt 1717).

Überlieferung

1. Die 3. Szene des II. Aktes wurde im 17. Literaturbrief am 16. 2. 1759 veröffentlicht.
2. Das »Vorspiel« wurde zuerst gedruckt in dem von Karl Lessing herausgegebenen »Theatralischen Nachlaß«, Teil II, Berlin 1786.
3. Das »Schreiben über Lessings verloren gegangenen Faust. Vom Hauptmann von Blankenburg« erschien zuerst in : »Literatur und Völkerkunde. Ein periodisches Werk« (ed. Archenholz), 5. Bd., Juli 1784.
4. Das Schreiben »An den Herausgeber des theatralischen Nachlasses« von J. J. Engel wurde zuerst mitgeteilt in dem von Karl Lessing herausgegebenen »Theatralischen Nachlaß«, Teil II, Berlin 1786.
5. Doctor Faust. Ein Schauspiel von Leßing, Berlin 1780.

Dokumente

Mendelssohn an Lessing. Berlin, 19. November 1755
Wo sind Sie, liebster Lessing, mit Ihrem bürgerlichen Trauerspiele? Ich möchte es nicht gern bei dem Namen nennen: denn ich zweifle, ob Sie ihm den Namen Faust lassen werden. Eine einzige Exklamation o Faustus! Faustus! könnte das ganze Parterre lachen machen.

Lessing an Gleim, 8. Juli 1758
Ich schreibe Tag und Nacht, und mein kleinster Vorsatz ist itzo, wenigstens noch dreimal so viele Schauspiele zu machen als Lope de Vega. Ehestens werde ich meinen Doktor Faust hier spielen lassen.

Lessing an G. A. von Breitenbauch. Leipzig, 12. Dezember 1755
Könnten Sie mir nicht ihre melancholische Einbildungskraft manchmal leihen, damit ich die meine nicht zu sehr anstrengen dürfte? Ob Sie sie über die Prophezeyungen Daniels spintisiren, oder mir an meinem Faust helffen ließen, das würde wohl auf eins herauskommen. Es sind beydes Wege zum Tollhause; nur das jener der kürzeste und gewöhnlichste ist. Ich verspare die Ausarbeitung der schecklichsten Scene auf England. Wenn sie mir dort, wo die überlegende Verzweiflung zu Hause ist, wo mehr als irgend die Unglücklichen – when they see all hope of fortune vanish'd / Submit and gain a Temper by their ruine; wenn sie mir, sage ich, da nicht gelingen, so gelingen sie mir nirgends.

Staatsrat von Gebler an Nicolai, 9. Dezember 1775
Ich wünsche, daß Ihre Hoffnung wegen der Erscheinung des Lessingschen Faust zutreffen möge. Mir hat unser großer, aber zu wenig gegen das Publikum freigebiger Freund auf mein Befragen mündlich anvertraut, daß er das Sujet zweimal bearbeitet habe, einmal nach der gemeinen Fabel, dann wiederum ohne alle Teufelei, wo ein Erzbösewicht gegen einen Unschuldigen die Rolle des schwarzen Verführers vertritt. Beide Ausarbeitungen erwarten nur die letzte Hand.

F. (Maler) Müller an eine Ungenannte. Rom, 14. 9. 1820
Lessing meinte, da er die Situation aus Fausts Leben von mir bei seinem Aufenthalte in Mannheim erblickte, daß ich bei dieser Szene stehen bleiben und Faust durch Reue und Buße, die Parabel vom verlorenen Sohn paraphrasierend zu seiner Rettung zurückführen würde; denn nach solch einer Erwartung, fügte er bei, läßt sich wohl denken, wie Faust habe auf solcher Bahn weiter fortschreiten wollen . . . Ich eröffnete ihm darauf den Gang im ganzen, wie ich in meiner Idee solchen entworfen, besonders wie ich den Ausgang mir gedacht; er lächelte beifällig: recht brav, sagte er beim Ende, indem er mir auf die Schulter klopfte, Sie haben den Eimer recht bei der Handhabe gefaßt, die einzige Weise dies, wie man diesem gehaltreichen, doch fürchterlich-drolligen Ding einen

schicklichen Schweif angewinnen und aus seinem Zeitalter in das unsrige bequem übertragen mag. Mich freut es, fuhr er fort, daß Sie den Gegenstand populär, mehr mit Ironie als ernstlich behandeln, wer heutzutage, fuhr er fort, wo die Teufel schon so viel von ihrem Kredit eingebüßt, diesen Stoff für eine Vorstellung nach Wahrscheinlichkeit auffassen wollte, um wie Dante in seiner Göttlichen Komödie oder Klopstock in der Messiade, ernstliche Überzeugung und Glauben an die Sache selbst zu erwecken, würde immer einen Mißgriff wagen und seinen Zweck verfehlen . . . Bei dieser Gelegenheit erzählte der Tröstliche mir, daß er zwei Schauspiele vom Faust angelegt, beide aber wieder liegen gelassen habe, das eine, sagte er, mit Teufeln, das andre ohne solche, nur sollten in dem letzten die Ereignisse so sonderbar aufeinander folgen, daß bei jeder Szene der Zuschauer würde genötigt gewesen sein, auszurufen, das hat der Satan so gefügt.

Erläuterungen

335 *Beelzebub:* eigentl. Fliegengott; der oberste Teufel.
Er rühmt sich, einen Heiligen verführt zu haben: eine bekannte Erzählung aus dem Mittelalter, z. B. in Paulis »Schimpf und Ernst« (1597) überliefert.

336 *Aristoteles:* aus Stagira, 384-322 v. Chr. Mit Plato der für die Geschichte der nachantiken europäischen Philosophie bedeutungsvollste griechische Philosoph. Auf ihn gründete sich vor allem die scholastische Philosophie des Hoch- und Spätmittelalters.
Entelechie: Bewegungsprinzip, das dem Körper innewohnt und seine Entwicklung bestimmt. Ein wichtiger Begriff der aristotelischen Philosophie. Der Gelehrte Hermoläus Barbarus soll sich über die Bedeutung des Wortes beim Teufel Rat geholt haben.
Bahall: Beschwörungsformel. Phonetisch getreue Wiedergabe des hebräischen Wortes für »Baal«. In der Tradition der Kabbalistik ist der Baalschem »einer, der Herr über den Gottesnamen ist, ihn anzuwenden versteht« (G. Scholem, »Zur Kabbala und ihrer Symbolik« S. 290).

338 *3. Szene des 2. Aufzugs:* diese Bezeichnung macht noch nicht sicher, daß Lessing in der Arbeit am »Faust« bereits bis zum II. Aufzug (oder gar weiter) fortgeschritten war. Wahrscheinlich ist es, daß Lessing überhaupt noch keinen vollständigen Entwurf zu diesem

Drama gemacht hatte und die Akt- und Szenenangabe rein willkürlich gesetzt ist.

340 *Unzuvergnügender:* jemand, dessen Ansprüchen nicht Genüge getan werden kann.

Blanckenburg, Christian Friedrich von: 1744-1796. Preußischer Offizier, Schriftsteller und Kritiker. Stand mit vielen bedeutenden Dichtern und Kritikern seiner Zeit in Verbindung, auch mit Lessing. Hauptwerk: »Versuch über den Roman«, 1774.

341 *zu einer Zeit, wo aus allen Zipfeln Deutschlands Fauste:* die Zeit um 1775. In der Epoche des »Sturm und Drang« entstehen die wichtigsten Faust-Dichtungen: von Goethe, Maler Müller (erschienen 1778), Klinger u. a. Blanckenburg übertreibt jedoch ein wenig. Vgl. dazu auch: Weiße, Brief an Uz, vom 7. 10. 1775: »Lessing war über Goethes und Kompanie Haupt- und Staatsaktionen sehr aufgebracht und schwur, das deutsche Drama zu rächen. Er hatte gehört, daß Goethe einen Doktor Faust liefen will, und tritt er ihm da in den Weg, so müßte ich ihn sehr verkennen, wenn er nicht Wort halten sollte.«

341 *Reise nach Dresden:* am 9. 2. 1775 war Lessing von Wolfenbüttel über Leipzig nach Berlin gereist. Im März fuhr er über Dresden nach Wien weiter. Es ist sicher, daß er die berühmte Kiste von Dresden nach Leipzig schickte, wo sie jedoch nie ankam.

345 *Gott seinen Liebling zu rauben:* auch in Goethes »Faust« bekundet Gott seine Sympathie mit Faust (»Prolog im Himmel«).

346 *Engel,* Johann Jakob: 1741-1802. Schriftsteller. Theaterleiter in Berlin. Seit 1776 Professor der Philosophie am dortigen Joachimsthalschen Gymnasium. Herausgeber des »Philosophen für die Welt«. Verfasser ästhetischer und literaturkritischer Werke. Stand vor allem mit Lessing und den Berliner Aufklärern (Mendelssohn, Nicolai) in Verbindung.

Kleonnis

Entstehung

Der Entwurf zu diesem Dramenfragment, das unausgeführte Gegenstück zum »Philotas« (1759), ist wie dieser unter dem Eindruck des

Siebenjährigen Krieges (1756-1763) im Jahre 1758 entstanden. Lessing versucht sich hier erstmalig im fünffüßigen Jambus (Blankvers), der erst nach zwanzig Jahren, mit dem »Nathan«, endgültig Eingang in das hohe deutsche Drama fand. In einem Brief an Lessing vom 16. 4. 1758 bezieht sich Gleim höchstwahrscheinlich auf den »Kleonnis«, vielleicht aber auch auf andere Dramenentwürfe, an denen Lessing zur gleichen Zeit arbeitet: »Ich bin insonderheit nach der Tragödie in jambischen Versen sehr ungeduldig.« Zu Lessings Lebzeiten sind Entwurf und Aufzeichnungen nicht veröffentlicht worden.

Quellen

Lessings vorbereitende Exzerpte und Notizen stammen aus:
Charles Rollin, »Histoire ancienne«, 13 Bde., 1730-1738. Daraus vor allem als Quellen: Pausanias, Buch IV, S. 216-242. – Justinus, Buch III, Kap. 4. – Strabo, Buch VI und VIII. – Orosius, Buch XXI. – Eine dieser Quellen, das Werk des Pausanias, lag Lessing außerdem in der lat. Übersetzung von Sylburg (1583) vor. Weitere Anregungen erfuhr Lessing durch seine vorbereitenden Arbeiten am »Philotas« sowie durch die Dramen »Codrus« von Cronegk und »Aristodem« von Abel Boyer.

Überlieferung

1. Erstdruck in: G. E. Leßings Theatralischer Nachlaß. Hg. K. G. Lessing. Berlin 1784-1786. Bd. II.
2. In: Lessings Werke, Berlin (G. Hempel) 1868-1879. Bd. II, 2. S. 665 bis 677. Hier erstmals mit sämtlichen vorbereitenden Notizen und Exzerpten, die von Karl Lessing noch nicht vollständig ediert worden waren.

Erläuterungen

347 *Kleonnis:* Sohn des messenischen Königs Euphaes. In seinen vorbereitenden Notizen und Exzerpten vermerkt Lessing die Jahreszahl »J. C. 743«.

348 *Euphaes:* Nach den Notizen Lessings »der Vater, König der Messenier . . . 13. Abkömmling des Herkules, während des ersten Krieges zwischen den Messeniern und Lacedaemoniern König von

Messenien ... das Kommando seiner Armee vertraute er dem Kleonnis«.

Messenier: Bewohner der nordwestgriechischen Landschaft Messene. – Über die Ereignisse des Krieges berichtet Lessing: »Die Lacedaemonier [Spartaner] fingen den Feldzug mit der Belagerung von Amphea an ... Die Messenier lagerten sich bei Ithome, einer kleinen Stadt am Berge gleichen Namens, und verschanzten sich. Im achten Jahre dieses Krieges geschah die blutige Schlacht, in welcher Kleonnis und Aristodem sich hervorthaten und den sehr blessierten [verwundeten] König retteten ... Der Überfall von den Lacedaemoniern geschah als die Stadt [Amphea] weder ihre Thore gesperret noch Besatzung hatte. Alles, was sie antrafen, machten sie nieder ...«

Aristodemos: Feldherr des Euphaes. Rettet im Kampf um Amphea den verwundeten König Euphaes.

Doryssus: Sohn des lacedaemonischen Königs Theopomp.

Spartaner: Gleichbedeutend mit Lacedaemonier. Bewohner des nordwestgriechischen Stadtstaates Sparta. Ihren Unterwerfungskrieg gegen die Messenier macht Lessing zum Gegenstande des »Kleonnis«.

Tisis: Über ihn hat sich Lessing notiert: »Ein Sohn des Herkules und berühmter Wahrsager, wurde von den Messeniern nach Delphos geschickt. Als er von da zurückging, überfielen ihn die Lacedaemonier aus der Festung Amphea. Er wehrte sich tapfer, so daß sie ihn nicht gefangen nehmen konnten. Endlich hörte man eine Stimme: ›Laßt den Botschafter des Orakels los!‹ Hierdurch entkam er auch wirklich und brachte dem König Euphaes den Orakelspruch, starb aber etliche Tage drauf an seinen Wunden. Der Inhalt desselben ist ohngefähr dieser: ›Wählt durchs Los ein unberührtes Mädchen aus dem Blute des Äpythus zum Opfer für die unterirdischen Götter!‹ Sogleich ward unter diesen Nachkommen geloset, und das Los traf die Tochter des Lyciscus, welche aber der Wahrsager Epebolus nicht opfern lassen wollte, weil sie ein untergeschobenes Kind sei. Indem er aber dieses dem Volke vorschwatzte, flüchtete Lyciscus mit seiner Tochter nach Sparta. In dieser Verlegenheit bot Aristodem seine eigene Tochter zum Opfer, welche aber ein Messenier heimlich liebte und zu retten suchte. Er gab vor, Aristodem habe über sie keine Macht mehr, sie sei ihm heimlich versprochen worden. Als man darauf nicht hörte, so gab er vor, bei ihr geschlafen zu haben, und sie sei von ihm schwanger. Diese unverschämte Lüge brachte den Aristodem so in Harnisch, daß er seine Tochter tötete, ihren Leib aufschnitt und alle Anwesende von ihrer Unschuld augenscheinlich überführte.«

349 *Geschwader:* eigentl. Flotte. – Im Gegensatz etwa zu den Athenern verfügten jedoch weder die Messenier noch die Spartaner über eine nennenswerte Seestreitmacht.

Ithome: Messenische Festung; s. o. »Messenier«.

350 *Heraklide:* Euphaes war ein Nachkomme – der »13. Abkömmling«, wie Lessing notiert – des griechischen Sagenhelden Herakles, der wegen seiner Körperkräfte und seiner Tapferkeit berühmt war und nach seinem Tode unter die Götter aufgenommen wurde.

Herkules: röm. Form für griech. Herakles.

Demarat: Sohn des Messenierkönigs Euphaes.

351 *Leu:* Löwe; als archaisierende poetische Form noch im 18. und 19. Jh. weithin üblich.

Für eine sieben bluten: die rätselhafte Stelle läßt sich vermutlich so deuten: Euphaes hätte lieber – wie er am 9. Tage sagt – erst am 8. Tage einmalig alle die Verwundungen erlitten, die ihn nun seit sieben Tagen hinderten, seinem Sohn in der Schlacht beizustehn.

der Zärtliche: der Liebevolle, fein Empfindende, der seinem Vater auf diese Weise Schmerz zufügt.

352 *wen liebt das Glück verbuhlter:* wem ist das – hier als Liebende (»Buhlerin«) dargestellte – Glück holder.

353 *Ägide:* Schutzherrschaft, Hoheit.

Phalanx: Schlachtreihe. Formation der schwerbewaffneten Krieger (Hopliten), vor allem in Sparta.

Atlant'sche Schultern: Der griech. Mythologie nach soll der Riese Atlas die Weltkugel auf seinen Schultern getragen haben.

354 *Der kalte Mörder seiner Tochter:* Aristodem »hatte zu Anfang des Krieges, um den Zorn der Götter zu stillen, seine Tochter aufgeopfert« (Notiz Lessings). Vgl. auch »Tisis«.

Philotas

Entstehung

Von den zahlreichen dramatischen Plänen und Entwürfen seit Beendigung der »Miss Sara Sampson« (1755) wird zunächst nur der »Philotas« vollendet. Das Stück wird in den Jahren 1758/59 entworfen und niedergeschrieben. Der Eindruck des Siebenjährigen Krieges wird bei der Wahl und Behandlung des heroischen Vorwurfs nicht ohne Einfluß gewesen sein.

Überlieferung

1. Zuerst erschienen als Einzeldruck bei C. F. Voß in Berlin zu Ostern 1759. Ohne Lessings Namen.
2. In den »Trauerspielen«, 1772.
3. In: »Sämmtliche Schriften«, 1771-1794, Bd. 19.
4. (Gleims Bearbeitung:) »Philotas. Ein Trauerspiel. Von dem Verfasser der preußischen Kriegslieder versifiziert«, Berlin 1760.

Dokumente

Lessing an Gleim, Berlin, 31. März 1759
Ich kann Ihnen nicht beschreiben, welch eine Freude Sie dem Verfaßer des Philotas durch die angefangene Übersetzung gemacht haben. Er schließt daraus, daß er doch einigermaßen Ihren Beyfall haben müßte. Ich setze hinzu, daß Ihre Übersetzung, wenn Sie so fortfahren vortrefflich und die beste Critik für den Verfaßer werden wird. Schenken Sie ihm immer das Muster, das ihm bis itzt noch mangelt; das Muster, meine ich, einer edeln tragischen Sprache, ohne Schwulst und ohne die zierlichen kleinen Redensarten, die, meinem Bedünken nach, das ganze Verdienst der französischen tragischen Poesie ausmachen.

Erläuterungen

357 *Philotas:* diesen Namen trug der Sohn des Parmenion, eines Feldherrn Alexanders des Großen. Durch freimütigen Tadel zog er den Zorn des Herrschers auf sich und wurde – wie sein Vater – 330 v. Chr. als Verräter hingerichtet.

358 *Aridäus:* auch diesen Namen kennen wir aus der Umgebung Alexanders des Großen. So hieß einer seiner Feldherren, der zugleich sein Halbbruder war.

359 *sie wieder aufriß:* auf diese Weise hat Cato Uticensis seinen Tod beschleunigt.

360 *Bildung:* das Äußere, die Gestalt; nach der im 18. Jh. noch weithin üblichen älteren Bedeutung dieses Wortes.

Lykus: dieser Name eines Flusses – hier wohl der Nebenfluß des Mäander, den schon Herodot erwähnt – läßt sich auch nur annähernd lokalisieren, weil mehrere Flüsse in Klein- und Vorderasien so heißen.

Methymna: Stadt auf der Insel Lesbos.

361 *Toga:* zum Zeichen der Mannbarkeit wurden die römischen Jünglinge mit der toga virilis, einem Obergewand, bekleidet. Bei den Griechen gab es diese Sitte nicht.

Aristodem: vgl. den gleichnamigen Feldherrn in »Kleonnis«. Dieser wurde nach dem Tode seines Königs Euphaes Herrscher über die Messenier. – Das Geschehen des »Philotas« ließe sich zwar annähernd historisch lokalisieren. Es war Lessing jedoch weniger darum als um die Beziehung zur Gegenwart und um eine neue dramatische Sprach- und Bauform zu tun, in deren Dienst die historischen Motive gestellt werden. Vgl. dazu auch die historischen Begriffe in der 2. Szene.

Cäsena: auch hier liegt eine absichtliche oder fehlerhafte Übertragung auf römische Verhältnisse vor. Der Name ist sonst nur für die oberitalienische Stadt am Rubicon bekannt.

verweilten mich: transitivisch gebraucht wie in Schillers Vers »Kann nichts dich Fliehende verweilen«.

363 *deren er sich begibt:* auf die er verzichten muß.

364 *Polytimet:* wohl als sprechender Name aufzufassen. Bedeutet griech. s. v. w. höchst kostbar.

365 *Ersetzung:* Ersatz.

368 *erlassen:* entlassen.

5. Auftritt: Lessing merkt zu Xenophons »Kyropädie« an: »Der lustige und aufgeräumte Ton, in welchem sich Cyrus und seine Feldherren unterhalten, kann dienen, die fünfte Szene meines Philotas zu rechtfertigen.«

Ich bin ein Mensch: Anspielung auf ein Wort des Terenz (»Heautontimorumenos« I, 1): »Homo sum, humani nihil a me alienum puto« [Ich bin ein Mensch, nichts Menschliches ist mir fremd]. Aridäus zeigt sich hier als der im »Laokoon« charakterisierte »gesittete Grieche«, der »zugleich weinen und tapfer sein« könne.

ein wenig zu kurz scheinet es mir: Lessing vermerkt in seinen »Kollektaneen« unter dem Stichwort »Philotas«: »Von meiner kleinen Tragödie dieses Namens. Der Zug wegen des kurzen Schwerts ist nicht so wohl aus dem Lohenstein (in »Arminius«) als aus dem Plutarch: Lacena dicendi filio, parvum gladium sibi esse, Adde, inquit, gradum! [Eine Spartanerin sagte auf die Bemerkung ihres Sohnes, das Schwert sei ihm zu kurz: Rechne den Schritt hinzu!] . . .« Ein Beispiel für den sog. Lakonismus, wie man dergleichen sentenzenhaft zugespitzte Aussprüche noch heute nach den Spartanern oder Lakoniern nennt.

Minna von Barnhelm

Entstehung

Die Angabe auf dem Titelblatt »verfertiget im Jahre 1763« ist eine auf den Hubertusburger Frieden, das Ende des Siebenjährigen Krieges (1756-1763), bezogene Fiktion. Am 20. August 1764 schreibt Lessing an Ramler: »Ich brenne vor Begierde, die letzte Hand an meine Minna von Barnhelm zu legen«. Das Stück ist im Frühjahr 1764 in Angriff genommen und im Laufe dieses Jahres weiter ausgeführt worden. Abgeschlossen wird es erst im Jahre 1765. Die Uraufführung findet am 30. September 1767 in Hamburg statt.

Quellen

George Farquhar, »The constant couple«, 1700.
Pierre Claude Nivelle de la Chausée, »L'Ecole des Amis«.
Antoine Houdart de la Motte, »L'Amante difficile«.
Der Nebentitel »Das Soldatenglück« entspricht dem Titel des Dramas »The soldier's fortune« von Thomas Otway (1651-1685).
Im Gespräch mit der Mutter des Philosophen Christian Garve soll Lessing sich auf eine wahre Begebenheit im Breslauer Gasthof »Zur goldenen Gans« berufen haben.

Überlieferung

1. Zuerst erschienen als Einzeldruck bei C. F. Voß in Berlin zu Ostern 1767. Noch im selben Jahr mit kleinen Änderungen wiederholt.
2. In den »Lustspielen«, 1767; 2. Auflage 1770.
3. »Zweite Auflage«, 1770. Dieser Sonderausgabe liegt der Zweitdruck der Einzelausgabe von 1767 zugrunde. Da der Text außer den Korrekturen Lessings noch andere Veränderungen zeigt, muß zur Herstellung der authentischen Fassung die Originalhandschrift hinzugezogen werden:
4. Faks.-Ausg. von G. A. E. Bogeng, 1926 (Bibliotheca manuscripta, Bd. 1).

Dokumente

Lessing an Ramler, 20. August 1764
Ich brenne vor Begierde, die letzte Hand an meine Minna von Barnhelm zu legen. Ich habe Ihnen von diesem Lustspiele nichts sagen können, weil es wirklich eines von meinen letzten Projekten ist. Wenn es nicht besser als alle meine bisherigen dramatischen Stücke wird, so bin ich fest entschlossen, mich mit dem Theater gar nicht mehr abzugeben.

Erläuterungen

385 *Barnhelm:* der Name erinnert an »Barnelms by Rosamond's ponds« (an der Themse) in dem Drama »The soldier's fortune« (III, 1) von Thomas Otway, auf das ja auch der Nebentitel »Das Soldatenglück« hinweist.

386 *Tellheim:* wurde sogleich allgemein mit Chr. E. von Kleist identifiziert. – »Der Charakter dieses Major von Tellheim ist der lebendige Charakter des sel. Kleist und hat deswegen für mich eine besondere Rührung gehabt« (Nicolai an Meinhard, 21. 3. 1767).

Paul Werner: Anspielung auf Paul von Werner, der vom einfachen Husaren zum preußischen Generalleutnant avancierte und durch einen aufsehenerregenden Handstreich seine Tapferkeit bewies.

387 Die Ausgangssituation erinnert an Riccobonis »Soupçonneux«, dessen Entwurf Lessing in der »Theatralischen Bibliothek« (1756) mitteilt.

vermaledeit: verflucht, von lat. maledicere.

Sein Diener: Begrüßungs- und Abschiedsformel.
seinen Zorn über Nacht behalten: Anspielung auf den Bibelspruch »Lasset die Sonne nicht über eurem Zorn untergehen« (Eph. 4, 26).
388 *veritabler Danziger:* echter, im Hause »Zum Lachs« in Danzig fabrizierter Likör mit einem oder zwei Lachsen auf dem Etikett, doppelt destilliert.
hat ein Grobian Galle: gerät in Zorn.
Eine vierfache Schnur hält desto besser: Anspielung auf Prediger Salomo 4, 2: »Einer mag überwältigt werden, aber zwei mögen widerstehen; und eine dreifältige Schnur reißt nicht leicht entzwei.«
Mores: Sitten.
Jahr und Tag: formelhafte Wendung für eine Rechtsfrist (urspr. ein Jahr, sechs Wochen und ein Tag). Tellheim wohnt seit Februar 1763 (Hubertusburger Friede) in einem Gasthof.
389 *Feuermauern:* trennen zwei Nachbarhäuser, um das Übergreifen des Feuers zu verhindern.
390 *galant:* mit Geschmack eingerichtet.
Kamin: Ofen.
Er vexiert: er hält uns zum besten.
391 *fünfhundert Taler Louisdor:* also hundert Louisdor. Ein Louisdor hatte einen Wert von 5 Talern.
392 *Racker:* Schinder.
393 *Pistolen:* urspr. spanische Goldmünze. Im Wert gleich mit Louisdor oder Friedrichsdor.
aufzieht: hinhält.
395 *wider die Vorsicht zu murren:* sich gegen sie Vorsehung auflehnen. Zur Bedeutung dieser Formel vgl. »Hamb. Dramaturgie«, 79. Stück.
Equipage: Feldausrüstung. Uniform, Waffen etc.
Handschrift: der von ihm unterzeichnete Schuldschein.
mit einem Manne abzufinden: ihm Dankbarkeit zu erweisen.
Edelmütiger Mann: vgl. »Miss Sara Sampson« II, 3 und IV, 8. »Edel«, »edelmütig«, »großmütig« sind die Vokabeln für die Moralität jener Handlung, die das bürgerliche 18. Jahrhundert nicht müde wird zu preisen: den Verzicht auf materielle Vorteile zugunsten eines anderen. In der Dichtung des 17. Jahrhunderts standen diese Wörter zur Bezeichnung fürstlicher Gnade: für den Verzicht auf Ausübung der Macht über einen anderen.

397 *Taler:* = 24 Groschen.
Gr.: Groschen = 12 Pfennige.
Feldscher: Wundarzt, Barbier.
Liverei: Livree, Dienerkleidung.
399 *Blessuren:* Verwundungen.
Kompliment: Empfehlung.
401 *Prinz Heraklius:* oder Irakli II., der sich als Fürst von Kachetien 1747 von der persischen Oberhoheit befreite. Seit 1762 Zar von Kacheti und Karthli (die beiden Länder umfaßten wesentliche Teile Georgiens, des späteren Grusien). Gegen Perser und Türken verteidigte Heraklius die Unabhängigkeit seiner Länder.
Ottomanische Pforte: eigtl. das große Tor des Serails, des Sultanspalastes von Konstantinopel; übertr.: die osmanische = türkische Herrschaft.
402 *Schulzengerichte:* Bauernhof, mit dessen Besitz das Amt des Dorfschulzen (Richters, Bürgermeisters) verbunden ist.
Dukaten: Goldmünze im Wert von 3 Talern.
Affäre: Gefecht.
Katzenhäuser: Im November 1759 griffen die Truppen Friedrichs des Großen bei den Katzenhäusern (dem Dorf Katzenberg bei Meißen) die abziehende Armee des österreichischen Feldherrn Daun an; aber auch in den folgenden Jahren wurde in dieser Gegend gekämpft.
403 *Disposition:* Hier s. v. w. Schlachtplan.
Winspel: preuß. Getreidemaß.
Tabagie: Rauch- und Trinkstube, Schenke.
Hure: Lessing schreibt auf einem »Delikatesse« betitelten Blatt: »Man hat über das Wort Hure in meiner Minna geschrieen. Der Schauspieler hat es sich nicht einmal unterstehen wollen zu sagen.«
404 *Die Karossen . . . zu fluchen:* die Zofe führt sich hier mit einer recht raffinierten stilistischen Figur ein: statt daß jedes einzelne Verbum zu dem zugehörigen Substantiv tritt, werden die Substantive und Verben in zwei parallele Reihen geordnet. Diese Stilfigur nennt man »versus rapportati« (vgl. frz. rapporter = zurück-, wiederbringen). Sie ist bei Lessing nicht selten: vgl. etwa das fragmentarische Gedicht »Die Religion«, Vers 45: »Warum? Wer? Wo bin ich? Zum Glück. Ein Mensch. Auf Erden.«
Haltung der Kapitulation: doppeldeutig. Einmal: Einhaltung eines

schriftlichen Vertrages; dann aber auch: das Strecken der Waffen, Übergabe.

405 *Anmerkung:* Bemerkung.

406 *Ökonomie:* Sparsamkeit.

407 *Regiment ward . . . zerrissen:* Im Jahre 1763 wurden 16 Freibataillone aufgelöst, Offiziere und Mannschaften ohne Entschädigung abgedankt.

408 *Charakter:* Beruf, Stellung.

gehörigen Orts: d. h. bei der Polizeibehörde.

a. c.: anni currentis = des laufenden Jahres.

keine Sünde, aus Sachsen zu sein: Anspielung auf die politische Situation des Siebenjährigen Krieges (1756-63), der Preußen und Sachsen in feindlichen Lagern sah. Der Einfall Friedrichs des Großen in Sachsen war der Auftakt dieses Krieges.

409 *Thüringen:* der thüringische Kreis des Kurfürstentums Sachsen, der sich von nördlich Eisenach nach Osten bis südwestlich von Leipzig erstreckte.

Klein-Rammsdorf: bei Leipzig.

410 *Zufall:* Unfall.

411 *währendes Krieges:* so lange der Krieg dauerte.

412 *Kasten:* Fassung des Steins.

verzogener Name: die verschlungenen Anfangsbuchstaben.

413 *Schuldner:* Gläubiger.

414 *blessiert:* verwundet.

419 In dieser Szene fallen die Stichwörter, auf die sich die das Tragische streifende, im Heiteren endende Auseinandersetzung immer wieder beziehen wird: Unglück, Glück, Vernunft, Notwendigkeit, Ehre, Niederträchtigkeit, Verzweiflung, tragisch und – träumen.

einen Elenden: Tellheim meint: einen, der *im* Elend ist. Minna, die nur einen Grund kennt, der ihn der Liebe unwürdig machen könnte, faßt es auf als: einer, der elend ist.

423 *Rummel:* Handel; eigentlich: die Zahl der Augen, die man im Pikettspiel von einer Farbe hat; daher: er versteht den Rummel = kennt seine Karte, weiß sich zu seinem Vorteil zu benehmen. Das Wort kommt schon im 17. Jh. vor. Lessing spricht sogar einmal vom »Rummel der Tragödie«. – Später auch in der heute gebräuchlichsten Bedeutung von »Jahrmarkt«.

424 *ist avanciert:* ist aufgerückt, wurde befördert.

425 *parlieren:* plaudern.
scharmieren: den Hof machen.
Spandau: bei Berlin. Festung mit militärischer Strafanstalt.
Er karrt: muß mit der Karre Erde fahren; als Strafe in der Haft muß der Jäger Philipp diese Arbeit beim Festungsbau verrichten.
Schleifwege: Schleichwege.
Schwemme: zum Tränken und Baden der Pferde.

426 *Läufer:* dem herrschaftlichen Wagen vorauseilender Bote.
Garnisonsregiment: zog nicht ins Feld, sondern blieb am Garnisonsort.
infam: niederträchtig.

427 *Biß:* Hieb.
läßt: kleidet.
Neugierde: stehender Charakterzug der Wirte in der Komödie, die vor allem im engl. Schauspiel das Gasthaus als Ort der Handlung besonders bevorzugt. Die Zusammenhänge des bürgerlichen Trauerspiels mit der Gattung der Komödie wird in »Miss Sara Sampson« u. a. durch den auch dort auftretenden neugierigen Wirt erkennbar. Für die Rolle des Wirts gibt es aber auch Anhaltspunkte in der sozialen Wirklichkeit der Zeit. So teilt E. Schmidt (Voßische Zeitung 1889, Sonntagsbeil. Nr. 2) den Bericht eines österreichischen Reisenden mit: »Anno 1768 war ich in Berlin und wurde sehr vertraut mit Jemandem, der bei der königlichen geheimen Polizei angestellt war. Dieser eröffnete mir im Vertrauen, daß des Königs allerbeste geheime Spionen in den großen Städten die Würte, Traiteurs und Eigentümer der Hotels garnis wären, für welche der König zum Theil ganz, zum Theil die Hälfte des Zünßes, bezahle . . .«

430 *Franziska, als ins Ohr:* als ob er ihr ins Ohr flüstere – aber doch so, daß Werner die Worte auch versteht.

433 *ein Schneller:* Kniff, Streich; von schnellen = prellen, überlisten, ein Schnippchen schlagen.

435 *Kantine:* von frz. cantine, ital. cantina = Flaschenkeller; dann auch s. v. w. Getränkevorrat auf Reisen; konkret: ein zum Transport von Weinflaschen ausgefütterter Kasten, Korb mit Feldflasche. Hier im allgemeinen Sinne als Trinkvorrat zu verstehen.

438 *Metier:* Beruf, Handwerk.
derweile: unterdessen.

Interessen: Zinsen.

439 *Mundierungsstücke:* Montur, Ausstattungsstücke.

440 *Katz aushalten:* von »Katz« (holländ. kaats, frz. chasse), einem Fangballspiel, bei dem man in die Lage geriet, »Katz aushalten« zu müssen, d. h. nicht von der Stelle zu dürfen. Übertragen: sich alles gefallen lassen, in unangenehmer Lage aushalten.

444 *völlig:* in vollständiger Gesellschaftskleidung.

445 *melancholischer Kaffee:* man glaubte im 18. Jh., daß Kaffee trübe Stimmung hervorrufe, die Nerven schwäche, blaß und krank mache. Vgl. auch Mozarts bekannten Kaffee-Kanon.

Riccaut: die Vorbilder dieser Figur fand Lessing bei Regnard (»Le joueur«) und Farquhar (»Sir Harry Wildair«), sowie in der 1758 anonym erschienenen »Histoire des Grecs [Falschspieler] ou de ceux qui corrigent la fortune au jeu«. In deutsch-französischem Kauderwelsch schrieb auch schon J. C. Trömer unter dem Pseudonym »Jean Crétien Toucement oder die Deutsch-Franços« verschiedene Werke. In den zeitgenössischen Rezensionen wird das Auftreten Riccauts meist als überflüssig verurteilt. Lessing soll vorgehabt haben, den Lieutenant Riccaut in einen deutschen Bruder Liederlich zu verwandeln. Das wäre zum Nachteil des Stückes gewesen, dem gerade die aufgeblasene Eitelkeit des Franzosen und seine Verderbung der deutschen Sprache eine eigentümliche Komik verleiht. In der »Histoire des Grecs« heißt es: »Il n'y avoit que les allemands (si on excepte les Saxons) qui étoient pris pour dupés par les autres nations, sans jamais connaître, chercher, ni prévenir la cause qui pouvoit les empêcher de l'être.« [Nur die Deutschen (wenn man die Sachsen ausnimmt) werden von den anderen Völkern geprellt, ohne je die Ursache zu erkennen, zu erforschen oder ihr vorzubeugen, wodurch sie dem Übel hätten abhelfen können.] – Es gab einige Schwierigkeiten, weil es auf den deutschen Bühnen an geeigneten Schauspielern zur Darstellung des Franzosen fehlte, wie etwa in Berlin. In Wien ließ man den 2. und 3. Auftritt ganz weg.

Est-il permis . . .: ist es erlaubt, gestatten Herr Major?

Parbleu: verdammt.

Mais non: aber nein.

C'est sa chambre: das ist sein Zimmer.

juste, ma belle enfant . . .: richtig, mein schönes Kind, ihn suche ich. Wo ist er?

446 *Comment:* wie?

Ah voilà . . .: Ah, das ist ganz seine höfliche Art! Er ist ein sehr galanter Mann, der Major!

C'est dommage . . .: Schade, das ist aber ärgerlich!

Nouvelle: Neuigkeit, Nachricht.

Mademoiselle parle français . . .: das gnädige Fräulein sprechen französisch? aber gewiß, eine Dame wie Sie! – Die Frage war sehr unhöflich; bitte, verzeihen Sie mir, gnädiges Fräulein.

Explizier: ausdrücken.

447 *Sachez donc:* erfahren Sie also.

ordinaire: gewöhnlich.

et le Ministre . . .: Der Minister hat es mir im Vertrauen gesagt, denn Seine Exzellenz ist einer meiner Freunde, und es gibt keine Geheimnisse zwischen uns.

Point: Punkt.

Rapport: Bericht.

resolvier . . .: beschlossen, völlig zugunsten des Majors. – Mein Herr, sagte Seine Exzellenz zu mir, Sie werden begreifen, daß alles von der Art abhängt, wie man dem König die Dinge vorstellt, und Sie kennen mich ja. Dieser Tellheim ist ein prächtiger Kerl, und weiß ich nicht, daß Sie ihn lieben? Die Freunde meiner Freunde sind auch meine Freunde. Dieser Tellheim kostet dem König etwas viel, aber kann man den Königen etwa umsonst dienen? In dieser Welt muß man einander helfen; und wenn einer etwas verlieren muß, dann soll es der König sein und nicht ein Ehrenmann wie unsereiner. Das ist mein Prinzip, von dem ich niemals abweiche.

Ah que Son Excellence . . .: Oh, Seine Exzellenz hat das Herz auf dem rechten Fleck!

Au reste: übrigens, schließlich.

une Lettre de la main: ein königliches Handschreiben.

infailliblement: unfehlbar.

Vous voyez . . .: Sie sehen in mir.

Seigneur . . .: Herr von Diebslust, aus der Linie derer von Nimmgold.

448 *qui est véritablement . . .:* die wirklich königlichen Blutes ist. Man muß sagen, ich bin ohne Zweifel der vom Schicksal am meisten umhergetriebene Sproß unseres Hauses.

Affaire d'honneur: Ehrenhandel.

Staaten-General: Generalstaaten, Regierung (urspr. Ständeversammlung) der Niederlande.
Ah, Mademoiselle . . .: Ach, mein Fräulein, hätte ich doch nie dies Land gesehen!
Capitaine: Hauptmann.
Oui, Mademoiselle . . .: Ja, mein Fräulein, man hat mir den Abschied gegeben, und so liege ich nun auf der Straße.
Vous êtes . . .: Sie sind sehr gütig, mein Fräulein.
Livre: französische Währung, damals gleichbedeutend mit Franc.
Tranchons . . .: offengestanden, ich habe keinen Pfennig und stehe genau vor dem Nichts.
Vous êtes bien bonne: Sie sind zu liebenswürdig.
Qu'un malheur . . .: ein Unglück kommt nie allein. So ist es mir ergangen.
Honnête-homme: Ehrenmann.
Extraction: Herkommen.
Ressource: Einnahmequelle.
Mademoiselle, je joue . . .: Mein Fräulein, ich spiele mit einem Pech, das jede Vorstellung übersteigt.
Wo sie mik . . .: Wo sie mir nicht den ganzen Einsatz abgenommen haben.
Je sais bien . . .: Ich weiß wohl, daß dabei noch andere Dinge als die Karten mitgespielt haben. Denn unter den Spielern waren gewisse Damen.
449 *invitir:* einladen.
revanche . . .: Genugtuung; aber – Sie verstehen mich, mein Fräulein . . .
Tant mieux . . .: um so besser, mein Fräulein, um so besser! Alle Leute von Geist lieben das Spiel leidenschaftlich.
Comment . . .: Wie, mein Fräulein, Sie wollen Halbpart mit mir machen? Von ganzem Herzen.
Ah, Mademoiselle . . .: Ach, mein Fräulein, wie liebenswürdig Sie sind.
Donnez . . .: Geben Sie nur immer, mein Fräulein, geben Sie!
interessir: beteiligt.
450 *liaison:* Verbindung.
et de ce moment . . .: und mit diesem Augenblick beginne ich wieder an mein Glück zu glauben.

Je suis des bons . . .: Ich bin einer von den Bewährten, mein Fräulein. Wissen Sie, was das heißt?

Je sais monter . . .: Ich verstehe mich auf den richtigen Griff.

Je file la carte . . .: Ich vertausche die Karte mit einer Geschicklichkeit . . .

Je fais sauter . . .: Ich schlage die Volte mit einer Geschicklichkeit . . .

Donnez-moi un pigeonneau . . .: Lassen Sie mich ein Täubchen rupfen [= betrügen] und – –

Comment, Mademoiselle . . .: Wie, mein Fräulein, das nennen Sie betrügen? Das Glück verbessern, es an seine Finger fesseln, seine Sache verstehen.

Laissz-moi faire . . .: Lassen Sie mich nur machen, mein Fräulein.

451 *Votre très-humble . . .:* Ihr Ergebenster, mein Fräulein, Ihr Ergebenster.

453 *rapportieren:* berichten, melden.

456 *schon heute vormittage:* vgl. II, 9.

untergesteckt: auf andere Regimenter verteilt.

458 *Equipage:* Feldausrüstung eines Offiziers.

Stände: Adel, Geistlichkeit und Städte bildeten eine Korporation (hier die Ständevertretung Thüringens), die dem Landesherrn gegenüber besondere Rechte hatte, z. B. das der Steuerbewilligung.

Ämter: Verwaltungsdistrikte.

Kontribution: vom feindlichen Kommandanten auferlegte Kriegssteuer.

Wechsel: Schuldschein.

zu ratihabierende: zu bestätigende. Juristisch für: Genehmigung von Verträgen oder Geschäften, welche ein anderer ohne Auftrag in Sachen eines dritten abgeschlossen hat.

Valute: Gegenwert des Wechsels, Barbetrag.

459 *Gratial:* Dankgeschenk, finanzielle Belohnung.

460 *Mohr von Venedig:* Othello.

weil: so lange wie.

461 *nur jetzt:* gerade eben.

wider mich urgieret: gegen mich betrieben.

entladen: entlastet.

464 *entstehen:* ausbleiben.

468 *studierte Wendung:* ein überlegtes, vorbedachtes Wort.

469 *affektiert:* erkünstelt.
ihr vortritt: sich ihr in den Weg stellen.

470 *auf ihren Ring zeigend:* sie hat Tellheim ja seinen – dem Wirt versetzten – Ring zurückgegeben und trägt ihren, einst von Tellheim empfangenen Ring am Finger. Tellheim will also – ohne es zu wissen – ihr den Ring zurückgeben, den er einst als Zeichen der Verlobung von ihr annahm.
so sprach ich . . .: vgl. IV, 6.

472 *Feldjäger:* Angestellte der Kabinettskanzlei im Offiziersrang.
Handschreiben: »Im stilo curiae [Stil des Hofes] von königlichen Briefen oder andern hohen Personen gebräuchlich. So nennen auch die Franzosen lettres de la main Briefe, welche der König selbst geschrieben oder unterzeichnet hat.« (Lessing, »Vergleichung deutscher Wörter und Redensarten mit fremden«).

473 *an die Szene:* an den vorderen Rand der Bühne.

474 *Mein Bruder:* Prinz Heinrich von Preußen, Bruder Friedrichs des Großen. Seit März 1758 Feldherr auf dem sächsischen Kriegsschauplatz.
wohlaffektioniert: wohlgesonnen, gewogen. – Grußformel am Schluß eines Briefes.

476 *verlaufen:* von Hause entlaufen und sich herumtreibend.
an den Kopf geworfen: an den Hals geworfen.

477 *einzunehmen:* über sich ergehen lassen (vgl. ihre eigene Rede in IV, 6).
was ich fest beschlossen: Wiederholung von Tellheims Worten in IV, 6.
So gewiß . . . so gewiß: da die aufgrund der Ringvertauschung gemachten Voraussetzungen nicht zutreffen, gilt auch die Konsequenz nicht; und Minnas unerschütterlicher Beschluß ist nur fiktiv.

478 *Sophistin:* die mit Scheingründen streitet.

481 *darf:* braucht.

484 *den Offizieren von dieser Farbe:* den preußischen.

485 *Rentmeister:* Vermögensverwalter.
Fuchtel: die Schläge mit der flachen Degenklinge galten als Strafe für Gemeine und Unteroffiziere.

Die Matrone von Ephesus

Entstehung

Das Fragment, dessen zweite Fassung hier wiedergegeben wird, geht noch auf Leipziger Pläne und Entwürfe zurück. Aus dieser Zeit ist jedoch nichts schriftlich Fixiertes erhalten. Schon durch seinen Leipziger Studienfreund C. F. Weiße, der bereits auf der Schule eine »Matrone von Ephesus« geschrieben hatte (1744), wird Lessing näher mit diesem Stoff bekannt. Unmittelbarer Anlaß seines eigenen Versuches ist dann die Aufführung des »Jungen Gelehrten« im Januar 1748 auf der Neuberschen Bühne in Leipzig, die Weiße zur Fortsetzung seines frühen Entwurfs anregt. Lessing sieht sich durch die Versuche des Freundes sogleich genötigt, diesen Stoff ebenfalls zu behandeln (vgl. dazu auch: »Hamb. Dramaturgie«, 36. Stück). Lessings erster Entwurf entsteht dann jedoch erst 1767, der zweite ist bald darauf in Hamburg niedergeschrieben worden. Boie (Brief an Eschenburg vom 16. 12. 1767) erwartet Lessings »Neue Matrone von Ephesus«; aber auch Karl Lessing (Brief vom 9. 3. 1769) erkundigt sich noch nach dem Fragment gebliebenen Stück, das in Zukunft nicht mehr erwähnt wird.

Quellen

Eine Episode aus Petronius' »Satiricon«.
Die dramatischen Bearbeitungen von Houdart de la Motte und C. F. Weiße.
Der Stoff, ursprünglich wohl auf indische und chinesische Erzählungen (besonders die »Contes chinois«) zurückgehend, wurde in der gesamten europäischen Literatur häufig bearbeitet: z. B. von Moscherosch, Ogilby, Chr. Johnson.
Die Namen sind aus Stücken von Plautus und Terenz übernommen. Zu Lessings Beurteilung der Quellen vgl. »Hamb. Dramaturgie«, 36. Stück.

Überlieferung

1. Zuerst gedruckt als 4. Stück des I. Bandes von »G. E. Leßings Theatralischem Nachlaß«, hrsg. von Karl Lessing, Berlin 1784.
2. Als 2. Stück der verkürzten Ausgabe der »Sämmtlichen Werke« von 1794.

3. Bei Lachmann, Bd. 2 (Berlin 1838).
4. Bei Lachmann-Muncker, Bd. 3. Der von Muncker nach den Originalhandschriften hergestellte Text liegt der Ausgabe von Petersen-Olshausen zugrunde, aus der er auch hier übernommen wird.
5. Nachdichtungen, die als Fortsetzung und Vollendung des Lessingschen Fragments gedacht waren: von Rahbek (Mannheim 1790) und E. A. F. Klingemann (1811; Braunschweig 1817).

Erläuterungen

488 *Antiphila:* der Name bedeutet s. v. w. »Liebe erwidern«. Die männliche Form des Wortes (»Antiphilos«) ist auf einer Münze aus Ephesus bezeugt.
Philokrates: der Name bedeutet s. v. w. »Herrscher-Freund« (volksetymologisch).

494 *so verwandt Sie damit gelegen:* gekrümmt, verrenkt – im Gegensatz zu: unverwandt = gerade. Vgl. auch die Regieanweisung zu »Emilia Galotti« I, 4: das Bild steht »verwandt« = verkehrt herum, mit der Vorderseite nach hinten gegen einen Stuhl gelehnt.

496 *Diana von Ephesus:* die Göttin Diana hatte in Ephesus einen berühmten Tempel. Vgl. Apostelgesch. 19,28: »Groß ist die Diana der Epheser«.
aufgezogen: zum besten gehabt, geneckt.

497 *bei dem die Götter zu schwören sich scheuen:* Pluto, der Gott der Unterwelt, der im finsteren Reich des Todes herrscht, woran das Grabgewölbe ja mehrfach erinnert.

499 *Den Paß verlegen:* den Weg versperren. Von lat. passus, frz. pas = Schritt.

500 *Venus, als sie ihren Adonis beweinte:* der Geliebte der Göttin der Liebe, von sprichwörtlicher Schöheit, wurde auf der Jagd von einem Eber getötet.
Hebe, die Göttin der Jugend: Tochter des Zeus und der Hera. Schenkte den Göttern den Nektar aus. Gattin des vergöttlichten Helden Herakles.

502 *Kolophonier:* die Einwohner Kolophons, einer der 12 ionischen Städte, an der Küste von Lydien, nordwestlich von Ephesus.
Kayster: antiker Name eines Flusses, der heute Menderes heißt. An seiner Mündung liegt Ephesus.

Larissa: Ort in der Nähe von Ephesus. Noch heute Name der Provinzhauptstadt von Ostthessalien am Peneios (in Griechenland).

aufgeknüpft: am Kreuz, also gekreuzigt.

504 *Lebensart:* Anstand.

507 *Phylarchen:* entspr. Stadtrat.

Liturgen: von griech. Leiturgie = Werk für das Volk; jede steuerliche oder sonstige Leistung eines Bürgers an den Staat. Der Liturg Kassander hat dem Staat alle erdenklichen Dienste als Bürger, Soldat und Politiker geleistet.

508 *Epitaph:* Grabschrift.

Phalanx: Truppe; eigtl. Schlachtordnung (Reihe der schwerbewaffneten und gepanzerten Hopliten in Sparta).

Parze: Schicksalsgöttin, die den Lebensfaden spinnt bzw. durchschneidet.

510 *ob der sanftesten:* bei, wegen der sanftesten. – Die heute geschwundene Präposition »ob« stellt meist eine sehr allgemeine Beziehung her und hatte nur zum Teil ausgeprägte Funktion, z. B. eine kausale im Sinn von »wegen«.

Emilia Galotti

Entstehung

Lessings frühes Interesse an Dramen mit römisch-republikanischen Sujets zeigt eine extensive Vorstellung von Montiano y Luyandos »Virginia« in der »Theatral. Bibl.«. Aus Anlaß einer von den Herausgebern der »Neuen Bibliothek der schönen Wissenschaften und freyen Künste« ausgeschriebenen Preisaufgabe, bei der dann Cronegk Anfang des Jahres 1758 als Sieger hervorgeht, schreibt Lessing am 22. Oktober 1757 an Nicolai: Er arbeite an einem Trauerspiel, das »vielleicht unter allen das beste werden dürfte«, wenn er »noch ein paar Monate« darauf verwenden könne. Einen Monat später verspricht er, diese Tragödie »in drei Wochen« zu schicken. Dieser Entwurf ist, wie auch ein angeblich später in Hamburg entstandenes Bühnenmanuskript, verloren. Erst im Herbst 1771, gerade von einer Reise, die ihn nach Berlin geführt hatte, zurückkehrend, macht Lessing sich erneut in Hamburg an die Arbeit, um die in der »Hamburg. Dramaturgie« theoretisch entwickelten Prinzipien in einem Drama exemplarisch zu verwirklichen. Im Januar 1772 schickt er die ersten drei Akte seinem Bruder nach Berlin, um sie dort drucken zu lassen. Der bis zum 1. März 1772 in Wolfenbüttel verfertigte Schluß folgt in einzelnen Sendungen nach. Bereits am 13. März 1772 bringt die Truppe des Theaterdirektors Döbbelin das Trauerspiel zum Geburtstag der Herzoginwitwe in Braunschweig zur Uraufführung, die begeistert aufgenommen wird. Lessing hat allerdings bis zuletzt gezögert, die letzten Manuskriptseiten aus der Hand zu geben, zumal man von Anspielungen auf Verhältnisse des Braunschweiger Hofes spricht. Er willigt erst ein, als Döbbelin droht, einen selbsterfundenen Schluß spielen zu lassen.

Quellen

Titus Livius, »ab urbe condita«, III, 44-50.
A. Montiano y Luyando, »Virginia«, 1750.
Crisp, »Virginia«, 1754.
J. S. Patzke, »Virginia«.
Das Motiv, daß die verfolgte Unschuld zu dem sittenlosen Mächtigen sich durch ihre Sinne hingezogen fühlt, findet sich u. a. schon bei Coluccio Salutati (14. Jh.) und in Bandellos »Novelle«, Lucca 1554, der die Empfindungen der vergewaltigten Lukrezia schildert.
Denselben Stoff hatte schon Hans Sachs in seiner frühesten Zeit (1530) dramatisch behandelt.
Auf der französischen Bühne hatten sich mehrere Dichter daran versucht: Mairet (1628), Leclerc (1645), Campistron (1683), Chabanon (1769).
In England: Betterton (1679), Dennis (1754), Moncrif (1755), Brooke (1756).
Der in der gesamten abendländischen Literatur häufig behandelte Stoff wird ferner noch überliefert z. B. bei Dionysius von Halikarnassos, Juan de la Cueva (1580), Painter (»Palace of Pleasure«), Giovanni Fiorentino (»Pecorone«).

Überlieferung

1. Gedruckt erschien das Stück einzeln und – zusammen mit »Miss Sara Sampson« und »Philotas« – im Rahmen der »Trauerspiele« bei Christian Friedrich Voß in Berlin, 1772.
2. Ein zweiter Druck dieser Einzelausgabe, ebenfalls von 1772, wurde von Lessing und seinem Bruder Karl gemeinsam korrigiert. Er enthält neben Verbesserungen auch Druckfehler.
3. Auf diesem Druck beruht die dritte Sonderausgabe, die letzte, die zu Lessings Lebzeiten erschien. Sie bietet den authentischen Text, der von der Handschrift nur in unbedeutenden orthographischen Einzelheiten abweicht. Alle drei Drucke tragen den Titel: Emilia Galotti. Ein Trauerspiel in fünf Aufzügen. Berlin, bey Christian Friedrich Voß. 1772.

Dokumente

Lessing an Mendelssohn, 22. Oktober 1757
Es arbeitet hier noch ein junger Mensch an einem Trauerspiele, welches vielleicht das beste werden dürfte, wenn er noch ein Paar Monate Zeit darauf wenden könnte.

Lessing an F. Nicolai. Leipzig, 21. Januar 1758
Unterdeß würde mein junger Tragikus fertig, von dem ich mir, nach meiner Eitelkeit, viel Gutes verspreche; denn er arbeitet ziemlich wie ich. Er macht alle sieben Tage sieben Zeilen; er erweitert unaufhörlich seinen Plan, und streicht unaufhörlich etwas von dem schon Ausgearbeiteten wieder aus. Sein jetziges Sujet ist eine bürgerliche Virginia, der er den Titel Emilia Galotti gegeben. Er hat nehmlich die Geschichte der römischen Virginia von allem dem abgesondert, was sie für den ganzen Staat interessant machte; er hat geglaubt, daß das Schicksal einer Tochter, die von ihrem Vater umgebracht wird, dem ihre Tugend werther ist, als ihr Leben, für sich schon tragisch genug und fähig genug sey, die ganze Seele zu erschüttern, wenn auch gleich kein Umsturz der ganzen Staatsverfassung darauf folgte. Seine Anlage ist nur von drey Akten, und er braucht ohne Bedenken alle Freyheiten der englischen Bühne.

Lessing an Karl Lessing. Braunschweig, 10. Februar 1772
Es ist mir recht sehr lieb, daß Dir mein Ding von einer Tragödie noch so ziemlich gefallen hat. Und Deine Anmerkungen darüber sind mir sehr willkommen gewesen. Ich bitte Dich, auch in Ansehung des Überrestes damit fortzufahren.

...Was du von dem Charakter der Emilia sagst, hat viel Wahres. Aber so ganz Recht kann ich Dir doch nicht geben, aus folgenden Ursachen:

1. Weil das Stück Emilia heißt, ist es darum mein Vorsatz gewesen, Emilien zu dem hervorstechendsten, oder auch nur zu einem hervorstechenden Charakter zu machen? Ganz und gar nicht. Die Alten nannten ihre Stücke wohl nach Personen, die gar nicht aufs Theater kamen.

2. Die jungfräulichen Heroinen und Philosophinnen sind gar nicht nach meinem Geschmacke. Wenn Aristoteles von der Güte der Sitten handelt, so schließt er die Weiber und Sklaven ausdrücklich davon aus. Ich kenne an einem unverheirateten Mädchen keine höhere Tugenden, als Frömmigkeit und Gehorsam.

3. Zeigt denn jede Beobachtung der äußerlichen Gebräuche einer positiven Religion von Aberglauben und schwachem Geiste? Wolltest Du wohl alle die ehrlichen Leute verachten, welche in die Messe gehen, und während der Messe ihre Andacht abwarten wollen, oder Heilige anrufen? – Wegen des Zuges mit dem Traume hast Du ganz Unrecht; wesfalls Du das Manuskript nur wieder nachsehen darfst. Emilia glaubt nicht an den Traum; sondern sie erkennt mit ihrer Mutter den Traum für sehr natürlich: wegen ihres größern Geschmacks an Perlen als an Steinen. Aber, ob sie schon nicht an den Traum als Vorbedeutung glaubt: so darf er doch gar wohl sonst Eindrücke auf sie machen. Appiani ist es, der sich dabey länger aufhält, als sie beyde. Aber auch den lasse ich die Ursache davon angeben.

4. Am Ende wird denn auch freylich der Charakter der Emilia interessanter, und sie selbst thätiger. – Nur käme das ein wenig zu spät, wenn es wahr wäre, daß sie schon einen kleinen Begriff von sich erweckt hätte. – Doch es sey auch mit dem allen, wie es wolle; wenn das Stück nur im Ganzen Wirkung hervorbringt.

Das Süjet davon war eins von meinen ältesten, das ich einmal in Hamburg auszuarbeiten anfing. Aber weder das alte Süjet noch die Hamburger Ausarbeitung habe ich jetzt brauchen können, weil jenes nur in drey Acte abgetheilt, und diese so angelegt war, daß sie nur gespielt, aber nie gedruckt werden sollte.

Was Du von dem Charakter der Orsina sagen wirst, verlangt mich am meisten zu hören. Wenn er einer guten Schauspielerin in die Hände fällt, so muß er Wirkung thun.

Lessing an Karl Lessing. Braunschweig, 1. März 1772
Schreibe mir nun bald, lieber Bruder, und sage mir, wie Dir das Ganze gefällt. Du siehst wohl, daß es weiter nichts, als eine modernisirte, von allem Staatsinteresse befreyete Virginia seyn soll . . .

Lessing an Herzog Karl von Braunschweig.
[Wolfenbüttel oder Braunschweig, Anfang März 1772]
Ich unterstehe mich, eine große Kleinigkeit an Ew. Durchlaucht zu bringen, die jedoch für mich darum keine Kleinigkeit ist, weil ich nicht gern das Geringste thun oder geschehen lassen wollte, was Ew. Durchlaucht wünschen könnten, daß es gar nicht oder anders geschehen wäre. Döbbelin hatte erfahren, daß eine neue Tragödie von mir, die ich aber bereits vor einigen Jahren ausgearbeitet, gegenwärtig in Berlin gedruckt werde. Er bat mich, ihm das Manuscript davon zukommen zu lassen, um sie auf den bevorstehenden Geburtstag der Herzoginn Königl. Hoheit aufzuführen. Ich konnte ihm solches nicht wohl verweigern. Doch nahm ich mir sogleich dabey vor, so bald ein Abdruck in meinen Händen seyn würde, durch Vorlegung desselben vor allen Dingen mich der Genehmigung Ewr. Durchlaucht zu versichern.
Ich thue solches hiermit, ob schon das ganze Stück noch nicht gänzlich abgedruckt ist, und ich Ewr. Durchlaucht nur die Bogen bis in den vierten Aufzug vorlegen kann. Indeß werden auch schon diese hinlänglich seyn, einen Begriff von dem Ganzen zu machen, welches weiter nichts als die alte römische Geschichte der Virginia in einer modernen Einkleidung seyn soll.
Ich weiß nicht, ob es überhaupt schicklich ist, an einem so erfreulichen Tage ein Trauerspiel aufzuführen; noch weniger weiß ich, ob Ew. Durchlaucht an diesem Tage nicht etwas ganz anders zu sehen wünschen könnten. Sollte dieses seyn: so ist es zu einer Abänderung noch immer Zeit, und falls Ew. Durchl. dem Döbbelin nicht unmittelbar Dero Willensmeynung darüber wissen zu lassen geruhen wollen: so erwarte ich nur einen Wink, um unter irgend einem leicht zu findenden Vorwande die Aufführung dieses neuen Stücks zu hintertreiben.

Karl Lessing an seinen Bruder Gotthold, 12. März 1772
Über ein Gespräch mit M. Mendelssohn. Wir disputirten eine Weile über die Emilia, und endlich fragte ich ihn, ob er denn gar nichts gefunden, das er besser oder anders wünschte? Und was dächtest Du wohl, was es war? Der Prinz; der scheint ihm im Anfange thätiger und tugendhaft, und am Ende ein unthätiger Wollüstling. Und hiermit bin ich nicht zufrieden. Nicht darum, weil er mich widerlegt hatte, sondern weil ich Gründe habe, daß der Prinz so seyn muß. Er nimmt sich der Regierung an, er ist ein Liebhaber von Wissenschaften und Künsten, und wo seine Leidenschaften nicht ins Spiel kommen, da ist er auch gerecht und billig; er ist überdies fein, und hat allen Schein eines würdigen Fürsten: aber das sind noch nicht die rechten Beweise, daß er es wirklich ist. Folglich hast du uns an seiner moralischen Güte noch immer zweifelhaft gelassen; und nur gezeigt, wie heut zu Tage Prinzen von guter Erziehung, welche die Natur nicht ganz unbegabt gelassen, seyn können. Seine Tugend soll in seiner ungerechten Liebe gegen Emilia mit dem Marinelli geprüft werden, und da hält sie nicht die Probe. Daraus entsteht dann die schreckliche Handlung des alten Galotti, welcher sonst unmenschlich an seiner Tochter handelte, wenn sie von ihren Verführungen anders gerettet werden könnte, und er es nicht thäte. Kurz, gegen die Oekonomie des Stücks und gegen die Ausführung der Charaktere, dächte ich, könnte nicht so leicht etwas eingewendet werden.

Lessing an Karl Lessing. Braunschweig, 22. April 1772
Allerdings hätte ich lieber ein Urtheil von unserm Moses gehabt. Seine Anmerkung über den Charakter des Prinzen ist nicht so ganz ohne: denn ich erinnere mich sehr wohl, daß ich ihn, so wie er jetzt in dem ersten Acte ist, zu einer Zeit angelegt habe, als ich noch nicht ganz gewiß bey mir war, wie viel Antheil ich ihn an dem Ausgange würde können nehmen lassen. –

Lessing an Nicolai. Braunschweig, 22. April 1772
Ihr Brief ist mir recht sehr angenehm gewesen. Denn daß es mir nicht ganz gleichgültig seyn kann, wie die Vorstellung meiner Emilia bey Ihnen ausgefallen, das versteht sich; und wenn ich es schon nicht Wort haben wollte, so würden Sie mir es doch nicht glauben. Aber das war mir freylich nicht angenehm zu ersehen, daß sie eben nicht zum besten

ausgefallen seyn müsse. Denn, mit Ihrer Erlaubniß, wenn das Stück nach der Scene der Mutter mit dem Marinelli, ein wenig matt zu werden geschienen hat, so liegt es nothwendig an dem Spiele des Vaters und der Orsina. Denn daß das Interesse von jener Scene an nicht immer stiege: das wüßte ich doch wahrlich nicht. Madame Starke kann auch wohl, bey allem ihrem vortrefflichen Spiele, zu vortrefflich gespielt haben. Denn auch das ist ein Fehler: und ein verständiger Schauspieler muß nie seine Rolle, wo es nicht nöthig ist, zum Nachtheil aller andern heben. – Aber was mich noch mehr als die Vorstellung meines Stücks interessirt hat, war, Ihr eignes Urtheil darüber zu vernehmen. Ich will darauf schwören, und wenn Sie wollen, auch wetten, daß Sie in den meisten Stücken Ihrer Kritik Recht haben mögen. Nur untersuchen mag ich es jetzt nicht. Ich danke Gott, daß ich den ganzen Plunder nach und nach wieder aus den Gedanken verliere, und will mir ihn durch eine solche Untersuchung nicht wieder auffrischen. Ich habe in dieser Absicht wohl noch mehr gethan: ich habe der hiesigen Vorstellung nicht ein einzigesmal beygewohnt. Ehe ich die dramatische Arbeit nicht gänzlich wieder aus dem Kopfe habe, will keine andere hinein. Aber warum muß ich sie denn aus dem Kopfe haben?

Erläuterungen

512 *Emilia. Orsina:* Nicolai berichtet über seine Diskussionen mit Lessing: »Auch hatten wir viel Streit darüber, daß der Charakter der Orsina nicht durch Handlung vorbereitet ist; denn in den ersten Aufzügen wird nur von ihr erzählt. Daher kommt sie dem Zuschauer viel fremder vor ... In diesem Wahnsinne vergißt diese Frau von feiner Weltlebensart, daß es sich für eine Dame nicht schickt, in gelehrte Dinge einzumischen, und stößt im Wahnsinne, da sie sich ganz selbst vergißt, diese Gelehrsamkeit aus. Die Schauspielerin muß daher die abgebrochenen gelehrten Stellen, mit gestörtem Gesichte, in der Abwesenheit des Geistes, im Hinbrüten sprechen; so werden sie schrecklich. Darin haben noch alle Schauspielerinnen gefehlt, die ich in dieser Rolle sah, ... die Rolle der Emilia könne nie gespielt werden, so wie sie gespielt werden sollte; denn sie erfordere ein ganz junges Mädchen, die doch die vollkommenste Schauspielerin sein müßte, um dieser Rolle Genüge zu tun. Diese Bemerkung [einer Schauspielerin] teilte ich Lessingen mit,

und setzte hinzu: Es möchte diese große Schauspielerin wohl recht haben. Lessing rief aus: Hol' der T – die Frau mit ihrer Bemerkung! Die Rolle der Emilia erfordert gar keine Kunst. Naiv und natürlich spielen kann ein junges Mädchen ohne alle Anweisungen. Doch halt! ... Die jungen Aktricen wollen immer erst agieren, bis sie endlich natürlich sprechen und spielen lernen; ...«

Claudia: Der Name erinnert an den Appius Claudius der Virginia-Geschichte.

Hettore Gonzaga: keine historische Person. – Das Haus Gonzaga war 1328 in den Besitz von Mantua gekommen. Es spaltete sich in drei Linien, darunter die von Sabionetta. Karl V. verlieh 1530 die erbliche Herzogswürde an Federigo II. von Mantua, dessen Bruder 1539 die Grafschaft Guastalla erhielt.

Graf Appiani: Der Name erinnert ebenfalls an Appius Claudius.

513 *Eine Emilia ...:* Lessing übernimmt diesen Einfall aus einem spanischen Drama des 17. Jahrhunderts, das er in der »Hamburgischen Dramaturgie« (60.-68. Stück) ausführlich bespricht. Vgl. 65. Stück. Die Art der Übernahme dieses Einfalles aber, seine Erweiterung und Verwendung für die Exposition, bringt Lessings Kunstverstand aufs vortrefflichste zur Geltung.

Marchese: Adelstitel; im Rang zwischen Graf und Fürst.

514 *So gut, als gelesen:* rückwirkend enthüllt sich die Ironie dieses Satzes. Daß der Prinz den Brief nicht liest, führt, zusammen mit seinem Kirchgang, um Emilia zu sprechen (I, 7), das Scheitern seines Planes vorzüglich herbei (vgl. VI, 3). Goethe hat mehrfach diese beiden Motive als »Züge einer Meisterhand, welche hinlänglich bekunden, wie tiefe Blicke Lessing in das Wesen der dramatischen Kunst vergönnt waren«, gerühmt (zu J. D. Falk, 1809). Vgl. auch das Gespräch mit Heinrich Meyer vom 4. April 1807: »Emilia Galotti von Lessing wurde gegeben. Goethe machte die Bemerkung, nie habe der Verstand ein genialischeres Werk hervorgebracht. Die beiden Motive, wo im Anfang des Stückes der Prinz der Gräfin Orsina Brief nicht liest und ungeduldig, gegen den Plan des Marinelli, in die Kirche läuft, um die Emilia zu sprechen, woraus die Verwicklung des ganzen Stückes entsteht, nannte er groß und unübertrefflich.«

Kunst geht nach Brot: Zitat nach Luthers Tischreden (»So wohlfeil ist jetzt die Kunst, daß sie schier muß nach Brot gehen«).

nicht vieles; sondern viel: nach einem lat. Diktum: »non multa, sed multum«.

515 *verwandt:* umgewandt.

Anzüglichsten: Anziehendsten.

plastische Natur: engl. »plastic nature« (Shaftesbury). Von Goethe mit »bildende Natur« übersetzt. Die »plastische Natur« ist also als die in den Körpern wirkende Formidee zu denken; die Materie, aus und in der diese Idee sich zur Erscheinung bringt, ist der »widerstrebende Stoff«. Eine Vorstellung des platonischen Philosophierens.

Abfall: Verschlechterung, Beeinträchtigung.

516 *Medusenaugen:* Augen der Meduse; in der griechischen Sage ein geflügeltes Wesen mit schrecklichem, versteinerndem Blick.

517 *Vorwürfe:* Gegenstände, Stoffe; eigentlich Übersetzung von lat. obiectum, wie es Lessing im »Laokoon« mehrfach von den Gegenständen der Kunstdarstellung gebraucht. Üblicher wurde das im frühen 17. Jh. aufgekommene »Gegenstand«; daneben existierte auch noch der Ausdruck »Gegenwurf«.

Vegghia: Abendgesellschaft.

Degen: Krieger.

518 *Raphael:* Raffaelo Santi, 1483-1520.

Schilderei: holländ. schilderij. Gemälde, Malerei.

519 *Studio:* Studie.

Noch bin ich mit dir zu neidisch: noch will ich deinen Anblick niemand gönnen.

520 *einkömmt:* einfällt.

nichts verschworen: nur nicht schwören.

Massa-[Carrara]: kleines Fürstentum in Oberitalien.

522 *mit ein wenig Larve:* mit einem einigermaßen hübschen Äußeren.

Witz: frz. esprit. Kombinationsgabe.

Piemont: ital. Landschaft am oberen Po. Seit 1424 Fürstentum und Teil des Herzogtums Savoyen. 1720 zum Königreich Sardinien.

Mißbündnis: frz. mésalliance. Nichtstandesgemäße Heirat.

523 *Guastalla:* Stadt in Oberitalien (s. o. Personen).

524 *Waren, die man . . .:* vgl. die vom Prinzen (I,5) gebrauchten Metaphern: Preis, besitzen, Forderung, kaufen.

525 *Lassen Sie den Grafen dieser Gesandte sein:* in der ersten Ausgabe stand »diesen Gesandten«, vgl. Lessings Brief an seinen Bruder Karl vom

1. März 1772: »So habe ich ganz gewiß nicht geschrieben, und es ist undeutsch. Es muß heißen: Lassen Sie den Grafen dieser Gesandte sein«. In früheren Schriften gebraucht aber Lessing den üblichen doppelten Akkusativ.

526 *wo deine Vorsprecherin – –:* wenn deine Fürsprecherin (Emilia Galotti) keine Liebe gewährt, wird dein Gesuch auch nicht bewilligt.
Recht gern: Über den Ausfall, den Lessing hier gegen fürstliche Rechtspraxis führt, ist die Funktion der insistierenden Wiederholung des Wortes durch Rota nicht zu übersehen: das Positivum »recht gern« stellt sich neben den Superlativ »am liebsten« (in I,5). Und die Verbindung von »recht gern« und »Todesurteil« wirft ein fahles Licht auf die Möglichkeiten, die sich zur Erreichung jenes »Liebsten« dadurch ergeben, daß der Prinz auch Emilia gegenüber der »Herr« ist – wie Marinelli betont – und »Gewalt« hat, die er ausdrücklich an Marinelli delegiert. (»Wollen Sie alles genehmigen, was ich tue?« – »Alles . . .«: I,6.)

529 *Angelo:* Möglicherweise Anspielung auf den Mörder Winckelmanns, der ebenfalls diesen Namen trug.

530 *Pistole:* Goldmünze im Werte von 5 Talern.
Junge Leute: holländ. jongelui = Neuvermählte.

531 *Equipage:* Kutsche.

533 *Ich besorg' auch so was:* (ironisch) als ob ich mir darüber Sorgen machte.

537 *die Furcht hat ihren besonderen Sinn:* d. h. schafft Vorstellungen unabhängig von der Sinneswahrnehmung.

538 *nehmen:* benehmen.

540 *geträumet:* vgl. »Miss Sara Sampson« I, 7. Bemerkenswert ist, wie diskret Lessing hier, im Vergleich mit dem früheren Werk, dieses vordeutende Mittel einsetzt. Freilich dient schon die Melancholie Appianis dazu, den Zuschauer auf kommendes Unheil einzustimmen – wobei ein Moment tragischer Ironie mit ins Spiel kommt, wenn Appiani (II, 11) eben durch den Vorgang seine Frische wiedergewinnt, der seinen Tod besiegelt: die Forderung Marinellis.

546 *genommen:* benommen.

548 *selbst funfziger:* zu fünfzig Mann.

558 *der Allerreinesten:* Maria, Mutter Gottes.

559 *schwärmen:* irre reden.
Was kümmert es die Löwin . . .: das Bild der ihrer Jungen beraubten

Löwin ist aus der ganzen antiken Literatur bekannt (Ilias XVII, 133 ff.; XVIII, 319 ff.; Horaz carm. III, 20).

562 *einfältig:* einfach.

574 *wer über gewisse Dinge nicht den Verstand verlieret . . .:* vgl. Balthasar Gracian, »Oraculo manual«. Schopenhauers Übersetzung: »Viele verlieren den Verstand deshalb nicht, weil sie keinen haben«.
gemeine Törin: gewöhnliche Törin.

575 *Gewehr:* Waffe (allgemeine Bedeutung).
Schubsäcke: Taschen.

576 *Bacchantinnen:* die Gefährtinnen des Weingottes Bacchus, die im Rausch Mordtaten begehen.
Furien: Göttinnen der Rache.

579 *für:* vor.
gebüßet zu haben: befriedigt zu haben.

582 *unanständig:* unangemessen.

584 *trotz Ihnen :* mehr als Sie.

585 *schmeichelhaft:* mit schmeichelnder Miene, einschmeichelnd.
alleranständigste: passendste, angemessenste.

586 *Sibylle:* nennt er sie ihres Wahnsinns wegen, worin sie wie verzückt treffende Wahrheiten verkündet. Die wahrsagenden Sibyllen wurden von heiligem Wahnsinn ergriffen.

587 *lacht:* es ist das Lachen der Verzweiflung angesichts des chaotischen Bildes, das die moralische Welt bietet. Vgl. »Minna von Barnhelm« IV, 6. Vgl. dazu auch »Hamb. Dramaturgie«, 79. Stück, wo Lessing über das »Gräßliche« – das Wort fällt auch in dieser Szene – handelt. Dieses bittere Lachen ist, wie berichtet wird, auch Lessing selbst eigen gewesen.

590 *Rose zerpflückt:* Während sie die Rose zerpflückt – um anzudeuten, daß ihre Unschuld geopfert werden solle –, erinnert sie an die Geschichte der Virginia, die von ihrem Vater durch einen Messerstich vor der Schande gerettet wird.
den ersten den besten: Virginius entriß einem Fleischer in den Buden, zu denen er seine Tochter geführt hatte, das Messer.

Nathan der Weise

Entstehung

Durch die Wolfenbütteler »Fragmente eines Ungenannten« (1774 ff.) hat Lessing eine langjährige Auseinandersetzung mit der orthodoxen protestantischen Theologie seiner Zeit heraufbeschworen, die in den Streitschriften gegen den Hamburger Hauptpastor Goeze ihren Höhepunkt findet. Als ihm 1778 vom Ministerium in Braunschweig die Zensurfreiheit entzogen wird, beschließt er, die Fehde auf seiner »alten Kanzel«, der Bühne, fortzusetzen. Über den ersten Plan zum »Nathan« vermerkt er am 8. August 1778: ». . .so führt mir mehr Zufall als Wahl einen meiner alten theatralischen Versuche in die Hände, von dem ich sehe, daß er schon längst die letzte Feile verdient hätte . . .« Gemeint ist vermutlich der Entwurf einer knappen Szenenfolge vom Februar 1776, der auf älteren Notizen basiert. Im November 1778 wird dieser Entwurf abgeschrieben und erweitert. Am 12. November 1778 entwirft Lessing die erste Szene des ersten Aktes der endgültigen Fassung, am 13. die zweite und dritte; am 14. beginnt er den bisher entworfenen ersten Akt in Verse zu bringen und fügt ihm den Schluß hinzu. Am 6. Dezember wird der zweite Aufzug, am 28. Dezember der dritte Aufzug, am 2. Februar 1779 der vierte Aufzug, am 7. März 1779 der fünfte Aufzug »zu versificiren begonnen«. Die Druckkosten sollen durch Subskription bestritten werden. Das erwähnte Vorwort erscheint ebensowenig wie das geplante Nachspiel »Der Derwisch« in der Erstausgabe des »Nathan«, die sich bereits im Mai 1779 gedruckt in den Händen der Subskribenten befindet.

Lessing hat für sein letztes Drama den englischen Blankvers gewählt, der seitdem zum beherrschenden Versmaß des klassischen deutschen Dramas wird. »Um geschwind fertig zu werden«, schreibt er am 16. 12. 1778 an Elise Reimarus, »mache ich ihn [Nathan] in Versen. Freilich nicht in gereimten; denn das wäre gar zu ungereimt.« Des fünffüßigen Jambus hatten sich schon seit dem Jahre 1758 drei deutsche Dichter im Drama bedient: Wieland, J. H. Schlegel und Brawe, denen Gleim mit seinem versifizierten »Philotas« (nach Lessing), schließlich auch Klopstock und Weiße folgten. Es dürfte kein Zufall sein, daß auch Lessing bereits zu dieser Zeit – also rund 20 Jahre vor dem »Nathan« – in einigen unvollendeten Trauerspielen (z. B. »Kleonnis«) sich in diesem Versmaß versucht.

Die Uraufführung seines letzten Dramas hat Lessing nicht mehr erlebt. Sie findet erst am 14. April 1783 durch die Döbbelinsche Truppe in Berlin statt und mißglückt, weil der Hauptdarsteller, Döbbelin selbst, der Rolle des Nathan nicht gewachsen ist. Am 27. Juli 1801 erst erfolgt die Magdeburger Erstaufführung. Am 28. November 1801 inszeniert Schiller das von ihm bearbeitete Stück in Weimar. Von hier an datiert seine ständige Aufnahme in die Spielpläne der deutschen Bühnen. Es wird, so bemerkt Goethe, »sich lange erhalten, weil sich immer tüchtige Schauspieler finden werden, die sich der Rolle des Nathans gewachsen fühlen. Möge doch die bekannte Erzählung, glücklich dargestellt, das deutsche Publikum auf ewige Zeiten erinnern, daß es nicht nur berufen wird, um zu schauen, sondern auch zu hören und zu vernehmen. Möge zugleich das darin ausgesprochene göttliche Duldungs- und Schonungsgefühl der Nation heilig und wert bleiben.«

Quellen

L. F. C. Marin, »Histoire de Saladin«, 1758; dt. Celle 1761.
B. d'Herbelot, »Bibliothèque orientale«, 1697.
G. Boccaccio, »Decamerone«. Giorn. I, Nov. 3; Giorn. X, Nov. 3.
Bohadin, »Vita Saladini«, hg. von Schulte, 1732.
Salomo Ibn Verga, »Schebet Jehuda«, 1500.
O. Dapper, »Delitiae orientales«, 1712.
»Gesta Romanorum«, Kap. 89; 120.
Olearius, »Persianisches Rosenthal«, 1654.
Voltaire, »Geschichte der Kreuzzüge« (1752 von Lessing übersetzt).
Voltaire, »Zaïre«.
Voltaire, »Les Guèbres ou la Tolérance«, 1769. (Wie Voltaire dieses Stück »poème dramatique« nennt, so verwendet auch Lessing die Gattungsbezeichnung »dramatisches Gedicht«.)

Überlieferung

1. Erstdruck: Nathan der Weise. Ein Dramatisches Gedicht, in fünf Aufzügen. o. O. 1779 (Berlin: C. F. Voß).
2. Ebenfalls 1779 in einem weiteren Druck »mit churfürstl. Sächsischem Privilegio«.
3. Der 3. Druck von 1779 bietet den authentischen Text. Die Handschrift

ist verschollen. Der Erstdruck war durch Subskription finanziert worden. Bereits am 28. 5. 1779 wurde in Frankfurt/M. der Verkauf wegen »skandalösesten Inhalts in Rücksicht der Religion« untersagt.

Dokumente

Lessing, Ankündigung. Wolfenbüttel, 8. August 1778

Da man durchaus will, daß ich einmal von einer Arbeit feiern soll, die ich mit derjenigen frommen Verschlagenheit ohne Zweifel nicht betrieben habe, mit der sie allein glücklich zu betreiben ist, so führt mir mehr Zufall als Wahl einen meiner alten theatralischen Versuche in die Hände, von dem ich sehe, daß er schon längst die letzte Feile verdient hätte. Nun wird man glauben, daß ihm diese zu geben ich wohl keine unschicklichere Augenblicke hätte abwarten können als Augenblicke des Verdrusses, in welchem man immer gern vergessen möchte, wie die Welt wirklich ist. Aber mit nichten: die Welt, wie ich sie mir denke, ist eine ebenso natürliche Welt, und es mag an der Vorsehung wohl nicht allein liegen, daß sie nicht ebenso wirklich ist.

Dieser Versuch ist von einer etwas ungewöhnlichen Art und heißt: *Nathan der Weise, in fünf Aufzügen.* Ich kann von dem nähern Inhalte nichts sagen; genug, daß er einer dramatischen Bearbeitung höchst würdig ist und ich alles thun werde, mit dieser Bearbeitung *selbst zufrieden* zu sein.

Ist nun das deutsche Publikum darauf begierig, so muß ich ihm den Weg der Subskription vorschlagen. Nicht weil ich mit einem einzigen von den Buchhändlern, mit welchen ich noch bisher zu thun gehabt habe, unzufrieden zu sein Ursache hätte, sondern aus andern Gründen.

Meine Freunde, die in Deutschland zerstreuet sind, werden hiermit ersucht, diese Subskription anzunehmen und zu befördern. Wenn sie mir gegen Weihnachten dieses Jahres wissen lassen, wie weit sie damit gekommen sind, so kann ich um diese Zeit anfangen lassen zu drucken. Das Quantum der Subskription wird kaum *einen Gulden* betragen, den Bogen zu einem Groschen gerechnet, und so gedruckt, wie meine übrigen dramatischen Werke bei Voß gedruckt sind.

Lessing an Karl Lessing. 11. August 1778

Ich habe vor vielen Jahren einmal ein Schauspiel entworfen, dessen Inhalt eine Art von Analogie mit meinen gegenwärtigen Streitigkeiten hat, die ich mir damals wohl nicht träumen ließ . . . Ich glaube eine sehr interessante Episode dazu erfunden zu haben, daß sich alles sehr gut soll lesen lassen, und ich gewiß den Theologen einen ärgern Possen damit spielen will, als noch mit zehn Fragmenten.

Karl Lessing an seinen Bruder Gotthold. 25. August 1778
Moses meynt, wenn Du ein Stück machtest, worin die Thorheiten der Theologen belacht würden, so hätten sie Dich dahin, wohin sie Dich haben wollten. Es ist eine Komödie, würden sie sagen; er hat eine große Stärke zu spotten und lachen zu machen. Er ist ein Voltaire. Bliebest Du aber in dem Tone, wie Du in Deiner letzten Antwort gegen Götzen versprochen, so könnten sie auch mit dieser Ausflucht bey dem großen Haufen nicht fortkommen. Du müßtest also ein theatralisches Stück schreiben, das auf diese Streitigkeit gar keinen Bezug hätte. Daß Du auf Subscription herausgibst, dawider könnte wohl niemand etwas einwenden. Wolltest Du aber den ganzen theologischen Streit aufgeben, so wäre Dir Dein Sujet gar nicht abzurathen.

Lessing an Elise Reimarus. Wolfenbüttel, 6. September 1778
Das Angeschlossene ist eine Ankündigung, über welche meine Freunde sich zum Teil wundern werden. Aber wenn Sie im »Decameron« des Boccaz I. 3 die Geschichte vom Juden Melchisedech, welche in meinem Schauspiele zum Grunde liegen wird, aufschlagen wollen, so werden Sie den Schlüssel dazu leicht finden. Ich muß versuchen, ob man mich auf meiner alten Kanzel, auf dem Theater wenigstens, noch ungestört will predigen lassen.

Lessing an Karl Lessing. Wolfenbüttel, 20. Oktober 1778
Es wird nichts weniger, als ein satirisches Stück, um den Kampfplatz mit Hohngelächter zu verlassen. Es wird ein so rührendes Stück, als ich nur immer gemacht habe, und Herr Moses hat ganz recht geurtheilt, daß sich Spott und Lachen zu dem Tone nicht schicken würde, den ich in meinem letzten Blatte angestimmt, (und den Du auch in dieser Folge beobachtet finden wirst), falls ich nicht etwa die ganze Streitigkeit aufgeben wollte. Aber dazu habe ich noch ganz und gar keine Lust, und er soll schon sehen, daß ich meiner eigenen Sache durch diesen dramatischen Absprung im geringsten nicht schade.

Lessing an Karl Lessing. 7. November 1778

Mein Nathan, wie mir Professor Schmid und Eschenburg bezeugen können, ist ein Stück, welches ich schon vor drey Jahren, gleich nach meiner Zurückkunft von der Reise vollends aufs Reine bringen und drucken lassen wollen. Ich habe es jetzt mir wieder vorgenommen, weil mir auf einmal beyfiel, daß ich, nach kleinen Veränderungen des Plans, dem Feinde auf einer andern Seite damit in die Flanke fallen könne. Mit diesen Veränderungen bin ich nun zu Rande, und mein Stück ist so vollkommen fertig, als nur immer eins von meinen Stücken fertig gewesen, wenn ich sie drucken zu lassen anfing. Gleichwohl will ich noch bis Weyhnachten daran flicken, poliren und erst zu Weyhnachten anfangen, alles aufs Reine zu schreiben, und à mesure abdrucken zu lassen, daß ich unfehlbar auf der Ostermesse damit erscheinen kann. Früher habe ich damit nie erscheinen wollen: denn Du erinnerst Dich doch wohl, daß ich in meiner Ankündigung zu Weyhnachten vorher die Zahl der Subskribenten zu wissen verlangt habe und also wäre der eine Punkt, über den Herr Voss [Verleger] gewiß seyn möchte, ohne alle Schwierigkeit. Ostern 1779 ist mein Stück gedruckt, und wenn auch nicht zwanzig Personen darauf subscribirt hatten; – und wenn ich es für mein eigenes Geld müßte drucken lassen . . .

Mein Stück hat mit unsern jetzigen Schwarzröcken nichts zu tun; und ich will ihm den Weg nicht selbst verbauen, endlich doch einmal aufs Theater zu kommen; wenn es auch erst nach hundert Jahren wäre. Die Theologen aller geoffenbarten Religionen werden freilich innerlich darauf schimpfen; doch dawider sich öffentlich zu erklären, werden sie wohl bleiben lassen.

Lessing an Karl Lessing. Braunschweig, 7. (1.?) Dezember 1778

Wenn ich Dir noch nicht geschrieben habe, daß das Stück in Versen ist: so wirst Du Dich vermuthlich wundern, es so zu finden. Laß Dir aber nur wenigstens nicht bange seyn, daß ich darum später fertig werden würde. Meine Prose hat mir von jeher mehr Zeit gekostet, als Verse. Ja, wirst Du sagen, als solche Verse! – Mit Erlaubniß, ich dächte, sie wären viel schlechter, wenn sie viel besser wären.

Lessing an Herder. [Ende Dezember] 1778

Nathan kann nicht eher als in der Ostermesse erscheinen, und Sie sollen von Leipzig aus die verlangten Exemplare erhalten. Ich will hoffen, daß

Sie weder den Prophet Nathan, noch eine Satyre auf Goezen erwarten. Es ist ein Nathan, der beym Boccaz (Giornata I. Novella 3.) Melchisedek heißt, und dem ich diesen Namen nur immer hätte lassen können, da er doch wohl wie Melchisedek, ohne Spur vor sich und nach sich, wieder aus der Welt gehen wird. Introite, et hic Dii sunt! kann ich indeß sicher meinen Lesern zuruffen, die dieser Fingerzeig noch unmuthiger machen wollte.

Lessing an Karl Lessing. 15. Januar 1779

Was bey dem Abdrucke zu beobachten ist, habe ich für den Setzer auf ein einzelnes Blatt geschrieben. Besonders muß der Unterschied an Strichen – und Punkten . . . ja wohl beachtet werden. Denn dieses ist ein wesentliches Stück meiner neuen Interpunction für die Schauspieler; über welche ich mich in der Vorrede erklären wollte, wozu ich aber nun wohl schwerlich Platz haben dürfte. Auch sollte, nach meinem ersten Anschlage, noch ein Nachspiel dazu kommen, genannt der Derwisch, welches auf eine neue Art den Faden einer Episode des Stücks selbst wieder aufnähme, und zu Ende brächte. Aber auch das muß wegbleiben, und Du siehst wohl, daß ich sonach bey einer zweyten Auflage mein Stück noch um die Hälfte stärker machen kann. Doch ich weiß noch nicht, wie die erste Auflage aufgenommen wird, und denke schon an die zweyte! Sobald ich den zweiten Flatschen Manuscript zurück habe, will ich ihn gleichfalls in wenig Tagen absolviren und wieder zurücksenden.

Lessing, Bruchstück einer Vorrede. [Winter] 1778/79

Es ist allerdings wahr, und ich habe keinem meiner Freunde verhehlt, daß ich den ersten Gedanken zum Nathan im Dekameron des Bochaz gefunden. Allerdings ist die dritte Novelle des ersten Buchs, dieser so reichen Quelle theatralischer Produkte, der Keim, aus dem sich Nathan bey mir entwickelt hat. Aber nicht erst jetzt, nicht erst nach der Streitigkeit, in welche man einen Layen, wie mich, nicht bey den Haaren hätte ziehen sollen. Ich erinnere dieses gleich Anfangs, damit meine Leser nicht mehr Anspielungen suchen mögen, als deren noch die letzte Hand hineinzubringen im Stande war.

Nathans Gesinnung gegen alle positive Religion ist von jeher die meinige gewesen. Aber hier ist nicht der Ort, sie zu rechtfertigen.

Lessing, Bruchstück einer Abhandlung. [Winter] 1778/79

Wenn man sagen wird, dieses Stück lehre, daß es nicht erst von gestern her unter allerley Volke Leute gegeben, die sich über alle geoffenbarte Religion hinweggesetzt hätten, und doch gute Leute gewesen wären; wenn man hinzufügen wird, daß ganz sichtbar meine Absicht dahin gegangen sey, dergleichen Leute in einem weniger abscheulichen Lichte vorzustellen, als in welchem der christliche Pöbel sie gemeiniglich erblickt: so werde ich nicht viel dagegen einzuwenden haben. Denn beydes kann auch der Mensch lehren und zur Absicht haben wollen, der nicht jede geoffenbarte Religion, nicht jede ganz verwirft. Mich als einen solchen zu stellen, bin ich nicht verschlagen genug: doch dreist genug, mich als einen solchen nicht zu verstellen. –

Wenn man aber sagen wird, daß ich wider die poetische Schicklichkeit gehandelt, und jenerley Leute unter Juden und Muselmännern wolle gefunden haben: so werde ich zu bedenken geben, daß Juden und Muselmänner damals die einzigen Gelehrten waren; daß der Nachtheil, welchen geoffenbarte Religionen dem menschlichen Geschlechte bringen, zu keiner Zeit einem vernünftigen Manne müsse auffallender gewesen seyn, als zu den Zeiten der Kreuzzüge, und daß es an Winken bey den Geschichtsschreibern nicht fehlt, ein solcher vernünftiger Mann habe sich nur eben in einem Sultane gefunden.

Wenn man endlich sagen wird, daß ein Stück von so eigner Tendenz nicht reich genug an eigner Schönheit sey: – so werde ich schweigen, aber mich nicht schämen. Ich bin mir eines Ziels bewußt, unter dem man auch noch viel weiter mit allen Ehren bleiben kann.

Noch kenne ich keinen Ort in Deutschland, wo dieses Stück schon jetzt aufgeführt werden könnte. Aber Heil und Glück dem, wo es zuerst aufgeführt wird. –

Lessing an Karl Lessing. 18. April 1779

Es kann wohl seyn, daß mein Nathan im ganzen wenig Wirkung thun würde, wenn er auf das Theater käme, welches wohl nie geschehen wird. Genug, wenn er sich mit Interesse nur lieset, und unter tausend Lesern nur Einer daraus an der Evidenz und Allgemeinheit seiner Religion zweifeln lernt.

Erläuterungen

593 *Introite . . .:* »Tretet ein, denn auch hier sind Götter. Bei Gellius.« Das Motto ist aus der Vorrede der »Noctes Atticae« (175 n. Chr.) des Aulus Gellius und geht auf einen Ausspruch des griech. Philosophen Heraklit zurück, den Aristoteles überliefert hat.

594 *Saladin:* 1137 geb. Sohn des Kurdenfürsten Eyub. Vesir des Kalifen von Ägypten, nach dessen Tod 1171 dort Herrscher. Titel: Sultan = Selbstherrscher. 1187 erobert er Jerusalem. Die Zeit der Handlung ist nach dem zwischen Sultan Saladin und König Richard Löwenherz von England im September 1192 abgeschlossenen Waffenstillstand anzusetzen. Saladin starb im folgenden März (1193). Lessing denkt sich, Richard habe nach dem Waffenstillstand den Krieg erneuert. Gelegentlich erwähnt er auch den Tod des deutschen Kaisers Friedrich Barbarossa (1190). Um die historische Chronologie und Tatsächlichkeit der in Jerusalem zur Zeit des III. Kreuzzuges sich abspielenden Ereignisse war es Lessing im übrigen nicht zu tun. Für die Charakteristik Saladins hat er topische und panegyrische Züge aus seinen Quellen verwendet, die sich manchmal in direkten Zitaten äußern. Nach Dapper (Delit. orient. II, 180) war Saladin »sanfftmütig / freygebig / holdselig / demütig / gedultig . . . In Mildthätigkeit übertraff er seinesgleichen dermassen / dass man auch nach seinem Tode in seiner Schatz-Kammer / nicht mehr als einen Ducaten und viertzig silberne Naserinen fand«. Auch von Marin (Hist. de Saladin II, 332) wird Saladin gelobt: »Milde, Wohlthätigkeit, Menschenliebe, Religion, Gerechtigkeit, Freygebigkeit, machten seinen eigenthümlichen Character aus.«

Sittah: historisch überlieferter Name einer Schwester Saladins.

Nathan: 1. Name eines Propheten zur Zeit Davids (2. Sam. 12). 2. Name einer Figur bei Boccaccio (Decamerone 93. Nov.).

Daja: s. dazu Lessings Notiz »Daja heißt . . . so viel als Nutrix« (= Erzieherin, Amme).

Tempelherr: der Orden der Templer wurde 1119 gestiftet. Ordenstracht: weißer Mantel mit achteckigem roten Kreuz auf der Brust. Die Templer lebten nach den strengen mönchischen Regeln, die Bernhard von Clairvaux 1128 in Troyes aufgestellt hatte und die später in 72 Artikeln zusammengefaßt wurden. Zum Zeichen des Keuschheitsgelübdes trugen sie linnene (nicht lederne!) Gürtel.

Derwisch: mohammedanischer Bettelmönch, der in Einsiedeleien oder Klöstern lebt; von pers. derwesch = bettelarm; vgl. arab. fakir.

Patriarch: Ehrentitel der Bischöfe von Konstantinopel, Alexandria, Antiochia. Jerusalem war seit dem Konzil von Chalcedon (451) Patriarchat. In der letzten Fassung des »Nathan« hat Lessing dem Patriarchen Züge seines theologischen Gegners Goeze beigelegt. In den früheren Entwürfen hält er sich mehr an das historische Vorbild des Heraklius, den die Quellen recht negativ darstellen – als den direkten Gegensatz des »milden« und »gerechten« Saladin. Über die Historizität des Patriarchen und seine Beurteilung sagt Lessing selbst: »So hat der Patriarch Heraklius gewiß nicht in Jerusalem bleiben dürfen, nachdem Saladin es eingenommen. Gleichwohl nahm ich ohne Bedenken ihn daselbst noch an, u. betaure nur, daß er in meinem Stücke noch bei weitem so schlecht nicht erscheint, als in der Geschichte.«

Emir: (arab.) urspr. Titel für Stammesfürsten, dann auch für Kalifen und besonders für die Hausmeier der Abbasiden-Dynastie. Später allgemein für: Herrscher, Befehlshaber.

Mamelucken: Leibwächter des Sultans, meist weiße Sklaven.

595 *zweihundert Meilen:* eine (deutsche) Meile = 7420,438 m. Nathan übertreibt: die wirkliche Entfernung beträgt nur 140 Meilen.

von der Hand schlagen: rasch abmachen.

598 *Kundschaft:* Kenntnis.

vorgespreiztem Mantel: der zum Schutz vor dem Feuer vor Gesicht und Körper ausgebreitet gehaltene Mantel.

599 *Traun:* wahrhaftig; von mhd. in triuwen, entriuwen = in Wahrheit, auf Treue, ganz gewiß.

600 *Muselmann:* pers. muselman; arab. muslim; eigtl. Rechtgläubiger; Mohammedaner.

launig: (übel-)launisch.

601 *auf seinem weißen Fittiche:* Lessing notiert sich im Entwurf des »Nathan« aus Marins »Histoire de Saladin« (1758): »Die Kreuzbrüder, die so unwissend als leichtgläubig waren, streuten oft aus, daß sie Engel in weißen Kleidern, mit blitzenden Schwertern in der Hand, und in Sonderheit den heil. Georg zu Pferde in voller Rüstung vom Himmel hätten herabkommen sehen, welche an der Spitze ihrer Kriegsvölker gestritten hätten.«

602 *Der Wunder höchstes:* Hier – wie bereits früher im Gespräch mit Daja angedeutet – spricht Nathan – als »Denkender« – von jener höheren Stufe menschlicher Erziehung aus und in jenen reiferen religiösen Vorstellungen, die Lessing in der »Erziehung des Menschengeschlechts« schildert. Rechas Wunderglaube und Wunderglaubensbedürfnis zeigt sie auf der untersten Stufe der »Kinder«. Über das Wunder als Gegenstand christlichen Glaubens äußert sich Lessing grundsätzlich in der theologischen Schrift »Über den Beweis des Geistes und der Kraft« (1777): »Ich leugne nicht, daß Christus Wunder gethan: sondern ich leugne, daß diese Wunder, seitdem ihre Wahrheit völlig aufgehöret hat, durch noch gegenwärtig gangbare Wunder erwiesen zu werden; seitdem sie nichts als Nachrichten von Wundern sind (mögen doch diese Nachrichten so unwidersprochen, so unwidersprechlich seyn als sie immer wollen:) mich zu dem geringsten Glauben an Christi anderweitige Lehren verbinden können und dürffen.«

603 *sein Eisen schleppt . . .:* die gefangenen Tempelherren durften für ihren Loskauf nichts geben außer »cingulum et cultellum«, Dolch und Gürtel.

schließt für mich: Die Schlußfolgerung spricht für meine Ansicht.

viele zwanzig: weit über zwanzig.

604 *Bug:* Biegung.

606 *war . . . so vergnügsam:* hatte so genug.

Franke: ursprünglich Bezeichnung für die Franzosen als die ersten Kreuzfahrer. Im Orient s. v. w. Abendländer überhaupt.

Zusprach: Zuspruch, Trost.

Genug, es war ein Mensch . . .: (zu ergänzen:) und daher unser Nächster. – Ausspruch von Lessings Gegner Goeze. Dieser hatte in einer Predigt gefordert, auch den Feind und den Ungläubigen zu lieben.

607 *Es ist Arznei, nicht Gift:* vgl. »Romeo und Julia«, V, 1: »Come cordial, not poison . . .«.

608 *Al Hafi:* dt. der Barfüßer; Attribut für Derwisch.

geschwind: Al Hafi darf als Muselmann die unverschleierten Frauen nicht sehen.

609 *Strumpf:* Stumpf, Stummel.

610 *Fürsten Geier unter Äsern:* Wie Lessing annimmt, haben die Araber damit eine Maxime des Aristoteles gemeint. Auch überliefert in

d'Herbelots »Bibliothèque orientale« (Ausg. Maastricht 1779, S. 119).

kommt an: auf denn, wohlan!

611 *Defterdar:* pers. Großschatzmeister.

ich bin am Ganges: Lessing verwechselt hier die Derwische Syriens mit den brahmanischen Büßern in Indien.

Vorfahr: Vorgänger.

612 *des Voglers Pfeife:* das Motiv ist dem mystischen Dichter Dschel-al-eddin-Rumi entnommen.

bei: zu.

Grad' unter Menschen . . .: gegen den berühmten Vers von Chr. E. von Kleist: »Ein wahrer Mensch muß fern von Menschen sein.«

613 *unverrückt:* unverwandt, stetig.

so wie ich vom Kamele gestiegen: (gemeint ist:) soll ich vor ihn treten? – Im überlieferten Entwurf zum »Nathan« hieß die Stelle: »ich wäre meine Reisekleider doch erst gerne los.«

614 *Laienbruder:* hat nur das Gelübde des Gehorsams abgelegt und leistet niedere Klosterdienste. Die Anrede »Vater« kommt nur den Mönchen zu.

615 *melancholisches Geblüt:* noch heute wird die Melancholie auf körperliche Ursachen zurückgeführt, wie früher speziell auf ein Milzleiden. Die Gesundheitsregeln der medizinischen Schule von Salerno bezeichneten dabei Rosinen als schädlich für die Milz.

616 *das rote Kreuz auf weißem Mantel:* weiß als Farbe der Unschuld und Milde, rot als Zeichen des Märtyrertodes und der Feindschaft gegen Ungläubige (seit Papst Eugen III.) – das Gewand der Tempelherren.

Tebnin: Kastell bei Tyrins, wurde 1187 von den Sarazenen bezwungen und von einer Schar Tempelherren vergeblich zurückzuerobern versucht.

des Stillstands: des Waffenstillstands, der am 2. September 1192 auf drei Jahre und drei Monate geschlossen worden war.

Sidon: das heutige Saida. Alte phönikische Hafenstadt. 1187 von Saladin besetzt; seit 1228 abwechselnd in christlicher und mohammedanischer Hand.

selbzwanzigster: zu zwanzig Mann.

auf Sinai: gebirgige Halbinsel am Roten Meer. Im Alten Testament Berg der Gesetzgebung (2. Mose, 19).

617 *sich . . . besehn:* sich umsehen.

618 *König Philipp:* Philipp August II., König von Frankreich, der mit Richard Löwenherz den von Friedrich Barbarossa unternommenen Kreuzzug weiterführte, Ptolemais eroberte, aber zur Zeit unseres Dramas (etwa Ende 1192) bereits wieder nach Frankreich zurückgekehrt war. Lessing bemerkt selbst über diesen Punkt: »In dem Historischen, was in dem Stücke zu Grunde liegt, habe ich mich über alle Chronologie hinweggesetzt; ich habe sogar mit den einzelnen Namen nach meinem Gefallen geschaltet. Meine Anspielungen auf wirkliche Begebenheiten sollen bloß den Gang meines Stücks motivieren.«

619 *ausgegattert:* ausgekundschaftet.

auf Libanon: Gebirge in Syrien entlang der Mittelmeerküste.

Maroniten: syrische Christen im Libanongebirge, benannt nach dem heiligen Maron, die, im 7. Jahrhundert von der Kirche ausgestoßen, den Griechen wie den Mohammedanern gegenüber ihre kirchliche und politische Selbständigkeit behaupteten. 1182 der kath. Kirche angeschlossen.

Ptolemais: oder Akka, Festung und Hafenstadt nördlich des Vorgebirges Karmel, spielte in den Kreuzzügen eine wichtige Rolle. Sie war erst am 12. Juli 1191 durch Philipp August und Richard Löwenherz der Gewalt Saladins, der sie 1187 erobert hatte, wieder entrissen worden und blieb fortan hundert Jahre im Besitz der Christen.

erst: eben erst.

620 *begnadet:* begnadigt.

621 *Paket wagen:* frz. risquer le paquet = etwas auf gut Glück wagen.

622 *warum:* worum.

Spezereien: Gewürze.

Sina: China.

Kaiser Friedrichs Heere: Kaiser Friedrich I., gen. Barbarossa, ertrank 1190 auf dem Kreuzzug im Kalykydnos (Kleinasien). Wieder ein Verstoß gegen die Chronologie, da Daja offenbar schon seit langem, und nicht erst 2 Jahre, im Hause Nathans lebt.

623 *plumper Schwab:* aus Schwaben kommt der Tempelherr. Plump ist als Gegensatz zu »galant« zu verstehen.

624 *Gabel:* ein Zug, der zu gleicher Zeit zwei Figuren bedroht; also eine Stellung, durch die von zwei Figuren des Gegners eine sicher beim

nächsten Zug verlorengeht. K. G. W. Schiller berichtet in seiner biographischen Darstellung über Lessing: »Eine Partie Schach gehörte zu seinen Lieblingszerstreuungen, und wie er sich in Wolfenbüttel mit seinem kleinen, bucklichen und witzigen Hausarzte Topp gern darin maß, so waren in Berlin Moses Mendelssohn, in Hamburg vorzüglich Büsch . . .und Klopstock seine Mitspieler.«

625 *Naserinchen:* Naseri ist eine kleine Münze, benannt nach dem Kalifen Naser, während der Herrschaft Saladins in Syrien und Ägypten geprägt.

Satz: Einsatz.

Abschach: Aberschach, Doppelschach, bei dem der König von zwei Figuren zugleich bedroht wird.

626 *mit dem Iman denn gespielt:* ein Imân, ein mohammedanischer Geistlicher, darf nicht mit Figuren, sondern nur mit glatten Steinen spielen, weil der Koran die Nachbildung tierischer und menschlicher Gestalten verbietet. Saladin gibt vor, schlecht zu spielen, weil ihn diese glatten Steine langweilen.

627 *Richard:* der englische König Richard Löwenherz.

Melek: Saladins Bruder Malek el Adhel. Bei den Friedensverhandlungen zwischen Saladin und Richard Löwenherz (1192) wurde geplant, ihm das Königreich Jerusalem und Richards Schwester zur Frau zu geben. Der Plan war aber überhaupt nicht realisierbar, weil die Bischöfe verlangten, Malek solle dem mohammedanischen Glauben entsagen.

628 *Acca:* Akka; anderer Name für die Stadt Ptolemais (s. o.).

631 *bescheiden:* diskret, einsichtig, klug. Vgl. Bescheid wissen oder sagen, jemanden bescheiden.

632 *Ein Kleid, ein Schwert, ein Pferd – und einen Gott:* historisch überlieferter Ausspruch Saladins. In den Anmerkungen zum Entwurf heißt es: »Saladin hatte nie mehr als ein Kleid, nie mehr als ein Pferd in seinem Stall. Mitten unter Reichtümern und Überfluß freute er sich einer völligen Armut. Marin, S. 331. Ein Kleid, ein Pferd, ein Gott! Nach seinem Tod fand man in des Saladin Schatz mehr nicht als einen Dukaten und 40 silberne Naserinen. ›Delitiae orient.‹ S. 180.«

abrechen: sich etwas versagen.

einziehen: sich einschränken.

633 *drosseln:* erdrosseln: Staatsbeamte im Orient wurden durch Erdrosseln mit einer Seidenschnur hingerichtet.

Mich denkt: ich entsinne mich. Ungewöhnliche Konstruktion, die Lessing von Friedrich von Logau, dessen Sinngedichte er mit Ramler herausgab, übernommen hat.

635 *trotz Saladin:* so, daß er sich neben Saladin behaupten kann.

Parsi: die Parsen, Anhänger der Lehre des persischen Religionsstifters Zarathustra.

gemeinen: gewöhnlichen, durchschnittlichen.

Lohn von Gott: das Nürnberger »Vergelt's Gott«.

übern Fuß . . . gespannt: auf gespanntem Fuße stehen.

636 *und wisse deren Siegel . . .:* das Siegel Salomos bannte nach einer Sage des Talmud die Geister und gab dem, der sie, indem er das Siegel löste, wieder befreite, Macht über sie. Der jüdische Historiker Flavius Josephus (1. Jh. n. Chr.) berichtet von unermeßlichen Schätzen im Grabe Davids, die dessen Sohn Salomon bei der Bestattung dort mit verborgen habe.

Saumtier: Lasttier, von mhd. soum = Traglast.

637 *eingestimmt:* in Einklang, in Harmonie.

Haram: Harem, Frauengemach.

640 *den prallen Gang:* fest aufstampfend.

642 *Ich find auch hier Euch aus:* auch hierin erkenne ich Euch.

643 *der Knorr den Knuppen:* hochdeutsche und niederdeutsche Bezeichnung für einen niedrigen oder abgeholzten, von Auswüchsen entstellten Baumstamm (vgl. Stumpf, Strunk, Strumpf). Die Kleinen müssen gegenseitig ihre Mängel ertragen.

Gipfelchen: bezeichnet ebenfalls den niedrigen Baum.

Wem hier, wem itzt die Schuppen . . .: hier: in Palästina – jetzt: zur Zeit der Kreuzzüge. Vgl. Lessings Urteil in der »Hamb. Dramaturgie« (7. Stück): »Die Kreuzzüge, die in ihrer Anlage ein politischer Kunstgriff der Päpste waren, wurden in ihrer Ausführung die unmenschlichsten Verfolgungen, deren sich der christliche Aberglaube jemals schuldig gemacht hat . . .«

645 *Sparung:* Schonung.

646 *Kundschaft:* Bekanntschaft.

648 *Rückhalt:* Zurückhaltung.

649 *Aushöhlen wird bis auf die Zehen:* In seiner Sammlung »Sprichwörtliche Redensarten« hat sich Lessing aus Sebastian Frank notiert: »Er ist hohl bis an die Zehen (von einem, der unersättlich ist).«

650 *bekam der Roche Feld:* wurde der Turm wieder frei. Das Wort Roche (engl. rock, franz. roc) wird abgeleitet vom pers. rokh, das dieselbe Schachfigur (ursprünglich ein mit Bogenschützen besetztes Kamel) bedeutet.

Unter meinen Ghebern an dem Ganges: vgl. I, 3 (Vers 451), wo Al-Hafi von »meinen Lehrern« spricht. Möglicherweise handelt es sich dort um einen stehengebliebenen Setzfehler für Ghebern. Gheber: Name einer pers. Sekte von Feueranbetern. Lessing stellt sich unter ihnen offenbar etwas anderes vor, wenn er sie als Freunde des Muslim Al-Hafi an den Ganges versetzt.

651 *Delk:* arab. dalak = Gewand des Derwisch.

dürfen: ältere Form für brauchen.

ihm selbst: sich selbst.

Meine Rechnung bürgt: für meine Rechnung bürgt.

Der wahre Bettler: das Motiv kommt in zwei Gedichten des pers. Dichters Saadi vor. Vgl. auch das Paradoxon bei Horaz, sat. I, 3. 132.

653 *Des Himmels Wege:* Anspielung auf Jesaja 55, 9.

sonderbaren: besonderen, persönlichen.

654 *nur schlägt er mir nicht zu:* ist nicht vom selben Schlage, bekommt mir nicht.

hast . . . dich einverstanden: hast . . . übereingestimmt.

655 *ungefähr:* von ungefähr.

empfindlich: spürbar, hart.

656 *verstellt:* entstellt.

Moses vor Gott gestanden: 2. Mos. 19 ff.

657 *auf diesen Berg hinauf zu steigen:* Lessing fand in Breuning von Buchenbachs »Orientalischer Reyß« (Straßburg 1612, S. 193) die Erzählung, daß die Pilger beim Abstieg vom Sinai-Berg auf einem anderen stufenlosen Weg weit größere Schwierigkeiten als beim Aufstieg zu überwinden hatten.

660 *Treffen vor:* bevor.

mich stellen: mich verstellen.

besorgen lassen: Besorgnis, Furcht erregen.

abzubangen: »durch Bangemachen einem etwas ablisten«. Lessings eigene Bildung in der »Anmerkung zu Adelungs Wörterbuch«.

661 *die Netze vorbei:* an den Netzen vorbei.

663 *Kundschaft:* Bekanntschaft.

666 *Verbesserer der Welt und des Gesetzes:* »Unter den Titeln, deren sich Saladin bediente, war auch: Besserer der Welt und des Gesetzes. Marin II, 120.« Notiz Lessings zum »Nathan«.

667 *Vor grauen Jahren . . .:* Zu seiner berühmten Ring-Parabel schreibt Lessing am 1. 2. 1779 an Ramler: »Mich verlangt, wie Sie mit der Erzählung zufrieden sein werden, die mir wirklich am sauersten geworden ist.« Die Parabel ist nicht von Boccaccio, auf den sich Lessing mehrfach als Quelle beruft, erfunden, sondern bereits seit dem 13. Jh. nachweisbar, z. B. in »Gesta Romanorum« oder »Schebet-Jehuda«.

669 *des falschen Spiels bezeihen:* zeihen, bezichtigen, beschuldigen.

672 *freier Dings:* aus freien Stücken.
An mich zu suchen: mich deswegen anzugehen, zu ersuchen.
Post: von ital. posta = Schuldsumme.

675 *der Mann steht seinen Ruhm:* wird seinem Ruhme gerecht; hält, was dieser verspricht.

676 *spätre Fesseln:* die Satzungen der Religion.
überrasch' Euch . . . Mit Euern eigenen Gedanken: insofern Nathan, wie der Tempelherr annimmt, mit der Liebe zwischen ihm und Recha gerechnet hatte.

679 *versichert:* seit sicher, ich versichere euch.

681 *fiel nicht ein:* stimmte nicht bei.

682 *was sie geboren sei:* als was sie geboren sei.

683 *verlenken:* vom natürlichen Verlauf ableiten.

684 *rund:* ohne Umschweife, rund heraus.

686 *einer Sorge:* Gelübde des Gehorsams.
Prälat: kirchlicher Würdenträger.

688 *Hypothes':* Annahme.

689 *das Theater:* absichtlicher Anachronismus.
pro et contra: für und wider.
Schnurre: Spaß, Posse.
Diözes': Kirchenprovinz.
fördersamst: zuerst, schleunigst.
Apostasie: Abfall vom Glauben.
was die Kirch' an Kindern tut: Taufe.

690 *Kapitulation:* Vertrag.

691 *darf:* das Recht, die Erlaubnis hat, nichts zu glauben.
Problema: erdachte Streitfrage, konstruierter Rechtsfall.

Bonafides: guter Glaube.

692 *das Armut:* (neutr.) die Armen.

693 *Lilla:* der arab. Name Leila, der s. v. w. Nacht bedeutet.

694 *Ginnistan:* Feenland. Ort der Genien und Dämonen.

Div: bei Lessing s. v. w. Fee. Eigtl. eine Bezeichnung für böse Geister.

695 *um mir:* um mich.

Jamerlonk: eigtl. Jaghmûrlik, der Regenmantel der Türken. Nach Lessing »das weite Oberkleid der Araber«.

Tulban: Turban, Kopfputz.

698 *dem allein:* der Tempelherr bezieht sich auf seine vorangegangenen Worte, also: dem = Aberglauben.

vertrauen: anvertrauen.

Ausbund aller Menschen: seit 1522 (bei Geiler von Kaisersberg) fast nur noch bildlich für: das Beste oder Herausragende seiner Art. – Urspr. Muster, Aushängeschild – z. B. Stück eines Gewebes, daß außen auf die Verpackung der Stoffrolle geklebt oder gebunden (»ausgebunden«) wurde.

körnt: lockt (wie einen Vogel durch Körner).

schiene: (Ind. Prät.) schien. Vgl. III, 8: litte.

verzettelt Christenkind: verirrt, verwirrt. Vgl. »sich verzetteln«.

Schafpelz: Matth. 7, 15.

699 *genommen:* benommen.

Schwärmer: Fanatiker.

703 *Feuerkohlen:* Röm. 12, 20.

so gib! . . .: Matth. 5, 42.

704 *annoch:* jetzt auch noch, dazu noch.

Buße: Entschädigung.

Quarantana: von quarante = 40. Bezeichnet die Wüste zwischen Jerusalem und Jericho, wo Jesus 40 Tage gefastet haben soll. Ein Berg mit Einsiedlerwohnungen, arab. Djebel karantel. Der Name kommt zur Kreuzfahrerzeit auf.

705 *Tabor:* Berg bei Nazareth, auf dem Christus verklärt worden sein soll. Die hier errichteten Klöster und Kirchen wurden 1187 von Saladin zerstört.

Sünde wider den heil'gen Geist: Matth. 12. 31.

706 *Gazza:* Stadt westl. des Toten Meeres an der Straße von Palästina nach Ägypten.

Darun: Burg an der Grenze Palästinas, südl. von Gazza, in sicherer Höhenlage.

Askalon: Hafenstadt, um die während der Kreuzzüge häufig gekämpft wurde. 1153 von den Christen, 1187 von Saladin eingenommen. 1191 durch die Mohammedaner zerstört.

707 *Fürsprach:* Fürsprecher.

708 *Gath:* Stadt nordwestlich von Jerusalem.

Ich will! willst du nur, daß ich will!: wohl als bewußte Parallele zum biblischen »Ich glaube, lieber Herr; hilf meinem Unglauben!« zu lesen (Mark. 9, 24).

709 *Vorsicht:* Vorsehung.

711 *Eidam:* Schwiegersohn.

ihm gesteckt: ihm heimlich hinterbracht.

712 *Ist drum:* um den Besitz Rechas gebracht.

713 *Kahira:* Kairo.

Tribut: Pflichtgebühr, Steuerzahlung.

Abtritt: Hingang, Tod.

714 *Lecker:* Laffe, Genüßling.

715 *Thebais:* die Stadt Thebai (jetzt: Said) und ihre Umgebung, deren Hauptstadt sie ist; also Oberägypten.

716 *den Block geflößt:* poetisches Bild, das die Erziehung Rechas durch Nathan über deren wahre Herkunft stellt – wie der Gegensatz von Bildwerk und Rohmaterial (»Block«).

Christendirne: Christenmädchen.

717 *Aberwitz:* Unsinn, Dummheit.

launisch: ärgerlich.

718 *dürft:* braucht.

720 *Stöber:* Spürhund, der das Wild aufstöbert.

721 *mich wurmisch machte:* mich wurmte, ärgerte. Ramler wollte dafür »würmisch« haben, was K. Lessing für »etwas zu strenge« hielt (Brief an Lessing, 20. 4. 1779).

Gauch: urspr. auf die Kehle (mhd. gouch; frühnhd. Gutzgauch = Kuckuck) bezogen, aber schon seinerzeit übertragen auf törichte, dumme oder eitle Menschen.

wie kalt – wie lau: Offb. Joh. 3, 15 f.

auszubeugen: auszuweichen.

722 *so ähnlich immer sich erhält:* sich selbst immer so ähnlich bleibt.

725 *den lautern Weizen:* Matth. 13, 25.

verhunzen: verderben.
727 *sprich dreist:* sprich frei heraus, offen.
Sie ist so schlecht und recht: schlicht, natürlich.
730 *in die Richte:* den nächsten Weg.
734 *gach:* jäh, ungestüm.
735 *meines Bruders:* von meinem Bruder.

Kurt Wölfel

ÜBER LESSINGS DRAMEN

I

»Lessing – ein unpoetischer Dichter« ist der Titel einer Sammlung von »Dokumenten aus drei Jahrhunderten zur Wirkungsgeschichte Lessings in Deutschland«, die Horst Steinmetz 1969 herausgab. Es ist eine Formel, die eine Grundtendenz aller Lessing-Kritik präzis bezeichnet. Stellen wir sie als Komplement zu Friedrich Schlegels berühmtem Satz, er, Lessing, selbst sei mehr gewesen als alle seine Talente, und zu Goethes nicht weniger oft zitierter Äußerung, »ein Mann wie Lessing täte uns Not«, dann tritt die eigentümliche Verbindung von Verehrung und Geringschätzung, Personen-Kult und Werk-Kritik deutlich hervor, die das Bild Lessings als das eines großen »Mannes« , nicht aber als das eines Dichters, gar eines »großen«, seit 200 Jahren geprägt hat. Unter die »Talente« gehört für Schlegel auch, ja in allererster Linie, Lessings dramatisches Talent; und wenn in Goethes Satz der »Mann«, die sittliche Person apostrophiert und herbeigewünscht wird, dann ist damit gewiß nicht der Dramatiker gemeint, über den Goethe mit sehr drastischer Mißachtung zu reden und zu schreiben pflegte.

Man sieht, die Rede über Lessings dramatisches Werk ist schwer ablösbar von dem komplexen Ganzen der Würdigung seiner Geistesart, seines Charakters, seines Wirkens in der kritischen Tradition Deutschlands, und zur emphatischen Hochschätzung seiner ›Gestalt‹ scheint als Postulat, gelegentlich geradezu als Bedingung zu gehören, den Dichter Lessing dabei mehr oder weniger unverhohlen preiszugeben.

Das vordringliche Interesse des 19. Jahrhunderts, Literaturgeschichte als Teil der nationalen Geschichte zu betreiben, literarische Werke als nationale Taten zu betrachten, war stets mit der

Vorstellung verbunden, zwischen dem Leben der Nation und den Dichtungen unserer Sprache bestehe eine unmittelbare Beziehung: eine Dichtung ist der zu Gedanke und Bild gewordene Reflex des nationalen Lebens, der Dichter einer, der dieses Leben, ehe er es in seinem Werk darstellt, exemplarisch lebt. Weil er es in seinem Innern – in seinem »Gemüt« – zusammenfaßt, kann er in seinen Werken zum Vor- und Fürsprecher dieses Lebens und dieser Nation werden. Nicht nur nach Maßgabe ihrer dichterischen Genialität, auch, und vor allem, nach dem Maße ihrer Befähigung zur Repräsentanz dessen, was *deutsch* als Lebens- und Wesensbegriff meinen sollte, erhalten die Dichter ihren Rang, empfangen sie ihren »Kult« als Monumente nationaler Identität. Neben die politischen Heroen, deren Größe sich auf den Schlachtfeldern und in den Kabinetten bekundet hat, treten sie als Geistesheroen, die statt des Schwertes die Feder führen; aber in ihren Händen gilt die Feder als eine andere Form des Schwertes. Auch sie schlagen verteidigende oder erobernde Schlachten, werden Begründer sogenannter ›geistig-moralischer‹ Einheit der Nation und erobern von diesem Grund und Boden aus das universal gedachte Reich der Bildung über alle anderen Nationen hinaus. Zwei solcher dichterischen Geistesheroen hat das 19. Jahrhundert, unerachtet aller Partei- und Fraktionsbildungen, alles Richtungsstreites innerhalb der Nation, in mythisches Format getrieben und herausgestellt: Goethe, den lebensmächtigsten, höchsten Beherrscher im Reich des poetischen Geistes, und Schiller, meist ihm zugesellt nach dem Modell des heroischen oder halbgöttlichen Freundes- und Brüderpaares.
Es gibt keinen anderen deutschen Dichter, dem gleicher Ruhm zuteil wurde – Lessing ausgenommen. Aber wie konnte er, der »unpoetische Dichter«, zu dergleichen monumentalisierender Erhebung gelangen? Er, auf dessen Dichtungen, wie der Hegel-Schüler Hotho schrieb, sich so gar nicht anwenden ließ, »was Wilhelm Meister in Entzücken über Shakespeare ausruft: ›Man glaubt vor den aufgeschlagenen ungeheueren Büchern des Schicksals zu stehen, in denen der Sturmwind des bewegtesten

Lebens saust und sie mit Gewalt rasch hin- und wiederblättert.‹ Lessing hat nur in dem prosaischen Lebensbuche seiner Zeit gelesen ...«? Auf eine andere, aber ebenso unmittelbar gedachte Weise wie das Dichten der Weimarer Klassiker stellte sich Lessings literarisches Schaffen als Lebensäußerung dar. In diesem Schaffen würdigte die bürgerliche Intelligenz des 19. Jahrhunderts (und es ist, wenn auch vornehmlich so doch durchaus nicht *nur* die bürgerlich-liberale Intelligenz) nicht den Schöpfer dichterischer Werke, sondern den Schriftsteller, dessen Verbindung mit dem Gesamtleben der Nation nicht im Gemüt und in den poetischen Objektivationen des Gemüts erfolgte, sondern auf dem Weg und in der Weise öffentlichen Agierens, im literarischen Geistesstreit, in der gesellschaftlichen Energie, mit welcher er sich als Träger und Sprecher des Geistes zu Wort meldete. Als Wortführer, nicht als ›Wort‹, als Wirkender, nicht als ›Werk‹ trat Lessing in den Orden der Geistesheroen ein. Und so kam ihm der Heroenkult nicht wegen, sondern trotz seines dichterischen Werkes zu; innerhalb der ›Geistesheroen‹ genannten Art gehörte er im Unterschied zu den Weimarer Dioskuren einer anderen Unterart an.

Für die Deutungsgeschichte der lessingschen Dramatik war diese Perspektive, war der Stellenwert oder -unwert seiner poetischen Werke im Gesamtbestand seines Lebenswerkes und seiner ›Geistestaten‹ der Grund dafür, daß die Rede von seinen Dramen durchweg dahin tendierte, ambivalent zu sein. Von der unbezweifelten Größe des Autors selbst versichert, durfte sie den poetischen Rang dieser Werke um so unbedenklicher in Zweifel ziehen. Wohl blieben sie – als die ersten, d. h. ältesten dramatischen Werke unserer Literatur im Repertoire des deutschen Theaters überhaupt – auf der Bühne bis zum heutigen Tag weiter ›lebendig‹: die Komödie *Minna von Barnhelm*, das Trauerspiel *Emilia Galotti*, das Schauspiel *Nathan der Weise*. Aber trotz solcher manifester Lebenskräftigkeit verloren sie doch nicht den Makel, der ihnen anhaftete, und der sich recht gut mit Lessings eigenen Worten beschreiben läßt. Voltaire zitierend, charakterisiert er im 14. Stück der *Hamburgischen Dramaturgie* sein bürgerliches Trauerspiel *Miss Sara Sampson*, spricht von dessen »notwendigen Fehlern«, die man nicht korrigieren könne, so wenig wie man einen »Bucklichten« von seinem Buckel heilen könne, ohne ihm das Leben zu nehmen. »Mein Kind ist bucklicht; aber es befindet sich sonst ganz gut.« In der Rede der Kritiker Lessings wäre der Satz umgekehrt zu denken: sein Drama befinde sich zwar sonst ganz gut; aber es sei bucklicht.

Bereits seine Zeitgenossen beschäftigten sich mit den »Fehlern« in Lessings Dramen. An jenen Kriterien dramatisch-tragischer Dichtungstradition festhaltend, in deren kritischer Revision Lessings Drama doch gerade zu der ihm eigenen Vernunft gelangte, entdeckten sie dort Verkehrtes, wo Ver-Kehrung die Absicht des Dichters war. *Sara Sampson* zunächst, dann aber vor allem *Emilia Galotti* wurden drei Jahrhunderte hindurch zu unversieglichen Quellen kritischer Fehlererkenntnisse, bis eine sozialgeschichtliche Beschreibungspraxis aus den bloßen Fehlern »notwendige Fehler« machte: historisch befriedigend, tragisch unbefriedigend sei die tragische Katastrophe in *Emilia Galotti*, meinte Franz Mehring. Die ›deutsche Misere‹ entdeckte sich als die objektive Bedingung, an der Lessings Drama krankte. Es trug die Narben, wenn nicht immer noch offenen Wunden seines Zeitalters und seines gesellschaftlichen Zustands am Leib.

Kein Geringerer als Goethe hat diese Lesart in die Welt gesetzt: »Wenn man die Stücke von Lessing mit denen der Alten vergleicht und sie schlecht und miserabel findet, was soll man da sagen! – Bedauert doch den außerordentlichen Menschen, daß er in einer so erbärmlichen Zeit leben mußte, die ihm keine besseren Stoffe gab, als in seinen Stücken verarbeitet sind!« In der Schlechtigkeit seiner Zeit habe es gelegen, »daß er immerfort polemisch wirkte und wirken mußte . . . In der ›Emilia Galotti‹ hatte er seine Piken auf die Fürsten, im ›Nathan‹ auf die Pfaffen.« (Zu Eckermann, am 7. 2. 1827) Allerdings betont Goethe auch

gleich die Differenz: »Auf dem jetzigen Grade der Kultur kann es [Emilia Galotti] nicht mehr wirksam sein. Untersuchen wir's genau, so haben wir davor Respekt wie vor einer Mumie, die uns von alter hoher Würde des Aufbewahrten ein Zeugnis gibt.« (An Zelter, 27. 3. 1830) Ein Totenschein, was Goethe da ausstellt; aber das toterklärte Drama erfreut sich bis heute eines kräftigen Lebens. Hat Goethe ›genau untersucht‹?
›Im Vergleich mit den Stücken der Alten‹: das gehört in den Bestand der kritischen Folterwerkzeuge und Mordwaffen, die von alters her in der europäischen Literatur in Gebrauch sind. Lessings Kritiker, die Goethe im Sinn hat, bedienen sich ihrer kaum anders als Lessing selbst in seiner Kritik der tragédie classique der Franzosen. »Lobe mir die tiefen Blicke ins menschliche Herz, die feine Charakteristik dieser naturtreuen Darstellung nicht!« ruft der oben zitierte Hotho, und beschwört die wahren Bilder menschlichen Wesens herauf: »Wer Menschen erblicken will, der trete als Gast an die Tafeln der griechischen Götter und Helden.« Das klingt kaum anders als Lessings eigene Rede, etwa wenn er im 59. Stück der *Hamburgischen Dramaturgie* von Racine spricht: nicht ihm, sondern »der Hekuba des Euripides« müsse der dramatische Dichter zuhören, wolle er wissen, wie die »natürliche« Sprache einer Königin, die »Mensch« und nicht »Maschine« ist, laute. Nicht anders als bei Hotho sind in Lessings Dramaturgie die Alten und Shakespeare die Mühlsteine, zwischen denen eine fremd gewordene literarische Überlieferung – Corneille, Racine, Voltaire – als verkehrte Tendenz, ja »Un-Poesie« (wie die Romantiker von der Dichtung des 18. Jahrhunderts sagen werden) zerrieben wird. Kein Kritiker oder Literarhistoriker liest heute mehr Corneille oder Racine nach Maßgabe der lessingschen Polemik. Aber fügen sich nicht noch immer die ästhetischen Prinzipien des deutschen Idealismus und die von ihnen abgeleiteten Urteile und Vorurteile, wenn auch nicht mehr als Mühlsteine, so doch als Stolpersteine, in die Beschreibung der Literatur des Aufklärungsjahrhunderts und ihrer dramatischen Hauptwerke, nämlich der lessingschen, ein?

Die ehemaligen Verdikte der europäischen ›doctrine classique‹, welcher Observanz auch immer, mögen für den Historiker der Literatur außer Kurs gekommen sein; aber bis in unsere Gegenwart spukt in den Köpfen der Lessing-Interpreten vom Konzept der Ästhetik des deutschen Idealismus mancher Rest, und ihre Deutungen orientieren sich an Begriffen, die von Schiller bis Hegel mit der Idee des Dramas verbunden wurden. Das Schema von Schuld und Sühne, vom Konflikt der Werte, von tragischer Notwendigkeit, vom Pathos des tragischen Helden ist in die Deutungen von Lessings Dramen eingegangen und hat zur Bildung eines traditionell gewordenen Problembewußtseins geführt, für das Lessings Dramatik zu einer in sich selber unauflöslich problematischen Sache wurde.

II

Daß der ›Geist der Aufklärung‹ seit der Romantik vornehmlich als fragwürdiger im Geschichts- und Kulturbewußtsein des deutschen Bildungsbürgertums vorgestellt wurde, frevelhaft oder borniert, gefährlich oder dumm, war in der Lessing-Rezeption lange Zeit eine Verlegenheit. Man versuchte sie dadurch aus der Welt zu schaffen, daß man in Lessing nicht allein den ›Gipfel‹, sondern darüber hinaus den ›Überwinder‹ der Aufklärung erkannte. Da es zu diesem traditionellen Verdikt über den Geist der Aufklärung gehörte, daß er ›prosaisch‹ und damit poesiefeindlich oder doch poesiewidrig sei, war das Problem der ›Rettung‹ des Dichters Lessing prekär – um so mehr, als die dramatischen Werke dieses Dichters sich so eklatant dagegen sperrten, auch ihrerseits zu Dokumenten einer Aufklärungs-Überwindung sich befördern zu lassen. So verband sich die These von Lessings unpoetischem Dichtertum mit der Erklärung, Lessings Dramen seien eben der Teil seines Werkes, mit welchem er seiner aufklärerischen Epoche verhaftet bleibe.

Der Begriff von Poesie, der einer solchen Art zu urteilen zugrunde liegt, ist Resultat eines Denkens, dessen Anfänge Lessing selbst bei seinen Zeitgenossen kennenlernte; etwa im Werk Rousseaus oder beim jungen Herder, wo es sich in Gestalt von Natur-Ursprungs-Romantik und Genie-Idolatrie mächtig zur Geltung brachte, hervorgegangen aus einem »Unbehagen an der Kultur«, das sich der Poesie bemächtigte, als läge deren Wesen vor allem anderen darin, Zufluchtsort und Stimme dieses Unbehagens, ja darüber hinaus sogar mögliches Heilmittel gegen dasselbe zu sein. In dem von Lessing selbst übersetzten Essay Diderots *Von der dramatischen Dichtkunst* begegnen uns solche von Zivilisationskritik begleiteten Vorstellungen dort, wo Diderot »Von den Sitten« handelt, deren die dramatische Poesie bedarf. »Je gesitteter und geschliffener (civilisé et poli) ein Volk ist, desto unpoetischer sind seine Sitten«, heißt es da. Alles, was feiner werde, werde schwächer. Die Poesie verlange etwas Ungeheueres, Barbarisches und Wildes. Diderot ruft Bilder barbarischer Frühe, einer mythischen Welt und einer vom Menschen unbeherrschten Natur herauf, auch Bilder von Zuständen aufgelöster bürgerlicher Ordnung: »wenn die Wut des bürgerlichen Krieges oder des Fanatismus die Menschen mit Dolchen bewaffnet und Blut in Strömen fließet, alsdann treibet und grünet der Lorbeer des Apollo. Mit Blut will er begossen sein. Er verwelkt in den Zeiten des Friedens und der Muße. Das güldene Weltalter hätte vielleicht ein Lied oder eine Elegie hervorgebracht. Die epische und dramatische Poesie verlangen andere Sitten.«

»Décence« und »politesse« sind die poesiewidrigen Gegenpole zu Diderots Natur-Poesie. Eine solche Opposition kennt auch Lessing: aber er ist weit entfernt davon, sich von ihr in jenen vorromantischen »Primitivismus« treiben zu lassen, der bei Diderot zu Wort kommt. Lessing läßt sich von dieser Opposition nicht weiter als bis zu einer Kritik »höfischer« Sitten führen, die im Namen der als »natürlich« apostrophierten Humanität vorgetragen wird. Seine dramatische Welt geht aus der Entscheidung ihres Schöpfers hervor, nicht im »Blut« den Nährstoff der poetischen Bilder zu suchen, sondern in der praktischen Vernunft: Sie hält über den Bildern der wirklichen Natur, die in den Affekten und ihrer Gewaltsamkeit sich äußert, jene wahre menschliche Natur im Bewußtsein fest, die erst im »richtigen Leben« ihre Wirklichkeit hätte.

Kritik der Vorurteile lautet eine der programmatischen Devisen des Aufklärungsjahrhunderts. Daß das ein unabschließbares und in seinen Konsequenzen riskantes Programm ist, lehrt der Fortgang der Moderne bis heute. Der Progreß solcher Kritik droht nicht nur von Anfang an, den Bestand der alteuropäischen Lebens- und Kulturüberlieferung im Sog des Vorurteilsverdachtes zu verschlingen; er führt auch das Risiko unserer rationalen Selbstpreisgabe herauf, zu der der Weg nicht weit ist, wenn das kritische Denken seine Wahrheit nur noch im strikten Selbstverbot aller Positivierung zu erkennen vermag. – Der berühmte ›Wahrheitsverzicht‹ des Theologen und Philosophen Lessing hat mit diesem Prozeß der selbstaufzehrenden ›Aufklärung über die Aufklärung‹ noch ebensowenig zu tun, wie die Kritik des Dramaturgen Lessing an der poetischen und poetologischen Überlieferung mit deren ›Annihilation‹. Wenn er die Überlieferer und ihre Weise, in der Tradition zu sein, prüft, revidiert oder verwirft, dann betreibt er dieses Geschäft um der Aneignung und Umformung willen. Das geschieht nicht ohne Radikalität; denn so wie die von ihm konzipierte Dramaturgie des Mitleids nicht ein bloßer Beitrag zur philologischen Aristoteles-Exegetik ist, sondern Element eines universalen gattungsgeschichtlichen Bildungsgedankens, so ist sein Drama kein bloßes Überwechseln aus dem Raum heroischer Tragizität höfisch-feudaler Gesinnung hinüber in die empfindsame Lebensenge bürgerlicher Privatheit. »Vom Ursprung des modernen Dramas aus dem Geist der Kritik« ist Gisbert Ter Neddens Buch über Lessings Trauerspiele überschrieben, das dessen aufklärerische Kritik der Vorurteile in der Tragödie als Aufkündigung ihres traditionellen mythopoetischen Bilderdienstes darstellt, und das beschreibt, wie er seine dramatische Welt aus dem Bann dieser Bilder heraus-

und in den Dienst praktischer Vernunft überführt. Eine solche Lesart begründet die Aktualität der lessingschen Dramatik in seiner eigenen Zeit und über diese hinaus auf eine zuverlässigere, substantiellere Art als es die Lessing-Interpretationen je vermochten, deren Blick an Standeskonflikt und Klassenbewußtsein haftete. Es ist eine Aktualität, die daraus entsteht, daß in der Vorstellung von Lessings Drama »der Aufgeklärte ohne jeden geistigen Kompromiß im Theater sitzen« kann (Max Kommerell, »Lessing und Aristoteles«) – wobei der Aufgeklärte der Mensch heißt, der »keine Religion mehr hatte und keine mehr wollte, aber statt eines Gottes Ideale und Haltungen verkündigte und verehrte«. Ihm ist die einstige Kultform Tragödie gewiß nur noch Kunstform, aber eine, mit der unter der Bedingung strikter Profanität dennoch auf quasikultische Weise, in sinnlicher Eindringlichkeit und Wirkmächtigkeit, die neue Gesinnung zur Humanität sich einüben ließ.

»Du siehst wohl, daß es weiter nichts, als eine modernisierte, von allem Staatsinteresse befreyete Virginia sein soll«, schreibt Lessing über *Emilia Galotti* an seinen Bruder Karl. Auf die Abstraktion vom »Staatsinteresse« fixiert – das in der römischen Sage die Ermordung der Tochter durch den Vater mit der Befreiung der res publica vom Tyrannen verband –, hat man den Inhalt des Wortes »modernisiert« meist nur in dieser Abstraktion gefunden: in der Darstellung des bürgerlichen Untertans, der so weit davon entfernt ist, Staatsbürger (citoyen) zu sein, daß sein selbständiges Handeln in reiner Privatheit auf- bzw. untergeht – deutsches 18. Jahrhundert absolutistischer Fürstenherrlichkeit, in welcher »ein Staat . . . ein viel zu abstrakter Begriff für unsere Empfindungen« geworden ist, als daß man auf dem Theater etwas damit anfangen könnte (*Hamburgische Dramaturgie*, 14. Stück). Lessings Modernisierung reicht weiter und geht gewiß auch nicht in dem auf, was Goethe Lessings »Piken auf die Fürsten« nennt. Sie besteht in der Kritik poetischer Mythen; in der Übersetzung mythopoetischer Bildüberlieferungen in Anschauungsmaterial für die Zwecke praktischer Vernunft bzw.

moralischer Sensibilisierung; in der Umfunktionierung von heroischen Schicksalsspielen in soziale Interaktionsspiele, von Exerzitien der Bewunderung von Gewaltigen und ihrer Gewalt in Exerzitien des Mitleids des Menschen mit seinesgleichen.

III

Um menschliches Leben ins Zeichen der Profanität und der Humanität zu stellen, bedienen sich die Autoren des 18. Jahrhunderts der Traditionen, die innerhalb des Systems der Literatur im Bereich der Gattungen des mittleren Stils ihren Ort hatten. So knüpft der bürgerliche Roman in seinen verschiedenen Ausprägungen eher an den komischen als an den hohen Roman an, so gehen die neuen Formen des ernsten Dramas aus der Komödie hervor. Das hat zur Folge, daß sich der Abstand zwischen Komödie und Tragödie überhaupt verringert; Lessings Dramaturgie des Mitleids und der Empathie reflektiert diesen Prozeß. Diese Dramaturgie erfaßt ja nicht nur die tragischen, sondern ebenso auch die komischen Figuren, oder besser: die Figuren in der Komödie. Rousseaus berühmter Vorwurf, Molière treibe ein frivoles Spiel mit der Tugend, wenn er uns lachen mache über seinen Misanthrop, ist, von der Gesinnung traditioneller Komödienpraxis aus gesehen, ein triftiges Argument – setzen wir einmal voraus, der Misanthrop habe als der Tugendhafte des Stückes zu gelten. Denn diese Gesinnung verstand unser Lachen als Verlachen, mit welchem wir den Verlachten von uns unterscheiden, ihn ausschließen aus dem Kreis von unseresgleichen. Lessings dramaturgisches Konzept setzt eine solche Gesinnung außer Kraft. Lachen, sagt er, ist etwas anderes als Verlachen und schließt Verachtung durchaus nicht ein. »Der Misanthrop wird nicht verächtlich, er bleibt, wer er ist, und das Lachen, welches aus den Situationen entspringt, in die ihn der Dichter setzt, benimmt ihm von unserer Hochachtung nicht das geringste.« (*Hamburgische Dramaturgie*, 28. Stück)

Lessings Jugendkomödien stehen noch nicht im Zeichen solcher Umdeutung komischer Gesinnung. Im *Jungen Gelehrten* ist das unverkennbar. Aber schon in den *Juden* und im *Freigeist* bewegt sich die Komödie darauf zu, und *Minna von Barnhelm* verwirklicht die Dramaturgie der Empathie im Bereich der Komödie auf exemplarische Weise so, daß sie das Fließen der Tränen des Mitleids und der Mitmenschlichkeit auf der Bühne wie im Zuschauerraum – unbeschadet des Lachens, »welches aus den Situationen entspringt« – erlaubt. Es liegt auf der Hand, daß an diese Veränderung eine Metamorphose der komischen Figur geknüpft ist. *Damis*, der junge Gelehrte, ist als komischer Held noch ein ›hoffnungsloser Fall‹. Demgemäß traktieren ihn die anderen Figuren des Spiels, und mit ihrem Gelächter vereinigt sich das gleichgesinnte der Zuschauer. Das Lachen erledigt den jungen Gelehrten, gibt ihn preis und bestätigt uns im Bewußtsein, daß die Differenz zwischen ihm und uns die von Unvernunft und Vernunft ist. *Adrast*, der Held im *Freigeist*, ist bereits von anderer Beschaffenheit. Die Konstruktion seines Charakters erinnert an einen Aphorismus Connollys: in jedem dicken Mann stecke ein dünner und schreie, man solle ihn herauslassen. Adrast ist sozusagen eingebacken wie Max und Moritz in den Teig seiner vermeintlichen Verstandesüberlegenheit, die doch nur aus einem hartnäckig behaupteten Vorurteil besteht; und der komische Prozeß, der mit ihm durchgeführt wird, stellt sich dar als ein unentwegtes Beklopfen der Verkrustung, die ihn einschließt – bis sie endlich springt. Vernunft und Wohlwollen, von immenser, fünfaktiger Geduld, bestürmen die Bastionen, die Adrasts vorurteilender Verstand, so verstockt wie jene Vernunft geduldig, aufgerichtet hat. Am Ende versperrt kein Wall mehr den Zugang zu seinem Herzen. Der ›wahre‹ Adrast, von dessen eingesperrter Existenz der Zuschauer zusammen mit den Gegenspielern in der Szene von Anfang an weiß, dessen Stimme von ihm selbst bisher ungehört geblieben war, weil sie von seinen dickfelligen Haß- und Verachtungstiraden übertäubt wurde, dieser wahre Adrast tritt nach außen und in die Umarmung hinein, mit welcher das komische Befreiungswerk sein glückliches Ende findet. – *Damis* ist als Charakter nicht problematisch, sondern nur töricht. Deshalb wird er für die anderen durch sein Verhalten zum – komischen – Problem auch nur in dem Sinne, wie eine verquere Sache, deren Bereinigung erforderlich ist, damit die Dinge ihren rechten Lauf nehmen können, zum Problem wird. Der Charakter des Freigeists *Adrast* hingegen ist selber problematisch, mag sein Verhalten auch töricht sein. Dadurch ist er, als das was er ist, für die anderen nicht mehr nur komisches Sach-Problem, sondern eine moralische Aufgabe, deren Lösung nur durch die Bereinigung eben seines problematischen Wesens selbst möglich wird. Der Schritt von der komischen in die empathische Behandlung der Figur zeichnet sich ab. – Rücken wir den komischen Helden der *Minna von Barnhelm* in diese Perspektive, dann wird die Distanzverringerung zwischen Komödie und Tragödie evident. Auch *Tellheim* ist ein problematischer Charakter und wird dadurch für die anderen zu einem Problemfall, der nur durch eine moralische Korrektur auflösbar erscheint. Um dieser Korrektur willen muß die komische Intrige erfunden und durchgespielt werden. Aber damit ist die Beschreibung noch unvollständig; Lessing geht einen Schritt weiter. Tellheim ist nicht nur problematisch in der Art des Adrast, sondern er ist so geworden, weil er selbst mit einem wirklichen Problem zu schaffen hat. Die glückliche Lösung des Konflikts kann darum nicht in der bloßen moralischen Korrektur seines problematischen Wesens liegen. Das versucht Minna drei Akte lang, in der Meinung – und die Zuschauer müssen darin ganz auf ihrer Seite sein –, mit jener Heilung des Problematikers wäre das Problem, das Tellheim für sie und ihre Liebe geworden ist, gelöst. Dann aber kehrt sich auf einmal (4. Akt, 6. Szene) das ›objektive‹ Problem hervor, das Tellheim selbst zu schaffen macht. Nicht seine Armut, seine Verabschiedung, nicht daß er ein »Krüppel« ist, ist das, was ihn zu seiner Weigerung bewegt, durch Minna mit ihr glücklich zu werden. Er steht unter dem Vorwurf moralischer Korruptheit, unter der Anklage, er habe sich bestechen lassen. Eine unverkennbar ›tragische‹ Konstellation tut sich auf. Der Konflikt der Liebenden ist nicht mehr in einem bloßen Eigensinn des einen Partners begründet und also durch einen komischen Erziehungsprozeß lösbar: er erscheint, wie Hegel sagen würde, »substantiell« – derart, daß Tellheim in der Tat das tragische »Pathos« zukommt, mit dem er auf *seinem* Problem, und in Verbindung damit auf seinem Willen, seiner Entscheidung gegen das »Glück« und für seine »Ehre«, besteht. (Freilich ist es nur im Dienste der Heuristik erlaubt, Begriffe der Hegelschen Beschreibung der Tragödie heranzuziehen; denn abgesehen davon, daß Lessing in die Handlung des Stückes genügend Faktoren eingebaut hat, um die tragische Tendenz der Konstellation abzuschwächen, hat auch sein eigenes Konzept von Tragik nichts mit dem Hegels zu schaffen.)

Es ist bemerkenswert, bis zu welchem äußersten Punkt Lessing seinen komischen Helden führt, wie nachdrücklich er die Aufhebung der Linie, die eine Figur der Komödie von der Figur der Tragödie scheidet, deutlich macht. Minna, noch immer und von neuem darauf bedacht, Tellheim aus seiner Not herauszuführen, ihm eine alternative Weise anzubieten, seine Lage zu sehen, spielt scherzhaft sich und den Geliebten in die Rolle eines tragischen Paares hinüber, um ihr Verhältnis zu ihm, seines zu ihr, anschaulich zu machen: Du bist nicht Othello, will sie ihm sagen, und ich will nicht Desdemona sein; nicht das Opfer eines Mannes, der sein stieres Auge auf das Gespenst der Ehre heftet wie Othello auf das der Eifersucht. »Hierher Ihr Auge! auf mich, Tellheim!« – Der aber schaut, so notiert die Regieanweisung, »mit starren Augen immer auf eine Stelle« und antwortet »zerstreut« mit Sätzen, die nicht auf eine Unterscheidung, sondern auf die Identifikation mit dem Helden der Shakespeareschen Tragödie zielen: »O ja! Aber sagen Sie mir doch, mein Fräulein: wie kam der Mohr in venetianische Dienste? Hatte der Mohr kein Vaterland? Warum vermietete er seinen Arm und sein Blut einem fremden Staate?« – Die Stelle, auf die Tellheim seine starren Augen richtet, liegt offenbar jenseits des Raumes, der als komische

Szene markiert ist; und in seinen Sätzen öffnet sich ein Problembereich, der ganz dazu angetan scheint, als tragischer Grund und Boden dienen zu können. Kein Wunder, daß Minna »erschrocken« fragt: »Wo sind Sie, Tellheim?« Es klingt, als suche ein Schauspieler bestürzt den anderen davor zurückzuhalten, aus seiner Rolle (die für eine Komödie bestimmt ist) zu fallen, hinüber in eine tragische. Tellheim mag in diesem Augenblick geistesabwesend sein, er mag nicht aus hellsichtiger Erkenntnis, sondern in jener, für Lessings tragisches Personal charakteristischen, partiellen Blindheit in Othello einen seinesgleichen entdecken. Aber macht er damit nicht doch auch eine Wahrheit über die Lebenswelt, innerhalb der er steht und agiert, kund? Wahrheit darüber, was alles zu dem Boden gehört, in dem die Umstände seines Schicksals gründen? Er bringt einen Aspekt des Problems in den Blick, mit dem *er* es zu tun hat, und dessen Ernst und Gewicht Minna zuvörderst erkannt haben muß, ehe es ihr erlaubt wird, Tellheim aus seiner tragischen Wendung zurückzubringen zum hellen Tag der Komödie und seines Glücks. Träte Minna ihm nicht entgegen, wohin geriete Tellheim? Freilich, sie ist da und der Dichter hat sie mit Hilfstruppen von genügender Stärke ausgestattet – auch mit der Wirklichkeit selber, von der Tellheims Problem aufgeworfen wurde –, um den Helden vor seinem Abdriften in den Sog eines tragischen Zerwürfnisses zu bewahren. Sie hält ihn auf und sein Tragisch-Werden ist aufhaltsam.

In diesen Worten liegt das entscheidende Moment, das die beschriebene Übergänglichkeit von Komik und Tragik ermöglicht und zulässig macht. Lessings Konzeption des Trauerspiels kennt tragische Notwenigkeit im Sinne der späteren, idealistischen Theorie des Tragischen nicht. Er weiß nichts von einer ›Seinsverfassung‹, in welcher tragisches Geschehen gründen soll, er will nichts wissen von Konflikten, in denen unverzichtbare Wertbehauptung unumgängliche Wertverletzung einschließt, und der notwendigen Schuld die gerechte Sühne folgt. Die Beziehung zwischen dem tragischen Geschehen auf seiner

Bühne und dem Mitleid ist etwas ganz anderes als die zwischen Tragik und Mitleid in der Philosophie Schopenhauers; denn bei Lessing soll das tragische Geschehen Mitleid erwecken, damit dieses moralisch produktiv werde: in unserer Befähigung, Konflikte ohne die Notwendigkeit eines tragisch-katastrophalen Ausgangs zu bestehen und auszutragen.

Wenn Schiller in den »Xenien« den Schatten Shakespeares beschwört und diesen fragen läßt: »Woher nehmt ihr denn aber das große gigantische Schicksal, / Welches den Menschen erhebt, wenn es den Menschen zermalmt?«; wenn er darauf, mit der Stimme des verhöhnten, zeitgenössischen Rührstück-Theaters, parodistisch die Antwort gibt: »Das sind Grillen! Uns selbst und unsere guten Bekannten, / Unsern Jammer und Not suchen und finden wir hier«: dann stellt er damit eine Opposition auf, in welcher polemisch als ernstzunehmende Fragestellung ausgelöscht erscheint, was Lessing zum Ausgangspunkt seiner Dramaturgie macht. *Sein* Drama will weder gigantisches noch zermalmendes Schicksal und Schicksalsträger vorstellen, sondern in der Tat »Jammer und Not«, die man durchaus auf »uns selbst und unsre guten Bekannten« beziehen darf, wenn darunter Menschen zu verstehen sind, die »mit uns von gleichem Schrot und Korne« sind (*Hamburgische Dramaturgie*, 75. Stück). Die tragische Dramaturgie Schillers meint den Heros und seine Bewährung. Zu diesem Zweck reißt sie ihn auseinander in zwei Hälften, Natur und Vernunft, Notwendigkeit und Freiheit, deren antagonistisches Verhältnis von Übereinkunft nichts weiß, sondern nur von Sieg und Untergang. Zermalmt, aber erhaben: so vollzieht sich der siegende Untergang des Helden, dessen Pathos sich daraus speist, daß er seinen Willen als einen unbedingten behauptet. Wenn Wallenstein (5. Akt, 5. Szene) von Gordon beschworen wird, ein »Heldenführer« zu sein,

»Dems Ernst ist, seinen Fehler gut zu machen.
Das wird den Kaiser rühren und versöhnen,
Denn gern zur Milde wendet sich sein Herz« –

dann dürfen wir in der Regieanweisung, die Wallensteins Entgegnung vorangestellt ist, die Ablehnung einer solchen untragischen Gesinnung durch den Dichter selbst mitlesen: »Wallenstein betrachtet ihn mit Befremdung und Erstaunen«. Seine Antwort aber ist schlechthin Abweisung, die nichts von Wiedergutmachung, Rührung, Versöhnung und Milde wissen will, und nichts auch von einem »Fehler«; denn der wäre in der Tat revidierbar, so wie man dort, wo es um ein Handeln unter Berücksichtigung von Bedingungen geht, dieses Handeln nach besserer Einsicht revidieren kann. Aber Wallenstein, der so lange im Reich der Bedingungen nach dem Maß seiner Klugheit Agierende, hat nun die Grenzlinie zum Reich der Freiheit, zur Unbedingtheit des Willens, überschritten und will sich nur noch als »großes Schicksal«:

»Blut ist geflossen, Gordon. Nimmer kann
Der Kaiser mir vergeben. Könnt ers, ich,
Ich könnte nimmer mir vergeben lassen.
. . . Zu ernsthaft
Hats angefangen, um in nichts zu enden.
Hab es denn seinen Lauf!«

»Vergebung« ist für ihn schlimmer als ein Ende mit Schrecken, nämlich eines »in nichts«. In Wallenstein faßt sich zusammen, wird Gestalt und Handlung, was Hegels »Ästhetik« vom Helden der alten Tragödie schreibt: »Es ist die Ehre der großen Charaktere, schuldig zu sein. Sie wollen nicht zum Mitleiden, zur Rührung bewegen. . . . Ihr fester, starker Charakter . . . ist eins mit seinem wesentlichen Pathos, und dieser unscheidbare Einklang flößt Bewunderung ein, nicht Rührung.« Solche Charaktere haben ihre Stärke darin, »daß sie nicht wählen, sondern durch und durch von Hause aus das *sind*, was sie wollen und vollbringen. Sie sind das, was sie sind, und ewig dies, und das ist ihre Größe.«
Lessing geht es nicht darum, solche Größe herauszustellen und über »unser« Maß und Schicksal so hinaufzutreiben, daß nur

Bewunderung, nicht Rührung unser antwortender Affekt sein kann. Von keiner Wahl zu wissen, sich rücksichtslos dem eigenen Pathos zu überliefern, ohne den abwägenden Blick auf die anderen zu werfen und sich vergleichend auf sie zu beziehen, sich auf sie beziehend mit ihnen zu vergleichen: das wäre eine mögliche Beschreibung für seinen *Philotas*, dessen »Erhabenheit« man als Triumph des Willens nur lesen kann, wenn man Lessings Trauerspiel auf den Kopf stellt. Die Tragödie hat es mit Tod zu tun, oder genauer: mit Tötung. Darauf mit einer Art von Kriegerdenkmalgesinnung zu antworten, ist nicht die Sache des kritisch-aufklärerischen Geistes. Zu ihm gehört es vielmehr, daran Anstoß zu nehmen. Streifen wir von dem berühmten Satz am Ende der »Familie Schroffenstein«: »Wenn ihr euch totschlagt, ist es ein Versehen«, den bösartig-desparaten Sinn ab, den er bei Kleist hat und nehmen wir das Wort »Versehen« buchstäblich, dann kann er die Gesinnung des Tragikers Lessing recht wohl bezeichnen. Tellheims »starre Augen«, mit denen er an Minna vorbeischaut, um den Blick auf das situationsjenseitige Bild eines tragischen Schicksals zu heften: sie sind ein passendes Emblem für den personalen Zustand, aus dem bei ihm die tragische Katastrophe, das »Totschlagen« hervorgeht. Seine Tragödie ist das Mitleid erregende Spiel verfehlter Verständigung mit letalem Ausgang, eine »Tragödie des Irrtums« (Ter-Nedden), nicht der heroischen Bewährung oder der Wertkonflikte. Seine tragischen Charaktere feiern in der Katastrophe keinen moralischen Triumph, ihre Bahn mündet nicht in die Verklärung weltüberlegener Willensmächtigkeit ein, in keine Apotheose, in welcher der Held zum Himmel der Idee emporsteigt, wenn er die Atome, die »sich zu Lust und Leid in ihm gefügt«, der Erde zurückgibt. Lessing ist alle tragische Lust fremd, von der etwa Natalie in Kleists »Prinz von Homburg« (4. Akt, 4. Szene) erfüllt wird im Angesicht der entschlossenen Todesbereitschaft, mit welcher der Prinz sich die tragische Würde wie einen Königsmantel über die Schultern legt:

»Nimm diesen Kuß! – Und bohrten gleich zwölf Kugeln
Dich jetzt in Staub, nicht halten könnt ich mich
Und jauchzt und weint und spräche: du gefällst mir!«

Man vergleiche mit einer solchen Szene *Emilia Galotti* V, 7: es ließe sich ein ähnlicher tragischer Jubel unter Tränen vorstellen, in den Odoardo ausbräche über Emilias rücksichtslose Todesbereitschaft – wäre da, in Lessings Sinn, etwas zu bejubeln, etwas zu verherrlichen. Aber bei ihm gibt es kein Ja, weder ein trotziges, ein erhabenes, ein jauchzendes oder auch gar nur resigniertes Ja zur Tötung eines Menschen. Auch Philotas, der in der Deutungsgeschichte von Lessings Dramatik lange so gelesen wurde, ist nur ein Mitleidswürdiger wie alle anderen auch: einer aus dem Gefolge des sophokleischen Aias (Ter-Nedden), ein Selbstopferer, enthusiastisch verwirrt, und noch fataler mit starren Augen auf das Gespenst seines Ruhmes fixiert als Tellheim auf das Gespenst seiner Ehre. Lessings Charaktere mögen im Bann eines mythisch-heroischen Schicksals stehen, oder in einem entscheidenden Augenblick in diesen Bann geraten. Sie mögen sich als Medea erkennen oder als Virginius und Virginia, so wie Tellheim als Othello. Aber es sind die Charaktere, die diesem Bann verfallen, es ist nicht ihr Dichter. Was dieser betreibt, ist nicht die Wiederholung mythischer Präfigurationen, sondern Kritik der praktischen Vernunft an deren poetischer Überlieferung. Seine tragischen Charaktere mögen in solcher mythischen Identifikation vergessen, daß sie andere sind; ihr Dichter vergißt es nicht, sondern will es uns bewußt machen.
In Lessings dramatischer Welt ist verständigungsfähige und -bereite Vernunft der – ideale – Fluchtpunkt, der alles Geschehen richtet. Aber nur im *Nathan*, nicht in den Trauerspielen liegt dieser Punkt innerhalb des szenischen Geschehens. Da kann Vernunft über die am Spiel beteiligten Akteure solche Macht gewinnen, daß die Vereinigung den Konflikt auslöscht und eine (Menschheits-)Familie zusammenfindet, die getrennt war und bis zur Unkenntlichkeit sich fremd geworden schien. Trennung

und glückende bzw. scheiternde Zusammenführung und Wiedervereinigung der Getrennten bilden überhaupt von *Miss Sara Sampson* bis *Nathan* die Grundfigur des dramatischen Geschehens in den Tragödien, der Komödie und in dem »dramatischen Gedicht«, in welchem beide Gattungen in einer dritten, neuen Form, einer Art von Festspiel der praktischen Vernunft, aufgehen: wobei es eigentümlich ist, daß im *Nathan* wieder zusammenfinden, die sich am fernsten waren, während in den Trauerspielen solchen, die sich die Nächsten scheinen, die Überwindung der Trennung nicht gelingt. In den Trauerspielen ist die verständigungsfähige Vernunft nur als eine Art von kontrastivem Muster gegenwärtig, als nicht realisiertes Mögliches. Im wirklichen szenischen Geschehen wird sie verfehlt, und Unglück behält das letzte Wort als bittere Folge davon, daß die Akteure das rechte Wort nicht finden oder nicht hören konnten. Statt praktischer Vernunft bestimmt die real existierende Diskursunfähigkeit (Karl Eibl) den katastrophalen Verlauf, in welchem das zu Vermeidende zum Unvermeidlichen und das Irren der Charaktere zur Wahrheit ihres Untergangs wird.

Lessings tragische Figuren treten nicht in die Handlung ein wie solche, die zu einem bestimmten Schicksal prädestiniert sind. Sie bewegen sich zwar in der Art und Weise ihrer psychologischen Konstituiertheit, aber durchaus nicht wie auf Gleisen, auf denen sie dann durch eine fatale Weichenstellung zur tragischen Kollision geführt werden. Lessing ist unverkennbar darauf bedacht, sie als solche vorzustellen, die erst in ihrem Interagieren sich von Mal zu Mal bestimmen und bestimmen lassen. Was sie von den Figuren der Komödie allerdings grundsätzlich unterscheidet, ist die Bedrängnis, unter der sie stehen oder in die sie geraten. Sie stellt sich vor allem als Zeitknappheit dar, bewirkt durch das gegenläufige Agieren der ›Parteien‹. Aufs virtuoseste hat Lessing das in *Emilia Galotti* ins Spiel gebracht, wo die Kurzfristigkeit der Termine, die wechselnd der einen Gruppe des dramatischen Personals von der anderen gesetzt werden, die Kurzschlüssigkeit der Entscheidungen und Handlungen so plausibel macht. Gedrängt, ja getrieben von einem Drohenden, das vermieden werden soll, lassen sich die Figuren von ihren unmittelbar provozierten Affekten dirigieren, ohne Zeit zu haben, zur Vernunft zu kommen und sich der verbliebenen Verständigungsmöglichkeiten zu vergewissern. Zu dieser äußeren Bedrängnis kommt als Kontrapost ein auffälliges Stocken, Anhaltenwollen hinzu, das aus den Charakteren selbst stammt. Sie erscheinen als Ungesicherte, die zweifelnd, fragend, zögernd sich vergewisserungsbedürftig vorwärtsbewegen, als wäre jeder ihrer Schritte einer auf ungeprüftem, erstmals betretenem Boden. In *Emilia Galotti* hat die Mehrzahl des dramatischen Personals etwas von den »Artisten in der Zirkuskuppel, ratlos«: und der eine, Marinelli, der die Ratschläge im Handumdrehen wie ein Zauberkünstler die Kaninchen aus dem Zylinder produziert – man erkennt leicht: es ist sein Metier –, er bewirkt mit seinen Ratschlägen einen Absturz nach dem anderen. Dagegen der Prinz, der jeden Augenblick am Ende seines Lateins ist und Marinelli soll für ihn denken; der, wenn das jeweils Ausgedachte sich gar zu schnell als überholt und ersatzbedürftig herausstellt, immer aufs neue bereit ist, das Handtuch zu werfen in neuer Ratlosigkeit. Er ist haltlos, hat keinen Halt und kann nichts halten. Sein Gestus verrät ihn schon früh: wie er den Brief der Orsina in die Hand nimmt, »und ihn wieder wegwirft«; wie er das gerade erst leidenschaftlich erworbene Porträt Emilias »bei Seite wirft«; einen Augenblick später sich Marinelli »in die Arme wirft«; am Schluß von I, 6 verspricht, sich »sogleich in den Wagen« zu werfen: ein ständiges Preisgeben und Selbstpreisgeben, mit dem er sich ausliefert, willentlich und ohne es zu wollen. Kein Sieger steht da vor uns da, sondern wirklich einer, der »einen Freund, einen Führer, einen Vater« brauchte (V, 5), der freilich in Odoardo, dem »brausenden Jünglingskopf mit grauen Haaren« (V, 2), gewiß nicht zu finden ist. Denn dieser ist selbst ausgeliefert an das, in was er geraten ist; ohne Überblick sucht er rundum nach Anhaltspunkten und läßt sich auf die ersten besten Orientierungsmarken ein, die ihm vor Augen, oder genauer: zu Ohren kommen, nämlich in den Reden seiner jeweiligen Dialogpartner, von denen er sich so abhängig macht, als wäre in seinem eigenen Sinn keine einzige verläßliche Überlegung mehr. Wenn Lessings dramatische Figuren aus der dialogischen Rede leben und nach Kräften an dem teilhaben, was ihr Dichter selbst seine »Wortgrübelei« genannt hat (Jürgen Schröder), dann wird in der Figur des Odoardo vor allem anderen dieses formale Moment zu einem mimetischen. Er klammert sich an Wörter wie ein Schiffbrüchiger, dem jedes Stück Holz recht ist, das ihm auf den Wellen entgegentreibt. Emilia schließlich, »Furchtsamste und Entschlossenste unsers Geschlechts«, wie die Mutter von ihr sagt (IV, 8): also zwischen zwei Extremen sich bewegend, aber ohne gesicherte Mitte, ohne besonnenen Stand. Ihr ist alles wie zum erstenmal (was es ja in der Tat auch ist) und allem gegenüber empfindet sie sich als Ausgelieferte, die, um sich behaupten zu können, nichts anderes mehr weiß und sieht als aus allem heraus, nämlich in den Tod, zu springen.

Sie geraten zusammen und aneinander, keiner will es, wie es kommt, jeder trägt sein Teil dazu bei, es dahin kommen zu lassen. Sie sind nicht versammelt, um einen unter ihnen zum Tragödienhelden zu küren, damit dieser sein ausgezeichnetes Schicksal haben könne, während die Restlichen sagen dürfen, sie seien dabei gewesen. In Lessings Dramaturgie des Mitleids ist der Held als Mittelpunkt und gewissermaßen »Zweck« des Ganzen nicht vorgesehen. Daß die Titelfigur auch *der* tragische Held sei, ist zu kurz geschlossen. Alle Akteure sind gemeinsam Beteiligte, von dem Leid, das sie anrichten, Betroffene, damit Mitleidswürdige. In Verkennung und Selbstverkennung treiben sie das Interaktionsspiel, stellen sich vor in ihren Irrtümern und Fehlern, vor allem darin, wie sie sich einander verfehlen, bis hereinbricht, was aufzuhalten das allen, ihnen wie uns, Aufgegebene ist, die Katastrophe.